Maxim Gorki · Klim Samgin · Buch 2

Maxim Gorki
Klim Samgin
Vierzig Jahre

Buch 2

Mit Anhang zu
Buch 1 und 2

Deutscher Taschenbuch Verlag

Aus dem Russischen übersetzt von Hans Ruoff.
Dem Text der Vollständigen Gorki-Ausgabe, Moskau 1974/75,
entsprechend bearbeitet und mit Anmerkungen versehen
von Eva Kosing. Mit einem Nachwort von
Helene Imendörffer.
Titel der Originalausgabe:
»Žizn' Klima Samgina« (Moskau 1927–1937)

Von Maxim Gorki
sind im Deutschen Taschenbuch Verlag erschienen:
Autobiographische Romane (2007)
Drei Menschen · Die Mutter (2017)
Foma Gordejew · Eine Beichte · Das Werk
der Artamonows (2029)
Konowalow und andere Erzählungen (2035)
Der Vagabund und andere Erzählungen (2052)

April 1982
Deutscher Taschenbuch Verlag GmbH & Co. KG, München
© 1980 Winkler Verlag, München
ISBN 3-538-05260-3
Übersetzungsrechte beim Aufbau-Verlag, Berlin und Weimar
Umschlaggestaltung: Celestino Piatti unter Verwendung
einer »Klim-Samgin«-Illustration von 1934.
Gesamtherstellung: Friedrich Pustet,
Graphischer Großbetrieb, Regensburg
Printed in Germany · ISBN 3-423-02100-4

ZWEITES BUCH

Als Klim Samgin der Spiwak von der Ausstellung, der Messe erzählte, fühlte er, daß die Rührung, die er empfunden hatte, nur noch in der Erinnerung bestand, als Gefühl jedoch verschwunden war. Er begriff, daß er uninteressant sprach. Sein Wunsch, zwischen den maßlosen Lobreden der einen Zeitung und dem nörglerischen Skeptizismus der anderen eine eigene Linie zu finden, machte ihn unsicher, und außerdem fürchtete er, in den Ton der gröblichen und spöttischen Artikelchen Inokows zu verfallen.

Selbst für die Fedossowa fand er mit Mühe jene erhabenen Worte, in denen er von ihr zu erzählen gehofft hatte, und als er diese Worte aussprach, hörte er, daß sie trocken, farblos klangen. Aber dennoch ergab es sich irgendwie so, daß den stärksten Eindruck in der Ausstellung allrussischer Arbeit auf ihn das schiefhüftige alte Frauchen gemacht hatte. Es war ihm peinlich, an die Hoffnungen zu denken, die mit jenem jungen Mann zusammenhingen, der in seinem Gedächtnis nur ein schuldbewußtes Lächeln zurückgelassen hatte.

»Er ist ein ganz nichtswürdiger Mensch, die Minister schoben und schleppten ihn dorthin, wo sie ihn hinhaben wollten, wie einen Halbwüchsigen«, sagte er und wunderte sich etwas über die Stärke des rachsüchtigen, persönlichen Gefühls, das er in diese Worte gelegt hatte.

Sie saßen im Garten, im Schatten der Kirschbäume, die reich mit den amethystfarbenen Glasperlen der Früchte geschmückt waren. Es war Abend, drückende Hitze kündigte ein Gewitter an; am Himmel, der die Farbe entrahmter Milch hatte, schäumten bläulichgraue Wolkenflocken; Schatten glitten durch den Garten, und es war seltsam zu sehen, daß das Laub reglos war. Die Spiwak beobachtete, die Ellenbogen auf den in die Erde eingerammten runden Tisch gestützt, die Handflächen an die Wangen gepreßt, ein rotes Käferchen, das wirr auf dem Tisch herumkroch. Ihr Mann lag, halb angekleidet, auf einem Teppich vor dem Fenster, hüstelte trocken und zog einen Kinderwagen hin und her, in dem Wagen regte sich ein großköpfiges Kind, das ruhig, mit dunklen Augen den Himmel studierte.

»Im gleichen Ton, aber noch schärfer schrieb mir Inokow über den Zaren«, sagte die Spiwak und lächelte. »Inokow schreibt seine

Briefe so, als gäbe es in Rußland nur zwei Lesekundige: ihn und mich – Gendarmen jedoch können nicht lesen.«

Das rote Käferchen war dicht auf Samgin zugekrochen, er schnippte es ärgerlich vom Tisch.

»Und – wie ist es denn?« fragte, den Kopf hebend, die Spiwak. »Ist irgend etwas über Chodynka gesprochen worden?«

»Über Chodynka? Nein. Ich – habe nichts gehört«, antwortete Klim, und da ihm einfiel, daß er bei seinem Nachsinnen über den Zaren kein einziges Mal an die Moskauer Katastrophe gedacht hatte, sagte er mit ironischem Lächeln: »Das gutherzige Volk hat das vergessen. Sogar Inokow, der gern von Unangenehmem spricht, hat es vergessen.«

Die Spiwak blickte Klim eindringlich an, sie wollte etwas sagen, doch das Kind begann zu schmatzen, ihr Mann zupfte sie am Kleidersaum: »Es möchte trinken!«

Sie nahm den Sohn, kehrte sich zur Seite und sagte, als sie ihm die Brust gab, aus irgendeinem Grund näselnd: »Welch einen ernsten Sohn ich doch habe! Er ist nicht launisch, ist in sich vertieft, macht sich schweigend mit der Welt vertraut. Ein liebes Kerlchen!«

Vater Spiwak indessen erklärte, seine Finger gegen das Licht betrachtend: »Er meint, die Musik sei in meinen Fingern, unter den Nägeln versteckt.«

Klim spürte eine Flut unerträglicher Langeweile. Alles war langweilig: die Frau, auf deren weißes Kleid alle Augenblicke die Schattenfleckchen der Blätter und Früchte fielen, der schwindsüchtige, grüngesichtige Musiker mit der schwarzen Brille, das reglose Laub des Gartens, der trübe Himmel, der träge, gedämpfte Lärm der Stadt.

Unter der Last dieser Langeweile verbrachte er ein paar schwüle Tage und Nächte, voll Unwillen über Warawka und die Mutter: Sie waren von der Ausstellung auf die Krim gereist, das band ihn für einen Monat an Haus und Stadt. Nachts dachte er, erregt durch den gewohnten Verkehr mit einer Frau, verärgert und gekränkt an Lidija, eines Abends jedoch ging er in ihr Zimmer hinauf und war unangenehm überrascht: auf dem Sprungfedernetz des Bettes lag zusammengerollt die Matratze; Kissen und Bettwäsche waren fortgeräumt, der Spiegel war mit Zeitungspapier verdeckt, der Sessel am Fenster in einem grauen Überzug, alle kleinen Dinge waren verwahrt, Blumen auf den Fensterbrettern gab es nicht. Und es schien, als frage diese unansehnliche Leere ironisch:

Ja – ist denn ein Mädchen dagewesen?

Aber ein Mädchen ist dagewesen, das sagte ihm beharrlich die Leere in seiner Seele, die zerrte wie ein Schmerz.

Er ging in das große Zimmer, die Stätte der Kinderspiele an den Wintertagen, schritt lange von einer Ecke zur anderen und dachte darüber nach, wie leicht alles der Erinnerung entschwindet außer dem, was einen beunruhigt. Da lebt nun irgendwo der Vater, an den er sich, ebenso wie an den Bruder Dmitrij, nie erinnert. An Lidija jedoch wird gedacht, entgegen dem Willen. Es wäre nicht übel, wenn ihr ein Unglück, ein erfolgloser Roman oder irgend etwas in dieser Art widerführe. Es wäre auch für sie von Nutzen, wenn irgend etwas ihren Stolz bräche. Worauf ist sie stolz? Sie ist nicht schön. Und – nicht klug.

Es war sehr staubig im Hause, und diese staubige Leere machte die Gedanken farblos, sog sie aus. In den Zimmern, im Hof ging träge das Personal umher, Klim sah es an, wie man aus dem Fenster eines Eisenbahnwagens Kühe in der Ferne auf den Feldern betrachtet. Die Langeweile überschwemmte ihn, quoll aus allem, aus sämtlichen Menschen, Gebäuden, Dingen, aus der ganzen Masse der Stadt, die sich an das Ufer des stillen, trüben Flusses geschmiegt hatte. Die Bilder der Ausstellung verblichen, gerieten in Vergessenheit wie ein Traum, und ihm schien, sie würden von dem kleinen, graublauen Figürchen des Zaren farblos gemacht, aufgezehrt.

Die Spiwak lebte, ohne ihn zu stören, ohne ihn zu belehren, was angenehm, zugleich aber auch kränkend war. Sie schien sehr um die Angelegenheiten der Schule besorgt zu sein, sprach nur von ihr, von den Schülern, aber auch dies ohne rechte Lust, sie betrachtete vielmehr alles, außer dem Kind und dem Mann, mit dem zerstreuten Blick eines Menschen, welcher ermüdet oder zu sehr in sich vertieft ist. Um neun Uhr morgens ging sie in die Schule, gegen drei erschien sie wieder zu Hause; von fünf bis sieben ging sie mit dem Kind und einem Buch im Garten umher, um sieben ging sie wieder fort, um sich mit Freunden des Chorgesanges zu beschäftigen; sie kam spät zurück. Zuweilen begleitete sie der Dirigent des Kathedralchors, ein langhaariger, stämmiger Geck, mit Panamahut, einem Spazierstock in der Hand und mit dickem Schnurrbart wie zwei Klumpen Pech. Ein- oder zweimal fragte er Klim: »Werden Sie über die Ausstellung schreiben?«

»Ich schreibe schon«, antwortete er, obwohl er noch nicht zu schreiben angefangen hatte, die Langeweile störte.

Morgens, eine Stunde nachdem seine Frau fortgegangen war, kam Spiwak vom Seitenbau zum Tor, er ging unentschlossen, wie ein Kind, das soeben erst die Kunst des Gehens auf der Erde erlernt hat.

Der Respirator, der ihm sein Kinn vorschob, verlieh seinem kraushaarigen Haupt die Form eines Pudelkopfes, während der dunkle, rauhe Anzug die Ähnlichkeit des Musikers mit einem abgerichteten Zirkushund noch unterstrich. Wenn er Klim begegnete, ließ er den Respirator am Hals hinabsinken und redete immer irgend etwas über Musik.

»Da – schauen Sie«, sprach er, seine Hände zu Klims Gesicht emporhebend und ihm sieben Finger zeigend. »Sieben Noten, es sind doch nur sieben, nicht wahr? Was aber haben Beethoven, Mozart, Bach aus ihnen gemacht? Und das ist überall, in allem so: Uns ist sehr wenig gegeben, aber wir haben unendlich viel Schönes geschaffen.«

Er behauptete, die Sprache der Musik sei unvergleichlich reicher als die Sprache der Worte: »Um Ihnen den Inhalt eines Akkords zu erzählen, wären Dutzende von Worten erforderlich.«

Eines Abends im Garten jedoch teilte er, außer Atem vor Hitze, Klim als Neuigkeit mit: »Ich sterbe. Im Herbst wahrscheinlich werde ich tot sein.«

»Hören Sie auf, wo denken Sie hin«, entgegnete Samgin, darauf bedacht, daß seine Worte nicht zu gleichgültig klängen.

»Meine Frau glaubt es auch nicht«, sagte Spiwak und malte ein kompliziertes Muster mit dem Finger in die Luft. »Ich aber – weiß es: im Herbst. Sie meinen, ich fürchtete mich? Nein. Aber – ich bedaure es. Ich erteile gern Musikunterricht.«

Er sah seine elfenbeinfarbenen Finger an und atmete mit pfeifendem Ton.

»Meine Frau unterrichtet auch gern, ja! Sehen Sie, man muß das Leben nach dem Typ des Orchesters gestalten: jeder soll ehrlich seinen Part spielen, dann wird alles gut.«

Er sprach keuchend, in seiner Kehle pfiff irgend etwas; er griff sich plötzlich an den Kopf, nieste und sagte, als er wieder zu Atem gekommen war: »Der Staub in dieser Stadt riecht nach Vogelunrat.«

Samgin nahm seine Reden wie das irre Stammeln Diomidows auf, durch diese Reden wurde es noch langweiliger, und schließlich trieb ihn die Langeweile in die Redaktion.

Die Redaktion befand sich an der Ecke der stillen Dworjanskaja-Straße und einer öden Seitengasse, die im Bogen auf das eiserne Tor eines Altersheims stieß. Das zweistöckige Haus hatte einen Knick: der eine Teil lag an der Straße, der andere, um zwei Fenster breitere, war in der Seitengasse verborgen. Das Haus war alt, sah aus wie eine Mietskaserne, ohne Verzierungen an der Fassade, der gelbe Anstrich ihrer Wände war verstaubt, sie hatten die Farbe ungegerbten Leders angenommen, die Sonne zierte die Fensterscheiben mit violettem Ton, und es war unangenehm, über den halbblinden Fenstern dieses Hauses die goldenen Worte »Unser Land« zu sehen.

Über eine gußeiserne Treppe, die von der Tätigkeit der Druckerpressen im unteren Stockwerk zitterte, gelangte Samgin in ein großes Zimmer; in der Mitte, an einem langen wachstuchbedeckten, mit Tinte bespritzten Tisch, saß Iwan Dronow und schrieb, vor sich hin pfeifend, aus einem Notizbuch etwas auf einen schmalen Papierstreifen.

Unschlüssig und als erkenne er Klim nicht, erhob er sich und ging ihm entgegen, als Klim jedoch lächelte, ergriff er mit beiden Händen seine Rechte und schüttelte sie mit sichtlich übertriebener Freude.

»Du bist gekommen? Schon lange?«

»Nun, wie lebst du?« antwortete Samgin, unangenehm berührt von der stümperhaft übertriebenen Freude wie auch von dem Du.

»Ich lebe von Findlingen«, sagte Iwan sehr rege und laut. »Der Feuilletonist witzelt: Bringen Sie die Findlinge in natura her, das Kontor wird sie abstempeln, denn sonst verkaufen Sie uns fünfmal ein und denselben Findling.«

Er hatte sich das Haar ganz kurz scheren lassen, so daß jetzt sein platter Schädel zutage trat und das Gesicht breiter schien, während das Knöpfchen von Nase gleichsam angeschwollen und konturlos war. Er zupfte sich an seinem straßenstaubfarbenen Schnurrbärtchen und fuhr fort: »Bei uns hier witzeln alle. Aber in der verdammten Stadt gibt es keinerlei Vorfälle! Man möchte geradezu selbst rauben, brandstiften, morden – für die Chronik.«

Beim Sprechen zeichnete er mit dem Federhalter Achten auf das Wachstuch, das wie eine Landkarte aussah, und horchte auf das Rascheln hinter der Tür des Redakteurskabinetts, das so klang, als spielte dort eine Katze mit Papier.

Die weiße, vom Alter vergilbte Tür des Kabinetts wurde weit aufgerissen, und, Papierstreifen in der Hand schwingend, schrie der Redakteur: »Dronow! Was, zum Teufel, haben Sie . . . Ach, guten Tag!« sagte er freundlich und riß die Tür noch weiter auf. »Ich bitte!«

Und eine Minute später saß Klim ihm gegenüber und hörte: »Der Zensor leidet an Logophobie, an zügelloser Wortlust, und jeder sucht dem anderen zu zeigen, daß er der Radikalere sei.«

Er sprach ernst und nicht im Klageton, sondern als diktierte er Klim etwas. Er trocknete sich mit dem Taschentuch die schweißbedeckte Glatze, die gelben Schläfen, und seine gekränkte Unterlippe spreizte sich besonders gewichtig ab, wenn er lateinische Wörter aussprach. Klim wußte bereits, daß das Zeitungslatein eine Schwäche des Redakteurs war, fast jeden seiner Artikel schmückten Wörtchen wie ab ovo, o tempora, o mores!, dixi testimonium paupertatis und andere unter Zeitungsleuten beliebte Worte. Hinter dem Redakteur stand ein Schrank, vollgestopft mit Büchern, in den Schrankscheiben spiegelten sich der graue Rücken, die frauenhaft runden Schultern, glänzte trüb sein kahler Hinterkopf, und es schien, in dem Bücherschrank wäre ein Doppelgänger des Redakteurs eingesperrt.

»Stellen Sie sich doch vor, wie schwierig es ist, unter solchen Verhältnissen eine öffentliche Meinung zu schaffen und sie zu lenken. Und da kommen noch Leute, die überzeugt sagen: Je schlimmer – desto besser. Und zu guter Letzt – die Marxisten, diese Quasi-Revolutionäre ohne Liebe zum Volk.«

Der Geruch von Druckerschwärze füllte das kleine mit Zeitungen übersäte Zimmer. Unter seinem Fußboden dröhnte unaufhörlich mit gleichmäßigem Stampfen ein seltsames Ungetüm.

Der Redakteur seufzte müde: »Ist das über die Ausstellung?« und verscheuchte mit Klims Manuskript eine dreiste Fliege, sie wollte sich eigensinnig auf die Schläfe des Redakteurs setzen und sich an seinem Schweiß satt trinken. »Inokow hat sich als vollkommen unbrauchbarer Korrespondent erwiesen«, fuhr er fort, schlug sich mit dem Manuskript auf die Schläfe und verfolgte mit verzerrtem Gesicht, wie die Fliege außer Rand und Band auf dem Tisch herumflitzte. »Er ist ein Misanthrop, der Inokow, das rührt bei ihm wahrscheinlich von Verstopfungen her. Der Psychiater Kowalewskij sagte mir, Timon von Athen habe an Verstopfung gelitten und das sei überhaupt ein Merkmal ...«

Als er die Fliege glücklich mit dem Manuskript totgeschlagen hatte, atmete er erleichtert auf, hob die Lippe und zog sie ein wenig in die Breite: Samgin begriff, daß der Redakteur lächelte.

»Und außerdem schreibt Inokow unmögliche Gedichte, wissen Sie, geradezu komische. Übrigens haben sich bei mir einige Arschin Poesie von ortsansässigen Dichtern angesammelt – wollen Sie sie nicht mal ansehen? Vielleicht finden Sie darunter etwas für die Sonntagsnummern. Ich gebe zu, ich verstehe die neue Dichtung schlecht ...«

Er machte ein ärgerliches Gesicht, zog die Schublade heraus und überreichte Klim ein Päckchen Zettel verschiedener Größe.

»Tja – so ist das! Vor etwa zwei Wochen hingegen lieferte Dronow ein anständiges Gedicht, wir druckten es ab, da stellte sich heraus, es ist von Benediktow! Man lachte uns natürlich aus. Ich frage Dronow: Was soll das heißen? Ein Bekannter aus dem Priesterseminar hat es mir gegeben, sagt er. Hm . . . Muß sagen, ich glaube nicht an den Bekannten.«

Da stürzte der Feuilletonist ins Kabinett, fragte: »Hat man mich wieder abgeschlachtet?«

Und er erklärte, indem er Samgin die Hand drückte: »Das fünfte Feuilleton in diesem Monat.«

Er setzte sich auf die Fensterbank, schüttelte sich und hustete so stark, daß sein gelbes Gesicht anschwoll und glühendrot wurde, während seine dünnen Beine krampfhaft mit den Fersen gegen die Wand schlugen; der rohseidene Rock rutschte von seinen knochigen Schultern, der Kopf zitterte krampfhaft, und Strähnen des ausgeblichenen und wahrscheinlich sehr trockenen Haars fielen ihm ins Gesicht. Als er sich ausgehustet hatte, wischte er den Mund mit einem nicht besonders frischen Taschentuch ab und erklärte Klim: »Habe mich erkältet.«

Dann sagte er, die Zensur habe ihm im Verlauf seiner neunjährigen Arbeit bei Zeitungen elf Bände vernichtet, den Band zu zwanzig Druckbogen und den Bogen zu vierzigtausend Zeichen gerechnet. Samgin hörte, daß Robinson dies nicht mit Verbitterung, sondern mit Stolz sagte.

»Du übertreibst«, murmelte der Redakteur, der mit einem Auge irgendwessen Manuskript las, während er mit dem anderen eine neue zudringliche Fliege verfolgte.

Robinson wollte etwas sagen, sprang von der Fensterbank auf, begann wieder zu husten und spuckte in einen Korb mit zerrissenem Papier aus – der Redakteur schielte nach dem Korb, schob ihn mit dem Fuß beiseite und sagte verdrossen, indem er auf einen Klingelknopf drückte: »Wieder haben sie vergessen, einen Spucknapf hinzustellen.«

Dronow trat ein, der Redakteur hob die Augen über den Brillenrand. »Ich habe nicht nach Ihnen geläutet, nach dem Hauswart.«

»Die Chronik«, sagte Dronow.

»Was denn?«

»Ein Ertrunkener. Zwei kleine Diebstähle. Eine Rauferei auf dem Basar. Eine Körperverletzung . . .«

»Das ist ein Leben, ha?« rief Robinson aus und ergriff Klim am Arm. »Gehen wir ein Bier trinken.«

Dronow, der am Türpfosten stand, sagte, über den Kopf des Redakteurs hinwegblickend: »Der Gefängnisinspektor Toporkow hat gestern in der Stadtverwaltung das Mitglied der Stadtverwaltung

Gratschow einen Idioten und Timofejew einen Dieb genannt . . .«

»Aber beide haben ihm nicht geglaubt«, schloß Robinson und nahm Klim mit hinaus.

Samgin wollte sich die Gelegenheit nicht entgehen lassen, einen Menschen näher kennenzulernen, der sich für berechtigt hielt, abfällig zu urteilen und zu belehren. Obwohl Robinson auf der Straße gegen den Wind gehen, vor Staub blinzeln und husten mußte, redete er lebhaft: »Gehen wir in die Walhalla, so nenne ich die ›Wolga‹, denn die Schenke ist die russische Walhalla, wo unsere Helden zur Ruhe eingehen, sowie Leute, die durch verderbliche Leidenschaften erschöpft sind. Welche Leidenschaften, junger Mann, umstürmen Sie?«

Sie gingen durch eine schmucke Straße, an bunten Häuschen vorbei, die hinter Staketenzäunen versteckt und von Gärten umgeben waren.

»Recht bequeme Häuserchen«, murmelte Robinson, gierig die heiße Luft schlürfend. »Festungen allen möglichen Konservativismusses. Konservatismus entsteht auf der Grundlage von Bequemlichkeiten . . .«

Solche heimatlosen Menschen ohne Verantwortung haben nichts zu bedauern, dachte Samgin.

»Erinnern Sie sich der ironischen Worte Onkel Akims bei Tolstoi über die bequemen Wasserklosetts, ha?«

Klim lächelte, ohne zu antworten; ihn belustigte plötzlich die unschön gekrümmte Gestalt des dürren Mannes in gelber Rohseide, mit dem gelben Hut in der Hand, mit zerzaustem hanffarbenem Haar; die roten Flecken auf seinen Backenknochen erinnerten an ein Clownsgesicht.

»Ich glaube nicht, daß Sie ein böser Mensch sind«, sagte er unerwartet.

»Das ist es ja, daß ich keiner bin!« rief Robinson aus. »Man muß aber böse sein, das verlangt der Beruf.«

Das Restaurant stand auf einem steil zum Fluß abfallenden Hang, die auf Pfosten ruhende Terrasse hing wie ein Wandbord in der Luft. Über die Gipfel alter Linden hinweg sah man das bläuliche Band des Flusses; geschmolzene Sonne glitzerte auf der Oberfläche des Wassers; an den sandigen Hügeln jenseits des Flusses hafteten graue Hütten eines Dorfes, weiter hinten waren die Hügel mit Wacholdergesträuch bewachsen, und noch weiter fort stiegen üppige Wolken über der Erde auf.

In einer Ecke der Terrasse langweilte sich einsam bei leerem Eisschälchen eine stattliche Frau mit Doppelkinn, melonenförmigem

Gesicht und dunklem Bartanflug unter einer nicht zu einem Menschen passenden Habichtsnase.

»Madame Kaspari, die berühmte Kupplerin«, teilte Robinson flüsternd mit. »Über sie zu schreiben ist von der Zensur verboten.«

In freundschaftlichem Ton sagte er zu dem jungen Kellner: »Etwas Fisch, Mischa, Eier und zwei Fläschchen Bier.«

Nachdem er sich hastig eine Zigarette angezündet hatte, streckte er die müden Beine unter dem Tisch aus, rekelte sich auf dem Stuhl und begann sogleich zu reden, wobei er Samgin unverwandt, mit ungenierter Neugier ins Gesicht sah: »Interessant, was eure vom Menschen enttäuschte Generation tun wird. Der Helden-Mensch ist euch offenbar unsympathisch oder beängstigt euch, obwohl ihr euch die Geschichte trotzdem als Werk August Bebels und seinesgleichen denkt. Mir scheint, ihr seid mehr Individualisten als die Volkstümler, und ihr schiebt die Massen vorwärts, um selbst an der Seite zu bleiben. Unter euch Brüdern spürt man keinen Menschen, der aus Liebe zum Volk, aus Angst um dessen Los den Verstand verlöre, wie Gleb Uspenskij.«

Samgin machte, während er Worte für eine scharfe Entgegnung suchte, ein unwilliges Gesicht, er wollte sich nicht über politische Themen unterhalten, er hätte gern erfahren, auf welchen Glaubenssätzen Robinson sein Recht gegründet hatte, alles und jedermann zu kritisieren. Doch der Feuilletonist, der mit der Zigarette qualmte und häßlich blinzelte, fuhr fort: »Erinnern Sie sich seines tragischen Geschreis, man müsse ›dem Verstand und dem Gewissen ungemeine Gewalt antun, um das Leben auf offenkundiger Lüge, Falschheit und Rhetorik aufzubauen‹?«

Er zerbrockte das Brot, warf große Stücke davon über das Geländer den dickkropfigen, graublauen Tauben hinunter und sah zu, wie gierig sie die Brotrinde einander entrissen und zerpickten. Ein nervöses Zucken entstellte sein knochiges Gesicht.

»Ja, das Leben wird immer schändlicher, und ich bin es müde, darin den Narren zu spielen. Ein Feuilletonist, mein Lieber, ist ein Hanswurst, ein Clown.«

Er erhob sich halb vom Stuhl, warf mit einem Korken nach den Tauben und sagte seufzend: »Ein dummer Vogel. Uspenskij aber ist trotz allem ein Optimist, denn das Leben läßt sich sehr leicht auf Rhetorik und Lüge aufbauen, niemand tut dem Gewissen und dem Verstand ›ungemeine‹ Gewalt an.«

Er sprach schnell und sprang von einem Thema zum anderen, als liefe er auf einem launisch gewundenen Pfad. In diesem Springen fühlte Klim irgend etwas sehr Verworrenes, Widerspruchsvolles und einer Beichte Ähnelndes. Klim verlieh seinem Gesicht einen Ausdruck von Mitgefühl und schwieg; es tat ihm wohl, den Mann bedeutungsloser zu sehen, als er ihn sich vorgestellt hatte.

Nachdem der Feuilletonist achtlos, hastig mit der Gabel in der Fischsülze herumgestochert hatte, aß er die Gallerte und sagte: »Ich ernähre mich ausschließlich von Fisch und Eiern, der phosphorreichsten Nahrung.«

Doch die Eier aß er auch nicht, sondern rollte sie eine Weile zwischen den Handflächen und steckte sie dann in die Tasche.

»Für einen Hund. Ich hege ›eine Art krankhafter Zuneigung‹ zu herrenlosen Hunden, mein Lieber. Ein solch kluges, herzliches Tier und – nicht geschätzt! Beachten Sie, Samgin, keiner vermag den Menschen so zu lieben, wie ihn die Hunde lieben.«

Das Bier trank er in kleinen Schlückchen wie Wein, trank es und verzog das Gesicht, schmatzte.

»Was halten Sie von Anekdoten?« fragte er lebhafter. »Ich – mag sie gern.«

Er schloß das rechte Auge und sprach mit greisenhafter Stimme, jemanden nachäffend, indem er zwischendurch aufschnarchte: »Der Wißbegier des Volksverstandes wird die ganze Wirklichkeit legendär und anekdotisch klar . . . Nein, im Ernst! Sehen Sie, ich habe in elf Städten gelebt, bin aber in ihnen nur an Anekdoten reicher geworden. In Kasan erzählte mir mein Hausherr, ein Skopze, Wucherer und sehr pfiffiger kleiner Alter, Gawriil Dershawin habe sich, obwohl er reich war, bis zu seinem vierzigsten Lebensjahr bettelarm gestellt und auf den Straßen weinerliche Lieder gesungen. Der gerechte Landesvater Alexander der Gesegnete habe ihn der Heuchelei überführt, nach Sibirien verbannt und zu seiner Schmach befohlen, ein Standbild von ihm, halbnackt, in Lumpen und die Hand nach Almosen ausgestreckt, anzufertigen und als Denkmal vor dem Theater errichten zu lassen: Verstell dich nicht, du Spitzbube!«

Aus der etwas heiseren Stimme Robinsons klang Traurigkeit, er suchte sie durch spöttisches Lächeln zu verdecken, aber es gelang ihm nicht. Graue Schatten zeigten sich auf dem knochigen Gesicht, als entsprängen sie den Runzeln unter den ausgebrannten Augen, die Augen glänzten bald fiebrig, bald erloschen sie trübsinnig und bedeckten sich mit den Wimpern.

»Der Name Dershawin indessen ist folgendermaßen zu erklären: Der Kasaner Bauer Gawrila war Heizer im Schloß Katharinas der Großen. Sie überwarf sich mit ihrem Liebhaber Potjomkin und schrie: ›Ich laß dir den Kopf abhauen!‹ Er rannte davon, sie jedoch, in ihrer weiblichen Raserei, ihm nach, nackt, wie sie war. Da hielt

Gawrila, nicht dumm, sie zurück. ›Du darfst, Zarin‹, sagte er, ›deinen Liebhabern nicht nachlaufen!‹ Da kam sie zur Besinnung. ›Richtig, Gawrila, und du hast eine Belohnung verdient für die Bewahrung meiner Zarinnen- und Frauenehre, dafür, daß du die Zarenmacht vor einem Skandal bewahrt hast.‹ Danach stand er sieben Jahre lang vor der Tür ihres Schlafzimmers Wache, und es wurde ihm der Familienname Dershawin verliehen. Potjomkin hingegen wurde von ihr als Gouverneur nach Kasan verbannt, und er lief später zu Pugatschow über.«

Robinson nahm ein schwarzes, stählernes Zigarettenetui aus der Tasche, blickte in die rauchblaue Ödnis jenseits des Flusses und seufzte: »Ich habe mehr als hundert solcher Anekdoten über Zaren, Dichter, Bischöfe, Gouverneure und so weiter aufgeschrieben.«

»Das ist interessant«, sagte Samgin in gleichgültigem Ton. Bei den Anekdoten des Feuilletonisten erinnerte er sich an Warawkas geringschätziges Urteil über ihn: »Robinson gehört zu jenen Intellektuellen, in deren Seele die Lebenserfahrung nicht in bestimmte Formen gepreßt wird, keine pädagogische Bosheit ausströmt, sondern ihre Träger nur bedrückt. Er ist ein Zimmerhündchen, dieser Robinson.«

Klim erhob sich und reichte ihm die Hand.

»Ich muß aufbrechen.«

»Ich gehe auch«, sagte Robinson.

Deutlich hörbaren festen Schrittes kam aus dem Restaurant wie aus den Kulissen auf die Bühne der gedrungene, sonnengebräunte Dirigent des Kathedralchors auf die Terrasse heraus. Die Spitzen seines dichten Schnurrbarts waren fast bis an die Augen hochgezwirbelt, die rund und schwarz waren wie die zu großen Knöpfe seines stutzerhaften Röckchens. Der ganze Mann war wie glattpoliert, es glänzte auch der in seiner behaarten Hand überflüssige Stock.

»Korwin«, flüsterte mit gerecktem Hals hüstelnd der Feuilletonist; er steckte die Hände in die Taschen und setzte sich etwas fester hin. »Er hält sich für einen Nachfahren des ungarischen Königs Matthias Korvinus; ein Schuft, er schlägt die Chorknaben erbarmungslos, ich habe über ihn geschrieben; sehen Sie, wie aggressiv er mich anblickt?«

Den Stock schwenkend und die Dame in der Ecke durch Gesten der Hand in gelbem Handschuh grüßend, ging Korwin gewichtig auf die Ecke, auf das Lächeln der Dame zu, blieb aber, als er den Feuilletonisten bemerkt hatte, stehen, zog die Brauen zusammen, und die Spitzen seines Schnurrbarts bewegten sich bedrohlich, während das matte Weiß seiner Augen mit Blut unterlief. Klim stand, die Hand auf der Stuhllehne, und erwartete, daß gleich ein Skandal begänne; an Robinsons Gesicht, an seinem fassungslosen Lächeln erkannte er, daß der Feuilletonist dasselbe erwartete.

Doch aus der Tür des Restaurants sprang wie ein großer schwarzer Vogel Inokow in seinem Umhängemantel auf die Terrasse, in der einen Hand den Hut, die andere vorgestreckt, als hielte sie einen Degen. An einen Degen dachte Samgin deshalb, weil Inokow ihn sowohl durch sein unerwartetes Erscheinen wie auch durch seine ganze Gestalt an den melodramatischen Helden Don César de Bazan erinnerte.

»Bah, Inokow, wann sind Sie ...«, rief der Feuilletonist, vom Stuhl hochspringend, freudig aus und setzte sich gleich wieder, während Inokow dem Dirigenten, nachdem er ihm wortlos mit dem Hut ins Gesicht geschlagen hatte, den Stock aus der Hand riß, ihn über das Geländer der Terrasse schleuderte, den Dirigenten am Kragen packte, ihn schüttelte und ihm mit schnarrender Stimme etwas in das runde, nunmehr tiefrote glotzäugige Gesicht raunte. Der Dirigent reichte Inokow bis zur Schulter, war aber bedeutend breiter und stämmiger, Klim erwartete, er werde Inokow packen und über das Geländer schleudern, doch der Dirigent wankte auf den Beinen, hielt mit der einen Hand den Panamahut fest, stieß mit der anderen Inokow vor die Brust und schrie mit klangvoller Stimme: »Lassen Sie mich! Was haben Sie? Ich werde mich beschweren.«

Mit einer Leichtigkeit, die Klim erstaunte, drehte Inokow den Dirigenten mit dem Rücken zu sich und brüllte, ihm einen Tritt ins Gesäß versetzend: »Ich schlage Sie zum Krüppel!«

Zwei Kellner kamen herbeigerannt, dann der Büfettier, in der Tür nahm ein dicker Mann mit einer Serviette auf der Brust Aufstellung, die Dame trommelte mit der Faust auf den Tisch und schrie: »So rufen Sie doch die Polizei!«

Doch der Dirigent lief hüpfend ins Restaurant fort und kreischte erst von dort, mit dem Panamahut fuchtelnd, ganz außer Atem: »Sie werden sich zu verantworten haben! Ich werde Sie ... Gut!«

Samgin war sehr erregt von dem Skandal, dachte aber trotzdem: Wie kläglich und lächerlich doch ein erschreckter Mensch ist.

Die Dame, die jetzt auf die Tür zuschritt, sagte zu ihm: »Schämen Sie sich nicht? Da wird ein Mensch beleidigt, Sie aber sitzen wie im Zirkus da.«

Inokow, der ihr nicht aus dem Wege ging, blickte ihr ins Gesicht und schrie sie wie einen Gaul an: »N-na!«

Sie sprang zur Seite und ging rasch in das Restaurant hinein, indem sie sagte: »Ich bin Zeugin!«

Inokow trat auf Robinson zu, reichte ihm, dann Samgin mit mürrischem Lächeln die Hand, sie war schweißfeucht und zitterte, seine Augen waren sonderbar und unheimlich weiß geworden, die Pupillen verschwammen irgendwie, und das machte sein Gesicht blind. Der Kellner schob ihm einen Stuhl hin, er setzte sich, versteckte die Hand unter dem Tisch und bat: »Bier, Matwej Wassiljewitsch, möglichst kaltes.«

»Was bedeutet das? Weswegen?« fragte Robinson leise, aber entrüstet.

»Er weiß es!« sagte Inokow und schüttelte den Kopf, daß ihm der Hut auf die Knie hinunterfiel.

»Das billige ich nicht«, schnaubte Robinson zornig und zündete sich eine Zigarette an.

Inokow zuckte die Achseln und schwieg.

»Es ist schwül«, sagte Samgin, sich mit einem Taschentuch anfächelnd.

Aus unbestimmtem Grund war es ihm unangenehm, zu erfahren, daß Inokow über eine Kraft verfügte, die ihm gestattete, einen Mann, der bedeutend stämmiger und schwerer war als er, so leicht hinauszuwerfen. Doch Klim erinnerte sich sogleich eines Satzes, den er bei einem Ringkampf gehört hatte: »Er hat durch Tapferkeit gesiegt, nicht durch Kraft.«

Er wäre gern fortgegangen, meinte aber, Inokow werde das als Protest auffassen, und außerdem wollte er erfahren, weswegen dieser Wilde den Dirigenten geschlagen hatte.

»Wann sind Sie angekommen?« fragte er.

»Gestern abend«, antwortete Inokow sehr bereitwillig. Dann lächelte er jenes Lächeln, das sein grobes Gesicht weicher und schöner machte, und fuhr fort: »Aus ist's! Hab mich mit Warawka überworfen und arbeite nicht mehr an der Zeitung mit! Er ist dort in der Ausstellung wie ein gieriger kleiner Junge in einem Spielwarenladen herumgegangen. Und Wera Petrowna – wie die Gouverneurin von Kaluga, die schon nichts mehr in Erstaunen versetzen kann. Sie wissen, Samgin, Warawka gefällt mir zwar, aber nur bis zu einer gewissen Grenze ...«

»Sie werden sich bald mit der ganzen Welt überwerfen, mein Lieber, Sie sind ein unverträglicher Mensch«, brummte Robinson und bot Inokow eine Zigarette an. »Weswegen haben Sie den Dirigenten so erschreckt?«

Inokow nahm eine Zigarette, sah sie an, zerbrach sie, warf sie aufs Tablett und seufzte, die Schulter zurückwerfend, mit verkniffenen Augen.

»Über den Dirigenten fragen Sie den Dirigenten. Ich hingegen werde, wie mir scheint, nach Kamtschatka reisen, ein paar Schweinekerle haben vor, zum Goldsuchen hinzufahren. Ich habe Ihr Gerede satt, Robinson, habe den ehrwürdigen Redakteur, den Lärm und Geruch der unglückseligen Maschinen in der Druckerei satt – habe alles satt!«

»Sehr konsequent!« bemerkte Robinson ironisch. »Aus der Zeitung heraus nach Kamtschatka zu springen ...«

Samgin fand, man könne jetzt gehen. Als Inokow ihm die Hand drückte, fragte er Klim mit einem Lächeln: »Sie verurteilen mich wohl streng, wie?«

»Ich kann nicht urteilen, wenn ich die Motive nicht kenne«, antwortete Samgin großmütig.

Mit Mißtrauen gegen sich selbst fühlte er, daß dieser Bursche heute in seinen Augen bedeutsamer geworden war, obwohl er ebenso unangenehm blieb wie früher.

Mich besticht doch nicht etwa seine körperliche Kraft und Geschicklichkeit? überlegte er mit finsterer Miene und sah immer klarer, daß ein Mensch größer, ein anderer kleiner geworden war.

Daheim fand er sogleich unter den Gedichten eins mit der Unterschrift »Inokow«. Die Buchstaben der Unterschrift und der unebenen Zeilen waren stark nach links geneigt und entbehrten eines bestimmten Duktus, jeder Buchstabe fiel getrennt vom anderen, alle Konsonanten waren klein, alle Vokale groß geschrieben. Schon darin spürte man Künstelei.

»Gnädigste!« las Klim mit verdrossenem Gesicht.

»Ich bin ein sehr guter Hund!
Das wurde zugegeben von den Herden verschiedenen
   Viehs,
Und selbst die Schweine, die mir besonders feindlich
   gesinnt,
Leugnen nicht etliche Vorzüge an mir.

Doch kann ich keinen Menschen finden,
Der mich selbstlos liebgewänne.

Ich kenne die Menschen ziemlich gut
Und bin es gewohnt, ihnen alles zu geben, was ich besitze,
Indem ich des Lebens Leiden und Freuden
Mit meinem Herzen schöpfe wie mit kupferner Kelle.

Doch haben die Menschen nichts, was ich brauchen
   könnte,
Ich fresse nichts Süßes und nichts Fettes,
Das Abgeschmackte erregt mir Übelkeit,
Denn als Welpe schon wurde mit Lüge ich überfüttert.

Ich verrecke vor wahnsinnigster Langeweile,
Ich brauche einen Menschen,
Dem ich die Hände freudig und zärtlich lecken könnte,
Weil er auf menschliche Weise gut ist!

Gnädigste!

Wären Sie imstande, ein Gott zu sein
Einem guten Hund, einem ehrlichen Köter,
Wahrhaftig – es würde Sie nicht erniedrigen ...
Mit nachdenklichem Blick in die Leere des Himmels
Fragte sie: ›Wo bleiben denn die Reime?‹«

Das sind keine Verse, entschied Samgin, der mit ratlosem Blick den zerknitterten Bogen betrachtete. Ist das nun dumm oder originell?

Manchmal war es ihm so vorgekommen, auch Originalität sei Dummheit, nur im Gewand ungewöhnlich zusammengestellter Worte. Diesmal jedoch fühlte er sich ganz irregemacht: Inokows Zeilen klangen nicht dumm, doch sie als originell anzuerkennen – verspürte er keine Lust. Klim setzte mit dem Bleistift in die Kreise der O und A Augen, Nasen und Lippen ein, versah die häßlichen Köpfchen mit Ohren, mit Haarborsten und dachte, daß es schön wäre, Inokow lächerlich zu machen, indem man eine Parodie »Sommersprossen und Gedichte« schriebe. Wer war diese »Gnädigste«? Die Spiwak etwa? Sicherlich. Dann wäre es verständlich, weshalb Inokow den Dirigenten beleidigt hatte.

Am Abend, als es dunkel wurde, ging er ins Seitengebäude, er traf Jelisaweta Lwowna am Tisch bei einer Näharbeit an und las ihr die Verse vor. Die Spiwak hörte ihm zu, ohne den Kopf zu heben, und fragte dann: »Hat Inokow Ihnen erlaubt, mir diese Gedichte vorzulesen?«

»Nein, aber sie werden nicht gedruckt«, antwortete Samgin eilig und verlegen. »Woher wissen Sie denn, daß Inokow der Verfasser ist?«

Die Spiwak hob den Kopf und blickte Klim mit einem Lächeln an, das ihn noch verlegener machte.

»Sagen Sie es ihm nicht«, bat er.

Sie legte die Näharbeit auf den Tisch und fragte: »Inokow gefällt Ihnen nicht?«

»Nein, es gibt irgend etwas Unangenehmes an ihm«, antwortete Samgin nach kurzem Zögern.

»Eine gewisse Rauhbeinigkeit«, half ihm die Frau ein, indem sie den Fingerhut abnahm und damit spielte. »Das kommt bei ihm vom mangelnden Selbstvertrauen. Und von Schiller, von Karl Moor«, setzte sie nach kurzem Nachdenken, mit dem Stuhl schaukelnd, hinzu. »Er ist ein Romantiker, jedoch zu sehr mit der Wahrheit des Lebens belastet, und darum wird er kein Dichter werden. Bei ihm schließt ein Gedicht folgendermaßen:

> Verzweiflung vergewaltigt meine Seele,
> Aufgeputzt, wie eine Kokotte,
> In Papierblumen jämmerlicher Worte.

Das ist sehr unbeholfen gesagt; er ist überhaupt in seinen Worten wie auch in seinen Gedanken unbeholfen, wahrscheinlich deshalb, weil er ein ehrlicher Mensch ist.«

Beim Sprechen ordnete sie mit weichen Gesten das Haar, den Kragen des Kleides, die Falten über der Brust.

Sie zupft an sich herum wie eine Glucke, dachte Klim, der sie mürrisch beobachtete. Sie riecht nach Milch.

Sie sprach im Ton einer Lehrerin, und es war unangenehm, ihr zuzuhören.

»In der Jugend strebt jeder von uns, seinen eigenen Weg zu finden, das hat schon Goethe festgestellt«, vernahm Klim.

Schlecht kenne ich mich in den Frauen aus. Im Grunde ist sie langweilig und eine Spießbürgerin, in Petersburg dagegen kam es mir vor . . .

»Erinnern Sie sich, er trennte die Dichtung von der Wahrheit des Lebens . . .«

»Wer?« fragte Samgin.

»Goethe.«

»Ach, ja! Sind Sie einverstanden mit ihm?«

»Die Frau hat ein sehr begründetes Recht, Dichtung für Lüge zu halten«, sagte die Spiwak nicht laut, aber fest.

Hinter der Tür des Nebenzimmers hustete der Musiker, und die von den Worten seiner Frau hervorgerufene Langeweile verdichtete sich gleichsam durch dieses Husten. Klim wählte einen geeigneten Augenblick und ging fort, fast erbost über die Spiwak, in der Nacht indessen dachte er lange über den Menschen nach, der seinen eigenen

Weg zu finden sucht, und über die Menschen, die sich auf jegliche Weise bemühen, ihm die Kandare anzulegen, ihn auf den von ihnen ausgetretenen Weg zu lenken und sein Originalgesicht zu verwischen. Alina Telepnjowa hatte so komisch gesagt, sie sähe die ganze Welt als eine für sie bestimmte Besserungsanstalt, aber sie hatte recht. Solche Jelisaweta Spiwaks machten die Welt zu einer Besserungsanstalt.

Ein paar Tage später entfaltete Klim Samgin, im Bett liegend, die Zeitung und sah gedruckt seine Reportage über die Ausstellung. Das erregte ihn angenehm, er schloß sogar einen Augenblick die Augen, doch vor den Augen sah er trotzdem die schwarzen Lettern: »Auf dem Fest der russischen Arbeit«. Als er jedoch die sechs Spalten dichter und kleiner Druckschrift gelesen hatte, fühlte er sich so unruhig, als bissen und reizten ihn Fliegen. Ihn regten die Druckfehler auf; es war kränkend, sich zu überzeugen, daß einige Sätze weitschweifig waren und schwerfällig klangen, andere zu hochtrabend, und daß die Reportage, obwohl ihr Ton im allgemeinen sachlich war, irgend etwas Fremdes, etwas von den griesgrämigen Urteilen Inokows hatte. Das war das Unangenehmste und war um so unangenehmer, da an zwei bis drei Stellen Worte Inokows fast buchstäblich wiedergegeben waren. Besonders verwirrte ihn der Satz von der Odysseus erwartenden Penelope und von den glatzköpfigen Freiern.

Wie habe ich das zulassen können? warf er sich ärgerlich vor.

Der Spiegel zeigte ihm ein sorgenvolles und langgezogenes Gesicht mit verkniffener Unterlippe und dem eisigen Glanz der Brille.

Interessant, was wird die Spiwak sagen?

»Mir scheint, dies ist etwas zu sehr verschönert«, sagte sie, tröstete ihn aber auch gleich: »Im allgemeinen jedoch – beglückwünsche ich Sie!«

Dronow beglückwünschte ihn ebenfalls und anscheinend aufrichtig. »Beste Glückwünsche zum Beginn der schriftstellerischen Laufbahn«, rief er, Samgin die Hand schüttelnd, während Robinson das Urteil Jelisaweta Lwownas wiederholte: »Mein Lob, dennoch möchte ich bemerken: Das Artikelchen ähnelt dem Schaufenster eines Delikatessenladens – alles ist schmackhaft, jedoch nicht für breiten Konsum.«

Klim faßte seine Worte als Kompliment auf.

Der interessanteste Mensch in der Redaktion und der für die Zeitung charakteristischste war nach Samgins Urteil, als er sich unter den Mitarbeitern etwas umgesehen hatte, Dronow, und das setzte die Bedeutung des »Presseorgans« in seinen Augen unverzüglich herab. Klim mußte zugeben, daß Dronow sich in der Rolle des Chronisten am richtigen Platz befand. Der scharfe Blick seiner unruhigen Augen drang durch die Häuserwände in der Stadt bis in den mikroskopischen Staub des Alltagslebens, fand darin scharfsichtig die größten und dunkelsten Stäubchen und holte sie geschickt heraus.

»Fast die ganze Zeitung lebt von meinem Material«, brüstete er sich mit schiefem Mund. »Wenn ich nicht wäre, hätte Robinson nichts, worüber er schreiben könnte. Man gibt mir wenig Platz; ich könnte anderthalb hundert verdienen.«

Alles, was Dronow über das Leben der Stadt erzählte, hatte den Beigeschmack ununterbrochen brodelnder Bosheit und des Bedauerns, daß sich aus dieser Bosheit kein Nutzen ziehen lasse, da es unmöglich sei, sie in Zeitungszeilen umzuwandeln. Der böse Staub der Berichte des Chronisten stieß Samgin ab, da er das Leben als langsamen Strom langweiliger Banalität schilderte, zog ihn aber auch an, da er es ihm ermöglichte, jenen Menschen, die diese Banalitäten schufen, nicht ähnlich zu sehen. Dennoch bemerkte er zweimal zu Dronow: »Du fixierst zu tendenziös das Dunkle.«

»Nun, was soll ich denn anderes fixieren?« fragte der Chronist, die Hände aneinanderpressend, daß die Finger knackten, und das Knöpfchen seiner Nase rötete sich. »Der Redakteur führt deinen Stiefvater bei den Stadtoberhäuptern ein und bildet sich ein, ein Reorganisator Rußlands zu sein, der Tölpel. Am liebsten beobachtet er, wie die Korrektorin sich unter dem Knie am Bein kratzt, es juckt sie dort immer, wahrscheinlich ist ihr das Strumpfband zu eng«, erzählte er, ohne zu lächeln, wie von etwas Wichtigem. »Die Korrektorin ist eine Mißgeburt, mit Blatternarben; sie ist Dorfschullehrerin gewesen, man hat sie wegen Unzuverlässigkeit an die Luft gesetzt. Wenn sie nichts zu tun hat – legt sie Patiencen; ich fragte sie mal ›Was wollen Sie denn aus den Karten erfahren?‹ – ›Ob wir bald eine Verfassung haben werden.‹ Sie lügt, natürlich will sie etwas über einen Mann herauslesen.«

Er erzählte, der Vizegouverneur habe eine Operettenschauspielerin beim Umarmen mit einer Nadel in den Arm gestochen; der Arm sei geschwollen, die Geschwulst sei geschnitten worden, und man befürchte eine Blutvergiftung.

»Das wäre etwas für Robinson«, sagte er mit Bedauern und setzte zuversichtlich hinzu: »Aber es wird auch bei ihm nicht durchgehen.«

Dronow kannte erstaunlich viele schmutzige Liebesaffären, klägliche Tragödien, Fälle zynischen Eigennutzes und Gaunereien, die sich nicht entlarven ließen.

»Der Zensor ist ein Hund. Ein alter Mann, den Schmerbauch bis zu den Knien, seine Frau ist ganz jung, Tochter eines Pfaffen, sie ist Schwester beim Roten Kreuz gewesen. Jetzt erzieht sie der Sonderbeauftragte des Gouverneurs, Majewskij, er hat ihr vor kurzem ein halbes Dutzend Spitzenunterhosen geschenkt.«

Nach Dronows Darstellung war die Stadt von Menschen bevölkert, die, einmütig allerhand Abscheulichkeiten begehend, ebenso einmütig einander zum Zwecke gegenseitigen Verrats bespitzelten, während Dronow sie alle belauerte und unendliches Material sammelte, um alle diese Menschen bei jemandem zu denunzieren.

Sonnabends versammelten sich in der Redaktion die Mitarbeiter und Gönner der Zeitung, Menschen, die offenbar gern wo möglich überall und von allem beliebigen redeten. Samgin wurde in seiner Ansicht bestärkt: der Mensch ist ein System von Sätzen. Bisweilen merkte er, daß diese Ansicht nicht den ganzen Menschen beleuchtete, aber: »Keine Regel ohne Ausnahme!« Dieser Ausspruch sah weitsichtig voraus, daß es Menschen gebe, die sich ausnehmend geschickt in Paradeworte kleideten, was sie trotzdem nur zur Schaffung ihres Systems von Sätzen führte, zu nichts weiter. Wahrscheinlich waren auch ganz gescheite Menschen möglich, die eine Festigkeit ihrer Meinungen anstrebten, den Zustand von Gläubigen erreichten und, in ihrer geistigen Entwicklung zurückbleibend, verdummten.

Wenn er zuhörte, wie man in der Redaktion von der Notwendigkeit politischer Reformen sprach, die Werte der europäischen Verfassungen erörterte oder die Entstehung einer sozialistischen Bauernrepublik in Rußland verfocht und bestritt, so dachte Samgin, diese stets hitzigen, manchmal erbosten Gespräche sind ein Spiel mit Worten, mit dem Gelangweilte sich die Zeit vertreiben, oder Handwerkelei von Leuten, die sich berufsmäßig ihr Brot dadurch verdienen, daß sie »das politische und nationale Selbstbewußtsein der Gesellschaft wecken«. Für Spiel und Handwerkelei hielt Klim auch die Urteile über die Zukunft der Großen Sibirischen Bahn, über Rußlands Vorstoß an die Küsten des Ozeans, über die Politik Europas in China, über die Erfolge des Sozialismus in Deutschland und überhaupt über das Leben in der Welt. Seltsam war es, zu sehen, daß die Geschicke der Welt von etlichen zwanzig russischen Intellektuellen entschieden wurden, die in einem abgelegenen Städtchen unter siebzigtausend Einwohnern lebten, für die sich die Welt auf ihre kleinlichen Interessen beschränkte. Diese Leute erweckten ein besonders scharfes Gefühl der Ablehnung gegen sie, wenn sie vom Leben ihrer Stadt zu reden begannen. Sie bekamen dann alle eine gewisse Ähnlichkeit mit Dronow. Jeder von ihnen schien dann auch im Besitz eines unsichtbaren Säckchens voll grauen Staubes zu sein, und, wie die spielenden Jungen auf den ungepflasterten Straßen der Vorstadt, bewarfen sie einander mit ganzen Händen voll von diesem Staub. Dronows Sack war umfangreicher, der Staub jedoch war bei fast allen ebenso beißend und erregte Samgin gleich stark. Morgens beim Zeitunglesen sah er, daß der Staub sich in Gestalt der schwärzlichen Druckschriftfleckchen auf das Papier gelegt hatte und den Geruch von Fett ausströmte.

Diese Erregung dämpften auch nicht die gesetzten Reden des Redakteurs. Wenn er den Debatten zuhörte, ließ der Redakteur die Lippe bald hängen, bald zog er sie wieder hoch, setzte sich, sacht auf dem Stuhl herumrückend, immer fester zurecht, als fürchtete er, der Stuhl könnte unter ihm wegschnellen. Dann sprach er deutlich, in warnendem Ton: »Bei uns entwickelt sich eine gefährliche Krankheit, die ich Hypertrophie kritischen Verhaltens zur Wirklichkeit nennen würde. Die Transplantation der politischen Ideen des Westens auf russischen Boden ist notwendig – das steht außer Zweifel. Doch dürfen wir die ungeheure Bedeutung einiger Besonderheiten des nationalen Geistes und Lebens nicht außer acht lassen.«

Er konnte lange sprechen, sprach, ohne die Stimme zu heben oder zu senken, und schloß seine Rede fast immer mit einer vorsichtigen Prophezeiung der Möglichkeit einer »Explosion von unten«.

»Revolution machen bei uns nicht die Rylejews und Pestels, nicht die Petraschewskijs und Sheljabows, sondern die Bolotnikows, Rasins und Pugatschows – das ist es, was man im Auge behalten muß.«

Samgin fand, der Redakteur spreche klug, aber trotzdem glich sein Reden einem hartnäckigen Herbstregen und erweckte das Verlangen, sich mit einem Schirm zu decken. Man hörte dem Redakteur nicht besonders ehrerbietig zu, und er fand nur einen Gleichgesinnten, Tomilin, der tapfer wie ein Feuerwehrmann die Flammen des Streites mit dem Strahl kalter Worte löschte.

»Von der Naturkraft der animalischen Instinkte des Volkes umgeben, muß die Intelligenz statt politischer Theorien, die nie und nichts geändert haben und ändern können, eine psychische Kraft schaffen, die den Widerstand des durchaus natürlichen Anarchismus der Volksmassen gegen die Staatsdisziplin regulieren könnte.«

Mit Tomilin stritt man ungern, vorsichtig, nur der elegante Advokat Prawdin suchte ihn mit einem Flaum von Worten zu überschütten.

»Wenn ich mich nicht irre, betrachten Sie das Volk mit Nietzsche und Renan solidarisch, der in seinem philosophischen Drama ›Caliban‹ . . .«

Doch Tomilin hörte die Einwände nicht, lächelnd, mit hochgezogenen roten Brauen, sah er den Anwalt mit Porzellanaugen an und drückte ihm die Fragen ins Gesicht: »Sind Sie einverstanden, daß das Leben vernünftig gemacht werden muß? Einverstanden, daß die Intelligenz auch ein Organ der Vernunft ist?«

Klim sah, daß man Tomilin auch hier nicht leiden mochte und daß sogar alle, außer dem Redakteur, ihn irgendwie fürchteten, während Tomilin, der dies fühlte, sichtlich stolz darauf war, wobei der Kupferdraht seines Haars noch stärker abzustehen schien. Es schien sogar, als äußerte er Ketzerphrasen absichtlich, aus Menschenverachtung.

»Der Humanismus war und ist in allen seinen Formen nie etwas anderes als das von den Intellektuellen zum Ausdruck gebrachte Bewußtsein ihrer Ohnmacht angesichts des Volkes. In gleicher Weise, wie wir den erniedrigenden Fluch des Geschlechtlichen mit süßen Gedichtchen zu bemänteln suchen, wollen wir die Tragik unserer Einsamkeit mit den Evangelien von Fourier, Kropotkin, Marx und anderen Aposteln der Ohnmacht und des Entsetzens vor dem Leben bemänteln.«

Mit breitem Lächeln, seine weißen Zähne zeigend, schloß Tomilin: »Aber – es ist schon zu spät. Die irrsinnige Entwicklung der Technik wird uns schnell zum Triumph des gröbsten Materialismus führen . . .«

Rechtsanwalt Prawdin zeterte entrüstet etwas von Widersprüchen, Zynismus, Konstantin Leontjew, Pobedonoszew, während Robinson hüstelnd, lächelnd Klim zuraunte: »Ach, dieser rothaarige Affe! Wie er sie reizt!«

Tomilin schnaufte befriedigt, holte ein Schnupftuch, so groß wie eine Serviette, aus der Rocktasche hervor und rieb sich kräftig Stirn und Schläfen. Sein Gesicht war purpurrot geworden, die Augen waren gequollen, unter ihnen blähten sich bläuliche Schwellungen wie kleine Kissen, er pustete oft wie einer, der allzu reichlich gegessen hat. Klim dachte, wenn Tomilin sich den starken Bart abrasierte, so würde sein Gesicht hart werden wie eine Wassermelone. Klim wurde von Tomilin demonstrativ nicht bemerkt, wenn Samgin ihn jedoch begrüßte, schob er ihm wortlos und lässig seine wollige Hand hin und blickte zur Seite.

»Weshalb grollt er mir?« fragte Klim den allwissenden Dronow.
»Wahrscheinlich ist er beleidigt. Er hat keine Schüler. Er hatte ge-

meint, du würdest Philologe, Philosoph werden. Juristen kann er nicht ausstehen, er hält sie für ungebildet. Er sagt: ›Um etwas verteidigen zu können, muß man alles wissen.‹«

Dronow verdrehte die Augen und setzte hinzu: »Alle beschnuppern ihn – wie die Ratten bei Gogol – und verlassen ihn dann wieder.«

»Bist du oft bei ihm?«

»Ich besuche ihn«, antwortete Dronow unbestimmt und seufzte: »Er hat eine gute Frau.«

Er spielte mit der Schere und zwickte sich in den Finger, warf die Schere beiseite, steckte den Finger in den Mund und sog daran, besah ihn dann und schob ihn wie einen Bleistift in die Westentasche. Hierauf seufzte er von neuem: »Er weiß viel Richtiges, der Tomilin. Zum Beispiel – über den Humanismus. Die Menschen haben keinerlei Grund, gut zu sein, keinen außer der Angst. Seine Frau indessen ist unsinnig gut ... wie eine Betrunkene. Obwohl er ihr schon beigebracht hat, nicht an Gott zu glauben. Bei sechsundvierzig Jahren.«

Klim Samgin war mit Dronow gleicher Meinung, daß Tomilin vom Humanismus richtig spräche, und Klim fühlte, daß die Gedanken des Lehrers, ebenso wie die des Redakteurs, ihm verwandt waren. Doch beide Männer weckten in ihm keine Sympathie, der eine war lächerlich, der andere hatte irgend etwas Unheimliches. Letztlich erregten auch sie ihn wie alle anderen in der Redaktion durch etwas; manchmal meinte er, dieses »etwas« könne ein »Überfluß an Weisheit« sein.

Ihn interessierte der Lokalhistoriker Wassilij Jeremejewitsch Koslow, ein adrettes weißhaariges, glatt frisiertes altes Männlein mit Iltis-Schnäuzchen und spitzen, rosa Ohren. In seinem gelben, mit roten Äderchen gemusterten Gesicht saß eine starke Brille in Silberfassung, hinter den Brillengläsern verschwammen glanzlose Augen. Unter der großen, trübsinnig herabhängenden und bläulichen Nase hatte er einen kurzgestutzten weißen Schnurrbart, während sich auf den welken Lippen ständig ein höfliches Lächeln regte. Er schien Alkoholiker zu sein, doch an ihm war etwas Angenehmes, Spielzeughaftes, sein adrettes Röckchen, das schneeweiße Oberhemd, das gebügelte Höschen, die blankgeputzten Stiefel und die bei einem alten Mann ungewöhnliche Fähigkeit, schweigend zuzuhören – das alles weckte in Samgin sowohl Sympathie als auch den beunruhigenden Gedanken: Vielleicht werde auch ich im Alter ebenso vergessen inmitten mir fremder Menschen sitzen ...

Koslow brachte der Redaktion Aufsätze über die Geschichte der

Stadt, die in sehr kleiner Schrift im Bürostil auf quadratische Zettelchen geschrieben waren, aber der Redakteur druckte seine Arbeiten selten, da er sie für zensurwidrig oder uninteressant hielt. Der alte Mann rollte das Manuskript höflich lächelnd zu einem Röhrchen, setzte sich bescheiden auf den Stuhl unter der Rußlandkarte und hörte eine halbe Stunde, manchmal jedoch auch länger, dem Gespräch der Mitarbeiter zu, beobachtete alle aufmerksam durch die dicken Brillengläser; man schenkte ihm jedoch einmütig keine Beachtung. Die örtlichen Mitarbeiter und Freunde der Zeitung kannten ihn alle, verhielten sich aber dem alten Mann gegenüber familiär und herablassend, wie man sich gegen Sonderlinge und nicht sehr aufdringliche Schreibwütige zu verhalten pflegt. Klim merkte, daß der Historiker Tomlin besonders aufmerksam betrachtete und vor ihm sogar Angst zu haben schien; das ließ sich vielleicht allein damit erklären, daß der Philosoph beim Betreten der Redaktion sich mit den rostroten Händen das Haar glättete, das an den Seiten waagerecht abstand, und daß man, wenn man Tomlin nicht kannte, diese Geste als Ausdruck der Verzweiflung auffassen konnte: Was habe ich angerichtet!

Dronow hatte erzählt, der Historiker habe im Range eines Oberleutnants bei einem Begleitkommando gedient und sei Ende der fünfziger Jahre »wegen Errettung Gefährdeter« vor Gericht gestellt, degradiert und mit Gefängnis bestraft worden. Häftlinge hätten ein Etappenhaus in Brand gesteckt, und damit sie nicht selbst in den Flammen umkämen, habe Koslow sie herausgelassen, wobei einige entflohen seien. Dafür habe man ihn ins Gefängnis gesetzt. Danach habe er fast vierzig Jahre damit zugebracht, sich mit der Geschichte der Stadt zu befassen, habe ein Buch geschrieben, das niemand verlegen wolle, habe lange bei den »Gouvernements-Nachrichten« gearbeitet, wo er Abschnitte seiner Geschichte veröffentlicht habe, sei aber wegen eines Artikels, in dem er den Streit eines der Gouverneure mit einem Bischof schilderte, aus der Redaktion ausgeschlossen worden; die weltliche Behörde habe in dem Artikel etwas für sie wenig Schmeichelhaftes entdeckt und den Verfasser unter die Unzuverlässigen eingereiht. Koslow lebe vom Handel mit altem Silber und altertümlichen Kirchenbüchern.

»Er stellt sich sanftmütig, ist aber wahrscheinlich bösartig«, sagte Dronow, sich am gelbbehaarten Kinn kraulend. »Und – geizig, aus Geiz hat er sein ganzes Leben als Junggeselle verbracht.«

Dronow sprach über Menschen immer mit einem schiefen Lächeln und zur Seite blickend, als sähe er dort das Bild anderer Menschen, im Vergleich zu denen der, von dem er erzählte, ein Schuft war. Und fast immer meinte er anscheinend, über einen Menschen wenig Schlechtes mitgeteilt zu haben, deshalb bekräftigte er das Ende seiner Erzählung mit einer Handvoll besonders scharfer Worte. Klim, dem diese Gewohnheit schon lange aufgefallen war, spürte diesmal, daß Dronow für den Historiker keine düsteren Farben fand, ja, gleichgültig von ihm sprach, ohne jene Lebhaftigkeit, die in all den Fällen kennzeichnend war, in denen er einen Menschen reichlich mit dem Staub seiner Bosheit einpudern konnte. Hierdurch steigerte Dronow sehr Klims Interesse für das saubere alte Männlein, und Samgin freute sich, als der Historiker, der gleichzeitig mit ihm aus der Redaktion auf die Straße hinaustrat, seufzend zu sprechen begann: »Das Alter deprimiert den Menschen! Da höre ich: die Menschen sprechen bekannte Worte, der Sinn selbiger Worte jedoch ist mir nicht mehr klar.«

Und Samgin ins Gesicht blickend, fuhr er in seltsamem, bittendem Ton fort: »Sie scheinen ein Mensch geweckten Verstandes und für flottes Gerede nicht begeistert zu sein, Sie schweigen immerzu – was meinen Sie nun: Darf man sich über die Geschichte hinwegsetzen?«

»Natürlich nicht«, antwortete Klim mit aller Gesetztheit.

Der alte Mann hob die Hand über die Schulter, drückte vier Finger zur Faust zusammen und deutete mit dem Daumen nach hinten. »Die aber setzen sich über sie hinweg. Jeder meint, die Geschichte habe mit dem Tage seiner Geburt begonnen.«

Sein Stimmchen klang nicht greisenhaft, sondern fest und in gewisser Weise geheimnisvoll.

»Wir sind sehr von uns selbst eingenommen«, sagte Klim.

»Eben! Und – sind hastig in allem. Doch die Erde wird nicht im Galopp gepflügt. Besonders in einem Bauernstaat ist es unmöglich, im Galopp zu leben. Bei uns jedoch treiben alle einander mit der liberalen Reitgerte an, Europa einzuholen.«

Er blieb stehen und berührte Klim am Ellenbogen.

»Denken Sie nicht, ich sei ein Konservativer, keineswegs! Nein, ich lasse auch eine Ständeversammlung zu, und überhaupt . . . Doch ich bezweifle, daß wir Hals über Kopf denselben Weg wie Europa rennen sollten . . .«

Koslow blickte sich um und sagte leiser, als teile er ein großes Geheimnis mit: »Europa ist für uns vielleicht das einäugige Böse, ja, das ist es, dies Europa!«

Und noch leiser, geheimnisvoller riet er: »Gedenken Sie mal jüngstvergangener Zeit, vom Jahre zwölf an etwa, und danach – Sewastopol, und dann – San Stefano, und zu guter Letzt – das stolze Wort des Herrschers Alexander III.: ›Ich habe nur einen Freund, den Fürsten Nikolaus von Montenegro.‹ Dieser Montenegriner ist auf dem Erdball nicht zu sehen, eine Mücke ist er in Europa, eine lächerliche Schnake, jawohl! Dies Europa, es ist, wenn man sich all seiner Sünden gegen uns erinnert, eben das Böse. Den Türken gegenüber übt es Nachsicht, unserem großen Volk hingegen stellt es ein Bein . . .«

Sie gingen bergauf durch eine stille Straße, vorüber an gemütlichen, einstöckigen Häuschen, zu drei, zu fünf Fenstern mit Vorhängen aus Musselin, mit Blumen auf den Fensterbrettern. Die Fensterläden, die Wände der Häuser, die Tore waren mit grüner, blauer, brauner oder weißer Farbe gestrichen; manche Häuser versteckten sich bescheiden hinter Vorgärten, andere wieder traten stolz auf den gepflasterten Gehsteig. Das schaumige Laub der Gärten, vom zweitägigen Regen saubergewaschen, trennte die Häuser, beschattete ihre Dächer; in den Höfen, in den Gärten schrien und lachten Kinder, hie und da zeigten sich für einen Augenblick in den Fenstern Mädchengesichter, in einem Haus war ein Klavierstimmer bei der Arbeit, vom Berg herab und von unten ertönte das vielstimmige Läuten zur Abendmesse; in der feuchten Luft des trüben Tages klang das Kupfer der Glocken gedämpft und schmachtend.

»Vielleicht – erweisen Sie mir die Ehre, bei mir etwas Tee zu trinken?« schlug der Historiker fragend vor. »Als echter Liebhaber des Tees, der ihn ohne jegliche Beimischung trinkt, als da sind: Sahne, Zitrone, eingemachte Früchte, verwende ich nur hochwertige Sorten. Werde Sie mit etwas Hervorragendem bewirten: Ishen-Silbernadeln.«

Koslow blieb vor dem Tor eines einstöckigen, an die Erde geduckten, fünffenstrigen Hauses stehen und sagte, nachdem er einmal nach links und rechts geschaut hatte, befriedigt: »Dies ist die lieblichste und wohnlichste Straße unserer Stadt, eine Straße, in der man sozusagen in sich vertieft leben kann . . .«

Klim war noch nie in dieser Straße, er wollte es dem Historiker mitteilen, aber er schämte sich. Die Flurtür öffnete ihnen eine hochgewachsene, grauhaarige Frau in schwarzem Kleid, mit dichten Brauen, einem Anflug von Schnurrbart und reglosem Gesicht.

»Das ist die verehrte Hauswirtin Anfissa Nikonowna Strelzowa«, stellte der Historiker vor; die Wirtin bewegte ein wenig die Brauen und reichte Samgin steif die Hand, die Hand war hart wie Holz.

»Die Strelzows, die Jamschtschikows, die Puschkarjows, die Satinschtschikows, die Tiunows, die Inosemzews sind die ältesten Familien der Stadt«, erzählte der Historiker und führte den Gast in ein geräumiges Zimmer mit zwei Fenstern – nach dem Hof und nach dem Gemüsegarten. »Unsere Einwohner wissen ihre Familiennamen nicht zu schätzen, in der ganzen Stadt ist nur der modische Schneider Gamirow auf seinen Familiennamen stolz, und dieser bedeutet gar nichts.«

Klim hörte ehrerbietig zu und sah sich in der Wohnung des Historikers um. Der geräumige Winkel zwischen den Fenstern hing dicht voller Ikonen, vor denen drei Ölampeln brannten: eine weiße, eine rote und eine blaue.

Die Farben der Nationalflagge, dachte sich Samgin und fand daran etwas Rührendes, wenn auch Naives.

Es glänzten die goldenen und silbernen Strahlenkronen auf den Ikonen und die opalfarbenen Tränen der Perlen an den Einfassungen. An der Wand stand ein altertümliches, mit Bronzebeschlägen verziertes Bett aus karelischer Birke, vier Stühle der gleichen Art standen mitten im Zimmer rund um den Tisch. In einem dunklen Winkel neben der Tür befand sich ein großer Schrank; durch die Glasscheiben sah Klim Trinkkellen, Humpen, Pokale und die schwarzen Ziegel ledergebundener Bücher. In all dem lag etwas Eindrucksvolles.

»In den Aufzeichnungen des Ortsbewohners Afanassij Djakow, die ich teilweise in den ›Gouvernements-Nachrichten‹ veröffentlicht habe, wird erzählt, der schwedische Kanonier Jegor – es ist anzunehmen, er hieß Ingvar, das ist vereinfacht Georg, Igor –, der sich durch Kühnheit des Charakters und Einfachheit der Seele auszeichnete, habe zu Peter dem Großen gesagt, als dieser gestrenge Herrscher auf der Durchreise einen kurzen Besuch in unserer Stadt machte: ›Du solltest, o Zar, das Handwerk der Schmiede und Gießer erlernen, in deinem Reich des Holzes gibt es auch ohne dich genug Zimmerleute.‹ Im schwedischen Feldzug wurde dieser kecke Jegor aufgehängt, da er des Verrates überführt worden war.«

Während der alte Mann erzählte, legte er behutsam das Ausgehröckchen ab, zog einen gestreiften, wie eine Frauenjacke aussehenden Hausrock an und begann dann, mit seinen Schätzen zu prahlen; er zeigte Samgin zwei vergoldete silberne Trinkkellen, die eine vom Zaren Fjodor, die andere von Alexej.

»Diese Kellen wurden Branntweinverkäufern verliehen für erfolgreichen Handel mit Wein in den Zarenschenken«, erläuterte er, die ziselierten altertümlichen Inschriften liebevoll mit dem Finger streichelnd. Er brüstete sich mit dem vortrefflich in goldgeprägtem, grünem Saffian gebundenen Büchlein Schischkows »Betrachtung über den alten und den neuen Sprachstil« nebst Autogramm von Denis Dawydow und irgendwessen Eintragung in eckiger Handschrift; der Anfang der Eintragung war dick ausgestrichen, verblieben waren nur die Worte: »... für selbiges und wurde in gebührlicher Weise bestraft durch Einreihung ins Heer im Jahre eintausendachthundertundvier.« Und besonders geheimnisvoll zeigte er ein gelbes Blatt einer Handschrift, betitelt: »Freimütige Betrachtung eines Laien über die Schädlichkeit der Einführung von Lesen und Schreiben inmitten der unteren Dienstgrade der Garde mit ausführlicher Aufzählung der vorgekommenen böswilligen Taten derselben seit den Zeiten der Besteigung des Allrussischen Thrones durch Ihre Kaiserliche Majestät, die Herrscherin Jelisaweta Petrowna, und bis zum Dahinscheiden des Höchst gottesfürchtigen Herrschers Paul I., selbiges mit einbegriffen.«

»Ein ganz hervorragendes Werk muß das gewesen sein«, sagte Koslow betrübt, »aber das hier ist alles, was noch von ihm vorhanden ist. Es wurde von mir in dem Buch ›Der Fels des Glaubens‹ gefunden, das ich bei einem Liebhaber von Altertümern zum Lesen entliehen hatte.«

Beim Vorzeigen seiner Raritäten streichelte sie der alte Mann zärtlich mit den trockenen Händen, die mit welker Haut in der Farbe von Entenpfoten bedeckt waren; er bewegte sich rasch und geschmeidig wie eine Eidechse, sein festes Stimmchen jedoch klang immer geheimnisvoller. Das Muster der roten Äderchen auf seinen Backenknochen schien sich zu verändern, bald wurde es dichter, bald floß es zu den Schläfen hin.

»Mich rührt die wunderschöne Nichtigkeit der von Menschenhand geschaffenen Dinge«, sagte er lächelnd. »Unser liebes Städtchen gehört zu den von den Bahnen der neueren Geschichte beiseite geschobenen Dingen, darum liegt hier viel Wichtiges und Wertvolles unberührt, in Kästen, in Truhen, und wartet auf die Berührung durch die geniale Hand eines neuen Karamsin oder auch nur eines Sabelin. Ich bin ja ein Verehrer dieser zwei Dichter der Geschichte, insbesondere jedoch des ersteren, denn keiner hat so herzlich wie er begriffen, daß Rußland eines aufmerksamen Wohlwollens und die Menschen der Barmherzigkeit bedürfen.«

Auch beim Tee – er schmeckte und duftete in der Tat ungemein gut –, auch beim genießerischen Teetrinken fuhr er fort, von alten Zeiten, von der Vergangenheit der Stadt, von ihren Gouverneuren, Bischöfen und Staatsanwälten zu reden.

»Graf Murawjow, der sich durch mangelhafte Erziehung und schroffen Charakter auszeichnete, erlaubte sich einmal folgenden für ihn selber unvorteilhaften Scherz. Er lud den Erzbischof Makarij zum Mittagessen ein und sagte, ihm einen Eberkopf anbietend:

›Nehmen Sie, essen Sie, Euer Hochwürden!‹ Der Erzbischof jedoch, nicht faul, sagte: ›Fahren Sie fort, Euer Exzellenz!‹«

Der alte Mann brach in schallendes Gelächter aus und sprach unter Lachen: »Verstehen Sie? Graf Murawjow wäre gezwungen gewesen, von dem Schweinskopf zu sagen: ›Dies ist mein Leib!‹ Ha! Sehen Sie, so hat man gescherzt!«

Danach erzählte er von einer gutherzigen Kaufmannsfrau, die gewohnt war, jeden Sonnabend den Häftlingen Almosen ins Gefängnis zu schicken, und als sie erfahren hatte, daß der in Ungnade gefallene Würdenträger Speranskij in der Stadt eingetroffen sei, schickte sie ihm durch ihren Verwalter fünf gebackene Eier und zwei Kalatsch-Brötchen. Er lachte von neuem. Samgin bemerkte in dem feinen Lachen des alten Mannes etwas Unbeholfenes und dachte: Er muß wohl nicht oft gelacht haben.

»Wie finden Sie die Einschätzung der staatlichen Arbeit dieses Bonaparte-Verehrers? Fünf gebackene Eier!« entzückte sich Koslow, mit den Fingerchen in der Luft spielend. »Und wie finden Sie die Gutmütigkeit der offenherzigen russischen Frau, wie?«

Die schiefhüftige Alte, die Fedossowa, hatte in erhabenen Worten von märchenhaften Menschen gesprochen und stand dabei irgendwo abseits und über ihnen, dieses saubere alte Männlein jedoch erzählte von gewöhnlichen Leuten, die ebenso klein waren wie er selbst, aber erzählte so, daß die kleinen Leute eine gewisse Bedeutung, zuweilen auch Schönheit erlangten. Dieses liebevolle Ausmalen des Alltäglichen, Gewöhnlichen mit zarten Farben schilderte das Leben als ein stilles Fest mit Gottesdiensten, Fladen, eingemachten Früchten, Taufen und Hochzeitsbräuchen, Beerdigungen und Totenmählern, ein in seiner Einfachheit argloses und rührendes Leben. Koslow erzählte von dem aus tiefem Altertum erhalten gebliebenen Fest zu Ehren des Frühlingsgottes Jarila und von vielen anderen Überbleibseln uralter heidnischer Zeiten.

Samgin war angenehm überrascht von der Fähigkeit des Historikers, mit einem wohlwollenden Lächeln alles das zu verschönern, was kluge Bücher und belesene Menschen einen für abgeschmackt, dumm und schädlich zu halten veranlaßten. Er hatte nie über die ersten Tage der Stadt nachgedacht und wußte nichts von ihnen. Koslow zeigte ihm das »Baubuch« und erzählte kunstvoll, wie der vom Zaren Boris Godunow entsandte Bojarensohn Shadow mit Kriegern und Knechten das Grenzstädtchen gründete, um Moskau vor den Überfällen der Nomaden zu schützen, wie die Krieger und Knechte mit den Mordwinen kämpften, sie gefangennahmen, sie zu arbeiten zwangen, wie die Knechte dem trotzigen Shadow unter der Hand davonliefen und wie er selber, von der Steppenschwermut aufgereizt, tobte.

Und alle: die unglücklichen Mordwinen, die Tataren, die Knechte, die Krieger, Shadows, der Pope Wassilij, der Geheimschreiber Tischka Drosd, die Gründer der Stadt und ihre Feinde, sie alle wurden von dem alten Historiker gleichermaßen freundlich behandelt, sowohl um des Guten als auch um des Schlechten willen, das sie auf Grund offenkundiger Notwendigkeit begangen hatten. Der gleiche Grund hatte die Einwohner der Stadt gezwungen, sich dem Aufstand des Donkosaken Rasin und des Uraler Pugatschow anzuschließen, während die Kosakenaufstände notwendig gewesen seien als Beweis der Macht und Festigkeit des Staates.

»Unser Volk ist demütig, es meutert von selbst nicht gern«, sagte Koslow eindringlich. »Das sind nur allerhand Herrschaften wie der Fremdstämmige Schtschapow oder der Kosakennachfahre Danila Mordowzew, die dem russischen Bauern verleumderisch eine leidenschaftliche Neigung für ›politische Bewegungen‹ und Feindseligkeiten gegen die Herrscherin Moskau zuschreiben. Das stimmt überhaupt nicht, unser Volk ist von den Kosaken in die Aufstände hineingezogen worden. Der Kosak kann Moskau nicht leiden. Masepa hat zwanzig Jahre Peter dem Großen gedient und ist ihm dennoch untreu geworden.«

Jetzt sprach der Historiker streng, schlug sogar mit dem Fäustchen auf den Tisch, und das rote Muster auf seinem Gesicht verschmolz zu einem dichten Fleck. Eine Minute später jedoch fuhr er wieder gerührt fort: »Heute aber ist das, was jene Menschen, von denen nicht einmal die Asche übriggeblieben ist, unter großen Mühen schufen, zu einer bedeutenden Stadt herangewachsen, der man auch ihre Schönheit nicht absprechen kann; sie beherbergt an die siebzigtausend russische Menschen und wächst, wächst ganz im stillen. In stiller Arbeitsliebe liegt mehr Heldentum als in flotten Angriffen. Glauben Sie mir aufs Wort: die Erde wird nicht im Galopp gepflügt«, wiederholte Koslow den Spruch, der ihm offenbar sehr lieb war.

Er war reich an Sprüchen, und sie alle klangen wie die Akkorde ein und derselben Melodie.

»Der Hauptziegel steckt nicht im Gesims, sondern im Fundament. Jeder Stier ist einmal ein Kalb gewesen«, fügte er immerfort in seine Rede ein.

Ihn anzusehen war ebenso wohltuend, wie seine wohlwollende Rede zu hören, die reich war an weichen Worten, deren matter Glanz etwas mit dem Glanz des alten Silbers im Schrank gemein hatte. Die schmalen Hände mit den dunklen Fingern bewegten sich rund, leicht, das gemusterte Gesicht legte sich freundlich in Falten, der weiße Schnurrbart rührte sich, und die leicht grauen Pupillen hinter den Brillengläsern erinnerten an die Perlen in den Einfassungen der Ikonen. Er trank appetitlich Tee, knabberte appetitlich mit den kleinen Zähnen die aus ungesäuertem, mit Rahm angesetztem Teig gebackenen Plätzchen, von ihm ging, wie von einem Obstbaum, ein angenehmer Geruch aus. Klim saß, ohne es zu merken, bis Mitternacht mit ihm beisammen und trat mit einem sanftmütigen Lächeln auf die Straße hinaus. Das Gefühl, das der alte Mann in ihm erweckt hatte, war der Rührung verwandt, die er in der Ausstellung empfunden hatte, aber es war noch berauschender. Die Nacht war warm, doch in den Gärten brauste ein frischer Wind und trieb vermischte Gerüche durch die Straße. Der Mond, gleichmäßig rund wie ein Eigelb, versteckte sich in einer kleinen, durchsichtigen Wolke, unten, über den Dächern, ruhten die goldenen Brotlaibe der Kirchenkuppeln, alles war von der Zärtlichkeit der Sommernacht umhüllt, schien erneuert und, was die Hauptsache war, dem Menschen wohlgeneigt.

So und nicht anders empfand es Samgin: Alles war wohlwollend gesinnt – der Mond, der Wind, die Gerüche, das um Mitternacht gedämpfte Rauschen der Stadt und diese behaglichen Nester friedliebender Nachfahren von Strelitzen, Kanonieren, entflohenen Knechten, mutwilligen Kosaken, von gewaltsam getauften Mordwinen mit starken Backenknochen und von Tataren, die sich in ihr Los ergeben hatten.

Das war nicht jene Stadt, von der Iwan Dronow zwischen den Zähnen hindurch sprach, von der Robinson lächerlich zu schreiben sich bemühte und von der jene Leute geringschätzig erzählten, die durch unbefriedigten Ehrgeiz aufgebracht waren, vielleicht aber auch sich durch die Wirklichkeit benachteiligt fühlten, die ihnen nicht wohlgesinnt war. Doch diesmal dachte Klim an diese Leute ohne Gereiztheit, da er einsah, daß sie ja auch zu der Wirklichkeit gehörten, die der reinliche Historiker so wohlwollend rechtfertigte.

Zwei, drei weitere Gespräche mit Koslow brachten Klim nichts Neues, festigten aber sehr das, womit Koslow ihn beim ersten Besuch gesättigt hatte. Klim bekam noch ein paar Anekdoten über Adelsmarschälle, über reiche Kaufleute, über dünkelhaftes und mutwilliges Benehmen zu hören.

»Unfug treibt man bei uns aus Überschuß an Kraft, der Prahler Sadko reißt Possen, der unbändige Waska Buslajew brüstet sich mit seiner Kraft«, erläuterte der alte Historiker, während er duftigen, bernsteinfarbenen Tee in die Gläser einschenkte.

Samgin begriff, daß Koslow naiv urteilte, hörte aber ehrerbietig und schweigend zu, ohne das Verlangen zu empfinden, Einwendungen zu machen, als genieße er ein Lied, dessen Worte zwar dumm, dessen Melodie aber schön war.

Den Zucker mit der Zange in kleine Stückchen spaltend, belehrte Koslow nachsichtig: »Man kritisiert ja bei uns aus Verlegenheit vor Europa, aus Eigenliebe, aus Unfähigkeit, russisch zu leben. Herr Herzen wollte gern ein Voltaire sein, na, und die anderen Kritiker haben auch jeder einen eigenen Traum. Nehmen Sie sich ein Plätzchen, es ist mit Kirschsaft versetzt; meine Wirtin ist unerschöpflich erfinderisch in bezug auf Gebäck, ein Talent!«

Über dem Tisch flog summend eine Wespe, der Alte beobachtete sie, wartete ab, bis sie mit ihren Beinchen an einem Teelöffel mit Eingemachtem haftenblieb, nahm den Löffel und überbrühte die Wespe mit kochend heißem Wasser aus dem Samowar.

»Ich habe natürlich nichts gegen Kritik«, fuhr er mit noch festerer Stimme fort. »Kritiker hat es bei uns schon immer gegeben, und was für welche! Kotoschichin zum Beispiel, Fürst Kurbskij, selbst Katharina die Große empfand keinen Widerwillen gegen Kritik.«

Er streckte betrübt die Arme von sich und schnalzte: »Aber alles, wissen Sie, ging irgendwie geheimnisvoll aus: Kotoschichin köpften sogar die Schweden, Kurbskij verschwand im Nichts, zerstob in Litauen zu Staub, ohne Nachkommen zu hinterlassen, Katharina indes – für die wäre es von Nutzen gewesen, sich selbst zu kritisieren. Ich will über sie ein indiskretes Anekdötchen berichten, ein diskretes läßt sich ja von ihr nicht erzählen.«

Das Anekdötchen erwies sich als fad und wurde im Ton der Nachsicht gegen weibliche Schwäche erzählt, doch danach fuhr Koslow immer eindringlicher und belehrender fort: »Kritik ist berechtigt. Allein – Silber und Kupfer muß man vorsichtig putzen, bei uns aber putzt man die Metalle mit zerriebenem Ziegelstein, und das ist grobe Unerzogenheit, unter der die Dinge leiden. Europa hat sich ganz großartig aufgebläht und kann natürlich auf viele seiner Erfindungen stolz sein. Aber das europäische Schuhwerk beispielsweise, die verschiedenen Schuhe sind ja nicht so bequem wie unser russischer Schaftstiefel, wir jedoch haben auch begonnen, spitznasige Stiefel zu steppen, wovon wir keinerlei Gewinn haben, nur Hühneraugen auf den Zehen. Fassen Sie dieses kleine Beispiel allegorisch auf.«

Die Stimme des alten Mannes wurde wohlwollend begleitet von

dem Rascheln des Ebereschenlaubs vor dem Fenster und dem nachdenklichen Summen des erlöschenden Samowars. Auf den blinkenden Kacheln des Ofens schwankte das Schattenmuster der Blätter, der Docht einer der drei Ölampeln knisterte. Koslow schob mit dem Teelöffel die zottige kleine Wespenleiche auf dem kupfernen Tablett umher.

»Da versammeln sich nun in der Redaktion etliche Ortsansässige. Europa, Europa! Und erzählen verleumderisch den Fremden, das heißt dem Redakteur und seinem langzüngigen Gefährten, vom Leben unserer Stadt. Ihre Seelen jedoch fühlen sie nicht, die Geschichte der Stadt ist ihnen unbekannt, deshalb regen sie sich ja auf.«

Er blickte Klim über die Brille hinweg an und sagte streng: »Das ist so... unschicklich, wie wenn man etwa in betrunkenem Zustand mit Fremden ein schamloses Gespräch über Vorfahren und Eltern führt, jawohl! Herr Tomilin aber versetzt mich völlig in Schrecken. Ganz wie ein wilder Tscheremisse, redet irgend etwas, was man nicht verstehen kann. Und als hätte er keinen Kopf auf den Schultern, sondern eine faule und bittere Zwiebel. Robinson, das ist natürlich ein Possenreißer, Gott möge ihm verzeihen! Aber da lief hier ein junger Mann herum, Inokow, er ist sogar zweimal bei mir gewesen... man kann sich nicht vorstellen, zu was allem er fähig wäre!«

Koslow holte die tote Wespe etwas näher zu sich heran, schlug sie mit einem sicheren Löffelhieb platt und seufzte, während er sie unter den Rost des Samowars schob, schwer auf: »Ungute Menschen ziehen neuerdings durch unser Land! Und – wohin gehen sie?«

Einer Gewohnheit gemäß, die Samgin sich schon längst zu eigen gemacht hatte, pflegte er seine Ansichten vorsichtig zu äußern, diesmal jedoch, da er das Gefühl hatte, daß er etwas sehr Wertvolles zu hören bekommen könnte, sagte er unbestimmt, mit einem Lächeln: »Sie träumen von politischen Reformen – von einer Repräsentativregierung.«

»Ich verstehe!« unterbrach ihn der alte Mann mit einem sehr strengen Ausruf. »Jawohl, von einer Republik! Und sogar – vom Sozialismus, der selbst Jesus Christus den Kopf ... das heißt, der sogar Christus, dem Sohne Gottes, erwiesenermaßen nicht gelungen ist. Wie denken denn Sie hierüber, wenn ich zu fragen mir erlauben darf?«

Bevor jedoch Samgin eine hinreichend vorsichtige Antwort zu finden vermochte, sagte der Historiker mit fremder Stimme, wobei er sich mit dem Löffel auf die Hand klopfte: »Ich aber meine, unser Landesvater wird sich des Beispiels seines Urgroßvaters erinnern und erbarmungslos die ganze Macht der Zarenherrschaft zeigen müssen, wie sie von Nikolai Pawlowitsch am 14. Dezember des Jahres 1825 auf dem Senatsplatz zu Sankt Petersburg vor Augen geführt worden ist!«

Koslow hatte besonders deutlich und sogar bedrohlich warnend die Zahlen ausgesprochen, dann warf er den Kopf kampflustig hoch und richtete sich auf dem Stuhl auf, als säße er hoch zu Roß. Sein Iltisgesicht hatte sich verzerrt, war noch spitzer geworden, die Muster auf den Backen waren zu purpurroten Flecken verschmolzen, während die Ohrläppchen angeschwollen waren und sich wie Kirschen rundeten. Doch sogleich blickte er auf die Ikonen, bekreuzigte sich dann, wurde schlaff und sagte leise: »Ich enthalte mich zwar des Zornes, doch fordert man mich dazu heraus.«

Er knabberte hastig an einem Zwieback, trank etwas Tee nach und erzählte mit dem gewohnten, recht festen Stimmchen: »In meiner Jugend, als Chef eines Begleitkommandos, hatte ich einen Schub Häftlinge von Kasan nach Perm zu bringen, und unterwegs, an einem drückend heißen Tag, starb plötzlich einer von ihnen. Er ging und ging, wissen Sie, und fiel auf einmal kopfüber tot zu Boden..., als wäre er von einem Pfeil aus dem Himmel niedergestreckt worden. Dabei war er nicht alt, so an die vierzig, dem Aussehen nach kräftig, mit unangenehmem, geradezu tierischem Gesichtsausdruck. Er war wegen Gotteslästerung, Religionsspötterei und Fälschung von Assignaten zu Zuchthaus verurteilt worden. Bei der Durchsuchung seines Quersacks stellte sich heraus, daß er sich mit dem Malen kleiner Bildchen befaßt hatte und hierin, soweit ich etwas davon verstehe, sehr gewandt gewesen war, was ihn auch, wie anzunehmen, zur Herstellung von Falschgeld veranlaßt hatte. Es fanden sich bei ihm an die fünf Bildchen, und alle mit dem gleichen Gegenstand: wie Mikula Seljaninowitsch, der bäuerliche Recke, mit einer Wagendeichsel gegen den Drachen Gorynytsch kämpft; der Drache war zweiköpfig, der eine Kopf mit Krone, der andere mit Mitra, der eine hatte die Aufschrift ›Petersburg‹, der andere ›Moskau‹. Jawohl. Bitte, nun sehen Sie, wozu man sich versteigen kann!«

Er glättete mit der Hand den ohnehin glatten, silbrigen Kopf und seufzte. »Ich sehe eine große Gefahr in zügellosem Verstand!« fuhr er fort, wobei er zum Fenster hinausblickte, Klim jedoch einen Teil seines Blickes wie einen Kitzel auf seinem Gesicht fühlte. »Es heißt sehr richtig: ›Unausgereifter Verstand ist die Frucht zu kurzen Lernens.‹ Unser Verständlein ist ja ein unerzogenes Hündchen, ihm ist es – Sie verzeihen! – einerlei, wo es hinmacht, auf einen Sessel, auf einen kostbaren Teppich oder auf den Thron des Zaren, und lassen Sie es in einen Altarraum hinein – so wird es auch den verunreinigen.

Es zernagt im Spiel die Möbel, zerreißt Stiefel, eine Hose, gräbt Löcher in die Blumenbeete, ist wegen seiner Dummheit ein Vernichter der Schönheit.«

Doch mit erhobenem Zeigefinger setzte er wohlwollend hinzu: »Ich leugne allerdings nicht, daß man einigen praktischen Köpfen durchaus seinen herzlichen Dank aussprechen kann. Ich bin ja nur gegen die fruchtlose Erfinderei des Verstandes und gegen die blinde Begeisterung für seine weibliche Koketterie, seinen elendigen Wunsch, uns durch seine kecke Anmut zu verführen. Dessen hat ihn ganz erbarmungslos der Schriftsteller Gogol überführt, als er seine betrüblichen Irrtümer reumütig vor aller Welt bekannte.«

Der alte Mann seufzte betrübt und fuhr im Trauerton fort: »Nehmen wir beispielsweise die Frau: Die Frau ist bei uns ausnehmend gut und wäre noch besser, sie wäre eine Präferenz vor Europa, wenn uns Männer die falschen Klügeleien über Marfa Borezkaja und auch über die Zarinnen Elisabeth und Katharina die Zweite nicht beirrt hätten. Gerade auf diesen Beispielen beruht das gefährliche Vorurteil von der Gleichberechtigung der Frau, und es folgt daraus, daß Europa nur eine einzige Louise Michel hat, wir hingegen Tausende solcher Luischen. Hiermit werden Sie natürlich nicht einverstanden sein, aber – warten Sie! Warten Sie, bis Sie ein reiferes Alter erreicht haben, in dem die Natur Sie zwingen wird, sich ein Nest zu bauen.«

»Ganz kann ich mich hiermit nicht einverstanden erklären«, entgegnete Klim, als der alte Mann fragend verstummt war.

»Angenehm zu hören, daß Sie, wenn auch nicht ganz, so doch einverstanden sind«, sagte der Historiker mit einem Lächeln und seufzte von neuem: »Ja, der Verstand hat bei uns in Rußland vieles von seinem natürlichen Platz auf eine falsche, abschüssige Bahn gebracht.«

Samgin verabschiedete sich von dem alten Mann und ging fort, überzeugt davon, daß er ihn gut, bis aufs letzte verstanden habe. Diesmal trug er aus der gemütlichen Höhle des Historikers irgend etwas Unruhiges mit sich fort. Er kam sich vor wie ein Mensch, der sich eines Wortes oder eines Eindrucks, welcher etwas soeben erst Erlebtem verwandt ist, nicht erinnern kann. Durch die eingeschlummerte Straße hinschreitend, blickte er zum Himmel empor, der von einfarbig grauer Wolkenmasse bedeckt war, schnalzte mit den Fingern und dachte angespannt nach: Was beunruhigt ihn?

Der Alte hat natürlich recht. So müssen Millionen arbeitsamer und bescheidener Menschen all die Bausteine denken, aus denen das Fundament des Staates zusammengefügt ist, überlegte Samgin und spürte, daß sein Denken nicht das fange, was er in eine Form bringen mußte.

Drei Tage später etwa stand er abends an seinem Fenster und feilte sorgfältig die soeben geschnittenen Fingernägel. Da öffnete sich geräuschlos die Zauntür, und auf den Hof trat ein breitschultriger Mann im Segeltuchmantel, mit weißer Mütze und einem kleinen Koffer in der Hand. Nachdem er die Zauntür angelehnt hatte, entblößte der Mann den kurzgeschorenen Kopf, streckte ihn auf die Straße hinaus, blickte nach links und ging auf den Seitenbau zu, wobei er das Köfferchen schwenkte und abwechselnd bald die eine, bald die andere Schulter vorschob.

Kutusow – erkannte ihn Klim, erinnerte sich sogleich Petersburgs, der Osternacht, seiner Entgleisung in der Betrunkenheit und entschied, daß er mit diesem Menschen nicht zusammentreffen dürfe. Aber etwas Schärferes als Neugier und sogar ein wenig Trotziges weckten in ihm den Wunsch, sich Kutusow anzusehen, ihn zu hören, vielleicht mit ihm zu streiten.

Kindisch, warnte er sich, betrat jedoch eine Stunde später das Zimmer der Spiwak.

Selbst früher, als Kutusow noch den Studentenrock trug, glich er wenig einem Studenten, jetzt aber, im grauen Straßenrock, der seine breiten Schultern straff umspannte, in gestärktem Hemd mit hohem Kragen, der gegen sein Kinn stieß, mit keilförmigem, unschön gestutztem Bart, sah er niemandem gleich.

»Ah – habe die Ehre!« rief er freundschaftlich aus und streckte Klim die schwere Hand entgegen.

»Zu was für einem Kaufmann Sie sich verkleidet haben«, sagte Samgin; er hatte es neckend sagen wollen, fühlte aber, daß es nicht so herausgekommen war.

»So – als Kaufmann?« fragte Kutusow gutmütig lächelnd. »Und – erlauben Sie mal! – weshalb denn verkleidet? Ich habe einfach Zivil angezogen. Mich hat, sehen Sie, die Obrigkeit aus dem Tempel der Wissenschaft hinausgeschmissen, weil ich angeblich den Gemeindemitgliedern und Kirchengängern irgendwelche Ketzereien gepredigt habe.«

Er steckte einen Finger hinter den harten Kragen, verzog das Gesicht und wackelte mit dem Kopf.

»Das ist ungerecht und sehr betrüblich. Dem Tempel gegenüber verhielt ich mich mit der gebührenden Pietät, den Gemeindemitgliedern gegenüber – recht gleichgültig. Tante Lisa, es wird doch mein Patenkind nicht stören, wenn ich rauche?«

Die Spiwak glich im weißen Morgenkleid, mit dem Kind in den

Armen, der Madonna auf einem Bild des sentimentalen Künstlers Bodenhausen, das gerade in Mode war und dessen Reproduktion in den Schaufenstern aller Schreibwarengeschäfte der Stadt herumstand. Ihr rundes Gesicht war traurig, sie biß sich sorgenvoll die Lippen.

»Ich habe für Sie, Samgin, einen Brief von einem Mädchen erschreckenden Aussehens – nehmen Sie ihn in Empfang!«

Kutusow übergab Klim ein dickes Kuvert, die Spiwak sagte leise: »Erzähle weiter, Stepan.«

»Ja, was soll ich denn weiter erzählen? Ich will nun aufs Land fahren, zu Turobojew, er brüstete sich, daß es dort im Fluß ungewöhnliche Barsche gebe.«

Samgin unterbrach die Lektüre des langen Briefes und erklärte nicht ohne Stolz: »In Moskau ist ein Bekannter von mir, Marakujew, verhaftet worden.«

»Marakujew – ist das ein Volkstümler, so ein Feuerkopf?« fragte Kutusow mit zusammengekniffenen Augen.

»Ja, ein Volkstümler.«

Kutusow machte ein mürrisches Gesicht, stieß einen langen Rauchstrahl zur Decke und sagte etwas scharf: »Weisen Sie doch mal Ihre Korrespondentin darauf hin, daß sie ein unvorsichtiges Mädchen und sogar nicht einmal sehr klug ist. Solche Briefe läßt man nicht durch fremde Menschen überbringen. Sie hätte mir etwas von dem Inhalt dieses Briefes sagen müssen.«

Er warf zornig die ausgerauchte Zigarette in den Aschenbecher, stand auf und begann mit breiten, schweren Schritten im Zimmer herumzustapfen.

»Ich hätte sie natürlich selbst fragen müssen. Aber sie sieht so aus ... ich dachte, Romantik.«

»Haben Sie den Verhafteten gut gekannt?« fragte die Spiwak, den Blick unverwandt auf Klim gerichtet.

»Ja«, antwortete er. Es kam sehr laut heraus, er dachte: Als wenn ich mich mit dieser Bekanntschaft brüstete. Und er fragte mit Unwillen: »Wann werden denn diese Verhaftungen aufhören?«

Kutusow setzte sich an den Tisch, goß sich Tee ein, steckte wieder einen Finger hinter den Kragen und wackelte mit dem Kopf; er tat dies oft, der Kragen zwickte ihn wahrscheinlich am Bart.

»Eine naive Frage, Samgin«, sagte er in beschwichtigendem Ton. »Weshalb sollten denn die Verhaftungen aufhören? Wenn Sie der Zarenherrschaft Widerstand leisten, dann weigern Sie sich auch nicht, ab und zu ein wenig im Loch zu sitzen, sich von Ihren nützlichen Bemühungen zu erholen. Dann aber, wenn es dank Ihrer Bemühungen zu einer Revolution kommt, werden Sie selbst verschiedene Bürger ins Loch sperren.«

Samgin ärgerte sich über sich selbst wegen der Frage, die solch eine Belehrung herbeigeführt hatte.

Dieser »erklärende Herr« hält mich für einen Gymnasiasten, dachte er einen Augenblick und ohne die gewohnte Gereiztheit, die er stets empfand, wenn man ihn belehrte. Doch sagte er etwas kecker, als er gewollt hatte: »Die Revolution werden wir noch nicht so bald zu erwarten haben.«

»Sie sollten eben nicht warten, sondern zu handeln versuchen«, riet Kutusow, am Tee nippend.

»Es gibt wenig Revolutionäre«, beklagte sich Samgin griesgrämig, zu seiner eigenen Überraschung. Kutusow zog die Brauen hoch, sah ihn unverwandt aus seinen grauen Augen an und begann sehr weich, mit halber Stimme zu reden: »Es sind wohl überhaupt keine da. Ich beobachte nun schon seit etwa vier Jahren Leute, die sich Revolutionäre titulieren – eine billige Ware! Bunt, sogar schön, aber – nicht dauerhaft, so etwa wie unser Kattun für die Bewohner Mittelasiens.«

Nachdem er in einem Zug ein Drittel des Teeglases ausgetrunken hatte, fuhr er, nachdenklich die rosa Händchen des eingeschlafenen Kindes betrachtend, fort: »Revolutionäre aus Langerweile am Leben, aus Verwegenheit, aus Romantik, nach dem Evangelium, das alles ist schlechtes Pulver. Der Intellektuelle, der sich rächen will für die Mißerfolge seines persönlichen Lebens, dafür, daß er nirgends einen Platz für sich finden kann, für eine zufällige Verhaftung und einen Monat Gefängnis – auch der ist kein Revolutionär.«

Aber was denn dann? wollte Samgin fragen und kam nicht dazu. Kutusow sagte, zu der Spiwak geneigt, mit einem Lächeln: »Hast du Wittes Bibel ›Rußlands Produktivkräfte‹ gelesen? Ein prahlerischer Wälzer. Erfreut sich eines großen Erfolgs bei Liberalen, die so tun, als ob sie Marx entsprechend dächten. Eine Offenbarung.«

Klim stellte an ihm etwas Neues fest: eine gewichtige Scherzhaftigkeit; sie schien erzwungen und widersprach dem müden, abgemagerten Gesicht. In allem, was Kutusow sagte, hörte er Enttäuschung, das machte Kutusow sympathischer. Dann fiel Samgin ein, daß er in Petersburg mehrfach die Zwiespältigkeit seines Verhältnisses zu diesem Menschen empfunden hatte: Das »Kutusowtum« war unangenehm, Kutusow selbst aber zog ihn durch irgend etwas an, das es bei anderen Menschen nicht gab. Kutusow indessen sprach, die vermutete Enttäuschung gleichsam bestätigend, indem er sich mit dem Finger am Adamsapfel rieb: »Es ist sehr interessant, Tante Lisa, zu beobachten, mit welcher Gier und Geschicklichkeit sich die

Menschen an die historische Notwendigkeit klammern. In dieser Hinsicht ist der Marxismus vielen außerordentlich angenehm. Nun, eben Evolution, Determinismus sozusagen, die Persönlichkeit ist ohnmächtig. Und – laßt uns in Ruhe.«

Er bewegte die Kopfhaut, wodurch sein kurzgeschorenes Haar sich sträubte, während das Gesicht sich in die Länge zog und versteinte.

»Überhaupt habe ich nicht sehr erfreuliche Eindrücke geschluckt. Unser Rußland ist ein Land ungeschulten Denkens, und insbesondere krankt daran das moskowitische Rußland. Ich war in einer Fabrik, in der ein Vetter von mir arbeitet, ein Meister. Er ist Sektierer; unter den Arbeitern gibt es zwei Sekten: die Theologisten und die Logotheisten. Sie entstanden anhand des ersten Verses des Johannes-Evangeliums; die einen stützen sich auf das: ›Gott war das Wort‹, die andern auf: ›Das Wort war bei Gott.‹ Die einen schreien: ›Das Wort war vor Gott‹, die andern: ›Ihr lügt! Das Wort war in Gott, es ist das Licht, und die Welt ist durch das Licht des Wortes erschaffen.‹ Sie gingen in die Optinsche Einsiedelei zu den Starzen, um zu erfahren, wer recht habe. Diese schwachsinnige Rederei bringt die Menschen bis zum Haß, bis zum In-die-Fresse-Hauen, sie bringt sie dahin, daß im Frühjahr, als es um Lohnerhöhung ging, die Logotheisten sich weigerten, die Theologisten zu unterstützen.«

Da er wahrscheinlich vergessen hatte, daß sein Bart kurzgeschoren war, griff Kutusow unter dem Kinn eine Faust voll Luft und seufzte, indem er die Hand schwer auf das Knie sinken ließ: »Bei Griesinger ist eine seelische Krankheit beschrieben, sie nennt sich, glaube ich, deutsch: ›Grübelsucht‹ – fruchtloses Grübeln. Dann quält den Kranken die Frage, warum das Blaue nicht rot, das Schwere nicht leicht sei und dergleichen mehr. Ab und zu scheint mir schon, daß bei uns Tausende von Geschulten und Ungeschulten von dieser Krankheit infiziert sind.«

Die Spiwak sagte, während sie vom Gesicht des eingeschlafenen Kindes die Fliegen verscheuchte, leise, aber so überzeugt, daß Klim sie mit Erstaunen anblickte: »Das wird vergehen, Stepan, es wird rasch vergehen.«

»Ja, gewiß, wir werden reicher, verkrampfter«, äußerte Kutusow einverstanden. »Ich bedaure, daß ich nicht nach Nishnij auf die Ausstellung gekommen bin. Sie, Samgin, haben in Ihrem Artikel geschickt auf Odysseus angespielt. Die Arbeiterklasse wird den Freiern selbstverständlich das Genick brechen, vorläufig aber – ist es noch nicht lustig!«

Er sah auf die Uhr und sagte: »Ist es nicht Zeit?«

»Ja«, antwortete die Spiwak, erhob sich behutsam und ging mit dem Kind in den Armen fort, Kutusow aber setzte sich lächelnd auf einen Stuhl Klim gegenüber und fragte sehr freundschaftlich: »Sie finden also, daß es wenig Revolutionäre gibt? Wo haben Sie welche gesehen, was für welche?«

Mit einer ihm selbst ungewohnten Redseligkeit erzählte Samgin, dem unklaren Wunsch nachgebend, irgend etwas Wichtiges zu erfahren, rasch von dem dreifingrigen Prediger, von Ljutow, von dem Diakon, von Preiß.

»Ein Diakon? – Ipatjewskij? Serdjukow? Hat er einen Sohn? Er ist gestorben? Aha, aha. Und der Vater, auch der ... interessiert sich? Ein seltener Fall. Sie lassen sich immerzu mit Volkstümlern ein?«

»Ich lasse mich mit ihnen nicht ein, sondern studiere sie«, sagte Klim, der seine Redseligkeit bereits bereute.

»Sie studieren den Leidensweg kleiner Awwakum-Protopopen? Lassen Sie es sein. Das alles führt zu nichts. Es führt zu nichts«, wiederholte er, sich erhebend und sich reckend; Samgin blickte mürrisch von unten nach oben auf seine breite Brust und dachte: Er ist empörend selbstbewußt.

»Die Eigentümlichkeiten des nationalen Geistes: Dorfgemeinde, Schalmeien, eingesalzene Pilze, gepreßter Kaviar, Plinsen, Samowar, die ganze Poesie des Dorfes und die gräfliche Lehre von der bäuerlichen Einfachheit, das alles, Samgin, ist einfältiges Zeug«, sagte Kutusow, über Klims Kopf hinweg zum Fenster hinausblickend. »Ich leugne nicht, auch dieser Moder hat seine Schönheit, aber es ist Zeit, von ihm Abschied zu nehmen, wenn wir leben wollen. Und von den Augenblickshelden muß auch Abschied genommen werden, denn es ist Heldentum fürs ganze Leben erforderlich, das Heldentum eines Schwerarbeiters, des Arbeiters der Revolution. Wenn Sie zu solchem Heldentum nicht fähig sind – treten Sie beiseite.«

Er zündete sich eine Zigarette an und setzte sich so dicht neben Klim, daß er mit der Schulter die seine berührte.

»In einem haben die Volkstümler recht«, fuhr er etwas leiser und nachdenklicher fort, »unser Arbeitervolk ist in Ordnung, es ist ein Volk von zähem Verstand, vielleicht kommt daher bei ihm auch die Vorliebe für allerhand Rederei. Wenn also ein Volkstümler von der Liebe zum Volk spricht, so verstehe ich den Volkstümler. Lieben aber muß man ohne Mitleid, Mitleid ist Imitation von Liebe, Samgin. Das ist eine üble Sache. Ich las kürzlich den Prozeß der Leute des 1. März durch, und mir schien, daß die Leitungen zu der Mine, die den Zug des Zaren bei Alexandrowsk in die Luft sprengen sollte, eben vom Mitleid beschädigt worden sind. Ja. Irgendwer bedauerte den Befreier.«

Nun trat die Spiwak ins Zimmer, in einem weißen Kleid, in weißem Hut mit Straußenfedern und mit einer voll Noten gestopften Ledertasche.

»Fesch«, sagte Kutusow. »Vergiß nicht, Tante Lisa...«

»Nein, nein«, versprach sie im Fortgehen.

Beide sahen vom Fenster aus schweigend zu, wie die Frau über den Hof ging, wie der Wind ihr den Rock an die Beine drückte und die Hutfeder kriegerisch hochhob. Sie bückte sich, ordnete den Rock, als verneigte sie sich vor dem Wind.

Klim fragte: »Ist Turobojew schon lange aus dem Ausland zurückgekehrt?«

»Schon vor einem Monat.«

»Mit seiner Frau?«

»Ist er denn verheiratet?« erkundigte sich Kutusow erstaunt; als Klim jedoch von Turobojews Roman mit Alina erzählte, lächelte er.

»Ach so? Nein, seine Frau ist wahrscheinlich nicht bei ihm, meine, Marina, ist nämlich dort, sie hätte es mir geschrieben. Na, und was schreibt Dmitrij?«

»Er schreibt nicht.«

»Er wird nicht mehr lange dort stecken. Meiner Frau hat er geschrieben, er werde nach dem Süden fahren, nach Poltawa, glaube ich.«

Es war seltsam zu hören, daß dieser Mensch von Alltagsdingen redete und daß er so einfach von dem Mann sprach, dem er die Verlobte ausgespannt hatte. Jetzt war er an den Flügel getreten und schlug ein paar Akkorde an.

»Ich habe schon lange keine gute Musik mehr gehört. Bei Turobojew werden wir spielen, werden wir singen. Eine komische Angelegenheit, dieses Landgut Turobojews. Die Bauern haben es zernagt wie die Ratten. Angeln Sie gern, Samgin? Lesen Sie mal Aksakows ›Über das Angeln‹ – Sie werden angesteckt werden! Ein wunderbares Buch, es ist in einer Weise geschrieben, wissen Sie, Brehm wäre neidisch geworden!«

Rauchend und mit seinen grauen Augen lächelnd, erzählte nun Kutusow von der Dummheit und Schlauheit der Fische mit derselben Begeisterung und demselben Wissen, wie der Historiker Koslow von den Sitten und Bräuchen der Stadtbewohner berichtet hatte. Klim verwickelte sich beim Zuhören in unklare, aber nicht feindselige Gedanken über diesen Menschen, an sich selbst jedoch dachte er mit Ärger, da er fand, er habe sich nicht so benommen, wie es nötig gewesen wäre, die ganze Zeit schaukelte er gleichsam auf einer Schaukel.

Dann kehrte, noch sorgenvoller, die Spiwak zurück, sagte leise etwas zu Kutusow, er sprang vom Stuhl auf, preßte beide Hände zu einer Faust zusammen, schüttelte sie und murmelte: »Ach, zum Teufel, das ist dumm!«

Samgin begriff, daß er überflüssig war, verabschiedete sich und ging. In seinem Zimmer angelangt, ließ er sich aufs Bett fallen, verschränkte die Arme im Nacken und schloß fest die Augen, um sich im Wirrwarr der schreienden Gedanken besser zurechtzufinden. In seinem Kopf lärmte der Bariton Kutusows, während die Spiwak überzeugt tröstete: Das wird rasch vergehen.

Wie schlau, wie heuchlerisch sie ist. Sie gleicht am allerwenigsten einer Revolutionärin. Doch woher hat sie diese Überzeugung?

Von der Spiwak feindselig zu denken war leicht, sie erschien Klim als ein Mensch, der ihn in irgendeiner Hinsicht betrogen hatte, von Kutusow hingegen glitten die feindseligen Gedanken ab.

Arbeiter der Revolution – das ist bescheiden. Vielleicht ist er auch nicht klug, sondern bloß ehrlich. Wenn Sie nicht fähig sind, wie ich zu leben, treten Sie beiseite, hat er gesagt. Das von den Revolutionären aus Langerweile und den anderen hat er gut gesagt. Solche verdienen besonders, daß man sie anschrie: Was treiben Sie da? Nikolaus I. schrie das aus Kanonen, erbarmungslos, aber das war Notwehr. Jeder Mensch hat das Recht zur Notwehr. Koslow hat recht...

Samgin sprang vom Bett auf und begann im Zimmer umherzuschreiten, wobei er ab und zu von der Seite her sah, wie sein mürrisches, vor Erregung blasses Gesicht im Spiegel vorüberhuschte – das Gesicht eines außergewöhnlichen Menschen mit Brille, mit einem spitzen, hellen Kinnbärtchen.

Ja, Evolution! Laßt mich in Ruhe. Fruchtloses Grübeln – wie hieß das doch deutsch? Grübelsucht. Weshalb bin ich verpflichtet, über Ideen, Menschen, Geschehnisse nachzudenken, die mich nicht interessieren, weshalb? Ich fühle mich immerzu in fremder Kleidung: mal ist sie mir zu weit, sie gleitet mir von den Schultern, bald ist sie eng, sie behindert Wachstum.

Seine Gedanken zerfielen, zerbröckelten, machten einem immer heftigeren Gefühl der Unzufriedenheit mit sich selbst Platz. Seine Augen blieben an der Photographie einer Gruppe von Gymnasiasten haften, die mit ihm zusammen das Abitur gemacht hatten; er hatte unter ihnen keinen einzigen Freund gehabt. Er stand in der ersten Reihe der dreizehn Schüler, zwischen dem dicken Sohn des Kreisadelsmarschalls und dem Neffen des Arztes Ljubomudrow, der sehr groß war und schon einen Schnurrbart trug. Er selbst kam sich aufgeschossen vor, wie ein Soldat in Reih und Glied, mit komisch aufgeblähten Backen und blindem Blick. Ärgerlich nahm er die Photographie von der Wand, holte sie aus dem Rahmen, zerriß sie in kleine Stücke und warf die Fetzen in den Korb unter dem Tisch. Da er gern noch etwas tun wollte, machte er sich daran, die Bücher in den Schrankfächern zu ordnen. Aber auch das beruhigte ihn nicht, die Unzufriedenheit mit sich selbst verwandelte sich in ein Gefühl der Feindschaft gegen sich und noch gegen jemand anderen, der ihn wie eine Schachfigur von einem Feld zum andern schob. Ja, so war es, irgendeine heimtückische Kraft spielte mit ihm, ließ ihn mit Menschen zusammenstoßen, die nicht miteinander zu vereinen sind, und dies gleichsam nur, um zu zeigen: sie sind nicht zu vereinen, können sich nicht zu einer wohlgeordneten Reihe ausrichten. Oder geschah das vielleicht, damit er sich von seinem Recht überzeuge, sich mit niemandem vereinen zu müssen?

Samgin stellte das Büchersichten ein und ging behutsam ans Fenster, so behutsam, als fürchte er, der glückliche Einfall könnte ihm entschlüpfen. Doch der Einfall, der plötzlich wie ein Licht im Dunkeln aufgeflammt war, lockte mit erstaunlicher Schnelligkeit eine Unmenge tröstlicher Gedanken herbei: Sie glitten von den Seiten halbvergessener Bücher, schienen sich schon lange um ihn herum aufgehalten und auf ihre Stunde gewartet zu haben, miteinander in Einklang zu gelangen. Die Stunde war gekommen, und so hatten sie, alle von gleicher Ordnung, gleicher Färbung, zu kreisen begonnen, wobei sie ihn beunruhigten und versprachen, in seiner Seele einen dauerhaften Kern der Gewißheit zu schaffen, daß Klim Samgin das Recht habe, ein völlig unabhängiger Mensch zu sein.

Weder Priester noch Opfer, sondern – ein freier Mensch! fiel ihm ein, als er wie aus der Ferne den schnellen Gedankenstrom beobachtete. Er stand in wohliger Erstarrung am Fenster und lächelte unwillkürlich, sich am Bärtchen zupfend.

Die Klinke der Zauntür schnappte zu, auf dem Hof erschien Inokow, ging aber nicht zum Seitenbau, sondern schwenkte den Hut und sagte laut: »Ich will zu Ihnen!«

Das war sonderbar. Inokow kam oft zu der Spiwak, hatte aber noch nie Samgin besucht. Obwohl sein Besuch Klim daran hinderte, sich mit sich selbst zu unterhalten, empfing er den Gast ziemlich liebenswürdig. Und bereute es sogleich, da Inokow schon an der Türschwelle anfing: »Hören Sie mal – was für ein Teufel hat Sie gestochen, Jelisaweta Lwowna meine Gedichte vorzulesen?«

Er sprach grob, zornig, machte aber kein böses Gesicht, sondern nur ein erstauntes; nach seiner Frage tat er den Mund halb auf und zog die Brauen hoch wie einer, der etwas nicht begreift. Doch sein dunkler Schnurrbart zitterte merklich, und Samgin verstand sofort, daß dies nichts Gutes verhieß. Er mußte etwas erfinden.

»Gedichte? Ihre Gedichte?« fragte auch er erstaunt und nahm die Brille ab. »Ich habe ihr nur ein einziges, in der Form sehr originelles Gedicht vorgelesen, aber es war ohne Unterschrift. Die Unterschrift war abgerissen.«

Jetzt war er bereits aufrichtig verblüfft, wie leicht und natürlich er diese Worte gesagt hatte.

»Abgerissen?« wiederholte Inokow, setzte sich auf einen Stuhl, steckte den Hut zwischen die Knie und strich sich mit der Hand über das Gesicht. »Na ja, ich hatte mir schon gedacht, daß da irgendein Blödsinn passiert ist. Sonst hätten Sie es natürlich nicht vorgelesen. Haben Sie die Gedichte bei sich?«

»Der Redakteur hat mir erlaubt, alle Gedichte, die nicht gedruckt werden, zu vernichten.«

Inokow seufzte, sah sich um und rieb sich mit beiden Händen die Augen; sein Gesicht, das den gewohnten mürrischen Ausdruck verloren hatte, war sonderbar weich geworden.

»Das ist recht. Hu, wie schwül es in der Stadt ist!«

Er ließ von neuem seinen Blick zerstreut im Zimmer umherschweifen und schlug in bittendem Tone vor: »Hören Sie, Samgin, lassen Sie uns aufs Feld hinausgehen, ja?«

»Mit Vergnügen«, sagte Klim. Er fühlte sich schuldig vor Inokow und erriet, daß dieser ihn aus irgendeinem Grund brauchte, in ihm keimten Neugier und die Hoffnung, zu erfahren, welche Beziehungen Inokow, Korwin und die Spiwak zusammengebracht haben mochten.

Auf der Straße schritt Inokow hastig daher, qualmte erbittert mit der Zigarette und redete: »Ich gehe oft auf dem Feld spazieren, sehe mir an, wie dort die Kasernen für die Artilleristen gebaut werden. Bin selbst ein Faulpelz, sehe aber gern bei der Arbeit zu. Ich gucke zu und denke: Bestimmt, die Menschen werden einmal der belanglosen, niederen Sächelchen müde, sie werden mit aller Kraft ein wirkliches, bedeutendes Werk in Angriff nehmen und – Wunder vollbringen . . .«

»Einen babylonischen Turm errichten?« fragte Klim.

»War nicht übel geplant«, sagte Inokow und stieß ihn mit dem Ellenbogen an. »Nein, im Ernst: Ich glaube, daß die Menschen Wunder vollbringen werden, sonst wäre das Leben keinen Heller wert, und man müßte alles zum Teufel schicken! All diese Häuserchen, Laternchen, Ecksteinchen ...«

Er schnippte mit dem Finger den Zigarettenstummel weit von sich, schob den Hut in den Nacken und fragte mürrisch: »Sind Sie es gewesen, der Jelisaweta Lwowna von diesem ... von dem Auftritt mit dem Dirigenten erzählt hat?«

»Selbstverständlich nicht«, antwortete Klim gekränkt.

Inokow hörte die Kränkung nicht.

»Wer denn sonst? Etwa er selbst, der Schurke?«

»Weshalb sind Sie so gegen ihn?«

Nach einigem Zögern, stockend, mit groben Worten, sagte Inokow, Korwin beliefere homosexuelle Priester mit Jungen, er habe deswegen schon vor Gericht gestanden, sei aber vom Erzbischof gerettet worden.

»Einerlei, er wird ins Gefängnis kommen!« brummte Inokow dumpf und versetzte einem zur Seite geneigten Eckstein einen Fußtritt.

»Weiß Jelisaweta Lwowna davon?« fragte Samgin unvorsichtig. Inokow sah ihm ins Gesicht und fragte auch: »Weshalb sollte sie davon wissen?«

»Sie ist mit ihm bekannt ...«

»In ihrem Chor singt ja nicht wenig Gesindel mit.«

Er räusperte sich, spuckte aus und verstummte mürrisch.

Sie gelangten auf das Feld, reichlich von Sonne beschienen, mit fahlgrauem, ausgedörrtem Rasen bedeckt. In sanften Hängen stieg das Feld, in der Ferne verlaufend, zu den rauchfarbenen Wolken an; weit hinten erhoben sich gleich Schneekuppen die einförmigen Kegel von Lagerzelten, links von ihnen bewegten sich auf dem dunklen Hintergrund eines Haines Reihen weißer, spielzeughafter Soldaten, und noch weiter links ragte in die blaue Leere zwischen den Wolken ein in der Sonne rot leuchtendes Backsteingebäude, das von den fadendünnen Spänchen eines Gerüsts umgeben war, auf welchem Arbeiter, klein wie Kinder, wimmelten. Dorthin, wo mit blinkenden Bajonetten die Soldaten umherschritten, trabte, im Gegenlicht der Sonne prangend, ein weißer Reiter auf bronzefarbenem Roß.

»Zu einer Seite der Stadt hat Warawka einen Schlachthof und ein Gefängnis gebaut«, brummte Inokow, am Rand einer Schlucht entlanggehend, »zur anderen baut sein Konkurrent eine Kaserne.«

Die grauen, dürren Grashälmchen brachen unter Klims Füßen knisternd. Offene Weiten stimmten ihn stets traurig und demütig. Mit Inokow Schritt haltend, schmolz er gleichsam im Sonnenschein, in der heißen Luft, die stark mit dem Duft ausgedörrten Grases gesättigt war. Er hatte kein Verlangen zu sprechen, und keine Lust, dem Gebrumm Inokows zuzuhören. Er ging und sah hin, wie die Kasernen wuchsen; sie wurden als drei einzelne Gebäude trapezförmig errichtet, das mittlere war fast fertig, die Maurer legten gerade die letzten Ziegelreihen des zweiten Stockwerks, man konnte gut sehen, wie sich am Rande der Mauer die kleinen Gestalten in roten und blauen Hemden, mit weißen Schürzen bewegten, wie schwer die mit Ziegel beladenen Arbeiter auf den Brettersstegen zwischen dem Spinnennetz des Gerüsts hinaufschritten. Samgin und Inokow gingen am Rand einer in dem lehmigen Boden tief ausgewaschenen Schlucht entlang, der eine Hang war voll Müll geschüttet und mit Gesträuch und Unkraut bewachsen, der andere war düster, kahl, er hatte die Farbe von Eisen und sah aus, als wäre er über und über von Krallen zerkratzt. Dieser tiefe Erdspalt und das riesengroße Bauwerk daneben, ein Bauwerk, das von kleinen Menschlein errichtet wurde, hatten etwas Unvereinbares; Samgin dachte daran, daß man viele Tausende solcher kleinen bunten Gestalten benötigen würde, um die Schlucht bis zum Rand zu füllen.

Inokow schien plötzlich über etwas zu stolpern, gab Klim einen Stoß, rief: »Ach, zum Teufel, laufen wir!« und stürzte mit der Schnelligkeit eines kleinen Jungen davon.

Ein paar Sekunden lang begriff Klim nicht, was er sah. Ihm schien, der blaue Fleck des Himmels habe, in sich erbebend, der Mauer einen Stoß versetzt und beginne, sich über ihr vergrößernd, auf sie zu drücken, sie umzuwerfen. Das Gestänge des grauen, hölzernen Käfigs, in dem das riesengroße Gebäude eingesperrt war, geriet ins Wanken, neigte sich langsam und gleichsam widerstrebend zur Seite Klims, entblößte die Mauer und riß sie mit sich; man hörte ein Knarren, ein Krachen und das dumpfe, hämmernde Aufschlagen von Ziegeln, die auf die Laufstege fielen.

Daß die Mauer zusammenbrach, begriff Samgin erst, als die Maurer von ihr weg in das herabrutschende Chaos aus Stangen und Brettern hinabzuspringen begannen, als sie die Last der Ziegel von ihrem Rücken abwarfen und mit unwahrscheinlicher Schnelligkeit die Brettersstege hinunterliefen, während die Ziegel ihnen nachstürzten und immer lauter gegen das Holz trommelten, bis das Knarren und Krachen das hämmernde Geräusch übertönte. Samgin fing an zu laufen, er spürte, daß der Erdboden unter ihm einen Sprung machte und zugleich das einstürzende Gebäude rasch an ihn herantrug. Die Mauer zerfiel stückweise, sie atmete braunen Staub; widerlich verzerrten sich die leeren Löcher der Fenster, eins von ihnen streckte das lange Ende eines breiten Bretts heraus und höhnte damit, als zeigte es die Zunge.

Es war nicht zu glauben, daß Menschen so schnell, in so unnatürlich verrenkten Stellungen durch die Luft fliegen und mit einem derart lauten Aufschlag niederfallen konnten, und daß Klim ihn trotz des Krachens, Knarrens und vielstimmigen Schreckgeschreis hörte. Einige stürzten zu Boden, wie aus einem Anlauf in der Luft, sie hatten offenbar über den zum Leben erwachten Haufen von Stangen und Latten hinwegspringen wollen, aber das Holz, das wie die Beine einer Spinne zitterte, fing die Fallenden auf, klemmte sie ein. In einem der Fenster stand ein Mann mit einer langen Stange in den Händen, aber die Seitenwände des Fensters zerfielen, der Mann ließ die Stange fallen, warf die Arme hoch und kippte nach hinten um.

Ein breiter Strohhut flog in die Luft, fiel zu Boden und rollte Samgin vor die Füße, Klim sprang zur Seite, sah sich um und begriff plötzlich, daß er nicht, wie gewollt, von der Katastrophe fortgelaufen war, sondern ganz außer Atem etliche zwanzig Schritt vor einem unförmigen Haufen aus Holz und Ziegeln stand, in dem Enden von Brettern und Stangen zuckten, schaukelten. Klim zitterten die Knie, er setzte sich auf die Erde und blinzelte geblendet, der Schweiß floß ihm in die Augen; er riß die Brille herunter und sah zu, wie die Maurer und Zimmerleute nach allen Seiten auseinanderliefen und mit den Armen fuchtelten. Besonders hurtig, wie ein Fohlen, rannte ein Jugendlicher im blauen Hemd, rannte und kreischte ohrenbetäubend: »Onkel Pawel, O-onkel Pa-wel ...«

Er raste an Samgin vorbei mit weißem, kalkbestäubtem Gesicht, offenem Mund und Augen, rund wie Geldstücke.

Ein großer, bärtiger, unglaublich staubiger Mann brach zwei Schritt von Samgin entfernt zusammen, ächzte, griff sich mit den Fingern am Hinterkopf ins Haar, schüttelte das Blut ab, das daran haftete, und sagte, während er die Hand am Schurz abwischte, mit ruhiger Stimme, als läse er ein Ladenschild: »Pack, blankknöpfiges, Sparer.«

Vom Lager her galoppierte der Reiter in Weiß, verstreut liefen Soldaten umher, weit hinter ihnen holperten, einander überholend, wie Bälle auf der Erde hüpfend, zwei grüne Wägelchen. Die Sonne senkte sich zum Hain herab und beleuchtete das Feld unerträglich grell, wie mit Absicht, um dem Unglück denkwürdige Deutlichkeit zu verleihen.

Samgin schob sich seitwärts ganz leise den Menschen aus dem Weg, er schüttelte den Kopf und wandte kein Auge von alledem, was auf dem zum Leben erwachten Feld blinkte; er sah, wie Inokow einen Mann trug, den er sich über die Schulter gelegt hatte, der Mann hing krumm an ihm herunter wie eine Puppe aus Lappen, seine mürben Hände scharrten auf Inokows Brust herum, als wollten sie ihm die Segeltuchbluse aufknöpfen. Ein Offizier galoppierte heran, fuchtelte mit der weißbehandschuhten Rechten und brüllte Inokow an, Inokow hockte sich hin, legte den Mann behutsam auf die Erde, legte Arme und Beine gerade und lief wieder zu der eingestürzten Hauswand; dort wimmelten bereits Soldaten wie weiße Mehlwürmer, dort versammelten sich vorsichtig Arbeiter, die Mehrzahl von ihnen jedoch blieb rings um Samgin sitzen und liegen; sie verständigten sich durch übermäßig laute, heulende Zurufe, und besonders hell, nach Weiberart, klang eine einzelne Stimme.

»Den Minajew meine ich doch, den Pawlucha! Nun hat sich's was mit dem Heimfahren! Den Minajew meine ich ...«

Ein feister, breitbärtiger Maurer mit gedunsenem Gesicht und blauen Säcken unter den Augen rief schnarchend: »So dankt doch Gott, ja ...«

»Ich habe es geahnt ...«

»Sie steigern die Sparerei, das Gesindel ...«

»Was brüllst du so? Eine Messe sollte man lesen ...«

»Ich habe gesehen, Jungens, wie Matwej herunterfiel, als wäre er in einen Pfuhl getaucht, bei Gott!«

Samgin kam es vor, als werde es immer heißer und als brenne ihm die Sonne erbarmungslos die Worte, Gesichter und Bewegungen der Menschen ins Gedächtnis ein. Es war seltsam, das erregte vielstimmige Reden der Maurer zu hören, sie sprachen so laut, als wollten sie das Geschrei der Soldaten und irgendwessen ununterbrochenes, schneidendes Geheul übertönen: »Au ... oh ... au ...«

An die fünf Mann standen mit dem Rücken dem Ort der Katastrophe zugewandt, sie hatten freudige Gesichter, und ein kleines, rothaariges Bäuerlein versicherte, indem er sich mehrmals bekreuzigte und an seinen Worten erstickte: »Bei Gott, ich lüge nicht! So wie ich dich sehe, sah ich: Er lief von oben herunter, da bäumte sich der Brettersteg unter ihm auf, und er flog in die Höhe, bei Gott!«

Samgin sah sich um und suchte zu begreifen: Wie war er so dicht herangelaufen, ohne es zu wollen! Er erinnerte sich, daß er, als Inokow nach vorn stürzte, nicht ihm nach, sondern zur Seite gelaufen war.

Sonderbar, dachte er, während er beobachtete, wie die Soldaten die Verletzten zusammentrugen und mit unnötiger Genauigkeit in eine wohlgeordnete Reihe nebeneinanderlegten.

Dann kam Inokow, seine linke Hand war mit einem Taschentuch umwickelt, er bemühte sich, mit den Zähnen und den Fingern der Rechten das Taschentuch zu verknoten, aber es gelang ihm nicht.

»Helfen Sie doch«, sagte er zu Klim.

»Verletzt?«

»Die Finger eingeklemmt.«

»Viele Tote?«

»Habe drei gesehen.«

Ohne Hut, von Mörtel beschmiert, mit eingerissenem Blusenärmel stand er da und stampfte aus irgendeinem Grund mit dem Fuß auf die trockene Erde, die von Holzspänen besät, mit rotem Ziegelstaub eingepudert war, stand da und redete, mit den staubigen Wimpern blinzelnd: »Eine dumme Sache: Als das Gerüst einstürzte, war es, wissen Sie, als ob eine riesengroße Spinne sich bewegte und die Menschen packte.«

»Ja«, stimmte Klim bei. »Genau wie eine Spinne. Ich kann mich nicht entsinnen: bin ich hinter Ihnen hergelaufen oder stehengeblieben?«

Inokow sah ihn mit verständnislosem Blick an.

»Einem hat es den Kopf zerdrückt ... erstaunlich! Es ist nichts mehr da, nur der Unterkiefer mit Bart. Gehen wir?«

Sie gingen so eng nebeneinander, daß es unangenehm war. Inokow rieb mit dem Blusenärmel den Staub aus seinem Gesicht, sah sich um und stieß Klim, Klim aber hielt sich dennoch dicht neben ihm und sagte: »Wissen Sie, ich war überzeugt davon, daß ich stehe, es hat sich aber gezeigt, daß ich Ihnen nachgelaufen bin. Seltsam, nicht?«

»Was ist denn Seltsames daran?« murmelte Inokow gleichgültig und verzog die Lippen zu einem schiefen Lächeln. »Die unverletzt gebliebenen Maurer haben sich zu dem Unglück ziemlich ruhig verhalten«, begann er zu erzählen. »Ich lief hin, sah einen Mann, dessen Beine zwischen zwei Latten eingeklemmt waren, er lag besinnungslos. Ich rief einem Mann zu: ›Hilf mir, ihn herauszuziehen!‹, er aber antwortete: ›Laß ihn, es ist nicht erlaubt, Tote anzurühren.‹ Er half mir nicht und ging fort. So haben sie alle ... Die Soldaten arbeiten, sie aber sehen zu ...«

»Sie haben sich erschrocken«, sagte Samgin und erinnerte sich plötzlich, wie schnell er auf den Schlittschuhen zu dem in einem Eisloch ertrinkenden Boris Warawka hingerast war.

»Es gibt nichts, was dem Heutigen gliche«, sagte er laut. Inokow schüttelte sich, blickte ihn an und beendete den Satz: »Und ich habe auch noch nichts dergleichen gesehen.«

Mit diesen Worten löschte er die Erinnerung an Boris aus.

Samgin bedrückte ein Gefühl von Schwäche, von physischer Übelkeit, er hätte gern die Augen geschlossen und zu gehen aufgehört, um nichts zu sehen, um zu vergessen, wie Menschen herabfallen, ungewöhnlich klein in der Luft.

»So ein Blödsinn«, murmelte Inokow nachdenklich und schlug sich im Gehen den Staub mit dem Hut von der Hose. »Ihnen kommt es vor, als seien Sie sonstwohin gelaufen, mir aber flimmert ein Holzspänchen vor den Augen, solch ein graues Spänchen – als sei es abgeschossen worden, flog es in die Höhe . . . wie eine Lerche . . . und schwirrte umher. In der Tat, unbegreiflich! Hier sind Menschen verstümmelt worden, sie stöhnen, schreien, und ins Gedächtnis ist ein Spänchen eingedrungen. Diese Sächelchen . . . solche Spänchen . . . weiß der Teufel, was das ist.«

Er stieß gegen Samgin, verlangsamte seine Schritte und setzte hinzu: »Mich wollte ein Mann mit einem Pfahl schlagen, er riß den Pfahl aus und jagte sich einen Splitter in die Hand zwischen die Finger, einen tüchtigen Splitter, ich mußte ihn herausziehen . . . dem Dummkopf.«

Er ging wieder rascher.

»Spänchen, Splitter . . . Irgend so ein Staub in der Seele.«

Das vom Splitter hat er wahrscheinlich erfunden, stellte Samgin fest und fragte: »Was wollen Sie damit sagen?«

»Das weiß ich nicht. Wüßte ich es, so sagte ich es nicht«, antwortete Inokow und verschwand plötzlich in dem windschiefen Tor eines alten Hauses.

Weshalb denn: Wüßte ich es, so sagte ich es nicht? dachte Samgin. Wie unangenehm er ist . . .

Die Sonne ging unter, die Kuppeln der Maria-Himmelfahrtskirche strahlten wie riesengroße Kerzen, ein mattrosa Dunst hing in der Luft.

Daheim ging Samgin mechanisch in den Garten und streckte sich müde auf einer Bank aus. Auch der herbstlich verfärbte Garten war voll rötlicher Schwüle; schon seit einigen Tagen drohte die Hitze Regengüsse zu bringen, doch der Wind vertrieb die Wolken, riß das gelbe Laub von den Bäumen und bestreute die Stadt mit Staub. Samgin sah deutlich einen häßlichen zusammengekrümmten Körper ohne Arme und Beine, mit einem Kopf, über den ein grauer Schurz gebreitet war, einen Körper, der wie zu einem Bündel zusammengeschnürt war und mit unglaublicher Schnelligkeit herabstürzte. Ein anderer Mann flog in gestreckter Haltung, mit hochgeworfenen Armen durch die Luft, er war unnatürlich lang, und das lose rote Kittelhemd hatte sich aufgebläht und verlieh ihm Ähnlichkeit mit einer Tulpe. Klim erinnerte sich nicht mehr, ob drei oder vier Männer von der Hauswand heruntergefallen und für einen Augenblick in der Luft zu sehen gewesen waren, jetzt schien ihm, er hätte zehn gesehen.

Aus einem offenen Fenster des Seitenbaus schallte die ruhige Stimme Jelisaweta Lwownas herüber; sie erteilte seit kurzem einigen Schülern Unterricht in Literaturgeschichte, es kamen acht zu ihr ins Haus. Um nicht zu denken, zwang sich Samgin, den Worten der Spiwak zuzuhören.

»Es ist nichts Neues, wenn Rimbaud den Vokalen Farbe gab, schon Tieck suchte durch Worte Farbeindrücke zu erwecken«, vernahm Klim und dachte: Eine arge Heuchlerin. Was will sie?

Die Stimme der Spiwak klang unangenehm eintönig und eigenwillig.

»Im Grunde genommen jedoch verbirgt sich hinter der Romantik das Bestreben, von der Wirklichkeit, von den brennenden Tagesfragen abzurücken. Etwas plump, aber sehr offenherzig hat das der Romantiker Karamsin zugegeben:

>   Ach, nicht immer bittre Tränen
>   Laßt um ernstes Leid uns weinen,
>   Auch Vergessen laßt uns suchen
>   Kurz im Banne schöner Träume.«

Wie sie lügt, dachte Samgin, obwohl er verstand, daß sie nur vereinfachte.

»Um nun, da sie schon nicht mehr Minuten, sondern das ganze Leben mit schönen Träumen ausfüllen wollen, laufen sie vor der Wirklichkeit davon, während andere ...«

Samgin erhob sich, trat ans Fenster und sagte ins Halbdunkel des bekannten Zimmers hinein: »Die Artilleriekaserne ist eingestürzt, es hat mehrere Tote und viele Verletzte gegeben ...«

Das Zimmer füllte sich mit dem Lärm zurückgeschobener Stühle, in einer Ecke flammte ein Streichholz auf und beleuchtete eine Hand mit langen Fingern, eine junge Dame gackerte wie ein erschrecktes Huhn – Samgin tat die Verwirrung wohl, die seine Worte hervorgerufen hatten. Als er ohne Eile durch Garten und Hof ging und sich darauf vorbereitete, das Furchtbare zu erzählen, kamen die Schüler der Spiwak lärmend aus dem Seitenbau herausgerannt; sie selbst stand neben dem Tisch und zündete die Lampe an, die Glasglocke tönte leise, am Tisch saß der alte Radejew, er trommelte mit den Fingern und wiegte den Kopf.

»Wie theatralisch Sie gerufen haben«, sagte die Spiwak ohne Lächeln, aber auch ohne Vorwurf.

»Jawohl, anklagend«, bestätigte Radejew. »Die jungen Leute sind auseinandergelaufen.«

Er begann, Klim über die Katastrophe auszufragen, die Spiwak indes, im schwarzen Kleid, sehr aufrecht und groß, hob die Arme, um ihre Frisur zu ordnen, und sagte: »Kutusow ist verhaftet worden.«

»Jawohl, auf dem Dampfer«, bestätigte Radejew wieder und seufzte. Dann erhob er sich, ergriff die Hand der Spiwak, drückte sie mit der einen und sagte, während er sie mit der anderen Hand streichelte, tröstend: »Wir werden uns also um eine Kaution bemühen, ja? Na, leben Sie wohl!«

Die Spiwak begleitete ihn zur Tür und kehrte zurück, noch ehe Samgin sich auszudenken vermochte, wie er sich zu der Verhaftung Kutusows verhalten sollte. Neben ihr schritt ebenso malerisch wie auf der Terrasse des Restaurants Korwin einer, der einem reich gewordenen Friseur glich.

»Kennen Sie sich?« fragte die Spiwak gleichgültig, während ihr Gast sich mit hohem Tenor süßlich vorstellte: »Andrej Wladimirowitsch Korwin.«

Doch sogleich zeigte sich über seiner Nasenwurzel eine tiefe Falte, sie vereinte die dichten Brauen zu einer Linie, und in Sekundenschnelle verschmolzen seine Augen, rund wie bei einem Nachtvogel, gleichsam zu einem einzigen Auge in Gestalt einer Acht. Das war so sonderbar, daß Samgin sich kaum halten konnte, um nicht zurückzufahren.

»Ich schaue einen Augenblick nach meinem Sohn«, sagte die Spiwak im Fortgehen. Korwin zog eine goldene Uhr aus der Westentasche.

»Wir haben noch vierzig Minuten Zeit bis zur Gesangsprobe.«

Er wartete, bis die Hausfrau die Tür hinter sich geschlossen hatte, dann streckte er den Hals und begann hastig, mit zischendem Flüstern zu sprechen: »Sie sind Zeuge der Gemeinheit gewesen, aber – glauben Sie ja nicht, daß ich das auf sich beruhen lassen werde. Wenn er auch verrückt ist, das ist keine Rechtfertigung, nein! Jelisaweta Lwowna, die ehrenwerte Dame, darf davon natürlich nichts erfahren – nicht wahr? Ihm aber sagen Sie, daß er sein Teil abbekommen wird!«

»Ich übernehme keine derartigen Aufträge«, sagte Samgin ziemlich laut.

»Psch-sch!« zischte Korwin, die Hand hebend. »Und – warum übernehmen Sie sie nicht? Warum?«

Seine Augen trennten sich, jedes trat wieder an seinen Platz. Korwin bewegte den Schnurrbart, nahm ein grellrotes Tüchlein aus der Tasche seines dunklen Rocks, wischte seine Lippen ab, stieß einen Krächzer aus und flüsterte drohend: »Ich lasse auch Sie und den Feuilletonisten als Zeugen vorladen.«

Dann trat die Spiwak ein, müde setzte sie sich aufs Sofa. Korwin rückte sogleich gewandt einen Stuhl zu ihr, setzte sich und zog die Hosenbeine etwas hoch, wobei sich seine karierten Socken zeigten; seine Knie waren dick und rund, wie Zweipudgewichte. Das unverschämte Geflüster und die Ungezwungenheit des Dirigenten empörten Samgin, es gelüstete ihn, Jelisaweta Lwowna sofort alles zu erzählen, doch sie sah ihn, dann Korwin mit kränkend vergleichendem Blick an und erkundigte sich, während sie in Notenheften blätterte: »Wissen Sie von dem Unglück?«

Sie fragte in einer Weise, daß Samgin dachte: Spricht sie von Kutusow? Dieser Bulle hier ist doch nicht etwa auch ein Revolutionär?

Doch Korwin wußte nichts von dem Unglück, und die Spiwak schlug Klim vor: »Erzählen Sie doch.«

Samgin tat dies knapp und trocken; der Dirigent hörte ihm ohne besonderes Interesse zu und bemerkte streng: »Wir sind zu hastig, darum stürzt alles ein. Und unser Volk ist verlottert.«

Mit metallischem Tenor und in der Art eines Mannes, der viel zu reden gewohnt ist, suchte Korwin nun zu beweisen, wie notwendig es sei, Volkschöre, Orchester und Gesangvereine aufzustellen.

»Den Sport muß man fördern, insbesondere den Boxkampf, unser Volk schlägt sich gern . . .«

Dem Dirigenten versagte die Stimme, er hustete, blickte Klim herausfordernd an und fuhr fort: »Es schlägt sich idiotisch, wie ein Tier, aber auch beim Schlagen muß Disziplin, muß Gesetzlichkeit herrschen.«

Samgin lächelte, schwieg aber und wartete ab, was die Spiwak sagen werde; sie sagte, während sie mit einem Bleistift in den Noten Vermerke machte, ohne den Kopf zu heben und erstaunlich unangebracht: »Andrej Wladimirowitsch ist in Korea gewesen.«

Der Dirigent wischte wieder mit dem grellroten Tüchlein die Lippen ab, vereinte die Augen zu einer Acht, sah Samgin an und fuhr noch strenger, belehrender fort: »Nehmen wir beispielsweise die Engländer: Bei ihnen rebellieren die Studenten nicht. Und überhaupt – sie leben ohne Phantastereien, sie faseln nicht, denn sie haben den Sport. Wir schnappen im Westen das Schlechte auf, das Gute jedoch sehen wir nicht. Für das Volk müßten öfters religiöse Umzüge, Kirchenprozessionen veranstaltet werden! Wodurch ist das Papsttum stark? Eben durch diese Schaustellungen, durch das Theatralische. Das Volk erfaßt die Religion mit dem Auge, durch das Materielle. Die Anbetung Gottes im Geiste wird seit neunzehnhundert Jahren gepredigt, aber wir sehen, daß dies wenig nützt, nur die Sekten haben sich vermehrt.«

»Erzählen Sie doch von den Koreanern«, schlug die Spiwak nach einem Blick auf die Uhr vor.

»Was sind die Koreaner? Ein unglückliches Volk, das zugrunde geht infolge der Berührung mit den Japanern, die durch Europa verdorben sind«, sagte Korwin schon etwas grob, zündete sich eine Zigarette an und blies einen Rauchstrahl gegen die Knie der Spiwak.

»Ein stilles, naives Volk, weich wie Wachs«, zählte er die Vorzüge der Koreaner auf, knetete mit den dicken und wahrscheinlich harten Lippen an dem Mundstück der Zigarette und sagte dann überzeugt, herausfordernd: »Und es braucht Kultur überhaupt nicht.«

Er erinnerte sich offenbar an etwas Erregendes, Beleidigendes. Seine Augen wurden blutrot; er kratzte sich mit den Fingernägeln am Knie und fing an, auf die Japaner zu schimpfen, wobei er unter anderem die komischen Worte sagte: »Sehen Sie, auch bei uns lassen all diese Trambahnen den gut russischen, simplen Bauernwagen an seiner Bedeutung zweifeln . . .«

»Es ist Zeit«, sagte die Spiwak, sich erhebend; ihre Worte klangen für Samgin doppeldeutig, doch an ihrem Gesicht erkannte er, daß sie dem Dirigenten anscheinend nicht zugehört hatte.

»Kommen Sie mit«, schlug sie Klim vor.

Er verstand, daß sie das mußte, auch hatte er Lust, Korwin noch etwas zuzuhören. Auf der Straße war es unbehaglich; der Wind fegte aus den Höfen und Seitengassen und trieb das Herbstlaub quer über das Pflaster, die Blätter schmiegten sich an die Zäune, flüchteten unter die Haustore, doch einige hüpften in die Höhe und krochen wie erschreckte Mäuse halbhoch an den Zäunen hinauf, fielen wieder herunter, kreisten und warfen sich einem vor die Füße. Darin war irgend etwas, das Samgin an die Maurer und Zimmerleute erinnerte, die von der Hausmauer heruntergefallen waren.

»Die Frau ist ihrer Natur nach zu glauben verpflichtet«, sagte Korwin im Ton eines geübten Predigers.

Er riß beim Gehen mit generalsmäßig bestimmtem Schritt die wuchtigen Beine hoch, den Spazierstock hielt er unter der Achsel, als wollte er dadurch verhindern, daß Samgin ihm zu nahe käme.

»Ach, Sie reden langweilig«, seufzte die Spiwak, doch Korwin fuhr eigensinnig fort: »Eine ungläubige Frau ist ein Zerrbild . . .«

Samgin bog in eine Seitengasse ein, die dürftig von zwei Laternen erleuchtet war; der Wind stieß ihn in den Rücken, vom Staub waren ihm Mund und Kehle trocken, und so beschloß er, in ein Restaurant zu gehen, etwas Bier zu trinken, eine Weile unter einfachen Leuten zu sitzen. Plötzlich trat eine kleine Frau mit dunklem Kopftuch aus einer Zaunlücke auf den Gehsteig heraus und bat ganz leise: »Begleiten Sie mich doch.«

Samgin ging schneller, doch sie ließ nicht von ihm ab und trippelte mit ihren Absätzen wie eine Ziege über die Backsteine des Gehsteigs, und hinter Klims Schulter erklang ihr bittendes Flüstern: »Ich wohne ganz in der Nähe.«

Samgin warf einen Blick auf das stupsnasige, großmundige runde Gesicht und sagte erbittert: »Scheren Sie sich fort.«

Das Mädchen sprang erschrocken zur Seite.

So sollte man alles Überflüssige von sich schleudern.

Doch eine Munute später auf der Hauptstraße dachte er nach und rechtfertigte sich: Diese Erbitterung gegen die Frau hat mir Lidija eingeimpft.

An Lidija dachte er immer seltener, jedesmal feindseliger, heute jedoch empfand er die Feindschaft gegen sie besonders stark.

Wie zermürbt, wie kümmerlich sie ist, dachte er, als er im Restaurant saß, und das Gedächtnis flüsterte ihm dienstbeflissen die unsinnigen Sätze und Fragen des jungen Mädchens ein. Hör mal – das ist doch entsetzlich: Gott und Geschlechtsorgane . . .!

Er hatte schon lange gemerkt, daß sein Denken über die Frauen immer kühler, zynischer wurde, er war überzeugt, dies schlösse für ihn die Möglichkeit von Irrtümern aus, und fand, das kinderlose Weibchen Margarita habe das Richtige über ihre Mitschwestern gesagt.

In dem langen, schmalen Gastzimmer des Restaurants standen an den Wänden schräg in den Raum hinein rotbraune Plüschdiwane, jeder für zwei Personen; Samgin setzte sich an ein Tischchen zwischen die Diwane und fühlte sich wie in einem riesengroßen, häßlich langen Waggon. Warmer, widerlicher Tabak- und Küchengeruch füllte das Zimmer, und es schien natürlich, daß die Luft trüb blau gefärbt war.

Teller und Bestecke klirrten; über der einen Diwanlehne ragte der fette, spärlich behaarte Nacken des Bauunternehmers Merkulow hervor, dieser Nacken erinnerte an ein schlecht gerupftes Huhn. Dem Bauunternehmer gegenüber saß der bischöfliche Architekt Dianin, ein großer und bärtiger Mann, wie jener Sträfling in Ketten, der, als er Klim im Fenster erblickt hatte, seinem Kameraden zurief: »Lazarus ist auferstanden!«

»All diese Dummköpfe reisen, suchen den Nordpol, doch wozu brauchen wir den Pol, zum Teufel noch mal?« entrüstete sich griesgrämig Merkulow.

»Neugier«, erläuterte der Architekt, der am Wein nippte und die schwarzen Augen streng auf Klim geheftet hatte. »Wißbegier«, setzte er hinzu.

Links von Samgin lachte mit tiefem O der Inhaber der besten Familienbadestuben der Stadt, Domogailow, der dem raschen Redefluß des Mitglieds des Stadtamtes, Masin, zuhörte, eines dicken Mannes mit welkem, unbehaartem Kastratengesicht; dieser lustige Liedrian hatte vor zwei Jahren seine Tochter gewaltsam mit einem verwitweten Adjutanten des Polizeimeisters verheiratet, und die Tochter hatte sich, als sie von der Trauung nach Hause zurückgekehrt war, erschossen.

»Der Arme schnitt eine diplomatische Fratze, ich hatte aber das Krönchen von der Sechs, na und so trieb ich ihn zum Äußersten!« prahlte schmalzig eine wohlbeleibte Frau in Seide; ihre Ohren waren aufgedunsen wie Fleischpastetchen und mit schweren Smaragden geschmückt, sie lachte verheerend. Das war Fiona Trussowa, eine Wucherin, alle in der ganzen Stadt hielten sie für eine erbarmungslose Frau, sie jedoch behauptete, das »Geheimnis des glücklichen Lebens« zu kennen. Sie war die Tochter der Köchin vom Kreisadelsmarschall, hatte ihr glückliches Leben als seine Geliebte begonnen, den alten Mann rasch aufgebraucht, danach hatte sie einen Juwelier geheiratet, der war irrsinnig geworden; dann lebte sie mit dem Vizegouverneur, jetzt lebte sie mit Schauspielern, jede Saison mit einem anderen; die Stadt war angefüllt mit Anekdoten über ihren berechnenden Zynismus und wunderte sich über ihre Freigebigkeit: Sie hatte ein Kinderspital gestiftet und hatte im Jungen- und Mädchengymnasium über zwanzig Stipendiaten.

»In dieser Saison wird eine sehr schicke kleine dramatische Truppe hier gastieren«, sagte sie genießerisch, während sie dem kleinen, langnasigen, mit den rotbraunen Augen funkelnden Holzhändler Ussow Kognak einschenkte.

»Die Großväter und Väter haben uns gelehrt: ›Man muß wissen, wo man was nehmen kann‹«, brummte Markulow dem Architekten zu, dieser jedoch betrachtete den Wein gegen das Licht und seufzte: »Zur Zeit floriert der Kirchenbau in Sibirien längs der Eisenbahn.«

»Nein, Fiona Mitrewna, hör doch mal zu!« brüllte Ussow. »In Wassil-Sursk kommt ein Spanier an, um eichene Faßdauben einzukaufen, er spricht nur seine Muttersprache und Französisch. Na, Wassil-Sursk wird doch nicht Spanisch lernen, und so beginnt man den Spanier Russisch zu lehren. Na, und was meinst du wohl – sie haben es ihm beigebracht . . .«

Samgin aß Krebse, trank wohlschmeckendes Bier, hörte zu. Siebzehn Personen zählte er in dem Restaurant, lauter Hausbesitzer, »Stadtväter«, wie Robinson sie nannte. Das sind nicht die Reichsten, aber sie sind eben jene »Schwerarbeiter, jene einfachen Leute«, die nach Historiker Koslows Worten ohne Hast ein gesichertes Leben in Fluß brachten, und sie waren bedeutender als die schwerreichen, bis ans Ende ihrer Tage satten Leute, die träge und gleichgültig dem Leben der Stadt gegenüberstanden. Koslow gemäß, ja auch den Eingebungen des Verstandes gemäß hatte man über diese Leute wohlwollend zu denken, Samgin jedoch dachte:

Ich werde die Universität absolvieren und dann den Interessen dieser Bullen dienen müssen. Ich werde die Tochter eines von ihnen heiraten, werde Gymnasiasten und Gymnasiastinnen in die Welt setzen, doch sie werden mich nach etwa fünfzehn Jahren nicht mehr verstehen. Dann werde ich dick werden und vielleicht auch wißbegierige Menschen auslachen. Alter. Krankheit. Und ich werde sterben mit dem Gefühl, ein Isaak zu sein, der geopfert wurde – welchem Gott?

Das waren neue, fremde Gedanken, und sie beunruhigten ihn sehr, aber sie abzuschütteln – fehlte ihm die Kraft. Das Klirren des Geschirrs, das Gelächter, die Stimmen füllten Samgin wie ein leeres Zimmer mit Getöse, dieses Getöse schwebte über seinen Betrachtungen und störte sie nicht, aber er wünschte sich, daß irgend etwas sie auslösche. Immer feindseligere Erinnerungen an Menschen verdichteten sich in ihm und bedrückten ihn. Da war Warawka, für den alle Menschen nur Arbeitskraft waren, da sagte der glatte, saubere Radejew freundlich: »Ich habe die intelligenten Menschen gern wegen ihrer Uneigennützigkeit, wegen ihrer redlichen Einstellung zur Arbeit.«

Neben ihnen stand Ljutow, der sich zu den Revolutionären verhielt wie zu seinen Handlungsgehilfen. Auch Kutusow kam ihm in Erinnerung, der sich der Zerstörung dieses Lebens gewidmet hatte, aber Klim Samgin jagte ihn in Gedanken von sich.

Der ist aus dem Spiel ausgeschieden. Und wahrscheinlich für lange. Die Marakujews und Pojarkows aber – was können sie gegen diese Leute hier ausrichten? dachte er, während er die Menschen in dem Restaurant beobachtete. Ich muß mich zerstreuen, beschloß er und betrat ein paar Minuten später die stille Straße.

Flockige, schwarze Wolken zogen über die Stadt, er verglich die Wolken mit Bären. In blauen Abgründen funkelten ungewöhnlich grelle Sterne, sie schienen absichtlich zu funkeln, damit man sähe, wie tief die Abgründe sind, aus denen die herbstliche Frische wehte. Die Geschäfte waren bereits geschlossen, und es war so dunkel, daß die Laternenpfähle fast nicht bemerkbar waren und ihre in Glasscheiben eingeschlossenen Flammen in der Luft zu hängen schienen. Frauen der Nacht schritten auf dem Gehsteig von Laterne zu Laterne, wie Wachtposten, und schleppten ihre Schatten auf den abgetretenen Ziegeln hinter sich her. Klim blickte unter die Hüte, ihn lächelten von der Dunkelheit verwischte Gesichter an; das Lächeln stieß ihn ab.

Der unabhängigste Mensch ist Inokow, dachte Klim. Aber er ist nur deshalb unabhängig, weil er es noch nicht geschafft hat, sich durch etwas verführen zu lassen. Übrigens ist er bereits in eine Frau verliebt, die um zehn Jahre oder mehr älter ist als er.

Samgin bog in eine dunke Seitengasse ein, der Wind wehte ihm entgegen, brachte ihn ins Wanken, überschüttete ihn mit staubiger Langeweile. Die Gasse war krumm, arm an Häusern, gefüllt mit dem Rascheln der Bäume in den Gärten, dem Knarren der Zäune, dem Pfeifen in den Fugen; es knallte etwas, wie eine Hirtenpeitsche, und man konnte meinen, diese Gasse sei der Hauptweg, auf dem der Wind in die Stadt einbrach.

Samgin hatte vom Bier einen dumpfen Kopf und schwere Füße bekommen, und der Wind blies irgendwelche besonders langweiligen Gedanken auf. Samgin langte bei der kleinen, uralten Kirche Georgs des Siegreichen an, die in einem Halbkreis von Häusern versteckt lag; vor dem Kircheneingang waren zwei altertümliche Kanonen wie Ecksteine in die Erde eingelassen. Samgin setzte sich auf die Stufen des Kircheneingangs, säuberte mit dem Taschentuch die verstaubten Augen und die Brille, und ihm fiel ein, daß Boris Warawka davon geträumt hatte, die Erde aus den Kanonen herauszustochern, sich Pulver zu beschaffen und während der Abendmesse beide Kanonen zugleich abzufeuern. Boris hatte oft darüber nachgedacht, wie und wodurch man Menschen erschrecken könnte. Wenn er noch lebte, wäre er natürlich Revolutionär geworden ...

Weiß der Teufel, wie schwermütig mir ist, dachte Samgin fast laut, wobei er die Brille am Finger schaukelte und mit ihren Gläsern den Widerschein der Ampel einfing, die hinter ihm in der Vorhalle der Kirche brannte. Jedesmal, wenn ihm schlecht war, pflegte er sich zu versichern, daß er sich früher noch nie so schlecht gefühlt habe. Diese Stimmungen machten ihn verlegen, sie erniedrigten ihn sogar, und er begann sich einzureden, daß in ihnen etwas Weltfremdes, Heroisches, ja vielleicht sogar Dämonisches enthalten sei. So auch jetzt: Er befand sich in der ungeliebten Stadt, am Eingang einer Kirche, die er nicht brauchte; der Wind toste, schwarze Ungetüme krochen über die Stadt, in der es keinen einzigen Menschen gab, der ihm nahestand.

Kindisch denke ich da, warnte er sich. Buchgelehrt, verbesserte er sich und dachte dann, daß er schon fünfundzwanzig Jahre gelebt und noch nie die Notwendigkeit empfunden habe, die Frage zu entscheiden, ob es einen Gott gebe oder nicht. Die Großmutter wie auch der Geistliche im Gymnasium hatten Gott als Gesetzgeber der Moral dargestellt und ihn dadurch zu dem langweiligen Ebenbild ihrer selbst herabgewürdigt. Doch Gott mußte entweder unbegreiflich und furchtbar oder so herrlich sein, daß man außerhalb allen Verstandes über ihn entzückt sein konnte.

Nein, erstaunlich dumm ist heute alles, entschied er mit einem Seufzer. Und irgendwelchen Stimmen in der Ferne lauschend, rückte er tiefer in den Schatten.

»Du lügst, Soliman«, sagte laut und grob Inokow; er sagte noch etwas, doch seine Worte wurden von einer anderen Stimme übertönt: »Ein Tatar und lügen? Niemals! Suleiman mußt du zu mir sagen.«

Sie blieben vor dem Fenster eines kleinen Häuschens stehen, und Samgin sah auf dem Hintergrund des von innen beleuchteten Vorhangs deutlich zwei Köpfe: den zerzausten Inokows und einen glatten mit orientalischem Käppchen.

»Warum hast du Tatar betrunken gemacht?«

»Geh heim!«

»Abwarten. Echte Saffian wir machen aus Leder von Ziege, nicht echte aus Leder von Schafbock, na?«

Der Tatar war lang, mit schmalem Gesicht, spärlichem Bärtchen, und er erinnerte an Li Hung Tschang, der viel weniger einem Menschen glich als der russische Zar.

Gott darf nichts mit dem Menschen gemein haben, überlegte Samgin. Die Chinesen begreifen das, ihre Götter sind wie Ungeheuer, unheimlich ...

Inokow klopfte ans Fenster und ging, den Hut schwenkend, weiter. Als der Wind das Geräusch seiner Schritte verweht hatte, ging Samgin nach Hause, vom Wind im Rücken getrieben, er ging und bedauerte, daß er nicht auf den Gedanken gekommen war, Inokow zu rufen und sich mit ihm irgendwohin zu begeben, wo es lustig wäre.

Er kennt vermutlich irgendwelche Mädchen ... mit Gitarren.

Als er den Hof betrat, stand Jelisaweta Lwowna am Staketenzaun des Gartens.

»Mir kommt es vor, als ginge jemand im Garten herum«, sagte sie halblaut. »Hören Sie es?«

»Es ist der Wind«, entgegnete Klim.

»Weshalb sind Sie uns denn davongelaufen?« fragte die Spiwak und öffnete das Pförtchen zum Garten.

»Mir gefällt dieser Dirigent nicht«, sagte Samgin und konnte sich kaum beherrschen. Es gelüstete ihn zu erzählen, wie Inokow Korwin geschlagen hatte. »Wer ist er eigentlich?«

Die Spiwak begann, während sie den Gartenweg entlangging und die Büsche betrachtete, von Korwin in dem Ton zu erzählen, wie man zu sprechen pflegt, wenn man an etwas ganz anderes denkt oder überhaupt nicht denken will. Klim erfuhr, daß der Verwalter des Vaters der Spiwak Korwin einst krank und bewußtlos auf dem Feld aufgelesen habe; er brachte ihn in den Gutshof, und der Junge erzählte, daß er Blindenführer gewesen sei; einer der Blinden, der sich für seinen Onkel ausgab, war nicht vollkommen blind und hatte ihn erbarmungslos behandelt, der Junge war ihm davongelaufen, hatte sich im Wald versteckt und war vor Hunger, oder weil er sich an irgend etwas vergiftet hatte, erkrankt.

»Er war damals acht oder zehn Jahre alt, und man hatte ihn an dem Tag gefunden, an dem ich geboren wurde. Meine sehr abergläubische Mutter sah hierin einen Hinweis von oben und überredete meinen Vater, den Jungen zu behalten. Er war ein sehr wilder, schwieriger Junge, man versuchte ihm Lesen und Schreiben beizubringen – aber er lief davon. Bis zum fünfzehnten Lebensjahr war mit ihm nichts anzufangen. Dann war er Hirtenjunge in einem Kloster und wohnte wieder bei uns; Vater plackte sich viel mit ihm herum, aber immer erfolglos. Die Bauern bezichtigten ihn des Schändungsversuchs an einem kleinen Mädchen und hätten ihn fast erschlagen. Er ging wieder ins Kloster als Novize, und ich sah ihn zum letztenmal als ein solches strenges, schweigsames Mönchlein. Seitdem sind zwanzig Jahre vergangen, und im Lauf dieser Zeit hat er ein erstaunlich abwechslungsreiches Leben geführt: Er hat an dem grotesken Abenteuer des Kosaken Aschinow teilgenommen, der Rußland Abessinien schenken wollte, dann hat er irgendwo in Frankreich als Schlächter in Schlachthöfen gearbeitet und war schließlich Missionar in Korea. Seine Missionarstätigkeit ist etwas sehr Sonderbares. Er ist ehrgeizig, ein Pechvogel und darum verbittert. Ein ungeschliffener Mensch, wie Sie sehen. Doch sein Gedächtnis ist erstaunlich. Sie sollten ihn näher kennenlernen, er ist – interessant.«

»Ich mag nicht«, sagte Samgin. »Ich bin der interessanten Menschen bereits müde.«

»Ja?« fragte die Spiwak gleichmütig.

»Ja«, wiederholte er hitzig. »Mir scheint, die interessanten Menschen sind Leute, die beweisen wollen, daß sie interessant sind.«

»So?« fragte die Frau, blieb am Fenster des Seitenbaus stehen und sah ins Zimmer hinein, das nur schwach von einem Nachtlämpchen erleuchtet war. »Möglicherweise gibt es auch solche«, stimmte sie ruhig bei. »Na, es ist Schlafenszeit.«

Der Wind schüttelte die Bäume und riß dürres Laub ab, die Wolken schwebten immer schneller dahin und ließen die Sterne bald erlöschen, bald wieder aufblinken.

»Sagen Sie, Jelisaweta Lwowna: Weshalb sind Sie Revolutionärin?« fragte Samgin plötzlich.

Sie verlangsamte ihre Schritte und sah ihn an.

»Eine sonderbare Frage.«

»Ich weiß.«

»Eine verspätete Frage.«

»Eine kindliche und so weiter, und – dennoch!«

Die Spiwak ging vor ihm her und sagte halblaut: »Ich nenne mich nicht Revolutionärin, doch ich bin ein Mensch, der vollkommen davon überzeugt ist, daß der Klassenstaat sich überlebt hat, ohnmächtig ist und daß sein Weiterbestehen die Kultur gefährdet, das Volk mit Verfall bedroht – das alles wissen Sie. Was wollen Sie also?«

»Das stammt von Kutusow«, murmelte Klim.

»Und – deshalb?« fragte sie, die Flurstufen des Seitenbaus betretend. »Ja, Stepan ist mein Lehrer. Quälen Sie irgendwelche Zweifel?«

In ihrer Frage hörte Klim Spott, es gelüstete ihn, mit ihr zu streiten, sogar etwas Dreistes zu sagen, und er hatte sehr wenig Lust, mit sich allein zu bleiben. Doch sie öffnete die Tür, wünschte ihm eine gute Nacht und trat ins Haus. Auch er ging in sein Zimmer, setzte sich ans Straßenfenster und öffnete es; dem Haus gegenüber stand irgendein Mensch und bemühte sich vergebens, eine Zigarette anzuzünden, der Wind blies die Streichhölzer aus. Deutlich ertönten irgendwessen Schritte. Das war Inokow.

»Wohin wollen Sie?« rief ihm Samgin zu.

»Irgendwohin in die Gegend. Und Sie, sind Sie allein? Darf ich zu Ihnen?«

»Kommen Sie.«

Fünf Minuten später saß Inokow, eine Zigarette zwischen den Zähnen und ein Glas Wein in der Hand, in Samgins Zimmer und klagte: »Meine Nerven sind ganz kaputt! Ich renne in der Stadt herum . . . als hätte ich einen Menschen erschlagen und nun quält mich das Gewissen. Eine dumme Sache!«

Immer gleichsam wie zur Schau unordentlich, war Inokow heute besonders staubig und zerzaust; im ersten Augenblick kam er Samgin sogar berunken vor.

»Was tun Sie denn zur Zeit?«

Inokow seufzte müde auf: »Ich redigiere das Werk ›Über Kampfmethoden gegen Waldbrände‹, verfaßt hat es ein alter Mann. Ein halbgebildetes, aber aufgewecktes altes Männlein. Moralist, Humanist, Zehn Gebote, Bergpredigt. ›Der gute Ton‹ – es gibt ein solches von der ›Niwa‹ herausgegebenes Evangelium.«

Er sprach spöttisch, aber die Worte klangen traurig und sehr hastig, als liefe er über sie hinweg. Nachdem er sich den Weinrest aus der Flasche ins Glas gegossen hatte, fragte er plötzlich: »Wie ist das, kommt es bei Ihnen vor, daß der eine Samgin herumgeht, spricht, während der andere immer nur fragt: Wohin willst du denn, weshalb?«

»Nein, das kommt nicht vor«, sagte der sehr verwunderte Klim entschieden. »Ich hatte nicht erwartet, daß Sie dies sagen würden. Er gibt solche Sektierer-Verschen

> Das Bein, das singt: Wohin geh ich?
> Die Hand . . .«

»Sektierertum, Anmaßung . . .«, murmelte Inokow und fügte lächelnd unsinnig hinzu: »Schwarze Magie.«

»Schwarze Magie? Was meinen Sie?« wunderte sich Klim noch mehr.

»Das ist mir so entschlüpft. Es ist lächerlich und . . . sogar widerlich, wenn Schufte sich den Anschein geben, als sorgten sie sich um das Wohlergehen der Menschen«, sagte er und sah sich um, wohin er den Zigarettenrest werfen könnte. Der Aschenbecher stand auf dem Tisch hinter Büchern, aber Samgin wollte ihn dem Gast nicht hinrücken.

Diomidow lügt, er ist zahm, dieser hier aber ist tatsächlich ein Wilder, dachte er, Inokow durch die Brille beobachtend. Der warf den Zigarettenstummel, in den Papierkorb zielend, unter den Tisch, dabei traf er Samgins Fuß, und sein Gesicht verzerrte sich jäh zu einer Grimasse.

»Sie glauben fähig zu sein, einen Menschen umzubringen?« fragte Samgin, der sich, völlig unerwartet für sich selbst, dem sehr brennenden Verlangen unterwarf, Inokow zu entlarven, sein Innerstes nach außen zu kehren. Inokow sah ihn verwundert, mit leicht geöffnetem Mund an, strich mit beiden Händen sein Haar glatt und fragte mürrisch: »Das fragen Sie wegen Korwin, was?«

»Was wollen Sie von ihm?«

»Daß er verrecke. Aber – woran haben Sie erraten, daß ich daran denke?«

»An Ihrem Gesicht«, sagte Samgin.

»Wie scharfsinnig Sie sind, zum Teufel noch mal«, brummte Inokow ganz leise, ergriff einen Briefbeschwerer – ein Stück Marmor mit einer dünnbeinigen Frauengestalt aus Bronze – und lächelte sein zweites, weiches Lächeln. »Bemerkenswert scharfsinnig«, wiederholte er und tastete die Bronzefigur mit den Fingern ab. »Zu töten ist sicherlich jeder fähig, na, und ich auch. Ich bin im allgemeinen nicht böse, doch zuweilen flammt in meiner Seele so eine grüne Flamme auf, und dann bin ich meiner selbst nicht mehr Herr.«

Samgin hörte aufmerksam zu und wartete, wann dieser Wilde sich mit Adler- oder Pfauenfedern zu schmücken beginnen werde. Doch Inokow sprach von sich undeutlich, hastig, wie von etwas Unbedeutendem und Überdrüssigem, er war damit beschäftigt, der bronzenen Frau einen Arm abzubiegen, der bereits warnend oder abwehrend erhoben war.

»Sie schreiben Gedichte?« fragte Samgin.

»Wir schreiben. Schlecht schreiben wir«, antwortete Inokow, der sich besorgt mit dem Briefbeschwerer abmühte. »Die Reime stören. Sobald es sich reimt, hat man das Gefühl, gelogen zu haben.«

Er brach den Arm der Frau ab, legte den Beschwerer auf den Tisch, steckte das Bruchstück in die Tasche und sagte: »Entschuldigen Sie. Schlechte Bronze, zu weich, enthält zuviel Zinn. Man kann das anlöten, ich werde es tun.«

Er sah sich um, nahm ein Buch vom Tisch, sah den Buchrücken an und legte es wieder hin.

»Schopenhauer habe ich in deutscher Sprache gemeinsam mit einem Bekannten gelesen. Mit einem Studenten des Jaroslawer Lyzeums, den man hinausgeschmissen hat, einem Faulpelz, der nach der Wahrheit lechzt. Eines Nachts kommt er zu mir – wir wohnen im gleichen Haus – und beklagt sich: ›Sehen Sie, Schleiermacher behauptet, die Idee des Glücks sei die Hebamme gewesen, mit ihrer Hilfe habe der Verstand den Begriff des höchsten Guten geboren. Er hat aber auch gesagt, Tugend und Glückseligkeit seien dem Wesen nach verschieden, und Kant habe sich geirrt, da er die Idee des höchsten Guten mit den Glückselementen verwechsle.‹ Er regte sich auf: ›Wie ist das miteinander in Einklang zu bringen?‹ – ›So bringen Sie es eben nicht in Einklang‹, sage ich, ›denn das alles ist

Unsinn.‹ Da ist er gekränkt. Ich habe ihn auf Tomilin gehetzt, Sie kennen den Tomilin selbstverständlich?«

Samgin nickte. Inokow nahm wieder den Briefbeschwerer, begann das lange Bein der bronzenen Frau abzubiegen und fuhr fort: »Der Mensch ist ein Fabrikant von Fakten.«

»Das stammt von Dostojewskij, aus dem Kellerloch«, sagte Samgin, während er neugierig verfolgte, wie der Gast allmählich das bronzene Bein abbrach.

»Na, was ist denn dabei?« fragte Inokow, ohne den Kopf zu heben. »Dostojewskij ist auch in Fortschritt und Wirklichkeit mit einbegriffen. Die Wirklichkeit ist eine abscheuliche Sache«, seufzte er, während er das Bein an den Bauch zu biegen versuchte und es schließlich abbrach. »Die Menschen prallen vor ihm zurück – merken Sie das? Sie schnellen zur Seite.«

Er sah Klim an, klopfte mit dem Bronzebeinchen auf den Marmor und sagte: »Wie die Arbeiter herunterfielen, wie? Die Wirklichkeit, zum Teufel noch mal . . . Ich habe, wissen Sie, so eine . . . höchst helle Leere im Kopf, und in der Leere flimmern Ziegel und kleine Gestalten . . . Kindergestalten.«

Inokows Gesicht wurde streng, er verkniff die Augen, und Klim merkte zum erstenmal, daß seine Wimpern schön aufwärts geschwungen waren. An Inokows Reden fand er nichts Erdichtetes, fühlte sogar etwas seinen Gedanken Verwandtes, dachte aber: Ein Anarchist.

»Es klopft jemand«, sagte Inokow, zum Fenster hinausblickend.

Klim horchte. Der Riegel der Zauntür knackte vorsichtig, dann knarrte das Holz des Tores, als kratze ein Hund daran.

»Sollten das Diebe sein?« fragte Inokow lächelnd. Klim trat ans Fenster und sah, wie in der Dunkelheit des Hofes ein großer, schwerer Mann vom Tor herunterfiel, etwas Rundes schnellte von ihm fort, der Mann packte den Gegenstand, bedeckte sich damit den Kopf, richtete sich auf und wurde zu einem Gendarmen, während Klim einen unangenehmen Schauer im Rücken und in den Beinen empfand und hoffnungsvoll flüsterte: »Das gilt der Spiwak.«

»O je«, sagte Inokow mürrisch und stieß ihn beiseite. »Ich will zu ihr gehen.«

Er lief fort und überließ es Samgin, die Leute zu zählen, die im Gänsemarsch in den Hof hereinkamen. Klim zählte ein Teufelsdutzend: dreizehn Mann. Ein Teil von ihnen ging zum Seitenbau, die übrigen scharten sich am Hauseingang zusammen, und gleich darauf erklirrte in der Stille der leeren Zimmer unheilverkündend die Hausglocke.

Mag das Dienstmädchen aufmachen, beschloß Samgin, dämpfte aber aus irgendeinem Grund die Flamme der Lampe und lief zur Tür, um zu öffnen.

Als erster zwängte sich ein dicker Wachtmeister mit Aktentasche unter dem Arm und gestutztem grauem Kinnbart zur Tür herein, schob Klim zur Seite, an den Kleiderständer, machte einem schwarzbärtigen Offizier mit dunkler Brille den Weg frei, und der Offizier fragte mit träger Stimme: »Herr Samgin?«

Klim nickte.

»Dieser Mann ist bei Ihnen gewesen?«

»Ich habe es Ihnen doch gesagt«, rief hinter dem Offizier grob und laut Inokow.

»Ihr Zimmer?«

»Ist das – eine Haussuchung?« fragte Klim und räusperte sich, da er fühlte, daß ihm plötzlich die Kehle trocken wurde.

Der Offizier wölbte die Brust, warf die Arme zurück und schüttelte die Schultern, der alte Gendarm half ihm behutsam aus dem Mantel und reichte ihm die Aktentasche, worauf der Offizier, nachdem er die Brille zurechtgerückt, im Ton eines alten Bekannten seinerseits fragte: »Was denn sonst?«

Nicht aufregen, sagte sich Klim und steckte die störenden Hände tief in die Hosentaschen.

Es war sonderbar und kränkend, zu sehen, wie ein fremder Mensch in Uniform sich bequem in den Sessel am Tisch setzte, wie er die Schubläden herauszog, ihnen achtlos Papiere entnahm und sie las, wobei er sie dicht unter die massige Nase hielt, die ebenfalls bequem in einem dichten und wahrscheinlich sehr warmen Bart saß. Über seine dunklen Brillengläser glitt das Lampenlicht, das der Gendarm höher geschraubt hatte, aber es schien, die Brille würde nicht von der Lampe, sondern von den hinter den Gläsern versteckten Augen beleuchtet. Die Finger des Offiziers waren stumpf, rot, die Nägel spitz und blau. Nachdem er sein behaartes Gesicht aufgebläht hatte, handelte er ohne Hast, seine Gesten hatten sogar etwas Nachlässiges; aus der Art und Weise, wie er die Papiere in den Händen hielt, war zu ersehen, daß er oft Karten spielte.

So wird das also gemacht, dachte Samgin mutlos, während der Gendarmerieoffizier, der ein Päckchen Zeitungsausschnitte in der Hand schüttelte, lässig fragte: »Sind das Ihre Artikelchen?«

»Ja. Aus dem Lokalblatt.«

»Habe gelesen. Und das hier?«

»Verschiedene Notizen für künftige Artikel.«

Klim hätte die Fragen gern ebenso laut und unabhängig, wenn

auch nicht so grob beantwortet, wie Inokow antwortete, hörte aber, daß er wie ein Mensch sprach, der geneigt ist, sich in irgend etwas schuldig zu bekennen.

Der Offizier legte die Notizen beiseite, klopfte mit dem Finger darauf herum wie ein alter Mann auf seiner Schnupfdose und begann, nachdem er tief Atem geholt, Inokow zu verhören: »Womit beschäftigen Sie sich? Sie schreiben ... hm! Wo schreiben Sie?«

»Bei mir im Zimmer, am Tisch«, antwortete Inokow mürrisch; er saß auf der Fensterbank, rauchte und blickte durch die schwarzen Fensterscheiben, die er mit Rauch einhüllte.

»Ich bitte nicht zu scherzen«, riet der Gendarmerieoffizier, mit dem einen Bein zappelnd – das Rädchen seines Sporns war unter dem Sessel am Teppich hängengeblieben. Klim hätte es dem Offizier gern gesagt, schwieg aber, da er fürchtete, Inokow fasse Höflichkeit als Liebedienerei auf. Klim kam der Gedanke, er würde sich ganz anders benehmen, wenn Inokow nicht zugegen wäre. Inokow störte überhaupt, es entstand sogar die Befürchtung, seine plumpen Scherzchen könnten den Vorgang unbeschreiblich komplizieren.

Nicht aufregen, ermahnte er sich nochmals und wurde immer aufgeregter, als er beobachtete, wie der Offizier den Sporn zu befreien suchte und am Teppich herumriß.

Der graubärtige Gendarm nahm Bücher aus dem Schrank, schüttelte sie mit aufwärts gehaltenem Einbandrücken und verfolgte, wie sein jüngerer Kollege erst das Bett durchwühlte, dann unter dem Bett und im Nachtkästchen nachsah. In der Tür lehnte verträumt rauchend der Polizeirevieraufseher, er blies den Rauch zur Tür hinaus, vor der regungslos zwei Zivilisten standen und durch die Jodoformgeruch hereinströmte. Samgin fing den Blick des jungen Gendarmen auf und flüsterte ihm zu: »Machen Sie den Sporn los.«

»Ich danke«, sagte der Offizier, als der Gendarm vor ihm niederkniete.

Du Esel, beschimpfte ihn Klim innerlich. Inokow kann meinen, du bedanktest dich bei mir.

Doch Inokow saß in eine Wolke von Rauch gehüllt da, er hatte sich mit der Schläfe an die Scheibe gelehnt und sah zum Fenster hinaus. Der Offizier neigte sich vor, nieste unter den Tisch, rückte die Brille zurecht, wischte sich Nase und Bart mit dem Taschentuch ab und begann, nachdem er ein Päckchen Formulare aus der Aktentasche herausgenommen hatte, gemächlich zu schreiben. Seine Gemächlichkeit und die Nachlässigkeit der eingelernten Bewegungen hatten etwas Beleidigendes, aber auch Beruhigendes, als hielte er die Durchsuchung für eine belanglose Angelegenheit.

Dann erschien der Gehilfe des Reviervorstands, rundgesichtig, schwarzbärtig, Korwin ähnelnd, er neigte sich linkisch zu dem Offizier vor und raunte ihm etwas ins Ohr.

»Poiré ist gekommen«, rief Inokow plötzlich aus. »Guten Tag, Poiré!«

Der Polizeibeamte nahm stramme Haltung an, wobei er mit dem Säbel an den Tisch stieß, machte ein strenges Gesicht, aber seine weitaufgerissenen Augen lächelten, der Offizier indessen murmelte, ohne den Kopf zu heben: »Sofort. Fomin – die zivilen Zeugen!«

Aus dem Korridor traten vorsichtig, sogar andächtig wie zum Abendmahl, zwei Zivilisten an den Tisch: der Nachtwächter und irgendein unbekannter Mann mit zerknittertem, unklarem Gesicht, mit verbundenem Hals, er war es, von dem der Jodoformgeruch ausging. Klim unterschrieb das Protokoll, der Offizier stand auf, schüttelte sich, brummte irgend etwas von Dienstpflicht und forderte Samgin auf, zu unterschreiben, daß er die Stadt nicht verlassen werde. Hinter ihm zwinkerte der Polizeibeamte mit dem wie ein Taubenei aussehenden Auge Inokow zu, und Inokow nickte freundschaftlich mit dem zerzausten Kopf.

»Sie sind zu Jelisaweta Lwowna gegangen«, sagte er, von der Fensterbank springend, und wollte das Fenster öffnen. Es ging nicht auf. Er schlug mit der Faust gegen den Fensterrahmen und fragte: »Man wird sie doch nicht etwa verhaften? Sie hat ein Kind.«

»Das wird nicht beachtet«, bemerkte Klim, der auch ans Fenster trat. Er war zufrieden, die Durchsuchung war rasch zu Ende gegangen, und Inokow hatte seine Aufregung nicht bemerkt. Zufrieden war er auch noch mit etwas Weiterem.

»Sind Sie mit diesem Poiré befreundet?« fragte er und machte sich auf Inokows Fragen gefaßt.

Inokow blickte ihn an, holte eine Zigarette hervor, legte sie jedoch, ohne sie anzuzünden, auf den Fensterrahmen. »Eine immer Ruhige, Kühle – und nun«, begann er lächelnd, brach aber sofort den Satz ab und schnalzte unangebracht. »Poiré?« fragte er unnatürlich laut zurück und begann unnatürlich lebhaft zu erzählen: »Er ist ein Bruder des bekannten Karikaturisten Caran-d'Ache, ein anderer Bruder von ihm ist Dampferkapitän bei der Handelsflotte, seine Schwester ist Schauspielerin, er selbst war Koch beim Gouverneur, danach Polizeirevieraufseher, ja . . .«

Er preßte beide Hände zu einer Faust zusammen und fragte dann leiser, unruhig: »Meinen Sie, man wird bei ihr etwas finden?«

Klim zuckte die Achseln. »Ich weiß nicht.«

»Ein sehr liederlicher Mensch, dieser Poiré«, fuhr Inokow fort, indem er sich Stirn und Augen rieb und bereits so leise sprach, daß neben seinen Worten die brummigen Stimmen im Hof zu hören waren. »Ich gebe ihm Deutschunterricht. Wir spielen zusammen Schach. Er ist Junggeselle und – ein Wüstling. In seinem Schlafzimmer brennt vor einer Statuette der Muttergottes eine Ewige Lampe, an den Wänden jedoch hängen in Rahmen nackte Weiber französischer Fabrikation. Wie flügellose Engel. Und Dutzende von Heften der Pariser Zeitschrift ›Nu‹. Ein Zyniker, ein Wollüstling . . .«

Er verstummte, horchte.

»Wie lange sie brauchen, zum Teufel noch mal!« murmelte er und ging vom Fenster weg; er trat an den Schrank und begann, während er die Bücher betrachtete, von neuem: »Ich übernachtete einmal bei ihm, er wachte früh am Morgen auf, legte sich auf die Knie und betete lange mit Flüsterstimme, wobei er keuchte und sich mit der Faust an die Brust schlug. Es schien, er betete sogar bis zu Tränen . . . Sie gehen fort, hören Sie? Sie gehen!«

Ja, im Hof stapften schwere Füße, klirrten Sporen, schlüpften dunkle Gestalten zur Zauntür hinaus.

»Es ist heller geworden«, bemerkte Samgin lächelnd, als die letzte dunkle Gestalt verschwunden war und der Hausknecht geräuschvoll die Zauntür abgesperrt hatte. Inokow ging fort, stampfend wie ein Pferd, während Klim die Unordnung im Zimmer, das Papierchaos auf dem Tisch betrachtete, und er wurde von Müdigkeit befallen, als hätte der Gendarm mit seiner Trägheit die Luft verpestet.

Das war noch ein Examen, dachte Klim matt und öffnete das Fenster. Auf dem Hof ging, in eine Reisedecke gehüllt, die Spiwak umher, neben ihr schritt Inokow, hielt die Hände im Rücken und brummte irgend etwas.

»Na, das ist dummes Zeug«, bemerkte die Frau laut.

Samgin ging auch auf den Hof hinaus, hierauf verstummten die beiden, doch er sagte zu ihnen: »Es wird bald Tag.«

Die Frau warf einen Blick auf den trüben Himmel, ihr Gesicht war so böse zugespitzt, daß es Klim fremd schien.

»Hätten Sie ihn doch an den Haaren gepackt«, riet ihr Inokow plötzlich und sagte zu Samgin: »Der Staatsanwaltsgehilfe hat in ihren Papieren gewühlt, dieses Vieh.«

»Setzen wir uns«, schlug die Spiwak vor, ohne ihn ausreden zu lassen, dann nahm sie auf den Stufen des Hauseingangs Platz und fragte Inokow: »Haben Sie nun die Erzählung geschrieben?«

Klim erriet, daß sie in Inokows Gegenwart nicht von der Haussuchung sprechen wollte. Er fuhr fort, horchend im Hof umherzugehen, und sagte sich, daß man sich an diese Frau nicht gewöhnen könne, so stark veränderte sie sich ständig.

Die Hähne krähten, und es bellte der unruhige Hund der Nachbarn, rotbraun, struppig, mit einer Fuchsschnauze – nachts bellte er stets eigentümlich fragend und herausfordernd –, er bellte und horchte dann eine Weile: Wird darauf geantwortet? Sein Stimmchen war auffahrend und scharf, aber schwächlich. Doch tagsüber war er fast nicht zu sehen, nur ab und zu steckte er die Nase unter dem Tor heraus, schnupperte mißtrauisch, und immer schien es, daß seine Schnauze heute nicht die gleiche war wie gestern.

»Ich habe die Erzählung zerrissen, wissen Sie; bei mir verschwamm alles, die Menschen waren nicht zu sehen, es gab nur Worte über die Menschen«, brummte Inokow, der an der weißen Säule des Hauseingangs lehnte und mit den Fingern eine Zigarette knetete. »Es ist sehr schwierig, einen Aufstand zu schildern; man muß sich als irgend jemand fühlen ... als Feldherr, was? Als Stratege ...«

Er zuckte mit der Schulter, schüttelte das Haar aus der Stirn, dann neigte er sich jedoch zu Jelisaweta Lwowna vor, und das Haar fiel ihm wieder in das grobgeschnittene Gesicht.

»Ich schreibe eine andere: Einen Jungen ließ man Gänse hüten, und als er die Vögel liebgewonnen hatte, machte man ihn zum Stalljungen. Nun gewann er die Pferde lieb, doch man nahm ihn zur Marine. Er gewann das Meer lieb, brach sich aber das Bein und mußte Waldhüter werden. Er wollte heiraten, aus Liebe, ein nettes Mädel, heiratete aber aus Mitleid eine abgerackerte Witwe mit zwei Kindern. Er gewann auch sie lieb, und sie gebar ihm ein Kind; er trug es zur Taufe ins Kirchdorf, und es erfror ihm unterwegs ...«

»Haben Sie das erfunden?« fragte die Spiwak ganz leise.

»Nicht alles«, antwortete Inokow aus irgendeinem Grund in schuldbewußtem Ton. »Poiré hat es mir erzählt, er kennt sehr viele ungewöhnliche Geschichten und erzählt gern. Ich habe noch nicht entschieden, womit aufhören? Hat er das Kind im Schnee verscharrt und ist irgendwohin fortgegangen, spurlos verschwunden, oder – hat er, über die Fruchtlosigkeit der Liebe empört, etwas Schlimmes getan? Was meinen Sie?«

Die Spiwak antwortete kurz und undeutlich.

Mattes Licht ließ schmutziggraue Wolken sichtbar werden; die Sirene der Dampfmühle heulte auf, ihr antwortete das Pfeifen des Sägewerks jenseits des Flusses, dann pfiff es im Sirup- und Stärkewerk, in der Zündholzfabrik, und auf der Straße erschollen bereits Schritte. Alles war so gewohnt, bekannt und beruhigte, die Haussuchung hingegen glich einem Traumgesicht oder einer albernen Anekdote von der Art, wie sie Inokow erzählt hatte. Auf die Flurstufen des Seitenbaus trat das Dienstmädchen, in Weiß, einem Mehlsack ähnelnd, und sagte, zum Himmel blickend: »Arkascha ist aufgewacht!«

Die Spiwak sprang auf und ging rasch davon, die Reisedecke hinter sich herschleifend. Langsam sich mit dem ganzen Körper nach ihr umwendend, murmelte Inokow: »Ich werde auch gehen.«

Er trat ins Haus, erschien gleich wieder im Umhängemantel, mit Hut auf dem Kopf, drückte Samgin wortlos die Hand und verschwand in der grauen Dämmerung, Klim jedoch ging nachdenklich in sein Zimmer, er wollte sich ausziehen, hinlegen, aber das vom Gendarmen zerwühlte Bett erweckte Widerwillen. Dann begann er, die Papiere in die Schubladen des Tisches einzuräumen, und bewies sich, daß die Haussuchung keinerlei Folgen haben würde. Doch die Logik vermochte nicht das Gefühl von Bedrücktheit und dumpfer, heimlicher Besorgnis zu zerstreuen.

Als er mittags in die Redaktion kam, befand er sich plötzlich in einer für ihn neuen Atmosphäre ehrerbietigen und aufmunternden Mitgefühls, dort wußte man schon, daß nachts in der Stadt Haussuchungen stattgefunden hatten, daß der Statistiker Smolin und der Absolvent des geistlichen Seminars Dolganow verhaftet worden waren, und Dronow fügte hinzu: »Der Schlosser aus Radejews Mühle, der Apothekerlehrling – ein Jude, und die Kirchenschullehrerin Komarowa.«

Er teilte mit, daß die Frau des schwarzbärtigen Rittmeisters Popow ein Verhältnis mit dem Polizeiarzt habe und daß Popow dafür das Gehalt des Arztes bekomme.

»Er ist so geizig, daß er sein Schuhzeug von einem Gendarmen flicken läßt, einem ehemaligen Schuster.«

»Ja, nun haben auch Sie die Taufe empfangen«, sagte der Redakteur, als er Samgin kräftig die Hand drückte, und verzog seine gekränkten Lippen zu einem breiten Lächeln. Robinson teilte ihm freudig mit, daß sie ihn dreimal durchsucht, fünfeinhalb Monate im Gefängnis und anderthalb Jahre in der Verbannung, in Urshum, festgehalten hatten.

»Dort hätten mich um ein Haar die Küchenschaben aufgefressen. Eine bemerkenswerte Stadt. Im Jahre dreiundneunzig sangen ihre Straßenjungen:

    Blast Gloriafanfaren!
    Wir kämpfen mit dem Türken.

In seinen Balkanbergen
Ertönte unser Ruhm!«

Der geckenhafte Rechtsanwalt Prawdin zuckte betrübt die Schultern und sagte: »Das ist das Los aller redlichen Menschen in Rußland. Wir kennen weder Tag noch Stunde ...«

Samgin versuchte sich einzureden, daß es etwas albern, lächerlich sei, wenn man in ihm einen Helden sah, konnte aber das Gefühl nicht unterdrücken, daß ihm dies angenehm war. Ein paar Tage später merkte er, daß ihn unbekannte Gymnasiastinnen in den Straßen und im Stadtpark mit einem freundlichen Lächeln belohnten, irgendwelche Leute ihn jedoch allzu aufmerksam ansahen. Er überlegte ironisch: Spitzel? Oder suchen da Liberale zu ermitteln, ob ich bereit bin, der Verfassung zuliebe Opfer zu bringen?

Und dann blitzte ein banger Gedanke auf: Würde er nicht diese Beachtung allzu teuer bezahlen müssen? Insbesondere verwirrte und erregte ihn Dronow, der ihn wie ein zutunliches, aber beunruhigtes Hündchen umkreiste und aufdringlich ausfragte: »Das heißt – du bist also auch beteiligt?«

Klim hörte in dieser Frage Verwunderung und verzog das Gesicht, während Dronow sich wie ein sehr zufriedener Mensch die Hände rieb und rasch flüsterte: »Kennst du Dolganow, den aus dem Priesterseminar?«

»Nein«, antwortete Samgin laut, »ich mag die aus dem geistlichen Seminar nicht.«

Dronow flüsterte und warb weiter: »Hier ist ein junger Schriftsteller eingetroffen, ho, ein schneidiger Bursche! Willst du, daß ich dich mit ihm bekannt mache? Hier gibt es eine junge Dame, von der Frauenhochschule, sie predigt Marx ...«

Samgin lehnte es ab, mit dem Schriftsteller und der jungen Dame Bekanntschaft zu machen, und fand, daß Dronow dem lahmen Bauern auf dem Landsitz Warawkas ähnelte, der hatte ja auch gekuppelt. Von allen Bekannten bekundete allein der Historiker Koslow Klim kein Mitgefühl, sondern im Gegenteil, er begrüßte ihn wortlos, mit fest geschlossenen Lippen, als enthielte er sich des Verlangens, ein Wörtchen zu sagen; das verletzte Klim. Das adrette alte Männlein ging mit einem Regenschirm bewaffnet umher, und Samgin merkte, daß er die Schirmspitze wie voll verhaltener Wut in die Erde stieß, und die Leute sah er nicht mehr wohlwollend an, sondern unwillig, böse, als sähe er sie alle irgendwie schuldig vor sich.

Als Samgin zur Gendarmerie-Direktion vorgeladen wurde, ging er dorthin, heroisch gestimmt, überzeugt, daß er dort etwas Eindrucksvolles sagen werde, zum Beispiel: »Ich bitte, mich nicht dorthin zu treiben, wohin zu gehen ich selbst nicht beabsichtige!«

Überhaupt wird er etwas in diesem Sinne sagen. Er kleidete sich sehr parademäßig, zog neue Handschuhe an und rasierte sich das Kinn ein wenig. Auf der Straße zwischen den nassen Häusern jagte unruhig der Herbstwind umher, als suchte er sich irgendwo zu verstecken, doch über der Stadt säuberte er den Himmel, indem er die schmutziggrauen Wolken fortfegte und ein wundervoll klares Blau freigab.

In dem hellen, zweifenstrigen Kabinett war es häuslich gemütlich, es herrschte der Duft guten Tabaks; auf den Fensterbänken standen Blumentöpfe mit Begonien unnatürlicher Farbe, zwischen den Fenstern hing in vergoldetem Rahmen ein gelbgrünes Landschaftsbild, eins von denen, die als »Rührei mit Schnittlauch« bezeichnet werden: Föhren auf einem sandigen Abhang an einem trüb grünen Fluß. Rittmeister Popow saß in der Ecke an einem schräg zum Fenster aufgestellten Tisch, rauchte eine Zigarette, die in einer Meerschaumspitze steckte, auf der Spitze ruhte der Finger eines Glacéhandschuhs.

»Bitte schön«, sagte er im Ton eines alten Bekannten; in der stark abgetragenen, grauen Alltagsuniform schien er gutmütig und noch träger.

»Der Herbst ist recht früh bei uns eingekehrt«, bemerkte er seufzend, blies den Zigarettenrest aus der Spitze in einen Aschenbecher in Form eines Totenschädels, betrachtete aufmerksam den gebräunten Meerschaum und sagte lässig: »Ich habe Sie vorgeladen, um Ihnen Ihre Schriftstücke persönlich auszuhändigen.« Er klopfte mit stumpfem Finger auf ein Päckchen Papiere, schob es aber Samgin nicht hin, sondern fuhr immer noch im gleichen Ton fort: »Ich habe einiges gelesen und möchte Ihnen ohne weitere Komplimente sagen – se-ehr interessant! Das sind reife Gedanken, zum Beispiel: von der Notwendigkeit des Konservativismus in der Literatur. In der Tat, mein Lieber, es ist toll, wie man jetzt zu schreiben begonnen hat; ich habe gedacht, als ich die hübschen Beispiele las, die Sie anführen: ›Zum Firmamente schmiß er eine Ananas – und sang mit Baß‹, was soll man dazu sagen?«

Er schmeichelt, der Dummkopf, er will mich bestechen, dachte Samgin und beobachtete, wie sich ein dünner, blauer Rauchstrahl aus dem bronzenen Totenschädel hochschlängelte.

Der Rittmeister nahm die Brille ab, worauf seine mattgrauen, feuchten Augen in geschwollenen, wimperlosen Lidern zum Vorschein kamen, sein schwarzbärtiges Gesicht zerfloß zu einem breiten

581

Lächeln; er drückte vorsichtig das Taschentuch an die Augen und sprach, die Worte mit der Zunge knetend, gemächlich: »Insbesondere und in angenehmer Weise erfreute mich Ihre kleine Bemerkung über das Mädelchen, das gerufen hatte: ›Was treiben Sie da!‹ Und Ihre Betrachtung hierüber ist sehr, sehr interessant!«

So ein Rindvieh, fluchte Klim innerlich, doch er fluchte nicht ärgerlich, sondern gleichsam pflichtmäßig.

Er hatte erwartet, schwarze, strenge oder zumindest verdrießliche Augen zu sehen, doch neben diesen fast farblosen Augen wirkte der Bart des Rittmeisters gefärbt und steigerte gleichsam seine Gutherzigkeit, vereinfachte die ganze Umgebung. Hinter dem Rittmeister, höher als sein Kopf, befand sich auf schwarzem Dreieck das breite, bärtige Gesicht Alexanders III., über einer schmalen Tapetentür hing die große Photographie eines glatzköpfigen, schnurrbärtigen Mannes mit Orden, und auf dem Tisch lag, Klims Papiere beschwerend, das dicke Buch Sienkiewicz' »Mit Feuer und Schwert«!

»Könnte ich erfahren, was der Grund der Haussuchung gewesen ist?« fragte Samgin, und am Ton der Frage erkannte er, daß die heroische Stimmung, in der er hergegangen, bereits verschwunden war.

Der Rittmeister setzte die Brille auf, betastete seine graublauen Ohren mit den Fingern, seufzte und sagte mit warmer Stimme: »Anordnung aus Moskau; wahrscheinlich haben Sie kompromittierende Bekanntschaften.«

»Diese Haussuchung bringt mich in eine unangenehme Lage«, erklärte Samgin und warnte sich sogleich: Als ob ich mich beklage, nicht aber protestiere.

Rittmeister Popow neigte sich mit dem ganzen Körper so vor, daß er mit der Brust gegen den Tisch stieß und daß der Glaszylinder der Lampe klirrte, er legte die Hände auf den Tisch und sagte schmatzend, die Brauen bewegend, mit gesenkter Stimme: »Na ja, ich verstehe! Selbstverständlich werde ich nach Moskau eine schriftliche Auskunft geben, die Sie vor einer Wiederholung solcher – sagen wir – unumgänglichen Unannehmlichkeiten sichert, falls Sie natürlich nicht selbst eine Wiederholung herbeizuführen wünschen.«

Durch eine unbegreifliche Bewegung der Gesichtsmuskeln schob der Offizier den Vollbart auseinander, hob den Schnurrbart, sein Mund jedoch rundete sich, und er lachte tief und kurz: »Ho-ho-h!«

Dann schob er Samgin mit dem Finger das Zigarettenetui hin und fragte sehr freundlich: »Rauchen Sie? Ich – wie toll, mein Schnurrbart ist schon vom Tabak ganz braun.«

Sein Schnurrbart war vollkommen schwarz, sogar ohne die grauen Fäden, die am Kinnbart zu sehen waren.

»Wie toll, weil die Arbeit die Nerven angreift«, erläuterte er seufzend, und in seiner Kehle begann es plötzlich zu bullern, zu brodeln, und er begann rasch und nun bereits in eigentümlich vertraulichem Ton zu sprechen: »Sie werden mir zustimmen, daß es nicht in unserem Interesse liegt, die Jugend zu reizen, und überhaupt ist ein intelligenter Mensch für uns wertvoll. Die Revolutionäre sehen das anders: für sie ist der Mensch ein Nichts, wenn er nicht Parteimitglied ist.«

Er erklärte, daß er unter die Gendarmen gegangen sei, weil seiner Überzeugung nach die Kultur, die Ordnung beschützt werden müsse.

»In keinem Land bedürfen die Menschen so sehr einer Zügelung, einer Zähmung ihrer Phantasie wie bei uns«, sagte er, mit dem Finger auf die weiche Brust weisend, und diese Worte, die Samgin sehr einleuchteten, brachten ihn auf den Gedanken: Was Dronow über ihn und seine Frau sagte, ist wahrscheinlich erlogen.

»Die Revolutionäre, mein Lieber, rekrutieren sich aus den Pechvögeln«, vernahm Klim etwas Bekanntes und Überzeugendes. »Ich leugne nicht: Es gibt unter ihnen auch talentierte Leute. Sie wissen natürlich, daß viele von ihnen die verbrecherischen Fehler ihrer Jugend durch dem Staate nützliche Dienste wiedergutgemacht haben.«

Er sprach immer vertraulicher und mit geschlossenen Augen.

Irgendwo in der Nähe erklang so kräftig ein Klavier, daß Samgin zusammenfuhr, der Rittmeister jedoch strich den schwellenden Schnurrbart mit dem Finger glatt und sagte zufrieden: »Meine Frau, vierhändig mit der Tochter.«

Er sog geräuschvoll die Luft durch die Nase ein, als röche er die Musik, seine Nase war groß, unförmig aufgequollen und rötlich.

»Meine Tochter besucht die Musikschule und ist begeistert von den Vorlesungen, die Madame Spiwak über Musikgeschichte hält. Sagen Sie, ist Madame Spiwak eine geborene Kutusow?«

Samgin antwortete mechanisch: »Sie ist die Tochter eines Kreisadelsmarschalls – sein Familienname ist mir nicht bekannt –, Kutusow hingegen ist der Sohn eines Bauern.«

»Soso. Eine Adelige und – mit einem Juden verheiratet, hähä!«

»Aber sein Großvater war doch schon getauft«, bemerkte Klim, der unbeholfen gespielten Etüde zuhörend.

»Diese Schule ist überhaupt ein großes Verdienst Ihrer Frau Mutter der Stadt gegenüber«, sagte Rittmeister Popow achtungsvoll und fragte im gleichen Ton: »Kennen Sie Kutusow schon lange?«

Samgin begriff, daß er vorsichtig sein mußte, er nahm auf dem

Stuhl eine bessere Haltung an und sagte, daß er mit Kutusow in Petersburg bei einer Familie seine Mahlzeiten eingenommen habe.

»Ein Bauer ist er?« seufzte der Rittmeister, erhob die Hand, drohte mit dem Finger und schob den Unterkiefer so stark vor, daß sein sehr dichter Bart sich fast waagerecht aufrichtete. Dann neigte er sich über den Tisch zu Samgin und deklamierte ironisch:

> »Ein schlichtes wildes Blümchen
> Geriet in einen Strauß von Nelkchen.

Naiv, mein Lieber! Jude bleibt Jude, und das läßt sich von ihm nicht mit Wasser herunterwaschen, soviel man es auch weihen mag, jawoll. Und Bauer bleibt Bauer. Die Natur kennt keine Gleichheit, und ein Maulwurf ist kein Gefährte für einen Hahn, jawoll!« erklärte er leise und feierlich.

Das kam so dumm heraus, daß Samgin sich eines Lächelns nicht enthalten konnte, der Rittmeister jedoch malte mit dem Finger der einen Hand verschnörkelte Muster, während er mit der anderen den Bart ergriff und immer kuriosere Worte aus ihm herauspreßte: »Allianzen, Mesalliancen! Nein, die Natur ist gegen Mesalliancen, gegen Dekadenzen . . .«

Es war spaßig, zu sehen, wie dieser träge Mensch aufgelebt war. Er redet selbstverständlich dummes Zeug, weil ihm das sein Dienst vorschreibt, aber es ist klar, daß er ein Einfaltspinsel ist, der ehrlich seine Pflicht erfüllt. Wäre er Priester oder Bankangestellter, so hätte er einen weiten Bekanntenkreis und wäre wahrscheinlich beliebt. Aber er ist Gendarm, man fürchtet, verachtet ihn und hat ihn daher bei der Vorstandswahl des »Vereins zur Förderung der Heimarbeiter« durchfallen lassen.

Dronow hat ihn natürlich verleumdet.

Popow fragte jedoch plötzlich, wenn auch wie nebenbei: »Sind Sie, seit Sie in Petersburg waren, Kutusow nicht begegnet?«

Völlig überrumpelt, beeilte sich Samgin nicht mit der Antwort, der Rittmeister aber nahm die Brille ab, wischte sich mit dem Taschentuch die Augen aus, und in seinen Augen blinkten lustige Fünkchen auf.

»Nicht begegnet?« wiederholte er, die Brille putzend. »Dieser Tage?«

»Ja«, sagte Klim, »ich habe ihn gesehen.«

Er spürte bereits Unruhe, und um sie zu verbergen, erkundigte er sich ungezwungen: »Gilt Kutusow denn als gefährlicher Mensch?«

Einige sehr unangenehme Sekunden lang musterte Rittmeister

Popow lustig Klims Gesicht, dann antwortete er in trägen Worten: »Das müßte Ihnen aus dem Vorfall mit Ihrem Bruder, dem Dmitrij, bekannt sein. Doch was ist dieser Inokow für einer?«

An das weitere Gespräch mit dem Rittmeister erinnerte sich Klim nicht gern, er suchte es zu vergessen. Er erinnerte sich nur des freundschaftlichen Rates des schwarzbärtigen Gendarmen mit den kranken Augen: »Halten Sie sich von diesen Menschenfängern möglichst fern, möglichst fern. Und – scheuen Sie sich nicht, die Wahrheit zu sagen.«

Als Klim vom Rittmeister mit einem Händedruck verabschiedet wurde, erwies sich die dem Aussehen nach schwammige Hand des Rittmeisters als hart, kräftig und mit eigentümlichen Beulen bedeckt, wie Schwielen.

Samgin trat bedrückt auf die Straße hinaus, alles war nicht so abgelaufen, wie er es sich vorgestellt hatte, und er spürte unklar, daß er sich unklug, ungeschickt benommen hatte.

Gewiß, ich habe nichts Überflüssiges gesagt. Was hätte ich auch sagen können! Die Charakterisierung Inokows? Aber sie haben ja selbst gesehen, wie grob und hochmütig er ist.

Nebel lag über der Stadt, die Straßen waren voll feuchten, beißenden Dunstes und erinnerten an Petersburg, an Kutusow. An Kutusow konnte er nur matt denken, und als er seinen Gedanken über ihn lauschte, fand Klim in ihnen weder Erbitterung noch auch nur Abneigung, als sei dieser Mensch für immer verschwunden.

Am nächsten Tag erfuhr Samgin, daß die Spiwak nicht vom Rittmeister, sondern vom General selbst verhört worden war.

»Er ist sehr beschränkt«, sagte sie, ein Paket, offenbar Papiere oder Bücher, mit schnellen Steppstichen in Kaliko einnähend, und berichtete mit fremdem Lächeln: »Dieser sehr bescheidene Statistiker Smolin hat den Staatsanwaltsgehilfen Wissarionow mit einem Fußtritt aus seiner Zelle hinausbefördert.«

»Wie haben Sie das erfahren?« fragte Klim mißtrauisch.

»Ist das nicht einerlei?« entgegnete sie, ohne den Kopf zu heben, und fragte ihrerseits: »Hat sich Ihr Rittmeister sehr für Kutusow interessiert?«

»Nein«, sagte Klim.

Sie richtete sich langsam auf und blickte ihn mißtrauisch an. »So? Merkwürdig. Er ist doch die Ursache ihrer Beunruhigung.«

Samgin zuckte mit den Schultern und log unerwartet für sich selbst: »Halten Sie es nicht für möglich, daß ich auch die Ursache der Beunruhigung sein könnte?« Wird sie es glauben oder nicht? fragte er sich gleich danach, aber die Frau hatte sich von neuem über die Näharbeit gebeugt und sagte leise und unbestimmt: »Ich habe keine Lust zu scherzen.«

Als er sah, daß die Spiwak unmitteilsam gestimmt war, ein mürrisches Gesicht machte und daß der Blick ihrer blauen Augen kühl und ungewöhnlich spitz war, ging Klim fort und dachte nochmals darüber nach, daß dies ein heuchlerischer, gefährlicher Mensch sei. Woher konnte sie von dem Verhalten des Statistikers erfahren haben? Spielte sie etwa eine bedeutende Rolle in konspirativen Angelegenheiten?

In der Stadt waren unterdessen alle Bekannten in unruhige Geschäftigkeit geraten, sie sprachen von Politik, und während sie Samgin gegenüber eine ihn ermüdende Neugier an den Tag legten, sagten sie zugleich, daß Haussuchungen und Verhaftungen nichts weiter als ein Einfall der Gendarmen seien, welche die Aufmerksamkeit der höchsten Obrigkeit auf sich lenken wollten. Dronow reizte mit seiner aufdringlichen Ausfragerei, Inokow überwältigte ihn mit plötzlichen Besuchen, er kam fast täglich und benahm sich ungeniert, wie in einer Schankwirtschaft. Das alles veranlaßte Samgin, nach Moskau zu fahren, ohne die Rückkehr der Mutter und Warawkas abzuwarten.

In Moskau verbrachte er die Hälfte des Winters einsam, wobei er alles, was er erlebt und erdacht hatte, in der Erinnerung durchsah und abwog und sich bemühte, das für ihn Nötige herauszusieben. Doch alles schien unnötig, während das Leben sich vor ihm erhob wie ein Wald, in dem er seinen Weg zu der Freiheit von den Widersprüchen, von der Uneinigkeit mit sich selbst finden mußte. Wenn er im Theater durch die Brillengläser auf die Bühne sah, dachte er an die unerklärliche Dummheit jener Leute, die an dem Anblick ihrer Leiden, ihrer Nichtigkeit und an ihrer Unfähigkeit, ohne alberne Liebes- und Eifersuchtsdramen auszukommen, Vergnügen fanden. Er besuchte die Universität, hielt sich aber von der Studentenschaft fern, die stets durch irgend etwas beunruhigt war.

Emotionale Opposition, dachte er, seine Altersgenossen mit den Augen des Älteren betrachtend, und ihm schien, seine Zurückhaltung und Absonderung flößten Achtung ein.

Den Professoren hörte Samgin mit der gleichen Langeweile zu wie den Lehrern im Gymnasium. Zu Hause, in einem der säuberlichen und bequem eingerichteten möblierten Zimmer Felizata Paulsens, einer üppigen Dame in den Vierzigern, schrieb Samgin seine Gedanken und Eindrücke in kleiner, aber deutlicher Handschrift auf bläulichen Briefbögen nieder und legte sie in die Schreibmappe, ein Geschenk der Nechajewa. Auf das erste Blatt seiner Notizen schrieb er, ohne sie mit einem Titel zu versehen, in schöner Rundschrift:

Der Mensch
ist nur dann frei,
wenn er völlig einsam ist.

Er schrieb nicht viel, überlegte die Sätze sorgfältig und ließ sich dabei von nur einer weitblickenden Erwägung leiten – er vergaß nicht, daß seine Notizen ihm einmal einen nicht üblen Dienst erwiesen hatten.

»Professor Asbukin verachtet die Studenten wie ein erfahrener Verführer die naiven Mädchen, kann aber nicht umhin, mit Liberalismus vor ihnen zu kokettieren«, notierte er.

»Professor Bukwin erinnert an einen Missionar, der die halb heidnischen Mordwinen aufklärt. Wenn er vom Humanismus spricht, ärgert er sich offenkundig über die Notwendigkeit, etwas zu predigen, woran er selbst nicht glaubt.«

Er hatte Robinsons anspruchslose Witzigkeit übernommen und verlieh den Professoren spöttische Pseudonyme wie: Slowoljubow, Skukotworzew. Sehr großen Gefallen fand er an kurzen Charakteristiken von Leuten, die sich mehr oder minder eifrig bemühten, aus ihm einen ebensolchen Menschen wie sie zu machen.

»Pojarkow schwenkt scharf zum Marxismus ab. Etwas an ihm erinnert an einen halb erblindeten, alten Gaul.«

»Marakujew fühlt sich nach seiner Verhaftung wie ein Beamter, der unerwartet einen Orden erhalten hat.«

Die Stunden herbstlicher Abende und Nächte allein mit sich selber in stiller Unterhaltung mit dem Papier, das alle und jegliche Worte ergeben aufnahm, diese Stunden hoben Samgin sehr in seinen Augen. Er begann schon zu denken, daß von allen ihm bekannten Menschen der komische, rothaarige Tomilin die bequemste und klügste Position im Leben gewählt habe.

Immer häufiger jedoch brach zugleich mit dem Rauschen des Windes und Regens, zugleich mit dem Heulen der Schneestürme eine entkräftende Langeweile in die Wärme des Zimmers, mischte sich in die spöttischen Gedanken ein, verdichtete sie alle zu einem:

Weshalb muß ich dieses ganze Chaos von Worten in mir herumschütteln? Was will ich?

Auch regte sich in ihm wieder der Hang zur Frau. Er, der sich schon lange von Lidija erholt hatte, erinnerte sich des kurzen Romans mit ihr wie eines Traums, in dem das Unangenehme das Angenehme überwog. Beim Erinnern fand er jedoch jedesmal eine kränkende Unabgeschlossenheit dieses Romans und spürte das Bedürfnis, sich an Lidija dafür zu rächen, daß sie seine unbestimmten Hoffnungen, seine Vorstellung von ihr nicht gerechtfertigt und daß sie ihm durch irgend etwas den Geschmack an der Frau verdorben hatte. Er definierte es gerade so: Geschmack, denn er fand, daß in sein Verhältnis zur Frau nach dem Erlebnis mit Lidija etwas Bitteres, Scharfes geraten war. Ein paar Begegnungen mit Warwara vergewisserten ihn dessen. Er begegnete ihr gleich im ersten Monat seines Aufenthalts in Moskau und war, obwohl dieses junge Mädchen ihm nicht sympathisch war, angenehm von der Freude überrascht, die sie verriet, als sie ihn zufällig im Foyer der Theaters traf.

»Daß Sie sich nicht schämen!« rief sie, seine Hand haltend. »Herzukommen und – sich nicht blicken zu lassen, Sie Böser!«

Wie immer bunt und schreiend gekleidet, sprach sie so laut, als wären alle Leute ringsum gute Bekannte von ihr und als brauchte sie sich vor ihnen keinen Zwang anzutun. Samgin begleitete sie gern nach Haus, unterwegs erzählte sie viel Interessantes über Diomidow, der sich in ganz Moskau herumtreibe und bisweilen auch sie besuche; über Marakujew, der dreizehn Tage im Gefängnis gesessen habe, woraufhin die Gendarmen sich bei ihm entschuldigt hätten; von ihrer Enttäuschung über die Schauspielschule. Die riesengroße Anfimjewna begrüßte Klim auch freudig.

»Oh, wie stattlich geworden, ganz und gar – ein Mann! Auch ein Bart, wie sich's gehört.«

Sehr bald kam es zwischen Samgin und Warwara zu Beziehungen, die ihm Spaß machten. Sie war abgemagert, ihr Hals hatte sich unschön gestreckt, und ihr Gesicht war klein und schmal geworden, da sie ihr sprödes Haar toupierte und sich die Frisur eines Kaffernweibes zugelegt hatte. Zu Hause trug sie so etwas wie einen Chiton mit weiten Ärmeln, der die Arme bis zu den Schultern sehen ließ, bewegte sich mit leichtem Wiegen der schmalen Hüften in schwebendem Gang und glaubte anscheinend, daß dies bei ihr schön aussehe. Sie näselte ein wenig und hob nach Moskauer Art das A stark hervor. Sie schien noch entstellter durch ihre Geziertheit und noch lächerlicher in ihrer Anbetung berühmter Frauen. Es war ergötzlich, das Hin- und Herschwanken ihrer Sympathie zwischen Madame Récamier und Madame Roland zu beobachten, deren Bildnisse abwechselnd an sichtbarster Stelle inmitten der Porträts anderer Berühmtheiten auftauchten, und je nachdem, welche von den zwei Französinnen in den Vordergrund rückte, stellte Samgin einwandfrei fest, wie Warwara gestimmt war: Wenn die Récamier dort erschien, pflegte er zu sagen, Kunst sei ein Zeitvertreib der Übersättigten, die Künstler seien die Hofnarren der Bourgeoisie; wenn jedoch die Récamier von Madame Roland abgelöst wurde, bewies er, daß Baudelaire revolutionärer sei als Nekrassow und daß die Erzählungen Maupassants Lüge und Schrecken der bürgerlichen Gesellschaft überzeugender entlarvten als politische Artikel. Er war sich bewußt, daß seine Argumente nicht geistreich, seine Spötterei plump und schlecht getarnt waren, aber das beunruhigte ihn nicht.

Warwara hörte zu, wobei sie sich die schmalen, farblosen Lippen biß und die grünlichen Augen mit den Wimpern verdeckte, sie streckte den Hals und schob das spitze Kinn vor, als wäre sie gekränkt und als wollte sie widersprechen, aber – sie widersprach nicht, sondern stellte nur bisweilen Fragen, die Samgin etwas dumm fand und die ihm ihre Unbildung verrieten. Und immer häufiger sagte sie seufzend: »Wie kompliziert, wie ungreifbar Sie sind! Es ist schwierig, sich an Sie zu gewöhnen. Andere sind neben Ihnen wie Opernsänger: Man kennt schon vorher alles, was sie singen werden.«

An die Aufrichtigkeit ihrer Komplimente zu glauben, hütete Samgin sich, da er vermutete, wenn Warwara auch nicht klug sei, spiele sie doch Theater und es mache ihr ebenso Spaß, wie es ihm Spaß machte, sich über sie lustig zu machen.

Fast jedesmal traf Klim bei ihr Marakujew an. Der lustige Student benahm sich wie zu Hause und verhielt sich zu Warwara familiär wie ein Verliebter, der vollkommen überzeugt ist, daß ihm Gleiches mit Gleichem vergolten werde. Sie duzten sich, aber irgend etwas hinderte Klim zu meinen, daß sie schon zwei Geliebte seien. Sie waren so grundverschieden, daß Klim ihre Vertraulichkeit für ein Mißverständnis hielt. Seiner Ansicht nach hätte Warwara in diese Freundschaft etwas Zänkisches, Dramatisches und zugleich Sentimentales hineintragen müssen, er sah jedoch, daß sowohl Marakujew als auch sie ihren Beziehungen den Charakter einer leichten Komödie verliehen.

Marakujew war immer noch so schwungvoll und lebhaft, ereiferte sich leicht und heftig, wußte leidenschaftlich und zornig zu reden; es war nicht zu bemerken, daß sein Erlebnis am Tag der Chodynka-Katastrophe seinen Charakter beeinflußt oder einen Schatten auf ihn geworfen hatte wie auf Pojarkow. Dieser war schwermütig geworden, ließ den Kopf hängen, er hatte seine Bücherweisheit verloren, sprach nicht mehr in abgehackten Sätzen, und überhaupt, er knarrte gleichsam, als wäre er angeknackt. Er ließ sich einen Bart grauer, stecknadelgerader Haare stehen, und das machte ihn um rund zehn Jahre älter. Er zeigte sich nur ab und zu, für kurze Zeit bei Warwara, spielte nicht mehr Gitarre und sang keine Duette mit Marakujew.

»Ich ziehe es vor, Deutsch zu lernen«, beantwortete er Samgins Frage nach der Gitarre, und er antwortete aus unersichtlichem Grund in ärgerlichem Ton.

Klim war sehr unangenehm überrascht, als er erfuhr, daß in dem Zimmer, das Lidija bewohnt hatte, sich sonntags der Schülerkreis Marakujews versammelte.

Es wird allerdings schwierig sein, sich da fernzuhalten, dachte er mit mürrischer Miene. Doch in ihm war die Neugier eines Menschen entfacht, der andere nicht so sehr verstehen, als sie bei irgendeinem falschen Spiel ertappen will. Und die beunruhigende Macht dieser Neugier veranlaßte Samgin, mit Marakujews Progaganda und seinen Schülern bekannt zu werden. Unter diesen befand sich der ihm bekannte Arbeiter Dunajew mit seinem krausen Bart und dem nie erlöschenden Lächeln. Gleichsam als Kontrast zu sich selbst pflegte er den Schlosser Waraksin mitzubringen, einen mürrischen Mann mit schwarzem Schnurrbart im grauen, steinernen Gesicht und einem mißtrauischen Blick dunkler, tief in den Höhlen liegender Augen. Behutsam betrat den Raum ein säuberlich gekleideter junger Mann mit großem Mund, breiter Nase und flachsblonden Brauen; seine braunen Augen lagen weit auseinander, blickten jedoch gleichermaßen verwundert in verschiedene Richtungen, obwohl sie nicht als Schielaugen zu bezeichnen waren. Es erschienen der frauenhaft schöne Ikonenmaler Pawel Odinzow aus der Werkstatt Rogoshins und der glatzköpfige, unruhige Holzschnitzer Fomin, ein Mann unbestimmbaren Alters, dürr, mit einem Rattengesicht, einer behaarten Warze auf der rechten Backe und kurzsichtigen zusammengekniffenen, aber scharfen Augen.

Unnötig gebückt kam der Diakon herein. Er hatte sich das Haar rundum scharf kappen lassen und seinen dreiteiligen Bart so gestutzt, daß aus dreien ein keilförmiger und langer entstanden war. Sein entblößtes Gesicht hatte vollständig den Zug eingebüßt, der ihm Ähnlichkeit mit der Mehrzahl jener susdalischen Gesichter verliehen hatte, die, zu einem einzigen verschmelzend, das Antlitz des unausrottbaren, ein für allemal gegebenen russischen Menschen bilden. Er vergaß oft, daß sein Backenbart abgeschoren war, und suchte nach ihm, indem er vom Ohr zum Kinn hinab in der Luft herumfingerte. In seinem abgetragenen Wams und den riesengroßen Schaftstiefeln aus grobem Leder glich er noch mehr als zuvor einem Altwarenhändler.

In all diesen Menschen, ungeachtet ihrer äußerlichen Verschiedenheit, spürte Samgin etwas Gemeinsames und Erregendes. Sie erregten ihn durch die Plumpheit und Dreistigkeit ihrer Fragen, durch ihre mangelhafte Bildung und die beifälligen Lächeleien als Antwort auf Marakujews Reden. An jedem von ihnen fiel Samgin etwas für eine Anekdote auf, und letztlich erweckten sie den Eindruck von Menschen, die vom normalen Leben bereits getrennt waren, die auf alles, woran man hätte glauben sollen, woran Millionen solcher wie sie glaubten, gleichmütig verzichtet hatten.

Klim erinnerte sich, daß Lidija sich von Kind auf bis zum Alter von fünfzehn Jahren vor Fledermäusen gefürchtet hatte; eines Abends, als die Fledermäuse im Halbdunkel geräuschlos über Garten und Hof umherzuhuschen begannen, hatte sie zornig gesagt: »Mäuse dürfen nicht fliegen!«

»Das sind doch nicht jene, die unter dem Fußboden hausen«, hatte er ihr erklärt, doch seine kleine Freundin hatte trotzig mit dem Fuß aufgestampft und gerufen: »Schweig! Keinerlei Mäuse dürfen fliegen!«

Wenn diese grauen Menschen regungslos erstarrt Marakujew zuhörten, hatten sie irgend etwas mit Fledermäusen gemein: Genauso regungslos und gruselig hängen kopfabwärts die vom Tageslicht geblendeten geflügelten Mäuse in dunklen Winkeln von Dachböden und Baumhöhlen.

Lidijas strenges, sauberes Zimmer war mit dem Geruch von schlechtem Tabak und Schuhwichse durchsetzt; die Stiefel des Diakons rochen nach Teer, der flachsblonde junge Mann nach Pomade, und der Ikonenmaler Odinzow strömte den Geruch fauler Eier aus. Die Luft ist dermaßen stickig, daß die Lampe trüb brennt, und in dem graublauen Dunst spricht Marakujew, mit den Armen fuchtelnd, in allen erdenklichen Tonarten ein Wort aus, das aus seinem Munde erstaunlich umfassend klingt: »Das Volk, das Volk!«

Er sitzt in der Ecke, links vom Fenster, das dicht mit einem Stück dunklen Stoffs verhängt ist, er springt vom Stuhl auf, ballt die Fäuste, rudert mit den Armen in der dicken Luft und droht mit dem Finger zur Decke hinauf, er wird trunken von seinen Worten, wiegt sich und bleibt außer Atem ein paar Sekunden mit ausgebreiteten Armen stumm und wie gekreuzigt stehen. Sein sehr russisches Gesicht des »kühnen, wackeren Burschen« aus dem Märchen wirkt sehr malerisch, und er spricht so märchenhaft, daß selbst Klim Samgin ihm ein bis zwei Minuten aufmerksam, voll Neid auf die Kraft und Mannigfaltigkeit seiner Empfindungen zuhört. Zorn und Trauer, Glaube und Stolz klingen abwechselnd aus seinen Worten, die Klim von Kind auf bekannt sind, doch vorherrschend ist in ihnen das Gefühl der Liebe zu den Menschen; an der Aufrichtigkeit dieses Gefühls wagte und vermochte Klim nicht zu zweifeln, wenn er dieses erstaunlich lebendige Gesicht sah, das von innen her vom Feuer eines Glaubens erhellt war. Später nannte Samgin dieses Feuer sich selbst gegenüber dennoch bengalisch und die Reden Marakujews – ein Feuerwerk.

Die Leute hörten Marakujew hingegeben, hingerissen zu; der flachsblonde junge Mann saß mit offenem Mund da, und in seinen hellen Augen lösten sich Verwunderung und Angst ab. Pawel Odinzow glitt mit vorgeneigtem Körper, aber erhobenem Kopf belustigend allmählich vom Stuhl und verfolgte mit eigentümlich trunkenem oder verträumtem Blick gebannt das Mienenspiel des Redners. Fomin hatte die Hände zwischen die Knie gelegt und blickte sich vor die Füße, auf eine Pfütze geschmolzenen Schnees.

Dunajew indessen hörte zu, indem er das eine Ohr der Stimme des Redners so zuwandte, als stünde Marakujew sehr weit von ihm entfernt; er saß frei ausgestreckt auf dem Sofa und hatte die eine Hand auf die breite Schulter seines mürrischen Nachbarn Waraksin gelegt. Klim merkte: Sie tuschelten oft und sogar an den feurigsten Stellen während Marakujews Reden, das asketische Gesicht des Schlossers legte sich finster in Falten, und er bewegte ungehalten den Schnurrbart; der krummnasige Fomin zischte sie an, stieß Waraksin mit dem Ellenbogen oder Knie, und Dunajew zwinkerte Fomin mit lustigen Augen lächelnd zu.

Samgin vermutete, daß außer dem stets lächelnden und wahrscheinlich sehr schlauen Dunajew keiner den zersetzenden Sinn der Reden des Propagandisten verstand. Zu dem Diakon verhielt sich Dunajew mit gutherziger Neugier und herablassend, wie zu einem Halbwüchsigen, obwohl der Diakon sicherlich rund fünfzehn Jahre älter war als er, während alle übrigen den langen Diakon mißtrauisch und vorsichtig ansahen, wie Tauben und Spatzen einen Truthahn. Der Diakon glich mehr als alle anderen einer riesengroßen Fledermaus.

Als Marakujew einmal ermüdet verstummte, sich hinsetzte und den Schweiß vom Gesicht wischte, richtete der Diakon langsam seinen langen Körper auf und sagte wie vom Altarvorplatz herab: »Als Diener des Glaubens und der Kirche, wenngleich – was ich nicht bedaure – als solcher meiner Würde verlustig gemacht, und als Vater eines redlichen Menschen, der infolge seiner Liebe zu den Menschen zugrunde gegangen ist, versichere und bezeuge ich: Alles soeben Gesagte ist wahr! So – nun hören Sie mal zu!«

Er stieß einen krächzenden Laut aus und begann mit Baßstimme:

»Was früher, in uralten Zeiten, allen Menschen zur allgemeinen Nutznießung freistand, häufte sich dank der Macht und Schlauheit einiger weniger in deren Häusern. Um zu geruhsamem Müßiggang zu gelangen, mußten gewisse Leute alle anderen zu Sklaven machen. Sie rissen die lebenswichtigsten Dinge und auch das Land an sich und begannen daraus in tückischer Weise Nutzen zu ziehen, um ihre Habgier und Gewinnsucht zu befriedigen. Und sie stellten ungerechte Gesetze auf, mittels derer sie bis zum heutigen Tage ihre Räuberei schützen, wobei sie mit Gewalt und Bosheit vorgehen.«

Er hob die Hand, als schwöre er einen Eid, und fuhr fort: »Diese Worte unanfechtbarer Wahrheit habe nicht ich ersonnen, kein einziges von ihnen stammt von mir selbst – nein. Sie wurden ausgesprochen und niedergeschrieben eintausendfünfhundert Jahre vor unserer Zeit, im vierten Jahrhundert nach Christi Geburt, von dem hervorragenden Weisen Lactantius, dem Vater der christlichen Kirche. Dieser Lactantius erhielt den Beinamen eines christlichen Cicero. Seine von mir vorgebrachten Worte sind in seinen Werken gedruckt, die im Jahre achtzehnhundertachtundvierzig in Sankt Petersburg herausgegeben und vom Archimandriten Awwakum zensiert worden sind. Es handelt sich also um ein Buch, das von den Behörden überprüft, das heißt versehentlich zum Lesen durchgelassen worden ist. Denn: Die über uns Herrschenden lassen die Wahrheit nur versehentlich, aus Unachtsamkeit ins Leben.«

Mit verstärkter Stimme setzte er hinzu: »Ich wiederhole: Ich habe Ihnen also nicht meine eigene, sondern eine uralte und ewige Wahrheit mitgeteilt, deren Wiederbelebung wir uns einmütig, tapfer und ohne uns selbst zu schonen widmen wollen.«

Er bückte sich und setzte sich hin, Dunajew indessen zwinkerte Waraksin zu und sagte: »Ist er Marxist gewesen, dieser Laktanzew, he?«

»Na und?« fragte der Diakon. »Marx' Geburt ist also anderthalb Jahrtausende vorausgesehen worden.«

»Aber praktisch, wie ist das denn praktisch, Euer Würden?« fragte Dunajew mit funkelnden Augen. Der Diakon sagte mit tiefem Baß: »Darüber – müssen Sie nachdenken.«

Nun rappelte sich Odinzow auf und äußerte mit heiserer Stimme: »Waffen braucht man, wo aber nehmen wir Waffen her?«

Er blinzelte, als wäre er eben erst erwacht, seine Augen sahen aus wie bei einem Verkaterten oder einem an Schlaflosigkeit Leidenden. Der flachsblonde Bursche schneuzte sich ohrenbetäubend mit ehernem Posaunenton und versteckte, verlegen vorgebeugt, das Gesicht im Taschentuch.

Der ausgeruhte Marakujew fing wieder zu reden an, und Klim war es angenehm, daß alle die Predigt des Diakons mit sichtlicher Gleichgültigkeit aufgenommen hatten.

»Wir brauchen den Kampf um die Freiheit des Kampfes, um das Recht, die Menschenrechte zu verteidigen«, sagte Marakujew und zerhieb die Luft mit der flachen Hand. »Die Marxisten behaupten, man müsse die Bauernschaft in die Fabriken treiben, sie im Fabrikkessel mürbe kochen . . .«

»Das geht dich nichts an«, brummte der Diakon dumpf und grob, indem er sich von seinem Nachbarn, dem flachsblonden Burschen, abwandte.

Marakujew hatte seine Kritik der Marxisten bereits beendet, er drückte den Fortgehenden hastig die Hand, streckte sie auch dem Diakon hin, doch dieser drängte ihn an die Wand und riet ihm eindringlich: »Genosse Pjotr, sagen Sie doch diesem Stupsnasigen, er soll nicht unnötig neugierig sein, nicht fragen: wer, woher und zu wem gehörig? Will er uns denn alle für eine Seelenmesse vormerken lassen? Auf angenehmstes Wiedersehen!«

Gebückt stieg er zur Tür hinaus, während Marakujew und Klim zu Warwara Tee trinken gingen.

Sie verdeckte die Augen mit den Wimpern und sagte mit einem Befremden, das Samgin geheuchelt schien: »Ein Revolutionär ist für mich ein Dichter, ein Uriel da Costa, ein Träger des prometheischen Feuers, hier aber haben wir einen Diakon!«

»Naiv, Warjok«, sagte Marakujew lachend und erinnerte sie an den Pensaer Popen Foma, einen Anhänger Pugatschows, und an den Pater Alessandro Gavazzi, doch als er von der Geistlichkeit zur Zeit der deutschen Bauernkriege zu sprechen begann, unterbrach Warwara launisch seine belehrende Rede: »Der Diakon hat etwas Lächerliches an sich. Ein anderer hat eine krumme Nase, und das ist natürlich in seinem Paß als besonderes Merkmal eingetragen. Die Spitzel werden ihn an der Nase fangen.«

Marakujew lachte wieder, doch Klim sagte: »Ja, ein Revolutionär muß ohne eigene Note sein.« Er hatte es ironisch sagen wollen, doch es war mißmutig herausgekommen.

»Das ist schon ein Stückchen vom Marxismus«, griff es Marakujew streitlustig auf, da aber Samgin in Schweigen verharrte und in sein Teeglas sah, rieb er sich die Hände und rief: »Rußland erwacht!«

Er zerzauste seinen Haarschopf und deklamierte Bergs Zweizeiler:

»Im heil'gen Rußland die Hähne krähen,
Bald wird man es hier Tag werden sehen!«

Vielleicht spricht aber Rußland bloß im Schlaf? wollte Klim fragen, unterließ es jedoch, da er nach einem Blick auf Marakujews strahlendes Gesicht das Gefühl hatte, daß dieser Hahn durch Skeptizismus nicht durcheinanderzubringen war.

Mit zurückgeworfenem Kopf und häßlich vorgewölbtem Adamsapfel sagte Warwara in herausforderndem Ton: »Ich weiß nicht, vielleicht ist es wahr, daß Rußland erwacht, doch von deinen Schülern sprichst du komisch, Pjotr. So erzählte Onkel Chrysanth vom Angeln: Ein großer Fisch riß sich bei ihm immer vom Haken los, und nach Hause brachte er nur Kleinzeug mit vielen Gräten, das man nicht essen konnte.«

Samgin sah Marakujew mit einem Lächeln an und erwartete, daß er gekränkt sein würde, aber der Student brach nur in schallendes Gelächter aus.

An einem der Sonntage traf Klim bei Warwara den Diakon an, er trank genießerisch Tee und hörte aufmerksam, mit den Augen eines fleißigen Schülers Marakujews Lobrede auf Lawrows »Historische Briefe« zu. Als Marakujew jedoch zu reden aufhörte, schob der Diakon das leere Glas von sich und sagte, indem er sich bemühte, seinen Baß zu dämpfen: »Seit meiner Jugend, noch von der Zeit im Priesterseminar her, hege ich Mißtrauen gegen die hohe Bücherweisheit, obwohl ich einige weltliche Werke – Romane beispielsweise – nicht ohne Vergnügen las und noch heute lese. Im allgemeinen jedoch ist meiner – möglicherweise unrichtigen – Meinung nach ein Buch so etwas Ähnliches wie eine Krücke. Durch gotteslästerliches Verhalten gegen den Menschen hat man ihm die Seele verrenkt und ihm dann ein kirchliches Büchlein unter die Achsel geschoben: Wandle, auf selbiges gestützt, auf den dir von uns Weisen vorgeschriebenen Pfaden. Wir wandern durch Jahrtausende und – kommen nicht zum Ziel. Nein, alle Bücher bedürfen einer Überprüfung. Auch die weltlichen, sintemal auch sie – man verzeihe mir den Ausdruck – schon nach Kirchlichkeit stinken, Kirchlichkeit ist jedoch Beengung des menschlichen Geistes um irgendeines Gottes willen, der zum Schaden der Menschen, nicht zu ihrer Freude, ersonnen worden ist.«

»Glauben Sie denn nicht an Gott?« fragte Warwara aus unersichtlichem Grunde freudig.

»An einen Gott, der einer Theodizee bedarf, kann ich nicht glauben. Ich ziehe es vor, an die Natur zu glauben, die keiner Rechtfertigung bedarf, wie Herr Darwin bewiesen hat. Herr Leibniz aber, der zu beweisen suchte, daß die Existenz des Bösen vollkommen mit der Existenz Gottes vereinbar sei und daß diese Vereinbarkeit auch vollkommen und unwiderleglich durch das Buch Hiob bewiesen werde, dieser Herr Leibniz ist nichts weiter als ein deutscher Kauz. Und recht hat nicht er, sondern Heinrich Heine, der das Buch Hiob ›Das Hohelied der Skepsis‹ genannt hat.«

Der Diakon schöpfte geräuschvoll, mit dem ganzen Fassungsvermögen seiner Lungen Luft, seine wäßrigen Augen wölbten sich streng vor und loderten gleichsam weiß auf.

»Mein dahingeschiedener Sohn hat ein kleines Werk geschrieben, worin er Leibniz und überhaupt jegliche Theodizee als äußersten Unsinn und einen höchst schädlichen Versuch widerlegt, Unversöhnliches zu versöhnen.«

Samgin sah, daß es auch Marakujew langweilte, die Seminarweisheit des Diakons anzuhören, der Student trommelte ungeduldig mit den Fingern auf dem Tisch und formte die Lippen so, als wolle er pfeifen. Warwara hörte sehr aufmerksam zu, ihre Augen waren mißtrauisch und feindselig auf den Philosophen gerichtet. Sie raunte Klim zu: »Welch ein rachsüchtiges Gesicht!«

Der Diakon indessen schritt wie von einem Berg herab, als er mit kräftigem, tiefem Baß von Ordmuzd und Ahriman, von Baal und davon erzählte, daß »vieles, was als Übel bezeichnet wird, im Grunde nur ein Widerstreben gegen das Übel ist, das aus dem Haß gegen dieses entspringt«.

Seine endlose Rede wurde durch Diomidow unterbrochen, der plötzlich und geräuschlos in der Tür erschien, er knetete die Mütze in der Hand und sah sich um, als sei er an einen unbekannten Ort geraten und erkenne die Menschen nicht. Marakujew war sehr, aber offensichtlich unecht erfreut und gebärdete sich laut, der Diakon jedoch blickte Diomidow über die Schulter an und sagte, als setze er einen Punkt: »So.«

Nachdem Klim Diomidow wortlos die Hand gedrückt hatte, fragte er den Diakon, ob er Ljutow besuche.

»O ja. Aber – nicht oft.«

»Trinkt er?«

»Sehr. Ich jedoch bin seit dem Ableben meines Sohnes vom Trinken abgekommen. Auch haben Seine Gnaden mich gekränkt, er bot mir an, bei ihm Hausknecht zu werden. Doch wenn ich auch der geistlichen Würde enthoben bin, so kommt es mir doch nicht zu, daß ich Pferdeäpfel von der Straße räume. Ich werde in einer Glashütte arbeiten. Ab April.«

Samgin meinte, daß er die Höflichkeitspflicht dem Diakon gegenüber erfüllt hatte, er wandte sich von ihm ab und betrachtete Diomidow.

Dieser hatte sich wieder seine Engelslocken bis zu den Schultern herabwachsen lassen, aber seine blauen Augen hatten sich getrübt, ja, und er war insgesamt ausgeblichen, verwelkt, das runde Gesicht war mit spärlichen gelben Haaren bewachsen und war länger, hagerer geworden. Beim Sprechen blickte er dem Gesprächspartner unverwandt ins Gesicht, seine Wimpern zitterten, und es schien, je mehr er schaute, um so schlechter sah er. Er streichelte oft und behutsam mit der rechten Hand die linke und fragte immer wieder: »Wie sagten Sie?«

Er sprach jetzt lauter, kühner, aber in eigentümlich lesendem Ton, und er saß so angespannt aufrecht da, als erwarte er, daß ihm gleich jemand befehlen werde: »Steh auf!«

Warwara erzählte, er habe einmal unbemerkt Lidijas Zimmer betreten, als Marakujew sich dort mit seinen Schülern befaßte, habe es betreten, jedoch sogleich die Tür wieder zugeschlagen und dann Warwara ärgerlich gefragt: »Weshalb lassen Sie die Leute dort hinein? Sie werden das Zimmer verräuchern, es mit ihrem Teufelstabak verstänkern, man wird nicht mehr darin wohnen können.«

Ein andermal, als er sich die Photographien und Gravüren angesehen hatte, erkundigte er sich: »Wo ist denn das Porträt von Lidija Timofejewna?«

Warwara hatte gesagt, Lidija Warawka sei noch in keiner Weise berühmt, worauf er erklärt hatte: »Berühmtheiten braucht es auch nicht zu geben, von ihnen geht, wie von Polizisten, nur Bedrückung aus.«

Und dann hatte er mit einem Seufzer hinzugefügt: »Auch weiß man es noch nicht, vielleicht wird Lidija Timofejewna auch einmal zu den Berühmten gehören.«

Jetzt trank Diomidow, nachdem er ein Stück Zucker in die Backe gesteckt hatte, ein Glas Milch, hörte dann, den spärlichen, gelblichen Schnurrbart mit dem Finger glättend, als wolle er ihn wegklauben, eine Weile dem Gespräch des Diakons mit Marakujew zu und sagte darauf vorwurfsvoll: »Ihr redet immer noch davon, ach, ihr! Begreift ihr denn nicht, daß davon ja das Leid kommt, davon, daß wir einander in die Familie, in die Verwandtschaft, in die Menge hineinlokken? Weder Kirchen noch Parteien werden euch nützen . . .«

»Aber du, Semjon, kriechst doch unter die Sektierer«, unterbrach der Diakon spöttisch seine Rede und riet ihm: »Du solltest mehr Milch trinken, sie ist nützlicher für dich.«

Diomidow geriet in Zorn, erbleichte und schüttelte blinzelnd das Haar, so hatte Samgin ihn noch nicht gesehen.

»Einigkeit – in einem!« rief er heiser, indem er dem Diakon einen Finger zeigte. Der Diakon erwiderte mürrisch: »Mit gespreizten Fingern kann man nicht die Gurgel anpacken.«

»In der Vielheit gibt es keine Einheit, wird es keine geben! Niemals. Ihr treibt umsonst zur Sünde.«

Marakujew lachte, auch Warwara lächelte ein lässiges und gelangweiltes Lächeln, Samgin jedoch fühlte plötzlich, daß Diomidow ihm leid tat, der von seinem Stuhl aufgesprungen war, ihn mit dem Fuß fortgestoßen hatte und, die Hände an die Brust gedrückt, sich an den Worten verschluckte: »Man trieb die Häftlinge zum Bahnhof . . . die Ketten klirrten, ja! Auch ihr . . . schmiedet Ketten! Ihr wollt die Seele fesseln.«

»So ein Unsinn«, rief Marakujew ärgerlich, doch Diomidow war vom Tisch fortgesprungen, ging rasch zur Tür und wiederholte an der Schwelle, wo er sich über die Schulter umschaute: »Eine große Versündigung an der Seele . . . ihr werdet es bereuen!«

»Donner bei klarem Himmel«, murmelte der Diakon, als er dem Fortgehenden hart nachgesehen hatte, und schob der finster dreinschauenden Warwara das leere Glas hin.

»Umsonst reizen Sie ihn immer«, sagte sie.

»Ich habe Grund dazu«, erwiderte der Diakon, räusperte sich laut und suchte mit den Fingern am Ohr nach dem abgeschorenen Bart. »Ich wollte es Ihnen nicht erzählen, werde es nun aber doch tun«, wandte er sich an Marakujew, der ungehalten im Zimmer umherschritt. »Sehen Sie ihn nicht so, als sei er ganz unbedeutend, er ist schädlich, denn obwohl er seelisch schwach ist, kann er Einfluß ausüben. Und – überhaupt . . . Wegen einer solchen . . . Mücke wie er hat mein Sohn unnötig gelitten.«

Das ganze Benehmen des Diakons und besonders seine harte, wenn auch das O hervorhebende Sprechweise erweckten in Samgin das feindselige Verlangen, diesem unsinnigen Menschen mit einigen kräftigen Worten über den Mund zu fahren.

»Vor zehn Tagen etwa kam dieser schwachsinnige Bursche zu mir und begann mir ins Gewissen zu reden, ich solle auf die Unterhaltungen mit den Arbeitern verzichten und auch Sie, Genosse Pjotr, dazu bewegen. Da ich mir über seinen Geisteszustand nicht im klaren war, wollte ich bereits ernsthaft mit ihm reden, er jedoch – stellen Sie sich das vor! – warf sich vor mir auf die Knie und fuhr in seinen Ermahnungen fort, unter Stöhnen und Jammern, mit Tränen – jawohl! Und er glich einem abgequälten Weib, das seinen Mann anfleht, keinen Wodka mehr zu trinken. Er sagte natürlich das gleiche: daß das Streben, die Menschen um die Gerechtigkeit herum zu vereinen, zum Untergang des Menschen führt. Und er zeterte, daß man die Revolutionäre auf Scheiterhaufen verbrennen und ihre Asche in den Wind streuen sollte, wie es mit der Asche des Zaren Dmitrij, des Thronräubers, geschehen war.«

Der Diakon war dermaßen erregt, daß Schweiß auf Stirn und Schläfen trat, seine Augen quollen vor und zuckten unheimlich.

Welch ein widerliches Gesicht, dachte Samgin.

Schnaufend wie ein müder Gaul und immer wieder die Kamisolschöße an den Knien übereinanderschlagend, so wie er es früher mit seinem Priesterrock getan hatte, redete der Diakon mit immer tieferem Baß weiter.

»Er erschütterte mich bis an die Wurzeln meiner Seele. Er übernachtete bei mir und faselte die ganze Nacht im Schlaf wie ein Typhuskranker. Am Morgen jedoch bat er um Verzeihung und schien sich überhaupt zu schämen. Aber ...«

Der Diakon legte die Hände auf den Tisch wie auf die Tasten eines Klaviers und sagte, so leise er konnte: »Aber – stellen Sie sich vor! Er könnte ja ebenso in einem Anfall irrer Angst zur Direktion der Gouvernements-Gendarmerie gehen und sich dort auf die Knie werfen ...«

Klim Samgin lächelte innerlich; es war ein vergnüglicher Anblick, wie die Erzählung des Diakons Marakujew aufgeregt hatte; er stand mitten im Zimmer, zerzauste sich das Haar, schnalzte mit den Fingern der anderen Hand und murmelte, das Gesicht in Falten gelegt: »Ach, Teufel noch mal! Eine faule Sache! Was soll man nun tun? Weshalb haben Sie geschwiegen?«

Nach einem Blick auf Klim erklärte Warwara tapfer: »Die Köchin Anfimjewna hat sehr gute Beziehungen zur Polizei ...«

»Die Köchin wird hier nichts nützen, man muß den Ort für die Zusammenkünfte ändern«, sagte der Diakon und blickte die Hausfrau aus irgendeinem Grund unter abschirmender Hand hervor an, wie man einen entfernten und undeutlichen Gegenstand anzusehen pflegt.

Samgin stellte nicht ohne Vergnügen fest: Warwara langweilte sich. Wenn sie dem Diakon oder Marakujew zuhörte, wandte sie sich bisweilen ab, rümpfte die knorpelige Nase und zog die schmalen Nasenflügel zusammen, als empfände sie einen unangenehmen Geruch. Und man konnte meinen, sie täte dies absichtlich so, daß Klim ihre Grimassen bemerke. Nach ein paar besonders hitzigen Worten Marakujews murmelte sie jetzt undeutlich etwas von »Leberentzündung infolge unbefriedigter Liebe zum Volke« – einen Satz, der Samgin bekannt vorkam, den er wohl in einem der groben Feuilletons von Wiktor Burenin gelesen hatte.

Auf dem Heimweg dachte er, daß Marakujew sicherlich bald von neuem verhaftet werden würde, ja daß auch Warwara dem nicht entgehen werde, und das könnte sie den Revolutionären noch näherbringen.

So also vergrößern sie die Zahl der Menschen, die mit ihnen sympathisieren und ihnen helfen, im Grunde genommen – unwillkürlich. Etwas Ähnliches ist auch mit Jelisaweta Spiwak geschehen.

Er beschloß, Warwara nicht mehr zu besuchen, denn er fand, daß seine Neugier völlig befriedigt sei.

In einer stillen, dunklen Straße holte ihn der Diakon ein, beugte sich vor, blickte ihm schweigend ins Gesicht und ging gebeugt, die Hände in den Taschen vergraben, wie man gegen den Wind zu gehen pflegt, neben ihm her. Dann fragte er plötzlich, indem er Samgin direkt ins Ohr sprach: »Wissen Sie nicht zufällig, wo Stepan Kutusow sich zur Zeit befindet?«

Klim zuckte ärgerlich die Schultern, antwortete: »Er ist verhaftet«, und begann schneller zu gehen.

Es war schwierig, vom Diakon fortzukommen, er machte jetzt größere Schritte, blickte Klim von neuem schräg ins Gesicht und sagte im Ton des Erinnerns: »Man hat ihn gegen Bürgschaft freigelassen.«

»Ich weiß nicht, wo er ist«, murmelte Samgin und sah um sich, wohin er abbiegen könnte. Aber es war keine Seitengasse zu sehen, der Diakon indessen sagte: »So ist das also: verbrennen und – die Asche in den Wind, Sie haben's doch gehört? Ja. Seine Äuglein aber sind kindlich. Paßt Ihnen das? Darwin ist doch unwiderlegbar, wie?«

Was hat Darwin damit zu tun, du Idiot? schrie Samgin in Gedanken, laut jedoch sagte er etwas trocken, aber höflich: »Ich habe eine Frau gekannt, die durch Darwin den Verstand verloren hat.«

»Das kann man«, stimmte der Diakon mit Kopfnicken zu. »Darwin habe ich im Seminar widerlegt«, erinnerte er sich nachdenklich. »Es gab eine solche Aufgabe, Darwin zu widerlegen. Wir widerlegten ihn also.«

»Was wollen Sie denn von Kutusow?« fragte Samgin, ohne auf eine Antwort zu hoffen, doch der Diakon antwortete: »Er war der gleichen Gesinnung wie mein Sohn, und überhaupt ...«

»Ich muß hier abbiegen!« sagte Klim und blieb an der Ecke einer Seitengasse stehen. Der Diakon reichte ihm seine lange Hand, berührte mit der Linken den Hut und wünschte: »Alles Gute.«

Fast den ganzen Tag hatte es träge geschneit, und jetzt waren Ecksteine, Laternen und Dächer mit Daunenhauben bedeckt. In der Luft lag jener würzige, dem Duft erster Gurken ähnelnde Geruch, den der Schnee nur im März hat. Samgin schritt langsam auf dem weichen Belag und überlegte:

Diese Leute empfinden mich als den ihren, das ist ein offenkundiges Anzeichen ihres Stumpfsinns ... Wenn ich wollte, könnte ich schließlich unter ihnen eine bedeutende Rolle spielen. Ob Diomidow sie wohl anzeigen wird? Er müßte es tun. Ich darf natürlich nicht mehr zu Warwara gehen.

Während er nachdachte, sah er die verschiedenartigen Gesichter von Marakujews Schülern vor sich; das Gesicht des Diakons war das unsympathischste.

Er ist fast schon ein alter Mann. Er sieht nicht, daß diese Leute sich ihm gegenüber geringschätzig verhalten. Auch hierin wird ihre Dummheit fühlbar: Er müßte all diesen Leuten näherstehen, ihnen verständlicher sein als der Student. Bei tieferem Nachdenken über den Diakon fragte sich Klim zum erstenmal: Ist der Diakon nicht dadurch besonders unangenehm, weil er, ein urrussischer Kleriker, mit Revolutionären sympathisiert?

Kurz vor diesem Tag hatte sich Samgin ein Feld anderer Beobachtungen aufgetan. Ihm war aufgefallen, daß Preißens samtene Augen ihn aufmerksamer als früher ansahen. Ihn hatte schon immer sehr der kleine schmucke Student interessiert, der dank seiner ruhigen Selbstsicherheit keinem Juden und dank der Gründlichkeit seiner wortkargen Reden keinem jungen Mann glich. Er hätte gern verstanden, was veranlaßte den Sohn eines Hutfabrikanten, sich mit der Verbreitung des Marxismus zu befassen? Manchmal, wenn Preiß in den Gängen der Universität mit Marakujew und anderen Volkstümlern debattierte, sprach er sehr sonderbar: »Erinnern Sie sich, daß der russische Grandseigneur Herzen dem Zaren mit der Bauernaxt drohte und ihm dann reumütig zurief: ›Du hast gesiegt, Galiläer!‹ Später mußte er reuevoll bekennen, daß sein erstes Reuebekenntnis vorzeitig und naiv gewesen war. Ich behaupte, daß Naivität die Grundeigenschaft der Volkstümlerbewegung ist; besonders klar sieht man das, wenn die Volkstümler im Sinne Pugatschows den Bauernaufstand predigen.«

Sätze dieser Art äußerte Preiß nicht selten, und sie verschärften Samgins Neugier für den Fabrikantensohn immer mehr. Einmal, nach einer Vorlesung, schlug Preiß Klim vor: »Gehen wir zu mir, reden wir ein wenig miteinander!«

Preiß wohnte in einer stillen Straße im ersten Stock einer mittelgroßen Villa. Die Straße war typisch moskauisch, aus Holzhäusern, und diese erst vor kurzem verputzte Villa wirkte wie ein steif gestärkter Geck, der wie zufällig unter die alten, bunten Häuserchen geraten war. Die schwere Eichentür wurde von einem jungen Dienstmädchen in weißer Schürze und mit Spitzenhäubchen auf dem hübsch frisierten Kopf geöffnet. Klim hatte erwartet, die Behausung des Studenten werde ebenso wohlhabend aussehen wie Preiß selber, aber es stellte sich heraus, daß Preiß in einem nicht allzu geräumigen Zimmerchen wohnte, dessen Fenster auf ein Schuppendach hinausging; das Zimmer war eng mit Büchern gefüllt, in der einen Ecke stand ein Bett, bedeckt mit billiger Steppdecke, an der Tür ein dreibeiniger eiserner Waschtisch, wie Margarita einen besessen hatte. Das Mißverhältnis zwischen dem schicken Hausmädchen und der asketischen Einrichtung dieses Zimmers stimmte Samgin mißtrauisch und unruhig.

Den Tee brachte ein anderes Stubenmädchen, klein und dick, mit blatternarbigem, rotem Gesicht und dumm aufgerissenen Augen.

»Und Zitrone ist keine im Hause«, sagte sie mit sichtlichem Vergnügen.

Preiß begann das Gespräch mit der Frage: »Man sagt, bei Ihnen sei Haussuchung gehalten worden?«

»Ja. Ein Mißverständnis«, antwortete Samgin und bekam ein kunstvolles Kompliment zu hören wegen seiner Zurückhaltung bei den Wortschlachten der Volkstümler und Marxisten, diesen »immer erbitterteren Schlachten«, wie Preiß, seine schmalen Hände reibend und mit den Fingern knackend, zugab. Sogleich setzte er mit leichter Ironie hinzu: »Aber Jungen spielen ja das Knöchelspiel und Spießer das Preferencespiel auch recht erbittert.«

Klim lächelte und beobachtete aufmerksam den weichen Glanz der samtenen Augen; diese Augen hatten etwas Prüfendes, doch im Ton von Preiß vernahm er das ihm schon bekannte Bewußtsein der Überlegenheit eines Lehrers gegenüber dem Schüler. Ihm fielen die Worte eines Antisemiten aus der Tageszeitung »Neue Zeit« ein: »Der Aristokratismus uralter Rasse ist bei den Juden zu Flegelei ausgeartet.«

Auf Preiß paßt das nicht, aber an ihm spürt man stark den fremden Menschen, dachte Samgin, während er den etwas schwerfälligen, wie geschriebenen Sätzen zuhörte. Preiß sprach vom Nietzscheanertum als einer Reaktion auf den Marxismus, er sprach mit halblauter Stimme, als teilte er Geheimnisse mit, die nur ihm bekannt seien.

»Die Probleme des individuellen Daseins treten am schärfsten gerade in den tragischen Epochen der Ablösung einer Klasse durch eine andere zutage.«

Sein bräunliches Gesicht war unbeweglich, nur die dichten, scharf geschwungenen Brauen zuckten, wenn er das eine oder andere Wort ironisch unterstrich. Samgin schwieg, nickte beistimmend, wo es die Höflichkeit verlangte, und wartete geduldig, wann dieses kleine, elastische Menschlein zu verstehen geben werde, was es wolle.

»Wir sehen, daß in Deutschland schnell die Bedingungen für den Übergang zur sozialistischen Gesellschaftsordnung geschaffen werden, ohne Katastrophen, evolutionär«, sprach Preiß immer lebhafter und sogar Samgin irgendwie tröstend. »Die Millionen Stimmen deutscher Arbeiter, das unbestreitbar hohe Kulturniveau der Massen, die riesengroße Parteiorganisation«, sagte er, ein gutes Lächeln lächelnd, und rieb sich immerzu die Hände, wobei seine dünnen Finger unangenehm knackten. »Die Angelsachsen und die Deutschen haben sich die Idee der Evolution erstaunlich gründlich zu eigen gemacht, das wurde ihre organische Eigenschaft.«

»O ja«, sagte Samgin.

Alles, was Preiß sagte, war mehr oder weniger aus Büchern bekannt, deren Argumente und Schlußfolgerungen zwar überzeugend waren, die – Samgin aber nicht brauchte. In dem schwärzlichen Spinngewebe der Druckschrift erblickte und empfand er den gleichen Eingriff in die Freiheit seines Denkens und Wollens, wie er ihn in den Reden gläubiger Menschen hörte. Er gab zu, daß Bebel recht habe, fand aber, daß Eugen Richter der schlichten Wahrheit näher komme, die der bescheidene Historiker Koslow so gut fühlte, so poetisch darlegte. Der eiserne Besen der Marxschen Logik war ebenfalls wahr, vernichtend wahr, doch wahr war auch das Evangelium, das Inokow mutwillig, im Grunde aber treffend dem Buch »Der gute Ton« gleichstellte. Und dann: Früher galt die »Volkstümlerbewegung« als guter Ton, heute aber erhebt der Marxismus auf diese Rolle Anspruch. Indem er den Begriff »Volk« zu dem Begriff »Arbeiterklasse« verengt, verlangt auch der Marxismus ein »Aufgehen in den Massen«, wie es der als Bauer verkleidete Tolstojaner, der Schriftsteller Katin, und Onkel Jakow verlangt hatten. Der Bruder Dmitrij war schon »aufgegangen«. Im Grunde läuft das alles auf den unerklärlichen Wunsch hinaus, den Menschen zu einem Isaak, zu einem Opfer, zu guter Letzt zu einem Pferd zu machen, das den schweren Karren der Geschichte irgendwohin ziehen muß. Klim hörte die immer lebhafter werdende und nun bereits hitzige Rede von Preiß an und widersprach nicht, da er erkannte, daß sein, Samgins, organischer Widerstand gegen die Ideen des Sozialismus irgendwelcher sehr starker und schwerwiegender Gedanken bedurfte; doch er fand sie noch nicht in sich, sondern fühlte nur, daß er bedeutend leichter, bequemer leben könnte, wenn es die Sozialisten und deren Gegner nicht gäbe. Er fand in sich auch nicht die Kraft, entschieden zu erklären: Ich will nicht die Rolle eines Isaak spielen, sucht euch einen Widder!

Und schließlich beunruhigte ihn, daß er in Stunden wie der gegenwärtigen, die von ihm eine höchst genaue Selbsteinschätzung verlangten, sich als so etwas wie ein konservativer Anarchist oder anarchistisch gesinnter Konservativer vorkam, und das war dermaßen eigenartig, daß er sich selbst nicht mehr verstand.

Er ging von Preiß fort und verbarg seine Stimmung hinter der Maske der tiefen Nachdenklichkeit eines Menschen, der soeben erst eine Weisheit kennengelernt hatte, die ihm bis zu diesem Tag in ihrer ganzen Weite und Tiefe unbekannt gewesen war. Preiß schlug ihm sehr freundschaftlich vor: »Kommen Sie doch am Sonntag zu mir, ich werde Sie mit interessanten Leuten bekannt machen.«

Samgin beschloß, am Sonntag nicht hinzugehen. Doch schon auf dem Heimweg ärgerte er sich über sich selbst: Wie lange noch wird er sein wahres Ich verbergen? Wie auch immer es sein mag, es ist da. Nein, er wird selbstverständlich zu Preiß gehen und dort zeigen, daß er schon aus dem Schüleralter heraus ist und seine eigene Wahrheit besitzt, die Wahrheit eines Menschen, der unabhängig sein will und kann. Im Laufe von zwei Tagen sah er aufmerksam ein Geschenk Koslows durch: ein Buch von Radischtschew, die Londoner einbändige Ausgabe Herzens mit dem Werk des Fürsten Schtscherbatow »Über die Sittenverderbnis in Rußland«, Danilewskijs »Rußland und Europa« und den »Sozialismus« des Antisozialisten Le Bon; auch warf er einen Blick in die Bücher Nietzsches. Dies war alles, was er zur Hand hatte, doch fühlte er sich hinreichend gewappnet und begab sich zu Preiß, wobei er erwartete, daß er unter den »interessanten Leuten« Menschen ähnlich den Schülern Pjotr Marakujews treffen würde.

Das schicke Dienstmädchen führte ihn in ein gediegen eingerichtetes Zimmer mit ledergepolsterten Möbeln und großem Schreibtisch am Fenster; auf dem Tisch stand eine Lampe aus dunkler Bronze, genau die gleiche wie in Warawkas Arbeitszimmer. Die zwei Fenster waren mit schweren Draperien verhängt, und das grünliche Halbdunkel des Zimmers war vom Duft einer Zigarre erfüllt.

Die Zigarre rauchte ein mitten im Zimmer stehender Student in dunklem Anzug, hochgewachsen, mit krummen Kavalleristenbeinen; sein stumpfes, breites Kinn und die rasierten Wangen wirkten schwarz, der dichte Schnurrbart war verwegen hochgezwirbelt; er maß Samgin gewichtig mit vorgewölbten weißen Augen, nickte mit dem glattgeschorenen, sehr runden Kopf und sagte mit Baßstimme: »Stratonow.«

Ein anderer Student, rundlich, rosenwangig und glatt frisiert, saß, das eine seiner kurzen Beinchen untergeschlagen, im Sessel, er schien erhitzt, als wäre er eben aus dem Bad gekommen. Ohne sich zu erheben, reichte er Samgin lässig sein molliges Kinderhändchen und hauchte: »Tagilskij.«

»Sehr erfreut«, sagte ein dritter, ein rötlichblondes, knochiges Menschlein in dicker Jacke und ausgetretenen Stiefeln. Er hatte ein undefinierbares Gesicht, es war mit einem spärlichen goldblonden Kinnbärtchen geziert, das ihn sehr beschäftigte, er zupfte mit der linken Hand an ihm herum, seine dicken Lippen lächelten hilflos, seine scharfen Äugelchen glänzten, die buschigen Brauen bewegten sich. Der vierte Gast bei Preiß war Pojarkow, er saß in einer Ecke, hinter einem Schrank, der dicht mit gebundenen Büchern vollgestellt war.

Preiß selber saß am Tisch, er hatte die Arme darauf gelegt und so vorgestreckt, als wäre er ein Kutscher und lenkte ein unsichtbares Pferd. Durch den grünen Lampenschirm wirkte sein Gesicht auch grünlich.

Der fesche Student wartete, bis Samgin einen Platz gefunden hatte, und sagte dann: »Also, das schnelle Wachstum unserer Industrie ist eine Tatsache...«

»Na ja, ja, aber meinte ich denn das?« schrie, auf dem Diwan hochschnellend, händefuchtelnd, mit brüchiger Stimme der Rötlichblonde.

»Ich sage: Eine Nation, die sich ihrer Individualität nicht bewußt ist, ist noch keine Nation, das ist es!«

Er war auf die Kante des Diwans vorgerutscht, saß in unbequemer Haltung da, verlieh seinem Gesicht einen erschreckten Ausdruck und sprühte fünf Minuten lang nach allen Seiten Worte um sich, deren Zusammenhang Klim nicht sogleich zu fassen vermochte.

»Im Slawophilentum, in der Volkstümlerbewegung, ja sogar in unserem Sektenwesen liegt ein Suchen«, sprach er in die Ecke hinein, wo sich niemand befand, wandte sich sogleich stürmisch zu Preißens

Seite und streckte ihm den zitternden Arm entgegen. »Sehen Sie England hat die Gewerkschaften, Frankreich neigt zum Syndikalismus, die Sozialdemokratie Deutschlands ist tief staatlich und national, aber wir? Was werden wir haben? Das ist es, was ich meinte!«

Preiß sagte sehr undeutlich etwas von verfrüht gestellten Fragen darauf sprang der kleine Rotblonde, als hätten ihn die Sprungfedern hochgeschnellt, vom Diwan auf, lief in eine Ecke, ließ sich dort mi Anlauf in einen Sessel fallen, zupfte sich am Kinnbärtchen, wodurch er die dicke, schlaffe Lippe hochzog, die ungleichmäßigen kleinen Zähne entblößte und sich am Reden hinderte, und fuhr fort: »Abe: – wieso denn? Wieso denn verfrüht? Die Generalstäbe pflegen lange vor einem Kriege ...«

Der hochgewachsene Student, der ihm, als er in die Ecke lief, etwas nachlässig aus dem Wege getreten war, setzte sich an seiner Platz auf dem Diwan und sagte streng: »An einen Krieg denkt niemand ...«

»Man denkt daran!« beharrte der kleine Rotblonde. »Ich weiß es Dort, in der Schweiz, in Paris ...«

Nun erhob sich Tagilskij, ging mit dem weichen Schritt eines Katers zu ihm, setzte sich auf die Seitenlehne des Sessels und flüsterte dem kleinen Rotblonden etwas ins hingehaltene Ohr.

»Aha! Natürlich! Ja, ja«, murmelte der kleine Rotblonde und nickte mit dem zerzausten Kopf.

Durch seine Zerfahrenheit erinnerte er Klim an Ljutow. Pojarkow schwieg, vornübergebeugt, die Ellenbogen auf die Knie gestützt, nur einmal bemerkte er brummig zu Stratonow: »Die Klassifizierung von Fakten ist eine nützliche Sache, wenn sich hinter ihr nicht der Versuch verbirgt, unversöhnliche Widersprüche zu versöhnen.«

Klim kam es vor, als hätte Preiß mißbilligend in seine Richtung geblickt und als benähme Preiß sich überhaupt in diesem Zimmer herrenhafter als in jenem, asketischen. Es war langweilig, und man hatte das Gefühl, als klappe etwas nicht bei diesen Leuten, sie alle waren mit etwas oder mit jemandem unzufrieden. Samgin beschloß aufzutreten und begann davon zu reden, daß man an einen sozialen Krieg wohl denke und daß es Leute gebe, für die er eine beschlossene Sache sei. Man hörte ihm aufmerksam zu, doch als er den Diakon charakterisierte, natürlich ohne ihn zu nennen, sprang der kleine Rotblonde auf ihn zu und bat ihn inständig: »Machen Sie mich mit diesem Menschen bekannt – ja? Geht das? Machen Sie mich unbedingt mit ihm bekannt.«

Stratonow aber ließ seine goldene Uhr an der Kette schaukeln und sagte resolut: »Sie selbst bezeichneten doch Menschen dieses Schlaes ganz richtig als Figuren, geeignet für Anekdoten. Wenn erst einmal der Wind normalen Lebens weht, wird er sie wie Spreu fortblasen.«

Sprach's und blähte seine blauen Backen prall auf, als wollte er andeuten, daß kein anderer als er der Gebieter aller Zephire und Orkane sei. Er sprach überhaupt resolut, streng, und wenn er etwas gesagt hatte, blähte er die Backen zu Kugeln auf, wodurch seine weißen Augen sich verkleinerten und etwas dunkler wurden.

Tagilskij begann wieder dem kleinen Rotblonden etwas ins Ohr zu flüstern, und dieser stimmte trübsinnig zu.

»Ja? Aha . . .«

Nun wurde es wieder aufreizend langweilig, und nachdem Klim noch ein paar Minuten sitzengeblieben war, beschloß er zu gehen, doch Preiß, der ihn hinausbegleitete, sagte halblaut, im Ton der Entschuldigung: »Ein mißglückter Abend; es ist nämlich zufällig einer erschienen, den – wir wenig kennen.«

»Dieser Rundliche?«

»Nein, der andere, in der Ecke.«

Pojarkow, sagte sich Samgin, als er durch die vom Märzmond hellbeschienenen Straßen nach Hause ging. Das ist interessant.

Er hatte diese Leute nicht verstanden. Zwei bis drei weitere Begegnungen mit ihnen machten sie auch nicht verständlicher. Sie schrien nicht, stritten nicht, sondern führten ernste Gespräche über Fragen der politischen Ökonomie, einer Samgin wenig bekannten und unlieben Wissenschaft. Sie nannten sich Marxisten, doch ihren Urteilen fehlte die strenge Gradlinigkeit des »Kutusowtums«, und die Arbeiterfrage interessierte sie bedeutend weniger als Fragen der Industrie und des Handels. Mit sichtlicher Begeisterung errechneten sie die Mengen an Erdöl, Getreide, Zucker, Fett, Hanf und beliebigem russischem Rohstoff. Klim schien es zuweilen, als sprächen sie mehr in Zahlen als in Worten. Sie redeten von der künftigen Großen Transsibirischen Bahn, der Ölbereitung, den Umsiedlern, der Tätigkeit der Bauernbank und der Zollpolitik Deutschlands. All das war langweilig zu hören, und alles war Klim fast unbekannt, über Fragen dieser Art unterrichtete er sich an Hand der Zeitungen, und auch dies – ungern.

Doch obwohl die Reden uninteressant waren, erregten die Leute immer stärker seine Neugier. Was wollten sie? Wenn Klim Stratonow aufmerksam betrachtete, sah er an ihm etwas Kämpferisches, und es hätte ihn nicht gewundert, wenn Stratonow den geschäftigen, nervösen kleinen Rotblonden angeschrien hätte: »Stillgestanden!«

Er sprach überhaupt im Ton eines Kommandeurs und schien der kleinen Rotblonden sogar zu verachten.

»Ein überzeugter Mensch kann und darf in seinen Ansichten keine Widersprüche spüren«, sagte er ihm; der kleine Rotblonde prallte zurück und fragte mißtrauisch, verwundert: »Ist das Ihr Ernst?«

Stratonow antwortete nicht; er beantwortete selten an ihn gerichtete Fragen. Der träge Tagilskij erinnerte Samgin an seinen Bruder Dmitrij, da er wie dieser seinen Freunden als Notizbuch diente, in dem allerhand Zahlen und Daten wohlgeordnet eingetragen waren. Er war verwöhnt, kokett, brüstete sich aber nicht mit seinem Gedächtnis, sondern gab Auskunft in dem herablassenden und gleichmütigen Ton eines Gymnasialprimus, der nach Absolvierung der Schule alles Gelernte zu vergessen wünschte. Sein rosa Porzellangesicht, die molligen Lippen und die umflorten Augen unbestimmter Farbe ließen erwarten, daß er fraulich weich spreche, sein Stimmchen klang jedoch trocken, säuerlich und gleichsam boshaft. Die Macht besitzenden, den Staat lenkenden Menschen schimpfte er: »Esel. Idioten. Halunken.«

Wenn er sich ausgeschimpft hatte, betrachtete er seine Nägel oder zündete sich eine dünne »Damenzigarette« an und schwieg, solange er nicht nach etwas gefragt wurde. Klim bemerkte an ihm noch eine sonderbare Ähnlichkeit – mit Diomidow; es war, als erwarte auch Tagilskij mit Gewißheit, jedoch ohne Angst, daß sogleich irgendwelche – vielleicht idiotischen – Leute kommen und ihn ehrerbietig bitten würden: »Belieben Sie, uns zu regieren!«

Der kleine Rotblonde hieß Anton Wassiljewitsch Berendejew. Er war insofern interessant, als er an die Unvermeidbarkeit der Revolution glaubte, sie aber fürchtete und seine Angst nicht im geringsten verhehlte, wenn er Preiß und Stratonow aufgeregt ermahnte: »Die Revolution muß unbedingt mit einer religiösen Reformation zusammenfallen, verstehen Sie? Aber natürlich keine Reformation im Sinne des Rationalismus unserer südlichen Sekten, davor bewahre uns Gott!«

Stratonow rollte die weißen Augen vor und beruhigte ihn: »Vor einer Abweichung nach dieser Seite sind wir gesichert, unser Bauer ist Mystiker.«

»Aber – all die Stundisten, Baptisten, wie?«

Tagilskij schneuzte laut die breite, rosa Nase und bemerkte belehrend: »Man muß genauer reden: nicht von einer Reformation, die weder Sie noch ich brauchen, sondern von einer Reform der Kirchenverwaltung, einer Erweiterung der Rechte des Klerus, seiner wirtschaftlichen Ordnung . . .«

Berendejew fügte schrill ein: »Von einer Erziehungsreform für den Dorfklerus, der Notwendigkeit, ihn umzuerziehen!«

»Mit dem Dorf werden wir noch viel Scherereien haben«, sagte Samgin seufzend.

»Sehr!« rief Berendejew aufgeregt, schwang die Arme hoch und wiederholte leiser, geheimnisvoll: »Sehr!«

Stratonow stand auf, schob die krummen Beine so dicht wie möglich zusammen, legte die Arme auf den Rücken und wölbte die Brust vor, das alles machte seine Gestalt noch eindrucksvoller.

»Wir sind Menschen«, begann er, Berendejew mit dem Blick zurückstoßend, »wir sind meiner Ansicht nach Menschen, denen von der Geschichte die Pflicht auferlegt ist, die Revolution zu organisieren, in ihre Spontaneität die ganze Kraft unseres Bewußtseins hineinzutragen, mit unserem Willen den unvermeidlichen Anarchismus der Massen einzudämmen ...«

Tagilskij erhob den sorgfältig frisierten blonden Kopf, sah Stratonow mit gerunzelter Stirn an und unterbrach laut seine Rede: »Sie fühlen sich immer noch im ersten Studienjahr, eifern sich und greifen vor. Nicht an eine Revolution muß man denken, sondern an eine Reihe von Reformen, welche die Menschen arbeitsfähiger und kultivierter machen.«

Preiß schwieg und trommelte mit den Fingern geräuschlos auf dem Tisch. Er war überhaupt zu Hause wortkarg, äußerte sich unbestimmt und erinnerte nicht an den gewandten und überzeugten Redner, als den Samgin ihn bei Onkel Chrysanth und in der Universität im Streit mit Marakujew zu sehen gewohnt war.

Pojarkow traf Klim nochmals. Nachdem er schweigend anderthalb Stunden dagesessen und genug Tee getrunken hatte, zog Pojarkow seinen knochigen und eckigen Körper langsam aus dem tiefen Lehnstuhl heraus, drückte Preiß die Hand und sagte mürrisch: »Na, das verbindliche Schema für die Geschehnisse des morgigen Tages scheint hier endgültig ausgearbeitet worden zu sein.«

Pojarkow ging fort, ohne sich von den andern zu verabschieden, und Klim dachte beim Anblick seines gebeugten Rückens, daß Preiß recht habe: Dieser war fremd und störte.

Wie überall, benahm sich Samgin auch in dieser Gesellschaft gesetzt, zurückhaltend, wie ein Mensch, der bei wohlwollender Beobachtung alles, was er sieht und hört, streng abwägt und, ohne sich durch Widersprüche der Meinungen aus der Ruhe bringen oder ablenken zu lassen, eingehend mit der Bewertung der Tatsachen beschäftigt ist. Tagilskij sprach auch so von ihm zu Berendejew: »Du, Anton, solltest dir Samgin zum Vorbild nehmen, er vergißt nicht, daß Theorien auf Tatsachen aufgebaut und an Hand von Tatsachen überprüft werden.«

Es gab Stunden, in denen es Klim schien, er habe seinen Platz, seinen Pfad gefunden. Er lebte unter den Menschen wie inmitten von Spiegeln, alle spiegelten ihn, Samgin, wider und zeigten ihm zugleich deutlich ihre Mängel. Die Mängel der Nächsten bestärkten Klim sehr in seiner Ansicht, selbst ein kluger, scharfsinniger und eigenartiger Mensch zu sein. Einem interessanteren und bedeutenderen Menschen als er selbst war Klim noch nicht begegnet.

Doch mit sich selbst allein, sah sich Klim dennoch zur Teilnahme an irgend etwas verurteilt, das er nicht tun wollte, das seinen grundlegenden Empfindungen widersprach. Dann erinnerte er sich des Blicks auf das Chodynka-Feld vom Dach aus, der dicken, fest zusammengepreßten Schicht menschlichen Kaviars. Vor seinen Augen erstand ein Geschenk der Nechajewa, eine Reproduktion des Bildes von Rochegrosse »Die Jagd nach dem Glück«, auf dem eine dichte Menge Menschen aller Stände, einander zu Boden werfend, einen Berg hinab an den Rand eines Abgrundes rennt. Erniedrigend und entsetzlich war es, als dunkles, unpersönliches Kaviarkörnchen den allen gemeinsamen Weg zum unabwendbaren Untergang hinabzurollen. Noch lief er nicht mit der Menge, er stand abseits, aber schon war ihm, als sögen ihn die Menschen in ihren dichten Haufen hinein und rissen ihn mit sich fort. Dann kam ihm in Erinnerung, wie die Wand der Kaserne einstürzte und die Menschen hinabwarf, während er, der von ihr fortzulaufen glaubte, sich ihr unbegreiflicherweise dicht genähert hatte. In solchen Stunden empfand Samgin, daß ihn ein Wind trostloser Erbosung gegen alle Menschen und sogar – ein wenig – gegen sich selbst fülle und schwelle.

Eines Abends, auf dem Weg zu Preiß, vernahm Klim hinter sich rasche, feste Schritte; es kam ihm vor, als verfolgte ihn jemand. Er wandte sich um und stand Auge in Auge Kutusow gegenüber.

»Einen bemerkenswerten Gang haben Sie«, sagte Kutusow nicht laut, aber fröhlich und lächelte breit in seinen wieder gewachsenen Bart hinein. »Als gingen Sie zu einer Frau, die Sie nicht mehr lieben, he? Na, wie geht es Ihnen?«

Sowohl seine Worte als auch sein etwas plumpes Wohlwollen gefielen Klim nicht. Er sah sich um und sagte: »Ich hörte, man habe Sie gegen Kaution freigelassen?«

»Das stimmt. Selbstverständlich – ohne Recht zu reisen. Aber ich fürchte, dick zu werden, und – reise.«

Belanglose Sätze wechselnd, kamen sie rasch bis vor Preißens

Haustür, Kutusow drückte auf den Klingelknopf und hielt die andere Hand Klim hin.

»Ich will auch hierher«, sagte Samgin.

»Ach so? Tja ... Um so besser!«

Kutusow schubste Klim mit der Schulter in die vom Dienstmädchen geöffnete Tür, warf einen Blick nach der Seite, von der er gekommen war, und klopfte dem Mädchen auf die Schulter. »Blühst du, Kasja? Welch eine Okkasion! O Kasja, ich liebe dich!«

»Ich Sie auch«, antwortete das Dienstmädchen lustig und wollte Kutusow den Mantel aus der Hand nehmen, doch er hängte ihn selber auf.

Eine demokratische Geste, stellte Samgin fest.

Preiß begrüßte sie freudig und verwirrt.

»Du bist frei?«

»Wie du siehst.«

Sie gingen ins Obergeschoß, in das asketische Zimmer, Kutusow ließ seinen schweren Körper aufs Bett fallen und rief: »Hu! Sag doch, daß man uns Tee bringt.«

»Ich habe gar nicht gewußt, daß ihr euch kennt«, sagte Preiß, als entschuldigte er sich vor Klim, setzte sich aufs Bett und begann sofort Kutusow auszufragen, woher er komme und was er gesehen habe.

Samgin fühlte sich etwas unbehaglich. Preiß hielt ihn offensichtlich für eingeweiht in Kutusows Angelegenheiten, während Kutusow das gleiche von Preiß meinte. Klim wollte fragen, ob er die Kameraden nicht störe, doch die Neugier verbot ihm, das zu tun.

Kutusow lehnte mit dem Rücken an der Wand, ließ die lange nicht mehr geputzten, von den Überschuhen zerscheuerten Schaftstiefel vom Bett herabhängen, hielt in der einen Hand die Untertasse, in der anderen das Glas Tee und sagte Klim Bekanntes.

»Die marxistischen Säuglinge vermehren sich ein wenig, doch der Verbindungen mit den Arbeitern rühmten sie sich nicht, und sie urteilen immer mehr – was die Theorie betrifft, in der Praxis sind sie nicht sehr fleißig. Einige junge Feuerköpfe beklagten sich, im Marxismus fehle die Romantik, bei den Volkstümlern hingegen – da gebe es Helden, Bomben und allerhand Trara.«

»Und – in Kasan? In Charkow?« fragte Preiß, mit den Fingern knackend.

Samgin kam es vor, Preiß spräche zwar freundschaftlich, aber trotzdem erinnerten seine Fragen an Ljutows Verhalten zu der jungen Dame auf Warawkas Landsitz – das Verhalten zu einem Untergebenen.

Kutusow holte aus seiner Rocktasche eine Zigarettenschachtel hervor, schielte mit einem Auge in ihre Leere und schleuderte die Schachtel auf den Tisch.

»Sie rauchen nicht, Samgin? Schade. Gewisse schädliche Gewohnheiten sind für die Nächsten recht nützlich.«

Klim sah ihn zum erstenmal so lustig. Halb auf dem Bett liegend, erzählte Kutusow: »Aus Brjansk geriet ich nach Tula. Dort gibt es ernste Leutchen. Wie wäre es, dachte ich, wenn ich Tolstoi besuchte? Ich besuchte ihn. Wir stritten ein wenig über die Träumereien des Evangeliums. Tolstoi kämpfte mit dem stumpfen Schwert, das Christus in die Scheide zu stecken befohlen hatte. Ich hingegen mit jenem, von dem gesagt ist: ›Nicht Frieden, sondern das Schwert‹, aber vor diesem Schwert erwies sich Tolstoi unverwundbar, wie die Luft. In logischer Hinsicht ist er recht eigensinnig. Na, wir gefielen einander nicht.«

Um sich in Erinnerung zu bringen, sagte Samgin: »Eine erstaunlich russische Erscheinung, Tolstoi.«

»Ja eben«, stimmte Kutusow bei und fügte hinzu: »Und darum auch eine schädliche.«

»Für wen?« fragte Klim. Kutusow antwortete nach kurzem Gähnen: »Für die Geschichte, die jegliche Sentiments endgültig satt hat.«

Preiß zitierte ebenfalls eigentümlich flüchtig und tiefsinnig: »Tolstoi ist der vollendete Ausdruck des russischen, bäuerlichen Elements.«

»Na – und was folgt denn daraus?« fragte Kutusow, der vom Bett aufgesprungen war und die Schultern reckte. Nachdem er ein Büschel seines Bartes in den Mund gesteckt und es mit den Lippen geknetet hatte, sagte er: »Entschuldigen Sie uns, Samgin! Boris, komm mal her.«

Und er faßte Preiß an der Schulter, schob ihn zur Tür, Klim aber blieb allein im Zimmer zurück, sah durchs Fenster auf das eiserne Dach hinaus und fühlte, daß ihm der lässige Ton angenehm war, in dem der leicht bäurische Kutusow mit dem kleinen schmucken Juden sprach. Ihm gefielen nicht die demokratischen Manieren, die Schaftstiefel, der unordentlich gestutzte Bart Kutusows; das Verhalten zu Tolstoi hatte ihn etwas empört; doch er sah, daß dies alles Kutusow zwar nicht zur Zierde gereichte, ihn aber zu einem beneidenswert in sich geschlossenen Menschen machte. Das stand fest.

»Nun, ich gehe«, sagte Kutusow, ins Zimmer tretend. »Und Sie, Samgin?«

»Ich auch.«

Auf der Straße, im Wind und unter den scharfen Stichen der

Schneegräupelchen, brummte Kutusow, den Mantel zuknöpfend: »Das Preißchen wohnt warm ...«

»Ich verstehe nicht ganz, was ihn zum Marxismus hinzieht«, sagte Klim. Kutusow sah ihm ins Gesicht und fragte: »Sie verstehen es nicht? Hm ...«

Nach ein paar Schritten fragte er: »Möchten Sie nicht etwas essen?«

»Ich würde gern ein Gläschen Wodka trinken.«

»Nun, trinken Sie doch«, bewilligte Kutusow, trat in einen kleinen Laden, erschien von dort mit einer Zigarette im Bart und sagte wohlgeneigt: »Na, wohlan, gehen wir Wodka trinken.«

Er sah Klim wieder leicht lächelnd ins Gesicht.

»Haben die Gendarmen Sie abgetastet und sich von Ihrer politischen Jungfernschaft überzeugt, ja?«

Samgin kam nicht dazu, durch den derben Scherz gekränkt zu sein, da Kutusow besorgt und sogar liebevoll fortfuhr: »Waren Sie aufgeregt? Nein? Das ist gut. Ich hingegen ging sehr in die Luft, als man mich das erstemal abtastete. Und ich muß gestehen, daß ich deshalb in die Luft ging, weil ich etwas Angst bekommen hatte.«

In einem billigen Restaurant ging Kutusow in eine mit bläulichem Dunst angefüllte Ecke, bestellte Wodka und Fleisch und sah sich mit leicht zugekniffenen Augen die Leute an, die unter der niedrigen, verräucherten Decke des wenig geräumigen Zimmers saßen; drei waren in gleicher Haltung, über die Tischchen gebeugt und ins Essen vertieft, ein vierter hatte sich bereits gesättigt, betätigte den Zahnstocher und sah mit leeren Augen zu einer Frau, die am Fenster saß; die Frau las einen Brief, auf dem Tisch vor ihr stand eine Kaffeekanne und lag ein Bücherpäckchen, in Riemen verschnürt. Auch Klim warf einen Blick auf ihr von einem Schleier halbverdecktes Gesicht, auf ihre verkniffenen Lippen, jetzt kniff sie sie noch fester zusammen, ihr Mund wurde böse von Falten umgeben, Klim begann finster dreinzuschaun, denn er hatte in dieser Frau Ljutows Bekannte wiedererkannt.

Offenbar ist diese kleine Schenke ein Treffpunkt, dachte er und fragte Kutusow: »Sind Sie schon mal hier gewesen?«

»Zum erstenmal«, antwortete dieser, ohne den Kopf vom Teller zu erheben, und fragte mit vollem Mund: »Sie verstehen also nicht, weshalb es gewisse Subjekte zum Marxismus zieht?«

»Nein.«

»Trinken wir«, sagte Kutusow, indem er Klim das gefüllte Gläschen hinschob, und begann den Schinken reichlich mit Senf zu bestreichen, der so scharf war, daß es Samgin in der Nase zwickte.

»Eine optische Täuschung«, sagte er seufzend. »Viele sehen im wissenschaftlichen Sozialismus nur eine Lehre von ökonomischer Evolution, und der Marxismus riecht für sie nach nichts anderem. Auf Ihr Wohl!«

Er leerte das Glas und fuhr fort: »Unser gemeinsamer Bekannter Pojarkow findet, daß begüterte junge Männer kraft intuitiver Klassenvorsicht marxeln, da sie fühlen, daß, wie man sich auch winden mag, eine soziale Katastrophe unvermeidlich ist. Doch der Selbsterhaltungstrieb zwingt zum Winden.«

Er hatte alles aufgegessen, sah mit offenkundigem Bedauern auf den Teller und bestellte Kaffee.

»Nun also, das heißt: Bei den einen ist es optische Täuschung, bei den anderen Klassenintuition. Wenn der Arbeiter sich eine Lehre zu eigen macht, die für den Arbeitgeber Gift ist, so ist der Arbeitgeber – falls er kein Dummkopf ist – verpflichtet, sich mit dieser Lehre etwas vertraut zu machen. Vielleicht gelänge es, sie etwas faul zu machen? In Europa bemüht man sich recht eifrig, sie faul zu machen, aber unsere Bürgersöhnchen sind auch nicht taub und nicht blind. Bemerkt man kleine Versuche, das Klassenbewußtsein zu organisieren, wird irgendein Neoslawophilentum erfunden, bringt man Peter den Großen zu Fall und überhaupt ... man rührt sich.«

Die vier schweigsamen Männer schienen gewachsen, in die Breite gegangen zu sein. Die Dame hatte den Brief durchgelesen und dann in ihr Täschchen gesteckt. Der Verschluß schnappte laut zu. Kutusow erzählte halblaut: »Die neue Richtung in unserer Literatur ist sehr kennzeichnend. Es heißt, unter diesen Symbolisten und Dekadenten gäbe es talentierte Leute. Die literarische Dekadenz deute auf die vorzeitige Entartung einer Klasse hin, aber ich glaube, daß das Dekadententum bei uns eine Nachahmungserscheinung ist, unsere jungen Leute ahmen das Schaffen der Opfer und Darsteller des psychischen Verfalls im bürgerlichen Europa nach. Doch werden sie selbstverständlich, sobald sie heranwachsen, sich etwas Eigenes ausdenken.«

»Kennen Sie Stratonow?« fragte Klim.

»Den Juristen, so ein langer Lulatsch? Bin ihm begegnet. Warum? Eine Kaulquappe, wird sich bestimmt zu einem Gouverneur entwickeln.«

Kutusow wischte sich den Bart mit der Serviette ab, begann zu rauchen und sagte, während er die Zigarette liebevoll betrachtete, seufzend: »Ich muß jetzt gehen. Eine abscheuliche Stadt, als hätte sie der Teufel mit einem Stock umgerührt. Und alles knurrt in ihr: Ich bin nicht Europa! Doch die Häuser baut man europäisch, aber das sind alles nur freie und abstoßende Übertragungen aus dem Wienerischen ins Moskowitische. An eins dieser Ungetüme schmiegt sich, zur Straße vorgebeugt, ein grauer, dreifenstriger Hühnerstall, und über dem Tor hängt ein Schild: der und der ›sagt die Zukunft von fünf bis acht voraus‹ – mehr kann er offensichtlich nicht, die Phantasie reicht nicht. Die Zukunft!« Kutusow lächelte breit. »Du wirst Europa werden, Moskau, das ist deine Zukunft!«

Er erinnerte sich plötzlich an etwas und gab Samgin einen Rubelschein: »Ich gehe, ich gehe! Zahlen Sie. Alles Gute!«

Klim bestellte noch ein Glas Tee, zu trinken wünschte er nicht, doch er wollte wissen, auf wen diese Dame wartete. Sie hatte den Schleier zur Stirn hochgeschoben und schrieb etwas in ein kleines Büchlein, Samgin beobachtete sie und dachte:

Die Politik bietet viele Möglichkeiten, sich zu zeigen, Macht auszuüben, das ist es, was Menschen wie Kutusow lockt. Aber so eine wie diese da, was mag sie locken?

Seine Gedanken strömten in zwei Richtungen auseinander: Während er über die Frau nachdachte, suchte er sich zugleich über seine Einstellung zu Stepan Kutusow Rechenschaft zu geben. Diese dritte Begegnung mit ihm ließ Klim erkennen, daß Kutusow allzu widerspruchsvolle Empfindungen in ihm erweckte. Das »Kutusowtum«, die derben Scherze, das Überzeugtsein von der Unbestreitbarkeit der von ihm vertretenen Wahrheit und noch vieles andere waren unsympathisch, doch Kutusows Offenherzigkeit, sein Freiheitsbewußtsein waren angenehm an ihm und erweckten sogar Neid, nicht einmal bösen Neid.

Die Frau erhob sich, bedeckte das Gesicht mit dem Schleier und ging fort.

Sie hat vergeblich gewartet. Wahrscheinlich erwartete sie ihren Geliebten, aber der ist vielleicht verhaftet worden.

Es war unmöglich, an Frauen zu denken, ohne sich Lidijas zu erinnern, die Erinnerung an sie erweckte jedoch stets zehrende Traurigkeit, versetzte Kränkungsstiche.

Vor kurzem hatte Warwara ihn gefragt: »Schreibt Lida Ihnen oft?«

»Nicht sehr oft«, hatte er geantwortet, obwohl Lidija ihm aus Paris nur ein einziges Mal geschrieben hatte. »Sie schreibt nicht gern.«

»Und spricht nicht gern. Sie ist rätselhaft, nicht wahr?«

Klim hatte sie streng über die Brille hinweg angesehen und gesagt: »Rätselhafte Menschen gibt es nicht, sie werden von den Schriftstellern erfunden, um uns zu unterhalten. ›Liebe und Hunger regieren die Welt‹, und wir alle erfüllen die Befehle dieser zwei grundlegenden Mächte. Die Kunst sucht die animalischen Forderungen des Geschlechtstriebs zu beschönigen, die Wissenschaft hilft, die Bedürfnisse des Magens zu befriedigen, das ist alles.«

Manchmal schien ihm, wenn er so grob und unverhüllt sprach, mache er sich nicht nur über Warwara, sondern auch über sich selbst lustig. Das Tändeln mit diesem jungen Mädchen gefiel ihm immer mehr, es war seine einzige Zerstreuung und ließ ihn vom fruchtlosen Nachdenken über sich selbst ausruhen. Er sah, daß Marakujew hübscher war als er, und dachte, daß für solch ein nichtssagendes und einfältiges Mädchen wie Warwara der lustige Student interessanter sein müßte. Und es war ergötzlich zu sehen, daß Warwara sich zu dem verliebten Marakujew mit einer Geringschätzung verhielt, die immer deutlicher wurde, obwohl Marakujew ihre Kollektion von Porträts berühmter Leute mit Eifer auffüllte, ja sogar eine Gravüre Maria Stuarts aus Macaulays »Geschichte Englands« für sie ausgeschnitten hatte, als er bei seinen Bekannten die prachtvolle englische Ausgabe dieses Buches angesehen hatte. Samgin bemerkte moralisierend, daß es nicht löblich sei, Bücher zu beschädigen, aber Marakujew wehrte sorglos ab: »Mit dem Macaulay spielten ja die Kinder.«

Marakujew sagte einmal voll Entzücken über den Diakon: »Das wird ein prächtiger Dorfpropagandist. Solche Würmer werden den Thron der Romanows unterwühlen.«

Warwara lächelte, wobei sie ihre schönen Zähne entblößte.

»Wenn es aber Würmer sind, wo bleibt dann die Heldentat, wo die Schönheit?«

»Warte nur, es wird auch schöne Heldentaten geben«, versprach Marakujew, doch sie sagte: »Es ist aber wahr: der Diakon hat Ähnlichkeit mit einem Wurm.«

Samgin lächelte sie aufmunternd an. Sie reizte ihn dadurch, daß sie vor ihm die Rolle zutraulicher Einfalt spielte, und dadurch noch, daß sie nicht schön genug war. Und je länger, desto mehr bemächtigte sich Klims das Verlangen, sich über sie lustig zu machen, sie zu kränken. Er sah ihr in die grünlichen Augen und sagte: »Eine Frau muß man sich schöner vorstellen, als sie ist, das ist notwendig, um sich mit der traurigen Unvermeidlichkeit des Zusammenlebens mit ihr auszusöhnen. Jeder Mann hegt den verborgenen Wunsch, sich an der Frau dafür zu rächen, daß er sie braucht.«

Samgin wußte, daß er Nietzsche und Makarow wiederholte, kam sich aber klug vor, wenn er solche Aphorismen aussprach.

»Wie aufrichtig Sie sind«, sagte Warwara mit leisem Seufzer und verdeckte die Augen mit den Wimpern.

Ja, mit ihr wurde es immer ergötzlicher, und wenn man sich ein wenig in sie verliebt stellte, würde sie einem natürlich sofort entgegenkommen. Das würde sie.

Als Samgin eines Feiertags zu Warwara zum Essen kam, sah er Makarow am Tisch. Es war sonderbar, daß man in den zweifarbigen Haarschöpfen des Mediziners bereits silberne Fäden schimmern sah, die an den Schläfen besonders auffielen. Makarows Augen lagen tief in ihren Höhlen, doch erweckte er nicht den Eindruck eines kranken und vorzeitig alternden Menschen. Er sprach immer noch vom gleichen, von der Frau, und konnte anscheinend von nichts anderem mehr reden.

»Alles Ungute, alles Menschenfeindliche trägt weibliche Namen: die Bosheit, die Scheelsucht, die Eigennützigkeit, die Lüge, die Hinterlist, die Gier.«

»Und – die Liebe? Und – die Freude?« rief Warwara gekränkt und hitzig. Klim soufflierte lächelnd: »Die Dummheit, die Qual, die Schande.«

»Die Lebenslust, die Kampfeszuversicht, die Siegesempfindung«, sekundierte Marakujew.

Makarow wartete ruhig ab, bis das Geschrei sich gelegt hatte, und sagte dann etwas Sonderbares: »Ausnahmen widerlegen nichts, denn auch die Feindschaft hat ihre Lyrik.«

Durch einen Blick unter zusammengezogenen Brauen hervor stoppte er weitere Einwände und fuhr fort: »Mein Gedanke ist einfach: Dem Bösen wurden alle Namen vom Hasse Adams gegen Eva verliehen, Quelle des Hasses aber ist das Bewußtsein, daß es unvermeidlich ist, sich der Frau unterwerfen.«

»Das ist ja Ihr Gedanke«, rief Warwara Samgin zu, er aber betrachtete den Kameraden aufmerksam und suchte an ihm nach Merkmalen von Anomalie.

Er sah, daß Makarow jetzt nicht jener Mensch war, der nachts auf der Terrasse des Landhauses gleichsam gebeten, gefleht hatte, seinen Gedanken Gehör zu schenken. Er verhielt sich ruhig, sprach überzeugt. Rauchte weniger, ließ aber, wie immer, die Streichhölzer bis ans Ende abbrennen. Sein Gesicht war streng, weniger beweglich, und der Blick der tiefliegenden Augen hatte einen starren, belehrenden Ausdruck angenommen. Marakujew war rot vor Erregung, hüpfte auf dem Stuhl, stritt erbittert, drohte dem Gegner mit dem Finger und rief: »Domostroi! Tatarentum! Kirchendogma!«

Dann riet er dem Gegner, das Buch »Russische Frauen« des längst vergessenen, unbegabten Schriftstellers Schaschkow zu lesen.

Klim sah mit Vergnügen, daß Marakujew in Warwaras Augen verlor, die bereits begriffen hatte, daß Makarow die Frauen nicht tadelte, und die ihn teilnehmend anblickte, während sie ihrem Freund ungeduldig zuredete: »Ach, schrei nicht so laut! Du verstehst nicht . . .«

Wartend, bis Marakujew sich ausgeschrien hatte, schüttelte Makarow den Kopf, als verscheuche er Fliegen, und sprach dann in seinem ermahnenden Ton weiter. Er hatte den Abzug des Artikels von dem Samgin unbekannten Philosophen N. F. Fjodorow mitgebracht und las ein paar in sonderbar schwerfälliger Sprache geschriebene Sätze vor, in denen es hieß, daß die ganze Grausamkeit der kapitalistischen Gesellschaftsordnung eine Folge der übermäßigen und krankhaften Anspannung des Geschlechtstriebes, das Ergebnis der durch nichts im Zaume zu haltenden, nicht veredelten Unbändigkeit des Fleisches sei. Er schwang den Aufsatz in der Hand wie ein Weichensteller die Warnflagge und sagte: »Ja, hier stammt vieles von der Kirche, in der Frage des Verhältnisses der Geschlechter zueinander denken die Männer überhaupt mehr oder weniger kirchlich. Der Verfasser ist ein kluger Feind, und er hat recht, wenn er von der ›nicht drückenden, aber verderblichen Herrschaft der Frau‹ spricht. Ich glaube, er hat bei uns als erster so entschieden und richtig darauf hingewiesen, daß die Frau unbewußt ihre Herrschaft, ihren zentralen Platz in der Welt empfindet. Daß jedoch gerade sie die primäre Ursache und Erweckerin der Kultur sei, konnte er natürlich nicht sagen.«

Warwara sah den Feministen bereits mit dankbarem, aber gleichsam messendem, abwägendem Blick an. Das erregte Samgin und verstärkte in ihm den Wunsch, an Makarow einen Zug von Anomalie zu entdecken.

Er onaniert wahrscheinlich, dachte er nun, da er Makarows Unterwerfung unter eine Idee, seine vollständige Taubheit für alles übrige und das restlose Abbrennenlassen der Streichhölzer für unnormal hielt. Er hatte gehört, Makarow arbeite viel in Kliniken und werde von einem bekannten Gynäkologen protegiert.

»Wohnst du bei Ljutow?«

»Ja, natürlich.«

»Trinkt ihr?«

»Ich enthalte mich neuerdings, ich habe es satt«, antwortete Makarow. »Auch Ljutow trinkt seit dem Tod seines Vaters weniger. Er ist von der Universität gegangen, befaßt sich mit seinem Geschäft, mit Daunen und Federn, reist in Rußland herum.«

Klim begegnete Ljutow nachts auf der Straße, er stieß mit ihm an der Ecke einer dunklen Gasse zusammen.

»Verzeihung.«

»Hallo! Du bist es?« rief Ljutow so laut, daß die Passanten sich nach ihm umsahen, zwei sogar stehenblieben, da sie wohl einen Auftritt erwarteten. Ljutow hatte einen weiten offenen Mantel mit Pelzkragen an und eine zottige Mütze auf, das spitze Bärtchen verlieh ihm Ähnlichkeit mit einem der Porträts von Nekrassow; Klim sagte ihm das.

»Schmeichelhaft, andere halten mich für einen Verrückten. Gehen wir zu Testow? Kutscher!«

Und eine Viertelstunde später saß er leicht gerekelt in einem Nebenzimmer des Restaurants auf dem Diwan, richtete die auseinanderstrebenden Augen auf Samgins Gesicht, schwatzte, kreischte, lächelte und trank teuren Wein.

»Na also – habe an die fünf Wochen im Schoße der Natur verbracht. ›Wald und Lichtungen, keine Seele ringsum‹ und so weiter. Betrat eine Lichtung, ein Stück Rodeland, da krauht aus dem Tannicht – Turobojew heraus. Hält so wie ich ein Gewehr unter dem Arm. Fragt: ›Wir kennen uns, glaube ich?‹ – ›Oh‹, sage ich, ›und wie!‹ Hätte ihm gern eine Ladung Schrot in die Schnauze gepfeffert. Aber – ich stolperte über ein Aber. Bin immerhin ein Kulturmensch und weiß, daß es ein Strafgesetzbuch gibt. Auch wußte ich, daß es mit Alina für ihn schiefgegangen war. Na, dachte ich, hol dich der Teufel!«

Er schloß die Augen, schwieg ein paar Sekunden, sprang dann auf und schenkte Klim Wein ein.

»Übrigens – ich habe gar nichts gedacht, sondern mich einfach gefreut, eine Menschenseele zu treffen. Ja, der Wald, weißt du! Da stehen angekohlte Kiefern, ungestüm blühen die Weidenröschen. Die Vöglein jubilieren, der Teufel soll sie holen. Die Männchen suchen die Weibchen mit ihrem Gesang zu bestricken. Auch Turobojew und ich sind Männchen, haben aber niemanden, dem wir etwas vorsingen könnten. Ich wohnte bei einem Gutsbesitzer und Semstwomann, einem Antisemiten, sonst jedoch liberalen Mann, der mir lästiger war als eine Bremse. Seine Frau ist an die Vierzig, liest Maupassant und leidet an irgendwelchen Magenkrämpfen.«

Er rieb mit den Fingern kräftig seine unruhigen Augen, trank den Wein aus und ließ sich wieder auf den Diwan fallen.

»Und so zog ich zu Turobojew. Solche habe ich gern. ›Gleich unfruchtbarem Feigenbaum, der einsam steht und keinen Schatten spendet‹ – falsch wiedergegeben? Mich rührt sein Bewußtsein von seiner Verdammung, seine Bereitschaft, zugrunde zu gehen. Er glaubt ›weder ans Niesen, noch an Träume, noch an das Gekrächze der Vögel‹, er kann nicht glauben! Lehrreich. Und entwaffnend.

Ringsum aber rühren sich die Bauern«, fuhr er mit leisem Lachen fort. »Zwei Dörfer wollen umsiedeln, irgendwelche Sektierer, so etwas wie Duchoboren, und dickköpfige Leute. Ein drittes Dorf steht fast vollzählig unter Anklage wegen Brandstiftung in einem Gutsherrnwald und wegen Ermordung eines Waldhüters.«

Samgin fragte ihn, wo Alina sei.

»Dort, in Paris«, antwortete Ljutow, aus irgendeinem Grund zur Decke hinaufdeutend. »Lidija schrieb mir, bei ihnen sei noch eine Freundin... den Namen habe ich vergessen. Ja, das Bäuerlein rührt sich«, fuhr er fort und rieb sich die höckerige Stirn. »Was meinst du: Wird der Bauer bald hochgehen?«

»Eine Revolution ist unvermeidlich«, sagte Samgin und dachte an Lidija, die diesem schlechten Komödianten zu schreiben Zeit fand, ihm jedoch nicht schrieb. Während er unaufmerksam Ljutows spöttischem und verworrenem Gerede zuhörte, erinnerte er sich, zweimal versucht zu haben, lange Sendschreiben an Lidija zu verfassen, die er aber nach nochmaligem Überlesen vernichtete, da er in diesen, wenn auch sehr durchdachten Briefen etwas gefunden hatte, das Lidija nicht wissen mußte und ihn in seinen eigenen Augen erniedrigte. Ljutow trank gemächlich Wein und sagte, als verbrenne er sich dabei: »Du, Samgin, hast dich fest in der Hand, du bist ein Schweiger, und du bist nicht Infanterie, nicht Kavallerie, sondern eine Ingenieurtruppe, vielleicht sogar ein Generalstab, zum Teufel noch mal!«

Klim blickte ihn mißtrauisch und mürrisch an, überzeugte sich jedoch dann, daß Ljutow sich mit jener Aufrichtigkeit äußerte, von der es heißt: Was der Nüchterne im Sinn, trägt der Betrunkene auf der Zunge. Er hörte nun aufmerksamer zu.

»Ich hingegen bin ein Opfer. Auch Turobojew. Er ist ein Opfer des Scherbengerichts der Geschichte, ich – des Alkoholismus. Das bringt uns einander näher. Und das ist nicht lächerlich, mein Lieber, nein!«

Er sprang vom Diwan auf und lief im Zimmer herum, wobei er so fest auftrat, daß die Gläser und Flaschen auf dem Tisch klirrten.

»Vor einer Stunde war ich in einer Versammlung von Leuten, die sich auch rühren, die, weißt du, eine Unruhe an den Tag legen wie Küchenschaben vor einem Brand. Dort war ein langnasiger Koloß von Dame mit der Figur eines Droschkenkutschers zugegen, die zudem eine Geheimrätin, eine Generalsfrau ist, ja! Auch die Tochter eines reichen Weinproduzenten, glaube ich, war da. Und viele andere, lauter vorzügliche Menschen, das heißt solche, die im Namen der Massen tätig sind. Sie – brauchen Geld, für eine Zeitschrift. Eine marxistische.«

Ljutow lachte hysterisch auf, kam mit einem Satz an den Tisch, stieß mit Klim an und rief: »Auf das Wohl der ganz einfachen russischen Frauen! Jener, weißt du: ›Sie hält das Roß im Galopp an und tritt in die brennende Hütte.‹«

Er leerte das Weinglas in einem Zug und warf es aufs Tablett. »Offen gestanden fürchte ich sie. Sie haben gewaltige Brüste und ziehen mit ihrer Milch ein idiotisches Geschlecht auf. Ja, ja, mein Lieber! Es gibt einen Grad von Talentiertheit, der die Menschen zu unerträglich, entsetzlich talentierten Idioten macht. Eben so ist unser heiliges Rußland.«

Er setzte sich neben Klim und legte den Arm um seinen Hals.

»Du führst kaltblütig, ohne Mitgefühl, irgendeine Rechnung über die menschlichen Leiden, wie ein Mathematiker, ein Deutscher, ein Buchhalter, Aktiva – Passiva, zum Teufel noch mal!«

So sieht er mich also, dachte Samgin mit Erstaunen, das nur deshalb unangenehm war, weil Ljutow seinen Hals fest umklammert hielt. Er befreite sich aus seinen Händen und sagte: »Es gibt bei uns viel Leid, das künstlich aufgebauscht ist.«

»Meinst du damit mich?« rief Ljutow, wich zur Seite und sprang auf. »Du lügst! Ich . . . übrigens – schon gut!«

Er wiegte den zerzausten Kopf und seufzte laut: »Ich mag dich nicht, mein Lieber, nein! Du bist interessant, aber – nicht sympathisch. Und bist vielleicht sogar noch dekadenter als ich.«

Er fuchtelte wütend mit den Armen und fragte aus irgendeinem Grund flüsternd: »Von welchem Dach aus blickst du auf die Menschen? Weshalb – vom Dach aus?«

Samgin mußte eine gute halbe Stunde darauf verwenden, ihn zu beruhigen; als Ljutow jedoch mürbe geworden war und wieder in hysterisch-lyrischem Ton zu reden begann, verabschiedete sich Klim freundschaftlich, ging fort und dachte auf der Straße von neuem:

So sieht er mich also!

Jetzt hinderte ihn nichts, es mit Vergnügen zu wiederholen.

Möglicherweise sehen mich viele so, nur ich merke es nicht. Nicht sympathisch? Sympathien brauche ich nicht.

Ja, es war angenehm, die Meinung Ljutows, eines eigentlich nicht dummen Menschen, zu erfahren, obwohl es immerhin etwas kränkend war, daß er ihm seine Sympathie versagt hatte. Samgin merkte sogar, daß diese Meinung ihn aufrichtete, da sie in ihm das Gefühl seiner Bedeutung, seiner Originalität stärkte.

Das war etwa zwei Wochen, bevor er, von Langerweile getrieben, zu Warwara kam und erstaunt in der Tür des Speisezimmers stehenblieb, am Tisch vor dem Samowar saß mit einem Buch in der Hand die Somowa, rundlich und grau wie ein Dompfaffweibchen.

»Da ist er!« schrie sie auf, warf die kurzen Ärmchen hoch, lief auf Klim zu, sprang an ihm hoch und umhalste ihn, küßte ihn, wirbelte ihn herum und stieß voll Freude dümmliche Worte aus. Die Aufrichtigkeit ihrer lauten Freude verwirrte Samgin sehr, er konnte sie mit nichts als mit Verwunderung beantworten und murmelte: »Halt mal! Woher? Wieso bist du hier?«

Mit einer ihm neuen Behendigkeit antwortete die Somowa, indem sie ihn, wie eine Hausfrau, am Tisch Platz nehmen ließ: »Aus Paris. Lida hat mich hierher geschickt. Ich werde hier wohnen, habe mich darüber bereits mit der Wohnungsinhaberin geeinigt. Wie ist sie? Lidija hat sie sehr gelobt.«

Mit geschlossenen Augen, zurückgeworfenem Kopf sang sie: »Oh, Klim, Liebling, wie wunderbar das ist – Paris!«

Und sie klopfte sich mit der Hand aufs Knie.

»Bei Gott, das Leben beginnt man erst zu begreifen, wenn man Paris gesehen hat.« Gleich darauf jedoch verkniff sie die Lippen und blickte Samgin fragend in die Brille. »Marxist?«

»Ja.«

»Pfui! Das ist ja eine Epidemie! Und Lidija, weißt du, begeistert sich für Philosophie, Religion und überhaupt ... Wo ist Inokow?« fragte sie, plapperte aber, ohne eine Antwort abzuwarten, sogleich drauflos: »Warum trinkst du keinen Tee? Ich habe mich furchtbar über den Samowar gefreut. Übrigens, ein Emigrant in der Schweiz hat einen Samowar ...«

Samgin unterbrach dennoch ihr bröckeliges Gerede und sagte, Inokow sei in eine zehn Jahre ältere Frau verliebt, sei hoffnungslos verliebt und schreibe schlechte Gedichte.

»Schlechte?« fragte sie ungläubig, senkte die Augen und verfiel, mit dem Zopf spielend, in Nachdenklichkeit.

»Wie? ›Alte Liebe rostet nicht.‹«

Sie wärmte sich die Hände am Teeglas und sagte seufzend: »Er sollte gute schreiben, er kann es.«

Die Somowa setzte sich fester auf den Stuhl und begann von neuem durcheinander zu fragen und zu erzählen. Im ersten Augenblick schien es Samgin, sie sei netter geworden und die Auslandsreise habe sie noch russischer gemacht; ihre hellblauen Augen, die roten Wangen, der dicke, flachsblonde Zopf und der glattfrisierte Kopf erinnerten ihn an Bauernmädchen. Doch bald merkte Samgin, daß sie sich eine unangenehme Behendigkeit angewöhnt hatte, die Gesten ihrer kurzen Ärmchen wirkten lächerlich, und angezogen hatte sie lächerlicherweise irgendein abscheulich pomphaftes Jäckchen, das Jäckchen verlieh ihr, der Untersetzten und Rundlichen, Ähnlichkeit mit einem Huhn. Auch sprach sie mit komisch gackernder Stimme.

»Ja, Herzchen, ich verliebe mich leicht, hüte dich«, sagte sie, mit dem Stuhl näher an ihn heranrückend, und begann hastig, ruckartig, wie sich ein sehr müder Mensch auszieht, zu erzählen: »Ich habe bereits einen unglücklichen Roman gehabt«, sie lächelte, ihre blinzelnden Augen schienen sich zu verdunkeln. »Ich war auf der Krim Gesellschafterin bei einer Dame, ach, wie schwer das war! Sie war krank, unglücklich... das entschuldigt sie natürlich. Und da kommt ihr Sohn angereist, so ein Häßlicher, Spillerdünner, mit spitzem Näschen, aber – wunderbar! Herrliche Augen, und vollkommen ahnungslos.«

Sie drohte Klim mit dem Finger und warnte ihn mit gedämpfter Stimme: »Erzähle nur bitte niemandem davon!«

»Von den Augen?« fragte er scherzend.

»Von allem«, sagte die Somowa ernst und warf den Zopf über die Schulter. »Am häufigsten sagte er: ›Stellen Sie sich vor, das wußte ich nicht.‹ Er wußte nichts Schlechtes, keinerlei Häßlichkeiten, als lebte er in einem Schrank, hinter Glas. Erstaunlich, so ein einfältiges Kind. Na – ich verliebte mich in ihn. Er war Astronom, Geologe, eine ganze Gelehrtenmenge, und immerzu widerlegte er einen gewissen Faye, der, glaube ich, schon längst gestorben ist. Im allgemeinen ein so lieber Kerl, ein Tölpel des himmlischen Königs. Und Inokow ähnelnd.«

Das derbe Wörtchen »Tölpel«, »oluch«, klang komisch; Samgin dachte, sie habe es wegen des Gleichklangs hinzugefügt, denn sie sagte auch »Geoloch«. Sie sprach überhaupt unrichtig, ließ die Konsonanten an den Wortendungen fort oder erweichte sie.

»Ein Kind«, sagte sie. »Und er rechnete und rechnete immerzu: drei Millionen Jahre, sieben Millionen Kilometer – immer eine Unmenge von Nullen. Weißt du, ich hätte gern seine lieben Augen geküßt, er aber redete von Kant und Laplace, von Granit und Amöben. Da sah ich, daß auch ich für ihn eine Null war, zudem irgendeine nicht existierende. Doch ich hatte mich bereits so in ihn verliebt, daß ich hätte ins Meer springen können.«

Die Somowa lächelte, biß sich aber sogleich auf die Lippe, und in ihren Augen blitzten Tränen.

»War ich eine Närrin! Ich hätte weinen können«, sagte sie aufschluchzend. »Dennoch, weißt du, erreichte ich, daß auch er sich in mich verliebte, und das war so schön, er war so... ungemein verwundert. Als ob er erwachte, kroch er aus der mesozoischen Ära heraus, machte sich von den Gestirnen los, seine Ärmchen waren so lang, so schwach, er umarmte mich, lachte ... er wurde zum zweitenmal geboren und – in einer anderen Welt.«

Sie weinte komisch, die Tränen rollten ihr wie »Pilzregen bei Sonnenschein« über die lächelnden Wangen.

»Das hat er selbst gesagt: daß er zum zweitenmal und in einer anderen Welt geboren worden sei«, sagte sie, sich mit dem Zopfende die Tränen von den Wangen wedelnd. Darin, daß dieses rundliche Mädchen Tränen vergoß, sah Klim nichts Trauriges, es schien ihr sogar gut zu stehen.

»Und plötzlich – stell dir das vor! – erscheint bei mir nachts sein jedermann verachtendes Mamachen, tritt, weißt du, so feierlich ein, ist erschreckend unglücklich und sieht aus wie die auferweckte Tochter Jairi. ›Soeben‹, sagt sie, ›hat mein Sohn mir mitgeteilt, er beabsichtige, Sie zu heiraten. Ich flehe Sie also an: Geben Sie ihm eine Absage, denn er wird einmal ein großer Gelehrter werden, er darf nicht heiraten, und ich bin bereit, mich vor Ihnen auf die Knie zu werfen.‹ Und sie wollte sich vor mir auf die Knie werfen ... sie, mich ... wie ein Dienstmädchen behandelte ... Ach Gott!«

Die Somowa schluchzte laut auf, drückte das Taschentuch an den Mund und biß ein paar Sekunden mit geblähten Wangen daran herum, wovon die Tränen noch schneller an ihnen herabbrannten.

»Das war so schwer, ich war so unglücklich ... ›Schon gut‹, sagte ich, ›schon gut, gehen Sie!‹ Und am Morgen ging ich fort. Er schlief noch, ich hinterließ ihm ein Briefchen. Wie in einem sittsamen englischen Roman. Sehr albern und rührend.«

Sie fächelte sich mit dem feuchten Taschentuch ins Gesicht und atmete erleichtert auf.

»Ich hatte mich so bemüht, ihn verliebt zu machen ...«

Samgin neigte den Kopf, um ein Lächeln zu verbergen. Bei der Erzählung des jungen Mädchens dachte er, daß sie der Gestalt wie auch dem Charakter nach in ein Vaudeville, nicht aber in ein Drama hineingepaßt hätte. Die Tatsache aber, daß es ihr dennoch beschieden war, an einem Drama teilzuhaben, rührte ihn ein wenig; denn er war überzeugt, ebenfalls ein Drama erlebt zu haben. Er wußte jedoch das Gefühl, das ihn bewegte, nicht auszudrücken, und ihre letzten Worte löschten dieses Gefühl aus. Nach kurzem Schweigen fragte er halblaut: »Hast du etwas mit ihm gehabt?«

Die Somowa schüttelte verneinend den Kopf. Sie war erschöpft, zusammengesunken, ihre Schultern hingen herab; gebeugten Nakkens nestelte sie mit ihren kleinen Fingern an den Flechten des Zopfes und sagte: »Die Mutter nahm ihn nach Deutschland mit, verheiratete ihn mit einer Deutschen, der Tochter irgendeines Professors, und jetzt befindet er sich in einem Sanatorium für Nervenkranke. Sein Vater war Alkoholiker.«

Sie seufzte.

»Weißt du, ich hatte seit den ersten Tagen meiner Bekanntschaft mit ihm das Gefühl, daß für mich dabei nichts Gutes herauskommen werde. Wie mir doch alles mißlingt, Klim«, sagte sie, ihn fragend und verwundert ansehend. »Das war für mich ein sehr harter Schlag. Ich muß Lidija dankbar sein, daß sie mich zu sich eingeladen hat, denn sonst hätte ich . . .«

Da Samgin erwartete, daß sie wieder zu weinen anfangen werde, fragte er, was Alina in Paris mache.

»Sie amüsiert sich! Oh, was für ein . . . tolles Mädchen sie geworden ist! Du würdest sie nicht wiedererkennen. Wie eine Soldatenwitwe, es gibt solche in den Dörfern. Aber schön – unbeschreiblich! Männer hat sie um sich – eine ganze Schar. Sie wird bald mit Lida ankommen, weißt du das schon?« Sie erhob sich und warf einen Blick in den Spiegel. »Ich muß mich waschen. Wo kann ich das tun?«

Während sie sich wusch, kam Warwara, und nach ihr erschien Marakujew mit schlecht sitzendem rostbraunem Rock, grauer, an den Knien ausgebeulter Hose und Schaftstiefeln.

Warwara begrüßte ihn mit der ironischen Bemerkung: »Wieder Maskerade?«

Eine halbe Stunde später sah Samgin Ljuba Somowa als völlig anderen Menschen. Es war klar, daß sie Marakujew schon lange kannte und daß sie miteinander auf Kriegsfuß standen. Die Somowa begegnete dem Studenten mit dem herausfordernden Ausruf: »Ach, der Apostel der Wahrheit und des Guten, wie lächerlich Sie sind!«

Marakujew, dessen Miene sich bei ihrem Anblick verfinstert hatte, lächelte unverzüglich und antwortete französisch: »Wer zuletzt lacht, lacht am besten.«

Das kam bei ihm etwas plump, unangebracht heraus, er fühlte es offenbar selbst und machte wieder ein mürrisches Gesicht. Während Warwara geschäftig Tee bereitete, entspann sich zwischen der Somowa und dem Studenten schnell ein stichelndes Gespräch. Die Somowa wurde irgendwie straff, die Bändchen und Schleifchen ihrer Jacke sträubten sich, und Klim belustigte es, zu hören, wie sie, die ihr rundliches Gesicht eben noch mit Tränen bespült hatte, lässig und spöttisch zu Marakujew sagte: »Na, wissen Sie, das sind Gefühlsduseleien!«

Dann fragte sie Samgin: »Ergeht er sich immer noch in Lobgesängen auf das Dorf?«

»Der Marxismus paßt nicht zu Ihnen«, brummte Marakujew.

»Ich weiß nicht, ob ich Marxistin bin, aber ich bin ein Mensch, der nicht das sagen kann, was er nicht fühlt, und von der Liebe zum Volk rede ich nicht.«

Samgin betrachtete sie mit großer Verwunderung und war nahe daran, zu meinen, alles, was sie sagte, sei ihr soeben erst in den Sinn gekommen. Er erinnerte sich ihrer als eines säuerlichen kleinen Mädchens, das langweilige, eigenartige Spiele erfand, und dachte: Wie unnatürlich und verdächtig verändern sich doch die Menschen.

Warwara beobachtete ihre unerwartete Kostgängerin durch die Wimpern und schwieg zwar, aber Klim sah, daß sie gereizt war. Marakujew war ins Teetrinken vertieft, antwortete ungern; ihn machte anscheinend sein ungewohntes Kostüm verlegen, auch war er überhaupt ungewöhnlich griesgrämig gestimmt. Niemand hinderte die Somowa, mit hitzigem und eigensinnigem Stimmchen zu erzählen.

»Auf dem Land hatte ich das Gefühl, eine zwar objektiv notwendige, aber für meinen Brotherrn überflüssige Arbeit zu verrichten und von ihm nur wie eine Krähe im Gemüsegarten geduldet zu sein. Mein Brotherr war ein des Lesens und Schreibens unkundiger, aber in seiner Art kluger Bauer, ein sehr guter Schauspieler und ein Mensch, der sich als wichtigster und unentbehrlichster Arbeiter auf Erden vorkommt. Zugleich ahnte er, daß er sich in der falschen, erniedrigenden Lage eines Dieners aller Herrschaften befand. An das Wissen, das ich in die Köpfe seiner Kinder einhämmerte, glaubte er nicht: er war überhaupt ungläubig ...«

Marakujew brummte undeutlich etwas von Sektierertum.

»Ach, lassen Sie!« rief die Somowa aus. »Die Zeiten, in denen Revolutionen um Christi willen gemacht wurden, sind vorbei. Auch ist es noch fraglich, ob es solche Revolutionen gegeben hat!«

»Na-a«, sagte Marakujew gedehnt und winkte hoffnungslos mit der Hand ab.

»Ja, er war ungläubig«, wiederholte die Somowa und schlug mit dem Fäustchen, das sehr einer aus unerfindlichem Grund »Rosenbrötchen« genannten Semmel ähnelte, auf den Tisch.

Alle verstummten. Da begriff die Somowa wahrscheinlich, daß man es über hatte, war deswegen gekränkt, nahm Abschied und zog sich in ihr Zimmer zurück, in dem früher Lidija gewohnt hatte. Marakujew strich sich mit der Hand übers Haar und sagte: »Vom Marxismus werden die Menschen hart.«

»Kennen Sie sie schon lange?« fragte Warwara Klim.
»Von Kind auf.«
»Ist sie sehr klug?«
»Wie Sie sehen«, sagte Klim und verabschiedete sich ebenfalls.

Alles in allem hatte die Somowa in ihm einen unangenehmen Eindruck hinterlassen. Und unangenehm war, daß sie, eine Zeugin seiner Kindheit, bei Warwara wohnen und ihn sicherlich besuchen würde. Doch er überzeugte sich bald, daß die Somowa ihn nicht störte; sie bereitete sich eifrig auf die Gerierschen Kurse vor, rollte wie eine Kugel in Moskau herum und plapperte bei Begegnungen mit ihm begeistert: »Welch eine märchenhafte Stadt! Man geht und geht und kommt sich plötzlich wie im Traum vor. Und man gerät so leicht auf Abwege, Klim! Ist Lew Tichomirow ein Moskauer? Du weißt es nicht? Sicher ist er ein Moskauer!«

»Weshalb?« fragte Samgin, über ihr Geschwätz belustigt.

»Er ist auf Abwege geraten.«

»Du bist keine Moskauerin, bist aber auch auf Abwege geraten: Du liest die ›Geschichte des Materialismus‹ und Du Prels ›Philosophie der Mystik‹.«

»Man muß alles wissen, mein Lieber.«

»Mir scheint, kluge Bücher machen eine Frau farblos«, bemerkte Warwara trocken. Die Somowa blickte sie nachdenklich an und zupfte sich am Zopf.

»Das hat ein Professor in Zürich zu beweisen gesucht, ein Antifeminist ... wie heißt er doch? Ich entsinne mich nicht. Ein sehr böser Onkel! Die Deutschschweizer sind überhaupt ein böses Volk und haben auch eine böse Zunge.«

Bei jeder Begegnung erzählte sie Klim Neuigkeiten: In einem Studentenzirkel entdeckte man einen Spion, in einem anderen war die Mehrheit der Mitglieder »zum Marxismus übergetreten«, ein neuer, anscheinend illegaler Propagandist war aufgetaucht. Ihre Augen glänzten glücklich. Klim sah, daß in ihr eine kindliche Lebensfreude brodelte, und obwohl ihm diese Freude naiv vorkam, beneidete er die Somowa dennoch um ihre Fähigkeit, die Menschen, die Häuser, die Gemälde der Tretjakow-Galerie, den Kreml, die Theater und überhaupt diese ganze Welt zu bewundern, von der Warwara auch mit Naivität, aber einer arglistigen, anderes erzählte.

Sie sprach von Studenten, die in Schauspielerinnen verliebt waren, von den Tollheiten reicher Zecher in den vornehmen Nachtlokalen »Strelna« und »Jar«, von den neuen Chansonetten im Götzentempel Charles Aumonts, von unglücklichen Romanen und verwickelten

Dramen. Samgin fand, sie spreche nicht farbenreich, ungeschickt, der Inhalt ihrer Erzählungen war stets interessanter als die Form, und ihre Versuche zu philosophieren waren platt. Sie äußerte mit einem Seufzer abgedroschene Phrasen wie: »Leiden sind der unvermeidliche Schatten der Liebe.«

Wenn Warwara etwas erzählte, erinnerte sie Klim an Iwan Dronow, doch ihre endlosen Geschichten über das blinde Zueinanderstreben von Körpern verschiedenen Geschlechts schufen in Samgin bisweilen eine Stimmung, auf die er großen Wert legte. Es war lehrreich und sogar angenehm zu hören, wie willenlos und zuweilen erniedrigend berühmte Anwälte und reiche Industrielle, junge Dichter, Schauspieler und Schauspielerinnen, Studenten und Hörerinnen der Frauenhochschulen im spontanen Gewirr der Sinnlichkeit zappelten. Man glaubte gern, dies alles sei die Urwahrheit unbeschönigten Lebens, das zwar schön erdachte Gedanken und Worte zuläßt, ihrer jedoch keineswegs bedarf. Und letztlich war es angenehm, sich davon zu überzeugen, daß dies alles ein für allemal gegeben und von keinerlei Diakonen, Handwerkern und Revolutionsbeamten von der Art Marakujews zu besiegen war. Er erinnerte sich der Worte Makarows von der »zwar nicht drückenden, aber verderblichen Herrschaft der Frau« und des Satzes aus dem Buch des Fürsten Schtscherbatow »Über die Verderbtheit der Sitten«: »Die Frauen neigen stärker zum unumschränkten Herrschen als die Männer.« Bei der Erinnerung an diese Worte schaute Klim Warwara ins Gesicht und lächelte innerlich.

Er sah, daß Warwara in ihn verliebt war, daß sie nach Anlässen suchte, ihn zu berühren, und diese geschickt fand, daß sie, wenn sie ihn berührte, errötete und tief durch die Nase atmete, wovon ihre rosigen Nasenflügel bebten. Ihr Spiel war allzu leicht durchschaubar, er sagte sich sogar: Das muß eingestellt werden.

Das mußte auch deshalb eingestellt werden, weil Marakujew sich immer mehr verdüsterte und Klim nichts anderes annehmen konnte, als daß gerade er den lustigen Studenten düster stimme.

Jedoch einer dunklen Neugier gehorchend, die sich bis zur Vergewaltigung seines Willens steigerte, stellte Klim die Zusammenkünfte mit Warwara nicht ein, und es gefiel ihm immer mehr, in lässigem Ton mit ihr zu sprechen, sie durch seine Kälte zu verwirren. Sie war bereits sichtlich auf die Somowa eifersüchtig und bewirtete ihn, wenn er zu ihr kam, oft nicht im Speisezimmer, wo ihre Kostgängerin erscheinen konnte, sondern in ihrem eigenen lauschigen Zimmer, das für Erzählungen im Geiste Maupassants wie geschaffen war. An den Wänden, zwischen dunklen Vierecken von Photographien und

Stichen, hingen jetzt zwei düstere Reproduktionen: die eine nach einem Bild von Böcklin – aufgedunsene Meerungetüme verfolgen ein blondes, leicht kahlköpfiges Mädchen, das sich in Meereswogen von der Farbe grünen Likörs verfangen hat; die andere nach Stucks Bild »Die Sünde« – der nackte Körper einer korpulenten Frau ist von einer dicken Schlange umwunden, die ihr ihren stumpfen und dummen Kopf auf die Schulter gelegt hat.

Beobachtete er Warwaras Erregung, ihr schnelles Übergehen von Freude über ein freundliches Lächeln oder ein mildes Wort von ihm zu erbitterter Trauer, die er durch ein lässiges oder spöttisches Wort leicht hervorrief, so fühlte Samgin immer sicherer, daß er das Mädchen jederzeit erobern könnte. In manchen Augenblicken berauschte ihn diese Möglichkeit. Er verfiel zwar nicht der Versuchung, fragte sich aber voll Wohlgefallen an seiner Beherrschtheit: Was hindert daran? Lidija? Marakujew?

Es kam so weit, daß die Somowa ihn fragte: »Siehst du denn nicht, daß das Mädchen vor Sehnsucht nach dir vergeht?«

»Man kann nicht alle Mädchen lieben, die vor Sehnsucht vergehen«, antwortete er gesetzt, aber unüberlegt.

»Angeber«, sagte die Somowa seufzend.

Am Morgen eines trüben Tages überflog Samgin einmal, als er zu Hause saß, die Zeitung »Unser Land«, ein graues Blatt aus sehr schlechtem Papier, das mit schwarzer Druckschrift besprenkelt war. Der Leitartikel begann mit den Worten: »Während in Europa die Fortschritte der Hygiene und des Sanitätswesens...« Weiter war vom schlechten Zustand der städtischen Friedhöfe die Rede und nebenbei auch davon, daß die Ziegen der Stadtbewohner die angepflanzten Bäume beschädigten und die Blumen auf den Gräbern vernichteten. Der düstere Ton des Artikels legte die Vermutung nahe, es verberge sich dahinter, tief versteckt vor dem Zensor, irgendeine Allegorie; an dem einleitenden Satz erkannte Samgin jedoch, daß der Artikel vom Redakteur geschrieben war, denn er war es, der seine staatsbürgerlichen Klagen ziemlich oft mit der schon in den sechziger Jahren belachten Redewendung begann: »Während in unseren Zeiten, da...« Warawkas Zeitung war überhaupt langweilig, sie verlor sich in kleinen Dingen, und nur Robinson machte Samgin zuweilen Spaß. Eins seiner Feuilletons war ganz in den beliebten Sätzen, Redensarten und Zitaten des Redakteurs abgefaßt. Es begann mit der Verszeile aus Krylows Fabeln: »Wie oft ward schon der Welt gesagt«, und nachdem Robinson in abgedroschenen Worten alles aufgezählt hatte, was der Welt gesagt ward, schloß er die Aufzählung melancholisch mit: »Doch Waska höret zu und ißt.«

Der letzte Satz fragte den Redakteur oder Zensor: »Hast du das gewollt, George Dandin?«

Die interessanteste Seite der Zeitung war die vierte. Auf ihr las Klim: »Die Musikschule W. P. Samgina gibt bekannt« ... »Technisches Büro T. S. Warawka« ... »Schleppdampfer-Unternehmen T. S. Warawka« ... »Verwaltung der Landhäuser, ›Gemütlichkeit‹ T. S. Warawka« ... »Warawka« ... »Warawka« ...

Eine Eroberung von Plassans, dachte Klim lächelnd.

»Das Familienwannenbad I. I. Domogailow teilt mit, daß in seiner Adelsabteilung eine Professor-Charcot-Dusche für die Herren und für die Damen aromatische Wannenbäder eingerichtet worden sind«, las er, als an die Tür geklopft wurde und auf sein »Herein!« Marakujews kraushaariger Schüler Dunajew ins Zimmer trat. Er war noch nie bei Klim gewesen, und Samgin empfing ihn erstaunt, indem er die Brille zurechtrückte. Wie immer lächelte Dunajew, die kleinen Ringelchen seines sehr dichten Kinnbartes bewegten sich, während die Nase irgendwie sonderbar im Schnurrbart versank; und Dunajew trat auf, als fürchte er, der Fußboden könnte unter ihm durchbrechen.

»Ist sonst niemand da?« fragte er, nach dem Wandschirm schielend, der das Bett verdeckte, und Samgin erkannte an seiner Frage: etwas Unangenehmens war geschehen.

»Niemand, setzen Sie sich.«

Der Arbeiter nahm nach zweimaligem Kopfnicken Platz, sah seine schmutzigen Stiefel an, versteckte die Füße unter dem Stuhl und begann etwas langsam zu reden, ohne sein Lächeln zu löschen: »Also, Genosse Pjotr ist verhaftet und mit ihm zusammen der Diakon. Sie wurden in Serpuchow gefaßt, und Waraksin und Foma hier. Von Odinzow weiß ich nichts, er liegt im Krankenhaus. Mich wird man wahrscheinlich auch festnehmen.«

Samgin schwieg, er empfand im Rücken einen kühlen Schauer der Unruhe, er dachte an Diomidow und entschloß sich nicht zu der Frage: Hat irgend jemand angezeigt?

»Ich komme aus folgendem Grund zu Ihnen«, erläuterte Dunajew, schielte nach dem bücherbeladenen Tisch und betastete mit den Fingern »Unser Land«. »Wissen Sie, ob man Genossin Warwara belästigt hat, ist sie wohlauf?«

»Ich weiß es nicht.«

»Man muß es erfahren. Falls ihr nichts geschehen ist, muß sie gewarnt werden«, fuhr Dunajew fort. »Sie besitzt, glaube ich, Bücher, mir aber verbietet die Vorsicht, zu ihr hinzugehen.«

»Gut, ich gehe sofort hin«, sagte Samgin.

Der Arbeiter erhob sich und reichte ihm mit noch breiterem Lächeln die Hand.

»Wenn Sie nicht in diese Geschichte verwickelt werden, so kümmern Sie sich um Bücher für mich; im Gefängnis kann man anscheinend ungehindert lesen.«

»Ist das – eine Denunziation?« fragte Klim leise und ungehalten.

»Es sieht so aus«, antwortete Dunajew nach kurzem Zögern und musterte mit leicht zugekniffenen Augen irgend etwas in der Ecke. »Unter uns war so ein flachsblondes Bürschchen, Saposhnikow, wir hängten ihn ab, denn er war etwas dumm und zu ängstlich. Vielleicht hat er das krummgenommen...«

»Was gedenken Sie denn mit ihm zu machen?« fragte Samgin, obwohl er einsah, daß er überflüssig und unklug fragte; Dunajew fragte auch: »Wo nehme ich ihn denn her? Wenn man mich nicht einsperrt, werde ich natürlich etwas mit ihm reden.«

Er lächelte schon nicht mehr, obwohl unter seinem Schnurrbart die Zähne glänzten, doch sein Gesicht war versteinert, und die Augen hefteten sich mit so hartem Ausdruck auf Klims Gesicht, daß Klim ihm unwillkürlich die Seite zukehrte und vor sich hin murmelte: »Ja... natürlich.«

»Leben Sie wohl. Sie werden also sofort...«

Er lächelte wieder sein anscheinend gutmütiges Lächeln, aber Samgin glaubte nicht mehr an seine Gutmütigkeit. Als der Arbeiter gegangen war, stand Klim ein paar Minuten, die Hände in den Taschen, mitten im Zimmer und überlegte: Sollte er zu Warwara gehen? Er kam zu dem Schluß, daß er trotz allem hingehen müsse, doch er würde die Somowa besuchen und ihr die lithographierten Vorlesungen Kljutschewskijs bringen.

Die Somowa empfing ihn, ein blaues Telegramm in der Hand schwenkend.

»Lida kommt, hörst du? Aber was ist denn mit dir los?«

Als er ihr hastig von den Verhaftungen erzählte, empfand er eine neue Unruhe, die sehr viel Ähnlichkeit mit Freude hatte.

»Na, rasch!« sagte die Somowa halblaut und drängte ihn ins Speisezimmer; dort saß unfrisiert, in weitem, buntem Kittel Warwara. Sie schrie auf und wollte fortlaufen, aber die Somowa raunzte sie streng an: »Unsinn! – Wo haben Sie das illegale Zeug? Haben Sie Briefe und Aufzeichnungen von Marakujew? Geben Sie alles mir.«

Sie zog die erblaßte und noch zerzauster aussehende Warwara in deren Zimmer, während Samgin sich an den Ofen lehnte und erleichtert aufatmete. Hier hatte es also keine Haussuchung gegeben.

Seine Unruhe verwandelte sich in Freude, die dermaßen stark war, daß er sie etwas im Zaum halten mußte.

Die früheren Beziehungen zu Lidija sind wohl kaum noch möglich. Ich will sie ja auch nicht. Wie aber, wenn sie schwanger ist?

Doch gleich darauf dachte er: Hätte man mich verhaftet, so hätte sie das sicherlich gerührt.

Da stürzte die Somowa mit einem kleinen Päckchen Bücher in der Hand aus Warwaras Zimmer und rief ihr durch die Tür zu: »Und die Briefe in den Ofen!«

Sie verschwand, und Samgin dachte einen Augenblick, das Herumrennen gefalle ihr. Dann steckte Warwara ihr lächelndes, aber verwirrtes Gesicht zur Tür heraus und sagte: »Ich komme gleich, will mich nur noch anziehen.«

»Ich muß leider zur Universität«, erklärte Klim, ging fort und schritt bis zur Ermüdung durch irgendwelche stillen Straßen, wobei er sich vorzustellen suchte, wie er Lidija begegnen werde, und sich ausdachte, wie er sich zu ihr verhalten werde.

Als er nach einem weiteren, unruhig wie vor einem Examen verbrachten Tag auf dem Bahnsteig stand, erblickte er als erste Alina: Sie erschien in der Tür eines Waggons, sah mit bösem Blick auf die Menschen und rief laut und gebieterisch: »Gepäckträger! Sind Sie blind?«

In schwarzem Umhängemantel, einen breiten Hut mit hochgeschlagener Krempe und riesengroßer, aschgrauer Feder auf dem Kopf und einen Stock in der Hand, hatte sie ein siegreiches Aussehen, ihr wunderschönes Gesicht war zornig verfinstert. Samgin nahm die Mütze ab und sah Alina ein paar Sekunden mit ehrerbietiger Verblüffung an.

Sie begrüßte ihn in französischer Sprache und drückte ihm, wie einem Gepäckträger, ein schweres Necessaire in die Hand. Hinter ihr stand, unbestimmt lächelnd, klein und unscheinbar neben Alina, Lidija, in unangenehm rotbraunem Pelzmäntelchen und mit einem Mützchen aus Seehundsfell.

»Guten Tag«, sagte sie leise und freudlos, in ihren dunklen Augen sah Klim nur Müdigkeit. Als er ihr die Hand küßte, blickte er forschend auf ihren Leib, aber Lidijas Figur war mädchenhaft schlank und rank. In dem Lohnschlitten nahm sie neben Alina Platz, während Samgin, der durch die Begegnung etwas gekränkt und verwirrt war, allein fuhr, mit Pappschachteln beladen und besorgt, keine zu verlieren.

Im Hotel befahl Alina, ebenso laut wie auf dem Bahnhof, dem alten Kellner: »Großväterchen – einen Samowar! Und etwas mehr

Imbiß, nach russischer, nach Kaufherrenart. Bedenke: ich habe fast zwei Jahre im Ausland verbracht!«

»Verstehe, Gnädigste«, sagte der alte Mann, sie väterlich freudig anlächelnd.

Lidija hatte ein Zimmer neben Alina genommen, und Samgin sah durch den Spalt der angelehnten Tür, daß sie und die bereits herbeigeeilte Somowa hastig den Koffer öffneten.

Sie hat wahrscheinlich für Ljubascha Emigrantenliteratur mitgebracht, überlegte er.

Alina stand in stahlfarbenem Reisekostüm, das aufgelöste Haar über Rücken und Schultern herabgelassen, stattlich und prachtvoll am Tisch, bestrich einen noch heißen Kalatsch mit Kaviar und sagte pathetisch: »O Heimat! O mein Kalatsch! Kaviar! Und – Fischragout mit Kapern.«

An ihr war fast nichts geblieben, was noch an das Mädchen erinnert hätte, das sie vor zwei Jahren gewesen war, das Mädchen, das so behutsam und stolz seine Schönheit über die Erde getragen hatte. Die Schönheit war jetzt prachtvoller, blendender, Alinas Bewegungen hatten eine träge Grazie angenommen, und es war sofort zu erkennen: diese Frau wußte – alles, was sie auch tun mochte, wird schön. Aus der fliederblauen Seide des Ärmelfutters schimmerte die Haut ihrer gepflegten Arme, und trotz der Trägheit ihrer Bewegungen spürte man in ihnen schwungvolle Verwegenheit. Die braunen Augen lächelten auch verwegen.

»Ich esse gern«, sagte sie mit vollem Mund. »Die Franzosen essen nicht, sie tun nur so. Bei ihnen ist alles Hokuspokus: die Kleidung, die Gedichte, die Liebe.«

Ihre kräftige, weiche Stimme schien Klim gröber geworden. Und Alina beeilte sich irgendwie sehr, sich so zu zeigen, wie sie geworden war.

Mit einem Pelzmäntelchen bekleidet und sehr auffällig dicker geworden, trat die Somowa ins Zimmer; Lidija schloß hinter ihr fest die Tür.

»Alja, in einem Stündchen bin ich wieder da«, sagte die Somowa beim Verschwinden, und Alina zwinkerte ihr verständnisvoll hinterdrein.

»Sie rennt, Revolution zu säen! Ich liebe diese Matrjoschka!«

Dann fragte sie seufzend: »Säst du auch? Hast du rebelliert?«

Eine Minute später erkundigte sie sich: »Bist du Turobojew begegnet?«

Und nach einigen weiteren Minuten erzählte sie, ohne das Essen zu unterbrechen: »Schon Ende des ersten Monats kam er zu mir, in

Unterwäsche, mit einer Zigarre zwischen den Zähnen. Ich sagte, daß ich keine Zigarren dulde. ›So?‹ wunderte er sich, warf aber die Zigarre nicht fort. Damit fing es an.«

Sie trank ein Gläschen Ebereschenlikör, und nachdem sie sich genießerisch die grellen Lippen geleckt hatte, fuhr sie fort, während sie ein Stück Kalatsch sorgfältig mit kleinen Lachsscheiben belegte: »Ich konnte mir nicht vorstellen, daß es unter euresgleichen derart ... liebe Scheusale gäbe. Er durchblättert die Menschen wie Bücher. ›Wann lassen wir uns denn trauen?‹ fragte ich ihn. Er war so verwundert, daß ich mir wie eine dumme Gans aus Kaluga vorkam. ›Ich bitte dich‹, sagte er, ›was wäre ich denn für ein Ehemann, für ein Familienvater?‹ Und ich sah sogleich ein: Richtig, was wäre er für ein Ehemann? Er aber fährt fort: ›Und auch du‹, sagt er, ›bist du denn, so wie du bist, für ein Familienleben da?‹ Auch das, dachte ich, trifft zu. Na, ich weinte natürlich ein wenig. Trinken wir. Welch eine Pracht, dieser Ebereschenlikör!«

Nachdem sie getrunken hatte, warf sie mit einer wunderbaren Bewegung der Arme und des Kopfes ihr üppiges Haar auf die Brust vor, teilte die Hälfte davon ab und begann einen Zopf zu flechten.

»Unter seinen Freunden«, fuhr sie gemächlich fort, »stellte er mich so hin, daß einer von ihnen, ein reicher Ölindustrieller, mir vorschlug, mit ihm nach Paris zu fahren. Ich lief damals noch als dumme Gans herum und fühlte mich nicht gleich durch ihn beleidigt, beklagte mich dann aber bei Igor. Er zuckte die Achseln. ›Na, was denn?‹ sagte er. ›Er ist eben ein gemeiner Kerl. Alle hier sind ein niederträchtiges Pack.‹ Und er tröstete mich. ›Nach Paris‹, sagte er, ›wirst du mit mir reisen, sobald ich den Rest vom Land verkauft habe.‹ Damals weinte ich noch. Später jedoch – war es mir um die Augen leid. Nein, dachte ich, mögen andere weinen!«

Sie hörte zu kauen und zu reden auf, sah über Klims Kopf hinweg zum Fenster hinaus und versank in Gedanken. Alinas Schönheit schien ihm schon bedrückend und schamlos.

Die Somowa hat es treffend gesagt: eine Soldatenwitwe.

Dann kam in einem ungewöhnlichen, von grünem Gürtel zusammengehaltenen, orangefarbenen Morgenrock Lidija herein. Ihr Haar war feucht, doch die Kappe, die es bildete, wurde davon nicht kleiner. Ihr bräunliches Gesicht war stark gerötet, zwischen den Zähnen qualmte eine Zigarette, neben Alina erinnerte sie an ein allzu grelles Bild eines nicht sehr kunstfertigen Malers. Sie verzog vom Rauch das Gesicht, nahm ihre Tasse, leerte den Tee in den Spülnapf aus und sagte: »Schenk mir starken ein.«

»Aber dennoch, er ist rassig!« sagte Alina, während sie Tee eingoß, plötzlich und mit Vergnügen. »All diese Kaufleutchen und Millionärchen fürchteten ihn. Er lehrte sie anständig essen, trinken, sprechen und sich anständig kleiden. Er dressierte sie, wie kleine Hunde.«

Samgin fühlte sich unbehaglich, Lidija hatte sich mit untergeschlagenen Beinen auf den Diwan gesetzt, hielt die Tasse in den Händen und betrachtete ihn schweigend, mit sich erinnernden Augen, irgendwie ungeniert.

Sie fragt nach nichts, obwohl sie natürlich mit Fragen geladen ist, dachte er bissig.

Alina, die jetzt ihren anderen Zopf flocht, sagte: »Ich lernte eine Französin kennen, eine Schauspielerin von der Operette, rothaarig, böse, lasterhaft, klug. Oh, Klimtschik, wie klug doch die Französinnen sind! Es wird unheimlich viel Geld für sie ausgegeben. Sie sagte mir: ›Von uns, den Frauen, will man nicht viel, darum sind wir bettelarm!‹ Erinnerst du dich, Lida?«

»Woran?« fragte Lidija zerstreut.

»Wie du mit ihr strittest und wie sie sagte . . .«

»O ja, ich entsinne mich! Sie war sehr, sehr klug!«

Das sagte sie schnell und so, daß Samgin begriff: Lidija wollte nicht, daß er irgend etwas erfährt.

Wahrscheinlich ein operettenhaftes Abenteuer dieser an unnormaler sexueller Neugier leidenden russischen Provinzlerin, dachte er boshaft und dessen bewußt, daß er sehr eilte, sich gegen Lidija zu stimmen.

Bevor sie noch den Tee ausgetrunken hatte, warf sie den Zigarettenrest in die Tasse, stand auf, trat an das angelaufene Fenster, wischte die Scheibe mit dem Taschentuch ab und fragte über die Schulter hinweg: »Was macht dich so besorgt, Klim?«

Er hätte gern mit irgendwelchen gewichtigen Worten geantwortet, so, daß sie ihr lange in Erinnerung geblieben wären, doch war er voll kleiner Gedanken, klein wie Fliegen, sie kreisten sinnlos, ohne Zusammenhang in ihm; er sagte halblaut: »Dieser Tage sind Bekannte von mir verhaftet worden, und es ist möglich, daß ich . . .«

In diesem Augenblick kam Warwara geräuschvoll hereingeflattert, stürzte auf Lidija zu, umarmte sie lange, küßte, betrachtete sie und rief: »Liebste! Zigeunermädel . . .«

Dann schrie sie Alina ins Gesicht: »O Gott, welch eine Schönheit! Aus Lidas Erzählungen wußte ich, daß Sie schön sind, aber – so! Bei Ihnen muß man Angst haben, Sie zu berühren«, rief sie, Alinas Hände ergreifend und schüttelnd.

In ihrer Erregung, ihren Gesten und Worten bemerkte Samgin jenes Gekünstelte und Unechte, das er ihr durch seine Spöttelei schon fast abgewöhnt hatte. Es war klar, daß Lidija sich über die Begegnung mit der Freundin freute, von deren Freude gerührt war; sie setzten sich umschlungen auf den Diwan, Warwara weinte, preßte die Hände an Lidijas Wangen und sah ihr in die Augen.

»Du meine Liebe . . .«

Wie mögen sie einander sehen? fragte sich Klim, während er sie beobachtete. Alina störte ihn hierbei.

»Man schlägt mir vor, zur Operette zu gehen«, sagte sie. »Ich glaube, ich werde es tun. ›Du bist geboren, so lebe!‹ – wie meine Französin mich gelehrt hat.«

Sie ging zum Diwan hinüber, zwängte sich rücksichtslos zwischen die Freundinnen, und diese wurden sogleich etwas betrübt. Im Korridor liefen Kellner umher, klirrte Geschirr, schurrte eine Bürste und rief jemand durchdringend laut: »Zimmer dreizehn, du Dummkopf!«

Auf dem Diwan erklangen immer lebhafter die Stimmen Alinas und Warwaras, es schien, als sprächen sie eine vereinbarte Sprache und nicht von dem, woran sie dachten. Alina äußerte plötzlich und albern, indem sie jemanden nachäffte, mit lispelnder Stimme: »Oh, meine Liebe, trau den Sozialisten nicht, denn auch die schauen nach der Mitte!«

Dann begann sie zu erzählen: »Auf der Krim war ein Sozialist, der lief barfuß herum, in einem Segeltuchkittel, ohne Gürtel, mit offenem Kragen; sein Gesicht sah, obwohl er einen kleinen Kinnbart trug, kindlich aus, kindlich und affenhaft. Er holte in einem Faß Wasser für eine alte Tolstojanerin . . .«

»Er war selbst Tolstojaner«, fügte Lidija ein.

»Ja? Na, einerlei. Er sang wunderbar russische Lieder und sah mich an wie ein kleiner Junge einen Lebkuchen.«

Samgin, der sich überflüssig vorkam, griff nach der Mütze. »Ihr solltet euch ausruhen.«

»Ja, mein Lieber«, sagte Alina und tätschelte mit ihrer weichen Hand die seine. »Du kommst am Abend, ja?«

Lidija drückte ihm stumm die Hand. Es war unangenehm zu sehen, daß Warwaras Augen ihm mit sichtlicher Freude folgten. Er ging fort, gekränkt über Lidijas Gleichgültigkeit, die er für unecht und beabsichtigt hielt. Es kam ihm bereits vor, als hätte er erwartet: Paris wird Lidija einfacher, normaler machen, und wenn es sie sogar etwas verdirbt, so wird das für sie nur von Vorteil sein. Doch offenbar war nichts dergleichen geschehen, und sie sah ihn immer noch mit jenen Augen eines Nachtvogels an, der bei Tage nicht zu leben weiß.

Ich muß mich entschieden mit ihr auseinandersetzen, fiel ihm ein, und er ging am Abend, ebenfalls mit Absicht, nicht in das Hotel, sondern erschien dort erst am nächsten Morgen; aber Alina sagte ihm, Lidija sei zum Dreifaltigkeitskloster des heiligen Sergius gefahren. Prunkvoll in Seide gekleidet, saß Alina vor dem Spiegel, feilte an ihren Fingernägeln und sagte in lässigem Ton: »Sie faßt wie ein Kind ständig unerwartete Entschlüsse. Das kommt aber nicht daher, weil sie charakterlos wäre, oh, Charakter hat sie wohl! Sie sprach davon, du habest ihr einen Antrag gemacht? Paß auf, das wird eine schwierige Ehefrau sein. Sie sucht immerzu nach ungewöhnlichen Menschen, doch die Menschen, Lieber, sind wie die Hunde: sie unterscheiden sich zwar in der Rasse, haben aber alle die gleichen Gewohnheiten.«

»Es ist sonderbar, aus deinem Mund solche Aphorismen zu hören«, bemerkte Klim böse und spöttisch.

»Warum sonderbar? Ich bin doch nicht dumm.«

Sie warf die Feile ins Necessaire und begann ihre Nägel mit einem kleinen Samtkissen zu polieren. Samgin lenkte seine Aufmerksamkeit darauf, daß ihre Sachen teuer waren, elegant, auch die Kostüme. Sie hatte viele Koffer. Er lächelte.

»Was macht denn Ljutow?« fragte sie, in die Beschäftigung mit ihren Nägeln vertieft.

Nicht ohne Schadenfreude erzählte ihr Klim, wie Ljutow sich dem Trunk ergebe, von seiner Bekanntschaft mit Revolutionären, von der Begegnung mit Turobojew. Alina hörte ihm zu, ohne ihn zu unterbrechen, dann sagte sie beifällig: »Ein interessanter Mensch ist Wladimir Petrowitsch!«

»Tut er dir nicht leid?«

»Wi-ie?« sagte sie gedehnt. »Weshalb sollte er mir leid tun? Er hat sein Mißgeschick, ich das meine. Quitt. Siehst du, Lida sucht einen ungewöhnlichen Menschen, sie sollte ihn heiraten! Nein, im Ernst, Klim, die Kaufleute sind ein niederträchtiges Volk, das steht fest, aber ein interessantes!«

Sie wandte ihm lächelnd das Gesicht zu und teilte ihm lebhaft, begeistert mit, was ihr ein Kaufmannssöhnchen aus dem Wolgagebiet erzählt hatte: Sein Onkel, ein alter Mann, Millionär und Familienvater, schwatzte sich jemandem gegenüber aus, fünfzigtausend täten ihm nicht leid, wenn die Schönheit von Gouverneurin sich ihm nackt zeigen wollte. Seine Feinde hinterbrachten das der Gouverneurin, sie willigte jedoch ein, sich ihm zu zeigen, nur müsse er sie von einem anderen Zimmer aus durchs Schlüsselloch betrachten. Er betrachtete sie, kniend, und als er später der Gouverneurin unter vier Augen begegnete, verneigte er sich tief und sagte: »Wollen Euer Exzellenz mir um Christi willen meine Dreistigkeit verzeihen, aber Ihre Schönheit ist wahrhaft göttlich, und ich danke Gott, daß ich ein solches Wunder sah.«

»Das ist vielleicht eine Lüge, aber gut!« sagte Alina aufstehend und musterte sich im Spiegel wie ein Beamter, der sich seinem Vorgesetzten vorzustellen hat.

Klim fragte: »Und das Geld hat er gezahlt?«

»Der alte Mann? Ja. Das hat er.«

»Das glaube ich nicht.«

»Sieh mal an, was du für ein . . . praktischer Mann bist!« sagte sie, wobei sie ihn mit ungutem Lächeln anblickte, und dieses Lächeln erlaubte ihm, sie zu fragen: »Um welche Summe würdest du dich denn zeigen?«

»Du hast so viel nicht, Liebster!« antwortete sie und schlug vor: »Komm, laß uns einen kleinen Spaziergang machen!«

Auf der Straße wurde sie größer und ging stolz erhobenen Hauptes mit wiegenden Hüften auf die Leute zu. In dieser kampflustigen Haltung lag etwas, das Achtung vor ihr einflößte und Samgin sogar erheiterte. Er hörte auf, an Lidija zu denken. Es war angenehm, Arm in Arm mit einer Frau zu gehen, die von allen Männern mit Entzücken, von den Frauen jedoch feindselig angesehen wurde. Klim merkte in den Blicken der Männer eine Verwunderung, die jener Tändelsucht, jener sinnlichen Gier entbehrte, mit der sie die einfach schönen Frauen zu mustern pflegen. Am Himmel waren feine Wolken zu Straußenfedern erstarrt, die der Feder auf Alina Telepnjowas Hut ähnelten.

»Ich möchte etwas essen«, erklärte sie nach einer halben Stunde.

Samgin führte sie ins »Eremitage«; sie wählte einen Tisch mitten im Saal an sichtbarster Stelle, und als der Kellner die Speisekarte brachte, sagte sie zu ihm mit bezauberndem Lächeln, laut: »Nein, bewirten Sie mich, mein Freund, nach Ihrem Geschmack, auf Moskauer Art.«

Und Klim erklärte sie: »Ich mache es auch in Paris so, ich sage zum Kellner: Nun zeigen Sie mal, was Sie können! Das ist schmeichelhaft für ihn, daher gibt er sich Mühe. So ist es mit allem!«

»Auch in der Liebe?« fragte Samgin bereits scherzhaft.

»Auch in der Liebe«, antwortete sie ernst, sagte aber dann, die prächtigen Zähne zeigend, etwas leiser, mit zusammengekniffenen Augen: »Du merkst mir selbstverständlich etwas Kokottenhaftes an, ja? So will ich dir denn der Klarheit halber sagen: Ja, ja, ich gehe jetzt diesen Weg! Und der Teufel soll euch alle holen, meine Lieben«, fügte sie flüsternd hinzu, und ihre Augen flammten zornig auf.

»Ich bin... kein Moralist«, murmelte Samgin. Er wollte ihr angenehm und ergeben sein, da sowohl ihre Schönheit wie auch ihre Stimmung ihn bedrückten, erschreckten. Durch die Äußerung über ihren »Weg« hatte sie seine Vermutung bestätigt und sein Gefühl einer Gefahr verstärkt. Sie blickte von Zeit zu Zeit die Gäste im Saal mit herausfordernd verkniffenen Augen an, und Samgin kam der Gedanke, Skandale kenne sie wahrscheinlich und sie fürchte sie nicht. Das Aufsehen, das sie erregte, war ihm sehr peinlich und beunruhigte ihn sehr, es schien, alle sähen nur nach ihr und gäben auf ihre Worte acht. Als zwei Tabletts mit verschiedenen Speisen auf Platten, auf Pfannen und in Timbals aufgetragen wurden, sah sie alles mit Kennerblick an und sagte zum Kellner: »Bravo! Sie werden bald maître d'hôtel sein!«

Der Kellner lächelte entzückt und fragte vorgebeugt im Ton eines Mitverschworenen in geheimer Sache: »Gestatten, ein Pomeranzenlikörchen zu empfehlen? Ganz vorzüglich! Und einen roten, einen Bordeaux, sehr fein, uralt!«

»Ich liebe die Kellner«, sagte Alina unschicklich laut. »Heutzutage verstehen nur sie noch, der Frau ritterlich zu dienen. Hör mal – wo ist Makarow?«

Samgin lächelte. »Du wirst zugeben müssen, daß der Übergang von den Kellnern zu Makarow...«

»Nicht von den Kellnern, sondern von den Rittern«, korrigierte sie ernst.

»Er studiert. Wohnt bei Ljutow. Ich sehe ihn selten.«

»Weshalb?«

»Er langweilt mich.«

»Und du ihn auch?«

»Wahrscheinlich.«

Als sie zu essen anfing, meinte Klim, daß er zum erstenmal einen Menschen sah, der so elegant, mit solchem Genuß zu speisen verstand, und es kam ihm vor, als hätten alle erst jetzt Messer und Gabel einmütig zu handhaben begonnen, als wäre es bis zu diesem Augenblick im Saal still gewesen.

Nach dem Essen verließ ihn Alina.

»Ich gehe, mich um meine Zukunft zu kümmern«, sagte sie.

Auf Samgin rollte sogleich aus einer Ecke der rundliche, stark gerötete Tagilskij zu und fragte mit schriller, unsicherer Stimme: »Was war das für ein Ungetüm? Aus Paris? Oho-o!« rief er, schmatzte mit den grellen Lippen und sagte überzeugt: »Das sieht man gleich.«

In der Ecke, aus der er gekommen war, saß an einem Tisch ein bärtiger Mann mit großem Bauch und langen Beinen, der ebenso rundlich wie Tagilskij, aber bejahrt, glatzköpfig und sehr betrunken war. Samgin lehnte Tagilskijs Vorschlag ab, ihm »Gesellschaft zu leisten«, und verließ schnell das Lokal.

Ein wenig benommen von dem schmackhaften Essen und dem Wein, ging er auf dem Boulevard zum Strastnaja-Platz und dachte: Wie war sie doch einst um die Erhaltung ihrer Schönheit besorgt! Und nun . . .

Er lächelte. Er versuchte an Lidija zu denken, aber daran hinderte ihn die Bekannte Ljutows, die Frau mit diesem sonderbar einprägsamen, gewaltsamen Lächeln. Sie saß auf einer Bank und schien ihn in der nämlichen Weise anzulächeln. Als er jedoch höflich die Mütze lüftete, verzog sich ihr reizloses Gesicht zu einer Grimasse der Verwunderung.

Sollte ich mich getäuscht haben? fragte er sich und sah sich nach der in Trauer gekleideten Gestalt unter den kahlen Bäumen um. Nein, sie ist es. Sie konspiriert, das dumme Frauenzimmer.

Er ging zu Warwara, da er hoffte, durch sie etwas über Lidija zu erfahren, und fühlte sich gekränkt, als er das Speisezimmer betrat und dort am Tisch Lidija, ihr gegenüber Diomidow und auf dem Diwan Warwara erblickte.

»Ja, ja!« schrie Diomidow ganz außer sich. »Daran sind Sie schuld, Sie!«

Er saß über den Tisch gebeugt, die Arme Lidija entgegengestreckt und fuhr mit ihnen auf dem Tisch herum, als scharrte er etwas zusammen und würfe es wieder auseinander; das Tischtuch schlug Falten, und Diomidow patschte sie mit der Handfläche wieder glatt. Er reichte Klim die kalte, harte Hand und entriß sie ihm hastig wieder.

»Guten Tag«, sagte Lidija im selben Ton wie auf dem Bahnhof und wandte sich an Diomidow: »Nun, fahren Sie fort!«

Diomidow begann von neuem, nunmehr mit gedämpfter Stimme, sehr schnell zu reden, wobei er die Worte halb verschluckte und mit der schwingenden rechten Hand ergänzte, während er sich mit der linken an den Tischrand klammerte.

Klim nahm neben Warwara Platz, sie formte die Finger zu einer kleinen Zange, entnahm einer Schachtel auf ihrem Schoß eine kleine Praline, führte sie an Samgins Lippen und flüsterte: »Vorsicht, mit Likör.«

Klim fragte ebenfalls mit Flüsterstimme, woher sie das wisse.

Warwara zuckte wortlos die Schulter, doch Diomidow sagte wieder laut und triumphierend: »Dieser euer Makarow ist unehrlich, er verdreht die Wahrheit, er redet euch nach dem Munde, ja! Der Alte, der Fjodorow, lehrt etwas ganz anderes, ich kenne doch den Alten!«

Klim sann nach: Was hatte ihm Lidija außer dem zweimaligen »Guten Tag!« noch gesagt? Der wohltuende, kleine Rausch stimmte ihn ironisch. Er saß fast hinter Lidija und suchte sich vorzustellen, mit was für einem Gesicht sie Diomidow ansähe. Wenn er, Samgin, ihr etwas Vernünftiges einzuflüstern versuchte, pflegten ihre Augen sich mißtrauisch zu verengen, ihr Gesicht wurde eigensinnig und unklug.

»Leute, die den Frauen gehorchen, muß man bestrafen«, sagte Diomidow, »dafür bestrafen, daß sie euch zuliebe das ganze Leben verhunzt und verschandelt haben mit ihren Fabriken für Kleinigkeiten, für Haarnadeln, Stecknadeln, Parfüms, und daß sie allerhand Bänder, Hütchen, Ringelchen, Ohranhängsel – dieses Zeug sonder Zahl – anfertigen! Und keinerlei geistiges Leben geht von euch aus, sondern nur Gedichtchen und Bilderchen und Romane . . .«

»So ein Unsinn! Es wird einem übel, das anzuhören«, sagte Warwara sehr ruhig, während Lidija sie, ohne sich zu rühren, bat: »Warte doch, Warja!«

Diomidow jedoch sagte zornig: »Durchaus kein Unsinn! Ihre Pralinen da sind Unsinn . . .«

»Wie kannst du da nicht widersprechen, Lida?« beharrte Warwara. »Wieso gibt es kein geistiges Leben? Und die Kunst?«

»Sie sind gänzlich unwissend!« rief Diomidow. »Sie sollten den Propheten Henoch lesen, bei ihm heißt es, daß die Menschentöchter die Künste von den gefallenen Engeln erlernt haben, doch wer sind denn die gefallenen Engel?«

Jetzt sah Klim Diomidows Gesicht, sah seine bläulichen Augen, sie funkelten ergrimmt, der gelbe Schnurrbart bewegte sich zornig, das Kinn zuckte. So erregt sah er Diomidow zum ersten Mal. Auch war er ungewöhnlich elegant, hatte die Locken eingefettet und einen tiefen Mittelscheitel gezogen, so daß sein Kopf wie gespalten aussah. Er hatte ein neues, rohseidenes Kittelhemd an, das war gewaschen und gebügelt, als wollte er zur Trauung oder zum Abendmahl gehen. Er bewegte immerzu die Arme, wobei er die kraftlosen Hände bald zu Fäusten ballte, bald etwas auf den Handflächen zu wägen schien.

»Ihr bedient euch dieser Künste zur Aufstachelung des Fleisches, zur Verleitung der ein hartes Leben führenden Männer; diese Künste jedoch sind Lug und Trug. Von euch, den gehorsamen Sklavinnen des verderblichen Dämons, kommt alles Übel des Lebens, sowohl das Eitle wie der Staub der Reden, der Schmutz wie das Verbrechertum – alles von euch! Jegliche Fäulnis der Seele und der bittere Tod und das Rebellieren der Menschen, das gelehrte Chaldäertum und allerhand Liebedienerei, das Jesuitentum, das Freimaurertum und die Ketzereien und alles, was der Erstickung des Geistes dient, denn der Geist ist der Feind des Satans, eures Gebieters!«

Diomidow sprang vom Stuhl hoch und schlug mit der Hand so kräftig auf den Tisch, daß Lidija zusammenfuhr, ihr schmaler Rücken streckte sich, sie bog die Schultern vor, als suchte sie sie aneinanderzulegen, sich wie ein Buch zu schließen.

Warwara aß unermüdlich Pralinen, sie biß ein Löchlein hinein, sog den Likör heraus, dann, nachdem sie die Pralinen in den Mund gesteckt hatte, leckte sie die Lippen ab und wischte sich die Fingerchen sorgfältig mit dem Taschentuch. Samgin vermutete, sie genieße weniger die Schokolade als die Tatsache, daß er bei Lidijas Wiedersehen mit Diomidow zugegen war und Lidija in einer dummen Lage sah: stumm, vom Geschwätz dieses verrückten Burschen bedrückt.

Eine schlaue Bestie, dachte er, während er von Zeit zu Zeit zu Warwara hinüberschielte und der keuchenden Stimme des ermüdeten Predigers lauschte, der mit den Fingern in die Luft griff und, den gespaltenen Kopf schüttelnd, sagte: »Seit Evas Zeiten verführt ihr! Abel wurde im Paradies gezeugt, Kain aber – auf Erden, um dem paradiesischen Menschen einen irdischen Feind zu geben ...«

»Evas erster Sohn war Kain«, erinnerte Lidija leise, erhob sich und ging zum Ofen.

Diomidow stützte die Hände auf den Tisch, richtete sich langsam und schwerfällig auf, seine Augen quollen vor, und sein Gesicht wurde unnatürlich lang und schmal.

»Na ja, das war Kain, das hatte ich vergessen«, murmelte er blinzelnd. »Kain ... Na, was macht das? Eva wurde vom Satan verführt ...«

»Sie, Diomidow, sollten wenigstens die Bibel lesen«, fing Klim lächelnd an. Er hatte es weich, nachsichtig sagen wollen, aber es klang schadenfroh, und Klim sah, daß Lidija dies nicht gefiel. Dennoch fuhr er fort: »Sie müssen noch etwas zulernen, sonst kompromittieren Sie das Denken, jene Macht, die den Menschen vom Tier wegführt, die Sie jedoch noch nicht zu handhaben verstehen ...«

»Ich bin ein einfacher Mensch«, warf Diomidow leise und gekränkt ein.

»Ganz recht«, stimmte ihm Klim zu. »Und das sollten Sie nicht vergessen. Sie scheinen viel Tolstoi gelesen zu haben ...«

»Na und?«

»Tolstoi ist der endlosen Komplikation des Kulturlebens müde, das er als Künstler selbst noch meisterhaft kompliziert. Er hat ein Recht zur Kritik, weil er viel weiß, Sie aber? Was wissen Sie denn?«

»Man kann nicht leben, das ist es«, sagte Diomidow unter den Tisch hinunter.

»Hör auf, Klim, du sprichst schlecht.«

Lidija sagte das sehr hart, fast scharf. Sie stand aufrecht da und sah ihn vorwurfsvoll an. Auf dem weißen Hintergrund der Ofenkacheln wirkte ihre in einen rauchfarbenen Schal gehüllte Gestalt flach. Klim spürte in seiner Kehle ein Rascheln, räusperte sich und sagte: »Schlecht? Das mag sein. Aber ich bin außerstande, durch ehrerbietiges Schweigen barbarische Verdrehungen zu fördern.«

»Na gut! Ich werde gehen!«

Diomidow erhob sich gleichsam gegen seinen Willen vom Stuhl, entfernte sich dann aber sehr schnell, und seine Stulpenstiefel knirschten fesch.

»Warten Sie, Semjon«, rief Lidija und folgte ihm mit wehendem Schal ins Vorzimmer. Klim blickte Warwara an; sie nickte ihm zu und äußerte leise ihren Beifall: »Sie haben ihn herrlich abgekanzelt, so gehört es sich auch!«

Im Vorzimmer trampelte Diomidow beim Anziehen der Überschuhe mit den Füßen. Warwara flüsterte: »Das wird sie natürlich nicht ernüchtern. Merken Sie, wie weltfremd sie geworden ist? Und das – nach Paris ...«

»Ist denn Paris ein Teich Siloah?« murmelte Klim, horchte und machte sich auf eine Auseinandersetzung mit Lidija gefaßt. Die Wohnungstür schlug laut zu, Warwara warf einen Blick ins Vorzimmer und verkündete: »Sie ist mit ihm fort!«

»Weshalb freut Sie das?« fragte Samgin, wobei er sie streng musterte. »Ich muß auch gehen. Auf Wiedersehen.«

Doch beeilte er sich nicht mit dem Fortgehen, stand vor Warwara und hielt ihre Hand in der seinen, denn er meinte, zu Hause erwarteten ihn Langeweile, unruhige Gedanken über Lidija und sich selbst.

Zu Hause erwartete ihn ein dicker Brief mit einer Aufschrift von Lidijas Hand; er lag auf dem Tisch, an sichtbarster Stelle. Samgin betrachtete ihn ein paar Sekunden, zwei Schritte vom Tisch entfernt, und konnte sich nicht entschließen, ihn in die Hand zu nehmen. Dann streckte er, ohne sich vom Fleck zu rühren, den Arm aus, verlor aber das Gleichgewicht und wäre fast hingefallen, wobei er mit der Hand kräftig auf den Brief aufschlug.

Töricht benehme ich mich, dachte er, nach dem Spiegel schielend, und setzte sich an den Tisch.

Der Brief enthielt fünf Blatt dicht beschriebenen starken Papiers; einige Zeilen und Sätze waren dick ausgestrichen, einige quer geschrieben. Erst nach einer Weile fand er den Anfang der Sendung.

»Das sind Briefe, die ich Dir aus Paris schicken wollte«, las er, wobei er aus irgendeinem Grund die Brille festhielt, als fürchtete er, sie könnte ihm von der Nase springen. »Es gelang mir aber nicht, das, was ich schreiben wollte, klar genug auszudrücken. Du weißt, ich verstehe nicht, zu schreiben, und auch nicht, zu sprechen, ich kann nur fragen. Ich schicke Dir all diese Briefanfänge, vielleicht wirst Du auch so begreifen, was ich habe sagen wollen. Eigentlich weiß ich, was ich will oder, richtiger gesagt, nicht will. Ich will keinerlei Beziehungen mit Dir, gestern jedoch kam es mir vor, als glaubtest Du das nicht und meintest, ich würde mit Dir wieder jene Gymnastik betreiben, die sich Liebe nennt. Ich muß Dir aber klarmachen, warum ich nicht will. Es jedoch so zu erklären, daß es mir selbst klar wäre – das kann ich nicht. Erklären ist entsetzlich schwer, Klim.«

Auf einem anderen Blatt waren nur zwei Sätze nicht gestrichen:

»Du warst ein Spiegel, in dem ich meine Worte und Gedanken sah. Dadurch, daß Du mich bisweilen nicht am Fragen hindertest, hast Du mir sehr geholfen, zu begreifen, daß alles Fragen nutzlos ist.«

Ein drittes Blatt besagte:

»Es gibt wahrscheinlich Menschen besonderer Art, die weder gut noch schlecht sind, die aber, wenn man mit ihnen in Berührung kommt, nur schlechte Gedanken erwecken. Wir hatten miteinander irgendwelche ganz eigentümliche Augenblicke. Ich meine hiermit nicht die ›süßen Verzückungen der Liebe‹, die könnte ich vermutlich mit jedem anderen erleben und Du mit einer anderen.«

Über diesen Zeilen stand in kleiner Schrift:

»Du bist sicherlich einer von denen, die man ›sinnlich‹ nennt, die sich vergnügen, jedoch nicht lieben, obwohl ich nicht weiß, was lieben heißt.«

Quer und groß über das Blatt geschrieben standen die Worte:

»Es liegt mir fern und nicht in meiner Absicht, Dich zu kränken.«

Das Lesen war beschwerlich; Klim drückte die Brille so fest an, daß ihm die Nasenwurzel schmerzte, ihm zitterte die Hand, doch kam er nicht auf den Gedanken, sie von der Brille fortzunehmen. Die durchgestrichenen, verschmierten Zeilen krochen über das Papier, schlängelten sich wellenförmig und zerrissen den Zusammenhang der Worte.

»Ich glaube, daß ich mit niemandem so wie mit Dir sprechen könnte. Deine Selbstsicherheit ist sehr aufreizend. Ich fühlte stets, daß Du mich nicht verstehst, mich sogar nicht verstehen wolltest, und das machte mich besonders offenherzig, denn ich bin eigensinnig. Vor mir selbst bin ich entsetzlich offen, und nun sage ich Dir, daß ich nicht begreife, weshalb es all das mit uns gegeben hat. Sicherlich bin ich in irgendeiner Weise daran schuld, obwohl ich dieses Gefühl nicht habe. Auch entsinne ich mich nicht, Dir gesagt zu haben, daß ich Dich liebe. Mir scheint, Du tatest mir leid. Du benahmst Dich damals so schlecht. Auch war es natürlich mädchenhafte Neugier.«

Das Wort »natürlich« war ausgestrichen.

»Sei nicht gekränkt. Obwohl es einerlei ist und sogar besser, wenn Du gekränkt bist.«

Samgin war gekränkt, schleuderte die Blätter ärgerlich auf den Tisch, doch eins von ihnen fiel auf den Boden. Klim hob das Blättchen auf und begann von neuem im Stehen zu lesen.

»Leute, die sagen, die Revolution werde leben helfen, reden naiv, meine ich. Was wird uns die Revolution denn bringen? Ich weiß es nicht. Meiner Ansicht nach ist etwas anderes, ganz Furchtbares notwendig, etwas, wobei alle über sich selbst und über alles, was sie tun, entsetzt wären. Mag selbst die Hälfte aller Menschen zugrunde gehen oder den Verstand verlieren, wenn nur die andere von der banalen Sinnlosigkeit des Lebens geheilt wird. Wenn Du über die Revolution urteilst, führt das zu nichts. Du urteilst wie ein Gerichtsbeamter. Dir fehlt das Gefühl, mit dem man Revolutionen macht, Revolutionen werden ja aus Barmherzigkeit oder so wie von Deinem Onkel Jakow gemacht.«

Und auf noch einem Zettel mit gänzlich ausgestrichenem Text entzifferte Samgin:

»Vielleicht spreche ich mit Dir wie ein Hund mit seinem Schatten, den er nicht begreift.«

Samgin nahm alle Blätter, zerknüllte sie, preßte sie in der Faust zusammen, schloß die müden Augen und nahm die Brille ab. Diese fiebrigen Briefe empörten ihn, das Gesicht brannte ihm wie bei Frost. Als er aber in sich hineinlauschte, fühlte er bald, daß seine Empörung nicht tief ging, sie war gewissermaßen physisch, oberflächlich. Das gleiche hätte er sicher empfunden, wenn ein mutwilliger Junge ihn ins Gesicht geschlagen hätte. Die Erinnerung führte ihm dienstwillig Lidija in für sie wenig schmeichelhaften Minuten vor Augen, in erniedrigenden Posen, nackt, müde.

Im Grund hatte ich von ihr etwas Derartiges erwartet. Ungehalten zu sein – wäre töricht. Sie ist unzurechnungsfähig. Ein degeneriertes Mädchen. Damit ist alles gesagt.

Er setzte sich und begann, auf dem Tisch die zerknüllten Briefe zu glätten. Das dritte Blatt las er nochmals, steckte es zwischen die Seiten seines Tagebuchs und begann dann, die Briefe gemächlich in kleine Fetzen zu zerreißen. Das Papier war fest wie Leder. Er wollte auch den Briefumschlag zerreißen, doch fand sich in ihm noch ein dünnes Blättchen, das offenbar aus einem Buch herausgerissen war.

»Jetzt, Klim, befinde ich mich in der Stadt, die als die wunderbarste und lustigste der ganzen Welt gilt. Ja, sie ist wunderbar. Schön, großartig, lustig – heißt es von ihr. Aber mir ist schwer ums Herz. Wenn man froh lebt, tut man keine Gemeinheiten. Erst hier versteht man, wie schändlich es ist, wenn Menschen zu Spielzeug gemacht werden. Gestern zeigte man mir die Folies Bergères, das muß man ebenso unbedingt sehen wie das Grab Napoleons. Das ist der Gipfel der Lustigkeit. Eine Unmenge wunderbar angezogener und vollkommen ausgezogener Frauen, die spielen, mit denen gespielt wird und . . .«

Weiter war alles ausgestrichen, es waren nur die Worte zu entziffern:

». . . vernichtende, tötende Schande.«

Dieses Blatt ließ sich leicht in besonders kleine Stückchen zerreißen. Klim ging vom Tisch weg und legte sich auf die Chaiselongue.

Am nächsten war ich der Wahrheit in den Tagen, als ich merkte, daß diese Liebe eine Einbildung von mir war, überlegte er mit geschlossenen Augen.

Das Stubenmädchen brachte den Samowar und brühte Tee auf. Klim lauschte eine Weile dem beruhigenden Summen des Samowars, dann stand er auf und goß sich ein Glas Tee ein. Zwei Teeblättchen wirbelten im Glas herum, als wären sie lebendig. Er versuchte sie mit dem Löffel herauszufischen. Sie ließen sich aber nicht fangen. Er warf den Löffel hin und blickte nach dem Fenster, an dessen Scheiben sich bereits die bläuliche Trübe des Abends schmiegte.

Nun habe auch ich einen unglücklichen Roman. Wie dumm. Er seufzte und trommelte mit den Fingern an die Scheibe. Aber es ist gut, daß die Ungewißheit ein Ende hat und daß ich frei bin.

Doch seine Gefühle waren widerspruchsvoll, er konnte das Bewußtsein nicht unterdrücken, schwer und natürlich unverdientermaßen gekränkt worden zu sein, dachte jedoch zugleich: Wenn ich offener zu ihr gewesen wäre . . .

Alles, was mit Lidija zu tun hatte, das Angenehme und das Unangenehme, war jetzt in gewisser Weise gewichtiger geworden, spürbarer, es gab von alledem erstaunlich viel und kam ihm unwillkürlich in Erinnerung. Ihm fiel ein, daß der betrunkene Ljutow von Alina gesagt hatte: »Sie ist wie ein dreiunddreißigster Zahn. Weißt du, ich bekomme einen Weisheitszahn, und der ist meiner Zunge sehr im Wege.«

Am Abend des nächsten Tages rief die Somowa bei ihm an und fragte ihn, ob er gesund sei und warum er zu Lidijas Abreise nicht an die Bahn gekommen sei.

»Ich bin erkältet und gehe nicht aus dem Haus«, antwortete er und fügte aus irgendeinem Grund hinzu: »Zu Ostern fahre ich auch heim.«

»Reisen wir zusammen, einverstanden?«

Er beabsichtigte aber gar nicht, heimzufahren, und reiste nicht ab, sondern blieb das ganze Frühjahr bis zu den Prüfungen, besuchte pünktlich die Vorlesungen und arbeitete eifrig zu Hause. Sonnabends besuchte er zuweilen Preiß, aber dort war es langweilig, obwohl sich neue Leute eingefunden hatten: ein Student aus dem Institut für Zivilingenieure, lang, mit hölzernem Gesicht, und ein Dragoneroffizier des Sumsker Regiments, der sehr geschniegelt war, aber trotzdem wie ein kleiner Kaufmann aussah, der sich aus Langerweile als Soldat angezogen hat. Dort rechneten alle, während Tagilskij träge die Zahlen angab: »Sechshundertdreiundvierzigtausend Tonnen ... Erlauben Sie mal ... das stimmt nicht, der Umsatz der Bauernbank beträgt ...«

Stratonow schritt kampflustig umher und schimpfte auf die Deutschen, die Engländer, die Japaner.

Abends ging Samgin hin und wieder zu Warwara, um ein Stündchen bei dem gewohnten Spiel mit ihr auszuruhen und ein wenig mit Ljubascha zu plaudern, die zwar bei dem Spiel etwas störte, aber durch ihre Kenntnis vom Leben der verschiedenen Zirkel und vom Wachstum der »Befreiungs«-Bewegung – so drückte sie sich aus – immer interessanter wurde.

Sie hatte sich gut bei Warwara eingelebt und sprach mit ihr im Ton einer zärtlichen älteren Schwester; Warwara, die sehr geizig war, machte ihr kleine Geschenke. Einmal scherzte Klim in Gegenwart der Somowa allzu spöttisch mit Warwara, worauf Ljubascha sogleich empört war. »Für solche türkischen Manieren hätte ich dich tüchtig an den Ohren gezogen!«

»Aber das ist doch nur Scherz«, rief Warwara rasch und friedlich.

Klim sah an Ljubascha das ihm unverständliche, aber hochgeschätzte Bestreben und Vermögen, den Menschen zu dienen, eine Eigenschaft, die Tanja Kulikowa in seinen Augen zu einem heiligen Dienstmädchen für alle gemacht hatte. Die lustige und aufgeweckte Ljubascha besaß die Geschäftigkeit einer Spatzenmutter, die inmitten der im Vergleich zu ihr ungeheuer großen Menschen, Pferde,

Häuser und Katzen furchtlos auf der Erde herumhüpft. Sie hüpfte und rannte, von unermüdlichem Heißhunger beseelt, die Beziehungen und Verbindungen aller Menschen so rasch wie möglich zu erfahren – um allen zu helfen, hier Knoten zu entwirren, andere zu knüpfen und mancherlei Löchlein zu vernähen und zu stopfen. Sie arbeitete in dem politischen »Roten Kreuz« und besuchte Marakujew, dessen Verlobte sie sich nannte, im Gefängnis.

»Das sollte Warwara tun«, bemerkte Samgin.

»Aber das tue ich, weil Warja außerstande wäre, mit dem Gefängnis Verbindung aufzunehmen.«

Klim lächelte. »Und weil sie Marakujews überdrüssig ist.«

»Wozu du Anlaß bist«, sagte Ljubascha zornig, unterbrach das Wollewickeln und blickte Klim vorwurfsvoll ins Gesicht. »Häßlich bist du zu ihr, Klim, aber sie ist ein sehr gutes Mädchen!«

Samgin lächelte wieder ironisch.

»Kupplerin«, stieß er zwischen den Zähnen hervor.

Nein, Ljubascha glich nicht ganz der Kulikowa, die hatte sich ihr ganzes Leben lang so verhalten, als hielte sie sich für schuld daran, daß sie so und nicht besser war. Ljubascha war dienende Unterwürfigkeit vor jedermann gänzlich fremd. Als Samgin das erkannt hatte, betrachtete er sie wie die komische »Wanskok«, Anna Skokowa, eine Heldin des Leskowschen Romans »Auf Messern«; dieses Buch und Pissemskijs »Meer in Aufruhr« setzte Klim in »sozial-pädagogischer« Hinsicht Dostojewskijs »Dämonen« gleich.

Ljubascha eilte stets irgendwohin, fürchtete, sich zu verspäten, sah morgens ängstlich nach der Wanduhr und erteilte sich um Mitternacht oder später beim Schlafengehen den Befehl: »Um halb sieben wird aufgestanden.«

Sie konnte gleichzeitig nähen, lesen, ihren dicken Fillipowschen Lieblingszwieback mit Mandeln knabbern und Klim nachdenklich allerhand nicht sehr originelle Fragen stellen: »Der Klassenstandpunkt streicht völlig die Humanität, nicht wahr?«

»Ganz richtig«, antwortete er, und um sie zu verwirren und einzuschüchtern, fuhr er im Ton eines an erbarmungsloses Denken gewöhnten Philosophen fort: »Humanität und Kampf sind einander ausschließende Begriffe. Eine vollkommen richtige Vorstellung von Klassenkampf hatten nur Rasin und Pugatschow, die Schöpfer des ›erbarmungs- und schonungslosen russischen Aufruhrs‹. Unter unseren Intellektuellen begriff allein Netschajew, was die Revolution vom Menschen verlangt.«

Hier merkte Samgin, daß er weniger für die Somowa als mehr für sich selber sprach.

»Sie verlangt, daß der Mensch sich unterwürfig als Diener und Opfer der Geschichte betrachte, nicht aber von der Möglichkeit persönlicher Freiheit, unabhängigen Schaffens träumt.«

Indem er das Bedürfnis befriedigte, laut auszusprechen, worüber er feindselig dachte, sagte Samgin, um sein wahres Empfinden nicht zu verraten, in noch gleichmütigerem Tone: »Die Geschichte verhält sich zum Menschen rücksichtsloser, härter als die Natur. Die Natur fordert, daß der Mensch nur die Triebe befriedige, die sie ihm verliehen hat. Die Geschichte vergewaltigt den Intellekt des Menschen.«

»Das klingt wie von Tolstoi?« erwog Ljubascha fragend.

Samgin sah, daß Warwara wie eine Gymnasiastin dasaß, die in den Lehrer verliebt ist und mit Bangen erwartet, er werde sie gleich etwas fragen, was sie nicht weiß. Zuweilen fügte sie, wie um den Lehrer milder zu stimmen, unter mitfühlendem Aufseufzen leise etwas für ihn Schmeichelhaftes ein.

»Wie tragisch Sie das Leben nehmen!«

»Ein Pessimist«, sagte Ljubascha.

Worte verwirrten oder erschreckten sie überhaupt nicht.

»Ich kann nicht ohne Mitgefühl denken«, pflegte sie zu sagen.

Samgin merkte ihr einen weichen, aber unüberwindlichen Eigensinn an und begann sich Ljubascha gegenüber vorsichtiger zu verhalten, da er argwöhnte, daß sie schlau, hinterhältig sei, obwohl sie sehr offenherzig, ja geschwätzig schien. Und wenn sie auch spöttisch oder zuweilen gar ironisch von sich sprach, so nur, damit man sie schwerer verstehe.

Daß Ljubascha nicht so war, wie sie sich gab, davon überzeugte sich Samgin, als er einer ihrer Begegnungen mit Diomidow beiwohnte. Diomidow war wie immer plötzlich und leise gekommen, als wäre er aus der Wand herausgekrochen. Er hatte sich den Kopf kahl rasieren lassen, man sah jetzt nur seinen spitzen Schädel samt dem wie mit dem Beil behauenen Hinterkopf und die großen grauen Ohren ohne Läppchen. Sein Gesicht war geschwollen, die Augen vorgewölbt, das Weiße darin gelb verfärbt und der Blick schwermütig und abwesend.

»Ich habe dreiundzwanzig Tage im Krankenhaus gelegen«, erklärte er und bat Warwara, ihm etwas Geld zu leihen, bis er sich erholen und wieder anfangen werde zu arbeiten.

Die Somowa hörte zu nähen auf und musterte ihn dann ungeniert und herausfordernd; er sah sie ein paarmal an, dann fragte er ärgerlich: »Was schauen Sie mich so an? Mißfalle ich Ihnen?«

»Lidija Warawka hat mir viel über Sie erzählt. Sie sind doch Anarchist?«

»Ich bin ein Mensch«, antwortete er mürrisch und wandte sich ab.

Samgin war ungemein verwundert, mit welcher Härte und Fülle bösen Spottes Ljubascha Diomidow zu quälen begann. Ihre Äugelchen leuchteten kalt auf, wenn sie die ebenfalls bösen Antworten Diomidows anhörte, sie formte ihre dicken Lippen wie zum Pfeifen, auch biß sie mit besonders hell klingendem Knacken den Zwirn ab. Samgin hatte sich nicht vorstellen können, daß diese rundliche Matrjoschka, die angeblich nicht ohne Mitgefühl zu denken vermochte, mit einem halbkranken Menschen derart hart und giftig reden konnte. Sie brachte Diomidow dahin, abgehetzt zusammenzusinken und zu sagen: »Lauter Späßchen. Kleine Spöttereien. Warten Sie, man wird auch über Sie einmal lachen.«

»Die Schnecke ist unterwegs, doch wann kommt sie an?« antwortete sie und versetzte Samgin noch mehr in Erstaunen, als sie gleich danach zutunlich und freundschaftlich fortfuhr: »Möchten Sie einen Mann kennenlernen, der fast der gleichen Denkart ist wie Sie? Ein Imker, Sektierer, sehr interessant, er besitzt viele Bücher. Sie würden eine Weile auf dem Lande leben und wieder zu Kräften kommen.«

»Ich mag die Sekten nicht«, murmelte Diomidow und drückte der Hausfrau zum Abschied die Hand. Von Klim verabschiedete er sich nicht, und zu der Somowa sagte er aufgebracht, ohne ihr die Hand zu reichen: »Aufs Land mag ich nicht.«

Als er gegangen war, fragte Klim Ljubascha: »Wozu brauchst du ihn mit einem Sektierer bekannt zu machen?«

»Na, wohin soll man denn mit ihm?«

»Du fühlst dich wohl berufen, Menschen nach deinem ... Geschmack unterzubringen, wie?«

»Jawohl! Richt't euch!« antwortete sie, ohne den Kopf von der Näharbeit zu erheben.

Samgin, der sie foppen wollte, ließ nicht locker und brachte sie schließlich dazu, daß sie widerstrebend äußerte: »Das Dorf ist so ungebildet und denkt so wenig, daß ihm jede Idee von Nutzen ist, wenn sie nur den Verstand aufrüttelt.«

»Ein origineller Gedanke«, sagte Samgin ironisch, worauf sie, ohne ihn anzusehen, antwortete: »Du kennst das Dorf nicht.«

Sie störte Samgin, über die Zukunft nachzudenken, sich als bedeutenden Mann zu sehen, der ein gesichertes Leben führt und sich der Berühmtheit und Achtung erfreut, der eine gut parierende Gattin, eine erfahrene Hausfrau bescheidenen Wesens besitzt, die mehr oder weniger gebildet über alles zu reden weiß. Sie müßte die Rolle der Herrin eines kleinen Salons zu spielen verstehen, in welchem sich ein Kreis von Leuten versammeln würde, die sich ernsthaft mit Kulturfragen befassen, und wo Klim Samgin die Stimmung dirigiert, die Kanons aufstellt und die Gesetze gibt.

Die Somowa sprach von der Zukunft im Ton eines Bengels, der den Faustkampf liebt und vollkommen überzeugt ist, daß er am kommenden Sonntag raufen wird. Hiermit hatte man sich abzufinden, diese Stimmung wurde epidemisch, und Klim spürte zuweilen, auch er werde allmählich, gegen seinen Willen, von der Ahnung angesteckt, daß ein Zusammenprallen gewisser Kräfte unvermeidlich sei.

Dank seiner Beobachtungsgabe und den Erzählungen Ljubaschas und Warwaras wurde er zu einem Sammelbecken aller verbreiteten Ideen, Ansichten, Meinungsverschiedenheiten, Aphorismen, Anekdoten und Epigramme. Er begann sogar »Ansichtspostkarten« politischer Art zu sammeln; zunächst drängte sie ihm die Somowa auf, dann jagte er ihnen selber nach, und bald besaß er eine ganze Sammlung von Bildchen, auf denen Finnland die Verfassung gegen die Angriffe des Doppeladlers verteidigte oder wie ein russischer Bauer seinen Acker pflügte, in Begleitung des Zaren, eines Generals, eines Pfaffen, eines Beamten, eines Kaufmanns, eines Gelehrten und eines Bettlers, die mit Löffeln bewaffnet waren; unter der Zeichnung standen die Worte: »Einer mit dem Hakenpflug, sieben mit dem Löffel.« Warwara beschaffte sich irgendwoher die Photographie einer anderen Zeichnung und schenkte sie ihm: Auf dem Hintergrund eines halb zerstörten Dorfes stand nackt, die Krone auf dem Haupt, der Zar und hielt sich am Phallus fest – »Der Selbstherrscher«, lautete die Unterschrift. Es gab ein Porträt des von Ungetümen umgebenen Schriftstellers Saltykow-Schtschedrin, ein Porträt Pobedonoszews in Gestalt einer Fledermaus und noch viele andere solcher Raritäten. Samgin hielt diese Sammlung für gefährlich, war aber schon stolz darauf und suchte sie zu vervollständigen, wie ein Untersuchungsrichter die Unterlagen für eine Anklage.

Die Universität, wo die Stimmung der Studenten immer aufrührerischer wurde, besuchte er jetzt nur noch selten, nachdem in einer Versammlung ein Student seine Kameraden mit malerischer Gestikulation aufgefordert hatte, die Wiederherstellung des Status vom Jahre 1864 zu fordern.

»Wir fordern es!« schrie wütend Klims Nebenmann, ein hellhaariger hübscher Student des zweiten Studienjahres. Er stieß Samgin mit dem Ellenbogen an und fragte: »Was ist denn, Kamerad? Fordern Sie es!«

»Ich weiß nicht, was für ein Status das ist«, sagte Klim trocken.

»Ich weiß es ja auch nicht«, gestand der Student und schrie wieder: »Wir sind einverstanden! Eine Petition an den Minister!«

Warawka hat recht: das ist emotionale Opposition, dachte Samgin nicht zum erstenmal.

Er lernte automatisch, ohne Begeisterung, und sah bereits ein, daß er mit der Wahl der juristischen Fakultät einen Fehler begangen hatte. Er konnte sich selbst nicht als Rechtsanwalt sehen, der für Mörder, Brandstifter oder Betrüger plädiert. Er fühlte sich überhaupt nicht berufen, Leute zu rechtfertigen, die er erdichtet, doppelzüngig sah und die ihn, einen Menschen eigenartiger geistiger Struktur und gleichsam sogar anderer Rasse, irgendwie zu leben hinderten.

Fünf- bis sechsmal besuchte er die Strafrechtsabteilung des Kreisgerichts. Bisher war er noch nie im Gericht gewesen, und obwohl er nur selten in die Kirche ging, erblickte er im Gerichtssaal eine entfernte Ähnlichkeit mit ihr; der Richtertisch war der Altar, das Zarenporträt das Altarbild, die Plätze der Geschworenen und die Anklagebank die Chorstühle.

Das erstemal kam er in einem ungünstigen Augenblick: Es wurde gegen drei rückfällige Diebe verhandelt; es waren Leute verschiedenen Alters, die aber ihr Los mit derselben Gleichgültigkeit hinnahmen. Sie kannten offenbar gut die Technik der Prozeßführung, wußten, wie das Urteil ausfallen werde, verhielten sich ruhig, wie Menschen, die gezwungen waren, unvermeidliche, langweilige Formalitäten zu erfüllen, ohne die man gut auskommen könnte; sie beantworteten die Fragen ebenso mechanisch knapp und höflich, wie der Vorsitzende und der Anklagevertreter sie mechanisch langweilig verhörten. Nur einer der Diebe, ein greiser Mann mit dem rasierten Gesicht eines Schauspielers, mit schwammiger Nase und einem müden Blick dunkler Augen, der einem der Gerichtsmitglieder anstößig ähnlich sah, suchte seine Kameraden beharrlich, aber hoffnungslos herauszureden. Zwei junge Anwälte, offensichtlich Pflichtverteidiger, tuschelten wie Chorsänger auf der Kirchenempore und achteten wenig auf ihre Mandanten. Die Geschworenen saßen hölzern und schläfrig da, nur einer von ihnen, ein völlig glatzköpfiges altes Männchen mit dem kahlen, rosa Gesicht eines Neugeborenen und mit einem Halsbandorden, bewegte ununterbrochen den Unterkiefer, sah die Angeklagten mit scharfen Äugelchen an und lächelte jedesmal hämisch, wenn der greise Dieb, sich erhebend, fragte: »Dürfte ich etwas sagen? Gestatten Sie zu erinnern?«

Aus Langerweile zählte Samgin die Zuhörer: Es waren dreiundzwanzig Männer und neun Frauen. Eine von ihnen – dick, großäugig, in teurem Pelzmantel und mit glasperlengarniertem Hütchen – glich einer Schauspielerin in der Rolle einer der zahlreichen Kaufmannsfrauen Ostrowskijs. Dann stellte Samgin fest, daß mehr als zwanzig Menschen über drei zu Gericht saßen, und sagte sich, daß dies eine sehr kostspielige Prozedur sei.

Ein andermal kam er zu einer Verhandlung, die ihn durch ihre anekdotenhafte Unsinnigkeit in Erstaunen versetzte. Auf der Anklagebank saßen vier Bauern mittleren Alters und eine dicknasige Alte mit tief eingefallenen kleinen Augen in einem zusammengeflickten Gesicht. Diese Leute waren des Mordes an einer Frau angeklagt, die sie für eine Hexe gehalten hatten.

Auf der einen Seite des Saals beleuchtete die winterliche Mittagssonne mit zwei breiten Strahlen den glattfrisierten Bronzekopf des Staatsanwalts und die zehn verschiedenartigen Profile der Geschworenen, der zehnte hatte einen so großen Kopf und eine so üppige Frisur, daß die Köpfe zweier seiner Kollegen nicht zu sehen waren. Auf der anderen Seite befanden sich die Angeklagten in Sträflingskitteln; alle bärtig, ähnelten sie einander wie Brüder, und alle sahen die Richter gleichermaßen gekränkt an. Vor ihnen hüpfte und wiegte sich auf dünnen Beinchen der Verteidiger, ein mittelgroßer Mann mit Schmerbauch und einem grauen Haarbüschel auf dem sonst kahlen Kopf; er glich einem Hahn und hatte eine aufreizend helle Stimme. Den Vorsitz führte ein glattrasierter Mann, den der goldene Kragen dermaßen würgte, daß seine Ohren abstanden und blau angelaufen waren, während das dicke Gesicht krebsrot geworden war und sich prall aufgebläht hatte. Er sprach jedoch mit weicher Frauenstimme und sogar sanft.

»Sie gestehen also, daß Sie die Ermordete als erster für eine Hexe hielten?«

Einer der Angeklagten antwortete im Stehen, die Hände auf dem Leib gefaltet, beleidigt: »Wieso denn als erster? Das ganze Dorf wußte es. Mir hat nur der Wind geholfen, den Schweif zu sehen. Sie spülte Wäsche im Flüßchen, als ich ein Boot kalfaterte. Es war windig, der Wind entblößte sie hinten, und da sah ich – einen Schweif ...«

»Warten Sie! Sie wissen doch, daß die Schamgegend behaart ist?«

»Was?« fragte der Angeklagte mißtrauisch.

Der Vorsitzende begann zu erläutern, und die Zuhörer, die zu beiden Seiten Samgins auf der Bank saßen, beugten sich vor, als erwarteten sie, etwas Erstaunliches zu vernehmen. Der Angeklagte hörte die Erläuterungen mürrisch an, zog die Schultern hoch und sagte brummig: »Das wissen wir. Sie hatte nicht Haare, sondern einen Schweif gleich einem Besen, wie eine Kuh oder ein Hase, ein Büschel also, das ist es!«

Die Geschworenen schmunzelten, die Zuhörer kicherten.

»Ruhe! Ich lasse den Saal räumen«, drohte der Vorsitzende, dann knöpfte er den Kragen des Amtsrockes auf, richtete an den Bauern noch ein paar weniger gewagte Fragen und kündigte eine Unterbrechung an.

Samgin ging stumm und bedrückt fort, saß aber ein paar Tage später, nachdem er sich ermannt hatte, von neuem im Gerichtssaal. Diesmal hörte er den Fall eines Vatermörders, eines dicken, schwarzhaarigen Burschen; ihn verteidigte ein berühmter Anwalt, der ebenfalls dick und aufgedunsen war. Er sprach mit geschmeidigem, eindringlichem Baß, und es war deutlich zu merken, daß er in aller Vollkommenheit das Geheimnis erfaßt hatte, aus wieviel Worten dieser oder jener Satz zu bestehen habe, um den Anklagevertreter, einen Mann mit dem Gesicht eines verlorenen Sohnes, dem der Vater eben erst alles verziehen hat, vernichtend zu treffen. In der Haltung, den Gesten des Verteidigers lag viel Schauspielerei, und trotzdem schien es, er wäre der Hauptrichter. Es war viel Publikum vorhanden, der Saal war voll, und alle sahen nur den Anwalt an, während der Angeklagte vergessen zwischen zwei hölzernen Soldaten mit gezückten Säbeln saß, die Hände zwischen die Knie gepreßt, und mit blinzelnden Hammelaugen zum Publikum hinüberschielte. Seine in dumpfem Schreck erstarrten Augen, seine niedrige Stirn, das dichte, wie Pech an seinem Schädel klebende Haar, der wuchtige Unterkiefer und die fest zusammengepreßten Lippen – dies alles fraß sich in Samgins Gedächtnis fest, und bei den folgenden Prozessen entdeckte er bereits an jedem Angeklagten etwas Ähnliches mit dem Vatermörder.

Lombroso hat offenbar doch recht: Es gibt einen Verbrechertyp, während Dril ihn nicht anerkennen wollte aus Menschenliebe, die auf dem Gebiet der Kriminalistik unangebracht, ja schädlich ist.

Nach dieser Schlußfolgerung war Samgin voll befriedigt, besuchte das Gericht nicht mehr und sagte sich nochmals, daß er, wie Warawka ihm geraten hatte, am Institut für Zivilingenieure studieren sollte.

Danach hatte er noch einen sehr unangenehmen Eindruck. Auf dem Heimweg von Warwara ging er einmal spät bei mondheller Nacht über die Boulevards. Eine Stunde vorher war ein starker Frühlingsregen niedergegangen, die warme Luft war feucht und mit dem Duft jungen Laubs geschwängert, und der Mond hatte den Erdboden launisch mit den Schatten der Bäume gemustert. Samgin war in großmütiger Stimmung und dachte daran, daß er vielleicht zu Warwara umziehen sollte, denn sie wünschte das sehr und es wäre bequem, kümmerten sich doch sowohl sie als die Anfimjewna mit solcher Sorgfalt um ihn. Er hatte an Warwara eine positive Eigenschaft entdeckt: die Liebe für Behaglichkeit, denn sie schmückte unermüdlich ihr Nest. Samgin begriff: Sie wartete auf einen Hausherrn.

»Sind Sie es, Samgin?« rief ihm ein Mann nach, den er eben erst überholt hatte. Dann hängte sich Tagilskij bei ihm ein, mit grauem Mantel, den Hut in den Nacken gerückt und angeheitert; sein Porzellangesicht war mit roten Flecken bedeckt, die Augen waren weit aufgerissen und blickten angespannt, als fürchtete er zu blinzeln.

»Machen Sie auf Mädchen Jagd? Etwas spät! Und – was für Mädchen könnte es hier auch geben?« schwatzte er unschicklich laut. »Ich hasse die Mädchen, mache von ihnen zwar Gebrauch, aber ich hasse sie. Und ich sage geradeheraus: Ich hasse dich, weil ich mich mit dir herumbalgen muß. – Da lacht sie, die Idiotin. Sie sind allesamt Diebe.«

Samgin entsann sich, daß er vor etwa einem Monat in dem banalen »Moskauer Blättchen« eine skandalöse Notiz über einen Studenten gelesen hatte, dessen Familienname sich hinter dem Buchstaben T verbarg. Der Student hatte das Dienstmädchen eines Rendezvoushauses beschuldigt, ihm Geld gestohlen zu haben; die Zeugen der Beschuldigten hatten aber ausgesagt, daß diese die ganze Nacht bis zum Morgen nicht als Dienstmädchen tätig, sondern als Gast des Hauses mit einem anderen Gast beschäftigt gewesen sei und daß der Kläger sich daher irre, denn er habe sie nicht einmal sehen können. Die Notiz trug die Überschrift: »Irrtum eines Gelehrten«.

»Übrigens die Mädchen«, schwatzte Tagilskij, nahm den Hut ab und fächelte sich damit ins Gesicht. »Dieser Tage befand ich mich in Gesellschaft des Stellvertreters des Staatsanwalts, Kutschin oder Kitschin? Erinnern Sie sich des Petroleumskandals mit der jungen Wetrowa? Sie tötete sich im Gefängnis durch Verbrennen – ein Skandal, aus dem man eine ganze Geschichte zu machen suchte. Diesem Kitschin wurde unvorsichtige Behandlung der Wetrowa zur Last gelegt, aber das scheint Unsinn zu sein. Nein, er ist kein Swidrigailow und überhaupt kein grausamer Mensch, sondern ein Mann ›mit Grundsätzen‹ und so einer, wissen Sie, so ein gradliniger . . .«

Er glitt aus, Samgin stützte ihn.

»Halt, ich habe im Restaurant ein interessantes Buch und die Handschuhe liegenlassen«, murmelte Tagilskij, tastete die Taschen ab und sah sich auf die Füße, als pflegte er die Handschuhe an den Füßen zu tragen. »Kehren wir um?« schlug er vor. »Es ist nicht weit. Trinken wir eine Flasche Wein, plaudern wir ein wenig, wie?«

Ohne Klims Zustimmung abzuwarten, drehte er ihn mit einer Gewandtheit und Kraft um, die bei einem halbbetrunkenen Menschen ungewöhnlich war. Er interessierte Samgin sehr wegen seiner Stellung im Kreise Preißens, der Stellung eines Menschen, der sich für den klügsten von allen hält und seine Repliken gibt wie ein Reicher Almosen. Ihn interessierte die Verwöhntheit seines üppigen, koketten Körpers, der eigens für schöne Anzüge und bequeme Sessel erschaffen zu sein schien.

»Schon lange nicht mehr bei Preiß gewesen?« fragte Samgin.

»Ich habe mich mit denen dort etwas überworfen, um mir die Langeweile zu vertreiben«, antwortete Tagilskij lässig, stieß mit dem Fuß die Tür des Restaurants auf und erteilte dem Kellner den strengen Befehl, seine Handschuhe und das Buch zu suchen. Im Restaurant schien er nüchterner zu werden, und am Tischchen, bei einer Flasche Apanagenweins, begann er mit gedämpfter Stimme und sichtlichem Vergnügen zu erzählen: »Dieser Kitschin argumentiert äußerst interessant: ›Der Marxismus‹, sagt er, ›ist zwar eine solid aufgebaute Glaubenslehre, aber für mich unannehmbar, da ich ein erblicher Bourgeois bin.‹ Sie werden zugeben, daß einiger Mut dazu gehört, so etwas zu sagen!«

Seine Augen mit den reglosen Pupillen blickten Klim herausfordernd ins Gesicht, die molligen und grellen Lippen verzogen sich zu einem übermütigen Lächeln, er leckte sie mit der Zunge ab, die lang und schmal war wie bei einem Hund. Sie saßen an der Tür zu einem Zimmer, in dem ein Orchestrion dröhnte und trommelte. Es war sehr laut, rauchig, an einem Tisch nicht weit von ihnen bewegte ein erregter Jude mit grotesk übergroßer Nase ununterbrochen seine sämtlichen zehn Finger vor dem Gesicht eines bärtigen Russen, der eine Zigarre rauchte; der Jude sprach leise, mit Entsetzen im Gesicht, schaukelte mit dem Stuhl und schüttelte den Lockenkopf. An einem anderen Tisch speiste träge eine Frau mit glutrotem Gesicht und mit grünen Steinen an den Ohren; ihr gegenüber saß ein Mann, der dem Minister Witte ähnelte, und zerlegte mit dem Messer sorgfältig den Schädel eines Spanferkels. Tagilskij erzählte, zwischendurch Wein trinkend, mit stark gesenkter Stimme: »»Menschen ... Menschen meiner Klasse‹, sagt er, ›die diese Geschichtsphilosophie als verbindliche Wahrheit betrachten‹, sagt er, ›halte ich für Dumm-köp-fe, ja sogar für Verräter aus Unverstand, denn das unbestreitbare Gesetz der wahren Geschichte ist die Ausbeutung der

Natur und der menschlichen Kräfte, und je erbarmungsloser die Gewalt, desto höher die Kultur.‹ Wie finden Sie das, he? Dabei waren dort eingefleischte Liberale zugegen . . .«

Das Orchestrion verstummte, die letzten Trompetenstöße klangen disharmonisch und wie durch Watte, der Jude hatte noch nicht die Stimme gesenkt, und durch den Raum tönten die verzweifelten Worte: »Wer wird denn diese Fabrik in der menschenleeren Gegend bauen? Dorthin muß man sieben Stunden mit schäbigen Pferden fahren!«

Der Mann, der wie Witte aussah, hatte den grinsenden weißlichen Schädel zerspalten, zeigte die eine Hälfte der Dame und fragte mit vorwurfsvoller Stimme den Kellner: »Kellner! Wo ist denn das Hirn? Was haben Sie mir da aufgetischt?«

Der Jude sah sich verlegen um und zog den Kopf ein, als er merkte, daß Tagilskij ihn mit einer Grimasse anstarrte. Das Orchestrion fing wieder an zu dröhnen. Tagilskij trank einen Schluck Wein und beugte sich über den Tisch zu Samgin vor. »Nein, in der Tat, ein tapferes Kerlchen, nicht wahr?« fragte er.

»Vielleicht ist er verbittert«, bemerkte Klim.

»Vielleicht. Dennoch! Er sagte unter anderem, die Regierung werde wahrscheinlich auf administrative Maßnahmen verzichten und der öffentlichen Aburteilung der Politischen den Vorzug geben. Dann werde sie, sagt er, die Möglichkeit haben, der Gesellschaft zu zeigen, wer bei uns die Rolle der Wahrheitsmärtyrer spielt. Denn man liebe bei uns allzusehr die Häftlinge, die Erniedrigten und Beleidigten und so weiter, die jetzt lernen, wie die Kulturwelt zu erniedrigen und zu beleidigen sei.«

Er schob Klim ein Etui mit dünnen Zigaretten hin und fragte: »Merken Sie, wie der Marxismus die Verhältnisse zuspitzt?«

Samgin zuckte stumm die Schultern. Er putzte seine Brille, hörte sehr aufmerksam zu und hegte den Verdacht, dieses korpulente, behäbige Menschlein sage nicht etwas, das es gehört, sondern etwas, das es selber erfunden hatte.

Das sieht sehr danach aus, als wollte er mich zur Offenheit herausfordern, sagte sich Klim.

Tagilskij schien jedoch nüchterner zu werden, als er auf der Straße gewesen war, sein säuerliches Stimmchen klang fest, die Worte glitten ihm leicht und gewandt von der langen Zunge, und sein Gesicht strahlte vor Vergnügen.

»Sie werden doch zugeben, Samgin, daß solche gr-radlinigen Menschen wie unser gemeinsamer Bekannter Pojarkow eben Feindschaft gegen die Kulturwelt lehren und lernen, wie?« fragte Tagilskij, wobei er den Weinrest in Klims Glas goß und ihm mit herausfordernderm Lächeln ins Gesicht sah.

»Ich weiß nicht, wen und was Pojarkow lehrt«, sagte Samgin sehr trocken. »Aber mir scheint, in der Kulturwelt gibt es zu viel ... sonderbare Menschen, deren Vorhandensein davon zeugt, daß diese Welt ungesund ist.«

Während des Sprechens dachte er:

Zweifellos provoziert er mich, dieses Vieh!

Um das Gespräch auf ein anderes Thema zu lenken, fragte er: »Haben Sie schon das Staatsexamen?«

Tagilskij nickte und schlug aus unersichtlichem Grund mit dem roten Fäustchen auf den Tisch.

»Was haben Sie nun vor?«

»Würden Sie sich wundern, wenn ich zur Staatsanwaltschaft ginge?« fragte er, wobei er Samgin ins Gesicht blickte und sich mit der Zungenspitze die Lippen leckte; seine Augen spiegelten unnatürlich grell das Lampenlicht, und die Enden seines gezwirbelten Schnurrbarts gingen in die Höhe.

»Weshalb sollte ich mich wundern? Ich werde Rechtsanwalt, Sie Staatsanwalt ...«

»Stellen Sie sich aber vor, Sie wären Angeklagter in einem politischen Prozeß und ich Anklagevertreter?«

»Würden Sie mich nicht schonen?«

»Nein. Dieser Kutschin oder Kitschin – zum Teufel noch mal! – sagt: ›Je klüger der Angeklagte, desto schuldiger ist er.‹ Sie aber sind klug, ehrlich gesagt! Das wäre schon allein daraus ersichtlich, wie gekonnt Sie schweigen.«

Das Restaurant hatte sich bereits geleert. Die Kellner sahen die verspäteten Gäste trübsinnig und fragend an. Einer von ihnen verbarg sein Gähnen beredt hinter einer Serviette, und es sah aus, als wäre ihm übel.

»Es wird Zeit, zu gehen«, sagte Samgin.

Auf der Straße schritten sie zwei, drei Minuten schweigend nebeneinanderher; Samgin erwartete noch irgendeinen Streich von Tagilskij und hatte sich nicht getäuscht.

»Rußland braucht Kloakenreiniger. Entsinnen Sie sich nicht, wer das gesagt hat?« fragte Tagilskij.

Klim antwortete: »Sie haben es gesagt.«

»Nein, ich wiederholte es nur. Gesagt aber hat es, soweit ich mich erinnere, Leontjew. Er oder Katkow.«

»Ich weiß es nicht.«

Nach ein paar Schritten fragte Tagilskij von neuem: »Hätten Sie nicht Lust, zwei Schwestern zu besuchen, denen zu jeder Tages- und Nachtzeit liebe Gäste willkommen sind? Das wäre hier ganz in der Nähe.«

Klim lehnte ab. Hierauf drückte ihm Tagilskij mit seiner kleinen, aber kräftigen Rechten die Hand, schlug den Mantelkragen hoch, schob den Hut tief in die Stirn und bog festen Schrittes um die Ecke wie einer, der sich bewußt ist, zuviel getrunken zu haben.

Ein Kloakenreiniger, dachte Samgin, ihm nachblickend. Hält sich für einen klugen Kopf und gleicht einem Kerl, der sich aushalten läßt, einem Tröster wohlhabender alter Weiber.

Fluchend dachte er daran, wie zynisch Gedanken zum Ausdruck gebracht werden können, und bedauerte nochmals, daß er sich für die juristische Fakultät entschieden hatte. Er dachte an den Statistiker Smolin, der den Stellvertreter des Staatsanwalts beleidigt hatte, und danach der langen Zunge Tagilskijs.

Er schwindelt, er wird nicht zur Staatsanwaltschaft gehen, dazu fehlt ihm der Mut...

Nach den Prüfungen beschloß Samgin, für drei Tage heimzufahren und dann auf der Wolga in den Kaukasus zu reisen. Er hatte sehr wenig Lust, nach Hause zu fahren: dort waren Lidija, die Mutter, Warawka, die Spiwak, Menschen, die ihm fast in gleichem Maße lästig waren, die er nicht brauchte. Dort waren »Unser Land«, Dronow und Inokow, auch das war unangenehm. Der Zufall wies ihm einen anderen Weg; er packte bereits seine Sachen, als ihm ein Telegramm der Mutter gebracht wurde: »Vater gefährlich erkrankt, rate anreisen Wyborg.«

Den Vater hatte er so gut wie vergessen, seine Erkrankung beunruhigte Samgin nicht, doch die Möglichkeit, den Heimatbesuch hinauszuschieben, freute ihn sehr; er brachte die überflüssigen Sachen zu Warwara und reiste nach Finnland.

In einem sauberen Städtchen, einer stillen breiten Straße mit schönem Boulevard in der Mitte, einem Restaurant gegenüber, auf dessen Veranda inmitten von Blumen ein Streichorchester spielte, wurde Samgin die Tür eines soliden, aber nicht sehr großen Granithauses von einer flachbrüstigen, stämmigen Frau in grauem Kleid geöffnet. Nachdem sie schweigend sein Anliegen angehört hatte, führte sie ihn in ein halbdunkles Zimmer, in dem an einem offenen, doch mit Blumen besetzten Fenster Iwan Akimowitsch Samgin halb aufgerichtet auf einem breiten Diwan lag. Sein Gesicht war verzerrt, die rechte Hälfte geschwollen und abgesunken, die Zunge aus dem gekrümmten Mund herausgefallen, die Unterlippe hing herab und ließ die reich vergoldeten Zähne sehen. Das rechte Auge des Vaters starrte

unbeweglich aufwärts, in die Ecke, auf eine Bronzestatuette des au
einem Bein stehenden Merkur, das linke lächelte, das Augenlic
zuckte und wedelte Tränen auf die feuchte, schon lange nicht meh
rasierte Wange herab. Samgin der Vater sagte mit Kehlkopfstimme
»Km ... Dm ...«

Samgin der Sohn sah sich das ein paar Sekunden an, dann senkte
er den Kopf und schloß die Augen, um es nicht mehr zu sehen. An
Kopfende des Diwans stand wie aus Granit gemeißelt die graue Frau
und sagte, indem sie die Vokale verdoppelte und die Worte entstellte, mit brummiger Stimme: »Da-as zwei Schla-aganfall. Eine-e
klein, macht ni-ichts!«

Sie hatte ein breites Gesicht mit großem, lippenlosem Mund, eine
platte Nase und einen samtenen Leberfleck auf dem Backenknochen
unter dem linken Auge.

»Zwei Kinde«, sagte sie und zeigte Klim zwei Finger, wie man
Kindern Hörner zeigt.

Was soll ich mit der anfangen? fragte er sich und lauschte, um den
Vater nicht zu hören, dem Lärm des Restaurants vor dem Fenster.
Das Orchester hatte ausgesetzt und begann gerade in dem Augen-
blick von neuem, als eine zweite, ebenso graue Frau im Zimmer er-
schien, die aber jünger, sehr schlank und wohlgebaut war und einen
Zwicker auf der hochgerichteten Nase trug. Sie sah Klim verwundert
an und fragte dann leise und weich: »Sie sind nicht Dmitrij, Sie sind
Klim? Oh, ich verstehe!«

Neben dem steinernen Gesicht der ersten erschien Klim das ihre
angenehm. Sie glättete mit der Hand das gesträubte Haar des Kranken, trocknete mit einem Taschentuch seine tränenden Augen und
die feuchte, mit weißen Stoppeln bedeckte Wange, und danach verlief alles sehr gut und einfach. Vor allem war gut, daß sie Klim sofort
aus dem Zimmer des Vaters hinausführte; beim Anblick seines halbtoten Gesichts fühlte sich Klim bedrückt, und es war für ihn unheimlich, daß die Geigen und Klarinetten, die vor dem Fenster einen
langsamen und gefühlvollen Walzer spielten, das Röcheln und Stöhnen des Sterbenden nicht zu übertönen vermochten.

Im Speisezimmer, dessen Wände mit hellem Holz verkleidet waren und wo auf dem Tisch ein vernickelter Samowar brodelte, sagte
die Frau: »Ich heiße Aino, man kann auch Anna Alexejewna zu mir
sagen. Die dort«, sie deutete auf die Tür zum Zimmer des Vaters,
»ist meine Schwester Christina.«

Sie zündete sich eine Zigarette an und schwenkte das Streichholz,
das nicht auslöschen wollte, lange vor ihrem Gesicht herum, wobei
der Widerschein des Flämmchens auf den Gläsern ihres Zwickers

linkte. Als das Steichholz ihr dann die Finger verbrannt hatte, warf sie es in den Aschenbecher und legte den Finger an den Mund, als küsse sie ihn.

»Wie haben Sie es erfahren?« fragte sie. »Ich schickte das Telegramm an Dmitrij.«

Klim erklärte ihr gemessen, sein Bruder könne nicht kommen, weil er polizeilich überwacht werde, und habe das Telegramm an die Mutter weitergeleitet.

»So«, sagte sie, Tee eingießend. »Ja, er hat das Telegramm nicht erhalten, er hat schon vor mehr als einem Monat seine Frist beendet und ist mit eine Ethnograph ein wenig zu Fuß gegangen. Ich habe ein Brief von ihm, er wird diese Tage hierher sein.«

Sie hatte eine kräftige, aber modulationsarme Stimme und sprach zwar falsch, hatte aber keine Bedenken bei der Wahl der Worte.

»Sie wollen warten auf ihn, zu sprechen über Vermögen, oder Sie nicht wollen?« fragte sie, Klim das Glas hinschiebend.

Ein wenig verlegen durch die Tatsache, daß sie über Dmitrij unterrichtet war, erklärte Samgin höflich, aber entschieden, er stelle keinerlei Erbschaftsansprüche, worauf sie ihn mit einem Lächeln anblickte, von dem ihre Mundwinkel in die Höhe gingen und ihr Gesicht kürzer wurde.

»Nein«, sagte sie. »Das ist unangenehm und muß sofort beendet werden, damit es nicht stört. Ich will kurz sagen: Testament ist da – nicht wahr? Sie können es lesen und werden sehen: Das Haus und dies alles«, sie beschrieb mit den Händen einen weiten Kreis, »und noch vieles bekomme ich, denn es sind Kinder da, zwei Jungen. Ein wenig Dimitrij, und für Sie ist nichts da. Das ist ungerecht, meine ich. Man muß es gerecht machen, wenn der Bruder kommt.«

Klim wiederholte, daß er nichts brauche, aber sie lächelte. »Das ist deshalb, weil Sie noch jung sind und nicht wissen, wie sehr man Geld braucht.«

Für einen Augenblick wurde ihr Gesicht noch weicher, angenehmer, doch dann schlossen sich ihre Lippen zu einem geraden Strich, die schmalen und spärlichen Brauen rückten zusammen, und das Gesicht nahm einen Ausdruck von Protest an.

»Ihr Vater war ein echter Russe, wie ein Kind«, sagte sie, und ihre Augen röteten sich ein wenig. Sie wandte sich ab und horchte. Das Orchester spielte etwas Bravouröses, aber die Musik klang gedämpft, und außer ihr war draußen nichts zu hören. Auch im Hause war es still, als stände es weit außerhalb der Stadt.

Sie spricht vom Vater, als wäre er nicht mehr, stellte Klim fest, während sie, irgendwessen Rechte anfechtend, weiterredete und mit dem Fuß den Takt schlug; Klim merkte, daß sie, ohne die Ferse zu heben, mit der ganzen Sohle klopfte.

»Er war gut. Er kannte alles, nur nicht sich selbst. Er saß hier und dort«, die Frau deutete mit der Hand in die Ecken des Zimmers, »aber er fühlte sich nie zu Hause. Es gibt solche Menschen, sie können nie zu Hause sein, das sind die Russen, denke ich. Verstehen Sie?«

Klim neigte zustimmend den Kopf.

Ganz leise bereits sagte sie: »Er spielte Preference und dachte daran, daß das englische Volk vom Sport verdummt; das regte ihn auf, und er verlor immer. Aber man liebte ihn, weil er verlor, und wenn er nicht Karten spielte, gewann er. So war er . . . komisch, komisch!«

Ihre grauen Augen röteten sich wieder und nun schon stärker, aber sie lächelte, wobei sie die sehr dicht stehenden kleinen und weißen Zähne entblößte.

Samgin fand, daß sowohl ihr Gesicht als auch ihre Figur an die Mutter erinnerten, als sie etwa dreißig Jahre alt war.

Vielleicht hat Vater sich deshalb in sie verliebt.

Aber nicht diese Ähnlichkeit war das Angenehme an der Freundin des Vaters, sondern die Zurückhaltung in ihren Gefühlen, die ungewöhnliche Sprache und die Ungewöhnlichkeit von allem, was sie umgab und zweifellos ihr Werk war: diese Sauberkeit, die Gemütlichkeit, die einfachen, aber schönen, leichten und festen Möbel und die grell gemalten Ölstudien an den Wänden. Es gefiel ihm, daß sie so gut und vielleicht treffend den Nekrolog des Vaters sprach. Ihm kam es nicht einmal überflüssig vor, als sie nach kurzem Nachdenken und Kopfwiegen leise und traurig sagte: »Er hatte einen sehr guten Organismus, trank aber etwas zu eifrig Rotwein und aß zu fett. Er wollte sich nicht gut lenken, wie ein Bauer, der mit einem fremden Roß fährt.«

Dann kam ihre steinerne Schwester; als sie sich auf den Stuhl setzte, knickte sie gleichsam in Hüften und Knien ein; obwohl sie ziemlich beleibt war, wirkten alle ihre Bewegungen grotesk eckig. Aino fragte Klim, wo er abgestiegen sei.

»Ich lasse Ihre Sachen holen«, sagte sie, und als Klim ablehnte, in ihr Haus umzuziehen, sagte sie einfach, aber bestimmt: »Ich werde mich schämen, wenn der Sohn nicht dort wohnt, wo der Vater stirbt.«

Alles ging überhaupt ungewöhnlich einfach und leicht, und man merkte fast nicht, schien irgendwie zu vergessen, daß der Vater im Sterben lag. Iwan Samgin verschied einen Tag später gegen sechs Uhr morgens, als alle im Haus schliefen und wahrscheinlich nur Aino wach war; sie war es, die an Klims Zimmertür klopfte und sehr laut und mit sonderbar tiefer Stimme sagte: »Iwan ist gestorben.«

Zwei Tage vergingen unter Sorgen und Bemühungen, die jener Kopflosigkeit und sinnlosen Geschäftigkeit entbehrten, wie Klim sie bei Beerdigungen in Rußland beobachtet hatte. Es war ihm etwas peinlich, die Beileidsbezeigungen der russischen Bekannten des Vaters entgegenzunehmen, und insbesondere langweilte ihn der junge Geistliche, der geheimnisvoll und mit gedämpfter Stimme begeistert von dem Verstorbenen sprach, als handelte es sich um jemanden, der unerwartet eine löbliche Tat vollbracht hatte. Aber auch der Geistliche, dessen Gesichtszüge denen Tagilskijs ähnelten, war ein angenehmer und offenbar sehr glücklicher Mensch, er strahlte vor freundlichem Lächeln, sang mit äußerst hohem Tenor und sprach die Worte der Gesänge rund und deutlich aus; er beerdigte wohl nicht oft und war sehr zufrieden mit der Möglichkeit, seine Meisterschaft zeigen zu können.

Aino schritt, schwarz gekleidet, mit hocherhobenem Kopf, aufrecht hinter dem Sarg her, ihr Gesicht war reglos und voll Protest, doch sie weinte nicht einmal, als man den Sarg in die Grube hinabgelassen hatte, sie zog nur die Schultern hoch und krümmte ein wenig den Rücken. Klim empfand das Verlangen, ihr zu gefallen, und fragte sie auf dem Heimweg sogar, wo ihre Kinder seien.

»Oh! Sie sind natürlich nicht hier. Die Kinder brauchen den kranken und toten Vater nicht zu sehen und auch sonst keinen Toten, wenn sie noch klein sind. Ich habe sie schon lange zu meiner Mutter und meinem Bruder gebracht. Er ist Agronom und hat eine Frau, aber keine Kinder, und sie liebt die meinen mit geradezu komischem Neid.«

Am nächsten Tag wollte Klim abreisen, aber sie war sehr verwundert und ließ ihn nicht fort.

»Wieso das? Sie haben den Bruder so viele Jahre nicht gesehen und wollen sich nicht beeilen, ihn zu sehen? Das ist schlecht. Auch müssen wir über das Testament sprechen.«

Samgin war beschämt, aber sagte, er wolle sich bis zur Ankunft des Bruders Finnland ansehen.

»So. Suomi ansehen – das geht!« genehmigte sie. »Ich werde Ihnen die Adresse meiner Freunde geben, Sie werden hierhin, dorthin fahren, und man wird Ihnen das Land zeigen.«

Er machte eine Fahrt auf dem Saima-Kanal, besuchte Kotka, Helsingfors, Åbo und trieb sich fast einen Monat in angenehmer Weise, »bald hier, bald dort«, in dem wundervollen Land herum, das er bisher nur aus dem Geographiebuch für Gymnasiasten und einem anderen Buch gekannt hatte, von dem ihm der Satz in Erinnerung geblieben war:

»Jetzt befinde ich mich mitten im Herzen des freudlosen Landes der Sümpfe und Seen, der dürftigen Wälder, des Granits und des Sandes, im Lande der mürrischen Stiefkinder einer rauhen Natur.«

Dieser Satz enthielt eine gewisse äußere Wahrheit, eine von jenen Wahrheiten, die er sich leicht zu eigen machte, wenn er sie für angenehm oder nützlich hielt. Hier aber, zwischen den Sümpfen, den Wäldern und dem Granit, sah er saubere Städte und gute Straßen, wie es sie in Rußland nicht gab, sah er herrliche Schulhäuser und wohlgenährtes Vieh an den Waldsäumen; er sah, daß jedes Stück Land sorgfältig bestellt und eingehegt war und daß die langsamen Finnen überall hartnäckig am Werk waren, den Fels und den Sumpf zu bezwingen.

»Hyvää päivää!« grüßten sie ihn durch die Zähne und mit dem Gefühl eigener Würde.

Es gefiel ihm, daß diese Leute ihre Wohnstätten erbaut hatten, wo sie wollten oder konnten, und daß deshalb jedes Gehöft einem Denkmal glich, das der Besitzer sich selbst errichtet hatte. Im Lande Jumalas und Ukkos herrschte ernste Stille – sie wurde besonders unterstrichen durch das melancholische Klirren der Kuhschellen; aber das war nicht die öde und träge Stille der russischen Felder, sie wirkte wie die Stille ruhiger Überzeugung des stämmigen und schweigsamen Volkes, daß es so zu leben berechtigt sei, wie es lebte.

Samgin erinnerte sich, wie er in seiner Kindheit die »Kalevala«, ein Geschenk der Mutter, gelesen hatte; dieses Buch, das in Versen geschrieben war, die am Gedächtnis vorbeisprangen, langweilte ihn, aber die Mutter hatte darauf bestanden, daß er es zu Ende lese. Jetzt erstanden vor ihm durch das Chaos all seiner Erlebnisse hindurch die epischen Gestalten der Helden von Suomi: die Kämpfer gegen Hiisi und Loubi, die Elementarkräfte der Natur; ihr Orpheus Vainämöinen, der Sohn der Ilmatar, die ihn dreißig Jahre in ihrem Leibe trug; der lustige Lemminkäinen, der Baldur der Finnen, und Ilmarinen, der den Sampo, den Glückshort des Landes, schmiedete.

Dieses Volk hier hat das Recht auf Freiheit verdient, dachte Klim und erinnerte sich mit Unwillen wie eines mißglückten Versuchs, ihn zu betrügen, der Lobreden auf den russischen Bauern, der auf einem unvergleichlich ergiebigeren und freundlicheren Boden als dieses chaotische, unfruchtbare Land nicht zu leben verstand.

Ja, hier versteht man zu leben, sagte er sich nach zwei bis drei Besuchen in den eigenartig wohleingerichteten Häusern der Freunde

Ainos, gastfreundlicher und aufrichtiger Menschen, die mit dem russischen Leben und der russischen Kunst gut vertraut waren, ohne die russische Leidenschaft für Debatten über die bestmögliche Einrichtung der Welt zu zeigen, und die ihr Land wie einen Versband ihres Lieblingsdichters kannten.

Wie wunderbar war die steinerne Stille der warmen, mondklaren Nächte, wie seltsam dicht und weich waren die Schatten, wie ungewöhnlich die Düfte, von denen Klim meinte, sie verschmölzen alle zu einem einzigen – dem Duft einer gesunden, in Schweiß geratenen Frau. Er fühlte sich überhaupt in lyrischer Stimmung, lebte in einer ihm ungewohnten, angenehmen Gedankenlosigkeit, nur selten tauchten Gedanken auf, sie erregten ihn fast gar nicht und vergingen rasch wieder.

Bei der Rückkehr nach Wyborg jedoch war er etwas ermüdet von der Fülle der neuen Eindrücke und gelaunt wie ein Beamter, der sich wieder seinem langweiligen Dienst widmen muß. Die Begegnung mit dem Bruder, die kein Interesse erweckte, drohte mit sehr langem Gespräch über Politik, Klagen über das Leben der Verbannten und Erinnerungen an den Vater, über den Dmitrij natürlich nichts Besseres als Aino sagen würde.

Dmitrij begrüßte ihn mit stiller, verhaltener, aber dennoch schwerfälliger und unbeholfener Freude, packte ihn mit harten Fingern schmerzhaft fest an den Schultern, schaute ihm blinzelnd, lächelnd und prüfend in die Augen und sagte mit tiefer, ermunternder Stimme: »Wie du dich gemacht hast! Na, küssen wir uns?«

Sein buntes, baumwollenes Kittelhemd, der zerknitterte, verschossene Rock und die Schuhe, die viel Ähnlichkeit mit denen einer Bäuerin hatten, verliehen ihm das Aussehen eines unbegüterten Krämers. Sein Haar war nach Bauernart rundum scharf gestutzt; rings um das breite, wettergebräunte Gesicht mit sich schälender Nase wucherte ein dichter Bart, seine Augen schimmerten trunken und irgendwie schuldbewußt.

»Ich bin schon seit sechs Tagen hier«, sagte er gedämpft, als paßte er sich der Stille des Hauses an. »Dank gütiger Erlaubnis der Obrigkeit habe ich einen hochinteressanten Spaziergang gemacht und über fünfhundert Werst zu Fuß zurückgelegt. Ich habe viele ganz wunderbare Lieder gehört! Vater aber ist unterdessen . . . ja, ja . . .« Er sah Aino an und kratzte sich hinter dem Ohr. »Es ist doch recht früh mit ihm zu Ende gegangen . . .«

Mit Aino stand er offenbar schon auf freundschaftlichem Fuß. Klim kam es vor, als blickte sie Dmitrij ab und zu durch den Zigarettenrauch hindurch mit jenem platonischen Vergnügen an, mit dem

Frauen zuweilen interessante Halbwüchsige ansehen. Sie fand bereits Gelegenheit, Klim zu sagen: »Er ist dem Vater ähnlicher als Sie glaube ich.«

Sie sagte das, als Dmitrij für einen Augenblick das Zimmer verlassen hatte. Er kehrte mit einer silbernen Schnupfdose in der Hand zurück.

»Das schenke ich dir. Sie ist zur Zeit der Zarin Elisabeth Petrowna angefertigt, in Ustjug. Nicht schlecht, was? Ich habe dort einiges Material für einen Artikel über diese Kunstgattung gesammelt. Auch habe ich eine Weinkelle des Zaren Alexej Michailowitsch geschenkt...«

Klim bewunderte die Kelle und fragte: »War es nicht langweilig, dort zu leben?«

»Wo denkst du hin! Das ist eine äußerst interessante Gegend, mein Lieber.«

Es war deutlich zu merken, daß Dmitrij seine Offenherzigkeit nicht nur nicht eingebüßt, sondern anscheinend noch entfaltet hatte. Seine bäurische Art wirkte natürlich und war für Klim ein Zeichen für den weichen Charakter des Bruders und seine Fähigkeit, sich der Umwelt anzupassen.

So läßt es sich leicht leben, dachte er, als er zuhörte, wie Dmitrij von den Küstenbewohnern und dem Fischereigewerbe erzählte. Beim Erzählen trank Dmitrij mit dem Vergnügen eines Droschkenkutschers Tee, lächelte und geizte nicht mit Superlativen.

»Ein höchst zähes Volk. Äußerst erstaunlich.«

»Wirst du jetzt heimfahren?« fragte Klim.

»Heimfahren?... Nein«, antwortete Dmitrij entschieden, senkte die Augen und wischte sich mit der Hand den nassen Schnurrbart ab; die Schnurrbartenden bogen sich in den Mund, und das steigerte sehr den gutmütigen Ausdruck seines Gesichts. »Weißt du, Warawka gefällt mir nicht besonders. Und dann seine Zeitung ›Unser Land‹ – ein ganz übles Blättchen! Und – weiß der Teufel! – er setzt sich gleichsam auf alles, auf Häuser, auf Wälder, auf Menschen...«

Es schickt sich nicht, in Gegenwart einer Fremden so zu sprechen, dachte Klim, doch der Bruder sprach weiter: »Ich werde in Pskow leben. Haupt- und Universitätsstädte sind mir natürlich verboten. In Pskow werde ich bis zum Herbst bleiben und dann um Aufenthaltsgenehmigung für Poltawa bitten. Hierher hat man mich nur für zwei Wochen beurlaubt, und ich muß mich täglich bei der Polizei melden. Na, und wie geht es dir? Der Marxismus befriedigte dich nicht, soweit ich mich erinnere?«

Klim lächelte und dachte: Nun fängt es an.

Er gedachte Tomilins und sagte dozierend: »Will man etwas gut begreifen, darf man nicht voreilig glauben; die Kraft der Erkenntnis ruht im Zweifel.«

»Ich bin der gleichen Meinung«, sagte Aino kopfnickend.

Dmitrij sah sie, dann den Bruder an und biß anscheinend die Zähne zusammen, sein Gesicht ging komisch in die Breite, die Barthaare auf den Kinnbacken sträubten sich, er deutete mit der Hand hinter sich, seufzte laut und begann, mit der Hand die Backen streichend: »Dort, weißt du, denkt man über alles sehr viel nach. Es gibt dort wenig Menschen, aber viel Natur; eine schreckliche Gegend. Eine Leere, weißt du, die nach Ausfüllung verlangt. Als man mich nach Mesen verschickte ...«

»Weswegen denn?« erkundigte sich Klim.

»Das weiß der Teufel! Man hatte sich eingebildet, ich wolle aus Ustjug flüchten. Nun, dreizehn Monate später jagte man mich wieder nach Ustjug. Ich beklage mich nicht, ich habe höchst interessante Gegenden zu sehen bekommen!«

Er lächelte, strich sich mit beiden Händen über das Gesicht und glättete den Bart.

»Na also, Mesen. Weißt du – es ist ein mäßig großes Kirchdorf mit etwa zweitausend Einwohnern. Dann das Meer – eine Mitgardschlange, die sich wie ein Ring um die Erde schlingt. Daß es Weißes Meer heißt, ist schlecht ausgedacht, denn es ist ja so grau und bösartig, weißt du, es heult und brüllt, besonders nachts, die Nächte aber sind endlos lang! Und dann gibt es dort allerhand Unarten – das Nordlicht beispielsweise. Als ich diesen Lichtaufruhr, diesen äußerst tollen und lautlosen Zauber von Millionen Regenbögen das erstemal sah, da wurde mir – ich schäme mich nicht, es einzugestehen – angst und bange! Eine Zeitlang setzte bei mir das Denken aus, und ich kam mir hohl vor wie eine Seifenblase, die dieses Flimmern kalter Flammen widerspiegelt. Welten verbrennen, und ich bin ein müßiger Zuschauer der Katastrophe.«

Dmitrij blinzelte wie geblendet und strich mit der Hand die Falten auf seiner breiten Stirn glatt, fragte aber gleich danach, zum Bruder vorgeneigt: »Vielleicht sollte aber die Ideologie begrenzen, wie?«

»Weshalb?« erkundigte sich Klim.

»Weil der Mensch zu Uferlosigkeit, zu Spontaneität neigt.«

»Ein klerikaler Gedanke.«

»Tja, es sieht so aus«, stimmte Dmitrij zu, bemerkte aber nach ganz kurzem Überlegen: »Auch im Staatsrecht findet sich dieser Gedanke.«

Er bat Aino, ihm Tee einzuschenken, und begann lebhaft zu erzählen: »Mein Wirt, ein Fischer und Küstenbewohner, sagte einmal zu mir: ›Sieh mal, Iwanytsch, du willst uns einreden, die Menschen müßten ein schöneres und leichteres Leben haben, aber die Erde ist ja dagegen! Auch ich bin dagegen; denn ich sehe: Jene Menschen, die besser leben, sind schlechter als die, die schlecht leben. Ich will es dir geradeheraus sagen, Iwanytsch: Meine Knechte sind besser als ich, dennoch würde ich ihnen die Netze und das Fischerboot nicht geben und mich nicht als Knecht verdingen, so Gott sich meiner erbarmt. Dabei weiß ich, aufrichtig gesagt, daß die Knechte besser sind als ich und daß ich mich ihnen gegenüber unredlich verhalte wie alle Herren. Machte man sie aber zu Herren, so würden auch sie nach meinem Gesetz leben. Da siehst du, was für ein Knötchen hier geknüpft ist.‹«

Dmitrij hatte ohne rechte Lust und schwerfällig zu erzählen begonnen, wurde aber bald lebhafter, sprach hastig weiter, dehnte und betonte einzelne Worte und zerhieb mit der flachen Hand die Luft. Klim erriet, daß der Bruder eine fremde Sprechweise wiederzugeben suchte, und fand, es gelinge ihm nicht: Er ist unbegabt.

Dmitrij verstummte, und sein erwartungsvoller, fragender Blick zwang Klim zu sagen: »Daraus geht hervor, daß dieser Mann anscheinend von keiner Ideologie begrenzt war.«

»Das war ein schlechter Mensch«, bemerkte Aino entschieden.

»Ein schlechter, denken Sie?« fragte Dmitrij und sah sie aufmerksam an.

»O ja, das denke ich. Ich weiß nicht, wie ich es ausdrücken soll, aber ein sehr schlechter!«

Dmitrij legte die Stirn in Falten, seufzte und brummte vor sich hin: »Nun, dazu muß man wohl etwas wissen, was ich nicht weiß.«

Dann fuhr er, zum Bruder gewandt, fort: »Ich versuchte, mit den Leuten dort zu reden, doch sie verstanden mich nicht. Das heißt, sie verstanden mich, stimmten aber nicht zu. Ich bin ein unfähiger Propagandist, nicht überzeugend. Dort sind alle Individualisten ... sie lassen sich nicht von ihren Ansichten abbringen! Der eine sagte: ›Wozu soll ich mich um andere kümmern, wenn sie auch nicht an mich denken?‹ Ein anderer sagte: ›Vielleicht fordert morgen das Meer mein Leben, du aber willst mich belehren, ich solle mein Leben für zehn Jahre vorausberechnen!‹ Und immerzu reden sie in diesem Sinne ...«

Er erweckte bei Klim den Eindruck eines verwirrten Menschen, und es war Klim angenehm, dies zu fühlen, es war angenehm, sich ochmals davon zu überzeugen, daß das gewöhnliche Leben stärker war als die weisen Bücher, die der Bruder verschlungen hatte.

Dann begann wieder Aino zu sprechen, die ungezwungen dasaß und eine Zigarette rauchte.

»Das sind sehr satte Gedanken, Gedanken starker Menschen. Ich liebe die starken Menschen, ja! Die nicht aus sich selber leben können, sterben wie ein überflüssiges Zweiglein an einem Baum; die sich aber von der Sonne zu ernähren verstehen, leben und machen alles gut, wie man alles machen soll. Man soll sehr viel arbeiten und anhäufen, damit alle alles haben. Wir leben wie eine Expedition in einem unbekannten Land, in dem noch niemand gewesen ist. Die schwachen Menschen kosten sehr viel und stören. Wenn man zwei Gedanken hat, ist der eine überflüssig und schädlich. Die Russen haben zehn Gedanken, und sie sind alle nicht stark. Sie haben einen Geflügelhof im Kopf, glaube ich.«

Sie lachte leise auf. Dann sagte sie mit nur halb verstecktem Gähnen: »Ich muß schlafen gehen.«

Auch Klim zog sich zurück, indem er sich auf Müdigkeit berief, denn er wollte mit sich allein über den Bruder nachdenken. Als er jedoch in sein Zimmer gekommen war, zog er sich rasch aus, legte sich hin und schlief gleich ein.

Beim Morgenkaffee fragte er den Bruder: »Weißt du, daß Kutusow verhaftet ist?«

»Schon wieder? Wann denn?« rief Dmitrij sehr beunruhigt aus, als er aber Klims Erläuterungen angehört hatte, lächelte er breit. »Er ist in Nishnij, unter Aufsicht. Ich stand ja mit ihm fortwährend in Briefwechsel. Ein prächtiger Mensch, Stepan«, sagte er nachdenklich, während er eine Scheibe Brot mit Butter bestrich. Nach kurzem Schweigen fügte er hinzu: »Aino hat gestern nicht übel von den Starken gesprochen.«

»Im Geiste des Landes«, bemerkte Klim autoritär.

»Ein braves Weib.«

»Was weißt du über Marina?«

»Nichts weiß ich«, entgegnete Dmitrij sehr gleichgültig. »Anfangs stand ich mit ihr in Briefwechsel, dann brach er ab. Sie machte sich eine Zeitlang Gedanken über Gott, aber weißt du, das schmeckte etwas nach Bücherweisheit. Wenn dagegen die Küstenbewohner dort drüben von Gott reden, kann man endlos zuhören.«

Er lächelte und strich sich mit den Fingern die Brotkrumen vom Bart.

»Ich hätte dort beinahe geheiratet, mein Lieber.«

»Eine Verbannte?«

»Eine Küstenbewohnerin, die Tochter eines Fischers. Der Mann, von dem ich gestern erzählte, ist ihr Vater. Eine Familie, die fest zusammenhält. Drei Brüder, zwei Schwestern.«

Er zupfte sich heftig am Bart und seufzte: »Weißt du, es überkommt einen dort das Verlangen, sich mit dem Meer und der Tundra zu messen. Stark zu werden. Und es zieht einen sehr stark zur Frau hin. Die Frauen dort sind ungeheuerlich . . .«

Dann trat Aino ins Zimmer, lächelte, deutete mit dem Finger auf Klim und sagte: »Ein Mann will Sie sprechen, soll ich ihn hereinführen?«

»Mich?« wunderte sich Klim und erhob sich.

»Sie, Sie«, bejahte sie mit zweimaligem Kopfnicken und entfernte sich. Kurz darauf betrat ein fremder, sehr großer und langhaariger Mann das Speisezimmer.

»Sind Sie Klim Samgin?« fragte er im Ton eines Polizisten, wobei er voll Mißbilligung das Zimmer und Samgin musterte; hierauf deutete er mit dem Finger auf Dmitrij und fragte: »Und wer ist das?«

»Dmitrij Samgin, mein Bruder.«

»Aha-a!« stieß der Gast befriedigt aus und überreichte Klim ein Papierkügelchen, das er fest zwischen den Fingern hielt. »Das ist von der Somowa. Machen Sie es vorsichtig auf, das Papier ist dünn.«

Dann setzte er sich ohne weitere Umstände an den Tisch, und Klim, der den Zettel entfaltete, hörte ihn leise fragen: »Sind Sie schon lange aus der Verbannung zurück?«

Klim las: »Das ist unser Landsmann Platon Dolganow, er wird Dir etwas geben, bring es mit. L.«

Klim Samgin knüllte den Zettel zusammen und empfand das Verlangen, Ljubascha mit sehr kräftigen Worten auszuschelten. Dieses gewandte Mädchen war mit erstaunlicher Beharrlichkeit bestrebt, ihn in ihren Schlingen zu fangen, in die »Tätigkeit« hineinzuziehen. Er stand an der Tür und betrachtete mit scheelem Blick den rücksichtslosen Gast. Dieser Mann erinnerte ihn an einen aus dem Kreise des Literaten Katin, auch sah Dolganow überhaupt wie ein Geschöpf aus, das irgendwoher »aus der Finsternis der Vergessenheit« aufgetaucht war.

Klim sah die Hausherrin nicht an, da er in ihren hellen Augen einen Ausdruck des Mißfallens zu erblicken fürchtete; sie stand am Büfett und bereitete zum drittenmal Kaffee, den Dmitrij eifrig vertilgte.

»Trinken Sie Kaffee?« fragte sie freundlich Dolganow.

»Unbedingt«, antwortete er und streckte seine dicht aneinandergelegten langen Beine aus, wodurch er Aino den Weg zum Tisch wie mit einem Schlagbaum versperrte. Samgin zuckte sogar zusammen, denn es kam ihm vor, als hätte Dolganow dies mit Mutwillen getan; als aber Aino – offenkundig absichtlich! – mit hochgerafftem Rock über Dolganows Unterschenkel hinwegstieg, sagte dieser beifällig: »Wie geschickt! Sie entschuldigen, ich bin so müde, daß ich mich unter den Tisch legen könnte.«

»Nicht unter den Tisch«, riet Aino in dem Ton, in dem sie wahrscheinlich mit Kindern sprach.

»Sind Sie Finnin?« fragte Dolganow, sie mit den Augen messend. Sie antwortete mit freundlichem Kopfnicken, worauf der Gast, ebenfalls nickend, sagte: »Das sieht man.«

Klim Samgin unterbrach den Dialog, indem er dicht an Dolganow herantrat und sich zornig erkundigte: »Kennen Sie den Inhalt des Zettels?«

»Na selbstverständlich. Sagen Sie ihr nur, daß ich mich verspätet habe, sie weiß das übrigens wahrscheinlich schon.«

Um sich blickend, sich verbrühend, trank Dolganow ein Glas Kaffee, schob es wortlos der Hausfrau hin, stand auf und glich jetzt einem Zwerg auf Stelzen. Klim dachte, Dolganow wolle sich verabschieden und gehen, aber er trat an die Zimmerwand, klopfte mit dem Finger an die Holztäfelung und – äußerte seinen Beifall: »Praktisch. Was für Holz ist das?«

»Ahorn«, antwortete Dmitrij hastig.

»Nein«, sagte die Frau des Hauses.

»Na, einerlei«, wehrte Dolganow mit einer Handbewegung ab, schob seine Rockschöße auseinander, nahm wieder Platz und rieb sich die Beine, während die Frau mit weit zurückgeworfenem Kopf auflachte und mit Gelächter ausrief: »Wozu denn ... ach, wenn es einerlei ist, wozu braucht man dann zu fragen?«

Dolganow sah sie verwundert an, lächelte, brach plötzlich auch in Gelächter aus, hüpfte und wiegte sich auf dem Stuhl und sagte, als er genug gelacht hatte, zu Dmitrij: »Sie ist komisch!«

Dann schob er die Hände unter die Schenkel und wandte sich an Aino: »Natürlich – das ist dumm! Aber man spricht ja nicht wenig dummes Zeug. Und Sie tun es doch auch.«

Das belustigte die Frau noch mehr, Dolganow beachtete sie jedoch nicht weiter, sondern sah Dmitrij an wie einen alten Freund, den wiederzusehen er sich im stillen freue, sah ihn an und erzählte: »Ich habe Rheuma, in den Beinen zieht es höllisch. Habe ganz ohne Grund elf Monate im Gefängnis gesessen. Dort war es feucht, das hat man satt!«

Klims Befürchtung, dieser Mann könnte etwas Dummes tun oder

sagen, das schon nicht mehr komisch wäre, wurde durch diese komische Szene nicht verringert. Dolganow hatte ihm gleich bei seinem Eintreten mißfallen und insbesondere seit dem Augenblick, als er die Hände unter sich schob, denn das hatte er nicht mehr mit der Absicht getan, jemanden zu belustigen. Samgin hatte schon genug verschrobene Menschen gesehen und war überzeugt, daß Verschrobenheit die Aufmerksamkeit auf sich lenken sollte, ein billiges Spiel mit Originalität war. Dolganow war absurd gekleidet, seine schmalen Schultern umspannte ein ziemlich alter, zerknitterter Rock, darunter trug er ein blaues Russenhemd und an den langen Beinen eine neue graue Hose aus irgendwelchem hartem Stoff. Sein Gesicht war ebenfalls zerknittert, grau und mit spärlichem lindenbastfarbenem Haarwuchs bedeckt, der sich am Kinn zu einem Spitzbart zu entwickeln versprach; über die Winkel des sehr schönen Mundes hing – den Mund verunstaltend – ein langer, dünner Schnurrbart herab. Doch dieses altväterliche und sehr bewegliche Gesicht erhellten angenehme, lebhafte und spöttische Augen goldschimmernder Farbe.

Mädchenhafte, dumme Augen, stellte Samgin fest, als er dem geschmeidigen, verhaltenen Baß Dolganows zuhörte. »Dieser Faulpelz und Trunkenbold zerstreute sich nur durch Streitereien mit seinen Vorgesetzten, führte sich wie ein Ungeheuer auf, schlich von Zelle zu Zelle, suchte nach einem, den er verschlingen könnte, und randalierte wie in einer Kneipe. Ich neckte ihn: ›Hören Sie doch auf, sich als kleiner Bourbone aufzuspielen, das tun Sie nur aus Langerweile, im Grunde jedoch sind Sie kein übler Bursche, obwohl Sie nur Infanterist sind.‹ Er war aber Pionier und ärgerte sich entsetzlich, daß ich ihn einen Infanteristen nannte. Er schrie: ›Ich bin für Sie kein Bursche, ich bin dreimal so alt wie Sie!‹ Wir stritten noch lange, dann sagte er: ›Sie untergraben mein Prestige, Dolganow, was zum Teufel soll das?‹ Na, da lachten wir; natürlich lachten wir leise, damit das Prestige nicht darunter litte. Ich überredete ihn, eine Buchbinderwerkstatt einzurichten . . .«

Aino hörte, die Ellenbogen auf den Tisch gestützt, mit offenem Mund und sichtlich ratlosem Gesicht zu. Sie trug ein schwarzes Kleid mit großen, zwiebelförmigen Knöpfen auf der Brust und einem grünen Gürtel, dessen Enden auf dem Boden lagen.

Sie glaubt ihm kein Wort, sagte sich Klim, während Dolganow ganz unerwartet Dmitrij fragte: »Sind Sie Volkstümler?«

»Marxist«, antwortete lächelnd Samgin der Ältere.

»Nanu!« wunderte sich Dolganow und seufzte: »Sie sehen gar nicht so aus. Solch ein russisches Gesicht und überhaupt . . . Ein Marxist ist sauber, gepflegt und betrachtet alles vom Kirchturm der deutschen Philosophie herab, vom Standpunkt Hegels, der da sagte: ›Die Menschen und die Russen‹, vom Standpunkt Mommsens, der da verkündet: ›Haut die Slawen auf die Köpfe.‹«

Beim Sprechen blickte Dolganow Klim an, so daß Samgin erkannte: dieser Sonderling rüstete sich zum Kampf; schon hatte er das Haar mit beiden Händen in den Nacken geworfen, wo es unschön zu Berge stand. Sein Haar lag dem Kopf überhaupt ungleichmäßig an, als hätte Dolganows Schädel die Form eines schmiedeeisernen Nagelkopfes. Allmählich in den Tonfall eines Predigers verfallend, beschimpfte er Treitschke, Bismarck und noch ein paar Deutsche, die Klim nicht kannte, wobei man merkte, daß er zu reden gewohnt war und es verstand.

»Ich bedaure sehr, daß Nikolai Michailowskij und überhaupt die Unseren sich ›aus Judenangst‹ genieren, den geistigen Zusammenhang der Volkstümlerbewegung mit dem Slawophilentum zuzugeben. Es hat nichts zu bedeuten, daß die Slawophilen zum Herrenstand gehören, Radischtschew, Herzen, Bakunin – und wer nicht noch alles? – sind ebenfalls Herren. Gerade die Slawophilen haben ja die wahre Eigenart des russischen Volkes beleuchtet. Das Volk spürt und versteht man nicht vermittels der Zahlen aus den statistischen Jahrbüchern der Semstwos, sondern durch die Folklore; Kirejewskij, Afanassjew, Sacharow, Snegirjow, das sind die, die uns der Seele des Volkes lauschen lehren!«

Dolganows Gesicht verzog sich, wollte zornig aussehen, aber die Augen standen dem im Wege, da sie immer begeisterter und freundlicher strahlten. Und je zornigere Worte Dolganow mit seinem geschmeidigen, verhaltenen Baß sprach, desto deutlicher sah Samgin, daß dieser Mann nicht zürnen konnte. Mit Worten ging er unbefangen um, den Marxismus nannte er eine »jüdisch-deutsche Lehre von Profiten«, während Dmitrij ihm mit mürrischer Miene zuhörte und hin und wieder den Bruder fragend ansah, als wartete er auf seine Einwendungen und könnte sich nicht entschließen, selber zu widersprechen. Aino lächelte selig, auch sie wartete sichtlich mit Ungeduld auf irgend etwas, und das veranlaßte Klim, in lässigem Ton zu sagen: »Das alles ist alt und klingt, wissen Sie, etwas journalistisch.«

Dolganow bleckte die großen gelben Zähne, wollte offenbar etwas Scharfes sagen, zupfte sich aber am Schnurrbart und schloß dadurch den Mund. Doch begann er sofort von neuem zu reden, wobei er mit dem Stuhl schaukelte und sich mit den Händen die Knie rieb: »Der Gedanke, daß ›das Bewußtsein durch das Sein bedingt werde‹, ist ein sehr schädlicher Gedanke, denn er macht den Menschen zum mechanischen Empfänger der Eindrücke des Seins und vermag nicht zu erklären, durch welche Kraft der gefügige Sklave der Wirklichkeit diese verändert. Die Wirklichkeit ist ja nie besser gewesen als der Mensch – und wird es nicht sein! –, während er stets mit ihr unzufrieden war und sein wird.«

»Haben Sie das Priesterseminar besucht?« fragte Klim unwillkürlich, um seinen Ärger zu bändigen; es ärgerte ihn, daß dieser Mensch vieles sagte, was seinen, Klim Samgins, geheimen Sympathien verwandt war, und offenbar noch mehr sagen konnte.

»Ja. Was ist denn dabei?« rief Dolganow, warf die Arme in die Höhe und schnellte vom Stuhl hoch, als hätte er sich durch das Hochwerfen der Arme in die Luft geschleudert.

Wie das Schema eines Menschen oder eine Kinderzeichnung, stellte Samgin fest. Sonderbar, daß Dmitrij ihm nicht widerspricht.

»Priesterseminar«, wiederholte Dolganow und warf wieder das Haar in den Nacken, daß die Ohrmuscheln sichtbar wurden, die ganz wie Fragezeichen aussahen. »Ferner bin ich ein Mensch, der überzeugt ist, daß man sich die Welt nicht durch das Denken, sondern durch die Phantasie aneignet. Der Mensch ist vor allem Künstler. Das Denken ordnet nur seine Erfahrung, jawohl!«

»Das ist Idealismus«, sagte Dmitrij lustlos.

»Ja! Was denn sonst? Wodurch, wenn nicht durch Idealismus, wollen Sie die animalischen Instinkte vermenschlichen? Sie vertiefen sich in die Ökonomie, lehnen die Notwendigkeit des politischen Kampfes ab, und das Volk wird Ihnen und Ihrem vulgären Materialismus nicht folgen, weil es den Wert der politischen Freiheit fühlt und seine eigenen, ihm im Fleisch und im Geist verwandten Führer haben will, während Sie ihm fremd sind!«

Er stand auf, beugte sich vor und reckte den Hals, das Haar fiel ihm auf Stirn und Wangen; er legte die Hände auf den Rücken und sagte mit triumphierendem Lächeln: »Im Grunde genommen seid ihr Marxlinge geistige Kinder der Nihilisten, dabei wollt ihr gern glauben, doch die schlechte Erbanlage hindert euch daran. Und so habt ihr in eurem Unvermögen aus allen Glaubenslehren die einfachste gewählt.«

Sein spöttisches Auflachen klang bübisch und stimmte gar nicht mit der langen Gestalt und dem altväterlichen Gesicht überein.

»Wirrköpfe«, seufzte er und knöpfte seinen Rock zu. »Dennoch werdet ihr zu guter Letzt mit uns gehen. Euer Apolitismus wird nicht lange vorhalten.«

Er hielt Aino die Hand hin.

»Wohin gehen Sie?« fragte sie.

»Nach Tornea. Sie wissen es doch«, antwortete er lächelnd.

Aino schüttelte den Kopf und sah ihn von Kopf bis Fuß an, er machte eine sorglose Handbewegung.

»Das macht nichts, man wird mich einkleiden, mir die Haare schneiden ...«

Aino ergriff mit beiden Händen seine Rechte und schüttelte sie. »Glückliche Reise!«

»Nun, lebt wohl, Brüder«, sagte Dolganow.

Er verließ mit Aino das Zimmer. Die Samgins wechselten einen Blick, und jeder wartete, was der andere sagen würde. Dmitrij ging auf die Wand zu, blieb vor einem Bild stehen und sagte leise: »Er geht also ins Ausland.«

»Eine sonderbare Figur«, bemerkte Klim, die Brille putzend.

»Ja«, erwiderte der Bruder, ohne ihn anzusehen. »Ich habe aber schon ähnliche gesehen. Die Volkstümler haben eine besondere Auslese. In Ustjug war ein Student aus Kasan. Ihm hörte man vortrefflich zu, mir aber ... nicht besonders! Ich habe ein eigentümliches und beklemmendes Gefühl«, murmelte er. »Als hätte ich diesen Burschen in Ustjug gesehen, am Tag vor meiner Abreise. Man hatte drei hingeschickt, und er war darunter. Die Ähnlichkeit ist erstaunlich.«

Dmitrij drehte sich schroff um und trat mit schweren Schritten dicht an den Bruder heran. »Hör mal, es ist schrecklich peinlich ... ja geradezu häßlich, daß Vater dir nichts vermacht hat ...«

»Unsinn!« sagte Klim. »Ich möchte nicht darüber sprechen.«

»Nein, warte mal!« fuhr Dmitrij mit flehender Stimme fort und ruderte hilflos mit den Armen. »Es sind vier-, vielmehr fünftausend da. Nimm die Hälfte, ja? Ich sollte eigentlich zugunsten Ainos auf dieses Geld verzichten ... aber siehst du, ich möchte ins Ausland, ich muß studieren ...«

Klim unterbrach ihn streng: »Aino hat sicherlich vollkommen genug bekommen, um die Kinder aufzuziehen und gut leben zu können, ich aber brauche nichts.«

»Hör mal ...«

»Ich werde nicht weiter über dieses Thema reden«, sagte Klim und trat an das offene Hoffenster. »Du mußt selbstverständlich ins Ausland fahren und studieren ...«

Er sprach lange und gemessen und merkte mit Erstaunen, daß er sich durch das Testament des Vaters gekränkt fühlte. Das hatte er nicht empfunden, als Aino ihm gesagt hatte, der Vater habe ihm nichts vermacht, jetzt aber war er über die Ungerechtigkeit gekränkt, und je länger er sprach, desto stärker wurde die Kränkung.

Pfui, wie dumm! warf er sich im stillen vor, doch das half nicht, und es verlangte ihn, den Bruder zu sticheln oder etwas Anzügliches über den Vater zu sagen. Mit diesem Verlangen war so schwerfertigzuwerden, daß er bereits anfing: »Gesetz oder Willkür, Sympathien und Antipathien . . .« Doch da trat Aino ins Zimmer und begann sofort sehr lebhaft zu sprechen: »So einer wie dieser – das ist ein echter Russe, mehr als Sie beide, denke ich. Erinnern Sie sich an Slatowratskijs Buch ›Das goldene Herz‹? So einer! Er sprach wunderbar vom Gefängnisvorsteher, jawohl! Oh, dieser kann viel tun! Ihm werden die Menschen zuhören und glauben, ihn werden sie lieben. Er kann . . . wie sagt man? . . . kann trösten. Ist das richtig? Er ist ein guter Pope!«

»Ja eben«, sagte Klim. »Ein Tröster.«

»Ja, ja, das denke ich! Ist es nicht so?« fragte sie, sah ihm forschend ins Gesicht und drohte ihm plötzlich mit dem Finger. »Sie sind streng!« Dann wandte sie sich an den mürrisch dreinblickenden Dmitrij: »Das Russische ist eine sehr schwierige Sprache, sie erfordert ein feines Gehör.« Sie führte eine Reihe sehr ähnlich klingender russischer Worte von verschiedener Bedeutung an und wandte sich dann von neuem an den jüngeren Samgin: »Warum waren Sie unfreundlich zu ihm?«

»Ich dachte«, sagte Klim, »daß Ihnen dieser Besuch . . .«

»Oh, nein!« unterbrach sie ihn. »Ich wußte von ihm. Iwan hat solchen sehr geholfen, dorthin zu fahren, wohin sie fahren mußten. Man schrieb ihm immer: es kommt ein Mann, und der Mann kam.«

»Nun, ich gehe mich bei der Polizei melden«, sagte Dmitrij.

Aino ging mit ihm fort, um einen Grabstein zu bestellen.

Es gab Augenblicke, in denen Klim Samgin sich wie ein illustriertes Buch betrachtete, dessen Bilder eintönig und in verschiedener Hinsicht unangenehm waren, während die Erläuterungen ihn nicht befriedigten, sondern in ihm ein trauriges Gefühl von Verwaisung weckten. Solch einen Augenblick erlebte er auch jetzt, als er still in einer dunklen Ecke seines Zimmers saß.

Das plötzlich entbrannte Gefühl des Gekränktseins, das sich gegen den Vater und den Bruder richtete, beunruhigte ihn sehr, und er spürte, daß es sich auch auf Aino erstreckte. Er suchte sich, den Gekränkten, wie einen fremden und beklommenen Menschen zu betrachten und sich zu der Kränkung ironisch zu verhalten.

Das ist kleinlich und dumm, dachte er und dachte zugleich, daß zwei- bis dreitausend Rubel für ihn nicht überflüssig wären und daß er auch ins Ausland fahren könnte.

Die Kränkung empfand er wie eine Geschwulst im Hals, die immer härter wurde.

Es handelt sich selbstverständlich nicht ums Geld...

Er erinnerte sich, wie aufdringlich man sich mit ihm abgegeben hatte, wie lästig ihm die Liebe des Vaters gewesen war und wie gleichgültig Vater und Mutter sich Dmitrij gegenüber verhalten hatten. Er stellte sich sogar noch des Vaters weiche und leichte Hand auf seinem Kopf und Hals vor und schüttelte den Kopf. Er erinnerte sich, wie der Vater und der Bruder im Garten angeblich über Nekrassows »Russische Frauen« geweint hatten. In seinem Gedächtnis erstanden die sinnlosen, aschgrauen und kalten Worte: Die Familie ist die Grundlage des Staates. Blutsverwandtschaft. Schon mit zehn Jahren empfand ich den Vater als einen Fremden... das heißt nicht als einen Fremden, sondern als einen, der mich stört. Der mit mir spielt, dachte Samgin und war sich nicht darüber im klaren, ob er sich selbst oder den Vater rechtfertigte.

Er drehte an seinem Bärtchen und betrachtete die Zimmerwände, die in einem unbestimmten, matten Ton gestrichen waren; an der Wand gegenüber hing eine Ölstudie, die in markanten und kräftigen Pinselstrichen gemalt war: ein tiefblauer Himmel und eine grünliche Woge, die schäumend über orangefarbenen Sand hereinbrach.

Die Behaglichkeit dieses Zimmers ist im Grunde kalt und etwas streng. In Moskau, bei Warwara, ist es wärmer, milder. Ich muß heimfahren. Heute noch. Sonst werden sie anfangen, vom Testament zu sprechen. In großmütiger Weise selbstverständlich. Ja, heimfahren...

Er richtete sich auf und rückte die Brille zurecht. Dann stellte er sich die Mutter mit ihrem gepuderten, lila Gesicht vor, die es kränkte, daß sie gealtert war, ehe sie noch aufgehört hatte, sich als Frau zu fühlen, und Warawka, der rund war wie ein Faß...

Ich werde etwa eine Woche in Petersburg zubringen. Dann fahre ich noch irgendwohin. Und hier werde ich sagen, ich hätte ein Telegramm bekommen. Aino wird erfahren, daß kein Telegramm gekommen ist. Na, meinetwegen mag sie es wissen.

Dann aber beschloß er zu sagen, er habe das Telegramm beim Verlassen des Hauses auf der Straße erhalten. Und er ging spazieren und erklärte beim Mittagessen, daß er abreise. Er sah, daß Dmitrij ihm glaubte, die Hausherrin jedoch begann mit mürrischer Miene vom Testament zu sprechen.

»Ich sehe keinerlei Gründe, den Letzten Willen des Vaters zu ändern«, antwortete er entschieden.

Aino zuckte schweigend mit den Schultern.

Nach dem Essen stand Dmitrij in Klims Zimmer wie eine Säule

an der Wand, bewegte die Finger in den Hosentaschen, sah sich auf die Füße und versuchte unbeholfen etwas klarzustellen.

»Weißt du, das ist mir teuflisch peinlich. Was du von der Ungesetzmäßigkeit der Sympathien sagtest, trifft zu. Ich befinde mich in einer dummen Lage.«

Klim fühlte, daß der Bruder aufrichtig und tief verlegen war.

Um so schlimmer für ihn.

Aino verabschiedete sich trocken und fremd von Klim; Dmitrij wollte den Bruder zur Bahn bringen, blieb aber mit dem Bein am Messingbeschlag des Koffers hängen und zerriß sich die Hose.

»Oh«, sagte Aino. »Wie wollen Sie gehen? Haben Sie eine andere Hose? Nein? Dann können Sie nicht zum Bahnhof gehen!«

Samgin der Jüngere war froh, daß der Bruder ihn nicht begleiten konnte, aber er dachte dabei: Sie wünscht es nicht. Ein schlaues Weib. Sie hat es geschickt arrangiert...

Bei der Abreise fühlte er sich voll kleinlicher Gedanken, fand aber, daß diese Gedanken, die ihm gewaltsam von außen aufgedrängt wurden und überhaupt immer seiner unwürdig waren, sich diesmal zu einem bestimmten Entschluß zu formen versprachen. Da jedoch jeglicher Entschluß eine Selbstbeschränkung bedeutet, beeilte sich Klim nicht, über ihn ins klare zu kommen.

In Petersburg erfuhr er, daß Marina mit ihrer Tante nach Hapsal gefahren war. Er verbrachte ein paar Tage in der Hauptstadt und empfand deutlich die beunruhigende Unordnung des Lebens. Tags flog der Staub von den Bauarbeiten durch die Straßen, auf dem Newskij Prospekt rissen Arbeiter das Blockpflaster auf und füllten die Stadt mit dem Geruch morschen Holzes; die ganze Stadt schien in Schweiß gebadet. Die weißen Nächte empörten Samgin durch ihre Sinnlosigkeit und dadurch, daß sie den normalen Menschen zum Neurastheniker zu machen drohten; es kam ihm vor, als jagte immer noch der gleiche modrige Herbstnebel, zu durchsichtigem und aufreizend flimmerndem Staub eingetrocknet, durch die Luft.

Die Frauen der Nacht waren schauderhaft aufdringlich und phantastisch, jede von ihnen verhieß einen mit progressiver Paralyse zu beschenken, und eine – hochgewachsen, dürr und mit unglaublichem Hut, unter dem eine große, leichenhaft graue Nase hervorragte – ging lange neben Klim her und raunte ihm zu: »Kommst du mit, Student? Nun, Kamerad?«

Dann schnurrte sie ihm ins Ohr:

»O Liebster mein,
Geh mit mir heim...«

Als er ihr drohte, er werde einen Polizisten rufen, verließ sie mit scharfer Wendung das Trottoir, überquerte gemächlich und in irgendwie nachdenklichem Gang den Fahrdamm und verschwand hinter dem Denkmal Katharinas der Großen. Samgin fand, daß das Denkmal Ähnlichkeit habe mit der Riesenglocke im Moskauer Kreml und daß Petersburg nicht wie eine russische Stadt aussehe.

Ich muß einen anderen Aufenthaltsort wählen, das Milieu wechseln, muß mit einfachen, normalen Menschen in Berührung kommen, dachte Klim Samgin, als er im Zug nach Moskau saß, und ihm schien, er habe einen festen Entschluß gefaßt.

Er nahm sich vor, gleich am nächsten Tag nach Hause zu reisen, und fuhr vom Bahnhof zu Warwara, nicht, weil er sie sehen wollte, sondern um der Somowa streng einzuschärfen, sie habe kein Recht, ihm solche Subjekte wie Dolganow auf den Hals zu hetzen, einen Menschen zweifellos aus jener mit unglaublichen und häßlichen Dingen vollgepfropften Ecke, aus der Ljutows, der Diakon, Diomidows und überhaupt Menschen mit abnormem Hirn hervorkrochen.

Die umfangreiche und allen Einwirkungen der Zeit widerstehende Anfimjewna begrüßte ihn mit Freude, an der sie so reich war wie die Föhre an Harz, und erklärte ihm dann entrüstet, Warwara sei nach Kostroma abgereist.

»Die Komödianten haben sie zum Spielen mitgenommen, was gibt es denn aber dort zu spielen? Mit Warwaras Geld werden sie spielen, das wird das Spiel sein!«

Sie trocknete ihr Gesicht, das eine Farbe wie Weizenbrotrinde hatte, mit der Schürze ab und erteilte ihm mit tadelndem Schmatzen den Rat: »Du solltest sie heiraten, Klim Iwanytsch, wirklich! Du zögerst und zögerst, und das Mädchen zappelt wie ein Hündchen an der Kette. Ach, wie unentschlossen du in Herzensdingen bist!«

Mit einer bei ihrem wuchtigen Körper erstaunlichen Geschicklichkeit deckte sie den Tisch, blinzelte mit ihren Äugelchen, die rund wie Glasperlen und trübe wie Ampelöl waren, und jammerte: »Ebenso ist es mit Ljubascha: Sie möchte ja so sehr, daß es alle gut haben, ich kann gar nicht sagen, wie sehr! Sie hat wieder nicht zu Hause übernachtet, und neulich, wie ich am Morgen komme, sie zu wecken – sitzt sie im Sessel und schläft, einen Schuh ausgezogen, den andern aber nicht, weil der Schlaf sie übermannt hatte. Es kommen immerzu Leute zu ihr, immerzu Leute, ein Bräutigam aber ist nie darunter! Das ist wirklich kränkend, denn das Mädchen ist saftig wie ein Zitrönchen . . .«

Die gutmütige Ergebenheit den Menschen gegenüber und die

mütterliche Betrübnis der Anfimjewna, der von ihr schmackhaft zubereitete Kaffee, die mit dem Geruch langen und ausdauernden Wohnens durchsetzten Zimmer – das alles stimmte auch Samgin sanftmütig. Er dachte an Tanja Kulikowa, die Kinderfrau, die Großmutter Dronows, die Kinderfrauen Puschkins und anderer großer Männer Rußlands.

Über diese russischen Frauen hat Nekrassow zu schreiben vergessen. Und niemand hat darüber geschrieben, wie bedeutend ihre Rolle bei der Erziehung der russischen Seele ist, denn sie haben vielleicht mehr Liebe zum Volk eingepflanzt als die Bücher der von ihnen erzogenen Menschen, und eine gesündere, dachte er. »Sie hält das Roß im Galopp an und tritt in die brennende Hütte« – das ist schön, nützlicher aber ist es, so tief ins Alltagsleben zu gehen wie diese einfachen Menschen, die selbstlos das Leben von Staub und Unrat reinigen.

Dieser Gedanke erschien ihm sehr originell, er vertiefte sein Gefühl der Verwandtschaft mit der Umgebung; sofort trug er ihn in das Buch seiner Aufzeichnungen ein und dachte zufrieden: Ja, hier ist es wärmer als in Finnland!

Er sah einige Nummern der »Russischen Nachrichten« durch, schlief, ohne es zu merken, auf dem Diwan ein und wurde von Ljubascha geweckt.

»Was schläfst du mitten am Tage!« rief sie ihm eine Verszeile Kolzows zu und zog ihn am Arm.

Sie saß ganz aufgelöst auf dem Stuhl neben dem Diwan und hatte die kurzen Beinchen mit den staubigen Schuhen von sich gestreckt; ihr Gesicht strahlte festlich; sie fächelte mit dem Taschentuch, löste mit den Fingern das Haar von den schweißbedeckten Schläfen, band das blaue Halstuch auf und sagte mit frohlockender Stimme: »Klim, Liebling! Denk dir – das ›Manifest der Russischen Sozialdemokratischen Partei‹ ist herausgekommen. Hervorragend geschrieben! Stell dir vor – wir haben eine Partei!«

»Wir? Wer soll das sein?« fragte Klim und setzte die Brille auf.

»Mein Gott! Wir, Rußland! Begreife doch: Das bedeutet das Ende der Streitigkeiten und des Gezänks, jeder weiß jetzt, was er zu tun und wohin er zu gehen hat. Dort wird direkt von der Notwendigkeit des politischen Kampfes gesprochen, von der traditionellen Verbindung mit den Volkstümlern, verstehst du?«

Vor Begeisterung schwitzte sie immer mehr. Sie riß das Halstuch herunter und knöpfte den Kragen ihrer Bluse auf. »Ich ersticke!«

Und sie begann das »Manifest« zu zitieren, wobei sie wie eine Marionette gestikulierte, doch Samgin erinnerte sich plötzlich, wie er, als im Kirchdorf die Glocke eingeweiht wurde, bedrückt zum Landhaus zurückging und eine junge, zerzauste Bauernfrau oder ein Mädchen mit dem Gesicht einer Irren bemerkt hatte, die auf Knien lag, sich in Richtung der Kirche bekreuzigte und dem Flaschenfabrikanten zurief: »Gott vergelte es dir! Gott belohne dich dafür!«

Samgin fand, daß Ljubascha dieser Frau ähnelte, er lachte unwillkürlich und steigerte dadurch noch ihre Freude. Sie schlug ihn mit ihrem molligen Pfötchen aufs Knie und rief: »Nicht wahr? Die Hauptsache ist: Gute Menschen werden sich nicht mehr übereinander ärgern und – werden alle zusammen munter ans Werk gehen!«

Samgin schlug sie sanft auf die Hand, obwohl er sie gern kräftiger geschlagen hätte.

»Vom ›Manifest‹ wirst du mir später erzählen, jetzt aber . . .«

»Warwara?« fragte sie. »Stell dir vor, sie ist zum Spielen fortgefahren; sie sagte, sie wolle sich prüfen . . .«

»Ich wollte nicht von ihr sprechen. Schauspielerin ist sie ebenso wie du und jede andere Frau.«

Ljubascha zeigte ihm die Zunge.

»Du bist kein Skeptiker, sondern ein Dummkopf! Sie verreist aus Gram um dich, du aber . . . was bist du doch für ein hartherziger Lovelace! Und warum du so überheblich bist, verstehe ich nicht. Weißt du übrigens, Lida ist – auch in Gesellschaft – in das Gebiet links der Wolga, an den Kershenez, gefahren. Sie schrieb, sie habe einen gewissen Berendejew kennengelernt, der das Sektenwesen erforscht. Sie tut das auch – das kommt alles von der Langenweile. Sie ist eine gesellschaftsfeindliche Natur, das ist es . . . Muttchen Anfimjewna, geben Sie mir etwas Kaltes!«

»Ich gebe dir nichts Kaltes«, antwortete streng die Anfimjewna, die gerade mit einer Handvoll gewaschener Wäsche ins Zimmer trat. »Du mußt erst etwas essen, dann bringe ich dir Milch, Eis . . .«

Samgin kam nicht dazu, Ljubascha eine Strafpredigt zu halten, er hatte auch keine besondere Lust mehr dazu, denn ihre spaßige Erregung versöhnte ihn etwas mit ihr.

»Ja, ich vergaß zu sagen«, wandte sie sich wieder an Samgin, »Marakujew hat ein Jahr Gefängnis bekommen, Ipatjewskij ist für geisteskrank erklärt und nach seinem Heimatort Dmitrow ausgewiesen worden. Die Arbeiter sitzen, mit Ausnahme von Saposhnikow, von dem es heißt, daß er geschwatzt hat. Übrigens ist noch einer in die Heimat ausgewiesen worden, Odinzow.«

Sie sprang vom Stuhl auf und ging zur Tür.

»Ich will mich umziehen, ehe ich zerfließe.«

In der Tür wandte sie sich aber schroff um, griff sich an den Kopf und trällerte: »Oh, Klimuschka, was für einen Marxisten ich kennengelernt ha-abe! Ich sage dir ... toll! Eine samtweiche Stimme. Und weißt du, wie ein Schiff, mit vollen Segeln! Und alles an ihm ist so bestimmt ... Du lachst? Das ist dumm! Ich sage dir: Solche Leute wie er machen Geschichte. Er ... hat Ähnlichkeit mit Sheljabow, jawohl!«

Beim Hinausgehen wiederholte sie über die Schulter hinweg noch einmal: »Jawohl!«

Samgin war durch ihre Neuigkeiten etwas verwirrt. Das »Manifest« ließ ihn sehr neugierig werden.

Wahrscheinlich eine Kartoffelsuppe aus der Studentenküche. Ich muß einmal zu Preiß gehen.

Als er sich der maßlosen Freude Ljubaschas erinnerte, sagte er, sich ekelnd, sie erkläre sich natürlich aus dem Hunger ihres molligen, durch die Hoffnung auf den samtweichen Marxisten erregten Körpers.

Ich werde ihr dennoch den Kopf waschen.

Ein Handtuch um Brust und Schultern geschlagen, erschien sie von neuem in der Tür und warf zwei Briefe auf den Tisch. »Sie sind schon vor langer Zeit eingetroffen.«

In dem einen Brief suchte ihm die Mutter zu beweisen, daß er nach Finnland fahren müsse. Es schien Klim, der Brief sei in dem Ton geschrieben, als nehme die Mutter dem Vater die Erkrankung übel, sei jedoch gleichzeitig voll überzeugt, daß der Vater gefährlich erkranken mußte. Ein Satz am Ende des Briefes brachte Klim zum Lächeln. »Ich denke nicht, daß Iwan Akimowitsch ein Testament hinterlassen hat, das entspräche nicht seinem Charakter. Willst Du aber – in Deinem und Deines Bruders Namen – die Vermögenslage von I. A. kennenlernen, so empfiehlt Dir Timofej Stepanowitsch einen guten Anwalt.« Es folgte die Adresse eines bekannten Zivilrechtlers.

Der zweite Brief war wesentlicher.

»Ich schreibe nach M., da Du immer noch nicht die Adresse des Hotels in Wyborg mitgeteilt hast, in dem Du abgestiegen bist. Ich bin sehr verstimmt. Jelisaweta Lwowna ist die Rolle der Heldin in einem großen Skandal zugefallen, der wahrscheinlich mit Gericht und Gefängnis für den Dir bekannten Inokow enden wird. Er ist auch bei uns auf dem Hof in Raserei geraten und hat den Dirigenten des bischöflichen Chors gefährlich verletzt, der Lisa bei ihrer Arbeit im ›Verein der Liebhaber des Chorgesangs‹ half und ihr anscheinend etwas den Hof machte. Sie leugnet das nicht, sondern sagt, es gebe keinen Mann, der die Frauen nicht hofiere. Sie ist selbstverständlich sehr erregt, verbirgt es aber aus Eigenliebe. In diese Angelegenheit hat sich der Erzbischof Ioasaph eingemischt, und das kann für Inokow verhängnisvoll werden. Er ist wahrheitsliebend bis zur Torheit, will nicht, daß man ihn verteidigt, und behauptet, der Dirigent habe Lisa mit der Drohung eingeschüchtert, sie anzuzeigen; sie hat angeblich zu den Chorsängern, unter denen sich viele Handelsgehilfen und Handwerker befinden, etwas Politisches gesagt. Wie ich aber Lisa kenne, halte ich so etwas natürlich für ausgeschlossen. Das Schlimmste ist, daß Inokow nicht begreift, wie sehr er meiner Schule geschadet hat. Ich wundere mich über Lisa: Wie konnte sie zulassen, daß so ein Bengel sich in sie verliebt! Sie hat eine unnormale Neugier für Menschen, das ist in unserer Zeit sehr gefährlich. Du schriebst ganz richtig, daß die Zeiten immer unruhiger werden und daß es vollkommen natürlich ist, wenn die Behörden zur Aufrechterhaltung der Ordnung etwas rücksichtslos vorgehen.«

Über die Ordnung und die Notwendigkeit, sie zu schützen, stand noch sehr viel in dem Brief, aber Samgin konnte den Brief nicht zu Ende lesen, denn im Vorzimmer hustete jemand, spuckte aus, und auf der Schwelle erschien ein kleiner Mann. »Darf ich?«

»Bitte.«

»Ist die Somowa zu Hause?«

»Ich komme gleich«, rief Ljubascha, ihre Tür kurz öffnend.

Der Mann trat in den Lichtstreifen vor dem Fenster, ging auf Samgin zu und sah ihm so fordernd ins Gesicht, daß Samgin aufstand und sich vorstellte, wobei er dachte:

Anscheinend ein »erklärender Herr«.

»So«, sagte der Gast, reichte Klim seine trockene, kalte Hand und fragte, den Händedruck erwartend: »Sind Sie nicht ein Verwandter von Jakow Akimowitsch?«

»Er ist mein Onkel.«

»Aha. Ich saß mit ihm im Saratower Gefängnis.«

»Er ist gestorben.«

»Ganz richtig. Ich war dabei.«

Der Mann setzte sich Klim gegenüber auf einen Stuhl. Nachdem er Klim ein paar Sekunden mit dem verwirrenden Blick seiner Mäuseaugen angesehen hatte, setzte er sich auf den Diwan hinüber und begann wieder ihn zu betrachten, wie ein Maler ein Modell, das er porträtieren will. Er war klein, sehr mager und trug einen Kittel, der die Farbe von Herbstwolken hatte und dem Kittel Lew Tolstois ähnelte; er hatte das Gesicht eines Halbwüchsigen, der vorzeitig ein graues Kinnbärtchen bekommen hat; seine schwärzlichen Augen saugten sich unangenehm an Klim fest, sein Gesicht zierten eine spitze Nase und ein fast lippenloser, kleiner Mund, der von den weißen Borsten eines spärlichen Schnurrbarts überdeckt war.

»Sind Sie hier an der Universität?«

»Ja.«

»Jurist«, behauptete der Mann, setzte sich wieder an den Tisch, nahm einen kleinen Lederbeutel und ein Heftchen Zigarettenpapier aus der Tasche und erklärte, während er sich eine Zigarette fabrizierte: »Den Juristen kann man sofort vom Naturwissenschaftler unterscheiden.«

Jeder von ihnen will auf diese oder jene Weise seine Eigenart betonen, dachte Samgin ärgerlich, obwohl er sah, daß im vorliegenden Fall die Eigenart von der Natur selbst betont wurde. In diesem Augenblick kam Ljubascha ins Speisezimmer gerollt, ganz in Weiß, als wollte sie zum Abendmahl gehen, aber mit Pantoffeln an den bloßen Füßen.

»Wie ist es nun, Onkel Mischa?«

»Nicht einverstanden«, sagte er und schüttelte den Kopf.

»Ach, dieser Angsthase!« rief Ljubascha, zog sich heftig am Zopf, verzerrte vor Schmerz das Gesicht und fragte: »Es bleibt also bei Ihrem Vorschlag?«

»Jawohl«, antwortete Onkel Mischa leise, aber bestimmt und blies mit Genuß einen langen Rauchstrahl zur Decke, während Ljubascha sich an Samgin wandte: »Onkel Mischa hat Ipatjewskij gut gekannt.«

»Den Sohn und den Vater, alle beide«, verbesserte Onkel Mischa mit erhobenem Finger. »Mit dem Sohn saß ich in Wladimir im Gefängnis. Er war ein kluges Bürschchen, aber unduldsam und überheblich. Er philosophierte zu viel . . . wie alle aus dem Priesterseminar. Der Vater hingegen ist der übliche Pechvogel des geistlichen Standes und Alkoholiker. Solche wie er werden am Ende ihrer Tage zu Pilgern, Klostervagabunden, die sich von gottesfürchtigen Kaufmannsfrauen durchfüttern lassen und allerhand dummes Zeug im Volk ausstreuen.«

Onkel Mischa hatte eine leise Stimme, die aber unversiegbar und klar war wie eine unterirdische Quelle, der endlos kaltes und reines Wasser entspringt.

Die Somowa stampfte ungeduldig mit dem Fuß auf und fragte: »Haben Sie das ›Manifest‹ gelesen?«

»Ich habe es gelesen und wie festgelegt weitergegeben.«

»Und was sagen Sie dazu?«

»Ein recht bedeutendes Ereignis«, antwortete Onkel Mischa, aber

seine schmalen Lippen zogen sich zusammen, als wollte er pfeifen.
»Vielleicht sogar ein historisches ...«

»Natürlich! ...«

»Schade, daß es elegant und für das Arbeitervolk zu gelehrt geschrieben ist. Und dann – diese modische Anbetung der ökonomischen Wissenschaft. Gewiß, Wissenschaft bleibt Wissenschaft, aber man darf nicht vergessen, daß Thomas Hobbes gesagt hat: ›Wissenschaft ist bedingtes Wissen, unbedingtes Wissen wird durch das Gefühl vermittelt.‹ Die Überfüllung des Kopfes wirkt schlecht aufs Herz. Michailowskij hat das sehr gut an Herbert Spencer bewiesen ...«

Ljubascha unterbrach rücksichtslos diese Rede, indem sie Onkel Mischa vorschlug, etwas zu essen. Er willigte schweigend ein, setzte sich an den Tisch, nahm ein Stück Roggenbrot und goß sich ein Glas Milch ein, dann aber erhob er sich und ging auf der Suche nach einem Ablegeplatz für seinen Zigarettenstummel im Zimmer herum. Dieses Suchen vereinfachte ihn sofort in Samgins Augen, denn er hatte schon viele Menschen gesehen, deren Leben durch Zigarettenstummel und allerhand andere Kleinigkeiten behindert wird, wobei sie das allgemein Menschliche und Alltägliche an ihnen sichtbar machen.

Dann trat ins Speisezimmer eigentümlich seitlich wie in einen Straßenbahnwagen ein mittelgroßer, stämmiger und schwarzbärtiger Mann mit feuchten Augen und unzufriedenem Gesicht.

»Pimen Gussarow«, stellte ihn Ljubascha vor, worauf er zweimal nickte, ein Päckchen Zeitschriften vor die Somowa hinlegte und mit metallischer Stimme sagte: »Die Seiten sind auf den Umschlägen angegeben.«

Auch er begann sofort vom »Manifest« zu sprechen, aber ärgerlich.

»Es war höchste Zeit. Man redet bei uns immerzu davon, wie man denken müsse, während davon gesprochen werden muß, was zu tun ist.«

Onkel Mischa nickte einverstanden, aber das befriedigte Gussarow nicht, und er fuhr ebenso ungehalten fort: »Die liberalen alten Männlein stöhnen und tuscheln immer noch in den Zeitschriften: so kann man nicht leben. Doch unsere Generation hat die Frage längst entschieden, wie und wofür man leben muß.«

»Sind Sie Marxist?« fragte Klim. Gussarow sah ihn mit einem Auge an, wandte sich ab und starrte auf den Teller.

»Ich bin geteilter Ansicht. Die Rolle des ökonomischen Faktors erkenne ich an, aber auch die Rolle der Persönlichkeit in der

Geschichte. Und dann – der Materialismus: er ist wie man ihn auch auslegen mag, eine pessimistische Lehre, Revolutionen jedoch sind stets von Optimisten gemacht worden. Ohne sozialen Idealismus, ohne das Pathos der Menschenliebe läßt sich keine Revolution machen, das Pathos des Materialismus aber wird Zynismus.«

Er sprach mißmutig, entschieden, betonte stark das O und wandte die mürrischen Augen von Onkel Mischa auf die Somowa, von ihr auf Klim. Klim sagte sich, daß man diesem Mann nicht widersprechen dürfe, er würde womöglich zu schimpfen anfangen, versuchte aber dennoch, ihn vorsichtig nach dem Zynismus zu fragen. Gussarow murmelte unwirsch: »Mit Heuristik befasse ich mich nicht. Ich habe meine Ansichten geäußert, machen Sie damit, was Sie wollen. Vor allem muß die Selbstherrschaft vernichtet werden, das Weitere wird sich dann finden.«

Ljubascha sah ihn mit unfreundlichen Augen an; Onkel Mischa nickte beifällig mit dem spärlich behaarten, blaugrauen Kopf und putzte seine Zigarettenspitze mit einer Haarnadel, Gussarow begann hastig Himbeeren mit Milch zu essen, verzog jedoch dabei das Gesicht, als schlucke er Essig. Er hatte leuchtend rote Lippen, die Haut des Gesichts und des Halses war fahlweiß und schien, wo sie nicht mit dichtem, wie Krähenfedern glänzendem Haar bedeckt war, wie gepudert. Der tabakfarbene Anzug war ihm eng. Gussarow bewegte sich vorsichtig, sein gestärktes Hemd knisterte, er schob die Hand unter die Jacke, zog an den Hosenträgern, und sie klatschten laut gegen das steife Hemd. Als er zwei Teller Himbeeren gegessen hatte, wischte er Lippen und Bart mit dem Taschentuch ab, stand auf, sah in den Spiegel und ging ebenso unerwartet fort, wie er erschienen war.

»Ein gediegener Bursche«, lobte ihn Onkel Mischa, während Samgin den Eindruck hatte, Gussarow wäre eben erst von weit her in wichtiger Angelegenheit eingetroffen, vielleicht, um sich mit einem geliebten Mädchen trauen zu lassen oder der durchgegangenen Frau nachzujagen, als wäre er angekommen, hätte sein Gepäck bei der Aufbewahrungsstelle zurückgelassen und wäre seinem Glück oder seinem Verhängnis nachgestürzt.

Bald ging auch Onkel Mischa, nachdem er Samgin mit wohlwollendem Lächeln fest die Hand gedrückt hatte; im Vorzimmer sagte er zu Ljubascha: »Na, na – nur nicht eilen!«

Als die Somowa ihn hinausbegleitet hatte, begann sie zu erzählen: »Wer dieser Onkel Mischa ist, weißt du natürlich . . .«

Samgin wußte es nicht, zog aber aus irgendeinem Grund derart die Brauen hoch, als wäre es überflüssig, von Onkel Mischa zu sprechen. Gussarow war, wie sich herausstellte, der verlorene Sohn eines reichen Maler- und Dachdeckermeisters; vom Vater war er schon als Schüler der sechsten Gymnasialklasse fortgegangen, hatte das Kasaner Veterinärinstitut besucht, aus dem er im zweiten Jahr ausgeschlossen wurde, war Verwalter eines großen Gutes im Gouvernement Tambow, Matrose bei der Wolga-Dampfschiffahrt gewesen und jetzt arbeitslos, doch es war ihm bereits die Stelle des Kontrolleurs in einer Fabrik versprochen worden.

»Er soll ein ausgezeichneter Propagandist sein. Aber mir gefällt er nicht, er ist grob, ehrgeizig, und hast du beobachtet, was für breite Zähne er hat? Wie die Tasten einer Ziehharmonika.«

»Er scheint dumm zu sein?« fragte Samgin.

»Nein, das meint man wegen seiner Selbstsucht«, erklärte Ljubascha. »Sympathisch dagegen ist Dolganow – hat er dir gefallen? Oh, Klim, wieviel neue Menschen! Das Leben . . .«

Klim vollendete den Satz: » . . . setzt die Untauglichen, Überflüssigen an die Luft, und so irren sie von Haus zu Haus . . .«

Das war die Einleitung zu seiner Strafpredigt für Ljubascha, aber sie sah nach der Uhr und griff sich erschreckt an den Kopf.

»Oh, ich komme zu spät! Ich muß in den Petrowskij-Park – ich eile, ich eile!«

Sie lief fort und hinterließ in der Tür einen Pantoffel, der ihr vom Fuß gefallen war.

Samgin schritt voll kleinlicher Gedanken über die Mutter, Inokow und die Spiwak im Zimmer umher, aber das alles war fern und uninteressant, ihn beunruhigte die Frage: was war das für ein »Manifest«? War denn etwa eine ernsthafte politische Partei möglich, die fähig wäre, die Intelligenz zu organisieren, die Studenten- und Arbeiterbewegung in die Hand zu nehmen und die Schwätzer, Hysteriker und Anarchisten beiseite zu schieben? In einer Partei kultivierter Menschen könnte auch er unterkommen. Er begab sich zu Preiß, aber dort teilte Kasja ihm fröhlich mit, Boris Viktorowitsch sei ins Ausland gereist. Samgin ging in ein Restaurant, verzehrte etwas und saß dann zwei Stunden in einem Operettentheater, wo es langweilig war und schlecht gespielt wurde. Gegen Mitternacht kehrte er heim. Die Anfimjewna sagte ihm, Ljubascha sei vor kurzem nach Hause gekommen, aber sie schlafe schon. Er ging auch zu Bett und sah sich im Traum in einem dunklen, leeren Saal auf dem Podium sitzen, und aus der dunklen Leere rief ihm jemand eindringlich zu: »Stehen Sie bitte auf!«

Aufstehen konnte er nicht, denn er hatte irgendein weites, schweres Gewand an; da fuhr ihn die Stimme wie ein Windstoß an, rüttelte ihn und blies ihm direkt ins Ohr: »Stehen Sie auf!«

Samgin erwachte und sprang auf.

»Wie heißen Sie?« fragte ihn ein Gendarmerieoffizier und stellte sich, einen Schritt vom Bett zurücktretend, neben einen Mann in Richteruniform; seitlich von ihnen stand ein junger Gendarm, hielt die Kerze ohne Leuchter in der erhobenen Hand und beleuchtete Klims Gesicht, während die Gestalt eines zweiten Gendarmen die Tür zum Speisezimmer verdeckte.

»Wie heißen Sie?« fragte ihn ein Gendarmerieoffizier mit sehr blassem Gesicht und glänzenden Augen. Samgin tastete nach der Brille und nannte seufzend seinen Familiennamen.

»Wie?« fragte der Offizier ungläubig und verlangte die Ausweispapiere; Klim griff nach seiner Jacke, konnte lange die Tasche nicht finden, fand sie schließlich, entnahm ihr alles darin Enthaltene und reichte es schweigend dem Offizier.

»Leuchte her!« befahl dieser dem Gendarmen und entfaltete die Papiere. Im Speisezimmer wurde eine Lampe angezündet, und eine leise Stimme sagte: »Bring her.«

Dann fragte laut und dreist Ljubascha: »Was soll das bedeuten?«

»Haussuchung«, antwortete die leise Stimme und fragte ihrerseits: »Sind Sie Warwara Antropowa?«

»Ich bin Ljubow Somowa.«

»Wo ist denn die Inhaberin der Wohnung?«

»Und des Hauses«, sagte jemand heiser.

»Wie?«

»Und die Inhaberin des Hauses. Sie ist, wie ich gemeldet habe, nach Kostroma abgereist.«

»Wer wohnt noch in dieser Wohnung?«

»Niemand«, antwortete Ljubascha zornig.

Samgin merkte beim Anziehen, daß der Offizier und der Beamte einen Blick wechselten, dann schlug sich der Offizier mit Klims Papieren auf die Hand und fragte: »Wohnen Sie schon lange hier?«

»Ich bin auf der Durchreise aus Finnland für einen Tag hier abgestiegen!«

Der Offizier beugte sich zu ihm vor. »Aus ... von wo?«

»Von Wyborg. Bin auch in anderen Städten gewesen.«

Der Beamte lächelte und ging, seinen Bart zwirbelnd, ins Speisezimmer. Der Offizier trat zur Seite, deutete mit dem Finger hinter ihm her und forderte Klim auf: »Bitte mitkommen!«

Im Speisezimmer am Tisch saß ein anderer Offizier, er war mittelgroß, hatte ein dunkles Gesicht, eine spitze Nase und graue Stoppeln rund um die Glatze und auf der Oberlippe; er war der Typ des Infanteristen, sein Rock blähte sich im Rücken wie ein Buckel, und der Kragen war in den Nacken gerutscht. Er blätterte in Heften, und als Klim eintrat, sah er ihn mit flachen Augen an und fragte: »Hat das etwas mit dem Theater zu tun?«

Dann beugte er sich wieder über den Tisch und sagte zu sich selber: »Vorlesungen.«

Er sah Ljubascha an, die mit aufgeblasenem und gekränktem Gesicht in der Diwanecke saß. Der Adjutant legte ihm Klims Papiere hin, beugte sich vor und flüsterte ihm ein paar Sekunden lang etwas in das graue Ohr. Der Vorgesetzte unterbrach ihn durch eine Handbewegung und fragte Klim: »Sie sind aus Finnland gekommen? Wann?«

»Heute früh.«

»Weshalb sind Sie dorthin gereist?«

»Um meinen Vater zu beerdigen.«

Der Offizier erhob sich, hustete kurz und ging in das Zimmer, wo Samgin geschlafen hatte, der Adjutant und der Beamte folgten ihm, wobei der Beamte als letzter ging und aus seinem Schnurrbart boshaftes Lächeln und Grimassen herauszupfte. Sie schlossen hinter sich fest die Tür, und Samgin dachte: So werde auch ich einmal gezwungen sein, Gendarmen bei Haussuchungen zu begleiten und verächtlich zu lächeln.

Er begriff, daß die Haussuchung nicht ihn betraf, fühlte sich ruhig, schläfrig. An der Vorzimmertür saß ein Polizeibeamter, er hatte den Säbel zwischen die Beine gestellt und die krebsroten Hände auf den Knauf gelegt; die Tür war durch zwei regungslose Zivilzeugen versperrt. In den Zimmern wühlten sporenklirrend die Gendarmen, schoben Möbel umher und nahmen die gerahmten Bilder von den Wänden; das alles war für Samgin nichts Neues.

»Weiß der Teufel, was das ist!« rief plötzlich die Somowa; Klim trat etwas weiter von ihr weg und setzte sich auf einen Stuhl, sie jedoch forderte laut: »Polizist, sagen Sie, daß man mir etwas zu trinken bringt!«

Ohne sich zu rühren, erteilte der Polizist jemandem hinter der Tür den Befehl: »Sag es Petrow.«

Eine Minute später trat die Anfimjewna mit einer Karaffe Wasser auf dem Tablett ins Zimmer; die Somowa hob beim Eingießen die Karaffe hoch, und Klim hörte, wie sie beim Gluckern des Wasser etwas flüsterte. Er sah sich erschrocken um.

Sie wird Ärgernis erregen ...

Der Adjutant steckte den Kopf durch die Tür und fragte: »Ist ein Telefon in der Wohnung?«

»Suchen Sie«, antwortete Ljubascha, bevor noch einer der Gendarmen sagen konnte: »Nein. Euer Wohlgeboren!«

Die Anfimjewna ging hinaus, prallte in der Tür mit den Zeugen zusammen und brummte: »Sehen Sie denn nicht, daß ich Geschirr in der Hand habe!«

Dabei hatte sie gar keins in der Hand.

Zu Samgins Verwunderung endete für ihn alles nicht so, wie er es erwartet hatte. Der grauhaarige Gendarm und der Staatsanwaltsadjunkt traten mit der Miene von Menschen ins Speisezimmer, die sich gezankt hatten; der Adjutant setzte sich an den Tisch und begann zu schreiben, der Gerichtsbeamte stellte sich ans Fenster und kehrte allem, was im Zimmer vorging, den Rücken. Der Grauhaarige jedoch trat auf Ljubascha zu und sagte halblaut: »Ziehen Sie sich bitte an.«

Sie stand auf und ging allzu festen Schrittes in ihr Zimmer. Der Gendarm blickte hinter ihr her und wandte sich an Samgin: »Sie auch, bitte.«

Eineinhalb Stunden später etwa schritt Samgin auf der Straße hinter einem der Zeugen her, der wankend vor ihm ging, während hinter ihm die Sporen des Gendarmen klirrten. Der Himmel war im Osten vormorgendlich grün, aber die Stadt schlief noch, in warme, dumpfe Finsternis gehüllt. Samgin ergötzte sich etwas an seiner Ruhe, obwohl es kränkend war, durch die leeren Straßen hinter einem Mann herzugehen, der, die Hände in den Manteltaschen, geräuschlos dahinschritt, als ob er den Boden mit den Füßen nicht berührte und sich auf den Armen trüge, die er an die Hüften gelegt hatte.

Nun bin auch ich zur Abgeltung der Gefängnispflicht herangezogen worden, dachte er, kam sich ein wenig wie ein Held vor und zweifelte nicht daran, daß seine Verhaftung ein Irrtum war, wovon ihn auch das Verhalten des Staatsanwaltsadjunkten überzeugt hatte. Sie gingen durch Nebengassen, einmal öffnete sich fünf Schritte vor Samgin eine Haustür, und eine Frau mit großem Hut und grauem Mantel trat auf die Straße. Ein Mann, der nicht zu sehen war, sagte beim Türschließen: »Vergessen Sie es also nicht . . .«

Die Frau machte einen Schritt auf Klim zu, er trat zur Seite, erkannte in ihr die Bekannte Ljutows und merkte, daß auch sie ihn anscheinend erkannt hatte.

Morgen wird man wissen, daß ich verhaftet bin, dachte er nicht ohne Stolz. Sie war mit »Sie« angeredet worden, also ist das Konspiration und kein Roman.

Er war sehr erstaunt, als er sah, daß man ihn nicht, wie er erwartet, ins Polizeirevier, sondern offensichtlich in die Gendarmeriedirektion führte, in ein kleines Souterrainzimmer; die Fenster waren von außen mit Eisenstäben vergittert, durch die unteren Scheiben sah man die Backsteinverkleidung eines Schachtes, durch die oberen ein quadratisches Stück blaßrosa Himmels.

Ich habe das Milieu gewechselt, dachte Klim lächelnd, und da er sich vor Müdigkeit zerschlagen fühlte, zog er sich sofort aus und legte sich schlafen. Er erwachte gegen Mittag, die Zeit erfaßte er an der Wärme im Zimmer. Die Wände waren mehrfach gestrichen und trotzdem mit Spuren eingeritzter Inschriften verkritzelt. Es roch nach Karbol und Moder. Man hatte offenbar auf sein Erwachen gewartet, denn es schnappte ein Riegel, die Tür öffnete sich, und ein verbrauchter alter Gendarm forderte ihn freundlich auf, sich zu waschen. Dann brachte man ihm Tee wie in einem Gasthaus: zwei Kannen, ein halbes Weißbrot, eine Scheibe Zitrone und vier Stück Zucker. Als er Tee getrunken hatte, wartete er, daß man ihn zum Verhör hole; seine Stimmung sank nicht, er wurde jedoch nicht zum Verhör geholt, sondern man brachte ihm aus einem Restaurant ein erkaltetes, aber schmackhaftes Essen. Der erste Tag verging ziemlich schnell, der zweite war länger, doch kürzer als der dritte, und so wurden die Tage unter Verletzung der Gesetze der Erdbewegung rund um die Sonne immer länger, jeder Tag steigerte die sinnlose Langeweile, enthüllte die Leere in seiner Seele und in dieser Leere die Kränkung, die zwar von Tag zu Tag zunahm, aber die Langeweile nicht besiegen konnte. In dem Haus herrschte klösterliche Stille, nur ab und zu klirrten hinter der Tür Sporen oder ertönten brummige Stimmen, und nur einmal erhaschte Samgins Ohr den vorwurfsvollen Satz: »Doch nicht Ossi-lin, du Dummkopf, sondern Ossinin! Das sind nicht Menschen, sondern unser . . .«

Erst am elften Tag öffnete ein reich mit Medaillen dekorierter Wachtmeister die Tür, maß Samgin mit vernichtendem Blick, schob eine große goldene Medaille unter seinem grauen Bart vor und kommandierte: »Bitte mitkommen.«

Eine Minute später hatte Samgin allen Grund anzunehmen, daß sich wiederholen werde, was er schon einmal erlebt hatte: Er saß in einem kleinen Zimmer mit dem Gesicht zum Fenster an einem Tisch, und ihm gegenüber hinter dem Tisch befand sich ein Offizier, nur war die Zimmereinrichtung nicht so wohnlich wie bei Oberst Popow, sondern ernster, amtlicher. Der Offizier kam Klim rescher vor als bei der Haussuchung. Er hatte ein dunkles Gesicht, wie es weißhäutigen Nordländern eigen ist, die lange im Süden gelebt haben, und klare, fast lustige Augen. Samgin entdeckte im Gesicht dieses typisch militärischen Menschen keinen einzigen besonderen Zug, und das beruhigte ihn sehr. Der Gendarm fragte gutherzig: »Haben Sie sich gelangweilt?«

»Etwas«, gestand Samgin. »Das verdanke ich . . .«

Der Gendarm ließ ihn aber nicht zu Ende sprechen, sondern beklagte sich über das Ausbleiben des Regens, über die Schwüle und erkundigte sich dann: »Rauchen Sie?«

Plötzlich legte er die Ellenbogen auf den Tisch, verschränkte die Finger und fragte halblaut: »Nun, wie steht's?«

Samgin schwieg eine Weile und fragte dann, ohne eine Erläuterung der Frage abzuwarten, seinerseits: »Wovon sprechen Sie?«

»Von Ihnen.«

Der Offizier warf den Kopf zurück, streckte die Beine unter dem Tisch aus und schob die Hände in die Taschen, sein Gesicht zeigte Erstaunen. Er sog die Luft durch die Nase ein, stieß einen heiseren Ton aus und begann gedämpft, in nachdenklichem Ton: »Von Amts wegen habe ich in die Briefe Ihrer verehrten Frau Mutter Einsicht genommen, habe Ihre Aufzeichnungen – noch nicht alle! – gelesen und muß gestehen, ich bin erstaunt! Wie kommt es, daß Sie, ein Mensch, der, wenn er allein ist, gesund und solide denkt, schon zum zweitenmal in den Tätigkeitsbereich der Offiziere der Gendarmeriedirektion geraten?«

»Das wissen Sie doch«, antwortete Samgin lächelnd, begriff aber sofort, daß er unvorsichtig geantwortet hatte und nicht hätte lächeln dürfen.

»Die Tatsachen kenne ich, aber die Motive? Die guten Motive sind mir unverständlich!« sagte der Gendarm, zog die Hände aus den Taschen, nahm eine Schere vom Tisch und schnippte damit.

»Sehen Sie«, fuhr er mit gerunzelten Brauen fort, »ich weiß, daß einige meiner Kameraden, wenn sie es mit Studenten zu tun haben, die Methode der sozusagen väterlichen Ermahnung anwenden, Mitleid bekunden, zureden und überhaupt sentimental werden. Ich gehörte nicht zu diesen«, sagte er und begann, indem er die Schere unter den Tisch hielt, eintönig trockene Worte abzuschneiden: »Ich erfülle gewissenhaft die Aufgabe, die mir am Herzen liegt: die Staatsordnung zu schützen. Und wenn ich sehe, daß jemand gegen diese Ordnung feindlich eingestellt ist, so schone ich ihn nicht! Nein, der Mensch ist ein vernünftiges Wesen, und wenn er Strafe verdient, setze ich alles daran, daß er gebührend bestraft wird. Zuweilen ist es von Nutzen, auch über Gebühr zu strafen, vorschußweise, à conto der Zukunft. Verstehen Sie?«

Samgin hätte fast »Ja« gesagt, antwortete aber: »Ich – höre.«

Der Offizier schnippte erneut, lauter mit der Schere und warf sie auf den Tisch, seine Augen verloren die natürliche Form, weiteten sich und schienen flach zu werden.

»Wie kommt es, daß Sie Ihre Karriere aufs Spiel setzen und mit Menschen verkehren, die politisch unzuverlässig und Ihnen unsympathisch sind ...?«

»Aus meinen Aufzeichnungen konnten Sie das nicht entnehmen«, sagte Klim hastig und betrachtete aufmerksam den Gendarmen.

»Was konnte ich nicht entnehmen?« fragte der Gendarm.

Klim antwortete nicht; sein fein entwickeltes Gefühl des Mißtrauens gegen die Menschen sagte ihm, daß der Gendarm gar nicht so schrecklich war, wie er sich aufspielte.

»Sie machen doch Ihre Aufzeichnungen nicht, wie man so sagt, um anderen Sand in die Augen zu streuen!« rief der Offizier aus. »Ihre ablehnende Haltung gegen die Politikaster kommt ganz deutlich darin zum Ausdruck, und obwohl Sie keine Namen nennen, ist mir bekannt, daß Sie den Zirkel Marakujews besucht haben ...«

»Sie können nicht behaupten, ich sei Mitglied dieses Zirkels, oder meine Ansichten ...«

»Uns ist über Sie vieles, wahrscheinlich alles bekannt!« unterbrach ihn der Gendarm, und Samgin fühlte wieder, daß er zuviel gesagt hatte, und war froh, daß der Gendarm ihn nicht hatte ausreden lassen. Jetzt sah er, daß das Gesicht des Offiziers so ungemein beweglich war, als bestände die Unterlage seiner Muskeln nicht aus Knochen, sondern aus Knorpel: es wurde noch dunkler, schob sich zur Nase hin zusammen, spitzte sich zu und hätte komisch ausgesehen, wenn die Augen nicht unzugänglich und streng geblickt hätten. Der Offizier fuhr mit erhobener Stimme fort: »Und das genügt vollkommen, um Ihnen das Recht zum Universitätsstudium zu entziehen, Sie aus Moskau in die Heimat auszuweisen und polizeilich überwachen zu lassen.«

Er verstummte, lockerte langsam die Knorpel und Muskeln des Gesichts, wölbte die Augen vor und schnalzte.

»Aber die Regierung ist human, es liegt nicht in ihrer Absicht, die Zahl jener zu vergrößern, die ihren Platz im Leben nicht zu finden wissen, und dadurch die Reihen derer aufzufüllen, die durch persönliche Mißerfolge verbittert sind, wie alle Revolutionäre.«

Er schnippte mit der Schere, schielte auf ein Blatt Papier und klopfte mit dem Finger darauf. »Sie schreiben hier: ›Bin Streiter in keinem der zwei Lager, möchte nicht einmal ein zufälliger Gast in einem von ihnen sein‹ – das ist in unserer Zeit ganz unmöglicher

Standpunkt! Diese Eintragung widerspricht einer anderen, wo Sie den alten Koslow als äußerst sympathischen Mann schildern und über seine Kenntnis des Landes und seine Liebe zu Rußland entzückt sind. Liebe ist, wie Glaube, tot ohne Taten!«

Er zog sein Gesicht wieder zu einem Keil zusammen und begann in geradezu väterlichem Ton zu überreden: »Nein, Sie müssen sich entscheiden: Wir oder sie?«

Er ist nicht klug, dachte Samgin flüchtig.

»Wir – das sind die Kräfte Rußlands, die seine glänzende internationale Lage, seine innere Schönheit und eigenartige Kultur geschaffen haben.«

In diesem väterlichen Ton erzählte er lange von der Tätigkeit der Bauernbank und der Umsiedlerverwaltung, von den Kirchenschulen, vom Wachstum der Industrie, die immer mehr Arbeitshände erfordere, und davon, daß die Regierung sich in das Verhältnis zwischen Arbeitgeber und Arbeiter einschalten müsse; sie habe jetzt schon den Arbeitstag verkürzt, die Fabrik- und Werkinspektion eingeführt und Kranken- und Versicherungskassen projektiert.

»Ich kann Ihnen versichern, daß die Regierung eine Umwandlung der ökonomischen Bewegung in eine politische nicht zulassen wird, o nein!« rief er leidenschaftlich aus, sah Samgin in die Augen und fragte zum zweitenmal: »Nun, wie steht's?«

»Ich verstehe Ihre Frage nicht«, sagte Klim. Er fühlte sich klüger als der Gendarm, und darum gefiel ihm der Gendarm in seiner Gradlinigkeit und Überzeugtheit und war ihm sogar physisch angenehm, da er so entschlossen und ungestüm war.

»Sie verstehen sie nicht?« fragte er, und seine hellen Augen wurden wieder flach. »Sie ist leicht zu verstehen: Ich schlage Ihnen vor, Ihre wirklichen Sympathien aktiv zum Ausdruck zu bringen, sich entschieden auf die Seite der Rechtsordnung zu stellen ... Nun?«

Das hatte Samgin nicht erwartet, er fühlte sich aber auch nicht besonders verwirrt oder beleidigt. Er zuckte mit den Schultern und lächelte stumm, aber der Gendarm schnitt mit der Schere in die Luft, stach sie in die Papiere auf dem Tisch, erhob sich, auf sie gestützt, beugte sich zu Samgin vor und sagte leise: »Ich schlage Ihnen vor, mein Informant zu werden ... Warten Sie, warten Sie!« rief er, als er sah, daß Samgin sich ebenfalls vom Stuhl erhob.

»Sie beleidigen mich«, sagte Klim sehr ruhig. »Ich werde kein Spion.«

»Ich habe Ihnen nichts dergleichen vorgeschlagen!« rief der Offizier gekränkt. »Ich weiß, mit wem ich spreche. Wo denken Sie hin! Was ist ein Spion? Jede Botschaft hat einen Militärattaché, bezeichnen Sie ihn als Spion? Haben Sie Mickiewicz' Poem ›Konrad Wallenrod‹ gelesen?« sagte er hastig. »Ich schlage Ihnen keinen bezahlten Dienst vor; ich spreche von Ihrer freiwilligen, ideellen Mitarbeit.«

Er setzte sich und fuhr, geschickt wie ein Friseur mit der Schere weiterfechtend, leise und weich fort: »Wir brauchen intelligente und über den Verlauf des revolutionären Denkens – beachten Sie, des Denkens! – unterrichtete Informatoren, brauchen sie nicht so sehr, um die Feinde der Ordnung zu bekämpfen, als um gerecht zu sein, Irrtümer zu vermeiden und die Schafe einwandfrei von den Böcken zu scheiden. In der Studentenbewegung haben nicht wenig junge Leute zufällig zu leiden...«

Samgin setzte sich auch, ihm zitterten die Knie, er war erschrokken. Er hörte den Gendarmen vom »Manifest« und darüber sprechen, daß die Volkstümler davon träumen, die Taktik der Naradowolzen anzuwenden, daß man sich in alldem schwer zurechtfinde, wenn man keine genauen Nachrichten darüber habe, inwieweit das Worte sind, inwieweit es ein Unternehmen ist; man müsse sich aber darin auskennen, um die feurige und romantische oder willenlose und politisch ungebildete Jugend zu schützen.

»Nun, wie steht's?« vernahm er wieder die Frage, die dem Gendarmen anscheinend so geläufig war.

»Das mache ich nicht«, sagte Samgin, so ruhig er konnte.

»Ist das Ihr fester Entschluß?«

»Ja.«

Der Offizier erhob sich lächelnd und schüttelte den Kopf.

»Ich will Sie nicht fragen, warum, sage aber geradeheraus: Ich glaube nicht an Ihren Entschluß! Der Weg, den ich Ihnen gewiesen habe – der Weg des aufopfernden Dienens für die Heimat –, ist Ihr Weg. Ausdrücklich: das aufopfernde Dienen«, wiederholte er mit Betonung jeder Silbe. »Nun, Sie sind frei... im Stadtgebiet Moskaus. Ich müßte Sie eigentlich unterschreiben lassen, daß Sie die Stadt nicht verlassen werden, für kurze Zeit! Aber ich werde mich mit Ihrem Ehrenwort begnügen – Sie werden nicht wegfahren?«

»Das versteht sich von selbst«, seufzte Klim erleichtert.

»Einen Teil Ihrer Papiere dürfen Sie an sich nehmen – diese hier! Sie werden in der Wohnung der Antropowa wohnen? Übrigens: Kennen Sie Ljubow Somowa schon länger?«

»Seit meiner Kindheit.«

»Was für ein Mensch ist sie?«

»Ein sehr... gutes Mädchen«, antwortete Samgin nach kurzem Zögern.

»Hm? Nun, auf Wiedersehen.«

Er hielt ihm die Hand hin, Klim reichte ihm die seine und fühlte den festen Druck kräftiger und harter Finger.

»Denken Sie mal über sich nach, Klim Iwanowitsch, denken Sie ohne Angst vor Worten und mit Liebe zur Heimat«, riet der Gendarm, und in seiner Stimme hörte Klim Töne aufrichtigen Wohlwollens.

Klim ging gebeugten Nackens durch die Straße und sah sich um wie einer, den man auf den Kopf geschlagen hat und der einen weiteren Schlag erwartet. Es war heiß, glühender Wind irrte durch die Stadt und spielte mit dem Staub, das erinnerte Samgin an den Hausknecht, der der Häftlingskolonne den Staub absichtlich vor die Füße gefegt hatte. In seiner Erinnerung erklang der Ausruf des Zuchthäuslers: »Lazarus ist auferstanden!«, und Klim sagte sich, daß die neutestamentlichen Legenden von der Auferstehung der Toten irgendwie unvollkommen seien, sie sagten weder dem Verstand noch dem Herzen etwas. Über den Dächern der Häuser zogen die Wolken rasch dahin, in einer blaugrauen Wolke hinter der Moskwa leuchtete ein Blitz auf. Samgin lauschte durch den Lärm der Stadt, wartete auf den Donner, aber der Donner kam nicht, er blieb in der Wolke hängen. Passanten, die ihm begegneten oder ihn überholten, stießen ihn. Samgin betrat, um ihnen zu entgehen, die Anlagen bei der Erlöserkirche, setzte sich auf eine Bank, und sein erster klarer Gedanke formte sich zu der Frage: Wodurch hat mich der Gendarm erschreckt? Jetzt schien ihm, schon lange bevor der Offizier ihm vorgeschlagen hatte, Spionagedienste zu leisten, hätte er gewußt, daß ihm dieser Vorschlag gemacht wird. Nicht dieses beleidigende Angebot hatte ihn erschreckt, sondern etwas anderes. Samgin mußte zugeben, daß der Gendarm aus seinen Aufzeichnungen die richtige Schlußfolgerung gezogen hatte, und kam, als er das Paket in seiner Tasche berührte, zu dem Entschluß: Ich werde sie verbrennen. Und werde nicht mehr schreiben.

Seine Gedanken waren zusammenhanglos und zerschellten an einem unklaren, bedrückenden Gefühl. Zwei junge Mädchen kamen vorbei, die eine warf einen Blick auf ihn, stieß die Freundin mit dem Ellenbogen an und sagte etwas zu ihr; auch die Freundin sah Klim an, und beide verlangsamten den Schritt.

Wie einen Selbstmörder gaffen sie mich an, die dummen Gänse, dachte Samgin. Ich mache wahrscheinlich ein böses Gesicht.

Er stand auf, trat den Heimweg an und suchte sich einzureden: Selbstverständlich bin ich moralisch beleidigt, wie jeder anständige Mensch. Ja, moralisch.

Doch er vermutete dunkel, der Drang, sich dies einzureden, bestätigte das Gegenteil: Der Vorschlag des Gendarmen hatte ihn nicht beleidigt. Um diese Vermutung auszulöschen, dachte er hastig weiter:

Wenn die Theorie zum Handeln verpflichten würde, hätten Schopenhauer und Hartmann sich umbringen müssen. Lenau, Leopardi ...

Doch Samgin begriff bereits: Erschreckt war er gerade dadurch, daß der Vorschlag, Spion zu werden, ihn nicht beleidigt hatte. Das verwirrte ihn sehr, und er hätte es gern vergessen.

Ich verleumde mich, dachte er. Und dieser Oberst oder Rittmeister ist dumm. Und unverschämt. Aufopferndes Dienen ... Aktiver Kampf gegen Ljubascha. So ein Idiot ...

Obwohl Samgin langsam ging, war er in Schweiß gebadet und verspürte in Mund und Kehle bittere Trockenheit.

Die Anfimjewna erstickte bei der Begrüßung schier vor verhaltener Freude.

»Ach, Liebling, man hat Sie also freigelassen! Gott sei gepriesen! Ich hatte schon gedacht, daß man Sie wie Petruscha Marakujew für lange Zeit einsperren würde.«

Sie bekreuzigte sich und wischte sich dabei die Tränen ab, dann ließ sie sich mit großer Vorsicht auf einen Stuhl nieder und flüsterte: »Ja, und Ljubascha! Nun ist sie zu Ende gehüpft! Ach Gott, ach Gott! Ihr Lieben, was nehmt ihr jungen Leute alles auf euch dem Volke zuliebe ...«

Dann seufzte sie laut wie der Kolben einer Dampfmaschine, rollte ihre Jackenärmel bis zum Ellenbogen auf und fuhr sachlich fort: »An dem Morgen, als man Sie abführte, nahm ich einen Korb, als wollte ich zum Markt, und ging zu Semjon Wassiljitsch und zu Alexej Semjonytsch und sagte ihnen, das und das ist passiert. Sie schickten gleich am selben Tag Tanitschka nach Kostroma, um zu erfahren, ob Warja nichts geschehen sei.«

Sie vergoß wieder ein paar Tränen, wobei ihr straffes Gesicht nicht faltig wurde, und stand auf. »Wollen Sie etwas essen, oder möchten Sie Tee haben?«

Samgin lehnte beides ab, ging aber mit ihr in die Küche.

»Diese Papiere hier müssen verbrannt werden.«

»Geben Sie her, ich werde sie verbrennen.«

Samgin blieb in der Küche und sah, wie sie seine Aufzeichnungen im Ofen verbrannte, die Asche in den Mülleimer warf und sie obendrein mit dem Reisigbesen durcheinanderrührte. Das alles hatte etwas Empörendes. Samgin fühlte einen Hysteriekloß im Hals, er hätte gern geschrien und geflucht, ging eine halbe Stunde sinnlos im Zimmer umher, betrachtete die starren Gesichter der berühmten Schauspieler und beschloß zu guter Letzt, ins Bad zu gehen. Zwei Stunden später etwa saß er vom Bad gerötet am Tisch vor dem siedenden Samowar und versuchte einen Brief an die Mutter zu schreiben, aber aus der Feder krochen ganz von selbst trübselige und klägliche Worte aufs Papier; er verdarb mehrere Briefbögen, zerriß sie in kleine Stücke und begann wieder im Zimmer zu kreisen, wobei er ab und zu einen Blick auf die Stiche und Photographien warf.

Aufopferndes Dienen, dachte er, als er Belinskijs schwindsüchtiges Gesicht betrachtete.

Im Vorzimmer lachte jemand und sagte in volkstümlicher Sprechweise, nach Moskauer Art das A hervorhebend: »Schon gut, meine Liebe! Gewöhne dich daran . . .«

Ins Speisezimmer trat ein geckenhafter, hellhaariger, glattfrisierter junger Mann im Flanellanzug, mit einem Strohhut in der Hand und den Handschuhen im Hut.

»Alexej Semjonowitsch Gogin«, sagte er mit glücklichem Lächeln, auch die ihm folgende Anfimjewna lächelte, er setzte sich an den Tisch, warf den Hut auf den Diwan, die Handschuhe flogen aus dem Hut heraus und fielen auf den Boden.

»Reg dich nicht auf«, sagte der Gast zu Anfimjewna, obwohl sie gar nicht aufgeregt war, sondern mit auf dem Leib übereinandergelegten Händen in der Tür stand, ihn gerührt ansah und auf etwas zu warten schien.

»Sie sind schnell wieder losgekommen, ich beglückwünsche Sie!« sagte Gogin, der Klim ungeniert und wie einen alten Bekannten musterte. »Wer hat Sie denn ausgequetscht?« fragte er.

Er sah aus wie ein Verkäufer aus einem guten Galanteriewarengeschäft, wie ein Mensch, der von morgens bis abends junge Mädchen und Damen liebenswürdig anlächelt; er hatte das selbstzufrieden dumme Gesicht eines gesunden Burschen; solche Gesichter ohne besondere Merkmale sind so alltäglich, daß sie einem nicht in Erinnerung bleiben. Seine bläulichen Augen waren übermäßig freundlich, und das steigerte seine Ähnlichkeit mit einem Verkäufer.

»Aha, Oberst Wassiljew! Das ist ein Schurke. Sollte mit Pferden handeln, diese Zigeunerschnauze.«

»Kennen Sie ihn?« fragte Klim.

»Na, und ob ich ihn kenne! Dank seinem Eifer bin ich aus der Universität geflogen«, sagte Gogin, der Klim mit den Augen eines Kurzsichtigen ansah, und lachte bullernd wie ein Dickwanst, obwohl er schlank und dürr war.

Samgin wollte nicht recht glauben, daß dieser elegante Bursche Student gewesen war, doch er dachte, daß die »Informatoren« von Oberst Wassiljew wahrscheinlich solche Leute ohne Gesicht waren.

»Was hat Sie dieser Hegemon bezüglich Ljubascha gefragt?« erkundigte sich Gogin.

»Von ihr war mit keinem Wort die Rede.«

»Wirklich mit keinem Wort?«

Samgin schüttelte den Kopf, sagte aber gleich darauf: »Er fragte nur, ob ich sie schon lange kenne.«

»Tja«, sagte Gogin vor sich hin und strich mit dem Finger über sein goldgelbes Schnurrbärtchen. »Sehen Sie, mein Papachen will für Ljubascha bürgen, sie ist eine Schwestertochter von ihm . . .«

»Ihre Cousine also«, bemerkte Samgin, um etwas zu sagen und weil er Ähnlichkeit zwischen dem hellhaarigen Gogin und Ljubascha fand.

»Nein, ich bin adoptiert, aus einem Waisenhaus«, sagte Gogin schlicht. »Die Beschützer von Thron und Vaterland jagen dem Vater damit Angst ein, daß Ljubow Somowa die Verkörperung schlimmsten Rebellentums sei, und das setzt die Temperatur des humanitären Feuereifers bei Papa um einige Grade herunter. Er und ich dachten, Sie könnten uns vielleicht sagen, welche Missetaten ihr außer der Mitarbeit beim Roten Kreuz zugeschrieben werden.«

»Ich weiß es nicht«, antwortete Klim trocken, aber das beirrte Gogin nicht, und er fuhr fort: »Sie ist öfter nach Nishnij gefahren – ist sie nicht dort irgendwo angeeckt, Sie sind doch, glaube ich, aus Nishnij Nowgorod?«

»Nein«, sagte Samgin und fragte seinerseits, ob Gogin nicht etwas von Warwara wisse.

»Lebt«, antwortete Gogin, wobei er den Samowar ansah und Grimassen schnitt. »Nach einigen Anzeichen zu schließen, ist Ljubaschas Sache nicht von Einheimischen, sondern in der Provinz angezettelt worden.«

Samgin hörte zu und wurde in seinem Verdacht bestärkt: Dieser äußerlich so alltägliche Mensch verriet sich durch seine Sprechweise; er war nicht so einfach, wie er scheinen wollte. Er hatte eigene Worte und zeigte Neigung zur Bissigkeit.

»Eine selbstspringende Natur«, sagte er von Ljubascha, den Pflegevater nannte er »der du bist unter den Liberalen«, dann schlug er mit der Faust auf die »Russischen Nachrichten« und erklärte: »Von den kargen Almosen des Liberalismus kann man in unseren Zeiten nicht leben.«

Seine Haltung war lässig, er war übermäßig redselig, und durch primitive Scherze entschlüpften ihm Worte, die nicht dumm waren. Als Samgin in forschendem Ton bemerkte, daß die revolutionäre Stimmung zunehme, sagte er ganz ruhig: »Sehr viele werden nicht von der Überzeugung kommandiert, sondern von deren unehelicher Tochter, der Überheblichkeit.«

Samgin war fast froh, als der Gast gegangen war.

»Wer ist das?« fragte er die Anfimjewna.

»Wissen Sie das denn nicht?« wunderte sie sich. »Semjon Wassiljewitsch, sein Papa, ist ein berühmter Mann in Moskau.«

»Wodurch ist er berühmt?«

»Nun, wodurch wohl! Er ist reich. Hat ein Kinderkrankenhaus gebaut.«

»Ist er Arzt?«

»Was denken Sie! Er hat sein Geschäft«, sagte die Anfimjewna anscheinend sogar gekränkt.

Am nächsten Tag erschien Onkel Mischa, müde und staubbedeckt; er drückte Samgin wohlwollend die Hand und bat die Anfimjewna: »Geben Sie mir ein Glas Wasser, mit Konfitüre, wenn welche da ist, und sonst mit einem Stückchen Zucker.«

Dann teilte er mit, daß günstige Nachrichten über Ljubascha vorlägen, und sagte: »Suchen Sie bitte aus den Büchern der Somowa die ›Philosophie der Mystik‹ heraus. Aber vielleicht habe ich nicht richtig gelesen«, fügte er brummig hinzu, »welche Philosophie der Mystik kann es denn geben?«

Als Samgin das dicke Buch Du Prels brachte, schüttelte Onkel Mischa verwundert und mißbilligend den Kopf.

»Sieh mal an, es gibt also doch so eine Philosophie!«

Er schlug das Buch auf, kniff die Augen zusammen und blickte durch das Rohr des Buchrückens.

»Geben Sie mir etwas Langes.«

Er stieß mit einem Bleistift aus dem Buchrücken einen Zettel heraus, der wie die Pulvertütchen in den Apotheken zusammengelegt war, faltete ihn auseinander, und da er anscheinend etwas Angenehmes gelesen hatte, lächelte er freundlich.

»Man kann also auch aus der Mystik etwas Nützliches herausholen.«

Samgin, der seine Tätigkeit beobachtete, dachte, daß ihm dies alles früher komisch und eines Menschen unwürdig vorgekommen wäre, der wahrscheinlich nicht weniger als fünfzig Jahre alt war, jetzt aber, da er sich an Oberst Wassiljew erinnerte, lächelte er Onkel Mischa unwillkürlich und teilnahmsvoll zu.

Onkel Mischa rollte den Zettel zu einem festen Röhrchen zusammen und klemmte es zwischen Daumen und Zeigefinger der linken Hand.

»Haben Sie bemerkt, ob das Haus beobachtet wird?« fragte er.

»Ich habe nichts gemerkt.«

»Es muß beobachtet werden«, sagte der kleine Mann nicht nur überzeugt, sondern sogar gleichsam fordernd. Er holte mit dem Teelöffel den Rest der Konfitüre vom Boden des Glases, aß ihn auf, wischte die Lippen mit dem Taschentuch ab und fragte mit unerwarteter Bosheit, die sein Kauzgesicht sehr zierte, indem er Samgin mit dem Finger an die Brust tippte: »Wie ist das nun bei euch: Ihr habt das ›Manifest der Russischen Sozialdemokratischen Partei‹ herausgegeben und druckt gleich danach die kleine Zeitschrift ›Arbeiterbanner‹, schon von der ›Russischen‹ Partei und entschiedener als dieses Manifest, was soll das?«

Klim sagte, er habe weder das eine noch das andere gesehen.

»Das ist es eben«, bemerkte Onkel Mischa, und seine schwarzen Augen funkelten lustig. »Ihr habt es so eilig, daß ihr nicht einmal dazu gekommen seid, euch zu verständigen. Auf Wiedersehen.«

Samgin öffnete das Fenster und sah zu, wie er mit rostbraun verfärbtem Hut, grau, einem alten Sperling gleichend, gemächlich über den Hof ging. Ein rothaariger Junge putzte auf den Stufen des Kücheneingangs der Hebamme Günther mit einem Flaschenkork und zerriebenem Ziegel Tischmesser.

Das Leben ist eine ununterbrochene Vergewaltigung des Menschen, dachte Samgin, während er zusah, wie der Junge auf die Messer spuckte. Der Oberst wird wahrscheinlich das Gespräch mit mir über die Spione wiederaufnehmen ... Der einzige Mensch, dem ich davon erzählen könnte, ist Kutusow. Aber er wird mich auf die andere Seite drängen ...

Aus dem Hof stieg der faulige Geruch von Seife und Fett auf; die Luft war heiß und regungslos. Der kleine Junge begann plötzlich, als hätte er sich verbrannt, mit schriller Stimme zu singen:

> »Warum bist du, mein Erwählter,
> Nicht fröhlich,
> Du sorgloser Galgenstrick?
> Warum hast den Kopf du ...«

Aus dem Küchenfenster langte eine rote Hand heraus, begoß den Sänger mit einer Kelle Wasser, verschwand, und der kleine Junge kreischte auf und sprang im Hof herum.

Dieser Gendarm hat im Grunde genommen Angst und darum ...

Beim Nachdenken ergötzte sich Samgin daran, wie geschickt der rothaarige kleine Junge dem Dienstmädchen auswich, das mit einem nassen Lappen in der Hand hinter ihm herlief; als es ihr gelungen war, ihn in eine Hofecke zu treiben, ließ er sich vor ihre Füße fallen, lief ein Stück auf allen vieren, sprang vom Boden auf und rannte auf die Straße, während von dort der Hausknecht Sachar, der wie der heilige Nikolaus aussah, den Hof betrat und sagte: »Du solltest mit jemand Älterem spielen, Mascha, mit jemand Erwachsenerem.«

»Das werde ich schon noch tun«, erwiderte das Dienstmädchen.

In Stunden drückender Stimmungen beeilte sich Klim Samgin stets, sich zu beruhigen, da er fühlte, daß solche Stimmungen seinen Glauben an seine Einmaligkeit erschütterten und ins Wanken brachten. An diesem Tag war sein Verlangen, zu sich selbst zurückzufinden, besonders stark, denn er kam sich nun schon seit ein paar Tagen wie ein Rekrut vor, der unvermeidlich seiner Wehrpflicht Genüge leisten muß. Aber er hatte, fast ohne es zu merken, sich an die Gedanken von der Revolution gewöhnt, wie man sich an herbstlichen Dauerregen oder an Dialekte gewöhnt. Er dachte schon nicht mehr an den empörten Aufschrei des kleinen buckligen Mädchens: »Was treiben Sie da!«

Aber er gedachte wohl der skeptischen Worte: »Ja – ist denn ein Junge dagewesen? Vielleicht war gar kein Junge da!«

Klim war überzeugt, sich schon mehr als einmal vergewissert zu haben: Es »war gar kein Junge da«, und das flößte ihm die Hoffnung ein, alles ihm Feindselige werde in Worten untergehen, in ihnen, wie Boris Warawka im Fluß, ertrinken, der Strom des Lebens aber werde unausweichlich im alten, tief ausgewaschenen Flußbett weiterfließen.

In den drei Wochen, die er einsam in Warwaras Wohnung verbrachte, überzeugte er sich, daß Ljubascha eine wichtigere Rolle spielte, als er gemeint hatte. Es kam eine elegante, verschleierte Dame mit spitzenbesetztem Schirm in der Hand, sie war ganz außer sich und anscheinend sogar erschrocken, als sie erfuhr, daß die Somowa verhaftet sei. Sie stocherte mit dem Schirm auf dem Fußboden herum und sagte nervös: »Ich komme aber von auswärts und muß unbedingt einen ihrer nächsten Freunde sehen!«

Das Wort »nächsten« betonte sie besonders, und das veranlaßte Klim, ihr Alexej Gogins Adresse zu geben. Dann erschien ein mürrischer, schlecht gekleideter Mann, anscheinend ein Dorfschullehrer. Er wurde zornig.

»Verhaftet, na ja ... Wissen Sie nicht, wie ich Marja Iwanowna finde?«

Klim wußte es nicht. Darauf murmelte der Mann: »Wie ist denn so etwas möglich!« und ging.

Es kam ein frischgebackenes junges Studentchen, das offenbar auch eben erst aus der Provinz eingetroffen war; eine bescheidene, nicht hübsche Dame brachte ein Päckchen Bücher und ein Stück Bauernleinwand, dann kamen noch etwa drei Leute, und nach all diesen Besuchen sagte sich Samgin, daß die Revolution, die Ljubascha machte, wohl kaum besonders schrecklich sein könnte. Dasselbe bezeugte auch die gleichzeitige Entstehung zweier sozialdemokratischer Parteien.

Am dreiundzwanzigsten Tag wurde er zur Gendarmeriedirektion vorgeladen und dort von dem Oberst in ordengeschmückter Paradeuniform empfangen.

»Wie ist es nun?« murmelte der Oberst hastig, sah aber anscheinend ein, daß ihm diese Frage zu oft entschlüpfte, räusperte sich und fuhr rasch und etwas trocken fort: »Wollen Sie mir hier bitte den Empfang Ihrer Papiere bescheinigen. Ich habe sie aufmerksam gelesen und bin in meinen Gedanken bestärkt worden. Haben Sie es sich nicht anders überlegt?«

»Nein«, sagte Klim sehr fest.

»Das bedaure ich sehr«, sagte der Oberst, nach der Uhr sehend. »Warum sollten Sie sich nicht der journalistischen Tätigkeit widmen? Sie haben einen guten Stil, vortreffliche Gedanken, zum Beispiel: über die Emotionalität der Studentenbewegung – das ist sehr richtig.«

»Ich halte mich für zu wenig darauf vorbereitet«, antwortete Samgin und musterte unauffällig das schwammige, aufgedunsene Gesicht des Gendarmen. Dieses Gesicht war müde wie in der Nacht der Haussuchung, die Augen blickten an Klim vorbei, ja der ganze Oberst war eigentümlich schlaff, als bedrückte ihn die Last der Paradeuniform.

»Auch über die Kinderfrauen haben Sie da etwas geschrieben, ein äußerst interessanter Gedanke, den sollten Sie zu einem kleinen Artikel ausbauen.«

Aufopferndes Dienen, dachte Klim mit Triumphnuance und hätte gern gesagt: Beunruhigen Sie sich nicht sehr, Revolution macht Ljubascha Somowa.

Er vermochte sogar ein Lächeln nicht zu verbergen, als er sich vorstellte, welchen Effekt dieser Scherz hervorrufen könnte.

Der Oberst trocknete sich die Stirn ab und fragte nachdenklich, als hätte er seinen Gedanken erfaßt:

»Sagen Sie, befaßt sich Ljubow Antonowna Somowa schon lange

mit Spiritismus und überhaupt mit . . . diesem da?« Er bewegte die Finger vor seiner Stirn.

»Sie zeigte schon in der Kindheit eine Neigung zum Wundersamen«, antwortete Samgin vorsätzlich lässig.

Der Oberst sah ihn an und schüttelte den Kopf.

»Es sieht nicht danach aus«, sagte er. Dann musterte er Klim ungeniert mit lebhafteren Augen und wiederholte mit Betonung des ersten Wortes: »Gar nicht danach aus.«

Samgin zuckte die Schultern und fragte: »Könnten Sie mir nicht den Grund meiner Verhaftung mitteilen, Oberst?«

Der nahm straffe Haltung an, trat sporenklirrend von einem Fuß auf den anderen, sah dann Klim scharf ins Gesicht und sagte mit galantem Lächeln: »Ich dürfte es eigentlich nicht, aber – als Kompensation für die angenehme Bekanntschaft . . . Im allgemeinen ist das eine lange Geschichte, deren Verfasser zum Teil Ihr Bruder und zum Teil die Provinzobrigkeit ist. Ihnen ist wahrscheinlich bekannt, daß Ihr Bruder im Verdacht eines Fluchtversuchs aus seinem Verbannungsort stand. Nach Ablauf der Verbannung erwirkte er eine Erlaubnis der lokalen Behörde, bei einer wissenschaftlichen Expedition mitzumachen, wofür ihm ein entsprechender Ausweis angefertigt wurde. Vorher aber wurde ihm ein Passierschein nach Pskow ausgestellt, und von diesem Schein nun hat eine andere Person Gebrauch gemacht.«

Der Oberst machte eine Pause, dann schnipste er mit den Fingern und seufzte: »Es wurde festgestellt, daß Ihr Bruder nicht an der Weitergabe des Ausweises beteiligt sein konnte.«

»Und der andere – ist geflohen?« fragte Samgin unvorsichtigerweise, sich Dolganows erinnernd.

Der Oberst setzte sich auf den Tischrand und fragte weich, obwohl seine Augen flach und hell wurden: »Wieso wissen Sie, daß er geflohen ist?«

»Ich frage.«

»Oder wissen Sie es vielleicht?«

Klim sagte trocken: »Wenn jemand von einem fremden Ausweis Gebrauch macht . . .«

»Ja, ja«, sagte der Oberst lässig, sah seine Orden an und schob sie zurecht. »Aber es lohnt sich nicht, nach solchen . . . Sachen zu fragen. Was ist daran interessant?«

Er stand auf und hielt Klim die Hand hin.

»Ich habe trotzdem nicht verstanden«, sagte Samgin.

»Ach ja! Nun, man hielt Sie für denjenigen, der von dem Ausweis Gebrauch gemacht hat.«

Das hat er erfunden, sagte sich Samgin.

»Man hat ihn natürlich schon verhaftet ...«

Er lügt, dachte Klim.

»Habe die Ehre«, sagte der Oberst mit einem Seufzer. »Nebenbei bemerkt: ich gehe auf Dienstreise ... für ein paar Monate. Im Falle irgendwelcher Mißverständnisse oder überhaupt ... wenn Sie etwas brauchen, ich werde hier von Rittmeister Roman Leontowitsch vertreten. Dann wenden Sie sich also an ihn. Gott befohlen!«

Samgin betrat die Straße mit dem Gefühl der ironischen Herablassung einem Menschen gegenüber, der das Spiel verloren hat, und konnte seine Siegerfreude kaum verbergen.

Dieser Dummkopf hat dennoch die Hoffnung nicht aufgegeben, mich als Spion zu sehen. Dolganow ist zweifellos durchgebrannt. Der Gendarm hat sicher nichts gegen mich und will nur aus mir einen Spion machen.

Er fühlte sich erstarkt. Alles, was er im letzten Monat erlebt, hatte seine Einstellung zum Leben und zu den Menschen gefestigt. Sich selbst hielt er in seiner Hitze für einen wirklich unabhängigen Menschen und dachte, daß ihn im Grunde nichts hinderte, einen der beiden ihm offenstehenden Wege zu wählen. Es verstand sich von selbst, daß er nicht in den Dienst der Gendarmen treten werde, wenn aber ein gutes, von Zirkeln und Parteien unabhängiges Organ herausgegeben würde, so werde er vielleicht dafür schreiben. Er könnte nicht übel über die geistige Verwandtschaft Konstantin Leontjews mit Michail Bakunin schreiben.

Das Leben hatte sehr viel Ähnlichkeit mit Warwara, die nicht hübsch war, sich bunt kleidete und – nicht klug war. Sie schmückte sich mit grellen Worten, mit Versen und wünschte sich im Grunde nur einen starken Mann, der zärtlich zu ihr wäre und sie befruchtete. Er erinnerte sich, mit welch komischem Stolz Warwara Lidija und Alina von der Haussuchung bei ihr erzählt hatte, erinnerte sich des Refrains Onkel Mischas: »Ich saß mit ihm im Gefängnis. Er saß mit mir im Gefängnis.«

Alle Menschen sind mehr oder weniger dumm, sind Prahler, und jeder sucht seine Person durch irgend etwas hervorzuheben. Sogar die unverwüstliche Anfimjewna prahlte damit, daß sie nie krank war, wenn sie aber mal Zahnweh habe, sei es so schlimm, daß jeder andere an ihrer Stelle mit dem Kopf gegen die Wand rennen würde – doch sie ertrage es. Ja, man prahlte auch mit der Stärke der Zahnschmerzen, prahlte mit seinen Mißgeschicken, Ljutow prahlte mit seinem grotesken und schiefgegangenen Roman, Inokow mit seiner Arbeitsscheu, Warawka mit seiner Fähigkeit, zu raffen, zu bauen und sich zu bereichern. Der Schriftsteller Katin war sichtlich darauf stolz, daß er unter Polizeiaufsicht lebte. So war das bei allen. Kutusow, der auf seine Stimme hätte stolz sein können, hob seine Person dadurch hervor, daß er seine gesangliche Begabung nicht hoch wertete.

Ein paar Tage später war er daheim und aß Abendbrot mit der Mutter und Warawka, der mit seinem Fett und Fleisch einen tiefen Sessel füllte, schmatzte und keuchte: »Dich haben also wieder die Gendarmen schikaniert, mein Lieber? Ach, du ... Übrigens, weiß der Teufel, vielleicht ist die Revolution auch notwendig! Denn in der Tat: wir brauchen eine Repräsentativregierung, das heißt drei- bis vierhundert tüchtige Menschen, die den Gouverneuren und übrigen Administratoren, im wesentlichen den Häftlingen, die Ohren langziehen«, schloß er dröhnend, und sein Gesicht schwoll an und wurde blutrot.

»Dieses blödsinnige Land braucht alles: Liebkosung und Aufrüttelung, Angst und Entsetzen – ein Erdbeben braucht es, verdammt noch mal! Das ist es: aufrütteln, durchkneten sollte man diesen Sauerteig, alle nach römischer, nach ägyptischer Art mit Peitschenhieben zur Arbeit zwingen, das ist es! Es fehlt an Straßen, man kann sich nicht fortbewegen – verstehst du? Da habe ich einen Wald gekauft, einen ausgezeichneten! Habe ihn umsonst gekauft, für sieben Kopeken, wollte eine Papierfabrik bauen, ein Sägewerk, wollte Sprit brennen. Hereingelegt haben sie mich, die Schufte. Bevor man baut, muß man einen siebzehn Werst langen Kanal durch die Sümpfe graben. Kannst du das verstehen, wie? Ich habe geschimpft wie ein Soldat, mein Lieber ...«

»Schrecklich«, sagte Wera Petrowna, schloß ihre farblos gewordenen Augen und schüttelte den Kopf.

»Wenn Sie etwas täten, Madame, würden Sie auch schimpfen«, antwortete Warawka bissig zurück.

»Aber schrecklich ist ja nicht, daß Sie schimpfen ...«

»Nichts ist so, wie es sein sollte! Nichts!«

Warawka holte seinen Bart unter der Serviette hervor, legte ihn auf die Hand, bewunderte ihn und begann wieder zu essen, ohne sein Lamentieren zu unterbrechen. Samgin stellte fest, daß Warawka früher zwar gierig, aber ruhig gegessen hatte, mit der Gewißheit, daß er so viel zu essen vermochte, wie er wollte. Jetzt hingegen hatte er offenbar diese Gewißheit verloren, er war unangenehm hastig, griff wahllos das Nächstbeste von den Tellern und aß unordentlich. Er war stark aufgequollen, seine Wangen waren schwammig, unter den Augen hingen Säcke, aber die Augen waren schärfer, böser geworden, und der Bart hatte die Farbe verloren, in ihm tauchte bleierner Glanz auf.

»Bei mir haben die Gendarmen auch einen Angestellten herausgeangelt, weißt du, einen tüchtigen Kerl: Amerikaner, Marxist und überhaupt – ein gewandter Mann, pah! Aber ich habe zusammen mit Radejew den Staatsanwalt und den Gouverneur so gestimmt, daß dieser Tölpel Oberst Popow hier hinausgeflogen ist. Statt seiner kommt aus Petersburg oder Moskau ein gewisser Wassiljew her, der ist wahrscheinlich auch ein Esel, denn einen klugen Mann schickt man nicht in so einen gottverlassenen Winkel. Schau mal her, mein Lieber, was für ein Häuschen ich für den Staatsanwalt ausgedacht habe; er begibt sich in den Ruhestand und beabsichtigt, sich als Industrieller zu betätigen. So im Stil, weißt du, des Fin de siècle, der Dekadenz und überhaupt – Kuchen mit Konfitüre!«

»Schrecklich«, wiederholte Wera Petrowna gedämpft und legte ihr lila Gesicht in Falten. »Das ist eine Villa für eine Kokotte!«

»Was kümmert mich das?« fuhr Warawka sie an. »Das ist der Geschmack des Besitzers, er zeigte mir ein Bildchen in einer deutschen Zeitschrift und fragte mich: ›Können Sie so was bauen?‹ – ›Aber bitte schön! Ich kann alles machen, wie Sie es wünschen, ich kann für Sie eine Hundehütte, einen Schweinekoben, einen Pferdestall bauen . . .‹«

»Das kannst du ihm nicht gesagt haben«, bemerkte Wera Petrowna.

»Ich habe nicht gewollt, gekonnt hätte ich es schon. Ich kann alles sagen, meine Liebe.«

Warawka stützte sich mit den Händen auf die Sessellehnen, erhob sich schwerfällig und ging schleppenden Schrittes, sich auszuruhen.

»In einer halben Stunde muß ich zum Klub fahren, um dort zu schimpfen«, teilte er Klim mit.

Die Mutter wandte langsam den Kopf und sah ihm nach, wie man einem Kutscher nachsieht, der einen im Vorbeifahren fast mit dem Wagen gestreift hätte.

»Er arbeitet schrecklich viel, das ist eine Manie von ihm«, sagte sie mit bekümmertem Seufzer. »Er wird Lidija ein großes Vermögen hinterlassen. Komm, setzen wir uns ein bißchen zu mir.«

In ihrem Zimmer herrschte drückender Puder- und Parfümgeruch, und die vielen Möbel machten es eng wie einen Antiquitätenladen. Sie setzte sich auf die Chaiselongue, nahm die Pose der Juliette Récamier auf Davids Porträt an und fragte nach dem Vater. Als sie erfuhr, daß Klim ihn bereits der Sprache beraubt angetroffen hatte, erkundigte sie sich sofort mit näselnder Stimme: »Hat diese Frau dir das Testament gezeigt? Nein? Du bist aber naiv.«

Dann sagte sie seufzend: »Geliebte sind immer sehr gierig.«

Sie fragte nach Dmitrij: »Ist er denn gesund? Im Norden sind die Menschen überhaupt gesünder als im Süden, sagt man. Gib mir bitte die Zigaretten und Streichhölzer.«

Beim Anzünden bediente sie sich ihrer fremder Gesten, in denen etwas Beabsichtigtes, Gespieltes und irgendwie lächerlich Großtuerisches lag und die Klim an die komische und klägliche Gestalt einer reichen, aber verarmten Frau in einem von Dickens' Romanen erinnerte. Um diese Ähnlichkeit zu vergessen, erkundigte er sich nach der Spiwak.

»Ach, mein Gott, Jelisaweta benimmt sich schrecklich taktlos! Sie berücksichtigt nicht im geringsten, daß meine Schule von jungen Mädchen aus guten Familien besucht wird«, begann die Mutter im Tonfall eines Menschen, der Zahnschmerzen bekommt. »Sie hat ihren Mann aufs Landhaus gebracht und Inokow mitgenommen – sie hält ihn aus irgendeinem Grund für talentiert, erwartet etwas von ihm und überhaupt Gott weiß was! Und das, nachdem er eine Schlägerei veranstaltet hat, die vielleicht mit einer Gefängnisstrafe für ihn enden wird. Hier spielt bei ihr eine sonderbare Romantik mit, was ich bei ihrem erstaunlich ruhigen Charakter und . . . und bei ihrer kalten Energie gar nicht verstehe! Dennoch habe ich sie gern, denn sie ist von gutem Blut! Ach, Klim, das Blut – es hat viel zu bedeuten!«

Dann seufzte sie schwer und fragte: »Weißt du, ob es stimmt, daß Alina zur Operette gegangen und überhaupt eine käufliche Frau geworden ist? Ja? Das ist schrecklich! Bedenke – wer hätte das von ihr erwartet!«

»Wahrscheinlich alle Männer, denen sie gefiel«, antwortete Klim weise.

»Das ist geistreich«, fand die Mutter, lächelte aber nicht.

Vier Tage genügten Samgin, um sich zwischen der Mutter und Warawka in der unerträglichen Lage eines Menschen zu fühlen, dem zwei andere aufdringlich zeigen, wie schwer sie es im Leben haben. Warawka, der erbittert auf die Kaufleute, Beamten und Arbeiter schimpfte, sprach mit Genuß unanständige Worte aus, als vergäße er Wera Petrownas Anwesenheit, sie wiederum zeigte auf jede Weise, daß sie sich über Warawka »schrecklich« wundere und ihn gar nicht verstehe, und benahm sich ihm gegenüber wie die Großmutter gegen den »richtigen alten Mann«, Großvater Akim.

Abends ging Samgin durch die Straßen der Stadt spazieren, wobei er die stillsten wählte, um keinen Bekannten zu begegnen; »Unser

Land« aufzusuchen, hatte er keine Lust; Warawka sagte von der Zeitung: »Die Zeitung? Ein Unsinn ist diese Zeitung! Dort lassen irgendwelche Pfaffen ihre Predigten drucken, und der Redakteur gibt wie ein Propst seinen Segen dazu. Nein, mein Lieber, Rußland ist noch nicht reif für eine ernste, sachliche Presse.«

Klim sah die Steinhäuser an, die Warawka im Laufe von fünfundzwanzig Jahren gebaut hatte, es gab an die dreißig solcher Häuser, sie fielen in der alten holzgebauten Stadt stark auf, wie die Flicken auf einem abgetragenen Kaftan, und es war, als entstellten sie nur das eigenartig schöne Städtchen, den Wohnort des reinlichen und in die Vergangenheit verliebten Historikers Koslow. Samgin dachte daran, daß es mehr als ein halbes Hundert solcher Städte gab, um die je etwa zehn kleine Kreisstädte verteilt waren und einige hundert Dörfer in Sümpfen und Wäldern versteckt lagen, deren Bevölkerung weder lesen noch schreiben konnte. Das alles war Rußland, und es war irgendwie sonderbar anzunehmen, daß dieses Rußland Gendarmerieoberste, Ljubascha, Dolganow und Marakujew brauchte, Menschen, die anscheinend nicht so sehr das Leben des Volkes als der Lärm beschäftigte, den die Marxisten machten, die selbst den Begriff »Volk« negierten. Noch weniger am Platz waren in Rußland Kutusow und die Leute, die das »Manifest« und die »Arbeiterfahne« herausgaben. Ganz überflüssig aber, wie eine Warze im Gesicht, waren die verrückten Diakone, Ljutows und Inokows.

Vor der Stadt trugen an die dreihundert Erdarbeiter einen Berg ab und legten mit dem Spaten den grünlichen und roten Mergel bloß, sie ebneten die Abfahrt zum Fluß und den Platz für einen Bahnhof. Tief gebeugt gingen in losen Kittelhemden mit offenem Kragen Männer umher, deren struppiges Haar mit Bast zusammengebunden war. Wie verprügelte Hunde wimmerten und winselten die Räder der Schubkarren. Arbeitslärm und der tranige Geruch feuchten Lehms füllten die dampfige Luft. Eine Gruppe Arbeiter zog etwas Unförmiges, Eisernes hinter sich her, und einer von ihnen brüllte: »Vor-a-an, voran, vor-a-a-an!«

Eine Gruppe trieb mit einer Zugramme einen Pfahl in den Boden, schrill stimmte jemand angestrengt und erbost den Vers an:

> »He, Jungens, packt an!
> Der Herr braucht Geld!«
>
> »He, Dubinuschka, he ...«

fiel der Chor müde ein.

Der gußeiserne Rammklotz fiel mit Wucht auf den Pfahl nieder, die Erde unter Klims Füßen bebte und dröhnte.

Klim hatte diesen Gesang von Kind auf gehört, und er war ihm vertraut wie das wehmütige Glockenläuten zur großen Fastenzeit und wie die Gesänge der Seelenmesse an den Gräbern auf dem Friedhof. Stille Wehmut bemächtigte sich seiner, doch in dieser Wehmut lag etwas Tröstliches, ihm schien, die Hunderte von Menschen, die mit kurzen, wahrscheinlich unhandlichen Spaten den Boden aufwühlten, und ihr müdes Lied und die schmutziggrauen Wolken, die an den Telegraphendrähten jenseits des Flusses hingen – dies alles sei für lange, vielleicht für immer gegeben und in alldem sei eine Art Unumstößlichkeit, Vorherbestimmung enthalten.

Mehr als hundertmal hatte Klim Samgin gesehen, wie in der Ferne, über der gezähnten Wand des Fichtenwaldes die Sonne sich rötete, die auch müde zu sein schien – hatte die Wolken gesehen, die zu einer so undurchdringlichen, blechgrauen Masse zusammengepreßt waren, daß man meinen konnte: dahinter ist nichts als »die schwarze Kälte der kosmischen Finsternis«, von der Serafima Nechajewa mit solchem Entsetzen gesprochen hatte.

Am letzten Abend vor der Abreise nach Moskau saß Samgin im Klosterhain oberhalb des Flusses und lauschte, wie melodisch die Kirchenglocken zur Abendmesse läuteten, saß da und malte sich seine Zukunft aus: Er wird die Universität beenden und ein einfaches, gesundes Mädchen heiraten, das ihn nicht beim Leben stört, und leben muß er in der Provinz, in einer stillen Stadt; nicht in dieser hier, an die sich zu viele Erinnerungen knüpfen, aber in genau so einer, wo die echte und traurige Wahrheit des menschlichen Lebens nicht durch den Lärm schöner Reden und Erfindungen verdeckt wird und wo der menschliche Ehrgeiz verständlicher, einfacher ist. Das Leben ist gar nicht die tolle Troika Gogols, sondern ein alter Gaul, ein Lastpferd; kopfschüttelnd schleppt es sich langsam auf ausgetretenem Weg ins Unbekannte fort, und recht hat, wer da sagt, daß alles vernünftig sei. Alles außer den Leuten, die sich für Weise und Archimedesse halten.

Vor ihm und etwas tiefer unten tauchten im Haselgesträuch zwei Frauen auf; die eine war alt, gebeugt und dunkel wie die Erde nach dem Regen; die andere war etwa vierzigjährig, beleibt, mit großem rotwangigem Gesicht. Sie setzten sich ins Gras unter den Büschen, die jüngere holte eine Halbliterflasche Wodka, ein Ei und eine Gurke aus der Tasche, trank ein wenig aus der Flasche, gab sie zusammen mit der Gurke der Alten und sagte, während sie das Ei schälte, mit singender Stimme, wie man Märchen erzählt: »Na, und mit dem

Mann hatte sie Pech – er war kränklich und ein schlechter Verdiener...«

»Hat sie die Kinder von ihm?« fragte die Alte mürrisch.

»Natürlich«, sagte die jüngere. »Und da fuhr sie dann wegen der Kinder nach Nishnij zur Messe, um einen Nebenverdienst zu haben, sie ist eine stattliche, stramme Frau mit fröhlichem Charakter...«

»Was heißt fröhlich«, brummte die Alte, sog mit dem zahnlosen Mund das Weiche aus der Gurke heraus und trank noch einen Schluck.

»Vier Jahre lang ist sie hingefahren, hat sich was verdient, hat das Dach auf dem Haus erneuert, sich zwei Kühe zugelegt, hat Kleider und Schuhe für die Kinder angeschafft, und im fünften hat sie einer angesteckt...«

»Seinem Schicksal kann man nicht entgehen, meine Liebe«, sagte die Alte belehrend und betrachtete das Gurkenschiffchen.

»Wem?«

»Dem Schicksal, sage ich. Vor dem kann man sich nicht unter dem Ofen verstecken...«

»Offenbar nicht!« stimmte die jüngere zu. »Und so begann sie zu trinken. Sie trinkt und weint oder singt Lieder. Die eine Kuh hat sie verkauft...«

»Sie wird auch die andere verkaufen«, sagte die Alte überzeugt.

Samgin stand auf und ging weg, wobei er dachte, daß doch immer noch neben dem Glauben an Gott der heidnische Glaube an das Schicksal nicht überlebt ist.

Ein Schriftsteller wie Katin oder Nikodim Iwanowitsch hätte aus dieser Episode eine rührselige Erzählung gemacht, dachte er, als er am Stadtrand an kleinen, geduckten Häusern armer Menschen vorbeikam, die wer weiß wovon und wozu lebten.

»Wie sind Sie denn hierher geraten?« hielt ihn ein freudiger und erstaunter Ausruf an; von der Bank neben einem Tor sprang Dunajew auf, ergriff seine Hand und schüttelte sie so kräftig, daß es schmerzte.

»Ich bin hier zu Haus«, antwortete Samgin nicht besonders liebenswürdig.

»Ach so? Ich auch, das hier ist das Palais meiner Tante. Setzen Sie sich doch!«

Dunajew zog ihn zu einem zweifenstrigen Anbau mit einseitig abfallendem Dach; der lehmverputzte Anbau lehnte an der Bohlenwand eines halbfertiggebauten Hauses ohne Fensterrahmen, dessen Fassade verkohlt war.

Dunajew warf von der Bank ein paar Latten, Draht und eine

Zange auf den Boden, setzte Klim hin, sah ihm in die Brille und begann ihn schnell, mit seinem üblichen Lächeln, auszufragen: »Uns ist das Gerücht zu Ohren gekommen, Sie hätten einige Zeit gesessen? Sind Sie unter Überwachung hier? Mich hat man unter Überwachung gestellt . . .«

Samgin schaute nach rechts, nach links, es war nirgends jemand zu sehen, drei Hühner liefen herum, und im Gras saß ein zottiger Köter, der aufmerksam etwas betrachtete, das vor seiner Schnauze lag.

»Stimmt es, daß die Marxisten ein ›Manifest‹ herausgegeben haben? Besitzen Sie es? Können Sie es nicht beschaffen? Ach, schade . . .«

»Was machen Sie?« fragte Samgin, der das Wiedersehen rasch beenden wollte.

»Mausefallen; eine nichtige Beschäftigung, aber man kann damit etwa siebzig Kopeken, sogar einen Rubel verdienen. Sind Sie für längere Zeit hier?«

»Ich reise morgen ab.«

»Nanu . . .!«

Dunajew war barfuß, er trug ein altes, mit einem Riemen umgürtetes Kittelhemd und abgenützte Hosen und hatte am rechten Knie mit einer Schnur ein Stück Leder befestigt. Dunajew war zerfetzt, und seine Haare wie sein krauser Bart waren zerzaust. Nichtsdestoweniger erweckte er bei Samgin den Eindruck eines wohlhabenden Mannes, einer von den Schlaufüchsen, denen alles gelingt, sie sind stets selbstsicher, wie Warawka, und verhalten sich den Menschen gegenüber mißtrauisch, wobei in diesem Mißtrauen möglicherweise das Geheimnis ihrer Erfolge und ihres Glücks liegt. An Menschen dieses Schlages erinnerte Dunajew Klim auch durch das Lächeln in seinen Augen, das zu sagen schien: Ich kenne dich!

Jedoch war er über die Begegnung aufrichtig erfreut, das war deutlich an der Hast zu erkennen, mit der er erzählte und fragte.

»Sie haben lange gesessen«, sagte Klim.

»Lange, aber nicht ohne Nutzen! Wir waren zu fünft in der Zelle und lasen Bücher, und dann erschien ein sechster. Wir hielten ihn zuerst für einen Spion, dann stellte sich jedoch heraus, daß es ein ehemaliger Student der Forstwissenschaft war, er war schon über vierzig, ein so stiller Mensch und anscheinend nicht ganz bei Verstand. Und später stellte sich heraus, daß er ein vortrefflicher Wirtschaftskenner war.«

Vor allem – die Wirtschaft, dachte Samgin. Er wird ein Krämer werden.

Er erinnerte sich des in seiner Jugend gelesenen Romans »Die Stützen« von Slatowratskij, in dem davon erzählt wird, wie Intellektuelle einen Bauernburschen zum Revolutionär zu erziehen versuchten, doch er wurde Kulak.

»Er erzählte uns vortrefflich, ja hielt uns geradezu Vorlesungen darüber, wieviel Unkräuter den Boden unnütz aussaugen und wieviel billiges Erlen-, Weiden- und Espenholz ohne Nutzen für uns wächst. Das alles, sagte er, seien Parasiten, man müsse sie mit der Wurzel ausrotten. Dort, wo Kletten, Saueramper und Brennesseln stehen, könnten Sonnenblumen und allerhand Gemüse wachsen, und anstelle von Bäumen, die sogar zum Heizen ungeeignet sind, müsse man wertvolle Nutzhölzer anpflanzen wie Eiche, Linde und Ahorn. Es sei unvernünftig, unwirtschaftlich, sagte er, Parasiten wachsen zu lassen.«

Während des Sprechens zwickte Dunajew geschickt mit der Zange Draht ab, der Draht lag auf seinem mit Leder bedeckten Knie, die Zange knackte gierig, und der Draht fiel in gleichmäßigen Stücken zu Boden.

»Da sagten wir zu ihm: ›Sagen Sie es doch geradeheraus, Genosse. Es handelt sich ja nicht um Brennesseln, sondern um die Bourgeoisie, wir wissen doch, von welchen Parasiten die Rede ist!‹ Aber er war vorsichtig«, sagte Dunajew beifällig. »Sehr vorsichtig! ›Was denkt ihr, Jungens!‹ sagte er. ›Das alles ist nicht Politik, sondern meine Phantasie vom Standpunkt der Wissenschaft. Man hat mich‹, sagte er, ›fälschlich mit einer fremden Sache in Zusammenhang gebracht, mit Politik befasse ich mich nicht, sondern ich habe im Semstwo gearbeitet, und zwar gerade auf dem Gebiet des Forstwesens.‹ – ›Na, schon gut‹, sagten wir zu ihm, ›wir verstehen den Standpunkt, red weiter! Wir sind ja keine Spione, sondern Arbeiter, du brauchst vor uns keine Angst zu haben.‹ Aber er wurde bald von uns weggebracht . . .«

Dunajews Erzählung gefiel Klim nicht, er hatte sogar den Verdacht, der Arbeiter habe diese Anekdote erfunden. Er stand auf, auch Dunajew erhob sich und fragte leise: »Gibt es hier Leute, die überwacht werden?«

»Ich lebe ja in Moskau«, erinnerte ihn Samgin, verabschiedete sich und ging schnell fort wie einer, der es sehr eilig hat. Er war überzeugt, daß er, falls er umsähe, Dunajews Blick begegnen würde, einem gezielten Blick.

Ja, der wird seinen Platz im Leben finden . . .

Am einfachsten wäre es, nicht an Dunajew zu denken.

Als er nach Moskau zurückgekehrt war, stieg er in den möblierten

Zimmern ab, in denen er vorher gewohnt hatte, ging zu Warwara, um seine Sachen zu holen, und wurde von ihr selbst empfangen. Wie jemand, den man in den Rücken gestoßen hat, streckte sie ihm lächelnd, fröhliche Worte ausrufend, die Hände entgegen. Einen Augenblick fühlte auch Samgin, daß ihm dieses durch den zügellosen Freudenausbruch verwirrte Mädchen angenehm war.

»Ich bin vorgestern angekommen und fühle mich immer noch nicht zu Hause, ich fürchte immer, ich müsse zur Probe eilen«, sagte sie und legte einen sehr bunten Schal um die Schultern, obwohl es im Zimmer warm und Warwaras Jäckchen hoch, bis ans Kinn zugeknöpft war.

»Wie ich gespielt habe?« fragte sie kopfschüttelnd zurück und lächelte schuldbewußt. »O weh, schlecht!«

Sie schien hübscher geworden, und der üppige Kragen der Jacke verkürzte ihren Hals. Es war sonderbar, in den Bewegungen ihrer Hände etwas Ungeschicktes zu sehen, als störten sie die Hände, täten nicht, was sie wollte.

»Aber wissen Sie, ich bin zufrieden; ich habe mich überzeugt, daß die Bühne nichts für mich ist. Ich habe kein Talent. Das sah ich gleich beim ersten Stück ein, sobald ich die Bühne betrat. Auch ist es irgendwie peinlich, in Kostroma die Kümmernisse der dummen Kaufmannsfrauen Ostrowskijs, der Heldinnen Schpaschinskijs, der französischen Damen und Mädchen darzustellen.«

Sie erzählte lachend, daß sie sich in der »Kameliendame« keine Sekunde als Sterbende vorstellen konnte und sich qualvoll vor den Kollegen geschämt habe und daß sie sich in der »Zauberin« nicht habe entschließen können, sich mit dem Zopf zu erdrosseln, da sie gefürchtet habe, der angebundene Zopf könnte abreißen. Sie hörte rasch auf, von sich zu erzählen, und begann Klim ausführlich über seine Verhaftung auszufragen.

»Hat man Sie dort auch belästigt?« fragte er.

»Nein. Es kam ein Polizist und fragte den Chef, wann ich von Moskau weggefahren sei. Wie erstaunt war ich aber, als ich erfuhr, daß Sie ... Ich kann Sie mir gar nicht im Gefängnis vorstellen!« schrie sie empört auf.

Samgin fragte lächelnd: »Weshalb nicht?«

»Ich weiß nicht, ich kann es nicht.«

Seit sie auf der Bühne gewesen ist, scheint sie einfacher geworden zu sein, dachte Samgin und begann mit ihr in dem gewohnten, lässig scherzhaften Ton zu sprechen, merkte aber bald, daß ihr das nicht gefiel; sie sah ihn ein-, zweimal fragend an, dann zog sie sich zusammen, verstummte. Ein paar Begegnungen überzeugten ihn, daß er sich zu ihr nicht mehr wie früher verhalten durfte, sie ging auf seine Scherze nicht ein und protestierte mit Schweigen gegen seinen Ton; sie preßte die Lippen zusammen, verdeckte die Augen mit den Wimpern und – schwieg. Das verletzte Samgins Eigenliebe und beunruhigte ihn, da es ihn denken ließ: Sollte sie sich in einen anderen verliebt haben?

Doch einige Zeit später erkannte er, daß es vorteilhafter sei, sich ernster zu ihr zu verhalten, und er machte sie zu seinem Spiegel, zum Empfänger seiner Gedanken.

»In der Logik gibt es das Gesetz vom ausgeschlossenen Dritten«, sagte er, »aber wir sehen, daß das Leben nicht nach der Logik gebaut ist. Zum Beispiel: Ist es denn logisch, Humanismus zu predigen, wenn der Kampf ums Dasein als unvermeidlich anerkannt wird? Sie indessen predigen weder Humanismus, noch packen Sie jemanden an der Gurgel.«

»Sie sprechen erstaunlich einfach«, entgegnete Warwara.

Sie ließ sich sehr leicht davon überzeugen, daß Konstantin Leontjew ebensolch ein Revolutionär sei wie Michail Bakunin, und ihre Lobreden auf Klims Verstand und Wissen lehrten ihn ziemlich schnell, sie als einen Schleifstein zu betrachten, an dem er seine Gedanken schärfte. Zuweilen gab es aber auch Meinungsverschiedenheiten mit ihr, zur ersten kam es bei Alina Telepnjowas Debüt in »Die schöne Helena«.

Alina erschien so imposant und erdrückend schön auf der Bühne des kleinen, verstaubten Theaters, daß ein leises Verwunderungsraunen durch den dunklen Saal ging, alle Zuschauer neigten sich irgendwie zur Bühne vor, und es war, als senkte sich ein grauer Schatten auf die Glatzen der Männer und die entblößten Arme und Schultern der Frauen. Und je länger, desto mehr verdichtete sich der Eindruck, als hebe sich der Saal und kippe zur Bühne hin.

Alina sang schlecht, ihre kräftige Stimme klang grob, unterstrich grob die Schamlosigkeit der Worte, und schamlos waren auch die Bewegungen ihres Körpers, der durch den Schlitz der Tunika von unten bis zum Gürtel entblößt war. Warwara flüsterte sofort und nicht ohne Freude: »O Gott, wie vulgär sie ist!«

»Das scheint eine Wiederholung des ersten Auftritts von Nana zu werden«, bemerkte Klim zustimmend, obwohl er es sich selten erlaubte, mit Warwara einverstanden zu sein. Aber sowohl die Stimme als auch die matte Trägheit der sparsamen Gesten Alinas und ihr bildschönes Gesicht wirkten erobernd. Mit jeder Bewegung, jedem Blick und jeder Note ließ sie fühlen, wie sie von der unwiderstehlichen Macht ihres Körpers überzeugt war. Sie spielte nicht die Rolle der Königin, der Gattin des Menelaos, sie zeigte sich selbst, ihre Gier nach Genuß, ihre Bereitschaft dazu, sie drängte sich unnötig in die Choristengruppen und stieß sie mit den Schultern, den Ellenbogen, den Hüften beiseite, als tanzte sie einen langsamen und trunkenen Tanz zu einer Musik, die Samgin neubelebt vorkam und ihre scharfe, ironische Sinnlichkeit restlos zu offenbaren schien.

»Nanas Debüt«, wiederholte er, als er das gespannt schweigende Publikum betrachtete und merkte, daß Warwara ihn bereits von der Seite, mißbilligend, ansah. Von diesem Augenblick an begann er sie zu beobachten. Er sah, daß ihre Ohren sich gerötet hatten und ihre Wangen glühten, sie klopfte mit dem Absatz im Takt zu der aufreizenden Musik und trommelte mit den Fingern auf ihr Knie; er fühlte, daß ihre Erregung ihn mehr berauschte als Alinas herausforderndes Spiel mit ihrem Körper. Nach dem ersten Akt veranstaltete das Publikum Alina eine Ovation, auch Warwara applaudierte rasend, wobei sie mit berauschten Augen lächelte; sie stand in einer Haltung, als wollte sie auf die Bühne springen, wo Alina, fröhlich die Zähne zeigend, so lächelte, als wären alle Menschen im Theater kleine Kinder, die sie belustigte. Aus dem Orchester wurde ihr ein riesiggroßer Rosenstrauß gereicht und dann ein Korb Orchideen, geschmückt mit einem breiten orangefarbenen Band.

»Sie scheint Ihnen dennoch gefallen zu haben?« fragte Samgin auf dem Weg zum Foyer.

»Ja«, sagte Warwara.

»Aber Sie fanden sie doch vulgär?«

»Das stimmt – aber . . . das ist bacchantisch vulgär. Wahrscheinlich sah Phryne in den Eleusinien genauso aus . . . Ich möchte sagen, daß das nicht vulgär ist, sondern heilige Schamlosigkeit . . . Schamlosigkeit der Kraft. Des Elementaren.«

Sie sprach hastig, übersprang gleichsam einzelne Worte, schien außer Fassung, traurig, und Samgin dachte, das käme bei ihr alles vom Neid.

»Oho!« rief er spöttisch aus und brachte sie dadurch zum Schweigen. Sie erblickte Bekannte und entfernte sich von ihm, während Samgin sich umsah und an der Tür des Büfetts Ljutow bemerkte, im Frack, eine Zigarette zwischen den Zähnen, mit zerzaustem Haar und rotgeflecktem Gesicht. Ljutow hatte früher nicht geraucht und es offensichtlich auch jetzt noch nicht gelernt, er atmete allzuoft den Rauch ein, kaute an der Zigarettenspitze und verzog das Gesicht; die Aufschläge seines Fracks waren mit Asche bestreut. Er hinderte die Leute beim Betreten des Büfetts, blies ihnen Rauch ins Gesicht, man eckte ihn an, entschuldigte sich, er schwieg und wickelte den sehr schmal geschnittenen, aber langen und in seinem kahlen und geschwollenen Gesicht völlig überflüssigen Bart um den Finger.

»Guten Abend«, murmelte er nach kurzem Zögern und musterte Samgin schläfrig mit seinen nicht zu bändigenden Augen. »Nun, wie findest du sie? He? Siehst du, das ist eine Schauspielerin! Ja, mein Lieber! Sie hat recht! Willst du einen Kognak?«

Als er sich mit der Schulter vom Türpfosten abgestoßen hatte, wankte er, stützte sich auf Samgin und packte ihn an der Schulter. Er war so betrunken, daß er kaum auf den Füßen stehen konnte, aber seine Schielaugen sahen Samgin unangenehm hell ins Gesicht, mit irgendeiner besonderen Scharfsichtigkeit, sogar wie erschrocken.

»Makarow schimpft auf sie. Er ist gegangen, der Wahnsinnige. Ich habe ihr Orchideen geschickt«, murmelte er, nachdem er die brennende Zigarette in der Hand zerdrückt hatte, er verbrannte sich die Handfläche, sah sie an, steckte sie in die Tasche und schlug wieder vor: »Trinken wir einen Kognak? Um uns Mut zu machen, wie? Uff – ist sie schön! Teufel noch mal . . .«

Er wankte und ging, indem er wie ein Blinder die Leute anstieß, zum Büfett.

Wie bedauernswert er ist, dachte Samgin auf dem Weg in den Zuschauerraum.

Bis zum Schluß der Aufführung benahm sich Warwara so absurd, als hätte man auf der Bühne ein schweres Drama aufgeführt. Die durch Alinas Erfolg angeregten Schauspieler belustigten eifrig das Publikum; besonders laut wurde gelacht, als Kalchas aus dem Souffleurkasten drei Gläschen Wodka herausholte, sie den Königen Agamemnon und Menelaos kredenzte und dann alle drei akrobatisch geschickt und vergnügt einen Trepak tanzten.

»Welche Banalität«, bemerkte Samgin. Warwara schwieg, hatte den Kopf geneigt und sah nicht auf die Bühne. Klim schien es, sie wäre dem Weinen nahe, und das war so komisch, daß er mit mühsam unterdrücktem Lächeln fragte: »Fühlen Sie sich nicht wohl?«

»O nein, es ist nichts weiter, beachten Sie es nicht«, flüsterte sie, Samgin aber dachte bei sich: Natürlich, das sind Qualen des Neides.

Die Aufführung endete mit einem Triumph Alinas, das Publikum schrie und brüllte rasend: »R-radimowa-a!«

»Wollen Sie zu ihr hinter die Bühne gehen?« schlug Samgin vor.

»Nein, nein«, antwortete Warwara rasch.

Auf der Straße sagte er: »Eigentümlich wirkt die Operette auf Sie.«

»Lächerlich für Sie?« fragte Warwara leise, nahm seinen Arm und ging schneller, wobei sie im Ton der Rechtfertigung sagte: »Ich verstehe, daß es lächerlich ist. Wäre ich ein Mann, so würde ich mich verletzt fühlen. Und mir wäre unheimlich zumute. So eine Verunglimpfung . . .«

Er drückte ihren Arm an sich und fragte fast zärtlich: »Sie sind etwas neidisch, ja?«

»Worauf? Sie ist nicht talentiert. Neidisch auf ihre Schönheit? Wenn Schönheit so erniedrigt wird . . .«

Sie hielt nicht Schritt und stieß Klim, es war unbequem, mit ihr Arm in Arm zu gehen. Er hörte ihr zu und ärgerte sich.

»Wissen Sie, Lidija beklagte sich über die Natur, über die Macht des Triebs; ich verstand sie nicht. Aber sie hat recht. Die Telepnjowa ist majestätisch, sogar zum Weinen schön, und zwar zum Weinen vor Freude und Traurigkeit, wahrhaftig – so ist das! Dabei erweckt sie ein Gefühl, wie es Pferde haben, nicht wahr?«

»Das ist ja gerade der Triumph der Frau«, sagte Samgin.

»Wie schade, daß Sie scherzen«, entgegnete Warwara und schwieg den ganzen Weg bis zur Haustür, versteckte das Gesicht im Muff und bemerkte erst vor dem Tor seufzend: »Ich habe wahrscheinlich meine Gedanken nicht verständlich ausgedrückt.«

Samgin faßte das alles als einen Versuch Warwaras auf, sich seinem Einfluß zu entziehen, ärgerte sich und ging eine Woche lang nicht zu ihr, da er überzeugt darauf wartete, daß sie selbst kommen werde. Aber sie kam nicht, und das beunruhigte ihn. Warwara war ihm als sein Spiegel bereits unentbehrlich, und außerdem erinnerte er sich, daß der Geck Alexej Gogin existierte, der wie ein Verkäufer aussah und wahrscheinlich dadurch allen jungen Damen gefiel. Dann sagte er sich, daß Warwara vielleicht krank sei, ging zu ihr und traf im Vorzimmer Ljubascha im kurzen Pelz, mit einem Hütchen und wie immer mit Büchern unterm Arm.

»Da bist du ja, und ich wollte gerade bei dir vorbeikommen«, rief sie, legte den Mantel schnell ab und streifte die Überschuhe von den Füßen. »Du hast ein bißchen gesessen? Weshalb hat man dich bei der Gendarmerie festgehalten? Geh ins Speisezimmer, bei mir ist nicht aufgeräumt.«

Im Speisezimmer ließ sie sich auf den Diwan fallen und begann ihren Zopf aufzuflechten.

»Ich habe Kopfschmerzen. Werde mir wohl das Haar abschneiden lassen. Ich saß in einer feuchten Zelle und bin doch zu unbeweglichem Leben ganz und gar nicht geeignet.«

Ihr sonst rosiges Gesicht war auffallend blaß geworden, sie wußte das wahrscheinlich und rieb sich deshalb die Wangen und die Stirn und strich mit den Fingern über die Schatten in den Augenhöhlen.

»Man hat mich vorgestern herausgelassen, und ich bin immer noch nicht bei mir. In die Heimat – diese Narren, wo ist denn meine Heimat? In vier Tagen soll ich fahren, ich muß aber unbedingt hier bleiben. Man wird beantragen, daß sie mich in Moskau lassen, aber . . .«

»Hat dich Wassiljew verhört?« fragte Klim, der fühlte, daß ihre Nervosität aus irgendeinem Grund auch ihn ansteckte.

Ljubascha schnellte auf dem Diwan hoch und schlug sich mit der Hand aufs Knie.

»So ein Tölpel! Kannst du dir das vorstellen – er versuchte mich einzuschüchtern, als wäre ich fünfzehn Jahre alt! Und das war so dumm – ach, das Scheusal! Ich sage zu ihm: ›Hören Sie, Oberst: Ich habe für das Rote Kreuz Geld gesammelt, wem ich es übergab – werde ich nicht sagen, und sonst habe ich mit Ihnen über nichts zu sprechen.‹ Darauf begann er: ›Sie sind ein Mensch, ich bin ein Mensch, er ist ein Mensch; wir sind Menschen, ihr seid Menschen‹, und dann kam irgendein Unsinn über dich . . .«

»Er? Über mich?« fragte Klim und erhob sich vom Stuhl, weil sein Herz plötzlich unangenehm zu pochen begann.

»Daß du den Frauen rätst, Kinderfrauen und Ammen zu werden etwa – überhaupt lauter unwahrscheinlich dummes Zeug! Und daß Güte unangebracht, ja sogar verbrecherisch sei, und das alles mit so einem Pathos, väterlich streng, weißt du . . . dieser Nichtsnutz!«

»Was sagte er denn noch über mich?« erkundigte sich Samgin.

»Weiß der Teufel, was! Im großen und ganzen – Unsinn . . .«

Samgin setzte sich etwas beruhigt hin und dachte über den Oberst: So ein Schuft.

Er sah Ljubascha zu, wie sie ihr Haar über Schulter und Rücken fallen ließ, wie sie mürrisch an ihren Lippen leckte, und glaubte nicht, daß Ljubascha die Wahrheit über sich sagte. Die Wahrheit wäre gewesen, wenn dieses nicht hübsche, nicht kluge Mädchen dem Gendarmen vor Angst zitternd und schweigend zugehört und er sie angeschrien, mit den Füßen gestampft hätte.

»Du willst keine Angst bekommen haben?« fragte er lächelnd, worauf sie achselzuckend antwortete: »Nun, weißt du, ›wer die Wölfe fürchtet, geht nicht in den Wald‹.«

»Hast du nicht an die Wetrowa gedacht?«

»Die Wetrowa? Da gab es offensichtlich irgendwelche Hysterie. An Vergewaltigung glaube ich nicht.«

»Hast du auch nicht daran gedacht, daß an der Kara die Frauen ausgepeitscht wurden?« beharrte Klim.

»Eine uralte Geschichte . . . Hör mal«, sagte Ljubascha und neigte sich zu ihm vor. »Warum sprichst du so sonderbar? Willst du mich necken?«

»Ein bißchen«, gestand Klim, der durch ihren Blick verwirrt war.

»Ein sonderbarer Wunsch«, bemerkte Ljubascha gekränkt. »Auch das Gesicht ist böse«, fügte sie hinzu, nachdem sie wieder die Haltung eines ermüdeten Menschen angenommen hatte.

»Obwohl – ich muß gestehen: Bei den ersten zwei Verhören fürchtete ich, man habe bei der Haussuchung eine Adresse gefunden. Im allgemeinen aber hatte ich erwartet, es würde alles irgendwie ernster, klüger werden. Er sagte zu mir: ›Sie lesen Lassalle?‹ – ›Und Sie‹, fragte ich, ›haben ihn nicht gelesen?‹ – ›Ich‹, sagte er, ›lese diese Sachen dienstlich, Sie aber, wozu brauchen Sie das als Mädchen?‹ So hat er gefragt.«

Samgin erkundigte sich, wo Warwara sei.

»Sie ist zu Gogins gegangen. Sie ist ganz außer sich, grämt sich, sogar bis zu Tränen, daß Alinka bei der Operette ist!«

»Wer ist eigentlich Gogin?«

»Mein Onkel, wie sich herausgestellt hat. Das hat sich erst vor kurzem erwiesen. Er ist nicht ganz mein Onkel, sondern war mit der Schwester meiner Mutter verheiratet, aber er liebt das Familienleben, verwandtschaftliche Beziehungen und wünscht, daß ich als seine Nichte gelte. Das kann ich! Er ist ein guter und nützlicher Alter.«

Von Alexej sagte sie: »Er ist sehr spaßig, aber ein Faulpelz und Vagabund.«

Dann beklagte sie sich tief seufzend: »Ach, Klim, wenn du wüßtest, wie schmerzlich es ist, daß ich aus Moskau ausgewiesen werde!«

Samgin wußte auf ihre Klage nichts zu antworten; er meinte, sein Spiel mit Warwara so weit getrieben zu haben, daß er es ändern oder abbrechen müßte. Und als Warwara, frostgerötet, ohne abzulegen, lebhaft ins Zimmer geflattert kam, erhob er sich und ging ihr mit freundlichem Lächeln entgegen, aber sie warf ihm nur im Vorbeigehen ein »Guten Tag!« hin, umarmte die Somowa und rief: »Ljubascha, ein Sieg! Du darfst noch anderthalb Monate hierbleiben und wirst von einem Psychiater behandelt . . .«

»Oh?« rief Ljubascha fragend.

»Tatsache! Du mußt nur zu ihm in die Sprechstunde gehen.«

»Mein Gott, ich würde auch zu einem Bischof gehen . . .«

»Also – wir feiern. Gleich kommen die Gogins, ich habe allerhand Schmackhaftes eingekauft . . .«

Dann spielte sich eine Szene lustiger Ausgelassenheit ab, die Mädchen tanzten Walzer, die Anfimjewna deckte den Tisch und brummte lächelnd, daß man ihre gelben Zähne sah: »Da hüpfen sie! Ihr werdet wieder so lange herumhüpfen, bis was passiert.«

Ihr straffes Gesicht strahlte vor Freude, und sie sog die Luft mit der Nase ein, als röche sie einen höchst angenehmen Duft. Auf der Schwelle des Speisezimmers erschien Gogin, trällerte auf seinen Lippen sehr geschickt ein paar Marschtakte, blähte dann die eine Wange auf, drückte sie mit dem Finger ein, und unter seinem hellen Schnurrbart kam ein durchdringendes Piepen hervor. Mit Gogin war ein junges Mädchen gekommen mit einer kastanienbraunen Tolle nachlässig wirren Haars über der gewölbten Stirn; sie sah Klim unverfroren mit ihren goldfarbenen Pupillen ins Gesicht und sagte: »Samgin? Wir haben von Ihnen gehört: eine rätselhafte Persönlichkeit.«

»Wer hat Ihnen das gesagt?«

»Jakow Tagilskij, dem wir nicht glauben. Aber er scheint recht zu haben: Sie sehen wie ein gelehrter Mann aus und haben ein skeptisches Bärtchen, und wir sind schon übervoll von Achtung vor Ihnen. Aljoschka – mach keinen Unsinn!«

Das rief sie, weil Gogin sie an den Ellenbogen packte, hochhob und von Klim wegstellte, wobei er sagte: »Wundern Sie sich nicht, das ist eine Puppe, innen sind Sägespäne, und sie redet...«

»Glauben Sie ihm nicht«, rief Tatjana und stieß den Bruder mit der Schulter weg, doch jetzt zog Ljubascha Gogin zu sich herüber, während Warwara das junge Mädchen bat, ihr zu helfen; Samgin war zufrieden, daß man ihn in Ruhe ließ, Menschen dieses Schlages brachten ihn stets in Verlegenheit, er wußte nicht, wie er sich zu ihnen verhalten sollte. Er fand, daß sich solche Menschen besonders mißglückt erfunden hatten, das waren Spaßvögel von Beruf, sie machten die Narretei zu ihrem Handwerk. Einen ernsten Menschen erregt die Pflicht, auf Scherze, an denen es nichts Komisches gibt, liebenswürdig zu lächeln. Jetzt sagte Alexej Gogin zu Ljubascha: »Brumme nicht! Es ist bewiesen, daß die Politik eine Tochter der Wirtschaft ist, und es ist natürlich, daß er der Tochter den Hof macht...«

Warwara belehrte er im Ton eines Küsters, der das Horologium liest: »Denn Aristoteles sagt trefflich: ›Und wenn der Mensch oberhalb des Mondkreises lebte, er stürbe auch dort‹, und darum, Waretschka, seien Sie nicht überheblich!«

Und es war auch nicht komisch, daß Tatjana von sich in der Mehrzahl sprach und auf Samgins Frage, warum, antwortete: »Weil ich mir als Behausung einer Vielzahl von Personen vorkomme, die alle miteinander im Streit liegen.«

Kurz darauf aber sagte sich Klim, daß sie wohl recht habe, denn sie war auf allzu laute Weise lustig, gleichsam wie zur Verbergung ihrer Unruhe. Man konnte sich nicht vorstellen, wie sie sein mochte, wenn sie allein war, und dabei war Samgin überzeugt, er könnte leicht und fehlerfrei jeden Bekannten sehen, wie er mit sich allein war, ohne Galakleidung. Sogar äußerlich war Tatjana Gogina schwer zu erfassen, die Hastigkeit ihrer nervösen Gesten stimmte nicht mit ihrem verlangsamten Sprechen überein, während ihre närrische Sprache nicht zu dem mißtrauischen Blick ihrer metallischen und gelblichen, unangenehmen Augen paßte. Sie war gut gebaut, kräftig, aber das dunkelgraue Kostüm saß unordentlich an ihrem Körper; ihr kastanienbraunes Haar war nicht gewellt, sondern fiel in Strähnen herab und verschmälerte unschön ihr rundes, russisches Gesicht.

»Beleidige Aljoschka nicht«, bat sie Ljubascha und wandte sich ohne Pause im gleichen Ton an den Bruder: »Hör mit dem Hokuspokus auf! Gießen Sie mir starken ein, Warja!« sagte sie, die halb ausgetrunkene Tasse Tee beiseite schiebend. Klim vermutete, daß sie dies alles unnötigerweise sage und daß sie wahrscheinlich sehr verwöhnt, launisch und boshaft sei. Sie saß neben ihm, sah ihm ins Gesicht und fragte: »Erklären Sie mir, Sie ernster Mensch, wie kommt das: Ich bin ein Mädchen aus bürgerlicher Familie, ich lebe gesättigt und überhaupt nicht schlecht und wünsche dennoch dieses nicht schlechte Leben zum Teufel. Weshalb?«

»Das kommt bei Ihnen sicher vom Verstand und ist etwas Vorübergehendes«, antwortete Klim nicht sehr liebenswürdig, da er erriet, daß sie ein »interessantes Gespräch« anfangen wollte.

»Nein, Verstand habe ich nicht viel«, sagte sie, mit dem Teelöffel spielend. »Ich denke, das kommt vom Herzen. Was soll man da machen?«

Sie ärgerte Samgin, denn sie hinderte ihn zu beobachten, wie ihr Bruder Warwara und Ljubascha mit Hokuspokus unterhielt. Er sah sie über den Brillenrand an und schlug vor: »Richten Sie es so ein, daß man Sie für ein paar Monate ins Gefängnis steckt.«

»Meinen Sie, das würde mich heilen?«

»Sicher, es wird Ihnen helfen, die Annehmlichkeiten des bürgerlichen Daseins richtig einzuschätzen.«

Sie fragte lächelnd: »Sie scheinen keine sehr hohe Meinung von den Menschen zu haben?«

»Nein, keine sehr hohe«, antwortete Samgin aufrichtig, erhob sich und beobachtete Alexejs Hände; er hatte sie gerade erhoben und sagte: »Wie das sehr verehrte Publikum sieht, handelt es sich hier nicht um Wunder, sondern nur um manuelle Geschicklichkeit, womit auch die Wissenschaft einverstanden ist. Also: an meinem Rock befinden sich auf jeder Seite drei Knöpfe. Eins...«

Er schloß den Rock, rief sofort: »Zwei!«, öffnete ihn wieder, und auf der einen Seite befanden sich zwei Knöpfe, auf der anderen vier. »Das habe ich selbst ausgedacht«, prahlte er.

»Wie macht man das, Aljoscha?« rief Ljubascha kindlich und bittend, während Warwara an seinen Rockärmeln zupfte und ihn aufforderte: »Zeigen Sie das Rockfutter!«

Tatjana setzte sich ans Klavier und begann, indem sie jemanden nachäffte, mit gepreßter Stimme zu singen:

> »In Gärten und auf Wiesen
> Sah alle Blumen ich.
> Allein, von allen Blumen
> Am liebsten mag ich dich!«

Die banalen Worte wurden passend durch ein ebenso banales Motiv ergänzt; Ljubascha lachte zum Ersticken über Warwara, die ärgerlich den Versuch machte, ein Zigarettenetui zu öffnen, und es nicht fertigbrachte, während Gogin es durch eine leichte Berührung mit dem kleinen Finger öffnete. Danach legte er sich das Etui auf die Schulter, bewegte sie, und es glitt in die Rocktasche. Dann zerzauste er sein Haar, machte ein grimmiges Gesicht und trat auf die Schwester zu. »Spiel die ›Maskotte‹. He, der Chor!«

Er begann mit angenehmer Stimme zu singen:

> »Wenn auf dem Tisch drei Kerzen stehn...
> Ja, drei Kerzen!
> Dann stirbt jemand!«

> »Er sti-irbt!«

bestätigte der Chor finster und sang gleich darauf lustig weiter:

> »Ja, alle Vorzeichen und Träume
> Sind bedeutungsvoll...«

Das nächste Couplet sang Gogin allein:

> »Ja, eine leere Seele
> Braucht den Ballast des Glaubens!
> In der Nacht sind alle Katzen grau,
> Die Frauen alle schön!«

»Dummkopf!« rief Tatjana und schlug ihm mit dem Notenheft

auf den Kopf, er aber packte sie und setzte sie mit überraschender Kraft, als wäre er das gewohnt, auf seine Schulter. Die Mädchen versuchten, ihm die Freundin fortzunehmen, es kam zu einer Balgerei, und Samgin, der längst begriffen hatte, daß er in dieser Gesellschaft überflüssig war, ging unauffällig weg.

Über der Stadt lag grauer Nebel und schmückte sie mit Rauhreif, die Zweige und Telegraphendrähte waren wie bemoost. Die Kälte schnitt grimmig ins Gesicht. Samgin ging und dachte bei sich: Wenn Warwara meine Geliebte wird, beginnen für sie keine süßen Tage. Nein. Wahrscheinlich hat sie das alles schon mit Marakujew oder irgendeinem Schauspieler erlebt, und das nimmt ihr das Recht, die Rolle eines unschuldigen verliebten Mädchens zu spielen. Da sie sie aber dennoch spielt, wird sie es büßen müssen.

Es lohnt nicht zu zaudern, und es ist dumm, viel Umstände zu machen, entschied er.

Zwei, drei Tage später merkte er mit Staunen und Vergnügen, daß er ganz auf einen absolut bestimmten Wunsch konzentriert war. Wenn er seine Gefühle mit jenen verglich, die ihn zu Lidija gezogen hatten, fand er, daß damals der Trieb sich naiv und schamhaft in romantische Träume und Hoffnungen auf etwas Ungewöhnliches gekleidet hatte, während es jetzt nichts dergleichen gab, sondern nur der vollkommen freie und vernünftige Wunsch vorhanden war, das Mädchen zu besitzen, welches das selbst wollte. Die Gewißheit, frei zu handeln, stimmte ihn immer hartnäckiger, er lauerte Warwara auf wie der Jäger einem Fuchs und flüsterte sich mehr als einmal ein: Heute.

Aber jedesmal hinderte ihn etwas, und jeder Mißerfolg steigerte sein boshaftes Verhalten gegen Warwara immer mehr und band ihn immer fester an sie, was er deutlich erkannte. Es gelang ihm nicht, Warwara allein anzutreffen, sie aber zu sich einzuladen, entschloß er sich nicht. Warwara besuchte ihn nie. Wenn er zu ihr kam, traf er die Gogins an – Bruder und Schwester kamen stets zusammen; er traf den düsteren Gussarow, der betrübt darüber, beunruhigt war, daß das »Manifest« der sozialdemokratischen Partei die Marxisten und Volkstümler nicht nur nicht einigte, sondern noch mehr trennte.

»Und wozu diese prinzipielle Empfindlichkeit bei unserer Armut?« murmelte er und starrte bald Warwara, bald Tatjana an, die ihn nicht beachtete. Mit Gogin duzte sich Gussarow, hörte aber seinen närrischen Reden aufmerksam wie ein Schüler zu.

»Ärgere dich nicht, es ist alles in Ordnung!« sagte Alexej zwinkernd zu ihm. »Die Marxisten sind ein schlaues Volk, sie verstehen dich, auch sie haben nichts dagegen, ein zorniges Herz mit einem umsichtigen Kopf zu verbinden.«

Jede Begegnung mit Gogin stärkte die Antipathie Samgins gegen diesen Gecken, gegen sein Alltagsgesicht, seine Scherze, die gebügelten Hosen, seine freien und leichten Bewegungen. Doch mußte Klim nicht ohne Neid und Unwillen zugeben, daß Gogin trotz alledem ein interessanter Mensch war, viel las, viel wußte und von seinem Wissen ebenso geschickt Gebrauch zu machen verstand, wie er seinen Anzug geschickt trug. Es war klar, daß er gut über die revolutionäre Bewegung orientiert war, obwohl er sicher keiner Partei angehörte. Einen Mann, der ein Taschenspieler und fast ein Hanswurst war, konnte man sich schwer als Mitglied einer politischen Partei vorstellen, nicht einmal einer Zwergpartei. Zweifellos mußten aber die Informatoren der Gendarmen Leute gerade solchen Schlages sein, die alles wußten und ihre wahre Überzeugung geschickt hinter einem reichen Wissen zu verbergen verstanden.

Samgin hörte, wie Alexej gleichermaßen beifällig von den Marxisten wie von den Volkstümlern sprach und wie er den gern betrübten Gussarow tröstete: »Auch die Liberalen werden ein Parteichen zusammenbasteln müssen, wenn auch nur, um ihre verlorenen Söhne zu erziehen und ihre widerspenstigen Kinder zu bändigen. Brumm nicht, es geht alles seinen Gang!«

Und schließlich war Klim etwas verletzt, daß Gogin, der zu ihm im allgemeinen liebenswürdig war, keinen Kontakt mit ihm suchte. Ljubascha und Warwara gegenüber verhielt er sich wie ein Kind, das zuviel Spielsachen hat und sie schlecht voneinander unterscheiden kann, und Warwara kokettierte sichtlich mit ihm, Samgin fand, sie gehe dabei zu weit.

Tatjana, die aufdringlich war wie eine Herbstfliege, fragte ihn aus: »Wie stehen Sie zu den Dekadenten? Eine verspätete Übersetzung aus dem Französischen und Bluff – nichts weiter? Und scheint Ihnen nicht, daß das Interesse für Verlaine und Verhaeren gleich stark ist und – daß das sonderbar ist?«

Samgin fühlte, dieses großäugige Mädchen glaubte ihm nicht und stellte ihn auf die Probe. Unverständlich war ihr Verhalten zu ihrem Stiefbruder; zu oft und beunruhigt hefteten sich Tatjanas unangenehme Augen auf Alexejs Gesicht – so wacht eine Frau über ihren herzkranken oder zu überraschenden Handlungen neigenden Mann, so beobachtet man jemanden, den man verstehen möchte, aber nicht kann.

Eines Tages, als Warwara Samgin zur Tür brachte, legte er ihr, verärgert, daß er vergnügt hinausbegleitet wurde, den Arm um den

Hals, bog mit der anderen Hand ihren Kopf zurück und küßte sie fest und erbost auf die Lippen. Sie prallte keuchend zurück, sah ihn mit verkniffenen Lippen an, und in ihren Augen schienen sich Tränen zu zeigen. Samgin betrat die Straße in der Stimmung eines Menschen, dem eine kleine Rache geglückt ist und der den Feind ehrlich vor dem gewarnt hat, was seiner harrt.

Ein paar Tage später kam er wieder zu Warwara, traf sie aber nicht zu Hause an; im Speisezimmer saßen die Gogins und Ljubascha.

»Den hatten wir noch vergessen!« rief Ljubascha und erzählte Klim mit hastigem Geplapper: bei Ljutow finde eine kleine Abendgesellschaft mit Musik und Tanz und unter Beteiligung von Literaten statt, möglicherweise werde sogar die Jermolowa kommen.

»Alina kommt auch, es wird überhaupt hervorragend! Wer will, kostümiert sich, die Eintrittskarten kosten nicht weniger als fünf Rubel, wer will, kann bis zu tausend zahlen; wieviel Stück kannst du verkaufen?«

»Zugunsten von wem oder was?« fragte er und überlegte, unter welchem Vorwand er den Kartenverkauf ablehnen könnte. Die Gogina, die etwas auf einen Bogen Papier schrieb, antwortete: »Zugunsten blindgeborener Kamtschatkabewohner.«

Ihr Bruder, der rote Zettel zählte, fügte hinzu: »Und zur Restaurierung der Kremlmauern.«

In Anwesenheit dieser Leute entschloß sich Samgin nicht, den unangenehmen Auftrag abzulehnen. Er nahm fünf Karten und beschloß, alle zu bezahlen, aber zu der Abendgesellschaft nicht hinzugehen.

Jedoch – er überlegte es sich anders und stand ein paar Tage später als Alchimist verkleidet in dem vertrauten Vorzimmer Ljutows vor einem Tischchen, an dem eine Nonne saß und die Karten abnahm; sie trug eine Larve, aber an dem lustlosen Lächeln der schmalen Lippen erkannte Samgin sofort, wer es war. An der Saaltür wiegte sich Ljutow im Brokatkaftan, mit orientalischem Käppchen und in Saffianstiefeln; er hielt einen krummen Säbel wie einen Schirm in der Hand, räusperte sich, hüstelte und sagte, indem er sich vor den Gästen verneigte wie ein Verkäufer, monoton und fürsorglich: »Seien Sie willkommen ... Bitte einzutreten ...«

Seine Schielaugen huschten rascher und unruhiger als sonst umher, und ihr saugender Blick suchte gleichsam den Vermummten die Masken herunterzureißen. Sein graues Gesicht schwitzte, er wischte den Schweiß mit dem Taschentuch ab und schüttelte es dann aus, als hätte er damit Staub gewischt. Samgin dachte, daß das Kostüm eines altrussischen Gerichtsschreibers und ein Tintenfaß am Gürtel statt des Säbels in der Hand besser zu Ljutow gepaßt hätten.

Samgin schob ihn mit berechnet würdiger Geste beiseite und blieb in der Tür stehen.

»Paracelsus? Agrippa, wie?« murmelte Ljutow hinter ihm unruhig und leise. »Seien Sie willkommen ... Hähä!«

Samgin wurde der Weg durch eine Gruppe von Gästen versperrt, unter denen sich zwei bekannte Anwälte befanden, die wie im Gericht einen Frack trugen; vor ihnen stand ein dürrer Bauer in hanfleinenem, mit einer Bastschnur umgürtetem, blauem Kittelhemd und blauen Hosen, mit nagelneuen Bastschuhen und rotblonder Perücke; an seinem kleinen, unscheinbaren Gesicht war ein komisch zerzaustes Bärtchen befestigt, und er glich nicht einem Bauern, sondern einem Coupletsänger aus einem billigen Wirtshaus. Klim kannte ihn: das war Jermakow, hervorragender Anekdotenerzähler, sehr geschickter Vorleser Tschechowscher Erzählungen, ein seelenguter Mensch und Bohemien.

»Korkunow?« gurrte er. »Was ist schon Korkunow? Etwas für Gymnasiasten. Ich will Ihnen was über ihn erzählen ... Platz für den Zauberer!« rief er und sprang vor Samgin zur Seite.

Im Saal befanden sich etwa vierzig Personen, aber die trüben Spiegel zwischen den Fenstern vervielfachten ihre Zahl; es schien, als sprängen oder schlüpften die Zigeunerinnen, Marquis und Clowns aus den dunklen Wänden heraus und würden im nächsten Augenblick den Saal so dicht füllen, daß man nicht mehr tanzen könnte. Samgin sah im Spiegel, daß die Musik in einer Ecke von einem schwarzen Männlein gemacht wurde, das einen zerzausten Kopf wie ein Spielzeugteufel hatte; es wand sich krampfhaft auf dem Stuhl, griff mit den langen Fingern in die Tasten, als knete es Nudelteig, und die Musik war bei dem Stampfen und Scharren der Füße, dem Lachen, Schreien und Sprechen der Zuschauer schlecht zu hören; zu hören aber war das unruhige Klirren der beiden Kristallüster.

Unter den Tanzenden fanden Samgins Augen sofort Warwara. Sie war ganz in Grün, mit Gräsern aus Band geschmückt, ihre Strümpfe waren dicht mit Silberflitter bedeckt, und auf dem offenen Haar saß ein Kranz aus Gräsern und gelben Blumen; sie trug keine Maske, war aber geschickt geschminkt: riesengroße, tiefliegende Augen, ungewöhnlich geschwungene Brauen und leuchtende Lippen, wodurch ihr Gesicht erschöpft, aufreizend und übermenschlich schön wurde. Sie wurde erstaunlich leicht von einem Chinesen in blauer Jacke herumgewirbelt, der etwas dick und rundköpfig war und ein Katergesicht hatte; sein langer Zopf schlug Warwara auf den bloßen Rücken, auf die Schultern, und sie lachte. Ihre geschuppten Füße berührten den Boden kaum, die schweren, mit Seetang durchflochtenen Haarsträhnen zogen ihren Kopf nach hinten, ihre kleinen Fischzähne blinkten hungrig und gierig.

»Erlau-ben Sie mal«, sagte ein breitschultriger Matrose vor Samgin, »unsere Rechtswissenschaft in Person Petrashizkijs ...«

Samgin berührte mit dem Magierstab seine Ellenbogen, der Matrose wandte sich um und rief, als erblickte er einen Bekannten: »Aha, der Zauberer. Treten Sie bitte ein ...«

»Nicht Zauberer, Magier«, verbesserte ihn jemand eindringlich.

»Nehmen Sie meine Verachtung entgegen«, sagte Samgin mit finsterer Stimme.

Wie eine bunte Kugel rollte und hüpfte Ljubascha umher, als Bauernmädchen kostümiert, ihr rundes Gesicht komisch grob angemalt; sie stieß die anderen an, sog laut die Luft durch die Nase ein und rief: »Wo ist der Liebste mein?«

Samgin schritt zwischen den Tanzenden umher, störte sie, indem er die Maskierten hartnäckig wie ein Kurzsichtiger ansah, und ärgerte sich über sich selbst, daß er ein so unbequemes Kostüm gewählt hatte, in dem sich die Beine verwickelten. Unter den Maskierten erkannte er Gogin, der als Opernfaust verkleidet war; der Clown, den er am Arm führte, war vermutlich Tatjana. Ein langer Harlekin, der aus irgendeinem Grund eine rote Perücke und den Hut eines italienischen Banditen aufgesetzt hatte, stieß Samgin an, faßte ihn an der Schulter und entschuldigte sich leise: »Entschuldigen Sie, Vorurteil! Sie sind doch das Vorurteil, ja?«

Samgin schob ihn wortlos beiseite. Auf einem Fensterbrett saß rauchend ein großer Mann mit Larve, mit breitem, falschem Bart; er war als mittelalterlicher Zunftmeister kostümiert und trug einen Lederschurz; das machte ihn unter den bunten Gestalten sehr auffallend. Als man zu tanzen aufhörte und der Chinese Warwara behutsam auf einen Stuhl setzte, beugte sich dieser Mann zu ihr vor und sagte, seinen Bart festhaltend: »Mit solchen Augen, Nixe, sollten Sie nicht im Wasser leben, sondern im Feuer – zum Beispiel in der Hölle.«

»Die Hölle ist in meiner Seele, und ich bin keine Nixe, sondern eine Dryade ...«

An der Stimme erkannte Klim in dem Meister Kutusow, er fand, daß er mit Hans Sachs Ähnlichkeit habe, und dachte: Er ist unverwüstlich.

Warwara wurde von Maskierten dicht umringt; sie wedelte sich mit einem Fächer aus Schwertlilienblättern ins Gesicht, beantwortete die Scherze der Gäste irgendwie zu laut und musterte sie aufmerksam und unruhig.

Sie sucht mich. Und schreit, damit ich höre, wo sie ist, sagte sich Samgin ohne Selbstzufriedenheit, als handelte es sich um etwas ganz Natürliches. Ihn verwirrte und erregte das Gefühl des Fremdseins all diesen Kostümierten gegenüber, ein Gefühl, das ihn früher nie bedrückt, sondern nur das Bewußtsein seiner Eigenartigkeit, seiner Unabhängigkeit angenehm betont hatte. Er versuchte seine Erregung durch das mißglückte Kostüm zu erklären, das ihn zwang, sich würdig wie ein Truthahn zu benehmen. Aber Samgin wußte bereits: Er dachte das, weil er vor sich verbergen wollte, daß Kutusow ihn verwirrte und daß es ihm sehr unangenehm wäre, wenn Kutusow ihn erkennen würde.

Er hält sich wahrscheinlich illegal in Moskau auf ...

Der Pianist begann wieder laut zu spielen, der Chinese warf die Arme hoch, als fiele er hin, und packte Warwara; ein blecherner Ritter reichte einer dicken Odaliske den Arm, aber da löste sich ein Kniestück seines Harnischs, und während er es wieder befestigte, wurde die Odaliske von einem gestreiften Clown entführt.

»Zum Teufel noch mal«, brummte der Ritter, riß das Kniestück herunter, steckte es hinter einen Spiegel und sagte zu Samgin: »Ein vorsintflutliches Haus, ohne Ventilation.«

Samgin fand das alles langweilig und ging ins Büfettzimmer; dort hantierten an einem langen, mit einer Unmenge belegter Brötchen und Flaschen beladenen Tisch zwei Damen, eine üppige Spanierin mit dichten Brauen und eine pausbackige Dame im Sarafan mit nationalrussischem Kopfputz und Zwicker; sie hatte eine breite, für den Zwicker ungeeignete Nasenwurzel; er fiel immer wieder herunter, die Dame fing ihn ärgerlich auf und belehrte den glatzköpfigen Diener: »Passen Sie bitte auf, daß sie sich nicht selbst etwas nehmen.«

In der Ecke ragte wie ein Götze ein riesengroßer, blankgeputzter Samowar und stieß keuchend Dampf aus; die Spanierin füllte Tee in Gläser und sagte: »Nein, Pelageja Petrowna, das stimmt nicht, von Eicheln wird das Fleisch bitter, von Biermaische wird es mürbe.«

Die Frau mit dem russischen Kopfputz sagte: »Die Maische muß man kräftiger salzen.«

Samgin nahm eine Flasche Weißwein und ging an ein Tischchen am Fenster; dort saß zwischen Wand und Schrank, wie in einer Kiste, Tagilskij und schlug sich mit einer zerknitterten Pappmaske aufs Knie. Er trug eine blaue Jacke, einen Feuerwehrhelm und schwere Stiefel; das alles verband sich eigentümlich mit seinem Porzellangesicht. Er lächelte und sah Samgin mit dem hartnäckigen Blick eines Betrunkenen an.

»Amüsieren Sie sich, Zauberer?«

»Ich weiß zuviel, um mich amüsieren zu können«, antwortete Klim, mit verstellter Stimme und mürrisch.

»Ich auch«, sagte Tagilskij und nickte; der Helm rutschte ihm auf die Ohren und spreizte sie ab.

Klim sah ihn nicht zum erstenmal betrunken und hätte sehr gern gewußt, warum dieser stattliche, wohlgebaute Mann so maßlos trank.

»Ist das hier von den Volkstümlern?« fragte Tagilskij. Vor ihm auf dem Tisch stand auch eine Flasche, aber sie war schon leer.

»Ich weiß nicht«, antwortete Samgin und beobachtete, wie die buntgekleideten Menschen an der Tür vorbeihuschten, während ihre Doppelgänger über den Spiegel glitten und von der silbernen Leere verschlungen wurden. Auf ihren kurzen Beinchen hüpfte eilig Ljubascha mit Hans Sachs vorbei, hinter ihr wirbelte der Chinese Tatjana vorüber.

»Die amüsieren sich«, murmelte Tagilskij. »Haben sich umgezogen und – sind lustig. Aber schauen Sie doch, Alchimist, wieviel Pierrots, Clowns und überhaupt – Dummköpfe hier sind! Was bedeutet das?«

Samgin schenkte ihm, ohne zu antworten, Wein ein. Die Zahl der Kostümierten hatte sich vermehrt, die Menge war bunter, lustiger geworden, und irgendwo in der Nähe der Tür rief Ljutow übermütig: »Was hätten Sie denn Pontius Pilatus geantwortet? Christus hat sich nicht entschlossen zu sagen: ›Ich bin die Wahrheit‹, Sie aber – hätten Sie es gesagt?«

Dann erschien der Schriftsteller Nikodim Iwanowitsch, warm gekleidet in einen dicken, braunen Rock, einen karierten Schal um den Hals gewickelt; in den Ärmel hustend, ging er unter den Leuten umher, machte jedermann Platz und stieß darum alle an. Mit dem Fächer wedelnd, trat Warwara Arm in Arm mit Tatjana ein; sie verlangte Tee, nahm fast neben Klim Platz und streckte ihre geschuppten Beine unter den Tisch. Tagilskij setzte schnell seine zerknitterte Maske mit abgeblätterter Nase auf. Tatjana biß in ein Brötchen und sagte: »Toll spielt dieser Virtuose! Man sagt, er ist eine künftige Berühmtheit; dafür hat er sich auch schon das Haar wachsen lassen.«

»Sie sind boshaft, Tanja«, sagte Warwara seufzend.

»Neidisch. Fünfundsiebzig Prozent hier sind künftige Berühmtheiten. Und ich? Darum ärgere ich mich.«

Die Gogina sah erst Klim scharf an, dann Tagilskij, erinnerte sich an etwas, verzog das Gesicht und sagte halblaut zu Warwara: »Sie werden auch Erfolg haben.«

»Wahrscheinlich deshalb, weil mein Rock zu kurz ist«, antwortete Warwara leise.

In der Tür blieb Ljubascha stehen.

»Ist es nicht herrlich, Mädchen? Pelageja Petrowna, kommen Sie bitte zum Singen!«

Die Dame mit dem Kopfputz schwebte in den Saal und zog Ljubascha mit.

»So ein Kürbis«, sagte Tatjana hinter ihr her.

Samgin trat an die Tür des Saals; dort wurden Stühle gerückt und durch Zischen Ruhe geboten; der Pianist zupfte Akkorde aus dem Klavier, als verbrenne er sich an den Tasten die Finger, während die Dame im Sarafan ihre gewaltige Brust kampflustig vorwölbte und mit ganz hoher Stimme und im Ton eines gekränkten Menschen zu singen anfing: »War ich ein Gräslein nicht im Felde?«

Beim Singen schwang sie den Zwicker an der schwarzen Schnur wie eine Steinschleuder, und sie sang so, daß die Zuhörer begriffen: Der Begleiter störte sie. Tatjana, die hinter Samgin stand, machte boshafte Randbemerkungen zu dem Lied; sie hatte anscheinend einen unerschöpflichen Vorrat solcher bissigen Worte und warf verschwenderisch damit um sich. Ins Büfettzimmer traten Ljutow und Nikodim Iwanowitsch; Ljutow ging auf Zehenspitzen, seine Saffianstiefel knirschten leise, er hielt den Säbel mit beiden Händen, an der Scheide und am Knauf, vor den Bauch; der Schriftsteller lehnte sich mit der Schulter an ihn und brummte: »Er hatte eine süßliche Erzählung im ›Kurier‹ abgedruckt, und man war schon stolz auf ihn, und ein Jahr später schrieb er ein Buch, alle staunten und begriffen nicht, daß ihm das schaden würde . . .«

»Kognak oder Wodka?« fragte ihn Ljutow, musterte die jungen Damen und wandte sich an Samgin: »Was haben Sie in den Tagen Ihrer Jugend getrunken, Astrologe?«

»Galle«, sagte Klim.

»Das ist trübe«, entgegnete Ljutow kopfschüttelnd, während Nikodim Iwanowitsch eigensinnig fortfuhr: »Er schwimmt jetzt im Lob wie die Fliege im Sirup . . .«

»Trinken Sie mit uns, weiser Mann«, bedrängte Ljutow Samgin. Klim lehnte ab und trat in den Saal, dem Applaus entgegen. Die Dame mit dem Kopfputz weigerte sich zu singen, an ihre Stelle trat eine andere, eine mit Blumen und Bändern geschmückte Ukrainerin mit unscheinbarem Gesicht, und neben sie – Kutusow. Er nahm die

Larve ab, und Samgin sagte sich, daß er sie gar nicht brauchte, schon der falsche graue Bart machte sein Gesicht unkenntlich alt. Ein dikker Marquis vor Samgin sagte: »Eine phänomenale Stimme. Dorfschullehrerin oder so etwas Ähnliches. Sie singt ganz ausgezeichnet.«

Man sang vortrefflich das Trio »Ein goldnes Wölkchen nächtigte«, dann stimmten Kutusow und die Lehrerin »Versuche mich nicht« an. Kutusows Gesicht wurde sanfter, doch er sang irgendwie zu feierlich, und das paßte nicht zu den hoffnungslosen Worten des Dichters. Seine Partnerin sang kunstvoll, tief dramatisch, und Samgin merkte, daß sie Kutusow ab und zu unwillig oder verwundert ansah. Im Saal wurde es so still, daß Klim Warwaras Korsett knacken hörte, sie stand hinter ihm und hatte den Arm um die Gogina gelegt. Ljutow balancierte, den Säbel unter dem Arm, mit gerecktem Hals im Saal herum, hinter ihm ging der Schriftsteller und dirigierte mit der Hand, in der er ein Brötchen hielt.

Den Sängern wurde rasend applaudiert. Die Somowa kam mit feuchten Augen und glücklichem Gesicht angerannt und rief Warwara begeistert zu: »Nun, wie findest du das? Ist das eine Stimme? Entsinnst du dich, ich erzählte dir von ihm ...«

»Aber er singt mechanisch«, bemerkte die Gogina.

»Psch!« zischte Ljutow und schob den Säbel auf den Rücken, wo er wie ein Schweif hängenblieb. Er biß die Zähne zusammen, in seinem Gesicht wölbten sich knöcherne Beulen vor, Schweiß glänzte an seinen Schläfen, und sein linkes Bein zuckte unter dem Kaftan. Hinter ihm stand der gestreifte Harlekin, er hatte sein Kinn kindlich auf Ljutows Schulter gelegt, die Hand über dem Kopf erhoben und machte sie auf und zu.

Kutusow sang: »Laßt nach, Erregungen der Leidenschaft!«, worauf Ljutow zu ihm stürzte und mitten ins Geschrei und Händeklatschen hinein kreischte: »Erlauben Sie, entschuldigen Sie ... Sie haben eine ganz kapitale Stimme – jawohl!«

Ljutow keuchte vor Erregung, er trat von einem Bein aufs andere, sein Bärtchen drängte sich auf Kutusows Gesicht zu, er schwang das Taschentuch und schrie: »Aber so singt man nicht! So geht das nicht!«

Das Publikum verstummte, voll Interesse für den hysterischen Angriff des Bojaren und die gutmütige Verwunderung des bärtigen Zunftmeisters.

»Geht nicht?« fragte er. »Warum nicht?«

»Sie leugnen den Sinn der Romanzen, Sie scheinen ihn sogar zu ironisieren ...«

»Sie prahlen mit Furchtlosigkeit«, rief Ljubascha. Kutusow lachte tief.

»Sagen Sie doch offen heraus: Es war schlecht!«

»Erlauben Sie mir zu erklären«, bat Nikodim Iwanowitsch dringlich, und als Ljutow nach einem Seitenblick auf ihn verstummte und Ljubascha eine Grimasse zog und zur Seite sprang, hustete der Schriftsteller in den Rockärmel und sagte autoritär: »Es war gut, aber nicht so, wie es sein sollte. Sie singen vom Leiden, von Erregungen der Leidenschaft...«

»Nun, wissen Sie, ich bin nicht hinter Würze her; mir schmeckt meine Kohlsuppe auch ohne Pfeffer«, sagte Kutusow lächelnd. »Ich liebe die Musik, nicht die Worte, die für sie gemacht sind...«

Ljutow wandte sich um und rief ins Büfettzimmer: »Nikolai, einen Tisch! Zwei Tische...«

Dann zerrte er am Bandelier seines Säbels und bat weinerlich den Harlekin: »Nimm mir doch dieses blöde Ding ab!«

An diesem Ausruf erkannte Samgin im Harlekin Makarow.

»Erlauben Sie – wie ist das aufzufassen?« fragte der Schriftsteller streng, während Kutusow vom Publikum zum Büfett gedrängt wurde. »Die Geschichte wird durch Leidenschaften, durch Leiden geschaffen...«

Der Diener schob einen Tisch in die Menge, an ihn einen zweiten, brachte mit der Geschicklichkeit eines Akrobaten Stühle heran und begann dann, Flaschen und Gläser auf die Tische zu stellen; irgend jemand stieß ihn am Arm, und eine Flasche fiel auf die Gläser und zerschlug sie.

»Zum Teufel!« schrie Ljutow. »Kannst du nicht einmal...«

Er besann sich aber sogleich und murmelte: »Na, schnell, mein Lieber, schnell! Setzen Sie sich, meine Herrschaften, unterhalten wir uns...«

Es war heiß, stickig. Im Saal wurde laut gelacht, dort erzählte jemand armenische Witze, und neben Klim schwang ein flachsblonder, lockiger Page sein Barett und sagte zu der Ukrainerin: »Niemand kann mir beweisen, daß der Kampf unter den Menschen für immer sein muß...«

Der als Bauer gekleidete Mann führte die Nonne, welche die Karten kontrolliert hatte, am Arm und sagte ihr ins Ohr: »Nein, vom Materialismus wird unser Volk nicht angesteckt werden...«

Samgin stand in der Tür und sah zu, wie geschäftig Ljutow Wein in die Gläser füllte, sie überschwappend den Leuten in die Hand gab und zu Kutusow sagte: »Da hat sich einer als Ritter kostümiert – weshalb? Weshalb gerade als Ritter?«

Kutusow hielt ein Glas Wein in der Hand, er lachte mit zurückgeworfenem Kopf und vorspringendem Adamsapfel, und unter seinem falschen Bart sah Klim den echten. Kutusow hatte anscheinend irgend etwas gesagt, das die Leute sehr erregte, ihn schrien mehrere zugleich an und am lautesten der als Bauer gekleidete Mann.

»Das ist nicht neu! Schon die Propheten haben uns verheißen: ›Und der Reichtum der Gottlosen wird zu Staub werden unter den Rädern und davonfliegen wie Asche‹ – jawohl!«

Im Saal dröhnte wieder das Klavier, stampften die Tänzer und lockte die in den Armen des Chinesen vorüberhuschende grüne Nixe. Die Nonne trat neben Klim, lehnte sich mit der Schulter an den Türrahmen und faltete die Hände gottesfürchtig über dem Leib. Er blickte in die unheimlichen Schlitze ihrer Larve und sagte sehr finster: »Ich kenne Sie.«

»So?« fragte sie leise und gleichgültig.

»Sie heißen Marja Iwanowna, Sie wohnen . . .«

Samgin nannte die Gasse, in der die Frau ihm begegnet war, als er sich in Begleitung des Spitzels und des Gendarmen unterwegs befunden hatte. Die Frau ließ einen Rosenkranz aus Zypressenholz aus dem Ärmel gleiten und fragte, indem sie mit den schmalen Fingern ihrer schönen Hand daran nestelte, mit gezwungenem Lächeln: »Und was noch?«

»Ich weiß alles über Sie.«

»Nanu! Dann wissen Sie über mich mehr als ich selbst«, antwortete die Nonne mit einem Satz, den Samgin irgendwo gelesen hatte.

Bücherwürmer, dachte er und sah zu, wie die Nonne sich zu dem Tisch durchdrängte, wo die Leute schon nicht mehr schrien und die Stimme Kutusows ertönte: »Die achtziger Jahre haben deutlich gezeigt, daß die Intelligenz in ihrer Masse gar nicht revolutionär ist . . .«

»Das ist nicht wahr!«

»Richtig!« sagte Tagilskij, der den Helm in der Hand hielt wie ein blinder Bettler die Schale.

Samgin rückte die spitze Kappe auf dem Kopf zurecht, betastete seine Maske und begab sich zum Tisch. Der von Wein und Schweiß feuchte Spitzenbesatz der Maske klebte ihm am Kinn, die Mantille schlug sich um die Beine. Dadurch gereizt, nahm er eine Flasche sehr kaltes Bier, trank es gierig Glas für Glas aus und hörte dabei zu, wie Kutusow ruhig und widerwillig sagte: »Jetzt, da der Marxismus die Intelligenz der Ränge und Titel beraubt hat, die sie sich unrechtmäßig zulegte . . .«

»Erlauben Sie!« rief jemand zornig.

»Stören Sie nicht!«

»Nein, erlauben Sie! Ich will etwas zur Frage der Rechtmäßigkeit . . .«

»Nieder mit den Nihilisten!« brüllte ein betrunkener Mann in blauem Kaftan, weißer Perücke und bis zum Knie reichenden Jägerstiefeln.

Wie ein zorniges Bächlein und ganz unangebracht, drängte sich durch die Stimmen der Empörten das klingende Stimmchen Ljubaschas: »Sie denken wohl, wenn Sie fünf Rubel zugunsten der politischen Gefangenen geben, haben Sie sich dadurch schon einen Platz in der Geschichte erkauft . . .?«

Aus der Ecke, hinter dem Schrank, ertönte zusammen mit dem Klirren des Ritterharnischs die Baßstimme Stratonows: »Reaktionen sind rechtmäßig. Die Reaktion ist eine Epoche, in der die Errungenschaften der Kultur gefestigt werden . . .«

»Durch Tolstois und Pobedonoszews«, rief jemand.

Alle sprachen zugleich, und so, als fürchteten sie, plötzlich stumm zu werden. Vor Kutusow drängte sich das Publikum wie im zoologischen Garten vor einem Tier, das man reizen will. Der Schriftsteller rief zornig: »Ihr ›Manifest‹ ist ein völlig talentloses Feuilleton!«

Er aber sagte auf den Scheitel des Schriftstellers herab: »Den Kampf der Narodowolzen gegen die Selbstherrschaft hat sich die sogenannte Gesellschaft wie eine Amateurvorstellung angesehen . . .«

Tagilskij trat vor Samgin. Er setzte mit Schwung den Messinghelm auf den Kopf, ballte die Fäuste und suchte nach den Taschen seiner Jacke; er fand sie, steckte die Fäuste hinein und hob die Schultern, sein rosa Hals wurde dunkelrot, er schnalzte laut und murmelte etwas, aber das Lachen Kutusows und noch zwei bis drei anderer übertönte seine Worte. Dann sagte Kutusow: »Nun, meine Herrschaften, genug mit dem Brüten der Schwätzer! Wenn man lustig sein will, soll man auch lustig sein.«

Samgin wurde von jemandem kräftig gestoßen; es war der Chinese, der mit weit aufgerissenen Augen, sich die Lippen leckend, zum Büfett drängte. Samgin folgte ihm und sah zu, wie der Chinese hastig und gierig ein Glas kalten Tee trank, einen schmutzigen Rubelschein auf die Brötchenplatte warf und wieder in den Saal lief. Der Schriftsteller, der sich wieder beruhigt hatte, goß Bier in ein Glas und belehrte den Mann im blauen Kaftan: »Besonders schädlich, Goslawskij, ist geräucherte Wurst, wie übrigens alles Geräucherte . . .«

Samgin trank ein Gläschen Kognak, wartete, bis das Brennen im

Mund verging, und trank noch eins. Lange schon hatte er keine so heftige Empörung gegen die Menschen empfunden, lange schon sich nicht mehr so einsam gefühlt. Zu diesem Gefühl kam wehmütiger Neid hinzu – wie schön wäre es, die grobe Verwegenheit Kutusows zu besitzen, den Menschen das ins Gesicht zu sagen, was man über sie dachte. Ihnen zu sagen: Ihr Idioten! Was wollt ihr? Daß das Volk euch aufsaugt, wie der Sumpf Kälber verschluckt? Daß die Arbeiter euch vor diesem leeren, aus Worten bestehenden Leben retten?

Ach, vieles noch könnte man diesen Bücherwürmern und Schriftgelehrten sagen. Und wenn meine Stunde kommt, werde ich es sagen!

Er ging in den Saal und stieß dabei mit der Schulter die Nonne an, er sah, daß sie ihn mit einer Bewegung des Rosenkranzes abwehrte, entschuldigte sich aber nicht. Der Pianist trommelte verwegen einen russischen Tanz; in einem dichten, bunten Kreis von Menschen, die im Takt zur Musik in die Hände klatschten, stampften zwei Beinpaare, tanzten der Chinese und ein Grusinier.

»Ich werde dich übertreffen!« rief der Chinese und sprang erstaunlich leicht vom Boden hoch.

Die Hände im Nacken, ging Warwara mit wiegenden Hüften dem Chinesen entgegen. Sie war in Schweiß geraten, die Schminke auf ihrem Gesicht war zerronnen, das Gesicht war verführerisch, daß man es nicht wiedererkannte. Sie wand sich so schamlos vor dem Chinesen, der hockend um sie herumsprang, und sah ihm mit so herausforderndem Lächeln ins dicke Gesicht, daß Samgin empört war und fühlte: vor Empörung wird er noch betrunkener.

Warwaras geschuppte Beine zuckten in ungestümen Krämpfen und entblößten sich bis übers Knie, die Spitzen ihrer Beinkleider wurden sichtbar.

Klim Samgin schloß fest die Augen, biß die Zähne zusammen und entsann sich seines Wunsches, dieses Mädchen erniedrigend für sie in Besitz zu nehmen und sie seine mißglückte Beziehung zu Lidija und überhaupt alles entgelten zu lassen.

In diesem Augenblick denkt sie natürlich nicht an mich . . . denkt nicht an mich!

Man hörte auf zu tanzen, die Zuschauer schrien und applaudierten rasend, der Chinese nahm die Nixe am Arm und führte sie zum Büfett, wo auch wie auf einem Jahrmarkt gebrüllt wurde; der Chinese blickte Warwara ins Gesicht, flüsterte ihr etwas zu, sein Gesicht ging häßlich in die Breite und zerschmolz, er grinste, daß ihm die Ohren in den Nacken rutschten. Samgin zog sich in eine Ecke zurück, setzte sich, nahm die Maske ab und steckte sie in die Tasche.

»Der Chor! Der Chor!« schrie der rothaarige Clown, sprang auf einen Stuhl und fuchtelte mit den Armen. Er wurde sofort von etwa zwanzig Personen umringt, und alle hoben den Kopf.

»Eins, zwei, drei!« kommandierte er hüpfend, streckte die Arme über den Köpfen aus, und die Leute begannen wirr durcheinanderzusingen:

> »Aus dem Land, dem Land so weit,
> Mutter Wolgas, die so breit,
> Ruhmvoll an das Werk zu gehen ...«

»Wir uns hier versammelt sehen«, brüllte vorzeitig ein Betrunkener mit weißer Perücke.

> »Zu ungezwungner Lustigkeit ...«

»Wir uns hier versammelt sehen«, wiederholte der Betrunkene und rief: »Warum von der Wolga? Ich bin aus Tambow!«

Und als das nächste Couplet gesungen wurde, heulte er zum drittenmal, aber bereits mit Tenorstimme und verdrehten Augen auf: »Wir uns hier versa-ammelt sehen ...«

Außer an diese Worte erinnerte er sich an nichts, dafür hatte er diese aber allzu gut behalten, er fuchtelte mit der roten Faust zum Dirigenten hinüber, als wollte er ihn in den Bauch stoßen, wurde immer wilder, lief dunkelrot an, riß die Augen weit auf und brüllte in verschiedenen Tonarten: »Wir uns hier ...«

Er schrie so lange, bis die Choristen erkannten, daß sie ihn nicht übertönen konnten, da hörten sie plötzlich auf zu singen und gingen rasch auseinander, während der Solist die Arme kraftlos senkte und bereits mit ganz dünnem Stimmchen gedehnt sang: »Wi-ir ...«

Er sah sich um und fragte gekränkt: »Weshalb?«

Samgin gefiel es sehr, daß dieser Mann verhindert hatte, das langweilige, dumme Lied zu singen. Klim schaukelte mit dem Stuhl und lachte. Der Betrunkene kam auf ihn zu, blieb stehen, sah ihn aufmerksam an und begann ebenfalls zu lachen, wobei er sagte: »Weiß der Teufel, was das ist, ha? Weiß der Teufel ...«

Er packte Samgin am Kragen, hob ihn hoch und sagte: »Hör mal, Onkel, du Vogelscheuche, komm, trinken wir was, mein Lieber! Du bist allein, ich bin allein, macht zwei! Teuer ist hier alles, nun, das macht nichts! Die Revolution kostet Geld – das macht nichts! Wi-ir uns hier versammelt sehen ...«, brüllte er Klim ins Ohr und küßte ihn, indem er ihn umarmte, auf die Schulter. »Solche Leute habe ich gern!«

Samgin trank mit ihm irgend etwas Starkes, da kam der betrunkene Tagilskij und stürzte sich auf ihn. »Jascha! Ich habe dich gesucht und gesucht...«

Im Saal wurde es plötzlich still, und es ertönte die weinerliche Stimme Ljutows: »Da ist unser Stern... die Göttin... die Venus – hurra!«

In der Tür des Büfettzimmers stand Alina. Sie hatte ein so blendendweißes Kleid an, daß Samgin blinzeln mußte; um die Hüfte trug sie Blumen, eine Girlande fiel über den Schenkel bis zum Kleidersaum hinab, auf dem Kopf hatte sie auch Blumen, in den Händen glitzerte ein Fächer, und sie schillerte insgesamt wie ein riesengroßer Fisch. Es wurde still, alle verstummten und wichen vorsichtig vor ihr zurück. Ljutow hastete umher, holte Stühle und murmelte: »Jegor, Champagner! Kostja – wo bist du? Kostja!«

Er schien zu schmelzen, kleiner zu werden und gleich wie ein Schatten zu verschwinden. Alina neigte sich zu Ljubascha vor, sagte leise etwas zu ihr und lachte. Warwara sprang herzu und zerrte Tatjana Gogina an den Händen hinter sich her, neben Klim stand plötzlich Kutusow und sagte seufzend: »Das – ja!«

In seinem Rausch dachte Klim, durch Alinas Anwesenheit sei es irgendwie andächtig geworden und das sei sehr komisch. Er wollte zeigen, daß diese Frau, die alle durch ihre Schönheit verblüfft hatte, ihm nichts bedeute. Lächelnd ging er auf sie zu, um etwas sehr Familiäres zu sagen, das sie verwirren mußte, aber sie rief: »Mein Gott, das ist ja Klim! Und so betrunken, daß er schon ganz grün ist! ... Aber das Kostüm steht dir. Du trinkst? Das hätte ich nicht erwartet!«

»Ja, ich trinke!« sagte Samgin. »Ich bin hier.«

Er hatte sehr viele Worte bereit, die er alle sagen wollte, aber es waren alles schwere Worte, die Zunge nahm sie nicht an, und so sagte Samgin: »Ich trinke. Allein. Das ist mein ›Manifest‹. Hast du es gelesen? Nein. Ich auch nicht.«

Dann stand er am Tisch, und Warwara fragte ihn leise: »Ist Ihnen schlecht?«

»Schlecht«, stimmte er bei. »Sie tanzen schlecht. Unanständig.«

»Wollen Sie Wodka mit Bier?« hörte er.

Nachdem er eine Limonade mit Kognak ausgetrunken hatte, fühlte er sich etwas erfrischt und fragte mit mürrischem Gesicht: »Wer ist der Chinese?«

Und als Warwara den Namen des Redakteurs eines Revolverblatts nannte, wurde ihm traurig zumute.

»Ein Jude«, sagte er kopfschüttelnd, »ein Jude!«

Und von diesem Augenblick an erinnerte er sich an nichts mehr. Er erwachte in einem Zimmer, das er nicht erkannte, aber eine große Photographie Onkel Chrysanths sagte ihm, wo er war. Durch die Fenstervorhänge drangen Sonnenstrahlen ungewöhnlicher Farbe ins Halbdunkel, die oberen Scheiben ließen ein Stück Himmel sehen, das erinnerte Samgin an das kleine Zimmer in der Gendarmeriedirektion.

Es vergingen einige Minuten, zwei oder zwanzig, es war schwer zu unterscheiden. Vor der Tür ertönte ein Rascheln, ein Teelöffel klirrte gegen Glas.

»Ja, trag es hinein«, flüsterte jemand, die Tür ging auf, und Samgin fühlte, daß Warwara am Bett stand.

»Schlafen Sie?«

»Nein, ich schlafe nicht, aber ich schäme mich«, sagte er, als er die Augen geöffnet hatte.

Er hatte nicht daran gedacht, das zu sagen, und wunderte sich, daß die Worte so jungenhaft schuldbewußt herausgekommen waren, obwohl er sich hätte ungezwungen benehmen müssen; es war ja nichts Besonderes geschehen, und er war unfreiwillig in dieses Zimmer geraten.

Aber Warwara, die seine Worte anscheinend nicht deutlich gehört hatte, sagte freundlich und vergnügt: »Wie komisch Sie sind, wenn Sie betrunken sind! So rührend. Es macht doch nichts, daß ich Sie zu mir gebracht habe? Es war mir unangenehm, um vier Uhr morgens mit Ihnen in Ihre Wohnung zu fahren. Sie haben fast zwölf Stunden geschlafen. Bleiben Sie liegen! Ich bringe Ihnen gleich Kaffee . . .«

Samgin richtete sich auf, schüttelte den Kopf, setzte die Brille auf, nahm sie aber sofort wieder ab.

Gleich wird das alles geschehen, dachte er nicht ganz überzeugt, aber als fragte er sich. Die Anfimjewna öffnete die Tür. Warwara brachte ein Tablett herein, sie hatte die Lippen verkniffen und sah auf die blaue Spiritusflamme unter der Kaffeekanne. Als sie Klim die Tasse reichte, merkte er, daß ihre Hand zitterte und die Brust ungleichmäßiges Atmen verriet.

Ihr Gesicht war blaß, mit dunklen Schatten unter den Augen. Sie sah unruhig blinzelnd umher, und als sie ihm ins Gesicht gesehen hatte, wandte sie die Augen gleich wieder ab.

»Ljubascha ist noch nicht gekommen«, erzählte sie. »Dort war, nachdem Ihnen schlecht wurde, die wahre Hölle los. Dieser Bariton – oh, welch wunderbare Stimme! – erwies sich als lustiger Mensch und stellte zu dritt mit Gogin und Alina wer weiß was an! Noch mehr?« fragte sie, als Klim ausgetrunken hatte und ihr die Tasse hinhielt – aber die Tasse glitt von der Untertasse, fiel auf den Boden und zerbarst in kleine Stückchen.

»Oh«, rief Warwara leise aus, während Samgin lächelnd sagte: »Ein gutes Vorzeichen.«

Er warf die Decke zurück, ließ die Beine aus dem Bett, und noch ehe das Mädchen ausweichen konnte, umarmte er sie heftig.

»Nicht doch ... Unterstehen Sie sich«, flüsterte sie und suchte sich ihm zu entwinden. »Sie lieben mich ja nicht ...«

Dann umhalste sie ihn plötzlich und schrie fast: »Hab Erbarmen, Erbarmen mit mir, verschone mich!«

Klim schwieg ehrenhaft und warf sie um.

Einen Monat später konnte Klim Samgin denken, daß diese theatralischen Worte die Schlußworte einer Rolle waren, deren Warwara überdrüssig war und auf die sie verzichtet hatte, um eine neue Rolle zu spielen, die einer feinfühligen Freundin, einer mustergültigen Ehefrau. Nicht zum erstenmal beobachtete er, wie sehr sich die Menschen verändern können, er hielt dieses geschickte Spiel von ihnen für unehrlich, und Warwara, die sein Mißtrauen den Menschen gegenüber bestätigte, steigerte seine Menschenverachtung. Sich selbst hielt er für unfähig zu Verstellung und Heuchelei, mußte aber die Menschen um ihre Fähigkeit beneiden, so zu scheinen, wie sie wollten.

Warwara hatte ihn vor allem dadurch in Erstaunen versetzt, daß sie unschuldig gewesen war, was er nicht erwartet und auch nicht gewollt hatte. Doch immerhin bedeutete das, daß sie sich für ihn aufbewahrt hatte, und das war ihm angenehm. Dann freute er sich, als Warwara sagte, sie wolle kein Kind und möchte ihm überhaupt durch nichts im Wege stehen; sie sagte das sehr einfach und entschieden. Sie zeigte sich vollkommen damit zufrieden, daß sie eine Frau geworden war, sie war offenbar sogar stolz auf die neue Rolle, was daraus zu ersehen war, wie gönnerhaft und lässig sie sich Ljubascha und Tatjana gegenüber zu verhalten begann. Etwas verdächtig war die Schnelligkeit, mit der sie auf ihre eingelernten Gesten, theatralischen Posen und gewohnten pathetischen Ausrufe verzichtete. Sie begann sogar leichter, freier zu gehen, und ihre Absätze klapperten nicht mehr so herausfordernd wie früher. Am meisten wunderte Klim das Maßgefühl, das sie in ihrem Verhalten zu ihm zeigte; sogar wenn sie zärtlich wurde, verlor sie dieses Gefühl nicht, obwohl sie mit Zärtlichkeiten nicht geizte. Sie hatte einen schönen, geschmeidigen Körper, aber Klim fand, daß die Haut ihrer Beine grob und rauh war, und wartete auf die Gelegenheit, ihr das zu sagen. Sie genoß schweigend und flüsterte nur einmal, als sie auf Samgins Knien lag, mit geschlossenen Augen: »Ich habe mir natürlich vorzustellen versucht, was das für ein Gefühl sein mag. Aber hier wird die Phantasie von der Wirklichkeit übertroffen.«

Du hast keine rege Phantasie, dachte Klim.

Er erwog alle kleinen Vorzüge Warwaras, brachte in sein Verhalten zu ihr nichts Neues, aber das Gefühl des Mißtrauens veranlaßte ihn, sie aufmerksamer zu betrachten, und er überzeugte sich bald, daß sie diese prüfende Aufmerksamkeit als Liebe wertete. In autoritärem Ton, geringschätzig wie früher sagte er ihr kleine Dreistigkeiten, verspottete ungeniert ihre Geschmacksrichtungen, Sympathien und Ansichten; er versuchte sogar, in Augenblicken zärtlich zu ihr zu sein, in denen sie es nicht wollte oder es ihr physiologisch unangenehm war. Aber auch in diesen Fällen fügte sich Warwara ergeben seinen Einfällen, die für sie nicht selten erniedrigend waren, und er empfand danach Geringschätzung gegen sie und dachte: So muß man mit ihnen leben.

Zuweilen merkte er, daß in ihren grünlichen Augen Trauer und staunende Erwartung leuchteten. Er erriet: Sie wartete auf das Wort, das er noch nicht ausgesprochen hatte, aber er konnte es nicht mit gutem Gewissen aussprechen und hielt es für notwendig, sie zu warnen: »Ich spiele nicht mit dem Wort Liebe.«

Im allgemeinen ging alles nicht übel, sogar reizvoll, und schon zwei- bis dreimal tauchte die interessante Frage auf: Wo liegt die Grenze der Unterwürfigkeit Warwaras?

Sie wird mich wahrscheinlich bald fragen, ob ich sie heirate. Interessant, was Lidija dazu sagen wird.

Er verbot es sich, an Lidija zu denken, die Erinnerungen an sie erregten ihn. Einmal, in einer zärtlichen Stunde, empfand er das Verlangen, Warwara ausführlich seinen Roman zu erzählen; er erschrak, als er verstanden hatte, daß diese Erzählung ihn in ihren Augen erniedrigen könnte, dann ärgerte er sich über sich selbst und zugleich über Warwara.

»Du hast Marakujew völlig vergessen«, sagte er zu ihr mit spöttischem Lächeln.

Zu seinem Erstaunen füllten sich Warwaras Augen plötzlich mit Tränen, und sie fragte ihn aus irgendeinem Grund flüsternd: »Du machst mir Vorwürfe, du? Es war doch deinetwegen ...«

Sie warf sich ihm an die Brust, umarmte ihn und sagte empört: »Warum hast du das gesagt? Sei nicht grausam, Liebster!«

Samgin nahm sie leise lachend auf den Schoß. Er war überzeugt, Warwara schauspielere ein wenig, denn er hatte ihr ja nichts Kränkendes gesagt, und es gab keinen Grund für diese Tränen, Seufzer und heftigen Zärtlichkeiten.

Sie schmeichelt sich bei mir ein, dachte er und erklärte sich von nun an damit ihre Liebkosungen.

»Es ist schön, angenehm, euch zu sehen«, sagte die Anfimjewna mit mühsamem Lächeln, die Hände über dem Leib gefaltet. »Nur ist es nicht schön, daß ihr getrennt wohnt, das ist teuer und wohl auch nicht richtig. Sie sollten in Ljubaschas Zimmer ziehen, Klim Iwanytsch.«

Warwara schwieg, aber Samgin sah an ihren Augen, daß sie glücklich wäre, wenn er das täte. Klim ließ sie den Vorschlag der Anfimjewna etwa zweimal wiederholen und bezog dann Lidijas und Ljubaschas Zimmer, das für ihn neu tapeziert und mit den altertümlichen Möbeln Onkel Chrysanths gemütlich eingerichtet worden war.

Ljubascha wurde dennoch aus Moskau ausgewiesen. Bei der Abreise übertrug sie Warwara einen Teil ihrer Arbeit beim Roten Kreuz. Samgin gefiel das nicht besonders, aber er machte keine Einwände, denn er wollte alles wissen, was in Moskau vorging. Dann fand es Ljubascha notwendig, Warwara mit Marja Iwanowna Nikonowa bekannt zu machen, nachdem sie Klim erklärt hatte: »Sie ist ein sehr lieber, bescheidener Mensch.«

Klim hatte nichts gegen diese Bekanntschaft, obwohl er überzeugt war, daß dieser bescheidene Mensch wahrscheinlich einen falschen Paß hatte. Es stellte sich heraus, daß es Ljutows alte Bekannte war. Samgin sah in der Nikonowa einen Menschen vom Schlage Tanja Kulikowas, eine von den vielen, die mechanisch irgendeine kleine Angelegenheit erledigen, und zwar deshalb, weil sie unbegabt und willensschwach sind und nicht von dem Pfad abweichen können, auf den sie von starken Menschen oder durch ungünstige Verhältnisse getrieben worden waren. Was Ljubascha von der Nikonowa erzählte, bestärkte Samgin in seinem Urteil: Die Nikonowa hieß tatsächlich Nikonowa, sie war die Tochter eines Großgrundbesitzers, hatte sich schon in der Jugend von der Familie getrennt, ein paar Monate im Gefängnis gesessen und war jetzt schon seit mehr als drei Jahren Kontoristin in einem Verlag für billige Volksbücher. Samgin sagte sich, auch das stimmt: Gerade solche Menschen mit unauffälligen Gesichtern, etwas bescheidene, müssen in Verlagen für das Volk arbeiten.

In dem dunklen, glatten Kleid sah sie wie eine Witwe aus, die vor kurzem den Mann verloren hat und noch von ihrem Leid bedrückt ist. Ihre Gesichtszüge waren gleichmäßig, und das Gesicht hätte vielleicht lieblich ausgesehen, wenn es nicht so gespannt und reglos gewesen wäre. Sie war klein, wirkte aber im Sitzen verhältnismäßig groß. Sie hatte hängende Schultern, keine hohe Brust, schöngeformte Hüften, schlanke Beine in schwarzen Strümpfen und sehr schmale Füße. Ihr erzwungenes Lächeln und ihre knappen Antworten erweckten nicht den Wunsch, sich mit ihr zu unterhalten. Ferner war an ihr etwas, das Samgin an Mischa Sujew erinnerte, das gramvolle Menschlein, das manchmal die Sonnabende Onkel Chrysanths besuchte und von den Verhaftungen erzählt hatte. Trotzdem war aber an ihr etwas, das Klims Neugier reizte.

»Erzähle mir, was für eine sie ist«, bat er die Somowa.
»Ein guter Mensch.«
»Und ausführlicher?«
»Ein sehr guter Mensch.«
»Hast du nichts zu sagen?«

Die Somowa war wegen der Abreise ärgerlich gestimmt, sie gakkerte wie eine gereizte Henne: »Ich habe dein Ausfragen satt! Du fragst einen immer aus wie ein Reporter, der Nekrologe schreibt.«

Warwara lächelte und bemerkte vorsichtig: »Meiner Meinung nach ist sie ein von Beruf unglücklicher Mensch.«

Samgins fragender Blick veranlaßte sie zu erklären: »Ich glaube, es gibt Menschen, für die ... die sich erst dann als etwas fühlen, wenn sie ein Mißgeschick erlitten haben, und sich seitdem daran klammern, als unterscheide sie das von anderen.«

»Nicht schlecht gesagt«, äußerte Samgin seinen Beifall und lächelte wohlwollend; er fand bereits, Warwara werde rasch klüger, seit sie zusammengefunden hatten. Sie hatte auch aufgehört, Porträts berühmter Menschen zu sammeln.

»Wie kommt das? Hast du die Helden satt?« fragte er.

»Es gibt jetzt so viele«, sagte Warwara. »Sonderbar, die Jungen lehnen das Heldentum ab, dabei führen sie sich selbst immer mehr als Helden auf. Man schlägt sie, doch sie preisen die Nagaika.«

Ja, sie wird klüger, dachte Samgin nochmals und liebkoste sie. Das Bewußtsein seiner Überlegenheit über die Menschen steigerte sich bei Klim manchmal bis zu dem Verlangen, anderen gegenüber großmütig zu sein. In solchen Augenblicken sprach er freundlich mit der Nikonowa, suchte sie sogar zur Offenherzigkeit zu verleiten; dieses Verlangen hatte allerdings Warwara in ihm erweckt, sie verhielt sich zu der neuen Bekannten sehr freundlich, aber irgendwie prüfend. Auf Klims Frage, warum sie das tue, antwortete sie: »Das ist interessant! An ihr ist etwas Dunkles, das sie sorgfältig nur für sich behält. Sie hat Fünkchen in den Augen.«

Ja, die Fünkchen waren vorhanden, Samgin stellte sie fest, als er mit der Nikonowa über seine Begegnungen mit ihr sprach.

»Wir kennen uns ja schon lange«, sagte er.

Die Nikonowa sah ihn stumm und fragend an; das Weiß ihrer Augen war etwas grau, als wäre es mit Asche gepudert, und das dämpfte ein wenig den blauen Glanz der Pupillen.

»Entsinnen Sie sich nicht?«

Er zählte auf: die erste Begegnung bei den Landhäusern, wohin sie gekommen war, um Ljutow die Verhaftung der »Volksrechtler« mitzuteilen.

»Ach, ja«, sagte sie und nickte. »Ich war damals noch richtig Mädchen. Bald darauf wurde auch ich verhaftet.«

Klim erinnerte sie an das Mittagessen bei Ljutow am Tag der Ankunft des Zaren und an das Restaurant, wo sie einen Brief gelesen hatte.

»Ich habe Sie nicht bemerkt«, sagte sie in gleichgültigem Ton, griff nach einem Buch und blätterte darin.

Samgin fand das nicht besonders höflich ihrerseits.

»Sie haben mich ein paarmal nicht bemerkt, das geschah wohl aus konspirativen Erwägungen?«

Sie sah ihn über das Buch hinweg an und lächelte gezwungen wie immer.

»Sie erkannten mich aber, als ich mit dem Gendarm vorbeiging – erinnern Sie sich?«

In diesem Augenblick merkte er, daß ihre Augen sich verdunkelten, sie schienen zu zucken, weiteten sich, und in ihren Pupillen flakkerten blaue Flämmchen auf.

»Erlauben Sie«, rief sie, lebhaft und hübscher werdend, »wo soll das gewesen sein?«

Klim nannte die Gasse und erinnerte lächelnd: »Das war etwa um vier Uhr morgens, und Sie wurden von einem Mann begleitet . . .«

»Nein!« sagte sie, auch lächelnd, und bedeckte den unteren Teil des Gesichts mit dem Buch so, daß Samgin nur ihre stark glänzenden Augen sah. Sie saß so angespannt da, als hätte sie bereits beschlossen, sich zu erheben.

»Wieso denn nicht? Ich hörte . . .«

»Was?«

»Wie er Sie bat, sich zu beeilen . . .«

Die Nikonowa warf das Buch auf den Diwan und zuckte seufzend die Schultern.

»Er begleitete mich nicht, sondern öffnete die Tür«, berichtigte sie. »Ja, daran erinnere ich mich. Ich hatte bei Bekannten übernachtet und mußte früh aufstehen. Es waren Freunde von mir«, sagte sie und fuhr sich mit der Zunge über die Lippen. »Jetzt sind sie leider in die Provinz gezogen. Das waren also Sie, den man vorbeiführte? Ich hatte Sie nicht erkannt ... Ich sah, man führte einen Studenten, das war eine ganz gewöhnliche Angelegenheit ...«

»Mir schien aber, Sie hätten mich erkannt«, beharrte Samgin.

»Nein«, sagte sie gleichmütig. »Ich habe ein schlechtes Gedächtnis für Gesichter. Und ich war verstimmt.«

Ihre Augen erloschen, sie griff wieder nach dem Buch und neigte ihr langweiliges Gesicht darüber. Samgin dachte, mit den Fingern trommelnd: Warwara hat recht. An ihr ist etwas ...

Doch der durch diese Episode hervorgerufene unangenehme Eindruck verschwand bald, es gab auch keine Zeit, an die Nikonowa zu denken. Die Studentenbewegung wuchs, und man mußte sich sehr vorsichtig verhalten, um nicht in irgendeine dumme Geschichte hineinzugeraten. Sein Ruf, ein solider Mensch zu sein, schützte ihn nicht, sondern führte dazu, daß die Organisatoren der Bewegung hartnäckig versuchten, Samgin in die »lebendige und notwendige Sache der Erziehung bürgerlicher Empfindungen in zukünftigen Beamten« hineinzuziehen, wie ihn der pockennarbige, stotternde Popow zu überzeugen suchte, den er schon von Petersburg her kannte; er hatte sich offenbar völlig dieser Aufgabe gewidmet. Samgin mußte sagen, daß die Studentenbewegung bürgerlich, den Interessen der Arbeiterklasse fremd sei und die Jugend von den Aufgaben der Zeit, nämlich der Arbeiterbewegung zu helfen, ablenke.

»M-man ka-ann doch, z-zum Teufel, nicht v-verlangen, d-daß die ga-anze Studentenschaft in die Fa-Fabriken geht!« stieß Popow gekränkt und erstaunt stotternd hervor.

Aber das war nicht so wichtig. Popow tauchte für ein bis zwei Tage in Moskau auf, schnaubte, schrie ein wenig und verschwand. Viel wichtiger war für Samgin Warwaras Verhalten. Er hatte sich schon daran gewöhnt, mit ihr zu leben, sie und die Anfimjewna hegten ihn sorgsam. Samgin fühlte sich sehr behaglich untergebracht und wußte das zu schätzen. Nun war aber Warwara schon seit ein paar Tagen nervös und nicht mehr die alte. Sie war eigentümlich blaß und zeigte eine Zerstreutheit, die ihr sonst nicht eigen war. Man hätte meinen können, daß sie mit der Lösung einer sehr schwierigen Frage beschäftigt sei und daß sich damit die Anwandlungen ihrer sonderbaren Nachdenklichkeit erklären ließen, bei denen sie mit geschlossenen Augen auf dem Diwan saß oder halb lag und stumm auf etwas zu lauschen schien. Auch geizte sie jetzt mit Zärtlichkeiten, war dabei vorsichtig, sogar irgendwie mechanisch. Sie ging unerwartet irgendwohin fort und, früher so pünktlich, verspätete sich zum Essen oder zum Abendtee. Samgin konnte sich nicht entschließen zu fragen, was mit ihr los sei, da er dunkel befürchtete, etwas Ungewöhnliches und Unangenehmes zur Antwort zu bekommen. Er hütete sich auch deshalb, sie zu fragen, weil sie, wodurch sie sich vorteilhaft von Lidija unterschied, nie über sexuelle Dinge philosophierte, jetzt aber vermutete er, auch sie wünsche mit ihm über intime Dinge zu sprechen. Samgin, der »offene Aussprachen«, Unterhaltungen »über Herzenssachen« überhaupt nicht liebte, fand sie bei Warwara besonders unangebracht, da er fast überzeugt war, daß die Verbindung mit ihr, obwohl sie angenehm war, doch nicht von langer Dauer, nicht fest sein werde. Und wenn er schon einmal das Bedürfnis hätte, über sich selbst zu sprechen, so würde er das nicht mit ihr, sondern mit einer klügeren, interessanteren und feinfühligeren Frau tun. Er zweifelte nicht, daß er später einmal einer ungewöhnlichen Frau begegnen und mit ihr die Liebe erleben werde, von der er vor dem Roman mit Lidija geträumt hatte.

Sie wird doch nicht etwa einen neuen Roman arrangiert haben? überlegte er, Warwara beobachtend, fühlte, daß ihre Stimmung ihn immer mehr beunruhigte, und suchte schon sich vorzustellen, welche Unbequemlichkeiten der Bruch mit ihr für ihn nach sich ziehen würde.

Doch plötzlich endete das alles ganz merkwürdig. Als Samgin an einem kalten Apriltag, durch eine langweilige Vorlesung, Regen und Wind verärgert, aus der Universität zurückgekehrt war und im Vorzimmer ablegte, vernahm er im Speisezimmer den dröhnenden Baß des Diakons: »Ihrer sind dort neun Mann; der eine macht unverständliche Gedichte, er hat zerzauste Haare, sieht wie ein Teufel aus und benimmt sich wie ein Verrückter...«

Klim ging durch die Tür; Warwara lag, in eine Decke gehüllt, halb aufgerichtet, auf dem Diwan, sah ihn verschlafen an und bewegte lautlos die Lippen; der Diakon reichte ihm, ohne aufzustehen, ebenfalls stumm die Hand. Er hatte eine dicke Tuchjacke an und war mit einem Riemen umgürtet, dies und die Stulpenstiefel bis zum Knie verliehen ihm Ähnlichkeit mit einem Jäger. Er war stark ergraut, hatte sich wieder drei Bärte und langes Haar wachsen lassen, und sein abgemagertes Gesicht war wieder das Gesicht der Vielzahl russischer, susdalischer Menschen. Er hatte seine langen Beine in den schmutzigen Stiefeln unter dem Tisch ausgestreckt, und es sah aus, als säße er nicht, sondern kniete.

»Woher kommen Sie?« fragte Samgin.

Widerwillig und sogar gleichsam unfreundlich antwortete der Diakon: »Sie sehen, ich bin gekommen...«

»Arbeiten Sie in einer Glashütte?«

»Dafür bin ich ungeeignet. Ich habe mich als Verrückter erwiesen«, antwortete der Diakon mürrisch.

»Sie hatten so schön gesprochen«, sagte Warwara seufzend.

»Schön reden können viele, man muß aber auch richtig reden«, entgegnete der Diakon, blies die Wangen auf und fauchte, daß sein Schnurrbart sich sträubte. »Die dort haben mich in ihre Meinungsverschiedenheiten hineingezogen und in Verwirrung gebracht. ›Wie das Gieren nach Reichtum das Fleisch zersetzet, also zersetzet der Reichtum meiner Worte die Seele.‹ Ich bin doch kraft meines Glaubens an einen Christus ohne Wunder, mit Ausnahme des Wunders seiner Menschenliebe, unter die Sozialisten gegangen.«

Die Fenster waren vom Regen benetzt, seine Tropfen klopften wie Kinderfinger an die Scheiben. Im Schornstein heulte der Wind. Samgin wollte essen. Es war langweilig, der tiefen Stimme des Diakons zuzuhören, der unter den Tisch blickte und sagte: »Diese Liebe ist ja das herrlichste Wunder dieser Welt, denn wenn wir auch keinen Grund haben, einander zu lieben – wir tun es dennoch! Und viele verstehen sich bereits darauf, selbstlos und schön zu lieben.«

Er bekam einen Hustenanfall, holte das zu einem grauen Klumpen zusammengeknüllte Taschentuch hervor, spie hinein, preßte es in der Faust zusammen und schlug sich mit der Faust aufs Knie.

»Aber sie lehnen Christus ab, unsere Liebe, sagen sie, beruht auf der Wissenschaft, und das ist stärker. Das ist bei ihnen nicht weit und nicht klar.«

»Von wem sprechen Sie?« fragte Samgin.

»Von euch«, sagte der Diakon. »Von den schlauen Grüblern. Ich habe mich geistig von euch getrennt und werde meines Weges gehen, werde den Menschen die frohe Botschaft von Christus und seinem Gesetz verkünden...«

»Wollen Sie nicht Tee trinken?« fragte Samgin.

Der Diakon sah ihn fassungslos an.

»Wie?«

»Wollen Sie Tee?«

»Nein«, antwortete der Diakon zornig, zog die Beine mühsam unter dem Tisch hervor, stand auf und wankte. »Sie werden also an Ljubow Antonowna schreiben, ganz vorsichtig«, wandte er sich an Warwara. »In den ersten Tagen des Mai werde ich zu ihr gelangen.«

»Brauchen Sie nicht Geld für unterwegs?« fragte Warwara und erhob sich.

»Ich brauche keins. Und vergessen Sie nicht den jungen Mann.«
»Nein, natürlich nicht! Kumow?«
»Pawel Kumow. Leben Sie wohl!«

Er verneigte sich und ging, ohne ihr oder Samgin die Hand zu reichen, wankend fort.

»Wie unpassend du ihm Tee angeboten hast«, bemerkte Warwara sanft.

Samgin antwortete nichts, ging in die Küche und bat die Anfimjewna um einen kleinen Imbiß; als er ins Speisezimmer zurückkehrte, saß Warwara, das Kinn auf die Knie gestützt, in der Diwanecke und sagte: »Er hat Erstaunliches über die Liebe gesagt.«

Sie sagte das leise, nachdenklich, aber er hörte in ihren Worten so etwas wie einen Vorwurf oder eine Herausforderung. Er stand mit dem Rücken zu ihr am Fenster und antwortete in lehrerhaftem Ton: »Ja, Gespräche zu diesem Thema sind erstaunlich ...«

Er machte eine Pause, klopfte mit den Fingern an die Fensterscheibe und schloß: »... wegen ihrer Überflüssigkeit.«

Im Hof rauschte und pfiff der Wind daher, ein entkräfteter Nachkomme zorniger Winterstürme, und flößte ihm böse Worte ein.

»Darüber sprechen solche wie der Diakon, Leute mit verdrehten Gehirnen, darüber sprechen Heuchler und Ängstliche, denen es an Kraft fehlt zuzugeben, daß in einer Welt, in der alles auf Kampf und Rivalität beruht, für Märchen und Sentimentalitäten kein Platz ist.«

»Kein Platz ist«, wiederholte Warwara. Samgin dachte: Fragt oder protestiert sie? Hinter ihm klirrten Teller und Messer, der Boden zitterte unter den schweren Schritten der Anfimjewna, aber er hatte bereits keinen Appetit mehr. Er sprach ohne Hast, fügte die Worte aneinander wie ein Maurer die Ziegel und ergötzte sich daran, wie dicht sie sich zusammenfügten.

»Die Menschenliebe ist von Utopisten erfunden worden, die Unversöhnliches versöhnen wollen, und ist ebenso lächerlich wie die von schamhaften Romantikern erdachte phantastische Liebe zur Frau, wo ...«

Er hörte Warwara vom Diwan aufstehen, war überzeugt, sie sei an den Tisch gegangen, und sprach, während er darauf wartete, daß sie ihn zum Essen riefe, so lange weiter, bis die Anfimjewna mit fröhlicher Stimme fragte: »Mit wem sprechen Sie denn?«

Samgin wandte sich um. Warwara war nicht im Zimmer. Er ging an den Tisch, setzte sich, wartete mit mürrischem Gesicht und klopfte dabei ungeduldig mit der Gabel.

Was ist sie so launisch?

Er ging an ihre Zimmertür und sagte: »Das Essen steht auf dem Tisch.«

»Ich will nicht«, erwiderte Warwara.

»Fühlst du dich nicht wohl?«

»Nicht ganz.«

Nach dem Essen ging er in sein Zimmer, legte sich hin und nahm einen Gedichtband Brjussows zur Hand, eines Dichters, den er laut wegen seiner unsozialen Haltung verurteilte, insgeheim aber wegen der kalten Schärfe seiner Verse bewunderte. Er las eine Weile, schlummerte ein wenig und ging dann nachsehen, was Warwara machte; es stellte sich heraus, daß sie aus dem Haus gegangen war.

Wie dumm, sagte er sich und sah zu, wie der Wind die Fensterscheiben mit kleinen Regenperlen bestreute. Im Haus war es kalt, er bat die Anfimjewna, in seinem Zimmer den Ofen anzuheizen, setzte sich an den Tisch und vertiefte sich in das ihm unangenehme Buch von Sergejewitsch über die Ständeversammlung, unangenehm deshalb, weil der Autor die Originalität der Moskauer Staatsordnung leugnete. Der Wind rauschte, das Holz im Ofen knisterte, die Beweise der Rechtshistoriker erschienen ihm nicht besonders schwerwiegend, er fühlte sich sehr behaglich, aber plötzlich beunruhigte ihn der Gedanke, er werde möglicherweise bald von dieser Behaglichkeit Abschied nehmen und wieder in möblierte Zimmer ziehen müssen. Samgin stand auf, stellte den Stuhl vor den Ofen, nahm die Brille ab und ließ sie am Finger pendeln, zupfte sich am Bärtchen und versank in Nachdenken.

Vielleicht bin ich zu kalt und pedantisch zu ihr. Dabei ist sie nicht so schwierig wie Lidija.

Das Feuer verwandelte das Holz in rosa und rote Glut, die Glut bedeckte sich mit dem grauen Plüsch der Asche. Neben den Gedanken über Warwara fiel ihm im Gleichklang zu den Windstößen und dem Knistern des Feuers das Motiv von Gogins Liedchen ein:

> Ja, eine leere Seele
> Braucht den Ballast des Glaubens!
> In der Nacht sind alle Katzen grau,
> Die Frauen alle schön.

Wenn Warwara zu Hause wäre, so wäre das schön, sich von ihr liebkosen zu lassen. Sie zittert so spaßig, wenn man ihr die Brust küßt. Und stöhnt wie ein Kind im Schlaf. Und dieser Gogin ist ein geistreicher Schelm, »eine leere Seele braucht den Ballast des Glaubens« – das ist nicht übel! Warwara ist wahrscheinlich zu Gogins gegangen. Was veranlaßt solche Menschen wie Gogin, den Revolutionären zu helfen? Das Spiel, Wagnis, die Langeweile des Lebens? Der Schriftsteller Katin ging auf die Jagd, weil Turgenjew und Nekrassow auf die Jagd gegangen waren. Sicherlich hat Gogin Erfolg bei modernen jungen Damen, wie ein Friseur bei Weißnäherinnen.

Bin ich etwa eifersüchtig? fragte sich Samgin und sah ärgerlich auf die Wanduhr. Es ging auf acht, und Warwara war um vier Uhr gegangen. Er erinnerte sich, daß in irgendeinem englischen Roman der Held, ein gutmütiger Mensch, der von der Untreue seiner Frau wußte, ebenso vor dem Kamin saß, mit dem Schürhaken in der Glut stocherte und sich mit der Vorstellung quälte, wie peinlich es ihm wäre, wenn die Frau käme, und wie schwer er vor ihr verbergen könnte, daß er alles wisse, als sie aber glückstrahlend nach Hause kam, sie davonjagte. Samgin seufzte und ging ins Speisezimmer, blieb eine Weile im Dunkeln stehen, zündete dann die Lampe an und ging in Warwaras Zimmer; vielleicht hatte sie dort einen Brief hinterlassen, in dem sie ihr Verhalten erklärte. Es fand sich kein Brief. Von den Wänden sahen Samgin die Gesichter Mademoiselle Clairons, der Mars, der Judic und noch vieler Frauen an, er beleuchtete sie, indem er die Lampe in der Hand hielt, und heute schienen sie ihm lasterhafter denn je. Da war die Geliebte von Königen, Diane de Poitiers, und da die Geliebte talentierter Menschen, Aurore Dudevant.

Samgin kehrte ins Speisezimmer zurück, legte sich auf den Diwan und lauschte: Der Regen hatte aufgehört, der Wind streichelte leise die Fensterscheiben, die Stadt lärmte, die Uhren schlugen acht. Die Stunde bis neun zog sich ungewöhnlich in die Länge und war ungeheuer umfassend, in ihrer Leere fanden die Erinnerungen an alles Platz, was Samgin erlebt hatte, und das alles erinnerte ihn nochmals daran, daß er ein eigenartiger Mensch war, ein Ausnahmemensch, und darum zur Einsamkeit verurteilt war. Aber diese Selbsteinschätzung, auf die er stolz war, blieb heute nur Erinnerung, die er jetzt sogar irgendwie nicht brauchte.

Warwara erschien nach elf Uhr. Er hörte ihre Schritte auf der Treppe und machte ihr selbst die Tür auf; als sie aber, ohne abzulegen und ohne ein Wort zu sagen, in ihr Zimmer ging, als er sah, wie unsicher sie ging, wie ihre Hände ins Leere griffen, blieb er eine Minute im Vorzimmer stehen und fühlte sich beleidigt.

Sie ist betrunken, dachte er. Also . . .

Er ging ein paar Minuten mit entrüstetem Stampfen, die Fäuste in den Taschen geballt, im Speisezimmer umher und suchte nach Worten, die er gleich Warwara sagen würde.

Nein – ich werde es ihr morgen sagen, heute begreift sie nichts.

In Warwaras Zimmer war es ganz still und dunkel.

Nicht einmal Licht kann sie machen. Und wenn sie es versucht, gibt es einen Brand.

Samgin nahm die Lampe und öffnete mürrisch die Tür, das Lampenlicht fiel auf den Spiegel, und in ihm erblickte er ein fast fremdes, häßlich langes, graues Gesicht mit zwei dunklen Flecken statt der Augen, und der offene, lautlos schreiende Mund war der dritte Fleck. Warwara saß mit erhobenen Händen da, hielt sich an der Stuhllehne fest, hatte den Kopf zurückgeworfen, und ihr Kinn zitterte sichtlich.

»Was hast du?« fragte Samgin und stellte die Lampe auf den Toilettentisch. Sie antwortete leise, mit ächzender Stimme: »Hilf mir beim Ausziehen. Schließ die Tür . . . die Tür.«

Sie sah vor sich hin, wie wenn man auf etwas Ungewöhnliches, Unverständliches lauscht, ihre Augen waren riesengroß, sonderbar hell und farblos, ihre Lippen sahen welk aus. Samgin nahm ihr Pelz und Hut ab, dann fragte er beunruhigt und ärgerlich: »Was soll das bedeuten?«

»Mich fröstelt«, sagte sie aufstehend und ging so vorsichtig und gebeugt zum Bett, als hätte man sie in den Leib gestoßen.

»Bist du gestürzt? Hast du dich verletzt?« drang Klim in sie und fühlte, daß er von Angst befallen wurde.

»Hol das Arzneipulver . . . in der Manteltasche«, sagte sie zähneklappernd und legte sich aufs Bett, streckte die Arme längs des Körpers und ballte die Fäuste. »Und Wasser. Schließ die Tür ab.« Sie holte tief Atem und stöhnte: »O Gott . . .«

»Hör mal«, murmelte Klim und schüttelte den über seinem Arm hängenden Mantel. »Was für Arzneipulver? Wir müssen einen Arzt holen . . . Hast du dich mit irgend etwas vergiftet?«

»Leise! Das ist das Mutterkorn«, flüsterte sie mit geschlossenen Augen. »Ich habe eine Abtreibung gemacht. Schließ doch die Tür ab! Damit die Anfimjewna nichts erfährt – ich müßte mich vor ihr schämen . . .«

Samgin ließ bestürzt die Arme sinken, der Mantel fiel zu Boden, er verwickelte sich mit den Füßen darin, füllte Wasser in ein Glas, reichte ihr das Pulver und beugte sich über ihr Gesicht.

»Weshalb hast du denn . . . ohne es mir zu sagen? Das ist doch gefährlich, man kann daran sterben! Überleg mal, was dann wäre. Das ist entsetzlich!«

Er verstand bereits, daß er nicht das sagte, was er hätte sagen müssen. Warwara ergriff seine Hand und schmiegte ihre heiße Wange daran.

»Geh, Lieber! Hab keine Angst . . . Im dritten Monat . . . ist es ungefährlich«, flüsterte sie zähneklappernd. »Ich muß mich ausziehen. Bring mir Wasser . . . bring den Samowar her. Weck bloß die Anfimjewna nicht . . . ich müßte mich schrecklich schämen, wenn sie . . .«

Klim fühlte Tränen auf seiner Hand. Warwaras Augen zuckten unnatürlich, als wollten sie aus den Höhlen springen. Wenn sie die Augen doch lieber schlösse! Samgin trat ins dunkle Speisezimmer, nahm den noch nicht völlig erkalteten Samowar vom Büfett und stellte ihn neben Warwaras Bett, dann ging er, ohne sie angesehen zu haben, wieder ins Speisezimmer und setzte sich an die Tür.

Weshalb hat sie das getan? Wenn sie stirbt, wird man mich . . . Empörend!

Doch er begriff, daß er aus Gewohnheit, mechanisch, an sich dachte. Ihm war unheimlich zumute, und ihn bedrückte das Bewußtsein seiner Hilflosigkeit. Er war aus dem Gewohnten und ihm Verständlichen herausgerissen, billigte aber bereits instinktiv Warwaras Schritt, obwohl er ihre Beweggründe nicht verstand.

Es gehört Mut dazu, sich zu so etwas zu entschließen, dachte er und spürte, daß in ihm ein neues Gefühl für Warwara entstand.

Er hörte, wie sie sich die Schuhe auszog und wie sie sich vorsichtig im Zimmer bewegte, wobei sich alle Dinge zugleich mit ihr zu bewegen schienen.

Eine Kommodenschublade knarrte, eine Schere schnappte, ein Stück Stoff wurde zerrissen, ein Stuhl beiseite geschoben, und aus dem Samowar rann Wasser. Klim begann an einem Jackenknopf zu drehen, riß ihn schnell ab und steckte ihn in die Tasche. Er nahm sein Taschentuch heraus, winkte mit ihm wie mit einer Flagge und wischte sein Gesicht ab, was gar nicht notwendig war. Im Zimmer war es dunkel, vor dem Fenster noch dunkler, und es schien, als könnte jene, die äußere Dunkelheit, die Scheiben eindrücken und als kalter Strom ins Zimmer hereinbrechen.

Wie dumm, wie hoffnungslos dumm ist das! dachte er fast laut, beugte sich vor, griff sich mit den Händen an den Kopf und wiegte sich hin und her. Was wird nun geschehen?

Warwara öffnete die Tür und flüsterte: »Komm.«

Er trat sogleich ein. Warwara hatte sich bereits ins Bett gelegt, sie lag auf dem Rücken, ihre Wangen waren eingefallen, ihre Nase spitz; vor ein paar Minuten noch war sie zusammengekrümmt, bedauernswert und klein gewesen, jetzt aber war sie unnatürlich gestreckt, flach, und ihr Gesicht sah erschreckend streng aus. Samgin setzte sich auf den Stuhl am Bett, streichelte ihren Arm von der Schulter bis zum Ellenbogen und flüsterte Worte, die ihm fremd schienen:

»Das ist entsetzlich. Du hättest es mir sagen sollen. Ich bin doch kein ... Idiot! Was hätte schon ein Kind ausgemacht? ... Aber die Gesundheit, das Leben aufs Spiel zu setzen ...«

Das kränkende Bewußtsein seiner Ohnmacht nahm zu, es verflocht sich mit dem Bewußtsein der Schuld vor dieser Frau, die ihm irgendwie fremd war. Er warf ab und zu einen ängstlichen Seitenblick auf ihren zerzausten Kopf, die schweißbedeckte Stirn und die fiebernden Augen tief darunter – die Augen erinnerten an verlöschende Kohlenstückchen, über denen kaum merklich noch ein blaues Flämmchen flackert.

»Wir müssen einen Arzt holen, Warja. Ich habe Angst. Welch ein Wahnsinn«, flüsterte er und schluchzte plötzlich auf, als er hörte, wie kläglich seine Worte klangen.

»Ein Wahnsinn«, wiederholte er. »Wozu diese Komplikationen?«

Tränen rannen spärlich aus seinen Augen, aber er konnte dennoch durch sie nichts mehr sehen, er nahm die Brille ab und vergrub das Gesicht in der Decke zu Warwaras Füßen. Er weinte zum erstenmal seit den Tagen seiner Kindheit, und wenn es auch beschämte – es tat wohl: Hinter den Tränen trat ein Mensch zutage, als den Samgin sich nicht kannte, und wuchs ein neues Gefühl der Verbundenheit mit dieser ihm vertrauten und doch fremden Frau. Ihre heiße Hand streichelte seinen Kopf und Nacken, und er vernahm ein stockendes Flüstern: »Ich danke dir, Lieber! Wie gut das ist – deine Tränen. Hab keine Angst, es ist nicht gefährlich ...«

Ihre Finger gruben sich immer tiefer in sein Haar, streichelten immer inniger seinen Hals, seine Wangen.

»Ich wollte dir nicht zur Last fallen. Du bist ein großer Mensch ... ein ungewöhnlicher. Die Frau als Mutter ist egoistischer als die Frau schlechthin. Verstehst du?«

»Sprich nicht«, bat Klim. »Hast du starke Schmerzen?«

»Nein ... Aber ich bin müde. Mein Liebster, alles ist unwichtig, wenn du mich liebst. Jetzt aber weiß ich – du liebst mich, ja?«

»Ja.«

»Du hättest mir die Abtreibung nicht erlaubt, wenn ich dich gefragt hätte?«

»Freilich«, sagte Klim und hob den Kopf. »Selbstverständlich hätte ich es nicht erlaubt. So ein Wagnis. Was hätte ein Kind schon ausgemacht? Das ist doch ... ganz natürlich.«

Er sprach flüsternd, denn es schien, so könnte er sein wirkliches Ich besser hören, wenn er aber laut spräche ...

Warwara seufzte tief.

»Deck mir die Füße mit noch irgend etwas zu. Du wirst der Anfimjewna sagen, ich sei gestürzt und habe mich verletzt. Ihr und der Gogina, wenn sie kommt. Ich werde die Hebamme bitten, die blutige Wäsche mitzunehmen, sie wird morgen kommen . . .«

Sie begann anscheinend zu fiebern. Dann verstummte sie plötzlich. Das war so sonderbar, als wäre sie aus dem Zimmer gegangen, und Samgin empfand wieder Schreckenskälte. Er blieb noch ein paar Minuten sitzen, sah ihr spitzes Gesicht an und lauschte ihrem Atem, dann zog er sich ins Speisezimmer zurück und ließ die Tür offen.

Im Fensterrahmen glänzte, wie auf blauen Samt gestickt, die Mondsichel. Samgin stand da, hielt die Hand in der Schwebe und sah den Mond an, er lauschte dem Schauer der neuen Empfindungen und fragte sich bereits mißtrauisch: Ist das alles wirklich so? Und er begriff wieder, daß dies ein mechanisches Mißtrauen war, gewohnheitsmäßig, während seine wirklichen Gedanken dieser Nacht gut und freudig waren.

Sie liebt mich ernsthaft, das ist klar. Ich war ungerecht gegen sie. Konnte ich aber annehmen, daß sie zu so einem Wagnis fähig wäre? Kein Zweifel, es gibt so etwas wie ein . . . feierliches Gefühl. Damals, als ich auf dem Land vor Lidija kniete, täuschte ich mich nicht, habe auch nichts erfunden. Und Lidija hat mich gar nicht verheert, nicht ausgeschöpft.

Seine in der Schwebe gehaltene Hand wurde müde, er steckte sie in die Tasche und setzte sich an den Tisch.

Dank Warwara sehe ich mich von einer neuen Seite. Das muß ich schätzen.

Unangenehm war die Erinnerung daran, daß er geweint hatte.

Gewiß, ein Kind wäre ihr lästig gewesen, sie liebt das Vergnügen, die Unabhängigkeit. Sie nimmt das Leben leicht. Sie ist gut . . .

Er stützte die Ellenbogen auf den Tisch, schlummerte ein und wurde durch die Anfimjewna geweckt.

»Leise – Warja ist krank!«

»Oh, was hat sie?« fragte die Haushälterin vorgebeugt mit erschrockenem Flüstern. »Gott steh ihr bei, ist es etwa eine Frühgeburt?«

Klim erhob sich, setzte die Brille auf und blickte in die kleinen, klugen Äugelchen in dem rostigen Gesicht und auf den wie zu einem Schrei gerundeten Mund.

»Unsinn! Wieso denn . . .«

»Riecht es hier nicht nach Blut?« sagte die Anfimjewna mit geblähten Nasenflügeln und schob sich, ehe er sie zurückhalten konnte, weich wie ein Federbett durch die Tür zu Warwara. Sie kam von dort sofort und ebenso geräuschlos wieder heraus, ihre Arme waren bis zu den Ellenbogen an die Seiten gepreßt und von den Ellenbogen ab erhoben wie auf der Ikone der Abalazker Muttergottes, die kurzen, eisernen Finger bewegten sich, ihre Lippen bebten, und sie fauchte: »Na, wenn du ihr das geraten hast ... dann weiß ich nicht mehr, was ich sagen soll – entschuldige!«

So, mit erhobenen Händen, entschwebte sie in die Küche. Samgin, der durch ihr Fauchen erschreckt und verletzt war, weil sie ihn geduzt hatte, blieb eine Minute stehen und folgte ihr dann in die Küche. Sie saß, riesengroß im Halbdunkel der Morgendämmerung, die Hände auf die Knie gestützt, mitten in der Küche auf einem Stuhl, und über ihr straffes, braunes Gesicht rannen kleine Tränen.

»Ich habe nichts gewußt, sie hat sich selbst dazu entschlossen«, sagte Samgin leise und hastig, das feuchte Gesicht und die mißtrauischen Äugelchen ansehend, aus denen diese ungewöhnlich kleinen Tränchen auf die Beutel ihrer halb entblößten Brüste tropften.

»Oh, die Dumme, oh – die Modenärrin! Ich aber hatte gedacht, sie würde ein Kind bekommen und ich könnte mich mit ihm abgeben. Ich hätte die Küche sein lassen. Ach, lieber Klim Iwanowitsch! Ihr lebt alle nicht nach dem Gesetz ... Ich habe euch zwar gern, aber das ist nicht recht!«

Dann stand sie auf und fragte fürsorglich: »Hast wohl die Nacht nicht geschlafen?«

Klim ergriff ihre Hand.

»Ich möchte«, stammelte er plötzlich vor Rührung hingerissen, »Ihnen die Hand drücken, ich verehre Sie ...«

»Ach was, die Hand«, seufzte die Anfimjewna, umschlang ihn mit ihren zentnerschweren Armen, zog ihn an ihre Brust und murmelte: »Ach, ihr seid Kinder, Kinder ... Kinder eines fremden Gottes!«

Als Samgin sich in seinem Zimmer wusch, lächelte er verlegen. Ich benehme mich komisch.

Und er freute sich, daß er sich komisch benehmen konnte wie sonst niemand.

Nun brachen wunderbare Tage an. Alles war ungewöhnlich angenehm, und ungewöhnlich angenehm war sich selbst der lyrisch erregte Mensch Klim Samgin. Ihn übermannte das Verlangen, mit den Menschen irgendwie neu, weich und freundlich zu sprechen. Sogar zu Tanja Gogina, die ihm unsympathisch war, konnte er sich nicht mehr ablehnend verhalten. Da saß sie an Warwaras Bett, hatte die Beine übereinandergeschlagen, wippte mit dem Fuß und sprach mit herausfordernder Stimme von Suslow: »Ich vertrage keine Rigoristen, Beamten und überhaupt kubisch mit der Axt behauenen Menschen. Er suchte mich gestern zu überzeugen, daß der Revolutionär und Zuchthäusler Jakubowitsch-Melschin nicht Baudelaire, sondern die Jamben Paul-Louis Gouriers hätte übersetzen sollen. Entsetzlich!«

»Beschränkt«, verbesserte Klim liebenswürdig. »Ein Prophet muß beschränkt sein . . .«

»Ich weiß nicht«, sagte die Gogina. »Aber ich sah und sehe viele dieser Revolutionsveteranen. Ihre Romantik ist unfruchtbar geworden, und statt ihrer ist kleinliche, persönliche Bosheit geblieben. Sehen Sie doch, wie sie die jungen Marxisten nicht verstehen wollen, ja – nicht wollen.«

Warwara schloß müde die Augen, und wenn sie die Augen schloß, wurde ihr blutleeres Gesicht unheimlich. Samgin berührte sacht Tatjanas Hand, deutete mit den Augen auf die Tür und erhob sich. Im Speisezimmer begann ihn das Mädchen auszufragen, wie und von wo Warwara abgestürzt sei, ob ein Arzt dagewesen sei und was er gesagt habe. Ihre Fragen folgten schnell aufeinander, und ehe noch Samgin ihr antworten konnte, rief ihn Warwara. Er ging zu ihr und schloß hinter sich die Tür, worauf sie seine Hand ergriff, mit den blutlosen Lippen lächelte und leise fragte: »Darf ich etwas kapriziös sein?«

Er nickte, ebenfalls lächelnd.

»Sprich nicht viel mit Tanja, sie ist schlau.«

»Ich werde es nicht tun«, versprach er, hob die Hand wie zu einem Schwur und sagte, indem er ihr das Haar streichelte: »Das Wort ›Kapriolen‹ kommt aus dem Lateinischen und bedeutet, wenn ich nicht irre, Luftsprünge machen. Capra heißt die Ziege.«

Er wartete einen Augenblick, ob sie nicht etwas sagen würde, und fragte: »Worüber denkst du nach?«

»Über die Gerechtigkeit«, sagte Warwara seufzend. »Daß es nur eine Gerechtigkeit gibt – die Liebe.«

Klim Samgin begann mit plötzlicher Entschlossenheit: »Ich werde meine Examina machen, und dann fahren wir zu meiner Mutter. Wenn du willst, lassen wir uns dort trauen. Willst du?«

Sie lag regungslos da und schwieg, aber Klim sah durch ihre langen Wimpern feine Strahlen leuchten. Von seiner Großmut hingerissen, fuhr er fort: »Dann machen wir eine Fahrt auf der Oka und der Wolga. Auf die Krim – ja?«

Warwara stöhnte vor Schmerzen und erhob sich, ergriff seine Hand, drückte sie an ihre Brust und sagte: »Mir ist es einerlei – du wirst das verstehen!«

»Reg dich nicht auf«, bat er, wieder stolz darauf, solch ein Gefühl erweckt zu haben.

Drei Wochen später etwa dachte er: Das sind meine Flitterwochen.

Er hatte ein Recht, so zu denken, nicht nur deshalb, weil Warwara, die sich erholt hatte und froh und hübsch geworden war, in zärtlicher und gieriger, aber dennoch nicht beschwerlicher Leidenschaft entbrannt war, sondern auch deshalb, weil sich in ihrem Verhalten noch mehr Fürsorglichkeit für ihn zeigte, die so rührend war, daß er sogar sagte: »Weißt du, Warja, du könntest eine wunderbar zärtliche Mutter sein.«

Es war Mitte Mai. Über dem Petrowskij-Park jagten in Scharen die Dohlen umher, im Teich spiegelten sich der blaue Himmel und die Wolken, die Schlagsahne glichen; der warme Wind half der Sonne, auf dem Laub der Bäume grüne Flämmchen aufblinken zu lassen. Und ebensolche Flämmchen leuchteten in Warwaras Augen.

»Laß uns nach Hause gehen, es ist Zeit«, sagte sie und erhob sich von der Bank. »Du sagtest, du müßtest bis morgen noch sechsundvierzig Seiten lesen. Ich bin so froh, daß du dein Studium abschließt. Diese nutzlosen Aufregungen . . .«

Sie vollendete den Satz nicht und seufzte tief.

»Wie wunderschön heißt es bei Lermontow: ›Der jubelnde Tag‹.«

Samgin führte sie am Teichufer entlang und sah, wie ihre schlanke Gestalt im blauen Jackett und mit dem eleganten Hütchen, sich maßvoll kokett wiegend, über das bläuliche Wasser glitt, das wie polierter Stahl aussah.

»Ich glaube, der Frühling ist nirgends so lieblich wie in Moskau«, sagte sie. »Übrigens bin ich ja sonst noch nirgendwo gewesen. Und – stell dir vor! – ich habe auch keine Lust dazu. Es ist, als fürchtete ich, etwas Besseres als Moskau zu sehen und es dann nicht mehr so zu lieben, wie ich es liebe.«

»Kindisch«, sagte Samgin gesetzt, aber freundlich; es gefiel ihm, mit ihr freundlich zu sprechen, das erlaubte ihm, sich in neuem Licht zu sehen.

»Gewiß, das ist kindisch«, stimmte sie bei, fragte aber nach kurzem Schweigen: »Meinst du nicht, daß die Liebe Vorsicht . . . Behutsamkeit verlangt?«

»Aber nicht Blindheit«, sagte Samgin.

Ein paar Wochen später saß Klim Samgin, ein eleganter Rechtskandidat, daheim Warawka gegenüber und hörte seiner heiser gewordenen Stimme zu.

»Also – Advokat? Staatsanwalt? Das heiße ich nicht gut. Die Zukunft gehört den Ingenieuren.«

Sein wie ein Luftballon aufgeblasenes Gesicht sah aus, als wäre es von innen rot erleuchtet, und seine Ohren waren lila wie bei einem Säufer; seine Augen, die schmal waren wie zwei Gedankenstriche, musterten Warwara. Mit unerklärlicher Hast warf er sich Biskuits in den Mund, ließ die Goldfassungen der Zähne funkeln und trank Sodawasser, dem er Jereswein beimengte. Die Mutter, die einer prüden englischen Gouvernante glich, unterhielt Warwara, indem sie ihr erzählte: »Dank Timofej Stepanowitschs Energie werden wir elektrisches Licht bekommen ...«

Warwara hielt die Teetasse in der Hand und hörte ihr ehrerbietig und mit jener Spannung zu, die sich im Gesicht eines Menschen zeigt, der den Ton des Gesprächspartners treffen will, aber nicht kann.

»Eine sehr nette Stadt«, sagte sie nicht ganz überzeugt.

Warawka bestritt das sogleich: »Eine idiotische Stadt, fünfundachtzig Prozent der Einwohner sind Idioten, zehn sind Gauner, drei Prozent könnten arbeiten, wenn die Verwaltung sie nicht daran hinderte, und den Rest bilden die schrecklich klugen und darum zu gar nichts tauglichen Träumer ...«

Er machte eine wegwerfende Handbewegung und wandte sich wieder an Samgin: »Ich will dir eine Arbeit geben, Klim ...«

Samgin hörte ihm zu, beobachtete dabei Warwara und sah, daß es ihr mit der Mutter schwerfiel; Wera Petrowna hatte sie mit jener gekünstelten Liebenswürdigkeit empfangen, mit der man jemanden empfängt, dessen Bekanntschaft unvermeidlich ist, jedoch nichts Angenehmes verheißt.

»Du hattest mir geschrieben, sie habe grüne Augen!« warf sie Klim vor. »Ich war sehr erstaunt: grüne Augen gibt es doch nur in Märchen.«

Gleich darauf teilte sie ihm mit: »Bei uns im Seitenbau liegt jemand im Sterben.«

Hierauf erzählte sie von Spiwak; ihre Stimme klang nörgelrisch, nach jedem Satz verkniff sie die welken Lippen; man spürte in ihr hoffnungslose Müdigkeit und bösen Ärger über alle wegen dieser Müdigkeit. Aber sie sprach in einem Ton, der Aufmerksamkeit verlangte, und Warwara hörte ihr zu wie eine Gymnasiastin, der von einem Lehrer, den sie nicht gern hat, eine Rüge erteilt wird.

Ihr ist hier alles wildfremd, dachte Samgin, der sich diesmal im Hause fremd fühlte wie nie vorher.

Warawka schrie ihm ins Ohr: »Du wirst hundert bis hundertfünfzig im Monat verdienen ...«

Dann trat Doktor Ljubomudrow mit der Uhr in der Hand ins

Zimmer, sah auf die Wanduhr und erklärte: »Ihre geht acht Minuten nach.«

Klim begrüßte er, als hätte er ihn erst gestern gesehen und als hätte er Klim überhaupt schon längst satt. Vor Warwara verneigte er sich zeremoniell und mit aus irgendeinem Grund geschlossenen Augen. Er setzte sich an den Tisch und schob Wera Petrowna ein leeres Glas hin; sie sah fragend in das faltige Gesicht des Doktors.

»Heute nacht wird er sterben«, sagte er. »Ein Fall äußerst interessanter Lebenszähigkeit. Lungen hat er keine mehr, nur noch Matsch. Er atmet allen Gesetzen zuwider.«

»Er war kein talentierter Mensch, aber ein wissender«, sagte die Samgina zu Warwara.

»Er ist noch«, verbesserte sie der Doktor, den Zucker im Glas verrührend. »Er ist, jawohl! Uns Ärzte kann man nicht in Erstaunen versetzen, aber dieser Mann stirbt . . . sozusagen korrekt. Als mache er sich fertig, um in eine andere Wohnung zu ziehen, und sonst nichts weiter. Eigentlich müßten Gehirnstörungen bei ihm beginnen, aber er – nichts davon, er philosophiert, wie es . . . wie es nicht sein kann.«

Der Doktor sah alle der Reihe nach erstaunt an, denn er hatte offensichtlich gemerkt, daß seine Worte die anderen bedrückten, er räusperte sich und fragte Klim: »Na, was ist – rebelliert ihr? Auch wir haben seinerzeit rebelliert. Nur dabei ist nichts herausgekommen, aber Rußland gingen hervorragende Menschen verloren.«

Wera Petrowna riet dem Sohn: »Du solltest auf einen Sprung zu Lisa gehen . . . vorher.«

Klim war froh, sich entfernen zu können.

Wie unpassend und mit welchem Abscheu Mutter dieses »vorher« gesagt hat, dachte er, als er den Hof betrat und das Seitengebäude betrachtete; es kam ihm zusammengesackt vor, niedriger als früher, das Dach hing altersschwach zur Erde herab. Seine Wände strahlten Wärme aus wie ein heißes Bügeleisen. Klim ging in den Garten, wo alles festlich und üppig aussah; die Vögel zwitscherten, und bunte Blumen prangten prahlerisch auf den Beeten. Und es gab so viel Sonne, als wäre gerade dies ihr Lieblingsgarten auf Erden.

In einem Fenster des Seitenbaus zeigte sich die Spiwak, sie hatte einen weißen Morgenrock an und goß Wasser aus einer Flasche. Klim fragte leise: »Darf ich zu Ihnen kommen?«

»Selbstverständlich«, antwortete sie laut.

Bei der Begrüßung hielt sie zwei in eine Serviette gewickelte Flaschen wie ein Kind an der Brust, die Flaschen waren wahrscheinlich heiß, denn sie verzog schmerzlich das Gesicht.

»Wollen Sie zu ihm gehen?« fragte sie und sah Samgin mit leerem Blick an. Klim wollte den Sterbenden nicht sehen, ging ihr aber wortlos nach.

Der Musiker lag halb aufgerichtet im Bett, das mit dem Kopfende dem offenen Fenster gegenüberstand; er war bis zur Brust in eine schwarzweiß karierte Reisedecke gehüllt, doch auf der Brust war das Hemd aufgeknöpft, und die Sonne beleuchtete unangenehm deutlich die graue Haut und die schwarzen, geringelten Härchen auf ihr. Unter der straffgespannten Haut hoben sich kindlich dünne Rippen ab, und es sah eigenartig aus, daß die eine tiefe Schlüsselbeingrube beleuchtet war, während die andere im Schatten lag. Spiwak schien in allen Dimensionen um ein Drittel kleiner geworden zu sein, und das war so unheimlich, daß Klim sich nicht gleich entschließen konnte, ihm ins Gesicht zu sehen. Er jedoch sagte keuchend: »Oh, Sie sind es? Und ich ... Sie sehen ja ... Dazu an so einem Tag. Schade um den Tag.«

Seine Frau hatte sich gebeugt und legte ihm die Flaschen mit dem heißen Wasser an die Füße. Samgin sah auf dem weißen Kissen einen zerzausten, schwarzhaarigen Kopf, eine schweißbedeckte Stirn, verwunderte Augen, dicht mit schwarzen Borsten bedeckte Wangen und einen halboffenen Mund mit kleinen gelben Zähnen.

»Vor dem Tod habe ich keine Angst, aber das Sterben hat mich müde gemacht«, röchelte Spiwak, und sein dünner Hals reckte sich über dem Schlüsselbein, während der Kopf sich gleichsam losreißen wollte. Jedes Wort erforderte Atem, und Samgin sah, wie gierig seine Lippen die sonnige Luft einsogen. Entsetzlich war dieses saugende Zittern der Lippen und noch entsetzlicher das halbirre und klägliche Lächeln der tief eingesunkenen, dunklen Augen.

Jelisaweta Lwowna stand mit auf der Brust gekreuzten Armen da. Ihr erstarrter Blick verharrte auf dem Gesicht ihres Mannes, als suchte sie sich an etwas zu erinnern; Klim kam der Gedanke, daß ihr Gesicht nicht traurig, sondern nur besorgt sei und daß das Sterben des Vaters zwar auch furchtbar, aber irgendwie natürlicher, verständlicher gewesen war.

»Ich glaube freilich nicht, daß ich völlig sterben werde«, sagte Spiwak. »Das ist ein Versinken in die Stille, wo vollkommene Musik herrscht. Das irdische Gehör vermag sie nicht zu fassen. Von wem ist dieser Vers: ›Das irdische Gehör vermag sie nicht zu fassen‹?«

Samgin zwang sich beim Zuhören zu einem Lächeln, das war sehr schwer, das Lächeln machte das Gesicht starr, und er wußte, daß Lächeln ebenso dumm wie unangebracht war. Dennoch sagte er: »Sie übertreiben, mit Ihrer Krankheit lebt man lange ...«

»Mit ihr stirbt man lange«, erwiderte Spiwak, wölbte aber gleich danach den Adamsapfel vor und röchelte fort: »Ich hätte noch leben können ... aber diese Stadt hat mich zugrunde gerichtet. Staub und Wind. Staub. Und – immer läuten die Glocken. Man läutet ... entsetzlich viel! Man sollte nur – in feierlichen Augenblicken des Lebens läuten ...«

»Wir ermüden ihn«, bemerkte Jelisaweta Lwowna.

»Auf Wiedersehen«, sagte Klim und trat rasch einen Schritt zurück, weil er fürchtete, der Sterbende könnte ihm die Hand reichen. Er sah zum erstenmal, wie der Tod einen Menschen erstickt, und fühlte sich von Angst und Abscheu erdrückt. Doch das mußte er vor der Frau verbergen, und so sagte er, als er mit ihr ins Gastzimmer trat: »Wie grausam die Sonne ...«

Aber die Spiwak sah ihm über die Schulter, machte eine abwehrende Handbewegung und ließ ihn den Satz nicht beenden.

»In solchen Fällen pflegt man etwas Philosophisches zu sagen. Aber – nicht nötig. Hier gibt es nichts zu sagen.«

Ihr müder und erwartender Blick weckte in Samgin das Verlangen, sich umzusehen, um zu erfahren, was sie hinter seiner Schulter sah.

Als er durch den Garten ging, erblickte er in einem Fenster Warwara, die mit den Fingern über die Blätter einer Blume strich. Er trat an die Hauswand und sagte leise, schuldbewußt: »Wir sind ungünstig gekommen.«

»Geht es mit ihm bald zu Ende?« fragte Warwara leise und blickte sich um.

Samgin nickte und schlug ihr vor: »Komm her.«

Als sie, schlank, in perlmuttfarbenem Seidenkleid, auf dem Wege zwischen feinblättrigen Büschen auf ihn zukam, hatte Samgin ihr gegenüber ein deutliches Schuldgefühl. Er führte sie zärtlich in einen entlegenen Gartenwinkel; dort ließ er sie auf einer Bank unter dem dichten Laubdach der Kirschbäume Platz nehmen, streichelte ihr den Arm und seufzte: »Eine schlimme Sache.«

Sie antwortete erregt: »Ja.«

Und schnell, als sagte sie einem Lehrer eine gut gelernte Lektion auf, erzählte sie mit gedämpfter Stimme: »Über den Arbat ging ein gutgekleideter Mann, stolperte, als er sich einem Taubenschwarm näherte, und fiel hin; die Tauben flogen davon, es kamen Leute herbeigelaufen und legten den Mann in eine Droschke; ein Polizist brachte ihn fort, alle gingen auseinander, und die Tauben kamen zurückgeflogen. Ich sah das und meinte, er habe sich den Fuß verstaucht, aber am nächsten Tag las ich in der Zeitung, daß er eines plötzlichen Todes gestorben war.«

Während des Erzählens schaute sie in eine Gartenecke, wo durch das Laub ein Stück Dach des Seitenbaus mit rauchgeschwärztem Schornstein zu sehen war; aus dem Schornstein stieg eine dünne bläuliche Rauchsäule auf, die so leicht und durchsichtig war, als wäre es nicht Rauch, sondern erwärmte Luft. Samgin folgte Warwaras Blick und beobachtete auch, wie dieser Rauch strömte, und empfand das Verlangen, von etwas sehr Einfachem, Alltäglichem zu sprechen, wußte aber nicht, wovon; es sprach Warwara: »Als ich dreizehn Jahre alt war, wurde uns gegenüber ein Dach ausgebessert; ich saß am Fenster – man hatte mich an dem Tag bestraft –, und der Dachdeckerjunge schnitt mir Grimassen. Dann stimmte der andere Dachdecker ein Lied an, der Junge sang mit, und das klang so schön. Plötzlich aber endete das Lied mit einem Schrei, einem ganz kurzen und schrillen, und gleich darauf plumpste etwas hin wie ein Kissen – das war der ältere Dachdecker, der abgestürzt war, der Junge aber legte sich mit dem Bauch auf das Dachblech und machte sich ganz flach, als wäre er kein Mensch, sondern eine Zeitung . . .«

Sie schöpfte Atem und schloß: »Wenn man plötzlich stirbt, ist es nicht schlimm.«

»Es lohnt nicht, davon zu sprechen«, sagte Klim. »Gefällt dir die Stadt?«

»Ich habe sie ja noch gar nicht gesehen«, erinnerte sie ihn.

Es hörte sich sonderbar an, daß sie wie eine Gymnasiastin irgendwie naiv, sogar falsch sprach, nicht ihre Sprache, und als beklage sie sich. Samgin begann von der Stadt zu erzählen, was er vom alten Koslow erfahren hatte, aber sie fragte, mit dem Taschentuch eine Biene verscheuchend: »Weshalb heizen sie den Ofen?«

»Sie machen wahrscheinlich Wasser warm«, antwortete Samgin unwillig, rückte näher an sie heran und betrachtete auch die dünne Rauchsäule.

»Doch vielleicht sind das Diener. Es gibt so einen Aberglauben: Wenn eine Frau eine schwere Geburt hat, wird in der Kirche die Altartür geöffnet. Das mag gar nicht so dumm sein, als Symbol etwa. Wenn aber ein Mensch schwer stirbt, zündet man im Ofen Holz an oder Holzspäne im Herd, damit die Seele den Weg in den Himmel sieht: ein kleines Feuer für den Abgang der Seele.«

Als er merkte, daß Warwara verdächtig oft blinzelte, scherzte er: »Es ist nicht zu ergründen, warum die Seele wie ein Bankrotteur durch den Schornstein hinausfliegen soll.«

Warwara lächelte nicht; gesenkten Kopfes knüllte sie mit den Fingern das Taschentuch zusammen und sagte: »Weißt du, damals, bei der Hebamme, hatte ich einen Augenblick das Gefühl, man hätte mir ein Stück meines Lebens entrissen.«

Samgin ergriff ihre Hand, küßte sie und fragte: »Meine Mutter hat dir nicht gefallen?«

»Ich weiß nicht«, antwortete Warwara, ihm ins Gesicht sehend. »Sie fing fast beim ersten Wort davon an ...«

Warwara deutete mit den Augen auf das Dach des Seitenbaus; dort kräuselten sich über dem von den Strahlen des Sonnenuntergangs geröteten Schornstein kaum sichtbar irgendwelche silbrigen Fädchen. Samgin ärgerte sich über sich, daß er es nicht fertigbrachte, Warwaras Aufmerksamkeit von diesem dummen Schornstein abzulenken. Auch hätte er sie nicht nach der Mutter fragen sollen. Er war überhaupt mit sich unzufrieden, erkannte sich selbst nicht und glaubte sich sogar irgendwie selbst nicht. Hätte er sich vor ein paar Monaten vorstellen können, daß er solch eines Gefühls für Warwara fähig wäre, wie er es jetzt empfand, und daß es ihm angenehm sein könnte?

»Wie ... einzigartig dieser Timofej Stepanowitsch ist«, sagte Warwara, verscheuchte mit der Hand etwas Unsichtbares von ihrem Gesicht und schlug vor, einen Gang durch die Stadt zu machen. Auf der Straße wurde sie lebhafter; Samgin fand diese Lebhaftigkeit gekünstelt, aber ihm gefiel, daß sie zu scherzen versuchte. Sie sagte, die Stadt passe sehr gut für Greise, alte Jungfern und Invaliden.

»Es wäre wirklich nicht übel, wenn es Städte für alte Menschen gäbe.«

»Wie grausam«, sagte Samgin lächelnd.

Sie sah sich um und schwieg eine Weile, dann äußerte sie nachdenklich: »Es ist nicht gut, das Sterben zu etwas zu machen, das mich an das zu denken verpflichtet, was ich nicht will.«

Samgin, der sich sehr ärgerte, daß sie wieder zu diesem Thema zurückgekehrt war, sagte trocken: »Ich kann doch nicht morgen von hier abreisen, beispielsweise! Das würde meine Mutter kränken.«

»Gewiß!« pflichtete sie ihm rasch bei.

Sie kehrten nach Hause zurück, als es schon dunkel geworden war. Warawka saß im Speisezimmer, brummte vor sich hin und legte eine sehr verwickelte Patience, der Doktor blätterte ihm gegenüber in einer dicken Zeitschrift.

»In der Nacht wird es regnen«, erklärte der Doktor, nachdem er Warwara mit dem einen Auge angesehen und das andere zugekniffen hatte, dann versicherte er: »Und der Regen wird ihm den Rest geben.«

»Ich habe Sie satt, Doktor, Sie mit Ihrem Toten«, brummte Warawka. Der Doktor verbesserte ihn: »Nicht Toten, sondern Kranken.«

»Da stirbt doch keine Berühmtheit«, erinnerte ihn Warawka, sich mit einer Karte an der Nase kratzend.

Warwara sagte, sie sei müde, und zog sich in ihr Zimmer zurück; Samgin ging auch in das seine und stand lange am Fenster, dachte an nichts und sah zu, wie schwarze Wolkenfetzen unentschlossen die Sterne auslöschten. In der Nacht regnete es nicht, es herrschte drückende Schwüle, die einen am Schlafen hinderte, indem sie als farbloser, heißer Dunst zum Fenster hereinströmte und Schweiß hervorrief. Und es herrschte eine ungewöhnlich tiefe, beunruhigende Stille. Sie ließ irgendwessen Schreie erwarten, aber die Stadt lag stumm und versteckt da, sie schien in dieser Nacht zu leben aufgehört zu haben, sogar Hunde bellten nicht, nur die Wachtglocke der Kirche des Erzengels Michael, des Schutzpatrons der Polizei, schlug stündlich und trübselig.

Klim lag mit geschlossenen Augen da und dachte daran, daß Warwara sein Leben schon unermeßlich mehr bereichert hatte als die Nechajewa und Lidija. Die Nechajewa hatte doch recht: Das Leben gibt im Grunde keinen einzigen Tropfen Honig, der nicht mit Bitternis versetzt wäre. Und man sollte einfacher leben, ja ...

Gegen sieben Uhr morgens begann es in Strömen zu regnen. Es hatte drei Wochen keinen Regen gegeben, er kam mit Blitzen, Donnern, heulendem Wind und benahm sich wie ein verspäteter Gast, der im Bewußtsein seiner Schuld bemüht ist, zu jedermann höflich zu sein, und sich sogleich von der besten Seite zeigt. Er wusch eifrig die Blechdächer des Seitenbaus und des Hauses, wusch die verstaubten Bäume, die er seidig rauschen ließ, wässerte reichlich die ausgedörrte Erde und machte plötzlich am Himmel prächtigem Sonnenschein Platz.

Klim kam als erster ins Speisezimmer zum Tee, im Haus war es still, alle schliefen offensichtlich noch, nur oben bei Warawka, wo Doktor Ljubomudrow wohnte, rumorte jemand. Zwei oder drei Minuten später schaute Warwara, schon angezogen und frisiert, für einen Augenblick ins Speisezimmer.

»Ich konnte auch nicht einschlafen«, begann sie zu erzählen. »Ich habe noch nie solch eine Totenstille erlebt. Nachts ging die Frau aus dem Seitenbau, ganz in Weiß und die Hände im Nacken, im Garten umher. Dann kam Wera Petrowna auch in

Weiß in den Garten heraus, und sie standen lange an einem Fleck ... wie Parzen.«

»Parzen? Das sind doch drei«, erinnerte Klim.

»Ich weiß. Der Mann – ist er noch am Leben?«

Klim, der durch die Schlaflosigkeit müde war, wollte ihr zornig antworten, aber da kam der Doktor herein, trocknete sein Gesicht mit dem Taschentuch und sagte mit breitem Lächeln: »Guten Morgen! Der Kranke ist immer noch quietschlebendig! Das ist phänomenal!«

Klim richtete seine Gereiztheit auf ihn. »Mit Ihrer Hoffnung auf den Regen haben Sie sich getäuscht ...«

»Ein Ausnahmefall«, sagte der Doktor und öffnete die Fenster; dann trat er an den Tisch, goß sich ein Glas Kaffee ein, ging mit dem Glas in der Hand eine Weile im Zimmer umher, setzte sich an den Tisch und beklagte sich: »Ich habe einen langweiligen Beruf. Ich bedaure, daß ich nicht Geburtshelfer bin.«

Dann erschien Wera Petrowna und schlug Warwara vor, mit ihr zur Schule zu fahren, während Samgin zur Redaktion ging, um das Honorar für seine Rezension abzuholen. Die vom Regen reingewaschene Stadt strahlte festlich, die Sonne brachte die Erde in den Gärten heftig zum Dampfen, und die Gerüche frischen Laubs schwängerten die reglose Luft. Auch die Menschen schienen frisch gewaschen, schritten sicher und leicht.

Ja, man müßte dennoch in der Provinz leben, dachte Klim.

Auf der gußeisernen Treppe der Redaktion begegnete ihm Dronow, der ungestüm heruntergelaufen kam.

»Ph! Wann bist du angekommen? Ist Spiwak gestorben? Ich dachte, du brächtest die Todesanzeige. Ich wollte schnell mal zu seiner Frau laufen, um eine Auskunft für den Nekrolog zu holen.«

Er ließ Samgin an sich vorbei und sagte anerkennend: »Zivil paßt besser zu dir als die Studentenuniform.«

Er selbst war geckenhaft gekleidet, sein spärliches Haar war mit irgend etwas eingefettet und stutzerhaft schräg gescheitelt. Seine neuen Schuhe knarrten gedämpft und höflich. Auch hatte er jetzt überhaupt etwas leicht Höfliches und Großmütiges an sich. Er setzte sich Samgin gegenüber an den Tisch, wölbte die Brust vor, die von einer karierten Weste umspannt war, und auf seinem Gesicht zeigte sich der Ausdruck der Bereitschaft, alles zu sagen und alles zu tun. Mit einem goldenen Bleistift spielend und auf dem Stuhl herumhüpfend, als wäre es ihm zu heiß zum Sitzen, erzählte er: »Wie es uns geht? Ja, immer noch so. Der Redakteur weint, weil weder die Menschen noch die Ereignisse auf ihn Rücksicht nehmen wollen. Robinson verläßt uns, er meutert und sagt, die Zeitung sei dumm und banal und man sollte täglich unter dem Kopftitel in großer Schrift drucken: ›Nieder mit der Selbstherrschaft!‹ Er wird wahrscheinlich auch bald sterben . . .«

Dronows scharfe Äugelchen hefteten sich neugierig auf Samgins Gesicht. Klim nahm die Brille ab, es kam ihm vor, die Gläser seien plötzlich trübe geworden.

»Der Redakteur verzieht auch bei deinen Notizen das Gesicht, er findet, daß du gegen die Dekadenten, die Symbolisten – wie heißen sie doch alle? – zu mild bist.«

Der kleine Bleistift sprang aus seinen Händen und rollte Samgin vor die Füße. Dronow sah den Bleistift ein paar Sekunden an, als erwartete er, daß er von selbst vom Boden ihm in die Hand springen werde. Da Samgin begriff, was er erwartete, lehnte er sich auf dem Stuhl zurück und begann, die Brille zu putzen. Darauf hob Dronow den Bleistift auf und rollte ihn zu Samgin hinüber.

»Den hat mir eine Schauspielerin geschenkt, ich habe doch jetzt auch die Theatersparte unter mir. Prawdin hat sich als Marxist entpuppt, und der Redakteur hat ihn sich vom Hals geschafft. Der Stein ist ein echtes Saphirchen. Nun, und wie geht es dir?«

Das Erscheinen des Redakteurs befreite Samgin von der Notwendigkeit zu antworten.

»Guten Tag!« sagte der Redakteur, den Hut abnehmend, und verkündete: »Es ist heiß!«

Er hätte das nicht zu sagen brauchen, sein Schädel glänzte wie ein betauter Kürbis. In seinem kleinen Zimmer trocknete sich der Redakteur die Glatze, setzte sich müde an den Tisch, öffnete seufzend die mittlere Schublade des Tisches und legte Samgin das Päckchen seiner Manuskripte hin – das alles, all seine Gesten sah Klim nicht zum erstenmal.

»Entschuldigen Sie, daß ich mich beeile, aber ich muß zum Zensor.«

Er sprach klagend und sah Samgin hoffnungslos an.

»Mit Ihrer Einstellung zu den jungen Dichtern kann ich mich nicht einverstanden erklären – wozu fordern sie auf? Heimlich zu beobachten, wie Frauen baden. Während unsere besten Schriftsteller und Dichter . . .«

Er sprach lange, als hätte er vergessen, daß er zum Zensor mußte, und endete damit, daß er mit dem Finger nach Samgins Manuskripten stach und sie so fest an den Tisch drückte, daß der Finger rot anlief.

»Nein, man muß sie erbarmungslos bekämpfen.«

Er erhob sich und schürzte die Lippen.

»Das kann ich nicht drucken. Das ist Verbreitung gröbster Sinnlichkeit und Flucht aus dem Leben, aus der Wirklichkeit, und Sie ermuntern dazu . . .«

Samgin machte ein gleichgültiges Gesicht und ärgerte sich schweigend, er wollte dem Redakteur nicht widersprechen, da er das für unter seiner Würde hielt. Sie betraten zusammen die Straße, dort reichte der Redakteur Samgin die Hand und sagte: »Bedaure sehr, aber . . .«

»Alter Dummkopf«, machte sich Samgin Luft, als er auf die Schattenseite der Straße hinüberging. Es war kränkend, sich einzugestehen, daß die Absage des Redakteurs, die Besprechungen zu drucken, ihn verdroß.

Was ist sie wert, die Wirklichkeit, die dir Iwan Dronow vorsetzt? dachte er zornig, während er an den wohnlichen Häuserchen entlangging, und erinnerte sich der rührenden Reden Koslows.

Nach rund hundert schnellen Schritten holte er zwei Männer ein, der eine trug eine Mütze, wie sie Edelleute tragen, der andere einen Panamahut. Ihre breitschultrigen Gestalten füllten den ganzen Bürgersteig, und um sie zu überholen, hätte er auf das schmutzige, noch nicht getrocknete Pflaster hinuntertreten müssen. Er ging hinter ihnen her und warf ab und zu einen Blick auf ihre feisten, roten Nakken. Der linke, mit dem Panamahut, sagte mit heiserem Baß: »Im Traum kann man essen, soviel man will, man wird nicht satt, du aber – kaust im Traum Fußlappen. Was sind wir schon für Herren auf Erden? Mein Sohn versteht als Student des zweiten Studienjahres mehr von der Wirtschaft als wir. Heutzutage, mein Lieber, lebt man nach der jüdischen Wissenschaft der politischen Ökonomie, sogar die kleinen Mädchen lernen sie. Verkauf alles und – fahren wir! Dort kann man Geld machen, hier aber sind Juden, Warawkas und weiß der Teufel was! Verkaufe . . .«

Samgin trat auf das Straßenpflaster hinunter, überholte die Männer, und ein träger Tenor sagte hinter ihm her: »Na was, wenn's verkaufen heißt, verkaufen wir eben, wenn nach dem Osten – dann nach dem Osten!«

Samgin wollte sehen, was für ein Gesicht der Tenor hatte. Aber er war zu träge, sich umzudrehen, die schlaflose Nacht machte sich bemerkbar, die wohlriechende Luft berauschte ihn, und er war sogar zum Denken zu faul. Dennoch dachte er, daß er schon viele solche Gespräche auf der Straße aufgeschnappt und im Gedächtnis behalten hatte, aber sie alle waren wie Fliegendreck auf einem Spiegel und reichten nur zum Anekdotenschreiben. Dann gestand er sich, daß er schlecht verstand, was die symbolistischen Dichter wollten, aber es war ihm angenehm, daß sie nicht die Leiden des Volkes besangen, nicht »Voran ohne Angst und Zweifel« riefen und nichts von der Morgenröte der »heiligen Renaissance«.

Als er nach Hause kam, wünschte er sich hinzulegen und zu schlafen, aber in seinem Zimmer am Fenster stand Warwara und sah am Fensterstock vorbei in den Garten hinaus.

»Leise!« warnte sie ihn flüsternd. »Schau.«

Im Garten, auf der grünen Bank unter dem Apfelbaum, saß, die Hände auf die Bank gestützt, reglos wie eine Statue Jelisaweta Spiwak; sie sah gerade vor sich hin, ihre Augen schienen unnatürlich vorgewölbt und zornig, während das Gesicht, das mit kleinen Licht- und Schattenflecken bedeckt war, gleichsam flammte und schmolz.

»Sie sitzt so schön da«, flüsterte Warwara. »Weißt du, wem ich in der Schule begegnet bin? Dunajew, dem Arbeiter, so ein Lustiger, entsinnst du dich? Er ist dort Wärter oder so etwas Ähnliches. Er erkannte mich nicht, aber das war Absicht.«

Sie flüsterte so lebhaft, daß Samgin den Grund ihrer Lebhaftigkeit erriet und fragte: »Ist er gestorben?«

»Es sieht so aus. Erkundige du dich.«

Samgin betrat das Speisezimmer, dort saß Doktor Ljubomudrow, schrieb etwas und blies den Zigarettenrauch auf das Papier.

»Wie geht es dem Kranken?«

»Den Kranken gibt es nicht mehr«, sagte der Doktor, ohne den Kopf zu heben, und kratzte eigentümlich linkisch mit der Feder auf dem Papier. »Ich schreibe hier einen Zettel für die Polizei, daß ein Mensch eines natürlichen Todes und wahrhaftig gestorben ist.«

Einer sonderbaren Neugier gehorchend, ging Samgin, der dem Doktor nicht recht glaubte, in den Garten hinaus und warf einen Blick in das Fenster des Seitenbaus; der kleine Pianist lag auf dem Bett am Fenster, sein Kinn ruhte beinahe auf der Brust; es schien, als sähe er mit halb zugekniffenen Augen, die in dunklen Höhlen versunken waren, verständnislos auf seine kellenförmig aneinandergelegten Hände. Die Möbel hatte man aus dem Zimmer hinausgetragen, und diese Leere offenbarte überzeugend die vollkommene Einsamkeit des Musikers. Auf seinem Gesicht krochen Fliegen herum.

Samgin empfand wieder, daß dieser hier schlimmer, entsetzlicher war als der Vater; dieser hatte etwas Unheimliches, das einem die Kehle krampfhaft zuschnürte. Er ging rasch weg, darauf bedacht, daß Jelisaweta Lwowna ihn nicht bemerkte.

»Nun?« fragte Warwara.

Er nickte bestätigend.

»Ich ahnte es«, sagte sie leicht seufzend. Sie saß auf dem Tischrand und wippte mit dem Bein im rosa Strumpf. Samgin trat zu ihr, legte die Hände auf ihre Schultern, wollte etwas sagen, aber ihm fielen nur beschämend abgedroschene, dumme Worte ein. Mochte sie lieber von irgendwelchen nichtigen Dingen zu sprechen anfangen.

»Du wirst mich umwerfen!« sagte sie und umklammerte seine Beine mit den ihren.

Er legte den Kopf auf ihre Schulter, darauf flüsterte sie: »Warte!«, stieß ihn zurück, machte leise das Fenster zu und setzte sich, nachdem sie die Tür abgeschlossen, aufs Bett. »Komm zu mir! Fühlst du dich nicht wohl?« fragte sie beunruhigt und zärtlich, indem sie ihn umarmte, und ein paar Minuten später flüsterte Samgin ihr dankbar zu: »Du bist meine Feinfühlige ... Kluge.«

Dann füllten sich die Tage mit einer Unmenge geringfügiger, aber notwendiger Erledigungen und verstrichen schneller. Man zog dem Pianisten einen Gehrock an, bettete ihn sorgfältig in einen guten Sarg mit Festons an den Rändern, schmückte ihn reich mit Blumen, und das grünliche Gesicht des eines natürlichen Todes gestorbenen Mannes schien den unheimlichen Ausdruck der Unbegreiflichkeit verloren zu haben, der Samgin so verwirrt hatte. Auf dem Hof, vor dem Fenster des Seitenbaus, wurde von den »Liebhabern des Chorgesangs« vortrefflich die Seelenmesse gesungen, den Chor dirigierte Korwin, der eine rote Schramme in Form einer römischen Fünf auf der Stirn hatte; diese Schramme, die seine linke Braue etwas hochzog, verlieh seinem leicht borniertem Gesichtsausdruck etwas Heroisches. Wenn Korwin wollte, daß die aufgeputzten jungen Chordamen etwas gedämpfter sängen, senkte er mit drückender Geste die Hand, und die Spitze seiner wuchtigen Nase senkte sich auch in die Vertiefung zwischen dem mächtigen Schnurrbart. Klim erinnerte sich Inokows und fragte leise die Mutter, wo er sei. Wera Petrowna bekreuzigte ihre eingefallene Brust und flüsterte wie im Gebet: »Ihn hat dieser Ingenieur ... der über Gymnasiasten und Studenten schrieb ... bei sich angestellt und mitgenommen.«

Aus den Fenstern des Seitenbaus strömten der Rauch des Weihrauchfasses und der Duft von Tuberosen; auf dem Hof stand eine Menge frommer Zuschauer und Zuhörer; am Gartengitter lehnte Iwan Dronow und kratzte sich nachdenklich mit dem Rand seines Strohhutes an der Wange.

Am Tag der Beerdigung blies vom Morgen an starker Wind, und zwar gerade nach Osten, in der Richtung des Friedhofs. Er fuhr den Leuten in den Rücken, hinderte die Frauen beim Gehen, indem er ihnen die Röcke hochblies, und zerzauste die Frisuren der Männer, indem er ihnen das Haar aus dem Nacken in die Stirn und auf die Wangen wehte. Den Gesang des Chors trug er vor die Prozession hinaus, und Samgin, der Warwara am Arm führte und hinter der Spiwak und der Mutter ging, hörte nur einen gedämpften Schrei: »Ah-ah-ah . . .«

Die Leute stemmten sich gebeugten Rückens, die Hand am Kopf, mit den Füßen auf die Erde, stießen einander, entschuldigten sich leise, schritten aber, der Wucht des Windes gehorchend, immer rascher, als wollten sie den entschwebenden Gesang »Ah-ah-ah . . .« einholen.

Das alles bedrückte Samgin und brachte ihn auf unangenehme Gedanken über die Vergänglichkeit des Lebens, die um so unangenehmer waren, da sie sich in fremde Worte kleideten.

> . . . Geschenk des Zufalls,
> Leben – wozu warst du mir gegeben?

erinnerte er sich, doch als er diese Worte beiseite geschoben hatte, erinnerte er sich an andere:

> Das Leben, so du mit kalter Aufmerksamkeit
> Um dich schaust, ist so leer und dumm . . .

Er hätte gern das Leben in seine Worte eingefangen, und es war kränkend, sich zu überzeugen, daß alles Traurige, was man über das Leben sagen konnte, schon gesagt und sehr gut gesagt war.

Die Stöße von Wind und Menschen regten ihn auf. Warwara behinderte ihn, wenn sie sich bückte, um den Rock zu ordnen, kam aus dem Schritt, dann hüpfte sie, um mit ihm Schritt zu halten, und verwickelte sich wieder im Rock. Klim fand, die Spiwak gehe hölzern wie ein Soldat und halte den Kopf zu hoch, als sei sie stolz darauf, daß ihr Mann gestorben war. Und sie schritt wie auf einem Seil, indem sie sorgfältig oder ängstlich die gerade Linie einhielt. Aino war auch aufrechten Hauptes hinter dem Sarg hergegangen, aber ihr Gang war besser gewesen.

Eine sonderbare Frau, dachte Samgin, als er die schwarze Gestalt der Spiwak betrachtete. Revolutionärin. Sie erteilt wahrscheinlich Dunajew Unterricht. Und das alles sicher aus Angst, ihr Leben zubringen zu müssen wie Tanja Kulikowa.

Dann mußte er über eine Stunde auf dem Friedhof am Grab stehen, das in der rotbraunen Erde ausgehoben war; die eine Seite des Grabes war gemustert abgebröckelt und erinnerte an den zahnlosen Kiefer einer alten Bettlerin. Der Anwalt Prawdin hielt eine Rede, in der er kühn die Gesetzmäßigkeit der Naturerscheinungen zu beweisen suchte; der Pope sprach vom König David, von seiner Harfe und von der milden Weisheit Gottes. Der Wind jagte unermüdlich umher und pfiff zwischen den Kreuzen und Bäumen; über den Köpfen der Leute huschten furchtlos und blitzschnell Uferschwalben umher; am Fuße der Anhöhe hinter der Kirche fauchte zornig das Dampfrohr des Pumpwerks.

Wie angenehm war es dagegen am nächsten Tag, als Klim an Deck eines kleinen, schwanenweißen Dampfers stand und auf die Stadt blickte, die von einer üppigen Masse purpurner Wolken umhüllt war. Im Stadtpark spielte eine Militärkapelle ein Operettenpotpourri, und das Cornet à pistons schien die lustigen Melodien Offenbachs, Planquettes und Hervés gleichsam in die Luft zu schreiben. Je weiter der rasche Dampfer den Fluß hinabglitt, um so lieblicher und spielzeugähnlicher wurde die Stadt, die mit den milden Tönen des Sonnenuntergangs gefärbt war, desto greller funkelte die goldene Zwiebelkuppel der Kathedrale, während die Häuschen noch kleiner wurden und sich noch dichter an die gezahnte Mauer und die Türme des Kremls schmiegten. Dann bog der Dampfer scharf um eine von Fichten starrende Anhöhe, und die Stadt verschwand wie von der Erde weggewischt durch eine schwarze zottige Tatze. Es war warm und still, nur die Dampferräder plätscherten lustig im rötlichen Wasser des nicht sehr breiten Flusses und sandten schäumende Wellen an die Ufer, sie machten den Dampfer einem Vogel mit Riesenflügeln noch ähnlicher.

Samgin und Warwara standen an Bord und empfanden die Wonne der »Einsamkeit zu zweit«. Als es dunkel wurde und schwarze Wolkenfetzen den Dampfer einzuholen begannen, die das Wasser und die Erde mit ihrem Schatten verdunkelten, begegnete ihnen ein anderer Dampfer, der hell erleuchtet war. Er war braun gestrichen und schien wie aus Eisen, die Spiegelungen seiner Lichter bohrten sich wie Eggenzähne in den Fluß, und es war wunderlich, daß diese feurigen Zähne, die das Wasser furchten, nicht darin erloschen. Zur Linken rollte hinter Hügeln ein großer, orangefarbener Mond hervor, während rechts eine Wolke heraufzog, die zottig war wie ein Bärenfell, sie wurde von Blitzen geschüttelt, aber Donner war nicht zu hören, und die Blitze waren nicht erschreckend. Warwara war kindlich entzückt, sie griff nach Samgins Hand, schmiegte sich an ihn und rief: »Oh! Schau, schau! Hast du das gesehen?«

»Nicht übel«, stimmte er ihr gelassen bei. »Die Natur prahlt gern.«

Aber auch er unterlag unwillkürlich dem Zauber der Sommernacht und der gleichmäßigen Fortbewegung durch die warme Finsternis in die Stille. Eine wohltuende, ziellose Versonnenheit bemächtigte sich seiner. Er sah zu, wie in der von blauem Zittern erschütterten Finsternis die dunklen Ufermassen langsam nach hinten irgendwohin verschwanden, und es war angenehm zu wissen, daß die durchlebten Tage nicht wiederkehren würden.

Sie machten in Nishnij Nowgorod halt, um den eben erst eröffneten und noch nicht zu voller Entfaltung gelangten allrussischen Jahrmarkt anzusehen. Es war sehr spaßig, Warwaras Verwunderung angesichts des geschäftigen Treibens der Menschen zu beobachten, die zahllose Fuhren entluden, Ballen auftrennten, Kisten öffneten, die tiefen Rachen der Läden vollstopften und die Schaukästen mit einer Unmenge verlockender Dinge schmückten.

»Mein Gott, wieviel es da von allem gibt!« wiederholte sie, indem sie die Wimpern hochschwang und begierig die Augen aufriß.

Samgin erinnerte sich lächelnd an Makarows Zitat aus Fjodorows Artikel.

»Alles für euch!« sagte er. »Das alles ist durch die ›nicht drückende, aber verderbliche Herrschaft der Frauen‹ hervorgerufen, sei stolz darauf!«

Aber sie ließ diese Worte unbeachtet. Berauscht von der ununterbrochenen Bewegung, von der Fülle und Mannigfaltigkeit der Menschen, dem Geschrei, dem Räderrasseln auf dem Kopfsteinpflaster, dem Dröhnen des Eisens und dem Knarren des Holzes, sagte sie selbst Sätze, die aus ihrem Mund ein wenig ungewohnt klangen. Sie fand, daß die Stadt nur der schöne Umschlag des Buches sei, dessen Inhalt die Messe bilde, und daß das Leben imposant werde, wenn man sieht, wie Tausende von Menschen arbeiten.

Das sagte sie im Sibirschen Hafen, wo lange Ameisenzüge breitschultriger Schauerleute die Schiffsräume der Barken und Dampfer entleerten, am Ufer Baumwolle, Felle, getrocknete Fische, Stückeisen, Säcke mit Reis und Korinthen zu hohen Haufen stapelten und Fässer mit Zement, Soda, Heringen, Wein, Petroleum und Maschinenölen rollten. Hier war der Arbeitslärm noch mannigfaltiger und betäubender, dennoch herrschte über alledem die Kommandostimme des Menschen.

»Was für starke Männer«, wunderte sich Warwara, als sie den Schauerleuten beim Arbeiten zusah. »Hörst du? Sie singen. Laß uns näher herangehen.«

Samgin trat gern heran; er hörte zum erstenmal, daß man das trübselige »Knüppelchen-Lied« in so flottem, keckem Tempo singen konnte. Es wurde von einer Gruppe von Arbeitern gesungen, die aus dem Schiffsraum einer Barke Soda von »Ljubimow und Solveigh«

löschte. An Deck standen in zwei Reihen zehn Männer, sie ließen durch ihre Hände schnell zwei Stricke laufen, die in den Schiffsraum hinunterhingen, und aus dem Schiffsraum rollten leicht, wie leer, die Fässer heraus; daß sie schwer waren, davon zeugte die Anstrengung, mit der zwei Schauerleute, die das Faß ergriffen, es gebückt über das Deck zu dem ans Ufer führenden Laufsteg rollten.

Das »Knüppelchen-Lied« wurde von zweien angestimmt: Der eine war stämmig, in durchgeschwitztem und zerrissenem, rotem Kittelhemd ohne Gürtel, mit ausgetretenen Bastschuhen und bis über die Ellenbogen nackten Armen, wie mit Eisenrost bedeckt. Er sang mit ganz hohem, schrillem Tenor, zwischen den Worten erstaunlich witzig pfeifend, stampfte mit dem Fuß und spielte mit dem ganzen Körper, seine eisernen Hände spielten auf dem straffen Seil wie auf einer Harfe, und er sang, ohne in der Wahl der Worte verlegen zu sein:

> »He, Jungens, rollet feste ...«

Warwara versteckte sich hinter Samgins Rücken und schaute ihm über die Schulter.

»He, Dubinuschka, heja!« fielen die Schauerleute einmütig und fröhlich in schnellem Sprechgesang ein, doch noch bevor sie zu Ende gesungen hatten, übertönte der andere Vorsänger, groß, glatzköpfig, mit schwarzem Bart, in einer Weste, aber ohne Hemd, mit dröhnendem Baß den Kehrreim, indem er kommandierte:

> »He, ihr Jungens, zieht gewandt,
> Daß das Seil nicht hüpft und tanzt ...
> He, Dubinuschka ...«

Das sah weit mehr nach Spiel als nach Arbeit aus, und obwohl die Wellen mannigfaltigster Geräusche, gleichsam ihre Kräfte messend, durch die staubige Luft strömten, trug der muntere Gesang der Schauerleute seinen eigenen kecken Rhythmus in den chaotischen Lärm. Vor kurzem noch hatte Klim beim Bahnbau das »Knüppelchen-Lied« gehört; dort hatte man es träge, verzagt, zum Ausruhen gesungen, hier hingegen klang der muntere Rhythmus gebieterisch befehlend, die vertrauten Worte schienen neu und erregten aus irgendeinem Grund ein beunruhigendes Gefühl. Als Samgin hierüber nachdachte, erinnerte er sich plötzlich des Diakons mit seinem Lactantius-Zitat und kam auf den tröstlichen Gedanken: Die Worte sind die gleichen, aber sie werden anders vorgebracht. Sonst nichts weiter. Worte können nichts ändern.

Hinter der Barke erstreckte sich im glühenden Sonnenschein die bläuliche Wolga, weiter hinten schimmerte golden eine Sandbank, die vom Fluß umkost wurde; dort grünte zum freundlichen Wasser geneigtes Buschwerk, während die Menschen an Deck der Barke gleichsam zwanzighändig auf zwei straff gespannten Seilen spielten, die wunderbar reich an Tönen waren.

»Feier-a-abend!« brüllte jemand vom Ufer.

Die Schauerleute ließen die Seile aus den Händen, ein paar Mann ließen sich weich wie Tiere auf das Verdeck fallen, die anderen gingen an Land. Ein hochgewachsener Bursche mit starken Backenknochen und langem, von einem Bastband zusammengehaltenem Haar blieb vor Klim stehen, sah ihn unehrerbietig von Kopf bis Fuß an und fragte: »Eine Zigarette, Herr, gibst du wohl, was?«

Er nahm mit seinen schwarzen Fingern zwei Zigaretten aus dem Etui, steckte die eine in den Mund, die andere hinters Ohr, doch da trat der Vorsänger mit der Tenorstimme neben ihn und stieß ihn mit der Schulter beiseite.

»Hast du dir eine Zigarette erbettelt?« fragte er, zog geschickt die Zigarette hinter dem Ohr des Burschen vor und steckte sie in den Mundwinkel unter seinen rotblonden Schnurrbart; dann zog er die sackleinene Hose hoch, stemmte die Hände in die Hüften und begann Samgin zu mustern, wobei er die spöttischen farblosen Augen unnatürlich vorrollte. Er hatte ein grobes Soldatengesicht, das Bündchen seines Kittelhemds war eingrissen, es stand vorne weit offen und zeigte seine Brust, die ebenso von Staub und Schweiß gestreift war wie sein Gesicht.

Samgin vermutete, daß er einen Mann vor sich hatte, der gern etwas scherzte, er scherzte natürlich grob, sogar bösartig, und jetzt gleich würde er irgend etwas Übles sagen oder tun. Die Vermutung wurde dadurch bekräftigt, daß die Schauerleute, die den Vorsänger hastig umringten, ihm erwartungsvoll, lächelnd in sein bärtiges Gesicht blickten, während er sich offenbar irgend etwas ausdachte, dabei die Zigarette zwischen den Lippen knetete, mit dem zottigen Bastschuh auf dem Erdboden herumscharrte und Samgins Schuhe mit Staub bedeckte. Doch da trat wuchtig der Schwarzbärtige mit der Glatze heran und sagte mit strengem Baß: »Versuchst du wieder Unfug zu treiben, Michailo? Willst du wieder Skandal machen?«

Der Vorsänger im roten Hemd spuckte geschickt die Zigarette hoch in die Luft, fing sie mit der Hand auf und ging fort, hinter dem Schwarzbärtigen her, alle übrigen folgten ihnen im Gänsemarsch und jemand sagte mit Bedauern: »Er hat ihm verziehen ... schade!«

Dieser ganze Vorfall dauerte nur eine Minute, aber Samgin wußte bereits, daß er ihm lange in Erinnerung bleiben werde. Er fühlte mit

Beschämung, daß er vor dem Mann im roten Hemd erschrocken war, ihm mit dummem Lächeln ins Gesicht gesehen und sich überhaupt unwürdig benommen hatte. Warwara hatte das selbstverständlich bemerkt. Und während er sie am Arm durch das Arbeitsgetümmel führte, die »Vorsicht«-Rufe hörte und unter den Schnauzen müder Pferde hindurchschlüpfte, murmelte Samgin: »Was habe ich gemein mit . . .«

»Vorsicht!«

»Was haben wir«, berichtigte er sich, »mit diesen gemein? Wir haben mehrere Generationen von Menschen hinter uns, die durch die ganze Kompliziertheit kultivierten Lebens erzogen worden sind . . .«

Er sah rechtzeitig, daß seine Worte sowohl schuldbewußt als auch erbost klangen, sah ein, daß sie noch erbittertere Worte hervorrufen konnten.

»Gerade meine demokratische Einstellung verpflichtet mich, den Unterschied zwischen mir und diesen Halbwilden in seiner ganzen Tiefe zu erkennen . . .«

Nein, es kam ihm wieder nicht das auf die Zunge, was er für Warwara hätte sagen müssen.

»Eine Gesellschaft, die sich auf solchen kulturell unterschiedlichen Einheiten aufbaut, kann nicht dauerhaft sein. Die zehn Millionen Neger Nordamerikas werden sich über kurz oder lang bemerkbar machen.«

Da half ihm Warwara aus der Verlegenheit. »Ich habe schrecklichen Durst«, sagte sie, »laß uns rascher gehen!«

Nach ein paar Schritten geriet sie wieder in Entzücken. »Wie wunderbar sie gesungen haben! Und – welche Geschicklichkeit, welche Kraft . . .«

Samgin bemerkte freundlich und ihr fast dankbar: »Da siehst du: Die Arbeit der Schauerleute ist gar nicht so schwer, wie man meint.«

Morgens gingen sie an Bord eines Dampfers, der bequem wie ein Hotel war, und fuhren, indem sie rostrote Segelkähne überholten und geschickte Fischerboote verscheuchten, den Barkenkarawanen entgegen. Von den Ufern schallten aus reichen Dörfern Harmonikaklänge herüber, und auf den Sandbänken hüpften Kinder mit Geschrei im Wasser umher. In der dritten Klasse, am Heck des Dampfers, wurde auch musiziert und gesungen. Warwara fand, daß die Wolga wirklich schön und nicht umsonst in Hunderten von Liedern besungen sei, während Samgin ihr erzählte, wie der Vater ihn lesen gelehrt hatte.

»Geh an die Wolga und lausche, wessen Stöhnen ertönt
Über dem großen russischen Strom.

Wie du aber siehst, stöhnen sie nicht, sondern spielen Ziehharmonika, knabbern Sonnenblumenkerne und sind bunt gekleidet.«

»Heute ist Sonntag«, erinnerte ihn Warwara, sagte aber gleich darauf hastig: »Ich stimme dir selbstverständlich bei; die Leiden des Volkes sind von Nekrassow übertrieben.«

Die Hastigkeit ihrer Worte hatte etwas Verdächtiges, als verberge sich dahinter Furcht, ihm nicht beizustimmen oder nicht beistimmen zu können. Mit einem unbegreiflichen Lächeln in den weitgeöffneten Augen sagte sie: »Ich habe ja nie gefühlt, daß es ein Rußland gibt außer Moskau. Natürlich habe ich Geographieunterricht gehabt, doch – was ist denn die Geographie? Ein Katalog von Dingen, die ich nicht brauche. Jetzt aber sehe ich, daß es ein riesengroßes Rußland gibt, und du hast recht: Das Schlechte an ihm wird absichtlich aufgebauscht, aus politischen Erwägungen.«

Samgin erinnerte sich nicht, ob er das gesagt hatte, lächelte ihr aber freundlich zu.

»Sogar die Maler – Lewitan, Nesterow – stellen es nicht so grell und bunt dar, wie es ist.«

Ja, das sind meine Gedanken, dachte Samgin. Auch er hatte das Gefühl, bereichert zu werden; die Tage und Nächte beschenkten ihn mit nie Gesehenem, Unbekanntem, vieles setzte ihn in Verwunderung, und alles zusammen verlangte nach Ordnung, alles mußte gesichtet und in ein »System von Sätzen« gefaßt werden, so, daß es ihn nicht beunruhigte. Warwara schien ihm hierbei mit Erfolg zu helfen.

Und das Verwunderlichste war, daß Warwara, die so ergeben, in jeder Hinsicht gemäßigt war und ihn ernsthaft, aber nicht aufdringlich liebte, ihm von Tag zu Tag lieber wurde. Lieber nicht nur deshalb, weil er es mit ihr bequem hatte, sondern bereits in solchem Maße lieber, daß sie in ihm den Wunsch erweckte, ihr gefällig, zärtlich zu ihr zu sein. Er erinnerte sich, daß Lidija keinen Augenblick in ihm solche Wünsche erweckt hatte.

Er wollte schon zu Warwara irgendein ungewöhnliches und entscheidendes Wort sagen, das sie ihm noch mehr und endgültig nahegebracht hätte. Solch ein Wort fand Samgin nicht. Vielleicht war es nahe, aber unsichtbar, weil es durch eine Unmenge anderer Worte verschüttet lag.

Auch störte der Schauermann im roten Hemd; er lebte in seiner Erinnerung wie ein unangenehmer Fleck und nahm, als begleitete er Samgin überall, plötzlich bald die Gestalt eines Matrosen des Dampfers, bald die des Verkäufers an der Anlegestelle des staubigen Samara oder die des Passagiers dritter Klasse an, der im Heck saß und Nüsse aß, die er auf ungewöhliche Weise knackte: Er legte eine Nuß auf die Backenzähne, schlug mit der Hand von unten gegen den Kiefer, und die Nuß war geknackt. All diese Leute hatten die gleichen spöttischen Augen wie der Schauermann und die gleiche dreiste Bereitschaft, etwas Unangenehmes zu sagen oder zu tun. Der, der so ungewöhnlich Nüsse knackte, blickte zum Oberdeck hinauf, wo Samgin mit Warwara stand, und sagte ziemlich laut: »Die Gnädige hat ja Strümpfchen an wie die natürliche Haut.«

In Astrachan wurden Samgins von einem Freund Warawkas begrüßt, dem Fischereibesitzer Trifonow, einem rundlichen Männlein mit breitem Nacken und kahlem Gesicht, in dem bunt wie Perlmuttknöpfe lustige Äugelchen schimmerten. Gewandt, geräuschvoll, war er stark mit Kölnischwasser parfümiert und erinnerte durch seinen weiten, karierten Anzug etwas an einen Clown. Er erwies sich als einer der »Stadtväter« und prahlte sehr mit ihrer Ordnung. Dabei war die Stadt in schwülen Nebel und starke Gerüche von gepökeltem Fisch, ungegerbten Fellen und Erdöl gehüllt und stand auf schmutzigem Sand; überall, am Kai und im Staub der Straßen, glitzerten wie Glimmer Fischschuppen, überall schritten schwitzende Orientalen mit Tatarenkäppchen, Turbanen und weiten morgenländischen Mänteln langsam umher; es waren so viele, daß die Stadt nicht mehr russisch wirkte und die Kirchen in ihr überflüssig schienen. Im Schatten der mittelhohen, grauen Kremlmauern saßen und lagen Kalmücken, Tataren und Perser, ausgerüstet mit Spaten und Brecheisen, man hätte meinen können, sie hätten soeben erst die Stadt erstürmt, ruhten nun aus und warteten auf den Augenblick, da man ihnen befehlen würde, den Kreml zu zerstören.

Trifonow fuhr Samgins rund zwei Stunden in einem sehr eleganten Wagen, vor den zwei sehr schwere, träge Pferde gespannt waren, durch die glühendheißen Straßen; er schwitzte reichlich viel rosa Schweiß aus, trocknete sein nacktes Kastratengesicht oft mit einem parfümierten Taschentuch und erzählte von den Sehenswürdigkeiten Astrachans in Worten, die ebenso grau und weiß kariert waren wie sein Anzug und alle gleich lebhaft klangen.

»Den Kai leckt bei uns in jedem Frühjahr die Wolga fort; wir bessern ihn alljährlich aus und haben dafür eine ganze Barke voll Geld verschwendet! Steine brauchen wir, Steine!« flehte er, streckte Samgin die kurzen Arme entgegen und beklagte sich lustig: »Steine aber haben wir nicht. Mit dem, was wir zwischen Brust und Kleidung tragen, kann man sich nicht vor der Wolga schützen«, scherzte er und prahlte: »Einen solchen Dummkopf wie den hiesigen Einwohner – werden Sie nirgends finden! Wir brauchten einen Gouverneur mit Knute in der Hand oder Timofej Stepanowitsch Warawka als Stadtoberhaupt, er würde selbst Sand in Steine verwandeln.«

Trifonows Familie befand sich auf dem Landhaus; nachdem er Samgins bis zum Stumpfsinn zerredet hatte, bewirtete er sie auf dem Dampfer mit einem vortrefflichen Abendessen, goß Champagner ein, wurde noch lustiger und erbot sich, sie in seinem Kutter zum Seedampfer an der Stelle »Neun Fuß« zu bringen.

»Der ›Falke‹ ist nicht mehr jung, aber flink!« prahlte er. »Unterwegs fahre ich Sie zu meiner Fischerei, wir kommen an ihr vorüber.«

Die Samgins fanden keinen Vorwand, dies abzulehnen, aber im stickigen Gasthofzimmer tauschten sie dann ihre trübseligen Gedanken aus.

»Wie sonderbar er ist«, sagte Warwara seufzend. »Wie ein Blinder.«

Samgin, der von der Hitze und den Reden des Fischereibesitzers ermattet war, stimmte ihr ungehalten bei: »Blindheit ist, glaube ich, eine allen tätigen Menschen gemeinsame Eigenschaft.« Eine Minute später bemerkte Warwara, während sie ihr Haar für die Nacht zurechtmachte: »Die Stadt und die Wolga pries er wie ein Verkäufer seine Ware, die schnellstens verkauft werden muß, weil sie aus der Mode gekommen ist.«

Sie wird klüger, dachte Samgin nochmals.

Um sechs Uhr morgens saßen sie bereits in einer schmutzigen Barkasse und fuhren auf der mit regenbogenfarbenen Ölflecken bedeckten Wolga zur Küste; vor ihnen stieg am trockenen, farblosen Himmel gemächlich die Sonne auf, die wie ein Kirgisengesicht aussah. Trifonow nannte die Namen der Besitzer der vor Anker liegenden Schiffe und beklagte sich neidisch: »Der Nobel frißt uns auf, der Nobel! Er und die Armenier . . .«

Wie ein Fieberkranker zitternd, huschte die Barkasse gleich einer munteren Alten auf dem Markt zwischen den Schiffen umher, pfiff und knarrte; am Steuer stand ein schöner, weißbärtiger Tatare und sah blinzelnd in die Sonne.

»Hier bei uns, wissen Sie, sind überall Naturkinder, Faulpelze«, unterhielt Trifonow Warwara.

Die Barkasse glitt auf den trüben Küstenstrich hinaus, fuhr etwa eine Werst am Ufer entlang, ächzte auf, erbebte, und die Maschine stand still.

»Die Barkasse hat ihre Mucken wie ein Kirgisenpferd«, erklärte

Trifonow lustig. »Die andere dagegen, die ›Kosakin‹, die macht keinen Unsinn! Sie ist ein Pfeil.«

Der Tatare drehte schnell das Steuerrad.

»Was ist, Junus?«

»Maschine aus«, sagte der Tatare sehr freundlich.

Darauf wälzte sich Trifonow zur Maschine und brüllte hinunter: »Ihr Teufel, ihr Hundsfötter! Hatte ich euch nicht gefragt? Pfeif, du Rüssel! Fahr ans Ufer ran, Junus!«

Die Barkasse drückte sich unter heiserem und kläglichem Pfeifen langsam mit der Bordwand an das sandige Ufer, und Trifonow erklärte: »Das sind keine Menschen, sondern Ebenbilder von Affen, und sie können nichts als fressen!«

Am Ufer saß neben den Trümmern eines Bootes ein Mann mit einer Mütze, deren Rand ausgeblichen war, er trug ein sonderbares Kleidungsstück, das wie eine Frauenjacke aussah, und eine bis über die Knie hinaufgerollte Hose mit roten Seitenstreifen; er drückte einen Brotlaib an die Brust und schnitt mit einem Messer hinein, und neben ihm lag im Sand eine große dunkelgrüne Wassermelone.

»Schau«, sagte Warwara. »Er sitzt wie am Tisch.«

Ja, der Mann saß tatsächlich wie an einem Tisch am Meer, das sich bis zum Horizont erstreckte, wo es mit den Stäbchen einer Unmenge von Masten gespickt war; Trifonow deutete hin. »Das ist die Stelle ›Neun Fuß‹.«

Er nahm das Sprachrohr und rief zum Ufer hinüber: »He, Kosak! Lauf rasch zur Sperre und sag, man soll den ›Fänger‹ herschicken, Trifonow bitte darum.«

»Man hört es auch ohne Sprachrohr«, antwortete der Mann, der eine Scheibe Brot in der Hand hielt und beobachtete, wie die Strömung die Barkasse zu ihm herübertrieb. Trifonow schwang drohend das Sprachrohr. »So lauf doch!«

»Wieviel gibst du?« fragte der Kosak, nachdem er vom Brot abgebissen hatte.

»Einen Rubel.«

»Fünfundzwanzig«, sagte der Mann, ohne die Stimme zu heben, und begann zu kauen, wobei er in der einen Hand das Messer hielt und mit der anderen die Melone zu sich heranrollte.

»Haben Sie gehört?« fragte Trifonow, zwinkerte Warwara zu und lächelte. »Er will fünfundzwanzig Rubel haben, dabei ist die Sperre gleich hier, hinter dem Hügel, es sind nur anderthalb Werst dorthin! Da sieh mal einer an!«

Er setzte das Sprachrohr wieder an den Mund und rief, daß es wie ein Schuß klang: »Drei!«

»Ich gehe nicht«, sagte der Mann, nachdem er das Messer in die Melone gestochen hatte.

»Und – Sie sehen, er wird auch nicht gehen!« bestätigte Trifonow halblaut. »Er ist ein Kosak, sie sind hier alle Diebe, leben billig, stehlen Fische aus fremden Netzen. Fünf!« schrie er.

»Ich gehe nicht«, wiederholte der Kosak, zerschnitt die Melone in zwei Hälften und schob die bloßen Füße wie unter einen Tisch ins Meer.

»Weiß der Teufel, was das hier für ein Volk ist, sage ich Ihnen«, erklärte Trifonow mit glücklichem Lächeln und drehte das Sprachrohr in der Hand. »Die Asiaten mit ihren kahlrasierten Schädeln verstehen nicht zu arbeiten, und die Unseren wollen nicht. He, Kosak! Ich bin Trifonow – hast du mich nicht erkannt?«

»Na, wer kennt dich nicht, Wassil Wassiljitsch«, antwortete der Kosak, wobei er mit dem Messer Stücke aus der Melone herausstach und in seinen behaarten Mund steckte.

Warwara saß auf der Bordwand und betrachtete interessiert den Kosaken, der Steuermann lächelte gutmütig und drehte das Rad; er hatte die Barkasse bereits mit dem Bug auf eine Sandbank aufgesetzt und achtete darauf, daß die Strömung sie nicht herunterrisse; im Maschinenraum fluchten zwei Stimmen, klopften Hämmer, zischte und fauchte der Dampf. Auf der von der Sonne und der Stille polierten See lagen wie gezeichnet Barken, huschten kleine Fahrzeuge wie Käfer herum und krochen Boote wie Fliegen über Glas.

Klim Samgin, der von der Hitze ermattet war und fühlte, wie diese gleißende Leere, in der alles klein und nichtig schien, ihm jeglichen Willen nahm, dachte träge daran, daß der unermüdliche, rundliche Trifonow etwas mit dem verschrobenen Ljutow gemein habe, obwohl sie äußerlich gar keine Ähnlichkeit hatten. Dieser Astrachaner schien sich an dem eigensinnigen Kosaken ebenso zu ergötzen, wie der Moskauer über den spitzbübischen Fänger des nicht existierenden Welses entzückt gewesen war.

»Warum gehst du denn nicht, du Hundeschnauze?« fragte er schon fast freundschaftlich.

»Ich habe keine Lust, dir gefällig zu sein, Wassil Wassiljitsch«, antwortete gleichmütig der Kosak, warf die ausgehöhlte Melonenhälfte ins Meer, rutschte zum Wasser hinunter, beugte sich vor, schöpfte mit den hohlen Händen Wasser und wischte sich damit wie mit einem Tischtuch sein bärtiges Gesicht ab.

Warwara hat gut bemerkt: Er sitzt am Meer wie am Tisch, dachte Samgin. Und natürlich mit solchen wie dieser, wie der Bauer, der auf ungewöhnliche Weise die Nüsse knackte, und wie der Schauermann im Sibirschen Hafen – gerade mit solchen rechnen die Revolutionäre. Und überhaupt mit Leuten, die das traurige »Knüppelchen-Lied« in neuem, herausforderndem Tempo singen.

Trifonow hatte sein kariertes Beinchen auf die Bordwand gestellt und stritt sich immer noch mit dem Kosaken herum.

»Ich werde feststellen, Mann, wer du bist!«

Der Kosak aß die zweite Hälfte der Melone zu Ende und antwortete gleichmütig: »Frag nach Iwan Kalmykow, der bin ich.«

»Er hat keine Angst«, erklärte Trifonow Warwara. »Die hier fürchten niemanden.«

Hinter der abschüssigen Landzunge glitt in schönem Bogen ein grellgrünes Dampfboot hervor.

»Da ist sie, die ›Kosakin‹«, rief Trifonow freudig und verkündete: »Zu meiner Fischerei zu fahren ist es nun schon zu spät!«

In der Nacht, als der Dampferschoner auf das Kaspische Meer hinausfuhr und die steilen Ufer der Kalmückensteppe im mondbeschienenen Nebel verschwanden, fühlte sich Samgin ungewöhnlich erregt. Die Umgebung war märchenhaft traurig, voll ungewöhnlichen Ernstes. An dem tiefblauen und fast sternlosen Himmel stand unbeweglich die allzu helle Scheibe des abnehmenden Mondes. Das silbergrüne Meer war ebenso leer, ruhig und lautlos wie der Himmel, und man konnte meinen, es sei schon vollkommen zur Ruhe gelangt, was ja all seine Stürme bezweckt hatten. Der Schoner fuhr auf schmalem, silbernem Pfad, aber es war, als stünde er still, denn der Pfad bewegte sich mit ihm zusammen und entführte ihn in unendlichen Nebel. Man hörte ein dumpfes, gleichmäßiges Geräusch, es rührte natürlich von der im Wasser wühlenden Schiffsschraube her, doch man konnte meinen, der Schoner werde von einem Ungetüm, das im Wasser versteckt war, verfolgt und eingeholt.

Samgin schämte sich zwar, es sich einzugestehen, fühlte aber, daß ein kindliches, längst vergessenes Bangen sich seiner bemächtigte und daß ihn naive, kindliche Fragen beunruhigten, die plötzlich ungemein wichtig geworden waren. Ihm kam es vor, als sei er in irgendeinen durchsichtigen Sack hineingeraten, aus dem er nie mehr werde herauskommen können, und als bewege sich der Schoner nicht fort, sondern hänge in der Leere und bebe nur.

Samgin nahm die Brille ab und setzte sie wieder auf, sah sich um und hätte gern einen Dampfer, ein Fischerfahrzeug, ein Boot oder auch nur einen Vogel, überhaupt irgend etwas vom Land erblickt. Aber rings um ihn war nur ein vollständig glatter, silbergrüner Kreis – der Boden des Luftsacks; an den Bordwänden des dunklen Schoners funkelte ein heller Streifen, und über dieser Riesenfläche war der Himmel nicht so hoch gewölbt wie über dem Festland und spärlich an Sternen. Samgin empfand die Notwendigkeit, zu sprechen, um die Leere, die sich rings um ihn und in ihm ausgebreitet hatte, mit Worten zu füllen.

Warwara saß am Schiffsrand und hielt sich mit den Händen an der Reling fest, sie hatte das Kinn auf die Arme gestützt, ihr Kopf bebte ein leichtes Beben, ihr bloßes Haar bewegte sich. Klim stand neben ihr und rief sich mit gedämpfter Stimme Gedichte über das Meer in Erinnerung, es war unpassend, laut zu sprechen, obwohl alle Passagiere schon längst schlafen gegangen waren. Er kannte nicht viele Gedichte, sie versiegten bald, und so mußte er in Prosa sprechen.

»Es stimmt nicht, daß die Natur keine Leere duldet, es gibt einen luftleeren Raum . . .«

Die Gedichte hatte Warwara wortlos angehört, jetzt aber bat sie, ohne sich zu rühren, leise: »Oh, Klim, bitte nichts . . . Kluges!«

Ihr vom Mond beleuchtetes Gesicht war unnatürlich blaß, doch die Augen glänzten phosphorig und unangenehm wie bei einer Katze. Samgin verstummte etwas gekränkt, schlug aber eine Minute später vor: »Ist es nicht Zeit, schlafen zu gehen?«

»Nein«, sagte sie und sah ihn flehend an. »Ich kann wirklich nicht von hier fort. Es ist so wahnsinnig schön.«

»Du wirst müde werden.«

»Setz dich neben mich.«

Er erfüllte ihren Wunsch, legte den Arm um ihre Hüfte und fragte flüsternd: »Woran denkst du?«

»Sie antwortete ebenfalls flüsternd: »Ich denke nicht.«

»Duselst du?«

»Ich dusle nicht.«

Sie wollte nicht sprechen. Sich am Bart zupfend, betrachtete Samgin ihr Profil, das sich im Mondlicht deutlich abhob, und in ihm entbrannten Gedanken, die sich gegen sie richteten.

Ich bin zu zart zu ihr geworden, schon hat sie keine Achtung mehr vor mir. Ich muß strenger sein. Muß sie so vollständig in meine Gewalt bekommen, daß ich sie stets und in jedem Augenblick mit meinen Wünschen in Gleichklang bringen kann. Ich muß alles, was sie denkt und fühlt, verstehen lernen, ohne sie zu fragen. Ein Mann muß eine Frau so in sich aufnehmen, daß all ihre geheimen Gedanken und Empfindungen sich ihm vollständig übertragen.

Dieser Gedanke gefiel Samgin sehr, und er wiederholte ihn auf jede Weise, als wollte er ihn sich fest einprägen. Nicht zum erstenmal betrachtete er Warwara schlafend, und stets empfand er dabei ein Gefühl der Ratlosigkeit und des Neides, das in jenen Augenblicken besonders stark war, wenn die von seinen Zärtlichkeiten bis zu Tränen und halber Ohnmacht erschöpfte Frau den Kopf an seine Schulter gelegt hatte und eingeschlafen war. Sie hatte einen merkwürdig leichten Kopf, das Haar war etwas spröde, aber angenehm kühl, wie Seide. An der Schläfe, neben dem Ohr, pochte eine kleine gemusterte Ader; tags blau, wurde sie im Halbdunkel der Nacht dunkler, und man konnte meinen, dieses Äderchen flüstere Warwaras Gehirn verworrene Traumgesichte ein, erzähle ihr von den Lebensgeheimnissen ihres Körpers. Im Schlaf war Warwara kindlich, hilflos, sie rollte sich zu einem kleinen Knäuel zusammen, zog die Beine an den Leib und legte die Hände unter den Kopf oder unter die Hüfte. Oft aber schien es, als lächelten ihre halbgeöffneten Lippen verschmitzt und als schaute sie nicht mit dem Blick einer Besiegten, sondern einer Siegerin durch die langen Wimpern. Zuweilen jedoch nahm ihr Gesicht einen so fremden Ausdruck an, daß Klim das Verlangen empfand, sie plötzlich zu wecken und streng zu fragen: »Was denkst du?«

Ihn beunruhigte die Frage: Warum konnte er nicht Warwaras Empfindungen erleben? Warum konnte er nicht die Freude der Frau auf sich übertragen, die Freude, mit der er sie doch erfüllt hatte? Stolz darauf, daß er solche Liebe erweckt hatte, fand Samgin, daß er in den Nächten weniger erhielt, als er verdiente. Einmal sagte er zu Warwara: »Die Liebe wäre vollkommener, reicher, wenn der Mann gleichzeitig sowohl für sich selbst als auch für die Frau empfände, wenn das, was er der Frau gibt, sich in ihm widerspiegelte.«

»Widerspiegelt es sich nicht?«

Aber er sah, daß seine Worte unverständlich waren und daß Warwara aus Höflichkeit gefragt hatte. Darauf dachte er, wenn Lidija fast schamlos schwatzhaft gewesen war und sich der Liebe gegenüber prüfend verhalten hatte, so war Warwara allzu zurückhaltend und vorsichtig, ja sogar etwas stumpf.

Ich aber hatte erwartet, sie werde zügellos sein und zum Übermaß, zu Perversitäten neigen. Ich bin natürlich angenehm enttäuscht, aber ...

Einen Tag später fragte er wieder: »Sag, möchtest du das fühlen, was ich fühle?«

»Oh, selbstverständlich«, antwortete sie sehr rasch und sicher, aber er glaubte ihr nicht und setzte ihr ausführlich auseinander, wovon er spräche, und das wunderte Warwara, sie richtete sich sogar eigentümlich auf und streckte sich.

»Aber ich fühle dich doch!« rief sie leise aus, und ihm kam es vor, als würde sie verlegen.

»Aber wie, was fühlst du?«

»Das weiß ich nicht zu sagen. Ich denke, das ist so ... als würde ich dich jedesmal gebären. Ich weiß wirklich nicht, wie das ist. Aber es gibt da Augenblicke ... keine physiologischen.«

Nun bereits sichtlich verlegen, errötete sie tief und bat: »Bitte sprich nicht hiervon, Liebster. Hier fürchte ich Worte.«

Klim liebkoste sie. Aber er war betrübt; nein, Warwara hatte ihn doch nicht verstanden.

Und wie albern sie das gesagt hat: als würde ich dich gebären!

Bald danach hätte Klim sich fast mit ihr verzankt. Sie waren in Petrowsk an Land gegangen und fuhren in einem Wagen aus Wladikawkas durch die Dajal-Schlucht nach Tiflis. Sie fuhren nach Gudaur hinauf, dem höchsten Punkt des Gebirgspasses, aber auch die Berge erhoben sich immer höher und höher. Es entstand der Eindruck eines düsteren Betrugs, als schritten die Pferde mühselig nicht aufwärts, sondern abwärts in einen unendlich tiefen Spalt zwischen den Bergen, der mit Nebel, bläulich wie Rauch, gefüllt war. Aus diesem Spalt, der immer enger und finsterer wurde, stieg zu dem von Berggipfeln eingeklemmten Himmel die Nacht auf. Der Himmel war ein launisch geschwungener Streifen bläulicher Luft; die Luft wurde immer dunkler und gedrängter, und in ihrer Gedrängtheit leuchteten unbekannte Sterne auf. Hinten auf der rechten Seite erhob sich der weiße Turban des Kasbeks, und von dort wehte Klim feuchte Kühle und verdichtete Lautlosigkeit in den Nacken. Die steinerne Stille wurde durch das Trappeln der Pferdehufe und das mürrische Gebrumm des Kutschers, eines Tataren, kaum gestört. Tief unten murmelte unheilverkündend der Terek, es war ein seltsames Geräusch, als ob die gewaltigen Felsen, zwischen denen die Schlucht eingezwängt war, sich aneinander rieben und knirschten.

Die majestätisch unförmigen Felsanhäufungen regten Samgin wegen ihrer Nutzlosigkeit, ihrer schamlosen Prahlerei und fruchtlosen Kraft auf.

»Man sollte das alles rütteln, daß es zu Staub zerfiele«, murmelte er, als er in die zähnefletschenden Rachen der Felsen, in die Risse des abschüssigen Berges blickte.

Gleich nach der Abfahrt von der Station Kobi war Warwara niedergeschlagen verstummt. Sie saß mit eingezogenem Kopf da, und ihr Gesicht war länger und spitzer als sonst. Sie sah gealtert aus, schien an etwas Schreckliches zu denken, und mit einer solchen Anspannung, mit der man sich auf etwas längst Vergessenes besinnt, dessen man sich jedoch sofort erinnern muß. Klim fing ihren Blick ein und sah in ihren verdunkelten Augen einen konzentrierten, zornigen Glanz, während es natürlicher gewesen wäre, Schreck oder Bestürzung zu sehen.

»Erinnerst du dich an Gontscharow?« fragte er. »Die ›Fregatte Pallas‹?«

»Ja.«

»Dort gibt es eine Stelle, wie Gontscharow an Deck kam, das aufgewühlte Meer ansah und es sinnlos und häßlich fand. Entsinnst du dich?«

»Ja«, sagte Warwara. »Übrigens – nein. Ich habe das Buch nicht gelesen. Wie kannst du hier an Gontscharow denken?«

»Er ist ein guter Schriftsteller.«

»Ich mag ihn nicht«, antwortete Warwara schroff. »Auch ist das Schreckliche niemals häßlich, das stimmt nicht!«

Klim freute sich, daß sie sprach, war aber über ihren Ton verwundert. Nach kurzem Schweigen fuhr er, nun schon, um sie zu reizen und von den ihm unverständlichen Gedanken abzubringen, fort: »Das ist wie ein Weg in die Hölle. Das hätte Dante sehen sollen. Merkst du, daß es, obwohl wir steigen, bergab zu gehen scheint?«

»Ja, ja«, entgegnete sie mit unverständlicher Hast. »Aber man möchte schweigen. Was könnte man hier sagen?« fragte sie sich umblickend und zuckte zusammen. »Die Dichter haben gesprochen ... aber auch sie konnten ja nichts sagen.«

»Eben«, stimmte ihr Klim bei. »Bei Lermontow wirkt das sogar lächerlich.

> Einstmals vor der Menge
> Der stammverwandten Berge ...

Wie findest du das, Taras?« fragte er den Kutscher.

Warwara senkte den Kopf und rückte etwas von ihm ab, er aber fuhr lächelnd fort: »Sonderbar wirkt die Natur auf dich. Ebenso hat sich wahrscheinlich der Urmensch ihr unterworfen. Was meinst du?«

»Ich weiß es wirklich nicht«, antwortete sie leise und schuldbewußt. »Ich denke ohne Worte.«

»Ohne Worte, ohne Formen kann man nicht denken.«

»Ich atme nur«, sagte Warwara. »Ich atme. Ich glaube, noch nie so tief geatmet zu haben. Du hast das sehr sonderbar gesagt: Obwohl wir steigen, geht es bergab. So ... böse!«

Die bereits schwarze Dunkelheit strömte eine tote Kühle aus, der jeglicher Geruch fehlte. Samgin bemerkte zornig: »Bei uns in Rußland riecht sogar der Schnee.«

»Leicht salzig«, fügte Warwara wie im Schlaf hinzu.

Sie kamen oben in Gudaur an, aßen dort Schaschlyk und tranken öligen lila Wein. Dann, in ihrem Zimmer, setzte sich Warwara halb ausgezogen, müde aufs Bett und sagte, während sie zum schwarzen Fenster hinaussah: »Ich hatte das alles gesehen. Ich entsinne mich nicht, wann, sicherlich als kleines Kind und im Traum. Ich ging aufwärts, und alles erhob sich aufwärts – aber schneller als ich, und ich hatte das Gefühl, als sänke, als fiele ich. Das war ein so bitteres Grauen, Klim, wirklich, Liebster . . . es war so entsetzlich. Und nun, heute . . .«

Sie schluchzte unerwartet und laut auf.

»Und du bist mir böse!«

Als Samgin sie trösten wollte, wischte sie mit schnellen Katzenbewegungen die Tränen vom Gesicht und flüsterte: »Ich verstehe: Du bist klug, es erregt dich, daß ich nicht zu erzählen verstehe. Aber ich kann es nicht! Es gibt keine solchen Worte! Mir kommt es jetzt vor, als hätte ich diesen Traum nicht nur einmal, sondern oft gehabt. Ich hatte ihn noch vor meiner Geburt«, sagte sie bereits lächelnd. »Sogar vor der Sintflut!«

Sie umarmte ihn und fragte: »Hast du noch nie das Gefühl gehabt, schon vor der Sintflut einmal gelebt zu haben?«

»Noch nicht«, sagte Samgin und liebkoste sie großmütig. »Aber du bist jetzt müde. Und du hast zuviel dekadente Gedichte gelesen.«

Sie versöhnten sich, und Samgin kam es vor, diese Episode hätte ihm Warwara näher gebracht; als sie am nächsten Tag am frühen Morgen ins Aragwa-Tal hinabfuhren, das in üppiges Grün getaucht war, fand es Klim sogar nötig, Warwara zu sagen: »Gestern war ich etwas launisch.«

Aber er spürte sofort, daß nicht gesprochen werden sollte, denn Warwara hatte sich aufgerichtet, hielt sich an seiner Schulter fest und sah staunend nach unten, auf den goldenen Fluß, auf die weichen, wie in dichtes, grünes Lammfell gehüllten Berge und auf eine Herde Schafe, die gleich grauen Kügelchen auf dem Berg herumrollten.

»Welche Schönheit«, raunte sie entzückt. »Welch liebliche Schönheit! Hätte man das nach dem gestrigen Tag erwarten können! Schau: Eine Frau mit Kind auf einem Esel, und ein Mann führt sie – das ist ja die Muttergottes und Joseph! Klim, Teuerster, das ist wunderbar!«

Er lächelte beim Anhören ihrer naiven Entzückungen und sah ängstlich durch die Brille nach unten. Der Weg hinunter war gewunden und steil, sie fuhren bremsend, und die Räder knirschten widerlich auf dem Schotter. Manchmal war das graue Band der Straße fast im rechten Winkel geknickt; der schwarzbärtige Kutscher zog die

Zügel straff, und der Wagen neigte sich nach der Seite des Abhangs, der mit den spitzen Zähnen irgendwelcher ungewöhnlicher Felsen gespickt war. Das machte Samgin nervös, und er bedauerte mehrmals, daß Warwara heute gesprächig war.

»Hier irgendwo hat Puschkin die Aragwa bewundert«, sagte sie. »Erinnerst du dich: ›Georgiens Hügel ruhn . . .‹«

»›Von dir, von dir allein!‹« murmelte er.

Warwara drückte fest seinen Arm.

»Unfaßlich, wieviel ein Dichter in drei einfache Worte legen kann!«

»Ja«, sagte Samgin.

Der Wagen war wohlbehalten zur Station Mlety hinabgerollt . . .

Das in einen Spalt zwischen den Bergen eingezwängte steinerne und graue Tiflis mit seinen zahllosen Balkonen, die wie von Kinderhand an die Häuser geklebt schienen und wie Vogelbauer aussahen; die trübe, rasende Kura; die Kirchen strenger Architektur – das alles gefiel Samgin nicht. Die schwarzhaarigen Menschen, die aus irgendeinem Grund auffällig und festlich gestimmt waren, betrachteten Warwara aus öligen Augen mit unverfrorener Neugier und sprachen russisch im Jargon armenischer Witze. Diese Menschen, die wie Küchenschaben in den glühenden Straßen herumliefen, versetzten Warwara in Entzücken, sie fand sie schön und gut, während Samgin sagte, daß er es vorzöge, an der Staatsgrenze nicht Georgier, Armenier und überhaupt irgendwelche Fremdlinge mit Räubergesichtern, sondern russische Bauern zu sehen. Er sagte das nur, weil er die unerschöpflichen Entzückensausbrüche Warwaras abkühlen wollte, sie ärgerten ihn, er sagte sogar ironisch: »Du scheinst an Trifonows Blindheit erkrankt zu sein!«

Er hatte nach und nach den sonderbaren Eindruck bekommen: In Rußland gibt es unzählig viele überflüssige Menschen, die nicht wissen, was sie tun sollen, oder vielleicht nichts tun wollen. Sie sitzen und liegen an den Dampferanlegestellen oder auf den Eisenbahnstationen, sitzen an den Ufern der Flüsse und am Meer wie am Tisch, und sie alle warten auf irgend etwas. Die Menschen aber, über deren mannigfaltige Arbeit er in der allrussischen Ausstellung entzückt gewesen, waren nicht zu sehen.

Samgin versuchte, diesen Eindruck Warwara zu vermitteln, aber sie war ganz taub für seine Reden und schien in der bebenden Freude eines jungen Vogels zu leben, dem langsam die Federn wachsen und der fühlt, daß auch er bald flügge sein wird.

Klim Samgin empfand erst dann eine stille Freude, als das Nomadenleben ein Ende hatte und sie nach Moskau zurückgekehrt waren.

Die Dissonanz zwischen seiner und Warwaras Stimmung trat in Moskau nicht so häufig und offen zutage wie während der Reise; sie widmeten sich beide ihrer Alltagsarbeit, die ihnen gleichermaßen angenehm war. Sie zogen aus dem Hinterhaus ins vordere, in die für sie neu hergerichtete gemütliche Wohnung im ersten Stock. Warwara stattete sie nicht sehr auffallend mit neuen Möbeln aus, Klim nahm alle alten, von Onkel Chrysanth angesammelten Stücke und richtete sich ein gediegenes Herrenzimmer ein. Durch Warawkas Fürsprache wurde er als Gehilfe bei einem wohlhabenden Anwalt, dem Rechtsberater einer der Versicherungsgesellschaften, gemeldet. Warawka übertrug ihm die Erledigung seiner zahllosen Angelegenheiten in Moskau.

Bald erschien Ljubascha Somowa; sie hatte die Erlaubnis bekommen, in Moskau zu bleiben, und bezog wieder das Zimmer im Seitenbau. Sie war etwas abgemagert und schien gewachsen zu sein, ihre blauen Augen sahen die Menschen noch wohlwollender an; Tatjana Gogina sagte zu Warwara: »Mir scheint, Ljubascha sieht wie jemand aus, der gut gegessen hat.«

Wie früher veranstaltete Ljubascha kleine Abendgesellschaften und Lotterien zugunsten der Verbannten, sie nähte ihnen Wäsche, strickte Socken und Schals; sie lebte davon, daß sie irgendwelche Romane ins Russische übersetzte, suchte die Gedichte der Dekadenten zu verstehen, sagte aber seufzend: »Schwierig! Artischocken, Dekadente und Austern entsprechen nicht meinem Geschmack.«

An den Abenden erzählte Warwara ihr und den Gogins von dem »balkonreichen« Tiflis, dem Grab Gribojedows, den griesgrämigen Büffeln, den spielzeugähnlichen Eselchen der Holzkohlenhändler, von ungewöhnlich schönen Menschen und lustigen Episoden. Samgin hörte aufmerksam zu und dachte: Sie erfindet. Das stimmt alles nicht.

Und er überzeugte sich nochmals davon, wie oft die Menschen etwas erfanden, wie sie sich selbst und andere betrogen und das Leben beschönigten. Wenn auch Ljubascha, die es fertiggebracht hatte, mehrere Provinzstädte zu besuchen, vom Zunehmen der revolutionären Stimmung unter der lernenden Jugend, dem Erfolg der marxistischen Propaganda und den Versuchen, Arbeiterzirkel zu organisieren, zu sprechen begann, wußte er bereits, daß das alles mindestens zu zwei Dritteln übertrieben war. Er war überzeugt, daß alle menschlichen Erfindungen in ihm schwebten wie Stäubchen in einem Sonnenstrahl.

Da er das Bedürfnis empfand, sich des Ballastes der vielen Eindrücke zu entledigen, begann er wieder seine Gedanken aufzuschreiben; als er aber mehrere Seiten vollgeschrieben hatte, sah er mit aufrichtigem Erstaunen, daß seine Hand und Feder von einem Mann mit sehr konservativen Anschauungen geführt worden waren. Diese Entdeckung verwirrte ihn so, daß er die Aufzeichnungen zerriß.

Die Anfimjewna hatte die Rolle der Hausmeisterin übernommen und den Seitenbau in so etwas wie ein Logierhaus mit möblierten Zimmern verwandelt; dort zogen außer Ljubascha zwei Studenten, eine bejahrte Dame, eine Korrektorin und ein Herr Mitrofanow ein, der ein Mann unbestimmten Berufs war. Die Anfimjewna sagte von ihm: »Er sucht eine Stellung und wartet auf seine Frau.«

In dem vom Dach plattgedrückten Fenster des Halbgeschosses, wo Onkel Mischa sich eingenistet hatte, brannte bis spät in die Nacht hinein nicht sehr hell eine Lampe mit weißer Glasglocke, aber ihr opalenes, starblindes Auge beunruhigte Samgin nicht.

Anfimjewnas Platz in der Küche nahm jetzt ein rotnasiger, dürrer, alter Koch ein, der sonderbar leicht war, als wäre er hohl. Er sprach mit unnatürlich dröhnender Stimme, und sein mit spärlichem Schnurrbärtchen geziertes Gesicht erinnerte an das Schnäuzchen eines Katers. Er erschien betrunken vor Warwara und Klim und sagte: »Seien Sie deshalb nicht beunruhigt, ich bin von jung auf betrunken und kann mich nicht entsinnen, wann ich mich in einem anderen Zustand befunden habe. In diesem aber bin ich in der Hälfte der besten Küchen Moskaus bekannt.«

Die Anfimjewna bestätigte: »Er ist ein ausgezeichneter Koch und ein guter Mensch, ich kenne ihn schon fast dreißig Jahre.«

Warwara fragte sie lächelnd: »Ist er der Held deines Romans?«

»Ich habe nicht nach Romanen, nicht nach Büchern gelebt, sondern nach meiner Dummheit«, brummte die Anfimjewna widerwillig und warnte: »Sprich du in seiner Gegenwart nur nicht von allem, Warja; er achtet die Zarenfamilie sehr und bekommt sogar aus Petersburg eine Zeitung zugeschickt. Er ist ein Sonderling.«

Die Zeitung erwies sich als »Regierungsbote«, und der Sonderling als ein sehr stiller Mann mit starkem Gefühl eigener Würde und als Liebhaber der hohen Politik. Samgin dachte nochmals, daß es natürlich besser wäre, ohne Sonderlinge, ohne rauhe und buntscheckige Menschen zu leben, die nach der Begegnung irgendwelche bunte Flecke, ein albernes Lächeln und anekdotische Redensarten in der Erinnerung hinterließen. Die Anfimjewna beispielsweise existiert, ist kräftig wie ein Pferd, lebt wie von nichts und läßt einen in jeder Weise ungeschoren. Sie schien in dem Alter zwischen dem sechsten und siebenten Jahrzehnt stehengeblieben zu sein, wurde nicht älter und kam nicht von Kräften. Von ihr sagte Samgin zu Warwara: »Ich habe Hochachtung vor Menschen, die sich uneigennützig in ein fremdes Leben einzuleben verstehen. Das sind wahre Helden.«

Er wurde rasch zu einem jener sehr auffälligen und sogar geachteten Menschen, die an der Kante und vielleicht im Mittelpunkt der verschiedenen gesellschaftlichen Strömungen stehen, sich aber keiner von ihnen anschließen, alle Gruppen und Zirkel kennen, mit allen sympathisieren und sogar gelegentlich zu offenen und geheimen, aber nicht allzu riskanten Diensten bereit sind; diese Dienste schätzen sie stets sehr hoch ein. Seine schlanke Gestalt und sein schmächtiges Gesicht mit dem dunklen Bärtchen, seine nicht kräftige, aber eindringliche Stimme, mit der er stets Worte zu sagen wußte, die überflüssigen Eifer dämpften – er insgesamt erschien als ein Mensch, der manches wußte, vielleicht alles wußte. Er sprach nicht viel, zurückhaltend und so, daß die Zuhörer fühlten: Er sagt zwar keine höchst weisen Worte, aber das deshalb, weil seine anderen Worte nicht für alle, sondern für Auserwählte bestimmt sind. Hinter den Gläsern seiner Brille glänzten kalt bläulich-graue Augen, er sah dem Gesprächspartner gerade ins Gesicht und wußte seinem Blick etwas Rätselhaftes zu verleihen. Alle waren so redselig, daß ein schweigsamer Mann sehr auffiel. Samgins umfassendes Gedächtnis sicherte ihm den Ruf einer gutunterrichteten Persönlichkeit. Er war der Ansicht, dieser Ruf komme ihm nicht teuer zu stehen, sein Verhalten zu den Menschen wurde für sie immer weniger schmeichelhaft, während Samgin die Rolle eines Gönners der Erfindungen und Verirrungen der Menschen sehr gefiel. Jedesmal, wenn er besonders erfolgreich aufgetreten war, kam er sich sogar ein wenig teuflisch vor.

Manchmal aber schien es ihm, als leite oder lenke er etwas im Leben der Riesenstadt, denn jeder Mensch habe ja das Recht, sich für eine jener Persönlichkeiten zu halten, deren Existenz den Epochen ihre Farbe gibt. In den Versammlungen bei Preiß, die immer stärker besucht und immer aufgeregter wurden, sagte er gesetzt: »Die Studentenbewegung ist durch und durch emotional, hier ›kocht das Blut und herrscht ein Überschuß an Kräften‹. Man darf aber nicht außer acht lassen, daß sich dahinter eine ernste Gefahr verbirgt: Die Romantik der Volkstümler entspricht, wie es nicht besser sein könnte, der Stimmung der Studentenschaft. Und da die Volkstümler wieder vom Terror träumen...«, deutete er vorsichtig an.

Bei Preiß wurde alles vorsichtig gesagt, und fast alle bekräftigten ihre Ansichten durch Berufung auf Eduard Bernstein. Samgin sah, daß hier Leute zusammenkamen, die ihm wesensverwandt zu sein schienen, und das machte sie besonders unangenehm. Stratonow und Tagilskij besuchten Preiß nicht. Berendejew war selten zugegen und benahm sich wie ein Betrunkener, der nicht begreift, wie er in die Gesellschaft unbekannter Leute geraten ist und wovon diese Leute sprechen. Er lächelte zerstreut, sprang auf und lief von Platz zu Platz, als verfolge er das sonderbare Ziel, der Reihe nach auf allen Stühlen zu sitzen. Ab und zu griff er sich erregt an den Kopf und murmelte: »Nein, das ist nicht so! Nicht darin liegt das Wesentliche.«

Samgin wußte, daß Berendejew einen religiösen Zirkel organisiert hatte und daß in diesem Zirkel Diomidow eine nicht geringe Rolle spielte.

Interessant unter den neuen Leuten um Preiß war Smijew, ein hochgewachsener, hagerer Mann in ungewöhnlich geschnittenem Rock, mit dem aufgedunsenen Gesicht einer Dorfpfarrersfrau und der warmen Stimme einer Amme, die ein Märchen erzählt. Er hob sehr gern die »erfreulichen Erscheinungen« des russischen Lebens hervor, lutschte fast ununterbrochen Pfefferminzpastillen und suchte jedermann zu überzeugen, daß »Rußland erwache«. Drei Schritt von ihm entfernt roch Samgin schon den kühlen Mentholgeruch. Smijew suchte zu beweisen, daß der Sozialismus nur auf dem Weg langsamen Eindringens in die bestehende Ordnung siegen werde, er erinnerte oft an seine persönliche Bekanntschaft mit Millerand und war entzückt über den Mut, mit dem dieser darauf hingewiesen hatte, daß der Sozialismus keine revolutionäre, sondern eine reformatorische Lehre sei.

»Sie sind ein Optimist«, erwiderte ihm der große, dicklippige Tarassow, wobei er mit dem Finger drohte und Smijew mit reglosem, trübem Blick seiner dunklen Augen musterte. »Was heißt das: Rußland erwacht? Nun, wir geben zu, daß sich bei uns noch ein Doppeladler in Gestalt der zwei sozialistischen, sagen wir mal, Parteien eingenistet hat. Aber das ist nicht auf der Erde, sondern über der Erde.«

Er geriet in Erregung, fauchte öfter und stärker und begann jaroslawisch singend, aber zugleich mit starker Betonung des O zu sprechen: »Nun, sie haben sich gespalten: in eine Bauernpartei, sagen wir mal, und in eine Arbeiterpartei, gut. Doch welche von ihnen wird den Schutz der Interessen der Nation, der Kultur und der Staatsinteressen übernehmen? Bei uns hat die Intelligenz die Sache des großrussischen Reichs nicht begriffen, und man merkt bei ihr auch nicht den Wunsch, es zu begreifen. Nein, wir brauchen eine dritte Partei, die dem Land sozusagen Einköpfigkeit verleihen könnte. Andernfalls, wissen Sie, haben wir lauter Adler, aber keinen Hausvogel.«

»Sehen Sie!« schrie Berendejew und sprang auf. »Wir brauchen eine Partei demokratischer Reformen. Freiheit des Wortes und der Konfessionen.«

Preiß nickte stumm, während Smijew die Hände an die Brust drückte und sagte: »Ich leugne jedoch nicht die Beteiligung der Sozialisten an der oppositionellen Bewegung!«

Samgin gefiel es, diese Leute zu reizen und zu erschrecken. Er sagte ihnen in kurzen Sätzen alles, was er über die Arbeiterbewegung wußte, wobei er ihren Anarchismus betonte, und erzählte von den Schauerleuten, den Kosaken und noch von irgendwelchen von ihm erfundenen Leuten, bei denen sich bereits das Erwachen von Klassenhaß bemerkbar mache. Diesem Haß verlieh er unwilkürlich einen tierischen Anstrich, den er aber bereits nicht erfand, sondern aus sich selbst entnahm. Solche unermüdlichen Schwätzer wie Smijew und Tarassow traf Samgin nicht selten, sie waren ihm verständlich und uninteressant, während Preißens restliche Gäste sich zurückhaltend benahmen wie minderbemittelte Leute in einem Geschäft mit teuren Sachen. Sie beobachteten, hörten zu und fragten, äußerten sich aber selten, vorsichtig und unbestimmt. Unter ihnen fiel durch seine Schweigsamkeit besonders der hochgewachsene, dürre Redosubow auf, ein Mann mit langem, im grauen Bart verstecktem Gesicht; der Bart begann irgendwo hinter den Ohren, sproßte unter den Augen und am Hals hervor und wirkte dennoch unecht, ebenso wie das strähnige Haar, das dem Schädel glatt anlag und den Eindruck einer Perücke erweckte.

Samgin wußte, daß er der Verfasser einer sehr humanen Erzählung »für das Volk« war und daß die Kritiker diese Erzählung einmütig lobten. Redosubow saß stets da wie Zebaoth auf dem Thron, sah alle Anwesenden mürrisch unter seinen dichten Brauen hervor an und räusperte sich zuweilen ironisch, als wollte er darauf aufmerksam machen, daß er gleich sprechen werde. Wenn er sich aber geräuspert hatte, schwieg er weiter. In ihm gab es etwas, was Samgin entfernt bekannt vorkam, er suchte sich lange und angespannt zu erinnern: Hatte er diesen Menschen nicht irgendwann schon gesehen? Und plötzlich rief eine Geste Redosubows die Wohnung des Schriftstellers Katin und den bäuerlich gekleideten Propheten des Tolstojanertums, sein kaltes Gesicht und die tadelnden Augen in sein Gedächtnis zurück. Samgin wollte nicht glauben, daß man in zehn Jahren so altern könne, und da er sich kontrollieren wollte, fragte er: »Verzeihung, sind Sie mit Katin bekannt?«

Redosubow wandte langsam den Kopf und bewegte die Brauen.

»Ich war es. Weshalb?«

»Ich glaube, Sie bei ihm getroffen zu haben.«

»Wohl kaum.«
»Vor zehn oder zwölf Jahren.«
»Nun . . . mag sein.«
Redosubow wandte sich unhöflich ab, sagte aber nach kurzem Schweigen: »Damals wußte ich noch nicht, daß Katin ein hohler Mensch ist. Und daß er nicht das Volk liebt, sondern nur über das Volk zu schreiben liebt. Überhaupt – unsere Schriftsteller sind . . .«
Redosubow machte eine wegwerfende Handbewegung, rieb sich kräftig das Knie und murmelte: »Nietzscheaner. Dekadente. Wortwüstlinge.«
Zu Pojarkow, welcher Studentenzirkel leitete, die Marx studierten, welcher stets ein grimmig verfinstertes Gesicht machte und die Kiefer bewegte, als kaute er etwas Hartes, sagte Samgin, die Studentenschaft sei bürgerlich und könne nicht anders sein.
»Ich weiß«, antwortete Pojarkow mürrisch, »aber wir brauchen Leute, die fähig sind, Arbeiterzirkel zu leiten.«
Pojarkow arbeitete in irgendeinem Privatarchiv, und aus seiner ärmlichen Kleidung und seinem unterernährten Gesicht konnte man schließen, daß die Arbeit schlecht bezahlt wurde. Er besuchte oft und kurz Ljubascha, sprach mit ihr im Kommandoton, schickte sie stets irgendwohin, Ljubascha führte gehorsam seine Aufträge aus und nannte ihn hinter seinem Rücken: »Der Wichtigtuer.«
Samgin gegenüber verhielt sich Pojarkow achtlos und etwas grob, und als Ljubascha mitteilte, daß Pojarkow in Kolomna verhaftet worden sei, stimmte das Samgin nicht traurig.
Den Führern der Studentenbewegung prägte er ein: »Ich glaube nicht, daß Sie etwas erreichen werden, es ist ganz klar, daß eine Unmenge wertvoller Kräfte vergeudet wird, ohne dem Land irgendwelchen Nutzen zu bringen. Aber Rußland braucht vor allem Zehntausende wissenschaftlich qualifizierter Intellektueller . . .«
Doch obwohl er so sprach, half er zusammen mit Ljubascha studentische Aufrufe und allerhand Flugblätter drucken und verbreiten.
An den Abenden fragte er Ljubascha nach Neuigkeiten aus, besuchte sie zuweilen kurz und traf dort nicht selten die schweigsame Nikonowa, aber noch häufiger Onkel Mischa, der den Familiennamen Suslow trug. Dieser kleine Mann interessierte und beunruhigte ihn durch die stille, aber unbeugsame Hartnäckigkeit seiner Ansichten und durch die beamtenhafte Genauigkeit seines Lebens, eine Genauigkeit, die etwas Melancholisches an sich hatte. Suslow erzählte ausführlich, nicht mit lautstarker, aber vorwurfsvoller Heftigkeit von den Leiden der revolutionären Intelligenz in den Ge-

fängnissen, der Verbannung und im Zuchthaus, das alles kannte er sehr gut; er sprach von der Notwendigkeit des Kampfes und der Selbstaufopferung, wobei er stets den Kopf zur rechten Schulter neigte, als stehe hinter seiner Schulter irgendein Unsichtbarer und sage ihm langsam strenge Worte ein. Doch aus seinen Erzählungen gewann Samgin den Eindruck, Onkel Mischa schlage vor, das Volk der Intelligenz, die im Kampf um die Freiheit des Volkes ermüdet sei, zu Hilfe zu rufen. Klim hätte sehr gern verstanden: Was tut dieser Mann? Ljubascha antwortete auf diese an sie gerichtete Fragen trocken: »Er tut das, was man tun muß. Aber danach fragt man nicht«, fügte sie hinzu.

Beim Ausführen der Aufträge seines Patrons fuhr Samgin oft im Moskauer Gebiet umher und überzeugte sich dabei, daß einige zehn Werst von dem riesigen, stürmisch brodelnden Kessel Moskau entfernt, in den kleinen Kreisstädten, ein anderes, natürlicheres Leben gemächlich dahinfloß. Er kam mit Kaufleuten, Kleinbürgern und Geistlichen in Berührung und fand, daß diese Leute gar nicht so schrecklich gierig und dumm waren, wie man von ihnen schrieb und sprach, und daß ihr angeblich feindseliges Verhalten allen Neuerungen gegenüber im Grunde das gesunde Mißtrauen vorsichtiger Menschen war. Sie hatten ihre eigene, von alters her eingespielte Lebensordnung; ihre Vorurteile waren alte Wahrheiten, deren Zählebigkeit durch die Lebensbedingungen und die unmittelbare Nähe zum dunklen Dorf gerechtfertigt war. Diese Leute aßen gern gut, tranken gern viel, unter ihnen gab es nicht eine solche Menge mit zerrütteten Nerven wie in den Hauptstädten, ihnen war das verworrene, erklügelte Spiel mit der Liebe gänzlich fremd und komisch. Bücher lasen sie nicht, und ihr Verstand war nicht durch Streitigkeiten darüber verdorben, wer recht habe: Nietzsche oder Tolstoi, Marx oder Bernstein. Die Beamten, die sie regierten, waren aus schlechter Gewohnheit barsch, aber im Grunde ebenso gutherzige Menschen wie die Bürger selbst. Man konnte sich nicht vorstellen, daß Millionen solcher Menschen denen folgen würden, die von einem allgemeinen Glück träumten und alles schon Bestehende einem wohl kaum Möglichen zuliebe zerstören wollten.

Samgin unterhielt sich mit Kutschern und Bauern, wenn er auf den Flurstufen der Poststationen saß und auf das Einspannen der Pferde wartete. Die Bauern beklagten sich natürlich über den Landmangel, die Steuerlast und die Fabriken, die »das Volk verdürben«, sie beklagten sich fast mit den gleichen Worten wie in den Erzählungen der bauernfreundlichen Schriftsteller. Samgin war gewohnt, den Schriftstellern nicht zu glauben, und glaubte auch den Bauern nicht.

Er sah, daß auch sie sich aus Gewohnheit und deshalb beklagten, weil sie Geld für Wodka bekommen wollten. Aber er gab ihnen nichts für Wodka und lachte, wenn sie darum baten, wobei er sich Waska Kalushanins erinnerte, der sich von Christus einen ewig geltenden Rubel erbeten hatte. Das Dorf gefiel ihm überhaupt nicht. Ihm mißfielen die schlauen Bauern, die hager, von der Sonne ausgedörrt, von den Winterfrösten ausgefroren und dennoch schlampig waren. Nicht selten fühlte Samgin, daß sie ihn als etwas Unverständliches und Überflüssiges betrachteten.

Ihm war die stumpfe Neugier der Bäuerinnen und Landmädchen unangenehm, er sah in ihren Augen etwas Schafartiges, Animalisches oder die Konzentration eines Irren, der sich an Vergessenes erinnern will und es nicht kann. Die schwerhörigen alten Männer mit tränenden Augen, die vom Alter stumpf gewordenen, zahnlosen, bösen alten Weiber, die allzu unabhängigen, sogar dreisten Halbwüchsigen – all das erweckte keine Sympathie für das Dorf, und vieles schien die Folge von Sorglosigkeit oder Trägheit zu sein.

Im allgemeinen gefiel es Samgin, auf launisch gewundenen Straßen, an den Ufern träger Flüsse oder durch schmale Waldstreifen zu fahren. Die trübblaue Ferne, die bläuliche Finsternis der Wälder, das Spielen des Windes in den Kornähren, das Singen der Lerchen, die berauschenden Düfte – das alles drang in die Seele ein und stimmte sie friedlich. Auf Hügeln standen malerisch inmitten der Felder herrschaftliche Gutshäuser, die Kreuze der Dorfkirchen leuchteten strahlend über der Erde, und Samgin dachte: Das ist das wahre Rußland, das schöne, wohnliche Land einfacher Menschen.

Die Landschaft wurde von den roten Massivbauten der Fabriken und ihren Schloten verunstaltet. An den Abenden und Feiertagen begegnete man auf den Straßen Gruppen von Arbeitern; wochentags waren sie schmierig, zerzaust und böse, feiertags waren sie herausgeputzt, fast immer betrunken oder angeheitert, sie gingen mit Ziehharmonikas, mit Liedern, wie Rekruten, und dann bekamen die Fabriken Ähnlichkeit mit Kasernen. Ein Häufchen solcher lustiger Burschen stellte sich einmal quer über die Straße und rief dem Kutscher zu: »Mach Platz!«

Der Kutscher bog gehorsam von der Straße ab und gab sie ihnen frei, während ein bärtiger Mann ohne Mütze, mit schmalem Riemen um den Kopf und Tamburin in der Hand mit der Faust gegen das Tamburin schlug und Samgin zurief: »Ach, du Beamter du, an allem Leid bist schuld nur du!«

Dennoch war es nicht zu glauben, daß auch solche Leute sich den Revolutionären anschließen könnten. Manchmal liefen die Pferde vom Morgen bis zum Abend und kamen nicht über die unebene Handfläche des Moskauer Landes hinaus. Die Erde schien gütig zu sein und den Menschen mütterlich sanft zu hätscheln. Das stille Schweigen der Felder widersprach eindringlich allem, was Samgin gelesen oder gehört hatte, und löschte den Gedanken von der Möglichkeit irgendwelcher sozialer Katastrophen aus. Von den Fahrten kehrte Samgin ausgeglichen zurück. Bei der Abfahrt jedoch nahm er von Ljubascha Bücher, Broschüren und mündliche Aufträge für Dorfschullehrer und Semstwostatistiker entgegen, die einsam auf den Dörfern inmitten ungebildeter Bauern und in kleinen Städten unter standhaften Menschen verloren waren; er nahm sie mit, überzeugt davon, daß man dieses modrige Leben durch Papiere nicht in Brand stecken kann.

Eines Abends, als Samgins gerade Tee tranken, erschien Herr Mitrofanow mit der Bitte, ihm die Zimmermiete zu stunden.

»Nadeshda Anfimjewna berücksichtigt keine meiner Rechtfertigungen, und so erdreiste ich mich, sie zu umgehen und mich unmittelbar an Sie zu wenden«, sagte er.

Nachdem man seine Bitte erfüllt hatte, bot ihm Warwara Tee an, er setzte sich dankbar und würdig an den Tisch, erhob sich aber kurz darauf, ging im Zimmer umher und betrachtete, die Hände in den Hosentaschen, die Stiche.

»Wer ist das?« fragte er, mit dem Kinn auf ein Shakespeareporträt deutend, und sagte dann in einem Ton, als wäre Shakespeare sein persönlicher Freund: »Ähnlich.«

Er sah ein Bildnis Schtschedrins durch die Faust an und seufzte: »Ein imposantes Gesicht.«

Dann setzte er sich wieder an den Tisch und äußerte mit neuem Seufzer: »Ja – auch wir sind einstmals Traber gewesen.«

Dadurch belustigte er seine Wirtsleute sehr, und Warwara begann ihn nach seinem literarischen Geschmack auszufragen.

Mit gleichmäßiger, farbloser Stimme teilte Mitrofanow mit, was er besonders gern habe: »Gaunerromane, wie zum Beispiel: ›Rocambole‹, ›Fiaker Nr. 43‹, oder ›Der Graf von Monte Christo‹. Unter den russischen Schriftstellern entzückt mich sehr Graf Salias, besonders unterhaltsam ist sein Roman ›Graf Tjatin-Baltijskij‹ – ein historisches Thema, wie Sie wissen. Obwohl ich der Geschichte gegenüber gleichgültig bin.«

»Weshalb?« fragte Warwara belustigt.

»Ja, wissen Sie, ich lebe ja nicht gestern, sondern heute, und es ist mir bestimmt, morgen zu leben. Ich habe schon ohne Hilfe der Bücher von der Wissenschaft des Lebens einen kahlen Schädel . . .«

Er war vierzig Jahre alt, auf seinem Schädel glänzte eine solide Glatze, auch seine Schläfen waren nur spärlich behaart. Er hatte ein breites Gesicht mit unklaren Augen, und das war alles, was sich über sein Gesicht sagen ließ. Samgin erinnerte sich des Diakons, wie er ausgesehen hatte, bevor er sich den Bart hatte stutzen lassen. Auch Mitrofanow hatte die schon zur Gewohnheit gewordene Maske von Hunderten, und seine ruhige, intonationsarme Stimme klang wie das ferne Geräusch vieler Stimmen.

»Die gepriesenen Schriftsteller wie beispielsweise Tolstoi sind für mich prosaisch, phantasielos«, sagte er. »Was ist daran, wenn irgendein Iwan Iljitsch erkrankt und stirbt oder wenn Frau Posnyschewa ihrem Mann untreu wird? Alltägliche Vorfälle lehren uns nichts.«

Warwara blinzelte ihren Mann lustig mit den Augen von der Seite an, während er dem Gast immer aufmerksamer zuhörte.

»Wenn etwas aus Notwendigkeit getan wird, kann man daran keine Freude finden. Was ist an einem Schuster Interessantes, solange er Stiefel macht? Wenn er aber jemanden ermordet und sich versteckt ...«

Mitrofanow erhob sich vom Stuhl und sagte: »Verzeihung, ich bin zu sehr ins Reden gekommen. Ich danke Ihnen sehr für die Stundung.«

»Besuchen Sie uns doch ab und zu«, lud ihn Samgin ein.

Mitrofanow bedankte sich nochmals und ging.

»Wie dumm er ist!« rief Warwara lachend aus. Samgin schwieg.

Ein paar Tage später, auch abends, kam Mitrofanow von neuem und erklärte im Ton eines alten Bekannten: »Ich sah bei Ihnen bescheidenes Licht und fragte das Dienstmädchen, ob sonst kein Besuch da sei. Nein. Na, und da war ich so frei.«

An diesem Abend erfuhren Samgins, daß Iwan Petrowitsch Mitrofanow als Sohn eines Kaufmanns in der Stadt Schuja geboren war, sieben Jahre im Gymnasium gesessen und fünf Klassen beendet hatte, in der sechsten aber nicht mehr hatte lernen wollen.

»Hinzu kam, daß damals gerade mein Vater starb; meine Mutter war kränklich und verheiratete mich als Zwanzigjährigen, weil sie fürchtete, ich könnte sonst auf Abwege geraten; vier Jahre darauf verwitwete ich, dann heiratete ich wieder und verwitwete sieben Jahre später nochmals.«

Er schüttelte den Kopf, als wollte er versuchen, seinen kurzen Nacken zu beugen, aber der Nacken beugte sich nicht. Darauf senkte er die Augen und fügte mit einem Seufzer hinzu: »Mit der zweiten Frau lebte ich in Orjol, sie war eine Einheimische. Dort gibt es sehr viel Schwindsüchtige. Und Brennesseln, alle Zäune sind von Brennesseln umwuchert. Jetzt habe ich die dritte; wir sind natürlich nicht getraut. Sie ist nach Tomsk gereist, dort hat sie . . .«

Er kniff die Augen zu und sah in einen dunklen Winkel des Zimmers, als suchte er sich zu erinnern, wen seine Frau dort in Tomsk habe. Er entsann sich: ». . . einen Bruder.«

Er war mittleren Wuchses und nicht dick, hatte aber starke Knochen und war ganz in dickes Zeug gekleidet. Seine Hände waren schwer, ungeschickt, sie versteckten sich in den Taschen oder unter dem Tisch, als schämten sie sich ihrer Breite und Behaartheit. Es stellte sich heraus, daß er ganz Rußland bereist hatte, von Astrachan bis Archangelsk und von Irkutsk bis Odessa, und daß er im Kaukasus und in Finnland gewesen war.

»Reisen Sie gern?« fragte Samgin.

»Nein, ich . . . suchte eine Stellung.«

»Aber Sie sind doch wohlhabend?«

Mitrofanow wunderte sich: »Was für ein Wohlhabender bin ich denn, wenn ich die Miete nicht rechtzeitig zahlen kann? Ich habe zwar Geld gehabt, aber mit der zweiten Frau habe ich alles aufgebraucht; wir lebten zusammen in Freuden, und in Freuden tut einem nichts leid.«

Samgin erkundigte sich, was für eine Stellung er suche.

»Meinen Fähigkeiten entsprechend«, antwortete Mitrofanow und erklärte nicht besonders sicher: »Irgend etwas beobachten.«

Nach kurzem Nachdenken fügte er lächelnd hinzu: »Schon als kleiner Junge beneidete ich den Feuerwehrmann auf dem Wachtturm: da steht ein Mensch hoch oben und sieht alles.«

Samgin war klar, daß dieser Mann zwar auch etwas von einem Sonderling an sich hatte, aber das erregte nicht. Weshalb?

Warwara fand bereits, Mitrofanow sei nicht so amüsant, wie er bei seinem ersten Besuch schien. Klim sagte zu ihr: »Er hat die üble Neigung aller Halbgebildeten zu philosophieren, aber bei ihm ist das durch einen gesunden Menschenverstand begrenzt.«

Und dann wurde Iwan Petrowitsch Mitrofanow auf einmal ein guter Bekannter von Samgins. Eines Morgens sah Samgin, als er zum Kreml unterwegs war, daß das Ende der Nikitskaja-Straße durch eine dichte Menschenmenge versperrt war.

»Die Studenten werden in die Manege getrieben«, erklärte ihm ein ruhiger Mann mit einem Stock in der Hand und einer Bulldogge an der Kette. Er hielt mit Klim Schritt und fügte hinzu: »Eine ganz alltägliche Geschichte.«

Samgin erinnerte sich eines Briefes, den Ljubascha vor kurzem von Kutusow aus der Verbannung bekommen hatte.

»Sie grämen sich vergebens, mein Täubchen«, schrieb Kutusow, »Sie beunruhigen sich in falscher Richtung.«

Weiter wies er nach, daß Tolstoi natürlich recht habe: Die Studentenbewegung sei ein Spalt, durch den nichts Großes hindurchkommen könne, so eifrig die Liberalen sich auch bemühen würden, es durchzuzwängen. »Der Radau der Jugend und das stille Murren der Väter und die beschwichtigende Tätigkeit Subatows und vieles andere, das alles sind nur unbedeutende Bächlein, aber man muß im Auge behalten, daß aus kleinen Flüßchen, die aus Sümpfen entspringen, die Wolga, der Dnjepr und andere recht mächtige Flüsse entstanden sind. So ist auch das, was in den Universitäten vorgeht, nicht ganz ohne Nutzen für die Fabriken.«

Während Samgin an diesen Brief dachte, hatte er sich einer Wand aus breiten Polizistenrücken genähert: Dicht, Schulter an Schulter, aufgestellt, bildeten sie in der Tat eine unüberwindliche Wand; ihre Köpfe, die fest auf den roten Nacken saßen, waren die Zinnen dieser Mauer. Auf dem Platz brüllte eine Gruppe Studenten verwegen und disharmonisch die »Nagajetschka« – ein Lied, das Samgin für banal und für die Studentenschaft erniedrigend hielt. Aber dieses Lied war nur am Rhythmus zu erkennen, die Worte waren neben dem Schreien und Pfeifen nicht zu hören. Die Polizisten stießen und trieben von der Mochowaja-Straße immer mehr und mehr Leute in grünlichen Mänteln zu der singenden Gruppe hin, die sich schnell vergrößerte. Samgin sah erregte Gesichter mit offenen Mündern, aber die Erregung kam ihm nicht zornig, sondern lustig und mutwillig vor. Es fiel Schnee, der trocken war wie Fischschuppen.

In seinen Studentenjahren hatte er weise und erfolgreich die Beteiligung an Straßendemonstrationen vermieden, aber etwa zweimal von weitem gesehen, wie die Polizei Demonstranten auseinandertrieb oder verhaftete, und er hatte den Eindruck davongetragen, daß dies grob, widerlich geschah. Jetzt schien es ihm, die Polizisten handelten nicht grob und nicht hämisch, sondern mechanisch, wie man eine fruchtlose und langweilige Sache erledigt. Es hatte etwas sehr Törichtes, wie die berittenen und unberittenen schwarzen Soldaten die grünen Einzelmenschen zu einem großen, dichten Körper zusammentrieben und zusammendrängten, der jetzt bereits hysterisch und bedrohlich brüllte, wie sie diesen riesengroßen, dunkelgrünen Ball zusammenpreßten und langsam in den weitgeöffneten Rachen der Manege hineinrollten. Die Zuschauer, in deren Menge Samgin stand und die vorhin geschwiegen hatten, begannen jetzt auch zu murren.

»›Man fällt den Wald, den jungen, grünen, schlank gewachsenen Wald‹«, zitierte irgend jemand mit düsterer Stimme hinter Samgin – er konnte diese Verse der Galina nicht ausstehen, denn er fand sie unecht und banal. Er sah, daß die Erregung der Studenten immer mehr stieg und daß aus dem spöttischen Verhalten der Zuschauer zur Polizei Zorn wurde.

Nicht weit von ihm stand, die Hände in den Taschen, ein Mann von hohem Wuchs, rasiert, der Kleidung und dem verrußten Gesicht nach zu urteilen ein Metallarbeiter. Er blickte zwischen den Köpfen von zwei Polizisten hindurch und knetete mit den Lippen eine erloschene Zigarette. Je gröber und wütender die Polizei die Studenten trieb, desto länger schien die Nase und desto spitzer das ganze Gesicht dieses Mannes zu werden. Samgin blickte ihn ein paarmal an und erinnerte sich eines Abschnitts aus einem Artikel Lenins in der »Iskra«: »Der Student kam dem Arbeiter zu Hilfe, der Arbeiter muß dem Studenten zu Hilfe kommen. Und der Arbeiter, der gleichgültig zusehen kann, wie die Regierung Polizei und Truppen gegen die studierende Jugend aussendet, ist nicht würdig, sich Sozialist zu nennen.«

Na und, dachte Samgin. Jetzt sieht er nicht gleichgültig, sondern neugierig zu.

Man stieß ihn in die Seiten, in den Rücken, und irgendwessen scharfe Stimme rief über seine Schulter hinweg:

»Herrschaften – protestiert! Ihr seht, man schlägt sie schon! Das sind doch unsere Kinder ... die Hoffnung des Landes, meine Herrschaften!«

Samgin sah, wie die Wand der Polizisten unter dem Druck der Zuschauer ins Wanken geriet, er wollte sich bereits aus der Menge herausarbeiten, zurückgehen, aber in diesem Augenblick wurde er vorwärts gezogen und befand sich plötzlich auf dem Platz, Auge in Auge einem Polizeioffizier gegenüber, der Offizier war dick, von Riemen zusammengehalten wie ein Koffer, und im Gesicht ähnelte er sehr dem Redakteur der Zeitung »Unser Land«.

»Dorthin bitte«, sagte er zu Samgin und wies mit der behandschuhten Rechten auf die Manege.

»Ich muß zum Obergerichtshof, in dringender Angelegenheit«, erklärte Klim, aber der Offizier winkte mit dem Arm und wiederholte: »Dorthin, bitte, sagte ich Ihnen.«

Im nächsten Augenblick befand sich Klim in der Studentenmenge, die durch die Polizei von der Universität zur Manege getrieben wurde, und ein rotbackiger, stupsnasiger Junge ohne Mütze auf dem zerzausten Haar deutete auf ihn und schrie: »Kollegen! Unter uns befindet sich ein Agent der Ochrana.«

Aber gleich darauf wurde Klim von einem breitschultrigen Studenten mit rotblondem Schnurrbar im breiten Gesicht am Arm gefaßt.

»Wie sind Sie hierher geraten, Klim Iwanowitsch?« fragte er verwundert. »Sie sind in diesem Spiel fehl am Platze. Laßt uns mal durch...«

Er begann seine Kameraden mit Ellenbogen und Schultern beiseite zu stoßen, wobei er sie erstaunlich leicht, wie der Wind das Gras, ins Wanken brachte. Nachdem er Samgin aus der dichten Menge herausgeführt hatte, sagte er: »Auf Wiedersehen! Haben Sie mich nicht erkannt?«

Klim kam nicht zum Antworten; ein hageres Männlein mit grauem Mantel und über die Augen geschobener Mütze griff nach Klims Aktenmappe und kreischte dünn auf: »Haltet ihn!«

»Warum?« fragte der Student.

»Das ist nicht Ihre Sache! Nicht Ihre...«

»Warum?« wiederholte der Student, packte den Mann am Kragen und schüttelte ihn so, daß er die Mütze verlor und ein erschrecktes Gesichtchen zutage trat. Irgendwer packte Samgin von hinten an den Ellenbogen, ließ ihn aber gleich wieder mit einem Ächzer los, dann wurde Samgin kräftig am Mantelschoß gezogen, wankte und konnte sich kaum auf den Beinen halten; schrill ertönte eine Polizeipfeife, der Student warf den Mann zu Boden und schrie wütend: »Ach, Sie Beamtenseele!« Dann holte er aus und schlug jemandem schallend ins Gesicht, während Samgin mit fremder Stimme schrie: »Was tun Sie? Begreifen Sie, was Sie tun?«

Die Knie zitterten ihm, seine Stimme saß irgendwo hoch in der Kehle, er schwang die Aktenmappe und sprach, seine eigenen Worte nicht hörend, während rundum Dutzende von Stimmen riefen: »Bravo! Nieder mit der Polizei! Nieder...«

Vor Samgins Augen wankte und hüpfte alles, Arme, Gesichter huschten an ihm vorüber, eine Hand riß ihm den Hut herunter, eine andere entriß ihm die Aktenmappe, und dann erblickte Klim Mitrofanow, der einen Polizisten beiseite stieß und ruhig sagte: »Wo drängst du dich hin? Hast du mich nicht erkannt?«

Er stellte Samgin vor sich hin, stieß ihn mit seinen Körper durch die Studenten, nahm ihn an freier Stelle an der Hand und führte ihn hinter sich her. In diesem Augenblick wurde Samgin mit irgend etwas auf den Kopf geschlagen. Er erinnerte sich verschwommen, was dann geschah, und kam erst wieder zu sich, als Mitrofanow und ein Polizist ihn in eine Schlittendroschke setzten.

»Fahr los«, sagte Mitrofanow und gab dem Kutscher mit der Aktenmappe einen Klaps auf die Schulter, dann schob er sie Samgin unter die Achsel und brummte: »Daß Sie sich aber auch mit diesen Leuten einlassen . . .«

Auf dem Theaterplatz nannte Mitrofanow dem Kutscher die Adresse und sprang, ohne ihn halten zu lassen, aus dem Schlitten. Samgin fuhr weiter und fühlte sich physisch krank und gleichsam innerlich erblindet, unfähig, seine Gedanken zu sehen. Der Kopf schmerzte dumpf.

Zu Hause ließ er sich entkräftet auf den Diwan fallen. Warwara war irgendwohin gegangen, in den Zimmern herrschte angespannte Stille, doch in seinem Kopf dröhnten Dutzende von Stimmen. Samgin versuchte sich an die Worte seiner Rede zu erinnern, aber sein Gedächtnis versagte. Dennoch erinnerte er sich, nicht mit seiner Stimme und nicht seine Worte geschrien zu haben.

Ein Anfall von Hysterie, warf er sich vor. Wie ist es zu alledem gekommen? dachte er mit geschlossenen Augen und erinnerte sich unwillkürlich seines sonderbaren Verhaltens in dem Augenblick, als die Kasernenmauer eingestürzt war.

Wie ein kleiner Junge, ein Hochschulanfänger.

Es war schwer, sich in dem ungeordneten Strom träger Gedanken zurechtzufinden, doch sie fügten sich zu dem kränkenden Bewußtsein irgendeines Verrats seiner selbst zusammen.

Herdeninstinkt, Magnetismus der Masse, rechtfertigte er sich, aber das war kein Trost. Und immer mehr beunruhigte ihn die Frage, was er gesagt hatte.

Als aber Warwara kam und nach einem Blick auf ihn beunruhigt fragte, was mit ihm sei, nahm er sie bei der Hand, ließ sie auf dem Diwan Platz nehmen und begann in scherzendem Ton zu erzählen, als spräche er nicht von sich. Er führte sogar ein paar Sätze aus seiner Rede an, alltägliche Sätze, wie sie in Studentenversammlungen gesagt werden, wurde aber sofort verlegen und verstummte.

»Hat man dich kräftig geschlagen?« fragte Warwara liebevoll und verwundert.

»Nein.«

Er begann vorsichtig weiterzuerzählen und wollte nur das sagen, woran er sich erinnerte; er beabsichtigte nicht, etwas zu erfinden, aber irgendwie ergab sich ganz von selbst, daß er eine scharfe Rede gehalten hatte.

»Ich bin, wie man so sagt, hochgegangen und habe in gleichem

Maße sowohl die Polizei als auch die Studenten beschimpft«, erklärte er.

Seine Erzählung erregte und verwunderte Warwara sehr, sie schmiegte sich an ihn und rief: »Und das hast du getan, der du so zurückhaltend bist?«

Er erhob sich, ging durchs Zimmer, glättete vor dem Spiegel sein Haar und sagte mit einem Seufzer: »Letzten Endes kennt man sich selbst doch schlecht.«

Nun fragte Warwara in irgendwie seltsamem Ton: »Warum aber hat man dich nicht verhaftet?«

»Man wollte mich ja verhaften, aber es begann eine Rauferei, die Studenten drängten mich in die Zuschauermenge hinein ...«

Erst in diesem Augenblick erinnerte er sich Mitrofanows und erzählte von ihm. Warwara fächelte sich mit dem Taschentuch ins Gesicht und ging rasch aus dem Zimmer, während er wieder darüber nachdachte: Wie kam es, daß ich die Macht über mich verlor?

Ihn beunruhigte der Gedanke an etwaige Widersprüche zwischen dem, was er Warwara erzählte hatte, und dem, was der Untermieter sagen würde. Und natürlich hatten ihn Spitzel bemerkt, so daß diese Geschichte sicherlich eine Fortsetzung haben würde.

Warwara trat ins Zimmer und sagte: »Dein Mantel ist mit Kalk beschmutzt, die Tasche abgerissen, ach, Klim, mein Liebster ...«

Sie preßte zitternd den Kopf an seine Brust, doch Samgin dachte: Warum hat sie meinen Mantel besichtigt, glaubt sie mir nicht?

Aber das kränkte ihn nicht, er glaubte sich selbst nicht und erkannte sich nicht wieder. Warwaras Zärtlichkeit und aufgeregte Verwunderung beruhigten ihn etwas, dann aber erschien gerade zum Mittagessen Mitrofanow. Er trat schüchtern ein, mit einem unbestimmten, aber gleichsam schuldbewußten schwachen Lächeln, die Hände auf den Rücken gelegt.

Was wird er erzählen? dachte Samgin beunruhigt, als er seine Verlegenheit sah.

Warwara empfing Mitrofanow mit Worten des Dankes, ließ ihn am Tisch Platz nehmen, schenkte Wodka ein und begann, nachdem sie auf sein Wohl getrunken hatte, ihn auszufragen. Iwan Petrowitsch hüstelte, räusperte sich, trank eifrig und kaute, während Samgin, der sah, daß er immer verlegener wurde, ungeduldig fragte: »Wie ist es Ihnen nur gelungen, mich den Händen der Polizei zu entreißen?«

Der Untermieter sah ihn blinzelnd an und erzählte gemächlich, als befürchtete er, ein überflüssiges Wort zu sagen: »Ja, sehen Sie, sie haben Verwundete nicht gern, das heißt, sie fürchten, das könnte nachteilig für sie sein. Und so sagte ich: ›Halt, das ist ein Verwundeter.‹ Der Reviervorsteher ist ein Bekannter von mir, wir spielen ziemlich oft zusammen Billard . . .«

»Hat er gefragt, wer ich bin?«

»Nein. Auch wenn er gefragt hätte, hätte er es nicht erfahren«, antwortete Mitrofanow lächelnd.

»So essen Sie doch, Iwan Petrowitsch«, redete ihm Warwara zu. »Ach, was für ein netter Mensch Sie sind!«

Mitrofanow sah sie an, dann Samgin und wurde, als hätte er etwas ihm Angenehmes erraten, plötzlich lebhafter, er war wieder der alte und fuhr bereits in lustigem Ton fort: »Ich stand am Buchladen Karzews und sah auf einmal, wie man Klim Iwanytsch umherstieß. Da geriet ich, wissen Sie, in Hitze, wie einstmals als kleiner Junge: Rührt mir die Unseren nicht an!«

Das erheiterte die Samgins sehr, und von diesem Tag an wurde Iwan Petrowitsch für sie ein Hausfreund und lebte sich bei ihnen ein wie ein Kater. Er besaß die seltene Fähigkeit, andere nicht zu stören, und hatte ein Gefühl dafür, wann seine Anwesenheit überflüssig war. Wenn zu Samgins Gäste kamen, verschwand Mitrofanow unverzüglich, sogar Ljubascha vertrieb ihn.

»Verzeihen Sie, ich habe vor gelehrten jungen Damen Angst«, sagte er.

Warwara belustigte er immer mehr, indem er ihr komische Dinge aus dem Provinzleben, von Sitten und Bräuchen, Aberglauben, Feuersbrünsten, Morden und Romanen erzählte. Das Komische mengte er nicht schlecht ein, erzählte aber gutmütig und sogar gleichsam mit Bedauern davon. Er erzählte vom Kabeljaufang im Weißen Meer, von der Zedernußernte in Sibirien, der Edelsteinausbeute im Ural, und Warwara fand, daß er talentiert erzählte.

Samgin hörte ihm immer aufmerksamer und ernster zu, da er in Mitrofanow etwas Starkes und Beruhigendes spürte.

Wenn er von seinen Fahrten zurückkehrte, teilte er ihm seine Eindrücke mit und hörte mit Vergnügen seiner bilderreichen Sprache zu.

»Gewiß, die Stellung des Bauern bei uns ist nicht richtig«, sagte Mitrofanow besinnlich, aber sicher. »Jedermann möchte gern Hausherr und nicht Mieter sein. Ich lasse beispielsweise mein Zimmer auf eigene Kosten neu tapezieren, und Sie als Wirtsleute sagen zu mir: Wir bitten Sie, das Zimmer zu räumen. Sehen Sie, das ist die trostlose Lage des Bauern, und darum verhält er sich seinem eigenen Leben gegenüber träge. Setzte man ihn aber auf eigenes Land, so würde er wie Mohn erblühen.«

Er steckte die Hände in die Taschen und fuhr fort: »Es ist überhaupt eine nutzlose Beschäftigung, in einem fremden Garten Kohl zu pflanzen. In Orjol lebte unter polizeilicher Überwachung ein Politischer, schon gesetzten Alters und von großer Geistesgüte. Nur – Güte ist kein Mittel gegen Langeweile. Die Stadt Orjol ist langweilig, staubig, sie hat nichts von einem Adler, aber Schweinereien, soviel Sie wollen! Und nun beschloß der gute Mann, sich mit der Verschönerung seiner Mitmenschen zu befassen. Unter anderem ist meine Frau – die zweite – durch ihn etwas zu Schaden gekommen: man schmiß sie aus dem Gymnasium hinaus . . .«

Warwara lachte unschicklich und bis zu Tränen, Samgin, der fürchtete, daß der Untermieter sich gekränkt fühle, warf ihr vorwurfsvolle Blicke zu. Aber Mitrofanow war nicht gekränkt, es gefiel ihm offenbar, die junge Frau zum Lachen zu bringen, er nahm die Hand aus der Tasche und glättete, ein Lächeln in den farblosen Augen, mit dem Finger den spärlichen Schnurrbart.

»Tja, dieser redselige Mann also lehrte natürlich: ›Säet das Gute, das Wahre, Vernünftige‹ und dergleichen mehr und heiratete auf einmal, stellen Sie sich vor, die Witwe eines Anwalts, eine Hausbesitzerin, und wurde nun, sage ich Ihnen, in zwei Jahren ein so langweiliger Mensch, als wäre er in Orjol geboren und hätte dort sein ganzes Leben verbracht.«

Samgin fühlte immer deutlicher, daß Iwan Petrowitsch gleichsam ein Korrektor seiner Eindrücke war. Eines Nachts sagte Warwara, als sie aus dem Theater heimgekehrt war und sich auszog: »Mitrofanow wäre eigentlich ein guter Komiker, er ist talentiert.«

»Du übertreibst«, entgegnete Samgin, der den Untermieter durchaus nicht talentiert zu sehen wünschte. »Er ist einfach ein typischer Russe mit gesundem Menschenverstand, wie es Millionen gibt.«

Doch endgültig gewann Mitrofanow in Klims Augen erst in der Osternacht Farbe und Gestalt.

Nach der Chodynka-Katastrophe und dem Vorfall bei der Manege mied Samgin besonders alle Menschenansammlungen, sogar das Publikum in den Theaterfoyers war ihm unangenehm; er hielt sich instinktiv in der Nähe der Türen, und wenn er auf der Straße eine Zuschauermenge rings um einen Unglücksfall oder skandalösen Auftritt erblickte, machte er voller Abscheu einen Bogen um sie.

Er gab sehr ungern der beharrlichen Bitte Warwaras nach, in den Kreml zu gehen, als sie aber den Kreml betraten und die Menge sie sofort in ihr schwarzes Gedränge einsog, sie des eigenen Willens beraubte, zu stoßen begann und irgendwohin vorwärts schob, geriet

Samgin in eine düstere, alles ablehnende Stimmung. Er atmete freier, als er und Warwara zu dem häßlichen Zarendenkmal weggedrängt wurden, wo verhältnismäßig viel Platz war.

Die kalte Finsternis preßte die Menschen zu einem einzigen ungeheuerlichen Ganzen zusammen, es wogte wellenartig hin und her und schien die Erde unter seiner Last durchzubiegen. Gelbe, dicke Lichtströme fielen aus den Fenstern der Kathedralen in die Finsternis über der Menge, zerrissen die Finsternis, und sie leuchtete an den Rändern der Risse bläulich wie Eis. Das Licht fiel auf entblößte Köpfe, es waren viele kahle Schädel zu sehen, die Kartoffeln, Nüssen und Erbsen glichen, sie waren alle kleiner als von Natur, als bei Tage, und verkleinerten sich um so auffälliger, je weiter sie entfernt waren, während ganz hinten die Menschen zu einem kopf- und formlosen Schwarzen verschmolzen. Wie schwarze Zentauren ragten über der Menge die berittenen Polizisten; neben einem von ihnen stand ein hochgewachsener Mann in einem Pelzmantel mit Fellkragen, und aus dem Kragen schaute nickend, mit gefletschten Zähnen und blitzendem Mundstück des Zaumes ein Pferdekopf heraus. Schrecklich, wie ein großer, häßlicher Finger mit kupfernem Nagel ragte der Glockenturm Iwans des Großen in die Dunkelheit; sein Sockel war dicht von der dunklen Masse umgeben, die wie sanfter Seegang wogte, und es schien, als wankte auch der Glockenturm.

Klim Samgin dachte: Fiele der Turm um, so kämen Hunderte ums Leben – Leute aus dem Ochotnij rjad, aus Kitai Gorod, vom Arbat und von der Ordynka, die Menschen aus den Stücken Ostrowskijs. Und weitere Hunderte würden in ihrer Todesangst einander verletzen und erdrücken. Oder wenn irgend etwas anderes Entsetzliches diesen fest zusammengepreßten Körper sprengte, so würde er, zerstört, alles ringsum zerstören, die Gebäude, die Kathedrale und die Mauern des Kremls.

Die Menge seufzte, brummte, sie erinnerte an jenes erregte Stimmengewirr, das Samgin im Kirchdorf gehört hatte, als die Glocke auf den Kirchturm hinaufgezogen wurde, auch hier schienen die Menschen sich mit aller Kraft zu bemühen, eine in der Dunkelheit unsichtbare Last hochzuheben, und rieben sich wankend aneinander. Es schien, als strebte die ganze Kraft dieser Menschen zu dem gelben, warmen Lichtstreif hin, als wollte sie sich in die Türen der Kathedrale hineinzwängen, aus denen, kaum hörbar, auch unterdrücktes Dröhnen drang. Dennoch war es still, irgendwie besonders kalt still. Und es wurde immer stiller, als versänke alles in dem unerschütterlichen Schweigen der kalten Nacht und der noch nicht aufgetauten Erde. Samgin sah, daß die Gesichter der Nächststehenden mürrisch und gespannt waren und ungeduldig das Morgengrauen und die Wärme erwarteten. Warwara stand Seite an Seite neben ihm und zitterte, sie bewegte unentschlossen die an die Brust gedrückte rechte Hand; ihr erstarrtes Gesicht fand Samgin gemacht fromm, und er schwieg, weil er gern gehört hätte, daß Warwara sich über die Kälte und die stoßenden Menschen beklagte.

Aus der Menge tauchte Mitrofanow auf, stellte sich, die Mütze unter die Achsel geklemmt und eine silberne Uhr in der Hand, neben sie und stammelte mit halblauter Stimme: »Gleich wird es zu läuten beginnen. Gleich.«

Er warf den Kopf zurück und starrte mit offenem Mund und weitaufgerissenen Augen den Himmel an wie ein kleiner Junge, der bezaubert den Flug von Zuchttauben beobachtet.

Und plötzlich wurde vom schwarzen Himmel eine Riesenschale mit tiefstem kupfernem Klang herabgekippt, irgend etwas krachte unsinnig, wie ein Kanonenschuß, die Stille explodierte, in die Finsternis flutete Licht, und ein Lächeln der Freude, strahlende Augen wurden sichtbar, der ganze Kreml flammte in grellen Lichtern auf, feierlich und stürmisch schwebte Glockengeläut über Moskau, und über der Menge flatterten wie ein Vogelschwarm Tausende bekreuzigender Hände, auf die Treppenstufen der Kathedrale trat die goldene Geistlichkeit heraus, ein Mann mit buntschillerndem Kopf segnete die Menschen mit flammendem Kreuz, und eine tausendzüngige Stimme sagte dreimal tief, erschütternd und überzeugt: »Er ist wahrhaftig auferstanden.«

»Christus ist auferstanden«, sagte oder vielmehr brüllte Mitrofanow, indem er Klim umarmte und küßte; er war auf einmal berauscht, weinte und schluchzte vor Freude: »Sehen Sie, so ist das bei uns! Ach Gott . . .«

Er umarmte auch Warwara, küßte, schüttelte sie und murmelte: »Man glaubt es nicht und glaubt es doch: Er ist wahrhaftig auferstanden!«

Die Tränen rannen ihm so reichlich über das Gesicht, als schwitze die ganze Gesichtshaut Tränen aus, Warwara jedoch stieß ihn verlegen zurück, sah Klim flehend an und rief vorwurfsvoll: »Klim?«

Ihre Stimme klang wie Klage und Vorwurf; alles ringsum hatte sich so märchenhaft wunderbar verändert; Samgin war durch die Erregung des Untermieters erregt, mit verlegenem Lächeln und immer noch voll Furcht, sich lächerlich zu zeigen, umarmte er seine Frau. »Christus ist auferstanden, Warja.«

Sie schmiegte sich fest an ihn, während er über ihre Schulter hinweg Mitrofanow, sein feuchtes Gesicht und seine glücklichen Augen ansah und seiner gerührten Stimme zuhörte. »Ein Augenblick ist das! Nirgends in der Welt kann man das so wie wir, nicht? Für alle! Es ist doch schön, Klim Iwanytsch, daß es so etwas gibt wie dieses: für alle! Und – über allen, das gleiche für Bettler und Könige, wie, mein Lieber? So ist das bei uns . . .«

Die Menge zerfiel rasch in einzelne, vollkommen deutliche Menschen, es waren sehr alltägliche Menschen, nur festlich erfreut, sie entblößten die Köpfe voreinander, umarmten, küßten sich und riefen unzählige Male: »Christus . . .«

»Wahrhaftig . . .«

Als hätten sie diese Kunde zum erstenmal vernommen, und Samgin mußte daran denken, daß ihm früher die Freude über Christi Auferstehung als lächerliche Heuchelei vorgekommen war, während er jetzt aus irgendeinem Grund nichts Lächerliches und Heuchlerisches daran fand, sondern sogar selbst ungewöhnlich gerührt und erfreut war. Als er um sich blickte, sah er, daß alles Schreckliche, Bedrückende, verschwunden war. Überall leuchteten blendend die Lichter der Illumination, eindringlich dröhnte die Glocke Iwans des Großen, und das freudige Läuten aller Kirchen der Stadt konnte ihre feierliche Stimme nicht übertönen. Überall über Moskau, an dem noch tiefschwarzen Himmel flammten und zitterten die Osterfeuer, man konnte meinen, daß Hunderte kupferner Stimmen die Luft mit Licht füllten, und die Kirchen stiegen wie goldene Märchenschiffe aus dem Häuserchaos empor.

Mitrofanow, der sich hin und her wand und seitlich ging, stieß die Leute ungeniert, aber doch höflich fort, um Warwara den Weg zu bahnen, und sprach immerzu irgend etwas Gewichtiges.

»Wir«, wiederholte er, »wir . . .«

Der Festlärm der Menschen hinderte Klim, ihn zu verstehen. Samgins waren von ihrem Patron eingeladen worden, aber Klim beschloß plötzlich: »Weißt du, Warja, gehen wir nach Hause. Iwan Petrowitsch soll mitkommen – ja?«

»Oh, ich bin so froh«, sagte sie.

»Und ich bin ungewöhnlich aufgeregt«, gestand Samgin unsicher und verlegen. »Ich werde mich morgen beim Patron entschuldigen.«

»Ergebensten Dank«, sagte Mitrofanow. »Ich komme mit Freuden zu Ihnen.«

Er trocknete sein Gesicht mit dem Taschentuch, schwenkte es und streifte dabei die Vorübergehenden – Warwara machte ihn freundlich darauf aufmerksam.

»Das macht nichts, heute wird nichts übelgenommen«, sagte er.

Sie tauschten den Osterkuß mit der Anfimjewna, die ein äußerst weites Seidenkleid angezogen hatte und einer Kapelle ähnelte, mit dem Koch, der bereits betrunken war und elegant wie ein Operettenkomiker aussah, und mit dem Dienstmädchen im rosa Kleid mit einer Unmenge von Bändern, die Samgin an ein Hochzeitspferd auf dem Lande erinnerten. Obwohl er all diese Kleinigkeiten bemerkte, lächelte er gutherzig, rieb sich die Hände, nahm die Brille ab und setzte sie wieder auf und war sich der Ungewöhnlichkeit seines Benehmens bewußt. In ihm regten sich lächerliche, ihn verwirrende Wünsche, er hätte gern Mitrofanow auf die Schulter geklopft, »Christus ist auferstanden« gesungen oder Warwara zärtliche und heitere Worte gesagt. Warwara war ganz in Hell, wie eine Braut, und sie war in schöner Weise nachdenklich, still; auch das erregte Samgin. Er stand am blumengeschmückten Tisch, sah das lächelnde Schnäuzchen des Spanferkels an, drehte an seinem Kinnbärtchen und hörte zu, wie Mitrofanow hinter ihm sagte: »Herr Dolganow – so einen gibt es! – suchte mir zu beweisen, daß es Christus nicht gebe, Christus sei eine Erfindung. Und wenn? Was macht es mir aus? Selbst wenn er erfunden wäre, so gibt es ihn doch, er lebt! Er lebt, Warwara Kirillowna, in jedem von uns ist ein Stückchen von ihm, das ist es! Wir sind schlecht, mein Täubchen, aber gar nicht so schrecklich schlecht...«

»Setzen wir uns«, schlug Klim vor, der sich über die Lebhaftigkeit des Untermieters freute, ihn aufmerksam beobachtete und dabei feststellte, Mitrofanow sehe gleichzeitig aus wie ein Registrator des Bezirksgerichts, wie ein Kassierer des Warenhauses »Muir und Merilees«, wie ein Empfangschef im Restaurant »Praha«, wie ein Universitätspedell und wie noch viele andere ganz alltägliche Menschen. Er trug einen mehrfach aufgebügelten schwarzen Besuchsrock und eine weiße Pikeeweste, der Kragen seines steifgestärkten Oberhemds war rauh geworden und mit der Schere beschnitten. Er kippte ein Gläschen Subrowka nach dem andern hinunter und redete in einem fort: »Wir alle kommen von Christus, und das ist für alle der einzige Weg. Und wir alle wollen in Frieden und Wohlergehen leben, was auch Christus gewollt hat, jawohl!«

»Ein Dichter«, sagte Klim, »das heißt, er ist kein Dichter, sondern ein Diakon...«

»Ein Diakon, ja!« sagte Mitrofanow einverstanden oder bestätigend. »Nun?«

»Er sagte zu Christus:

809

›Wir vergessen dich nicht, Jesus,
Weil wir auch im Haß – dich lieben,
Weil wir selbst mit unserem Haß dir dienen.‹«

»Wie war das?« fragte Mitrofanow, der das Gläschen schon an den Mund geführt hatte; als aber Klim den Vers wiederholte, stellte er das ungeleerte Glas auf den Tisch, runzelte die Stirn und dachte blinzelnd nach.

»Das mag vielleicht wahr sein, ist aber irgendwie ... frech«, sagte Warwara nachdenklich.

»Ein Diakon, sagen Sie?« fragte Mitrofanow. »Ist er ein Trunkenbold? Solche Worte werden in betrunkenem Zustand ausgesprochen«, erklärte er, trank etwas Wodka und bat: »Genug, Warwara Kirillowna, schenken Sie mir nichts mehr ein, sonst werde ich betrunken.«

Dann begann er von neuem: »Den Haß erkenne ich nicht an. Es gibt niemanden, nichts zu hassen. Man kann auf jemanden ein Stündchen oder zwei böse sein, aber hassen – weshalb denn? Wen? Alles geht nach dem Gesetz der Natur. Und es geht bergauf. Mein Vater schlug meine Mutter mit dem Stock, ich aber habe meine Hand gegen keine einzige Frau auch nur erhoben ... obwohl ich sie vielleicht doch hätte schlagen sollen.«

»Wenn es aber nicht bergauf, sondern bergab geht?« fragte Warwara leise und veranlaßte Samgin zu dem Scherz: »Willst du, daß ich dich schlage?«

»Das ist unvorstellbar«, rief Mitrofanow lachend aus, dann wiegte er zweimal den Kopf nach rechts und nach links und erhob sich. »Ich bin, wissen Sie, sozusagen etwas ... betrunken. Aber betrunken bin ich ungenießbar.«

Er lachte wieder, aber bereits laut, und sagte, ebenfalls sehr laut: »Betrunken fange ich an zu weinen, bei Gott! Ich weine und weine, und ich weine, weiß der Teufel worüber, Ehrenwort! Nun, ich danke Ihnen für die freundliche und wohlwollende Aufnahme ...«

»Ein netter Mensch«, seufzte Warwara, als der Mieter gegangen war.

Es dämmerte schon; an dem grauen Himmel zeigten sich bläuliche Gruben, und in einer von ihnen leuchtete ein Stern.

»Ein Mensch aus der Menge«, sagte Klim, auf seine Frau zutretend. »Wirklich: aus der Menschenmenge, ja! Aber ich bin auch etwas betrunken.«

Er umarmte Warwara, zog sie vom Stuhl hoch und küßte sie, aber sie schmiegte sich an ihn und bat ganz leise: »Nein, rühr mich bitte nicht an.«

Dann befreite sie sich aus seinen Armen und griff sich mit etwas theatralischer Geste an die Schläfen.

»Hast du Kopfschmerzen?«

»Nein, aber ... Wie unbegreiflich ist doch alles, Klim, Liebster«, flüsterte sie mit geschlossenen Augen. »Wie unbegreiflich ist das Schöne ... Es war doch erschütternd schön, nicht wahr? Und dann hat er ... dann haben wir, während wir von Christus sprachen, Spanferkel gegessen ...«

»Was hast du, mein Mädchen?« fragte Samgin zärtlich, aber bereits mit leichtem Unwillen.

»Ja, es ist töricht ... ich weiß! Aber siehst du, es ist beschämend. Oder ist es nicht beschämend?«

Sie sah ihm fragend, kläglich ins Gesicht, und Klim fühlte, daß sie dem Weinen nahe war.

»Du hast dich zu sehr aufgeregt, das ist es ...«

»Ja, ich werde mich jetzt hinlegen«, sagte sie und ging rasch in ihr Zimmer. Das Türschloß schnappte zweimal.

Sie ist müde. Hat Launen, sagte sich Samgin, zufrieden darüber, daß sie gegangen war, bevor sie ihm die Stimmung verdorben hatte. Sie scheint irgendwie jünger zu werden, wird naiver als früher.

Er trat an den Tisch, trank ein Glas Portwein und sah, die Hände auf dem Rücken, zum Fenster hinaus, zum Himmel, dem weißen Stern, der in dem Blau kaum zu merken war, und zur Flamme der Laterne am Haustor. In seiner Erinnerung tönten unablässig die Worte: »Christus ist auferstanden von den Toten ...«

Klim sah sich um und sang leise: »Er besiegte durch sein Sterben den Tod.«

»Oder – hat besiegt?« fragte er ernst mit halblauter Stimme jemanden, dann wiederholte er mit leisem Tenor: »Hat durch sein Sterben den Tod besiegt.«

Er sah sich wieder um, lauschte, aber im Haus und auf der Straße war es still.

»Das ist natürlich komisch, daß ich singe. Aber ich bin nicht mehr nüchtern, das ist es«, erklärte er irgendwem. »Ich singe, weil ich etwas betrunken bin.«

Er hätte gern laut gesungen, feierlich, wie man in der Kirche singt. Und so, daß Warwara aus ihrem Zimmer gekommen wäre, weißgekleidet, wie zur Trauung.

»Sehr töricht, aber begreiflich! Mitrofanow weint, wenn er betrunken ist, und ich singe«, rechtfertigte er sich und schloß fest und verschämt die Augen, um die Tränen zurückzuhalten. Mit geschlossenen Augen ertastete er die Stuhllehne und setzte sich vorsichtig, indem er jedes Geräusch zu vermeiden suchte. Jetzt wünschte er nicht mehr, daß Warwara käme, er fürchtete es sogar, weil ihm die Tränen dennoch unter den Wimpern hervorrannen. Klim Samgin trocknete sie hastig mit dem Taschentuch ab und dachte: In meinem Leben ist irgend etwas ... nicht so, nicht in Ordnung.

Der Stern war bereits erloschen, aber die blasser gewordene Laternenflamme brannte noch und beleuchtete schwach das Fenster des gegenüberliegenden Hauses, die Musselinvorhänge und die Schatten der Blumen dahinter.

Als Samgin am nächsten Tag sich dieses lyrischen Anfalls und der Klage über sein Leben erinnerte, lächelte er geringschätzig. Nein, das Leben kam nicht übel ins Gleis. Warwara las eifrig die Gedichte und die Prosa der Symbolisten, sie hatte kunstgeschichtliche Werke rings um sich liegen, und Samgin, der begriff, daß sie sich darauf vorbereitete, die Rolle der Herrin eines »Salons« zu spielen, belehrte sie: »Man muß nach Möglichkeit alles wissen, aber es ist besser, sich von nichts hinreißen zu lassen. ›Alles entsteht und alles vergeht, die Erde aber bleibt in Ewigkeit.‹ Obwohl das von der Erde nicht stimmt.«

Sie hatte ihm bereits vorgeschlagen, sonnabends kleine Abendgesellschaften für Bekannte zu veranstalten, aber Klim fragte sie: »Bist du denn überzeugt, daß du jeden Sonnabend unbedingt fremde Menschen bei dir sehen möchtest? Nein, das ist verfrüht.«

Sie stritt ein wenig und unentschlossen mit ihm, und Samgin reizte sie mit Vergnügen, aber die Zahl der Bekannten nahm, gegen seinen Wunsch, ununterbrochen und mechanisch zu. Es wuchs die Zahl jener, die, von Neugier, der Sucht nach Neuigkeiten und einer unbegreiflichen Unrast geplagt, unermüdlich durch fremde Wohnungen wanderten.

»Wissen Sie schon? Haben Sie gehört? Was meinen Sie?« fragten sie einander und Samgin.

Sie sprachen davon, daß Rußland rasch reicher werde, daß die Kaufmannschaft Ostrowskijs fast ausgestorben und in Moskau schon nicht mehr zu sehen sei, daß eine neue Schicht Industrieller entstehe, denen die Interessen der Kultur, der Kunst und Politik nicht fremd wären. Samgin fand, man sollte hierüber mit Freude, mit Befriedigung und letztlich mit Neid auf fremden Erfolg sprechen, aber er hörte aus diesen Gesprächen nur Feindseligkeit heraus. Mit Freude jedoch sprach man von Studentenunruhen und Arbeiterstreiks, von der Verarmung der Dörfer und der Talentlosigkeit der Beamtenschaft. Aber das regte ihn nicht auf. Er war vollkommen mit Tatjana Gogina einverstanden, die einmal in der Hitze des Streits ausrief: »Meiner Ansicht nach sind wir alle Nichtstuer, Faulpelze und ... und Opfer gesellschaftlicher Ermunterung. Das sind wir!«

»Das stimmt«, sagte er ihr. »Gerade diese geschäftigen Leute, die nicht wissen, wo sie mit sich hin sollen, schaffen ja die sogenannte gesellschaftliche Ermunterung in den Intelligenzwohnungen, in den Grenzen Moskaus, außerhalb aber verläuft still das normale, arbeitsame Leben der einfachen Menschen...«

»Na, wissen Sie, Sie sind, glaube ich, auch...«, unterbrach ihn Tatjana und beendete nach einer Pause mit unangenehm spöttischem Lächeln den Satz: »...man weiß auch nicht, wer!«

Dieses junge Mädchen, das sich gar nicht besonders darauf verstand, Dreistigkeiten zu sagen, sagte sie stets und allen.

Dann kam Mitrofanow, trank gemächlich fünf bis sechs Glas Tee, aß gleichgültig Brot, Biskuits, aß alles, was es zu essen gab, und brachte Beruhigung.

»Haben Sie noch keine Stellung gefunden?« fragte Warwara.

»Nein«, sagte er ohne Trauer und ohne Unwillen. »Hier findet ein Mensch schwer eine Stellung. Man dringt hier nirgendwohin vor. Das Volk hier ist wie die Bienen, es liebt die Bestechung, wenn es auch nur zehn Kopeken sind, aber – gib! Ein recht gieriges Volk.«

Er trocknete mit zusammengeknülltem Taschentuch seine feuchten Lippen und philosophierte: »Wozu aber diese Gier? Wir leben nicht hunderte Jahre, es reicht für alle. Nein, Moskau ist gierig. Nicht umsonst wird es von Sibirien, von den Ukrainern und der übrigen Bevölkerung nicht geliebt. Mit den Tataren aber, wissen Sie, kann man gut auskommen. Der Tatar ist ein ruhiger Mensch, der Koran verbietet ihm die Gier und die Geschäftigkeit. Bei mir beklagte sich einmal ein Mann, der fast ein Professor ist: Er suchte zu beweisen, daß Dmitrij Donskoi und andere das Tatarenjoch unnütz zu Fall gebracht hätten, denn die Tataren als stilles, reinliches und nicht gieriges Volk würden uns viel Nutzen gebracht haben. Peter der Große aber habe uns die Deutschen und die Juden zugeführt – bei ihm soll sogar ein Jude Minister gewesen sein –, und dieses zugeführte Volk habe Moskau durch Gier verdorben.«

Ja, Klim Samgins Leben floß nicht übel dahin, aber plötzlich schlug es über die ruhigen Ufer.

Das nahm seinen Anfang in dem berühmten Götzentempel Charles Aumonts.

»Jede Hauptstadt soll wie Paris sein«, sagte er und sagte noch:

»Wenn ein Mensch wenig lustig ist, ist er nur wenig Mensch, dann ist er noch kein fertiger Mensch pour la vie.«

Und um die Russen fürs Leben reif zu machen, hatte Aumont in Moskau so etwas wie einen riesengroßen Feuerofen errichtet, worin er die noch nicht ganz ausgebackenen Russen fertigbuk und -briet, indem er ihnen die schönsten und schamlosesten Frauen zeigte.

Beim Betreten von Aumonts Saal hatte man in der Tat den Eindruck, als ginge man in einen Ofen voll blendender und heißer, glänzender Flammen. Eine Unmenge Spiegel, welche die Flammen ins Zahllose vermehrten, und das verschmolzene Fett der Vergoldung ließen die Wände des Götzentempels glühendrot erscheinen. Der Eindruck eines Feuerofens verstärkte sich noch, wenn man vom Rang hinuntersah: Den geblendeten Augen bot sich eine längliche Vertiefung in Gestalt eines Grabes, und auf ihrem Grund und seitlich in den Logen, die vom lodernden Spiel der Flammen erhellt waren, brieten gerötete Männerglatzen, schmolzen wie Butter die nackten Rücken und Schultern der Frauen und klatschten Hände, die den grell beleuchteten und noch nackteren Sängerinnen applaudierten. Auf dem Podium heulte und brauste die Musik und sangen gellend oder tanzten krampfhaft Frauen aller Nationen.

Samgins waren zu Aumont gegangen, um sich das Debüt Alina Telepnjowas anzusehen; sie war vor kurzem aus dem Ausland zurückgekehrt, wo sie, in Paris und Wien aufgetreten, ihren Ruf, eine teure und übergeschnappte Frau zu sein, durch Anekdoten gesteigert hatte, die bei Kennern und Liebhabern der Moral Entrüstung hervorriefen. Vor ihrer Reise nach Europa hatte Alina bereits als »Herzensbrecherin« stürmische Karriere gemacht, ihre Debüts in der Provinz, die sie mit einer Operettentruppe bereiste, hatten zwei Selbstmordversuche und tolle Extravaganzen reicher Prasser zur Folge gehabt. Wera Petrowna schrieb an Klim, Robinson sei kurz vor seinem Tod aus der Zeitung »Unser Land« ausgeschieden, da er sich mit dem Redakteur überworfen habe, der sich geweigert hätte, sein Feuilleton »Über die Aussätzigen« abzudrucken, »ein höchst grobes Feuilleton, in dem dieser kranke und klägliche Mensch Alina einen ›Teich von Siloah‹, ein ›Schlammbad‹ und Gott weiß was genannt hatte.«

Bei Aumont trat die Telepnjowa am Ende des Programms auf und spielte eine harmlose Episode: Der Vorhang öffnete sich, und den Augen »ganz Moskaus« bot sich das reich eingerichtete Boudoir einer Schauspielerin; in der Mitte stand vor einem dreiteiligen mannshohen Spiegel mit dem Rücken zum Publikum Alina in einem Morgenkleid, weit wie eine Mantille. Sie sang halblaut vor sich hin, ordnete ihre Frisur und gab sich den Anschein, als schminkte sie sich, dann warf sie die Mantille ab, blieb in eine Spitzenwolke gehüllt und ging langsam, mit verträumtem Lächeln zwei-, dreimal an der Rampe entlang. Das Publikum betrachtete sie stumm durch Lorgnetten und Operngläser; in der Stille des Saals seufzten gedämpft Geigen und Celli, näselten Klarinetten, pfiff eine Flöte; den von Flammen lodernden Saal füllte die sinnliche und absichtlich verlangsamte Melodie eines Lannerschen Walzers, ohne das sentimentale französische Liedchen zu übertönen, das Alina vor sich hin summte.

Diese Frau vermochte geschickt und überzeugend zu zeigen, daß sie bei sich zu Hause war und Zuschauer weder sehe noch fühle. Sie blickte in den Saal, wie man ins Leere oder in die Ferne sieht, und ihr verträumtes Mädchengesicht, ihre großen, weichen Augen ließen ihre unschickliche Kleidung fast keusch erscheinen. Dann klatschte sie in die Hände, und es kamen zwei Zofen, eine brünette im roten und eine rothaarige im blauen Kleid; sie zogen ihr geschickt ein Kleid an, wechselten es mit einem anderen, dann einem dritten; im Parkett und in den Logen ließen sich neidisches Raunen, gedämpfte Entzückensausbrüche vernehmen. Der Vorhang fiel, das Publikum applaudierte zurückhaltend, da es wußte, daß dies alles nur das Vorspiel war.

Der Hauptteil begann, als der Vorhang wieder aufging und Alina Awgustowa in einem weißen, sonderbar leichten Kleid, das keine Bewegung ihres Körpers verbarg, mit roten Rosen in ihrem kastanienbraunen Haar und an den Hüften, majestätisch an die Rampe trat. Sie wiegte sich in den Hüften und begann zu singen, wobei sie die einzelnen Sätze der scharfen französischen Liedchen durch sparsame, schöne Gesten unterstrich. Wenn sie die Arme hob, flatterten die weiten Ärmel wie Flügel hoch, und es ergab sich ein seltsamer, unheimlicher Widerspruch zwischen ihrer weißen geflügelten Gestalt, dem dreisten, herausfordernden Lächeln des wunderschönen Gesichts, dem weichen Glanz der zärtlichen Augen und der Schamlosigkeit der Worte, die sie naiv aussprach.

Sie sang davon, wie sie von einem Zollbeamten durchsucht wurde. »Assez! Finissez!« bat sie mit lachendem Aufkreischen und müdem Seufzen und wehrte sich gegen die kecken Berührungen der unsichtbaren Hände des Zollbeamten mit verhaltenen Gesten ihrer Hände und krampfhaften Bewegungen des Körpers, der dem sinnlichen Rhythmus der aufreizenden Musik gehorchte. Samgin dachte, daß ihre Bewegungen weniger schamlos wirken würden, wenn sie nicht so verhalten wären.

Während ihr Körper zuckte, sich wand und, als er ermattet war, offenkundig den groben Zärtlichkeiten unsichtbarer Hände nachgab, lächelte ihr Gesicht ein schmachtendes, aber frivoles Lächeln, ihre Augen funkelten herausfordernd und spöttisch. Dieses kunstvolle Spiel bewirkte, daß sich, als Alina zu singen aufhörte, die unsichtbaren Hände, die sie ermüdet hatten, in Hunderte realer, lebendiger Hände verwandelten, die rasend applaudierten und sich alle gierig nach ihr ausstreckten, bereit, sie zu entkleiden und zu zerdrücken. Die Augen zusammengekniffen, befeuchtete sie mit der Zungenspitze die Lippen, blickte siegesbewußt die erhitzten Zuschauer an und nickte ihnen zu.

»Ja, das ist Paris«, sagte jemand hinter den Samgins befriedigt und im Ton des Kenners; man antwortete ihm seufzend: »Sie ist schick.«

Samgin applaudierte nicht. Er war entrüstet. Als er in der Pause die Tür des Toilettenraums öffnete, erblickte er im Spiegel Gesicht und Gestalt Turobojews; er wollte wieder gehen, aber Turobojew lächelte, ohne sich zu ihm umzudrehen, in den Spiegel.

»So eine Begegnung!«

Während er sein Haar mit der Bürste glättete, reichte er Samgin die freie Hand, dann erkundigte er sich, an seinem Zwickelbart drehend, nach der Gesundheit und warf die Bürste auf den Spiegeltisch, wobei er den kupfernen Aschenbecher herunterstieß; die Bürste fiel einem dicken Mann mit gelbem Gesicht vor die Füße, dieser sah Turobojew mit erwartendem Blick an und brummte, da nichts erfolgte: »In solchen Fällen pflegt man sich zu entschuldigen.«

»Nicht jeder und nicht immer, wie Sie sehen«, entgegnete Turobojew, der Klim ungeniert und mit mechanischem Lächeln musterte.

»Wie gefällt Ihnen diese Kaschemme?«

Samgin zuckte stumm mit den Schultern, doch Turobojew fuhr angewidert fort: »Ich habe noch nichts Abscheulicheres gesehen als diese ... Einrichtung. Übrigens – das Publikum ist noch abscheulicher. Hierher kommt offensichtlich eine besondere Auslese von Menschen, nicht wahr? Auf Wiedersehen!« Er reichte Samgin nochmals die Hand und sagte durch die Zähne: »Wissen Sie – man kann Ravachol verstehen, wie?«

Durch diese Worte rief er Samgins ganze Mißgunst wieder wach. Klim hatte das Gefühl, als wäre in ihm etwas gerissen, explodiert, und ganz von selbst entschlüpften ihm boshaft die trockenen Worte: »Das hätten Sie wahrscheinlich nicht gesagt, wenn hier ein Dritter zugegen wäre.«

»Warum sollte ich es nicht sagen?« fragte Turobojew mit hochgezogenen Brauen, sein schiefes Lächeln verschwand, und sein Gesicht verdüstere sich. »Nein, ich erlaube mir, immer so zu sprechen, wie ich denke.

»Angeblich immer«, murmelte Samgin, in den Spiegel blickend.

»Sind Sie schlechter Laune?« erkundigte sich Turobojew, nickte lässig und ging, Samgin aber nahm die Brille ab und rieb die Gläser mit zitternden Fingern blank, wobei er immer noch die schlanke Gestalt, das schmale Gesicht und den spöttisch bedauernden Blick eines Modeschneiders auf einen nicht nach der Mode gekleideten Mann vor sich sah.

»Unverschämte Schnauze«, kochte es Samgin in scharfen Worten auf der Zunge. »So ein Schwein – ist hergekommen, um sich am Anblick der Frau zu weiden, die er zur Kokotte gemacht hat. Gebärdet sich radikal aus Neid eines Bettlers gegen die Reichen, weil er ruiniert ist.«

Schimpfend war er sich dumpf bewußt, daß seine Entrüstung übertrieben war, fühlte aber, daß sie zunahm und ihm wie Kohlendunst den Kopf verwirrte. Und jetzt, als er Schulter an Schulter neben Warwara saß, dachte er immer noch an das Gutsbesitzerssöhnchen, das es für möglich hielt, die Tat eines Anarchisten zu billigen, und ihm den Abend vergällt hatte. Er dachte nach und suchte hartnäckig in dem dichtgefüllten Saal nach Turobojew.

Auf der Bühne sang wieder die weiße Frau mit Flügeln und erzählte etwas aufreizend Verführerisches, wodurch sie leichtes Lachen und Raunen im Saal hervorrief. Warwara saß vorgeneigt, mit gerecktem Hals da. Samgin sah sie von der Seite an und flüsterte: »Die Frauen sollten gegen sie protestieren.«

»Warum?« fragte Warwara verträumt.

»Das ist Unterricht in Unzucht.«

»Dann aber auch die Männer«, bemerkte Warwara ebenso leise und verträumt und seufzte: »Was für eine Figur sie hat ... diese Kraft – erstaunlich!«

»Sie ist talentlos.«

»Ist denn Schönheit kein Talent?«

Samgin verstummte, da er fühlte, daß er eine Grobheit sagen könnte.

Turobojew hatte er im Saal nicht gefunden, aber ihm schien, als sähe er in einer der Logen den Charakterkopf Ljutows seine Grimassen schneiden. Die Umschau verstärkte Samgins Gereiztheit, denn er mußte unwillkürlich zugeben, daß Turobojew recht hatte: In diesem Götzentempel hatte sich tatsächlich eine Auslese von Menschen versammelt: unter den Männern herrschten die Dicken und Glatzköpfigen vor, unter den Frauen die Bejahrten und mehr oder weniger stark Entblößten. Nackte Rücken, Schultern und Arme mit rosiger und gelber Haut gab es äußerst viel. Auf den Logenrampen ruhten neben Konfektschachteln und Blumensträußen Brüste, und ihre Entblößtheit hatte etwas von der Prahlerei von Bettlern, die ihre Häßlichkeit zur Schau stellen, um Mitleid zu erwecken. Die Spiegel vermehrten phantastisch diese ganze Masse fetten Fleisches, es schien im glühenden Glanz der Flammen zu schmelzen, die durch den weißen Glanz der Spiegel ebenfalls zahllos vervielfältigt wurden.

Die Frau in Weiß mit Flügeln sang zynische Liedchen, sie wiegte sich verführerisch, entfachte die Sinnlichkeit der Männer, und auch die Frauen wurden sichtlich erregt und bewegten unruhig die Schultern; über ihre Rücken schien ein Schauer des Begehrens zu laufen. Man konnte sich nicht vorstellen, was und wie diese Väter, diese Mütter über Studenten dachten, die man unter die Soldaten stecken wollte, über Rußland, in dem sich immer mehr revolutionär gesinnte Menschen herumtrieben und ein Nachkomme von Teilfürsten beifällig von der Bombe eines Anarchisten sprach, und ob sie daran dachten.

Als Samgin hierüber nachdachte, hielt er sich einen Augenblick für fähig, aufzustehen und irgendwelche bedrohenden Worte herauszuschreien, er stellte sich sogar vor, wie Dutzende bestürzter, erschrockener Gesichter sich ihm zuwenden würden. Aber er sah sofort ein, daß seine Stimme, selbst wenn sie außerordentlich kräftig wäre, in dem wilden Gebrüll dieser Leute und ihrem ohrenbetäubenden Händeklatschen untergehen würde.

»Die Besessenen sollte man aus einer Feuerwehrspritze begießen«, sagte er ziemlich laut; Warwara murmelte im Stehen: »Eine Ovation. Wie bei der Jermolowa. Schau, sie sieht wie ein Schwan aus...«

»Komm.«

Auf der Straße fiel dichter Schnee und verschlang Menschen und Pferde; weißer Flaum bedeckte sofort Warwaras Hütchen und Schultern und blendete Samgin. Jemand stieß ihn kräftig.

»Pardon... Ach, Sie sind es?«

Ljutow, im offenen Mantel und die Mütze in den Nacken geschoben, drängte Samgin an die Wand und flüsterte ihm ins Gesicht: »Man hat den Minister Bogolepow erschossen, Tatsache!«

Mit erhobener Stimme schlug er vor: »Essen wir zusammen zu Abend? Wir nehmen ein Nebenzimmer und unterhalten uns ein wenig... Jegor!«

Er schwang die Hand hoch und griff wie aus einer Schneewolke ein Pferd heraus, das vor einen kleinen Schlitten gespannt war, versetzte Samgin einen Stoß und raunte ihm zu: »Karpow, ein Popensohn, hat es getan ... Jegor – zu Testow! Warwara Kirillowna, Sie setzen sich zu mir auf den Schoß.«

Er tat alles so schnell, als wollte er Warwara entführen; Samgin legte den Arm um ihn, um nicht aus dem Schlitten zu fallen, und schwieg verdutzt. Als sie aus dem Getümmel heraus waren, wandte der Kutscher steif den Hals und sagte halblaut: »Wladimir Wassiljitsch, ein Polizist erzählte: Die Studenten haben einen Minister umgebracht.«

»Nanu! Welchen denn?« fragte Ljutow etwas schnell und erschrocken, wobei er Klim mit dem Ellenbogen in die Seite stieß.

»Ihren eigenen angeblich.«

»Weshalb denn?«

»Wer weiß.«

»Was meinst denn du?«

»Sie rebellieren. Die Studenten, die Rekruten, sie sind es immer...«

»Na, fahr schneller! Ach, diese Teufel ...«

»War er schon alt?« fragte Warwara.

»Nicht besonders«, antwortete Ljutow vergnügt und laut.

Im Nebenzimmer des Restaurants rieb er sich die Hände und fragte sie: »Sterlettsüppchen? Fischpasteten?«

Und sagte dem einem Heiligenbild ähnelnden alten Kellner: »Hast du gehört, Makarij Petrow? Und alles übrige, wie es sich gehört, ehrlich und schnell!«

Kaum war der Kellner fort, schlug Ljutow Klim auf die Schulter und begann halblaut zu sprechen, wobei er sein Gesicht durch Grimassen entstellte und seine Augen nach allen Seiten umherhuschen ließ: »Na, die Volkstümler haben euch Marxisten schön hereingelegt, jawohl! Jetzt, davon können Sie überzeugt sein, wird die Jugend ihnen folgen, jawohl! Das Wesentliche an der Tat ist nicht, daß es ein Minister war, morgen wird man eben einen anderen aufstellen, wie die Mordwinen einen Götzen, das Wesentliche ist, daß die Jugend sich denen anschließen wird, die nicht reden, sondern handeln, jawohl!«

»Wenn die revolutionäre Bewegung sich wieder auf den Weg des Terrors begibt«, begann Samgin streng, aber Ljutow unterbrach seine Rede.

»Hat sich schon begeben. Sie wird ihn gehen. Die Gerade ist die kürzeste Linie ...«

»Vergessen Sie nicht die Raben ...«

»Die geradeaus fliegen und vorzüglich leben. Mein Bester! Sich schlagen ist leichter, warten schwerer.«

»Sie sprechen zu laut«, warnte Warwara, die sich nachdenklich im Spiegel musterte.

Bestürzt über die Ermordung des Ministers als eine Tatsache, die das Leben unvermeidlich kompliziert, verwirrt, hatte Samgin noch nicht entschieden, wie er über diese Tatsache mit Ljutow sprechen sollte, der ihn durch seine unnatürliche, fast zynische Lebhaftigkeit und seinen sonderbaren, vorwurfsvollen Ton wütend machte.

Vielleicht ist das mit seinem Geld organisiert worden ... Und da er sich nicht beherrschen konnte, murmelte er: »Sie sprechen davon wie von einer für Sie persönlich vorteilhaften Sache ...«

Ljutow sprang auf ihn zu, wobei er Warwara stieß und sich nicht entschuldigte, er machte den Mund auf, schmatzte aber sofort krampfhaft mit den Lippen und sprach sichtlich nicht jene Worte aus, die er hatte sagen wollen.

»Ich bin Bürger meines Landes, und alles, was hier geschieht ...«

Da die Kellner mit Tabletts voll Geschirr und Speisen eintraten, brach er seine Rede ab und zwinkerte Samgin zu. »Der Kutscher, was? Wie über ... einen Hasen! Bedienen Sie sich bitte, Warwara Kirillowna.«

Während des Essens schluckte er krampfhaft die Speisen und den Wodka hinunter und sprach fast als einziger. Samgin war nach seiner unsinnigen Äußerung über den Vorteil noch verstimmter. Warwara aß ohne rechte Lust und zog, wenn Ljutow aufkreischte, die Schultern hoch, als fürchte sie einen Schlag auf den Kopf. Klim spürte, daß seine Frau noch immer in dem blendend hellen Saal Aumonts saß.

»Jawohl, ihr habt verspielt«, wiederholte Ljutow mehrmals, als wollte er necken.

»Ich glaube, daß jetzt, da die Arbeiterbewegung Massencharakter annimmt ...«, begann Samgin. Ljutow schob seinen Teller zurück und rief leise und entzückt: »Halt mal! Halt mal! Wie war das?«

Dann brach er plötzlich in kicherndes Gelächter aus, verzog das Gesicht wie ein alter Mann, zappelte mit dem ganzen Körper, rieb sich die Hände, und seine in Spalten von Runzeln versteckten Augen kitzelten Samgin wie Fliegen. Dieses Gelächter veranlaßte Warwara, Messer und Gabel hinzulegen; mit tief geneigtem Kopf wischte sie sich die Lippen so hastig ab, als hätten sie etwas Beißendes berührt, und Samgin erinnerte sich, daß Ljutow nach dem Fang des vermeintlichen Welses auf dem Landsitz genauso unangenehm und mutmaßend gelacht hatte.

»Worüber freuen Sie sich?« fragte er ärgerlich und zugleich verlegen.

»Ach, mein Teurer!« sagte Ljutow mit erschöpftem Prusten und wandte sich an Warwara: »Die Arbeiterbewegung, sagt er! Was meinen Sie, Warwara Kirillowna – wozu braucht er sie, die Arbeiterbewegung?«

»Ich interessiere mich nicht für Politik«, antwortete Warwara trocken und führte das Weinglas an den Mund.

Ljutow schüttelte sich wieder in einem Lachanfall, und Samgin fühlte, daß dieses Lachen ihn bereits beängstigte, da es einen Skandal möglich werden ließ, und daß dieses Lachen etwas Entlarvendes hatte.

»Auf Ihr Wohl!« kreischte Ljutow, sein Glas erhebend, und sagte dann ironisch tröstend: »Ja, ja – die Arbeiterbewegung erweckt große Hoffnungen bei einem gewissen Teil der Intelligenz, der . . . ich weiß nicht was will! Dieser Herr Subatow ist auch ein Intellektueller, er will sichtlich, daß die Arbeiter mit den Arbeitgebern kämpfen, den Zaren aber in Ruhe lassen. Das ist – Politik! Das ist – ein Marxist! Ein künftiger Führer der Intelligenz . . .«

Warwara sah ihn erschrocken und mit unverhohlener Verblüffung an, Ljutow war auf einmal betrunken, seine Schielaugen hatten ihre Lebhaftigkeit verloren, er zappelte, suchte mit den Fingern die Gabel zu packen und konnte sie nicht erwischen. Doch Samgin glaubte nicht an diese plötzliche Betrunkenheit, beobachtete er doch nicht zum erstenmal Ljutows gauklerische Fähigkeit, betrunken und wieder nüchtern zu sein. Er sah auch, daß dieser Mann im Kaufmannsrock durch nichts außer durch seine Schielaugen an den Studenten Ljutow erinnerte, sogar seine Sprechweise war anders, er gebrauchte schon keine kirchenslawischen Wörter mehr, prunkte nicht mehr mit Zitaten, sondern sprach auf Moskauer Art und volkstümlich. Das alles deutete auf irgendein listiges Spiel hin.

»Jawohl«, sagte er, »man greift zur Pistole. Haben Sie von dem dreifachen Selbstmord in Jamburg gehört? Ein Student, eine Kursistin und ein Offizier. Ein Offizier«, wiederholte er mit Betonung. »Ich fasse das nicht als Roman, sondern als Romantik auf. Und nach ihnen hat sich noch ein Student in Simferopol eine Kugel in den Kopf gejagt. An zwei Enden Rußlands also . . .«

Mit gesenkter Stimme fuhr er fort: »Und ein gewisser Student Posner oder Posern – ein Fremdstämmiger, wie Sie hören – schreit offenherzig aus dem Waggonfenster: ›Es lebe die Revolution!‹ – zu den Soldaten, doch er . . . na, bitte schön! Wie soll unsere geniale Zarenmacht diesen Ausruf in eine ihr verständliche Sprache übersetzen? Eine idiotische Macht bin ich, müßte sie sich sagen und ...«

Warwara erhob sich, und Samgin nickte ihr dankbar zu. »Ja, wir müssen aufbrechen ...«

»Wir leben in einem verrückten Land«, raunte ihm Ljutow zum Abschied zu. »In einem äußerst verrückten.«

Kaum hatten sie die Straße betreten, sagte Warwara angewidert: »Mein Gott, was ist das für ein Mensch! Da wird einem schlecht. Diese lakaienhafte Gewandtheit und dieses Lachen! Wie kannst du ihn ertragen? Warum sagst du ihm nicht tüchtig die Meinung?«

In ihren Worten vernahm Samgin etwas an Übertreibung, und er antwortete ihr nicht. Zu Hause fing sie wieder an, von Ljutow zu sprechen: »Ich verstehe nicht, ist er über die Ermordung des Ministers erfreut oder entsetzt?«

Aber offenbar lag ihr nicht sehr viel daran, dies zu begreifen, denn sie sagte gleich darauf: »Man sagt, er gibt für Alina viel Geld aus.«

»Mag sein«, murmelte Samgin, von seinen eigenen Gedanken bedrückt. Er war sehr zufrieden, als seine Frau zu Bett gegangen und mit dem Seufzer: »Wie schön ist doch Alina!« verstummt war.

Samgin hätte sich mit einer Laterne auf einem Platz vergleichen mögen: Aus den Straßen kommen hastig Menschen gegangen und gelaufen, sie geraten in seinen Lichtkreis, schreien ein wenig und verschwinden dann wieder, nachdem sie ihre Nichtigkeit gezeigt haben. Sie bringen schon nichts Neues, Interessantes mehr, sondern frischen nur Bekanntes, aus Büchern Zusammengelesenes oder dem Leben Abgelauschtes in der Erinnerung auf. Die Ermordung des Ministers hingegen war etwas Unerwartetes, das ihn verwirrt hatte, er verhielt sich selbstverständlich ablehnend gegen diese Tatsache, konnte sich aber nicht vorstellen, wie er darüber sprechen werde.

Schon auf dem Weg zum Restaurant hatte er sich erinnert, daß Ljubascha vor etwa drei Wochen nach Petersburg gefahren war, und jetzt, als er im Bett lag, dachte er, daß sie infolge ihrer Herzensgüte in den Mord verwickelt sein könnte. Solche guten Menschen sind zu allem fähig; sie sind überhaupt eine rätselhafte und wohl kaum normale Erscheinung. Auf jeden Fall sind dies willensschwache Menschen. Mitrofanow ist ein normaler Mensch: nicht gut und nicht böse. Sehr schade, daß er irgendwohin in die Provinz gefahren ist, wo man ihm eine Stellung angeboten hat. Onkel Mischa liegt im Krankenhaus und heilt seinen Gefängnisrheumatismus. Er und Ljubascha sind unerwünschte Untermieter; sonderbar, daß Warwara das nicht begreift. Sie versteht die Menschen überhaupt irgendwie eigenartig.

Zur Somowa verhält sie sich ungleichmäßig; manchmal kümmert sie sich fast verliebt um sie, hilft ihr beim Nähen für die Inhaftierten und sammelt eifrig Spenden für das politische »Rote Kreuz«, dann aber fragt sie plötzlich spöttisch: »Werden Sie Ihr ganzes Leben lang die Rolle einer Barmherzigen Schwester spielen, Ljubascha?«

Und danach scheint sie sogar Begegnungen mit ihr zu vermeiden. Samgin interessierten weder die Motive ihrer Freundschaft noch die Gründe der Meinungsverschiedenheiten, aber einmal fragte er Warwara: »Wie denkst du über die Somowa?«

Warwara antwortete sofort, irgendwie wohlüberlegt und entschlossen: »Sie ist ein echt russisches, gutes Mädchen aus der Zahl jener, die auch ohne Glück leicht leben können.«

Ein andermal sagte sie: »Manchmal kommt es mir vor, als könnte sie, wenn sie ungebildet wäre und keine gesellschaftliche Tätigkeit ausübte, aus Herzensgüte liederlich, sogar eine Prostituierte werden und womöglich rührende Liedchen verfassen wie:

> Die Mutter hat mich geliebt und verehrt,
> Ihr bildschönes Töchterlein,
> Doch die Tochter lief mit dem Liebsten davon
> In dunkler herbstlicher Nacht.«

Nachdem Warwara das nachdenklich und ernst gesagt hatte, fragte sie: »Solche Lieder wie dieses und wie ›Marusja hat sich vergiftet‹ werden doch von Prostituierten verfaßt?«

»Darüber bin ich nicht unterrichtet«, hatte Samgin geantwortet.

Dann dachte er wieder über den Petersburger Schuß nach; was war das: die Tat eines einzelnen, verbitterten Menschen, oder hatten die Volkstümler tatsächlich beschlossen, »vom Wort zur Tat« überzugehen? Er schlief mit dem Gedanken ein, daß Terror, der moralisch unzulässig ist, auch keine praktische Bedeutung haben kann, wie sich das vor zwanzig Jahren gezeigt hatte. Auch wird natürlich die Ermordung eines Minsiters alle gesund denkenden Menschen empören.

Als er aber am Morgen das Arbeitszimmer des Patrons betrat, begrüßte ihn dieser mit dem lebhaften Ausruf: »Haben Sie es gelesen, mein Lieber? Den Bogolepow hat irgendein Junge niedergeknallt. Da sieht man, wohin uns die Regierung gebracht hat! Gänzlich unfähige Leute. Wollen Sie Kaffee? Schenken Sie sich selbst ein.«

Samgin befaßte sich aufmerksam mit dem Kaffee, das erlaubte ihm zu schweigen. Der Patron hatte mit ihm nie über Politik gesprochen, und Samgin wußte, daß er, der überhaupt keine Neigung dafür zeigte, sich von liberalen Anwälten abseits hielt. Jetzt aber sagte er:

»Man muß zugeben, daß diese Tat die ganz natürliche Antwort auf die Niederknüppelung der Jugend nach Art des bethlehemitischen Kindermordes ist. Die Einberufung der Studenten zur Armee bedeutet bereits eine Rückkehr zu der Epoche Nikolaus' I. . . .«

Der Patron war ein kräftiger Mann über Fünfzig mit großem, schwerem Kopf in einer Kappe dichten, wirren Haars von blaugrauer Farbe und buschigen Brauen; diese Brauen und die wie bei einer Frau leuchtenden, geringschätzig oder skeptisch verkniffenen Lippen verschönten sehr sein glattrasiertes Gesicht eines Heldendarstellers. Die Backenknochen bedeckte ein feines Netz purpurner Äderchen, die unteren Lider hingen etwas herab und zeigten vorquellende Fischaugen unbestimmten Ausdrucks. Er ging wie ein Stier mit vorgeneigtem Kopf und trug seinen soliden Bauch feierlich umher, seine linke Hand spielte stets mit den vielen Anhängern der Uhrkette, die rechte hob und senkte sich mit gewohnter Gebärde in der Luft, die breite Hand schwamm in der Luft wie ein mittelgroßer Blei. Seine Arme waren unverhältnismäßig lang und die Hände unschön flach. Er erfreute sich des Rufes eines sehr sachlichen Mannes, zechte gern im »Strelna« und im »Jar«, reiste alljährlich nach Paris, war schon lange geschieden und wohnte einsam in einer großen, kalten Wohnung, in der sogar an klaren Tagen staubiges Dämmerlicht und der unausrottbare Geruch von Zigarren und trockenem Moder herrschten. Besonders stark war dieser Geruch in dem düsteren Arbeitszimmer, wo zwei Schränke gleichsam als Fenster zu einer Welt dicker Bücher dienten, während die wirklichen Fenster in einen engen Hof hinausschauten, in dessen Mitte sich hinter Bäumen ein wunderliches Kirchlein versteckt hatte. Der Patron zitierte gern Gedichte, er wiederholte oft die Verszeile Nadsons: »Unsere Generation kennt keine Jugend«, hatte aber eine besondere Vorliebe für Golenischtschew-Kutusows pessimistische Lyrik. Vor kurzem noch hatte er zu Samgin gesagt: »Ich bin ein einsamer Mensch, für den das Spiel schon aus ist, mein Lieber.«

Heute jedoch sagte er, mit der Zigarre dirigierend: »Wir, die in gesellschaftlicher Tätigkeit erfahrenen Männer . . .«

Und seine Rede strömte ebenso figurenreich wie der Rauch der Zigarre.

»Unser Fabrikkessel ist noch wenig geräumig, und wir werden noch lange warten müssen, bis er den russischen Bauern zum Proletarier garkocht und für staatswichtige Fragen empfänglich macht . . . Es ist ganz natürlich, daß unsere Generation, die einen starken Lebenswillen hat, zu Methoden aktiver Einwirkung auf die Reaktion neigt . . .«

Er sprach lange, bis zum Ende der Zigarre, und Samgin kam es vor, als wollte ihn der Patron von etwas überzeugen, wovon aber, das war nicht zu verstehen.

Er fuhr mit dem Patron zum Gericht, dort sprachen sowohl die Anwälte als auch die Beamten allzu einfach von dem Mord wie von einem alltäglichen Verbrechen, und tröstlich war nur, daß sie fast alle in einem übereinstimmten: Das war die persönliche Rache eines Einzelgängers. Einer der Anwälte, der den ungewöhnlichen Familiennamen Magnit hatte, rothaarig, großzahnig und laut, der Samgin an die mißlungene Karikatur eines Engländers erinnerte, sprach laut und eigentümlich schamlos aus: »Als Tat eines einzelnen hat das keinen Sinn.«

Nach Verlauf einiger Tage war Samgin überzeugt, daß es in Moskau keine gesund denkenden Menschen gebe, denn er hatte niemanden getroffen, der über die Ermordung des Ministers entrüstet gewesen wäre. Die Studenten gingen mit Siegermiene durch die Straßen. Nur im Kreise Preißens hatte das Ereignis Beunruhigung ausgelöst; Smijew, der so aufgeregt war, daß ihm die Hände zitterten, schrie: »Dieser Nadelstich wird das Schtschedrinsche Schwein nur zur Raserei bringen.«

Er schrie Redosubow an, der in der Ecke saß und ihn, wie immer die Hände auf die Knie gestützt, von unten herauf ansah, Brauen und Lippen bewegte und sich räusperte; Berendejew sprang auch auf Redosubow zu, als wollte er seine Stirn mit dem Finger durchbohren.

»Es steht geschrieben: Wer das Schwert nimmt...«

»Es heißt aber auch: Nicht den Frieden, sondern das Schwert«, antwortete Redosubow drohend.

»Eine durch Verzweiflung hervorgerufene Tat kann keine guten Folgen haben«, belehrte ihn Tarassow.

Sogar der stets korrekte Preiß sprach mit ihm in einem Ton, aus dem ganz deutlich zu hören war, daß er, Preiß, zu einem Wilden sprach: »Ist es Ihnen denn immer noch nicht klar, daß der Terror die Behandlung einer verschleppten Krankheit mit Hausmitteln bedeutet? Wir brauchen Führer, Menschen von hoher geistiger Kultur, aber keine Dorfquacksalber...«

Redosubow räusperte sich und sagte mürrisch: »Die künftigen Führer jagt man zu den gemeinen Soldaten, begreifen Sie, was das bedeutet? Das bedeutet, daß sie die Armee revolutionieren. Das bedeutet, daß die Regierung das Land zur Anarchie führt. Wollen Sie das?«

Hier war Samgin alles bekannt, außer der Verteidigung des Terrors durch einen ehemaligen Anhänger des »Widerstrebe nicht dem

Übel«. Ja, hier sprachen vielleicht Menschen mit gesundem Verstand, aber Samgin fühlte, daß er in irgendeiner Hinsicht über sie hinausgewachsen war, sie verwickelten sich in Worte, kamen nicht vom Fleck und standen dem Leben fern, das immer beunruhigender wurde.

Dann kam Ljubascha an, erschöpft, erkältet, mit geröteten Augen und erhöhter Temperatur. Hustend und niesend erzählte sie mit heiserer Stimme von der Demonstration vor der Kasaner Kathedrale, davon, wie Polizei und Kosaken die Demonstranten und Zuschauer geschlagen hatten, erzählte das mit Begeisterung.

»Stellt euch vor: Als dieses betrunkene Gesindel auf die Kirchenstufen zustürzte, lief niemand davon, niemand. Sie kämpften, und wie! Meine Lieben«, rief sie, die Arme hochwerfend, »was für Leute ich gesehen habe! Struve, Tugan-Baranowskij, Michailowskij habe ich gesehen, Jakubowitsch . . .«

Mit nicht erlöschender Begeisterung erzählte sie, daß an der Petersburger Universität eine Studentengruppe mit der Losung: »Die Universität für die Wissenschaft, nieder mit der Politik!« organisiert worden sei.

»Freut dich das auch?« fragte Samgin spöttisch lächelnd.

»Stell dir vor, es betrübt mich nicht«, erwiderte sie irgendwie erstaunt. »Weißt du, es wird einem alles gewissermaßen verständlicher: das Wer, das Wohin, das Wozu.«

Auf Klims Frage nach Bogolepow antwortete sie: »Ach ja . . . man sagt, Karpowitsch wird nicht hingerichtet, sondern ins Zuchthaus geschickt. Ich bin an dem Tag, als er schoß, in Pskow gewesen, und als ich nach Petersburg zurückkehrte, wurde schon nicht mehr davon gesprochen. Oh, Klim, wie man dort in Petersburg lebt!«

Ihre Begeisterung erlosch, als sie von den Bekannten zu erzählen begann.

»Lidija befaßt sich mit Religionsgeschichte, wozu sie das aber braucht, habe ich nicht begriffen. Sie lebt wie eine Nonne, einsam, geht in die Oper, in Konzerte.«

Nach kurzem Schweigen und Nachdenken sagte Ljubascha traurig: »Sie ist schon immer schwierig gewesen, jetzt aber ist sie gar nicht mehr zu verstehen. Sie spricht nie von dem, was interessant ist, sondern immer daran vorbei. Sie ist entzückt von einer Dichterin, die sich als Engel verkleidete, an ihrem Kleid Flügel befestigte und öffentlich Gedichte vortrug. ›Ich will das, was es auf Erden nicht gibt.‹ Makarow begeistert sich auch, aber irgendwie anders, und er und Lidija streiten sich, worüber aber, das weiß ich nicht. Makarow hat hier, wie sich herausstellt, Krach gehabt; er assistierte seinem

Professor, und dieser sagte über eine Patientin irgend etwas Zweideutiges. Makarow sagte ihm nach der Operation Grobheiten und weigerte sich, mit ihm zusammenzuarbeiten.

»Welch ein Ritter«, prustete Warwara ironisch.

»Ein finsterer Mann«, sagte Klim und fragte: »Haben sie, Makarow und Lidija, einen Roman miteinander?«

»O nein!« sagte Ljubascha rasch. »Wo denkst du hin! Sie sind doch so ... weise. Aber es hat dort eine Hochzeit gegeben; Lida wohnt bei der Premirowa, und deren Nichte hat einen Mann geheiratet, der mit Kirchengerät handelt. Eine unheimliche Ehe und – nach Schopenhauer: die Braut riesengroß und schön, eine Walküre; der Bräutigam jedoch klein, glatzköpfig und gelb, mit einem Riesenbart wie Warawka und den Augen eines Heiligen, aber stämmig wie eine Eiche. Er ist über Vierzig.«

»Weißt du, daß Marina einen Roman mit Kutusow gehabt hat?« fragte Samgin lächelnd.

»Nein!« schrie Ljubascha verblüfft auf, als aber Klim nachdrücklich nickte, sagte sie gedehnt: »So eine Erznärrin!«

Ihre Entrüstung brachte die Samgins zum Lachen.

»Ich verstehe nicht, worüber lacht ihr?« entrüstete sich Ljubascha. »Einen Mann heiraten, der mit Kirchengerät handelt ... Mit euch ist nichts anzufangen«, sagte sie, als sie sah, daß die Samgins weiterlachten.

Sie war des Erzählens müde und ging in ihr Zimmer. Warwara zündete sich eine Zigarette an, saß eine Weile mit geschlossenen Augen und sagte dann seufzend: »Wie einfach alles bei ihr ist.«

Samgin stand auf und murmelte, im Zimmer umhergehend, in Erinnerung an Turobojews Worte: »An den russischen Universitäten studiert man nicht, sondern begeistert sich für die Poesie instinktiver Handlungen.«

»Unser Koch behauptet, die einen Studenten rebellierten aus Hunger und die anderen aus Freundschaft zu ihnen«, begann Warwara lächelnd. »›Wenn ich Minister wäre‹, sagt er ›würde ich sie alle staatlich verpflegen lassen, mit gleichen Rationen für Reiche und Arme, denn satte Menschen haben keinen Grund zu rebellieren.‹ Und er führte den verblüffenden Beweis an: Wenn Bettler satt sind, rebellieren sie nicht.«

»Alkoholiker«, erinnerte Samgin, immer noch umhergehend, während Warwara sehr leise sagte: »Weißt du, es ist etwas ... Erschreckendes daran, daß dieser Mann siebzig Jahre gelebt, viel gesehen hat, und alles fügt sich bei ihm zu irgendwelchen verrückten Gedanken, dummen Sprichwörtern zusammen ...«

»Sprichwörter sind nicht dumm«, erklärte Samgin autoritär. »Das Denken in Aphorismen ist fürs Volk charakteristisch«, fuhr er fort – war gekränkt: seine Frau hörte ihm nicht zu.

»Er, dieser Koch, kann die Studenten nicht ausstehen. Er suchte mir zu beweisen, man müsse sie nach Sibirien schicken, nicht zu den Soldaten. Sie werden, sagt er, den Soldaten den Kopf verdrehen: Glaubt nicht an Gott, verehrt die Zarenfamilie nicht. Sie haben dummes Zeug im Kopf, sagt er, meinen aber, sie hätten Verstand.«

Sie drückte die nicht zu Ende gerauchte Zigarette aus, stand auf, hakte sich bei ihrem Mann ein und ging im Schritt mit ihm umher.

»Nein, ich mag das Denken in Sprichwörtern nicht. Ich mag es nicht. Hör doch mal zu, wenn der Koch sich mit Mitrofanow unterhält.«

»Ja«, antwortete Klim unbestimmt.

»Lieber Klim«, sagte sie, sich an ihn schmiegend, »findest du nicht, daß das Leben sehr ... sonderbar wird?«

»Ich finde, daß es Zeit zum Schlafengehen ist, das finde ich!« sagte er. »Ich habe morgen eine Menge zu tun ...«

Samgin merkte nicht zum erstenmal, daß seine Frau mit ihm irgendein philosophisches Gespräch anknüpfen wollte, und wehrte es nicht zum erstenmal ab. Er erriet nicht, über welches Thema Warwara sprechen werde, war aber so gut wie überzeugt, daß das Gespräch nichts Angenehmes verhieß.

»Über das Leben und anderes mehr sprechen wir irgendwann ein andermal«, versprach er, und als er merkte, daß Warwara traurig wurde, fügte er, ihre Schultern streichelnd, hinzu: »Über das Leben, meine Liebe, muß man mit frischem Kopf sprechen und nicht, nachdem man Ljubaschas Neuigkeiten gehört hat. Hast du gemerkt, daß sie von Struve und den anderen wie eine Gläubige von gottgefälligen Leuten sprach?«

»Ja«, sagte Warwara lächelnd, sah aber zur Seite auf das vom Mond beschienene Fenster.

Drei Wochen später etwa saß Samgin in einer Postkutsche, sie wurde auf der vom Frühlingswasser zerwaschenen Straße von einem Paar zottiger, rostbrauner Pferde gezogen, die mechanisch, wie aufgezogenes Spielzeug, die Beine bewegten. Sie fuhren an Äckern vorbei, die dürftig mit junger Wintersaat bedeckt waren; die unfruchtbare Erde der Umgebung von Twer war mit weißgewaschenem Schotter bedeckt.

»Das Korn wird hier vom Dotterkraut erdrückt, der Teufel soll es holen«, sagte der Kutscher und deutete mit der Peitsche aufs Feld. »Das ist so eine schädliche Pflanze, dieses Dotterkraut, mit gelblichen Blüten«, erläuterte er, seinen Fahrgast über die Schulter anblickend.

Er spricht mit mir wie mit einem Ausländer, stellte Samgin fest.

Es war ein Sonntag, die Felder lagen öde da; nur hie und da spazierten gemessen gelbschnäbelige Saatkrähen umher, und auf unsichtbaren Pfaden zwischen den Äckern bewegten sich wankend nach verschiedenen Richtungen kleine Menschen, die auch wie Vögel aussahen. Vom Himmel, der wie mit einem zerrissenen Schaffell von Wolken bedeckt war, schaute hin und wieder unentschlossen und für kurze Zeit die Sonne herab, an den kahlen Zweigen der Sträucher und an den grauen Ästen der Erlen hingen wie Musselinläppchen die Schatten und krochen über die feuchte Erde. Durch die trübsinnige Einförmigkeit der Landschaft ermüdet, ließ sich Samgin schläfrig und ermattet in der Kutsche herumrütteln, die Gedanken waren aus ihm herausgeschüttet, lästig kam ihm nur irgendwessen traurige Erzählung von einem Menschen in den Sinn, der nach mißglückten Versuchen, einen Sinn im Leben zu finden, nach Hause zurückkehrte, aber dort auf noch boshaftere Sinnlosigkeit gestoßen war. Samgins kleiner Koffer wurde auch herumgerüttelt und stieß an seine Füße, aber er war zu träge, ihn beiseite zu rücken.

Sie fuhren in einen Hain dünnstämmiger bleigrauer Erlen, in den sauren Geruch von Sumpf und moderndem Laub hinein, unter der Kutsche krachte etwas, sie kippte seitlich nach hinten, und Samgin fiel heraus. Die Pferde hielten sofort. Samgin war mit den Ellenbogen und der Schulter auf den Boden aufgeschlagen, sprang auf die Beine und rief zornig: »Was machst du, zum Teufel...«

Der Kutscher, ein Bäuerlein mittleren Alters mit spärlichem grauem Bärtchen im schlaffen Gesicht, kletterte gemächlich vom Bock, sah unter das Hintergestell der Kutsche und sagte lächelnd: »Die Achse ist gebrochen, der Schinder soll sie holen, mich trifft keine Schuld, Herr, das Eisen hat es nicht ausgehalten.«

Schweigsam und trübsinnig wie alles ringsum, wurde er plötzlich lebhaft, rückte die zerlumpte Mütze auf dem Kopf zurecht, straffte den Leibriemen und beruhigte Samgin: »Der Unfall macht nicht viel aus; von hier bis Tarassowka sind es nicht mehr als anderthalb Werst, und dort wird der Schmied die Sache gleich wieder in Ordnung bringen. Sie werden also zu Fuß hingehen müssen. N-na, ihr Entlein«, sagte er vergnügt zu den Pferden und schob sie zurück.

Er holte unter dem Kutschersitz eine Axt hervor, fällte mit drei Hieben eine Erle und fuhr, während er die Zweige abhackte, fort: »Dort der Schmied, Wassilij Mikititsch, ist ein Meister, wie man ihn in Moskau nicht findet, ein Mann mit tollem Verstand...«

»Soll ich nun gehen?«

»Gott befohlen. Ich hole Sie ein.«

Und obwohl die Pferde reglos dastanden, als wären sie aus Bronze, riet er ihnen: »Ganz ruhig, ihr Vögelchen!«

Samgin hob einen Zweig vom Boden auf und ging auf dem hinterlistig zwischen Bäumen sich hinschlängelnden Weg aus dem Schatten ins Licht und wieder in den Schatten. Er ging und dachte, daß er nicht vierzehn Jahre im Gymnasium und an der Universität hätte zu lernen brauchen, um mit schlechten Pferden in unbequemer Kutsche auf holprigen Straßen zu fahren, mit halbwilden Leuten auf dem Bock. In seinem Kopf hüpften und klangen wie die kupfernen Fünfkopekenstücke in seiner Manteltasche im Takt zu seinen Schritten die Worte:

> Diese armseligen Dörfer,
> Diese kärgliche Natur . . .

Sollten der Herrenmensch Grigorowitsch, der Kartenspieler Nekrassow, Slatowratskij und andere tatsächlich über ein seltsames Gefühl verfügt haben, das ihnen als Liebe zum Volk erschienen war?

Der Hain lichtete sich, wich von der Straße ins Feld zurück und senkte sich in eine Schlucht; in der Ferne wurde auf einem Hügel eine Mühle sichtbar, die mit ihren gespreizten Flügeln gleichsam den Weg versperrte. Samgin blieb stehen, wartete auf die Pferde und lauschte dem Rascheln der Zweige unter den Stößen des feuchten Windes, in das Rascheln mischte sich der Gesang einer Lerche. Als die Pferde sich genähert hatten, sah Klim, daß in der Kutsche auf seinem Koffer ein schmutziges Wagenrad lag.

»Schadet das denn dem Köfferchen?« fragte der Kutscher als Antwort auf Samgins Anschnauzer, legte das Rad unter den Bock und sagte: »Gleich sind wir am Ziel.«

Kaum aber hatten sie den Hain verlassen und waren an der über die Schlucht führenden Brücke angelangt, packte er die Pferde am Zaum und riß sie schroff zurück.

»Wahrhaftig: sie rebellieren! Diese Teufel . . .«

Dann riet er halblaut: »Gehen Sie zur Seite, Herr, dorthin, wo die Bäume dichter stehen, denn wer weiß, wie sie Ihnen begegnen werden. Es handelt sich um eine ungesetzliche Sache, Zeugen sind unerwünscht.«

Auf Klims beunruhigtes Fragen erzählte er gemächlich, die Bauern von Tarassowka lebten schon lange ohne Brot, die Kinder und alten Leute seien zum Betteln fortgeschickt worden.

»Zum Betteln, jawohl! Sie haben weder Brot zum Essen noch

Korn zur Aussaat. Doch im Speicher ist Getreide, dort liegt es. Sie haben um Saatgut gebeten, aber erfolglos, man verweigerte es ihnen. Und so beschlossen sie, sich das Getreide eigenmächtig zu nehmen, auf dem Weg eines Aufstands also. Sie wollten das schon am Mittwoch tun, aber da kam der Chef der Landpolizei und schüchterte sie ein. Zudem kann man an einem Wochentag nicht alle Leute versammeln, heute aber ist Sonntag.«

Während er erzählte, hielt Samgin Ausschau und sah, daß eine dichte Menge Bauern, Frauen und Kinder sich durch das Dorf zum Vorratsspeicher am Dorfrand bewegte, sie bewegte sich nicht sehr laut, sondern mit eigentümlich dumpfem Murren; vorweg schritt ein mittelgroßer, breitschultriger Bauer mit einem dicken Seilbündel auf der Schulter.

»Das ist Kubassow, der Ofensetzer, er ist hier bei ihnen in allem der erste. Die Schmiede, die Ofensetzer und die Zimmerleute, sie sind ganz einheitlich, wie die Fabrikarbeiter, sie pfeifen auf die Gesetze«, sagte der Bauer seufzend, als bedauerte er die Gesetze. »Dieser Vorfall wird Sie aufhalten, Herr«, fügte er, von einem Fuß auf den andern tretend, hinzu, und auf seinem schlaffen Gesicht zeigte sich mürrische Besorgnis; es sackte gleichsam zu dem faltigen Hals hinab.

Bis zum Dorf waren es noch rund hundertfünfzig Saschen, es erstreckte sich an einem schmalen Flüßchen mit buschigem Gesträuch an den Ufern; Samgin sah deutlich alles, was im Dorf geschah, er sah es, verstand es aber nicht. Ihm kam es vor, als ginge die Menge feierlich wie bei einer Kirchenprozession, sie war noch dichter als um die Heiligenbilder und Kirchenfahnen zu einem bunten Haufen zusammengedrängt. Der Wind trieb träge den Lärm zu Samgin herüber, es waren sogar einzelne Stimmen zu hören, und das zusammengeflossene Stimmengewirr wurde besonders von irgendwessen durchdringendem Geschrei durchbrochen: »Irmakow! Kinder – der Irmakow macht nicht mit!«

Ein Mann in rotem Hemd ohne Gürtel kletterte schwerfällig über einen geflochtenen Zaun auf die Straße, er war barfuß, und seine Hose war bis zu den Knien aufgekrempelt; er überholte die Menge, fuchtelte mit den Armen und kreischte mit Dulderstimme: »Wenn Irmakow nicht mitmacht, komme ich auch nicht mit!«

Der Ofensetzer schlug mit dem Seilbündel auf ihn ein, der Mann sprang zur Seite, lief in einen Hof, und von dort erklang wieder sein hysterischer Schrei: »Ich mache nicht mit ... Das ist nicht recht!«

»Führt Jermakow her«, sagte der Ofensetzer so vernehmlich, als befände er sich ganz in Samgins Nähe.

»Was wollen sie tun?« fragte Klim.

Der Kutscher schob mit dem Peitschenstiel die Mütze aufs Ohr, stocherte in seinem wirren Haar herum und sagte seufzend: »Was sollen sie denn tun? Sie wünschen den Speicher zu öffnen, aber haben keinen Schlüssel. Der Schlüssel ist dabei sogar überflüssig«, fuhr er fort, unter der Hand zum Dorf hinübersehend. »Mit einem Schlüssel kann nur eine Hand etwas tun, hier aber ist erforderlich, daß die ganze Gemeinde Hand anlegt. Sogar die Kinder. Die Kinder werden sie doch nicht verdammen?« fragte er, indem er Samgin mit fragendem Lächeln ins Gesicht sah.

Samgin antwortete ihm nicht und sah zu, wie zwei Bauern einen bärtigen Mann mit langem, bis über die Knie reichendem Leinenhemd herbeiführten; der Bärtige stemmte sich mit den Füßen gegen die Erde, suchte sich zu entwinden und sagte etwas, wie aus der Bewegung seines Bartes zu erkennen war, aber seine Stimme wurde von dem triumphierenden Kreischen des Mannes im roten Hemd übertönt, der hinzusprang, den Bärtigen mit der Faust in den Nacken stieß und brüllte: »Du machst nicht mit, du gemeine Seele?«

»Schau mal an, wie der Mann in Wut geraten ist«, sagte der Kutscher begeistert, setzte sich aufs Trittbrett des Wagens und zog einen Stiefel aus. »Das macht er richtig! So etwas müssen alle einmütig tun.«

Als er den Stiefel ausgezogen hatte, wickelte er den Fußlappen auf und verdarb die Luft mit starkem Schweißgeruch, Samgin trat zur Seite, aber der Kutscher warnte ihn: »Zeigen Sie sich nicht so. Der, den sie herbeiführen, ist Jermakow, er gehört nicht zum Dorf, er hat eine Imkerei und ist Fischer. Er ist, wissen Sie, ein Sektierer, ein Malmonit, das ist so eine Sekte, damit man nicht Soldat zu werden braucht.«

Der Sektierer wurde zum Ofensetzer geführt, die Menge verstummte, und deutlich ertönte die Stimme des Ofensetzers: »Was ist mit dir los, Jermakow? Du redest immer von Christus, und dabei bist du ein Feind des Volkes? Paß auf, wir stecken dich kopfabwärts in den Pfuhl, du Schuft!«

Ein lautes Bäuerlein in rotem Hemd schwirrte mit seinen leuchtend nackten und dünnen Beinen wie eine Fliege um die anderen herum, stieß alle, schlug die kleinen Jungen und brüllte: »Stellt euch auf, Bauern!«

Die Menge verwandelte sich aus einem formlosen Haufen in einen Keil, dessen Spitze an die Wand des Getreidespeichers stieß, und an der Spitze begann sich das Bäuerlein im roten Hemd zu drehen, als wollte es sich in die Tür hineinbohren. Der Ofensetzer wandte sein

Gesicht der in die Länge gezogenen Menge zu, warf ein langes Seil über ihre Köpfe und schrie, mit der Faust drohend: »Packt alle bis auf den letzten an, ihr Hundesöhne!«

Das Bäuerlein drohte auch und kreischte hysterisch: »Ehrlich, sonst brech ich euch die Arme!«

Die Bauern und Bäuerinnen bekreuzigten sich und stellten sich längs des Seils auf, wobei sie zur Straße zurückwichen – das erinnerte Samgin an das Aufziehen der Glocke: So wie damals verstummten die Leute auch jetzt ehrfürchtig, und das am Schloß des Speichers befestigte Seil spannte sich auch wie eine Saite. Der Ofensetzer bekreuzigte sich und rief: »Wenn ich drei zähle, dann zieht an!«

»He, haben alle angepackt?«
»Also – eins!«
»Paßt auf, daß der Jermakow . . .«
»Zwei!«
»Wohin, du Hund?«
»Drei!«

Die lange Menschenreihe wankte, das Seil erbebte, schnellte von der Wand ab und fiel mit Eisenklirr zu Boden.

»Na, Gott sei Dank«, sagte der Kutscher, zog den Stiefel wieder an und zwinkerte Samgin lächelnd zu. »Wir haben nichts davon gesehen, nicht wahr, Herr? Der Speicher ist geöffnet, auf welche Weise, ist uns nicht bekannt. Er ist auf, also gibt es eine Zuteilung, stimmt's?«

Er begann das Pferdegeschirr zu ordnen und fuhr mit fröhlicher Stimme fort: »Das Schloß ist natürlich herausgerissen, aber wer ist schuld? Außer dem Hirten und irgendwelchen alten Männern und Frauen, die auf dem Ofen auf ihren Tod warten, ist die ganze Gemeinde schuld, groß und klein. Man wird doch nicht das ganze Dorf mit Kindern und Weibern ins Gefängnis sperren, Herr? Das ist eben das Kunststück: Rebelliert haben sie wohl, Schuldige aber gibt es nicht! Na, gehen wir jetzt . . .«

Die ausgeruhten Pferde zogen munter an; die Stange, die das eine Rad ersetzte, schleifte auf der Erde, der Kutscher führte die Pferde und rief immer wieder: »Vorwärts, ihr Entchen, ihr Rebhühnchen!«

Samgin schritt mürrisch nebenher und beobachtete, wie im Dorf die Leute mit Säcken herumliefen und einander anschrien und wie der bärtige Sektierer Jermakow gleich einer Säule mitten auf der Straße stand. Als sie ins Dorf kamen, riß der Kutscher die Mütze vom Kopf und rief: »He, Wassilij Mitritsch . . .!«

Sofort wurde es still, die Leute schienen zu erschrecken, sie erstarrten einen Augenblick und sahen die Pferde und Samgin an, dann begannen sie, ihm vorsichtig näher zu kommen.

»Hat es eine Zuteilung gegeben?« fragte der Kutscher freudig, doch schon hüpfte vor ihm das rote Bäuerlein herum und fragte hastig: »Wen hast du hergebracht? Wohin fährst du ihn?«

Auf Samgin kamen zwei zu: der Ofensetzer, stämmig, mit steinernem Gesicht, und ein schwarzer Mann, der wie ein Zigeuner aussah. Der Ofensetzer sah Samgin mit so schwerem, abweisendem Blick an, daß er unwillkürlich zurückwich und sich hinter den Wagen stellte. Der Kutscher und der schwarze Mann nahmen die Pferde am Zaum und führten sie irgendwohin fort, während das Bäuerlein auf Samgin zusprang, den zerrissenen Ärmel seines Hemds hochkrempelte und sich wie ein Kreisel drehte, der des Drehens schon müde ist.

»Wohin fahren Sie? In welchem Auftrag?« fragte er ängstlich; der Ofensetzer packte ihn an der Schulter und schleuderte ihn beiseite wie einen kleinen Jungen, als aber das Bäuerlein der Länge nach hinfiel, sagte er zu ihm: »Geh weg, Iwan!«

Er sprach diese drei Worte so aus, als hätten sie ihn große Anstrengung gekostet. Sein Gesicht war von Blatternarben zerfurcht, darum war es auch rauh wie Stein, unter ausgerupften Brauen blickten mürrisch bläuliche Augen hervor. Er stand mit weit gespreizten Beinen da, hatte die Daumen in den Gürtel gesteckt und den umfangreichen Bauch vorgewölbt, er bewegte schweigend den Unterkiefer, und sein spärlicher, borstiger Bart regte sich unangenehm. Samgin spürte, daß dieser Mann nicht wußte, was er mit ihm anfangen sollte, und konnte sich nicht vorstellen, was er im nächsten Augenblick tun würde.

Es traten etwa zehn Bauern hinzu, alle streng und mürrisch.

»Sind Sie der Dorfschulze?« fragte Samgin, wobei er dachte, daß er das nächste Mal einen Revolver mitnehmen müßte.

»Der Dorfschulze ist verhaftet«, sagte einer der Bauern; der Ofensetzer sah zu ihm, spuckte sich vor die Füße und sagte: »Was lügst du! Unser Dorfschulze ist krank. Er liegt in der Stadt.«

Eine schwangere Bäuerin, die vorüberkam, schwenkte einen Sack und brummte: »Sie freuen sich über die Gelegenheit, die groben Kerle ... Sie sollten rasch Schluß machen.«

»Wozu brauchen Sie denn den Dorfschulzen?« fragte der Ofensetzer. »Den Paß kann auch ich prüfen. Ich kann lesen. Wir haben den Auftrag, die Pässe der Durchkommenden und Durchfahrenden anzusehen«, sagte er, wobei er sichtlich an etwas anderes dachte. »Kommen Sie etwa vom Semstwo?«

»Ich bin Rechtsanwalt.«

»Rechtsanwalt«, wiederholte der Ofensetzer und sah die Bauern an. Einer von ihnen brummte: »Also: sowohl für die Unseren als auch für die Euren.«

»Na, schön. Wollen Sie Rührei essen?« fragte der Ofensetzer, den Bauern zublinzelnd, und sagte fast fröhlich: »Herrschaften essen unbedingt Rührei.«

Er nahm einen ledernen Tabaksbeutel und eine Pfeife aus der Tasche, schöpfte mit dem Pfeifenkopf Tabak und drückte ihn mit dem Finger fest.

In aufgeregter Stimmung fragte Samgin plötzlich: »Was wollt ihr von mir?«

»Wir?« wunderte sich der Ofensetzer. »Was sollten wir wollen? Wir sind hier zu Hause. Da ist zu uns einer gekommen, der was braucht, und so schauen wir.«

Er brachte mit mürrischem Gesicht die Pfeife zum Brennen, trat näher an Samgin heran und sagte grob: »Kommen Sie mit.«

»Wohin?«

»Dorthin«, der Ofensetzer deutete mit der Pfeife nach links, auf eine Weidengruppe, von wo das Fauchen von Blasebälgen, das Klopfen eines Hammers und eine heisere Stimme ertönten: »Blas, blas ...«

Auf einem Querbalken der Werkbank zum Beschlagen der Pferde saß der Kutscher; er hatte den Arm um einen Pfosten gelegt, baumelte mit den Beinen und erzählte dem Schmied etwas. Der Ofensetzer trat auf ihn zu und kommandierte: »Komm mal her, Kossarew.«

Er führte ihn fünf Schritte beiseite, dort sprachen sie eine Weile miteinander, worauf der Schmied fragte: »Lügst du auch nicht? Bekreuzige dich.« Und drohte: »Na, paß auf!«

Der Schmied begann grimmig zu arbeiten; an seinem unnützen Umherlaufen zwischen dem Amboß und dem lodernden Schmiedeherd war etwas Krampfhaftes, an seinen schroffen Bewegungen etwas Rasendes.

»Blas, schlag zu, leg Kohlen zu!« schrie er heiser, wenn er sich in den Ecken umdrehte. An den Blasebälgen wiegte sich, als betete es, ein zerzaustes Weib unbestimmbaren Alters, mit einem unter dem Ruß unklaren Gesicht.

»Schneller, Wasja, halt den Herrn nicht auf«, sagte der Ofensetzer und verließ die Schmiede.

»Ein böser Arbeiter, was?« fragte Kossarew, als er auf Samgin zutrat. »Jetzt nagt die Schwindsucht an ihm, früher aber durfte man nicht mal wagen, an ihm vorbeizugehen. Das Weib, seine Schwester, ist von Geburt schwachsinnig.«

Er sprach ununterbrochen weiter und holte dabei einen Kanten Roggenbrot aus der Brusttasche, blies auf ihn, streichelte die Rinde mit der Hand und steckte ihn liebevoll wieder ein. »Man merkt, Herr, daß die Dummköpfe zunehmen; hier gibt es rundherum, in jedem Dorf, zwei bis drei Schwachsinnige. Die einen sagen, das käme vom kärglichen Leben, die anderen halten die Dummkopffruchtbarkeit für ein Glückszeichen.«

»He, Kossarew, hilf mal!« schrie der Schmied.

Der Wind hatte eine Unmenge Frühlingswolken herbeigetrieben, neben der Sonne sahen sie spaßig gekräuselt aus, wie die Perücken von Würdenträgern aus dem achtzehnten Jahrhundert. Auf der Straße liefen verstohlen Bauern und Bäuerinnen mit Säcken auf den Schultern, bewegten sich Kinder wie aus einem Kasten geschüttete Damesteine hin und her. Ein glatzköpfiger Alter mit einem Ziegenbart am Adamsapfel kam an Samgin vorbei und sagte: »Der Teufel treibt sie herum...«

Samgin trat etwas weiter von der Schmiede weg und fragte sich, ob er die Bauern fürchte oder nicht. Anscheinend fürchtete er sie nicht, aber er fühlte sich schutzlos und erniedrigt angesichts der offenkundigen Feindseligkeit des Ofensetzers.

Sie verhalten sich natürlich so, weil ich ein Zeuge bin, gesehen habe, wie sie das Schloß abrissen und das Getreide raubten.

Er suchte träge nach: Welcher Artikel des Strafgesetzbuches ahndet dieses »Gemeindeverbrechen«? Den Artikel fand er nicht, auch hatte er keine Lust, an ihn zu denken, denn andere Gedanken übermannten ihn:

Der Ofensetzer ist natürlich einer jener Anarchisten von Natur aus wie der Schauermann, der Kosak...

»Fertig«, verkündete Kossarew freudig und begann den Schmied eifrig zu loben: »Die Achse ist jetzt fester als eine neue; er ist ein Meister!«

Der Meister jedoch schüttelte das Geld in der Hand und riet Samgin zornig: »Legen Sie noch etwas dazu für eine Flasche Branntwein. Na also – fahr los, Kossarew!«

Die Pferde trabten munter los, und auf der Straße wurde es stiller. Die Bauern und Bäuerinnen, welche die Kutsche mit scheelen Blicken anschauten und verfolgten, grüßten stumm und widerstrebend Kossarew, der die Peitsche schwang, fröhlich die Namen der ihm bekannten Leute rief und die Pferde anfeuerte: »Ach, ihr Vögelchen!«

Doch als sie über den Dorfrand hinaus waren, wandte er sich zum Fahrgast um und sagte: »Das Volk ist ein Gesindel.«

Das kam so unerwartet, daß Samgin nicht sofort fragte: »Warum?«

»Wieso denn nicht?« begann Kossarew gekränkt. »Ist denn das recht, Getreide zu stehlen? Nein, Herr, Eigenmächtigkeit erkenne ich nicht an. Gewiß: Auch essen muß man, und Zeit zur Aussaat ist jetzt. Dennoch: Weiß die Obrigkeit davon, oder weiß sie nichts?«

Er drohte mit der Peitsche in die Ferne, in das bläuliche Halbdunkel des Abends hinein, und fuhr mit Eifer fort: »Falls Sie über diesen Raub Meldung machen sollten: Der Hauptmacher unter ihnen ist der Ofensetzer. Dann der im roten Hemd, Mischka Wawilow, na, und der Schmied auch. Die Brüder Mossejew ... Damit Sie es behalten, sollten Sie die Familiennamen aufschreiben – meinen Sie nicht?«

»Hör auf«, sagte Samgin streng. »Mich geht das nichts an.«

Er war zornig, fand aber keine hinreichend gewichtigen Worte, um den Kutscher zu beschämen.

»Schämst du dich denn nicht, die Leute deines Dorfes zu denunzieren?«

»Ich bin ja nicht von hier ...«

»Einerlei. Das ist nicht schön.«

»Was sollte auch Schönes daran sein«, stimmte ihm Kossarew bei. »Oder ist das ein Leben?«

»Ich wundere mich«, fuhr Samgin fort, aber der Kutscher unterbrach ihn: »Wie sollte man sich da nicht wundern! Ich bin selbst erschrocken, als ich sah, was sie taten.«

»Genug!« rief Samgin.

»Wie Sie wünschen«, sagte Kossarew mit einem Seufzer, setzte sich fester auf dem Bock zurecht und fügte, indem er die Peitsche über den Kruppen der Pferde schwang, in klagendem Ton hinzu: »Sie haben selbst gesehen, Herr, daß ich hier nicht dazugehörte. Na, na, ihr Tollen!« rief er und sagte nach kurzem Schweigen: »In der Nacht wird es regnen.« Und zog wie eine Schildkröte den Kopf ein.

Das Volk, dachte Samgin empört. Rebellen, dachte er ironisch, aber er dachte ungern und nur in Worten, und die Empörung, die Ironie verschwanden, nachdem sie aufgeflackert waren, ebenso schnell wieder wie der Widerschein der Blitze am Horizont. Dort, im Osten, zogen schwere blaue Wolken auf, die den grauen Streifen der Straße verdunkelten, und wenn die Pferde an einsamen Bäumen vorbeiliefen, schien es, als rieselte dunkler Staub von den kahlen Zweigen. Die bläuliche Langeweile des kalten Abends« stimmte Samgin lyrisch und mitleidig. Er hatte Mitleid mit sich selbst, einem Menschen, der Unangenehmes und Unverständliches zu sehen und zu hören gezwungen war, obwohl er das nicht gewollt hatte. Wozu brauchte er diese Felder, die Bauern und überhaupt all das, was endlose und fruchtlose Gedanken verursachte, in denen das Bewußtsein der inneren Freiheit und des Rechts, nach eigenen Gesetzen zu leben, so leicht verschwand, das Gefühl seiner selbst, der Einmaligkeit, verlorenging, und man gleichsam im Schatten fremder Gedanken dachte? Weshalb war er verpflichtet, ein gescheiter Mensch zu sein, alles zu wissen, über alles zu sprechen und als Äolsharfe zu dienen – wem zu dienen?

Doch nun fühlte er, daß es gerade fremde Gedanken waren, die ihn zur Widersprüchlichkeit hingeführt hatten, und er brachte sich sofort in Erinnerung, daß das Bestreben, im Vordergrund zu stehen, sich als großer Mann zu zeigen, ganz natürlich sei und daß das Leben ohne dieses Bestreben seinen Sinn verlieren würde.

Ich habe mich mir selbst als Werkzeug fremden Willens dargestellt, dachte er.

Die Pferde waren bei einer kleinen Bahnstation angelangt, Kossarew bekam ein Trinkgeld und jagte mit ihnen davon, irgendwohin in die Dunkelheit, in feinen, fast geräuschlosen Regen, und zehn Minuten später etwa zog sich Samgin in einem leeren Abteil zweiter Klasse aus, wobei er hin und wieder zum Fenster hinaussah, wo durch die feuchte Finsternis böse Lichter flogen und für einen Augenblick schwarze Baumgruppen und Hüttendächer beleuchteten, die wie Deckel riesengroßer Särge aussahen. Eine Fabrikmauer schwebte vorüber, etliche zehn Fenster bleckten die Zähne, und es schien, als rührte das knirschende Geräusch, das in den Lärm des Zuges hereinbrach, von ihnen her.

Samgin legte sich hin, konnte aber vor Müdigkeit nicht schlafen, und nach zwei Stationen zwängte sich laut ein großer Mann ins Abteil, befahl dem Schaffner, Licht zu machen, sah Samgin an und rief: »Pah, Sie sind es? Wohin? Woher? Erkennen Sie mich nicht? Ippolit Stratonow.«

Während er den Mantel aufknöpfte, den Wagen erschütterte, begann er mit Klim zu reden wie mit einem Menschen, mit dem er sich streiten wollte: »Haben Sie schon gehört? Irgendein Idiot hat auf Pobedonoszew geschossen, von der Straße, durchs Fenster, der Teufel soll ihn holen! Wie gefällt Ihnen das?«

Er war angeheitert; als er sich bückte, um die Schuhe auszuziehen, stieß er Samgin fast mit dem Kopf in die Seite. Klim erhob sich und rückte in die Ecke, zur Tür.

»Halbwisser, Schildbürger«, murmelte Stratonow.

Der Studentenrock, in dem er einst wie ein Offizier aussah, hatte ihn anscheinend im Wachstum behindert: Jetzt, in Zivil, war Stratonow in allen Dimensionen ungemein größer geworden, er war noch länger, war breiter in den Schultern und Hüften, sein bärtiges Gesicht war rund, sogar die Augen und der Mund schienen größer geworden. Er bedrückte Samgin durch seinen Umfang, seine Stimme und die plumpen Bewegungen eines Ringkämpfers, und es war fast nicht zu glauben, daß dieser Mann Student gewesen war.

»Diese Dummköpfe haben schon einmal das Spiel verdorben«, sagte er, während er das Schloß eines großen Reisekorbs öffnete. »Wenn dieser verteufelte 1. März nicht gewesen wäre, hielten wir jetzt Europa an den Hörnern . . .«

Er sprach nicht erbost, sondern wie einer, der zwar erzürnt ist, aber gut weiß, wie man fremde Fehler wiedergutmachen muß, und bereit ist, unverzüglich ans Werk zu gehen. In gestreiftem Jockei-Sweater und weiten Unterhosen von ungewöhnlicher Farbe, entnahm er dem Korb einige Päckchen und bot Samgin mit geneigtem, zerzaustem Kopf an: »Essen wir noch was vor dem Schlafen. Anders geht es bei mir nicht, Gewohnheit. Wissen Sie, ich habe vier Tage in Gesellschaft einer Dame aus dem Kaufmannsstand verbracht, einer Witwe über Dreißig – Sie werden sich vorstellen können, was das bedeutet! Auch da habe ich nachts zwischen den wonnigen Mühen der Liebe immer wieder was gegessen. ›Verzeih‹, sagte ich zu ihr, ›ma chère . . .‹«

Samgin war hungrig und fand, es sei besser zu essen, als mit einem halbtrunkenen Menschen zu sprechen. Stratonow goß aus einer schwarzen Flasche irgendeine stark riechende Flüssigkeit in einen silbernen Becher.

»Schlucken Sie das mal. Ein sehr spaßiges Zeug.«

Klim leerte den Becher, es benahm ihm den Atem, er machte den Mund auf und zischte zornig.

»Ist das nicht ein Gift? Meine Dame hat einen alten Büfettier, einen richtigen Mendelejew, sage ich Ihnen! . . . Nehmen Sie von der Gans . . .«

Der Regen hörte plötzlich auf, die Fenster zu waschen, wie ein goldener Ball rollte der Mond auf den Himmel; die Lichter der Stationen und Fabriken wurden bescheidener, blasser, die Fensterscheibe war wie mit Quecksilber besprützt. Die Hütten der Dörfer glitten über die Erde wie Barken auf einem Fluß.

»Mögen Sie Twain? Und Jerome? Nein, niemand kann ein so gesundes Lachen hervorrufen wie diese zwei«, sagte Stratonow, eifrig essend. Dann wischte er sich die Hände mit der Serviette ab und seufzte betrübt: »Die Leute haben Twain, wir haben Tschechow. Vor kurzem empfahl man mir: Lesen Sie ›Unteroffizier Prischibejew‹, es ist sehr komisch. Ich las es, aber es war gar nicht komisch, sondern sehr traurig. Auch ist nicht zu erkennen, wie der Verfasser eigentlich zu dem Mann steht, den er wegen seiner Ordnungsliebe verspottet. Trinken wir noch etwas.«

Den giftigen Branntweinaufguß trank Stratonow furchtlos wie Limonade. Als er ihn ausgetrunken hatte, verstaute er den übriggebliebenen Proviant im Korb und fuhr fort: »In Rußland gibt es außer den Sozialisten überhaupt nichts Komisches. Unsere Humoristik ist dumm: Ein kleiner Pole oder Jude, der von der Straße ins Fenster des Oberprokurators der Heiligen Synode schießt – so ist es! Vermutlich war es ein ganz schlechtes Pistölchen.«

Ein paar Minuten später streckte er sich auf dem Sitzpolster aus und verstummte; die Decke auf seiner Brust hob und senkte sich wellenförmig wie die Erde vor dem Fenster. Das Fenster schnitt die Bäume bald an den Wipfeln, bald an der Wurzel; sie schwangen ihre Zweige und rannten von dannen. Samgin betrachtete die große, aufgestülpte Nase und die entblößten Zähne Stratonows und stellte ihn sich in dem Dorf Tarassowka vor der Bauernmenge vor. Dem Ofensetzer wäre es wohl bei der Begegnung mit einem solchen Herrn nicht gut ergangen.

Klim hatte Stratonow für einen selbstgefälligen und nicht besonders klugen Mann gehalten, jetzt aber wollte er diesen Menschen plötzlich mit irgendwelchen Vorzügen ausstatten, und nach einer Weile verlieh er ihm die Energie Warawkas, das Nationalgefühl Koslows und den Optimismus Mitrofanows, es ergab sich eine sehr imposante Gestalt.

Vielleicht brauchte Rußland gerade solche Menschen.

Er erinnerte sich der beschwichtigenden Worte Mitrofanows anläßlich der Studentenunruhen: »Ach was. Uns juckt die Haut, innerlich aber sind wir gesund. Nehmen Sie zum Beispiel die Buchweizengrütze: Wenn sie kocht und brodelt, steigt das leichte Korn nach oben, dann bildet sich aus ihm eine schmackhafte, knusprige Kruste. Das ist doch so? Aber uns sättigt ja nicht die Kruste, sondern die Grütze . . .«

Beim Einschlafen dachte Samgin: Ja, Rußland braucht gesunde Menschen, Optimisten, keine »Gallebitteren«, wie Herzen sagte. Schtschedrin und Uspenskij, solche haben mehr als andere den Charakter der Intelligenz verdorben.

Doch am Morgen enttäuschte Stratonow Klim; er erwachte als

erster, weckte Klim durch sein Rumoren und bot ihm Kaffee an.

»Ich habe eine Thermosflasche, der Schaffner wird gleich Gläser bringen«, sagte er, während er liebevoll eine nagelneue helle Hose anzog.

Klim fragte: »Sie scheinen Preiß nicht mehr zu besuchen?«

»Doch, manchmal gehe ich«, antwortete Stratonow widerstrebend. »Aber wissen Sie, es ist dort etwas langweilig. Und unter uns gesagt: ›Glückselig der Mann, der nicht wandelt im Rat der Gottlosen‹, das stimmt! Im weiteren aber bin ich nicht einverstanden. Entweder tretet ihr den Sündern in den Weg, um ihnen den Weg zu versperren, oder ihr haltet mit ihnen Schritt. So ist das. Preiß ist ein gescheiter Mensch«, fuhr er mit gerümpfter Nase fort, »ein gescheiter und sehr wissender Mensch, aber die Herde, die er hütet, besteht aus lauter Schwätzern, hohlköpfigem Volk.«

Während er mit der Serviette sorgfältig die Gläser auswischte, fuhr er mit großer Begeisterung fort: »Die Geschichte, mein Teurer, hat uns vor die Aufgabe gestellt, die Ufer des Stillen Ozeans zu betreten, zunächst über die Mandschurei, dann bestimmt durch den Persischen Golf. Ja, ja – lächeln Sie nicht. Das eine wie das andere ist notwendig, ebenso wie es notwendig ist, das Schwarze Meer zu öffnen. Und damit muß man sich beeilen, weil . . .«

Der Waggon machte einen starken Ruck. Stratonow goß sich den Kaffee aus der Thermosflasche auf die Knie, auf die hellgraue Hose, er brauste auf und stieß deutlich einen unflätigen Fluch aus.

»Wie ärgerlich«, seufzte er betrübt, als er versuchte, mit dem Taschentuch die braunen Flecke von der Hose wegzuwischen. Den Kaffee aus dem Glas schüttete er in den Spucknapf, steckte die Thermosflasche in den Korb und vergaß, daß er Samgin Kaffee angeboten hatte.

»Und die Revolution?« fragte Klim.

Stratonow, der die Hose auszog, brummte: »Was ist dort schon für Revolution! Kleine Jungen schießen aus Pistolen.«

»Ob nun kleine Jungen oder nicht, jedenfalls haben sie zwei Parteien organisiert, während Leute mit Ihren Ansichten . . .«

Nachdem Stratonow die Hose gewendet hatte, legte er sie sorgfältig zusammen, nahm einen schweren Koffer aus dem Gepäcknetz, dann blähte er die Wangen auf, streckte, Samgin zornig ansehend, die Hand mit der Handfläche nach oben aus und blies kräftig auf sie. »Das sind Ihre Parteien. Staub sind Ihre Parteien.«

Er nahm eine andere Hose aus dem Koffer, betrachtete sie und murmelte: »Rußland hat den Weg der Weltpolitik betreten, Sie aber reden von Pistolen. Lächerlich . . .«

Samgin war verstummt. Stratonow hatte sich mit seiner dummen Geste und seinem Ärger über die Hose in Klims Augen zu Fall gebracht. Beim Verlassen des Wagens verabschiedete er sich lässig von Stratonow, und als er in der Droschke saß, dachte er verächtlich: Du Ochse. Idiot. Wozu taugst du denn im Kampf gegen jene, die im Streben nach ihren Zielen fähig sind, ihre Freiheit, ihr Leben zu opfern?

Dieser allzu bestimmte Gedanke verwirrte Samgin; Gedanken dieses Tons kamen ihm plötzlich und zwangen ihn, gegen sie zu protestieren.

Selbstverständlich wünsche ich solchen Ochsen keineswegs den Sieg, dachte er weiter und beschloß, diese unangenehme Begegnung im Gedächtnis zu streichen, wie er vieles zu streichen suchte, wofür er in der Schatzkammer seiner Eindrücke keinen passenden Platz fand.

Er sah, daß die »gesellschaftliche Bewegung« wuchs; die Menschen bereiteten sich gleichsam auf eine Paradeschau vor, sie erwarteten, daß bald irgendwessen schallende Stimme sie auf den Roten Platz zum Bronzedenkmal der Helden Minin und Posharskij rufen und von der Richtstätte herab alle streng nach ihrem Glaubensbekenntnis fragen würde. Es wurde immer erbitterter gestritten und immer öfter die Frage gestellt: »Wie denken Sie?«

Gussarow hatte sein Kinnbärtchen abrasiert, den grimmigen schwarzen Schnurrbart aber stehenlassen und sah jetzt wie ein Armenier aus. Er hatte das gestärkte Oberhemd abgelegt, ein leinenes Russenhemd, Schaftstiefel bis zu den Knien angezogen, den Hut mit einer Mütze vertauscht, und das machte ihn zu einem Menschen, der sofort, schon von weitem auffiel. Er predigte nicht mehr die Notwendigkeit des Verschmelzens der Parteien, nannte die Sozialdemokraten »die Soten« und die Sozialrevolutionäre »die Soren« und sagte: »Die Soten müssen die Propaganda durch die Tat in Angriff nehmen; es muß Fabrikterror geben, man muß die Arbeitgeber, die Direktoren und die Meister schlagen. Wenn die Soten das befolgen, ist es mit den Soren aus.«

»Ein Schwätzer«, sagte Ljubascha von ihm. »Er sagt, er habe viele gute Beziehungen zu den Arbeitern, verrät sie aber niemandem. Heute brüsten sich viele mit ihren Beziehungen zu den Arbeitern, das klingt aber sehr nach Jägerlatein. Herr Subatow hingegen hat Grund, zu prahlen . . .«

Ljubascha wurde immer besorgter, gröblicher, sie magerte ab, stotterte erregt, ließ die Sätze unbeendet und schrie Samgin einmal in Warwaras Gegenwart erstaunt und zornig an: »Du verdummst, Klim, Ehrenwort! Du sprichst so verworren, daß ich nichts verstehe.«

»Du hast die schädliche Angewohnheit, zu vereinfacht zu sehen«, sagte Klim das erstbeste, was ihm einfiel.

Ljubascha bekam oft lange Briefe von Kutusow; Samgin nannte sie »Apostelbotschaften«. Wenn die Somowa solche Briefe erhielt, kam sie sich vor, als hätte sie Namenstag, und alle begriffen, daß diese Blättchen dünnen Briefpapiers, die dicht mit kleiner, deutlicher Handschrift beschrieben waren, das Teuerste und Freudigste im Leben dieses jungen Mädchens waren. Samgin konnte kaum glauben, daß gerade Kutusow mit seiner schweren Hand so kleine, spitze Buchstaben zu Zeilen aufzureihen vermochte.

»Die Welt ist schwerkrank, und es ist ganz klar, daß sie mit der süßlichen Humanismus-Mixtur der Liberalen nicht zu heilen ist«, schrieb Kutusow. »Ein chirurgischer Eingriff ist notwendig, die reifen Geschwüre müssen geöffnet, die faulen Geschwülste herausgeschnitten werden.«

»Richtig«, stimmte Alexej Gogin bei, der ein Auge zugekniffen hatte und sich mit dem Nagel des kleinen Fingers über die Braue strich. »Er hat schon früher gut geschrieben ... wie war das doch? Von der Ahle und dem Sack?«

Ljubascha zitierte mit sichtlichem Stolz aus dem Gedächtnis: »Wie spitzfindig auch die Volkstümler ihren Sack hübscher Worte nähen mögen, die Klassenahle läßt sich darin doch nicht verstecken.«

»Stepan hat einen guten Kopf«, lobte Gogin, während seine Schwester mit verneinendem Kopfschütteln sagte: »Ich bin keine Verehrerin von Leuten dieses Schlages. Menschen, die man sofort versteht, restlos, sind uninteressant. Der Mensch muß in sich nach Möglichkeit alles enthalten, plus – noch etwas.«

Man pflegte ihre rednerischen Launen nicht zu beachten, nur Ljubascha neckte sie zuweilen: »Das ist bei den Dekadenten gestohlen, Tanetschka.«

Tatjana erwiderte: »Die Dekadenten sind auch Revolutionäre.«

Nachdem Samgin alle Meinungen angehört hatte, wählte er einen geeigneten Augenblick und sagte: »Wir brauchen solche Menschen wie Kutusow – Menschen, die in einer Idee stecken, meinetwegen durch sie sogar etwas häßlich beschränkt, durch ihren Glauben verblendet sind ...«

»Wozu das?« fragte Tatjana und sah ihn mißtrauisch an.

»Um uns zu befreien von allen möglichen überflüssigen Menschen, von den Liebhabern einer Romantik bloßer Worte, von unserer Neigung zu allerhand Ketzereien und Moden, von der geistigen Zügellosigkeit . . .«

Er hatte sich die Manier erarbeitet, ohne Intonationen zu reden, sprach, als zitiere er ein ernstes Buch, und war überzeugt, daß diese Manier, die seinen Worten Solidität verlieh, ihre Zweideutigkeit gut verberge. Aber er enthielt sich weitläufiger Betrachtungen, indem er »Tatsachen« vorzog. Er las auch die Briefe des Bruders vor, die stets trübsinnig waren: »Man lebt hier immer noch so, wie man zu Gogols Zeiten gelebt hat; fünfundneunzig Prozent der Einwohner scheinen ›tote Seelen‹ zu sein und so unheimlich tot, daß man sie nicht zum Leben erwacht sehen möchte . . . In den Gymnasien ist militärisches Exerzieren als Unterrichtsfach eingeführt worden, es unterrichten die Offiziere der hiesigen Garnison, und stell Dir vor, viele Gymnasiasten sind von diesem schädlichen Spiel aufrichtig begeistert. Vor kurzem ist ein Offizier überführt worden, die Jungen in öffentliche Häuser mitgenommen zu haben.«

Iwan Dronow hatte an Samgin einen Brief mit der Bitte geschrieben, ihm bei den Moskauer Zeitungen Arbeit zu verschaffen, Samgin war mit ihm in Briefwechsel getreten, und Dronow bereicherte ihn auch mit Tatsachen. »Einer der Studenten, die aus Sibirien zurückgeschickt wurden, hat hier irgendwelche Idiotenandachten mit Gymnasiastinnen veranstaltet: Er löschte das Licht im Zimmer, ließ aus einem Behälter Wasser in ein kupfernes Becken tropfen und las den Mädchen beim gleichmäßigen Tropfen in der Dunkelheit erotische und mystische Gedichtchen vor. Hierdurch brachte er die jungen Dinger bis zur Hysterie, und vor kurzem stellte sich heraus, daß eine von ihnen, eine Vierzehnjährige, schwanger ist.«

An solchen Tatsachen war Iwan Dronow ebenso reich wie ein Igel an Stacheln; er berichtete, wer von den Studenten ein Gesuch um Wiederzulassung zur Universität eingereicht habe, wer sich dem Trunk ergebe und weshalb, er wußte alles Schlechte und Gemeine, was die Menschen taten, und bereicherte Samgin gern mit seiner »Lebenskenntnis«. Klim erzählte den Gästen von den Eindrücken seiner Fahrten und sah nicht ohne Vergnügen, daß diese Erzählungen sie in trauriges Schweigen versetzten. Das war seine kleine Vergeltung an den Menschen dafür, daß sie nicht so waren, wie er sie gern gesehen hätte. Er hatte schon lange – vorsorglich – erklärt, er begreife, daß seine Tatsachen etwas eintönig düster seien, habe aber vor, Milieuskizzen unter dem Titel »An der Grenze zweier Jahrhunderte« zu schreiben.

»Ich beabsichtige, den Prozeß der Zerstörung jeglicher ›Prinzipien‹ und ›Traditionen‹ am Vorabend der Epoche von Aufständen aller Art zu zeigen«, sagte er im Ton eines kaltblütigen, gelehrten Soziologen.

Im allgemeinen jedoch war er mit seinem Platz unter den Menschen zufrieden, er war bereits gewohnt, sich in einer bestimmten Atmosphäre zu bewegen, hatte sich in sie eingelebt, verstand – wie ihm schien – gut alle »Systeme von Sätzen« und war überzeugt, daß er in seinem Leben keinen zweiten Boris Warawka mehr treffen werde, der ihn zwingen könnte, erniedrigende Rollen zu spielen.

Ohne daß er es merkte, erweiterte Warwara immer mehr den Kreis ihrer Bekanntschaften, wobei sie einen unersättlichen Hunger nach »neuen« Menschen zeigte. Sie hatte stets junge Männer und Mädchen um sich, denen die »Politik«, die »Prinzipien« und »Traditionen« entweder gleichgültig waren oder die von alledem mit der Ironie und Skepsis alter Leute sprachen. Sie ließen in Samgins Erinnerung die vergessenen Reden Serafima Nechajewas über Liebe und Tod, über den Kosmos, über Verlaine und die Stücke Ibsens wiedererstehen, entdeckten Edgar Allan Poe und Dostojewskij, begeisterten sich für Hamsuns »Pan« und behaupteten, das Recht zu haben, sich dem Ruf aller Wünsche, dem launischen Spiel aller Gefühle frei hinzugeben. Samgin versagte sich nicht das Vergnügen, die Individualisten und Sozialisten aufeinanderzuhetzen, indem er die Unversöhnbarkeit ihrer Gegensätze vorsichtig unterstrich.

Er sah, daß Warwara insbesondere Nifont Kumow hervorhob, einen hochgewachsenen jungen Mann mit unschön verlängertem Hinterkopf und schmalem, großnasigem Gesicht im dunklen Flaum des Kinn- und Schnurrbartes. Von weitem schien die lange und dürre Gestalt Kumows komisch anmaßend, denn sein Gesicht war lächerlich hochnäsig, in der Nähe aber wurde einem klar, daß er nur deshalb »die Nase hoch trug«, weil sein breiter Hinterkopf wahrscheinlich unnatürlich schwer war; Kumow war bescheiden, schüchtern, sprach mit dumpfem Baß, lispelte ein wenig und redete immer im Stehen; selbst wenn er kurze Sätze sagte, erhob er sich vom Stuhl wie ein Schüler. Sein dunkles Gesicht erhellten graue Augen, die sehr weich und rund waren, wie bei einem Vogel.

Er war der Sohn eines Viehhändlers in Ufa, hatte das Gymnasium besucht, war beim Eintritt in die siebte Klasse verhaftet worden, hatte ein paar Monate im Gefängnis gesessen, und sein Vater war in der Zeit gestorben. Kumow hatte einige Zeit in Ufa unter polizeilicher Überwachung verbracht, war dann, von der Stiefmutter aus dem Hause gedrängt, in Rußland herumvagabundiert, war im Ural und im Kaukasus gewesen, hatte unter den Duchoboren gelebt und mit ihnen nach Kanada auswandern wollen, war aber auf der Insel Kreta erkrankt und von dort nach Odessa zurückgebracht worden. Aus dem Süden hatte er sich zu Fuß nach Moskau durchgeschlagen und sich hier niedergelassen mit dem Entschluß, etwas zu lernen.

Samgin gefiel etwas an diesem stillen Menschen, er schlug ihm vor, als Sekretär bei ihm zu arbeiten, und Kumow kratzte nun täglich mit der Feder in dem kleinen Zimmerchen neben der Toilette, während er aber geheimnisvoll und leise erzählte: »Man muß unterscheiden: Geist!« Er hob die schmale, kraftlose Hand zum Kopf. »Und Seele!« Seine Hand senkte sich weich aufs Knie. »Erinnern Sie sich, was Christus gesagt hat. ›In deine Hände befehle ich meinen Geist‹, aber nicht die Seele. Und dann: ›Den Geist löschet nicht aus.‹ – Der Geist wird vom praktischen Verstand nicht verführt, doch die Seele ist verführt. Und alle unsere Sektierer leben, wie ich sie sehe, nicht mit Geist, sondern mit Seele. Auch die Duchoboren: Sie haben den Geist in die Seele eingesperrt. Das Volk lebt überhaupt nicht mit Geist, es ist falsch, das zu meinen. Das Volk ist eine seelische, vernünftige, praktische Kraft, eine höchst unbarmherzige Kraft, die ganz auf irdischen Interessen beruht. Mit Geist lebt die Intelligenz, darum gilt sie auch als unpraktisch. Im Kubangebiet singen die Sabbatäer: ›Lasset uns aufsuchen die Zionstadt, in ihr wird unsere Seele geheilt werden‹, dabei sind sie reich und geizig. Ebenso ist es mit den Duchoboren: Sie geben vor, für den Geist, für seine Freiheit zu kämpfen, sind aber dorthin gefahren, wo es besser ist. Die Intelligenz geht dorthin, wo es schlechter, schwerer ist.«

Samgin hörte lächelnd zu und fand es nicht notwendig, Kumow zu widersprechen. Er hatte es versucht und sich überzeugt, daß es nutzlos war: Kumow hatte seine Argumente angehört und dann seins gesagt wie ein Mensch, der unerschütterlich daran glaubt, daß seine Wahrheit die einzige ist. Er wurde nicht ungehalten, nahm nichts übel, aber seine Worte berauschten ihn zuweilen so, daß er eigentümlich krampfhaft und ganz unverständlich zu sprechen begann; er erhob sich, deutete mit der Hand aufs Fenster und sagte mit einer Begeisterung, die an Angst erinnerte: »Der Leib. Das Fleisch. Es ist beseelt, aber nicht vergeistigt – so. Kennen Sie die Lehre der Bogomilen? Gott gab die Form, Satan die Seele. Das ist erschreckend wahr! Darum ist im Volk kein Geist. Der Geist wird von Auserwählten geschaffen.«

»Gefällt dir denn diese Philosophie?« fragte Samgin seine Frau, denn ihn wunderte und belustigte die Aufmerksamkeit, mit der sie Kumow zuhörte.

»Er ist nett«, antwortete Warwara ausweichend. »So naiv.«

Hin und wieder erschien Diomidow; seine Besuche unterlagen dem Gesetz einer gewissen Periodizität; es war, als wanderte er langsam einen weiten Kreis und stieße an einem Punkt der Kreislinie auf die Wohnung der Samgins. Er benahm sich, als erwiese er den Gastgebern durch sein Kommen eine große Gefälligkeit.

»Nun, wie geht es Ihnen?« fragte er herablassend. »Suchen Sie immer noch alle Menschen in einen Winkel zu treiben?«

Er lächelte mit ironischem Bedauern. An ihm war etwas Wichtiges und Selbstzufriedenes aufgetaucht; er ging langsam, mit vorgewölbter Brust, wie ein Soldat; das Haar hatte er sich wieder bis zu den Schultern wachsen lassen, aber es lockte sich schon nur noch an den Enden, während es von den Wangen und vom Kinn schwer und gerade herabhing wie Bauerngarnfäden. In seinen öden Augen hatte sich etwas Stolzes verdichtet, und sie waren weniger durchsichtig.

Die allwissende Ljubascha erzählte, Diomidow hätte einen großen Kreis von Schülern aus den Reihen kleiner Händler, Verkäufer und Handwerker, es befänden sich darunter viele Frauen und Mädchen, Näherinnen und Köchinnen, und die Polizei verhielte sich Diomidows Predigten gegenüber sehr wohlwollend. Ljubascha verhielt sich zu Diomidow fast grimmig, und er zahlte ihr das mit geringschätzigem Lächeln heim.

»Ihre Bücher soll ich lesen?« fragte er. »Für mich zu flach geschrieben.«

Aber er widersprach ihr selten, sondern machte es meist so: Er sah ihr starr ins Gesicht und scharrte mit dem Fuß auf dem Boden herum, als zerriebe er etwas.

Als Alexej Gogin in seinem Beisein zu Kumow sagte, daß es für die Intelligenz zwei Wege gebe, gehorsam dem Kapital zu dienen oder völlig mit der Arbeiterklasse zu verschmelzen, bemerkte Diomidow laut und scharf: »Das ist ein Irrtum. Für den Menschen gibt es nur einen Weg – von sich zu Gott, alles andere aber ist kein Weg für ihn, sondern ein Abweg.«

Warwaras Freunde waren laut entzückt von Diomidows Weisheit, doch Samgin kam es vor, als hätten der ehemalige Requisiteur und Kumow etwas Verwandtes, und er hetzte sie zum Streit aufeinander. Aber er hatte sich getäuscht: Kumow stritt nicht; nachdem er ganz leise seine Theorie der Unversöhnbarkeit von Seele und Geist dargelegt hatte, hörte er schweigend und geduldig Diomidows zornige Zurechtweisungen an.

»Das stimmt nicht, ist eine Erfindung. Es gibt gar keinen Geist außer der Seele. ›Meine Seele, meine Seele, was schläfst du? Das Ende naht.‹ Das ist es, was man begreifen muß: Das Ende naht dem Menschen wegen der Lebensenge. Und Sie, junger Mann, beten vergebens die Intellektuellen an, denn sie haben begonnen, die Menschen zu Parteien zusammenzuschließen, und schaffen ein neues Soldatentum.«

Hocherzürnt ging Diomidow fort, ohne sich von jemandem zu verabschieden, während Ljubascha, die auch sehr zornig war, Kumow fragte, weshalb er Diomidow mit Schweigen geantwortet habe.

»Mit solchen kann ich nicht«, sagte Kumow schuldbewußt, nachdem er sich erhoben hatte, dann setzte er sich wieder, dachte eine Weile nach und erhob sich lächelnd von neuem. »Mit solchen verstehe ich nicht umzugehen. Das sind, wissen Sie, so ... ungemein komische Menschen. Sie sind Rächer, sie wollen sich rächen ...«

»Na, Bester, Sie scheinen zu phantasieren«, sagte die Somowa mit wegwerfender Handbewegung.

»Nein, ich versichere Ihnen, das ist so, Ehrenwort!« sagte Kumow etwas lebhafter und immer noch schuldbewußt lächelnd. »Ich habe sehr viele solcher Menschen gesehen; ein Duchobore war ein guter Mensch, aber man hatte ihm ein Paar Stiefel zu eng gemacht, und wissen Sie, er ärgerte sich über jedermann, wenn er die Stiefel anzog – lachen Sie nicht. Das ist sehr ... sogar schrecklich, daß einem Menschen wegen schlechter Stiefel alles verhaßt wird.«

Samgin lachte auch, aber seine Frau sagte ungeduldig zu ihm: »Hör bitte auf ...«

»Im Ernst«, fuhr Kumow, die Hände auf die Stuhllehne gestützt, fort. »Ein Kamerad von mir, ein aus der Kavallerieschule in Jelisawetgrad entflohener Kadett, ist auch so, wissen Sie ... Ihn hatte jemand in den Hals gebissen, der Hals schwoll an, und dann benahm er sich geradezu entsetzlich gegen mich, dabei waren wir Freunde. Das ist Rache an sich selbst, beispielsweise dafür, daß man eine Warze auf der Wange hat, oder dafür, daß man dumm ist, überhaupt an sich selbst, wegen irgendeines eigenen Mangels; das ist sehr verbreitet, versichere ich Ihnen!«

»Wofür rächt sich denn Ihrer Ansicht nach Diomidow?« fragte Klim vollkommen ernst.

»Ich kenne ihn ja nicht, ich sehe nur aus seinen Worten, daß er zu diesen gehört«, antwortete Kumow und setzte sich.

Samgin hielt seinen Sekretär in ehrfurchtsvoller Distanz, ließ sich nur gelegentlich zu Gesprächen mit ihm herab; Kumow war zerstreut und überhaupt eine schlechte Arbeitskraft, und Samgin fürchtete, daß der Sekretär, wenn er ein demokratisches Verhalten des Patrons zu ihm bemerkte, noch schlechter arbeiten würde. Er hielt Kumow für einen Menschen, der von Natur aus nicht sehr gescheit und von der Vielfalt an Eindrücken, die seinen Verstand überstiegen, eingeschüchtert war. Doch die Worte von den Rächern verwunderten Samgin unangenehm, und da er nun dachte, daß der Sekretär gar nicht so naiv sei, wie es schien, begann er ihn aufmerksamer und bereits mit Mißgunst zu beobachten.

Als Samgin eines Abends mit seiner Frau spazierenging, begegnete ihm Makarow, und er lud ihn zum Tee ein. Makarow war noch mehr ergraut, seine Schläfen waren fast weiß, und die dunklen Haarbüschel auf dem Kopf hatten sich noch mehr entfärbt. Das machte sein zweifarbiges Haar natürlicher. Seine braunen Augen waren nachdenklicher, weicher geworden, und obwohl er nicht gealtert wirkte, lag in ihm etwas Trauriges. Er trat immer auf derselben Stelle, sprach von den Französinnen, die sich weigerten, Kinder zu bekommen, vom Zweikindersystem in Deutschland und vom Neo-Malthusianismus innerhalb der deutschen Sozialdemokraten; das alles hielt er für ein Anzeichen, daß in den Ländern mit hoher technischer Kultur der Mutterinstinkt verlorenging.

»Die Frauen wollen keine Kinder für die Büros und Maschinen gebären.«

Er sprach ohne Begeisterung, als gäbe er den Samgins nur Rechenschaft über seine Beobachtungen.

Klim scherzte: »Der Gynäkologe beunruhigt sich wohl über den Rückgang seiner Praxis?«

»Nein, sieh dir das mal ernst an«, begann Makarow, sprach aber nicht zu Ende, sondern riß ein Streichholz an, wartete, bis es richtig brannte, löschte es aus und zündete an dem glimmenden Ende vorsichtig eine Zigarette an.

Er ist konservativ, wie ein Bauer, vermerkte Samgin.

»Wirklich«, fuhr Makarow fort, »die wirtschaftlich gesicherte, ja vielleicht sogar kommandierende Klasse will keine Kinder haben, wozu aber braucht sie dann die Macht? Die Arbeiter enthalten sich der Kinderzeugung, um nicht zu hungern, diese Leute aber? Das ist nicht mein, sondern Turobojews Gedanke...«

Samgin lächelte. »Ach so! Was macht er?«

»Er? Er ekelt sich. Meiner Ansicht nach ist er durch das Abscheugefühl vollständig paralysiert.«

Makarow sah Warwara an, schwieg ein paar Sekunden und sagte dann sehr ruhig: »Lidija Timofejewna fragte ihn, als sie aus irgendeinem Grund auf ihn zornig war: ›Weshalb erschießen Sie sich nicht?‹

Er antwortete: ›Ich will nicht, daß man über mich in den Börsennachrichten schreibt!‹«

Samgin begann ihn über Lidija auszufragen. Warwara hatte die ganze Zeit schweigend dagesessen, jetzt erhob sie sich und ging fort, sie tat das irgendwie demonstrativ. Über Lidija sprach Makarow uninteressant, und er verabschiedete sich, ohne Samgin etwas Neues gesagt zu haben.

»Morgen kehre ich nach Petersburg zurück, und im Frühjahr gehe ich wahrscheinlich nach Kasan oder vielleicht nach Tomsk«, sagte er im Fortgehen und hinterließ einen Eindruck von Schlaffheit und Entfremdung.

»Warum bist du denn fortgelaufen?« fragte Samgin seine Frau.

»Ich kann Makarow nicht ausstehen«, antwortete sie gereizt. »Er ist wie ein prinzipieller Eunuch.«

»Oho!« rief Samgin scherzhaft aus, doch sie fuhr fort, während sie sich Tee in die Tasse goß: »Obwohl ich nicht glaube, daß ein Mann mit so einer Fratze und Figur . . . die Frauen aus philosophischen Erwägungen meidet und nicht einfach aus Angst, Vater zu werden . . . Und sein Bedauern, daß die Frauen keine Kinder zur Welt bringen . . .«

»Du hast vergessen . . .«, begann Samgin lächelnd, verstummte aber rechtzeitig, denn seine Frau hatte sich auf dem Stuhl zurückgelehnt, ihre Augen waren tief dunkel geworden.

»Nun, was denn?« fragte sie, sich auf die Lippen beißend. »Du wolltest mich wohl an meine Abtreibung erinnern, ja?«

»Nichts dergleichen«, sagte er entschieden. »Wie kommst du darauf?«

»Was wolltest du denn sagen?«

»Ich wollte daran erinnern, daß die Geburtenzahl bei den wirtschaftlich gesicherten Klassen tatsächlich zurückgeht und daß dies ein schlechtes Zeichen ist . . .«

Er sprach dozierend und so lange, bis Warwara ihn unterbrach: »Na, verzeih. Mir kam es nur so vor.«

Samgin dachte bei sich, sie habe sich nachlässig entschuldigt und hätte es besser nicht getan. Ihm war schon längst aufgefallen, daß Warwara nervös war, aber er wollte sie nicht nach der Ursache fragen. Er war nur darauf bedacht, sie nicht zu reizen, und wenn er seine Frau in schlechter Stimmung sah, ging er von ihr fort, da er annahm, daß so am besten etwaige unangenehme Gespräche und Auftritte zu vermeiden wären. Sie rauchte jetzt viel, aber er fand sich rasch damit ab, ihm schien sogar, daß Warwara eine Zigarette zwischen den Zähnen gut stand, und fing dann auch selbst an zu rauchen. Im allgemeinen lebte es sich trotz allem nicht schlecht, aber nach Neujahr verschob sich das Häusliche, Gewohnte plötzlich zur Seite.

Von Sergej Subatow wurde schon lange und nicht wenig gesprochen; zunächst geringschätzig, spaßhaft, dann immer ernster, und Samgin merkte langsam, daß die erfolgreiche Tätigkeit des Ochranamanns unter den Fabrikarbeitern die Sozialdemokraten stark beunruhigte und die Volkstümler anscheinend ein wenig freute. Suslow, dessen Lampe wieder im Fenster des Zwischengeschosses brannte, sagte lächelnd und achselzuckend: »Das Subatowverfahren ergibt sich natürlich aus der Propaganda der Marxisten.«

Als Ljubascha davon erzählte, wie leicht die Arbeiter in den »Verein für gegenseitige Hilfe« eintraten, fauchte sie zornig, zog sich erbarmungslos am Zopf und wunderte sich: »Wenn es noch Weber wären, aber es sind ja Metallarbeiter, die auf diesen Köder hereinfallen, bedenkt doch!«

Sogar Kutusow konnte sie nicht beruhigen, als er ihr schrieb: »Das Experiment dieses Chemikers ist kühn, aber es ist zum Mißerfolg verurteilt, denn über das Gesetz der chemischen Affinität kann sich selbst die Polizei nicht hinwegsetzen. Wenn aber ein Wunder geschieht und die Gendarmerie, die Infanterie und die Kavallerie sich auf die Seite der Ausgebeuteten gegen die Ausbeuter stellen, was könnte es Besseres geben? Doch Wunder gibt es weder nach der einen noch nach der anderen Seite, Fehler aber sind nach allen Richtungen möglich.«

»Mir ist es unbegreiflich, wie er da noch scherzen kann«, sagte Ljubascha ratlos und betrübt.

Alexej Gogin versuchte auch zu scherzen, aber es gelang ihm nicht recht, er tat es nur pflichtgemäß als lustiger Mensch; seine Schwester, die in einer Sonntagsschule unterrichtete, erzählte aufgeregt: »Von meinen siebzehn Schülern begreifen nur zwei, daß Subatow ein Spitzbube ist.«

Und alle setzten eine trübsinnige Miene auf, als bekannt wurde, daß die Arbeiter am Tag der »Bauernbefreiung« in den Kreml zum Denkmal des Befreiers gehen würden.

Sie gingen nicht am neunzehnten Februar, sondern drei Tage später, am Sonntag. Es war ein milder Tag, fast wie im März, aber noch wetterwendisch, über dem Roten Platz kreiste feuchter Wind und drohte mit Schneesturm, schnell und niedrig jagten Wolken über die Moskwa auf den Kreml zu, die Glocken dröhnten. Eine dunkle, zottige Menge strömte in zwei Wogen auf den Platz und wälzte sich zur Kremlmauer, zum Spasskij- und Nikolskij-Tor. Die Arbeiter gingen gemächlich, sogar irgendwie träge, sie gingen ohne Lärm, aber auch nicht feierlich. Sie sprachen wenig, mit gedämpften Stimmen, brummig, und das Reden verschmolz nicht zu jenem Lärm, der immer die Bewegung einer Menschenmasse begleitet. Sehr viele husteten erkältet, und das schwere Schlurren Tausender von Füßen auf dem zerwühlten Schnee erinnerte sonderbar an das Geräusch des Räusperns, an das feuchte Röcheln einer riesengroßen Lunge.

Klim Samgin stand in einer Zuschauergruppe auf den Stufen des Historischen Museums. Die Arbeiter strömten von beiden Seiten um das Museum, stockten gleichsam unentschlossen vor den Toren des Kremls, sammelten sich zu einem Stoßtrupp und zwängten sich in die steinernen Rachen der Tore, als brächen sie sie auf. Samgin musterte angespannt die endlos vorüberziehenden Gesichter und sah, daß wohl zwei Drittel der Arbeiter ältere Leute waren, nicht wenig Graubärtige, und daß die Jugend nicht so bemerkbar war. Und während die gesetzten Leute vertieft schwiegen oder leise miteinander sprachen, stieß und drängte sich die Jugend, wechselte Zurufe, lachte, schimpfte und betrachtete das sauber gekleidete Publikum vor dem Museum ungeniert und sogar dreist. Doch die Stimmen wurden vom Scharren und Trappeln der Füße übertönt. Zuweilen tauchten im Strom der Mützen und Kappen Köpfe mit Schals oder Tüchern auf, aber auch die Frauen gingen ohne Lärm. Eine von ihnen, in kurzem Männerpelz, ging am Stock und verdrehte das Bein aus der Hüfte heraus so unbegreiflich, daß es schien, als versuchte sie im Unterschied zu allen anderen seitlich zu gehen. Sie hatte ein großes, ziegelfarbenes Gesicht, drehte unheimlich ungelenk den Hals und betrachtete, wie viele in der Menge, den Platz mit weitgeöffneten Augen, die diese alten Mauern, die wuchtigen Handelsreihen, die bunte Kirche und die Bronzegestalten Minins und Posharskijs zum erstenmal sahen.

Mehrfach und aufdringlich wiederholten sich das hagere, lange Gesicht des Diakons und das runde, ausdruckslose Mitrofanows. Dem Diakon ähnelten weniger, und nur ein einziger erinnerte Klim an Dunajew.

Mit welchem Gefühl mögen diese Menschen gehen? suchte Samgin zu erraten.

Ihm schien, als sähen einige von ihnen, sehr viele, vielleicht die meisten, ihn und die Zuschauermenge, in der er stand, auch herablassend, gleichgültig, spöttisch, dreist und mürrisch, im allgemeinen aber mit Augen völlig fremder Menschen an, mit den gleichen Augen, mit denen sie von denen, die ihn, Samgin, umgaben, angesehen wurden.

Wir – er erinnerte sich des heißen und schwerwiegenden Wörtchens von Mitrofanow in der Osternacht. Die Klasse – dachte er und erinnerte sich dabei, daß er weder in dem Dorf, als die Bauern das Schloß des Getreidespeichers abgerissen hatten, noch in Nishnij Nowgorod bei der Begegnung mit dem Zaren die spaltende Wahrheit der Lehre von der Klassenstruktur des Staates empfunden hatte.

Neben Klim trat, ihn kräftig anstoßend, ein Mann mit rundem Kinnbärtchen, in einem mit Fuchspelz gefütterten Kamisol und mit einer Persianermütze; er hielt die Hände in den Taschen des Kamisols und schüttelte krampfhaft die Schöße, als beabsichtigte er hochzuspringen und in die Luft zu flattern, trat von einem Fuß auf den anderen und fragte ziemlich laut: »Was ist denn das? Wie ist das zu verstehen? Gestern haben sie gestreikt, und heute wollen sie ihre Sünden bekennen, wie?«

Sein ziemlich helles Stimmchen klang boshaft, ebenso wie sein Lachen: »Hä, h-hä.«

Jemand, der hinter und über Samgin stand, antwortete überzeugt: »Das richtet sich gegen die Studenten. Sie rebellieren, die Arbeiter aber ...«

Eine dritte, schwache und heisere Stimme sagte trübsinnig: »Meiner Ansicht nach war es unbedacht, daß man sie in den Kreml hineingelassen hat.«

Hierzu äußerten sich gleichzeitig zwei: »Richtig!«

»Wieso denn unbedacht?«

»Ja, wissen Sie«, sagte unentschlossen das schwächliche Stimmchen, »wenn sie sich schon nach zwanzig Jahren des ermordeten Zaren erinnern, so sollte jeder in seine Pfarrkirche gehen, eine Seelenmesse lesen lassen ...«

»Richtig! Sie hätten bis zum ersten März warten sollen, so aber ...«

»Die befreiten Bauern verhungern ja ...«

»Stimmt, stimmt«, sagte hastig der Mann mit der Persianermütze. »Da fallen sie auf die Straße und ziehen auch noch in den Kreml, dort aber befinden sich die Zarenkronen, die Regalien und überhaupt Schätze ...«

»Wer hat das nur ausgedacht?« fragte ein strenger Baß, man antwortete ihm nicht, und kurz darauf entrüstete er sich theatralisch, indem er vereinzelte Stimmen übertönte: »Den Kreml in einen Viehhof zu verwandeln ...«

»Erlauben Sie mal, das stimmt nun doch nicht«, sagte jemand hinter Samgin im Ton eines gekränkten Menschen. »Hier spielt sich ein

Ereignis ab, das als Einigung des Volkes mit dem Zaren zu verstehen ist . . .«

»Nicht mit dem Zaren, sondern mit dem schlechten Denkmal des Zarengroßvaters . . .«

Und gleich darauf deklamierte ein flottes Stimmchen das vergessene Epigramm:

> »Eines albernen Baumeisters
> Erzalberner Plan:
> Den Zar-Befreier zu stellen
> In eine Kegelbahn.«

Die Zuschauermenge wuchs; vor Samgin stellte sich ein hoher Gerichtsbeamter mit galligem Gesicht, hinzu kam ein bekannter Anwalt mit dem ungewöhnlichen Namen Magnit. Er begrüßte den Beamten, stieß Samgin mit dem Ellenbogen an und fragte: »Nun, was sagen Sie dazu?«

Samgin zuckte stumm die Achseln, während der Beamte ihn mit seinen gelben Augen ansah und sagte: »Ein sonderbares Unterfangen, den Arbeitern einreden zu wollen, die Regierung stehe ihnen gegen die Arbeitgeber bei.«

»Diese Worte sollten Sie in Ihrer künftigen Anklagerede wiederholen«, riet ihm der Anwalt und lachte so laut, daß ihn aus der Menge der Arbeiter einige ansahen und zuerst ein grauhaariger und nach diesem zwei jüngere sich den Zuschauern anschlossen. Unter den Zuschauern befanden sich bereits viele Arbeiter, sie hatten sich von den Ihren getrennt, waren beim Museum stehengeblieben und suchten sich tiefer in das Publikum hineinzudrängen. Samgin dachte einen Augenblick, sie versteckten sich. Aber er sah, das stimmte nicht: Auch vor ihm standen bereits Arbeiter, die den strengen Geruch von Maschinenöl ausströmten. Auf dem Platz gingen unnötigerweise Polizisten umher, der Wind blähte die Schöße ihrer Mäntel auf, und es war anzunehmen, daß sich hinter den Handelsreihen, in den schmalen Gassen der Innenstadt, nicht wenig Polizisten verbargen. Auf der Richtstätte stand, wie in ein Faß gepfercht, eine dichte Menschengruppe. Auch um das Denkmal der Retter Moskaus hatten sich viele Zuschauer zusammengedrängt, Kosma Minin wies ihnen mit seiner Bronzehand den Weg in den Kreml, sie aber blieben regungslos stehen.

Die Arbeiter aber gingen immer noch ebenso dichtgedrängt, ungeordnet und ohne Eile; es waren viele gekrümmte Gestalten, viele hielten die Hände in den Taschen oder auf dem Rücken. Das rief Samgin die Photographie irgendeines Bildes in Erinnerung, die in der »Niwa« abgedruckt worden war: Die Riesengestalt eines Molochs, auf den mitten durch die Karthagermenge ein langer Zug gebeugter, an eine Kette geschmiedeter Menschen zukommt, die für den furchtbaren Gott als Opfer bestimmt sind.

Aber diese mechanisch entstandene Erinnerung war sichtlich unangebracht, sie entschwand gleich wieder, und Samgin überlegte weiter: Wodurch unterscheiden sich diese bärtigen, vom Wind zerzausten, sehr einförmigen Menschen von all den vielen anderen, die er beobachtet hat? Er meinte bereits, das sei eine Menge wie jede andere und die Volkstümler hätten recht: Ohne Führer, ohne Helden ist sie ein Körper ohne Geist. Heute aber ist ihr Führer der Beamte der Orchrana-Abteilung Sergej Subatow.

Klassenbewußtsein? Ja – ist denn ein Junge dagewesen?

Samgin erinnerte sich Sussanins und Komissarows, danach auch Chalturins. Aber all diese Gedanken, die einander schnell ablösten, glitten an der Oberfläche des tiefen und beunruhigenden Eindrucks vorbei, ohne ihn zu berühren, auch hinderte ihn das Reden der Zuschauermenge am zusammenhängenden Denken.

An diesen Menschen ist nichts Eigenartiges – nein, nur ich bin ein wenig mit Marxismus vergiftet, suchte Samgin sich einzureden, als er das schwerfällige, ungeordnete Vorbeiziehen der Arbeiter beobachtete und zusah, wie sie am Tor ihre Schritte verlangsamten, sich dicht zusammenrotteten und in den Kreml eindrangen.

Wie Blinde! Wenn einer ihnen vor die Füße fiele, würden sie ihn zertrampeln, ohne es bemerkt zu haben, dachte er plötzlich, und dieser Gedanke kam seinem Eindruck näher als alle anderen. Er wurde sich bewußt, daß in ihm wie ein Fieber irgendein starkes Gefühl aufstieg, das er auch früher schon, aber nur schwach hatte keimen fühlen. Es wuchs wie ein Abszeß, mit zerrendem Schmerz, und die Überlegungen hinderten das Wachsen nicht im geringsten. Er verstand ganz entschieden, daß er dieses Gefühl nicht formulieren, es nicht in exakte Worte kleiden durfte, sondern es im Gegenteil durch irgend etwas auslöschen, es vergessen mußte.

Am Tor wurde gerufen: »Die Mützen! He, Jungens, nehmt die Mützen ab!«

Dieser Befehl erinnerte Samgin an den naiv prahlerischen Vers:

> Welcher Wicht nähm nicht die Mütz
> Im Heiligen Tor des Kremls ab.

Von der Arbeitermenge löste sich ein kleiner Alter in schwarzem, offenem Schafpelz, schwang seine Mütze und sagte freudig: »Eben ist einer verhaftet worden. Er führte dumme Reden, der Hund! ›Wohin geht ihr‹, schrie er, ›ihr Dummköpfe, ihr liebedienerisches Volk?‹ Und so schimpfte er, als hätte er den Verstand verloren, der Hundsfott!«

»Ohne Skandal geht es bei uns nicht«, bemerkte mürrisch ein bärtiger Mann mit rußgeschwärztem Gesicht.

»›Ihr Gesindel‹, sagte er ...«

»Ein Student?«

»Zivilist.«

»Ein Betrunkener?«

»Wer weiß! Man kennt sich nicht aus.«

»Und – ein Junger?«

»Das stimmt, ein Junger. Er zitterte ganz und gar, war wohl wütend ... ›Wohin?‹ sagte er.«

»Wieviel Tausende sind das wohl?« fragte besorgt ein sehr dicker, aber schlechtgekleideter Mann, der vor Samgin stand; man antwortete ihm: »Zehntausend.«

»Me-ehr.«

Von den Eingangsstufen herunter rief jemand über Klims Kopf hinweg beschwichtigend und sogar verwegen: »Moskau hat vor Menschen keine Angst.«

Ihm antwortete sogleich ein mürrischer Baß: »Menschen sind ihm nur ein Korn unter einem Mühlstein.«

Der Mann im Schafpelz fragte aufdringlich zwei Arbeiter aus, die sich eben erst dem Publikum angeschlossen hatten: »Weshalb habt ihr euch denn von euren getrennt, wie?«

»Geht dich nichts an«, sagte der eine, der Waraksin ähnelte, während der andere, der ein Gesicht wie ein alter Soldat hatte, friedfertig erklärte: »Es ist eng, man kommt ja nicht ins Tor hinein, sie zerbrechen einem die Rippen.«

»Und wozu unternimmt man das? Unternimmt es und – geht zur Seite?«

Und durch alle Stimmen sprudelte aus der Tiefe der Zuschauermenge wie ein Bächlein irgendwessen beunruhigtes Stimmchen: »Ich verstehe nicht: Was soll diese Parade? Bei Gott, wahrhaftig, ich weiß nicht, was soll sie? Wenn beispielsweise Truppen mit Musik ... und mit Beteiligung der Geistlichkeit, mit Kirchenfahnen, Ikonen und – überhaupt – das ganze Volk, ja, dann bitte schön! Aber so, wissen Sie, was kommt dabei heraus? Anscheinend nur Zersplitterung. Heute gehen die Fabrikarbeiter, morgen die Angestellten oder, sagen wir mal, die Schornsteinfeger oder sonst noch wer, doch wozu eigentlich? Das ist die Frage, die sich hier erhebt! Man ist doch nicht zu einem Bummel aufs Chodynka-Feld gegangen, meine ich...«

In dem zusammenhanglosen Gerede der Zuschauer und diesem beunruhigten Gemurmel fing Samgin Bruchstücke ihm sehr vertrauter und sogar am Herzen liegender Gedanken auf, aber sie waren so entstellt, wirr, sie wurden so leicht vom Schlurren der Füße übertönt, daß Klim mit Entrüstung dachte:

Was für Spießbürgerei, Bettlertum.

Aus dem Kreml floß tiefes Brüllen heraus, das irgendwie wollig und flauschig klang, und es schien, als erwärmte es die feuchte und kalte Luft. Der Mann in dem mit Fuchsfell gefütterten Kamisol erklärte beschwichtigend: »Sie singen! Sie singen: ›Gott, rette...‹«

Er nahm die Mütze ab, bekreuzigte sich in Richtung der Basilius-Kathedrale und eilte davon.

Alle Zuschauer schienen nur hierauf gewartet zu haben, ihre dichte Mauer zerbröckelte und löste sich schnell auf; auch Klim ging. Bei den Handelsreihen stieß er auf Mitrofanow; Iwan Petrowitsch stand an eine Laterne gelehnt, er hatte die Wangen aufgebläht und die Lippen gespitzt, die Mütze war ihm in die Stirn gerutscht, und er sah aus, als hätte er eben einen Schlag ins Genick erhalten. Samgin kam es sogar vor, als wäre er betrunken. Iwan Petrowitsch sah ihm gerade ins Gesicht, begrüßte ihn aber nicht. Diese Begegnung freute Klim wie das Zusammentreffen mit einem angenehmen Menschen nach langer und trauriger Einsamkeit; er reichte ihm die Hand und bemerkte, daß der Untermieter sich unruhig umsah, ehe er sie ergriff.

»Nun, was sagen Sie dazu?«

»Hervorragend«, antwortete Mitrofanow rasch. »Hervorragend«, wiederholte er, warf den Kopf hoch und rückte damit die Mütze zurecht. »Wohlgeordnet«, sagte er und betastete mit den Fingern einen Knopf an seinem Mantel. »Sehr... eindrucksvoll!«

Sein Benehmen hatte etwas Sonderbares, es weckte Samgins Neugier, und Klim schlug ihm vor, zusammen zu frühstücken. Mitrofanow stimmte nicht gleich bei, er duckte sich verlegen, sah sich um, als er aber zugesagt hatte, ging er schnell, schweigend und vor Samgin her.

In dem halb im Keller gelegenen Restaurant, das voller Menschen war, fanden sie in einer Ecke neben einem Schrank Platz. Die Gäste des Restaurants benahmen sich so lebhaft und ungezwungen laut, als wären sie alle gut miteinander bekannt und hätten sich zu einem Jubiläums- oder Totenmahl versammelt. Samgin lauschte aufmerksam dem Stimmengewirr und vernahm kein Wort über die Arbeiterkundgebung. Ihm war sehr daran gelegen, Mitrofanows Stimmung zu ermitteln und ein paar vernünftige Worte zu hören, aber es gelang ihm nicht gleich, ihn in ein Gespräch zu ziehen. Iwan Petrowitsch nickte und sagte mit fremder Stimme: »Ein schlau erdachtes Unternehmen. Es stimmt: Die Arbeitgeber interessiert fast nichts als ihr Vorteil. Man muß es den Arbeitern natürlich leichter machen.«

Als er aber drei Gläschen Wodka getrunken hatte, seufzte er tief, schloß die Augen, verzog das Gesicht und sagte dann kopfschüttelnd und leise: »Ach, Klim Iwanytsch, das sind saure Trauben!«

»Was?« fragte Samgin ebenfalls leise, wobei er schon wußte, daß er gleich etwas Eigenartiges und wahrscheinlich, wie immer bei Mitrofanow, etwas Beruhigendes zu hören bekommen werde.

»Saure Trauben«, wiederholte Mitrofanow und beugte sich über den Tisch zu ihm vor. »Glauben Sie das nicht, Klim Iwanowitsch: Einen Fuchs kann man nicht mit sauren Trauben füttern, er frißt sie nicht!« flüsterte er, oft blinzelnd, und beugte sich noch weiter über den Tisch. »Sie dürfen nicht daran glauben, denn sie verstellen sich. Ich weiß es.«

Er drohte mit dem Finger, goß sich hastig noch ein Gläschen ein und trank es schnell aus, dann nahm er ein Stück Brot, roch daran und legte es wieder auf den Teller.

»Sie betrügen Ihre Vernunft. Viele sehen das, was sie wünschen, aber das, das Gewünschte, ist gar nicht da. Wir sehen sozusagen Gespenster, die wir uns einbilden.«

Nachdem er sich umgesehen hatte, flüsterte er: »Ich bin mit dieser sogenannten Armee zwei Stunden gegangen, mitten im Gedränge, ich habe gehört, wie sie redeten. Und – was. Meinen Sie wirklich, sie seien zum Zaren gegangen, um sich mit ihm zu versöhnen?«

Mitrofanow lächelte und machte eine wegwerfende Handbewegung über dem Tisch, streifte die Flasche, fing sie aber auf und sprang vom Stuhl hoch.

»Entschuldigen Sie. Ich kenne die Fabrikarbeiter«, fuhr er zu flüstern fort. »Sie sind ein besonderes Volk, sie pfeifen auf alles, so ist das! Da war einer, der wollte nicht heucheln, man verhaftete ihn ...«

»Ja, ich habe davon gehört. Ein junger Bursche?«

»Wieso? Nein, er war rasiert und klein von Wuchs, an Jahren jedoch sicherlich älter als Sie.«

»Ein Arbeiter?«

Mitrofanow nickte, schaute über seine Schulter und fuhr lächelnd fort: »Er beschimpfte sie unflätig. Er ging und schrie ihnen ins Gesicht: ›Gesindel seid ihr! Jawohl! Diesen Zaren‹, sagte er, ›hat man getötet, weil er das Volk betrogen hat – versteht ihr? Ihr aber‹, sagte er, ›geht zu ihm hin, um euch vor ihm auf die Knie zu werfen.‹ Man schlug und stieß ihn: ›Schweig, du Dummkopf!‹ Er aber war wie ein Betrunkener ganz ohne Gefühl, drängte sich wieder in die Menge hinein und schrie: ›Ihr Aaskerle!‹ Klim Iwanowitsch, es handelt sich nicht darum, daß einer randaliert, sondern darum, daß sieben von zehnen ihm beistimmen und, wenn sie ihn schlagen, es nur aus Vorsicht tun. Nichts als Schlauheit! Dieser ganze Schachzug stimmt nicht, Klim Iwanowitsch, das ist ein Zug zum Verlieren. Ein Kerl schnatterte dort, das Volk habe den Zaren an seiner Spitze, dabei wissen alle, daß wir einen unglücklichen, mißlungenen Zaren haben! Bei der Krönung sind Tausende erdrückt worden, er aber hat sich nicht einmal bekreuzigt. Wenn er wenigstens fünf Polizisten aufgehängt hätte. Sein Großvater hängte auf, der genierte sich nicht. Dieser aber hat Angst vor seinem Onkel. Meinen Sie, das Volk erinnere sich nicht an Chodynka? Doch, das Volk ist nachtragend. Es gibt ja auch nur Böses, woran es sich erinnern könnte.«

Mitrofanow warf erschrocken den Kopf zurück.

»Das sage natürlich nicht ich, sondern man sagt das allgemein so . . .«

»Ja«, sagte Samgin, mit den Fingern auf dem Tisch trommelnd.

Dies war nicht das, was er von Mitrofanow erwartet hatte, das beruhigte nicht, sondern erweckte einen zwiespältigen Eindruck. Mitrofanow bestärkte das Gefühl, welches beängstigte, aber es war ihm fast angenehm, daß gerade er dieses Gefühl bekräftigte.

»Ja, wir haben eine unfähige Regierung, der Zar ist machtlos«, murmelte er und sah zerstreut die Dutzende satter Gesichter ringsum an; diese geröteten Gesichter in dem rauchigen Dunst erinnerten an mittendurch geschnittene Wassermelonen. Der Lärm, die Gerüche und die Wodkas machten ein wenig schwindlig.

»Sie, Iwan Petrowitsch, sind doch ein einfacher, ehrlicher Russe . . .«

Mitrofanow senkte den Kopf über dem Tisch.

»Sagen Sie mir also: Was meinen Sie, wird es bei uns zu einer Revolution kommen?«

Mitrofanow hob den Kopf und flüsterte: »Unbedingt. Es wird einen ganz riesengroßen Aufruhr geben.«

»Ja?« fragte Samgin; die Bestimmtheit der Antwort war ihm unangenehm und hinderte ihn, die in ihm heranreifenden großen Gedanken auszusprechen.

»Sie wissen das selbst«, sagte Mitrofanow leise und legte das Gesicht in Falten, wodurch es uneben wurde. »Das Volk ist durch die ungleiche Verteilung der irdischen Güter und die Gewaltherrschaft der Polizei bis zum äußersten erbittert«, sagte er mit geballter Faust. »Die Mutlosigkeit nimmt zu und...« Er schob den zurückgerutschten Stuhl näher an den Tisch heran, beugte sich so weit vor, daß sein Kinn fast auf dem Teller lag, und fuhr fort: »Ich will Ihnen gestehen: Wissen Sie, ich tröste mich damit, daß dies nichts ausmacht, daß es gut gehen wird, denn wir sind ein kluges Volk! Aber ich sehe, es gibt immer Leute, die aus Mutlosigkeit den Verstand verlieren. Flüchtet man vor der Kälte in eine Teestube oder Schenke und hört zu, wovon gesprochen wird, was zeigt sich da? Alle wetteifern mit Erzählungen von dem elenden Dasein, die Menschen erwägen, wer es schwerer hat. Sie versteigen sich bis zur Prahlerei, bis zur Wut. Mir geht es schlechter! Nein, du lügst, mir! Das ist doch ein Prahlen zur Rechtfertigung künftiger Taten...«

Jetzt sah Samgin, daß in Mitrofanows runde Augen kummervolle Verwunderung trat. »Bedenken Sie doch – wie unsinnig ist diese Beschäftigung in Anbetracht unseres kurzbemessenen Lebens! Das ist es ja, das menschliche Leben ist knapp bemessen. Und immer mehr Menschen leben so, als wäre jeder Tag ihres Lebens Fastenfreitag. Und diese Enge! Weder ein Dieb noch ein ehrlicher Mensch kann irgendwo den Fuß hinsetzen, dabei wünscht der Mensch, in einem gewissen Raum und auf festem Boden zu leben. Wo aber ist er, dieser Boden?«

Klim Samgin unterbrach ihn, indem er die Hand wie zu einer Ohrfeige hob, und fragte: »Dann ist es vielleicht besser, wenn sie bald ausbräche?«

»Klim Iwanowitsch«, rief Mitrofanow halblaut aus, und sein Gesicht blähte sich unnatürlich auf und rötete sich, wobei seine Ohren sich sogar zu bewegen schienen. »Ich verstehe Sie, bei Gott – ich verstehe Sie!«

»Man kann doch nicht in der ständigen Unruhe leben, daß morgen alles zum Teufel geht und man in einen Aufruhr fremder Leidenschaften hineingerät.«

»Das werden wir unbedingt«, sagte Mitrofanow mit leisem Schreck.

Auch Samgin beugte sich über den Tisch, wobei er sich mit der Brust so fest an die Kante stützte, daß es schmerzte. Zum erstenmal im ganzen Leben sprach er vollkommen aufrichtig mit einem anderen und mit sich selbst. In irgendeinem Winkel seines Gehirns verstand er, daß er auf einen Teil seiner selbst verzichtete, aber das erleichterte, weil dadurch das dumpfe, ihn beängstigende Gefühl unterdrückt wurde. Er sprach in fremden, angelesenen Worten, und seine Eigenliebe wurde dadurch nicht getrübt: »Die Selbstherrschaft ist außerstande, das Volk zu regieren. Starke Menschen, kräftige Hände müssen die Macht ergreifen und Rußland von dem beißenden Menschenstaub säubern, der am Leben und Atmen hindert.«

Er hörte Mitrofanow mit zustimmendem Kopfnicken flüstern: »Richtig – für eine gute Ordnung kann man auch eine Revolution zulassen.«

Vor Samgin ragte über dem Tisch ein gleichsam abgeschnittener und auf die Hände gelegter Kopf, ein bekanntes, aber verändertes, mürrisches Gesicht mit fest zusammengepreßten Lippen; die dunklen Augen enthielten die Anspannung eines Menschen, der etwas zu undeutlich oder zu klein Gedrucktes liest.

»Die Regierung kann weder mit den Arbeitern noch mit der Studentenbewegung fertig werden«, sagte Samgin leise.

»Ach Gott«, seufzte Mitrofanow und entspannte sein straffes Gesicht, wovon es häßlich breit und weinerlich wurde, während die bläulichen Wangen dunkel anliefen. »Ich verstehe, Klim Iwanowitsch. Sie versuchen mich zu gewinnen!« Er bekreuzigte dreimal mit kleinen Kreuzen die Brust und sagte: »Ich bin bereit dazu, von ganzer Seele!«

Durch diese Erklärung etwas abgekühlt, verstummte Samgin, er fand an ihr für einen Augenblick sogar etwas Humorvolles, doch Mitrofanow räusperte sich und fuhr sehr leise fort: »Nur werden Sie mich sicherlich abweisen und von sich stoßen, denn ich bin ein zweifelhafter Mensch mit schwachem Charakter und mit Phantasie, bei schwachem Charakter aber ist Phantasie, wie Sie wissen, Gift. Nein, warten Sie«, bat er, obwohl Samgin ihn weder durch ein Wort noch eine Gebärde am Weitersprechen hinderte. »Ich wollte es Ihnen schon lange sagen, entschloß mich jedoch nicht, nun bin ich aber dieser Tage im Theater gewesen, in diesem gefragten Stück, in dem durch eigene Schuld ins Unglück geratene Leute gezeigt werden und weiß der Teufel was reden, während unter ihnen ein trostspendender alter Mann nach rechts und links lügt . . .«

Er schöpfte Atem, verzog das Gesicht zu einem mißglückten Lächeln und breitete die Arme von sich. »Da kam mir plötzlich eine Erleuchtung, und es überlief mich geradezu heiß: Dieser schädliche alte Mann hatte in seinem Benehmen Ähnlichkeit mit mir!«

»Ich verstehe nicht ganz«, sagte Samgin mit mürrischer Miene.

»Er hatte Ähnlichkeit – er erfand, das Luder! Klim Iwanowitsch, ich verehre Sie und . . .«

Er stolperte über irgendein Wort und schüttelte den Kopf. »Sehen Sie . . . Ich habe Ihnen allerhand von mir erzählt, nun, ich bekenne:

Das alles habe ich anstandshalber erfunden. Die Ehefrauen habe ich erfunden und überhaupt mein ganzes Leben ...«

»Erlauben Sie, weshalb denn?« fragte Samgin unfreundlich und verwundert.

»Anstandshalber ...«

Iwan Petrowitsch goß sich mit zitternder Hand Wodka ein, trank ihn aber nicht, sondern schob das Glas beiseite und lachte ein im Kehlkopf abgehacktes Lachen; an seinen Schläfen und unter den Augen zeigte sich Schweiß, den er rasch und kräftig mit dem zu einem Knäuel zusammengepreßten Taschentuch fortwischte.

»Und ich heiße gar nicht Mitrofanow und nicht Iwan, sondern Pjotr Jakowlew Kotelnikow und bin der Sohn eines Kaufmanns in Nishnij Nowgorod, das war eine recht bekannte Familie ...«

Er wischte sich wieder den Schweiß vom Gesicht, schwang das Taschentuch hoch und rutschte auf dem Stuhl herum, als schickte er sich an, aufzuspringen und fortzulaufen.

»Seit meinem dreiundzwanzigsten Lebensjahr bin ich Agent der Kriminalpolizei und wurde wegen meiner erfolgreichen Ermittlungen hierher versetzt ...«

»Als Kriminalagent?« fragte Samgin unruhig, mit Flüsterstimme, da er noch nicht wußte, was er sagen sollte, aber fühlte, daß Mitrofanow ihn durch irgend etwas beleidigt hatte.

»Beunruhigen Sie sich nicht«, bestätigte Iwan Petrowitsch. »Ich habe mit nichts anderem zu tun. Selbst wenn das der Fall wäre, so wäre ich auch dann Ihr Diener! Weil Sie und Ihre Gattin für mich die ersten Menschen sind, die ...«

Er ließ den Satz unbeendet, seufzte tief und fuhr mit verwundertem Blinzeln fort: »Merkwürdig, wieso Sie damals, während der Studentenrauferei, auf das mit mir nicht gekommen sind. Hätte man mir denn, wenn ich nur ein einfacher Mensch gewesen wäre, erlaubt, Sie zur Polizei zu begleiten? Erstens einmal das. Dann aber noch folgendes: Da lebt ein Mann zwei Jahre vor Ihren Augen, ist nirgends angestellt, sucht angeblich immerzu eine Stellung – wovon aber lebt er, von welchen Mitteln? Und die Nächte verbringt er nicht zu Hause. Sie sind vertrauensselige Menschen, Sie und Ihre Gattin. Ich ängstige mich sogar um Sie, Ehrenwort! Die Anfimjewna, die hält mich sicher für einen Dieb ...«

Auf sein Gesicht ergoß sich ein schuldbewußtes und gutmütiges Lächeln.

»Erzählen Sie das keinesfalls meiner Frau«, sagte Samgin streng. »Später einmal werde ich es selbst sagen.«

Mitrofanow seufzte und schwieg, als gäbe er Samgin Zeit, einen

Entschluß zu fassen, doch Samgin dachte, daß er diesen Mann für eigentümlich bedeutend, für gesund denkend gehalten hatte . . .

Was aber hat sich im Grunde geändert? fragte er sich und fand keine Antwort.

»Vielleicht sollte ich aus Ihrer Wohnung ausziehen?« hörte er den Untermieter traurig flüstern.

»Nein, das ist nicht nötig. Ich . . . werde mir überlegen, wie . . .«

»Unter die Detektive bin ich nicht aus Eigennutz, sondern der Not gehorchend gegangen«, murmelte Mitrofanow, nachdem er Wodka getrunken hatte. »Na, und die Phantasie natürlich. Ich habe viel Kriminalromane gelesen, das ist interessant! Lecocq war ein Mann von großem Verstand. Ach, mein Gott, mein Gott«, sagte er etwas lauter, »wenn Sie mir doch meinen Betrug verzeihen wollten! Ehrenwort – ich betrog Sie aus Liebe und Ergebenheit, doch es ist schwer, einen Menschen liebzugewinnen, Klim Iwanowitsch!«

»Ja«, sagte Samgin unwillkürlich und sah, daß Mitrofanows dunkle, etwas dumpfe Augen feucht geworden waren und zu zerfließen schienen. Zu seiner Kränkung über diesen Mann kam die Verwunderung über die Beichte Mitrofanows hinzu. Dennoch rührte ihn diese Beichte ein wenig durch ihre zweifellose Aufrichtigkeit, und dennoch war es schmeichelhaft, die herzlichen Erklärungen Mitrofanows zu hören; er wurde weniger sympathisch, aber noch interessanter.

»Guten Menschen bin ich nicht begegnet«, sagte er, nachdenklich und traurig eine Gabel betrachtend. »Auch habe ich es satt, dem Hund die Flöhe aus dem Fell zu kämmen, ich meine damit meinen Dienst. Denn was ist ein Dieb, Klim Iwanowitsch, um die Wahrheit zu sagen? Ein kleiner Splitter, eben – ein Floh. Eine Mücke sozusagen. Auch die Mücke sticht nicht ohne Not. Gewiß, es gibt eingefleischte Verbrecher. Aber wir leben ja der Not gehorchend und nicht nach dem Evangelium. Jetzt tat es beispielsweise not, die Fabrikarbeiter zum gepriesenen Zaren zu führen, um ihm ihre Ergebenheit zu zeigen . . .«

Mitrofanow hob die Schultern, zog wie eine Schildkröte den Kopf ein und deutete mit dem Finger hinter sich.

»Hier aber sitzt, wie Sie sehen, das Geschäftsvolk, ißt wohlbehalten vortrefflichste Speisen, trinkt Wodka und Weine teurer Sorten, spricht von seinen Angelegenheiten, so als wäre nichts vorgefallen. Meiner Ansicht nach aber hat man die Fabrikarbeiter um der Ruhe und Ordnung willen in den Kreml geführt, deshalb frieren auch die Nachtwächter und fangen die Diebe, und so ist das überhaupt – alles! Doch eine wirkliche Sorge um Wohlergehen im Leben erblicke ich in dem allen nicht, Klim Iwanowitsch, bei Gott – ich sehe es nicht! Und wissen Sie, manchmal ist es einem, als bekäme man einen Stich mit einer Schusterahle, wenn man bedenkt, daß in Wirklichkeit, ohne sich zu schonen, nur die politischen Verbrecher sich um das Volk kümmern ... das heißt keine Verbrecher, sondern ... Haben Sie vielleicht den Roman ›Die Bremse‹ oder ›Spartakus‹ gelesen? Mir riet es Fräulein Somowa, und wissen Sie, ich las das mit Vergnügen!«

Samgin lächelte, er war sogar nahe daran, laut zu lachen, aber nicht, weil ihm froh zumute geworden war, doch Mitrofanow erhob sich vorsichtig vom Stuhl und sagte, ohne ihm die Hand zu reichen: »Ich danke ergebenst ... von ganzem Herzen!«

Samgin kam es vor, als wäre der Untermieter im Laufe dieser Stunde gewachsen, sein Gesicht schmaler und schöner geworden, Samgin reichte ihm großmütig die Hand.

»Meiner Frau werde ich es also selbst sagen.«

Mitrofanow verneigte sich und ging.

Klim blieb noch etwa zehn Minuten sitzen und suchte seine Gedanken zu ordnen, aber sein Denken war unbeholfen, widerspruchsvoll, und klar war nur eins: Mitrofanows Aufrichtigkeit.

Letzten Endes ergibt sich, daß er sich mir ausliefert. Ein Agent der Kriminalpolizei also. Der Kriminalpolizei, sagte sich Samgin. Anständige Menschen ekeln sich vor dieser Rolle, aber das ist wohl kaum berechtigt. In der heutigen Gesellschaft sind Geheimagenten ebenso unvermeidlich wie Verbrecher. Er ist zweifellos ... ein guter Mensch. Und – nicht dumm. Er ist ein Mensch vom Typ Tanja Kulikowas und der Anfimjewna. Ein Mensch nur für die anderen ...

Als Samgin auf den Roten Platz hinaustrat, war es leer auf ihm, wie immer an Feiertagen. Der Himmel hing tief über dem Kreml und löste sich auf in schwere Schneeflocken. Auf dem goldenen Turban des Glockenturms Iwans des Großen hielt sich der Schnee nicht. Beim Museum tummelte sich eine Schar bleifarbener Tauben. Man konnte sich schwer vorstellen, daß auf diesem Platz, eine Stunde zuvor, Tausende arbeitender Menschen herumgestapft und in den Kreml geströmt waren, die wahrscheinlich nichts von der Geschichte des Kremls, Moskaus und Rußlands wußten.

Ja, auch Mitrofanow hält die Revolution für unvermeidlich. »Wir«, sagt er, wer ist denn das – »Wir«? Aber – welch unerwartete und ... phantastische Windung in diesem Menschen ...

Als Samgin sich zu Hause müde auszog und ärgerlich daran dachte, daß er Warwara gleich von der Kundgebung werde erzählen müssen, hörte er im Speisezimmer das Klirren von Teelöffeln, das dumpfe Murmeln Kumows und dann die ironische Frage

Onkel Mischas: »Sie haben wohl zuviel Schelling gelesen, junger Mann?«

»Ich habe Schelling nicht gelesen, ich liebe die Philosophie überhaupt nicht, denn sie kommt vom Verstand, ich aber glaube wie Lew Tolstoi nicht an den Verstand . . .«

»Wie Tolstoi? Oho . . .!«

Der Teufel soll euch holen, fluchte Klim innerlich.

Da er diese Leute nicht sehen wollte, ging er in sein Arbeitszimmer und legte sich dort auf den Diwan, aber die Tür ins Speisezimmer war nur angelehnt, und so hörte er deutlich das Gespräch des alten Volkstümlers mit dem Sekretär.

»Der Mensch lebt nicht mit Verstand, sondern mit Phantasie . . .«

»Nanu!«

»Das heißt mit Verstand auch, aber das ist die niederste Form, unsere höchsten Errungenschaften jedoch entspringen nicht dem Verstand . . .«

»Beispielsweise die Wissenschaft?«

»Auch die Wissenschaft beginnt mit der Phantasie.«

»Darf ich Ihnen einschenken?« fragte Warwara, und an dem freundlichen Ton ihrer Frage erkannte Klim, daß sie Kumow fragte. Er wünschte Tee und ging ins Speisezimmer, Kumow stand auf und kam ihm entgegen, seine Frau fragte verwundert: »Du bist da? Wo warst du?«

»Ich habe mir die Kundgebung der Arbeiter angesehen, dann war ich beim Patron.«

»Aha!« rief Onkel Mischa, und sein kleines Gesichtchen strahlte vor gutmütiger Bosheit. »Nun, wie waren sie? Haben sie ›Gott schütze den Zaren‹ gesungen, ja? Erzählen Sie mal, erzählen Sie?«

»Aber Gussarow hat doch schon erzählt«, erinnerte Warwara.

»Wir werden die Aussagen vergleichen«, sagte Suslow scherzend und zog, sich offenkundig zum Kampf vorbereitend, die von Ljubascha gestrickte orangefarbene Wolljacke über der Brust straff. Doch bevor noch Samgin zu erzählen begann, ergriff er selbst das Wort.

»Dieser Gussarow ist äußerst erregt, er stellt sich dort irgend etwas vor, hier aber hat er Plechanow verdreht, als ob die Befreiung der Arbeiterklasse Sache der Arbeiter selbst sei, wir aber, die Intelligenz, nun, wir sollen beiseite treten . . .«

Kumow, der ihm nicht zuhörte, neigte seinen langen Körper zu Warwara hinüber und murmelte halblaut: »Die Geißler sehen während der Andacht den Heiligen Geist, dabei gibt es doch keinen Heiligen Geist . . .«

Samgin machte ein erstauntes Gesicht und sah ihn über den Brillenrand an, worauf der Sekretär mit verlegenem Lächeln verstummte.

»Überhaupt kam es bei ihm so heraus, daß die Intelligenz ein Gehilfe der Arbeiterklasse sei, nichts weiter«, sagte Suslow, das Gesicht runzelnd, und tat sich einen Löffel Konfitüre ins Teeglas. »›Nein‹, sagte ich ihm, ›Gehilfen machen keine Revolution, Führer, Führer brauchen wir, aber nicht Gehilfen! Ihr Marxisten bringt euch in der Tat nach dem schlechten Vorbild der Deutschen in die Lage von Gehilfen der Arbeiterklasse, aber die Deutschen haben einen Bebel, einen Adler und noch viele andere. Ihr aber habt keine solchen, und Gott möge verhüten, daß sie auftauchen ... um die Arbeiter in den Kreml zu führen, um dem Zaren ihre Ergebenheit zu zeigen ...‹«

Obwohl Suslow boshaft sprach, war es Samgin klar, daß er traurig war, denn seine kleinen Äuglein blinzelten betrübt, die Stimme stockte, und der Löffel in seiner Hand zitterte.

»Nein, wissen Sie, Gussarow gehört zu jenen, die zwar dem Anschein nach ›gottgefällig‹, in Wirklichkeit aber ›wankelmütig‹ sind ...«

»Wissen Sie schon?« fragte Tatjana Gogina, ins Zimmer tretend. Samgin sah sich um und hätte sie kaum erkannt: Im schlichten Kleid, groben Schuhen und glatt frisiert, glich sie einem Dienstmädchen aus minderbemittelter Familie. Nach ihr trat Ljubascha ins Zimmer und ließ sich stumm in einen Sessel fallen.

»Was sollen wir wissen?« fragte Suslow, sie und Ljubascha betrachtend. Ljubascha fauchte zornig: »Er ist ein Subatow-Mann, dieser Gussarow ...«

»Erlauben Sie«, sagte Suslow beunruhigt und laut, »solche Dinge darf man nur sagen, wenn sie begründet sind, meine Damen!«

»Er ist ein Dummkopf, möchte jedoch eine große Rolle spielen, so ist das meiner Ansicht nach«, sagte Tatjana ziemlich ruhig. »Warja, geben Sie Ljubascha eine Tasse starken Tee, und dann schicke ich sie nach Hause, sie fühlt sich nicht wohl.«

Suslow klopfte sich mit dem Löffel ungeduldig auf die Fingerknöchel und fragte sie: »Nun – was ist?«

»Dort, im Kreml, hielt Gussarow den Arbeitern eine Rede zu dem Thema: Nieder mit der Politik, traut den Studenten nicht, die Intelligenz will auf dem Nacken der Arbeiter zur Macht gelangen und anderes mehr in diesem Sinne«, sagte Tatjana scheinbar gleichgültig. »Woher wissen Sie denn das?« fragte sie.

»Nein, zuerst Sie – wieso ist Ihnen das bekannt?« sagte Suslow hastig.

»Ich stand hinter ihm, als er sprach, ich und noch ein Arbeiter, ein Schüler von mir.«

»So«, sagte Suslow mit einem Blick auf Klim.

Es vergingen ein paar Sekunden in höchst peinlichem, abwartendem Schweigen. Dann erinnerte Samgin lächelnd: »Vor kurzem aber befürwortete er noch die Notwendigkeit des Fabrikterrors.«

Warwara maß Ljubaschas Temperatur, Kumow erhob sich und ging auf Zehenspitzen, wankend und mit den Armen balancierend, weg. Tatjana saß mit einer Tasse Tee in der Hand auf einer Sessellehne, stützte sich mit der anderen Hand auf Ljubaschas Schulter und begann gelassen und ausführlich zu erzählen, ohne dabei wie sonst zu witzeln.

»Ihm hörten etwa . . . dreißig, vielleicht vierzig Leute zu; er stand bei der Zarenglocke. Er sprach ohne Begeisterung, ohne rechten Mut. Ein Arbeiter stellte das fest und sagte zu seinem Nebenmann: ›Der Bursche traut sich nicht, den Mund weiter aufzumachen.‹ Sie merkten alles erstaunlich feinfühlig.«

»Na, und wie war ihre Stimmung im allgemeinen?« fragte Suslow.

»Gleichgültig, schien mir. Das war übrigens nicht nur mein Eindruck. Ein Metallarbeiter, ein Bekannter Ljubaschas, hat wohl die Stimmung ganz richtig definiert, als wir noch auf dem Hinweg waren. ›Wir gehen in einen unbekannten Wald zum Pilzesuchen‹, sagte er, ›vielleicht wird es Pilze geben, eher aber keine; nun, das macht nichts, dann gehen wir eben spazieren.‹«

Warwara wollte Licht machen.

»Warte noch«, sagte Samgin, obwohl es im Zimmer bereits dunkel war.

Suslow rieb sich die Hände und lachte leise.

»Ich habe keinerlei erhabene Gefühle bei den Arbeitern bemerkt, aber ich stand weitab vom Denkmal, wo die Reden gehalten wurden«, fuhr Tatjana fort, die Samgin durch den ruhigen Ton ihrer Erzählung in Erstaunen versetzte. »Dort war jemand hysterisch gerührt und schwang die Mütze, auch konnte man sehen, daß die Leute sich bekreuzigten. Aber es war unmöglich, sich dorthin durchzudrängen.«

»Achtunddreißig sechs«, verkündete Warwara laut. Suslow hob seine Hand und zischte: »Psch!«

Er benimmt sich wie der Herr des Hauses, stellte Klim fest.

Die Gogina unterbrach ihre Erzählung und begann Ljubascha zuzureden, nach Hause zu gehen und sich hinzulegen, diese aber weigerte sich eigensinnig und zornig.

»Laß mich in Frieden, ich gehe, sobald du alles erzählt hast.«

»Aber stören Sie nicht mehr, Somowa«, bat Suslow, er bat streng. »Nun, weiter, Gogina«, sagte er wie ein Lehrer in der Schule; Warwara setzte sich lächelnd neben ihn.

»In einem Winkel zwischen dem Kloster und dem Gerichtsgebäude schimpfte irgendein Herr in einem ungewöhnlich geschnittenen Mantel auf Witte und suchte die Arbeiter zu überzeugen, daß der Papierrubel eine ›christlich sittliche Geldform‹ sei, genau so hat er es gesagt . . .«

Suslow freute sich, schlug sich mit den Händen auf die Knie und sagte unter Lachen: »Das hat er aus der Schrift Sergej Scharapows über die russischen Finanzen, der Dummkopf. Hören Sie, Samgin? Wie finden Sie das? Zu den Arbeitern vom christlich sittlichen Rubel zu sprechen! Ach, diese Ök-konomen . . .«

»Die Arbeiter hörten auch das vom sittlichen Rubel schweigend an, rauchten, lachten aber nicht«, erzählte Tatjana mit einem Seitenblick auf die Somowa. »Überhaupt hatten dort an verschiedenen Stellen irgendwelche Leute kleine Arbeitergruppen um sich versammelt und redeten auf sie ein. Es gab auch stumme Zuschauer; als solcher war Tagilskij zugegen«, sagte sie zu Samgin. »Ich fürchtete sehr, er könnte mich erkennen. Die Arbeiter merkten sofort: Eine junge Dame! Und sie sahen mich mißtrauisch an . . . Ein paar junge Leute versuchten, in das Rohr der Zarenkanone zu kriechen.«

Sie schloß die Augen, als erinnerte sie sich an längst Vergangenes, und Samgin dachte: Wozu braucht sie sich unter Arbeitern herumzutreiben, sie, die Modenärrin, die in Pierre Louis' Bücher verliebt ist, für erotische Literatur schwärmt und über die kalte Sinnlichkeit der Gedichte Brjussows entzückt ist.

»Sie sahen sich alles so sonderbar an«, begann Tatjana von neuem, bereits mit einem Unterton von Unverständnis, »als sähen sie den Kreml zum erstenmal, dabei sind doch natürlich viele, wenn nicht alle, schon in der Osternacht dort gewesen. Als wären sie in eine fremde Stadt gekommen. Oder als wollten sie eine Wohnung mieten. Ein Arbeiter sagte: ›Die Häuser sind aber nicht besonders ansehnlich.‹ Eine interessante alte Frau war dort, riesengroß, hinkend, im Männermantel und wahrscheinlich etwas schwerhörig, denn sie hielt immer dem, der mit ihr sprach, das Ohr hin. Ihr Gesicht war geschwollen, vollständig starr, und die Augen waren fast nicht zu sehen; ein unheimliches Gesicht! Sie fragte immerzu: ›Was versprechen sie?‹ Und sie redete auf die anderen ein: ›Ihr Bauern, traut ihnen nicht. Ich bin Leibeigene gewesen, ich weiß, dieser Zar hat das Volk betrogen. Paßt auf, man wird euch wieder betrügen.‹«

Suslow erstickte wieder in stillem Lachen. »Ich kenne sie. Das ist Katerina Botschkarjowa. Sie hinkt, ja? Hat eine Hüftverletzung? Aber ja!«

»Die Arbeiter beschwichtigten sie: ›Schrei doch nicht so!‹«

»Das ist sie! Es sind ihre Worte. Sie lebt also noch! Sie ist sicherlich siebzig Jahre alt. Ich kenne sie seit langem, machte Alexander Prugawin mit ihr bekannt. Sie war Sektiererin, eine Anhängerin Sjutajews, dann wurde sie so etwas wie eine Wahrsagerin und Hellseherin. Solche Menschen, die ganz im stillen, aber hartnäckig die Idee vom gerechten Zaren zunichte machen, unterschätzen wir, sie aber . . .«

Ljubascha sprang plötzlich vom Sessel auf, machte einen Schritt, warf die Arme hoch, als stürzte sie sich ins Wasser, und fiel um; wenn Samgin sie nicht rechtzeitig aufgefangen hätte, wäre sie voll Wucht mit dem Gesicht auf den Fußboden geschlagen. Warwara und Tatjana faßten sie unter und führten sie fort.

»Wie eigensinnig sie ist«, sagte Suslow gekränkt, »sie muß sich hinlegen, statt dessen bleibt sie sitzen.«

Er rückte zu Samgin heran und fragte gleich darauf: »Gehört dieser Gussarow einer Organisation, einer Partei an?«

»Ich weiß nicht, ich glaube nicht«, antwortete Samgin, wobei er fühlte, daß Tatjanas Erzählung ihn sonderbar erregt und sogar anscheinend erbittert hatte.

»So ein Schuft«, brummte Suslow durch die Zähne. »Nun, und Sie, Samgin, was sagen Sie zu der Kundgebung?«

»Ich bin ja nicht im Kreml gewesen«, begann Samgin ungern, an seiner Zigarette ziehend. »Soweit ich es beurteilen kann, beleuchtet die Gogina es richtig: Die Arbeiter verhielten sich zu diesem Unternehmen – bestenfalls – nur neugierig . . .«

»Hm«, brummte Onkel Mischa ungläubig.

»Ich stand im Publikum, sie gingen an mir vorbei«, fuhr Samgin, das rauchende Ende der Zigarette betrachtend, fort. Er erzählte, wie einige Arbeiter sich dem Publikum anschlossen, und begann plötzlich begeistert vom Publikum zu erzählen.

»Mir scheint, daß viele in der Zuschauermenge sich verraten fühlten, das heißt ihren Protest gegen das Kokettieren mit den Arbeitern ziemlich deutlich bekundeten. Das war natürlich etwas Instinktives . . .«

»Etwas Klassenmäßiges, meinen Sie?« grinste Suslow. »Nein, mein Lieber, geben Sie sich keinen Hoffnungen hin! Das bringt die Abneigung gegen die Fabrikarbeiter zum Ausdruck, die in unserem Bauernland ganz erklärlich ist. Es ist von jeher üblich, die Fabrikarbeiter für Leute zu halten, die ihre Bodenständigkeit verloren haben, mutwillig sind . . .«

Seine Zwischenbemerkungen machten Samgin gereizt, da sie ihn beim Sprechen störten. Und so fuhr Klim, seiner Gereiztheit nachgebend, fort: »Das ist eine schädliche Ansicht. Die Streiks der letzten Jahre überzeugen uns, daß die Arbeiter eine Macht sind, die ihre Bedeutung sehr wohl spürt. Ferner liegt für sie eine fertige Ideologie vor, eine Waffe, welche die Bourgeoisie und die Bauernschaft nicht besitzen.«

»Wirklich nicht?« warf Suslow stichelnd ein.

Aber Samgin hörte seine Bemerkungen schon nicht mehr, entgegnete nichts darauf, sondern sprach immer erregter weiter. Er ließ sich dermaßen hinreißen, daß er nicht merkte, wie seine Frau ins Zimmer trat, und brach seine Rede erst ab, als sie die Lampe anzündete. Mit einer Hand auf den Tisch gestützt, sah ihn Warwara mit sonderbaren Augen an, während Suskow, der sich erhoben hatte, seine Jacke straffte und, sichtlich durch irgend etwas befriedigt, sagte: »Sie scheinen aber kein besonders rechtgläubiger Marxist zu sein, Samgin, und sogar . . .«

Er verschluckte lächelnd das Ende des Satzes, drückte Warwara die Hand und wandte sich wieder an Samgin.

»Das hatte ich nicht erwartet. Um so angenehmer.«

Als er gegangen war, fragte Samgin seine Frau: »Was schaust du so?«

»Ich hörte dir zu«, antwortete sie. »Warum sprichst du so . . . gereizt über die Arbeiter?«

»Gereizt?« rief er ganz aufrichtig aus. »Nichts dergleichen. Woraus schließt du das?«

»Aus deinem Ton, deinen Worten.«

»Erstens sprach ich nicht von den Arbeitern, sondern von den Kleinbürgern, den Spießern . . .«

»Ja, aber du verurteiltest sie deswegen, weil sie nicht begreifen, was ihnen durch die Arbeiterbewegung droht . . .«

»Sie begreifen es, aber . . .«

»Was, aber?«

»Sie sind schwach, und das ist ein Fehler.«

»Ich verstehe nicht, warum soll das ein Fehler sein?«

»Schwäche ist ein Fehler.«

Warwaras grüne Augen lächelten, und ihre Stimme klang ganz neu, als sie mit einem Seufzer sagte: »Ach, Klim, ich mag es nicht, wenn du über Politik sprichst. Gehen wir in dein Zimmer, hier wird jetzt aufgeräumt.«

Sie hakte sich bei ihm ein und ging, schwer auf ihn gestützt, mit verdächtiger Vorsicht ins Arbeitszimmer, setzte ihren Mann auf den Diwan und schob ihm sogar ein Kissen in den Rücken.

»Du hast ein schrecklich müdes Gesicht«, erklärte sie ihre Fürsorglichkeit.

»Dir gefällt es also nicht?« begann er.

»Nein«, beeilte sich Warwara zu antworten, während sie sich mit angezogenen Beinen auf den Diwan setzte und ihr Kleid ordnete. »Du sprichst natürlich immer klug, interessant, aber als übersetztest du aus einer fremden Sprache.«

»Hm«, sagte Samgin, wobei er sich seiner Rede für Onkel Mischa zu erinnern und zu verstehen suchte, wodurch sie diesen erfreut und bei seiner Frau diesen neuen, zuredenden Ton hervorgerufen hatte.

»Liebster«, sagte Warwara, mit seinen Fingern spielend, »ich möchte mit dir sehr . . . offenherzig sprechen! Ich glaube, die Rolle, die du spielst, bedrückt dich . . .«

»Erlaube, man kann nicht von einem Spiel sprechen«, unterbrach er sie eindringlich. Warwara neigte sich zur Seite und zuckte die Achseln.

»Du hast vergessen, daß ich eine mißglückte Schauspielerin bin. Ich will dir geradeheraus sagen: Für mich ist das Leben Theater, und ich bin Zuschauer. Auf der Bühne läuft eine Aufführung, eine Revue ab, es kommen und gehen verschieden gekleidete Menschen, die – wie du selbst oft sagtest – mir, dir und einander ihre Talente, ihre innere Welt zeigen wollen. Ich weiß nicht, wieweit es die innere ist. Ich denke, daß Kumow recht hat – du benimmst dich ihm gegenüber . . . von oben herab, achtlos, aber er ist ein sehr interessanter junger Mann. Er ist ein Mensch nur für sich . . .«

Samgin sah seiner Frau aufmerksam ins Gesicht, sie nickte und sagte freundlich: »Ja, wirklich: nur für sich . . .«

»Was predigt er denn, der Kumow?« fragte Klim ironisch, empfand jedoch eine unbestimmte Unruhe.

Seine Frau schmiegte sich fester an ihn, ihre hohe, etwas schrille Stimme wurde noch weicher, freundlicher.

»Er sagt, die innere Welt könne nicht mit den Gewohnheiten des Verstandes, sich die äußere Welt idealistisch oder materialistisch zu denken, erklärt werden; diese Gewohnheiten verengen, entstellen nur das wirklich Menschliche, sie töten die Freiheit der Phantasie durch Ideen, durch Dogmen . . .«

»Naiv«, sagte Samgin, der sich für die Philosophie seines Sekretärs nicht interessierte. »Und stümperhaft«, fügte er hinzu. »Aber was willst du denn damit sagen?«

»Ich sage es ja schon«, antwortete sie verwundert. »Siehst du ... Du weißt doch, wie lieb du mir bist?«
»Ja. Na und?« sagte Samgin ungeduldig.
Seine Frau gab ihm im Scherz einen Klaps auf die Schulter.
»Wie liebenswürdig du das gesagt hast!«
Doch gleich darauf machte sie eine finstere Miene.
»Ich würde dich gar nicht bedauern wollen, aber stell dir vor, mir scheint, man muß dich bedauern. Du wirst als Mensch immer weniger individuell, mit dir geht es bergab.«
Sie sagte noch etwas, aber Samgin, der nicht zuhörte, dachte: Welch ein schwerer Tag. In irgendeiner Hinsicht hat sie recht.
Und er ärgerte sich über sich, weil er sich nicht über seine Frau zu ärgern vermochte. Dann entnahm er seinem Etui eine Zigarette und fragte: »Was vermißt du?«
»Dich natürlich«, antwortete Warwara, als hätte sie diese Frage schon lange erwartet. Sie nahm ihm die Zigarette aus der Hand, zündete sie an und legte sich in der Pose einer Odaliske auf einem Bild hin, stützte den Ellenbogen auf sein Knie und blies einen Rauchfaden zur Decke. In dieser Pose sagte sie einen Satz, den Samgin mehr als einmal in Romanen gelesen, einen Satz, den er nicht selten auf der Bühne gehört hatte: »Du empfindest mich nicht. Wir harmonieren nicht mehr.«
Nur das, dachte Samgin, der die bekannten Worte mit einem Lächeln anhörte.
»Eine Frau, deretwegen man nicht eifersüchtig ist, fühlt sich nicht geliebt ...«
»Siehst du«, begann er gesetzt, »wir leben in einer Zeit, in der ...«
»... alle Männer und Frauen, Idealisten und Materialisten, lieben wollen«, beendete Warwara ungeduldig und bereits mit eigenen Worten den Satz, richtete sich auf und setzte sich hin, nachdem sie die nicht zu Ende gerauchte Zigarette auf den Boden geworfen hatte. »Das, mein Freund, ist, wie du weißt, der Hauptinhalt aller Epochen. Und – sei mir nicht böse – dafür habe ich mein Kind geopfert ...«
»Eine Tat, die ich nicht billigte«, erinnerte sie Samgin.
»Ja.«
Sie sprang vom Diwan auf und fuhr, im Zimmer umhergehend und mit dem Gürtel spielend, fort: »Was die Menschen auch tun mögen, sie wollen es sich letzten Endes bequem einrichten, der Mann mit seiner Frau, die Frau mit ihrem Mann. Das ist die einzige, eine unbestreitbare Wahrheit. Ich bekomme da Idealisten und Mate-

rialisten zu sehen. Ich bin ein bißchen Hausfrau, nicht wahr? Nun, so will ich dir sagen, daß die Idealisten zynischer sind, offener in ihrem Streben nach den Bequemlichkeiten des Lebens. Nicht davon zu reden, daß sie sinnlicher und praktischer sind als die Materialisten. Ja, ja, sie laufen nicht so weit, sie sind praktischer als jene Menschen, die, um gut leben zu können, Revolution machen müssen. Meine Freunde brauchen keine Revolution, sie brauchen Geld für einen Buchverlag. Ich kann mit Sicherheit sagen, daß die Materialisten bei all ihrer Begeisterung für Zahlen mir kein so fein ausgearbeitetes und für mich nachteiliges Angebot machen könnten, wie es mir meine Freunde gemacht haben. Du hast Kumow naiv genannt, aber er ist der einzige Mensch, der von mir, ja, ich glaube, überhaupt vom Leben nichts braucht...«

»Du sprichst etwas zu gut von ihm«, fügte Samgin ein.

»Er verdient es. Und du willst wohl zeigen, daß du zur Eifersucht fähig bist?« fragte sie lässig. »Kumow ist ein typischer Zuschauer. Und erinnert sich gern Spinozas, der Genuß daran fand, das Leben von Spinnen zu studieren. Er hat schließlich irgend etwas mit dir gemein... wie du gewesen bist...«

»Schmeichelhaft, das zu hören«, lächelte Klim spöttisch, und da er sich von ihren Worten wie von Schnee überschüttet fühlte, sagte er seufzend: »Du sprichst sonderbar, Warwara!«

»Sonderbar?« fragte sie zurück und sah nach der Uhr, ein Geschenk von ihr, das auf Klims Tisch stand. »Du tätest gut, wenn du dir Mühe gäbest, hierüber nachzudenken. Mir scheint, wir leben... nicht so, wie wir leben könnten! Ich gehe jetzt zu einer Besprechung wegen des Buchverlags. Vermutlich werde ich zwei bis drei Stunden bleiben.«

Sie küßte ihn auf die Stirn und verschwand, und obwohl das bei ihr irgendwie plötzlich kam, war Samgin zufrieden, daß sie gegangen war. Er steckte sich eine Zigarette an und löschte das Licht; auf den Fußboden fiel der trübe Lichtstrahl einer Straßenlaterne und das dunkle Fensterkreuz; die Dinge rückten zusammen, im Zimmer wurde es enger und wärmer. Vor dem Fenster seufzte feucht der Wind und fiel dichter Schnee, die Stadt war nicht zu hören, als wäre es tiefe Nacht.

Klim Samgin streckte sich auf dem Diwan aus, schloß die Augen und versank in Nachdenken.

Warwara hatte noch nie in solch einem Ton mit ihm gesprochen; er war überzeugt gewesen, daß sie ihn noch immer so betrachtete, wie sie ihn als Mädchen gesehen hatte. Wann aber und weshalb hatte sich ihr Blick geändert? Er erinnerte sich, daß seine Frau ein paar

Wochen vor diesem Tag, nachdem sie Gäste zur Tür begleitet hatte, mit müdem Gähnen gefragt hatte: »Merkst du nicht, daß die Menschen langweiliger werden?«

Und noch gar nicht so lange her hatte sie fürsorglich, aber gleichsam vorwurfsvoll gesagt: »Du bekommst von der Brille eine rote Nasenspitze.«

Danach erinnerte sich Samgin an folgenden Vorfall: Vor zwei Monaten etwa hatte er mit Kumow weit über Mitternacht hinaus gearbeitet und, wie das nicht selten vorkam, dem Sekretär vorgeschlagen, zum Übernachten dazubleiben. Als er sich nach spätem Erwachen waschen ging, war das Badezimmer von innen abgeschlossen. Er war überzeugt, seine Frau sei schon längst angezogen und wahrscheinlich im Speisezimmer, klopfte aber dennoch an. Es erfolgte keine Antwort. Da er dachte, daß der Riegel von selbst zugesprungen sei, weil die Tür zugeschlagen worden war, ging Samgin ins Speisezimmer und holte das Brotmesser, um es in den Spalt zwischen Türpfosten und Tür zu stecken und den Haken hochzuheben. Warwara war nicht im Speisezimmer. Als er wieder den halbdunklen Korridor betrat, sah er sie in der Tür des Badezimmers stehen; zerzaust, den Morgenrock auf bloßem Leib, rief sie bedrückt: »Was hast du?«

Den Morgenrock über der Brust zusammenschlagend, mit dem Rücken an den Türpfosten gelehnt, glitt sie mit sich beugenden Knien abwärts, als wollte sie sich auf den Boden setzen.

»Was hast du denn?« wiederholte sie leiser und weinerlich, während ihre Beine immer mehr einknickten und sie mit der einen Hand den Kragen des Morgenrocks zuzog und die andere an die Brust hielt.

Als Klim mit dem Messer in der Hand dicht auf sie zutrat, sah er im Halbdunkel, daß ihre weitaufgerissenen Augen angsterfüllt waren und wie Katzenaugen phosphoreszierten. Ebenfalls bis zum Erschrecken über sie erstaunt, warf er das Messer fort, umarmte sie, führte sie ins Speisezimmer, und dort klärte sich alles sehr einfach: Warwara hatte schlecht geschlafen und war spät aufgestanden, sie hatte sich, nachdem sie gebadet, im Badezimmer auf die Chaiselongue gelegt, war eingeschlummert und hatte etwas Schreckliches geträumt.

»Ich wachte auf, öffnete die Tür und – plötzlich kamst du mit dem Messer in der Hand! Schrecklich dumm!« sagte sie mit nervösem Lachen und schmiegte sich an ihn.

»Hast du dir etwa vorgestellt, ich hätte dich erstechen wollen?« fragte Samgin im Scherz.

»Nichts habe ich mir vorgestellt, sondern es war die Fortsetzung des schrecklichen Traums«, erklärte sie.

Klim ging sich waschen. Doch als er an dem Zimmer vorbeikam, in dem Kumow arbeitete – es befand sich neben dem Badezimmer –, gab er einem inneren Antrieb nach und öffnete leise die Tür. Kumow stand mit dem Rücken zur Tür, mit herabhängenden Armen, zur Schulter geneigtem Kopf und erinnerte an die Gestalt eines Erhängten. Beim Knarren der Tür wandte er sich um und lächelte wie immer einfältig und demütig, wodurch sein schmales Gesicht sich verbreiterte.

»Haben Sie es abgeschrieben?«

»Ja.«

»Legen Sie es mir auf den Tisch«, hatte Samgin gesagt und gedacht: Unmöglich! Mit solch einem Halbidioten? Unmöglich!

Jetzt war er bereit zu denken, Kumow habe sich damals mit Warwara im Badezimmer befunden; damit erklärte sich auch ihr unsinniger Schreck.

Sicherlich war es so, dachte er, weder Eifersucht noch Kränkung spürend, er dachte das nur, um diese Gedanken beiseite zu schieben. Nachgedacht werden mußte über Warwaras Worte, die gesagt hatte, daß er sich vergewaltige und daß es mit ihm bergab gehe.

Das sagt sie, weil immer mehr die Leute hervortreten, die durch die Ideologie des russischen oder westlichen Sozialismus beschränkt sind, überlegte er, ohne die Augen zu öffnen. Beschränkte Menschen sind verständlicher. Sie sieht, daß man meinen Worten nicht mehr so aufmerksam zuhört, das ist es.

Samgin erinnerte sich an Suslows Urteil über seinen Marxismus und sagte sich, daß dieser Mensch, an dem verschiedene Krankheiten zehrten, der selbst einer zunehmenden Krankheit glich, jugendlicher, sicherer geworden war, in seiner Lehrerstimme wurden immer deutlicher Befehlstöne hörbar. Wahrscheinlich hatte Ljubascha vor ein paar Tagen seine Worte nachgesprochen: »Du urteilst wie ein hochbetagter Liberaler, Klim.«

Sie hatte eine Gruppe »zur Unterstützung der Arbeiterbewegung« organisiert und schien sich als eine Obristin der Revolution vorzukommen.

Tatjana Gogina unterrichtete Arbeiter in einer halblegalen Schule, in der Fabrik irgendeines liberalen Kaufmanns. Ihre Spottlust wurde immer bissiger, in ihr wuchs merklich die Leidenschaft, unaufhebbare Widersprüche kraß zu unterstreichen und scharfe Themen anzuschneiden. Vor kurzem hatte sie gesagt, Baudelaires »Blumen des Bösen« seien »eine Totenmesse des Teufels auf die christliche Kultur« und Baudelaire sei ein »Shakespearescher Totengräber«. Heute war sie anders gestimmt, weil Ljubaschas Krankheit sie wahrscheinlich ermüdete und beunruhigte. Nun kam Samgin der Gedanke, daß Tatjanas Verhalten zu ihrem Bruder sehr nach einem ganz gewöhnlichen Roman aussehe, und er erinnerte sich, daß Alexej ein Pflegekind der Familie Gogin war. Alexej war anscheinend »Komiteemann«. Er war nach wie vor lustig, spaßhaft, aber es zeigte sich an ihm eine verdächtige Zurückhaltung; Samgin hatte gemerkt, daß sich Alexej ihm gegenüber mit einer Neugier verhielt, hinter der deutlich Mißtrauen durchschimmerte.

Ja, alle ändern sich ...

Die Sozialisten verspotten rücksichtslos, sogar dreist die Liberalen, während die Liberalen sich so verhalten, als fühlten sie sich daran schuld, daß sie keine Sozialisten sein können. Aber sie helfen der revolutionären Jugend, geben Geld, Wohnungen für Versammlungen und bewahren sogar illegale Literatur bei sich auf.

Samgin fühlte sich von Gereiztheit überkommen, sprang vom Diwan auf, zündete eine Zigarette an und erinnerte sich, wie das kleine bucklige Mädchen gerufen hatte: »Was treiben Sie da?«

Subatow ist ein Idiot, fluchte er innerlich und legte sich, nachdem er im Dunkeln an einen Stuhl gestoßen war, wieder hin. Ja, obwohl die greisen Liberalen mit der Jugend streiten, entschuldigen sie sich fast stets damit, daß sie nur streiten, um »vor Fehlern zu warnen«, doch im Grunde provozieren sie die Jugend, indem sie sie zu größerer Aktivität anspornen. Gogin, Tatjanas Vater, beschuldigt seine Generation, daß sie nicht die Kraft gefunden habe, das Werk der Narodowolzen fortzusetzen, und der Reaktion Pobedonoszews erlaubt habe, auszubrechen. An einem Abend hatte er reumütig gesagt: »Schtschedrin hat uns geweckt, aber wir sind nicht aufgewacht; die Geschichte wird uns das nicht verzeihen.«

Er war ein Mann mittleren Wuchses, korpulent, bewegte sich behutsam und ächzte bei fast jeder Bewegung. Er war wahrscheinlich herzkrank, unter seinen gütigen grauen Augen hingen Säcke. Auf seinem kahlen Schädel ragten über den Ohren gleich Hörnern graue Büschel, die Reste seines üppigen Haars; seine Wangen waren rasiert; unter seiner weichen Nase hing trübsinnig ein dicker Kosakenschnurrbart herab, unter der Lippe ein kleines spitzes Zwickelbartschwänzchen. Zu Alexej und Tatjana verhielt er sich mit unverhohlener, trauriger Zärtlichkeit.

»Unsere Generation hat die Pflicht, der Jugend ihren Leidensweg zu erleichtern«, sagte er einmal zu seinem Freund und Hausgenossen Ryndin.

Opferfabrikanten, dachte Klim, sich dieser Worte erinnernd.

Ryndin war ein ruinierter Gutsbesitzer, ehemaliger Genosse der Narodowolzen, dann Tolstojaner, jetzt Phantast und Anarchist, hochgewachsen, gebeugt, etwa sechzigjährig, aber sehr jugendlich; er hatte ein grobes, stets mürrisches Gesicht, eine scharfe Stimme und lange Arme. Er stand im Ruf eines grenzenlos guten Menschen, eines Menschen »nicht von dieser Welt«. Sein ältester Sohn ist verbannt, der zweite sitzt im Gefängnis, der jüngste hat auf den weiteren Besuch des Gymnasiums verzichtet und ist aus der sechsten Klasse in eine Tischlerwerkstatt gegangen. Von dem alten Ryndin hatte Tatjana gesagt: »Er ist aus Mitleid mit den Menschen bereit, sie zu töten.«

Zu Gogin kamen sonntags junge Anwälte, Semstwoleute aus der Provinz und Statistiker; dort debattierten hitzig Studenten und Hörerinnen von Frauenhochschulen, und es tauchten müde und geheimnisvolle junge Leute auf. Zuweilen erschien Redosubow, der die griesgrämige Erbitterung und Unduldsamkeit eines Klerikalen mitbrachte.

Samgin besuchte zwei bis drei solche Häuser und nannte sie bei sich »Pilgerheime«, während Tatjana sie als »Brutstätten von Wortschrecken« bezeichnete.

Fast überall traf Samgin die Nikonowa; bescheiden, unauffällig, lächelte sie ihn freundschaftlich an, sprach aber nie mit ihm über politische Dinge, und nur einmal versetzte sie ihn durch die unvermittelte und sonderbare Frage in Erstaunen: »Ist es wahr, daß Sawwa Morosow Geld zur Herausgabe der ›Iskra‹ gibt?«

Klim lachte. »Sawwa Morosow? Das ist natürlich ein Scherz.«

»Das denke ich auch«, sagte sie und trat beiseite.

Sie erweckte in Samgin nach und nach Sympathie. An ihr war etwas »Mitrofanowsches«, das Vertrauen weckte, und sie erinnerte an irgendeine unkomplizierte, ehrliche Maschine.

Ein Opfer. Eine ergebene Sklavin des Lebens, gewöhnte sich Samgin von ihr zu denken.

Das Gerücht, daß Sawwa Morosow und noch irgendein Dampferbesitzer in Perm den Revolutionären freigebig mit Geld hülfen, hielt sich hartnäckig, und jetzt, da Samgin auf dem Diwan lag und den Rauch der Zigarette in die Dunkelheit blies, dachte er erbittert und trübsinnig: Alles ist möglich. Alles ist möglich in diesem verrückten Land, wo die Menschen sich so schrecklich selbst erfinden und das ganze Leben schlecht erfunden ist.

Er erinnerte sich an Radejews Entzücken über die Intelligenz, an Ljutows hausväterlichen Ton bei seinem Gespräch mit der Nikonowa, daran, wie Sawwa Morosow einen gelehrten Konservativen, einen Chemiker von Weltruf, angeschnauzt hatte, und noch an vieles andere.

Ja, es kann sein, daß sie helfen. Stimmt das aber, so provozieren sie. Doch – wo ist mein Platz in dieser Phantastik? Ich sollte mich in irgendein Provinznest verkriechen, einsam leben, zu schreiben versuchen . . .

Er fühlte, daß das ebenso nichts für ihn war wie die Rolle eines Propagandisten unter Arbeitern oder die eines der Freunde seiner Frau, der Schreihälse über Kosmos und Eros, über Gott und Tod. Er hatte eine organische Abneigung gegen diese Menschen schöner Worte, gegen Menschen, die offenbar ernsthaft glaubten, nicht nur Europäer, sondern auch Pariser zu sein. Ihre Reden, die in sein Arbeitszimmer drangen, riefen ihm die jämmerliche Gestalt der Nechajewa mit ihrer Todesangst und ihrem krankhaften Liebesdurst in Erinnerung. Sie erregten ihn dadurch, daß sie wagten, über soziale Fragen geringschätzig zu spotten; sie waren offensichtlich auf irgendeine Weise dem Chaos jener Ideen entronnen oder entwachsen, an die er zwangsläufig denken mußte und die ihn quälten und beim Leben störten. Es vor sich selbst verbergend, sah er ein, daß diese Menschen sehr gebildet waren und daß er im Vergleich zu ihnen ein Unwissender war. Letzten Endes sprachen sie von Dingen, an die zu denken er kein Bedürfnis hatte. Manchmal fühlte er, daß das sein Mangel war, aber ein Mangel nur deshalb, weil das seinem Sprachschatz, der übrigens an Aphorismen schon reich genug war, Schranken setzte.

»Die Philosophie hat recht, das ist ein Versuch, die Rechtlosigkeit zu rechtfertigen«, sagte er und fügte hinzu, wenn man den Kampf ums Dasein als Gesetz anerkenne, sei es nutzlos und heuchlerisch, für Religion, Philosophie und Moral einen Platz im Leben zu suchen. Er wußte viele solcher Sätze, wendete sie gut an und nannte sie, da er einsah, wie billig sie waren, bei sich »Kupfermünzen der Weisheit«. Im allgemeinen jedoch enthielt er sich philosophischer Betrachtungen, indem er ihnen »Tatsachen« vorzog, und wenn er merkte, daß die Tatsachen von ihm etwas widerspruchsvoll oder allzu einfarbig beleuchtet wurden, so erklärte er das mit den Forderungen der Objektivität.

Als Samgin an diesem Abend sämtliche Eindrücke der letzten Jahre mit aller ihm erreichbaren Objektivität sorgfältig ergründet und überprüft hatte, kam er sich als so völlig einsamer, allen anderen so fremder Mensch vor, daß er sogar einen wehmütigen Schmerz verspürte, der etwas sehr Empfindliches in ihm stark zusammenzog.

Er richtete sich auf und blieb lange sitzen, wobei er sinnlos die vereisten, vom goldenen Schein der Laterne schwach schimmernden Fensterscheiben betrachtete. Er befand sich in einem Zustand nahe der Verzweiflung. In seiner Erinnerung erstand der Ausspruch des Redakteurs der Zeitung »Unser Land«: »Unsere gesamte Intelligenz krankt an Hypertrophie kritischen Verhaltens gegenüber der Wirklichkeit.«

Möglicherweise bin auch ich von dieser Krankheit angesteckt, dachte Klim. Ich bin angesteckt, und davon kommt das alles.

Nach einigem Nachdenken fand er rasch ein Aber.

Aber wenn ich krank bin, so weiß ich im Unterschied zu den anderen, was mir fehlt.

Und im nächsten Augenblick kam ihm der Gedanke, wenn er so einsam sei, so bedeute das, daß er wirklich ein Ausnahmemensch sei. Er erinnerte sich, daß er das Gefühl seiner Isolierung von den Menschen schon in seiner Heimatstadt, in der Vorhalle der Kirche Georgs des Siegreichen gehabt hatte; damals war es ihm vorgekommen, als hätte die Einsamkeit etwas Heroisches und Erhebendes.

Ich habe keine Worte für die Stimme der Seele, und in fremden Worten spricht sie nicht, sagte sich Samgin.

Über die Glasscheibe eines Bildes an der Wand huschte ein dunkler Fleck. Samgin blieb stehen und erkannte, daß es sein Kopf war, der in den durchs Fenster hereinfallenden Lichtstrahl geraten war und sich im Glas spiegelte. Er trat an den Tisch, zündete eine Zigarette an und begann wieder in der Dunkelheit umherzuschreiten.

Warwara kehrte gegen Mitternacht zurück. Als Samgin ihr Läuten hörte, zündete er rasch die Lampe an, setzte sich an den Tisch und brachte die Schriftstücke so in Unordnung, daß es aussah, als arbeitete er schon lange. Er tat das, weil er mit seiner Frau nicht von Belanglosigkeiten sprechen wollte. Doch zehn Minuten später erschien sie in Nachtpantoffeln und in einem Hemd bis zu den Fersen und streichelte ihm mit feuchter und kalter Hand Wange und Hals.

»Du arbeitest?«

»Wie du siehst.«

»Sonderbar, als ich auf das Haus zufuhr, sah ich kein Licht in deinem Fenster.«

»Nein?«

Seine Frau setzte sich auf die Tischdecke und sagte, Ljubascha sei ernsthaft krank und der Arzt halte eine Lungenentzündung für möglich.

»Die Gogina ist bei ihr.«

»Das ist gut. Geh nur, ich mache bald Schluß.«

Warwara ging gehorsam hinaus. Beim Anblick ihrer orangefarbenen Fersen sagte sich Samgin, daß diese Frau von ihm schon durchgelesen, daß sie uninteressant sei. Er kannte jede Bewegung ihres Körpers, jeden Seufzer und jedes Stöhnen, er kannte ihr ganzes, nicht sehr reiches Mienenspiel und war überzeugt, den hastigen Ablauf ihrer Sätze gut zu kennen, die sie nicht besonders vorsichtig der modernen Literatur entnahm und in denen sie sich oftmals hilflos verhedderte, indem sie in komische Widersprüche verfiel. Aber sie war eine bequeme Gattin und praktische Hausfrau, und Samgin schätzte ihr skeptisches Verhalten zu den Menschen, ihre Empfindlichkeit gegen Heuchelei, das Vermögen, Verstellung zu merken. Es ließ sich überhaupt mit ihr nicht schlecht leben, aber mit der Nikonowa beispielsweise wäre es wahrscheinlich sanfter, angenehmer, obwohl die Nikonowa älter war als Warwara.

Eine Stunde später betrat er leise das Schlafzimmer und hoffte, daß seine Frau schon schlafe. Aber Warwara lag, den einen Arm unter dem Kopf, im Bett und rauchte.

»Eine schlechte Angewohnheit, im Schlafzimmer zu rauchen«, bemerkte er, als er sich auszuziehen begann.

»Wie oft schon habe ich dir das gesagt«, entgegnete Warwara; es klang, als hätte sie seinen Satz beendet. Samgin sah sie an, wollte etwas sagen, sagte aber nichts, stellte nur fest, daß seine Frau voller geworden war und daß wohl daher ihr Hals jetzt kürzer aussah.

Wenn sie mir untreu ist, so müßte das irgendwie in ihren Zärtlichkeiten, Körperbewegungen zum Ausdruck kommen, dachte Samgin und beschloß, seine Vermutung zu prüfen.

»Rück etwas zur Seite«, sagte er, an ihr Bett tretend.

»Ich bin so müde«, antwortete sie, ohne sich zu rühren, mit geschlossenen Augen. »Ich kann nicht einschlafen.«

Sie entzog sich ihm selten und nie unter diesem Vorwand. Sie zu bitten wäre erniedrigend gewesen, er tat es auch nie. Gekränkt legte er sich in sein Bett.

»Dort war ein Jude«, begann Warwara, die Zigarette ausdrückend, als setze sie eine längst begonnene Erzählung fort.

»Und Kumow war da«, sagte Klim und hörte, daß er nicht nach Kumow gefragt, sondern behauptet hatte: Kumow war da.

»Ja«, sagte Warwara. »Aber er vertrug sich nicht mit dieser Gesellschaft. Er besteht, wie du weißt, auf dem seinen: Die Welt ist eine undurchdringliche Finsternis, der Mensch erhellt sie durch das Licht seiner Einbildung, und die Ideen sind Zeichen, die von Kindern mit dem Griffel auf die Schiefertafel geschrieben werden...«

»Äußerst naive Metaphysik, Unsinn«, sagte Samgin ärgerlich, denn er entdeckte mit Unwillen Gemeinsames zwischen der Philosophie des Sekretärs und seinen Gedanken. »Schlafen wir, ich bin auch müde.«

Warwara seufzte, rückte das Kissen unter dem Kopf zurecht, schwieg einen Augenblick und begann von neuem: »Weißt du, mir gefallen die Juden nicht. Muß ich mich dessen schämen?«

»Selbstverständlich.«

»Sie gefallen mir nicht. Sie scheinen sich alle stets und überall vorzudrängen. Und es gibt Juden speziell zur Erregung von Antisemitismus.«

»Es gibt auch Russen, die Russenhaß hervorrufen können«, brummte Samgin. Aber Warwara fuhr beharrlich und anscheinend spöttisch fort: »Das ist ein verfehlter Einwand. Du liebst doch die Juden auch nicht, schämst dich aber, es einzugestehen.«

»So ein Unsinn! Mach bitte das Licht aus.«

Sie löschte das Licht, sprach aber weiter, und in der Dunkelheit klangen sowohl ihre Stimme als auch ihre Worte noch aufreizender.

»Sagtest du denn nicht, wenn ein Jude Nihilist sei, sei er tausendmal schlimmer als ein russischer Nihilist?«

Samgin, der sich mit Mühe in Schweigen hüllte, sagte sich, daß er ihr nicht von Mitrofanow erzählen dürfe – sie würde lachen. Er murmelte etwas Unverständliches, als schliefe er schon, und brachte damit seine Frau endlich zum Schweigen.

Mitrofanow kam nicht mehr so oft und ungezwungen wie früher. Er trat schuldbewußt ein, mit fragendem Lächeln im Gesicht, als erkundige er sich wortlos: Nun, wie haben Sie sich entschieden?

Er trank viel Tee, erzählte von kleinen Vorfällen auf der Straße und in Schankwirtschaften, die Warwara sehr belustigten und Samgin trösteten, da sie ihn in seiner Überzeugung bestärkten, daß das Leben ungeachtet der Geschäftigkeit der Intelligenz in seiner Tiefe den alten feststehenden Gepflogenheiten und Gesetzen unterwürfig gehorche.

»Ich werde anscheinend bald eine Stellung bekommen, als zweiter Gehilfe des Aufsehers in einem Irrenhaus«, sagte Mitrofanow zu Warwara, als sie aber das Speisezimmer verlassen hatte, erklärte er Samgin mit hastigem Flüstern: »Das von dem Irrenhaus war natürlich eine Lüge, entschuldigen Sie!«

»Weshalb?« wunderte sich Klim.

»Ja, wissen Sie, falls Warwara Kirillowna trotz allem über mein Leben Bedenken kommen sollten, so hätten Sie dann doch etwas, womit Sie meinen Müßiggang erklären könnten.«

Samgin gefiel diese eigenartige Sorge des Detektivs um ihn, doch als er Mitrofanow hinausbegleitet hatte, fragte er sich: Fällt denn mein Verhalten zu Warwara schon anderen auf?

Und – er wurde zornig. Dieser Tölpel scheint mich in irgendeiner Hinsicht für seinen Gesinnungsgenossen zu halten ...

Ein paar Tage später saß Samgin einsam im Speisezimmer beim Abendtee und dachte darüber nach, wieviel Überflüssiges und Überholtes es in seinem Leben gebe. Er erinnerte sich des Zimmers, das mit zerbrochenen Dingen vollgestopft war, ein Zimmer, das er als Kind unerwartet zu Hause entdeckt hatte. Zu diesen traurigen Gedanken gesellte sich leise, wie ein Gespenst, Suslow.

»Haben Sie schon gehört?« fragte er lächelnd und ließ seine schwarzen Äugelchen funkeln. Er nahm am Tisch Platz, schenkte sich, als wäre er hier zu Hause, selbst ein Glas Tee ein, tat sorgfältig Konfitüre in das Glas und erzählte, während er den Tee umrührte und mit dem Löffelchen klirrte, von Bauernaufständen im Süden. Seine kleine, dürre Hand zitterte, sein Gesichtchen verzog sich zu einem Lächeln, er blähte die Nüstern auf und drehte immerzu den vom gestärkten Kragen beengten Hals.

»Nun – sehen Sie?« fragte er weich, in zuredendem Ton. »Was ist eure rein ökonomische Arbeiterbewegung wert, die nicht von euch, sondern von den Gendarmen geleitet wird, was ist sie wert im Vergleich zu diesem spontanen Ausbruch der Bauernschaft nach sozialer Gerechtigkeit?

Samgin schwieg mit höflichem Lächeln und glaubte dem alten Mann nicht, denn er dachte, diese Bauernunruhen seien wahrscheinlich ebenso armselig und bedeutungslos wie die denkwürdige Plünderung des Getreidespeichers. Suslow jedoch zog wie ein Halbwüchsiger, dem der Anzug zu kurz und unbequem geworden ist, die Rockärmel bis zu den Händen hinunter und tönte: »Ich bin gekommen, um Ihnen zu sagen, daß ich für drei Wochen oder einen Monat verreise; hier ist der Schlüssel zu meinem Zimmer, übergeben Sie ihn Ljubascha; ich war bei ihr, aber sie schläft. Das Mädchen ist krank«, seufzte er und legte die graue Stirn in Falten. »Und gerade zur unrechten Zeit! Sie hätte nach einem Ort gesandt werden müssen, und nun ...«

Jetzt sah Samgin, daß der alte Mann festtäglich oder wie einer, der Namenstag hat, einen neuen, dunkelblauen Anzug trug und daß sein dürrer Körper kriegerisch gestrafft war. An ihm war jetzt sogar etwas, das an Onkel Jakow erinnerte, den ausgedörrten, halbtoten Mann, der erschienen war, um Tote zu erwecken. Suslow verabschiedete sich freundlich, ging, mit den neuen Schuhen knarrend, fort und hinterließ in Samgin den unbestimmten Wunsch, an dem alten Mann irgend etwas Komisches zu finden. Es fand sich nichts Komisches, aber Klim dachte dennoch mit einiger Anstrengung:

Man sollte ihm goldene Knöpfe an den Rock nähen ... Ein Geheimrat der Revolution ...

Zehn Minuten später wurde Suslow durch Gogin abgelöst, der aber nicht so lustig war wie sonst immer. Er war besser unterrichtet und sichtlich mit etwas unzufrieden. Er schritt im Zimmer umher, schnalzte mit den Fingern wie ein ärgerlicher Mensch und sagte deutlich mit halblauter Stimme: »Die Unruhen begannen im Dorf Lissitschja und griffen auf fünf Bezirke der Gouvernements Charkow und Poltawa über. Jawohl. Dort befindet sich doch Ihr Bruder, nicht wahr? Geben Sie mir seine Adresse. Tatjana fährt hin, es muß Material für die Leute im Ausland gesammelt werden. Zwei Adressen haben wir schon, aber unter den Unseren haben wahrscheinlich Verhaftungen stattgefunden.«

Gogin hob einen schweren Stuhl an der Lehne hoch, schwang ihn mit ausgestrecktem Arm hin und her und fuhr nachdenklich fort: »Ich bin kein Freund davon, die Dinge von der einen und von der anderen Seite zu betrachten, aber hier handelt es sich vielleicht um einen Ausgleich für die Parade Subatows. Jedoch – das gefällt mir nicht ...«

»Weshalb?« fragte Klim, der durch seinen Bericht etwas bedrückt war.

»Schwer zu sagen! Das ist etwas Emotionales, meine Sünde! Vor kurzem kam es in einer Fabrik zu einem Streik, man zertrümmerte Maschinen. Qualifizierte Arbeiter zertrümmern keine Maschinen, das tun immer ungelernte Arbeiter, Leute vom Pflug ...«

Er stellte den Stuhl hin, setzte sich rittlings darauf und zupfte sich am Schnurrbärtchen.

»Die Staatswirtschaft ist eine Maschine. Sie ist alt und abgenützt. Ja, aber ... Wir sind ein armes Land! Und hier nun mischt sich Emotion ein, die ... die vielleicht Berechnung ist. Im Ausland stellen die Unseren die Frage, qualifizierte Revolutionäre zu schaffen. Eine kluge Sache ...«

Samgin, der ihm nicht weiter zuhörte, suchte sich vorzustellen, wie in Gogols Heimat Zehntausende rebellierten, die er nur als »Männer« und »Burschen« ukrainischer Theaterstücke kannte. Dann schuf seine Phantasie unter Zuhilfenahme der auf Drängen des Vaters schon im Knabenalter gelesenen »Geschichte der Bauernkriege in Deutschland« und des Buches »Die politischen Bewegungen des russischen Volkes« ein düsteres Bild: In einer Mondnacht wälzen sich dichte, dunkle Menschenmassen auf gewundenen Straßen von Dorf zu Dorf durch die Felder, umringen die Gutshöfe und machen sich an ihnen zu schaffen; riesengroße Feuer flammen auf, die Leute schreien, pfeifen und johlen; sie wälzen sich weiter als schwarze Masse, die ständig wächst, als quölle sie aus der Erde hervor; vor ihnen her rasen Herden erschrockener Pferde, hinten vermehren sich Hügel voll Feuer, über ihnen – Rauchwolken, der Himmel ist nicht zu sehen, und die Erde verödet, ihre obere Schicht rollt sich wie ein Teppich zusammen und bildet immer wieder neue, lebendige schwarze Wälle.

»Am Donnerstag also?« fragte Alexej, der aufgestanden war und sich umsah.

Samgin nickte bestätigend, obwohl er nicht gehört hatte, was Gogin eigentlich vorgeschlagen oder worum er gebeten hatte.

Als er wieder allein mit sich war, umfing ihn wie kalter Rauch die Langeweile der vertrauten Unruhe. In seiner Erinnerung erstanden dunkle Menschenmassen. Hunderttausende wogten auf dem Chodynka-Feld, daß die Erde sich unter ihnen bog, und er erinnerte sich, wie er gedacht hatte, daß diese Kraft, wenn sie einmütig in die Stadt flutete, Moskau zu Schutt und Staub zerstampfen würde. Zehntausende von Arbeitern gingen zu dem Bronzezaren, dem Großvater des blauäugigen jungen Mannes, der, auf dem Wagensitz wippend, an dem Gebrüll Tausender vorbeigejagt war und ihnen schuldbewußt zugelächelt hatte. Das Volk zieht eine Glocke hoch und zerrt an den Seilen, als wollte es den Kirchturm stürzen. Eine ganze Dorfgemeinde reißt einmütig das Schloß des Reservegetreidespeichers herunter. Ein Bauer mit einem Holzbein fängt einen nicht vorhandenen Wels. Ein anderer Bauer fragt mißtrauisch: »Ja – ist denn ein Junge dagewesen, vielleicht war gar kein Junge da?«

An diesen zwei Bauern schien etwas Allegorisches und Tröstliches zu sein. Vielleicht fingen alle Menschen einen nicht vorhandenen Wels, wissend, daß der Wels nicht vorhanden war, dies aber voreinander verbergend?

Nein, ich denke töricht, entschied er, die Augen schließend, und setzte die Brille auf.

An mir ist etwas Hilfloses, entschied er, verbesserte sich aber sofort: Etwas Kindliches. Aber – werde ich denn immer so leben? Wie ein Gefangener, ein Sklave?

Die Langeweile trieb ihn aus dem Haus. Über der Stadt, an dem kalten und sehr hohen Himmel funkelten viele Sterne und leuchtete bescheiden das silberne Hufeisen des Mondes. Vom Licht der Stadt schien der Himmel gelblich. Auf der Twerskaja paradierten an den hellerleuchteten Fenstern des Cafés Filippow vorbei Prostituierte, elegante Studenten und sorglose junge Leute mit Spazierstöcken. Ein Mann in flauschigem Mantel, mit steifem Hut und Doppelkinn sagte beim Überholen Samgins zu einem Mädchen, das er am Arm führte: »Na gut, drei Rubel, aber dann schon . . .«

»Gewiß«, antwortete das Mädchen mit ehrlicher Stimme. »Mich loben alle.«

Ein anderer Mann mit langem Gesicht und offenem Pelzmantel, der an der Ecke der Kusnezkij-Brücke unter einer Laterne stand, redete auf seinen Gesprächspartner, einen kleinen, krummen Menschen mit verbeultem Hut, ein: »Der Teufel soll sie holen! Meinetwegen Kirchengemeinden, wenn das Volk nur lesen und schreiben lernt!«

In einem Wagen, vor den zwei Rappen gespannt waren, deren Beine sich wie die Hebel einer phantastischen Maschine bewegten, fuhr Alina Telepnjowa vorbei, neben ihr Ljutow, und ihnen gegenüber, hinter dem Kutscher, fuchtelte ein dicker Mann, der wie ein Feuerwehrmann aussah, mit der Hand. Samgin erinnerte sich Lidijas, sie lebte irgendwo im Kaukasus und schrieb, wie Ljubascha sagte, ein Buch über irgend etwas. Warwara erinnerte sich ihrer nie. Makarow befand sich in Moskau, ließ sich aber nicht blicken. Der Bruder Dmitrij hatte vor kurzem einen langen und trübsinnigen Brief geschickt, er befaßte sich mit dem Studium der Hausindustrie, besonders der Töpferei.

Vielleicht ist er festgenommen worden, dachte Samgin.

Auf der Straße marschierte schneidig ein Zug von der Wache abgelöster hochgewachsener Soldaten vorbei, ihre silbernen Bajonette ragten schräg in die Luft und schienen sie zu kämmen.

»Wollen wir?« wurde Samgin von einem jungen Mädchen mit breitem, übermütig schräg aufgesetztem Hut gefragt, deren unnatürlich geweitete Pupillen scharf glänzten.

Atropin natürlich, sagte sich Klim, das geschminkte Gesicht streng anblickend, und dachte über die Prostituierten nach: Warum boten sie sich ihm gerade in schweren, langweiligen Stunden an?

Komisch.

Aber es war nicht langweilig, sondern, wie immer in dieser Straße, interessant, laut, unverhohlen unzüchtig und erweckte keinerlei beunruhigende Gedanken. Die stattlichen und stämmigen Häuser standen dicht aneinandergedrängt, mit ihren Fundamenten fest an die Erde geklammert. Samgin besuchte ein Restaurant.

Als er heimkehrte, schlief seine Frau schon. Beim Ausziehen sah er ein paarmal ihr Gesicht an, das ruhige, sogar selbstzufriedene Gesicht eines Menschen, der etwas sehr Angenehmes hört und dabei ein vergnügtes Lächeln unterdrückt.

Sie ist glücklicher als ich. Weil sie dümmer ist.

Samgin legte sich hin, löschte das Licht und lauschte eine Minute lang dem Atem seiner Frau. In ihm brodelte jäh Erbitterung auf.

Ein dummes Weib mit der gekünstelten Bescheidenheit eines liederlichen Frauenzimmers, das nur aus Angst, seine rasende Sinnlichkeit zu zeigen, bescheiden ist. Die Abtreibung nahm sie nur vor, damit das Kind sie nicht bei ihren Genüssen hindere.

Die Dunkelheit raunte ihm mit Leichtigkeit böse Worte zu, Samgin reihte sie aneinander, und ihm waren die Tätigkeit des erregten Gefühls und die Sättigung mit Zorn angenehm. Er fühlte sich stark und sagte zu seiner Frau, sich ihrer Worte erinnernd: Ja, ich bin von Natur kein Revolutionär, aber ich erfülle ehrlich die Pflicht eines anständigen Menschen, ich bin Revolutionär aus Pflichtbewußtsein. Und du? Wer bist du?

Er wollte Warwara sogar gern wecken, ihr harte Worte ins Gesicht sagen, sie mit Worten verletzen und zum Weinen bringen.

Wahrscheinlich in solcher Stimmung werden manchmal Frauen umgebracht, dachte er flüchtig und lauschte auf den Lärm im Hof, wo Pferde zu stampfen schienen. Eine Minute später wurde hastig an die Tür geklopft, und die dumpfe Stimme der Anfimjewna ertönte: »Im Seitenbau ist die Polizei. Machen Sie kein Licht, tun Sie so, als schliefen Sie, vielleicht läßt Gott das Unheil an uns vorübergehen.«

»Hol's der Teufel«, murmelte Samgin, sprang aus dem Bett und rüttelte seine Frau an der Schulter. »Wach auf, Haussuchung. Zum drittenmal«, brummte er und tastete mit den Füßen nach den Pantoffeln, deren einer sich eigensinnig unter dem Bett versteckte, während der andere so platt getreten war, daß die Zehen nicht in ihn hineinfinden konnten.

Warwara, im Nachthemd widerwärtig lang, ging ans Fenster, als schwebte sie durch die Luft.

»Ach, mein Gott . . .«

»Öffne den Vorhang nicht! . . .«

»Hast du irgend etwas? Versteck es, gib es mir, ich verstecke es . . . Anfimjewna wird es verstecken.«

Sie lief weg und schlug häßlich laut die Schlafzimmertür zu, während Samgin rasch in sein Arbeitszimmer ging und dem Bücherschrank die Mappe entnahm, in der er eine Sammlung verbotener Ansichtspostkarten, Gedichte und die Korrekturbogen von Artikeln aufbewahrte, welche die Zensur nicht zugelassen hatte. Ihm selbst kamen alle diese Zettel schon längst banal und zum größten Teil talentlos vor, aber sie waren die Münze, mit der er die Aufmerksamkeit anderer kaufte, und noch insofern wertvoll, als sie durch ihre Billigkeit seine Geringschätzung der Menschen stärkten.

Ich habe Angst, gestand er sich, schlug sich mit der Mappe auf die Knie und warf sie auf den Diwan. Es war sehr kränkend, sich als Feigling zu fühlen, und das wäre noch schlimmer, wenn Warwara das gemerkt hätte.

Sie werden verhaften ... Der Teufel soll sie holen! Sie werden aus Moskau ausweisen, weiter nichts, suchte er sich hastig einzureden. Ich werde eine stillere Stadt wählen und abseits von diesem Unsinn leben.

Da kam Warwara hereingelaufen.

»Gib her!«

Sie packte die Mappe und sprach ihm im Fortlaufen Hoffnung zu: »Anscheinend nicht zu dir.«

Samgin schob vorsichtig den Vorhang zur Seite und sah durchs Fenster: Auf dem Hof bewegten sich menschenähnliche Verdichtungen der Dunkelheit.

Nicht zu dir, wiederholte er die Worte seiner Frau. Eine andere hätte gesagt: Nicht zu uns.

Warwara kehrte wieder zurück, er trat vom Fenster weg, setzte sich auf den Diwan und sah zu, wie sie den Morgenrock anziehen wollte und erfolglos den Ärmel suchte.

»Hilf mir doch.«

Als er ihr in den Ärmel hineingeholfen hatte, schmiegte sich Warwara an ihn und murmelte: »Ich kann mir dich nicht im Gefängnis vorstellen.«

»Hunderte sitzen.«

»Ach, was gehen mich die Hunderte an!«

Sie setzten sich dicht aneinander auf den Diwan. Durch den Schlitz zwischen den Fenstervorhängen war zu sehen, wie über die Front des gegenüberliegenden Hauses der Schein einer Laterne kroch, als wollte er von der Wand heruntergleiten; Warwara zündete sich eine Zigarette an und fragte: »Man wird doch eine Kranke nicht verhaften?«

Samgin antwortete nicht. Es war dumm, lächerlich und peinlich, vor Warwara zu sitzen und auf den Besuch der Gendarmen zu warten. Doch was sollte er tun?

»Suslow ist verreist«, flüsterte Warwara. »Er hat wahrscheinlich gewußt, daß es eine Haussuchung geben wird. Er ist ja so ein schlauer Fuchs ...«

»Das ist nicht wahr«, sagte Samgin streng.

Sie verstummten wieder und lauschten auf ein endloses Husten im Hof; das Husten begann in dröhnendem Baß, wurde höher und ging in das dünne Kreischen eines an Keuchhusten leidenden Kindes über.

»Es ist erniedrigend, zu warten«, bemerkte Warwara. »Ich lege mich wieder hin.«

Sie ging, ärgerlich mit den Pantoffeln schlürfend, weg. Samgin stand auf und blickte wieder vorsichtig durchs Fenster in die Dunkelheit; es hatte sich nichts verändert, an der Hauswand glitt immer noch der Laternenschein umher.

Der Brenner ist verdorben, dachte Samgin. Es ist klar, sie werden nicht kommen.

Ins Schlafzimmer zu gehen, hatte er keine Lust, und so legte er sich auf den Diwan, fühlte sich sehr einsam und in irgendeiner Hinsicht vor sich selbst schuldig.

Am Morgen kam Mitrofanow zum Tee, er war bei der Haussuchung bei Ljubascha Zivlzeuge gewesen.

»Die Durchsuchung war streng«, erzählte er und lächelte beifällig. »Man hat kein Körnchen, nicht das geringste gefunden. Dennoch hat man sie mitgenommen.«

»Aber sie ist doch krank!« rief Warwara entrüstet. Iwan Petrowitsch zuckte die Achseln und seufzte: »Die haben ihre eigenen Erwägungen, der Gesundheitszustand verdächtiger Leute interessiert sie nicht. Auch die Bücher waren alle gesetzlich zugelassen«, fuhr er, wieder lächelnd, fort. »Die Bibel, Wissenschaftliches, Turgenjew, Band vier . . .«

»Warum dachten Sie denn, sie müsse irgendwelche verbotenen Bücher haben?« fragte Warwara mißtrauisch.

Iwan Petrowitsch sah Samgin mit fragenden Augen an, schmunzelte, rieb sich die Wangen und sagte mit halblauter Stimme: »Ach, Warwara Kirillowna, was gibt es noch zu verhehlen! Ich begreife doch: Eine Zeit der Kräfteverschiebung ist angebrochen, und die Klugen haben es auf die Posten der Dummen abgesehen. Und es ist Zeit! Und es ist sogar gerecht. Wenn wir aber Gerechtigkeit wünschen, so darf man natürlich kein Mitleid haben. Ich bin doch nur gegen Morde, Diebstahl und überhaupt Unruhe.«

Er beugte sich zu Warwara vor und senkte die Stimme noch mehr.

»Jedoch – auch einen Mord kann man verstehen. ›Eine Forderung steckt man nicht in die Tasche‹, heißt es. Wenn auf einen Minister geschossen wird, so verstehe ich, das ist eine Forderung, eine Erklärung, sozusagen: Geben Sie nach – sonst! Und zum Beweis der Kraft – bums!«

Warwara lachte vorsichtig.

»Sie sprechen spaßig, Iwan Petrowitsch«, sagte sie mit Lachen.

»Natürlich, komisch«, gab der Untermieter zu, »aber bei Gott, hinter den komischen Worten verbergen sich bei mir ernste Gedanken. Da ich mit breiten Lebensschichten Berührung hatte und habe, sehe ich deutlich: Mit Menschen, die das Leben nicht zu lenken versuchen, hat niemand Mitleid, und alle begreifen, daß er zwar Minister, aber nutzlos ist! Und nur aus Neugier werfen sie, als wäre ein Unbekannter umgebracht worden, einen Blick auf die Leiche, schwatzen ein bißchen über die Gründe für seine Beseitigung und gehen weiter, jeder, wohin er gehen muß: in den Dienst, in Schankwirtschaften und mancher in fremde Wohnungen, in Diebsgeschäften.«

Samgin hörte Mitrofanows philosophischen Darlegungen mit finsterer Miene zu, denn er fürchtete, Warwara könnte den Beruf des Untermieters erraten. Damit also befaßt sich dein Mensch mit gesundem Verstand, würde sie sagen. Samgin suchte den Blick Iwan Petrowitschs, wollte ihm warnend zuzwinkern, er aber begeisterte sich immer mehr und schwitzte schon, wie stets bei starker Erregung.

»Natürlich, wenn das zur Gewohnheit wird, das Schießen, na, das ist schlimm«, sagte er mit vorgewölbten Augen. »Hier, denke ich, verbirgt sich immerhin eine Gefahr, obwohl das ganze Leben auf Gefahren beruht. Wenn jedoch junge Leute heftigen Charakters dem Kamm die Zähne abbrechen – womit sollen wir uns dann kämmen? Wir aber, Warwara Kirillowna, müssen uns kämmen, denn wir sind ein zerzaustes, struppiges Volk. Ach Gott! Ich weiß doch, wie zerzaust der Mensch ist...«

Samgin räusperte sich laut, aber auch das half nichts.

»Es kann natürlich sein, daß das bei uns von der gewaltigen Sehnsucht nach Gerechtigkeit kommt, denn wissen Sie, sogar Diebe träumen von Gerechtigkeit, und überhaupt alle sehnen sich nach irgendeinem anderen Leben, daher auch die Trunksucht und Unzucht bei uns. Dennoch versichere ich Ihnen, Warwara Kirillowna, viele verstellen sich, diese Hundsfötter. Ich weiß das doch. Beispielsweise – die Verbrecher...«

Blöder Kerl! fluchte Samgin im stillen, räusperte sich und begann mit dem Löffel gegen das Glas zu schlagen, hörte aber gleich wieder auf, Mitrofanow zu stören.

Mitrofanow hatte die Augen wild aufgerissen, schlug sich mit der

Faust aufs Knie und streckte die andere Hand mit gespreizten Fingern Warwara entgegen, als wollte er sie an der Gurgel packen.

»Was bist du schon für ein Verbrecher, du Hundsfott«, flüsterte er wütend. »Ein Narr bist du und ... und lebst wie im Traum, ein hochgütiger Mensch bist du! Du bildest dir was ein, du Dummkopf! Ein Hanswurst bist du, ein elender Schauspieler und Schwindler, aber kein Verbrecher! Kein R-rocambole, du lügst! Einem Rocambole gleichst du Hundsfott sowenig wie ein Hahn einem Adler. Der Aneignung eines fremden Berufstitels bist du schuldig, aber nicht des Einbruchdiebstahls, du Narr!«

Er schüttelte sich, richtete sich auf und sagte ruhiger, indem er die Hand wie zum Schwur erhob: »Warwara Kirillowna – ein Volk, das uns gliche, gibt es nicht!«

Warwara sah ihn verblüfft, ja gleichsam gebannt an, sie hatte sich auf dem Stuhl zurückgelehnt, die Hände in den Nacken gelegt, und ihre Brust straffte sich unschicklich. Samgin wollte nun nicht mehr den Ergüssen des Polizeiagenten Einhalt gebieten, da er sie irgendwie sinnbildlich fand.

»Ein fürs Gemeinschaftsleben ganz ungeeignetes, ein gleichsam besessenes und wahnsinniges Volk. Jede Nation hat ihre Diebe, und gegen sie läßt sich nichts sagen, die Leute gehen ihrem Beruf normal nach, als trügen sie Gummiüberschuhe. Und man hat keine Vorurteile – alles ist verständlich. Bei uns aber hat das nichtigste Menschlein, ein einfacher Taschendieb unbedingt einen Trick und Phantasie. Gestatten Sie, etwas zu erzählen ... In Ausführung eines Auftrags ...«

Mitrofanow stockte und warf einen flüchtigen Blick auf Klim.

»Das heißt, nicht in Ausführung eines Auftrags, sondern zufällig konnte ich einen Dielenbohnerer auf frischer Tat ertappen, der sich hervorragend darauf eingestellt hatte, kleine Gegenstände, Ringe, Ohrgehänge, Broschen, und überhaupt zu stehlen. Na also, ich beobachte ihn. Er wachst in einem vornehmen Haus das Parkett. Im Boudoir. Er schickt seinen Lehrjungen und Gehilfen hinaus, öffnet rasch mit einem Dietrich die Schublade des Trumeaus, nimmt heraus, was er braucht, und versenkt es ins Bohnerwachs. Ausgezeichnet! Und dann ...«

Mitrofanow sprang auf dem Stuhl hoch, und sein rundes Katergesicht wurde von einem albern freudigen Lächeln erhellt.

»Dann läuft er ins benachbarte Zimmer, macht wie ein junger Halunke einen Handstand, geht auf den Händen und betrachtet sich im unteren Teil des Spiegels. Aber erlauben Sie mal! Er ist vierunddreißig Jahre alt, hat einen würdigen Bart und sogar graue Schläfen. Jawohl! Ich frage ... man fragt ihn: ›Sehr gut, Jakowlew, aber warum bist du auf den Händen gelaufen?‹ – ›Das‹, sagte er, ›kann ich Ihnen nicht erklären, aber ich habe die Eigentümlichkeit und Gewohnheit, nach einem Erfolg im Unternehmen einen Augenblick kopfabwärts zu leben.‹«

Er neigte sich wieder mit dem ganzen Körper zu Warwara vor und fuhr leise, überzeugt und mit irgendwelcher bitteren Freude, aber irgendwie auch erschreckt fort: »Das ist kein Rocambole, sondern Anmaßung und höchst schädlicher Unsinn. Das ist, wissen Sie, Selbstbetrug und Verirrung, sozusagen ein Spiel mit sich selbst, und außer etwas in die Fresse erhält er nichts. Und wissen Sie, es ist gut, daß das Gericht solche Sachen nicht ergründet, denn wie sollte es sonst richten? Herr, du mein Gott, es ist ein Spiel und in ihm eine solche Langeweile, daß man weinen könnte ...«

Er weinte auch. Seine vorgewölbten Augen benetzten sich mit Tränen, und Samgin schienen seine Tränen gelblich und wie Schaum. Mitrofanow biß sich auf die Lippen, um ihr Zittern zu unterdrücken, und lächelte.

»Die Taten sind nicht zu verstehen. Jermakow, Pferdezüchter und auf seinem Gebiet eine Kapazität, begann aus Überfluß an Mitteln ein zweistöckiges Altersheim für Frauen zu bauen, ein Gebäude mit Hauskirche und dergleichen mehr. Plötzlich stürzte das Gerüst ein, wobei mehrere Personen schwer verletzt wurden. Ein verständlicher Vorfall. Aber Jermakow untersagte danach den Bau der Kirche und gab das Haus, als es fertiggestellt war, zum allgemeinen Gespött als anstößiges Lokal her, als maison publique, wie die Franzosen aus Delikatesse zu sagen pflegen. Ich könnte Ihnen Dutzende solcher Beispiele erzählen. Worauf haben es die Menschen abgesehen? Ich begreife es nicht. Und man beginnt zu denken, es gebe keinen Menschen ohne Tick, man erwartet von jedem, er werde sich im nächsten Augenblick auf den Kopf stellen.«

Mitrofanow seufzte schwer, stand auf und fragte: »Sie denken, es sei alles ganz einfach? Die Menschen gingen verschiedenen Berufen nach, äßen, besuchten Gastwirtschaften, den Zirkus, das Theater – und sonst nichts weiter? Nein, Warwara Kirillowna, das ist nur Hülle, Schale, innen aber ist Langeweile. Das Übliche im Leben ist Heuchelei, aber mal kommt der Augenblick der Entlarvung und – der Mensch stellt sich auf den Kopf.«

Er machte eine linkische Verbeugung.

»Verzeihen Sie bitte, daß ich außer Fassung geriet. Man lebt, wissen Sie, und ... fühlt sich unbehaglich. Man hat keine Ruhe. Verzeihen Sie.«

Er schüttelte mit der Hand Brotkrumen von seinem Rock und ging.

»Aus-ge-zeichnet«, sagte Warwara verblüfft in gedehntem Ton mit geschlossenen Augen und wiegte den Kopf. »Das ist ... ausgezeichnet! Der Augenblick der Entlarvung, wie? Was sagst du dazu?«

»Ja, interessant«, sagte Samgin, der sich in dem »System von Sätzen« des Polizeiagenten zurechtzufinden suchte.

»Nein, er gleicht wenig einem Menschen mit gesundem Verstand, für den du ihn gehalten hast«, sagte Warwara.

»Das scheint zu stimmen«, murmelte Samgin, und nachdem er gesagt hatte, eine dringende Arbeit warte auf ihn, ging er in sein Zimmer.

»Ich verstehe nicht, wodurch er dich enttäuscht hat«, fragte ihn seine Frau, die ihm folgte, beharrlich aus. »Wirst du zu Gogins gehen und ihnen Ljubaschas Verhaftung mitteilen?«

»Selbstverständlich.«

Er setzte sich an den Tisch, schlug eine dicke Mappe mit der Aufschrift »Akte« auf und versank, kaum daß Warwara hinaus war, sofort wie in eine mit Unkraut zugewachsene Grube in einen chaotischen Wirrwarr von Worten.

Anmaßung. Spiel mit dem Leben ...

Ihm schien, hinter diesen Worten verbergen sich beunruhigende Gedanken, die ihm schon bekannt waren. Mitrofanow war durch irgend etwas erschrocken, das war klar. Doch er benahm sich wie ein schuldbewußter Mensch, er rechtfertigte sich im Grunde genommen.

Ein redlicher Bursche, darum auch schuldbewußt, schloß Samgin und merkte mit Verdruß, daß ihm diese Schlußfolgerung gleichsam von jemand anderem eingesagt, ihm unangenehm, fremd war.

Beim Nachdenken störte ihn Warwara, die im Speisezimmer kommandierte: »Trinken Sie Kaffee.«

»Danke«, antwortete Kumow.

Im Morgenkleid, unfrisiert, mit nackten Beinen, erinnerte sich Samgin seiner Frau, während sie fragte: »Was sagte er denn?«

Mit weicher Stimme und wahrscheinlich wie immer mit herablassendem Lächeln über die vom rechten Wege abgekommenen Menschen erzählte Kumow: »Er warf den realistischen Schriftstellern seelische Unwissenheit vor; das ist sehr berechtigt, aber nichts Neues mehr, und sie begreifen ja auch selbst, daß der Realismus sich überlebt hat.«

»Meinen Sie?«

»Ja, das ist ein Gesetz: Wenn das Leben besonders tragisch wird, geht die Literatur zum Idealismus über, treten Romantiker auf, wie es Ende des achtzehnten Jahrhunderts der Fall war ...«

»Hm ... Stimmt das?« fragte Warwara.

Er erwägt, mit welcher Ware vorteilhafter zu handeln ist, sagte sich Samgin, stand auf und schloß laut die Tür des Arbeitszimmers, um die aufreizende Stimme des Sekretärs und die sachlichen Fragen seiner Frau nicht hören zu müssen.

Am Abend ging er zu Gogins, ihm gefiel es nicht, in diesem Haus zu sein, wo sich stets wie auf einem Bahnhof verschiedenartige Menschen drängten. Die Tür öffnete ihm der zerzauste Alexej, mit einem Bleistift hinter dem Ohr und irgendwelchen Papieren in der Tasche.

»Aha, Sie sind es? Bei uns ist ...«

»Haussuchung?« fragte Samgin leise.

»Nun, jetzt ist wohl nicht die richtige Zeit für eine Haussuchung ...«

»In der Nacht ist Ljubascha verhaftet worden«, teilte Samgin, ohne abzulegen, mit, denn er war entschlossen, sofort wieder zu gehen. Gogin blinzelte wie geblendet und schnalzte mit der Zunge.

»Das ist schlimm. Meine Schwester ebenfalls. In Poltawa. Ach ... Na, kommen Sie.«

Er reckte den Hals zur Tür des Saals, aus dem dumpf eine heisere Stimme und Husten tönten. Samgin begriff, daß dort etwas Interessantes vorging, auch konnte er schon nicht mehr gut fortgehen. Im Saal knurrte und hustete der Diakon; er saß am Tisch, hatte wie ein Toter die Hände hohl auf der Brust zusammengelegt, sein Baß hatte die Klangfülle verloren, war heiser und wurde von dumpf dröhnendem Husten unterbrochen; der Diakon fand sich schwer in den Worten zurecht, sprach sie nicht voll aus, verschluckte sie oder stieß sie angestrengt hervor.

»Gleich dem Auszug aus der ägyptischen Gefangenschaft«, rief er gerade in dem Augenblick, als Samgin eintrat. »Aber es gibt keinen Moses! Und niemand kann den Weg nach dem Lande der Verheißung weisen.«

Samgin fiel sofort etwas Neues und Unheimliches an diesem ihm von jeher unangenehmen Menschen auf. Der Diakon war häßlich platt, war flach geworden; er saß aufrecht, hölzern da. Sein vollständig ergrauter Bart hing in Büscheln herab wie bei einem Bettler, der durch beabsichtigte Unansehnlichkeit Mitleid erwecken will. Auch war er unansehnlich kahlköpfig: Von der Stirn bis zum Nacken war das Haar ausgefallen, man sah die graue Haut, auf der aber hie und da kurze Büschel zurückgeblieben waren, während über den Ohren zwei lange Büschel wie Hörner hochragten. Die Gesichtshaut hatte

Falten bekommen, das Gesicht war lang geworden wie bei Basilius dem Seligen auf der billigen Ikone eines schlechten Heiligenbildmalers.

»Und sie hatten nichts, weder ein Gewehrchen noch ein Pistölchen, nur Stöcke und Knüppel und Gejammer . . .«

An ihm ist etwas Theatralisches, dachte Samgin, der ein bedrückendes Gefühl loszuwerden suchte. Es steigerte sich, als der Diakon langsam den Kopf wandte und Alexej ansah, der auf ihn zugetreten war; die aufgedunsene Haut hatte die Augen des Diakons häßlich bloßgelegt, indem sie die Lider zurückgezogen und umgestülpt hatte und rotes Fleisch sehen ließ, ihre Pupillen waren verschwommen, und ihr matter Glanz war sichtlich irrsinnig.

»Nun, schreiben Sie, schreiben Sie, einerlei«, sagte der Diakon und wehrte Alexej mit schwerfälliger Handgebärde ab.

Auf ihn blickten etwa fünfzehn Menschen, die im Zimmer verstreut waren, und Samgin schien es, als blickten alle ebenso wie er: widerwillig und ängstlich, als erwarteten sie etwas Außergewöhnliches. An der Tür saß die Dienerschaft: die Köchin, das Stubenmädchen und der junge Hausknecht Akim; die Köchin weinte lautlos und trocknete die Augen mit einem Zipfel des Kopftuchs. Samgin setzte sich neben einen Mann, der gebeugt auf einem Stuhl saß, die Ellenbogen auf die Knie gestützt und den Kopf zwischen die Hände gelegt.

»Große Verzweiflung«, rief der Diakon heiser und bekam einen Hustenanfall. »Einem Hochwasser glich dieser Zug über die unbestellten, ungepflügten Felder. Wie Blindgeborene gingen sie, zerstampften die Wintersaat, ihr eigenes Gut. Und da sprengte gegen sie dieser Feldherr heran, der Sanherib von Charkow . . .«

»Hat er einen Rausch?« fragte Samgin flüsternd seinen Nachbarn, worauf dieser, ohne sich zu rühren, ziemlich laut brummte: »Sie selbst sind betrunken . . .«

»Einem Dorfschulzen wurde mit der Nagaika der Bauch aufgerissen. Bis auf die Därme. Die Weiber wurden gepeitscht, wie Pferde.«

Aus einer Ecke fragte jemand leise und hoffnungslos: »Sind keine Versuche gemacht worden, Widerstand zu leisten?«

»Womit denn Widerstand leisten? Mit den Fingern? Die Haut leistete Widerstand, als sie geprügelt wurde . . .«

Der Diakon verstummte und sah sich mit blutunterlaufenen Augen um. Aus allen Ecken des Zimmers ertönten Fragen, gleichermaßen schüchtern und verlegen, nur Samgins Nachbar fragte laut und streng: »Wieviel Tausend waren es?«

»Habe nicht gezählt. Sie waren zahllos.«

Samgin erkannte an der Stimme in seinem Nachbarn Pojarkow und rückte von ihm ab.

»Da sitzen Sie nun, interessieren sich, wie und womit geschlagen wurde und ob es viele waren«, begann der Diakon hustend und spie in ein schmutziges Taschentuch. »Wie ist das: alles für Artikel, für die Zeitungen? Alles wird bei Ihnen zu Buchstaben, zu Worten. Wann aber kommen Taten?«

Er versuchte sich vom Stuhl zu erheben, konnte es aber nicht, seine Riesenstiefel waren gleichsam am Boden festgewachsen. Er streckte die Arme auf dem Tisch aus, versuchte nochmals aufzustehen, ohne sich auf sie zu stützen, und konnte es wieder nicht. Darauf drehte er langsam den Hals, der einem in den zerknitterten Kragen eines grauen Kaftans hineingesteckten Baumstamm glich, sah die Leute an und fuhr fort: »Auch ich tröstete mich mit Worten, schrieb sogar Gedichte. Aber Worte trösten nicht. Vorübergehend trösten sie wohl, schlägt aber die Stunde – so schämt man sich . . .«

Der Augenblick der Entlarvung, erinnerte sich Samgin automatisch.

»Was sind Worte? Unrat der Seele.«

Der Diakon beugte sich so weit vor, daß sein Bart auf den Tisch zu liegen kam, ruderte mit den Armen auf dem Tisch herum und murmelte irrsinnig:

> »Satan sah sich unser Leben an,
> War entsetzt und – heulte auf vor Schreck:
> Gott, was habe ich da angerichtet?
> Überwunden habe ich dich – siehst du's, Gott?
> Deine Gesetze hab ich alle umgestoßen,
> Du mein Freund und Unglücksbruder,
> Du Abel   . . .«

Er bekam einen Hustenanfall, daß es ihn auf dem Stuhl schüttelte, und sagte heiser: »Das ist es, was ich dichtete . . . Wie es weitergeht, habe ich vergessen . . . Zum Schluß:

> Umarmten sie sich beide, bitter weinend . . .«

Der Diakon schlug mit der Hand auf den Tisch.

»Was nützen sie aber, die Tränen Gottes und des Satans ob ihrer Ohnmacht? Was nützen sie? Nicht um Tränen bittet das Volk, sondern um einen Gideon, um Makkabäer . . .«

Er schlug nochmals auf den Tisch, und dieser Schlag half ihm endlich: Dürr und lang erhob er sich und sagte sehr laut und grob mit heiserer Stimme: »Einen Josua brauchen wir. Das sage nicht ich, das ist der Stoßseufzer des Volkes. Ich habe es selbst gehört: uns fehlt ein Mensch, einen Menschen brauchen wir! Jawohl!«

Durch seinen langen Körper ging wie eine Welle ein Zittern von den Schultern bis zu den Knien.

»Hier gab es einen Propheten, er wohnte in einem Keller und handelte am Sucharew-Platz mit Gekröse. Er lehrte: Der Stein ist ein Dummkopf, der Baum ist ein Dummkopf, und Gott ist ein Dummkopf! Ich schwieg damals. Du lügst, dachte ich, Christus ist klug! Jetzt aber weiß ich: Das alles geschieht zum Trost! Alles nur Worte, Christus ist auch ein totes Wort. Recht haben die Verneiner, nicht die Bejaher. Was kann man dem Entsetzen gegenüber bejahen? Die Lüge. Die Lüge behauptet sich. Es gibt nichts außer dem großen menschlichen Leid. Alles übrige – die Häuser und die Glaubensarten und jeglicher Luxus und die Demut – ist Lüge.«

Obwohl der Husten den Diakon störte, sprach er mit großer Kraft, und bei einigen Worten klang seine heisere Stimme sammetweich wie früher. Vor Samgins Augen erstand auf einmal ein düsteres Bild: Nacht, ein ausgedehntes Feld, überall am Horizont lodern Riesenfeuer, und von den Feuern her schreitet an der Spitze Tausender von Bauern dieser grimmige Mann mit dem irrsinnigen Blick seiner entblößten Augen. Aber Samgin sah auch, daß die Zuhörer miteinander Blicke wechselten und Theaterzuschauern ähnelten, Zuschauern, denen ein auswärtiger Gastspieler nicht gefällt.

»Auch das von den Sklaven ist nicht wahr, ist Lüge!« sagte der Diakon und schloß mit zitternden Fingern die Haken seines Kaftans. »Vor Christus hat es keine Sklaven gegeben, es gab einfach Gefangene, das war körperliche Knechtschaft. Seit Christus aber begann die geistige, jawohl!«

Pojarkow hob den Kopf und richtete sich auf.

»Richtig, Väterchen«, sagte er.

»Erlauben Sie mal«, rief ein Mann mit bandagiertem Bein und einem Stock in der Hand aus. Pojarkow zischte ihn an, während der Diakon ihm den langen Arm mit gespreizten Fingern entgegenstreckte und brüllte: »Ich habe einen Sohn gehabt ... Es hat einen Studenten Pjotr Marakujew gegeben, der das Volk liebte. Er ist in der Verbannung gestorben. Hunderte junger Männer gehen zugrunde, sehr redliche! Und das Volk geht zugrunde. Das kraushaarige Kosakenbürschchen peitscht mit der Nagaika alte Männer, die jeder ein halbes Jahrhundert lang die Zaren, die Bischöfe, euch alle und ganz Rußland ernährt haben ... er schlägt sie mit der Nagaika, jawohl! Und johlt vor Freude, daß er schlägt und erschlagen darf, ohne bestraft zu werden. Was?«

Das Was brüllte der Diakon ohrenbetäubend und so, daß es Samgin ein unflätiges Schimpfwort erwarten ließ. Aber der Diakon stieß mit dem Fuß den Stuhl beiseite, auf dem er gesessen hatte, schüttelte sich wie ein regennasser Vogel, zog einen bunten Schal aus der Tasche und ging, ihn um seinen Hals wickelnd, zur Tür.

»Ich kann nicht mehr«, murmelte er. »Verzeihen Sie. Ich fühle mich nicht wohl.«

Ihm folgten Alexej und eine grauhaarige Dame in Trauerkleidung; sie fragte beunruhigt: »Wo übernachten Sie denn?«

Der hustende Diakon antwortete nicht. Er ging wie ein Blinder, schob mit der Hand die Luft vor sich beiseite und stapfte schwerfällig.

Um eine Begegnung mit Pojarkow zu vermeiden, der sich wieder vorgebeugt hatte und zu Boden sah, ging auch Samgin vorsichtig ins Vorzimmer und dann auf die Freitreppe hinaus. Der Diakon stand auf der anderen Straßenseite, mit der Schulter an einen Laternenpfahl gelehnt, und las irgendeinen Zettel, den er ans Licht hielt, während er mit der anderen Hand die Augen schützte. Er hatte eine ungewöhnliche Mütze auf dem Kopf, und Samgin erinnerte sich, daß Künstler die Gogolschen Beamten mit solchen darstellten.

»Diese Schurken«, murmelte der Diakon wie ein Betrunkener und zerriß schnaubend und hustend den Zettel, dann stieß er den Laternenpfahl von sich und stampfte laut mit den Stiefeln. Die Straße war schmal, und Samgin, der auf der anderen Seite ging, hörte ein heiseres Brummen: »Gottesopfer ... der Geist ist betrübt ... das Herz ist betrübt und demütig ... H-hä ...«

Die Passanten sahen sich nach der langen, armlosen Gestalt um; der Diakon hatte die Arme fest an die Seite gedrückt und die Hände tief in die Taschen gesteckt.

Wahrscheinlich ist es nicht leicht, wenn man im Alter den Glauben verliert, dachte Samgin, als er sich erinnerte, daß der Räuber Nikita mit den Lippen dieses verrückten, halbtoten Mannes zu Christus gesagt hatte:

> »Wir vergessen dich nicht, Jesus,
> Weil wir auch im Haß – dich lieben,
> Weil wir selbst mit unserm Haß dir dienen.«

Die Zeit sorgte dafür, daß dieser Eindruck nicht lange auf Samgin lastete.

Ein paar Tage später gegen Mitternacht, als Warwara sich schon schlafen gelegt hatte und Samgin in seinem Zimmer arbeitete, sagte das Stubenmädchen Gruscha aufgebracht, wie über einen Kater oder Hund: »Der Untermieter möchte herein.«

Mitrofanow trat auf Zehenspitzen, mit den Armen balancierend, ein, sein Gesicht war komisch zum Kinn hin zusammengezogen, der Schnurrbart gesträubt, er schloß fest die Tür hinter sich, trat an den Tisch und sagte leise: »Wieder hat ein Student einen Minister erschossen.«

Samgin unterdrückte nur mit Mühe ein Lächeln, denn Mitrofanows Gesicht, seine hängenden Schultern und die allgemeine Zerknirschtheit seiner ganzen Gestalt waren sehr komisch.

»Mit einem einzigen Schuß, wie einen Birkhahn. Außerordentlich geschickt, hatte sich als Offizier verkleidet und – bums!«

»Stimmt das?« fragte Samgin, um etwas zu sagen.

»Aber gewiß! Bei uns weiß man alles, sobald es nur geschehen ist«, antwortete Mitrofanow, setzte sich mit einem Seufzer und lehnte sich mit der Brust gegen die Tischecke.

»Klim Iwanowitsch«, begann er zu flüstern, »erklären Sie mir bitte, was soll dieser Krieg der Studenten gegen die Minister? Das ist mir etwas unverständlich: Bogolepow hat man erschossen, bei Pobedonoszew hat man es versucht, dann bei unserem Trepow ... und jetzt das ... Ich verstehe nicht, was damit bezweckt wird«, flüsterte er, das Taschentuch um den Finger wickelnd. »Wissen Sie, das sieht bereits nach Afrika aus. Neger, Nashörner und überhaupt – ein wildes Land!«

»Ich sympathisiere nicht mit dem Terror«, sagte Samgin etwas hastig, aber nicht ganz überzeugt.

»Ihre Vernunft ist mir bekannt, darum habe ich auch ...«

Mitrofanows schwerer Körper rutschte vom Stuhl und neigte sich Samgin entgegen, seine Augen wölbten sich fragend vor.

»Meiner Ansicht nach ist das keine Revolution, sondern ein gewöhnlicher Kriminalfall, so etwa, wie wenn jemand den Liebhaber seiner Frau umbringt. Da verkleidet sich einer als Offizier, und in der Form eines Hochstaplers – pardauz! Das ist bereits kein Staat mehr, sondern – Dorf ... Wo bliebe denn der sichere Staat, wenn alle zu schießen anfingen?«

»Diese Einzelkämpfe sind natürlich Wahnsinn«, sagte Samgin in strengem Ton. Er sah, daß Mitrofanow, je mehr er sprach, um so mehr Angst bekam, er schwitzte schon, hatte die Ellenbogen an die Hüften gedrückt und bewegte verlegen die Hände, die an Fischflossen erinnerten.

»Er hatte sich verkleidet«, wiederholte er. »Nach ihm wird sich einer als Pope verkleiden und einen Bischof erschießen ...«

Dann rückte er noch näher an Samgin heran und sagte: »Klim Iwanowitsch, Sie begreifen natürlich, daß das Haus unter Verdacht steht...«

»Das heißt – mein Haus? Ich?«

»Nun, ja. Ich bin natürlich wegen der Ähnlichkeit des Dienstes mit den Polizeispitzeln bekannt. Man beobachtet die Leute, die zu Ihnen kommen, Klim Iwanowitsch.«

»Mich auch?«

»Aber gewiß. Es kam verschiedentlich zu der Somowa eine Frau bescheidenen Aussehens, Nikonowa oder so. Dann Herr Suslow und überhaupt ... Wissen Sie, Klim Iwanowitsch, Sie sollten doch irgendwie...«

»Ich danke Ihnen«, sagte Samgin in warmem Ton.

Mitrofanow faßte den Dank anscheinend als Wunsch Samgins auf, das Gespräch zu beenden, erhob sich und drückte die Hand an die linke Brustseite.

»Bei Gott, ich habe das wegen meiner großen Achtung vor Ihnen gesagt...«

»Ich verstehe, danke.«

Samgin reichte ihm die Hand, aber der Detektiv ergriff sie gierig mit beiden Händen und fragte flüsternd: »Hat nun dieser Student im Namen seiner Leute oder im Namen der Ukrainer geschossen? Wissen Sie es nicht?«

»Das weiß ich nicht«, antwortete Samgin, den Gast unwillkürlich zur Tür drängend, da er überstürzt dachte, daß dieses Attentat neue Verhaftungen, Repressalien und neue Terrorakte hervorrufen und sich offenbar das wiederholen werde, was Rußland vor zwanzig Jahren erlebt hatte. Er ging ins Schlafzimmer, machte Licht und blieb eine Weile am Bett seiner Frau stehen; sie schlief fest, ihr Gesicht war böse verzogen. Samgin setzte sich auf sein Bett und erinnerte sich, daß Warwara, als er ihr den Tod Marakujews mitteilte, ruhig gesagt hatte: »Ich weiß.«

»Warum hast du es mir denn nicht gesagt?«

Warwara hatte geantwortet: »Wenn du eine Seelenmesse lesen lassen willst, ist es noch nicht zu spät.«

»Du scherzt dumm«, hatte er bemerkt.

»Ich scherze nicht, ich habe eine lesen lassen«, hatte sie, ihm den Rücken zukehrend, gesagt.

Ja, sie wird immer fremder, dachte Samgin beim Ausziehen. Es lohnt sich nicht, sie zu wecken, das von Sipjagin werde ich ihr morgen sagen, entschied er, als wollte er seine Frau damit strafen.

Sie sagte es ihm selbst, weckte ihn und schrie fast, die Zeitung schwenkend: »Sipjagin ist erschossen worden, lies!«

Dann setzte sie sich auf sein Bett und teilte ihm leise, aber sehr aufgeregt mit: »Von dem Studenten Balmaschew. Weißt du, ich habe ihn, glaube ich, bei Snamenskijs gesehen, ihn und seine Schwester oder Braut, es war wohl eher die Braut, eine kleine junge Dame mit einer Federboa, sie hatte wohl so einen armenischen Familiennamen...«

Sie knüllte die Zeitung zusammen, verzog das verschlafene Gesicht zu einem Lächeln und beklagte sich: »Bald wird man nirgendwohin mehr ausgehen können, ohne nicht einem Helden zu begegnen...«

Sie sprach nicht zu Ende, aber Samgin erriet, was sie hatte sagen wollen, und bemerkte: »Und entsinnst du dich noch, wie du nach Helden lechztest?«

Warwara schnaufte, trat an den Pfeilerspiegel und fuhr sich nervös mit dem Kamm durchs Haar.

»Man arbeitet der Reaktion in die Hände«, sagte Klim, die Zeitung auf den Boden werfend. »Dann wird wieder irgendein Lew Tichomirow seine Reue bekennen, sagen, der Terror sei eine Dummheit und Rußland brauche nichts als den Zaren.«

»Ich verstehe nicht, weshalb man auf einen Tichomirow zu warten braucht... und überhaupt, ich verstehe es nicht! Im Lande hat eine kulturelle Belebung begonnen, grelle Feuer einer neuen Poesie und Prosa sind aufgeflammt... und schließlich – die Malerei!« sagte Warwara gereizt, während sie mit schmerzverzerrtem Gesicht ihr Haar kämmte, ihre Gereiztheit hatte etwas sehr Törichtes.

Samgin lächelte spöttisch und ging sich waschen, setzte sich aber, als er das Badezimmer betreten hatte, auf die Chaiselongue und lauschte. Ihm schien es im Haus ungewohnt laut, wie beim Großreinemachen vor hohen Feiertagen: Türen schlugen zu, in der Küche rasselten Kochtöpfe, das Dienstmädchen lief umher und klirrte lauter als sonst mit dem Geschirr, und die Anfimjewna stapfte schwer wie ein Pferd herum.

Samgin dachte daran, daß es jetzt wahrscheinlich in vielen Intelligenzlerwohnungen ebenso töricht laut zuging; überall lasen halb angezogene, unfrisierte Leute die Zeitung, freuten sich über die Ermordung des Ministers und überlegten: Was wird nun?

Ein unsinniges Leben...

Als er das Badezimmer verließ, kam ihm an der Korridorwand wie ein Schatten der Koch entgegen, der seine Kappe in der Hand hielt und leichenblaß war. »Dürfte ich Sie fragen, Klim Iwanowitsch...«

Sein vom Herdfeuer gerötetes Gesicht zuckte, ein zahnloses, ironisches Lächeln ließ über seine Wangen Falten zum kahlen Schädel laufen.

»Ich würde gern die Absicht der Studenten begreifen, die treue Diener des Zaren, des einzigen Beschützers des Volkes, töten«, sagte er schrill, mit bebender und jammervoller Stimme, obwohl er offenbar hatte zornig sprechen wollen. Er knetete die steifgestärkte Kappe in den Händen, und seine alten Trinkeraugen schwammen in gelben Tränen wie Stachelbeeren in Sirup.

»Ich lebe schon siebzig Jahre . . . Viele ehemalige Studenten sind auf hohe Posten gelangt – das habe ich selbst gesehen! Habe vier Jahre bei Verwandten des Getöteten, Seiner Exzellenz des Bojaren Sipjagin, gedient . . . habe ihn als jungen Menschen gesehen«, sprach er, Tränen vergießend und Samgins Ratschläge nicht hörend: »Beruhigen Sie sich, Jegor Wassiljewitsch!«

»Wir haben keine anderen Beschützer außer dem Zaren«, schluchzte der Koch. »Ich bin Leibeigener, Gesinde«, sagte er und schlug sich mit der roten Faust an die Brust. »Das ganze Leben diente ich beim Adel . . . Bei der Kaufmannschaft habe ich auch gedient, aber – das ist kränkend für mich. Und wenn Kaufmannskinder sich gegen den Zaren wenden, Klim Iwanowitsch – nein, erlauben Sie . . .«

Aus der Küche kam majestätisch die Anfimjewna heraus, ihre Jakkenärmel waren aufgekrempelt, mit einer Hand, die so dick wie ein Fuß war, ergriff sie den Koch an der Schulter und löste ihn wie ein Plakat von der Wand.

»Na, geh mal an die Arbeit, Jegor! Trink etwas Salmiak, komm!«

Sie zog ihn wie ein Kind mit sich fort und sagte zu Samgin über ihre Schulter hinweg: »Verwöhnen Sie ihn nicht mit Gesprächen. Für ihn ist es einerlei, er kann sich auch mit den Fliegen unterhalten.«

Und als sie den Koch in die Küche geschoben hatte, erklärte sie: »Die Herrschaften haben ihn verdorben, er hat ja in lauter guten Häusern gelebt.«

»Ein rührender Alter«, murmelte Klim.

»Ganz verrührt, wenn man solche Jahre hinter sich hat«, seufzte die Anfimjewna.

Eine Stunde später betrat Klim Samgin das Arbeitszimmer des Patrons. Der große, gesetzte Mann, der im Morgenrock am Tisch saß, reichte ihm die warme, wohlriechende Hand, zog die Brauen hoch, sah ihm forschend ins Gesicht und fragte mit gedämpfter Stimme: »Nun, was sagen Sie dazu?«

»Man arbeitet der Reaktion in die Hände«, sagte Klim.

Der Patron deutete mit den Augen auf die kleine Tür zur Linken. »Etwas leiser, dort sitzt der neue Sekretär.«

Er dachte einen Augenblick nach und sah zur Decke hinauf.

»Der Reaktion, sagen Sie? Hm, eine sehr verwickelte Frage. Die Jugend ist natürlich erregt, aber . . .«

Er dachte wieder mit hochgezogenen Brauen nach. An diesem Morgen sah er noch brillanter aus als sonst, und stärker war auch der Geruch von Kölnischwasser, der von ihm ausging. Sein gepflegtes Gesicht glänzte würdevoll, das Perlmutt der Fingernägel funkelte. Nur seine Augen schillerten fragend und anscheinend etwas beunruhigt.

»Ja, die Jugend ist erregt, das ist aber begreiflich«, sagte er, die Worte sorgfältig mit den Lippen weich knetend. »Eine gesunde Entrüstung . . . Die Leute sehen, daß die Regierung außerstande ist, die Lage zu beherrschen . . . das heißt, sie ist überhaupt außerstande. Und unfähig, wie die Unruhen im Süden bezeugen.«

Der Patron sah sich um und lauschte in die Stille.

»Eine Revolution mit Aufwieglern, aber ohne Führer . . . verstehen Sie? Das ist Anarchie. Das kann nicht zu den Ergebnissen führen, die von den vernünftigen Kräften des Landes ersehnt werden. Ebenso wie auch ein Aufstand der Führer allein – ich meine Dekabristen und Narodowolzen.«

Samgin erinnerte sich des Diakons und dachte:

Dieser scheint auch von Gideons zu träumen. Gut würde er sich mit seinem dicken Bauch und den Uhrkettenanhängern als Gideon machen.

»Man möchte meinen, die Jugend versteht ihre Aufgabe«, sagte der Patron, schob Samgin einen Stoß Akten hin und erhob sich; sein Morgenrock ging dabei auf und ließ die Seidenwäsche auf seinem Körper sehen, der kräftig war wie der eines Ringkämpfers. »Die Menschen werden natürlich an zwei Fronten kämpfen müssen«, sagte er nachdrücklich, indem er im Zimmer umherging und sich die Finger mit dem Taschentuch abwischte. »Ja, an zweien: gegen die Schlimmen von rechts, die das Volk wieder bis zum Pugatschowtum treiben, wie das im Süden der Fall war, und gegen die Anarchie der Verzweifelten.«

Samgin berührte es angenehm, daß dieser sehr wohlgenährte Mann beunruhigt war. Ihm kam der spaßige Gedanke, Mitrofanow zu bitten, Diebe in die Wohnung des Patrons zu lenken. Mitrofanow könne das tun, denn er sei sicherlich mit Dieben befreundet. Aber Samgin war sofort bestürzt: Weiß der Teufel, was für Unsinn einem in den Kopf kommt.

Der Patron trat auf ihn zu und sagte: »Übrigens: Übermorgen abend wird bei mir ... wie man mich gebeten hat ... eine kleine Versammlung stattfinden. Kommen Sie doch auch. Jemand aus ... sagen wir, der Provinz ... wird ... wie man mir versprochen hat ... eine interessante Mitteilung machen.«

Er ist zufrieden, dachte Samgin bei ehrerbietiger Verbeugung. Sichtlich zufrieden. Nein, so einer werde ich nie werden, schloß er ohne Bedauern.

»Kommen Sie vom Gericht zu mir, ich gehe heute nicht aus dem Haus, ich fühle mich nicht wohl. In dieser Woche werden Sie nach Kaluga fahren müssen.«

In drei Tagen überzeugte sich Samgin, daß Sipjagins Tod die Leute weit mehr belebte und freute als der Tod Bogolepows. Die allgemeine Stimmung schien ihm der Stimmung eines Theaterpublikums nach dem ersten Akt eines Dramas zu gleichen, das sehr interessant war.

»Man scheint sich ernst ans Werk gemacht zu haben«, sagte händereibend der rothaarige Anwalt Magnit.

»Mal sehen, mal sehen, was kommt«, sagten die einen, die ihre Hoffnungen auf ein gutes Ende ungeschickt verbargen; die anderen, die sich skeptisch stellten, behaupteten: »Nichts wird kommen. Das haben wir schon erlebt.«

Der alte Gogin sagte wie flehend und andeutend: »Wenn jetzt die Arbeiter durch einen tüchtigen Streik einen Druck ausüben würden, dann könnte man Rußland sicher zur Verfassung beglückwünschen – nicht wahr, Aljoscha?«

Der mürrische, abgemagerte Alexej antwortete widerstrebend: »Die Arbeiter scheinen es satt zu haben, für einen fremden Onkel zu schuften.«

Auf der Straße traf Samgin Redosubow.

»Das ist sinnlos«, sagte der ehemalige Tolstojaner, »man hat eine Mücke getötet, statt den Sumpf trockenzulegen.«

Dieser Satz kam Klim gekünstelt und leer vor, weit natürlicher klang die andere, bekümmerte Frage Redosubows: »Was meinen Sie als Jurist: Wird man Balmaschew auch nicht hängen, wie man sich gescheut hat, Karpowitsch zu hängen?«

Der Tag der Versammlung beim Patron war unangenehm: Kalter Wind drang vom Chodynka-Feld in die Stadt und säte verspätete, klebrige Schneeflocken, und abends brach ein Sturm aus. Klim fühlte sich müde, krank, er wußte, daß er sich verspätete, und trieb den Droschkenkutscher ärgerlich zur Eile an, dieser aber hüpfte, vom Schnee geblendet, auf dem Bock herum, beantwortete das Antreiben des Fahrgastes mit philosophischem Schweigen und redete dem Pferd zu: »Lauf doch, du dumme Trine, wir fahren nach Hause!«

Und dennoch muß man dafür leben, damit diese Leute etwas bedeuten, dachte Samgin unwillkürlich, und davon wurde ihm noch kälter und langweiliger.

Die Wohnungstür des Patrons wurde gewöhnlich vom Dienstmädchen, einer süßlichen alten Jungfer geöffnet, diesmal jedoch öffnete sie der Kammerdiener Sotow, ein etwa fünfzigjähriger ehemaliger Matrose mit dem blaurasierten, aufgeschwemmten Gesicht eines feisten Mönchs und mißtrauisch mürrischem Blick.

»In den Salon, bitte«, forderte er Samgin auf und schüttelte den nassen Mantel ab. Samgin blieb eine Weile vor der Eichentür stehen und putzte die Brille, dann öffnete er vorsichtig ein wenig die Tür und schlüpfte seitlich durch den schmalen Spalt, obwohl er das dumm fand. Ihm bot sich ein Bild, das an die Freimaurersitzung in einem langweiligen Roman von Pissemskij erinnerte: In der Mitte des großen Zimmers saßen rund um einen ovalen Tisch unter einer kugelförmigen, opalenen Lampe etwa acht Personen; am Tischende – der Patron, neben ihm mit weißer, gestärkter Hemdbrust Preiß, auf der anderen Seite – Kutusow im Rock eines Ingenieurs des Verkehrswesens. Kutusows Anwesenheit wunderte Klim nicht, als hätte er schon gewußt, daß der »Mann aus der Provinz« eben gerade Kutusow sein müßte. Auf dem übernächsten Stuhl neben Kutusow saß, die Hände in den Nacken gelegt, mit tief geneigtem Kopf, in einem weiten, grauen Anzug, ein Unbekannter, den Klim zuerst für einen leeren Sessel mit Schutzüberzug gehalten hatte. Schulter an Schulter neben Preiß hatte sich ein Kahlgeschorener brüstlings auf den Tisch vorgelehnt; sein blauer Schädel ragte fast über die Tischmitte; wenn er die spitzen Schulterblätter bewegte, schien es, er wollte ganz auf den Tisch kriechen.

Die Lampe beleuchtete den Tisch und ließ das Zimmer in einem mit Tabakrauch gefüllten Halbdunkel; an der einen Wand saß, die langen Beine ausgestreckt und unnatürlich verschränkt, Pojarkow, er hatte sich wie immer tief vorgebeugt und sah zu Boden, neben ihm Alexej Gogin und ein Mann im Kamisol und mit geschmierten Stiefeln, der einem Droschkenkutscher glich; ein in einer Ecke aufflammendes Streichholz beleuchtete den Krausbart Dunajews. Klim zählte die Köpfe: siebzehn.

Er zählte nach den Köpfen, weil die meisten die Hälse zu Kutusow hinüberreckten. Aus ihrer Haltung sprach deutlich Spannung, es war, als warteten sie alle ungeduldig, wann Kutusow zu reden aufhören werde.

»Das alles haben Sie natürlich gelesen«, sagte er, und von der Zigarette in seiner Hand stieg zur Lampe eine Rauchspirale auf, die straff war wie eine Sprungfeder,

»Ja«, bestätigte sonor der Kahlgeschorene. »Haben es mit Staunen gelesen«, fuhr er fort und kroch noch weiter auf den Tisch. »Eine Organisation von Verschwörern, ein Bubenstück, Gustave Aimard, Gymnasiastenromantik«, der Opponent brach in ein künstliches Gelächter aus, und seine Kopfhaut legte sich wie eine Haube in Falten.

»Erlauben Sie«, sagte der Patron streng und klopfte mit dem Bleistift auf den Tisch. Der Kahlkopf wandte ihm das Gesicht zu und sagte mit spöttischem Lächeln: »Den Urheber dieses Streichs habe ich als ernsten jungen Mann gekannt, aber offenbar hat der Aufenthalt im Ausland...«

»Bitte den Vortragenden nicht zu unterbrechen«, sagte der Patron und blähte gekränkt die Wangen auf.

Kutusow streifte die Zigarettenasche neben dem Aschenbecher ab, dann sprach er das Klim Bekannte von den Revolutionären aus Langeweile und um Christi willen, aus Romantik und aus Abenteuersucht; er sagte spöttische Worte, aber seine Stimme klang ruhig und nicht kränkend. Sein kurzer, keilförmig gestutzter Kinnbart und der dicke, aber ebenfalls gestutzte Schnurrbart veränderten sein Bauerngesicht nicht.

Er wird es nie fertigbringen, sich so zu verkleiden, daß man ihn nicht erkennt, dachte Samgin beim Zuhören.

»Mir scheint ein neuer Typ des russischen Rebellen aufgetaucht zu sein – der Rebell aus Angst vor der Revolution. Ich habe solche Spieler gesehen. Sie sind von Natur unfähig, der ›Iskra‹, das heißt, genauer gesagt, Lenin Gefolgschaft zu leisten, da sie aber merken, daß das Klassenbewußtsein der Arbeiter zunimmt, und die Unvermeidlichkeit der Revolution einsehen, zwingen sie sich, Bernstein zu glauben...«

»Das ist nicht wahr«, sagte jemand dumpf aus einer Ecke.

»Ich kann Beispiele anführen.«

»Aus Subatows Praxis«, soufflierte jemand barsch.

Kutusow schwieg eine Weile, da er wahrscheinlich Einwände erwartete, steckte die Zigarette in den Aschenbecher und fuhr fort: »Als ich mich vor kurzem mit einem dieser Schlauköpfe unterhielt, erinnerte ich mich eines scharfsinnigen Gedankens des Geheimrats Philipp Wiegel in seinen ›Aufzeichnungen‹. Er sagt dort: ›Wir hätten vielleicht die blutige Zeit der Unruhen im Nu hinter uns gehabt, und aus dem Chaos wären längst Wohlergehen und Ordnung entstanden‹ – mit diesen Worten drückte Wiegel sein zweifellos aufrichtiges Bedauern darüber aus, daß Alexander I. nicht rechtzeitig mit den Dekabristen fertig geworden ist.«

Lächelnd in das reglose und undurchdringliche Gesicht Preißens sehend, sagte er etwas lauter: »In dem Vorwort zu Wittes Memorandum über das Semstwo versucht Struve, das Polizeidepartement durch die Vision schrecklicher Opfer zu erschrecken. Aber ich glaube, daß sich hinter diesem Voraussehen die Warnung verbirgt: Seid auf der Hut, ihr Dummköpfe! Und obwohl er ebendort rät, sich angesichts der Geschichte zu zähmen und den Selbstherrscher zu besänftigen, so ist das doch nicht anders zu verstehen als: teilt euch schleunigst mit uns in die Macht, dann werden wir euch in der Schlägerei helfen . . .«

»Erlauben Sie!« sagte Preiß schallend und erhob sich. »Ich protestiere! Dieser Ausfall gegen einen höchst talentierten . . .«

Der Patron zupfte ihn am Ärmel und flüsterte ihm mürrisch etwas ins Ohr, während Kutusow, als hätte er den Zwischenruf nicht gehört, fortfuhr: »Ich bin vollkommen überzeugt, daß wir schon nicht wenige Revolutionäre haben, die sich beeilen, das Drama in Szene zu setzen, damit sie um so eher das Idyll genießen können . . .«

»Das richtet sich gegen Sie selbst, gegen Lenin«, rief entzückt der Kahlgeschorene. »Denn er . . .«

»Lenin eilt nicht«, sagte Kutusow. »Er behauptet einfach, es sei notwendig, unter den Arbeitern, den Intellektuellen Meister und Künstler der Revolution zu erziehen.«

»Einfluß der Volkstümler! Helden, Menge . . .«

»Verschwörungen anzetteln, hoho!«

Mehr als die Hälfte der Anwesenden schrie gleichzeitig. Samgin konnte sich nicht klar werden, ob es ihm angenehm oder unangenehm war, so viele Leute zu sehen, die von Kutusow gereizt und gekränkt waren.

Eine dumpfe Stimme, die den Lärm übertönte, rief aus einer Ecke: »Das war ganz richtig gesagt. Viele stecken ihre Nase deshalb in die Revolution, weil sie vor dem Leben Angst haben. Wie Hammel nachts bei einem Brand stürzen sie sich direkt ins Feuer.«

Der Patron mahnte, mit der Hand auf den Tisch schlagend, vergebens: »Meine Herrschaften! Ord-nung!«

Man hörte nicht auf ihn. Kutusow klebte mit der Zunge eine geplatzte Zigarette zu, und Pojarkow rief über seine Schulter zu Preiß hinüber: »Ja, es muß eine Organisation geschaffen werden, die fähig wäre, in jedem gegebenen Augenblick alle revolutionären Kräfte, alle Ausbrüche zusammenzufassen, Kämpfer für den entscheidenden Kampf zu erziehen und zu vermehren – das ist es! Dunajew, Genosse Dunajew . . .«

Dunajew wurde von zwei Klim unbekannten jungen Leuten, deren einer ein Kamisol trug, an die Wand gedrückt; sie redeten um die Wette auf ihn ein, er hingegen lachte und sagte in gedehntem, neckendem Ton: »Ja, wirklich?«

Der Mann im Kamisol sagte Dunajew heiser ins Gesicht: »Die Bauernschaft wird euch überschwemmen, wie Zieselmäuse.«

»Was Sie nicht sagen! Werden die Hammel verbrennen? Meinetwegen. Was würde es schaden? Der Rauch wird dichter werden, es wird stinken. Schaden aber wird es keinen geben.«

Besonders erregt war der Kahlkopf, er machte sich auf dem Tisch breit, wobei er sich auf den Ellenbogen stützte und die rechte Hand Kutusows Gesicht entgegenstreckte. Die blaue Kugel seines Kopfes befand sich jetzt unmittelbar unter der opalenen Kugel der Lampe, wie eine komische und unheimliche Wiederholung von ihr. Samgin hörte nicht, was er sagte, merkte aber an seiner Stimme, daß er persönlich und bitter gekränkt war. Deutlich hörbar war jedoch die trockene Stimme Preißens: »Ich hätte nie erwartet, daß Sie – Sie! – so weit kommen würden, die künstliche Fabrikation irgendwelcher Sturmvögel zu propagieren, und daß Sie überhaupt . . .«

Vor Aufregung verdoppelte er die Anfangssilben einzelner Wörter. Kutusow sah ihn lächelnd an und ließ den Rauch höflich durch den Mundwinkel zur Seite des Patrons hinüber, der sich mit der Hand dagegen wehrte; sein Gesicht war hoffnungslos, er rieb sich mit dem Bleistift am Kinn und sah den blauen Schädel an, der vor ihm schaukelte. Pojarkow schrie wütend: »Evolution? Ersticken werden Sie in dieser Evolution, jawohl! Das ist Lakaientum der Wirklichkeit gegenüber, ihr aber muß man die Knochen brechen.«

Das Wort »Wirklichkeit« stieß er zwischen den Zähnen hervor und gliederte es nach Silben, wobei die Silbe »lich« wie ein Schimpfwort klang, sein Gesicht wurde fleckig, und die Augen glänzten wie Fischschuppen.

Dunajew hält ihn am Riemen wie einen bösen Hund, stellte Klim fest.

»Wir erfahrenen Männer des gesellschaftlichen Lebens«, sagte mit kräftigem Baß und entrüstet der Patron.

Man hörte nicht auf ihn. Die im Zimmer verstreuten Leute traten aus dem Halbdunkel und den Ecken, sie näherten sich allmählich irgendwie gegen ihren Willen dem Tisch. Der Kahlkopf stellte sich auf die Beine und erwies sich als lang, flach und in der Gestalt dem Diakon ähnlich. Jetzt sah Samgin sein Gesicht, das Gesicht eines Menschen, der gleichsam gerade erst irgendeine schwere, auszehrende Krankheit überstanden hat, aus kleinen Knochen zusammengesetzt und mit greisenhaft gelber Haut bedeckt; in den dunklen Augenhöhlen funkelten kleine, schmale Augen.

»Fanatismus! Awwakumismus! Die bayrische Bauernschaft hat bewiesen ... Der ländliche Sozialismus Italiens ...«

Er kreischte und verlas exakt die Überschriften eines Konzepts, die er zusammenhanglos herausschrie. Seine Arme waren im Vergleich zum Rumpf kurz, er stieß mit den Ellenbogen die Luft beiseite, und seine Hände baumelten wie ausgerenkt. Kutusow widersprach ihm rauchend halblaut, lustlos und kurz. Klim hörte ihn nicht und ärgerte sich – er hätte sehr gern gewußt, was Kutusow sagte. Wenn viele zugleich sprachen, stumpfte das Samgins Aufmerksamkeit stets etwas ab, und dann achtete er weniger auf die Worte als auf das Mienenspiel.

»Meine Herrschaften!« rief der Kahlgeschorene. »›Ein schweres Kreuz zu tragen ward beschieden uns!‹ Jeder von uns ist ein Sklave, der mit der Kette der Vergangenheit an den schweren Wagen der Geschichte geschmiedet ist; wir sind Zuchthäusler, die zur Arbeit im Schoße der Erde verurteilt sind ...«

»Erlauben Sie, ich bin nicht einverstanden!« erklärte der Mann im grauen Anzug und mit einer Brille im Tatarengesicht. »Der Sprung aus dem Reich der Notwendigkeit ins Reich der Freiheit muß getan werden, andernfalls verschlingt uns Baal. Wir müssen uns aus unfreien Menschen in freie Arbeiter verwandeln ...«

»Das ist Ihre Sache, verwandeln Sie sich«, sagte Kutusow laut und fragte: »Was aber interessiert Sie die Arbeiterklasse, die wirklich revolutionäre Kraft?«

Er begann leiser zu sprechen und zwang dadurch die andern, ihm zuzuhören. Samgin, der im Schatten an der Wand stand, begriff, daß Kutusow etwas sagte, das gerade ihn, Samgin, entlarvte. Er sah, daß in diesem Zimmer, das von der opalenen Kugel, einer Parodie auf den Mond, dürftig erleuchtet war, sich Leute befanden, deren Verstand dem Gefühl widersprach, aber diese Menschen waren dennoch nicht so gespalten wie er, ein Mensch, dessen Gefühl und Verstand von irgendeiner unfaßlichen dritten Kraft gequält wurden, die ihn anders zu leben zwang, als er wollte. Wenn er Kutusow zuhörte, hatte er das Empfinden, der ruhige, sogar irgendwie lustlose Redefluß wirbele ihn herum und söge ihn in einen Trichter, einen Strudel hinein. Er empfand nicht zum erstenmal die hypnotische Wirkung Kutusows, hatte sie aber noch nie so stark gefühlt.

Er hat wahrscheinlich recht, dachte Samgin, als er sich an das Geschrei des Diakons über Gideon und an die Worte des Patrons von der Revolution »mit Aufwieglern, aber ohne Führer« erinnerte.

Er sah, daß die Mehrzahl der Anwesenden verstummt war, nur einige knurrten zahm, und der Geschorene lachte ab und zu ironisch. Kutusow sprach wie ein Professor zu seinen Schülern.

»Ich verstehe: Alle suchen nach den Schlüsseln zu den Geheimnissen des Lebens und geben vor, dieses Suchen sei eine ernste Sache. Aber sie finden die Schlüssel nicht und bedienen sich idealistischer Nachschlüssel, Dietriche und allerhand anderer Diebswerkzeuge.«

»Vulgär!« rief der Geschorene, stampfte mit dem Fuß auf und beugte sich vor, als fiele er um. »Die Wissenschaft . . .«

»Ich spreche nicht von den positiven Wissenschaften, der Quelle der Technik, die dem arbeitenden Menschen seine Zuchthausarbeit erleichtert. Was aber das Vulgäre anbelangt, so erhebe ich keinen Anspruch auf Feinheit. Ich bin ein ungeschliffener Mensch, damit müssen Sie sich abfinden.«

Kutusow klopfte beim Sprechen mit einem Finger der linken Hand auf den Tisch und knetete mit den Fingern der rechten eine Zigarette, die wahrscheinlich zu fest gestopft war. Von ihr rieselte Tabak auf den Tisch, und der Patron beobachtete mit nörglerisch vorgeschobener Unterlippe mißbilligend diese Operation. Als Kutusow die Zigarette geknetet hatte, holte der Patron das Taschentuch hervor und wedelte den Tabak vom Tisch zu sich auf die Knie. Kutusow sah ihm interessiert zu, und Samgin kam es vor, als wären die Ohren des Patrons rot geworden.

»Da wir revolutionär denken, scheuen wir uns natürlich nicht, wie das gewisse andere tun, gesetzwidrig zu handeln. Aber wir sind gegen die ›Explosionsmacherei‹, wie ein Genosse sich ausdrückte, und gegen Duelle mit Ministern. Helden für eine Stunde sind reizvoll in Romanen, das Leben aber fordert mutige Männer der Tat, die begreifen, daß die große Sache der Arbeiterklasse ihre ureigene historische Aufgabe ist . . .«

»Sie sind ein Prophet angeblich unbestreitbarer Wahrheiten«, rief der Geschorene. Er sprach schnell, verschluckte seine Worte, und Samgin konnte ihn nicht verstehen, Kutusow aber machte eine abwehrende Bewegung mit seiner breiten Hand und sagte: »Das stimmt nicht, werter Herr, die Kultur geht tatsächlich zugrunde, aber nicht infolge der Mechanisierung des Lebens, wie Sie zu sagen beliebten, nicht durch die Technik, deren kulturelle Bedeutung Ihnen offenbar nicht klar ist – sie geht zugrunde infolge der idiotischen Psychologie der Bourgeoisie, infolge der Habsucht der Spießer und Krämer, die die Liebe zur Arbeit töten. Und – ich wiederhole das nochmals: Ihr großartiger, rebellischer Mensch trachtet nur deshalb nach Sturm, weil er, dieser Spitzbube, nach dem Sturm Ruhe zu finden hofft. Das ist vielleicht berechtigt, aber bis zur Ruhe ist es noch weit. Ich persönlich bezweifle, daß sie möglich ist und daß der Mensch sie braucht.«

Kutusow erhob sich, nahm eine silberne Uhr, dick wie eine Zwiebel, aus der Tasche, warf einen Blick darauf und wog sie in der Hand.

»Jedoch – ist es nicht Zeit, mit diesen ›mikroskopischen Seelenbelustigungen‹ aufzuhören? So betitelt sich ein altertümliches Buch über die Hydra, einen höchst primitiven und blinden Organismus.«

Samgin rückte unauffällig der Tür näher; er wünschte keine Begegnung mit Kutusow und noch weniger mit Pojarkow und Dunajew. Im Zimmer wurde wieder stürmisch geschrien, und jemand entrüstete sich: »Als mikroskopische Belustigungen bezeichnen Sie . . .«

Auf der Straße war es öde und unangenehm still. Die gewaltige Stadt war um Mitternacht zur Ruhe gekommen. Der Laternenschein beleuchtete schmutziggelbe Wolkenfetzen. Der Schnee taute und strömte schon den Geruch von Frühlingsfeuchtigkeit aus. Sanft fielen Tropfen von den Dächern und erinnerten an das Geräusch an der Fensterscheibe aufschlagender Nachtfalter.

Samgin schritt langsam, als fürchtete er, im Gehen alles zu verschütten, womit er angefüllt war. Einen großen Teil von Kutusows Ausführungen hatte Klim schon dutzendmal gelesen und aus dem Mund verschiedener Leute gehört, bei Kutusow aber gewannen diese Gedanken irgendwie Knappheit und das Gewicht des Urquells. Samgin sah Kutusow vor sich, dicht umringt von erregten, feindlich gesinnten Menschen, herausfordernd ruhig, von seiner Kraft überzeugt – das erweckte wie immer Neid und zugleich Sympathie.

So muß man verstehen, den Menschen Widerstand zu leisten . . .

Er stellte sich Kutusow inmitten der Arbeiter vor, die ungern in den Kreml zogen.

Wie hätte er sich in diesem Fall verhalten?

Das konnte er sich nicht vorstellen, dachte aber, daß viele Arbeiter sicherlich nicht zum Denkmal des Zaren gegangen wären, wenn dieser Mensch bei ihnen gewesen wäre. Dann wurde sein Gedächtnis wieder wach und stellte neben Kutusow den jungen Mann mit den blauen Augen und dem schuldbewußten Lächeln; dann den Patron, welcher demonstrativ den Tabak mit dem Taschentuch vom Tisch wegwedelte; dann den ungeheuerlich dick gewordenen Warawka und noch viele andere Leute. Kutusow verlor nicht den Kopf unter ihnen, er hätte ihn auch nicht auf dem Land, mitten unter den unfreundlich gesinnten Bauern verloren, die das Korn aus dem Speicher schleppten.

Nein, ihn kann man nicht als Sklaven bezeichnen, der ›an den schweren Wagen der Geschichte geschmiedet ist‹ . . .

Nun bedauerte Samgin zum erstenmal bitter, daß er keinen Menschen hatte, mit dem er offen über sich selbst hätte sprechen können.

Kurz vor seinem Haus überholte ihn ein Mann in schwarzem Mantel mit Metallknöpfen und einer tief in die Augen gezogenen Beamtenmütze, überholte ihn, sah sich um, blieb stehen und sprach mit der Stimme Kutusows: »Samgin? Guten Abend. Ich sah Sie dort, bei diesem Stier, und wollte zu Ihnen gehen, aber Sie waren plötzlich verschwunden«, Kutusow sagte es mit verhaltener Stimme und sah sich in der menschenleeren Straße um. »Ich will ja zu Ihnen, das heißt nicht zu Ihnen, sondern zur Somowa . . .«

»Sie ist verhaftet«, sagte Samgin sehr leise, denn er fürchtete, Kutusow könnte seinem Ton ein Gefühl anmerken, das er nicht zu merken brauchte – Samgin wußte selbst nicht, was für ein Gefühl das war.

Kutusow blieb jäh stehen und stieß ihn mit Schulter und Ellenbogen an.

»Teufel . . . Wann? Warum haben Sie es mir dort nicht gesagt?«

Er nahm die Mütze ab, ging sehr rasch weiter und fragte: »Sie ist krank? Eine abscheuliche Geschichte! Tja . . . Wo soll ich denn übernachten? Sie hatte mir geschrieben, sie würde mir ein Nachtquartier verschaffen. Wäre das nicht bei Ihnen?«

»Wahrscheinlich«, sagte Klim.

»Vielleicht paßt es Ihnen aber nicht? Sagen Sie es offen.«

»Hier«, sagte Samgin, lehnte sich an die Eingangstür und drückte auf den Klingelknopf.

»Anscheinend reine Luft«, brummte Kutusow, sich umsehend. »Ich heiße – für Ihre Hausangehörigen – Jegor Nikolajewitsch Ponomarjow, werden Sie es nicht vergessen? Mein Ausweis ist einwandfrei.«

»Ich denke, meine Frau wird Sie erkennen . . .«

»Hm . . . sie wird mich erkennen?« murmelte Kutusow, der im Vorzimmer ablegte. »Na, und das Monument, das uns die Tür öffnete, wird es sich nicht über einen so späten Gast wundern?«

»Sie ist das gewöhnt«, sagte Samgin und ertappte sich bei dem Wunsch anzudeuten, daß konspirative Angelegenheiten für ihn nichts Neues seien.

»Ljubascha ist also geschnappt worden?« fragte Kutusow beim

Betreten des Speisezimmers und schaute sich um. »Schon zweimal ist es mir nicht geglückt, sie zu treffen, bald war ich verhaftet, bald sie! Das ist jetzt das drittemal. Verteufelt dumm!«

Samgin kam es vor, als höre er aus Kutusows Worten so etwas wie Verzagtheit heraus, und bedauerte, daß er sein Gesicht nicht sehen konnte, Kutusow stand mit geneigtem Kopf da und musterte die Zigaretten in der Schachtel.

Samgin schlug ihm vor, etwas zu essen.

»Mit Vergnügen, aber ohne Bedienung, nicht wahr? Dort wurden Tee, belegte Brötchen und kalte Koteletts aufgetischt, aber ich . . . beeilte mich zu gehen. Dieser kurze Abend gehört nicht zu den geglückten.«

»Wer ist dieser Kahlgeschorene?« fragte Klim.

»Er war mal was. Einstmals ein namhafter Mann.«

Er nannte einen Namen, der Klim nichts sagte. Als Klim das Zimmer seiner Frau betrat, sah er, daß sie sich hastig anzog.

»Was ist geschehen? Wer ist das?« flüsterte sie beunruhigt. »Ach, ich entsinne mich, das ist der Sänger, von dem Ljubascha so entzückt war. Will er etwas essen? Geh, ich komme gleich!«

Aber Samgin beeilte sich nicht, ins Speisezimmer zurückzugehen, sondern ging zusammen mit ihr.

»Oh, guten Abend, Nixe! Ich habe Sie an den Augen erkannt«, begrüßte Kutusow lebhaft und freundlich Warwara. »Entsinnen Sie sich, wir tanzten auf der Abendgesellschaft bei dem schiefzahnigen Kaufmann – wie hieß er doch?«

Samgin kam die Lebhaftigkeit des Gastes gekünstelt vor, aber er dachte mit Ärger über sich selbst daran, daß er Ljutow hundertmal gesehen hatte, ohne die schiefen Zähne zu bemerken, dabei stimmte es – die Zähne waren schief! Fünf Minuten später hörte er mit Erstaunen, aber ohne Vergnügen, wie Warwara sachlich sagte: »Wir werden natürlich überwacht, aber morgen werde ich Ihnen zwei vollkommen einwandfreie Wohnungen angeben . . .«

»Im Ernst? Für zwei Wöchlein, ja?«

»Das geht.«

Kutusow aß mit Genuß Sardinen und Käse, trank Rotwein und benahm sich so ungezwungen, als wäre er nicht zum erstenmal in diesem Zimmer und Warwara eine alte und gute Bekannte von ihm.

Sie benimmt sich wie eine Provinzlerin vor einer berühmten Persönlichkeit aus der Hauptstadt, dachte Samgin, der sich überflüssig und gleichsam in der Luft hängend vorkam. Er sah aber sehr wohl, daß Warwara ein flottes, ja sogar keckes Gespräch führte und Kutusow geschickt ausfragte. Der Gast antwortete ihr gern.

»Die Verbannung? Sie ist dazu da, damit man eine Zeitlang nachdenkt und lernt. Ja, das ist etwas langweilig. Viertausendsiebenhundert Einwohner, die niemand braucht und die auch sich selbst nicht brauchen, hilflose Menschen; sie sind um dreißig oder fünfzig Jahre hinter den großen Städten zurückgeblieben und sind samt und sonders vom Unwissenheitsskeptizismus infiziert. Aus Langerweile benehmen sie sich schrullig. Sie trinken. In den Winternächten kommen die Wölfe in die Stadt ...«

Die Anfimjewna brachte zu Klims Mißvergnügen den Samowar herein, und Warwara fragte beim Teeaufbrühen: »Was werden denn diese Überflüssigen während der Revolution machen?«

»Revolution ist nicht morgen«, antwortete Kutusow, wobei er den Samowar mit sichtlichem Verlangen ansah und seinen Bart mit der Serviette abwischte. »Bis dahin werden wahrscheinlich einige sich in Menschen verwandeln, die fähig sind, irgend etwas Vernünftiges zu tun, die meisten aber werden, wie anzunehmen, sich der Revolution passiv oder aktiv widersetzen und dabei zugrunde gehen.«

»Bei Ihnen ist alles einfach«, sagte Warwara scheinbar beifällig. Samgin murmelte mürrisch: »Na, das ist nicht sehr einfach.«

»Was denn sonst?« fragte Kutusow lächelnd. »In der Revolution – ich meine, in der sozialen – wird das Gesetz der Logik vom ausgeschlossenen Dritten erbarmungslos in Kraft treten: ja oder nein.«

Samgin wollte sagen: das ist grausam, und hätte gern noch vieles gesagt, aber Warwara fragte den Gast immer begieriger aus und war aus irgendeinem Grund bereits erregt. Kutusow trank mit Genuß Tee und sprach etwas zu freundlich: »Welche Rolle kann denn eine Religion spielen, aus der die Praxis des Lebens schon längst und vollständig jegliche Moral gestrichen, beseitigt hat?«

»Idealismus ist die Grundeigenschaft der menschlichen Seele«, setzte ihm Warwara mit rotem Gesicht und funkelnden, halb zugekniffenen Augen zu.

»Der Arbeiterklasse ist philosophischer Idealismus feind; das Vorhandensein irgendwelcher geheimen und unerkennbaren Kräfte außerhalb seiner selbst, außerhalb seiner Energie kann und darf der Arbeiter nicht anerkennen. Ihm genügt sozialer Idealismus, und auch dieser wird nicht ohne Vorbehalte hingenommen.«

Samgin überlegte: Bei ihm ist jeder Gedanke ein Glied der Kette, mit der er an seinen Glauben geschmiedet ist. Ja, er ist ein starker Mensch, aber ...

Aber – er wollte gern mit Kutusow streiten. Zum Streiten war jedoch außer dem Wunsch zu streiten ein eigenes »System von Sätzen« notwendig, und außerdem störte noch etwas. Was?

Beim Nachdenken entging Samgin ein Teil des Gesprächs. Warwara fragte schon: »Sind Sie Jäger?«

»Ich habe es versucht, konnte mich aber nicht dafür begeistern. Ich zerschoß einem Wolf das Rückgrat, das Tier tat mir leid, es quälte sich entsetzlich. Ich mußte ihm den Rest geben, und das ist schon ganz schlimm. Ich ging Birkhähne bei der Balz schießen, interessierte mich aber so sehr für den Liebesbrauch der Vögel, daß ich nicht zum Schießen kam. Auch muß ich gestehen, daß ich keine Lust dazu hatte. Eine erstaunliche Sache, dieses Balzen!«

Klim wurde es immer peinlicher und kränkender, zu schweigen, doch das Gespräch seiner Frau mit dem Gast verwandelte sich in einen Wettstreit, schon nicht mehr mit Worten: In Kutusows Blick schimmerte ein träumerisches Lächeln, Samgin fand es verschmitzt, verführerisch. Dieses Lächeln spiegelte sich auch in Warwaras weitgeöffneten und gespannt aufmerksamen Augen; so schaut wahrscheinlich eine Frau, wenn sie etwas für sie Wichtiges erwägt und entscheidet. Samgin gab seinem Ärger nach und sagte: »Die Wölfe tun Ihnen leid, über die Menschen aber denken Sie sehr vereinfacht und erbarmungslos.«

Kutusow lächelte, sich Rotwein eingießend.

»Und Sie, Individualist, rebellieren immer noch?« fragte er etwas gelangweilt und seufzte. »Die Menschen? Die haben selbst ihre gegenseitigen Beziehungen idiotisch erbarmungslos gestaltet, das werden sie auch grausamst zu bezahlen haben.«

Er wiederholte den Klim bekannten Satz: »Die giftige Bitternis der Wirklichkeit läßt sich nicht durch Humanismussirup versüßen, zudem hat ihr Zynismus längst alle Evangelien vernichtet.«

An Kutusows Gesicht war zu erkennen, daß ihn Müdigkeit übermannte, er rekelte sich sogar unschicklich in Gegenwart einer Dame und so, daß die Gelenke seiner in den Nacken gelegten Hände knackten.

Die glückliche Fähigkeit eines obdachlosen Vagabunden, sich überall zu Hause zu fühlen, stellte Samgin fest.

Warwaras Aufmerksamkeit jedoch regte Kutusow sichtlich an, er begann wieder lebhaft zu sprechen: »Die bürgerliche Gesellschaft ist am Verrecken, sie fängt vom Kopf an zu faulen. Im Westen ist das verständlich, man hat dort viel gearbeitet und ist erschöpft, bei uns dagegen scheint die Dekadenz verfrüht zu sein. Der Dekadente ist bei uns rundlich, satt, rotwangig und – unbegabt. Man trifft bei uns keine Verlaines.«

Er trank in einem Zug den durch den Wein gekühlten Tee aus und wischte die Lippen mit einem zerknüllten Taschentuch ab.

Samgin dachte über Kutusow weiterhin feindselig, ertappte sich aber bereits dabei, daß er aus Notwehr so dachte, ohne in seine Gedanken Bosheit oder Ironie hineinzutragen, sogar als ob er etwas in sich vergewaltige.

»Die Parole der herrschenden Klassen lautet: Zurück zu jeglicher Primitivität in der Literatur, in der Kunst, überall. Erinnern Sie sich an die Aufforderung ›Zurück zu Fichte‹? Das ist der Schrei eines erschreckten Scholastikers, der mechanisch allerhand Ideen und Schrecknisse aufnimmt, und natürlich ruft man auch: Weiter – zur Kirche, zu Wundern, zum Teufel, einerlei wohin – nur weit weg von der Vernunft der Geschichte, weil sie den Leuten, die fremde Arbeit ausbeuten, immer feindlicher wird.«

Warwara versteckte die Augen unter den Wimpern und sagte: »Ja, man merkt sehr, daß das Irrationale die Menschen verlockt, wenn auch vielleicht nicht aus dem Grund, den Sie anführten . . .«

»Sondern aus welchem?« fragte Kutusow lässig.

»Es ist langweilig, vernünftig zu sein«, antwortete Warwara nach kurzem Zögern und fügte seufzend hinzu: »Die Menschen haben Verlangen nach Unsinnigem . . .«

Kutusow zuckte die Achseln.

»Kann man sich denn etwas Unsinnigeres als die Wirklichkeit ausdenken?«

»Ja«, sagte Samgin laut und wurde aus irgendeinem Grund verlegen. »Doch wäre es nicht Zeit für Sie, sich auszuruhen?« schlug er vor.

Eine halbe Stunde später saß er im Dunkeln in seinem Zimmer und sah auf einen Lichtstreifen im Spiegel: Das Licht fiel aus dem Spalt der halboffenen Tür auf das Glas und zeigte zur Hälfte einen Mann in Nachtwäsche, er saß auch auf dem Diwan, hatte sich vorgebeugt, hielt einen Schuh am Schnürsenkel und schaukelte ihn hin und her, als überlegte er, wohin er ihn werfen solle. Mit der Faust der rechten Hand schlug er sich lautlos aufs Knie. So saß er etwa eine Minute da. Dann ließ er den Schuh zu Boden sinken, nahm die Jacke vom Stuhl, breitete sie auf den Knien aus, nahm ein Päckchen Papiere aus der Tasche und sah sie durch, und nachdem er zwei von ihnen in kleine Stücke zerrissen hatte, preßte er sie in der Faust zusammen und sah sich um, wobei er sich so fest auf die Lippen biß, daß sein Spitzbart sich aufrichtete und die Brauen sich zu einer Linie schlossen. Sein Gesicht sah unkenntlich finster aus. Der offene Hemdkragen zeigte einen sehr weißen, muskulösen Hals und Halbkreise der Schlüsselbeine, die Hufeisen ähnelten. Seine Augen hatten sich gerundet, zweifellos biß er die Zähne zusammen, die Kiefer traten scharf hervor. Es war klar, daß Kutusow von einem sehr starken Gefühlsausbruch übermannt worden war, wahrscheinlich Zorn oder Kummer. Jetzt stand er auf und wurde in ganzer Größe im Spiegel sichtbar, dann verschwand er, und es war zu hören, daß er den Fenstervorhang zurückschob.

Als Samgin den Mann im Nebenzimmer beobachtete, begriff er, daß dieser Mann Schmerz empfand, und kam ihm innerlich näher. Schmerz bedeutet Schwäche, und wenn man jetzt, im Augenblick der Schwäche, zu dem Mann hinginge, so würde er vielleicht mit äußerster Klarheit jene Kraft enthüllen, die ihn zwingt, das Wolfsleben eines Vagabunden zu führen. Es war unmöglich, unsinnig, anzunehmen, daß er diese Kraft aus Büchern, aus dem Verstand schöpfte. Ja, nun zu ihm hingehen und offen, ohne etwas auszulassen mit ihm über ihn und über sich selbst sprechen. Auch über die Somowa. Er scheint in sie verliebt zu sein.

Ich bin dreißig Jahre alt, brachte Klim sich in Erinnerung. Ich bin kein junger Mann, der nicht zu leben weiß ...

Als er aber seine Eigenliebe geweckt hatte, begann er darüber nachzudenken, was ihn zu einem Menschen gerade dieses »Systems von Sätzen« hinzog.

Vererbung?

Er lächelte ironisch, als er sich des Vaters, der Mutter und des Großvaters erinnerte.

Die Eindrücke der Kindheit?

Kutusow zog den Vorhang zu und tauchte – groß, weiß, mit sehr strengem und traurigem Gesicht – wieder im Spiegel auf. Er strich sich mit beiden Händen über den geschorenen Kopf, und als er das Licht gelöscht hatte, verschwand er in der Dunkelheit, die noch tiefer war als jene, die Samgins Zimmer füllte. Klim stand auf und ging auf Zehenspitzen auch ans unverhängte Fenster. Die Laterne brannte wie immer, und wie immer schimmerte in ihrem Licht die schmutzige, feuchte Mauer.

Das ist sehr sonderbar – ein Mensch, der nicht weiß, daß er von einem anderen beobachtet wird. Wahrscheinlich wäre auch ich ... nicht so erschienen wie er, natürlich.

Ins Schlafzimmer zu gehen, hatte er keine Lust, denn möglicherweise schlief seine Frau noch nicht. Samgin wußte, daß alles, wovon Kutusow gesprochen hatte, Warwara zuwider war und daß die aufmerksame Miene, mit der sie ihm zuhörte, unecht war. Er erinnerte sich, wie sie, als er ihr sagte, daß sogar in einer der »Regierungsmitteilungen« die Existenz einer revolutionären Bewegung zugegeben worden sei, erstaunt gefragt hatte: »Wirklich? Solche Idioten ...«

Als Samgin sich am Morgen angezogen hatte und das Speisezimmer betrat, hatten seine Frau und Kutusow schon das Haus verlassen, und am Abend fuhr Warwara nach Petersburg, um sich wegen ihrer Verlagsangelegenheiten umzutun. Nach ein paar in trübsinniger und gereizter Stimmung verbrachten Tagen reiste Samgin auch ins Gouvernement Kaluga, fuhr eine Woche lang auf Nebenstraßen durch Felder und Wälder, besuchte ein paar verschlafene Städtchen, ermüdete körperlich und beruhigte sich. Auf dem Heimweg blieb er auf einer Poststation stecken, wo sich keine Pferde vorfanden, und verlangte einen Samowar, und während man noch das Teegeschirr herrichtete, setzte zögernd feiner Regen ein, dann wurde er dichter, hartnäckiger und stärker, blaue Blitze flammten auf, es donnerte, der Wind schnaubte im Ofenrohr wie ein zorniges Roß und peitschte den strömenden Regen gegen die Fensterscheiben. Mitten in Regen und Donner fuhr jemand an der Freitreppe der Station vor, ein Blitz beleuchtete im Fenster den nassen Kopf eines Rappen; die Tür öffnete sich weit, und auf der Schwelle stand, sich wie ein Hahn schüttelnd, ein Mann in kariertem Umhängemantel und blies die Regentropfen aus seinem dichten, hellen Schnurrbart. Dann trat er zur Seite, ließ eine Frau vor und brüllte mit zornigem Baß: »Ich habe doch gesagt, wir schaffen es nicht...«

Der Rüffel eines Ehemanns, dachte Klim.

»Samgin? Sie?« rief schrill und wie erschreckt die Frau aus, die ihren Kopf aus der durchweichten Kapuze des Segeltuchmantels zu befreien suchte und das schnurrbärtige Gesicht des Gefährten verdeckte. »Ja«, sagte sie zu ihm, »aber fahren Sie rasch, sofort!«

Der Mann kehrte ihr den Rücken, der wie Dachblech glänzte, und verschwand mit lautem Türknall, während Marja Iwanowna Nikonowa den nassen Mantel von ihren Schultern löste und lebhaft sagte: »So ein Platzregen! In fünf Minuten keinen einzigen trockenen Faden mehr!«

Samgin merkte sofort, daß sie nicht aussah wie sonst, und das war ihm wie immer unangenehm: Er konnte es nicht ausstehen, wenn Menschen aus dem Rahmen jener Vorstellungen fielen, in welche er sie gestellt hatte. Darin, daß sie ihn mit dem Familiennamen angeredet hatte, lag etwas Schwungvolles, Familiäres, das ihrer gewohnten Bescheidenheit widersprach, und als sie sich mit ihren kleinen Händen über das feuchte Gesicht strich, erblickte Samgin ein ihm unbekanntes, breites und freundliches Lächeln. Sie hatte nie so gelächelt, und Samgin hegte den Verdacht, die Nikonowa habe dieses neue Lächeln als Maske über ihr Gesicht gezogen. Auf der Station kannte man sie; eine wohlbeleibte Frau, von der sie mit Vor- und Vatersnamen angeredet wurde, führte sie unter teilnahmsvollem Ächzen irgendwohin, und in etwa zehn Minuten kehrte die Nikonowa in buntem Rock und roter Jacke zurück, die sie wahrscheinlich auf den bloßen Leib gezogen hatte; um den Kopf hatte sie ein gelbes, geblümtes Tuch gebunden. Diese Tracht verjüngte die Nikonowa, ihr regengepeitschtes Gesicht hatte sich stark gerötet, die Augen glänzten lustig.

»Nun, bewirten Sie mich, ich friere!«

Als sie aber ein wenig zugesehen hatte, wie ungeschickt Samgin am Samowar hantierte, nahm sie ihm die Teekanne aus der Hand.

»Das können Sie nicht.«

Nachdem sie sich Tee eingegossen hatte, schnitt sie sich Brot ab, wobei sie nach Bauernart den Laib an sich drückte; die Brüste störten. Darauf steckte sie den Jackensaum ungeniert unter den Rockbund, wodurch die Brüste plastischer hervortraten. Samgin warf einen Seitenblick darauf und fragte: »Wer begleitete Sie – Ihr Mann?«

»Nein. Der Gutsverwalter der Bekannten, bei denen ich zu Besuch war.«

»Ist er Offizier?«

Mit dem Zerlegen eines Brathuhns beschäftigt, blickte sie Samgin flüchtig an. »Sieht er denn wie eine Militärperson aus?«

»Ja. Ich glaube ihn schon irgendwo gesehen zu haben.«

»Sascha, geben Sie mir ein Umlegetuch«, rief die Nikonowa, nachdem sie mit der Faust gegen die Bretterwand geklopft hatte.

Der Wind fauchte und pfiff, der Donner dröhnte und brachte die Flamme der Hängelampe zum Zittern; die Fensterscheiben schimmerten bläulich im Schein der Blitze, der Regen peitschte immer wütender.

»Wir sitzen hier wie auf dem Grund eines brodelnden Kessels«, sagte die Frau leise.

Samgin stimmte ihr zu.

»Ja, so sieht es aus.«

Sie verstummten. Samgin begriff, daß es unhöflich war, zu schweigen, aber irgend etwas hinderte ihn, mit dieser Frau in dem gewohnten dozierenden Ton zu sprechen; sie wiederum sah ihn ab und zu fragend an, als warte sie darauf, was er sagen werde, und meinte, ohne es abzuwarten, mit einem Seufzer: »Das wird lange dauern! Man wird wohl hier übernachten müssen. In solchen Nächten oder im Winter, bei Schneesturm, fühlt man sich unnütz auf Erden.«

»Der Mensch ist niemandem nütze außer sich selbst«, entgegnete Klim, dachte bei sich: Das war dumm! und bot ihr eine Zigarette an.

»Besten Dank, ich rauche nicht.«

Sie lehnte sich mit halbgeschlossenen Augen auf dem Stuhl zurück. Ihre Brüste ragten unschicklich vor und bewegten den Jackenstoff, als wollten sie sich entblößen. Auf dem bedeutungslosen Gesicht erstarrte eine Spannung wie bei jemandem, der aufmerksam lauscht.

»Gestern wurde dort«, begann sie, mit den Augen auf das Fenster deutend, »ein Bauer beerdigt. Sein Bruder, ein Quacksalber und Pferdekurpfuscher, sagte ... zu meiner Freundin: ›Schau mal, der Mensch sät, und jedes Korn durchstößt die Erde, bringt Getreide hervor und hinterläßt noch Stroh, der Mensch selbst aber wird in der Erde verscharrt, verwest und bringt keinerlei Nutzen.‹«

Sie stand auf, trat an das angelaufene Fenster, und Samgin, der ihre nackten, buttergelben Beine ansah, sagte: »Ich liebe diese Volksweisheit nicht. Mir scheint manchmal, dem Bauern sind all die Klageschriften unserer Literaten über ihn ausgezeichnet bekannt, und er unternimmt selbst nichts, um besser zu leben, da er auf Hilfe von anderer Seite hofft.«

Sie antwortete nicht. Es erfolgte ein heftiger Donnerschlag, es war, als würde das Fenster aus der Wand herausgerissen, und die Nikonowa, in blauem Flammenlicht stehend, sah einen Augenblick wie durchsichtig aus.

»Das erschlägt einen«, seufzte sie, an den Tisch zurücktretend, und lächelte.

Klim dachte: Neu ist an ihrem Lächeln nur, daß es leicht und flüchtig ist. Diese Frau reizte ihn. Warum arbeitete sie für die Revolution, und was konnte eine so unscheinbare, unbegabte Person tun? Sie sollte Krankenschwester werden oder irgendwo in einem entlegenen Dorf Kinder im Lesen und Schreiben unterrichten. Nach kurzem Schweigen erzählte er ihr, wie die Bauern die Glocke hochgezogen und wie sie den Kornspeicher geplündert hatten. Er sprach spöttisch und mit der Absicht, sie zu kränken. Das kalte Brausen des Regens begleitete seine Worte.

»Über dieses Thema habe ich die Erzählung ›Das Seil‹ gelesen«, sagte sie. »Ich entsinne mich nicht mehr von wem sie war. Der Verfasser ist, glaube ich, eine Frau«, bemerkte sie nachdenklich, indem sie wieder ans Fenster ging, und fragte: »Was wollen Sie denn?«

In tröstendem Ton einer Älteren begann sie sehr freundlich Dinge zu sagen, die Samgin von Kind auf kannte und die ihn langweilten. Sie verfügte über etliche eigene Beobachtungen und Anekdoten, sprach aber nicht zwingend, nicht überzeugend, sondern als suchte

sie sich in dem, was sie wußte, zurechtzufinden. Ihrer leisen, sanften Stimme war angenehm zuzuhören, und das Verlangen, sie zu verspotten, verschwand. Angenehm war auch ihre Zutraulichkeit. Als sie die Hände hob, um das Kopftuch zurechtzuschieben, fing Samgin ihre Hand und küßte sie. Sie fuhr fort, ohne zu protestieren:
»Das Dorf trinkt, verarmt, stirbt aus . . .«

Samgin hörte noch eine Minute zu, dann legte er seine Hand auf ihre linke Brust, sie zuckte zusammen und verstummte. Da umarmte er sie und küßte sie auf den Mund.

»Ach, was Sie für einer sind«, rief sie, sich an ihn schmiegend, leise aus und flüsterte: »Die Leute schlafen noch nicht. Legen Sie sich hin, ich komme dann. Soll ich kommen?«

»Natürlich.«

Mit unerwarteter Kraft löste sie seine Arme und ging weg. Beim Ausziehen dachte Samgin: Einfach. Wahrscheinlich gehört es zu ihrem Pflichtenkreis, sich nach der ersten Aufforderung den Genossen hinzugeben.

Nachdem er die Lampe gelöscht hatte, legte er sich in das breite Bett in der Zimmerecke, lauschte dem unermüdlichen Plätschern und Rascheln des Regens und erwartete die Nikonowa ebenso ruhig, wie er auf seine Frau wartete, derer er sich mit einem Unterton von Ironie erinnerte. Bei einem der alten Franzosen, bei Féval oder Paul de Kock, hatte er gelesen, daß es in den intimen Beziehungen von Eheleuten Anzeichen gebe, aus denen der Mann, wenn er nicht dumm sei, stets erkennen könne, ob seine Frau in den Armen eines anderen Mannes gelegen habe. Der Franzose hatte nicht gesagt, welche Anzeichen das waren, aber in den Minuten des Wartens auf die andere Frau entschied Samgin, daß er sie in Warwaras Verhalten schon bemerkt hatte – in ihren Bewegungen zeigte sich eine schmachtende Trägheit und eine Verwöhntheit, die ihr früher nicht eigen war, so verwöhnt und anspruchsvoll konnte sich nur eine Frau benehmen, die stark und zärtlich geliebt wurde. Damit war das Abenteuer mit der Nikonowa gerechtfertigt. Dann dachte er unwillig und gleichsam aus Pflicht: Ja, so sind sie, die Frauen . . .

Das Rauschen des Regens wurde eintönig und der Stille gleich, und das beunruhigte ihn, da es auf Ungewöhnliches warten ließ. Als die Frau kam, warf er ihr vor: »Wie lange!«

»Schweigen Sie«, flüsterte sie.

Es verging eine Stunde, vielleicht zwei. Die Nikonowa drückte seinen Kopf an ihre Brust und fragte mit Worten, die er schon einmal gehört hatte: »Ist es schön mit mir?«

»Ja«, antwortete er aufrichtig.

Nach einigem Schweigen fragte sie: »Aber Sie haben natürlich keine hohe Meinung von meiner ... Sittlichkeit?«

»Wie können Sie das denken«, murmelte Samgin.

»Aber natürlich. Sie denken doch sicherlich auch wie üblich – gemäß Vernunft und nicht gemäß Gewissen.«

Samgin horchte auf, an ihren Worten war irgend etwas Gescheites. Wird etwa auch sie im Bett philosophieren, wie Lidija, oder irgendwelche sachlichen Gespräche anknüpfen, gleich Warwara? Einen Vorwurf hörte er in ihren klanglosen Worten nicht und konnte nicht sehen, was für ein Gesicht sie beim Sprechen machte. Sie rührte ihn sehr durch Zärtlichkeit, ihm schien, er hätte noch nie solche Liebkosungen erlebt, und er empfand das Verlangen, ihr besondere Worte der Dankbarkeit zu sagen. Aber er fand keine solchen Worte, sondern ließ die Hände sprechen, und die Nikonowa flüsterte: »Du bist mir seit der ersten Begegnung in Erinnerung geblieben. Entsinnst du dich – bei den Landhäusern? Du warst neben Ljutow so ein Lämmchen. Ich war damals sechzehn Jahre alt ...«

Sie nieste zweimal und flüsterte, weil sie wahrscheinlich deswegen verlegen geworden war, übertrieben beunruhigt: »Ich habe mich anscheinend erkältet. Nun, ich gehe jetzt! Nicht küssen, nicht nötig ...«

Ein paar Minuten später war sie wie eine Wolke zerronnen, und Samgin dachte: Wie sonderbar sie ist. Das hätte ich nicht erwartet.

Es tagte schon; die Fensterscheiben waren grau geworden, das Rauschen des Regens wurde vom Murmeln des Wassers übertönt, das irgendwoher in eine Pfütze floß. Am Morgen erfuhr Samgin, daß die Nikonowa bei Tagesanbruch abgefahren war, und lobte sie dafür.

Taktvoll! Als wäre sie mir nur im Traum erschienen, dachte er, als er in der Kutsche über den aufgeweichten Weg holperte, der von seidig glänzenden Feldern umgeben war. Die Sonne spielte wie ein fröhliches Kind mit der Erde: sie versteckte sich immer wieder hinter kleinen, zerrissenen Wolkenfetzen, die flockig und leicht waren wie ein saubergewaschenes Vlies. Der Wind strich liebkosend das junge Laub der Birken. Ein schmucker Eichelhäher saß auf einem kahlen Weidenzweig und sah mit bernsteingelbem Fischauge in den Silberspiegel einer von Gras umrahmten Pfütze. Die Pferde kneteten gemächlich den Schmutz und füllten die Luft mit glucksenden Lauten; opalfarbene Spritzer schossen unter den Rädern hervor. Eine Lerche sang. Die frische Luft war angenehm berauschend, und der zärtlich gewordene Samgin dachte halb im Schlaf:

> Nur der Morgen der Liebe ist schön,
> Schön ist nur die erste Begegnung.

Ein einfältiger Vers. Aber jemand hat gesagt, Poesie müsse einfältig sein ... Das Glück auch. »Das Glück bettelt auf der Brücke« – das bezieht sich auf die Bettler. Sprichwörter sind eigentlich immer boshaft. Glück ist, wenn der Mensch in Frieden mit sich selbst lebt. Das bedeutet auch: redlich leben.

Als er sah, wie geschäftig die Goldammern in dem Gesträuch am Wege herumflatterten, dachte er zum hundertstenmal: Von Kind auf hatte man ihn daheim und in der Schule, dann an der Universität mit einer Masse unnötiger, belastender Kenntnisse und Ideen vollgepfropft, dann hatte er eine Menge Bücher gelesen, und nun konnte er in dem Spinngewebe des gewaltsam angeeigneten Fremden sich selbst nicht finden ...

Sie holten einen Karren ein, auf dem bäuchlings ein langer Bauer mit verbundenem Kopf lag; das graue, dickbäuchige, mit Schmutz bespritzte Pferd schritt träge dahin. Samgins Kutscher, ein stupsnasiger Halbwüchsiger, bei dem irgend etwas an eine Taube erinnerte, richtete sich auf und rief: »He, weich aus!«

»Schaffst es«, antwortete dumpf der Bauer, ohne sich zu rühren.

»Er will nicht«, sagte der Halbwüchsige, der sich mit einem Lächeln nach seinem Fahrgast umsah. »Der hat Charakter. Er ist aus unserem Dorf, ist unterwegs, sich das Ohr annähen zu lassen; gestern, beim Gewitter, wurde ihm von einer Latte das Ohr halb abgerissen ...«

»Überhole ihn«, befahl Samgin.

Der Halbwüchsige versuchte den Karren zu umfahren, trieb dabei das eine seiner Pferde in eine tiefe Pfütze und blieb mit der Kutsche an der Radnabe des Karrens hängen; da hob der Bauer den Kopf und begann zu schimpfen: »Wohin drängelst du denn, du Halunke? Wohin?«

Dieser Zusammenstoß unterbrach Samgins leichten Gedankengang und versetzte ihn in Zorn; auf die Schulter seines Kutschers gestützt, richtete er sich auf und schrie den Bauern an. Dieser ließ mit erstauntem Blinzeln sein Pferd zurückweichen.

»Was schimpfen Sie denn? Wir haben es alle eilig ... Wir fahren nicht spazieren ...«

»Fahr los«, befahl Samgin und dachte nicht zum erstenmal: Ja, wegen solcher Tölpel ...

In dieser Stimmung war kein Platz für die Nikonowa, und zwei Wochen lang dachte er an sie nur flüchtig, in leeren Minuten, dann jedoch wuchs unauffällig der Wunsch, sie zu sehen. Aber er wußte nicht, wo sie wohnte, und machte sich Vorwürfe, daß er sie nicht danach gefragt hatte.

Schweinerei! Wie lächerlich sie mich benannt hat – ein Lämmchen. Weshalb? »Weißt du nicht, wo die Nikonowa wohnt?« fragte er seine Frau.

»Nein. Nach Ljubaschas Verhaftung habe ich auf die Mitarbeit beim Roten Kreuz verzichtet und treffe die Nikonowa nicht mehr«, antwortete Warwara und äußerte gleichgültig die Vermutung: »Vielleicht ist auch sie verhaftet worden?«

Sie ist zu faul, ein Messer zu holen, dachte Samgin, als er zusah, wie sie Buchseiten mit der Haarnadel aufriß.

Warwara war aus Petersburg auffällig hübscher zurückgekehrt; unter den Augen hatte sie jetzt interessante Flecken, die ihren grünlichen Glanz hervorhoben; das Haar hatte sie zu zwei Zöpfen geflochten und als flache Schnecken über Ohren und Schläfen angebracht, was ihr Gesicht breiter und auch schöner machte. Sie hatte weite Kleider ohne Taille mitgebracht, und als Samgin sie sah, dachte er daran, daß man ein solches Gewand sehr leicht abstreifen könne. Sie hatte auch eine für sie neue literarische Ansicht mitgebracht.

»Ein Buch darf das Leben nicht verdüstern, es muß dem Menschen Erholung gewähren, ihn zerstreuen.«

Dann erzählte sie sehr lebhaft: »Weißt du, man machte mich mit einem Künstler bekannt; ich kann nicht entscheiden, ob er talentiert ist, aber er ist bewundernswert! Er malt philosophische Bilder, möchte ich sagen. Auf einem von ihnen sind in sehr grellen Farben Schlangen oder, wenn du willst, kopflose Würmer dargestellt; jede Gestalt hat vier regenbogenfarbene Flügel, alle Gestalten sind verschlungen, zu einem Knäuel verknotet, sie durchdringen einander und strömen, wobei sie den bläulichgrauen Hintergrund fast vollständig ausfüllen. Das sind die Weltkräfte, wie sie vor der Einmischung des Verstandes waren. Das Bild heißt auch ›Die vormenschliche Welt‹. Verstehst du? Man hat im allgemeinen den Eindruck eines chaotischen, aber festlichen Spiels.«

Sie lag halb aufgerichtet, in der Pose Madame Récamiers, auf der Chaiselongue, Samgin betrachtete unter krauser Stirn hervor ihr Gesicht, ihre Figur, sie insgesamt, die bis zum letzten Zug bekannt war, und überlegte, über sich selbst befremdet: Wie hatte er sich einbilden können, diese geschäftige, egoistische Frau zu lieben?

Sie erzählt mir diesen Unsinn nur als Übung, damit sie ihn anderen gut erzählen kann. Oder einem anderen.

»Auf dem zweiten Bild sind alle Farben gedämpfter, die Gestalten nicht mehr geflügelt, sondern aufgerichtet; das Strömen, das den Eindruck wahnsinniger Geschwindigkeit vermittelte, ist verschwunden, die Hauptsache aber ist, daß auch das Bild verschwunden ist, übriggeblieben ist nur so etwas wie ein Reklameplakat einer Farbenfabrik – verschiedenfarbig trübe und tote Streifen. Das ist ›Die Welt in Gefangenschaft des Menschen‹. Der Künstler – so ein Langer, ganz aus Knochen, gelb, mit schwärzlichen kleinen Augen und sehr ungeschliffen – sagt: ›Hier sehen Sie die Wahrheit darüber, wie die Welt vom Menschen verunstaltet worden ist. Aber der Mensch hat das zu seinem Verderb getan, er ist ein Feind des freien Spiels der Weltkräfte, ein Schematisierer; in seinem Haß gegen die Freiheit schuf er Religionen, Philosophien, Wissenschaften, Staaten und die ganze Abscheulichkeit des Lebens. Bald wird er mit seiner idiotischen Technik den Vorrat an freier Weltenergie erschöpfen und in toter Unbeweglichkeit ersticken.‹«

»Das sieht wie eine Illustration zur Lehre von der Entropie aus«, sagte Samgin.

Warwara hob die Wimpern und die Brauen. »Entropie? Ich weiß nicht.«

Und fuhr fort, als prägte sie sich tatsächlich eine Schulaufgabe ein: »Dann noch ein Bild: Oben sind zwei knorrige Hände grüner Farbe mit roten Nägeln ausgestreckt, die eine hat sechs Finger, die andere sieben. Darunter kniet ein kleines Menschlein, es hat seinen zweigesichtigen Riesenkopf, der größer ist als sein Körper, von den Schultern genommen und reicht ihn mit langen, dünnen Ärmchen diesen dreizehn Fingern. Der Maler erklärte, das Bild heiße: ›In deine Hände befehle ich meinen Geist‹. Die Hände gehören jedoch dem Teufel, sein Name ist ›Verstand‹, und er ist es, der Gott getötet hat.«

Sie verstummte, sog an der Zigarette und verdeckte mit den Wimpern anmutig die Augen.

»Dieses Bild gefiel mir nicht, das kam aber wahrscheinlich daher, weil ich mich Kutusows erinnerte. Er ist übrigens glücklich: Er gefällt allen. Ist er noch in Moskau?«

»Ich weiß nicht«, sagte Samgin.

»In Petersburg gibt es weniger Interessantes als hier, aber es ist dort irgendwie schärfer, feiner. Ich würde sagen: Moskau ist tranig.«

Nachdem sie schon am ersten Tag nach der Ankunft ihre Eindrücke dargelegt hatte, kam sie nicht mehr auf sie zurück, und Samgin merkte bald, daß sie ihm nur aus Liebenswürdigkeit von ihren Angelegenheiten erzählte und nicht, weil sie von ihm Teilnahme oder Ratschläge erwartet hätte. Aber er war zu sehr mit sich selbst beschäftigt, als daß er ihr dies übelgenommen hätte.

Der Nikonowa begegnete er durch Zufall; in einer Droschke durch den Bezirk der Meschtschanka-Straßen holpernd, sah er sie plötzlich; ganz bescheiden, im grauen Kostüm, ging sie schwebend und rasch wie eine Nonne, die dessen eingedenk ist, daß ihr die Welt feind ist. Samgin war erfreut, wollte ihr sogar etwas zurufen, aber aus dem Tor eines lustig aussehenden Häuschens trat ein bärtiger, rothaariger Mann, der behutsam einen kleinen Sarg unter dem Arm trug, hinter ihm her rollte sinnlos hüpfend eine dunkle, dicke Alte heraus, der ein kleiner, runder Gymnasiast mit einem Kopf wie ein Gummiball folgte; ein spitzgesichtiger Soldat, der das Tor schloß, rief dem Droschkenkutscher zu: »He, du Tölpel, halt an!«

Samgin stand im Wagen auf, beobachtete die Nikonowa und sah, wie sie sich im Gehen umwandte, um sich die Beerdigung anzusehen, dann aber, als sie ihn bemerkt hatte, rascher weiterging.

Sie ist natürlich gekränkt.

Er drückte dem Droschkenkutscher das Geld in die Hand und eilte der Frau fast laufend nach; da er die Aktentasche unter dem Arm ärgerlich störend empfand, riß er sie unter dem Arm hervor und trug sie, wie man Koffer trägt. Die Nikonowa betrat den Hof eines einstöckigen Hauses, er hörte ihre Füße über Holz trappeln, lief in den Hof und erblickte die drei Stufen einer Außentreppe.

Wie ein Gymnasiast, dachte er bei sich.

In einer kleinen Nische des Korridors machte sich die Nikonowa leise an einem Schloß zu schaffen, an dem Geräusch war deutlich zu erkennen, daß es ein Vorhängeschloß war.

»Marija Iwanowna...«

»Ach, Sie sind es? Sie?«

»Entschuldigen Sie, daß ich so...«

Sie öffnete die Tür, aus dem Zimmer fiel Licht in den Korridor. Samgin sah, daß sie ein verlegenes, sogar erschrecktes Gesicht machte, vielleicht ein böses, sie biß sich auf die Oberlippe, und in ihren hellen Augen schillerten unfreundlich blaue Funken.

»Ich bin gekommen«, sagte er, wobei er die Aktentasche schwenkte und den Hut an die Brust drückte. »Ich habe damals nicht nach Ihrer Adresse gefragt. Aber ich hoffte, Sie zu treffen.«

Die Nikonowa sah ihn immer noch mürrisch an, aber der graue Schatten auf ihrem Gesicht zerrann, die Wangen röteten sich.

»Legen Sie ab«, sagte sie und nahm ihm die Aktentasche aus der Hand.

Als Samgin den Mantel auszog, bemerkte er, daß das Bett ebenso in der Ecke neben der Tür stand, wie es auf der Poststation gestanden hatte. Statt der Flickendecke war es mit einem gewürfelten Plaid bedeckt. Am Fußende des Bettes stand ein krummbeiniger Spieltisch mit einer Lampe und einem Haufen Bücher darauf, und über ihm hing eine Reproduktion des Christus von Gabriel Max.

»Werden Sie mir verzeihen?« fragte er, ergriff ihre Hand und küßte sie; die Hand war etwas schweißig.

»Ich werde Ihnen sogar Tee zu trinken geben«, sagte die Nikonowa und strich ihm mit der Hand leicht über Kopf und Wange. Sie lächelte, und nicht ihr gewohntes gewaltsames Lächeln, sondern ein gutes, und das brachte Klim sofort wieder zu sich.

»Fissa!« rief sie, die Tür ein wenig öffnend.

Sie lebt ärmlich, dachte Samgin, als er sich in dem Zimmer umsah, dessen Fenster in den Garten schaute; es war ein windschiefes Fenster mit vier Scheiben, die eine blinkte schon trüb, sie steckte also schon lange Jahre in dem Rahmen. Neben dem Fenster ein kleiner runder Tisch, mit gehäkeltem Deckchen bedeckt. Gegenüber dem Bett ein Ofen mit Liegestatt, in der Nähe des Ofens eine Kommode mit einer Schatulle, Fläschchen und Schächtelchen darauf und an der Wand ein Spiegel. Drei Stühle, deren manieriert gekrümmte Beine und Lehnen und durchgesessene geflochtene Sitze die Ärmlichkeit des Zimmers besonders unterstrichen.

Ja, natürlich, sie ist ein Mensch vom Schlage Tanja Kulikowas, ein einfacher, selbstloser Mensch.

Die Nikonowa stand an der Tür und flüsterte mit einer hochbusigen, schönen Frau in rosa Jacke.

»Ja doch«, sagte sie ungeduldig. »Nicht zu Hause!«

Dann trat sie auf Samgin zu und fragte: »Habe ich nicht eine behagliche, nette Höhle?«

Er ergriff ihre Hände und küßte sie mit aller Zärtlichkeit, deren er fähig war. Lyrisch stimmte ihn diese Ärmlichkeit, die unterwürfige Traurigkeit der Dinge, die es müde waren, den Menschen zu dienen, und der Mensch, der ihnen ebenso unterwürfig diente wie ein Ding. Ihm drängten sich ganz ungewöhnliche Worte auf die Zunge, er wollte sie nennen, wie er noch keine einzige Frau genannt hatte: Liebste, Schwester.

Aber er schwieg, legte die Arme um sie, schmiegte sich fest an ihre Brust und fragte sich, da er schon unbestimmte Unruhe empfand: Ist das etwa wirklich ernst?

Durch eine Bewegung des Rückens sprengte sie seine Arme.

»Sie sind also ... froh, mich zu sehen?«

»O ja! Und – ich gestehe! – so froh, daß ich mich sogar selber wundere.«

»Wirklich?«

Ihre Augen wurden tiefblau, und sie sagte lächelnd: »Ach, Sie ... Lieber!«

Sie tranken Tee mit Sahne und aßen dazu Zwieback, wechselten leicht von einem Thema zum anderen, sprachen von Büchern, vom Theater und von gemeinsamen Bekannten. Die Nikonowa teilte ihm mit, Ljubascha sei aus dem Krankenhaus in eine Zelle gebracht worden und erwarte, daß man sie bald ausweisen werde. Samgin merkte: von Parteiangehörigen, von revolutionärer Tätigkeit sprach sie zurückhaltend, ungern.

Sie ist geschult.

Im Garten jätete ein alter Mann mit hochgeschlossener karierter Weste das Gras aus den Beeten. Sein Gesicht und sein Hals waren violettfarben wie verwesendes Fleisch. Als die Nikonowa Samgins Blick auffing, sagte sie hastig: »Der Hauswirt, ehemaliger Volkstümler, er hat lange in Sibirien gelebt. Ein Misanthrop.«

Dann sprach sie wieder über literarische Dinge.

»Ich bin mit der Gräfin Tolstoi völlig einverstanden, wozu muß man solche Erzählungen wie ›Der Abgrund‹ schreiben?«

Es ist erstaunlich leicht mit ihr, stellte Samgin fest und sagte: »Als ich hereinkam, war Ihnen das anscheinend peinlich, Sie erschraken sogar.«

»Ich erschrak? Wovor denn?« fragte sie. Ihre Augen wurden hell, sie blickten streng, forschend.

»Mir kam es so vor ...«

»Nicht davon sprechen«, bat sie und reichte ihm die Hand. Es war schon dunkel, als Samgin zu gehen beschloß. Sie saß halb angezogen auf dem Bett und fragte flüsternd: »Wann kommst du? Ich muß es genau wissen.«

Er sagte, er wolle sie oft sehen. Ihr Haar ordnend, hatte sie die Hände erhoben und ließ sie auf dem Kopf liegen, wobei sie die Finger wie eine Kranke bewegte, die, bevor sie aufsteht, in der Luft nach etwas sucht, woran sie sich festhalten könnte.

»Wir können uns oft sehen, wenn du meiner rascher überdrüssig werden willst«, antwortete sie leise.

»Ein mißglückter Scherz«, bemerkte Samgin, obwohl er keinen Scherz in ihren Worten spürte.

Sie hat es wahrscheinlich sehr schwer, ihr geht es sehr schlecht, dachte Samgin beim Fortgehen.

Nach etwa zehn Zusammenkünften sagte sich Samgin, daß er nun endlich einen guten Freund habe, mit dem er leicht über alles, vor allem aber über sich selbst sprechen könne. Die Nikonowa hörte ihm aufmerksam zu, verstand, beim Zuhören zu schweigen und keine übermäßige Neugier an den Tag zu legen. Sie selbst sprach wenig, sehr einfach und stets in weichem, gleichsam tröstendem Ton. Sie war vielleicht den Menschen gegenüber zu nachsichtig; manchmal meinte Samgin, sie betrachte sie aus der Ferne und von oben her. Dadurch wurde ihre Ähnlichkeit mit Tanja Kulikowa etwas verringert. Beim Tee sagte er einmal im Scherz zu ihr: »Du bist eine schlechte Bolschewikin.«

»Weshalb?« fragte sie nach einigem Zögern mit ihrem unangenehmen, gewaltsamen Lächeln.

Samgin erklärte: »In deinem Verhalten zur Bourgeoisie fehlt die für den Bolschewismus charakteristische Schärfe und Unversöhnlichkeit.«

»Die hast du aber auch nicht«, sagte sie sehr sanft.

Diese Bemerkung mißfiel Klim; er hielt eine kleine Rede über die Banalität der bürgerlichen Gesellschaft, über den zynischen und im Grunde kurzsichtigen Egoismus der Bourgeoisie. Die Nikonowa hörte seiner Rede ergeben und widerspruchslos zu wie ein Mensch, der es gewohnt ist, belehrt zu werden. Sie benahm sich überhaupt wie eine Schülerin, die weiß, daß sie lernen muß, und sich damit abgefunden hat. Doch bald fühlte Samgin, daß diese bescheidene Frau in irgendeiner Hinsicht stärker oder klüger war als er. An ihr war ein Zug, der Mitrofanow verwandt war, einem Menschen, an dessen gesunden Menschenverstand er geglaubt und – sich geirrt hatte. Sie philosophierte nicht wie dieser, regte sich nicht bis zu Tränen auf, wie dies der Agent der Kriminalpolizei getan hatte, stimmte aber auch in irgendeiner Hinsicht mit ihm überein. Über Politik, über Parteiarbeit sprach sie wenig; das ließ sich aus ihrer Geheimhaltung erklären, erklärte sich auch bequem mit der Müdigkeit einer Professionellen. Ein solcher Mensch, als den Samgin sie sah, mußte wahrscheinlich nach einer bestimmten Technik arbeiten. Sie hatte nichts von einer Propagandistin oder Agitatorin und schien kein Mensch zu sein, der eingehend die Theorie des Klassenkampfs studiert hatte. Sie erzählte gern und geschickt vom Leben kleiner Leute, von mißglückten und geglückten Kniffen bei der Jagd nach dem kleinen Glück. Das Alltagsleben kannte sie vortrefflich. In ihren Erzählungen erinnerte Samgin das Leben an die endlose Arbeit des gutmütigen und einfältigen Dienstmädchens Warwaras, einer alten Jungfer, die aus bunten, dreieckigen Kattunstückchen sehr geschickt Deckenüberzüge für den Verkauf nähte. Samgin gefielen diese beruhigenden Bilder des Alltagslebens, obwohl er über sie spottete: »In deiner Darstellung macht sich die Evolution sehr nett, aber etwas langweilig.«

»So ist nun mal das Leben«, sagte die Nikonowa mit leisem Seufzen.

Sie hatte eine sehr liebe Art, mit gedämpfter Stimme von »guten« Menschen und »lichten« Erscheinungen zu sprechen, als erzählte sie von kleinen Geheimnissen, hinter denen sich ein einziges, großes verbarg und in ihm die Erklärungen aller geringeren Geheimnisse. Zuweilen vernahm er in ihren Erzählungen etwas, das mit der Alltagspoesie des alten Koslow übereinstimmte. Aber das alles war unwesentlich und hinderte ihn nicht, sich an diese Frau mit einer Schnelligkeit zu gewöhnen, die sogar ihn selbst verblüffte.

Sie wurde für ihn so etwas wie eine Schreibtischschublade, eine Schublade, in der man intime Dinge versteckt; war für ihn eine Grube geworden, in die er den Kehricht seiner Seele warf. Ihm kam es vor, als ob er, wenn er diese Frau mit Worten überschüttete, die seit seiner Kindheit wie Schimmel an ihm wucherten, allmählich eine klebrige Last loswerde, den aktiven Willensmenschen in sich befreie. Die Gespräche mit der Nikonowa belohnten ihn mit dem Gefühl fast physischer Erleichterung, und er gedachte immer häufiger des Diakons: »Worte sind der Unrat der Seele.«

Er war nicht sicher, daß die Frau ihn verstand, aber er kümmerte sich auch nicht darum, daß sie ihn verstehe, er brauchte nur, daß sie ihm bis zu Ende zuhörte. Sie hörte ihm zu und unterbrach seine Ergießungen nur sehr selten.

»Was sagtest du?«

Dann sah sie ihn wieder teilnahmsvoll an.

»Mein Bruder schickte mir vor kurzem durch einen Kameraden einen Brief«, erzählte Samgin. »Er ist ein beschränkter Bursche, sehr weich. Ihn hat die Bauernbewegung im Süden erschreckt und die grausame Abrechnung mit den Bauern erschüttert. Aber er schreibt, er sei außerstande, die, die geschlagen haben, zu hassen, weil jene, die geschlagen wurden, auch entsetzlich unbesonnen seien.«

»Ist er Tolstojaner?« fragte die Nikonowa leise.

»Er ist Marxist gewesen. Ja, er schreibt also: Der Revolutionär ist ein Mensch, der fähig ist zu hassen, ich aber bin von Natur dazu unfähig. Mir scheint, daß viele unter unseren gemeinsamen Bekannten die Wirklichkeit ebenfalls nur vom Verstand her, theoretisch, hassen.«

Die Nikonowa neigte den Kopf, und er hielt das für ein Zeichen ihres Einverständnisses. Samgin hoffte, ihr etwas sagen zu können, das sie durch seine Kraft, seine Originalität verblüffen und die Frau für ihn begeistern würde. Das war natürlich notwendig, aber es gelang ihm nicht. Dennoch war er überzeugt, daß es ihm gelingen werde, denn sie sah ihn schon mitunter erstaunt an, und er hatte das Gefühl, daß sie ihm immer unentbehrlicher wurde.

Das alles wurde gekrönt von der Vollkommenheit der sexuellen Beziehungen, der harmonischen Vereinigung zweier Körper, die Samgin einen bisher noch nicht erlebten und höchsten Genuß gewährte. Nach ihren Liebkosungen fühlte er sich dieser Frau gegenüber stets von Dankbarkeit für ihre Zärtlichkeit gerührt. Jetzt, da er sich in ihrem Gesicht gut auskannte, sah er es nicht mehr so wie früher. Ihre Gesichtszüge waren klein und nicht sehr beweglich, aber es schien, unbeweglich sei die Haut, die durch die ständige Anspannung erhabener Gedanken gestrafft zu werden schien. Ihre himmelblauen Augen waren sogar beredt und wurden in Augenblicken der Erregung dunkel; sie schauten dann so warm, daß er sie gern mit den Fingern berührt hätte, um diese Wärme zu spüren. Wenn Samgin die Frau aber nach ihrer Vergangenheit fragte, flakkerte in den Augen traurig ein blaues Flämmchen auf.

»Ich spreche nicht gern von mir«, sagte sie ziemlich bestimmt als Antwort auf seine Vermutung: »Du scheinst dich zu fürchten, von der Vergangenheit zu sprechen.«

Als sie ihn einmal mit Liebkosungen überhäuft hatte, fragte er sie: »Hast du Kinder gehabt?«

»Eins. Es ist mit acht Monaten gestorben.«

Samgin sagte ganz aufrichtig: »Ich wünschte mir ein Kind von dir.«

Die Nikonowa schloß die Augen und streckte sich aus, er aber fuhr fort: »Du bist meine dritte, aber die andern zwei haben in mir nie diesen Wunsch erweckt.«

»Liebster«, flüsterte sie, ohne die Augen zu öffnen, und wiederholte, sich mit den Händen die Brüste streichelnd: »Liebster...«

Danach wurde sie noch zärtlicher zu ihm und erzählte ihm einmal von selbst, unaufgefordert, knapp und farblos, daß sie zum erstenmal mit siebzehn Jahren in Sachen der »Volksrechtler« verhaftet worden sei, bald nachdem er sie mit Ljutow gesehen habe. Sie hatte zehn Monate im Gefängnis gesessen und dann unter öffentlicher Aufsicht bei der Stiefmutter gelebt. Ihr Vater, ein Adliger und Oberst außer Dienst, trank stark und hatte eine Witwe aus dem Kaufmannsstand geheiratet, die sehr borniert und bösartig war. Mit neunzehn Jahren hatte sie einen Absolventen aus dem Priesterseminar kennengelernt, er hatte sie in einen Zirkel der Volkstümler eingeführt, sich aber selbst für den Marxismus begeistert, wurde verhaftet und verbannt, starb auf dem Weg in die Verbannung und ließ sie mit dem Kind zurück. Ihre zweite Liebe war der Blonde, mit dem Klim sie im Krönungsjahr bei Ljutow getroffen hatte.

»Das war ein herzloser und herrschsüchtiger Mensch«, sagte sie seufzend. »Ich habe ihn, glaube ich, nicht geliebt, aber ... es ist schwer, allein zu leben.«

Dann hatte sie einen Marxisten kennengelernt.

»Er war Student. Ein sehr guter Mensch«, sagte sie, und ihre glatte Stirn wurde von einer Querfalte durchschnitten, die sich wie eine Schramme rötete. »Ein sehr guter«, wiederholte sie. »Genosse Jakow ...«

»Kornew?« fragte Samgin.

»Nein«, antwortete sie laut und schob behutsam die Brüste unter das Leibchen; Samgin kam der Gedanke, sie tue das, wie ein Händler die Brieftasche einsteckt, in die er gerade seinen Gewinn gelegt hat; er wollte ihr das sogar sagen, da er fand, daß sie mit drolliger Eifersucht und lächerlicher Sparsamkeit über ihre Brüste wache.

»Kornew? Wer ist das?« fragte sie, und Samgin erzählte ihr von Kornew alles, was er wußte, und sie hörte ihm bis zum Schluß zu, seufzte und lächelte. »Nun kennst du also meine Geschichte. Ist sie nicht alltäglich?«

Im Bett sitzend, flocht sie ihren Zopf. Ihr Haar war sehr fein, weich, den Zopf ordnete sie auf dem Scheitel zu einem kleinen Hügel an, wodurch sie sich größer machte. Es schien, als hätte sie nicht viel Haar, aber wenn sie den Zopf auflöste, bedeckte es den Rücken oder die Brust fast bis zu den Hüften, und sie bekam Ähnlichkeit mit der büßenden Magdalena.

Als Antwort auf die grausame Abrechnung mit den Bauern im Süden ertönte der Schuß Kotschuras auf den Charkower Gouverneur. Samgin sah, daß sogar Leute, die den Terror ablehnten, diesen wenn auch mißglückten Racheakt insgeheim wieder guthießen.

Mitrofanow kam, setzte sich schwerfällig auf den Stuhl und begann nachdenklich zu fragen: »Ist dieser Kotschura Jude? Wissen Sie es genau – kein Jude? Der Familienname macht mich stutzig. Arbeiter? Tja. Mir bleibt aber unverständlich: Wie konnte ein Arbeiter von selbst darauf kommen, für das den Bauern angetane Unrecht Lynchjustiz zu üben? Scheint nicht Aufhetzung von anderer Seite vorzuliegen? Bei diesen Pistolenaffären sieht man überhaupt nicht recht klar.«

Als er aber Samgins Erläuterungen angehört hatte, schüttelte er den Kopf und schloß fast lustig: »Übrigens geht mich das nichts an. Ich fragte nur sozusagen aus Patriotismus. Sehen Sie, zum Beispiel: ein Dieb aus dem eigenen Volk – das ist verständlich, aber wenn er

Pole oder Grieche ist, so ist das schon kränkend. Jeder soll bei seinen Landsleuten stehlen.«

Als Samgin diese Anekdote der Nikonowa erzählt hatte, brüstete er sich: »Ein mir erstaunlich ergebener Mann. Er ist natürlich mit Spitzeln bekannt, machte mich darauf aufmerksam, daß ich beobachtet würde, sprach auch von dir: eine besonders Verdächtige.«

»Sieh mal an!« rief sie lebhaft aus. »Das ist gut!«

»Nicht wahr?«

»Sehr gut. Befasse dich mit ihm. Man könnte noch mehr Nutzen aus ihm ziehen. Hast du ihn nicht zu überreden versucht, in den Dienst der Ochrana zu treten? Ich würde das an deiner Stelle versuchen.«

Sie neigt also, wie sich herausstellt, zu Abenteuern, dachte Samgin.

Das Leben wurde immer freigebiger mit Ereignissen, jeden Tag fühlte man sich am Vorabend eines neuen Dramas. Der Ton der liberalen Zeitungen wurde brummiger, kühner, die Debatten erbitterter, die Tätigkeit der politischen Parteien fieberhafter, und Samgin hörte immer häufiger die Worte »Illegaler«, »Untergrundmann«.

Wenn er in Angelegenheiten des Patrons und Warawkas umherfuhr, nahm er verschiedene Aufträge Alexej Gogins und anderer Genossen der Partei mit, und die schnelle Zunahme der Aufträge überzeugte ihn davon, daß sich die Verbindungen der Parteien im Moskauer Fabrikviertel ausdehnten. Ohne es zu merken, gewöhnte er sich daran, diese Aufträge auszuführen, führte sie mit Neugier aus und lächelte manchmal innerlich, wenn er sich als »ergebener Diener der Revolution« vorkam, wie er Ljubascha Somowa nannte und wofür er die Nikonowa hielt. Er hatte viele interessante Begegnungen, und eine von ihnen blieb ihm besonders lange in Erinnerung.

Spät am Abend erschien bei ihm im Gasthaus ein sehr schlanker Mann mittleren Wuchses, der aber einen unverhältnismäßig großen Kopf hatte und darum klein wirkte. Das kurzgeschnittene, aber glatte und harte Haar ragte auf seinem Kopf nach verschiedenen Seiten und vergrößerte ihn noch mehr. Das rasierte, runde Gesicht hatte runde, vorstehende Augen und dicke Lippen, die obere war von einem borstigen Schnurrbart geziert und erweckte den Anschein, als wäre sie verächtlich hochgezogen. Er trug einen weißen Kittel und hohe Schaftstiefel, in der Hand hielt er einen massiven Stock.

»Weiter nichts?« fragte er, als er aus Samgins Händen einen Brief und ein kleines Bücherpaket empfangen hatte; dann wog er das Paket in der Hand, legte es auf den Boden, schob es mit dem Fuß unter den Diwan und begann den Brief zu lesen, den er dicht am Gesicht vor das rechte Auge hielt. Als er ihn gelesen hatte, sagte er: »Mit dem linken sehe ich fast nichts mehr. Bin zu vollständiger Blindheit verurteilt; für zwei Jahre etwa reicht die Sehkraft noch aus, dann aber – versinke ich in Finsternis.«

Er sprach, als sei er stolz darauf, daß er erblinden werde. An ihm war etwas Derbes, Soldatisches. Er faltete den Brief zu immer kleineren Quadraten zusammen und lächelte breit. »Man teilt mir mit, daß die Liberalen sich zugunsten der Verfassung rühren. Eine bejahrte Neuigkeit. Professoren und Advokaten natürlich? Na was denn, mögen sie für uns einige Freiheiten erwirken.«

Er faltete den Brief auseinander, sah ihn wieder mit dem rechten Auge an und fragte im Ton eines Examinators: »Nun, und wie steht es mit der Studentenschaft?«

Samgin sah bereits, daß er den bekannten und unangenehmen Typ des Sonderlings vor sich hatte. Es war nicht recht zu glauben, daß er am Erblinden sei, obwohl das linke Auge getrübt war und sonderbar zuckte, doch man konnte denken, daß das absichtlich, zur Erhöhung der Originalität geschehe. Samgin, der seine Fragen vorsichtig und trocken beantwortete, gab dem Verlangen nach, etwas Unangenehmes zu sagen, und sagte: »Im allgemeinen – wird die Jugend ernster, und sehr viele rücken von der Politik ab zur Wissenschaft.«

»Das heißt – wieso rücken sie ab? Wohin rücken sie ab?« wunderte sich der Gesprächspartner. »Bewaffnet man sich denn mit der Wissenschaft nicht für die Politik? Ich weiß, daß ein gewisser Teil der Studentenschaft stöhnt: Stört uns nicht beim Studieren! Aber das ist ein Mißverständnis. Die Universität ist in Gestalt ihrer zivilen Lehrstühle eine Militärschule, wo die Wissenschaft des Kommandierens von Infanteriemassen gelehrt wird. Und natürlich allerhand andere militärische Weisheit.«

Beim Sprechen krochen seine borstigen Brauen vor Verwunderung immer höher hinauf. Samgin, der sah, daß sein Ausfall mißglückt war, wechselte das Thema. »Sind Sie denn Soldat?«

»Student der mathematisch-physikalischen Fakultät, dann Gemeiner des 144. Pskower Regiments. Aber wegen zu geringer Sehkraft – ein Kosak hat sie mir mit der Nagaika ruiniert – aus dem Dienst entlassen und verpflichtet, drei Jahre ständig hier in der Heimat zu leben.«

Nachdem er das alles rasch vorgebracht hatte, fragte er spöttisch: »Aber gehören Sie nicht zu jenen Gutmütigen, welche die Liberalen am linken Händchen zur Macht geleiten und dann von ihrem rechten Händchen eine Ohrfeige bekommen wollen?«

Er sagte das sehr übermütig und wurde plötzlich irgendwie jünger, er straffte sich, als rüstete er sich zum Kampf, aber Samgin wich dem Kampf aus.

»Sind Sie – hier geboren?«

»Leider! Aber als meine wirkliche Heimat betrachte ich Moskau. Die Universität.«

»Ist es langweilig hier?«

»Langeweile habe ich nicht gehabt, aber es gibt gewisse Unbequemlichkeiten: innerhalb von vierzehn Monaten – zwei Haussuchungen und vierundsiebzig Tage Gefängnis.«

Er schwieg ein paar Sekunden und betrachtete Samgin gleichsam aus der Ferne, dann sagte er im Befehlston: »Sagen Sie dort Gogin oder Pojarkow, sie sollen mir mehr Literatur schicken, und es sei unbedingt notwendig, daß Genosse Dunajew wieder herkommt. Und auch, die verständnislose Dame soll nicht wieder bei mir erscheinen.«

Er holte das Paket unter dem Diwan hervor, wog es wieder in der Hand und – schloß streng: »Und zu guter Letzt: ich heiße Pjotr Ussow, nicht Russow und nicht Petrussow, wie sie auf den Briefumschlägen schreiben. Diese Nachlässigkeit verursacht mir unnötige Scherereien mit der Post.«

Er schob das Paket unter den Kittel in die Achselhöhle, drückte Samgin stumm die Hand und ging, mit seinem Stock aufklopfend, fort.

Ein Führer ... Ein erklärender Herr. Wie symbolisch, daß er am Erblinden ist, dachte Samgin, als er durchs Fenster auf die kleinbürgerlichen Häuschen sah, die wie vom Mondschein reingewaschen aussahen. Die Häuschen waren einstöckig, fest gebaut und in Gärten gehüllt, als trügen sie Pelze. Die Erde unter ihnen war vermutlich auch fest, und die Straße war dicht mit Kopfsteinen gepflastert, die vom Staub und vom Mondschein blankgeschliffen waren. Über das Trottoir schwebte majestätisch ein großer, brauner Klumpen konzentrierter Langeweile – eine üppig gekleidete Frau; sie führte einen Jungen an der Hand, der eine Matrosenbluse und eine bebänderte Mütze trug; hinter ihr ging ein karierter Mann, der einem Clown glich, sich laut ins Taschentuch schneuzte und sich dabei an der Nase zog. Es war still, wie es nur in russischen Kreisstädten zu sein pflegt, nur unten im Gasthaus klapperten Billardkugeln. Man konnte sich einbilden, das seien die Pflastersteine, die sich aus Langeweile schlügen.

Samgin dachte über den Mann nach, der in dieser Stadt, die ihm wahrscheinlich fremd war wie einem Ausländer, erblindete, er versetzte sich in Gedanken an seine Stelle und duckte sich zusammen, als fröre er.

Immerhin, man muß zugeben, das sind mutige Menschen, dachte er unwillkürlich. Obwohl dieser Mann sozusagen Revolutionär aus persönlichen Motiven ist. Diese Langeweile aber werden sie wohl kaum besiegen ...

Am Abend des Tages, an dem er heimgekehrt war, erschien Mitrofanow und sagte mit gezwungenem Lächeln: »Bin gekommen, um Abschied zu nehmen, ich werde nach Kaluga versetzt, warum, ist mir unbekannt. Ich verstehe es nicht. Plötzlich ...«

Er sprach, zuckte die Achseln, strich mechanisch mit den Händen über die Knie und wiegte sich hin und her.

»Bedaure es sehr, ich hatte mich so an Sie gewöhnt«, sagte Samgin aufrichtig.

Das fassungslose Lächeln glitt von Mitrofanows Gesicht, er seufzte laut und wurde lebhaft, richtete sich auf und sagte: »Ich habe Sie, verzeihen Sie, herzlich liebgewonnen, Klim Iwanowitsch, wissen Sie, Sie sind für mich ... ein Mann von Verstand und überhaupt ... eine Persönlichkeit!«

»Haben Sie denn ... irgendeinen Mißerfolg gehabt?«

Der Polizeiagent ließ wieder den Kopf hängen, zuckte die Achseln und sah sich um.

»Im Gegenteil«, sagte er. »Ist Warwara Kirillowna nicht da? Im Gegenteil«, seufzte er. »Ich bin überhaupt erfolgreich. Ich fing die Diebe mit Gutmütigkeit, sie gehen auf diesen Köder. Ich träumte sogar davon, Französischstunden zu nehmen, weil ein großer Dieb nach einer geglückten Sache unbedingt nach Paris fährt. Nein, hier liegt irgendeine ... Laune des Schicksals vor.«

Er stand langsam auf und bat: »Übermitteln Sie bitte Ihrer Gattin meinen herzlichsten Dank für ihr freundliches Verhalten. Was ich aber zu Ihnen sagen soll wegen Ihres ... Wohlwollens, das weiß ich nicht. Bei Gott, es ist doch sonderbar!« rief er nicht laut, aber vorwurfsvoll aus. »Unsereinem gegenüber verhält man sich beispielsweise wie zu Hunden, dabei sind wir aber doch auch ... so etwas wie Doktoren!«

Mitrofanows runde Augen füllten sich mit Tränen, er wandte sich ab, um sein gekränktes Gesicht zu verbergen, drückte Samgin rasch und fest die Hand und ging.

Samgin bedauerte ihn, hatte aber keine Zeit, an ihn zu denken. Die Zahl der aufregenden Eindrücke nahm schnell zu. Samgin sah, daß die Jugend einfacher wurde, aber nicht so, wie er es gewünscht hätte. Ihm erschien die Hast empörend, mit der Studenten im ersten Studienjahr, gestern noch Gymnasiasten, sich zu Sozialrevolutionären und Sozialdemokraten erklärten, ihn ärgerte die Leichtigkeit, mit der sie soziale Fragen lösten.

Diese Bengel, entrüstete er sich innerlich über Leute, die zehn, acht oder sechs Jahre jünger waren als er. Er hätte sie gern belehrt, ihren Feuereifer gedämpft. Doch als er das versuchte, stieß er auf heftigen Widerstand und überzeugte sich, daß die Bengel sowohl emotional stärker als auch sozial gebildeter waren als er.

Es waren irgendwelche »Wunderkinder« aufgetaucht, eines von ihnen, ein kräftiger Bursche von zwanzig Jahren, glatt und flink wie ein Aal, hochstirnig, mit dreisten Augen, trieb sich ständig in Warwaras Nähe als ihr Sekretär und Englischlehrer herum. Samgin sagte einmal in seiner Gegenwart: »Ein Revolutionär ist vor allem ein gesellschaftlich tätiger Mensch.«

Da fragte dieser Aal mit ironischem Lächeln: »Im Interesse welcher Gesellschaft ist denn so ein Revolutionär tätig? Wenn im Interesse der heutigen Klassengesellschaft, warum ist er dann Revolutionär und nicht Konterrevolutionär?«

Samgin begann in gesetztem, sogar strengem Ton zu sprechen, aber das verwirrte den jungen Mann nicht, er hörte Klims Argumente ruhig an, schüttelte dann den glattgeschorenen Kopf und sagte: »Das ist nicht überzeugend. Unsere Aufgabe ist es, Neues zu schaffen, nicht, alten Kram zu reparieren.«

Der junge Mann trug den Namen Wlastow und auf Warwaras Frage, wer sein Vater sei, antwortete er: »Ich bin so etwas wie eine Anekdote – der Verfasser ist unbekannt. Meine Mutter starb, als ich elf Jahre alt war, aufgezogen hat mich ›mit der Hand‹ – erinnern Sie sich an Dickens? – ihre Freundin, eine Goldstickerin; ist im vergangenen Jahr auch gestorben.«

Samgin konnte nicht anders als sich über einen jungen Mann aufregen, der über die Streitigkeiten im Ausland einfach sagte: »Das ist im tiefsten Grunde genommen ein Kampf von Leuten, die gemäß Marx reden, mit Leuten, die nach Marx zu handeln beschlossen haben.«

Er war offenbar sehr gesund, stark und ging irgendwie besonders sicher; in seinem bräunlichen Gesicht glänzten dunkle Augen, sie waren schmal und schienen sarkastisch zugekniffen. Nach mehreren Zusammenstößen mit ihm fragte Samgin seine Frau: »Was willst du mit diesem jungen Zyniker?«

»Er ist sehr sachlich«, sagte Warwara und fügte mit einem Lächeln, bei dem sie die Zähne unangenehm entblößte, hinzu: »Kumow ist nicht von dieser Welt, er hat es immer mit dem Geist, dieser aber liebt nichts Ätherisches.«

Kumow hatte sich einen originell geschnittenen Rock mit einer Kordel am Rücken anfertigen lassen, war noch länger geworden und redete mit leiser Stimme auf Warwara ein: »An das Volk muß man nicht von Marx, sondern von Fichte aus herangehen. Der Materialismus liegt außerhalb der Volksseele. Materialismus ist Seelenmüdigkeit. Der schöpferische Geist des Lebens ist im Idealismus verkörpert.«

Warwara war abends selten daheim, blieb sie aber zu Hause, so bekam sie Besuch. Samgin fühlte sich nicht einmal in seinem Arbeitszimmer heimisch, wohin die Stimmen der Leute, die Gedichte und Prosa vorlasen, drangen. Zum wahren, warmen, zu seinem Heim wurde für ihn das Zimmer der Nikonowa. Aber auch dort gab es einige Unannehmlichkeiten; ihn verwirrte der bebrillte Hauswirt, der auf dem Hof herumstand, als erwartete er Samgin, ihn mit haßerfülltem Blick der geröteten Augen unter der Brille hervor empfing und dazu murmelte: »Heben Sie den Riegel hoch, wenn Sie das Pförtchen schließen. Treten Sie sich die Füße ab, dazu liegt eine Matte vor der Eingangstür.«

»Warum kann er mich so wenig leiden?«

»Ich glaube, alte Männer haben niemanden gern, sondern tun nur manchmal so, als hätten sie jemanden gern«, antwortete nachdenklich die Nikonowa.

In ihrem Zimmer war es eng, aus dem Garten strömte der Geruch von Dünger herein, das Bett war schmal und knarrte. Samgin schlug ihr ein paarmal vor, die Wohnung zu wechseln.

»Für mich gilt: ›Raum ist in der kleinsten Hütte für ein glücklich liebend Paar‹«, scherzte sie und gab ihm nicht nach. Er hielt ihre Selbständigkeit für töricht, stritt aber nicht mit ihr.

Schon ein Jahr war vergangen, sie aber wurde nicht müde, ihm aufmerksam und schweigend zuzuhören.

»Der Sabbat ist für den Menschen da, nicht der Mensch für den Sabbat«, sagte er. »Jedem steht es frei, sich zu opfern oder nicht zu opfern. Selbst wenn man einräumt, daß das Bewußtsein durch das Sein bedingt wird, besagt das noch nicht, daß das Bewußtsein mit dem Willen übereinstimmt.«

Er fühlte selbst, daß diese überspannten, abgedroschenen Gedanken ihn nicht befriedigten, und fürchtete, diese Frau könnte aus ihnen Schlüsse ziehen und ihn zu achten aufhören. Aber sie nickte teilnahmsvoll.

Wenn er ihr von seinen Begegnungen und Gesprächen mit Parteileuten erzählte, schien die Nikonowa ihm nicht so gern zuzuhören wie bei seinen philosophischen Betrachtungen. Sie fragte ihn nie über andere aus. Und nur einmal, als er sagte, Ussow habe gebeten, die »verständnislose« Dame nicht mehr zu ihm zu schicken, fragte sie lebhaft: »Die verständnislose?«

Nach kurzem Nachdenken fragte sie noch, aber bereits gleichmütig: »Wer könnte das sein?«

Ihre Geheimhaltung war erstaunlich, flößte sogar Achtung ein. Samgin dachte nach wie vor, sie habe sich auf revolutionäre Tätigkeit eingestellt, wie man sich auf einen Beruf einstellt, wie zum Beispiel ein Briefträger auf das Austragen von Briefen in den verworrenen Straßen Moskaus eingestellt ist. Aber sie hatte keine Ähnlichkeit mit der willenlosen und unbegabten Tanja Kulikowa, auch nicht mit Ljubascha, der wahrscheinlich die Revolutionäre interessanter waren und näherstanden als die Revolution. Die Nikonowa hatte etwas von einem Buch, dessen Fabel kunstvoll verdunkelt ist. Sie verschwand ziemlich oft und fast immer überraschend aus Moskau. Zuweilen, wenn er am verabredeten Tag zur festgesetzten Stunde bei ihr erschien, erhielt er aus den Händen des Hauswirts einen Brief mit der knappen, unterschriftslosen Mitteilung: »Kehre in einer Woche zurück« oder »Warte nicht, bin für zwei Tage verreist«.

Samgin besaß einen zweiten Zimmerschlüssel und schlug eines Abends, als er auf die Nikonowa wartete, das Buch eines modernen, ihm unsympathischen Autors auf. Aus dem Buch fiel ein schmaler Papierstreifen heraus, auf dem nichts geschrieben stand, und Klim legte ihn in den Aschenbecher. Dann zündete er sich eine Zigarette an und warf das noch brennende Streichholz dazu. Der Rand des Papierchens erwärmte sich und wollte gerade Feuer fangen, aber Samgin ergriff noch rechtzeitig das Papier, da er deutlich hervorgetretene Buchstaben auf ihm erblickt hatte.

»Ussow«, las er, dachte kurz nach und begann den Zettel vorsichtig über einem Streichholz zu erwärmen, wobei er entzifferte: »ehem. Stud. als Sold. eingez. Lehr. Sofja Lobatschowa, Ang. Gasthaus ›Moskwa‹, ehem. Arb. Wyksunsk, Leit. Andrian Andrejew.«

Bei dieser Beschäftigung traf ihn die Nikonowa an. Sie hatte die Tür geöffnet, stand, sie langsam schließend, auf der Schwelle, und von ihrem erblaßten Gesicht hoben sich entrüstet und unnatürlich die dunkel gewordenen Augen ab. Es verstrichen ein paar unangenehm lange Sekunden, ehe sie leise, mit heiserer Kehle fragte: »Was tust du? Wozu das?«

Ihre Erregung glich einem Schrecken und war so stark, daß sie, sogar als Samgin ihr erzählt hatte, wie das alles gekommen war, und sich wegen seiner Indiskretion entschuldigte, sich lange nicht beruhigen konnte.

»Aber – warum hast du denn entwickelt?« wiederholte sie, indem sie sein Gesicht sehr gespannt und eigentümlich traurig betrachtete. »Du sahst, daß auf dem Zettel etwas geschrieben steht, und hättest es bleibenlassen müssen ... du aber hast zu entwickeln begonnen – weshalb?«

Ihr aufdringliches, hartnäckiges Fragen machte ihn wütend, und er sagte ziemlich trocken: »Ich habe mich entschuldigt und schon gesagt, daß ich das unwillkürlich getan habe, aus Langerweile etwa! Du bist über deine Unvorsichtigkeit erschrocken und unnützerweise über mich böse.«

Diese Worte beruhigten sie, sie setzte sich auf seinen Schoß, streichelte ihm mit zärtlicher Hand die Wange und sagte unterwürfig: »Ich bin nicht böse.« Dann fügte sie lächelnd hinzu: »Ich weiß auch nicht, was mich erregt hat.«

An diesem Abend war sie besonders lieb zu ihm, und zwar in einer traurigen Weise.

Zuweilen, aber immer öfter, fühlte Samgin, daß ihr Versöhntsein mit dem Leben und ihr Gehorsam gegen die übernommenen Pflichten sich auch ihm mitteilten, ihn ansteckten. Nun aber entdeckte er an ihr einen Zug, der ihm früher nicht aufgefallen war und welcher der Nechajewa verwandt war: Auch sie besaß die Fähigkeit, die Menschen von weitem zu betrachten und sie klein und widerspruchsvoll zu sehen.

»Hast du gehört, daß Schtschedrin vor seinem Tod Iwan Kronschtadskij zu sich eingeladen hat?« fragte sie und erzählte Anekdoten über Lew Tolstoi, die ihn als selbstverliebten Poseur zeichneten. Sie wußte überhaupt sehr viel Klatsch über verstorbene und lebende große Menschen, erzählte ihn aber ohne Bosheit, im gleichmütigen Ton des Geschöpfs aus einer Welt, in der alles, was nicht banal ist, verdächtigen und stummen Argwohn erweckt, wo Banalität jedoch als natürlich gilt und der Mensch nur durch sie verständlich werden kann. Diese Anekdoten von ihr verschmolzen sehr gut mit ihren Erzählungen von den kleinen Idyllen und Tragödien einfacher Menschen, und insgesamt ergab sich das Bild eines moralisch ausgeglichenen Lebens, in dem es weder Helden noch Sklaven, nur gewöhnliche Menschen gibt.

Man hat sie scharf geschult, dachte Samgin beim Anhören der Anekdoten und faßte die leidenschaftliche Vorliebe für sie als Ausdruck revolutionärer Feindschaft gegen die Welt von gestern auf. Diese

Feindschaft hielt er für naiv, ließ sie aber gelten, da er fühlte, daß sie ziemlich seiner Einstellung zu den Menschen entsprach, besonders zu denen, die es darauf abgesehen hatten, Führer, »Lehrmeister des Lebens« oder »erklärende Herren« zu werden.

Er sah, daß seit der Zeit, da solche geradlinigen jungen Männer wie Wlastow oder Ussow aufgetaucht waren, auch Leute deutlicher in Erscheinung traten, denen das revolutionäre Wesen der »Bolschewiki« organisch zuwider war. Sich selbst rechnete Samgin nicht zu diesen Leuten, vermutete jedoch dunkel etwas Gemeinsames zwischen ihnen und sich. Und während er vor der Nikonowa wie vor einem Spiegel oder über einem unbeschriebenen Blatt Papier nachdachte, sagte er: »Lenins Schüler bringen zweifellos Klarheit in den Wirrwarr der Ansichten über die Revolution. Für einige mit der Arbeiterbewegung Sympathisierende wird diese Klarheit rettend sein, weil viele sich keine Rechenschaft darüber geben, bis zu welchem Grad und womit sie eigentlich sympathisieren. Lenin hat vorzüglich begriffen, daß die Idee der Revolution so herausgeschält und zugespitzt werden muß, daß sie alles Fremdartige abstößt. Bist du Stepan Kutusow begegnet?«

»Niemals«, antwortete die Frau mit zusammengezogenen Brauen und schüttelte den Kopf.

Samgin erzählte ihr von Kutusow, davon, wie er die Revolutionäre charakterisiert hatte. So drehte er sich im Kreis um sich selbst und kümmerte sich bereits weniger darum, für sich einen festen Platz im Leben zu finden, als darum, sich mit geringster Vergewaltigung seiner selbst dem Willen des Lebens zu unterwerfen. Und da er in vielen Menschen immer häufiger Personen bemerkte oder vermutete, die ihm glichen, mied er den Verkehr mit ihnen und verachtete sie sogar, vielleicht deshalb, weil er fürchtete, von ihnen verstanden zu werden.

Im Winter hatte er eine höchst unangenehme Begegnung mit Ljutow. Eben erst in Podolsk angekommen, trank Samgin in einem schäbigen Gasthaus in seinem Zimmer Tee und sah die Abschriften der Untersuchungsakten über eine Brandstiftung durch. Vor den Fenstern wogte lautlos ein dichter Schneeschleier, die Stadt war in weiße Stille gehüllt. Plötzlich schlug im Korridor eine Tür zu, der Boden knarrte, und an Samgins Türschwelle stand, ihn mit Kreischen begrüßend, in einer scheckigen Jacke aus Zieselmausfellen und grauen Filzstiefeln bis übers Knie, der Daunen- und Federnhändler. Ljutow setzte sich rittlings auf einen Stuhl, bemühte sich, die ungehorsame Stimme zu senken, und teilte mit, daß er hergekommen sei, um ein Pferd zu kaufen.

»Ein ungewöhnlich schöner Gaul! Für Alina.«

Dann trat ein lockiger Bursche in weißem Hemd mit dem Gesicht eines glücklichen Menschen ein, brachte eine Flasche bernsteinfarbenen Likörs, einen Teller gesäuerter Äpfel und fragte mit engelhaftem Lächeln, ob noch etwas gewünscht werde.

»Verschwinde, du Schnauze!« befahl Ljutow.

Er war noch häßlicher geworden. Unter dem zerzausten, gelichteten Haar schaute der höckrige Schädel hervor; die Glatze vergrößerte die Stirn, drückte auf die Augenhöhlen und machte die Augen kleiner, schärfer; das Augenweiß hatte den Metallglanz von Quecksilber angenommen und sich mit einem feinen Muster roter Äderchen bedeckt, die Pupillen hatten ihre Form verloren, sie waren gleichsam gezähnt und noch ungehorsamer als zuvor, unter den Augen blähten sich bläuliche Säcke, und die Nase hatte sich zu den dicken Lippen hinabgesenkt. Alles an ihm war störrisch, überreizt, und er schien die spärlichen Härchen des Kinn- und Schnurrbartes absichtlich nicht zu beschneiden, um die aufreizende Unansehnlichkeit des Gesichts zu unterstreichen. Auf dem Stuhl schaukelnd, sich haltos krümmend, fragte er ironisch: »Weshalb besuchst du Alina nie? Verbietet es dir deine Frau oder die Moral?«

Samgin, der durch den rücksichtslosen Einbruch unangenehm berührt war, sagte, er habe viel zu arbeiten, aber Ljutow hörte nicht darauf, füllte die Gläser und erging sich, seine kleinen gelben Zähne entblößend, in boshaften Reden.

»Du Moralist, hä-hä! Kein übler Beruf. Na, trinken wir mal, du Moralist! Es ist leicht, mein Lieber, die Menschen davon zu überzeugen, daß sie Dreck sind und ihr Leben Dreck ist, sie glauben das auch leicht, weiß der Teufel, warum! Gerade dieser Glaube von ihnen schafft dir und deinesgleichen den Ruf, weise zu sein. Sei nicht beleidigt«, bat er, Samgin mit der Hand aufs Knie schlagend. »Ich sage das, um mich in Spitzelei zu üben. Man muß unbedingt scharfsinnig sein, Freundchen, denn womit erkaufte ich mir sonst einen Happen Vergnügen?«

Den Kopf zur Schulter geneigt, zwinkerte er mit dem linken Auge und flüsterte: »›Wir leben nicht, um zu leben, wir leben, um zu lügen.‹ Wie findest du das?«

»Ein schlechter Kalauer«, sagte Klim trocken.

»Ein abscheulicher«, stimmte Ljutow bei.

Samgin hatte auch früher schon vermutet, daß dieser verdrehte Mensch ihn besser verstehe als alle anderen, daß er ihn absichtlich necke und reize, da er irgendein böses und dunkles Spiel mit ihm treibe.

Eine kranke, listige Bestie. Wann sagt er etwas ihm wirklich Eigenes, das, woran er glaubt? Vielleicht wird er diesmal, als Betrunkener, mehr über sich selbst sagen als sonst immer.

Ljutow trank wieder etwas, nahm einen Apfel, betrachtete ihn skeptisch, und nachdem er ihn auf den Teller zurückgeworfen hatte, seufzte er pfeifend.

»Trink! Es ist inkorrekt, nüchtern zu sein, wenn der Gesprächspartner betrunken ist. Trinken wir beispielsweise auf die Frauen, die ihre Schönheit zur Schändung an Vieh in Mannesgestalt verkaufen.«

Er verkündete das theatralisch und schwang sogar den Arm hoch, aber sein Gesicht verriet sofort die Unaufrichtigkeit seiner Worte, es wurde schlaff, zerfloß, die Quecksilberaugen hörten ein paar Sekunden auf zu zucken, die Worte des Toasts schienen Ljutow einen heißen Schreck eingejagt zu haben.

»Das ist mir ... nur so ... entschlüpft«, murmelte er und sah in die Ecke. »Darauf bringt mich Makarow, dieser Teufel ... hä-hä.«

Er ergriff mit beiden Händen Samgins Arm an Ellenbogen und Handgelenk, zog, beugte ihn zu sich heran und flüsterte: »Ehrenwertester Meister des Versicherungswesens, das ist eine drollige Sache: Hinter allen wüsten Gedanken verbirgt sich ein gewisser Teil Wahrheit! Der Tölpel Pilatus hätte wissen müssen: Die Wahrheit ist ein Spiel des Satans! Da haben wir die Urmutter all unserer Wahrheiten, die Grundursache der idiotischen, beunruhigenden Schlaflosigkeit aller gescheiten Leute. Schläfst du schlecht?«

»Du bist ein Mensch aus dem Irrenhaus Dostojewskijs, Ljutow«, sagte Samgin mit Genuß.

»Nein – im Ernst?« kreischte Ljutow.

»Du mußt dich ärztlich behandeln lassen ...«

»Aus Dostojewskijs also? Na, das macht nichts. Aber siehst du, es gibt auch noch das Irrenhaus Michail Schtschedrins ...«

»Was soll all dieser ... Hokuspokus? Was hat Schtschedrin hiermit zu tun?« sagte Samgin, seiner Erregung nachgebend.

»Du verstehst das nicht?« fragte Ljutow, als wäre er verwundert. »Ach, du Normalist! Aber man muß sich doch ordentlich anziehen, das verlangt die Selbstachtung, doch die tragischen Lumpen Dostojewskijs stehen uns besser als die speckigen Schlafröcke und modischen Jacketts Schtschedrins –hast du verstanden? Hä-hä ...«

Er sprach lachend, zwinkernd, während Samgin auf den Augenblick wartete, in dem er das boshafte Geschwätz unterbrechen könnte, scharfe, vernichtende Worte sammelte und dachte:

Ich werde mich mit ihm überwerfen. Für immer.

Aber als Ljutow noch ein Gläschen Wodka hinuntergekippt hatte, wurde er auf einmal nüchterner, begann ruhiger zu sprechen.

»Schöne Genickstöße geben die Sozialrevolutionäre den Autokraten, was?«

Er stieß Samgins Hand beiseite, schenkte ihm Wodka ein und begann leiser zu sprechen: »›Die Zähne der Gesetzlosen werde ich zerschmettern‹, drohte Jehova und – zerschmetterte Königreiche. Was meinst du, welche der beiden Parteien wird schneller die Verfassung erzwingen?«

»Ist denn hier der richtige Ort, darüber zu sprechen?« bemerkte Samgin, der ihn genau ansah und nicht begriff, wie er nüchtern geworden war.

»Leise geht es schon«, sagte Ljutow. »Und wer weiß hier schon, was eine Verfassung ist, womit man sie genießt? Wer braucht sie hier? Hast du übrigens gehört: in Petersburg sollen irgendwelche Geißler, Anarchotheologen, überhaupt – Teufel nicht unseres Gottes, so etwas wie Cäsaropapismus predigen. Das ist ausgezeichnet, mein Lieber!« flüsterte er, zu Samgin vorgebeugt. »Das ist sehr weitblickend! Die Popen, die Menschen rein russischen Blutes müssen ihr Wort sagen! Es ist Zeit. Du wirst sehen, sie werden es sagen!«

Zu Samgin vorgebeugt, ihn mit heißem Atem anhauchend, zischte er: »Es beginnt die Organisierung der antisozialistischen Kräfte, verstehst du?«

Ein bis zwei Minuten später war Samgin überzeugt, daß dieser Mensch, der sich so geschickt betrunken stellte, vollständig nüchtern war und nicht, um sich auszusprechen, sondern um ihn auszuforschen, von Politik zu reden begonnen hatte.

»Lenin hat die Bedeutung der Subatow-Methode sehr richtig verstanden und die richtige Schlußfolgerung gezogen: Das russische Volk braucht einen Führer – es ist doch so?« fragte er ganz leise.

»Na, und?« lächelte Klim, der bereits fühlte, daß er einen Rausch hatte.

»Was für einen Führer? Einen Bebel oder . . . einen Sun Yat Sen? Was für einen? Einen Thomas Müntzer oder . . . einen Sun Yat Sen? Wie?«

Samgin begriff, daß er und Ljutow einander wie Kampfhähne ansahen.

»Du bist ein schlechter Schauspieler«, sagte er, ging ans Fenster und öffnete die Lüftungsklappe. In der Dunkelheit wogte eine gräuliche Masse dichten Schnees und erweckte den Eindruck eines Gewebes, das in kleinste Fetzen zerfällt. Vor dem Eingang des Gasthauses flackerte kläglich die im Schnee schwebende und ebenfalls kalte Flamme einer Laterne. Und hinter ihm murmelte Ljutow.

»Tun so, als wären sie Idealisten ... und die Verstellung richtet sie zugrunde. Judas' Sohn Onan ist auch Idealist gewesen ...«

Samgin atmete tief die feuchte und sogar scheinbar warme Luft ein, lauschte dem Rascheln des Schnees und unterschied in ihm Dutzende und Hunderte disharmonischer, einander widersprechender Worte. Hinter ihm erklang ein Geräusch: Ljutow war aufgestanden, war dabei mit dem Arm an den Teller mit den Äpfeln gestoßen, und zwei oder drei von ihnen waren auf den Boden geplumpst.

»Ich gehe schlafen«, erklärte Ljutow, der fest dastand, sich das Kinn rieb und die Zähne bleckte. »Willst du morgen mit mir den Gaul ausprobieren?«

Samgin lehnte es ab, den Gaul auszuprobieren, und Ljutow ging, ohne Abschied zu nehmen. Klim stand am Fenster, und ihm kam der Gedanke, all diese wie Schnee und Staub wirbelnden Worte hätten nur einen Zweck, den Bruch des Menschen mit der Wirklichkeit zu verdecken, die Kluft auszufüllen. Er erinnerte sich eines Streits zwischen Wlastow und Kumow.

»Ein Geheimnis?« hatte Wlastow gefragt und Kumow sarkastisch mit einem Blick gemessen. »Unerkennbar, sagen Sie? Neigte ich zu Sprachkunststücken, so würde ich sagen: Wenn es unerkennbar ist, so bedeutet dies, daß die Wissenschaft es schon als solches erkannt hat. Aber Kunststücke sind Sache der Idealisten. Die Wissenschaft aber gehorcht Du Bois-Reymond nicht, sie kennt nichts Unerkennbares, sondern nur Unerkanntes. Die Erkenntnis, von der Sie sprechen, ist für mich eine Fabrikation von Wortplattheiten. Wirkliche Werte werden aus dem Material der wissenschaftlichen Erfahrung geschaffen, die Erzeugnisse der Idealisten aber sind falsche Münze.«

Samgin schlug laut das Klappfenster zu, denn die Erinnerung an Wlastow hatte ihn noch mehr erregt als das Gespräch mit Ljutow. Ja, diese Wlastows vermehrten sich, nahmen an Zahl zu und betrachteten ihn als auf dieser Welt überflüssig. Er spürte, wie schnell sie ihn von der Position eines gesetzten, vielseitig unterrichteten Menschen irdendwohin beiseite schoben, von einer Position, die mmerhin seiner Eigenliebe etwas geschmeichelt hatte. Besonders empörend war Wlastows Dreistigkeit. Auf Warwaras Lieblingssatz: »Die Dekadenten sind auch Revolutionäre« hatte er geantwortet: »Dem kann man beistimmen. Der chemische Verfallsprozeß ist ein revolutionärer Vorgang. Und da die Dekadenz ein offenkundiges Merkmal der Zersetzung der Bourgeoisie ist, gießen alle diese ›Skorpione‹, ›Waagen‹ und – wie heißen sie doch? – letzten Endes Wasser auf unsere Mühle.«

Welch ein widerlicher Feuilletoneinfaltspinsel, dachte Samgin. Er schritt im Zimmer umher, glitt auf einem der gesäuerten Äpfel aus und verlor plötzlich die Kraft, als hätte er mit etwas Schwerem, aber Weichem einen Schlag auf den Kopf bekommen. Mit ekelverzerrtem Gesicht mitten im Zimmer stehend, sah er unter der Brille hervor auf den zerquetschten Apfel und den beschmierten Schuh, während das Gedächtnis ihm mechanisch, erbarmungslos verschiedene Aphorismen einsagte.

Nicht Minister muß man töten, sondern die Vorurteile der sogenannten kultivierten, kritisch denkenden Leute, hatte Kumow, die Hände an die Brust gedrückt, mit verlegenem Lächeln gesagt. Zugleich fiel ihm Tatjana Goginas Satz ein: Rußlands Geschichte im neunzehnten Jahrhundert ist ein fortlaufender Dialog, der hin und wieder von Pistolenschüssen und Bombenexplosionen unterbrochen wird.

Nach einigen Monaten Gefängnis hatte man sie in ein entlegenes Städtchen des Gouvernements Wjatka verbannt. Vor der Abfahrt in die Verbannung hatte sie sich bescheidener gekleidet, ihr üppiges Haar abgeschnitten und gesagt: »Nun gehöre ich endgültig geweiht zur Revolution.«

Samgin setzte sich, wollte den beschmierten Schuh ausziehen, fürchtete aber, sich die Hände schmutzig zu machen. Das brachte ihm Kutusow in Erinnerung. Der Schuh ging eigensinnig nicht vom Fuß herunter, als wäre er angewachsen. Im Zimmer verdichtete sich der säuerliche Geruch. Es war schon sehr spät, auch hatte er keine Lust, zu klingeln, damit der Diener käme und den Boden aufwischte. Er wollte keinen Menschen sehen, gleichviel, wer es auch sei.

Und das ist das Leben . . ., rief er innerlich aus, als er gebückt sich am Fuß abmühte, die Finger beschmutzte und bei ihrem Anblick den zerdrückten Diomidow sah und ihn schreien hörte: Jeder soll seinen Raum haben!

Dieser schwachsinnige Schlaukopf hatte seinen »Raum« gefunden. Er lebte, predigte »Abstinenz«, er war schon bekannt, auf ihn hörten Dutzende, vielleicht Hunderte von Menschen. Im Herbst hatten Warwara und Kumow Samgin überredet, sich eine Predigt Diomidows anzuhören, und an einem stillen, warmen Abend hatte Samgin ihn im Hinterhof eines zweistöckigen Holzhauses gesehen, auf den Eingangsstufen eines kleinen Anbaus mit einseitigem Dach, zwei Fenstern und erst vor kurzem aufgesetztem und noch nicht verrußtem Schornstein. Dieser kleine Schuppen lehnte traurig an der hohen Bohlenwand irgendeines Lagerhauses; die altersgraue Wand hatte sich etwas gekrümmt, sei es, um den Schuppen fürsorglich zu schützen, sei es, um auf ihn zu stürzen. Der Aufgang zur Behausung Diomidows war neu, hatte zwei Säulchen und ein zweiseitiges Dach, unter dem Dach war ein blaues Dreieck und in diesem eine weiße Taube aufgemalt, die wie ein Huhn aussah.

Diomidow saß auf einem Stuhl, drei Stufen über dem Erdboden, er trug blankgeputzte Stiefel mit Schäften wie eine Ziehharmonika, eine schwarze Pumphose und ein langes weißes Kittelhemd; langhaarig, mit gelbem Gesicht und Christusbärtchen, glich er einer Ikone in einem Heiligenschrein. Vor ihm auf dem schmutzigen, zerstampften Erdboden des Hofes standen und saßen dunkelgraue Menschen; zu ihnen vorgebeugt, rührte er mit der rechten Hand in der Luft herum, während er sich mit der linken aufs Knie schlug, und sprach: »Zu einem Mann aus dem Stamme Dan, mit Namen Manoah, der ein unfruchtbares Weib hatte, kam ein Engel, und die Unfruchtbare ward schwanger und gebar Simson, einen Menschen von großer Kraft, der Löwenrachen mit bloßen Händen aufreißen konnte. So wurde auch Christus empfangen und viele andere . . .«

Seine Stimme, früher farblos und unruhig, klang jetzt selbstsicher, er sprach die Worte streng und ein wenig in singendem Ton, auf kirchliche Art. Die Predigt interessierte Samgin nicht, er sah sich die Menschen genau an; auf dem Hof hatten sich einige Dutzend versammelt, die meisten Männer waren offenbar Handwerker und alle bejahrt. Mehr als die Hälfte der Zuhörer waren Frauen, wahrscheinlich Gemüsegärtnerinnen und Wäscherinnen, während die Bessergekleideten Kleinhändlerinnen und unbeschäftigte Dienstboten waren. Eingezwängt zwischen dem niedrigen Schuppen, der Lagerhauswand und der Rückseite des Hauses, bildeten sie auf dem Erdboden eine dicke Schicht abgetragener Kleider und strömten den Geruch von Seife, ranzigem Leder und Schweiß aus. Aus den Fenstern des Hauses ragten auch Köpfe heraus, während an einem von ihnen ein Schuster saß und schnell, einförmig und hoffnungslos die Hände hin und her bewegte, in denen er Pechdraht hielt. Neben Klim, auf einem Bretterhaufen, saßen ein spitzbärtiger Mann mittleren Alters in zerrissenem Kamisol und eine etwa vierzigjährige dicke Frau; als Diomidow davon sprach, wie Simson empfangen wurde, murmelte sie: »Von wem auch immer man das Kind empfängt, so muß man es doch stillen.«

Der Spitzbärtige nickte zustimmend und seufzte, dann wandte er sich halblaut an Samgin: »Man kümmert sich um uns, belehrt uns, und wir bleiben . . .«

Zu Samgins Füßen lag halbaufgerichtet ein Mann in öldurchtränkter Kleidung, rauchte Machorka, hustete und sah sich um, denn er fand keine Stelle, wohin er hätte ausspucken können; er spuckte in die Hand, wischte sie an der öligen Hose ab und sagte zu seinem Nachbarn, der ein Jackett mit geplatzter Rückennaht trug: »Hast du schon gehört, Jakow hat sich mit Pilzen vergiftet, man hat ihn ins Krankenhaus geschafft.«

»Mit ihm ist immer etwas los«, antwortete dumpf und gleichgültig der Nachbar. »Ihm schleicht das Unglück wie ein Schatten nach.«

Man sprach jedoch wenig, gedämpft, und Diomidows Stimme war gut zu hören.

»›Eine satte Seele zertritt wohl Honigwaben, aber einer hungrigen Seele ist alles Bittere süß‹, hat König Salomo gesagt.«

Diomidow drehte den Hals hin und her, seine ausgeblichenen blauen Augen sahen die Leute kalt, streng an und lenkten die Aufmerksamkeit der Zuhörer auf sich, es war, als kröchen sie alle unauffällig an die Stufen des Aufgangs heran, auf denen zu Füßen des Predigers Warwara und Kumow saßen; Warwara sah in die Menge, Kumow zum Himmel hinauf, woher ein unangenehm zerstreutes Licht kam, das die Augen ermüdete. Samgin spürte etwas Trübsinniges und Bedrückendes an dieser Menge, die gleichsam gegen ihren Willen in dem engen Hof, in dieser Grube, zwischen halbverfallenen Gebäuden eingezwängt war. Hinter dem Aufgang, an der Wand, stand mit einer Zigarette zwischen den Zähnen der junge Polizeirevieraufseher, ein wohlgenährter, rotwangiger Geck; er glich einem verkleideten Hochschulanfänger aus der Provinz. Schon zweimal hatte er den sorgfältig geglätteten Handschuh an den Mund gehalten und so aufgeblasen, daß er die Form einer lebendigen, schwammigen Hand annahm.

»Noch schädlicher aber als die fleischlichen Gelüste sind die Spielereien des unzüchtigen Verstandes«, sagte Diomidow laut und beugte sich vor, als wolle er sich in die Menschenmenge stürzen. »Und nun füllen Studenten und allerhand Halbwisser, Engstirnige, Ehrgeizige und Mutwillige, die kein Mitleid mit euch haben, eure hungrigen Seelen, denen auch das Bittere süß ist, mit schwachköpfigen Erfindungen über irgend so einen Sozialismus, wollen euch einreden, wenn das Fleisch satt sei, so werde sich auch die Seele an seiner Sattheit sättigen ... Nein! Sie lügen!« rief Diomidow mit großer Kraft und feierlich erhobener Hand.

Samgin stand auf, denn er empfand einen Schauer der Verwunderung. Ihm schien, die Leute hätten sich dichter zusammengedrängt und wären als geschlossene Masse dem Aufgang näher gerückt, es kam ihm sogar vor, als hätten alle längere Hälse und auffälligere Köpfe bekommen. Diese nicht sehr große Menge erweckte den Eindruck, als sei sie ohne Hände, alle Hände waren verborgen, waren in den Lumpen der Kleidung, hinter den Rockaufschlägen oder in den Taschen versteckt. Es schien auch, als ob die Leute Diomidow, indem sie ihn durch ihre stumme und gespannte Aufmerksamkeit magnetisierten, zu sich heranzögen und er zu ihnen hinabglitte, hinabsänke. Er war aufgestanden, seine Beine zitterten, und mit den Händen stach er krampfhaft in die Luft, als stieße er etwas von sich fort, er stand da, stampfte mit dem Fuß und schrie: »Und sie töten die treuen Knechte unseres irdischen . . .«

»Gleich wird es mit ihm aus sein!« sagte der ölbeschmierte Mann und stand hustend auf.

Der Revieraufseher sprang auf den Hausaufgang, schwang den Handschuh, als wollte er Diomidow wie eine Fliege verscheuchen, und sagte etwas.

»Ja, spreche ich denn von Politik?« rief Diomidow laut und kummervoll. »Das ist nicht Politik, sondern die Lüge! Das heißt, begreifen Sie doch, das ist die Wahrheit, die Wahrheit ist es!«

»Ich bitte aufzuhören! Bitte auseinanderzugehen«, sagte wohlwollend, handschuhschwingend der Polizeibeamte.

Die Leute erhoben sich bereits vom Boden, stießen einander und schüttelten sich, Rascheln und dumpfes Gemurmel füllten den Hof. Warwara, Kumow und noch irgendwelche drei bessergekleidete Leute umringten den Polizeibeamten, er sagte gebieterisch und gesetzt: »Das kann ich nicht. Das erlaube ich nicht . . .«

»Erklären Sie es ihm«, rief Diomidow.

»Einerlei: Er wird angreifen, andere werden verteidigen – das ist unstatthaft! Wie? Nein, ich bin nicht dumm. Polemik? Kenne ich. Polemik ist genauso Politik! Nein, entschuldigen Sie schon! Wenn es keine Politik gäbe – worüber sollte man dann streiten? Bitte . . .«

»Ich werde mich beschweren«, rief Diomidow, den Stuhl mit dem Fuß stoßend.

»Er ist erzürnt«, bemerkte der spitzbärtige Mann. »Aber er hat schön gesprochen!«

Die dicke Frau stand auf, wischte sich mit der Hand den Mund und sagte ziemlich laut: »Die Schürzenjäger sprechen alle schön.«

»Ist er denn ein Schürzenjäger?«

»Etwa nicht?«

»Von wem sprichst du denn?« fragte der Mann mit dem zerrissenen Jackett. »Vom Revieraufseher?«

»Sie sind alle schön!« sagte die Frau, machte eine wegwerfende Handbewegung und trat zur Seite.

»Ach, diese Unke«, seufzte der Mann im Jackett. »Mit euch ist es nicht auszuhalten!«

Dann wandte er sich an Samgin und teilte ihm halblaut mit: »Dieser Revieraufseher ist jung, aber schlau. Er stoppt absichtlich, um zu erfahren, ob keine Schwätzer da sind. Neulich hat sich einer gefunden und ist vorgesprungen, da hat er ihn gleich geschnappt! Und aufs Polizeirevier! Sie arbeiten wahrscheinlich zusammen . . .«

Die Menge lichtete und verlief sich. Samgin trat zum Hausaufgang; der Revieraufseher verneigte sich vor Warwara und sagte sehr höflich und weich: »Ich bitte, mir zu glauben: Ich habe keinerlei Zweifel! Aber es ist Befehl. Semjon Petrowitsch ist ein feuriger Mensch, er weckt Leidenschaften . . . Bon soir!«

Er machte vor Warwara eine Ehrenbezeigung und folgte dann der Menge wie ein Hirte.

Diomidow, der sich schon beruhigt hatte, erzählte Warwara mit Vergnügen, als trüge er seine Lieblingsgedichte vor: »Ja, ja, er ist ganz verrückt geworden. Er wohnt auf dem Semljanoi-Wall bei einem Kürschner, der ihn aus Barmherzigkeit aufgenommen hat. Nachts geht er durch die Straßen und murmelt: ›Stirb, du meine Seele, mit den Philistern!‹ Er spielt sich als Simson auf. Nun, leben Sie wohl, ich habe keine Zeit, bin zu einer Unterhaltung eingeladen, leben Sie wohl!«

Er machte eine scharfe Wendung und huschte zu der schmalen Tür hinein, die er kräftig hinter sich zuschlug.

»Hast du gehört?« fragte Warwara. »Der Diakon – entsinnst du dich? – ist verrückt geworden!«

Samgin zuckte stumm die Achseln.

»Wie schien dir dieser hier? Hätte man das erwarten können? Entsinnst du dich übrigens, wie der Diakon sich über ihn beklagte?«

Sie sprach lebhaft, aber in ihren Augen leuchtete etwas, das sehr viel Ähnlichkeit mit Triumph hatte.

Nachdem er sich an diese Episode erinnert hatte, fühlte er sich von Ljutow erholt und stand auf, um die Lampe auszulöschen. Ihr blaues Flämmchen flackerte lange und hartnäckig, ehe es erlosch; dann trat in der Dunkelheit das Fenster als trüber Fleck hervor, der wie ein breites, rauhes Handtuch aussah. Er schritt geschickt über den zerdrückten Apfel hinweg, legte sich hin, schloß die Augen und begann an die Nikonowa zu denken. Ja, sie war ein richtiger normaler Mensch, eine Frau für eine feste Verbindung. In ihrer Seele gab es wie in einem Vorgarten nicht viel Blumen, aber sie waren alle liebevoll aufgezogen. Sehr sonderbar, daß sie keinerlei Verzierungen liebte. Er erinnerte sich, wie behutsam sie die Brüste in das Leibchen legte.

Sie hütete sie wahrscheinlich für ein Kind.

Warwara ist ein fremder Mensch. Sie lebt ihr eigenes, wahrscheinlich sehr leichtes Leben. Verspottet gleichermaßen seelenruhig Idealisten wie Materialisten. Sie hatte einen geraden Mund und pralle Lippen bekommen, aber es war nur allzu klar, daß sie schon über dreißig war. Sie aß jetzt viel und mit Genuß. Vor kurzem hatte sie auf einer Auktion einen Posten Makulatur billig erstanden und ihn günstig verkauft.

Sie ist sehr geschickt. Wir werden sicherlich ohne Drama auseinandergehen, dachte Samgin beim Einschlafen.

Am Tag der Kriegserklärung an Japan befand sich Samgin in Petersburg, er saß in einem Restaurant am Newskij Prospekt und ließ verwundert und etwas hämisch eine Begegnung mit Lidija in seiner Erinnerung wiedererstehen. Vor einer Stunde war er mit ihr von Angesicht zu Angesicht zusammengetroffen, sie war aus einer Apothekentür geradewegs auf ihn zu herausgekommen.

»Mein Gott – Klim!«

Nur an der Stimme hatte er erkannt, daß diese hochgewachsene, bescheiden gekleidete Frau mit verschleiertem Gesicht und irgendeinem originellen, aber nicht modernen Hütchen mit weißer Feder Lidija war.

»Mein Gott«, wiederholte sie freudig und wie erschreckt. In den Händen und an der Brust, an den Knöpfen des Pelzjäckchens, trug sie Pakete, und beim Freimachen der Hand ließ sie eines von ihnen fallen; Samgin bückte sich; jemand stieß ihn an, er stieß sie, und beide lachten laut, wahrscheinlich recht albern, auf.

»Das ist doch... sonderbar! Krieg, und auf einmal – du! Oh, wie du alt geworden bist!« sagte sie.

Als sie aber den Schleier hob, sah er, daß sie das Gesicht einer fast vierzigjährigen Frau hatte; nur die dunklen Augen waren heller geworden; aber ihr Blick war fremd und unverständlich. Er schlug ihr vor, in ein Restaurant zu gehen.

»Ich kann nicht, mein Mann wartet. Ja, ich bin verheiratet, seit mehr als vier Monaten, hast du das nicht gewußt? Übrigens habe ich es meinem Vater noch nicht geschrieben!«

Sie machten aus, sich bei ihr zu treffen, dann hatte sie hastig eine Droschke genommen und war weggefahren, wobei sie ihm noch zugerufen hatte: »Vergiß die Adresse nicht!«

Verheiratet? überlegte Samgin mißtrauisch und versuchte, sich ihren Mann vorzustellen. Das gelang ihm nicht. Das Restaurant war mit unnatürlich erregten Menschen gefüllt; Zeitungen in der Hand schwingend, tranken sie, stießen miteinander an und schrien ohrenbetäubend; ein blauwangiger, wohlbeleibter Mann, der nur wegen seines dicken Schnurrbarts nicht einem Schauspieler glich, stand mit dem Pokal Champagner in der Hand da und rief singend mit heiserem Bariton: »Meine He-err-schaften! Endlich... Wir wissen endlich...«

Er steckte einen Finger hinter den Hemdkragen, drehte den Hals hin und her, um den Adamsapfel frei zu machen, zerrte an der Krawatte, an der eine große Perle steckte, stellte bald das eine, bald das andere Bein vor – wollte sprechen und wollte, daß man ihm zuhöre. Aber alle anderen wollten auch etwas sagen, insbesondere ein stämmiger Alter, der ein paar Dutzend Haare geschickt vom rechten Ohr über den kahlen Schädel zum linken hinübergekämmt hatte.

»Das ist ein un-erhör-ter Ver-rat«, schrie er und verzog das Gesicht, als wolle er niesen.

»Tichon Wassiljewitsch – ich gratuliere Ihnen! Sie sind ein Prophet!«

»Aha! Das ist es eben, mein Lieber...«

Rechts von Samgin stand rund um einen Tisch eine Gruppe von Leuten, die einander sonderbar ähnlich sahen, und einer von ihnen sagte, indem er mit der Hand, in welcher er ein Zigarettenetui hielt, dirigierte, laut und als spräche er ein Gebet: »Wir sind bereit, unser Leben rückhaltlos...«

»Wäre nicht besser – selbstlos?«

»Keine Banalitäten!«

»Störe nicht, Ustin...«

»Meine He-errschaften! Ein Bittgebet für das Wohlergehen...«

»Kürzer, das ist doch keine Kassationsklage.«

Es ertönte eine bekannte Stimme: »Die Engländer sind im Evangelium erwähnt: ›Selig sind die Sanftmütigen, denn sie werden das Erdreich besitzen.‹«

Und mit lautem Lachen erläuterte Stratonow: »Das ist aus Mark Twain.«

Plötzlich rief jemand erschreckt und schallend: »Meine Herrschaften – eine Demonstration!«

Als hätte der Boden geschwankt, drängten sich alle zu den verräucherten Fenstern, es wurde stiller, und streng ertönte Stratonows Stimme: »Keine Demonstration, sondern eine Manifestation.«

Klim Samgin warf das Geld auf den Tisch, verließ eilig den Raum und stand eine Minute später, den Mantel zuknöpfend, am Portal des

Restaurants. Drei Offiziere, alle mit festlichen Gesichtern, kamen im Gleichschritt vorbei, einer von ihnen streifte Samgin und sagte vergnügt: »Pardon, Brille!«

Ein älterer, betrunkener Mann mit offenem Pelzmantel und der Mütze in der Hand sah sich unsicheren Schrittes erstaunt vor die Füße und brüllte: »Go-ott schütze den Zaren.«

Er blieb vor Samgin stehen, blähte die krebsroten Backen auf und machte zweimal mit den Lippen: »Bum! Bum!«

Über das Holzpflaster bewegte sich, ungeordnet und die Luft mit dumpfem Getrappel füllend, eine nicht besonders große, spärliche Menge, sie glich einem Besen, dem eine langsam und langweilig nachfolgende Wagenreihe als Stiel dient. Die entgegenkommenden Wagen wurden ans Trottoir gedrängt – an der Spitze der Menge schritt rasch ein Student, hochgewachsen, lockig, wie ein Luxusdroschkenkutscher; er schwang vor den Pferdemäulern einen schwarzen Schal und rief schallend: »Ausweichen!«

Die Menge überschwemmte die Gehsteige und fegte die Menschen fort, wurde aber selbst nicht größer, sondern nur dichter, schwerer und bewegte sich langsamer. Sie kam nicht dazu, alle Leute zu verschlingen und mitzureißen, viele drückten sich an die Wände, liefen in die Tore oder versteckten sich in Hauseingängen und Läden.

»Her-rsche dem Feind zum Trutz, bum!« brüllte der Betrunkene und tappte in die Menge wie ein Bär ins Himbeergesträuch.

Im gleichen Augenblick trat aus dem Restaurant Stratonow heraus, und ihm folgte eine Gruppe gesetzter Leute, die Samgin umringten und vom Trottoir hinunterstießen; er fügte sich ihrer wohlgemeinten Gewalt und ging mit, entschlossen, in eine der Seitenstraßen einzubiegen. Aber hinter den Ecken kamen auch Menschenhäufchen hervor, wurden gewollt oder ungewollt von der Menge aufgesogen, drängten Samgin mitten in sie hinein und schrien ihm »Hurra!« in die Ohren. Sie schrien nicht sehr einmütig und sogar irgendwie vorsichtig.

In der schwarzen, rasch dichter werdenden Menge fielen die bläulichen und grünen Studentenmäntel sehr auf, glänzten Metallknöpfe, und irgendwo, seitlich der Menge huschten ein paar graue Polizeioffiziersgestalten vorbei; vorne wurde disharmonisch die Nationalhymne gesungen, und unermüdlich kommandierte wie ein Polizist mit schallender Stimme der hochgewachsene Student: »Ausweichen!«

Hinter Samgin stimmte ein lustiger hoher Tenor an:

»Es gingen unsere Freundinnen
Zu Andrjuschka zum Teetrinken . . .«

Samgin sah sich um: Hinter ihm ging eine Gruppe junger Leute, und an ihrer Spitze sang tänzelnd ein kleiner Technologe, sehr rotwangig und wahrscheinlich nicht nüchtern.

»Warum, sage mir,
Blieb er die Nacht bei ihr?«

sang er hüpfend Samgin gerade ins Gesicht und erinnerte ihn dadurch an irgendwessen Worte: »Die Masse braucht mehr einen Narren als einen Helden.«

Die Menge war inzwischen schon so gewachsen, angeschwollen, daß sie sich nicht auf die Polizejskij-Brücke zwängen konnte und stehenblieb, als überlegte sie, ob sie weitergehen solle. Viele liefen am Ufer der Moika entlang zur Pewtscheskij-Brücke, die Leute an der Spitze der Menge trieb es vorwärts, aber hinter ihm, in den rückwärtigen Reihen spürte Samgin Unentschlossenheit, Mangel an Begeisterung.

Sie gehen mit kalter Seele, aus Neugier, dachte er und blickte geringschätzig hinter der Brille hervor auf die unterschiedlichen Gesichter, auf die auf der Stelle herumstapfenden Menschen. Er selbst fühlte sich wie immer in der Menge als ein ganz besonderer, fremder Mensch und redete sich ein, daß auch er aus Neugier mitginge; er tat dies, weil bei ihm die unbestimmte Hoffnung aufgetaucht war, es werde plötzlich etwas Außergewöhnliches geschehen.

Dennoch war er verblüfft, sogar fassungslos, als er, in dem gelichteten Schwanz der Menge schreitend, auf den Schloßplatz kam und sah, wie die Leute vor ihm zu Zwergen wurden. Es war nicht sofort zu begreifen, daß sie auf die Knie fielen, sie fielen so schnell, als knickte ihnen eine unsichtbare Macht die Beine ein. Je weiter in Richtung zur schokoladenbraunen Masse des Palais, desto kleiner wirkten die entblößten Menschenköpfe; der Platz war mit ihnen gepflastert, und zum düsteren Winterhimmel stieg das tausendstimmige Gebrüll empor: »Sieg dem rechtgläubigen Herrscher . . .«

Samgin, der schmerzhaft an das eiserne Anlagengitter gepreßt wurde, war von diesem bekannten und doch unbekannten Gebrüll betäubt und fühlte, daß es wellenförmig in ihn eindrang und ihn gleich einer Glocke unter den Schlägen des eisernen Klöppels erklingen ließ.

Er hat gesiegt . . . Alles ist verziehen, Chodynka . . . alles!

Das verblüffte und freute ihn. Aber die Menschen hinderten ihn, diese Freude erstarken zu lassen, sie zu genießen. Vor Samgin hüpfte ein glatzköpfiger, dicker Mann, reckte den Kopf aus dem Persianerkragen seines Mantels und fragte unruhig: »Kommt er schon? Kommt er am Ende gar nicht heraus?«

Nebenan entrüstete sich jemand: »Vorsicht! Sie haben mich gestoßen . . .«

»Oh, mein Lieber, welch ein Augenblick!«

»Auf die Knie, Herrschaften, auf die Knie«, rief irgendwo in der Nähe Stratonow.

»Hurra«, brüllte der ganze Platz, während der Glatzköpfige, der den Kopf zurückwarf und mit dem Hinterhaupt gegen Samgins Brust schlug, mit weinerlicher und dünner Stimme stöhnte: »Er ist herausgekommen, der Liebe – mein Gott, welch ein kluger Mann – ach!«

Er verschluckte sich an den Worten, die er hastig und zusammenhanglos eins nach dem anderen hervorstieß, und sackte, an Samgin gelehnt, zusammen, als wäre der Boden unter ihm eingebrochen. Samgin sah, wie die Türen des Schloßbalkons geöffnet wurden, das Eis an den Fenstern blinkte, und es erschien das bekannte Zarenfigürchen Arm in Arm mit einer hochgewachsenen weißen Dame. Beide Figürchen waren auf dem Hintergrund des Riesenpalais und über der tausendköpfigen, brüllenden Menge spielzeughaft klein, und Samgin kam es vor, als würde das Entzücken der Leute um so stärker, je deutlicher sie die Spielzeughaftigkeit ihrer Herrscher sahen. Der Platz füllte sich mit so leidenschaftlichem, betäubendem Gebrüll, daß es Samgin schwarz vor den Augen wurde und er das gleiche empfand wie in Nishnij Nowgorod – ihm war, als würde er vom Boden hochgehoben. Doch im selben Augenblick wurde er auf die Schulter geschlagen und am Mantelsaum gezogen.

»Auf die Knie, du Tölpel!«

Er sank in die Knie und spürte, daß er fähig war, ebenso schamlos zu schluchzen wie der grauköpfige Mann im dunkelblauen Mantel neben ihm. Ungewöhnlich rührend schienen ihm der Zar und die Zarin dort auf dem Balkon. Er war auf einmal überzeugt, dieses kleine Menschlein werde, von der Begeisterung der Menschen angesteckt, elektrisiert, ihnen gleich irgendwelche historischen, alle mit allen versöhnenden, wunderbaren Worte sagen. Nicht er allein erwartete das; ringsum murmelte und rief man: »Spricht er?«

»Ruhe! . . . Ach Gott!«

»Die Zarin! Weiß wie ein Schutzengel.«

»Hat er begonnen? Spricht er?«

»Sie sehen wie Hänsel und Gretel aus . . .«

»Fühlen Sie es? Die Begeisterung der Menge ist religiös.«

»Spricht er jetzt?«

Samgin erhob sich von den Knien, aber man zog ihn wieder am Mantelsaum und schlug ihn auf den Rücken.

»Stehen! Ich werde dir schon . . .«

Das kühlte Samgins Erregung nicht ab, kränkte ihn nicht, er fragte nur: »Spricht er?«

»Von hier kann man es nicht hören.«

»›Und das deine beschützend‹«, sang die Menge in der Ferne, bei der Alexandersäule.

»Ist er hineingegangen? Sind sie hineingegangen?«

»Hurra-a . . .«

Ja, der Zar war verschwunden. Erneut blinkten die vereisten Scheiben der Tür; die Menge wuchs empor, sie begann sich schnell zu verteilen, es wurde sofort stiller.

»Der Gottesdienst ist beendet!« rief der kleine Technologe und stieß die Menge auseinander, und irgendwo in der Nähe ertönte schallend Stratonows kräftige Stimme: »Der gleiche einmütige Ausbruch nationalen Stolzes und nationaler Kraft, der Napoleon aus Moskau hinauswarf auf die Insel Elba . . .«

Samgin sah sich um: An dem Anlagengitter hängend, klammerte Stratonow sich mit der einen Hand an einen Ast, überragte die Menge, schwang über ihr seine rote Faust, in der er einen Handschuh hielt, und schrie. Sein dickes Gesicht blähte sich auf und sank wieder zusammen, die Augen waren weiß geworden und funkelten eisig, und die ganze gewaltige, breitbrüstige Gestalt schien zu wachsen. Der offene Pelzmantel zeigte seinen straffen Bauch und kräftige Schenkel; Samgin bemerkte, daß Stratonows unterster Hosenknopf offen war, aber das war weder komisch noch anstößig, sondern unterstrich nur die Spannung, der man etwas gleichsam Erotisches anmerkte, das mit seiner kräftigen Stimme und der groben Kraft seiner Worte übereinstimmte.

»Wir treten sie in die Knie und . . . in den Ozean«, schrie er, die Unterlippe herunterziehend, daß eine Goldkrone blinkte; sein gestutzter Schnurrbart sträubte sich, zitterte, auch seine Ohren schienen sich zu bewegen. Ein halbes Hundert Menschen schrie ihm an dem Leib empor: »Bravo-o!«

Und der Technologe legte die Hände an den Mund und brüllte: »Bara-vo-vo-vou-u!«

»Was führen Sie sich denn wie ein Rowdy auf?« fragte ihn ein

Mann mit rauchfarbener Brille und Lammfellmütze. »Nein, erlauben Sie mal, wohin wollen Sie?«

Samgin entfernte sich langsam.

Ja, er ist eine Null, dachte er nicht ohne Bitterkeit. Iwan der Schreckliche oder Peter der Große – die hätten Worte gefunden, hätten gesprochen ...

Er fühlte sich nochmals betrogen, bedauerte aber auch das blaugraue Menschlein, das den Leuten, die vor ihm, dem Führer, auf die Knie gefallen waren, nichts hatte sagen können.

Der schwachsinnige Diomidow vermag die Menschen zu beherrschen, auf ihn hört man, ihm glaubt man.

Jetzt erinnerte er sich, daß Diomidow nach der Chodynka-Katastrophe seine Ähnlichkeit mit dem Zaren verloren hatte.

In den Läden flammte Licht auf, auf der Straße hingegen verdichtete sich die trübe Kälte und rieselte gräulicher Pulverschnee, der bis in die Gesichtshaut drang. Es war unangenehm, Menschen zu sehen, die aneinander vorbeigingen, als wäre nichts Trauriges geschehen; unangenehm waren die Frauenstimmen und das Pferdegetrappel auf dem Holzpflaster – ein sonderbares Geräusch, als schlügen Dutzende von Hämmern Nägel in den Himmel und in die Erde, um sowohl die Stadt als auch die Seele in eine kalte, langweilige Dunkelheit zu sperren.

Was hätte ich wohl an Stelle des Zaren gesagt? fragte sich Samgin und begann schneller zu gehen. Er suchte keine Antwort auf seine Frage, da ihn die Vermutung verwirrte, es könne eine innere Verwandtschaft zwischen ihm und dem Zaren bestehen.

Lächerlich. Ganz unsinnig, dachte er und wies diese Vermutung von sich.

Eine Stunde später saß er in einem kleinen Zimmer an einem Bett, in dem, halb aufgerichtet und von Kissen umgeben, ein Mann mit glattrasiertem Kopf und schwarzem Bart lag; der Bart war an den Wangen gestutzt und am Kinn durch einen hellen Keil aus grauen Haaren in zwei Hälften gespalten.

»Anton Muromskij«, stellte er sich vor, als wäre er ein Bischof.

Er hatte ein bräunliches, fein und deutlich modelliertes Gesicht, die Stirn war jedoch zu hoch, zu schwer und drückte dieses fast schöne, aber sehr großnasige Gesicht. Die großen bernsteinfarbenen Augen glühten fiebrig, in den tiefen Augenhöhlen lagen dichte Schatten. Mit nervösen Fingern ein Arzneirezept zu einem Röhrchen zusammendrehend, sprach er mit weicher Stimme, aber etwas schnarrend: »Man nennt ihn Zar Fjodor Iwanowitsch – nein! Er ist ein Zar von Zwergmenschen, ein Zar moralischer Zwerge.«

Im Nebenzimmer klirrten Geschirr, Messer und Gabeln, und eine fröhliche Stimme redete jemandem laut zu: »Aber lassen Sie das doch, gnädige Frau, ich werde alles selber machen.«

Muromskij verzog das Gesicht und rief: »Lida!«

Sie kam sofort. Im lose herabhängenden, grauen Kleid, sehr hochgewachsen und schmal und mit einer üppigen Kappe kurzgeschnittenen Haars, sah sie bedeutend jünger aus, als sie ihm auf der Straße vorgekommen war. Aber ihr launenhaftes Gesicht war doch stark verändert, auf ihm war irgendeine fromme Miene erstarrt, und das verlieh Lidija Ähnlichkeit mit einer englischen Gouvernante, einem Mädchen, das schon die Hoffnung aufgegeben hat, jemals zu heiraten. Sie setzte sich zu Füßen ihres Mannes aufs Bett, nahm ihm das Rezept aus der Hand und sagte: »Du wirst es wieder zerreißen.«

Muromskij nahm ein Papiermesser vom Tisch und fuhr, mit ihm spielend, fort: »Als Junker habe ich öfters Wachtdienst im Schloß gehabt; der Zar war noch Thronfolger. Und schon damals merkte ich, daß nur Menschen ohne eigenes Gesicht seine Aufmerksamkeit auf sich lenkten. Dann sah ich ihn bei Manövern und auf Regimentsfesten. Ich würde sagen, daß begabte Menschen ihm unangenehm sind, ihm sogar Angst einflößen.«

Offensichtlich hält er sich für begabt und nimmt es übel, daß der Zar ihn nicht beachtet hat, dachte Samgin; nach seinen Worten von den Zwergmenschen gefiel ihm dieser Mann nicht.

Nun mischte sich Lidija ein.

»Entsinnst du dich, Turobojew sagte einmal, der Zar sei ein Mensch, dem das ganze Leben nicht zusage und der sich Gewalt antue, indem er sich in das Leben füge?«

Als sie das sagte, sah sie Samgin nachdenklich und wie aus weiter Ferne an.

»Ich glaube nicht, daß er willensschwach ist und irgendwem gestattet, ihn zu lenken. Glaube auch nicht, daß er religiös ist. Er ist Nihilist. Wir mußten es noch erleben, einen Nihilisten auf dem Thron zu sehen. Und nun sind wir soweit...«

»Bitte zum Essen«, verkündete ein rundliches Stubenmädchen, das zur Tür hereinblickte.

Als Muromskij aufstand, zeigte sich, daß er ein Mann mittleren Wuchses war; er trug eine schwarze Jacke, die wie eine Bluse aussah; seine Füße, die in Fellpantoffeln steckten, erinnerten an Tierpfoten. Seine Bewegungen waren für einen Militärmann zu heftig. Beim Essen stellte sich heraus, daß er keinen Wein trank und kein Fleisch aß.

»Aus hygienischen Erwägungen«, erklärte Lidija irgendwie überflüssig und warf dabei herausfordernd den Kopf zurück.

Muromskij stocherte lässig mit der Gabel in einer geräucherten Renke herum und sagte: »Ja, der Zar ist ein typischer russischer Nihilist, ein Intellektueller! Und wenn man von ihm sagt ›der letzte Zar‹, so denke ich: das stimmt! Denn bei uns hat bereits der Prozeß begonnen, in dem die Intelligenz abgesetzt wird. Ihre Zeit ist vorbei. Das Land braucht einen anderen Typ, es braucht den Religionsvoluntaristen, jawohl! Gerade den religiösen!«

Muromskij warf die Gabel auf den Tisch und rieb mit beiden Händen die silbern schimmernden Borsten auf seinem Schädel, dann fragte er unvermittelt: »Wie denken Sie über den Krieg?«

»Ein Wahnsinn«, sagte Samgin achselzuckend.

»Ja?«

»Natürlich.«

Muromskij steckte die Hände in die Taschen, lehnte sich auf dem Stuhl zurück und erklärte: »Ich gehe als Freiwilliger in den Krieg.«

»Und ich als Krankenschwester«, sagte Lidija etwas übermütig. »Wir haben das noch gestern beschlossen«, setzte sie hinzu.

Samgin, dem das alles sehr peinlich war, fragte: »Sind Sie Kavallerist?«

»Oberleutnant der Gardeartillerie, ich bin außer Dienst«, sagte Muromskij hastig und musterte mit seinen unerträglich funkelnden Augen den Gast. »Aber letzten Endes kämpft das Volk, der Bauer. Man muß mit ihm gehen. In den Wahnsinn? Ja, auch in den Wahnsinn.«

»Dann – warum denn nicht in die Revolution?« fragte Samgin dozierend.

»Auch in die Revolution, wenn das Volk selbst sie wünschen wird«, sagte Muromskij, wobei er das Wort »selbst« besonders betonte, und begann gesenkten Blicks den Reisbrei auf dem Teller mit dem Löffel breitzustreichen.

Samgin kam sich unerhört gelangweilt vor und machtlos diesem Menschen und Lidija gegenüber, die ihrem Mann zuhörte wie eine in ihren Literaturlehrer naiv verliebte Gymnasiastin.

»Die Menschen können nur durch die Religion gebändigt werden«, sagte Muromskij und schlug dabei mit dem einen Zeigefinger auf den anderen; seine Finger waren dünn, uneben und gelb wie Petersilienwurzeln. »Unter Bändigung verstehe ich die Organisierung der Menschen zum Kampf gegen ihren eigenen Egoismus. Im Krieg hört der Mensch auf, Egoist zu sein ...«

Samgin war froh, als er die Serviette auf den Tisch warf und erklärte, daß er sich hinlegen müsse.

»Ich habe Kolitis«, sagte er, als wäre das ein Vorzug, und ging.

Das fröhliche Stubenmädchen brachte den Kaffee. Lidija griff nach der Kaffeekanne, stellte sie aber sofort wieder laut hin und blies sich auf die Finger. Samgin, der sie nicht bedauerte, schwieg und wartete, was sie sagen werde. Sie fragte, ob es schon lange her sei, daß er ihren Vater gesehen habe, und ob er gesund sei? Klim sagte, daß er Warawka oft sehe und daß dieser den Sommer in Staraja Russa verbringen und sich einer Entfettungskur unterziehen werde.

»Der längste Brief von ihm im verflossenen Jahr bestand aus vierzehn Zeilen. Und alles Kalauer« sagte Lidija seufzend und fügte nicht folgerichtig hinzu: »Ja, so sind wir geworden. Anton findet, unsere Generation altere erstaunlich schnell.«

»Bist du viel gereist?«

»Ja.«

»Hast du immer nach Gerechten gesucht?«

»Wie du siehst, habe ich einen gefunden«, antwortete sie leise. Der Kaffee war barbarisch heiß und dünn. Lidija gegenüber war es ihm peinlich, unbestimmt. Sie tat ihm etwas leid, und zugleich hätte er ihr gern irgendwelche unguten Worte gesagt. Er wollte nicht recht glauben, daß sie es war, die ihm die kränkenden Briefe geschrieben hatte.

Sie ist ein unglücklicher Mensch, gesteht es aber aus Stolz nicht ein, dachte er.

»Was meinst du denn: Glaubst du, daß die Revolution die Menschen besser machen wird?« fragte sie und horchte zugleich, wie ihr Mann sich im Schlafzimmer zu schaffen machte.

»Und du – glaubst du das nicht?«

»Nein«, antwortete sie, warf herausfordernd den Kopf zurück und sah ihn mit weitgeöffneten Augen an. »Und es wird keine Revolution geben, der Krieg wird sie unterdrücken, Anton hat recht.«

»Wer glaubt, wird selig«, sagte Samgin gleichmütig und erkundigte sich nach Turobojew.

»Er ist ein Vetter meines Mannes«, teilte Lidija zunächst mit und erzählte dann in tadelndem Ton, Turobojew sei bei irgendeinem Komitee angestellt gewesen, das er »Komitee Trischkas Rock« genannt habe, dann habe man ihm die Stellung eines Landeshauptmanns angeboten, aber er habe gesagt, daß er nicht zur Polizei gehe. Jetzt schreibe er unverständliche Artikel für die »Petersburger Nachrichten« und behaupte, die Muse des Redakteurs sei ein echtes

Nilkrokodil, das in der Wohnung des Fürsten Uchtomskij in einem Zinntrog hause und den Fürsten beim Schreiben seiner Leitartikel inspiriere.

»All diesen Unsinn erzählt Igor mit solchem Ernst, daß er einem verrückt vorkommt«, setzte sie hinzu und strich sich dabei mit dem Finger über die Schläfe.

Sie unterhielten sich noch ein paar Minuten, dann stand Samgin auf. Sie hielt ihn nicht auf, warf rasch einen Blick ins Schlafzimmer.

»Er schläft, Gott sei Dank! Nachts leidet er an Schlaflosigkeit. Nun, leb wohl ...«

Welch überflüssige Begegnung, dachte Samgin, als er immer tiefer in den kalten Nebel einer sehr provinzlerischen Straße hineinging, die aus steinernen Mietskasernen bestand, zwischen denen ein paar Holzhäuser wie echte, aber faule Zähne in einer Reihe künstlicher staken.

Ein Zar von Zwergmenschen, wiederholte Samgin mit scharfem Verdruß. Sie verstecken sich hinter Gott ... Absetzung der Intelligenz ...

Vor ihm erstand wieder das taubengraue Menschlein auf dem Hintergrund der vereisten Scheiben der Balkontür. Er empfand etwas unangenehm Allegorisches an diesem Figürchen, das wie ein seelenloses, stummes Detail des Riesenbaus hoch über der Masse knieender, begeistert brüllender Menschen haftete. Er hätte es gern vergessen, ebenso wie Lidija und ihren Mann.

Einige Monate später jedoch sah er den Zaren wieder. An einem strahlenden Sommertag fuhr Samgin nach Staraja Russa; der knarrende, polternde Zug rollte gemächlich durch die Felder des Gouvernements Nowgorod; längs der Bahnstrecke standen in Abständen von etwa fünfzig Schritt nagelneu eingekleidete Soldatenfiguren; in den glühenden Sonnenstrahlen blinkten und krümmten sich die Bajonette und glänzten zinnerne Augen in Gesichtern, die einförmig waren wie Fünfkopekenstücke. Festlich geputzte Bauern und Bäuerinnen brachten das Heu ein; die Frauen sahen in der Nähe der Bahnstrecke wie zum Leben erwachte Bäuerinnen von den Bildern Wenezianows aus und glichen in der Ferne nur riesigen Ranunkel- und Mohnblüten. Im Abteil saßen außer Samgin noch zwei: ein gestriegelter Alter im Kamisol mit großer silberner Medaille am Hals und kleinem rosigem Gesicht, das sich in einem grauen Bart verbarg, und neben ihm ein mürrischer, schnurrbärtiger Mann mit einem großen, auf den Knien ruhenden Bauch. Er saß mit weitgespreizten Beinen da, schwitzte stark, bewegte wie ein Krebs den Schnurrbart und ächzte alle Augenblicke. Als der Zug eine der kleineren Stationen erreichte, betraten das Abteil zwei Zivilisten und ein Gendarmeriewachtmeister, er sah mit seinen gelben Augen die Fahrgäste an und befahl mit der heiseren Stimme eines Kranken: »Schließen Sie das Fenster, lassen Sie den Vorhang herunter; nicht hinaussehen.«

Der eine Zivilist, dürr, mit plattgedrücktem Gesicht und breiter Nase, setzte sich neben Samgin, nahm dessen Aktentasche, wog sie in der Hand, legte sie ins Gepäcknetz und gähnte danach ausgiebig, in heulendem Ton. Der Alte mit der Medaille geriet in Aufregung, schloß hastig das Fenster und zog den Vorhang herunter, während der Schnurrbärtige dröhnend fragte: »Was soll das bedeuten?«

»Das bedeutet, daß wir dem Landesvater den Weg frei machen«, erklärte glückselig lächelnd der Alte.

Samgin trat in den Gang hinaus, schob den Rand des staubigen Vorhangs ein wenig beiseite und warf einen Blick auf den Bahnsteig: Dort stand erstarrt das Stationspersonal mit seinem Chef an der Spitze, und hinter dem Bahnhof – eine Mauer gesetzter Leute in Jakkett und Kamisol.

»Man hat Ihnen doch gesagt: Hinaussehen ist verboten!« sagte leise und träge der eine Zivilist, der auf Samgin zugetreten war und ihn mit der Schulter vom Fenster fortschob; er schloß aber den Vorhang nicht wieder, und so sah Samgin, wie eine blinkende Lokomotive nicht besonders schnell mit mühsamem Qualmfauchen am Fenster vorbeifuhr und nagelneue, lange Waggons vorüberrollten; auf der verglasten Plattform des letzten Wagens saß wie ein Triton in einem Hausaquarium – der Zar. Er saß in einem Korbsessel, schwang an einer gelben Schnur ein goldenes Zigarettenetui, sah vorgebeugt in die Ferne und nickte mit dem glattfrisierten Kopf jemandem zu. Auf der Station brüllte man dumpf: »Hurra!«

Der Zivilist gähnte wieder ausgiebig und ging weg, während der Dicke seinen Schnurrbart glättete und zu Samgin sagte: »Sie sind mutig.«

»Er ist also vorbeigefahren?« murmelte verwirrt der Alte. »Ach, du mein Gott! Und ich hätte mich ihm vorstellen müssen. Mein Neffe, dieser Dummkopf, hat mich hereingelegt, ich hätte gestern fahren müssen, so ein Schuft! Eine Angelegenheit ist durch Seiner Majestät Gnade zu meinen Gunsten entschieden worden – verstehen Sie . . .«

Die Lokomotive zog zornig an, die Kupplungen klirrten, die Puffer stießen aneinander, der Alte wankte, und was er weiter betrübt erzählte, war nicht mehr zu hören. Zum erstenmal hatte der Zar in Samgin keinerlei Gedanken erweckt, nichts in ihm aufgerührt, er war vorbeigehuscht, war verschwunden, und geblieben waren nur die Felder, die nicht üppig mit Getreide bedeckt waren, und kleine Soldatenfiguren, die langweilig längs der Bahnstrecke aufgestellt waren. Bunte Bauern und Bäuerinnen blickten unter abschirmender Hand hervor in die Ferne, ein Hirte stand malerisch im roten Hemd da, und Kinder liefen mit dem Zug um die Wette.

»Siebzehn Jahre hatte ich erfolglos prozessiert . . .«

Zwei Stunden später saß Klim Samgin auf einer Bank im Park des Sanatoriums, und vor ihm rekelte sich auf einem Rollstuhl der wie ein Riesenballon aufgeblähte Warawka; sein blaues Gesicht, das einer reifen Eiterbeule glich, glänzte, seine Bärenaugen blickten trübe und enthielten etwas Schläfriges, Stumpfes. Der Wind hob sein gelichtetes Haar zu Berge und wühlte in den Strähnen des grauen Barts, der Bart ruhte auf seinem Bauch, der bereits bis zum Kinn hinaufreichte. Er rang nach Atem und trieb Samgin mit keuchender Stimme an: »Nun? Nun, nun? Siebenunddreißigtausend? Er ist ein Esel. Nun, schon gut, verkaufe doch . . .«

Mit seinen Fingern, die dick waren wie Würstchen, faßte er die Armlehnen des Rollstuhls und versuchte seinen unfolgsamen Körper zu erheben; die Räder des Rollstuhls bewegten sich, sie knirschten auf dem Kies, aber der Körper rührte sich nicht; hierauf bewegte er ein wenig seinen unsichtbaren Hals und krächzte: »Ich gehe zum Teufel, mein Lieber! Mit mir ist es aus. Habe gebaut und gebaut, aber nichts Fundamentales zustande gebracht.«

Die abgerissenen pfeifenden Worte hörend, sah Samgin, wie auf den Parkwegen gelangweilte Wärter gleichgültig Rollstühle vor sich her schoben, und auf den Rollstühlen halbtote, aufgedunsene Körper. Im Mittelpunkt des mäßig großen Parks sprudelte ein dicker Strahl bräunlich trüben Wassers aus dem Boden und verbreitete in der Luft den salzigen Geruch eines Fischladens. Eine hochgewachsene dicke Frau mit gelbem, sülzigem Gesicht kam vorüber, ihre glasigen Augen waren von der Basedowschen Krankheit aus den Höhlen vorgequollen, die Frau hielt den Kopf so regungslos, als fürchtete sie, die Augen könnten über die Wangen in den Sand des Wegs hinabrollen. Man fuhr ein ungeheuerlich dickes Mädchen vorbei; es schlummerte, aus seinem rosa, halbgeöffneten Mund rann Speichel. Ein kurzbeiniger kugelrunder Mensch ging umher und wackelte mit dem Kopf im Takt zu seinen Schritten, es schien, als wäre sein Kopf leer wie eine Ochsenblase und als trüge er eine Glasmaske vor dem Gesicht. Und so bewegten sich, einer hinter dem anderen, zur Musik einer Militärkapelle massige häßliche Menschen und zeigten sich erbarmungslos der glühenden Sonne.

»Das ist ärgerlich, Klim, ich bin erst zweiundsechzig«, krächzte Warawka, die Worte schmatzend. »Wir führen Krieg? Eine dumme Sache. Der Zar ist eingetroffen. Um den Reservisten das Geleit zu geben. In dieser Stadt hat Dostojewskij gelebt.«

Ein krummrückiger, schwachsichtiger Wärter mit Schürze trat zu ihm und sagte mit Vogelstimme: »Es ist Zeit, Herr.«

»Baden«, erklärte Warawka. »Dann wird man mich kneten.«

Der Wärter beugte sich vor, stemmte sich mit aller Kraft gegen den Rollstuhl, brachte ihn vom Fleck und rollte ihn davon. Samgin ging zum Parktor hinaus, am Tor standen wie zwei Säulen Polizisten in staubigen, von der Sonne verschossenen Mänteln. Durch die Straße des hölzernen Städtchens fegte der Wind, wirbelte Staub auf und rüttelte an den Bäumen; am Zaun saßen und lagen Soldaten, etwa zehn Mann, auf einem Eckpfosten saß ein Unteroffizier, hielt einen Bleistift zwischen den Zähnen und sah zum Himmel empor, dort flog ein Schwarm weißer Tauben herum.

Im Halbkreis standen Musikanten mit roten Gesichtern, bliesen rasend in die Trompeten, das kupferne Brüllen und Schmettern der Trompeten verschmolz mit dem ununterbrochenen, heulenden Lärm der Stadt, und das Geheul war so stark, daß es schien, als würden die Bäume in den Gärten von ihm gerüttelt und als liefen die bärtigen Bauern mit Quersäcken auf dem Rücken und die verweinten Weiber vor ihm nach allen Seiten davon wie aufgescheuchte Küchenschaben.

Ein feuerroter Bauer drückte den Kopf an den Zaun und rief durch einen Spalt zwischen den Latten: »Zwei dreißig – willst du? Ich verkaufe ihm meine Seele, dem Hundsfott...«

Er stieß mit dem Fuß gegen den Zaun, hämmerte mit der Faust an die Latten, und von seiner linken Hand hing mit auseinandergezogenem Balg eine abgenutzte Ziehharmonika herab.

»Meine Seele«, schrie er. »Sechs Zehner? Unsinn!«

Nachdem er mit der Harmonika gegen den Zaun geschlagen hatte, warf er sie sich vor die Füße, zerstampfte sie mit zwei Fußtritten und ging mit dem schnellen, sicheren Schritt eines nüchternen Menschen von dannen.

Am Ufer der stillen Porussa saß ein bärtiger Reservist mit Soldatenmütze, ein blauäugiger schöner Mann; mit dem einen Arm umschlang er ein großes, barhäuptiges Weib mit rotwangigem Gesicht und weitaufgerissenen Augen, in der anderen Hand hielt er ihr buntes Kopftuch und eine Flasche Wodka, und derart kräftig, hochgewachsen, sagte er mit schriller Frauenstimme: »So also ist es! Den Wallach verkaufst du also, der Teufel soll ihn holen...«

Das Weib preßte das Gesicht an seine Schulter und jammerte: »Lexander, um Christi willen ...«

»Halt! Schweig, laß mich nachdenken ...«

Er nahm den Flaschenhals in den Mund, warf den Kopf zurück, und sein sehr dichter Bart begann krampfhaft zu zittern. Er trank, bis ihm Tränen kamen, dann schleuderte er die noch nicht ganz leere Flasche ins Wasser, zuckte zusammen, schüttelte mit Widerwillen den Kopf und rief wieder: »Du verkaufst ihn also! Und damit basta! So ... Wir beide haben gearbeitet, der Teufel soll ihn holen ...«

Das Weib riß ihm das Tuch aus der Hand, wischte ihm den Schweiß von der Stirn, sich die Tränen aus den Augen, dann jammerte sie noch lauter: »Lexandruschka – keiner hat mit uns Erbarmen ...«

»Schweig! Sonst schlag ich dich ...«

Er sprang elastisch auf und zog das Weib mit einem Ruck vom Boden hoch, dann umschlang er sie täppisch mit seinen langen Armen, küßte sie, stieß sie von sich und rief keuchend und mit der Faust drohend: »Paß nur auf!«

»Lexander ...«

»Schweig! Hast du also verstanden? Du verkaufst ihn! Komm.«

»Mein Gott, was ist denn das?« schrie das Weib hysterisch auf und betastete ihn mit den Händen wie eine Blinde. Der Bauer schwang den Arm hoch, riß den Mund auf und wackelte mit dem Kopf, als würgte man ihn.

Von diesem Augenblick an schien es Samgin, als hätten alle Reservisten offene Münder und die Gesichter von Menschen, die ersticken. Ihm drehte sich der Kopf von Wind und Staub, vom Wehklagen der Weiber, vom Singen der Betrunkenen und dem ununterbrochenen, sinnlosen Geschimpfe. Er betrat die Vorhalle einer Kirche; auf den Treppenstufen standen irgendwelche Leute gelassen herum und unter ihnen der alte Mann mit der Medaille am Hals, der mit Klim zusammen im Abteil gesessen hatte.

»Jetzt ist es ein leichter Krieg«, sagte er. »Sowohl die Gewehre als auch die Vorgesetzten sind leichter.«

»Das stimmt.«

Auf dem Stadtplatz drängten sich träge feiertäglich gekleidete Einwohner; die Frauen unter den Schirmen sahen wie Fliegenpilze aus. Von überall stürzten, als würden sie herausgeschleudert, Reservisten hervor, sie rannten mit wippenden Quersäcken verdutzt alle in die gleiche Richtung, dorthin, wo das Kupfer der Militärtrompeten dröhnte und schmetterte.

Der Stille Ozean, erinnerte sich Samgin. Sie eilen, die Japaner mit Fußtritten in den Stillen Ozean zu werfen. Grauenhaft.

Ja, es war etwas offenkundig Groteskes und Grauenhaftes daran, wie diese bärtigen Männer mit offenem Mund, einander überholend, an den kleinen Holzhäusern vorbeiliefen, vielstimmig und derb fluchten und die verdutzten Weiber anschrien, die sie mit ununterbrochenem Jammern und Wehklagen begleiteten. Fast alle Fenster waren ängstlich geschlossen, und wahrscheinlich sahen durch die staubigen Scheiben die an ein ruhiges Leben gewöhnten wohlgenährten Frauen und Mädchen, stillen Greise und Greisinnen auf die toll gewordenen Dorfleute.

Der Ozean ...

Die Menge lichtete sich, auseinandergetrieben von heißem Wind und Staub; auf dem Platz zeigte sich ein Bretterhaufen, eine Pfütze, eine Unmenge zerschlagener Flaschen und ein Faß; auf ihm saß ein grauer Soldat mit dem Gewehr auf den Knien. Der Wind jagte bunte Bonbonpapierchen und Stroh umher, brach in die Vorhalle der Kirche ein und pfiff durch eine Fuge. Samgin blieb eine Weile stehen, sah sich das alles an und ging, da er Widerwillen gegen diese Stadt, gegen die Menschen empfand, ins Sanatorium. Er wäre gern sofort über all das hinweg in das kleine Klosterzimmer der Nikonowa gesprungen, um ihr von diesem Wahnsinn zu erzählen und ihn zu vergessen.

Drei Tage später war er wieder zu Hause, lag nach beendeter Tagesarbeit in seinem Zimmer auf dem Diwan und wartete darauf, daß es dunkel würde und er zur Nikonowa gehen könnte. Warwara war zu Bekannten aufs Land gefahren. Da kam das Stubenmädchen herein und sagte, er werde von Gogin verlangt.

»Ans Telefon? Sag, daß ich ...«

»Der Herr ist hier.«

Samgin stand auf und vermutete, dieser geckenhafte Bursche, der bei der Revolution mitspielte, wolle ihn wahrscheinlich um eine Gefälligkeit bitten, die er ihm nicht werde verweigern können. Samgin machte ein mürrisches Gesicht, setzte die Brille zurecht und betrat das Speisezimmer, Gogin schritt im Flanellanzug und weißen Schuhen im Zimmer umher, drückte Samgin gegen seine Gewohnheit, ohne zu lächeln, die Hand und fragte, immer noch umhergehend, mit gelangweilter Stimme: »Wissen Sie nicht, wohin die Nikonowa gereist ist?«

»Ich weiß es nicht.«

»Was wissen Sie überhaupt von ihr?«

»Sehr wenig. Worum handelt es sich?«

Gogin setzte sich an den Tisch, nahm gemächlich das Zigarettenetui aus der Tasche und betrachtete es mit verwirrtem Blick, antwortete aber nicht, sondern fragte: »Aber Sie kennen sie doch anscheinend schon lange und . . . haben zu ihr gute Beziehungen?«

Er fragte halblaut und matt, als dächte er nicht an die Nikonowa, sondern an etwas anderes. Nichtsdestoweniger klangen seine Worte betäubend. Und um sich seiner Vermutung über den Grund dieser Ausfragung zu enthalten, begann Samgin rasch und verworren: »Gute Beziehungen? Nun, ja . . . wie soll ich sagen. Jedenfalls kameradschaftliche Beziehungen . . . vollen Vertrauens . . .«

Er verstummte und beobachtete, wie langsam Gogin sich daranmachte, die Zigarette anzuzünden, wie vertieft er sie betrachtete. Dennoch sickerte die Vermutung durch und beunruhigte Samgin, er nahm die Brille ab, sah mit nachdenklichem Blick zur Decke hinauf und fuhr fort: »Erlauben Sie . . . zum erstenmal bin ich ihr, glaube ich . . . vor zehn Jahren begegnet. Sie gehörte damals, wenn ich nicht irre, zu den Volksrechtlern.«

»Ja«, sagte Gogin wie zur Ermunterung, aber nicht als Bestätigung, und neigte den Kopf zur Schulter.

»Na und?« fragte Samgin.

»Und dann?« fragte auch Gogin.

»Dann sah ich sie mit Ljutow, wissen Sie, das ist so ein . . . Mäzen der Revolution, wie ihn Ihre Schwester nannte.«

Gogin nickte bestätigend.

»Ljubascha Somowa führte sie bei uns ein, als die Gruppe zur Unterstützung der Arbeiterbewegung organisiert wurde . . . oder – ich entsinne mich nicht – vielleicht auch beim Roten Kreuz.«

»So«, sagte Gogin, der aufgestanden war und mit der ausgegangenen Zigarette zwischen den Fingern im Zimmer umherschritt. Samgin wußte schon, was dieser Mensch gleich sagen würde, erschrak aber doch, als er sagte: »Um es kürzer zu machen: Es liegen Gründe vor, sie der Bekanntschaft mit der Ochrana zu verdächtigen.«

»Das kann nicht sein«, rief Samgin aufrichtig aus, obwohl er gerade das vermutet hatte. Er dachte sogar, er habe das nicht heute, nicht eben erst vermutet, sondern schon lange, schon damals, als er den mit Geheimtinte geschriebenen Zettel gelesen hatte. Aber das mußte er nicht nur vor Gogin, sondern auch vor sich selbst verbergen. »Das kann nicht sein«, wiederholte er.

»N-nun, warum denn nicht?« rief Gogin leise aus. »Das hat es gegeben. Das gibt es immer noch.«

»Welche Anhaltspunkte?« fragte Samgin auch leise. Gogin blieb stehen, zuckte die Achseln, zündete ein Streichholz an und sagte, während er in die Flamme sah: »Es fielen einige ... Unklarheiten in ihrem Verhalten auf, es stimmte einiges nicht, und als man ihr das andeutete – nebenbei gesagt: unvorsichtig, ungeschickt andeutete – verschwand sie.«

Gogin sprach quälend langsam, und das empörte.

»Weshalb hat man mir denn nichts davon gesagt?« fragte Samgin böse.

»Solche Dinge erzählt man nicht allen«, antwortete Gogin, sich setzend, und drückte die nicht zu Ende gerauchte Zigarette in den Aschenbecher. »Sehen Sie«, fuhr er entschiedener und strenger fort, »ich bin gewissermaßen eine offizielle Person, das Komitee hat mich beauftragt, von Ihnen zu erfahren, ob Sie an ihrem Verhalten nicht irgend etwas ... Sonderbares bemerkt haben.«

»Nein«, sagte Samgin rasch, fühlte aber, daß er es zu rasch gesagt hatte und dadurch Verdacht erwecken könnte. »Ich habe nichts bemerkt«, fügte er ruhiger hinzu und überlegte, ob nicht vielleicht die Nikonowa Mitrofanow denunziert habe.

Gogin holte wieder, und zwar eigentümlich linkisch, mit großer Mühe das Zigarettenetui aus der Hosentasche heraus, sah es an und legte es, sich auf die Lippen beißend, auf den Tisch.

»Es besteht das Gerücht, daß Sie mit ihr in näheren Beziehungen standen«, sagte er mit einem Seufzer und kratzte sich mit dem Finger an der Schläfe.

Samgin empfand auch einen feinen, bohrenden Schmerz an der Schläfe.

»Ja, ich bin bei ihr gewesen, und ... nicht selten. Aber das ... sind Beziehungen anderer Art.«

»Möglicherweise haben gerade diese Sie gehindert, etwas zu merken«, sagte Gogin unbestimmt.

»Sie schien mir bescheiden, der Sache ergeben ... Sie war sehr einfach. Überhaupt – unauffällig.«

»Ihr Hauswirt ist auch ein sehr dunkler Mensch. Wissen Sie nicht, ob er ein Verwandter von ihr ist?« fragte Gogin.

»Nein, das weiß ich nicht«, antwortete Samgin und fühlte, daß ihm der Schweiß auf den Schläfen stand und die Augen trocken wurden. »Ich wußte nicht einmal, was sie eigentlich tat. In der Technik? Propagandistin? Sie benahm sich vor mir sehr konspirativ. Wir unterhielten uns selten über Politik. Aber sie kannte gut das Alltagsleben, und das schätzte ich sehr an ihr. Ich brauche das für mein Buch.«

Samgin begriff, daß er zuviel sprach und das nicht vor einem Menschen hätte tun sollen, der ihn von der Seite ansah und nicht seinen

Worten, sondern seinen Gedanken zu lauschen schien. Samgins Gedanken waren gekränkte, hastige und zusammenhanglose, unzuverlässige Gedanken. Aber er konnte seinen Worten nicht Einhalt gebieten, es war, als spräche in ihm gegen seinen Willen ein anderer Mensch. Und ihm kam die Befürchtung, dieser andere könnte die Wahrheit über den Zettel und über Mitrofanow erzählen.

»Das sieht ihr so wenig ähnlich«, sagte er, die Arme von sich breitend, und dachte: Wenn ich das gewußt hätte ... Wenn sie es mir gesagt hätte ... Aber – was wäre dann gewesen?

Gogin schwieg. Sein Schweigen wurde ganz unerträglich. Er saß mit wippendem Bein da, und Samgin kam es vor, als wäre das ihm zugekehrte Ohr Gogins besonders aufmerksam gespitzt.

Vielleicht hat er auch mich in Verdacht? dachte Samgin plötzlich und schrie sehr laut auf: »Das ist ja ungeheuerlich!«

»Eine unangenehme Sache«, entgegnete, mit den Fingern schnippend, Gogin. »Vor allem – sie ist verschwunden, das ist es ...«

Er saß immer noch in der gleichen Haltung da, dabei hatte er aber doch schon nach allem gefragt und hätte gehen können. Er seufzte.

»Sie ist unter solchen Umständen verschwunden, daß ...«

Es wurde an die Tür geklopft.

»Wer ist dort? Ich bin beschäftigt!« rief Samgin.

»Ein Telegramm«, sagte das Stubenmädchen.

Er nahm ihr den kleinen blauen Umschlag aus der Hand und warf ihn ungeöffnet auf den Tisch. Aber er merkte sofort, daß Gogin sich auf die Lippen biß und das Telegramm ansah, merkte es und – erschrak: Wie, wenn das von der Nikonowa war?

Ich werde es nicht öffnen, beschloß er und wandte ein paar abscheuliche Sekunden lang die Augen nicht von dem blauen Papierviereck ab, wobei er wußte, daß Gogin es auch ansah und – wartete.

Das ist unklug und verdächtig, sagte er sich und begann das Telegramm gemächlich zu öffnen, worauf er mechanisch vorlas: »Timofej entschlafen herbringe unverzüglich sterbliche Hülle Samgina.«

Fast ohne sein Gefühl der Erleichterung zu verhehlen, erklärte er: »Die Mutter telegrafiert, daß mein Stiefvater gestorben ist. Ich muß nach Staraja Russa fahren.«

»Ja, eine unangenehme Sache«, wiederholte Gogin nachdenklich, erhob sich und fragte: »Wenn die Nikonowa Ihnen schreibt, werden Sie mir dann ihre Adresse mitteilen?«

»Selbstverständlich. Was denn sonst?«

»Ja. Das alles bleibt natürlich unter uns. Vorläufig. Vielleicht klärt es sich noch zu ihren Gunsten auf«, murmelte Gogin, drückte Samgin schwach die Hand und ging.

Er hat mich anscheinend trösten wollen, sagte sich Samgin, als er ans Büfett getreten war und sich ein Glas Wasser eingoß.

Er fühlte sich erschöpft, beleidigt und wankte sogar, als er in sein Arbeitszimmer ging. In seiner linken Schläfe pochte es, als wäre dort eine Uhr versteckt.

Ich hätte etwas von meinem Verdacht sagen sollen, dachte er, sich an den Tisch setzend, stand aber wieder auf und legte sich auf den Diwan. Unsinn, ich habe keinerlei Verdacht gehabt, er hat ihn mir eben erst suggeriert.

Samgin nahm die Brille ab und schloß fest die Augen. Es tat ihm leid, diese Frau zu verlieren. Noch mehr tat er sich selbst leid. Mit galligem Lächeln fragte er sich:

Warum ist es mir bestimmt, in so idiotische Situationen zu geraten?

Dann trat die Anfimjewna ins Speisezimmer, er bat sie, den Koffer zu packen, Warwara das Telegramm zu übergeben, und gab sich wieder seinen Gedanken hin.

Sie war es, die Ussow die verständnislose Frau genannt hatte. Wenn sie bei den Gendarmen in Dienst steht, so tut sie das sicherlich aus Angst, weil sie irgend so ein Oberst Wassiljew eingeschüchtert hat. Doch nicht wegen des Geldes? Auch nicht aus Rache an den Leuten, die sie kommandieren. Verbitterung gegen Leute wie Ussow, Wlastow und Pojarkow halte ich für möglich; sie ist nicht böse. Aber es ist doch nichts gegen sie bewiesen, brachte er sich in Erinnerung und schlug mit der Faust auf den Diwan. Nichts ist bewiesen!

Als er nachts im Abteil zum hundertstenmal beobachtete, wie am Fenster immer wieder die gleichen vertrauten Lichter vorbeischwebten, die gleichen schwarzen Bäume schwankten, als trieben sie den Zug an, dachte er weiter an die Nikonowa und versuchte sich zu erinnern, ob es nicht Augenblicke gegeben habe, in denen die Frau offen von sich selbst erzählen wollte und er ihren Wunsch nicht begriffen, nicht bemerkt hatte. Aber er sah vor sich das ausdruckslose, in »weibischer Langerweile« erstarrte Gesicht, wie er selbst einmal, von ihrer Demut nicht befriedigt, ihre stumme Aufmerksamkeit benannt hatte, und er erinnerte sich, daß diese Aufmerksamkeit manchmal wie Gleichgültigkeit ausgesehen hatte. Er erinnerte sich auch, daß sie, als er ihr Inokows Äußerung mitteilte: »Der Mensch zappelt in Worten wie ein Fisch auf dem Sand«, gelächelt und gesagt hatte: »Das ist sehr komisch, aber wahr.« Ja, sie hatte geschwiegen und bedeutend besser zugehört als gesprochen. Sie war anscheinend der einzige Mensch, der in seinem Gedächtnis keine einzige bedeutungsvolle Äußerung außer diesem »Das ist komisch, aber wahr« hinterlassen hatte. Als meinte sie, das Komische sei nie wahr. Letzten Endes war sie ein ganz normaler, einfacher Mensch. Sie hat es nicht verstanden, einen Pfauenschweif von Worten zu entfalten, wie das Mitrofanow tat.

Da erinnerte er sich, daß auch Mitrofanow ihm anfangs als normaler, gesund denkender Mensch vorgekommen war, aber er hatte im Grunde auch seine Pflicht verletzt, in einer anderen Richtung, aber er hatte sie verletzt, das stimmte.

Es gibt keine Beweise dafür, daß sie ihre Pflicht verletzt hat, brachte er sich nochmals in Erinnerung. Es besteht nur der Verdacht...

Der Zug rollte so schnell, als führe er bergab, er polterte ohrenbetäubend, alles Eisen an ihm dröhnte, unter dem Wagen knirschte und kreischte es kläglich: »Riga – igo – tak, riga – tak ...«

Dann stürzte der Zug mit erschrecktem Pfeifen in den eisernen Käfig einer Brücke und schien die schrägen Streifen der Träger mitzureißen, zu verbiegen und zu zerbrechen. Nachdem er den Käfig zertrümmert, das einäugige Wärterhäuschen beiseite geschleudert hatte, wurde sein Dröhnen leiser, doch das Knirschen unter dem Wagen vernehmlicher.

»Igo – riga – tak – tak, igo – tak ...«

Samgin versank in Nachdenken darüber, daß er sich nun schon zehn Jahre in dem Staubwirbel an der Kreuzung zweier Wege drehte und kein Verlangen empfand, einen von ihnen einzuschlagen. Er dachte nicht zum erstenmal darüber nach, aber in dieser Nacht, in dieser Stunde war alles klarer und schrecklicher. Nicht er allein lebte ein solches Leben, sondern Hunderte, Tausende von Menschen seinesgleichen, das fühlte, das wußte er. Der Wirbel drehte sich immer rasender und sog alle in sich hinein, die ihm zu widerstehen, beiseite zu treten außerstande waren, während die Kutusows, Pojarkows, Gogins und Ussows ihn unermüdlich und unsinnig immer mehr entfachten. Die Menschen dieses Typs vermehrten sich mit unbegreiflicher Schnelligkeit und kommandierten kränkend und grob jene, die ihnen infolge irgendeines Mißverständnisses halfen.

Jetzt erinnerte er sich, wie Tatjana, ein zwanzigjähriges junges Mädchen, einem alten Professor und bekannten Volkswirtschaftler ins Gesicht geschrien hatte: »Sie urteilen so, als ob die Geschichte, Ihre Stiefmutter, Ihnen befohlen hätte: Mach Revolution, Wanja! Sie glauben aber der Stiefmutter nicht, Sie wollen gar keine Revolution und lesen mir mit saurer Miene aus dem Koran Eduard Bernsteins vor, den Sie durch Richter und Le Bon bestätigen, man soll keine Revolution machen!«

Nachdem die Gogina ein paar Monate im Gefängnis gesessen hatte, war sie erbittert, und aus ihren Reden klang jetzt immer etwas Persönliches. Samgins Gedächtnis stellte gefällig die Szene seines Zusammenstoßes mit Tatjana wieder her.

Man hatte in der Nähe von Moskau im Landhaus eines Liberalen eine Abendgesellschaft veranstaltet, an der ein moderner Schriftsteller, ein klobiger Mann mit reglosem Gesicht und einem Klemmer auf der hölzernen Nase, teilnahm. Samgin war diesem Schriftsteller früher schon begegnet, wußte, daß er als Sympathisierender des Bolschewismus galt, und fand an ihm etwas Gemeinsames sowohl mit dem dreisten Schauermann im Sibirischen Hafen als auch mit dem Kosaken, der wie an einem Tisch am Meer gesessen hatte; mit dem Schauermann verband ihn die Neigung zu groben, mutwilligen Reden, mit dem Kosaken das Prahlen mit seiner Unabhängigkeit. Nachdem der Schriftsteller gehörig viel getrunken hatte, versammelte er um sich etwa zehn junge Leute und verkündete, als er sie auf die Terrasse des Landhauses führte, mit Baßstimme: »In zehn Minuten machen wir Ihnen eine surprise.«

»Eine surprise«, wiederholte Tatjana. »Der Bursche scheint etwas dumm zu sein.«

Im Garten rauschte leise der Regen, die Bäume flüsterten miteinander; man hörte, wie auf der Terrasse mit gedämpften Stimmen etwas Trauriges gesungen wurde. Die Gäste verstummten und warteten, was kommen werde; Samgin dachte, es könne nichts Gutes sein und – täuschte sich nicht.

Nach zwanzig Minuten kehrte der Schriftsteller in den Saal zurück; breitschultrig und eckig bewegte er sich, ohne die Beine einzuknicken, als ginge er auf Stelzen – dieser majestätische Storchengang verlieh in Samgins Augen allem, was der Schriftsteller sagte, etwas Geschraubtes. An der Spitze der jungen Leute in eine Ecke gehend, schnalzte der Schriftsteller genießerisch und laut, setzte den Klemmer zurecht, machte ein mürrisches Gesicht und schwang malerisch, mit der Geste eines Chorleiters, die Arme hoch.

»Wir beginnen.«

Der Chor stimmte bravourös und ziemlich im Takt nach irgendeinem sehr bekannten Motiv die Verse eines alten Volkstümlers an, die damals in Abschriften von Hand zu Hand gegangen waren und von denen auch eine bei Samgin in der Sammlung von der Zensur verbotener Manuskripte lag. Besondere Mühe gab sich ein tenorstimmiger, kleiner, aber kräftiger Mann in blauem Matrosensweater und mit krausem Bärtchen in dem lustigen, sehr lieben Gesicht. Sein dünnes, fast falsettartiges Stimmchen war unermüdlich, er sang eine

Terz höher als der Chor und sprach die radikalen Worte so komisch kläglich aus, daß die Zuhörer und sogar einige unter den Choristen zu lachen begannen. Aber Samgin verstand nicht: Worin bestand hier die surprise und der Hokuspokus? Das begriff er erst, als der Schriftsteller den Chor mit flügelartig ausgebreiteten Armen zum Verstummen brachte und mit tiefem Baß, wie Diakone die Apostelgeschichte verlesen, deklamierte:

»Nieder mit der Rechtlosigkeit! Es lebe die Freiheit!
Und es lebe die Konstituierende Versammlung!«

Der Chor wiederholte unverzüglich diese zwei Zeilen, aber so, daß sich ein grotesker Wirrwarr von Tönen und Worten ergab. Alle Sänger sangen absichtlich mißtönend, und alle schnitten Grimassen, wobei sie einander ängstlich ansahen und Schreck, Mißtrauen und Ratlosigkeit darstellten; einer kehrte den Zuhörern sogar den Rükken und sagte mehrmals in fragendem Ton in die Ecke hinein: »Nieder? Nieder?«

Der Tenor ging in die Hocke und rief weinerlich: »Nieder – nieder – nieder ...«

»Es lebe die Freiheit!« sang finster, drohend der Schriftsteller, und nach ihm wiederholte jeder der Sänger, wiederum mißtönend, diese Worte. Es ergab sich ein chaotischer Wirrwarr von Tönen, die aber dennoch zu einem nicht sehr lauten, enttäuschten und kläglichen Geheul verschmolzen. Ebenso wirr und enttäuscht wurden die Worte »Konstituierende Versammlung« gesungen.

Das alles wurde durch ein betäubendes Lachen der Sänger abgeschlossen, auch ein Teil der Zuhörer lachte, aber Samgin bemerkte, daß die gesetzteren Leute verlegen, fassungslos waren. Besonders laut und selbstzufrieden klang das abgehackte Baßgelächter des Schriftstellers: »Ho – ho –ho.«

Er stand breitbeinig da und hatte den Kopf zurückgeworfen, daß sein Adamsapfel wie ein Beil vorragte. Als Samgin seine grotesk düstere Gestalt vor sich sah, gab er der plötzlich in ihm ausbrechenden Entrüstung nach, sprang, da er fürchtete, es könnte ihm jemand zuvorkommen, auf und rief: »Meine Herrschaften!«

Der Schriftsteller fiel ihm im Ton des Schauspielers aus dem »Nachtasyl« ins Wort:

»Und sollt einmal die Welt aus ihrer Bahn
Auf ihrem Weg zur Wahrheit auch entgleisen ...
 Ho – ho!«

»Ich bitte um Aufmerksamkeit«, rief Samgin streng, ergriff mit beiden Händen die Lehne eines Stuhls und wandte sich, nachdem er ihn vor sich hingestellt hatte, an den Schriftsteller: »Soeben haben Sie im Ton einer närrischen Totenmesse die vielleicht linkischen, aber zweifellos aufrichtigen Verse eines alten Revolutionärs, eines achtbaren Literaten gesungen, der mit zehn Jahren Verbannung zahlte . . .«

»Ganz recht!« rief jemand, und die Gäste verstummten, während Samgin, der die Flamme seiner Entrüstung schürte, den Stuhl hochhob, mit ihm auf den Boden schlug und mit aller Kraft, deren er fähig war, in seiner Rede fortfuhr: »Haben Sie aber, indem Sie sich über die Verse lustig machten, sich nicht auch über die Ideen der Repräsentativregierung lustig gemacht, über Ideen, für deren Verwirklichung ihre Großväter und Väter kämpften, in Gefängnissen, in der Verbannung, im Zuchthaus gestorben sind?«

»Was soll denn das heißen? Noch eine Zensur?« fragte hochnäsig, aber anscheinend auch verwirrt, der Schriftsteller, wobei er eine Grimasse schnitt, die gar nicht notwendig war, um den Klemmer zurechtzurücken.

»Das ist eine Frage«, antwortete Samgin. »Eine Frage, die, davon bin ich überzeugt, bei vielen hier entstanden ist.«

»Bei mir nicht«, rief Tatjana, aber zwei oder drei gesetzte Leute zischten sie an, und einer von ihnen sagte gekränkt: »Ja, das geht zu weit! Die Konstituierende Versammlung zu verspotten, das ist . . .«

»Nicht die Idee ist mir komisch«, murmelte der Schriftsteller. »Die Verse sind komisch.«

»Ja?« fragte Samgin ironisch. »Es freut mich, das zu hören. Mir kam das wie ein grober Scherz verlorener Söhne vor, wie ein symbolischer Scherz, wenn Sie wollen. Ein sehr trauriger Scherz.«

Hier nun mischte sich Tatjana ein.

»Sind Sie dessen sicher, Samgin, daß Sie eben die Verfassung und nicht Stör mit Meerrettich wünschten?« fragte sie und begann von diesem Augenblick an jeden seiner Sätze mit spöttischen und giftigen Bemerkungen zu begleiten, wodurch sie beifälliges Gelächter und lustige Zwischenrufe der Jugend hervorrief. Jetzt erinnerte er sich ihrer Einwände nicht mehr, er hatte sie allerdings auch damals nicht erfaßt. Fest eingeprägt aber hatten sich in sein Gedächtnis ihre angespannte Gestalt, ihr schlanker, gleichsam zum physischen Kampf mit ihm bereiter Körper, das gerötete Gesicht und die feindselig glühenden Augen; wenn sie ihm zuhörte, hatte sie die Augen ironisch zusammengekniffen, beim Sprechen aber weit aufgerissen, und ihr Blick hatte die Kraft der versengenden Worte ergänzt. Durch sie gereizt, hatte er wahrscheinlich unpassend geantwortet, das erkannte er am Lächeln der jungen Leute und daran, daß einer der gesetzteren Leute ihm taktlos die Antworten vorzusagen begann wie ein gutherziger Lehrer dem Schüler beim Examen. Zu guter Letzt hatte ihn die Gogina beim Reden aus dem Konzept gebracht, die jungen Leute hatten ihr applaudiert, er aber war verstummt, nachdem er noch gesagt hatte: »Passen Sie auf, ob Sie den Marxismus nicht in Anarchismus verwandeln.«

»Oh, das ist schon alt!« hatte sie ausgerufen und hänselnd sich erkundigt: »Vielleicht bringen Sie noch Blanqui in Erinnerung? Die Menschewiki trumpfen auch damit auf.«

In solchen Erinnerungen verbrachte er die ganze Nacht, schlief keinen Augenblick und verließ halbkrank vor Müdigkeit und schon fast gleichgültig gegen sich selbst auf dem Petersburger Bahnhof den Zug.

In dem Gasthof, wo er stets abstieg, übergab ihm der Portier einen Brief und entschuldigte sich, daß er vergessen habe, das am Tage seiner Abreise zu tun.

»Ich scheine gespürt zu haben, daß Sie heute zurückkehren«, setzte er mit liebenswürdigem Lächeln hinzu.

Samgin warf einen Blick auf die Schrift, und seine Hand, die sonderbar schwer wurde, steckte den Brief in die Manteltasche. Die Treppe ging er langsam hinauf, denn er unterdrückte den Wunsch, sie hinaufzulaufen, als er aber sein Zimmer betreten hatte, schickte er sofort den Diener hinaus, schloß die Tür ab und öffnete, ohne abzulegen, nur den Hut hatte er vom Kopf gerissen, den Brief.

»Leb wohl, wir werden uns natürlich nie wiedersehen. Ich bin nicht so gemein, wie man Dir erzählen wird, ich bin sehr unglücklich. Ich denke, Du« – ein paar Wörter waren dick durchgestrichen – »bist es auch. Wenn Du kannst, so laß das alles sein. Siehst Du, man kann sich nicht das ganze Leben lang verstecken. Laß es sein, verzichte, ich sage das deshalb, weil ich Dich liebe, Dich bedaure.«

Der Brief war so nachlässig geschrieben, daß die schiefen Zeilen sich stellenweise berührten, als wären sie im Dunkeln zu Papier gebracht.

Was bedeutet das? fragte sich Samgin und zerriß automatisch, aber rasch den Brief in kleine Fetzen. Worauf verzichten? Denkt sie etwa, daß ich ...

Er zerrieb die Papierfetzen in der Faust, steckte sie dann in die Hosentasche, nahm den Briefumschlag und sah den Poststempel an: Jaroslawl.

Sie ist verrückt geworden, wenn sie meint, ich hätte ... den gleichen Beruf wie sie.

Er zerriß den Briefumschlag sorgfältig in schmale Streifen, riß sie dreimal quer durch und steckte sie auch in die Tasche.

Sie ist verrückt!

Er fühlte sich wie betäubt und sah vor sich das unbedeutende Frauengesicht, jetzt veränderte es sich ein wenig durch ein zaghaftes, gezwungenes Lächeln, dann – wurde das Lächeln breiter, lebhafter, die Augen blickten nachdenklich und zärtlich. Nie hatte er dieses Gesicht böse gesehen. Nachdem er eine Weile gedankenlos dagesessen, ging er auf die Toilette, nahm die Papierfetzen aus der Tasche und warf sie in das Abortbecken, wendete die Tasche und zog die Spülung. Ein paar Papierstückchen blieben zurück. Nachdem er gewartet hatte, bis der Behälter wieder vollgelaufen war, zog er nochmals die Spülung; jetzt waren alle Fetzchen verschwunden. Samgin kehrte in sein Zimmer zurück, wobei er daran dachte, daß er gleich einen Zinksarg für Warawka besorgen und dann mit der Bahn nach Staraja Russa fahren müsse. Jetzt, nachdem er den Brief los war, fühlte er sich etwas mehr in Ordnung. Irgend etwas war beendet. Trotzdem befand er sich in unruhiger Stimmung, die ihm anscheinend schon bekannt war; irgendeinmal hatte er Gleiches empfunden. Und ihn beunruhigte der Wunsch, sich zu entsinnen: wann war das gewesen, weshalb?

Er entsann sich dessen sofort, als er die Straße betrat und eine Abteilung berittener Gendarmen erblickte, die auf schweren Gäulen davongaloppierten – er erinnerte sich, daß der Verdacht oder die Gewißheit der Nikonowa ihn ebensowenig kränkte, wie ihn das Angebot von Oberst Wassiljew gekränkt hatte. Gerade damals war ihm ebenso sonderbar zumute gewesen wie jetzt, in einem Zustand, der einem Schreck vor sich selbst glich.

In einem Zustand der Verwunderung, der dem Schreck nahe ist – so versuchte er es genauer zu formulieren, als er hinter den Gendarmen hersah.

Auf der Straße liefen mit unangenehmer Geschäftigkeit, die einer höchst gesetzten Stadt nicht eigen ist, die Menschen hin und her, stießen zusammen, betasteten einander wie Ameisen mit ihren Fühlern und liefen wieder auseinander. Als hätte jeder von ihnen irgend etwas verloren, suchte danach oder als hätte er sich in der Stadt verirrt und fragte nach dem Weg. Samgin schien es, als läge in dieser Geschäftigkeit etwas Heuchlerisches.

Als er den Sarg gekauft hatte und dem rotwangigen, glattrasierten Kaufmann, der mehr einem erfolgreichen und selbstzufriedenen Beamten glich, das Geld zahlte, kam ein junger Mann mit schwarzem Verband um die Backe ganz außer Atem in den Laden gerannt, schwang den Strohhut hoch und verkündete: »Minister Plehwe ist durch eine Bombe gesprengt worden!«

»Der dritte«, sagte der Sarghändler und bekreuzigte sich hastig. »Wo?«

»Auf der Straße, beim Warschauer Bahnhof.«

Der Händler, der Samgin herausgab und ihn mit deutlichem Vorwurf ansah, seufzte laut: »Auf der Straße, sieh mal an!«

Samgin zog stumm den Hut und verließ den Laden, wobei er dachte: Ich hätte dem Sarghändler irgend etwas sagen sollen; mein Schweigen ist ihm wahrscheinlich verdächtig vorgekommen. Ja, nun hat man auch Plehwe getötet ...

Er nahm eine Droschke und kam sich, als er im Wagen saß und die Menschen durch die Brillengläser betrachtete, durchlässig wie ein Sieb vor; er wurde geschüttelt; alles, was er sah und hörte, wurde durchgesiebt, aber das Siebgeflecht hielt nichts zurück. Als er im Bahnhofsrestaurant in die braune Kaffeebrühe in seinem Glas blickte und die Fliegen verscheuchte, hörte er: »Im Krieg werden Tausende getötet, aber das Leben wird davon nicht leichter.«

Es sprach irgendwessen runder, weicher Rücken in zerknitterter Rohseide, die Rohseide bewegte sich sonderbar auf dem Rücken, als liefen unter ihr Mäuse herum, und auf den Rücken war ungeschickt ein Glatzkopf mit dicken, bläulichen Ohren aufgesetzt. Samgin kam der Gedanke, daß die meisten Menschen auch körperlich häßlich seien. Doch einfache Menschen gebe es anscheinend überhaupt nicht. Einige stellten sich zwar einfach, glichen aber im Grunde algebraischen Rechenaufgaben mit drei, mit vielen Unbekannten.

Auf dem Tisch liefen und hüpften Fliegen herum, die mit ihren Rüsselchen Zuckerkörnchen, vielleicht aber auch Salzkörnchen betasteten.

»Gedanken, wie schwarze Fliegen«, erinnerte sich Samgin an eine Verszeile und dachte daran, daß Menschen vom Schlage Kutusows und überhaupt Revolutionäre verständlicher waren als die sogenannten einfachen Menschen; bei den Pojarkows, Ussows und anderen wußte man, was von ihnen zu erwarten war, dieser Mann in Rohseide aber konnte ebensogut ein Mitglied des »Bundes des russischen Volkes« wie ein Revolutionär sein.

Doch all diese Gedanken zogen mechanisch an Samgin vorbei, ohne ihn abzudichten, sogar ohne ihn aufzuregen, und so, in durchlässigem Zustand, in einem gegen alles gleichgültigen Halbschlummer traf er auf dem Bahnhof seiner Heimatstadt ein. Hier nahmen ihn bekannte und fremde Leute gleichsam gefangen, überschütteten ihn mit sachlichen Fragen, Abordnungen der Stadtduma, der Angestellten Warawkas und noch irgendwelche Abgeordnete kamen mit Kränzen auf ihn zu. Dann traten sie auseinander und machten Wera Petrowna Samgina den Weg frei, sie ging Arm in Arm mit der Spiwak, war von Kopf bis Fuß in schwarze Schleier gehüllt, was ihr Ähnlichkeit mit einem Denkmal verlieh, das seiner Enthüllung harrt.

»Guten Tag«, sagte die Mutter mit dumpfer Stimme, und zu dem Sarg hinüberblickend, der behutsam aus dem Gepäckwagen herausgeholt wurde, fragte sie: »Wo ist er?«

Die Spiwak, auch ganz in Schwarz, war sehr blaß und mürrisch. Eine goldene Uhr in der Hand, huschte Iwan Dronow vorüber, sein Kopf glänzte wie ein gut geputzter Schuh, mit offenem Mund rannte er irgendwohin und schwenkte die Uhr an der Kette. Vor dem Bahnhof stand eine dichte Menschenmenge mit entblößten Köpfen, vor ihrem bunten Hintergrund prangten die goldenen Statuen der Geistlichkeit, und an ihrer Spitze stand, den Krummstab in der Hand, der große goldhäuptige Bischof, der wie eine Glocke aussah. Korwin schlug sich mit der Stimmgabel an die Zähne, schwang wie ein Ertrinkender die Arme hoch, und eine weiche Woge von Kinderstimmen ergoß sich traurig in die heiße Luft. Wera Petrowna strich mit dem Taschentüchlein über ihren Gesichtsschleier und hakte sich bei dem Sohn ein.

»Mein Gott, mein Gott ... Du machst ein schreckliches Gesicht, lieber Klim ...«

Der riesengroße, schwere Sarg wurde in den mit Kränzen geschmückten Katafalk geschoben, der Katafalk schwankte, auch die schwarzen Pferde schwankten mit den Federbüschen auf den Köpfen; hinter Samgin sagte jemand seufzend: »Solche Menschen sollte man mit Musik beerdigen.«

Unerträglich lang war Warawkas Weg von dem nagelneuen, von ihm erbauten Bahnhof bis zum Friedhof. Der Totengesang fand in der Kathedrale statt, die Totenmessen wurden vor dem Klub, dem Technikum und Samgins Haus zelebriert. Am Haustor stand ein anmutiges rothaariges Mädchen, das ein nacktbeiniges, etwa sechsjähriges Menschlein in Sandalen an der Schulter hielt; das Mädchen bekreuzigte sich, das Menschlein jedoch hielt die schwarzen Brauen zusammengezogen, die Hände in den Taschen seiner Höschen. Die Spiwak ging auf den Jungen zu, beugte sich zu ihm hinab und sagte etwas, worauf er die Schultern hochzog, die Hände aus den Taschen nahm und sie auf der Brust faltete.

Nach der Totenmesse ging man schneller weiter. Das Gehen war beschwerlich. Die Wacholderzweige blieben am Kleidersaum der

Mutter hängen, sie zappelte mit den Beinen, um die Zweige loszuwerden, und stieß Klim zweimal schmerzhaft ans Bein. Auf dem Friedhof sprach mit erschütternder Stimme der Oberpriester der Kathedrale, Nifont Slaworossow, ein großer Mann mit grauen Haarsträhnen bis zu den Schultern und einem Löwengesicht, der mit der einen Hand malerisch auf den kalten Zinksarg deutete und die andere in der Schwebe über ihm hielt: »Dieser auf der gottgesegneten Flur des Lebens in menschenfreundlichem Sinne Tätige vergrub die ihm von Gott verliehenen Talente nicht in der Erde, sondern schmückte mit ihnen reichlich unsere stille Stadt zu unserem Nutz und Frommen.«

In dem grauen Bart waren die dicken, leuchtendroten Lippen gut zu sehen, der Oberpriester sprach, als bewegte er die Lippen nicht, und daher kam es wahrscheinlich, daß seine runden und deutlichen Worte wie Blasen in der Luft schwebten.

»Heutzutage behaupten Schwachsinnige und Gedankenarme, der Todsünde des Neides Verfallene, die Reichen seien die Feinde der Menschen, wobei sie vorsätzlich vergessen, daß nicht in den irdischen Glücksgütern die Rettung unserer Seelen liegt und daß wir alle des Todes sterben werden, wie auch dieser treue Knecht Christi . . .«

Vom Himmel ergoß sich flammendblaues Licht, ließ das Gold des mit schwarzen Kreuzen durchwirkten Priesterornats blendend erglühen; ein Schwarm weißer Tauben schwang sich in Kreisen in die unendliche Bläue empor.

»Blinows Jagd«, wurde halblaut hinter Klim gesagt.

»Sein Sohn soll Sozialrevolutionär sein . . .«

»Blinows?«

»Des Oberpriesters.«

»Habe nichts davon gehört. Übrigens – was wäre dabei? Heute ist jedermann Sozialrevolutionär . . .«

Rechtsanwalt Prawdin, der auf irgendwessen Grab stand und mit hastigen Worten eine Lobrede auf Warawka hielt, rief plötzlich heftig: »Nein, nicht das Wort, sondern die Tat«, und begann laut deutsche Verse zu deklamieren.

Über dem Friedhof hing leicht verschleiert die Sonne und schien durch den schwülen Dunst auf die Grabkreuze und auf die Gestalt eines Marmorengels, der auf einem Hügel im Schatten einer wundervoll üppigen, dreistämmigen Birke stand und viel Ähnlichkeit mit einer altjüngferlichen Krankenwärterin hatte.

Vom Friedhof fuhr Klim mit der Mutter und der Spiwak in einer Kutsche heim; die Mutter beklagte sich müde und aus irgendeinem

Grund näselnd: »Leben kann ich hier nicht mehr. Die Schule übergebe ich Lisa...«

Die näselnden Laute verliehen ihren Worten einen bösen Ton, und da sie das wahrscheinlich merkte, begann sie mit gewöhnlicher Stimme zu sprechen: »Ich habe an Lidijas Feldadresse telegrafiert, sie hat das Telegramm wohl nicht erhalten. Wie eilig sie es haben«, sagte sie und deutete mit der Lorgnette auf die Straße, wo die Hausknechte die Wacholder- und Tannenzweige zu grünen Haufen zusammenfegten. »Sie beeilen sich zu vergessen, daß es einen Timofej Warawka gegeben hat«, seufzte sie. »Aber es ist ein guter Brauch, die Straße mit Wacholderzweigen zu bestreuen, das beseitigt den Staub. Man sollte das auch bei Kirchenprozessionen tun.«

Sie schwieg eine Weile mit geschlossenen Augen und fuhr dann fort: »Die Krankenschwesternkleidung steht Lidija sehr gut, sie ist ja auch von Natur so... grau. Ihr Mann ist zwar ein Patriot, scheint aber verrückt zu sein.«

Samgin verstand: Sie sprach, um nicht an ihre Einsamkeit zu denken, um ihre Schwermut zu verbergen, doch Mitleid mit der Mutter empfand er nicht. Sie roch stark nach Tuberosen, der Lieblingsblume von Verstorbenen.

Das Gedächtnismahl fand im Saal des Kaufmannsklubs statt. Der rötliche Behang und das reichliche Goldfett an den Wänden und der Decke verliehen dem Saal Ähnlichkeit mit einem Metzgerladen; darauf brachte Samgin der Architekt Dianin; neben der Wucherin Trussowa sitzend und sorgfältig ein Stück rosa Lachs in eine Plinse einwickelnd, sagte er betrübt: »Warawka hatte großen Appetit, aber keinen Geschmack.«

»Nörgle nicht«, riet die Trussowa. »Iß mehr, man füttert uns kostenlos«, setzte sie hinzu und richtete die schamlos aufgerissenen und jedermann verachtenden Augen auf den Tisch der Mächtigsten der Stadt. Unter ihnen strahlte blendend General Obuchow, vom Kinn bis zum Bauch voller Orden, derart schnurrbärtig und malerisch heldenhaft, als wäre er absichtlich erschaffen, damit die Kinder über ihn in Entzücken gerieten. Dort saßen der Vizegouverneur, der Kreisadelsmarschall und noch sechs Männer in Uniformröcken mit Orden. Ebendort saß, zwischen dem Stadtoberhaupt Radejew mit goldener Medaille an roter Schärpe und dem Oberpriester mit dem Kreuz auf der Brust, regungslos, wie aus Stein, die Mutter. Dieser Tisch war von allen anderen im Saal nicht nur durch meßbaren Abstand getrennt, sondern auch dadurch, daß die an ihm Sitzenden sich ihrer unermeßlichen Bedeutung bewußt waren. An den übrigen Tischen hatten etwa fünfzig zweitrangige Leute Platz genommen; fest eingeknöpft in Gehröcke und schwarze Seidenkleider, aßen sie eifrig und raunten leise.

Dann erhob sich der ehemalige Staatsanwalt Kitajew, lang, schwarzbärtig, mit einer von dichtem Haar umgebenen Glatze, klopfte mit dem Messer an einen Flaschenhals und begann mit tadelnder, kalter Stimme: »In diesen Tagen, da im Osten das Schicksal sich gegen uns wendet ...«

»Wir hätten uns eben nicht nach dem Osten drängen sollen«, murmelte der Bauunternehmer Merkulow, und irgendeine griesgrämige Stimme unterstützte ihn sofort.

»Richtig! Wir hätten mit jemandem kämpfen sollen, der näher ist ...«

Der Holzhändler Ussow rückte mit dem Finger sein künstliches Gebiß zurecht und seufzte: »Deutsche laufen einem überall über den Weg, dort aber ...«

»Der Vertrag mit ihnen knechtet uns ...«

»Wir leben überhaupt in Beamtenknechtschaft, wie es in den Zeitungen mit Recht heißt«, sagte ziemlich laut der Badestubenbesitzer Domogailow und begann davon zu erzählen, wie man ihn gestraft habe.

»Der Raum fürs Volk sei angeblich unsauber! Erlauben Sie, wie kann er unsauber sein, wenn man sich dort an sechs Tagen in der Woche vom Morgen bis zum Abend mit Seife wäscht?«

Der Staatsanwalt beendete seine Rede, die Geistlichkeit stimmte das »Ewige Gedenken« an, alle erhoben sich; Merkulow sang ohne Worte, ohne den Mund zu öffnen, während Domogailow die runden Augen zur Stuckdecke richtete und kläglich langzog: »Gede-e-enken ...«

Aber auch das Singen unterbrach nicht für lange das brummige Gemurmel der Leute, die Samgin schon lange kannte, Leute, die er für beschränkt und uninteressiert an den Fragen der Politik hielt. Es klang sonderbar und war nicht zu glauben, daß diese Witzfiguren, die in ihre kleinlichen Interessen vertieft waren, diese auf einmal erweitert hatten und über den Vertrag mit Deutschland und das Bürokratenjoch nun schon schärfer redeten als die Zeitungen, weil sie unverblümt sprachen.

Nun stand Slaworossow auf, er hielt die Hand am Kruzifix auf der Brust, warf seine Haarsträhnen hinter die Schultern und erhob majestätisch den Raubtierkopf.

»Jesus, der Sohn Sirachs, hat gar weise gesagt: ›Ein Narr lachet überlaut; ein Weiser lächelt ein wenig ...‹«

»Jetzt hat er zu faseln angefangen, der Schönredner«, sagte Fiona

Trussowa, trank einen Schluck Wein und verzog das Gesicht. »Süßer Wein für die armen Verwandten . . .«

Als Wera Petrowna die Rede des Oberpriesters zu Ende gehört hatte, erhob sie sich und ging zur Tür, die Prominenten begleiteten sie, die kleineren Leute standen auf und verneigten sich vor ihr wie vor einer Äbtissin; ohne das Grüßen zu erwidern, schritt sie majestätisch dahin, hinter ihr schleiften die Trauerpleureusen über den Parkettboden wie ein verdichteter Schatten von ihr.

Sie ist immer noch stolz. Worauf nur? dachte Klim.

»Nun ist alles zu Ende«, sagte sie, als sie in der Kutsche saß. »Es verlief durchaus angemessen. Das Totenmahl ist ein asiatischer Brauch. Und – mein Gott! – wieviel man doch bei uns ißt!«

Zu Hause angekommen, erklärte sie: »Ich muß mich ausruhen.«

Samgin atmete erleichtert auf und ging in sein Zimmer; dort herrschte starker Duft von Naphthalin. Er öffnete das Gartenfenster; im Gras unter einem Ahorn saß mit dichten Brauen und zerzaustem Haar Arkadij Spiwak, er befestigte an einem Vogelbauer das abgebrochene Türchen und fragte seine anmutige Wärterin: »Warum darf man denn die Hände nicht in die Taschen stecken, wenn ein Toter vorbeigefahren wird? Ist er davon gestorben, weil ihm die Zähne ausgefallen sind?«

Klim schloß das Fenster, öffnete das andere, zum Hof hin, und hatte das Gefühl, wenn er sich hinlegte, würde er fest einschlafen. Er hatte sich nicht getäuscht.

Dann kamen sehr schwere Tage. Die Mutter schien beschlossen zu haben, alles auszusprechen, was in den fünfzig Jahren des Lebens ungesagt geblieben war, und sprach stundenlang, wobei sie ihre lila Wangen gekränkt aufblähte. Klim merkte: Sie setzte sich fast immer so, daß sie sich im Spiegel sah, und benahm sich überhaupt, als hätte sie die Gewißheit ihrer Realität verloren.

»Ja, Klim«, sagte sie. »Ich kann nicht in einem Land leben, wo sich alle in die Politik verrannt haben und niemand redlich arbeiten will.«

Ihre Wangen fielen ein, zogen die unteren Lider herab und legten das kalte Weiß der leeren Augen bloß.

»Irgendwelche Japaner, die nur als Jongleure bekannt waren, und nun – auf einmal! Schrecklich! Hast du von Alinas skandalösem Leben gehört?« fragte sie und verblüffte Klim gleich darauf durch einen Aphorismus, den er, um sein Lächeln zu verbergen, mit gesenkten Augen anhörte.

»Für die Frau gibt es zwei Wege: entweder heroische Mutterschaft oder angenehme Schweinerei. – Timofej hatte recht.«

Samgin wußte, daß sie Dmitrij nicht mit ihrer eigenen Milch genährt und ihn selber nur fünf Wochen gestillt hatte. Fast alle ihre Gedanken begannen oder endeten mit den vier Worten: »Timofej hatte recht«, als wollte sie sich erinnern, daß Warawka nicht mehr war.

Das Trauerkleid machte sie noch älter, und da sie das wahrscheinlich fühlte, zog und zupfte sie nervös daran herum und ging im Paradeschritt umher, indem sie sich straff aufrecht hielt und die formlos gewordene Brust vorwölbte. Besonders oft suchte sie zu beweisen, daß alle Menschen Despoten seien.

»Das ist in einer Gesellschaft, die auf despotischen Grundsätzen beruht, ganz natürlich«, bemerkte zögernd und halb ernst die Spiwak.

Die Mutter verzog das Gesicht so, daß die gepuderten Wangen rauh wurden wie Wildleder.

»Oh, mein Gott! Immer sprechen Sie davon!« rief sie zornig und drohte der Spiwak mit dem Teelöffel. »Ihre Ideen sind schrecklich, Lisa! Ich habe mein ganzes Leben unter Revolutionären verbracht, das waren auch Menschen, die sich geirrt hatten, aber keiner von ihnen urteilte so wie Sie und Ihre Freunde. Selbstverständlich muß die Macht des Zaren eingeschränkt werden, aber das Eigentum abzulehnen, das ist Wahnsinn! Und wahrhaftig, ich danke Gott, daß er euch zwar reden, aber nicht handeln läßt. Obwohl ich überzeugt bin, daß der Streik im Frühjahr von Ihrer Clique angezettelt worden ist – ja, ja! Sie sind ein guter Mensch, Lisa, aber nicht nach Gottes Gesetz, sondern nach Büchern. Weißt du, Klim, daß mein Beichtvater Nifont sie eine klösterlich lebende Atheistin genannt hat? Er spielt vortrefflich Wint. Spielst du Karten?«

»Nein, ich habe nichts dafür übrig.«

»Ja, du bist ein Mensch ohne Spielleidenschaft«, sagte die Mutter überzeugt und beifällig, dann begann sie vom Gouverneur zu erzählen.

»Er ist ein sehr netter Alter, sogar liberal, aber dumm«, sagte sie und zog durch Grimassen die Lider herunter, so daß die leeren Augen sichtbar wurden. »Er sagt: ›Wir eilen nicht, weil wir alles so gut wie möglich machen wollen; wir warten geduldig, bis Menschen heranwachsen, die man in Angelegenheit der Staatsleitung mitsprechen lassen kann.‹ Aber ich bitte ihn ja nicht um eine Verfassung, sondern um die Schirmherrschaft der Kaiserlichen Musikgesellschaft über meine Schule.«

Zu Jelisaweta Spiwak verhielt sie sich wie zu einem Menschen, der nicht sehr angenehm war und sie langweilte, den sie aber brauchte, sie verlangte ihre Anwesenheit bei den geschäftlichen Gesprächen über die Liquidierung der zahllosen Unternehmen Warawkas, hörte sich ihre Ratschläge an und stimmte ihnen wohlwollend bei.

»Ja, das dachte ich auch.«

Zweimal in der Woche versammelten sich bei ihr die »Leuchten« des Ortes: die Faßfabrikantengattin und Geliebte des Gouverneurs, Madame Eveline Trescher, eine kleine, grauhaarige und fröhliche Schönheit; die Frau des Finanzamtsleiters Pelymow, eine gutmütige, tiefstimmige Alte mit dunklem Streifen über der Oberlippe – sie rasierte sich den Schnurrbart; die Gattin des Adelsmarschalls, hochgewachsen, dürr, mit asketischem Nonnengesicht; und noch einige nicht weniger gewichtige Damen trafen ein. Es erschienen der dem Gouverneur beigeordnete Beamte für besondere Aufträge Kianskij, ein junger Mann mit Socken von gleicher Farbe wie seine Krawatte, der violette Oberpriester Slaworossow, der würdige, dicke Gefängnisinspektor Toporkow, ein Mann mit kahlem Schädel, der wie eine riesengroße, häßliche, unregelmäßig geformte Perle aussah, mit unsichtbaren Augen im feisten Gesicht und ebensolcher fast unsichtbaren Nase, die zwischen rosigen Bäckchen verschwand, welche mollig waren wie die eines gesunden Kindes. Es kamen der riesengroße, einem Ringkämpfer gleichende Sirup- und Stärkefabrikant Okunew, weitere gesetzte Leute, der Dirigent des bischöflichen Chors, Korwin, und inmitten dieser Leute drehte sich wie ein Kreisel der rundliche Dronow in kurzem Jackettchen. Er setzte sich in eine Ecke, spielte mit dem gelben Notizbuch und dem Bleistift, und seine durchdringenden Augen sondierten die Sitzungsteilnehmer, als zögen sie sie aus. Klim begegnete er kühl und mied danach sichtlich ein Zusammentreffen mit ihm.

In den Sitzungen bei Wera Petrowna wurden die sehr schwierigen Fragen erörtert, wie die Armut und die verderbliche Sittenlosigkeit der Armen zu bekämpfen seien. Samgin überzeugte sich mit einem für diese Leute und für seine Mutter nicht gerade schmeichelhaften Befremden davon, daß sie in dem Verein »Das Überschüssige dem Nächsten« als unbestrittene Autorität in praktischen Fragen galt. Kaum gab die gutmütige Pelymowa, die stets irgendwohin eilte, ihrem Gefühl der Sorge um die Nächsten allzu freien Lauf, näselte Wera Petrowna in abkühlendem Ton: »Wir wollen nicht eilen, Anna Antonowna. Die Armut wird erst dann schwinden, wenn die Armen vernünftig ausgeben lernen.«

»Ganz richtig«, rief Toporkow freudig. »Gerier, glaube ich, hat gesagt: ›Nicht heftige Regengüsse düngen die Erde am besten, sondern feiner Regen.‹«

Er ließ fast alle Worte, die mit O endeten, mit Ypsilon auslauten und war überzeugt, die Armen würden nicht schlecht leben, wenn sie sich mit Kaninchenzucht befassen wollten.

»Die Hälfte der Bevölkerung Frankreichs züchtet Kaninchen, und Sie sehen, die Franzosen versorgen uns mit Geld.«

Samgin war zu sehr in sich selbst versunken, als daß er die Komik dieser Sitzungen beachtet hätte, dennoch dachte er manchmal, die Leute sprächen dummes Zeug, weil sie sich übereinander lustig machen wollten.

»›In einem gesunden Körper ist ein gesunder Geist‹ – das ist eine heidnische Behauptung, und darum ist sie unwahr«, sagte Oberpriester Slaworossow. »Der Geist des wahren Christen krankt stets an verzehrender Liebe zu Christus und an Furcht vor ihm.«

Das alles bekam in den Augen Samgins einen ausgesprochen tragikomischen Anstrich, als er sich überzeugt hatte, daß das obere Stockwerk des Hauses, wo der verwitwete Doktor Ljubomudrow wohnte, das Nest von Leuten anderen Typs und offensichtlich Treffpunkt der ortsansässigen Bolschewiki war. Er bemerkte, daß dienstags und freitags in den Abendsprechstunden des Doktors pünktlich der unverwüstliche Statistiker Smolin und irgendwelche sehr verschiedenartigen Leute erschienen, die gar nicht wie Kranke aussahen. Zweimal etwa zeigte sich auf dem Hof Dunajew mit seinem unvergeßlichen Lächeln in dem krausen Bart, der jetzt noch dichter und wie aus Holz geschnitzt war. Dunajew trug Schaftstiefel bis zu den Knien, eine schwedische Lederjacke und eine Ledermütze, all dieses stark mit Maschinenöl eingefettete Leder glänzte matt.

Zwei Zimmer seiner Wohnung hatte der Doktor vermietet: das eine an den Mitarbeiter von »Unser Land«, Kornew, einen hageren Mann mit rotblondem Bart, Kinderaugen und dem Gang eines Sumpfvogels, das andere an Fljorow, einen Mann von etwa vierzig Jahren mit einem Klemmer auf der spitzen Nase und einem Gesicht, das in aller Eile aus kleinen Zügen modelliert schien und ebenfalls von einem spärlichen, dunklen Bärtchen zweifelhaft geziert war. Man hätte erwarten können, dieser Mann spräche mit hohem Tenor, er sprach jedoch mit weichem Baß, langsam und leicht stotternd. Er hielt irgendwelche Vorlesungen in der Musikschule, veröffentlichte in »Unser Land« kleine Artikel über Neuigkeiten der Wissenschaft und arbeitete an einem Buch »Die sozialen Ursachen psychischer Krankheiten«.

»F-fast alle Formen psychischen Erk-krankens erklären sich aus der Vergewaltigung des menschlichen Willens«, erklärte er Samgin. »Die be-bestehende Gesellschaftsordnung bringt Menschen mit hypertrophiertem oder atrophiertem Willen hervor. Nur der Sozialismus kann eine freie und normale Entfaltung der Willensenergie herbeiführen.«

Doktor Ljubomudrow hörte ihm zu, lächelte, klopfte sich mit den Fingern auf die Glatze und warnte freundlich: »Mach keinen Fehler, Nikola.«

Der Doktor war abgemagert, hielt sich aufrecht und hatte anscheinend seinen trägen Skeptizismus eines Menschen, der durch den langjährigen Anblick menschlicher Leiden ermüdet war, abgelegt. Er sah Klim mit zugekniffenen Augen an und brummte unverfroren: »Tja, das Sprichwort: ›Eine Krähe hackt der anderen nicht die Augen aus‹ hat sich im Fall Warawkas nicht bewahrheitet – Radejew hat sich über ihn hinweggesetzt und ist Stadtoberhaupt geworden. Er hat die Intelligenzkreise zu seinem Sprungbrett gemacht und – hat ihn übersprungen. Ein spitzbübischer Alter, er wittert den Geruch des morgigen Tages. Sind Sie nicht zufällig Bolschewik?«

»Warum zufällig?« wich Klim einer offenen Antwort aus, aber die Antwort interessierte den Doktor offenbar nicht, er trommelte mit den jodverätzten Fingern hinter dem Ohr gegen seinen Schädel und brummte: »Stramme Burschen. Hier traf mal so ein Bärtiger ein . . . im Charakter erinnerte er mich an Sheljabow.«

Daran, wie der Doktor aus seinem Schädel dumpfe Worte herausklopfte, und an seiner ganzen nachlässigen, gebeugten Gestalt war etwas, das Samgin erregte. Und es war absurd zu hören, daß dieser vom Leben stark mitgenommene Alte mit den Bolschewiki sympathisierte.

»Es ist natürlich nicht übel, daß man Plehwe um die Ecke gebracht hat«, murmelte er. »Aber es bedeutet trotzdem, Bakterien wie Flöhe Stück für Stück auszurotten. Es heißt, die Professoren ziehe es zur Politik hin, wie? Der verstorbene Setschenow hat sehr richtig von Virchow gesagt: ein guter Gelehrter, aber ein schlechter Politiker. Virchow hat das bewahrheitet: er hat schlechte Politik gemacht.«

Zu Jelisaweta Spiwak verhielt sich der Doktor wie zu einer Tochter, er duzte sie, während sie ihm den Haushalt führte. Samgin mutmaßte, daß sie sich im Ortskomitee als Sekretärin betätige und überhaupt eine wichtige Rolle spiele. Er erfuhr, daß Sascha, die Wärterin ihres Sohnes, eine Nichte Dunajews war, daß Dunajew in Treschers Faßfabrik als Maschinist angestellt und sein griesgrämiger Kamerad Waraksin als Waagemeister auf dem Güterbahnhof tätig war.

»Die haben es zu was gebracht«, bemerkte er ironisch, aber die Spiwak vernahm die Ironie nicht.

»Sie sind beide sehr klug«, sagte sie und teilte knapp mit, daß die Arbeit in der Stadt ziemlich erfolgreich vorwärtsgehe, daß eine kleine Druckerei vorhanden sei, aber natürlich nicht genug Literatur zur Verfügung stehe und wenig Geld da sei.

»Nach Warawkas Tod wird noch weniger dasein.«

»Hat er – Geld gegeben?« fragte Samgin erstaunt und ungläubig.

»Ja. Aber nicht sehr viel.«

»Und – hat er gewußt, wofür?«

»Natürlich hat er das gewußt.«

»Sonderbar, nicht wahr?« fragte Samgin.

Die Spiwak antwortete nicht. Sie hatte sich äußerlich fast gar nicht verändert, war nur stark abgemagert, aber ihr rundes Gesicht hatte keine einzige Falte, und die bläulichen Augen blickten immer noch ebenso ruhig. Samgin merkte jedoch, daß sie ihm gegenüber hochmütiger war als früher. Er erklärte sich das damit, daß man ihr wahrscheinlich von der Nikonowa und im Zusammenhang mit dieser Affäre auch von ihm erzählt hatte. An die Nikonowa dachte er jetzt schon kühl und wenn auch mit Bitterkeit, so doch fast wie an ein Dienstmädchen, das gute Eigenschaften besaß, ihm lange und ehrlich hätte dienen müssen, statt dessen jedoch das in sie gesetzte Vertrauen nicht gerechtfertigt, sich in eine dunkle Angelegenheit verwickelt und dazu noch ihn durch den Verdacht beleidigt habe, daß auch er ein dunkler Mensch sei. Er hätte sehr gern mit der Spiwak über diesen traurigen Fall gesprochen, konnte sich aber immer nicht dazu entschließen, auch war ihm ihr Sohn dabei im Wege.

Dieser Mensch verhielt sich nörglerisch, anspruchsvoll und sichtlich mißtrauisch zu ihm. Mit schwarzen Brauen, Augen wie Kirschen und widerspenstigen Haarschöpfen, dünn und gelenkig, erinnerte er den Kindern gegenüber gleichgültigen Samgin unangenehm an Boris Warawka. Er blickte ihm unter die Brille und fragte mit kräftigem Stimmchen: »Können Sie auf zwei Fingern pfeifen? Und Käfige bauen? Können Sie Bären und Katzen zeichnen? Was können Sie denn?«

Samgin konnte nichts, und das mißfiel Arkadij. Er kniff die Lippen zusammen, schwieg ein paar Sekunden und sagte dann vorwurfsvoll: »Fljorow kann alles. Onkel Grischa Dunajew auch. Und der Doktor auch. Der Doktor pfeift nur nicht, er hat falsche Zähne. Fljorow hat sogar hinter dem Ural gelebt. Können Sie den Ural auf der Karte mit dem Finger zeigen?«

Ferner stellte sich heraus, daß Fljorow in einem endlos langen Fluß hinter dem Ural unglaubliche Fische gefangen hatte.

»So große!«

Arkadij breitete die Arme in ihrer ganzen Länge aus und schwenkte sie dann über dem Kopf.

»Würfelförmige Fische kommen nicht vor«, bemerkte Samgin. Der Junge sah ihn verwundert an und war gekränkt. »Wieso kommen sie nicht vor, wenn es welche gibt? Es gibt sogar kugelrunde und solche wie kleine Pferde. Die Menschen, die sind alle gleich, aber die Fische sind verschieden. Wieso sagen Sie, daß sie nicht vorkommen? Ich habe Bilder, da ist alles drauf, was es gibt.«

Samgin fiel es schwer mit ihm, aber er wollte die Einstellung der Mutter zu sich mildern und glaubte, das dadurch zu erreichen, daß er mit ihrem Sohn spielte, während der Junge in ihm einen Menschen sah, dem man von allem, was es auf der Welt gab, erzählen mußte.

Die Spiwak verhielt sich zu ihrem Sohn mit einer etwas komischen Vorsicht und als fürchtete sie, ihm lästig zu fallen. Wenn sie Arkadijs Geplauder zuhörte, dämmte sie fast nie seine Phantasie, sondern fragte nur zuweilen: »Ist denn das möglich?«

»Warum nicht?«

»Denk mal nach.«

»Gut – ich werde nachdenken«, willigte Arkadij ein.

Seine direkten Fragen beantwortete sie ausweichend, mit kleinen Scherzen, meist jedoch wiederum mit Fragen, womit sie den Knaben geschickt und unauffällig von dem ablenkte, was er noch nicht zu wissen brauchte. Sie war zu ihm nur selten zärtlich und auch eigentümlich behutsam, fast geizig.

Das ist vorbeugend, das Leben ist nicht zärtlich, dachte Samgin and erinnerte sich, wie oft in der Kindheit seine Mutter, wenn sie ihn mechanisch, aus Gewohnheit liebkoste, seine kindliche Zärtlichkeit abgekühlt hatte.

Es war schon August, und doch strömte der etwas matte Himmel immer noch metallischen heißen Sonnenglanz aus; er machte die Stadt so still, daß man hörte, wie auf dem Übungsplatz hinter den Gärten eine gebieterische Stimme schallend kommandierte: »Stillgestanden!«

Und es schien, als wäre das staubige Laub der Bäume gerade von diesen Rufen so trübsinnig regungslos. Auch die Nächte waren schwül und düster still. Nachts ging Samgin spazieren, wobei er eine späte Stunde und die ruhigsten Kaufmannsstraßen wählte, um keinen Bekannten zu begegnen. Es war etwas Bitteres und hämisch Berauschendes an diesen Nächten, den einsamen Spaziergängen auf schmalen Gehsteigen vor den Fenstern dauerhaft gebauter Häuser, wo einfache Menschen wohnten, Menschen mit gesunder Denkart, von denen der Historiker Koslow so beruhigend und schön erzählt hatte. Er stimmte dem Doktor bei, wenn Ljubomudrow sagte: »Tja, man merkt, auch das Kleinbürgertum verliert den Glauben daran, daß es so weiterleben könne, wie es das gewohnt war. Es lebt zwar immer noch so, aber das ist die Beharrung. Alle fühlen, daß die gewohnte Ordnung Rechtfertigungen, Erklärungen verlangt, woher aber soll man sie nehmen, die Rechtfertigungen? Es gibt keine Rechtfertigungen.«

Während Samgin ihm zuhörte, dachte er: In der Tat verbrecherisch ist die Macht, die bei jener Bevölkerungsschicht Unzufriedenheit erweckt, welche in allen anderen Ländern dem Staat als feste Stütze dient. Aber er dachte über Politik nicht gern in den gewohnten, allgemein üblichen Termini nach, da er fand, daß diese Termini seine Gedanken um ihre Eigenart brachten, sie entstellten. Ihm gefiel es mehr, wenn der gleiche Doktor lächelnd murmelte: »Die Warawkaleute haben wohl auch zu spät begonnen, babylonische Türme und ägyptische Pyramiden zu bauen, es fehlt an Sklaven, die Arbeiter aber wollen nichts Unsinniges.«

Zu guter Letzt näherte sich Samgin immer häufiger einer Schlußfolgerung, die ihm noch vor kurzem innerlich zuwider gewesen war: Das Leben ist so verdreht, daß jene Menschen am einfachsten und verständlichsten sind, die beschlossen haben, all seine Grundlagen zu ändern, all seine Stützen zu zerstören. Er erinnerte sich noch, daß ihm dieser Gedanke zum erstenmal in Petersburg, gleich nach dem Brief der Nikonowa gekommen war, und war überzeugt: Er war ihm nicht deshalb gekommen, weil er über etwas erschrocken war. Er wollte nicht darüber nachdenken, worüber er eigentlich erschrocken war: über sich selbst oder über die Nikonowa. Aber in ihm war schon mehrmals der Gedanke aufgetaucht, diese Frau könnte, wenn man sie finge, aus Angst oder aus Bosheit ihren unsinnigen Verdacht als Tatsache ausgeben und ihn verleumden.

Bei einem seiner Spaziergänge stieß er mit Inokow zusammen; Inokow trat aus dem Hof eines Hauses und rief, während er das Pförtchen zuschlug, in den Hof zurück: »Na, leb wohl, du Dummkopf!«

Dann prallte er mit Samgin zusammen.

»Verzeihung ... Pah, Sie sind es!«

»Von wem haben Sie sich denn so originell verabschiedet?«

»Von Poiré. Entsinnen Sie sich – der Polizeibeamte, der zur Haussuchung bei Ihnen war. Er ist zum Polizeikommissar ernannt worden, aber er hat seinen Abschied genommen – er fürchtet die Revolution, fährt nach Frankreich. So ein Scheusal ...«

»Sie sprechen sehr laut von der Revolution«, warnte Samgin, aber auf Inokow hatte das keine Wirkung.

»Na«, sagte er, ohne die Stimme zu senken, »davon bellen alle Hunde, gackern alle Hühner, sogar die Schweine grunzen schon davon. Man langweilt sich, mein Lieber! Hat nichts zu tun. Das Kartenspielen haben wir satt, kommt, laßt uns Revolution machen, wie? Ich verstehe diese Leute. Sie gehen in die Revolution, wie Ungläubige die Kirche besuchen oder an Kirchenprozessionen teilnehmen. Wissen Sie, ich habe eine Erzählung veröffentlicht – haben Sie sie nicht gelesen?«

»Nein«, sagte Samgin. Er hatte die Erzählung gelesen, sie aber nicht gut gefunden und wollte darum nicht von ihr sprechen. Inokow glich am allerwenigsten einem Schriftsteller; in dem weiten Mantel, der aussah, als gehöre er ihm nicht, mit weißer Mütze und einem Bart, der sein grobgeschnittenes Gesicht bis zur Unkenntlichkeit veränderte, glich er einem zu Wohlstand gelangten Bauern. Er sprach laut, lebhaft und schien nicht nüchtern zu sein.

»Ja, sie ist gedruckt worden. Man lobt sie. Aber meiner Ansicht nach ist sie nichts wert! Zudem hat der Zensor oder der Redakteur das Manuskript so überarbeitet, daß der Sinn verlorengegangen, die Langeweile jedoch erhalten geblieben ist. Dabei war die Erzählung gerade gegen die Langeweile geschrieben. Na, auf Wiedersehen, ich muß hierher!« sagte er und ergriff Samgins Hand mit seiner heißen Rechten. »Ich laufe immerzu herum. Suche einen Platz – bin in Polen, in Deutschland und auf dem Balkan gewesen, war in der Türkei, im Kaukasus. Uninteressant. Im Kaukasus ist es wohl noch am interessantesten.«

Ein wüster und törichter Mensch, dachte Samgin, als er sah, wie Inokow mit hochgezogenen Schultern und gebeugtem Rücken, als trüge er eine unsichtbare Last, hastig durch die Gasse schritt, während eine trüb brennende Laterne sich ihm entgegenbewegte. Er erinnerte sich an Inokows Erzählung: grob geschrieben, ließ sie vieles offen, enthielt Gedankensprünge, in ihr klang aufdringlich irgendein gellender, aufreizender Ton. Die Erzählung hieß »Das Übliche« und schilderte eine Reihe kleiner, nicht strafbarer Vergehen, die den Tag des Spießbürgers füllen. In Samgins Erinnerung flammte jetzt gleichsam ein Streichholz auf und beleuchtete einen stillen Abend und am Ende einer Straße, über einem Feld feuerrote, üppige Wolken; er geht mit Inokow ihnen entgegen, und plötzlich kommt wie aus den Wolken wunderschön ein goldschimmerndes Roß mit schlanken Fesseln angesprengt, auf dem Roß – ein weißer Reiter. In diesem Augenblick rollt ein bärtiger Bauer ein leeres Faß aus einem Tor heraus; das goldene Roß wirft den Kopf hoch, bäumt sich auf und schlägt dann mit den Vorderhufen auf das Kopfpflaster, daß die Funken sprühen, Inokow bleibt stehen und murmelt albern: Aufrichtigkeit ...«

Dann seufzt er: »Ach, wie schön ...«

Die Revolution wird solche Subjekte wie Inokow sicherlich vernichten, entschied Samgin, als er sich an all das erinnert hatte.

Er versuchte, mit Jelisaweta Spiwak zu sprechen, aber nachdem sie ihm fünf Minuten zugehört hatte, sagte sie gelangweilt: »Sie scheinen sich nach Intellektuellenmanier mit sich selbst zu befassen? Das ist ... recht unzeitgemäß.«

Er weigerte sich nicht, ihr bei ihren zahllosen Angelegenheiten vorsichtig zu helfen, und erklärte sich diese Hilfe mit seinem Bestreben, ihre konspirative Arbeit kennenzulernen, die Motive der revolutionären Gesinnung dieser stets ruhigen Frau zu verstehen, sie aber faßte seine Gefälligkeiten als etwas Pflichtgemäßes auf, sah dabei keinerlei Risiko für ihn und zeigte kein Verlangen, sich mit ihm näher zu befreunden.

Samgin verbrachte den ganzen Herbst, indem er das Leben im Haus beobachtete und auf Haussuchung und Verhaftungen wartete, mit der Mutter höchst langweilige geschäftliche Gespräche führte, und erst im Dezember war die Mutter endlich soweit, ins Ausland zu reisen. Man veranstaltete für sie ein Abschiedsessen mit Lobreden und geleitete sie dann mit Blumen und unter Tränen an die Bahn. Sie schien sich einzubilden, daß ihre Abreise ins Ausland sie noch bedeutender mache, als sie sich stets vorgekommen war, und benahm sich lächerlich aufgeblasen. Als Samgin sie beobachtete, fürchtete er, die Leute könnten merken, wie komisch diese alte Frau war, er suchte bei sich nach einem guten Gefühl zu ihr und fand nichts als Ärger über sie. Insbesondere beunruhigte ihn, daß die Spiwak die Mutter natürlich auch komisch und kläglich sah, obwohl die Spiwak sie mit traurigen Augen betrachtete und sich um sie wie um eine Kranke oder Schwachsinnige kümmerte.

Erst als auf dem Warschauer Bahnhof in Petersburg die nagelneue Lokomotive dampfschnaubend die roten Triebräder in Bewegung setzte, der Wagen ins Rollen kam und das geschminkte Gesicht der Mutter sich unschön verzerrte, verwischte – riß Samgin die schon wieder aufgesetzte Mütze hastig vom Kopf, und leise und fragend erklangen irgendwo in seinem Innern die traurigen Worte: Auf immer?

Der Wind blies und hüllte den Bahnhof in kalten Rauch, er zerrte an den Maueranschlägen und rüttelte an den surrenden opalenen

Blasen der Bogenlampen längs der Gleise. Über der ungeliebten Stadt flimmerte ein trübgelber Lichtschein, in der feuchten Luft schwebte unwirscher Lärm, der vom unruhigen Pfeifen rangierender Lokomotiven durchschnitten wurde. Als Samgin die glitschige Treppe hinabging, rutschte er aus und griff nach irgendeiner Schulter; der Mann schüttelte mit schroffer Bewegung seine Hand ab, wandte sich jäh um und sagte halblaut, mit Erstaunen: »Oh, Samgin! Und ich dachte ... Haben Sie jemanden begleitet oder abholen wollen und nicht getroffen?«

Unter dem Hutrand hervor sahen Samgin die ironischen Augen Turobojews an, der sichtlich über etwas erfreut war.

Wohl kaum über die Begegnung mit mir, dachte Samgin.

Sie kamen zum Droschkenstand.

»Wohin müssen Sie?« fragte Turobojew, der einen leichten Mantel trug und sich vor Kälte etwas krümmte.

Sie nahmen zusammen eine Droschke. Turobojew erkundigte sich mit spitzem Lächeln, wie es ihm gehe. Samgin antwortete vorsichtig.

»Es ist kalt«, sagte Turobojew schlotternd. »Wollen wir nicht einen Wodka trinken gehen? Oder Tee?«

Klim stimmte zu. Es war interessant, Turobojew in der Rolle eines Mitarbeiters der Presse zu sehen.

»Das haben Sie wohl nicht erwartet?« fragte Turobojew, als sie im Restaurant saßen. »Das ist ein recht unterhaltsamer Beruf.«

Samgin trank Tee und betrachtete unauffällig das bekannte, viel dunkler gewordene Gesicht mit schwarzem Zwickelbärtchen und kleinem Schnurrbart. In diesem Gesicht war etwas Asketisches und Jüdisches zutage getreten, aber die Augen hatten sich nicht verändert, in ihnen leuchtete wie früher ein unangenehm stechendes Flämmchen.

Ein gewesener Mensch, erinnerte sich Samgin eines allgemeingebräuchlichen Ausdrucks; er war ihm zum erstenmal angenehm, und es schien ihm höchst angebracht, ihn zu wiederholen. Turobojew trank Wodka, indem er das Gläschen mit rascher Handbewegung an den Mund führte, er prustete, hustete und spuckte wie ein Handwerker.

»Zu leben wird überhaupt unterhaltsam«, sagte er, nahm eine billige Stahluhr aus der Tasche und sah mit einem Auge das Zifferblatt an. »Hätten Sie nicht Lust, etwas sehr Interessantes kennenzulernen? Sie haben natürlich gehört: Hier organisiert ein Pfäffchen die Arbeiter. Ganz legal, mit behördlichem Segen.«

»Ja, das weiß ich«, sagte Samgin. »Aber was bedeutet das?«

Turobojew zuckte die Achseln, verfinsterte sich, seine Augen sanken in die Höhlen zurück.

»Ich begreife es nicht. Die Deutschen hatten so einen Pastor – Stöcker, glaube ich, aber das gleicht dem nicht. Ich bin übrigens schlecht unterrichtet, vielleicht gleicht das dem doch. Einige ... Sachkenner sagen, das sei eine Wiederholung des Subatowschen Experiments, aber in grandioseren Ausmaßen. Das scheint auch nicht zu stimmen. Jedenfalls ist es bemerkenswert! Ich fahre gerade zu einer Predigt des Popen, wollen Sie nicht mitkommen?«

Samgin stimmte zu, denn er hoffte, einen Prediger wie Diomidow und Hunderte vom Leben bedrückter Menschen zu sehen, die ihm aus Langeweile zuhören, weil sie sonst nicht wissen, wohin mit sich.

Sie fuhren lange durch dunkle Straßen, wo der Wind stärker war, er blies ihnen in den Mund und hinderte am Sprechen. Schwarze Fabrikschlote ragten zum Himmel, der wie eine erstarrte Wolke schmutzig-rotbraunen Rauchs aussah, und dieser Rauch entstand hinter den Türen und Fenstern von Gastschenken, die mit gelbem Licht gefüllt waren. In der kalten Dunkelheit bewegten sich menschenähnliche Gestalten, schrien Betrunkene, sang schrill eine Frau, und je weiter, desto finsterer schienen die Straßen zu sein.

»Halt! Du wartest hier«, sagte Turobojew, als sie bei einem hohen Zaun angelangt waren, und sprang in den Schnee, ehe noch das Pferd stand.

Das rote Licht einer Kohlenfadenlampe beleuchtete die breite Fläche eines Tors, das in einer Angel hing, einen Mann im Bauernpelz mit einem Messingschild an der Stirn und noch einen kleineren, auch im Pelz und einem Heuschober ähnelnd.

»Wer sind Sie?« fragte der eine, der andere antwortete mit Weiberstimme: »Zeitungsleute.«

Dann spuckte er aus.

Samgin schritt stolpernd über irgendwelche Bretter mit geneigtem Kopf dicht hinter Turobojew her, er wurde von irgendwelchen Leuten gestoßen, die einander mit halblauter Stimme ermahnten: »Leiser!«

»N-nein, Brüder«, durchschnitt ein hoher, etwas hysterischer Schrei die Luft. Samgin stieß gegen Turobojews Rücken, richtete sich auf den Zehen auf und blickte über seine Schulter nach vorn, von wo die hohe Stimme rief.

»Nein, nicht das werden wir sagen! Wir werden sagen: Die Armut ...«

Eine tiefe Stimme rief zornig und wie durch ein Sprachrohr über

Samgins Kopf hinweg: »Wir sind keine Armen, Väterchen, Ausgeraubte sind wir!«

»Armut erzeugt Neid, werden wir sagen, der Neid – Feindschaft, aber Feindschaft ist kein Gesetz, Feindschaft ist nicht das Wahre...«

»Hörst du?« fragte jemand halblaut hinter Samgin.

»Ich höre.«

»Na, siehst du. Ich habe dir doch gesagt...«

Bald lauter, bald gedämpfter wogten leises Sprechen, Raunen, verhaltenes Husten und übertönten die hastigen Worte des Redners. In dem blauen Tabakrauch, der mit dem Geruch von Leder, Öl und Teer durchsetzt war, sah Samgin gereckte Hälse, Nacken und zerzauste Köpfe, die hochschnellten und wieder verschwanden wie Blasen im Wasser. Vorne saßen die Leute dichtgedrängt und hatten sich fast alle vorgeneigt, wie man an einem Ofen sitzt und sich wärmt. Weiter vorne war der Boden anscheinend erhöht, dort saßen an zwei zusammengerückten Tischen mit dem Gesicht zu Samgin ernste, bessergekleidete Leute, während vor den Tischen ein schwarzhaariges kleines Pfäffchen mit schwärzlichem Gesicht herumlief, bald mit der Rechten, bald mit der Linken gestikulierte, am Kragen des braunen Priesterrocks herumzupfte, das Haar mit den Händen zurückwarf und sich zu den Leuten vorbeugte, als wollte es sich auf sie stürzen; sie riefen ihm zu: »Lauter, Väterchen!«

»Ru-he!«

»Wie viele sollen denn mitgehen, Väterchen?«

»Wie wäre es zu Neujahr?«

»Seid doch still!«

»Er ist ein Mensch!« rief der Pope und schwang die Ärmel des Priesterrocks hoch. »Er ist gerecht! Er wird die Wahrheit eures Grams verstehen und wird den Leuten, die von eurem Schweiß, von eurem Blut leben, sagen... wird ihnen sein Wort sagen... ein Wort der Kraft – glaubt mir!«

Turobojew drängte sich hartnäckig vor. Samgin, der ihm folgte, merkte, daß die Arbeiter sich gegenseitig anstießen und den Fremden gern Platz machten.

»Weiter zwängen wir uns nicht durch«, sagte Turobojew vergnügt, als er hinter den Sitzenden stehenblieb.

Ja, die Arbeiter saßen zu dritt auf zwei Stühlen, saßen einander auf dem Schoß und bildeten ein so geschlossenes Ganzes, daß Samgin durch die angelaufene Brille auf einigen Schultern zwei Köpfe sah. Ununterbrochen, ohne Blinzeln betrachtete er das verkrampfte Figürchen im Priesterrock; der Priesterrock wallte und wogte, als wollte er die Figur des Popen absichtlich einer bestimmten, festen Form berauben. Das Haar flatterte über seinem kleinen Kopf, und es schien, als ob auch auf seinem dunklen Gesicht das Haar bald länger, bald kürzer würde. Er wölbte die Brust vor und drückte die Faust an sie, richtete sich auf, hob die Augen zu dem blauen Rauch über seinem Kopf empor und schwieg, als lauschte er dem Geräusch der gedämpften Stimmen, dem Husten und dem tiefen Seufzen. Samgin fühlte bereits, daß hier nicht das geschah, was er zu sehen gehofft hatte: Dieser überspannte Pope erinnerte in nichts an Diomidow, ebenso wie die Arbeiter überhaupt nicht den unansehnlichen, von irgendeiner unüberwindlichen Langeweile bedrückten Zuhörern des ehemaligen Requisiteurs glichen.

»Abgerackerte Frauen, kranke Kinder«, zählte der Pope sehr rührend auf. »Schmutz und Enge der Unterkünfte. Trunksucht und Unzucht als einziger Trost.«

»Hör auf – das wissen wir!« brüllte betäubend laut dicht hinter Samgin eine Trompetenstimme; mehrere Stimmen zugleich beschwichtigten ihn leise: »Laß das doch sein, Heizer . . .«

»Was hast du? Bist du betrunken?«

»Sei still!«

»Warum wühlt er in meinen Wunden?«

Samgin sah sich vorsichtig um. Hinter ihm stand ein breitschultriger hochgewachsener Mann mit einem großen kahlen Schädel und rundem, bartlosem Gesicht. Das Gesicht glänzte ölig und war aufgedunsen wie bei einem Wassersüchtigen, die kleinen Augen leuchteten irgendwo in der Mitte, allzu nahe an den Nüstern der breiten Nase, während der Mund groß und ohne Lippen war, wie vom Messer geschnitten. Er bleckte die dichten weißen Zähne und trompetete dumpf über Samgins Kopf: »Er soll zur Sache kommen. Das Leben kennen wir. Wozu sein Gejammer?«

Das Gesicht dieses Menschen kam Samgin so unheimlich vor, daß er die Augen nicht gleich von ihm abwenden konnte. Der Mann war fast um einen Kopf größer als alle Arbeiter, die Schulter an Schulter und sogar gleichsam Wange an Wange rings um ihn standen. Es ergab sich irgendwie eine kompakte Masse gleichmäßig verfinsterter Gesichter mit einer unregelmäßigen, gebrochenen Linie von Augen, die gleichermaßen angespannt auf die braune Gestalt des Pfäffchens gerichtet waren. Auch Frauengesichter waren hie und da verstreut – mißtrauisch verfinstert die einen, gerührt wie in der Kirche die anderen. Eine Frau, die neben Turobojew stand, hatte ein krummnasiges Hexengesicht und bewegte fortwährend die Lippen, als kaute sie an irgendwelchen allzu harten Worten, und wenn sie die Lippen schloß, zeigte sich auf ihrem Gesicht ein Ausdruck böser und verzweifelter Entschlossenheit. Das war auch sehr unheimlich, und Samgin dachte, daß er an Stelle des Popen auch so herumgetanzt hätte, um diese Gesichter nicht zu sehen. Er schloß die Augen. Da erstanden vor ihm der blendendhelle Feuerofen Aumonts und der exzentrische Neger, der mit verblüffender Leichtigkeit auf der Bühne herumlief und den Streit eines jungen Hundes mit einem Hahn darstellte. Der Pope schrie immerzu und wand sich, als kneteten ihn wie Teig unsichtbare Hände. Nun standen die Leute hinter dem Tisch auf, umringten und zogen ihn, schoben ihn irgendwohin in eine Ecke und ließen ihn verschwinden. Das erinnerte Samgin an den Zaren in der Nishnij Nowgoroder Ausstellung und an die Minister, die ihn umringten. Die kalte, stickige Luft kitzelte ihn in der Nase, erschwerte das Atmen; Samgin nieste, seine Augen tränten, rings um ihn wurde es lauter, die Sitzenden erhoben sich, gingen aber nicht auseinander, sondern drängten sich in Gruppen zusammen und unterhielten sich brummig. Turobojew bat jemanden: »Ruf doch an . . .«

»Unbedingt.«

»Gehen wir«, sagte Turobojew.

Sie zwängten sich lange und mühevoll durch die Menge; sie war reglos geworden. Der Mann mit dem kahlen Schädel trompetete: ». . . wie Blinde in einen Abgrund. Wissen muß man!«

Auf der Straße erfaßte sie wieder der Wind, jetzt bereits mit Schnee, weich wie Flaum und feucht. Turobojew, der zusammengekrümmt die Hände in die Taschen gesteckt hatte, fragte: »Nun, was sagen Sie dazu?«

»Ich verstehe das nicht«, sagte Samgin und fragte, da er sich von Turobojew nicht ausfragen lassen wollte, seinerseits: »Sie haben mit einem Arbeiter gesprochen?«

»Ja. Ein sehr netter Mensch. Tscheremissow. Sollten Sie noch mal herkommen, so fragen Sie nach ihm.«

»Ich verreise morgen. Sozialrevolutionär, Sozialdemokrat?«

»Weder das eine noch das andere. Der Pope liebt Sozialisten nicht. Übrigens scheinen sich auch die Sozialisten diesem Spiel fernzuhalten.«

»Spiel?« fragte Samgin.

»Sie haben gesehen, er hat lauter Leute reifen Alters und anscheinend meist hoher Qualifikation um sich«, sagte Turobojew bereitwillig und nachdenklich, als spräche er mit sich selber, ohne die Frage zu beantworten.

Samgin sah vor sich den kahlen Schädel, das runde Gesicht mit den kleinen Augen, es leuchtete wie der Mond durch Nebel; dann spaltete es sich in eine Reihe anderer Gesichter, doch diese Gesichter vereinigten sich wieder zu einem unheimlichen Ganzen.

»Ich habe mich anscheinend erkältet«, sagte er.

Turobojew riet ihm, ein heißes Bad zu nehmen und Rotwein zu trinken.

Er ist so liebenswürdig, als wollte er mich um etwas bitten, dachte Samgin. In seinem Kopf rauschte es, seine Temperatur stieg. Durch das Rauschen hindurch hörte er: »Sagen Sie es Ihrem Bruder.«

»Wem?« fragte Klim verwundert.

»Ihrem Bruder, Dmitrij. Wußten Sie nicht, daß er hier ist?«

»Nein. Ich bin erst heute angekommen. Wo ist er?«

Turobojew nannte ein Gasthaus und sagte, daß er Dmitrij am Morgen sehen werde.

Zu Hause bestellte Samgin einen Samowar und Wein, nahm ein heißes Bad, aber das half ihm wenig, sondern schwächte nur. Er warf den Mantel über und setzte sich hin, um Tee zu trinken. Der Kopf schmerzte, Schnupfen fing an, und die beißende Trockenheit in den Augen veranlaßte ihn, sie zu schließen. Da tauchten aus der Dunkelheit das kahle Gesicht, der ölige Schädel auf, und in den Ohren dröhnte die wuchtige Stimme: »Das Leben kennen wir!«

Unter diesen Kopf stellten sich Dutzende, Hunderte von Menschen, und es entstand ein tausendarmiger Körper mit einem Kopf.

Der Führer, dachte Samgin lächelnd und trank gierig den warmen, mit Wein gemischten Tee. Der kleine braune Pope hüpfte herum. Sein Körper spaltete sich in einzelne Personen, und diese nahmen die bekannten Gestalten des dreifingerigen Predigers, Diomidows, des Schauermanns, des Ofensetzers aus dem Dorf und anderer mutwilliger Menschen an, die sich dem Schicksal nicht fügten. In seiner Erinnerung ging der Diakon mit einem dicken Buch in der Hand vorbei und sagte wie ein Schauspieler, der den Pechvogel Nestschastliwzew spielt: »Zensuriert!«

Ich habe Fieber, wahrscheinlich um vierzig, sagte sich Samgin und blickte den fauchenden Samowar an; das heiße Kupfer widerspiegelte zugleich mit seinem Gesicht irgendwelche Streifen und Flekken, sie verwandelten sich wieder in Menschen, deren jeder sich in Dutzende und Hunderte seinesgleichen vervielfältigte, es entstand eine dichte Masse gleicher Gestalten, ihre Köpfe hüpften wie Kaffeebohnen auf der heißen Pfanne, wie Tausende von Funken glühten verschiedenfarbige Augen auf, und es erklang ein leise stöhnendes Raunen...

»Weiß der Teufel, wie... allein ich bin«, sagte Klim laut. Die

Worte klangen, als kämen sie aus der Ferne und als hätte sie eine fremde, heisere Stimme gesprochen. Samgin stand auf, ging wankend zum Bett und ließ sich daraufallen, griff nach dem birnenförmigen Klingelknopf und preßte ihn fest in der Faust zusammen, wobei er das Pfäffchen die Ärmel des Priesterrocks schwingen und wie einen Hahn hüpfen sah, der auf einen Zaun hinauffliegen will, es aber nicht kann. Der Zaun war hoch, endlos lang und verlief in der Dunkelheit, im Rauch, doch an einer Stelle machte er einen Knick, bildete eine Ecke, und an der Ecke stand Turobojew und rief mit ausgestreckter Hand: »Er wird es verstehen!«

An das Bett traten zwei dicke Männer und drehten Samgin von der einen Seite auf die andere. Nach einiger Zeit erwies sich der eine von ihnen, der aussah wie ein Kaufmann vom Ochotnyj rjad, der mit eingesalzenen Pilzen handelt, als Dmitrij und der andere als ein Arzt von jenen, wie sie in Jules Vernes Büchern vorkommen: sie irren sich immer, und man darf ihnen nicht glauben. Samgin schloß die Augen, und beide verschwanden.

Als Samgin wieder zu sich kam, gleißte vor dem Fenster in milchigem Nebel die silberne Sonne, auf dem Tisch strahlte der Samowar, aus dem hoch und gekräuselt ein Dampfstrahl aufstieg, und vor dem Samowar saß mit einer Zeitung in der Hand der Bruder. Sein Kopf war nach Soldatenart kurzgeschoren, die rötlichen Wangen mit einem Kaufmannsbart bedeckt; er trug ein gestärktes Hemd ohne Krawatte, blaue Hosenträger und ungewöhnlich bunte Hosen.

Welch... Provinzler, dachte Klim, aber dieses Wort erfaßte nicht den ganzen Eindruck, und so fügte er hustend hinzu: »Wohlerhaltener.«

Dmitrij warf die Zeitung auf den Boden und glitt zum Bett.

»Guten Morgen. Was machst du denn für Sachen, Bruder, wie? Du hast recht kräftiges Fieber gehabt, alles ging ganz durcheinander. Mit Popen, Plötzen und Gleb Uspenskij. Du wirst drei bis vier Tage liegen müssen.«

Er ging zum Tisch, tropfte Arznei in ein Glas und gab sie Klim zu trinken, dann goß er sich ein Glas Tee ein und setzte sich mit dem Glas in der Hand linkisch auf den Stuhl am Bett.

»Ich bin seit zwei Wochen hier. Habe eine ethnographische Arbeit über das Nordgebiet mitgebracht.«

»Ist die Überwachung aufgehoben?« fragte Klim.

»Längst.«

»Fährst du ins Ausland?«

»Habe kein Geld«, sagte Dmitrij und stellte das Glas aus unerfindlichem Grund auf den Boden. Seine Augen blickten schuldbewußt, wie in Wyborg. »Das ist so eine ... Geschichte: Habe mich bei einer Familie niedergelassen – vortreffliche Leute! Ihr Haus war verpfändet, man wollte es ihnen nehmen, nun, und so gab ich ihnen Geld. Dann verwitwete die Tochter und ... Du bist doch, glaube ich, auch verheiratet? Wie es mir geht? Nun ... nicht übel. Ethnographie ist eine sehr interessante Sache. Ein Obstgarten ist auch da, ich buddle ein wenig. Na, und dann das gesellschaftliche Leben ...« Er kratzte sich mit dem kleinen Finger an der Nase und fragte leise: »Bist du Bolschewik? Nicht? Na, das ist angenehm, Ehrenwort!« Dann klemmte er die Hände zwischen die Knie, beugte sich zum Bruder vor und begann lebhafter zu sprechen: »Ich mag diese Gesellschaft nicht, Leute ohne Gewicht, Rebellen, Blanquisten. Lenin hat etwas von Netschajew, bei Gott! Jetzt besteht er darauf, daß ein dritter Kongreß vorbereitet wird – weshalb? Was ist vorgefallen? Hier liegt offensichtlich das Motiv persönlichen Ehrgeizes vor. Eine unangenehme Gestalt.«

Er verzog das Gesicht, rückte näher heran und senkte die Stimme noch mehr.

»Der Bauernaufstand hat bei mir einen deprimierenden Eindruck hinterlassen. Das war schon der Bolschewismus der Sozialrevolutionäre. Man hat einige zehntausend Bauern aufgewiegelt, um sie in die Knie zu zwingen. Und unsere Demagogen, fürchte ich, werden die Arbeiter in die Knie zwingen. Wir streiten uns herum, doch irgend so ein Gefängnispope handelt. Das ist schlimm, Bruder ...«

»Wie denkst du über Turobojew?« fragte Klim.

»Wie soll ich über ihn denken?« erwiderte Dmitrij und fügte seufzend hinzu: »Er hat nichts zu verlieren. Willst du nicht Tee trinken?«

»Bitte.«

Beim Einschenken sagte Dmitrij: »Ich habe im Künstlertheater ›Nachtasyl‹ gesehen – darin kommt auch ein Turobojew vor, nur etwas dümmer. Das Stück hat mir nicht gefallen, es enthält nichts als Worte. Ein Feuilleton über den Humanismus. Und – erstaunlich unzeitgemäß, dieser bis zum Anarchismus erwärmte Humanismus! Überhaupt – schlechte Chemie.«

Samgin war es interessant und angenehm, dem Bruder zuzuhören, aber ihm brummte der Kopf, das Husten ermüdete, und seine Temperatur stieg wieder. Er schloß die Augen und teilte mit: »Mutter ist ins Ausland gereist.«

»Für längere Zeit?«

»Um dort zu bleiben.«

Dmitrij kratzte sich nachdenklich am Kinn, dann sagte er: »Tja.

Sieh mal an . . . Habe ich dich ermüdet? Es ist bald ein Uhr, ich muß zur Akademie. Ich komme am Abend, einverstanden?«

»Natürlich. Gib mir die Zeitung.«

Dmitrij ging. In dem Gasthauszimmer trat fragende und erwartungsvolle Stille ein.

Er hat seinen Platz im Leben gefunden und – geniert sich, antwortete Samgin dieser Stille und empfand zum erstenmal Wohlwollen für seinen Bruder. Aber wie sehr ist doch der russische Intellektuelle durch Ideen verängstigt, lächelte er innerlich. Er brauchte über den Bruder nicht nachzudenken, alles war klar! In der Zeitung schrieb man zornig über den Krieg, über Port Arthur, über die Zerrüttung des Transportwesens, sechs Feuilletonspalten lang begeisterte sich jemand für Balmonts Verse und zitierte sein Gedicht »Die Menschlein«:

»Du Kleinbesitzer, Pharisäer; Familienvater heuchlerischer,
O wenn du doch, millionenfacher, verschwändest plötzlich!«

Samgin warf die Zeitung beiseite, die Augen schmerzten, das Lesen strengte ihn an, der Husten plagte ihn. Dmitrij erschien spätabends und teilte ihm mit, daß er in das gleiche Gasthaus umgezogen sei, er fragte nach seiner Temperatur, murmelte etwas Beruhigendes und lief fort mit den Worten: »Es findet eine kleine Versammlung wegen dieses Gapon statt, der Teufel soll ihn holen!«

Am nächsten Abend fühlte sich Samgin schon leidlich wohl, er saß, als der Bruder kam, im Bett und trank Tee.

»Port Arthur hat kapituliert«, sagte Dmitrij durch die Zähne. »Diese Neuigkeit wird morgen öffentlich bekanntgegeben werden.«

Er ging ans Fenster, schrieb mit dem Finger etwas auf die Scheibe und wischte das Geschriebene mit der Hand wieder weg, wobei er schroff sagte: »Turobojew sagt, der Zar habe das Unglück ganz gleichgültig hingenommen.«

»Woher weiß er das?« fragte Klim zornig. »Er lügt natürlich . . .«

Dmitrij trat an den Tisch, brach ein Stück Brotrinde ab, steckte es in den Mund und murmelte: »Nein, er weiß es. Er zeigte mir eine Abschrift des Geheimrapports Admiral Tschuchnins, der Admiral teilt darin mit, Sewastopol sei ein Herd politischer Propaganda, und die Absicht, dort Reservisten in Privatquartieren unterzubringen, sei ein unheilvolles und vielleicht auch böswilliges Vorhaben. Als man den Rapport dem Zaren vorlegte, sagte er nur: ›Kaum zu glauben.‹«

Klim hüllte sich in Schweigen und betrachtete das kältegerötete Gesicht des Bruders. Dmitrij schien ihm heute stämmiger und ein noch alltäglicherer Mensch. Er sprach matt und irgendwie nicht das, woran er dachte. Seine Augen blickten zerstreut, und er wußte offenbar nicht, wohin er die Hände tun sollte, steckte sie in die Taschen, legte sie in den Nacken, strich sich über die Hüften, breitete sie schließlich weit von sich und sagte ratlos: »Eine sonderbare Figur, dieser Zar, wie? Von seiner Gleichgültigkeit gegenüber dem Schicksal des Landes, seiner Willensschwäche wird so viel ...«

»... und so falsch gesprochen«, sagte Klim. »Falsch«, wiederholte er hartnäckig. »Erinnere dich, wie er neulich den Tschernigower Semstwoleuten übers Maul gefahren ist.«

»Da handelte es sich sozusagen um eine persönliche Angelegenheit«, bemerkte Dmitrij.

»Aber ich kann mir, wenn du willst, vorstellen, warum er ... Grund hätte, gleichgültig zu sein«, fuhr Samgin mit überraschender Heftigkeit fort, sie verwirrte ihn sogar etwas. »Gleichgültig wie ein Mensch, dem man von Kind auf einredete, daß er ein Ausnahmegeschöpf sei«, sagte er und fühlte sich einem Gedanken nahe, der ihm sehr wertvoll war. »Verstehst du? Ein Ausnahmegeschöpf. Du wirst zugeben, daß es einem Menschen, der in der Überzeugung von der Unbeschränktheit seines Willens aufgezogen wurde, schwerfällt, sich mit Forderungen nach Beschränkung seines Willens zu versöhnen. Ihm aber widerfuhr das gleich nach seiner Thronbesteigung ...«

Dmitrij zog die Brauen hoch und lächelte, vom Lächeln wurde sein Bart breiter, er strich mit der Hand darüber, sah zur Decke und murmelte: »Na ja, aber – das stimmt nicht alles ...«

Ohne dessen Worte zu beachten, jagte Samgin seinem Gedanken nach.

»Er sieht sich von unfähigen Leuten, von Feiglingen, Abenteurern und Mikrozephalen wie Witte umgeben ...«

»Aber Witte ...«

»... und Pobedonoszew – überhaupt von grotesk unheimlichen Fratzen. Er sieht das Volk, das ihm Hurra zuruft, doch dann ruiniert er die Wirtschaft des Landes, und die Gouverneure müssen dieses Volk verprügeln. Er sieht die Studenten auf Knien vor seinem Palais, diese Studenten wurden vor kurzem unter die Soldaten gesteckt; er weiß, daß sich aus der Mitte der Studentenschaft die Mehrzahl der Revolutionäre rekrutiert. Ihm ist bekannt, daß Zehntausende von Arbeitern zum Denkmal seines Großvaters zogen, um vor ihm Hurra zu schreien, und daß in Rußland eine sozialistische, eine Arbeiterpartei gegründet worden ist und daß das Ziel dieser Partei nicht nur die Vernichtung der Selbstherrschaft ist – was auch alle anderen wollen –, sondern die Vernichtung der Klassenordnung. Das alles wird nicht erklärt, sondern . . . gleicht sich in seiner Seele irgendwie aus . . .«

Samgin gab sich keine Rechenschaft –klagte er an oder verteidigte er? Er fühlte, daß seine Rede sehr gewagt war, und merkte: Der Bruder sah ihn allzu aufmerksam an. Dann, nach kurzem Schweigen, sagte er nachdenklich: »Aus diesem Ausgleichen sich widersprechender Erscheinungen kann vollständige Gleichgültigkeit . . . dem Leben gegenüber entstehen. Und sogar Menschenverachtung.«

Jetzt begriff er, daß er nicht vom Zaren, sondern von sich selbst sprach. Er war überzeugt, daß Dmitrij das nicht erraten könne, hatte aber dennoch ein peinliches Gefühl, verstummte und dachte: Wäre ich gesund, spräche ich nicht so mit ihm.

»Tja, so siehst du das«, sagte Dmitrij unbestimmt, zupfte an einem Knopf seines Rocks und sah sich um. »Eine schwere Zeit, mein Lieber! Alles spitzt sich zu und führt zu Extremen. Andrerseits wächst die Industrie, und das Land erstarkt merklich . . . es europäisiert sich.«

Nachdem Dmitrij das undeutlich gesagt hatte, wie jemand, der Zahnschmerzen hat, fragte er: »Wollen wir Tee trinken, wie?«

»Bestelle ihn.«

»Eine idiotische Sache, dieser Krieg«, seufzte Dmitrij und drückte auf den Klingelknopf. »Der unglücklichste aller unserer Kriege . . .«

Samgin hörte nicht zu, untersuchte ganz vertieft seine Rede. Ja, er hatte von sich selber gesprochen und war sich danach irgendwie klarer über sich selbst geworden. Der Bruder störte, er ging ziellos im Zimmer umher und brummte ratlos: »Alles ist so sonderbar. Es sind Leute mit . . . origineller geistiger Einstellung aufgetaucht. Man zeigte mir vor kurzem einen Dichter – einen Riesenkerl! Er ißt so viel, als sei er ewig hungrig, und glaubt nicht, daß er sich satt essen könne. Er las Verse über Judas vor und pries den Verräter als Helden. Er scheint aber nicht untalentiert zu sein. Interessant ist ein anderes Gedicht.«

Dmitrij warf den kurzgeschorenen Kopf zurück und trug es mit zur Decke gerichtetem Blick vor:

»Gott und Satan spielen Karten,
Könige und Damen – die sind wir.
Gott hält nur die schlichten Karten,
Und der Satan hält die Trümpfe fest.«

»Sieh mal an . . . Interessant!« Dmitrij lächelte.

Eine Woche lang kam er pünktlich wie zum Dienst zweimal am Tage, morgens und abends, und wurde mit jedem Tag provinzlerischer. Sein endloses Befremden erregte Samgin, er war seines behaarten, dicken, wenig beweglichen Gesichts und der unentschlossen fragenden grauen Augen überdrüssig. Klim war fast froh, als er erklärte, daß er unverzüglich nach Minsk fahren müsse.

»Habe dort eine Kleinigkeit zu erledigen, bin in etwa drei Tagen wieder zurück«, erklärte er lächelnd, halb stolz darauf, daß er etwas zu erledigen hatte, halb zufrieden darüber, daß es nur eine kleine Angelegenheit war. »Ich habe Turobojew gebeten, dich öfter mal zu besuchen, solange du hier bist.«

»Ganz unnötig«, sagte Samgin.

Er hatte keine Lust heimzufahren, es gefiel ihm, einsam zu leben und ausländische Romane zu lesen. Die beruhigende Langeweile des Lesens dämpfte angenehm die Heftigkeit der eben durchlebten Eindrücke, glättete ihre Rauheit. Er bemühte sich mit Erfolg, an nichts zu denken, und lauschte, wie sich in ihm etwas Neues klärte. Bisweilen erinnerte er sich gekränkt an die Nikonowa, aber er verscheuchte die Erinnerung gleich wieder. Seiner Frau schrieb er, daß er geschäftlich für unbestimmte Zeit aufgehalten werde, und verschwieg, daß er krank war. An klaren Tagen ging er auf dem Newskij Prospekt spazieren und erinnerte sich, wenn er beobachtete, wie sich das feiertägliche Publikum mischte, der Verse des dicken Dichters:

Gott und Satan spielen Karten ...

Turobojew kam am Abend des Dreikönigstages. Schon daran, wie er hereinkam, ohne den Mantel abzulegen, ohne den hochgeschlagenen Kragen herunterzuklappen, und daran, wie ironisch seine schönen Brauen gerunzelt waren, spürte Samgin, daß dieser Mann gleich etwas Ungewöhnliches und Unangenehmes sagen werde. So kam es auch. Turobojew erkundigte sich liebenswürdig nach seinem Befinden, entschuldigte sich, daß er nicht eher hatte kommen können, und sagte, während er den feuchten Spitzbart mit dem Taschentuch abwischte: »Heute früh hat man auf Nikolaus II. aus der Peter-Pauls-Festung mit Kartätschen geschossen.«

Samgin kam es vor, als wäre das mit beabsichtigter Natürlichkeit gesagt worden.

»Scherzen Sie?« fragte er.

»Tatsache!« sagte Turobojew und nickte. »Tatsache!« wiederholte er überflüssigerweise in krähendem Ton und knöpfte lächelnd den Mantel auf. »Interessant: Wie hat wohl das Kommando gelautet? Batterie! Auf den allrussischen Herrscher, erstes Geschütz – Feuer!«

»Wer hat denn geschossen?«

»Eine Kanone. Haben Sie keinen Wein?«

Klim stand auf, um zu klingeln. Er hätte nicht sagen können, was er empfand, aber er sah vor sich die Plattform eines Wagens und darauf einen kleinen Offizier, der mit einem goldenen Zigarettenetui spielte.

»Ein sehr interessanter Schuß«, sagte Turobojew. »Wissen Sie, daß die Arbeiter beschlossen haben, Sonntag zum Zaren zu gehen?«

»Was wollen Sie damit sagen?« fragte Samgin nach kurzem Zögern. »Bringen Sie diesen Schuß etwa mit der Abordnung in Zusammenhang?«

Er spürte, daß er unfreundlich und grob fragte, aber er konnte nicht anders.

»Ob ich das in Zusammenhang bringe? Was soll ich sagen?«

Der Diener trat in das Zimmer. Samgin bestellte Wein und setzte sich dem Gast gegenüber, der ihn ansah und sich am Ohrläppchen zwickte.

»Diese Schufte sind unternehmungslustig«, sagte er. »Diese Schufte sind talentiert.«

Samgin schwieg und versuchte sich klarzuwerden, inwiefern die Ironie und die Bitterkeit in den Worten des ehemaligen Gutsbesitzers unecht waren. Turobojew stand auf und brachte seinen Mantel zum Kleiderständer. Seine Gesten waren jetzt schroff, und von der früheren Verhaltenheit der Bewegungen war fast nichts mehr geblieben. Er rauchte gierig, inhalierte tief und blies den Rauch zur Nase heraus.

Schon ein Bohemien, dachte Samgin.

»Halten Sie es nicht für möglich, daß Revolutionäre geschossen haben?« fragte er, nachdem der Diener den Wein gebracht hatte und wieder hinausgegangen war. Turobojew antwortete, während er die Gläser füllte, gleichmütig und als müßte er sich erst erinnern: »Revolutionäre läßt man nicht an Kanonen, geschweige die, die in der Peter-Pauls-Festung sitzen. Hier liegt entweder ein ganz unglaublicher Zufall oder – eine Gemeinheit vor, das wird es sein!« Er leerte sein Weinglas zur Hälfte. »Sie sagten – die Abordnung«, fuhr er, den Mund mit dem Taschentuch abwischend, fort. »Sie meinen, es würden fünfzig Mann hingehen? Nein, es marschieren fünfzigtausend, vielleicht noch mehr! Das wird, mein Herr, so etwas wie ein . . . Kinderkreuzzug.«

Turobojew schien nicht aufgeregt, trank aber den Wein wie Wasser, füllte das Glas sofort wieder, wenn er es geleert hatte, und trank es auch zur Hälfte aus, dann verschränkte er die Arme und begann zu erzählen.

»Gestern, bei einem Schriftsteller, berichtete Sawwa Morosow von dem Besuch Industrieller bei Witte. Er sagte, dieser durchtriebene Bursche plane offenbar irgendein großes und niederträchtiges Spiel. Dann sagte er, es sei möglich, daß über kurz oder lang der Großfürst Waldimir in der Stadt schalten und walten würde und unter der Intelligenz wahrscheinlich Verhaftungen stattfinden würden. Nicht ausgeschlossen seien natürlich Demolierungen in den Redaktionen von Zeitungen und Zeitschriften.«

»Sonderbar«, sagte Samgin. »Was geht Sawwa Morosow die Revolution an?«

»Das weiß ich nicht. Habe ihn nicht gefragt. Doch warum sagen Sie: Revolution? Nein, das ist sie noch nicht. Kann mir nicht vorstellen, daß irgend jemand an einem Sonntag beginnen würde, Revolution zu machen.«

»Die Arbeiter«, erinnerte Samgin.

»Mit dem Popen an der Spitze? Mit Zarenporträts und Ikonen in den Händen?«

»Wirklich?«

»Ja, gewiß. Die Beerdigung des gesunden Menschenverstandes wird das sein, jawohl! Wenn nicht noch schlimmer...«

Samgin stand auf und ging im Zimmer umher. Er hörte, wie hinter ihm der Wein ins Glas gluckerte.

»Nun, ich gehe jetzt, haben Sie Dank! Freue mich, Sie gesund gesehen zu haben«, sagte Turobojew mit kränkender Gelassenheit. Als er aber Samgins Hand in seiner kalten, schlaffen Rechten hielt, schlug er vor: »Hören Sie: Es wurde angeregt, daß am Sonntag alle anständigen Menschen auf die Straße gehen. Man braucht ehrliche Zeugen. Weiß der Teufel, was geschehen kann. Wenn Sie nicht abreisen und nicht abgeneigt sind...«

»Selbstverständlich«, antwortete Klim hastig.

Turobojew nannte ihm die Adresse, wohin er am Sonntag um acht Uhr morgens kommen müsse, und ging, die Tür unnötig fest hinter sich zuschlagend.

Er ist aufgeregt, dieser Schuß hat ihn beleidigt, sagte sich Samgin, der langsam im Zimmer umherschritt. Aber an den Schuß dachte er nicht, da er trotz allem nicht an ihn glaubte. Er blieb stehen, sah in eine Ecke und stellte sich ein feierliches Bild vor: Ein sonniger Tag, blauer Himmel, auf dem Platz vor dem Winterpalais eine kniende Menge von Arbeitern, und auf dem Balkon des Palais, Schulter an Schulter, der Zar in blauer Uniform, ein Priester in goldenem Talar, und über der reglosen, stummen Menschenmenge schweben weise Worte der Versöhnung.

Noch nicht lange her kniete man doch vor ihm, dachte Samgin. Das wäre ein tödlicher Schlag für die revolutionäre Bewegung und der Beginn irgendwelcher neuer Beziehungen zwischen Zar und Volk, vielleicht gerade jener, von denen die Slawophilen geträumt haben . . .

In ihm festigte sich rasch die Überzeugung, es nahe ein großes historisches Ereignis, nach dem Ordnung eintreten werde und die von einem Wahn befallenen Menschen gesunden oder zugrunde gehen würden. In dieser Überzeugung ging Samgin auch am Sonntag frühmorgens über den Newskij Prospekt. Der etwas trübe Tag war beruhigend alltäglich und nicht sehr kalt, obwohl ein kühler Wind wehte und träge spärlicher, feiner Schnee rieselte. Trotz der frühen Stunde waren viele Menschen auf der Straße, aber es schien, als bewegten sie sich heute ziellos und verstreuter als sonst. Gutgekleidete Leute herrschten vor, die Mehrzahl bewegte sich in Richtung der Admiralität, nur aus den Nebenstraßen kamen kleine Gruppen Jugendlicher, anscheinend Handwerker, herausgerannt und eilten zum Snamenskaja-Platz. Wagen waren merklich weniger. Sehr beruhigte Samgin, daß monumentale Polizisten völlig fehlten, ihn beruhigte auch, daß der Newskij Prospekt an diesem Morgen stiller, bescheidener wirkte als sonst und nicht so tief aus der kompakten Masse steinerner Häuser herausgehauen zu sein schien. Als Samgin den Hof eines düsteren Hauses betrat, stieß er auf eine Menschengruppe, in deren Mitte ein hochgewachsener Mann mit Klemmer und Franzosenbärtchen schnell wie ein Küster und sehr aufgeregt sprach: »Es wurde ganz genau festgestellt: Die Heeresleitung hat rund vierzig Bataillone Infanterie, zwölf Hundertschaften Kosaken und zehn Schwadronen Kavallerie in der Stadt zusammengezogen . . .«

»Nun, was bedeutet das gegenüber zweihunderttausend«, entgegnete ihm ein kleines Männlein mit weißem Schal um den Hals und mit so etwas wie einem Mönchskäppchen.

»Ihre Tausende sind unbewaffnet.«

»Wir haben ja auch nicht vor, zu kämpfen . . .«

Die beiden stritten sich, die übrigen drängten sich um den Mann mit Klemmer und fragten ihn aus.

»Stimmen Ihre Nachrichten auch, Nikolai Petrowitsch?«

»Es wurde genau festgestellt: An allen Stadteinfahrten – Truppen, die Brücken werden bewacht, niemand wird in die Stadt hereingelassen . . . Ich habe es eilig, meine Herrschaften, ich muß Bericht erstatten . . .«

Man ließ ihn nicht gehen und fragte: »Warum steht denn nirgends

Polizei? Was haben die Minister der Abordnung von der Presse gesagt?«

Der Mann mit dem Klemmer entschlüpfte und lief in eine Ecke des Hofes, während ein schwarzbärtiger Mann in schwerem Mantel ihm nachrief: »Das ist doch Provokation!«

Panik der außerhalb des Geschehens Gebliebenen, sagte sich Samgin.

Eine Minute später stand er in der Tür eines großen Klassenzimmers, betäubt von brodelndem Schreien und Sprechen.

»Wie? Ich hatte es gesagt?«

»Ruhe, meine Herrschaften!«

»Es wurde ganz genau festgestellt...«

»Eine Partei? Ihr wollt eine Partei sein?«

»Hören Sie zu.«

»Ru-he...«

Als Samgin die angelaufene Brille geputzt hatte, erblickte er im Klassenzimmer zwischen unregelmäßig zusammengeschobenen Schulbänken eine Unmenge von Menschen, sie saßen und standen auf den Bänken, auf dem Boden, saßen auf den Fensterbrettern, mehrere Dutzend Stimmen schrien gleichzeitig, und alle Stimmen wurden von der hysterischen Rede eines glatzköpfigen Mannes mit Affengesicht übertönt.

»Wir müssen an der Spitze gehen«, schrie er mit sonderbarem Akzent. »Wir alle müssen nicht als Zeugen, sondern als Opfer mitgehen, uns den Kugeln und Bajonetten aussetzen...«

»Aber erlauben Sie mal! Wer spricht denn von Kugeln?«

»Das verlangt unsere Vergangenheit, unsere Ehre...«

Der Schreiende stand auf einer Bank und krümmte sich verzweifelt, um das Gleichgewicht zu bewahren, er trug riesengroße Überschuhe, die sich selbständig bewegten – sie rutschten die Bank hinunter. Die Worte sprach er etwas schnarrend und sehr schrill aus. Dicht vor ihm stand, den Bauch an die Bank gepreßt, ein dicker Mann, der den Kopf so zurückgeworfen hatte, daß in seinem Nakken eine Falte entstanden war, die wie ein kleiner Brotfladen aussah; er schlug mit der Faust auf die Bank und brüllte: »Um die Zahl der Toten zu vergrößern...«

»Unser Weg ist: mit dem Volk...«

»Z-z-zum Zaren s-sogar?«

»Ich habe gesagt: Dem Popen darf man nicht trauen!«

»Ferner wurde festgestellt...«

Dem Mann mit dem Franzosenbärtchen hörte man nicht zu, er aber hielt mit der einen Hand den Klemmer und mit der anderen sein Notizbuch vors Gesicht und las: »Aus Pskow: zwei Bataillone ...«

Die Schulbänke bewegten sich und knarrten, Füße scharrten, der Mann mit den Überschuhen brüllte hysterisch: »Wenn wir nicht zu leben verstehen, müssen wir zu sterben verstehen ...«

»Ach, lassen Sie das!«

»Einen Augenblick Aufmerksamkeit, meine Herrschaften«, rief eindringlich ein würdiger, graubärtiger alter Mann mit langem Haar und großer Nase. Es wurde stiller, und es erklangen deutlich die zwei Sätze: »Die Neigung zu Tragödien schafft auch Tragödien.«

»In Paris, im Jahre dreißig ...«

Samgin sah, daß die meisten schweigend standen oder saßen, sie sahen die Schreienden mürrisch oder niedergeschlagen an, und fast alle hatten müde Gesichter, als litten diese Leute schon lange an Schlaflosigkeit. Alles, was Samgin gehört, hatte seine Stimmung schon etwas ins Wanken gebracht. Er dachte ärgerlich: Weshalb hatte Turobojew ihn hierher geschickt? Der würdige Alte sagte: »Unsere Pflicht besteht darin, möglichst viel zu sehen und alles wahrheitsgemäß zu bezeugen. Die Aussagen ... Wie? Die Aussagen sind in die Öffentliche Bibliothek und in die Freie Ökonomische Gesellschaft zu bringen ...«

Es wurde durcheinandergeschrien.

»Wie Zigeuner auf einem Basar«, sagte hinter Klim ziemlich laut Turobojew.

»Ist es wahr, daß man sie nicht zum Palais durchlassen wird?« fragte Samgin, nachdem er einen Schritt zurückgegangen war und neben ihm stand.

»Anscheinend ja.«

»Was ... wird dann geschehen?«

»Das werden wir sehen«, antwortete Turobojew, der ziemlich unverfroren die Leute beiseite stieß, ohne sich bei ihnen zu entschuldigen. Samgin folgte ihm.

»Ich gehe zur Wyborger Seite«, sagte Turobojew, als sie den Hof betreten hatten. »Kommen Sie mit?«

»Ja«, antwortete Samgin, fragte aber nach ein paar Schritten: »Wäre es nicht besser, auf den Newskij Prospekt, zum Palais?«

Turobojew antwortete nicht. Vorgebeugt, die Hände in den Taschen, ging er hastig und hinterließ blaue Streifen von Zigarettenrauch in der Luft. Der hochgeklappte Kragen des leichten Mantels, der karierte Schal und irgend etwas an seiner Figur verliehen ihm Ähnlichkeit mit einem Pariser Apachen, jenen, die auf Restaurantpodien tanzen.

Ein Zeuge, dachte Samgin und überlegte, unter welchem Vorwand die Tour mit ihm abzulehnen war.

Auf der Sergijewskaja-Straße fuhr ein Kutscher; alt, heruntergekommen, saß er vorgebeugt auf dem Bock, hielt die Zügel locker in der Hand und schlummerte offenbar; das zottige Bauernpferd, auch grau von Reif, schritt langsam mit gesenktem Kopf.

»Halt! Zur Wyborger Seite«, sagte Turobojew.

Ohne sich aufzurichten, sah ihn der Kutscher von der Seite an.

»Dorthin fahre ich nicht.«

»Warum nicht?«

»Ich bin von dort.«

»Na, was macht denn das aus?«

»Ich wohne dort.«

»Na und?«

»Ich fahre nicht.«

Turobojew zuckte die Achseln und ging noch schneller, doch bevor noch Samgin beschloß, den Kutscher für sich zu nehmen, wandte dieser den Gaul um und schlug vor: »Über die Brücke fahre ich Sie – wünschen Sie das?«

Sie fuhren. Es wurde kälter. Der Wind trieb den Schnee von der Newa hoch, die Schneeflocken kreisten in der grauen Luft wie Daunen. Es gingen wenig Leute in die Stadt, auch gingen sie gemächlich, unschlüssig.

»Werden auch Frauen mitgehen?« fragte Samgin Turobojew. Mit unangenehm hoher und kreischender Stimme antwortete der Kutscher: »Jawohl. Alle gehen. Wird es aber etwas nützen, meine Herren? Es muß etwas nützen«, sagte er mit leisem Aufschluchzen. »Wenn doch die ganze Arbeitermasse erklärt: Wir können nicht mehr!«

Er sprach über die Schulter, Samgin sah nur die Hälfte seines Gesichts mit einem trüben, nassen Auge unter grauer Braue und über grauen Barthaaren.

»Wir können nicht mehr, meine Herren, da ist nichts zu wollen! Die Not hat uns untergekriegt. Ich habe Enkel, viere, und einen kranken Sohn, die Fabrik hat ihm die Schwindsucht gebracht. Vater Agathon hat das begriffen, Gott vergelte es ihm . . .«

Er verstummte ebenso plötzlich, wie er zu sprechen begonnen hatte, und krümmte sich wieder auf dem Bock zusammen. Als er über die Brücke gefahren war, hielt er das Pferd an.

»Steigen Sie aus, weiter fahre ich nicht. Nein, Geld brauche ich nicht«, wehrte er wegwerfend mit einer Hand in zerrissenem Fausthandschuh ab. »Heute ist nicht der Tag, Zehnkopekenstücke anzunehmen. Nehmen Sie es nicht übel, meine Herren! Mein Sohn ist auch hingegangen. Mir ist, als befürchtete ich etwas ...«

»Zum Teufel«, murmelte Turobojew, der den Hut ins Gesicht gedrückt hatte und in die Ferne sah, wo quer über die Straße dichtgedrängt das Volk ging. »Hier lang«, sagte er und wandte sich zum Ufer der Newa.

Als sie an die Newa kamen, sah Samgin, daß an ihren beiden Ufern entlang Arbeiter in endlosen schwarzen Ketten zur Sampson-Brücke zogen. Sie gingen dichtgedrängt, ohne Hast und Lärm. In der Luft hing das bekannte Stimmengewirr Hunderter von Menschen, und Samgin unterschied sofort, daß dieses Stimmengewirr einmütiger, munterer und vielleicht samtiger war als das ungeordnete und wirre Gespräch jener Menge, die zum Denkmal des Zarengroßvaters gezogen war. Als er die Brücke betreten und sich in das Gedränge gemischt hatte, spürte Samgin an den gelassenen Bewegungen der Arbeiter, daß sie sich bewußt waren, zu einer großen historischen Angelegenheit zu gehen. Dieses Bewußtsein teilte sich ihm zugleich mit der Wärme der Menge mit. Man konnte meinen, die Wärme habe nicht nur eine physische Ursache, nämlich das Gedränge, sondern gehe auch von den Frauen, von der einmütigen, feierlich ernsten Stimmung der Arbeiter aus. Er sah zum erstenmal eine Menge in solcher Stimmung und dachte von neuem, daß sie sich bedeutend von der Moskauer Menge unterscheide, die unbeseelt und gleichsam widerstrebend, ohne diese feierliche Gewißheit in den Kreml gegangen war. Frauen gab es nicht sehr viele, und sie waren, wie die meisten Männer, fast alle reiferen Alters. Ihr Ernst, ihre Ruhe und ihre saubere Kleidung erweckten und festigten in Samgin wieder die Hoffnung, daß alles gut gehen werde. Und wenn es stimmte, daß so viel Truppen herbeigeholt worden waren, so doch nur zur Aufrechterhaltung der Ordnung in der Hauptstadt. Es erwies sich schon als falsch, daß die Litejnyj-Brücke gesperrt sei. Als er sich des nervösen Geschreis und der Unruhe in der Schule erinnerte, dachte er von jenen Leuten: Von der Geschichte übergangen. Beiseite geworfen.

Dann blickte er Turobojew von der Seite an; er ging noch immer so greisenhaft gebeugt, die Hände in den Taschen, das Kinn im Schal versteckt. Eine sehr unpassende Gestalt mitten unter den soliden, kräftigen Leuten. Er schien das wohl einzusehen, seine dichten, wie mit Plattstich gestickten Brauen waren zusammengezogen, zu einer Linie verschmolzen, sein Gesicht war traurig. Aber auch eigensinnig.

Im Grunde marschiert er gegen sich selbst, dachte Samgin, der wieder die Menge beobachtete; sie wurde immer dichter, wärmer.

Nach einem Vorfall, der sich plötzlich am Zugang zur Dworanskaja-Straße abspielte, fühlte sich Samgin endgültig als Teilnehmer eines sehr wichtigen historischen Ereignisses – als Teilnehmer und nicht als Zeuge. Irgendwoher von der Seite schloß sich der Hauptmasse eine kleinere Gruppe von etwa hundert jungen Leuten an, die ein spitzgesichtiger Mann mit hellem Bärtchen anführte und eine bescheiden gekleidete Frau, die wie eine Lehrerin aussah: der Mann mit dem Bärtchen richtete sich auf einmal unbegreiflich hoch auf und schwang eine rote Fahne an kurzem Schaft.

»Hurra!« riefen mehrere Stimmen durcheinander, andere riefen ebenso ungeordnet: »Es lebe die sozial-demokratische Partei, hurra-a? Genossen – hurra!«

Die Menge wurde stutzig, blieb stehen, und die Schreie gingen sofort in hundert zornigen Ausrufen unter: »Fort mit der Fahne!«

»He, du laß das!«

»Brüder, erlaubt das nicht . . .«

»Man hat diesen Teufeln doch gesagt, daß sie sich nicht unterstehen sollen!«

Besonders laut und aufgeregt riefen die Frauen. Samgin wurde zu dem Handgemenge gestoßen, er geriet ganz in die Nähe des Mannes mit der Fahne, der sie immer noch über dem Kopf hielt, indem er den Arm erstaunlich gerade ausstreckte. Die Fahne war nicht größer als ein Kopftuch, sehr grell und flatterte in der Luft, als wollte sie sich vom Schaft losreißen. Samgin stieß mit Rücken und Schultern die Leute hinter sich zurück, da er überzeugt war, daß man den Mann mit der Fahne schlagen werde. Aber ein hochgewachsener, wie ein verkleideter Soldat aussehender Mann mit rotem Schnurrbart bog die Hand, welche die Fahne hielt, mühelos herunter und sagte: »Stecken Sie sie ein, Genosse . . .«

»Laß das«, sagte noch jemand, und eine dritte Stimme bestätigte: »Dabei kommt nichts raus, Genosse Anton.«

Ein Mann, der im Gesicht dem Diakon ähnlich sah, schwang ein weißes Tuch und rief: »Das ist ein Trick der Polizei! Wir kennen das!«

Die Fahne verschwand, sie wurde von dem Mann, der wie ein Soldat aussah, genommen und unter seinen bläulichen Mantel gesteckt. Auch jener, der die Fahne erhoben hatte, war in der Menge verschwunden, und hinter Samgin kam, ihn kräftig stoßend, der unheimliche Heizer Ilja hervor, zwängte sich durch die Menge nach vorn und trompetete: »Wir brauchen keine Fähnchen, Brüder! Es geht um was anderes. Um was anderes – verstanden?«

Er war ohne Mütze, und sein kahler Schädel, der wie ein Feldstein aussah, war stark gerötet; die Mütze hatte er in den Mantelausschnitt gesteckt, und sie ragte unter seinem breiten Kinn hervor. Der Menschenknäuel, der sich in der Menge gebildet hatte, löste sich auf, sie strömte wieder ruhig durch die Straße und füllte sie dicht. Erfreut von diesem Vorfall, sagte Samgin mit tiefem Seufzer: »Wie ernst sie gestimmt sind . . .«

Er glaubte, zu Turobojew zu sprechen, aber ihm antwortete ein Mann mit schütterem Bart und gelbem knochigem Gesicht: »Da ist doch nichts Ernstes dran, wenn einer ein rotes Läppchen schwenkt.«

Samgin blickte sich um: Turobojew war nicht mehr da.

»Sind Sie Arbeiter?« fragte Samgin.

»Natürlich! Andere sind hier nicht. Ein Dutzend vielleicht. Sind Sie ein Büromensch?«

»Ich schreibe für Zeitungen«, antwortete Samgin.

»Und ich bin Drechsler.«

Samgin schwieg eine Weile, dann sagte er: »Sie sind prächtig gestimmt . . . die Leute. Überhaupt – ein prächtiges Unternehmen! Von der Einigung des Arbeitervolks mit dem Zaren träumten . . .«

»Träumen und dergleichen mehr – können wir uns nicht leisten«, sagte der Drechsler sichtlich verdrossen und nahm Samgin die Lust, sich mit ihm zu unterhalten, indem er hinzufügte: »Warum bist du denn mitgegangen, Pelageja, ich sagte dir doch: Vor Abend kehren wir nicht zurück.«

Das sagte er über die Schulter zu jemandem hinter ihm.

»Geh nur, geh«, antwortete ihm eine heisere, männliche Stimme.

Als sie den Troizkaja-Platz erreichten, blieben die vorderen Reihen stehen, als wären sie gegen etwas gestoßen, es erhob sich ein dumpfes Gemurmel, die Leute rings um Samgin sprangen hoch, indem sich einer auf die Schultern des anderen stützte, und sahen nach vorn.

»Halt, Brüder!«

Wiederholt und verschiedenartig, erstaunt, erschreckt, zornig und spöttisch erklang ein und dieselbe Frage: »Lassen sie nicht durch?«

Einige Arbeiter verlangsamten ihre Schritte und lehnten sich zurück, andere drängten ungestüm vorwärts und riefen: »Warum stehen sie? Was gibt es da? Wer zu uns gehört – vorwärts!«

Samgin wurde so umhergestoßen, daß er zweimal einen vollen Kreis beschrieb, doch dann geriet er nach vorn und wurde an einen Zaun gedrückt. Fünfzig Schritte vor sich sah er Soldaten, sie sperrten den Zugang zur Brücke, sie standen wie eine graue Mauer, wie der Granit des Kais, ihre Köpfe mit dem weißen Streifen an der Stirn waren einförmig gehobelt, zwischen den Köpfen ragten die langen Nägel der Bajonette. Das Gesicht den Soldaten zugewandt, stand ein Offizier, sein Rücken war kreuzweise mit Riemen umgürtet, den schmalen, bläulichen Säbel schwingend und damit zum Winterpalais hinüberweisend, schien es, als wollte er über die Soldaten hinwegspringen; ein anderer Offizier, schwarzbärtig, mit weißen Handschuhen, stand mit dem Gesicht zu Samgin, er zündete sich eine Zigarette an, und die aufflammenden Streichhölzer beleuchteten seine Augen. Samgin sah, daß die Arbeiter langsam den Soldaten näher rückten, hörte, wie Hunderte von Stimmen immer erregter schrien und wie sie von der wuchtigen Trompetenstimme des Heizers übertönt wurden: »Halt, wartet! Ich werde hingehen und erklären! Weiber – ein Tuch! Ein weißes! Komm mit, Jegor Iwanytsch, du bist ein alter Mann! Gleich werden wir ihnen alles erklären! Ein Irrtum bei ihnen. Das Tuch, wink mit dem Tuch, Jegor...«

Der große Körper des Heizers wandte sich behend den Soldaten zu, er schwang das Tuch und rief: »He, Euer Wohlgeboren...«

Die Arbeiter ließen ihn fünf Schritte vor und folgten ihm wie ein Keil, mit dem Alten an der Spitze. Der Heizer ging mit weitausholenden Schritten, das kleine weiße Tuch fiel aus seiner Hand, er riß die Mütze aus dem Mantel heraus und schwang sie; der Alte ging rasch, hinkte aber und konnte den Heizer nicht einholen; da überholten etwa zehn Mann den Alten und stürzten voran; die Soldatenmauer wankte, ein Kamm aus Bajonetten blinkte auf, verschwand, und es ertönte nicht sehr laut ein trockenes, abgerissenes Knattern, dann noch einmal und nochmals. Samgin empfand keine Angst, als eine Kugel über seinem Kopf pfiff und eine zweite aufheulte, eine Zaunlatte zerbarst und ein Splitter von ihr wegsprang und einer von den dreien, die vor ihm standen, mit dem Rücken am Zaun hinabglitt und zu Boden sank. Angst überkam ihn erst, als die Soldaten die Gewehre absetzten, die Arbeiter langsam zurückwichen, in den Knien einknickten, umfielen und als eine Frau schrill aufkreischte: »Sie schießen, die gemeinen Kerle, seht doch!«

»Mit Platzpatronen!« antworteten ein paar Stimmen aus der Menge. »Zum Abschrecken!«

Der Heizer war stehengeblieben, doch der Abstand zwischen ihm und den Arbeitern vergrößerte sich, er stand da wie ein Faustkämpfer, der einen Gegner erwartet, indem er die linke Hand an die Brust drückte, die rechte, mit der Mütze, vorstreckte. Aber sein Arm fiel herab, er wankte, machte einen Schritt nach vorn und fiel mit der Brust in den Schnee, fiel gerade wie ein Brett hin, und hier hob er den Kopf und schlug mit der Mütze auf den Schnee, heulte unmenschlich laut auf, rutschte vor, streckte die Beine aus und vergrub das Gesicht im Schnee.

Diesen eindrucksvollen Tod sah Samgin in aller Deutlichkeit, aber er erschütterte ihn auch nicht, er nahm sogar wahr, daß der Heizer als Toter noch größer aussah. Doch nach dem Aufschrei der Frau wurde es Samgin trüb vor den Augen, und alles Weitere sah er nur noch wie durch Nebel und wie aus weiter Ferne. Völlig unerklärlich war die quälende Langsamkeit des Geschehens – die Augen sahen, daß jede Minute mit Bewegung überfüllt war, und dennoch ergab sich der Eindruck von Langsamkeit.

Die dichte Masse der Arbeiter zog sich langsam zurück, die Leute wichen, gingen eigentümlich seitlich, drohten den Soldaten mit der Faust, und in einigen Händen flatterten noch immer weiße Tücher; die Menge zerfiel, einzelne Gestalten lösten sich an den Seiten von ihr los, liefen weg, fielen zu Boden und krümmten sich, krochen weiter, während viele in hoffnungslos starren Stellungen im Schnee liegenblieben. So starr lag ein langer Mann im Kamisol, der dem Diakon sehr ähnlich sah – er lag, und irgendwoher aus dem Kragen des Kamisols rann eine Menge Blut und zeichnete neben seinem Kopf einen roten Fleck –, Samgin sah ein durchsichtiges Dampfwölkchen über diesem roten Fleck; auf den Zaun zu kroch, ein Bein nachschleppend, ein anderer Mann mit grünem Schal um den Hals; eine kleine Frau saß am Boden, zog ihren schwarzen Überschuh vom Fuß und steckte plötzlich, als hätte man sie ins Genick geschlagen, den Kopf zwischen die Knie, schlug die Hände über dem Kopf zusammen und fiel um. Turobojew, im offenen Mantel, führte einen jungen Burschen mit schwarzem Schnurrbärtchen an den Zaun, die Beine gehorchten dem Burschen nicht, er hatte die Augen fest geschlossen, die Oberlippe hochgezogen und bleckte die Zähne. Die Luft schäumte vor unflätigem Fluchen, vor Geschrei der Frauen, und jemand kommandierte: »Zur Börsenbrücke, die Unsern . . .«

»Diese Schurken! Diese Mörder!«

Samgin kam es vor, als bewegte sich die Menge wieder auf die reglose Soldatenmauer zu und als bewegte sie sich nicht deshalb, weil sie die Verwundeten auflas; viele liefen voraus, näher zu den Soldaten, um sie zu beschimpfen. Eine Frau im kurzen Pelz, der unter den Achseln zerrissen war, hob den Kleidersaum hoch, zeigte den Soldaten den roten Unterrock und rief mit eigentümlich blecherner Stimme: »Schießt, so schießt doch . . .«

»Man muß fliehen, weg von hier!« rief Samgin Turobojew zu und drückte sich fest an den Zaun, denn er wollte nicht, daß Turobojew merke, wie ihm die Beine zitterten. In ihm schrie verzweifelt das einfache Wort: Weshalb? Weshalb?, und um es zu übertönen, redete er den Leuten rund um ihn zu: »Man muß fliehen, sie könnten doch noch einmal ...«

Turobojew wischte sich mit dem Taschentuch die roten Finger ab. Sein Gesicht war wild verzerrt, der Spitzbart ragte fast waagrecht vor, wahrscheinlich biß er sich auf die Lippen. Er blickte Klim an und rief laut: »Auseinandergehen, Herrschaften! Gleich werden sie Kavallerie loslassen ...«

Aber schon brach die Soldatenmauer in zwei Teile auseinander, als hätte sich ein Tor geöffnet, auf den Platz sprengten, Schneeklumpen um sich werfend, rostbraune Pferde, die Reiter mit weißen Mützen brüllten, heulten und schwangen die Säbel; die Menge schrie auf, wich zurück und zerstreute sich in Häufchen, in einzelne, und Samgin war wieder entsetzt, wie unbegreiflich langsam er sich bewegte. Ein paar Menschen, nach ihren behenden Sprüngen zu urteilen, waren es jüngere, gerieten zwischen die Pferde und stürzten von einem zum anderen, die Pferde aber galoppierten seitlich an sie heran, und die Soldaten beugten sich herab und fegten die Leute von ihren Füßen weg auf die Erde wie zu dem Zweck, daß die Pferde über sie hinwegspringen könnten. Samgin schien es, daß seine Augen sich weiteten, alles mit quälender Deutlichkeit sahen und er davon zu erblinden drohte. Er schloß die Augen. Neben ihm kletterten die Leute auf den Zaun, ihre Stiefel scharrten an den Latten, der Zaun krachte und wankte; schrill und böse wieherten die Pferde, irgend etwas klirrte, rasselte; es ertönten ungewöhnlich scharfe Schläge, die Leute ächzten, stöhnten, schrien auch schrill auf wie die Pferde und fielen, fielen ...

Ein junger Bursche ohne Mütze, der über Samgins Kopf eine Latte losriß, schrie heiser: »Hilf mir, siehst du denn nicht?«

»Legen Sie sich hin«, sagte Turobojew und versetzte Samgin einen Stoß in die Kniekehlen, er fiel vor den Zaun, und gleich darauf schwangen sich fast über seinem Kopf die braunen Beine eines Pferdes hoch, auf dem wankend ein blauäugiger Dragoner mit hellem Schnurrbärtchen saß; er kreischte mit gebleckten Zähnen wie ein kleiner Junge und hieb mit dem Säbel in die Luft und gegen den Zaun, wobei er Turobojew zu treffen suchte, dieser aber wich aus, bewegte sich mit dem Rücken am Zaun entlang und brüllte: »Fort, du Rindvieh! Geh weg, du Schurke!« Plötzlich lachte er kurz auf und rief: »Du Idiot – hältst du mich für einen Juden?«

Das Pferd schlug aus, ein Arbeiter hieb ihm ein Stück Brett mit aller Wucht gegen die Hinterbeine; der Soldat wandte das Pferd scharf wie im Zirkus um, hieb dem Arbeiter wuchtig mit dem Säbel ins Gesicht, der Arbeiter wankte, begann Blut zu weinen, vermochte noch einmal dem Pferd das Brett in die Leisten zu stoßen und brach vor dessen Füßen zusammen, während der Soldat seinen Säbel wieder gegen Turobojew schwang. Samgin schloß die Augen, dennoch sah er das von Kälte oder Wut gerötete Gesicht des Mörders, seine gefletschten Zähne und abstehenden Ohren, hörte das schmerzliche Wiehern des Pferdes, sein Stampfen, die Säbelhiebe, die den Zaun abhieben; irgend etwas sehr Schweres fiel zu Boden.

Er hat ihn erschlagen. Jetzt wird er mich erschlagen, dachte Samgin, wie nicht von sich selbst; in ihm erstarrte eine andere Angst, irgendwie nicht um sich, sondern schwerer, tödlicher.

Danach wurde es über ihm stiller; er öffnete die Augen, Turobojew war nicht mehr da, sein Hut lag zu Füßen des Arbeiters; der blauäugige Kavallerist führte hinkend seinen Gaul am Zügel zur Peter-Pauls-Festung, der Gaul lahmte an den Hinterbeinen, riß den Kopf hoch und stemmte sich mit den Vorderbeinen, der Soldat schrie, zerrte am Zügel und schwang den Säbel vor dem Maul des Pferdes.

Samgin setzte sich hin, lehnte den Rücken an den Zaun und blickte um sich. Die Soldaten jagten und säbelten die Arbeiter schon weit in der Ferne nieder, an der Kamenno-Ostrowskij-Brücke. Auf dem Platz krochen blutüberströmte Menschen, andere lasen sie schweigend auf und trugen sie irgendwohin; es lagen viele Mützen und Gummiüberschuhe umher; ein großer grauer Schal lag wie ein Klumpen da, als wäre ein Kind darin eingewickelt, und neben ihm im Schnee eine dunkle Hand mit aufwärtsgerichteter Innenfläche. Ein niedergemetzelter Arbeiter lag mit dem Gesicht in einer Blutlache, als tränke er daraus, seine Arme ruhten unter der Brust, und die Beine sahen wie eine römische Fünf aus. An der Brücke sprang und stampfte die steingraue Infanterie, ein Soldat mit einer Messingtrompete sprang besonders hoch. Viele Soldaten sahen unter der Hand hervor in die Ferne, wo Menschen umherliefen, Pferde galoppierten oder sich im Kreise drehten und Säbel blinkten.

Samgin stand auf, ging langsam am Zaun entlang und bog um eine Ecke: Auf einem Prellstein saß ein Mann mit zerschlagenem Gesicht, spuckte und schneuzte rot klatschend auf die Erde.

»Warte mal«, sagte er und wischte die Hand am Knie ab, »warte mal! Wie ist denn das? Der Hornist hätte trompeten müssen. Ich bin doch selbst Soldat! Ich kenne die Ordnung. Nach Vorschrift hätte der Hornist ein Signal geben müssen – so ein Gesindel!« Er schluchzte laut auf und fluchte unflätig. »Wassilij Mironytsch haben sie niedergemetzelt! Er hob seine Frau auf, da haben sie ihn mit dem Säbel . . .«

Samgin schritt wortlos an ihm vorbei. Er ging wie im Schlaf, fast ohne Bewußtsein, und fühlte nur das eine: Er wird nie vergessen, was er gesehen hatte, und es war unmöglich, mit dieser Erinnerung weiterzuleben. Unmöglich.

Diesen Stadtteil kannte er nicht, ging aufs Geratewohl, bog wieder in irgendeine Straße ein und stieß auf eine Gruppe Arbeiter, zwei von ihnen waren bequem Kopf an Kopf an eine Hauswand vor die Fenster gelegt, das Gesicht des einen war mit der Mütze bedeckt; der andere, unrasiert und mit gelbem Schnurrbart, sah mit starren Augen zum graublauen Himmel, von dem Schnee herabrieselte; auf der Steinstufe des Hauseingangs saß ein bejahrter Mann mit silberner Brille, vor ihm kniete eine beleibte Frau und verband ihm den Fuß, der Fuß war voll Blut, wie in einer roten Socke, der Mann bewegte die Zehen und sagte nicht laut, nicht überzeugt: »Vielleicht, weil hier die Festung ist.«

Ein junger hagerer Arbeiter in einem alten, mit Riemen umgürteten Mantel rief: »Die Festung? Was hat die schon zu bedeuten! Sprich mir nicht von der Festung! Die Festung, das sind wir!«

Er schlug sich mit der Faust an die Brust und bekam einen Hustenanfall; sein Gesicht sah kränklich aus, gelblichgrau, die Augen blickten entgeistert, und er war wie trunken von der in ihm gärenden zornigen Kraft; sie teilte sich Klim Samgin mit.

»Der Zar und dieser Pope werden Rede und Antwort stehen müssen«, sagte er verzweifelt und war dem Schluchzen nahe. »Der Zar ist eine Null. Er ist ein Selbstmörder. Mörder und Selbstmörder. Er tötet Rußland, Genossen . . . Genug mit den Chodynkas! Ihr müßt . . .«

»Nichts müssen wir«, rief der Arbeiter und stieß Samgin mit der Hand gegen die Schulter. »Was redest du da? Was bist du für einer? Na, sprich! Was willst du sagen? Ach . . .«

Er fluchte, packte Klim an der Schulter, schüttelte ihn und begann wieder zu husten. Der Verwundete stützte sich auf die Schulter der Frau und wollte aufstehen, stöhnte aber auf und setzte sich wieder.

»Wie soll ich denn gehen?«

»Laß den Mann«, sagte ein Alter in kurzem Pelz zu dem Arbeiter. »Gehen Sie, Herr, was wollen Sie hier?« forderte er Samgin gleichmütig auf und nahm den Arbeiter bei den Händen. »Laß ihn, Mischa, du siehst doch, der Mann ist erschrocken . . .«

Klim merkte: Alle Arbeiter traten von ihm weg, alle wollten, er möge gehen. Das kühlte ihn etwas ab, schien ihn sogar zu kränken. Er hätte gern noch etwas gesagt, aber der Arbeiter hatte sich ausgehustet und schrie: »Dein Selbstmörder trinkt Tee, bewirtet die Generale: Habt Dank für euren Dienst! Und du willst mich mit Gerede ablenken...«

Mit der Hand abwinkend, ging Samgin, sofort entschlossen, in die Stadt zurückzukehren. Er hatte vollauf genug gesehen, um als Zeuge aufzutreten.

Der Mann hatte recht: Der Hornist hätte ein Signal geben müssen. Dann wären die Arbeiter auseinandergegangen...

Er lief fast und überholte die Arbeiter; die meisten gingen in ein und derselben Richtung, unterhielten sich sehr laut, man hörte sogar Lachen; dieses schrille Lachen der aufgeregten Menschen ließ ihn auf den Gedanken kommen:

Sie freuen sich, daß sie am Leben geblieben sind.

Vor ihm führten zwei junge Burschen einen dritten am Arm, mit einer Mütze aus Seehundsfell, die in den Nacken gerutscht war, und mit roten Schneeklumpen an seinem Rücken.

»Das macht nichts«, murmelte er schnarrend, »das macht nichts.«

Die Beine versagten ihm den Dienst, sein Kopf fiel auf die Brust herab, er hing in den Armen seiner Genossen und röchelte.

»Es scheint aus zu sein mit ihm«, sagte der eine, während der andere sich umwandte und Samgin fragte: »Sind Sie nicht Arzt?«

»Nein«, sagte Samgin und fügte aus irgendeinem Grund hinzu: »Das ist Ohnmacht.«

Sie legten den Burschen vorsichtig quer über Samgins Weg, sofort sammelte sich eine Menge und verstopfte die Straße; ein hochgewachsener, rötlichblonder Mann in einer Lederjacke führte ein zottiges Pferd, auf dem Bock des Schlittens saß der bekannte Kutscher, schwang die Peitsche und schrie weinerlich: »Wohin? Ich fahre nicht, ich fahre nicht! Ich suche meinen Sohn.«

Doch schon brachte man den Verwundeten im Schlitten unter, sein Genosse setzte sich dazu, der andere stieg auf den Bock; der Kutscher stieß ihn mit dem Peitschenstiel und schrie immer kläglicher und schriller: »So laßt mich doch um Himmels willen! Ich sage doch – ich habe einen Sohn...«

»Wir sind alle Kinder!« rief jemand grimmig.

Da fiel der Kutscher wie ein Sack vom Bock herab, den Leuten vor die Füße, sank in die Knie und heulte mit Weiberstimme: »Ihr Lieben – ich fahre nicht! Ich kann nicht...«

Man packte ihn unter den Achseln, am Kragen und schwang ihn auf den Bock.

»Vier Menschen kann der Gaul nicht ziehen«, sagte jemand; ein paar Mann zugleich schoben den Schlitten an, das Pferd warf den Kopf hoch, und seine Vorderbeine knickten ein, als wollte es auch in die Knie sinken.

»Was seid ihr für Leute!« schrie der Kutscher.

Grausamkeit, dachte Samgin, der immer mehr zu sich kam, und hinter ihm sagte eine kräftige Stimme sachlich und freudig: ». . . auf der Wassiljewskij-Insel haben sie einen Waffenladen demoliert und bauen eine Barrikade . . .«

»Wer hat das gesagt?«

»Unsere . . .«

»Jungens – in die Stadt! Wer kommt mit in die Stadt, Genossen?«

Samgin schloß sich der Arbeitermenge an, ging hinter ihr her und irgendwohin nach links und erblickte kurz darauf das niedrige Gebäude der Börse und neben ihr und an der Brücke in kleinen Gruppen Soldaten und Pferde. Die Arbeiter blieben stehen und stritten: Werden sie schießen oder nicht?

»Genug, sie haben geschossen!« sagte ein kurzbeiniger Mann in grauer Jacke mit einem schwarzen Flicken am rechten Ellenbogen. »Wer geht mit übers Eis, zum Marsfeld?«

Ihm folgten sechs, Samgin als siebenter. Er sah, daß überall auf dem Fluß einsame kleine Gestalten zur Stadt hin liefen, und sie waren erstaunlich winzig auf der weiten Fläche des Flusses im Vergleich zu den schweren Palais, auf deren Dächer sich der ebenfalls schwere, steingraue Himmel stützte.

Auf einen einzelnen wird man nicht schießen, überlegte er und fühlte sich abgestumpft und fast ruhig.

Auf der Newa war es kälter als in den Straßen, der Wind sprang sinnlos hin und her, trieb den Schnee über das Eis, daß bläuliche Flächen frei wurden, und hüllte die Füße in weißen Rauch. Sie gingen rasch, liefen fast, einer der Arbeiter brummte undeutlich, der Kurzbeinige sah sich zweimal nach ihm um und sagte streng, mit forscher Stimme: »Das stimmt nicht! Der Soldat ist gezäumt, wie ein Pferd. Wenn er aber bockig wird . . .«

Es ertönte ein sonderbares Geräusch, als wäre eine Birkenknospe geplatzt, die Luft über Samgins Kopf pfiff zornig.

»Das galt uns«, sagte der Kurzbeinige. »Geht auseinander, Jungs!«

Aber die Arbeiter gingen dennoch dicht nebeneinander weiter, und erst als es noch ein paarmal knallte und der Schnee zweimal ganz in der Nähe von den Kugeln hochstäubte, sprang einer von ihnen zur Seite und lief geradeswegs zum Kai.

»Ein komischer Kerl«, sagte der Kurzbeinige zu Samgin. »Er läuft vor einer Kugel davon.«

Dann fuhr er fort: »Ich sage also: Wir nahmen mit Oberst Terpizkij die chinesische Hauptstadt Peking ein...«

Er erzählte den Arbeitern, aber seine Worte flogen Samgin mitten ins Gesicht.

»Du willst also nicht schießen? – Nein! – Dann stell dich an denselben Platz! Da ging Oljoscha, stellte sich neben die Erschossenen und bekreuzigte sich. Was dann kam, war Augenblickssache: Zug – Feuer! Da hast du deinen Christus! Christus kann den Soldaten nicht schützen, nein! Für den Soldaten gelten keine Gesetze...«

Auf dem Marsfeld blieb Samgin hinter seinen Gefährten zurück und kam ein paar Minuten später auf den Newskij Prospekt. Hier war es sowohl wärmer als auch alles bekannt, verständlich. Über den dichten Menschenreihen schwebte ein wenn auch erregtes, so doch weiches, gleichsam festliches Stimmengewirr. Die Leute gingen in Richtung des Schloßplatzes, unter ihnen befanden sich viele gesetzte, gut und sogar vornehm gekleidete Männer und Damen. Das wunderte Samgin etwas; er dachte: War etwa das, was auf dem anderen Ufer geschehen war, ein Irrtum?

Er gab sich leicht der Hoffnung hin, daß auf diesem Ufer alles geklärt und ausgeglichen werden würde; Arbeiter anderer Bezirke würden herkommen, der Zar würde zu ihnen heraustreten...

Vorn ging ein Mann in kordelbesetztem Pelzmantel und mit sonderbar geformtem Flauschhut, er führte eine Dame am Arm und redete mit tiefer Stimme auf sie ein: »Glauben Sie mir, das kann nicht geschehen sein...«

Es ist geschehen, wollte Samgin sagen, der sich seiner Rolle als Zeuge erinnerte, aber der Mann sprach zu Ende: »Ja, er ist ein Zyniker, aber doch nicht in dem Maße...«

Samgin überholte dieses Paar und ging weiter, wobei er sich mit einem Gefühl der Erleichterung vom Menschenstrom tragen ließ.

Als er ans Ende des Prospekts gekommen war, sah er, daß der Zugang zum Palais durch zwei Reihen kleiner Soldaten gesperrt war. Die Menge schob Samgin dicht an die Soldaten heran, er blieb am Ende der Front stehen und betrachtete aufmerksam die sehr heruntergekommenen, unglückseligen Infanteristen. Es waren wohl weniger als zweihundert Mann, die linke Flanke stieß an die Mauer eines Gebäudes an der Ecke des Newskij Prospekts, die Rechte an das Gitter einer Anlage. Was konnten sie gegen mehrere tausend Menschen tun, die auf der ganzen Strecke vom Newskij Prospekt bis zum Isaaksplatz standen?

Ja, dachte Samgin, wahrscheinlich war das dort ein Irrtum. Ein verbrecherischer Irrtum, ergänzte er.

Alle Soldaten schienen stupsnasig zu sein, sie standen wohl schon lange, ihre Wangen waren bläulich vor Kälte. Unwillkürlich kam der Gedanke, man habe absichtlich solche kümmerlichen Soldaten aufgestellt, damit die Leute sie nicht fürchteten. Die Leute fürchteten sich auch nicht, fast Brust an Brust bei den Soldaten stehend, sahen sie sie herablassend, mit Bedauern an; ein alter Mann in kurzem Schafpelz und einer Pelzmütze mit Ohrenklappen sagte einem Zugführer: »Du brauchst mich nicht zu belehren, ich bin selbst Unteroffizier der Garde!«

Ein junges Mädchen, dem Äußeren nach Näherin oder Stubenmädchen, fragte: »Man sagt, ihr schießt auf die Leute?«

»Wir schießen nicht«, antwortete ein Soldat.

Auf dem Platz standen am Gitter der Anlage in Reih und Glied mit dem Gesicht zur Alexandersäule schneidige Reiter auf schweren, dunklen Pferden, rings um die Säule befanden sich auch einige Infanteristen, aber ihre Gewehre waren zu Pyramiden zusammengestellt, dort standen irgendwelche grünen Wagen, und ein großer scheckiger Hund lief herum. Alles war erstaunlich einfach und sogar irgendwie unernst. Samgin erinnerte sich lebhaft, wie auf diesem Platz eine Menge von »Zwergmenschen« vor dem Zaren gekniet hatte, fand, daß die Gewehre, die Wagen, der Hund – all das überflüssig sei, und blickte seufzend nach links, wo sich die ergraute Kuppel der Isaakskathedrale erhob, über welche die Schale des Himmels gekippt war, die riesengroß, aber nicht tief und wie aus grauem Stein gemeißelt war. Dieser niedrige Himmel hatte etwas Warmes und verstärkte sehr den Eindruck einer dichten Geschlossenheit der Menschen auf der Erde.

Hinter den stupsnasigen Soldaten gingen Offiziere auf dem Platz umher, vor der Front aber war kein einziger zu sehen, nur ein Unteroffizier, der auch nicht groß war und das Gesicht eines vorzeitig gealterten Halbwüchsigen hatte, rief ab und zu träge: »Meine Herrschaften, drängeln Sie nicht so!«

Samgin merkte nicht, woher der rothaarige Offizier im zinnfarbenen Mantel und mit dickem Schnurrbart erschienen war, er war wie aus einer Mauer hinter Samgin hervorgekrochen, stellte sich fast neben ihn und sagte mit nicht sehr lauter Stimme: »Stillgestanden!«

Und noch irgendein Wort. Die Stupsnasigen machten einmütig ein paar Bewegungen und erstarben. Da zückte der Rothaarige, als holte er ihn aus der Tasche, einen langen Säbel, schwang ihn hoch und rief etwas, die Stupsnasigen rissen das Gewehr an die Backe und gaben mit einem Ruck nach hinten Feuer. Das alles geschah erstaunlich rasch und unernst, nicht so wie auf dem anderen Ufer; Samgin sah von der Seite deutlich, daß die Bajonette ungleichmäßig ragten, die einen höher, die anderen tiefer, und es gab nur sehr wenige, die, ohne zu schwanken, gerade auf die Gesichter der Menschen gerichtet waren. Die Salve krachte nicht geschlossen, nicht auf einen Schlag, sondern zerteilt, abgerissen und gar nicht furchtbar.

Aber die Leute, die unmittelbar der Front gegenüberstanden, erschraken dennoch, die ganze Masse flutete tief zurück, zwischen ihr und den Soldaten entstand sofort ein Zwischenraum von etwa fünf Schritten, der Unteroffizier der Garde hob unentschlossen die Hand zur Mütze und stürzte wuchtig den Soldaten vor die Füße, neben ihm brachen noch drei zusammen, aus der Menge fiel auch einer nach dem anderen heraus.

»Vor Schreck«, sagte jemand dicht neben Samgins Ohr. »Sie schießen mit Platzpatronen, und die . . .«

Doch Samgin wußte schon, daß die Leute nicht vor Schreck umfielen. Er sah, daß die Menge, indem sie sich zusammendrängte, Männer und Frauen unter ihren Füßen herausdrückte; sie sanken in die Knie, fielen, krochen, ein Halbwüchsiger rollte rasch, mit einem Fuß und den Händen auf den Boden gestützt, heulend auf die Front zu; Samgin sah, wie die Leute starben, ohne zu glauben, ohne zu begreifen, daß man sie tötete. Er hörte, wie der rothaarige Offizier, der mit dem Gesicht zu den Soldaten stand, unflätig schimpfte, sah, wie er mit der behandschuhten Faust drohte, mit dem Säbelende in die Bäuche stieß, wie er ihnen dann den Rücken zukehrte, einen Schritt nach vorn machte, den Säbel in den Halbwüchsigen hineinstieß und wie dessen Hände versagten.

Die Menge brüllte, heulte, drohte den Soldaten mit den Fäusten, einige warfen mit Schneeklumpen nach ihnen, die Soldaten aber standen Gewehr bei Fuß, wie versteinert, dichter als vorher, und schienen alle größer geworden zu sein.

Alles das war noch schrecklicher als auf dem anderen Ufer, vielleicht, weil es näher war. Samgin empfand erneut die qualvolle Länge und furchtbare Fassungskraft einer Minute, die soviel Bewegung und soviel Sterben zu enthalten vermochte.

Die Leute, unter denen er stand, schoben ihn auf den Newskij Prospekt zurück, auch sie schrien, schimpften und drohten mit den Fäusten, obwohl sie die Soldaten nicht mehr sehen konnten. Dann sah Samgin, wie die zurückweichende Menge auf etwas zu stoßen schien und mit einmütigem Aufheulen plötzlich wieder vorrückte, indem sie über die Leichen hinwegschritt und die Verwundeten auflas; geschlossen fiel eine Salve und noch eine, die Soldaten sprangen vor, schossen, holten mit den Gewehrkolben aus und stießen mit den Bajonetten zu – die Menschen liefen mit durchdringendem Geheul in dichtestem Strom an dem Eisengitter der Anlage entlang, sprangen hinüber, und einige Soldaten begannen den Newskij Prospekt entlang zu schießen. Nun stürzte das Publikum, das rund um Samgin stand, auch davon und riß ihn mit; irgendwer stieß ihn im Lauf mit dem Kopf in den Rücken.

Das ist ein Getroffener, ein Toter, mutmaßte Samgin blitzschnell und fiel hin, man trat ihn mit den Füßen, sprang über ihn hinweg, er rollte und kroch lange umher, bevor es ihm gelang, wieder auf die Beine zu kommen und weiterzulaufen.

Schließlich stand er, sich von seiner tierischen Angst erholend, schweißgebadet in einer Gruppe ebenso sprachloser und keuchender Menschen, drückte sich an ein geschlossenes Tor, stand blinzelnd da, um alles das nicht zu sehen, was sich den Augen aufdrängte. Er erinnerte sich, daß der Zugang zur Gorochowaja-Straße mit Matrosen der Gardemannschaft verstopft war, er war in vollem Lauf auf sie gestoßen, und ihm war drohend zugerufen worden: »Wohin willst du?«

Ein Matrose hatte ihn am Arm gepackt, ihn hinter sich in die Straße gestoßen und mit Baßstimme gekläfft: »Dorthin«, hatte aber halblaut hinzugesetzt: »Lauf, lauf!«

Er kam nicht dazu, sich lange zu besinnen, denn ein Mann in ölig-feuchtem Mantel trat auf ihn zu, drückte ihn ans Tor und veranlaßte ihn zu sagen: »Sie sind voll Blut.«

»Nicht meins«, antwortete keuchend der Mann und sagte laut, mit Worten, die zu lächeln schienen: »Gut hundert Menschen haben sie umgebracht, wenn nicht noch mehr. Was soll das bedeuten, meine Herrschaften? Was bedeutet dieser ... Krieg gegen die Bevölkerung?«

Niemand antwortete ihm, Samgin aber dachte oder sagte: »Das ist kein Irrtum, sondern System.«

In ihm, in seinem Gedächtnis, heulte, pfiff und stöhnte es wie Sturm in einem Ofenrohr. Ihm zitterten die Beine. Er hatte die Brille verloren und sah ringsum alles häßlicher als sonst. Ihm gegenüber stand, wie in der Ecke verwurzelt, ein altes eisenfarbenes Haus mit zwei Reihen trüber Fenster. Hinter den Scheiben schwebten noch trübere Flecken, einige erinnerten an menschliche Gesichter. Die Stadt toste, und in diesem ununterbrochenen Lärm platzten Frühlingsknospen. Durch die Straße lief wieder das Volk, galoppierten mit Gebrüll Reiter mit weißen Streifen an den Mützen, hinter Samgin knarrte und krachte das Tor. Ein Kavallerist mit schwarzem Schnurrbart bog sich im Sattel zurück, hielt sein Pferd mitten im Galopp an, so daß es das gebleckte Maul himmelwärts hochwarf, schwang den Säbel hoch empor und brüllte mit unnatürlicher Stimme, wodurch er Samgin an das schluchzende Brüllen eines kaukasischen Esels erinnerte, das dem Schnarren und Kreischen einer Quersäge ähnelt. Dieser tierische Schrei erschreckte die Leute und veranlaßte sie, von neuem zu laufen, auch Samgin lief, da er sah, wie die Leute vor ihm in den Schnee fielen und Blut verspritzten. Dann ging er blind am rechten Ufer der Moika entlang zur Pewtscheskij-Brücke, sah, wie auf die mit Menschen verstopfte Brücke fünf Dragoner stürzten, wie ihre Säbel aufblitzten, zwei von den fünf wurden von den Pferden gerissen und verschwanden in dem schwarzen Gemenge, ein dickes Pferd entwich auf die rechte Seite des Flusses, die Leute warfen mit Schneeklumpen nach ihm, aber es stampfte am Ort und schüttelte den Kopf; von seinem Maul tropfte Schaum.

Vor dem Haus, in dem Puschkin gelebt hatte und gestorben war, stand der Alte aus dem »Märchen vom Fischer und vom Fischlein« – ein Greis mit aschgrauem Bart und in einer wattierten Frauenjacke, er hatte eine zerlumpte Mütze auf dem Kopf und hielt ein Ziegelstück in der Hand.

»Schön hat man euch empfangen, was?« fragte er und zwinkerte mit einem scharfen Äuglein, dann klopfte er mit dem Ziegel an die Wand und warf ihn den Leuten vor die Füße. »Wieviel junges Volk sie getötet haben, junges Volk!« sagte er laut und mit sichtlichem Erstaunen.

Die Leute gingen ohne Eile und sahen sich mürrisch nach hinten um, doch einige liefen und stießen die anderen, und alle sahen so fassungslos aus, als wüßte keiner von ihnen, wohin er ging und weshalb, Samgin wußte das auch nicht. Vor ihm schritt wankend eine Frau, ohne Hut, mit zerzaustem Haar, die ein blutgetränktes Tuch an die Wange drückte; als Samgin sie überholte, fragte sie: »Hätten Sie nicht ein sauberes Tuch?«

Unter ihren roten Fingern am Hals rann Blut hervor in den Kragen, und aus ihren runden und ratlosen Mädchenaugen rannen Tränen.

»Nein«, antwortete Samgin und ging schneller, aber nach einigen Schritten überholte ihn das Mädchen, es wurde, wie ein Kind, von einem großen rotbärtigen Mann auf den Armen getragen. Drei Männer trugen mit eiligen Schritten einen Toten oder Verwundeten vorüber, der eine von ihnen, der seinen Kopf stützte, rauchte. Hinter Samgin seufzte jemand schwer wie ein Pferd.

»Wenn man wenigstens so etwas wie Pistolen hätte . . .«

Samgin erinnerte sich plötzlich der Worte des Historikers Koslow, daß der Zar die ganze Stärke seiner Macht grausam werde zeigen müssen.

»Halt!«

Der das rief, in einer Schlittendroschke sitzend, war Turobojew, sein Kopf war verbunden und die alte, häßliche Mütze in den Nakken gerutscht.

»Steigen Sie ein«, befahl er, aus dem Schlitten springend. »Fahren Sie . . .«

Er nannte eine Adresse, drückte Samgin ein paar Zettel in die Hand, setzte die Mütze zurecht und ging winkend rückwärts, wobei er den Kopf reglos hielt, als fürchtete er, ihn zu verlieren.

Ein paar Minuten später wurde ihm die Tür eines dunklen Vorzimmers von einem glattgeschorenen Mann mit Tatarengesicht, mit mißtrauischem Blick scharfer Augen geöffnet.

»Was wünschen Sie?« fragte er, ohne ihn einzulassen. »Er ist nicht zu Hause. Kommen Sie herein. Warten Sie.«

Der Mann deutete mit der Hand nach links, und Samgin kam es vor, als hätte er diesen Tataren schon einmal gesehen und seine hohe Stimme gehört. In dem großen hellen Zimmer befanden sich etwa fünf Personen, sie machten alle den Eindruck, als hätten sie sich gerade gestritten, und schwiegen. In dem Zimmer schritt nervös der hochgewachsene Mann mit dem Franzosenbärtchen herum, den Samgin am Morgen in der Schule gesehen hatte. Am Fenster saß ein glattrasierter, schwarzhaariger Mann mit einem Greisengesicht; am Tisch, beim Diwan, schrieb jemand schnell mit krummem Rücken, ein Mann im Gehrock und mit goldener Brille, der wie ein Professor aussah, stapfte schwer von Zimmer zu Zimmer und suchte etwas. Er fragte Samgin: »Wollen Sie nicht etwas essen?«

»Ja«, sagte Klim, der plötzlich Hunger und Schwäche empfand. In dem halbdunklen Speisezimmer mit einem Fenster, das auf eine Ziegelmauer hinausschaute, brodelte stürmisch auf einem großen Tisch ein Samowar, standen Teller mit Brot, Wurst und Käse, an der Wand ragte düster ein schweres Büfett, das durch irgend etwas an das Granitgrabmal eines reichen Kaufmanns erinnerte. Samgin aß und dachte, daß diese Wohnung, obwohl sie sich im fünften Stock befand, doch den Eindruck eines Kellers erweckte. Die mürrischen Leute hier gehören natürlich zu der Zahl derer, mit denen die Geschichte nicht rechnet, die sie beiseite geworfen hat.

Wahrscheinlich werden sie mich gleich fragen, was ich gesehen habe . . .

Von dem, was er gesehen, hätte er diesen Leuten gern erbarmungslos erzählt, so, daß sie eine gewisse belehrende Angst empfunden hätten. Ja, genau so, daß sie erschrocken wären. Aber niemand fragte ihn nach etwas. Die Klingel klirrte oft, der Tatar öffnete die Tür, sagte grob und knapp irgend etwas und fragte: »Sind Sie ihm nicht begegnet?«

Ab und zu schaute er ins Speisezimmer, und Samgin fühlte seinen scharfen Blick auf sich ruhen. Als er an den Tisch trat und kalt gewordenen Tee trank, bemerkte Samgin in seiner Rocktasche einen Revolver, und das kam ihm lächerlich vor. Nachdem er etwas gegessen hatte, ging er in das große Zimmer, da er erwartete, dort neue Leute zu erblicken, aber es waren immer noch dieselben, hinzugekommen war nur einer mit verbundenem Arm in einer Schlinge aus einem Frottierhandtuch.

»Das kam so«, sagte er leise, indem er mit finsterer Miene durchs Fenster in die blaue Trübe des Winterabends blickte. »Ich wollte ihn aufheben, aber da – batz – batz! Er wurde am Kinn getroffen und ich hier ... Ich kann das nicht begreifen ... Weswegen?«

Der Mann mit der goldenen Brille redete ihm zu, etwas zu essen, Wein zu trinken und sich hinzulegen, um sich zu erholen.

»Davon erholt man sich sein ganzes Leben nicht«, sagte der Verwundete, stand aber auf und ging gehorsam ins Speisezimmer.

Von Chodynka hat man sich erholt, dachte Samgin, der sich immer weniger als Zeuge denn als Richter vorkam.

Die Klingel klirrte wieder, und im Vorzimmer fragte mürrisch eine dumpfe Stimme mit deutlichem O: »Wozu läufst du denn mit einem Revolver herum?«

»Hier fragen irgendwelche Leute, wahrscheinlich Spitzel, immerzu nach Gapon ...«

»Hör auf, bring mich nicht zum Lachen, Sawwa!«

Morosow, entsann sich Samgin erstaunt und traute sich selber nicht.

Ins Zimmer trat ein hochgewachsener Mann mit starken Backenknochen und rötlichem Schnurrbart in sonderbarem knopflosem Rock, der auf der linken Seite mit Haken geschlossen war; an den Füßen hatte er hohe Stiefel; trotz des glatten langen Haars sah dieser Mann wie ein verkleideter Soldat aus. Mit den Fingern seine Augen reibend, ging er nach links zur Tür, Samgin gab ihm Turobojews Papiere, er blickte Samgin flüchtig, mit entzündeten Augen ins Gesicht, dann auf die Papiere und verschwand zusammen mit Morosow wortlos hinter der Tür. Samgin wartete ein paar Minuten und beschloß zu gehen, als er aber ins Vorzimmer hinaustrat, wurde an die Eingangstür geklopft – die Klingel ertönte krampfhaft, Morosow kam, eine Hand in der Rocktasche, herausgelaufen und öffnete.

»Wie? Wer sind Sie? Gapon? Sie sind Gapon?«

Morosow trat rasch zur Seite. Darauf schlüpfte mit geneigtem Kopf ein kleines Männchen herein, dessen Mantel zu weit und zu lang für seine Gestalt war, und die Mütze zu groß für seinen Kopf; mit einer gewundenen Bewegung des ganzen Körpers und nachdem er die Arme zurückgeworfen hatte, warf er den Mantel auf den Boden, schüttelte durch eine Kopfbewegung die Mütze ab und fragte mit abgehackter Stimme: »Ist Martyn hier? Pjotr? Ich frage...«

Alle, die sich im großen Zimmer befanden, lehnten sich heraus, der Mann mit dem rötlichen Schnurrbart fragte barsch und ohne seine unangenehme Verwunderung zu verhehlen: »Hat Rutenberg Sie hergeschickt?«

»Ja, ja, ja – wo ist er?«

»Ich weiß nicht.«

Gapons Begleiter, ein kleines, unauffälliges Männchen, hob den Mantel vom Boden auf, legte ihn auf einen Stuhl, setzte sich auf den Mantel und sagte beschwichtigend: »Er wird gleich kommen.«

Doch Gapon huschte ins große Zimmer und begann hastig darin herumzulaufen. Seine Beine knickten ein, als wären sie ausgerenkt, das dunkle Gesicht zuckte krampfhaft, aber die Augen waren reglos, glasig. Das kurz und ungeschickt geschnittene Kopfhaar hing in ungleichmäßigen Strähnen herab, auch der Bart war ungleichmäßig gestutzt. Von seinen Schultern hing ein zerknitterter alter Rock herab, dessen Ärmel so lang waren, daß sie die Handgelenke bedeckten. Durch das Zimmer laufend, rief er heiser: »Geben Sie mir was zu trinken, Wein, Wasser... einerlei. Nein, es ist nicht alles verloren, nein! Gleich werde ich ihnen schreiben. Fullon!« rief der Pope weinerlich und drohte, den Arm schwingend, zur Decke hinauf; der Rockärmel rutschte zur Schulter hinab und verdeckte mit seinen Falten das halbe Gesicht. »Fullon hat mich verraten!« schrie er heiser und versuchte den Ärmel mit derselben Kopfbewegung von der Wange zu entfernen, mit der er sein langes Haar zurückzuwerfen gewohnt war. Sein Arm fiel hölzern herab und hing steif herunter, die Finger betasteten und kneteten den Rocksaum, während der andere Arm gleichmäßig wie ein Pendel schaukelte. Er lief mit kleinen Schritten auf dem Parkett herum und füllte das ziemlich leere Zimmer mit dem Trappen der Absätze, dem Scharren der Sohlen, mit Zischen und Schnauben; Samgin erinnerte dieses Geräusch an den widerlichen Lärm einer Küche: Fleisch wird geklopft, auf dem Herd brodelt, brät und zischt etwas, und im Feuer pufft ein feuchtes Holzscheit.

Der Mann mit der goldenen Brille reichte Gapon ein Glas Wein, der Pope trank es gierig und rasch aus und begann wieder zu laufen, zu kreisen und murmelte: »Du lügst! Die Arbeiter halten zu mir! Sie werden mich nicht verraten! Sie halten bis ans Ende zu mir! Du lügst, du Verräter ... Wo ist denn Martyn, wo ist er?«

Samgin sah verblüfft zu, und in ihm kreisten auch irgendwelche berauschenden Ströme. Ohne Priesterrock, gerupft, glich Gapon nicht jenem Popen, der vor den Arbeitern herumgesprungen war und geschrien hatte wie ein junger Hahn auf einem Hof, in dem plötzlich als Vorbote von Gewitter und Platzregen ein Wirbelwind gefahren ist. Jetzt, nachdem man dem Popen wie zum Spott die Haarzotteln auf dem Kopf und den Bart grob abgeschnitten hatte, zeigten sich das nervöse, dunkle, fast blaue Gesicht, die schwarzen Pupillen, die im bläulichen, öligen Augenweiß erstarrt waren, und die große, gerade Nase mit schmalen Nüstern, die nach links verschoben war, wodurch die eine Gesichtshälfte größer aussah als die andere.

Samgin bemerkte, daß Gapon im Vorbeilaufen etwa zweimal in den Spiegel blickte, und jedesmal zuckte der Pope zusammen, er strich sich mit seinen raschen Handbewegungen die Hüften glatt und schrie lauter, als hätte er sich die Hände verbrannt, richtete sich auf und schwang die Arme hoch.

Ein Schauspieler? Mimt er? dachte Samgin flüchtig.

Nein, Gapon ähnelte mehr einem Wahnsinnigen, und das wurde immer klarer. Es schien, als wäre außer dem Popen niemand im Zimmer, denn alle schwiegen und rührten sich nicht. Der Mann mit dem rötlichen Schnurrbart stand soldatisch aufrecht, mit der Schulter an die Wand gelehnt, zwischen seinen bloßen Zähnen stak eine unangezündete Zigarette; er hatte das Gesicht eines Menschen, der jemanden beißen könnte, und es schien, er hätte sich die Zigarette zwischen die Zähne gesteckt, nur um den Popen nicht anzuschreien. Neben ihm saß auf einem Stuhl in der Haltung eines Mannes, der aufspringen und weglaufen will, Morosow, stämmig, kräftig und durch irgend etwas an ein Bügeleisen erinnernd. Samgin hörte ihn flüstern: »Ein Führer, wie?«

Und sein Tatarengesicht schien sich von einem raschen, boshaften Lächeln zu verziehen.

Der Mann mit dem rötlichen Schnurrbart murmelte durch die Zähne: »Kränkung ohne Haß, Klagen ohne Zorn.«

Samgin hatte vergessen, daß Gapon ein Führer war, aber dieses

Geflüster brachte ihm sofort die Dutzende von Leichen, die blutbedeckten Menschen, den brüllenden Heizer in Erinnerung.

»Man muß mich sofort verstecken, ich werde gesucht«, sagte Gapon, der stehengeblieben war und die Leute mit starren Augen ansah. »Wo werden Sie mich verstecken?«

Zornig, mit sonorer Stimme riet ihm Morosow, sich zuerst in Ordnung zu bringen, sich die Haare schneiden zu lassen, sich zu waschen. Eine Minute später saß Gapon mitten im Zimmer auf einem Stuhl, und der Mann mit dem Greisengesicht begann ihm die Haare zu schneiden. Aber die Schere war offenbar stumpf oder der Mann ein schlechter Friseur, denn Gapon schrie kläglich auf: »Vorsicht, was machen Sie?«

»Nur Geduld«, riet ihm Morosow unliebenswürdig und verzog verächtlich das Gesicht.

Dem Popen schnitt man die Haare und führte ihn zum Waschen fort, doch die Zuschauer gingen wortlos und gleichsam verlegen in die Ecken.

»Wie erschüttert er ist«, sagte der Mann mit dem Franzosenbärtchen, da er aber anscheinend begriff, daß man jetzt nicht sprechen sollte, wandte er sich zum Fenster, drückte die Stirn an die Scheibe und betrachtete die Finsternis, die das Fenster einhüllte.

Die Klingel klirrte immer öfter und krampfhafter; Morosow griff nach seiner ausgeweiteten Rocktasche und lief ins Vorzimmer, und Klim hörte, wie dort erregte Stimmen überstürzt erzählten, daß Hunderte von Arbeitern getötet worden seien und Gapon auch.

»Die Polizei hat eben seine Leiche gebracht...«

»Unsinn!« sagte Morosow laut und deutlich. »Vor zehn Minuten ist diese Leiche hiergewesen.«

Der Mann, der mit Gapon gekommen war, bestätigte gekränkt: »Das ist wahr!«

Dann erinnerte er etwas leiser, aber gleichsam vorwurfsvoll: »Das Arbeitervolk liebt Väterchen sehr!«

Man brachte noch eine Neuigkeit: Gapon sei am Leben, die Polizei suche ihn, für seine Festnahme sei eine Belohnung ausgesetzt.

»Das ist möglich«, sagte Morosow und fügte hinzu: »Eine kleine.«

Samgin suchte die Quellen für die Ironie des Fabrikanten zu verstehen, verstand sie aber nicht. Dann kam ein hochgewachsener schwarzbärtiger Mann, zog sich mit dem Rotbärtigen in eine Zimmerecke zurück, und sie begannen dort zu flüstern; der Rotbärtige sagte laut und entrüstet: »Nein, nein! Keinerlei Legenden! Keine!«

Gapon lief herein. Jetzt, nachdem er anständig geschoren und gewaschen war, hatte er Ähnlichkeit mit einem Zigeuner bekommen.

Nachdem er alle im Zimmer und sich selbst im Spiegel gemustert hatte, stieß er entschieden, drohend aus: »Das ist nicht das Ende! Die Arbeiter halten zu mir!«

Sicheren Schrittes trat ein kräftiger Mann mit aufmerksamen Augen und etwas trägen oder vorsichtigen Bewegungen ins Zimmer.

»Martyn!« schrie Gapon und stürzte auf ihn zu. »Setz dich, schreib! Es muß rasch, rasch gehen!«

Ein paar Minuten später saß Martyn auf dem Diwan am Tisch und schrieb, ohne sich zu beeilen, während Gapon im Zimmer umherschritt, die Arme schwang und schrie: »Brüder, die ihr durch Blut zusammengeschweißt seid. Schreib das auch so: durch Blut zusammengeschweißt, ja! Wir haben keinen Zaren mehr!« Er stockte und fragte: »Wir oder ihr? Schreib: Ihr . . .«

»Das Wort ›mehr‹ ist überflüssig«, murmelte der Schreibende, ohne den Kopf zu heben.

»Er ist von jenen Kugeln getötet, die Tausende eurer Kameraden, Frauen und Kinder getötet haben . . . ja!«

Der Pope sprach abgehackt, machte große Pausen, wiederholte einzelne Worte und fand sie offenbar nur mit Mühe. Er sog laut die Luft ein, rieb sich die bläulichen Wangen, warf den Kopf zurück, als hätte er langes Haar, und betastete nach jedem Zurückwerfen den geschorenen Kopf, wurde nachdenklich und schwieg mit zu Boden gerichtetem Blick. Der schwerfällige Martyn schrieb immer schneller, woraus Klim schloß, daß er sich nicht nach Gapons Diktat richtete.

»Schreib!« sagte Gapon, mit dem Fuß aufstampfend. »Und jetzt verhänge ich, der Priester Georgij Gapon, kraft der mir von Gott verliehenen Macht den Kirchenbann über den Zaren, der die Wahrheit im Blute des Volkes ertränkt hat, und schließe ihn von der Kirche aus . . .«

»Mach keine Dummheiten«, sagte Pjotr oder Martyn und schrieb weiter, ohne den diktierenden Popen angesehen zu haben.

»Wie? Schreib nur!« sagte der Pope mit erneutem Aufstampfen, griff sich mit den Händen an den Kopf und glättete das Haar. »Ich habe das Recht dazu!« fuhr er, schon weniger laut, fort. »Meine Sprache ist ihnen verständlicher, ich weiß, wie man mit ihnen sprechen muß. Doch ihr, ihr Intellektuellen, beginnt . . .«

Er machte eine wegwerfende Handbewegung, sein Gesicht wurde tiefrot und für einen Augenblick böse, die Pupillen bewegten sich, als wären sie über das Augenweiß hinausgequollen.

»Nein, nein – keinerlei Märchen«, sagte wieder der Mann mit dem rötlichen Schnurrbart.

»Mit eurem Blut habt ihr das Recht erkauft, für die Freiheit zu kämpfen«, diktierte Gapon.

Der Rotbärtige und der Schwarzbärtige traten auf ihn zu, und der erstere sagte unumwunden und etwas barsch: »Es geht das Gerücht, man habe Sie getötet, verhaftet und dergleichen mehr. Das taugt nichts!«

»Wie jegliche Unwahrheit«, fügte der Schwarzbärtige hüstelnd ein.

»Eben. In der Ökonomischen Gesellschaft hat sich . . . allerlei Publikum versammelt. Sie müssen hinfahren, sich zeigen.«

»Wozu denn?« fragte Gapon. »Dort sind Intellektuelle! Ich weiß, was die Freie Ökonomische Gesellschaft ist – Intellektuelle!« fuhr er mit erhobener Stimme fort. »Ich halte es mit den Arbeitern!«

»Dort sind auch Arbeiter«, sagte der Schwarzbärtige.

Samgin sah deutlich, daß dieser Vorschlag dem Popen mißfiel, ihn sogar verwirrte. Gapon brummte etwas mit mürrischem Gesicht und neigte sich zu Rutenberg vor, während dieser, ohne ihn anzusehen, sagte: »Sie müssen hinfahren.«

»Ja?«

»Ja, ja . . .«

Gapon blickte in den Spiegel, zog die Rockärmel hoch, schüttelte den Kopf und fragte jemanden: »Wird man mich auch erkennen? Mir glauben? Sie kennen mich doch nicht!«

»Man wird Ihnen glauben«, sagte der mit dem rötlichen Schnurrbart. »Kommen Sie!«

Samgin wußte längst, daß er hier überflüssig war und jetzt gehen mußte. Aber ihn hielt die Neugier, das Gefühl dumpfer Müdigkeit und eine der Angst nahe Unlust, allein durch die Straßen zu gehen. Jetzt, da er hoffte, zu viert gehen zu können, trat er ins Vorzimmer hinaus und hörte beim Mantelanziehen die Stimme Morosows:

»Man wird ihm den Kopf abreißen.«

»Paß auf deinen eigenen auf«, antwortete der mit dem rötlichen Schnurrbart.

Samgin öffnete die Tür und begann, langsam die Treppe hinunterzugehen in der Erwartung, daß man ihn einholen werde. Aber er war schon an der Haustür, als er oben das Geräusch von Schritten hörte. Er trat auf die Straße hinaus. Vor der Haustür stand ein gutes Pferd.

»Besetzt«, sagte der Kutscher. »Privatschlitten«, fügte er hinzu, als entschuldige er sich.

Samgin warf einen Blick auf die Rückseite des Schlittens und überzeugte sich, daß keine Nummer vorhanden war und vier Personen in diesem schmalen Schlitten keinen Platz haben würden.

Na, dann gehe ich eben zu Fuß, sagte er sich und schritt schnell in die Kälte der Finsternis hinein, eine Minute später jedoch jagte an ihm mit weit ausholenden Beinen ein dunkles Pferd vorbei; im Schlitten saßen zwei Personen. Samgin seufzte betrübt.

Die Dunkelheit kam ihm ungewöhnlich dicht und so schwer vor, daß sich die Schultern unter ihrem kalten Druck krümmten. Die Stadt schwieg. Tot, entseelt standen die des Lichtes beraubten Häuser, nur hie und da waren die vereisten Fensterscheiben von innen durch schüchternes Kerzenlicht kärglich erleuchtet. Das Licht war ausgestorben. Vermutlich war die Stille deshalb so außergewöhnlich feinfühlig, wie das gespannte Fell einer Trommel. Irgendwo ganz weit weg wurde geschossen, und Klim kam wieder der unangebrachte Vergleich in Erinnerung: Es ist Frühling, die reifen Knospen der Bäume platzen. Samgin bemühte sich, die Füße leiser aufzusetzen, aber die Absätze trappten, der Schnee knirschte. Die schwarzen Häuserreihen hatten ein gleiches Gesicht bekommen, schienen mit den Ziegeln zu knirschen und sich hinter dem einsamen Menschen her zu bewegen, der eilig auf dem Grund eines steinernen Kanals schritt, schritt, ohne den Abstand vom Ziel zu verkürzen. Es fehlten die Bärengestalten der Hausknechte an den Toren, es gab weder Polizisten noch Passanten. Und immer dichter und schwerer wurde die Kälte der triumphierenden Finsternis.

Samgin suchte seine Angst zu unterdrücken, indem er sich der Gestalt Morosows mit dem Revolver in der Hand erinnerte, eine Gestalt, die komisch gewesen wäre, wenn die offene Geringschätzung Morosows für Gapon das nicht verhindert hätte.

Ein Herr. Er verachtet den Pechvogel ...

Aber das Denken kostete Mühe, die Gedanken hinderten ihn, dieser gespannten Stille zu lauschen, in der alles Brüllen und Heulen des entsetzlichen Tages, all seine Worte, all sein Schreien und Stöhnen schlau verdichtet und versteckt war, dieser Stille, in der die böse Bereitschaft verborgen lag, alle Schrecknisse zu wiederholen, um den Menschen bis zum Wahnsinn zu erschrecken.

Der Pope ist eine Null. Und alle Zeugen, Schriftsteller, Soldaten und Arbeiter, Mörder, Opfer und Zuschauer sind es. Alle sind unbedeutend, unglücklich, überlegte Samgin hastig, um die Angst etwas zu verringern, die ihn beleidigend bedrückte.

Auf dem Newskij Prospekt wurde es noch unheimlicher; der Newskij ist breiter als die anderen Straßen und war daher noch öder, seine Häuser waren noch seelenloser, lebloser. Er verlief in die Finsternis wie eine Schlucht in einen Berg. In der Ferne und tief unten, dort, wo der Erdboden sein mußte, war das kalte Fleisch der erstarrten Finsternis durch kleine und trübe Lichtflecke aufgerissen. Diese Lichter, die an Blut und Wunden erinnerten, beleuchteten nichts, vertieften den Prospekt unendlich und hatten etwas Warnendes an sich.

Samgin blieb einen Augenblick stehen und ging dann langsamer weiter, seine Schläfen waren mit Schweiß bedeckt. Er überzeugte sich bald, daß das Laternen waren, sie standen auf dem Gehsteig vor den Toren oder waren an diesen aufgehängt. Es waren nicht viele Laternen, sie leuchteten weit voneinander entfernt und gleichsam nur, um zu zeigen, daß sie überflüssig waren. Vielleicht aber auch, damit man bequemer auf einen Menschen schießen könnte, der an ihnen vorbeikäme.

Hie und da bewegten sich spitzbübisch und fast geräuschlos, wie ein Fisch im Wasser, schnelle, schwarze kleine Menschengestalten. Vorn hämmerte jemand gegen eine Glasscheibe, dann zerschellte das Glas, die Scherben fielen klirrend auf Eisen, ein Pförtchen kreischte und schlug zu, irgendwer kam Samgin sehr schnell entgegen und verschwand plötzlich, als wäre er in die Erde versunken. Fast im gleichen Augenblick kamen hinter einer Ecke fünf Reiter hervor, drängten sich zusammen, und einer von ihnen rief erschreckt: »Im Trab . . .«

Sie ritten rasch, im Gänsemarsch, einer hinter dem anderen; dann knallten zwei Schüsse, noch drei und noch einer, und danach schrie ein Mensch dünn und sehnsüchtig wie eine Möwe über dem Kaspischen Meer. Samgin blieb eine Weile stehen, bis die Stille wieder zu sich gekommen war, dann ging er weiter. Er glaubte nicht recht, daß sich auf dem Newskij Prospekt keine Soldaten befänden; vermutlich versteckten sie sich, stupsnasig und grau, in den Höfen der Häuser, vor denen die Laternen brannten. Ja, die Stupsnasigen verstecken sich, zittern vor Kälte, vielleicht aber auch vor Angst in den steinernen Brunnenschächten der Höfe; am Rand der Stadt jedoch wird wahrscheinlich schon Gapons Aufruf gelesen:

»Brüder, die ihr durch Blut zusammengeschweißt seid!« Diese Worte hören die Väter, Mütter, Brüder, Schwestern, Genossen und Bräute der Getöteten und Verwundeten. Möglicherweise werden die aus den Vorstädten morgen wieder in die Stadt kommen, aber schon als dichtere und entschlossenere Masse, und werden in den Tod gehen. »Die Arbeiter haben nichts zu verlieren als ihre Ketten.«

Irgendwo, in der Wärme behaglicher Wohnungen, sitzen Minister, Militärs und Beamte; in anderen Wohnungen geraten Schriftsteller, Männer der Öffentlichkeit und Humanisten, denen dieser

Tag erbarmungslos ihre Schwäche gezeigt hat, in Widerstreit, schreien hysterisch und springen aufeinander los wie Spatzen.

Die Führer! rief Samgin innerlich, aber so, daß er den Ausruf außerhalb seiner selbst hörte und sich sogar umblickte. Und der Zar? Dieses kleine Menschlein wird wohl kaum ruhig Tee trinken ...

Und Samgin kam der Gedanke, der Zar laufe im Schrecken über das Begangene ebenso krampfhaft umher wie Gapon.

Bis zu seinem Gasthof war es schon nicht mehr weit, und die Angst verringerte sich bedeutend. In ihm entbrannte ein Gefühl der Entrüstung über sich selbst, über all die Erlebnisse dieses Tages.

Leben kann man nicht mehr! Das Leben verwandelt sich in ein eintöniges, endloses Drama.

Die Tür des Gasthofs war abgeschlossen, hinter ihr war es dunkel. Das dicke Gesicht des Portiers drückte sich an die Scheibe; das Schloß knackte, die Scheiben stöhnten auf, und Samgin schlug warmer Speisegeruch ins Gesicht.

»Es wird Unfug getrieben, man schlägt die Scheiben ein«, beklagte sich der Portier; er trug Mantel und Mütze, das nahm ihm die übliche Vornehmheit, aber trotzdem war er würdig und ruhig wie immer.

»Man sagt, neuntausend sind niedergemacht?« fragte er, und da Samgin nicht antwortete, seufzte er: »Soweit ist es nun gekommen! Neuntausend ...«

Als Klim sich aber erkundigte, ob Züge nach Moskau gingen, sah ihn der Portier sehr wißbegierig an und antwortete mit der Frage: »Erwarten Sie, daß die Eisenbahner auch streiken?«

Oben auf der Treppe begegnete Samgin der Zimmerkellner und raunte ihm zu: »Unterhalten Sie sich nicht mit dem Portier, Herr Samgin, denn er ist ein Schurke! Ein Lakai der Polizei ...«

Dieser Bursche, den er schon lange kannte, war noch heute morgen gutmütig, lustig und gefällig gewesen, jetzt aber war sein rundes Gesicht sonderbar schmal und spitz, wie nach einer Krankheit; er sah Samgin mit fremdem Blick an und sagte halblaut: »Er hat die Tür abgeschlossen, der Hundsfott. Es wurde geschossen, die Kosaken fielen über die Leute her und schlugen sie; die Leute drängten sich zu uns herein, da schloß er die Tür ab und bleckte die Zähne, diese dicke Schnauze ...«

Als er Klim beim Kofferpacken half, fragte er mit leidenschaftlichem Flüstern: »Was haben sich denn die Erschlagenen zuschulden kommen lassen? Man hätte den Arbeitern sagen müssen: Ihr dürft das nicht! Statt dessen hat man gesagt: Sie werden kommen, und ihr – schlagt sie!«

»Ja«, bestätigte Klim unwillkürlich und zu seiner eigenen Überraschung. »Natürlich, so ist das gesagt worden.«

Der Zimmerkellner, der kniend den Koffer verschnürt hatte, sprang nun aber elastisch auf, blickte Klim ein paar Sekunden mit zwinkernden Augen an und hockte sich erneut hin.

»So«, murmelte er, drückte mit dem Knie auf den Koffer und fluchte unflätig. »Jetzt werden also . . .«

Aber Samgin hörte seinem Gemurmel nicht zu, sondern dachte daran, daß er gleich wieder in der kalten Dunkelheit dieses simple Knacken von Schüssen hören werde. Im Wagen des Hotels, zusammen mit zwei Stummen, die ihre Köpfe in den Pelzkragen versteckt hatten und offenkundig nichts sehen und hören wollten, blickte Samgin durch die Wagenscheibe in die Finsternis hinaus, und sie kam ihm materiell, wägbar vor, als wäre sie die zu Eis erstarrte Ausdünstung des Schmutzes in der Stadt, des heute vergossenen Blutes, die Ausdünstung der Grausamkeit und des Wahnsinns der Menschen. Auch während der schlaflosen Nacht im Zugabteil dachte er an Wahnsinn, an Grausamkeit.

Zu Hause fiel Warwara über ihn her, ihre Neugier war bis zum Sieden, bis zur Raserei erhitzt, sie blätterte Samgin durch wie ein neues Buch, mit dem Bestreben, die interessanteste, überraschendste Seite zu finden, und überredete ihn leicht, am selben Abend ihren Bekannten alles zu erzählen, was er gesehen hatte. Er wollte das auch selbst, da er fand, daß er sich erleichtern müsse und daß es nützlich sei, so etwas wie eine Probe für einen ernsten Vortrag zu veranstalten.

Am Abend versammelten sich an die zwanzig Personen; es kam der große, dicke Dichter, der Verfasser des Gedichtes über Judas und darüber, wie der Satan mit Gott Karten spielt; es kam der Literaturlehrer und Dichter Jewsonow, ein kleiner Mann mit schwarzen Zähnen, mit einem verächtlichen Lächeln auf dem gelben Gesicht; es erschien Bragin, ebenfalls klein, dürr, wie Gogol frisiert, redselig und besonders unangenehm dadurch, daß er durch seine allseitige Kenntnis der menschlichen Angelegenheiten Samgin zwang, sich seiner selbst zu erinnern, wie Samgin vor fünf Jahren sein wollte und war. Die Männer herrschten vor, es waren sechs Frauen da, von denen Samgin nur die üppige Farbfabrikantenwitwe Dudorowa, Warwaras nächste Freundin, kannte; Warwara verhielt sich zu den Frauen nörglerisch kritisch, was Samgin sich damit erklärte, daß sie rasch häßlich wurde.

Er hatte sich angewöhnt, alle Freunde seiner Frau als Menschen »dritter Sorte« zu betrachten, wie Wlastow sie genannt hatte; aber sie begannen in ihm seit einiger Zeit das Neidgefühl des Pechvogels auf Leute zu wecken, die es sich in ihrem »System von Sätzen« bequem gemacht hatten, wie Stare in Starenkästen. Ihre Äußerungen klangen in seinen Ohren immer aufreizender laut und störten ihn bereits, wie manchmal das undeutliche Motiv irgendeines alten Liedes zu leben stört, das anspruchsvoll verlangt, daß man sich seiner genau erinnere. Diese Leute lasen andere Bücher und schienen sich damit voreinander zu brüsten. Die Dudorowa und Jewsonow kannten besonders viele Autoren, von denen Samgin nichts gelesen hatte und die kennenzulernen er kein Bedürfnis empfand.

Irenäus von Lyon, Dionysios von Halikarnaß, Fabre d'Olivet, Schuré – hörte Samgin, und er hörte die gewichtigen Worte: Liebe, Tod, Mystik, Anarchismus. Es war peinlich, ärgerlich, daß Leute, die jünger und unbedeutender waren als er, und irgendwelche reiche Modenärrinnen etwas wußten, das er nicht wußte, und das verlieh ihnen das Recht, sich ihm gegenüber herablassend zu verhalten, als wäre er ein Halbwilder.

An diesem Abend aber sahen sie ihn begehrlich an, wie Feinschmecker ein seltenes Gericht ansehen. Sie hörten seinem Erzählen mit so wortlos gespannter Aufmerksamkeit zu, als wäre er ein Professor aus der Hauptstadt, der in einer öden Provinzstadt eine Vorlesung vor den Einwohnern hält, die sich schon lange nach etwas Ungewöhnlichem gesehnt haben. Im Zimmer war es eng, etwas heiß, im Halbdunkel saßen gebeugt unterwürfige Menschen, und es war sehr angenehm, sich dessen bewußt zu sein, daß der gestrige Tag schon Geschichte war.

Samgin bemühte sich, den Ton des objektiven Zeugen zu wahren, den Ton eines Menschen, dem es nur um die Wahrheit geht, wie sie auch sein mochte. Aber er merkte selbst, daß er jedesmal erbittert sprach, wenn er sich des Zaren und Gapons erinnerte. Sein Denken beschrieb unwillkürlich und beharrlich Achten rings um den Zaren und den Popen, wobei er stark die Nichtigkeit beider und dann das Verbrecherische an ihnen unterstrich. Er wollte die Leute zu gern erschrecken und tat das mit Genuß.

Als er geendet hatte, begannen die Zuhörer sich vorsichtig zu rühren, als erwachten sie aus schwerem Schlummer; dann begannen sie unentschlossen und zunächst flüsternd zu sprechen, wobei sie sich nicht aneinander, sondern gleichsam an die Luft wendeten. Als erster äußerte sich Jewsonow, er stand auf und sagte, während er eine Zigarette aus dem Etui nahm, seine schwarzen Zähne entblößend:

»Diesen Wahnsinn kann man nicht mit dem Zusammenstoß von Klassengegensätzen erklären, nein, das ist etwas Tieferes, Schrecklicheres ...«

»Oh ja«, stimmte die Dudorowa, mit den Fingern knackend, bei. »Hiernach wird Rußland sich entweder zur Freiheit erheben oder endgültig in den Abgrund stürzen ...«

Einer der Männer sagte mit Grabesstimme: »Da ist ein Schlag, ein tödlicher Schlag nicht nur der Idee der Selbstherrschaft, sondern der Idee der Persönlichkeit zugefügt worden.«

Samgin schwieg und wartete auf Bedeutungsvolleres. Seine Frau kam im glatten, bronzefarbenen Kleid auf ihn zu, das sie älter machte und ihr Ähnlichkeit mit einem grotesk vergrößerten Lampenfuß verlieh.

»Du hast vorzüglich gesprochen«, sagte sie mit aufrichtigem Erstaunen. »Ausgezeichnet! Welche Fülle von Einzelheiten, und wie geschickt du sie verwertet hast! Ehrenwort – es war manchmal sogar entsetzlich ...«

An ihrem Erstaunen fand Samgin nichts Schmeichelhaftes für sich, und sie störte ihn beim Zuhören. Ein Mann mit gepudertem Clownsgesicht, langem Hals und starr aufgerissenen Augen betrachtete die Leute, die ihn umdrängten, und sprach nicht laut, aber doch so, daß seine Worte weder vom Geräusch des Stuhlrückens übertönt wurden, noch von den erregten Stimmen der Leute, die sich schon in kleine Gruppen aufgeteilt hatten.

»Der Mensch ist heilig! Christus war ein Mensch, der den Teufel besiegte. Nach Christus hat das angeborene Böse zu existieren aufgehört. Heute ist das Böse eine soziale Krankheit. Der einzelne Mensch ist gutherzig ...«

Die Grabesstimme wandte ein: »Das ist so etwas wie theologischer Anarchismus ...«

Die Dudorowa aber rief: »Das Volk tut weder Gutes noch Böses, sondern macht nur materielle Dinge ...«

Der große dicke Dichter knabberte Biskuits und sagte zu einer kleinen Dame mit Klemmer: »Der Mensch hat das Recht, ein Judas, ein Herostrat zu sein ...«

»Sagen Sie, was Sie wollen, die Revolution ist trotzdem unvermeidlich!«

Das wurde auf verschiedene Art und Weise wiederholt, und daran war für Samgin nichts Neues. Für ihn war es auch nicht neu, daß all diese Menschen es bereits fertiggebracht hatten, sich über das Ereignis zu stellen, und es als nicht sehr bedeutsame Episode einer tiefen Tragödie betrachteten. Im Zimmer wurde es geräumiger, die entfernteren Bekannten waren gegangen, zurückgeblieben waren nur die nächsten Freunde seiner Frau; die Anfimjewna und das Stubenmädchen deckten den Teetisch; die Dudorowa rief Jewsonow zu: »Ibsen ist ein Pedant, ein Pedant...«

Samgin hatten sie schon vergessen, niemand fragte ihn mehr nach etwas.

Sie sind gesättigt, dachte er ironisch und ging in sein Zimmer, legte sich auf den Diwan und versank in Nachdenken: Ja, diese Leute haben sich gegen die Wirklichkeit durch ein fast undurchdringliches Gitter von Worten abgezäunt und verfügen über die beneidenswerte Fähigkeit, über das Entsetzliche der realen Tatsachen hinweg in irgend etwas anderes Entsetzliches hineinzublicken, das sie sich vielleicht nur einbilden, oder erfunden haben, um bequemer zu leben.

Dann dachte er noch an viele Kleinigkeiten, dachte deshalb daran, um nicht nach einer Antwort auf die Frage zu suchen, was ihn daran hinderte, so zu leben, wie diese Leute lebten. Irgend etwas hinderte ihn, und er fühlte, daß ihn nicht nur die Angst hinderte, er könnte sich unter den Leuten verlieren, an deren Nichtigkeit er nicht zweifelte. Er dachte an die Nikonowa: Mit ihr hätte er gern gesprochen. Sie hatte ihn durch ihren unsinnigen Verdacht gekränkt, aber er hatte ihr das schon verziehen, ebenso wie er ihr verziehen hatte, daß sie den Gendarmen diente.

Einen anderen Menschen hätte ich selbstverständlich erbarmungslos verurteilt, bei ihr aber kann ich das nicht! Wahrscheinlich hänge ich wirklich an ihr, und diese Anhänglichkeit ist stärker als Liebe. Sie ist natürlich ein Opfer, brachte er sich zum zehntenmal in Erinnerung.

Am nächsten Tag morgens erschien Gogin und schlug ihm vor, zugunsten des Komitees zwei bis drei Vorträge über den Blutsonntag zu halten. Nach der Geschichte mit der Nikonowa betrachtete Samgin Gogin wie den Menschen, der ihm die Frau entführt hat, aber er erklärte sich gern bereit, die Vorträge zu halten. Er erweiterte den Bericht über den Sonntag bedeutend, indem er von seinen Beobachtungen am Zaren erzählte, ihn interessant mit Gapon verglich und eine gewisse unmerkliche – auch ihm selbst unklare – Ähnlichkeit zwischen ihnen andeutete; er sprach von dem Heizer, von den Arbeitern, die so erschütternd schlicht starben, und erzählte, wie der kleine Alte mit dem Stein gegen die Wand des Hauses geklopft hatte, in dem Puschkin gelebt hatte und gestorben war – von diesem kleinen Alten sagte er weit mehr, als er von ihm wußte. Nach jedem Vortrag kam er sich klüger, bedeutender vor und fühlte, daß alles, was er gesehen hatte, um so weniger furchtbar für ihn wurde, je schöner er es darstellte. Aber er wünschte sich sehr, daß den Leuten beim Zuhören unheimlich zumute werde, daß die Angst sie ernüchtere, und ihm schien, als erreiche er das: Den Leuten war unheimlich zumute. Dennoch sah er: Die Angst hält nicht lange in Menschen vor, die überzeugt sind, sie könnten die Wirklichkeit ändern und bändigen.

Welch ein Leichtsinn, dachte er und wurde erbittert gegen die Kecken.

»Ich bin verblüfft, Klim«, sagte Warwara. »Zum drittenmal höre ich dir zu – du erzählst wunderbar! Und jedesmal neue Menschen, neue Einzelheiten. Oh, wie recht hat jener, der als erster gesagt hat, die höchste Schönheit läge in der Tragödie!«

Bei ihren Lobreden machte Samgin ein gleichgültiges und müdes Gesicht.

»Das kommt mir nicht billig zu stehen.«

»Das kann ich mir denken«, stimmte ihm Warwara bei.

In diesen Tagen eines Erfolgs, wie er ihn noch nie in seinem ganzen Leben empfunden hatte, entstand in Samgin von selbst die Formel: Die Revolution ist notwendig, um die Revolutionäre zu vernichten.

Als er das zum erstenmal dachte, lächelte er innerlich. Unsinnig!

Aber das Lächeln löschte diese Formel in seinem Gedächtnis nicht aus, und er kam mit ihr in seiner Heimatstadt an, wohin ihn Warawkas Angelegenheiten riefen und wo er – bei Doktor Ljubomudrow – vom 9. Januar erzählen mußte.

»Schreiben Sie einen kleinen Artikel mit Fakten«, schlug ihm die Spiwak vor. Sie war sehr blaß, biß sich auf die Lippen und ging eigentümlich ziellos umher.

Samgin schrieb gern, er tat das als persönliche Angelegenheit, als er aber seine Erzählung vorlas, bemerkte der lederne und ölige Dunajew lächelnd: »Eine erschreckende Sache für Spießer.«

»Man wird kürzen müssen«, sagte die Spiwak, während der langbeinige Kornew das Manuskript an sich nahm, als gehörte es ihm, und murmelte, er werde das tun.

»Wir streichen die Ausschmückungen, und einen Tag darauf kann es erscheinen.«

Dann hielt Samgin einen Vortrag in der Wohnung des Rechtsanwalts Prawdin, wo ihm etwa vierzig Linksgesinnte zuhörten, und einen bei dem Stadtoberhaupt Radejew, wo sich rund fünfzehn sehr gesetzte Liberale versammelt hatten; danach begann er in einem Wirbel von allerhand kleinen Angelegenheiten, von Debatten über den morgigen Tag und in neuen Bekanntschaften zu kreisen und – verlor den Überblick über die Zahl der Tage. Das alles besaß etwas Berauschendes, wie guter alter Wein. Samgin fühlte, daß man ihn als unmittelbaren Teilnehmer des tragischen Ereignisses betrachtete, dessen geheime Triebkräfte trotz aller beredten Erzählungen nicht zu begreifen waren. Er sah: Außerhalb des Kreises der Spiwak hegte man den Verdacht, er wage weniger als er wisse, und verschweige seine eigene Rolle. Das gefiel ihm, das beschwingte ihn etwas und gab ihm schärfere und kühnere Worte ein, Worte, die ihn manchmal als falscher Zungenschlag selbst wunderten, was übrigens bei einem erregten Menschen natürlich war. Erregt aber war die ganze Stadt, alle Gebildeten hatten das düstere Gefühl, daß etwas Ungewöhnliches, Erschreckendes geschehen sei.

Die Stimmung der Stadteinwohner definierte ziemlich treffend, wenn auch plump, Dunajew, wobei er seine sonderbar weißen und dichten Zähne zeigte: »Sie sind erwacht wie Hunde in einer Herbstnacht, haben etwas Furchtbares gewittert, wen sie aber anbellen sollen, wissen sie nicht und knurren daher vorsichtig.«

Kornew sagte weicher: »Sie beginnen zu begreifen, in was für einem Staat sie leben.«

Diese Äußerungen beunruhigten Samgin nicht, im Gegenteil: In ihm erwachte schon wieder die unbestimmte Hoffnung auf einen leitenden Platz in dem Leben, das ihn wankend, ächzend, stöhnend und seufzend aus Dutzenden von Augen ansah und gleichsam irgendwelche beruhigenden Versprechungen, Offenbarungen erwartete. Das verstärkte in ihm noch mehr das leicht scharfe und rachsüchtige Verlangen, nicht zu beruhigen, sondern Angst einzujagen. Es war ihm angenehm, friedliebenden Menschen zu erzählen, daß in die Kommission zur Arbeiterfrage beim Senator Schidlowskij sozialdemokratische Arbeiter aufgenommen worden waren und daß sie beabsichtigten, politische Forderungen zu stellen.

»Held der Zeit wird allmählich die Menge, die Masse«, sagte er inmitten der liberalen Bourgeoisie, und da er unter ihr verkehrte, war er für die Spiwak ein guter Informator. Die Spiwak suchte er mit dem immer auffälliger werdenden Abweichen der »gesund Denkenden« nach rechts, mit Erzählungen von der Organisation des »Bundes des russischen Volkes« zu schrecken, in dem der Historiker Koslow den Vorsitz innehatte und der Dirigent Korwin sein Gehilfe war, er erzählte von der Tätigkeit der Sozialrevolutionäre unter den Handwerkern, Handelsgehilfen und Angestellten. Aber das alles wußte sie ebensogut wie er und sagte, ohne zu erschrecken: »Natürlich.«

Dann bürdete sie ihm eine unzählige Masse verschiedener Aufträge auf; er lehnte sie nicht ab, die aufgestachelte Neugier und das unbestimmte Vorgefühl vom Ende aller Aufregungen verwandelten sich bei ihm in die Leidenschaft eines unerfahrenen Spielers.

Samgin wiederum wurde über alles, was in der Stadt vorging, umfassend durch Iwan Dronow unterrichtet. Lachend, die Hände reibend und Grimassen schneidend, sagte er: »Ich bin trotz allem ein Bäuerlein, also Realist, darum muß ich auch Sozialrevolutionär sein, euresgleichen aber, die Sozialdemokraten, sind eine Intelligenzorganisation.«

An Dronows sozialrevolutionäre Gesinnung glaubte Samgin nicht, denn er fühlte, daß Iwan wie viele ein »Revolutionär bis morgen« war und aus Angst den Tapferen spielte. Immer geschäftig, hatte er sich jetzt irgendwelche unsicheren, jähen Gesten angewöhnt, hatte den Ring vom Finger genommen, kleidete sich nicht so geckenhaft wie früher, stellte sich überhaupt arm und gab sich demokratischer. Aber sogar daran, wie krampfhaft er die Knöpfe an seinem Rock schloß und öffnete, waren seine Verlogenheit und die Unruhe eines Menschen zu ersehen, der nicht ganz überzeugt davon ist, daß er seinen Interessen gemäß handelt.

»Politisch organisiert wird Rußland eben von uns, den Sozialrevolutionären . . .«, sagte er halb als Frage, halb als Behauptung.

Samgin sah, daß Dronow ihn umkreiste, ihm sogar schmeichelte, obwohl er auch grob war, und das nicht uneigennützig.

Er vermutet in mir einen bedeutenden Mann der Öffentlichkeit und will sich davon überzeugen, entschied Samgin, und seine Antipathie gegen Dronow steigerte sich bis zum Widerwillen.

Mitten in dem schnellen Wechsel unruhiger Tage tauchte für zwei, drei Stunden Kutusow auf. Samgin begegnete ihm auf der Straße, erkannte ihn aber nicht in dem Mann, der wie ein Dorfkrämer aussah. Kutusows Gesicht war in eine Pelzmütze mit Ohrenklappen gezwängt, der kurze Schafpelz an der Brust mit einer mehligen und öligen Schmutzkruste bedeckt, und an den Füßen trug er lederbesetzte graue Filzstiefel. Diese Stiefel erinnerten Klim, als er abends bei der Spiwak eintrat, daß er Kutusow schon am Tor der Semstwo-Verwaltung gesehen hatte.

Kutusow trank Tee und bildete sich dabei anscheinend immer noch ein, ein Mensch aus dem Dorf zu sein. Er hielt sich würdig, seine Gesten waren langsam, gesetzt, die Gesten eines Menschen, der sich seines Wertes voll bewußt ist und es nicht eilig hat.

»Michail Kusmitsch Antonow – bitte das nicht zu vergessen!« machte er Samgin aufmerksam.

Welch ein geschickter Schauspieler, dachte Samgin, als er seine sachlichen Fragen über Petersburg beantwortete.

»So. Die rote Fahne war also unerwünscht?« fragte Kutusow und lächelte unangebracht in den Bart hinein. »Nun, was ist denn dabei? Jetzt werden sie begreifen, daß der Zar nicht dazu da ist, um sich mit ihm offenherzig zu unterhalten, sondern um sich mit ihm zu schlagen.«

Dunajew, der ihm gegenübersaß, lächelte auch, während Kutusow den Kopf schüttelte und, ins Teeglas blickend, sagte: »Die Lektion ist teuer bezahlt. Aber das, was sie lehren muß, hätten wir durch mündliche oder schriftliche Propaganda selbst in zehn Jahren nicht erreicht. Und im Lauf von zehn Jahren wären weit mehr – und höchst wertvolle – Arbeiter zugrunde gegangen als in zwei Tagen . . .«

»In Riga sind auch viele erschossen worden«, erinnerte Dunajew. Kutusow sah ihm ins Gesicht, strich sich über den Bart und sagte halblaut: »Gewehre sind ja dazu da, um auf Menschen zu schießen. Gewehre werden aber bekanntlich von Arbeitern hergestellt.«

Dunajews Gesicht erblühte wieder zu dem Lächeln, das Klim schon kannte.

»Ganz einfach!« sagte er.

Kutusow wandte sich wieder an Samgin. »Und der Pope ist nach Ihrem Ermessen eine Scheingröße? Eine zufällige Erscheinung. Hm . . . In der Arbeiterbewegung dürfte es doch wohl keine Zufälligkeiten geben . . . gibt es keine.«

Er machte eine finstere Miene, schwieg eine Weile, dann fragte er: »Ist Turobojew schwer verwundet?«

In diesem Augenblick kam die Spiwak mit Arkadij, und der von der Kälte rotwangige Junge stürzte zu Kutusow auf die Knie.

»Er ist da, er ist da!«

Kutusow drückte schmunzelnd Arkadijs Gesichtchen an seinen Bart und murmelte in das lockige Haar: »Ach, Arkaschka, du Käferchen, du kleine Küchenschabe. Warum bist du so klein, wie?«

»Das ist nicht wahr!«

»So dürr – vor dir haben sogar Fliegen keine Angst.«

»Die Fliegen haben vor niemandem Angst . . . Die Fliegen haben bei dir im Bart gewohnt, entsinnst du dich noch – im Sommer?«

Die Spiwak, elegant und glührot vom Frost, flüsterte mit Dunajew, dem sie die Hand auf die Schulter gelegt hatte.

»Gut!« sagte er. »Ich gehe!«

»Passen Sie auf – nicht mehr als fünfzehn oder zwanzig Personen!« sagte sie streng.

Dunajew nickte und ging, und Samgin erinnerte sich, daß Arkadij vor ein paar Tagen, als er mit dem Jungen zu spielen versucht und ihn durch irgend etwas erzürnt hatte, gekränkt von ihm weggelaufen war, während die Spiwak im Ton einer Lehrerin, wenn auch lächelnd gesagt hatte: »Kinder spüren ausgezeichnet, ob man mit ihnen spielt oder sie als Spielzeug behandelt.«

Sie nahm am Tisch Platz und goß sich Tee ein. Kutusow hatte sich bereits ans Klavier gesetzt, hatte den Jungen auf dem Schoß und sang halblaut mit leiser Begleitung:

> »Ach, unsre ruhmvolle Ukraine
> Hat gar furchtbare, schlimme Jahre erlebt . . .«

»Ich will kein langweiliges Lied!« protestierte Arkadij. »Das von dem Herrn!«

»Dir kann man es nie recht machen, Arkaschka«, sagte Kutusow und sang gehorsam:

> »Der Herr trägt eine Hose
> Von Satans Großpapa.
> Auch die gestrickten Strümpfe
> Hat er gestohlen da.«

Der Junge klatschte in die Hände und sang auch:

> »Der Herr trägt ein Hütchen
> Von des Teufels Brüderchen . . .«

Die Spiwak trank Tee, ordnete dabei irgendwelche Zettel und blickte mit einem Auge zu den Sängern hinüber, das Auge lächelte. Samgin fand das alles gekünstelt und sogar kränkend, ihm schien, Kutusow und die Spiwak wollten ihm nicht zeigen, daß auch sie das Morgen fürchteten.

Ein paar Tage später saß er im Ortsgefängnis und fühlte erst hier, wieviel er in diesen Wochen erlebt hatte und wie er, auch physisch mit sich allein, von den Menschen durch die dicken Mauern des ziemlich alten, noch zur Zeit Elisabeth Petrownas gebauten Gefängnisses getrennt war. Man hatte ihn in einer schmutzigen Zelle für drei Häftlinge, mit schrägen Pritschen, gewölbter Decke und unerreichbar hohem Fenster, eingesperrt; die Fensterscheibe war zerschlagen, und durch das Eisengitter strömte die Märzluft herein, ein Stück blauen Himmels war zu sehen. Jeden Abend vor der Kontrolle brüllten die Minderjährigen seiner Zelle gegenüber ein und dasselbe Lied:

> »Sie kamen nach Arkadia,
> Von Arkadia nach Livadia,
> Dann ging's nach Oserki...«

»Ki-ki!« schrien die niedrigen Stimmen, während die hohen mit Stampfen und Klopfen nach einem Tanzmotiv flott sangen:

> »Dort nahmen sie wen in die Presse,
> Hauten wen in die Fresse
> Und trafen ihn am Gemächt...«

»Echt!«

Dieses Lied, das unvermeidlich war wie das Abendgebet der Soldaten, beschloß den Gefängnistag, und dann schien es Samgin, der ganze Tag sei unwahrscheinlich lustig gewesen. In dem überfüllten Gefängnis brodelte den ganzen Tag über eine sonderbare Erregung, als lebten die Strafgefangenen in ungeduldiger Erwartung eines Festtags und übten sich im voraus im Lustigsein. Vermutlich deshalb, weil im Gefängnis drei Typhuserkrankungen eingetreten waren, wurden die Strafgefangenen vom Morgen an in den Hof hinausgelassen und wärmten sich dort, grau wie die Steine der Gefängnismauern, sitzend oder liegend, in der Frühlingssonne, spielten »Paar und Unpaar«, schrien sich an und sangen Lieder. Mit klirrenden Fesseln, mit ihrer Verwegenheit paradierend, gingen die Zuchthäusler im Hof umher, während im Schatten, an der Mauer entlang, abwechselnd Kornew, Dunajew, der Statistiker Smolin und noch irgendwelche unbekannten Leute spazierengingen. Die Aufseher hielten sich abseits, belästigten niemanden, man konnte meinen, auch sie warteten ruhig auf etwas. Im allgemeinen erweckte das Gefängnis bei Samgin den Eindruck von Unordnung und Verlotterung, das wunderte ihn etwas, hinderte ihn aber nicht, sich auszuruhen, und flößte ihm den Gedanken ein, daß die Leute, die sich über die Leiden im Gefängnis beklagten, ihre Leiden übertrieben.

Links von Samgin saß Kornew. Er klopfte Klim gleich in der ersten Nacht nach der Verhaftung zu, daß vier Sozialdemokraten und elf Sozialrevolutionäre verhaftet seien, und teilte ihm dann fast jede Nacht nach der Kontrolle mit der Genauigkeit eines Deutschen die Neuigkeiten aus der Außenwelt mit. Aus seinen Nachrichten ging hervor, daß das ganze Land sich einmütig und schnell auf einen entscheidenden Vorstoß gegen die Selbstherrschaft vorbereite.

»Die Sozialrevolutionäre bauen einen Bauernbund auf, haben die Dorfschullehrer unter die Fuchtel genommen, die Arbeiterbewegung wächst unaufhaltsam«, klopfte er, als teilte er die Schlagzeilen von Zeitungen mit.

Samgin horchte und glaubte, daß Verbände der Ingenieure, Ärzte und Rechtsanwälte entstünden, daß die Schaffung eines Verbandes der Verbände geplant sei, und das trockene Klopfen, das durch die Steine drang und sich zu Worten zusammenfügte, weckte in Samgin ein Gefühl von Kühnheit, gute Hoffnungen. Ja, natürlich, die gesamte Intelligenz mußte sich zu einer einheitlichen, mächtigen Kraft zusammenschließen. Weiter zu denken, erlaubte er sich nicht, er hatte den keuschen Wunsch, für seine Hoffnungen und Träume keine Formel zu suchen. Zur Ochrana-Abteilung hatte man ihn über einen Monat nicht vorgeladen, und das machte ihn etwas nervös, aber nur dann, wenn er sich erinnerte, daß er wieder mit Oberst Wassiljew werde zusammentreffen müssen. Diese Begegnung spielte sich nicht so unangenehm ab, wie er erwartet hatte.

»Nun müssen wir uns nochmals unterhalten, Klim Iwanowitsch«, sagte der Oberst, der sich hinter seinem Tisch erhob und vorsorglich in der einen Hand das Zigarettenetui und in der anderen Papiere hielt. »Bitte!« deutete er liebenswürdig auf den Stuhl vor dem Tisch und vertiefte sich in die Papiere.

Das bekannte behagliche Amtszimmer Popows war nicht wiederzuerkennen; die Blumenstöcke waren vom Fensterbrett verschwunden, statt ihrer standen dort Arzneifläschchen mit angehängten Rezepten, strahlte, von einem Sonnenstrahl durchbohrt, eine Flasche roter Tinte, lagen wie Kissen angeschwollene Akten in blauen Pappdeckeln; mit dem Lauf nach oben ragte eine altertümliche Pistole, um deren Hahn wie eine Krawatte ein weißer Zettel gebunden war. Alle Dinge waren von ihren Plätzen geschoben, und das Zimmer sah überhaupt aus, als wäre Oberst Wassiljew erst gestern eingezogen oder als bereite er sich vor umzuziehen. Am alten Platz war nur die Büste Alexanders III. stehengeblieben, aber sie war verstaubt, die massive Nase des Zaren war ergraut, die ebenfalls grauen Ohren waren dicker geworden. Diese Unwohnlichkeit hatte etwas Ermunterndes.

Doch noch mehr ermunterte Samgin das knorpelige, dunkle Gesicht des Obersts: Das Gesicht war dunkler geworden, die scharfen Augen waren abgestumpft, unter ihnen blähten sich bläuliche Säcke, auf dem kahlen Schädel wanderten zwei Fliegen umher, der Oberst duldete sie gefühllos, biß sich auf die Lippen und bewegte den Schnurrbart. Er hielt den Rücken krummer als in Moskau, seine Schultern waren jetzt spitzer, und er wirkte insgesamt wie ein vernachlässigter, müder Mensch.

»Nun, wozu sollen wir diese Geschichte in die Länge ziehen«, sagte er mit gleichgültig und wohl sogar traurig auf Samgin gerichteten Augen. »Sie werden natürlich keine Aussagen machen«, sagte er halb fragend, halb beratend. »Uns ist bekannt, daß Sie nach Ihrer Ankunft aus Moskau mit Hilfe des Ortskomitees der Bolschewiki und zugunsten dieses Komitees eine Reihe Versammlungen gegen Eintrittsgeld veranstaltet haben, in denen Sie die Maßnahmen der Regierung scharf kritisierten – wollen Sie das zugeben?«

»Versammlungen habe ich veranstaltet, aber nicht gegen Eintrittsgeld. Meine Vorträge waren streng faktischer Art. Mit dem Komitee der Bolschewiki stehe ich nicht in Verbindung. Das ist alles, was ich sagen kann«, äußerte Samgin ohne Übereilung und mußte feststellen, daß er das alles gut, mit Würde gesagt hatte.

Der Oberst seufzte mit zischendem Geräusch durch die Zähne.

»N-nun, ja, natürlich . . .«

Dann klopfte er mit dem Bleistift gegen die blauen Nägel der linken Hand und sagte ebenfalls ohne Übereilung: »Die Verbindung zum Komitee leugnen Sie vergebens. Bei der Untersuchung wurde festgestellt, daß das Haus Ihrer Mutter das Stabsquartier der Bolschewiki ist. So ist das . . .«

Der Oberst begann schwungvoll zu schreiben, die Feder glitt hastig über ein Formular, über den Brauen des Obersts zeigten sich kleine Runzeln und krochen nach oben. Samgin dachte: Gleich wird er fragen: Wie ist es nun, he?

Aber der Oberst steckte die Feder in ein Gläschen mit feinem Schrot, fuhr mit der Hand unter den Tisch, als schüttelte er etwas von den Fingern, lehnte sich auf dem Stuhl zurück und sagte zwinkernd mit halblauter Stimme: »Sagen Sie . . . Das gehört nicht zur Untersuchung – darauf gebe ich Ihnen mein Offiziersehrenwort! Hier fragt ein russischer Mann einen ebenfalls russischen Mann . . . einen andersdenkenden Ehrenmann. Gestatten Sie . . .?«

»Natürlich«, beeilte sich Samgin, ohne sich vorzustellen, was er eigentlich gestattete.

»Dieser Pope – dieser Gapon oder Agathon –, haben Sie ihn gesehen, ja?«

»Ja«, antwortete Samgin, ohne über seinen Mut zu erschrecken.

»Was ist das . . . was für ein Mensch ist das denn?« fragte der Gendarm flüsternd, indem er sich mit der Brust über den Tisch vorlehnte und die Finger verschränkte. »Hat er tatsächlich – das Volk mit Kreuzen, mit Zarenporträts geführt, ja? Eine Persönlichkeit? Eine Kraft?«

Das Gesicht des Obersts erschlaffte auf einmal, als hätten seine

Backenknochen sich aufgelöst, seine Augen weiteten sich noch mehr, und Samgin erkannte ganz deutlich in ihrem gespannten Blick sowohl Angst als auch Empörung. Er zuckte die Acheln und antwortete, indem er in diese fragenden Augen sah: »Meiner Ansicht nach ist er kein bedeutender Mensch . . .«

Er begriff sofort, daß er das nicht hätte sagen sollen, und fügte hastig hinzu: »Aber er ist stark, sehr stark dadurch, daß man ihn liebt und ihm glaubt . . .«

»Er selbst aber ist eine Null?« fragte der Oberst ebenfalls eilig.

»Er ist doch eine Null?« wiederholte er bereits in forderndem Ton.

Dann lehnte sich Oberst Wassiljew wieder an die Stuhllehne, zog das Gesicht wie zu einer Faust zusammen und sprach durch die Zähne, mit Zischen und mit der Hand auf die Papiere auf dem Tisch schlagend, die siedendheißen Worte: »Nach unserer Kenntnis ist er eine völlige Null, ein Scharlatan! Aber das ist ja noch schlimmer, wenn er eine Null ist, schlimmer! Eine Null – und führt das Polizeidepartement, den Stadthauptmann, Zehntausende von Arbeitern und – Sie, und auch Sie an der Nase herum!« zischte er heftig, mit dem Finger auf Samgin deutend, und warf dann wieder die Hände auf den Tisch, als fühle er die Notwendigkeit, sich an etwas festzuhalten. »Unglaublich! Ich glaube es nicht! Das kann ich mir nicht vorstellen!« flüsterte er und schnellte auf dem Stuhl hoch.

Samgin, der das von Ljutow-Grimassen entstellte Gesicht ansah, dachte, der Oberst sei unnormal, könne ihm etwas an den Kopf werfen oder den Revolver aus der Tischschublade nehmen . . .

»Mir scheint, Oberst, daß dieses Gespräch in keinerlei Beziehung . . .«, begann Samgin vorsichtig und ebenfalls leise, aber der Oberst unterbrach ihn.

»Scheint Ihnen nicht, daß dieser Pope und sein verdammter Streich die Antwort der Kirche an Sie, die Atheisten, und an uns, die Beamten ist – ja, auch an uns! – wegen Tolstoi, wegen Pobedonoszew, wegen der Unterdrückung und deswegen, weil der Kirche der Mund verschlossen worden ist? Daß hinter dem Popen die Bischöfe stehen und daß diese verdammte Demonstration – der erste Probeschritt zur Spaltung von Kirche und weltlicher Macht ist, wie?«

Samgin war verblüfft und endgültig vom Wahnsinn des Obersts überzeugt. Er rückte die Brille zurecht, und überlegte, was er sagen solle. Aber Wassiljew wartete nicht, bis er zu sprechen begänne, sondern fuhr fort: »Wie begreifen Sie denn nicht, daß die von Ihnen abgelehnte, Ihnen feindliche Kirche das Volk auch gegen Sie erheben kann? Sie kann das! Uns ist natürlich bekannt, daß Sie sich zu Verbänden zusammenschließen und sich dadurch auf Selbstverteidigung gegen die Anarchie vorbereiten ...«

Samgin sah den erregten Gendarmen aufmerksamer an – es schien, als spräche er vernünftig.

»Was bedeuten diese Verbände von Unbewaffneten? Die Ärzte und Anwälte haben nicht gelernt, aus Kanonen zu schießen. Doch dem »Bund des russischen Volkes« gehören Popen an – wissen Sie das? Und sogar Bischöfe, jawohl!«

Sein finsteres Gesicht bedeckte sich mit Schweißperlen, die Augen hatten sich stark gerötet, und er flüsterte immer zusammenhangloser. Samgin wartete vergebens, daß der Oberst seinen Gedanken von der Selbstverteidigung der Intelligenz gegen die Anarchie weiterentwickeln würde – der Oberst flüsterte überstürzt: »Kulturmenschen, Kenner der Geschichte ... sollten wissen: Jede Organisation baut auf Unterdrückung auf ... Das Staatsrecht beweist unbestreitbar ... Sie sind doch Jurist ...«

Er fuhr auf einmal zusammen, prallte vom Tisch zurück, drückte eine Hand ans Herz, die andere an die Schläfe, öffnete den Mund und wurde krebsrot.

»Ist Ihnen schlecht geworden?« fragte Samgin erschrocken und sprang vom Stuhl auf. Der Oberst bewegte die Hand von oben nach unten und murmelte: »Das viele Unglück hat meine Kraft gebrochen!«

Er wischte sein Gesicht mit dem Taschentuch ab und seufzte laut: »Wenn nicht solche Zeiten wären, würde ich in den Ruhestand treten!«

Dann schob er Samgin das Formular hin und forderte ihn müde auf: »Lesen Sie das durch. Unterschreiben Sie.«

»Werden Sie mich lange festhalten?« fragte Klim.

»Darüber entscheide nicht ich. Offen gesagt – ich würde alle entlassen; die Strafgefangenen und die Politischen. Bitte schön, findet euch selbst in euren Wünschen zurecht ... jawohl! Habe die Ehre!«

Dann fuhr Samgin in einer Droschke ins Gefängnis; neben ihm saß ein Gendarm und auf dem Bock mit dem Gesicht zu ihm ein zweiter, breitnasiger mit kleinen Äugelchen und spitzem Schnurrbart. Sie fuhren durch stille Straßen, Passanten begegneten sie selten, und Samgin fand, daß sich diese vor den Gendarmen sehr ungeschickt den Anschein gaben, als interessierte sie der Mann nicht, der ins Gefängnis gebracht wurde. Er war voll von den Worten des Obersts, fühlte sich müde vor Verwunderung und dachte mechanisch:

Er ist krank. Erschöpft. Ist erschreckt und wollte mich erschrekken. Es lohnt sich nicht, an ihn zu denken.

Aber auch in der Zelle schwebte ihm immerzu das von Ljutow-Grimassen entstellte, schweißbedeckte Gesicht vor und zischten in der Stille die Worte: »Sie organisieren sich zur Selbstverteidigung gegen die Anarchie ...«

Das ist das einzig Vernünftige, was er gesagt hat, dachte Samgin.

Über seiner Zelle sangen vorsichtig mit halblauter Stimme zwei Strafgefangene, sie sangen wie Leute, die in fremden Worten an etwas Eigenes denken.

»Auf dem Sand«,

sang der eine.

»Am Ufer«,

fiel der andere ein, und beide zusammen sangen innig:

»Dort, ach dort die Pilger gehen.«

Die Stimmen schwebten an Klims Zellenfenster vorbei, streichelten zärtlich die warme Stille der Frühlingsnacht und sättigten sie freigebig mit der russischen Traurigkeit, die beliebt und berühmt ist, weil sie das Herz erweicht.

Vielleicht sind das Mörder oder mindestens Diebe, aber sie singen schön, dachte Samgin, der immer noch nicht imstande war, den trüben Fleck des verzerrten Gesichts und das siedendheiße Flüstern aus der Erinnerung zu löschen, und immer noch das Zimmer sah, wo der verstaubte Zar mit dem Bart Kutusows mit blinden Augen aus der Ecke schaute.

Diese Mischung von Gutem und Bösem in einem Menschen verwirrt den Verstand sehr ...

Das Lied hinderte am Einschlafen wie ein noch nicht sehr starker Zahnschmerz, der qualvoll zu werden droht. Samgin ließ die Füße von der Pritsche herunter, berührte vorsichtig den Holzfußboden und begann auf den Zehen in der Zelle umherzugehen, wie man über eine dünne Eisschicht oder auf einem zerbrechlichen, biegsamen Brettchen über Schmutz geht.

Vor dem Fenster wurde leise gesungen:

»Ach, die Nacht ist dunkel ...
Oh, dunkel, dunkel, dunkel ...«

Die Nacht war hell. Der Gesang wurde leiser, das Ohr erhaschte nur Töne, befreit von Worten.

Tolstoi hat recht, wenn er dem Verstand nicht traut, ihm feind ist. Dostojewskij hat auch den Verstand nicht gemocht. Das ist überhaupt für Russen charakteristisch ...

Samgin erinnerte sich, wie die Nikonowa von Tolstoi gesagt hatte: »Ein peinlicher Greis, er weiß alles.«

Schlimmer, als wenn sie gestorben wäre, dachte er.

Er erinnerte sich unangenehm Warwaras, die ihn in irgendeinem allzu modischen Kostüm besucht hatte; sie hatte in traurigem, gekränktem Ton gesprochen, aber fröhliche Augen gehabt.

Zum Fenster sahen drei Sterne herein, die in das bläuliche Silber des mondhellen Himmels eingelassen waren. Das Singen hatte aufgehört, und eben davon wurde es kälter. Samgin ging zur Pritsche, legte sich geräuschlos hin, wickelte sich bis über den Kopf in die Decke, um durch die Lider nicht das phosphorig glänzende Mondhalbdunkel der Zelle zu sehen, und fühlte, daß ihn eine neue leichte Furcht bedrückte, die nicht jener glich, welche er auf dem Newskij Prospekt empfunden hatte; damals schreckte ihn der Tod, jetzt das Leben.

Zwei Wochen etwa verbrachte er im Zustand eines Menschen, der mit etwas vergiftet ist. Kornew klopfte ihm fürsorglich Nachrichten zu, aber sie glitten an dem Erstarrten ab, ohne zu erregen.

»Die Spiwak ist freigelassen. Dunajew und Fljorow sind nach Moskau gebracht worden. Mit den Japanern ist Frieden geschlossen, ein ganz miserabler. Die Schule der Spiwak ist geschlossen.«

Samgin hörte dem Klopfen an die Steine zu und stellte sich die langbeinige, dürre Gestalt Kornews als ein Werkzeug vor, das unermüdlich die Wand zerstört.

»In Iwanowo-Wosnessensk riesengroßer Streik, den unsere leiten. Aufstand in der Schwarzmeerflotte.«

Die Neuigkeiten folgten eine auf die andere mit geringen Unterbrechungen, und es schien, als würde das Gefängnis von Tag zu Tag geräuschvoller; die Häftlinge riefen sich mit frohlockenden Stimmen etwas zu, bei den Spaziergängen schrie Kornew seine Neuigkeiten in die Fenster hinein, und die Aufseher hinderten ihn nicht daran, nur einmal entzog der Gefängnisvorsteher Kornew für drei Tage den Spaziergang. Dieser unruhige Mensch rüttelte Samgin schließlich auf, als er ihm zugeklopft hatte: »Gestern ist Wassiljew erschossen worden.«

»Von wem?« fragte Samgin.

»Begreiflich. Nicht erwischt.«

Und als er am Morgen im Korridor an der Zelle vorbeikam, rief er: »Auf Wiedersehen, Samgin! Ich gehe, bin frei! Bald werden alle . . .«

Klim hatte bis zum Morgen nicht einschlafen können, da er sich an das fiebrige Geflüster des Obersts und das von einem Sonnenstrahl durchbohrte Fläschchen roter Tinte erinnerte. Er bedauerte den Oberst nicht, aber dennoch war es qualvoll, bedrückend zu erfahren, daß dieser Mensch, so fassungslos wie Ljutow, wie Gapon, getötet worden war.

Und sofort erinnerte er sich, wie Inokow, als er mit ihm am Flußufer an einem zerstörten Schuppen vorbeigekommen war, gesagt hatte: »Schauen Sie!«

Auf einem morschen Balken saß als Ergänzung seiner Nutzlosigkeit eine schmutziggraue, schnurrbärtige Ratte mit zerdrücktem, in Büscheln starrendem Fell, die sehr viel Ähnlichkeit mit einer alten Bettlerin hatte; sie saß mit kraftlos ausgebreiteten Vorderpfoten da, und ihr Schwanz hing wie ein toter Strick herab; ihre schwarzen, von roten Ringen umgebenen Augenperlen blickten reglos auf den von der Sonne vergoldeten Fluß. Samgin hatte ein Stück Ziegel aufgehoben, aber Inokow hatte gesagt: »Tun Sie ihr nichts, sie wird ohnehin sterben.«

Samgin erinnerte sich, daß ihn diese Worte sehr verwirrt hatten. Jetzt aber dachte er entschieden: Einen Menschen aber kann Inokow töten.

Er hatte es sich, soweit das möglich war, im Gefängnis bequem eingerichtet; seine Zelle wurde von Strafgefangenen saubergewischt, Essen bekam er von draußen, aus einem Restaurant; er las und befaßte sich mit der Erledigung der Unternehmen Warawkas, die in Radejews Hände übergegangen waren. Ein paarmal besuchte ihn Prawdin, der Rechtsanwalt des Stadtoberhaupts, in Begleitung des stellvertretenden Staatsanwalts; Warwara kam wieder, teilte ihm mit, daß man ihn bald entlassen werde, und flüsterte dann rasch: »Weißt du, was die Nikonowa ist?«

»Ich weiß es!« antwortete er laut.

»Eine schreckliche Zeit, Liebster!«

Nach der Ermordung von Oberst Wassiljew erschienen sechs neue Häftlinge im Gefängnis, und unter ihnen erblickte Samgin Dronow. Es war fast angenehm zu sehen, wie Iwan Dronow im kurzen schwarzen Rock und mit einem Strohhut, die Hände in den Taschen der gestreiften Hose versteckt, mit kleinen Schritten eine halbe Stunde lang mit geneigtem Kopf und auf die Füße gerichtetem Blick an der Mauer entlang herumlief oder plötzlich, als wäre er auf ein Hindernis gestoßen, stehenblieb und sich an seinem rotblonden

Schnurrbärtchen zupfte. Und es war nicht zu glauben, daß diese Gestalt aus dem altertümlichen Vaudeville irgendeine Rolle in der Politik spielen konnte. Nach etwa zehn Spaziergängen verschwand Dronow, und Samgin dachte lächelnd: Er hat fünf Stunden im Gefängnis verbracht.

Samgin wurde unerwartet und mit beleidigender Nachlässigkeit entlassen: An einem Morgen kam der Adjutant der Gendarmeriedirektion mit dem stellvertretenden Staatsanwalt, sie plauderten eine Weile liebenswürdig und gingen wieder fort, nachdem sie erklärt hatten, daß er abends frei sein werde, aber er wurde erst am Abend des übernächsten Tages freigelassen. Als er heimfuhr, schien es ihm, als wären die Straßen ungewöhnlich belebt und als ginge es in der Stadt ebenso laut zu wie im Gefängnis. Zu Hause begrüßte ihn Doktor Ljubomudrow, er ging im Arztkittel über den Hof, blieb stehen, blickte Samgin unter der Hand hervor an und rief aus: »Aha, der Eingekerkerte! Ich gratuliere! Das sind Sachen, was? Rußland stellt sich auf die Hinterbeine...«

Im gleichen Ton teilte er mit, daß Arkadij an Dysenterie erkrankt sei.

Diese laute Begrüßung färbte auf lange Zeit die weiteren Tage Samgins. Oberst Wassiljew hatte nicht übertrieben: Das Haus war tatsächlich das Stabsquartier der Bolschewiki; oben beim Doktor und im Seitenbau bei der Spiwak ging es laut zu wie auf einem Bahnhof. Samgin war verblüfft über die Vielzahl der Menschen, sie gingen im Garten umher, saßen in der Laube, brummten, stritten, flüsterten, verschwanden und erschienen von neuem. Auf dem Hof des Nachbarn, des Holzhändlers Tabakow, klapperten Krocketkugeln, während sein ältester Sohn, ein wuschelköpfiger, großnasiger junger Mann mit langen Armen und ganz in Weiß, wie ein Kellner aus einer Moskauer Schenke, schuldbewußt vor der Spiwak stand und ihrer hastigen Rede zuhörte.

»Das ist unzulässig, verstehen Sie? Das ist Menschewismus. Ihre Pflicht besteht darin, den Versuch, die Volksvertretungsidee zu fälschen, vor den Arbeitern zu entlarven.«

Die Spiwak war, obwohl ihr Sohn gefährlich krank war, fast nie zu sehen, sie verschwand morgens irgendwohin, erschien für eine halbe Stunde oder eine und verschwand von neuem. Sie war sehr abgemagert und blaß, war finster geworden, und in ihrem runden Katzengesicht, in den fest zusammengepreßten Lippen und der Krümmung der sorgenvoll zusammengezogenen Brauen schien etwas Böses zutage getreten. Es herrschten trübe Augusttage, blaugraue Wolken krochen über die Stadt, Schatten über die Straßen, und die

Menschen gingen ungewöhnlich rasch. Von Tag zu Tag erwartete man ein Verfassungsmanifest, und Tabakow sagte, seine rötlichen Haarschöpfe schüttelnd, die Belehrungen der Spiwak wiederholend, mit hohem Tenor zu jemandem im Garten: »Diese Verfassung wird ein Almosen des Zaren an die Liberalen dafür sein, daß sie geholfen haben, die Schlinge um den Hals der Arbeiterklasse fester zuzuziehen.«

So ein Hammel, dachte Samgin, der sich der Worte Tagilskijs über jene Leute erinnerte, welche die Interessen ihrer Klasse verrieten. Weswegen? fragte er sich zum hundertstenmal.

Plötzlich fiel, wie von der Decke, Inokow herein, flegelte sich in einen Sessel und fragte mit kräftigem Händereiben: »Wie war das Sitzen? Wir haben ein ziemlich abscheuliches Gefängnis, in Sedlez dagegen...«

Sein Gesicht hatte sich mit einem dunklen, dichten Bart bedeckt, die Augenhöhlen waren eingefallen wie bei einem Menschen, der eine schwere Krankheit durchgemacht hat, während die Augen vor Freude darüber glänzten, daß er genesen war. Im Gesicht glich er einem Mönch, gekleidet war er wie ein Handwerker; die Beine, die er mitten ins Zimmer gestreckt hatte, in bräunlich gewordenen abgetragenen Schaftstiefeln, die auf der Brust verschränkten Hände schwarz wie die eines Metallarbeiters, steckte er in einer Segeltuchbluse und einer zerknitterten grauen Hose.

»Man beginnt den Revolutionär richtig zu verstehen«, erzählte er mit funkelndem Lächeln in den Augen. »In Perm gehe ich einmal nachts auf der Straße und – drei Leute verprügeln jemanden. Ich mische mich ein, und der Verprügelte fragt: ›Sind Sie etwa ein Revolutionär?‹ – ›Weshalb?‹ – ›Na, Sie verteidigen einen fremden Menschen.‹ Geschickt gesagt?«

Nachdem er sich eine sehr übelriechende Zigarette angezündet hatte, blickte er in ihren blauen Rauch, steckte die Hand in den Stiefelschaft und legte einen kupfernen Gegenstand auf den Tisch, der wie eine Türklinke aussah.

»Hier – für Sie! Entsinnen Sie sich? Ich habe bei Ihnen einmal einen Briefbeschwerer zerbrochen.«

Samgin nahm erstaunt ein kupfergegossenes Figürchen in die Hand, das eine Frau mit einer Schlange in der Hand darstellte.

»Das ist schon so lange her. Und Sie haben noch daran gedacht?«

»Was ist denn dabei? Ich bleibe nicht gern etwas schuldig. Kleopatra. Selbst modelliert und selbst gegossen. Eine interessante Sache – modellieren und gießen! Ich will mich damit befassen.«

»Sind Sie Sozialrevolutionär?« fragte Samgin.

»Nein«, sagte Inokow und schüttelte den Kopf. »Auch zu den Sozialdemokraten zieht es mich nicht. Bolschewiki, Menschewiki – das sagt weder meiner Seele noch meinem Kopf zu. Vermutlich so etwas wie ein Anarchist...«

Das recht geschickt gemachte Kupferfigürchen der Kleopatra versöhnte Samgin etwas mit Inokow.

»Ja, Sie sind wahrscheinlich Anarchist«, sagte er nachdenklich und fragte: »Wissen Sie, daß Korwin dem ›Bund des russischen Volkes‹ angehört?«

»Der Teufel soll ihn holen«, antwortete Inokow leise. »Das ist spaßig«, seufzte er nach kurzem Schweigen. »Ich glaube, ich brauchte damals einen Feind, einen Menschen, an dem ich meine Wut auslassen konnte. Und so wählte ich dieses... Vieh. Darüber könnte man eine Erzählung schreiben – ein Feind zur Ablenkung von der... Langeweile, was? Ich dachte mir überhaupt allerhand... Sächelchen aus. Schrieb Gedichte. Redete mir ein, ich sei verliebt...«

Inokow lächelte und schloß die Augen, als wäre er eingeschlummert.

Das flunkert er, dachte Samgin, während Inokow, ohne die Augen zu öffnen, zu sprechen begann: »Ja, noch etwas: Auf der Kama, auf dem Dampfer – eine Krankenschwester, ein bekanntes Gesicht – aber wer? Ich konnte mich nicht entsinnen. Plötzlich duckte sie sich so zusammen, wickelte sich in eine Decke – Lidija Timofejewna. Es stellte sich heraus, sie bringt ihren Mann nach Twer, beerdigen.«

»Gefallen?«

»Typhus. Oder Lungenentzündung, entsinne mich nicht. Sie erzählte ausgezeichnet, wie Soldaten eine Bahnstation plünderten, sie erzählte so, als wäre die Station ihr Gutshof...«

Inokow zog die Beine an sich, kauerte sich ganz zu einer Kugel zusammen und begann mit glänzenden Augen, lebhaft und mit sichtlichem Vergnügen: »Ich habe das auch gesehen, in der Nähe von Tomsk. Das ist großartig, Samgin! Wie ein Orkan: Mit Donner, mit Rauch und mit Geheul kam der Zug auf der Station an, und alle Waggons spien sofort Soldaten aus. Die Soldaten in Krämpfen, wie Vergiftete, und sofort brach unflätiges Fluchen los, stöhnte auf, Scheiben klirrten, alles krachte, knarrte – genau als ob sie in Feindesland eingebrochen wären!«

Er sog gierig den Rauch ein und fuhr begeistert fort: »Sie tobten keine Stunde lang und verschwanden wieder mit Krach und Geheul, ließen den Bahnhof übel zugerichtet zurück, wie ein Judenhaus nach einem Pogrom. Ein Bärtiger – ein schöner Mann! – stach die Mütze des Stationsvorstehers aufs Bajonett und stellte sich wie ein Monument auf die rückwärtige Plattform eines Waggons. Eine prächtige Gestalt! Die Soldateska ist in grimmiger Stimmung. In solcher Stimmung kann Petersburg demoliert werden. Solche hätte man am 9. Januar dort loslassen sollen«, schloß er und rekelte sich wieder lässig und lächelnd im Sessel.

Samgin, der finster auf sein Mönchsgesicht sah, wollte fragen: Wozu ist es notwendig, daß Petersburg demoliert wird? Aber er schwieg eine Weile und fragte dann trocken: »Weshalb sind Sie nach Sibirien gefahren?«

»Nur so . . ., um es anzusehen«, antwortete Inokow müde, gähnte und fuhr fort: »Bin gestern auch hier angekommen und weiß auch nicht, wozu. Mir ist hier alles bekannt, ich habe niemanden hier. Traf auf der Straße Tomilin. Er ist dick geworden, so ein Aufgeblasener, Augen schwimmen in Fett. Lud mich zum Tee ein. Seine Wohngefährtin ist gestorben, jetzt ist er Hausherr, lebt mit einer langen Latte mit Zwicker und ist zu Gott umgekippt. Eine sehr spaßige Sache! Ich habe alles untersucht, sagt er, und außer dem von der orthodoxen Kirche sanktionierten Gott gibt es nichts Unbestreitbares! Wie steht es aber mit dem dritten Trieb, dem Erkenntnistrieb? Stellt sich heraus, gerade er führt zu Gott, das ist der Trieb des Gottsuchertums. Ich habe mich mit ihm verzankt. Hören Sie mal, Samgin, kann man sich bei Ihnen ausschlafen?«

Nicht besonders gern führte ihn Samgin ins Speisezimmer, das leer und dunkel war, die Fensterläden waren geschlossen. Als Inokow dort auf dem Diwan saß und die Stiefel auszog, fragte er: »Glauben Sie ans Besprechen? Ans Besprechen von Blut und Liebeskummer durch Weiber?«

»Daran glaube ich natürlich nicht«, antwortete Samgin ärgerlich.

»Aber ich glaube daran. Habe selbst alte Weiber Blut besprechen sehen. Und meiner Ansicht nach ist die Philosophie ein Besprechen des Gewissens, zur Beruhigung von erregtem Gewissen. Nicht?«

»Schlafen Sie«, murmelte Samgin im Weggehen und dachte: Ich muß hier so bald wie möglich alles beenden und – nach Moskau fahren!

Am Morgen war Inokow verschwunden und hatte auf dem Fußboden des Speisezimmers eine Menge Zigarettenreste hinterlassen. An diesem Tag hatten sich die Häuser der Stadt gleichsam zusammengezogen und alle Einwohner auf die Straße hinausgedrängt. Festlich läutete die Glocke der Kathedrale, die Droschken ratterten, die Menschen gingen rasch, sprachen schrill und waren ungewöhnlich durcheinandergewürfelt: Neben festlich gekleideten Bürgern ging zerzaustes Handwerkertum, überall rannten zerlumpte Kinderchen herum, als eilten sie zu einem Brand oder einer Parade. Der Tag war, wie alle Tage dieser Woche, unfreundlich und unbestimmten Charakters, als entschuldigte er sich, daß er ungenügend klar war, oder als drohte er mit Regen. Die in kleine Fetzen zerrissenen graublauen und aschgrauen Wolken verliehen dem Himmel das Aussehen eines Lumpens oder eines flickenbedeckten Segels.

Die Kathedrale, in der Gottesdienst abgehalten wurde, besuchte Samgin nicht, sondern blieb im Stadtpark stehen und blickte von dort auf den Platz; dieser sah wie eine riesengroße mit Gemüsesalat gefüllte Platte aus, die Schirme und Kleider der Frauen erinnerten sehr an Stückchen von roten Rüben, Mohrrüben und Gurken. Auch der Park war mit Menschen vollgepfropft, die dichte Gruppen bildeten und beunruhigt brummten; auf einer Bank stand ein langer, glatzköpfiger Beamter und rief: »Meine Herrschaften! Ich brauche nichts, keinerlei Lebensumwälzungen, aber, meine Herrschaften, ein Hurra auf Ihre Freude, auf Ihr Entzücken, auf das Feuer der Seele – hurra!«

Samgin sah auf den Gesichtern der Zuhörer keine Freude und kein »Feuer der Seele« in den Augen der Einwohner, ihm schien, daß alle ebenso unklar gestimmt waren wie er und als hätte noch niemand entschieden, ob man sich freuen müsse. In dem langen Redner erkannte er den Post- und Telegrafenbeamten Jakow Slobin, bei dem Makarow einmal gewohnt hatte. Sein Hurra wurde von ein paar Leuten sehr schwach und verlegen unterstützt, und Samgins Nachbar, dicklich, im warmen Mantel, bemerkte: »Sieh mal einer an, wie der in Schwung geraten ist!«

»Er ist empört«, sagte jemand.

»Hähähä . . .«

An die dreißig Arbeiterinnen aus der Konfitürenfabrik drängten sich mutwillig durch das Publikum; eine von ihnen, eine sehr schöne, schüttelte tänzelnd ihren bunten Rock und sang:

> »Ich gehe ins Gäßchen,
> Kauf der Herrschaft Brötchen,
> Auch Zwieback ich kauf,
> Hier, frißt es rasch auf!«

»Das sind die lockersten Mädchen in der Stadt bei uns«, sagte der Dickliche zu Samgin, als brüstete er sich mit einer Eigentümlichkeit der Stadt.

Die Gefährtinnen der Sängerin kicherten vorsichtig und sahen sich ängstlich um, denn ihnen folgte feierlich der Fabrikbesitzer, der hundertjährige blinde Jermolajew, mit schwarzen Brillengläsern in dem grünlichen, langbärtigen Totengesicht. Er wurde am Arm geführt von seinem Sohn Grigorij, einem sechzigjährigen Greis, der plump wie ein Lastfuhrmann und der erste Radaumacher der Stadt war, während ihn am anderen Arm sein Schwiegersohn Nejelow, ein Ziegeleibesitzer, führte, der auch ein Greis war, wie ein häßlicher Kürbis aussah, mit fröhlichem Gesicht, einer großen Nase und Locken. Grigorij Jermolajew blickte mit seinem gelblichen Augenweiß und rief den Leuten zu: »Macht Platz! Seht ihr denn nicht?«

Sein Vater, im schwarzen Rock bis zu den Fersen und mit schwarzer Samtmütze, bewegte langsam seine steifen Beine, wischte sich die tote, feuchte Nase mit der Hand ab und schnarrte: »Laßt es nicht zu, Rechtgläubige, laßt es nicht zu!«

Hinkend, wankend, aber sicher und weit ausschreitend, die Leute auseinanderschiebend wie ein Dampfer Boote, kam hastig der Schankwirt und Fuhrunternehmer Woronow vorbei, ein Riesenmann mit einem Gesicht, das wie ein Hammelfettschwanz aussah, mit einem dicken Stock in der Hand. Hinter ihm her gingen ebenso hastig und besorgt andere angesehene Mitglieder des »Bundes des russischen Volkes«: der ehemalige Friseur, jetzt Fabrikant »künstlicher Mineralwässer«, Babajew; der Metzger Korobow; der Latrinenfuhrmann Ljaletschkin; der Badestubenbesitzer Domogailow; der Kürschnermeister Satirkin, unbesiegbarer Schachmeister, flachbrüstig, mit flachem Gesicht und gleichgültigen Augen.

Samgin stand anderthalb Stunden im Park und überzeugte sich, daß der Durchschnittsbürger irgend etwas fürchtete, daß aber die Affenneugier seine Angst erstickte. Von der politischen Bedeutung des Ereignisses sprachen diese Leute fast gar nicht, vielleicht, weil sie einander nicht trauten und Überflüssiges zu sagen fürchteten.

»Es hieß, auf dem Platz werde Musik spielen«, hörte Samgin.

»Wozu denn Musik, wenn man keine Soldaten hergeschickt hat?«

»Es ist doch kein Zarenfeiertag!«

»Genau, kein Zarenfeiertag.«

»Da kommen unsere Bundesleute.«

»Die sind dazu verpflichtet.«

Ein kleines Männlein mit gestreiftem Anzug und grauem Hut schwang den Stock und beunruhigte sich: »Weshalb ist keine Polizei da? Wissen Sie, warum keine Polizei da ist?«

»Das Volk ist nüchtern.«

Nur ein düsterer Mann mit abgewetztem Mantel und Adelsmütze scheute sich nicht, seine Meinung offen zu äußern. Er schob Samgin mit der Schulter beiseite, stellte sich an seinen Platz und sagte mit Baßstimme: »Bei diesem jüdischen Unternehmen wird nichts Gutes herauskommen, und die Bundesleute sind Tölpel.«

Im allgemeinen waren die Menschen ebenso charakterlos wie dieser unfreundliche, unbeständige Tag. Viele standen, als versteckten sie sich, im Schatten der Bäume, aber die Sonne schaute hinter den Wolken vor und machte sie sichtbar. Auf den Platz, zur Kathedrale, gingen nicht viele und die unentschlossen.

Samgin war gerade in dem Augenblick bis zum Parkgitter vorgedrungen, als die Sonne hinter den Wolken vorglitt und auf den Stufen der Kathedrale die violette Gestalt des Oberpriesters Slaworossow und das goldene Kreuz auf seiner breiten Brust beleuchtete. Slaworossow stand mit zum Himmel erhobener Linken da und hatte die Rechte mit segnender Geste über der Menge ausgestreckt. Rund um ihn und unterhalb von ihm wimmelte es von Menschen, die dreifarbige Fahnen schwangen, glitzernde Ikonen in den Händen hielten und ihre lockigen oder kahlen Köpfe entblößt hatten. Für einen Augenblick wurde es still, und eine kräftige Stimme sagte wie durch ein Sprachrohr: »Trauet nicht den Verlockungen Wahnsinniger, trauet nicht den Listen Fremdstämmiger!«

Es war gut zu sehen, daß die Leute mit den Ikonen und Fahnen sich zu einer Kolonne aufstellten, und in der Schnelligkeit, mit der die Menge ihnen den Weg freigab, spürte Samgin die Angst der Menge. Er erblickte neben Slaworossow die adrette kleine Gestalt des Historikers Koslow mit dem Schirm in der einen Hand, der Mütze in der anderen; indem er der Menge diese Dinge zeigte, sagte oder rief er wohl etwas. So klein auf dem Hintergrund der massiven Kathedralentür, sah er wie ein Halbwüchsiger aus, der als alter Mann geschminkt ist.

»Sie gehen«, sagte jemand hinter Klim.

Die Menge wich von der Kathedrale zum Parkgitter zurück, und ein paar Minuten konnte Samgin nichts als Hinterköpfe sehen, aber bald darauf begannen die Leute, die Köpfe entblößend, sich am Gitter entlangzubewegen, sie drängten einander schweigend, und vor Samgin schwebten mannigfaltige, doch gleichermaßen ernst gestimmte Profile vorbei.

»Wohin gehen die denn gerade auf uns zu?« brummte ein dürrer Mann vor Klim und trat zur Seite; da erblickte Samgin das steinerne Gesicht Korwins, unter dessen dichtem Schnurrbart deutlich und grimmig die korrekt zerhackten Worte hervorsprangen: »Dem recht-gläu-bi-gen Herr-scher . . .«

Seine durch den schmalen Strich der Nasenwurzel fast gar nicht getrennten Augen sahen – das hatte Samgin schon einmal festgestellt – wie eine Acht aus.

Neben ihm ging mit kleinen Schritten, den Schirm in die Erde stoßend, die Mütze behutsam in der Hand haltend, der Historiker Koslow, sein rosiges Gesichtchen war von Schweiß oder Tränen benetzt, er sang auch, sein Mund war geöffnet, die Lippen bewegten sich, aber die Stimme war nicht zu hören. Über ihm erhob sich das blinde Hammelschwanzgesicht Woronows mit einem runden Loch im Schafsfellbart: »Al-lexandr-rowitsch«, brüllte das Loch.

Woronow trug ein Zarenporträt, Ljaletschkin eine Ikone mit goldener Einfassung; der steife Hut, der mit einem Schnürchen an einem Rockknopf befestigt war, baumelte auch an seiner Brust, er stieß ihn mit der Ikone beiseite. Neben ihm ragte der kahle Kopf Jermolajews mit der schwarzen Brille im toten Gesicht, er sang wahrscheinlich auch oder betete, sein grünlicher Bart zitterte. Er war unheimlich, man hatte ihn vermutlich auch deshalb herausgeführt, um dem Volk Schrecken einzujagen. Dichtgedrängt bewegten sich die Leute mit den Fahnen, Ikonen und gerahmten Bildnissen des Zaren und der Zarin; zuweilen schwebte die grelle Gestalt einer Frau vorbei, eine von ihnen ging mit erhobenem, ungeöffnetem rotem Schirm, an dessen Spitze ein weißes Taschentuch baumelte.

Dreihundert, vielleicht fünfhundert Menschen, schätzte Samgin, in der Stadt aber wohnen siebzigtausend.

Er erinnerte sich der gewaltigen Bewegung der Arbeitermasse von der Wyborger Seite Petersburgs, ihres samtenen Stimmengewirrs, ihrer feierlichen Stimmung. Es begann ihn zu ermüden und hoffnungslos zu langweilen, das ungeordnete Gejaule der Bundesleute anzuhören.

Ein merkwürdiges Land. Alles ist hier verkehrt.

Die Leute aus dem Park zogen hinter den Manifestanten her, sie hatten sichtlich keine Lust, sich mit ihnen zu vermengen. Der Platz leerte sich. Zehn Schritt vom Gitter entfernt lag auf einem Pflasterstein ein gelber Damenhandschuh, dessen Fingerlinge wie zu einem zweifingrigen Kreuz zusammengelegt waren; das ließ in Samgins Erinnerung die abgehackte Hand im Schnee wiedererstehen. Er sah eine Weile zu, wie die Menge sich in die Mündung der Stadthauptstraße hineinzwängte, wobei sie zwei breite Schweife hinterließ, dann ging er auf den Platz hinaus, trat mit der Sohle auf den Handschuh und ging zum Flußufer. Ein rotbraunes Hündchen mit dem Handschuh zwischen den Zähnen überholte ihn, es hatte sein Schwänzchen zusammengeringelt und eilte auch zum Fluß, worauf Samgin wieder in den Park zurückkehrte. Dort saßen Spatzen auf den Banklehnen wie alte Leute; auf dem schwärzlichen Wasser des Teichs schwamm ein gelbes Pappelblatt, das an eine Hand mit abgehackten Fingern erinnerte. Samgin saß eine Weile auf einer Bank und dachte wieder an das ungeheuerliche Mißverhältnis der Zahlen.

Fünf- bis siebenhundert Menschen und – siebzigtausend ...

Heimzugehen hatte er keine Lust.

Dort lärmten sicherlich die Volksredner, dachte er, ging aber trotzdem durch öde Gassen, an den zugesperrten Toren und geschlossenen Fenstern kleiner Häuschen vorbei. Hier war es still, nicht einmal Kinder schrien, nur ein leichter Wind bewegte die dürren Blätter an den Bäumen der Gärten, und aus der Stadtmitte wurde brummender Lärm herübergetragen. Um nach Hause zu gelangen, mußte Samgin die Straße kreuzen, auf der die Bundesleute gingen, als er aber in eine andere Gasse abbiegen wollte – kam ihm hinter der Ecke hervor mit breiten Schritten Pjotr Slobin entgegen, die Mütze in der Hand, mit angeschwollenem Gesicht und trunkenem Blick; die Arme ausgebreitet, als wollte er Samgin umschlingen, versperrte er ihm den Weg und sagte halblaut, erstaunt: »Können Sie sich vorstellen – ein Mensch ist erschlagen worden! Von Woronow, dem Schankwirt, mit dem Stock auf den Kopf, vor meinen Augen, in aller Öffentlichkeit! Erlauben Sie – was soll das bedeuten? Das war der Apotheker Heinze ... den jedermann kennt!«

Samgin blieb stehen. Er kannte Heinze, einen bescheidenen und klugen Menschen, ein sehr bemerkenswerter Mitarbeiter in den Kulturinstitutionen der Stadt.

»Er fuhr in einer Droschke und plötzlich stürzte sich Woronow auf ihn«, erzählte Slobin, wobei er die Hand schwang und mit der Mütze am Zaun hängenblieb, aus seinem geschwollenen Auge sickerten Tränen, die langen Beine stampften, er wankte, aber Samgin sah, daß er nicht betrunken, sondern empört, erschreckt war.

»Im Laden Fuhrmanns haben sie die Scheiben eingeschlagen, den Verkäufer blutig geprügelt«, zählte Slobin schluchzend und schnaubend auf. »Ein Pferd schlug man mit dem Stock auf das Maul. Weswegen? Ist denn die Freiheit ...«

Samgin umging ihn wie einen Pfosten, bog um die Ecke der Gasse, die auf die Hauptstraße führte, und sah, daß die Gasse sich mit Menschen füllte, sie zogen sich zurück wie ein geschlagenes Heer, sahen sich um, einige gingen sogar rückwärts, und in der Ferne flatterte eine hocherhobene rote Fahne, lang und schmal wie eine Zunge.

»Eine Demonstration«, sagte voll Besorgnis der Anwalt Prawdin, als er Klim begrüßte, und fügte beim Ausziehen des linken Handschuhs mit einem Seufzer hinzu: »Ich fürchte, es wird eine Demonstration der Ohnmacht sein.«

Samgin wäre gern umgekehrt, aber das wäre Prawdin gegenüber unschicklich gewesen, um so mehr, da dieser, nachdem er die Handschuhe in die Tasche gesteckt hatte, vorschlug: »Was denn, gehen wir ... Wir müssen ja.«

Samgin folgte ihm, es schlossen sich noch etwa zwanzig Personen an.

»Wir sind sozusagen blockiert«, sagte Prawdin. »Dort«, er deutete mit der Hand über die Schulter, »randalieren die Bundesleute, und vorne, diese, unsere ... Man muß sich auf jede Weise bemühen, zu überzeugen, daß ...«

Man stieß ihn in den Rücken, und er ging, Samgin am Arm ergreifend, rascher.

Am Straßenende stapften rings um eine rote Fahne die Demonstranten: Eisenbahner, Handwerker, Gymnasiasten, es waren viele Mädchen, die Jugend herrschte vor.

Dreihundert, vierhundert, zählte Samgin und erinnerte sich: Siebzigtausend!

Im Mittelpunkt der Menge stand mit der Fahne an langem Schaft Kornew, dessen Kopf alle überragte. Samgin merkte, daß Kornew heute ein anderes Gesicht hatte, nicht so kühl und klar wie immer, auch die Augen waren andere, Kinderaugen.

»Genossen!« kommandierte, die Hände wie ein Sprachrohr an den Mund gelegt, ein langmähniger, dem Oberpriester ähnelnder Mann in blauer Bluse mit zerrissenem Kragen. »In Fünferreihen!«

Die Leute mischten sich, neben dem Banner entfalteten sich noch drei rote Fahnen.

»Genossen! Meine Herrschaften!« rief Prawdin. »Bedenken Sie, wohin Sie das führen kann ...«

»Sie? Wer soll das sein?« schrie ihn ein rothaariger Gymnasiast an.

Der langmähnige Mann warf den Kopf zurück, hob die Faust und begann mit kräftiger Stimme zu singen: »Unsterbliche Opfer ...« Samgin blickte in sein scharfes Gesicht und erkannte Waraksin, den Freund Dunajews.

Prawdin nahm den Hut ab und fiel mit tiefem Tenor ein: »... ihr sanket dahin.«

Sie gingen nicht im Gleichschritt, das feierliche Motiv des Marsches klang unharmonisch, es wurde vom Händeklatschen und den Zurufen der Zuschauer übertönt, die in den Fenstern der Häuser wie in Theaterlogen saßen und aus Türen und Toren heraussahen. Samgin schritt gehorsam und ruhig am Ende der Demonstration, weil sie die Richtung nach seiner Straße einschlug. Diese bunte Menge junger Menschen war in seinen Augen ebenso unernst wie die Manifestation der Bundesleute. Aber er zuckte unwillkürlich zusammen, als die rote Zunge der Fahne hinter der Straßenecke verschwand und dort mit Pfeifen, Brüllen und Johlen empfangen wurde.

»Zum Teufel – hören Sie?« fragte Prawdin und beschleunigte seine Schritte, als er aber um die Ecke gebogen war, blieb er stehen, hob unter dem Mantel den einen Fuß und murmelte, sich an der Wand festhaltend und auf einem Bein stehend: »Mein Schuh ist aufgegangen.«

Samgin blickte über die Brille nach vorne, wo dreifarbige Fahnen wehten, Ikonenfassungen glänzten und über den Köpfen der Menschen Stöcke in der Luft herumfuhren; er merkte, daß einige Demonstranten vom Fahrdamm auf den Gehsteig hinübergingen. Fenster und Türen schlugen zu, und von oben, anscheinend von einem Dach, rief eine strenge Stimme: »Schließ das Tor ab! Laß Mursa von der Kette!«

»Gehen wir hier hinein, ich will mich in Ordnung bringen«, schlug Prawdin vor, indem er die Tür eines Damenmodegeschäfts öffnete, und im gleichen Augenblick wich ein Teil der Demonstranten zurück und stieß Samgin in den Laden. Prawdin wurde freudig von einer dicken Dame mit Zwicker auf mehliger Nase begrüßt, er stellte ihr Samgin vor und vergaß ihn dann, ebenso wie er den Schuh vergaß. Samgin trat an den Pfeiler des Schaufensters und blickte nach rechts: Er sah, daß die Monarchisten sich schnell, in ganzer Straßenbreite fortbewegten, sie glitten gleichsam eine schräge Fläche hinab, und ihre Bewegung hatte etwas Blindes an sich, sie schwankten in gesamter Masse von einer Seite zur anderen, stießen an die Hausmauern und Zäune, wobei sie die Straße mit Gebrüll füllten, und dieses Brüllen klang winterlich – böse und langweilig.

Ihnen gegenüber stand, die Fahne schwingend, Kornew an der Spitze einer dichten Menschengruppe – es waren nicht mehr als zweihundert Personen, und sie wurden von Sekunde zu Sekunde weniger.

Samgin sah den Historiker Koslow, der hüpfend, mit dem Schirm in die Luft stechend, auf dem Gehsteig lief, Korwin, der die Hand mit einem Revolver über den Kopf erhoben hatte, er sah, wie der langmähnige Waraksin Kornew die Fahne entriß und sie wie einen Dreschflegel schwang, so daß das rote Tuch Hand und Kopf des Dirigenten bedeckte; deutlich und böse knallten zwei Schüsse. Über Kornews und Waraksins Köpfen tauchten Stöcke und Dutzende von Händen auf, die nach der Fahne griffen, sie zu Boden rissen, und schon war sie in dem Teig aus Menschenleibern verschwunden.

»Brecht durch, Unsere! Los mit Hurra!« schrie wütend ein Mann im rosa Hemd; aus dem Handgemenge wurde Waraksin, bis zur Hüfte nackt, herausgeschleudert, der Mann im rosa Hemd stürzte sich auf ihn, aber Waraksin schwang einen kurzen kleinen Strick mit einem Knoten oder Gewicht am Ende, und der Mann fiel rücklings um. Die Schlägerei vor dem Laden dauerte nicht länger als zwei bis drei Minuten, die Demonstranten wurden zurückgedrängt, die Straße wurde rasch leerer; an einer Laterne stand, den einen Arm um sie gelegt, der Latrinenfuhrmann Ljaletschkin und fächelte sich mit dem steifen Hut ins Gesicht; in seinem Gesicht waren nur die Zähne zu sehen; mitten auf der Straße stand wie eine Säule der blinde Jermolajew, griff mit zitternden Händen um sich, strich sich über seine Seiten, die Brust, den Bauch und schüttelte den Bart; gegenüber, vor dem Haustor, lag ein Gymnasiast, dem Laden gegenüber streckte, den Kopf auf dem Gehsteig, der Mann im rosa Hemd alle viere von sich. In Petersburg hatte Samgin so viel Schreckliches gesehen, daß alles, was er jetzt sah, ihn nicht sehr erschreckte.

Sinnlos, sinnlos, sagte er sich.

Das Straßenpflaster war bunt mit roten Tuchlumpen und Fahnenfetzen geschmückt, schräg ragte das Bruchstück eines zwischen die Pflastersteine gesteckten Stocks hervor, an einem Eckpfosten stand mit dem Kopf nach unten ein Zarenporträt. Hier und da leuchteten auf den Glatzen der Pflastersteine Blutflecken und Bluttropfen. Zwei – dem Äußeren nach Handelsgehilfen – führten Korwin vorbei, indem sie ihn an den Ellenbogen stützten, er ging, das Gesicht mit den Händen bedeckt, und die Beine gehorchten ihm nicht. Als sie an dem Blinden vorbeikamen, stießen sie den Alten, seine Beine knickten ein, er setzte sich wuchtig aufs Pflaster und begann die Steine rings um sich zu betasten, während er das tote Gesicht zu dem schon ganz grauen Himmel erhob.

Samgin sah sich um: Hinter ihm saß auf dem Diwan ein junges Mädchen und schluchzte laut, Prawdin war nicht mehr da, und die Geschäftsinhaberin redete auf einen Alten mit grauem Schnurrbart ein: »Man hätte Soldaten herbeiholen sollen . . .«

Samgin ging auf die Straße und geriet sofort in eine Gruppe von Leuten, die bei der Schlägerei etwas abbekommen hatten – das war an ihren Kleidern und ihren Gesichtern zu sehen. Einer von ihnen rief: »Halt, Kinder! Das ist einer aus Warawkas Haus.« Er ergriff Klim am rechten Arm, blickte ihm ins Gesicht, atmete ihn mit dem

Geruch warmen Wodkas an und fragte: »Stimmt's? Na, Hand aufs Herz!«

Samgin sah vor sich eine geschwollene Stirn und ein trübgraues, stumpfes Auge, das andere Auge und die Wange waren von einem zerknitterten, zerfetzten Hut bedeckt.

»Ich komme von auswärts, bin Rechtsanwalt«, sagte er das erste, was ihm einfiel, da er sah, daß er von angeheiterten Leuten umgeben war, und nicht sosehr mit Schrecken als mit Widerwillen erwartete, daß sie ihn verprügeln würden. Aber ein junger Bursche in gesticktem blauem Hemd und Lackschaftstiefeln stieß den Betrunkenen beiseite und legte Klim die Hand auf die Schulter. Samgin fühlte sich auch wie berauscht von dieser Berührung.

»Erklären Sie uns – wird es zu einer Gerichtsverhandlung kommen? Wird man uns vor Gericht stellen?«

Das Gesicht des Burschen war auch zerschlagen, aber er war nüchterner als seine Kameraden, und seine Augen schauten vernünftig.

»Wahrscheinlich«, antwortete Samgin und lehnte sich an eine Hauswand.

»Das ganze Durcheinander kommt aus Warawkas Haus«, schrie der Betrunkene, der Bursche stieß ihn wieder beiseite.

»Schweig, sonst kriegst du eins in die Fresse«, sagte er sehr ruhig, ohne Drohung, und wandte sich an Samgin: »Über wen wird man denn zu Gericht sitzen, erlauben Sie? Wer hat angefangen? Die andern. Weshalb reizen sie uns? Eine Fahne haben sie erhoben, größer als die unsere, und nehmen die Mützen nicht ab. Was für ein Recht haben sie dazu?«

»Warawka muß man die Scheiben einschlagen!«

»Er ist schon tot.«

»Tot? Nun dann...«

»Gehen wir!«

Vier gingen, während der Bursche sich neben Klim an die Wand lehnte, die Arme auf der Brust kreuzte und nachdenklich sagte: »Da ist was übel ausgegangen, wie?«

»Ja«, stimmte Samgin freundlich bei und rückte etwas von ihm ab.

An den Häusern wurden Fenster geöffnet, Leute sahen aus ihnen heraus, alle in der Richtung, von wo Geschrei noch herübertönte und irgend etwas krachte, als würde ein Zaun zerbrochen. Der Bursche spie durch die Zähne aus, ging über die Straße und kauerte sich neben dem Gymnasiasten hin, sprang aber gleich wieder auf, sah sich um und eilte fast im Laufschritt auf das stille Ende der Straße zu.

Hinter ihm her machte sich auf der anderen Straßenseite ebenso schnell auch Samgin auf den Weg und zuckte jedesmal zusammen und sprang zur Seite, wenn sich über seinem Kopf ein Fenster öffnete; aus einem rief eine Frauenstimme: »Da läuft noch einer mit Brille! Halt ihn fest . . .«

Doch nach ein paar Schritten fragte man ihn: »He, du Durchbrenner! Hast wohl Bauchweh bekommen?«

Samgin empfand so etwas wie Scham vor sich selbst, vor den Leuten, er ging langsamer, erblickte in der Ferne eine Abteilung berittener Polizei und bog in eine Gasse ein. Dort stand am Zaun ein älterer Mann in einem Rock mit abgerissenem Ärmel und sagte laut zu jemandem: »Laß mich so, wie ich bin. Das macht nichts, daß ich die Mütze verloren habe.«

In einer Lücke des Zauns, über den Schultern dieses Mannes glänzten zwei Augen, und eine Frauenstimme sagte weinerlich: »Wohin drängst du dich auch, du rasierter Rüssel, geht dich das etwas an?«

»Red mir nichts ein. Schlagen darf man die Menschen nicht!«

»Du hast es erfaßt! Ach, du Dummkopf, du Dummkopf . . .«

Über den Fahrdamm kam ein Mann in Gummischuhen an den bloßen Füßen, er hielt ein doppelläufiges Gewehr in den Händen.

»Gevatter!« rief er in das halboffene Fenster eines kleinen Häuschens hinein. »Gib mir doch mal etwas Schrot . . .«

Das Fenster ging auf, auf dem Fensterbrett saß zwischen Blumenstöcken ein grünäugiger Kater, er erinnerte Klim an Tomilin.

Nach der stürmischen Schlägerei in der Sobornaja-Straße war die Stille dieser menschenleeren Gassen verdächtig, hinter den Fenstern und Toren spürte man Menschen, die feindselig jemandem auflauerten. Auch war es kränkend, daß die von Koslow so schön geschilderten Menschen der schmalen Gassen, der stillen Häuschen, Menschen, deren standfestes Leben Samgin einstmals bewundert hatte, sich jetzt wie gleichgültige Zuschauer gefährlicher Wahnsinnstaten benahmen. Sie saßen daheim, die Tore verschlossen, und luden Gewehre mit Schrot, als wollten sie Krähen schießen, während ein mit Regenschirm bewaffneter siebzigjähriger alter Mann und ein blinder Konfitüren- und Bonbonfabrikant auf die Straße gegangen waren, um für ihre Überzeugung einzustehen.

Halunken, beschimpfte Samgin die Spießbürger und hatte das unbestimmte Gefühl, daß ein Widerspruch darin liege, wenn ihr Verhalten ihn kränkte. Er fühlte sich überhaupt verwirrt, zerschlagen, schwach.

Der Eingang zu der Straße, in der er wohnte, war durch dicke Polizisten auf dicken Pferden und einige Dutzend Neugieriger versperrt; sie schienen klein, und Samgin fand in ihnen etwas Einförmiges, wie bei Sträflingen. Ein etwas grauer, rasierter Mann sagte: »Da kommt noch so ein Warawkakerl, hu-u!«

Auch hier waren alle Haustore verschlossen, an Ljubomudrows Fenster waren ein paar Scheiben eingeschlagen, und an einem Fenster des unteren Stockwerks war ein Laden abgerissen. Das Pförtchen wurde Samgin von Arkadijs Wärterin geöffnet, auf dem Hof und im Garten war es leer, im Haus und im Seitenbau still. Sascha schloß das Pförtchen und sagte, der Doktor sei zum Gouverneur gefahren, um sich zu beschweren.

»Mit ihm zusammen Tabakow und noch drei andere aus unserer Straße. Tabakows Sohn ist verprügelt worden. Genosse Kornew auch . . .«

Ohne auf sie zu hören, ging Samgin in sein Zimmer, zog sich aus, legte sich hin und bemühte sich, nicht zu denken, aber er dachte und sah seine Gedanken wie eine Staubschicht an der Oberfläche dunklen, kalten Wassers, ein solches Häutchen ist nach windigen Tagen manchmal auf Teichen zu sehen. Die Gedanken waren unbedeutend, und es waren nicht einmal Gedanken, sondern trübe Flecke menschlicher Gesichter, allerhand Worte, Schreie und Gesten – der Kehricht eines stürmischen Tages. Nach einiger Zeit wurde oben beim Doktor gestampft, als tanze man Quadrille, und Samgin, der heute allem besonders beunruhigt, fremd gegenüberstand, begab sich, um sich selber zu entgehen, zu Ljubomudrow hinauf. Er hatte erwartet, dort mindestens fünf Personen anzutreffen, aber es waren nur zwei: der Doktor und die Spiwak, sie waren es, die in entgegengesetzten Richtungen im Zimmer umherschritten.

»Ins Krankenhaus wirst du nicht gehen, Lisa!« rief der Doktor, das Taschentuch schwingend, und als er Samgin erblickte, schwenkte er es auf ihn zu. »Er wird mit mir hingehen . . .«

Sie blieben beide vor Samgin stehen – der Doktor rot vor Erregung, schweißbedeckt und blinzelnd, die Frau blaß, mit weitgeöffneten Augen.

»Wissen Sie, Kornew ist schrecklich verprügelt worden«, sagte sie, aber der Doktor unterbrach sie und schrie: »Nein – dieser Radejew, der Hundsfott, wie? Du hättest hören sollen, was er dem Gouverneur gesagt hat, der Judas! Selbst die Wucherin Trussowa ist ehrlicher. ›Was sind Sie denn für ein Regent, Euer Exzellenz!‹ sagte sie. ›Gymnasiastinnen werden auf der Straße geschlagen, was aber tun Sie?‹ Da sagte er – dieses Vieh! – zu ihr: ›Ich hoffe, hiernach werden die wohlgesinnten Leute begreifen, daß sie mit der Regierung und nicht mit den Juden gegen die Regierung gehen müssen!‹«

Der Doktor warf das Tuch auf den Boden und schrie die Spiwak an: »Ich habe dich und alle deine Bengel zu überzeugen versucht, daß für eine Demonstration ohne Waffen nicht der richtige Zeitpunkt ist! Nicht der richtige Zeitpunkt ... Na?«

»Fahren Sie ins Krankenhaus?« fragte sie streng.

»Ich fahre!«

Der Doktor griff nach dem Hut und stürzte nach unten, Samgin folgte ihm, da aber Ljubomudrow seine Aufforderung, mit ihm zu fahren, nicht wiederholte, ging Samgin in den Garten, in die Laube. Er dachte plötzlich, daß der 9. Januar, obwohl er so schrecklich gewesen, vielleicht weniger bedeutungsvoll war als die heutige Schlägerei, daß gerade dieser graue Tag ihn persönlich tiefer traf.

Das alles muß so oder so ein Ende nehmen, aber schnell, schnell!

Am nächsten Tag hatte sich seine Stimmung gefestigt; sie mußte sich festigen, weil das Auftreten der »Bundesleute« alle wohlgesinnten Menschen der Stadt empört hatte. Es war bekannt geworden, daß gestern fünf Personen getötet worden waren, darunter ein Gymnasiast, der Neffe des Gefängnisinspektors, Toporkow, daß elf Personen schwer verletzt in Krankenhäusern lagen, Kornew, der zwölfte, in Lebensgefahr schwebte und zwanzig Verwundete in Privathäusern untergebracht waren. In der Redaktion »Unser Land« waren die Scheiben eingeschlagen, in der Druckerei die Maschinen demoliert und die Lettern geraubt. Die Stadt begann vom Morgen an zornig zu murren und auseinanderzugehen, Fenster, Türen und Tore der Häuser öffneten sich, gesetzte Leute fuhren mit eigenen Pferden irgendwohin, durch die Straßen schritten Fußgänger mit Spazierstöcken, mit Stäben in den Händen, Hüte und Mützen in die Stirn geschoben, zum Kampf bereit; aber gegen Abend verbreitete sich das Gerücht, die »Bundesleute« hätten sich auf dem Alten Platz versammelt und zwei Juden sowie die Feldscherin Litschkus schwer verprügelt – die Straßen wurden wieder leer, die Fenster schlossen sich, die Stadt verstummte trübsinnig. Gegen Mitternacht fuhr durch die Stille, doch ohne sie irgendwie zu stören, am Tor eine Droschke vor. Samgin war überzeugt, die Spiwak sei zurückgekehrt, und beachtete den Lärm nicht. Fünf Minuten später jedoch klopfte an seiner Tür der verschlafene Hausknecht und sagte: »Man hat einen Kranken hergebracht.«

»Aber doch nicht zu mir, sondern zum Doktor?«

»Zu Ihnen«, sagte unerbittlich der Hausknecht, ein düsterer Mensch, der nicht einem Bauern glich. Samgin trat ins Vorzimmer hinaus, dort stand, an die Wand gelehnt, jemand mit weißem Turban auf dem Kopf und unförmiger Kleidung.

»Verzeihen Sie, Samgin, ich komme zu Ihnen. Im Krankenhaus hat man mich nicht aufgenommen...«

Er sprach langsam, mit schwerem Röcheln, und Samgin erkannte in ihm nicht gleich Inokow. Er befahl dem Hausknecht, den Doktor zu holen, und führte Inokow ins Speisezimmer.

»Sind Sie verwundet?«

»Ja. Verprügelt. Und verwundet«, sagte Inokow und sank auf den Diwan.

Der Doktor kam im Nachthemd, mit Pantoffeln an den bloßen Füßen, nahm das Handtuch von Inokows Kopf, fühlte den Puls, horchte am Herzen und sagte brummig zu Samgin: »Tja... eine Ohnmacht, hm? Rufen Sie Jelisaweta. Und das Stubenmädchen! Heißes Wasser. Rasch!«

Eine Stunde später wußte Samgin, daß bei Inokow ein Arm durchschossen, die Schädelknochen unversehrt, aber die Kopfhaut an zwei Stellen geplatzt war.

»Und wahrscheinlich sind Rippen gebrochen...«, sagte Ljubomudrow, zur Decke blickend.

Er hatte Inokow das Kopfhaar und den Bart geschickt abrasiert, wonach ein nicht zu erkennendes geschwollenes Gesicht ohne Augen zutage getreten war, nur das rechte, das aus einem bläulichen Schlitz herausschaute, glänzte fiebrig und unheimlich. Inokow lag ausgestreckt da, wie ein Toter, röchelte und brachte mit schluchzender Stimme unverständliche Worte hervor; als zweite Stimme zu seinen Fieberreden scharrte der Wind an den Hausmauern und Fensterläden.

Am Tisch vor der Lampe saß die Spiwak im Morgenrock und redigierte das von Klim verfaßte Flugblatt. »Was wollen die Bundesleute?« Die weiten Ärmel des Morgenrocks störten sie, sie schob sie auf die Schultern zurück und sagte halblaut: »Sie haben hier so grauenhafte Dinge mitgeteilt, als beabsichtigten wir, sowohl die Spießer als auch die Arbeiter zu schrecken...«

Ich muß nach Moskau fahren, dachte Samgin, wobei er sich seines Gesprächs mit Fiona Trussowa erinnerte, die dieses verfluchte Haus als Heim für arme Gymnasiastinnen gekauft hatte. Stark verfettet, mit Gesicht und Hals, die vom Genuß ihres geliebten Bourgognerweins aufgequollen waren, hatte sie halb verächtlich und zynisch gesagt: »Geh doch etwas im Preis herunter, Klim Iwanowitsch! Ich habe Steine in der Leber, Sand in den Nieren, mich werden bald die Teufel als Köchin zu sich nehmen, da will ich ein Wort bei ihnen für dich einlegen, bei Gott! Wie? Was willst du mit dem Geld anfangen, du Brillenbock? Schau, ich gebe mein sündiges Kapital seit siebzehn

Jahren nur für die Mädchen aus, wie viele schon habe ich unter die Leute gebracht, du aber – was hast du gemacht? Du hast keine einzige auch nur auf den Boulevard gebracht, du Heiliger! Hast wohl noch kein einziges Mädchen verdorben?«

Beim Sprechen spielte sie mit dem Armband, das sie abgenommen hatte, und in ihren roten Fingern schien das Gold weich.

»Sie haben sonderbar geschrieben«, wiederholte die Spiwak, die erbarmungslos den Bleistift handhabte. »Wie ein Sozialrevolutionär . . . sentimental.«

Samgin schwieg, er beobachtete sie und Sascha, die geräuschlos die blutigen Wasserlachen auf dem Boden beim Diwan aufwischte, wo Inokow röchelte und gluckste, als erstickte er an den Fieberreden. Samgin dachte an die Trussowa, an die Spiwak, Warwara, an die Nikonowa, überhaupt an Frauen.

Sonderbare Wesen. Makarow hat wahrscheinlich recht. Dunkle Seelen . . .

Die Spiwak hatte ihn sofort verblüfft, als sie ins Zimmer getreten war. Der zerschlagene Inokow hatte sie nicht im geringsten in Aufregung versetzt, sie verhielt sich zu ihm wie zu einem Unbekannten. Als sie aber dem Doktor nicht mehr zu helfen brauchte, hatte sie sich an den Tisch gesetzt, um das Flugblatt zu korrigieren, und hatte ruhig, wenn auch mit einem Seufzer gesagt: »Sie werden wahrscheinlich noch schreiben müssen: ›Was hat der erschlagene Bolschewik gewollt?‹ Kornew wird es nicht überstehen.«

»Er wird es wohl kaum überstehen«, brummte der Doktor.

Ja, eine dunkle Seele, wiederholte Samgin, wobei er den fast bis zur Schulter entblößten Arm der Frau betrachtete. Unermüdlich in der Arbeit, beneidete sie die Sozialrevolutionäre sehr um ihre Erfolge unter den Handwerkern, Handelsgehilfen und kleinen Angestellten, und in diesem ihrem Neid sah Samgin etwas Kindliches. Jetzt sagte sie zum Doktor, der sich mit einer dichten Rauchwolke umgeben hatte und ihren Bleistift beobachtete: »Auf die Drohung des Gouverneurs hin, ›jegliche Ansammlung durch Anwendung von Waffen‹ zu sprengen – einen Stil haben die! – sind schon hie und da lithographierte Verschen angeklebt worden:

> Wenn es schlimmer wird,
> Werd ich strenger sein,
> Wend ich Waffen an,
> Sogar gegen den Mann,
> Sogar gegen Trescher,
> Evelinens Ehemann

und dergleichen mehr in ebenso banalem Ton. Und ›Unser Land‹ hat man beschlossen zu verbieten . . .«

»Das alles wird nicht lange dauern«, sagte der Doktor und verscheuchte mit der Hand den Rauch. »Na, komm, machen wir ihm einen feuchten Umschlag. Ich fürchte für sein linkes Auge. Gehen Sie schlafen, Samgin, und lösen Sie sie in zwei bis drei Stunden ab . . .«

Klim ging in sein Zimmer, zog sich aus, legte sich hin und dachte, daß, nach den Briefen seiner Frau und den Zeitungen zu urteilen, es in Moskau auch unruhig war. Streiks, Versammlungen und Zunahme der Schlägereien mit der Polizei auf den Straßen. Hier hatte er sich immerhin dem Leben angepaßt. Die Spiwak verhielt sich zu ihm schonungsvoll, wenn auch etwas trocken. Sie schonte überhaupt die Menschen und war gegen die von Kornew und Waraksin organisierte Demonstration gewesen.

Der Regen rauschte immer stärker und beharrlicher im Laub, da er aber die Stille nicht besiegte, war sie auch hinter seinem eintönigen Rauschen zu spüren. Samgin fühlte, daß die Eindrücke der letzten Monate ihn mit einer Kraft von sich selbst losgerissen hatten, der er nicht widerstehen konnte. War das gut oder schlimm? Manchmal schien es ihm schlimm. Gapon war zweifellos ein unglückliches Opfer der Unterordnung unter die Wirklichkeit, der Berauschung an ihr. Der Zar aber stand außerhalb der Wirklichkeit und war vermutlich auch unglücklich . . .

Er glaubte noch nicht eingeschlafen gewesen zu sein, als ihn der Doktor schon weckte.

»Kommen Sie bitte, mein Herr. Er dort ist sehr erregt und redet, ermuntern Sie ihn nicht. Ich habe ihm ein Beruhigungsmittel gegeben . . .« Es tagte bereits; rosige Wolken zierten den perlmuttfarbenen, sehr hohen Himmel. Als Samgin das Speisezimmer betrat, erblickte er auf dem weißen Kissen ein vom Lampenlicht beleuchtetes, nichtmenschliches, wie aus Stein grob herausgemeißeltes Gesicht mit dem schmalen Schlitz eines Auges; es war noch unheimlicher als in der Nacht.

»Da, wie . . . man mich bearbeitet hat«, sagte Inokow heiser.

»Wer?« fragte Klim im Ton eines Erforschers rätselhafter Erscheinungen.

»Korwin«, antwortete Inokow, als erinnerte er sich nicht sofort des Namens. »Er, und wahrscheinlich Choristen. Zu viert.«

Nach kurzem Schweigen fügte er hinzu: »So ein . . . Spanier, so ein Esel! Wieviel Uhr ist es?«

»Es geht auf sieben.«

»Er wollte mich umbringen, der Schuft! Hat geschossen.«

»Sie dürfen nicht sprechen«, erinnerte Samgin.

»Ich werde es lassen.«

Aber nach einer Minute Schweigen begann Inokow wieder zu keuchen: »Doch ich ... verstehe ihn! Als man mich aus dem Gymnasium hinauswarf, hatte ich große Lust, Rshiga umzubringen – der Inspektor, erinnern Sie sich? Ja. Auch später wollte ich nicht selten ... den oder jenen. Ich bin nicht böse, aber zuweilen habe ich Anfälle von Menschenhaß. Das ist quälend ...«

Er verstummte müde, und Samgin setzte sich seitlich zu ihm, um diese Augenhälfte nicht zu sehen, die wie ein Edelsteinsplitter aussah. Inokow begann wieder etwas von Poiré zu murmeln, vom Angeln, dann sagte er sehr deutlich und nachdrucksvoll: »Er wird auch ... nicht heil davonkommen!«

Samgin verbrachte bei ihm rund drei Stunden, und immer wieder ging Inokow auf irgendeine Art hoch, er schwieg fünf Minuten und begann wieder überstürzt zu reden, zu röcheln, zu husten. Um zehn Uhr kam die Spiwak.

»Bei mir sitzt Lidija Timofejewna«, sagte sie. »Gehen Sie zu ihr.«

Klim ging, nicht besonders erfreut über die neue Begegnung mit Lidija, aber zufrieden, daß er sich von Inokow erholen konnte.

»Sie scheint nicht ganz gesund zu sein«, sagte die Spiwak hinter ihm her.

»Ich wußte nicht, daß du hier bist«, begrüßte ihn Lidija. »Ich kam zu Jelisaweta Lwowna zu Besuch und – plötzlich sagte sie es mir! Ich mag dieses Haus nicht mehr, weißt du? Nein, ich mag es nicht mehr!«

In Schwesterntracht kam sie Samgin bedauernswert gealtert vor. Grau, mager, schüttelte sie immerzu den Kopf, wobei sie anscheinend vergaß, daß ihre üppige Haarkappe von der Haube zusammengehalten wurde, wodurch der Kopf auf ihrem langen Körper häßlich groß wirkte. Nachdem sie hastig erzählt hatte, daß sie mit zwei Verwandten ihres Mannes auf das Gut seiner Mutter fahre, um irgendwelche Wertsachen von dort zu holen, rief sie aus: »Ich möchte so gern das Haus sehen, in dem Anton geboren ist, wo er seine Kindheit verbracht hat. Soll ich dir Kaffee einschenken?«

Aber sie schenkte keinen Kaffee ein, sondern rückte mit dem Stuhl zu Samgin und begann, zu ihm vorgebeugt, mit entsetzten Augen, aus unerfindlichem Grund halblaut und sich umsehend, zu erzählen: »Du weißt natürlich: In den Dörfern ist es sehr unruhig, die Soldaten sind aus der Mandschurei zurückgekehrt und meutern, meutern! Das bleibt unter uns, Klim, aber sie sind doch geflohen, ja, ja! Oh, das war schrecklich! Der Onkel meines verstorbenen Mannes«, sie bekreuzte dreimal schnell ihre Brust, »General, Teilnehmer am Türkenkrieg und Ritter des Georgskreuzes – weinte! Er weinte und sagte immerzu: ›Wäre denn so etwas bei Skobelew, bei Suworow möglich gewesen?‹«

Sie begann lauter zu sprechen und verfiel in einen kläglichen Ton, ihr Gesicht zuckte krampfhaft, und das Entsetzen in den dunklen Augen verdichtete sich.

»Das ist unglaublich!« rief und flüsterte sie. »Diese Raserei, diese elementare Angst, nicht mehr bis zum eigenen Dorf zu kommen. Ich habe das alles selbst gesehen. Als hätten sie den Weg in die Heimat vergessen oder erinnerten sich nicht mehr, wo die Heimat ist. Lieber Klim, ich sah, wie ein rothaariger Soldat eine Kinderpuppe mit den Absätzen zerstampfte, weißt du, so eine billige Puppe aus Lappen. Er stampfte auf ihr herum und schlug sie mit dem Gewehrkolben, und aus der Puppe rieselte ... Wie heißt das doch?«

»Sägemehl«, half Samgin nach.

»Ja, Sägemehl. Und ich bin überzeugt, wenn das ein lebendiges Kind gewesen wäre, hätte er das gleiche getan!«

Sie griff sich an den Kopf, sprang fassungslos auf, lief im Zimmer umher und rief: »Oh, was für ein schreckliches, was für ein unglückliches Volk!«

Ihre Klagen, ihr Schreck und ihre Nervosität rührten Samgin nicht, sie wunderten ihn. So gebrochen hätte er sie sich nicht vorstellen können.

Ihr steht die Witwenschaft. Übrigens wäre sie auch eine vollendete alte Jungfer, dachte er, als er zusah, wie Lidija im Zimmer umherirrte und im Gehen die Gegenstände berührte, als wollte sie erkunden, ob sie heiß oder kalt seien. Als sie sich etwas beruhigt hatte, sprach sie wieder halblaut: »Alle warten: die Revolution kommt. Ich kann nicht verstehen, was das werden soll. Unser Regimentspriester sagt, die Revolution komme vom Unvermögen zu leben und dieses Unvermögen von der Gottlosigkeit. Er ist sehr streng im Leben und wird jetzt Mönch. Die Welt ist in der Gewalt des Teufels, sagt er.«

Samgin erinnerte sich, wie sie nachts, wenn sie seine Sinnlichkeit befriedigte, ihn mit ganz unsinnigen Fragen gequält hatte. Er erinnerte sich ihrer Briefe.

Sollte sie das alles vergessen haben? Warum kann ich es nicht vergessen? fragte er sich traurig, aber auch erbost.

»Ja, weißt du, wem ich begegnet bin? Marina. Sie ist auch Witwe, schon lange. Ach, Klim, wie sie aussieht! Riesengroß, schön und ...

Sie handelt mit Kirchengerät! Das ist übrigens nebensächlich. Sie ist wunderbar! Der Handel ist nur ein Deckmantel. Ich kann dir nicht alles über sie erzählen, unser Zug geht um zwölf Uhr zweiunddreißig.«

»Brauchst du kein Geld?« fragte Klim.

»Geld? Was für Geld? Wozu?« wunderte sie sich sehr.

»Das Geld vom Vater«, erinnerte Samgin.

»Nein, ich brauche keins. Liegt es auf der Bank? Mag es dort liegen. Mein Mann hat mir alles hinterlassen, was er besaß.«

Sie stand so dicht vor ihm, daß Samgin, wenn er die Arme ausgestreckt hätte, sie hätte umschlingen könne, und gerade daran dachte er.

»Ich scheine schamlos reich zu sein«, sagte sie mit unschönem Lächeln und spielte mit einer altmodischen Uhrkette. »Wenn du Geld brauchst, nimm dir bitte!«

Samgin sagte, bereits unfreundlich, daß er kein Geld brauche.

»Im Januar wirst du einen ausführlichen Bericht über die Aufhebung der Unternehmen deines Vaters erhalten«, fügte er in sachlichem Ton hinzu.

»Ja, da hat nun mein Vater sein ganzes Leben lang rasend gearbeitet, und – Aufhebung! Wie . . . sonderbar ist doch das alles!«

Sie sank in einen Sessel und schwieg eine Minute, wobei sie Samgin mit einem unbestimmten Lächeln auf den Lippen betrachtete, während ihre dunklen Augen nicht lächelten. Dann begann sie wieder Worte auszuströmen, so wie ein Brand bitteren Rauch ausströmt.

»Weißt du, diese kleinen Japaner sind tatsächlich Helden, sie schämen sich zu leiden. Ich spreche von den Verwundeten, den Gefangenen. Und – sie verachten uns. Wir haben unser Spiel im Osten verloren, Klim, wir haben verloren! Das ist die allgemeine Ansicht. Wir müssen unbedingt wieder dort Krieg führen, um das Prestige zu heben.«

Und fünf Minuten später erzählte sie leidenschaftlich: »In Moskau sah ich Alina – großartig! Sie hat mit Makarow so etwas wie einen Roman; platonischen, sagt sie. Mir tut Makarow leid, er hat so viel versprochen und ist so eine taube Blüte. Diese Sünderin Alina . . . Wozu braucht er sie?«

Es scheint, sie wird bei Frömmelei enden, dachte Samgin, obwohl er in ihren Worten Unechtes argwöhnte. Soll ich ihr von Turobojew erzählen?

Er beschloß, nicht zu erzählen, das hätte das Wiedersehen in die Länge gezogen. Gerade zur rechten Zeit kam die Spiwak, die sehr finster dreinsah.

»Geht es Inokow schlechter?« fragte Klim.

Die Spiwak antwortete: »Nein.«

»Inokow!« schrie Lidija auf. »Ist das der? Ja? Er ist hier? Ich sah ihn auf der Fahrt aus Sibirien, er war Matrose auf dem Dampfer, mit dem ich auf der Kama fuhr. Ein sonderbarer Mensch . . .«

Dann bat sie die Spiwak, ihr den Sohn zu zeigen, aber Arkadij war mit seiner Wärterin spazierengegangen. Darauf sah Lidija auf die Uhr und sagte, sie müsse jetzt zur Bahn.

Nachdem Samgin sie begleitet hatte, fühlte er sich krank von dieser Begegnung, und da er nicht nach Hause gehen wollte, wo er wieder hätte bei Inokow sitzen müssen, ging er aufs Truppenfeld. Er ging durch stille Straßen und dachte, daß er nicht so bald in diese Stadt zurückkehren werde, vielleicht nie. Es war ein stiller, klarer Tag, der Himmel war vom Nachtregen reingewaschen, die Luft belebend frisch, und der bräunliche Plüsch des Rasens strömte würzigen Geruch aus.

Zuviel Ereignisse, dachte Samgin, als er in der Stille des Feldes ausruhte. Das kann nicht endlos dauern. Die Menschen werden bald ermüden, sie werden Erholung, Ruhe wünschen.

Er aber kam nicht dazu, sich zu erholen.

Als er am Truppenlager vorbeikam, erblickte er am Grubenrand eines Soldatenzelts das ausdrucksvolle Gesicht Iwan Dronows, das durch ein unangenehmes kokettes Lächeln in die Breite gezogen war. Dronows Kopf war nicht bedeckt, und sein zerzaustes Haar hatte fast die gleiche Farbe wie der ausgedörrte Rasen. Zehn Schritte weiter weg wäre er nicht zu bemerken gewesen. Samgin berührte mit der Hand den Hut und wollte weitergehen, aber Dronow rief: »Warte einen Augenblick.«

Dann kroch er lachend aus der Grube.

Sein Mantel war nicht zugeknöpft, in der einen Hand hielt er den Hut, in der anderen eine Flasche Wodka. Nach den trüben Augen zu schließen, hatte er stark getrunken, aber seine krummen Beine schritten sicher.

»Das trifft sich glücklich«, sagte er, neben Samgin hergehend. »Und ich dachte gerade: Mit wem könnte ich etwas schwatzen? An Sie hatte ich nicht gedacht. Das ist zu hoch für mich. Da Sie nun aber mal da sind, soll es mir recht sein!«

Er steckte die Flasche in die Rocktasche, setzte den Hut auf, nahm den Mantel von der Schulter und legte ihn über den Arm.

»Was wollen Sie? Worum handelt es sich?« fragte Samgin streng – Dronows muskulöse Hand griff ihm unter den Arm und drückte ihn fest.

»Ich möchte, daß du mir in Moskau eine Stelle verschaffst. Ich habe dir mehr als einmal deswegen geschrieben, du hast nicht geantwortet. Warum? Na, schon gut!« Er spuckte sich vor die Füße und fuhr fort: »Hör mal, ich kann hier nicht leben. Ich kann es nicht, weil ich mich berechtigt fühle, gemein zu leben. Verstehst du? Aber gemein zu leben ist nicht Mode. Der Mensch«, er schlug sich mit der Faust gegen die Brust, »der Mensch ist so weit, daß er sich berechtigt zu fühlen beginnt, ein gemeiner Kerl zu sein. Ich aber – will das nicht! Vielleicht bin ich schon ein gemeiner Kerl, aber ich will es nicht mehr sein . . . Klar?«

»Ich hatte nicht erwartet, daß du trinkst . . . ich habe es nicht gewußt«, sagte Samgin.

Dronow nahm die Flasche aus der Tasche und schwang sie vor Samgins Gesicht herum – die Flasche war voll, es fehlte in ihr vielleicht ein Schluck. Dronow holte mit ihr aus und warf sie weit von sich, die Flasche zerbarst laut.

»Dir in Moskau eine Stelle verschaffen«, begann Samgin, etwas verlegen und von der Seite die gerötete Wange des Weggefährten, sein scharfes, unruhiges Auge beobachtend.

»Das mußt du! Du bist Revolutionär, lebst für die Zukunft, ein Beschützer des Volkes und dergleichen mehr . . . Das ist keine Ausrede. Unsinn! Hilf doch mal in der Gegenwart einem Menschen. Gleich!«

Dronow, der langsam ging, Samgin festhielt und ihn immer weiter in das öde Feld hinauszog, begann schriller, böser zu sprechen.

»Ich kenne hier alles, alle Menschen, ihr ganzes Leben, alle schmutzigen Quälereien. Ich weiß mehr als alle Soziologen, Kritiker und Lumpensammler. Das Schicksal verwendet mich ja als einen Sack zum Sammeln von allerhand Dreck. Warum zuckst du zusammen, wie? Warum schaust du so? Verachtest du mich? Na, und du – wozu bist du da? Du bist eine Platzpatrone, um Krähen zu verscheuchen, das bist du!«

Samgin begann aufmerksamer zuzuhören und ging im Schritt mit Dronow, doch der sprach bissig und leidenschaftlich.

»Deine Artikelchen und Rezensionen sind Stroh! Ich aber bin talentiert!«

Er blieb stehen und deutete mit der Hand nach links in die Ferne, auf das mitten auf dem Feld sich blähende rote Gebäude der Artilleriekaserne und die alten Birken aus der Zeit Katharinas am Rande der Moskauer Chaussee.

»Die Kaserne ist ein Geschwür auf der Erde, ein Furunkel – siehst du? Der Baum ist eine Fontäne, die als dicker Strahl aus der Erde springt und in der Luft zu Tropfen flüssigen Goldes zerfällt. Du siehst das nicht, ich sehe es. Wie?«

»Der Baum sei eine Fontäne, das hast nicht du ausgedacht«, sagte Samgin mechanisch, wobei er an etwas anderes dachte. Er war äußerst verwundert, daß Dronow so sprechen konnte, wie er sprach, war so sehr verwundert, daß Dronows Worte ihn nicht beleidigten. Zugleich mit der Verwunderung empfand er noch irgendein Gefühl; es verband ihn sehr unangenehm mit diesem Menschen. Samgin sah sich um; das Feld war menschenleer, nur in der Ferne lief auf der Chaussee ein spielzeughaftes Pferdegespann, rollte geräuschlos die Postkutsche. Die bläuliche Herbstluft war so durchsichtig, daß alles im Feld die Deutlichkeit einer sehr feinen und geschickten Federzeichnung bekam.

»Nicht ich? Beweise das«, schrie Dronow, und die rauhe Haut seines Gesichts rötete sich wie der Panzer eines gebrühten Krebses; an seinem unrasierten Kinn bewegten sich die rötlichen Stoppeln, er fuchtelte mit der Hand vor seinem Gesicht, als schöpfe er mit der Hand Luft und stopfe sie sich in den Mund. Samgin versuchte zu scherzen.

»Du hast mich überfallen wie ein Räuber ...«

Aber Dronow merkte nicht, daß er scherzte.

»Ich weiß, du verachtest mich. Weshalb! Weil ich ein Halbgebildeter bin? Du irrst dich, ich kenne das Allerwirklichste – die Gemeinheiten der kleinen Teufel, das wahre, nicht bezwingbare Leben. Und der Teufel soll euch alle holen mit allen euren Revolutionen, mit all diesen Maskeraden des Eigendünkels, ihr wißt nichts, könnt nichts, werdet nichts zustande bringen – ihr Mandelzwiebäcke ...!«

Er stieß Samgin kräftig in die Seite und blieb stehen mit einem Blick auf die Erde, als wollte er sich setzen. Samgin versuchte das höchst unangenehme Gefühl zu definieren, das ständig zunahm, ihn Dronow näherbrachte und ihn fast erschreckte, und murmelte: »Du bist anarchisiert, Iwan, durch deinen ... Beruf!«

»Durch das Leben, nicht durch den Beruf«, schrie Dronow auf. »Durch die Menschen«, fügte er hinzu und schritt wieder zum Wald. »Dir hat man im Gefängnis Essen aus dem Restaurant gebracht, ich aber habe mich von dem abscheulichen Zeug aus dem Gefangenenkessel ernährt. Ich hätte mir auch etwas aus dem Restaurant holen lassen können, aß aber das abscheuliche Zeug, um euch zu beschämen. Habt ihr das nicht gemerkt?« Er grinste. »Bei den Spaziergängen habt ihr es auch nicht gemerkt.«

»Weswegen wurdest du verhaftet?« fragte Samgin, um ihn auf ein anderes Thema zu lenken.

»Im Zusammenhang mit der Ermordung von Oberst Wassiljew – Idiotie!« Dronow verstummte, als bekäme er keine Luft, und fuhr dann leiser, als erinnerte er sich, mit verzerrtem Gesicht fort: »Der Oberst! Er ließ mich im Frühjahr verhaften, hielt mich elf Tage im Gefängnis, lud mich dann vor und entschuldigte sich: ein Irrtum!« Dronow blieb stehen, sah Klim ins Gesicht und ging, ihn mitziehend, schneller. »Ein Irrtum? Nein, er wollte mich kennenlernen ... nicht als Person, nein, er wollte wissen, wieweit ich unterrichtet bin, verstehst du? Er war dumm, fühlte aber, daß ich zu einer Gemeinheit fähig war.«

Samgin wandte sich zur Seite und murmelte: »Sie scheinen jedem vorzuschlagen, bei ihnen in Dienst zu treten ...«

»Nein!« schrie Dronow. »Einem redlichen Menschen schlagen sie das nicht vor! Haben sie es dir vorgeschlagen? Aha! Das ist es eben! Nein, er wußte, mit wem er spricht, als er mit mir sprach, der Schuft! Er fühlte: Dieser Mensch ist verbittert, und ... versuchte es. Er hat sich übereilt, der Esel! Ich hätte es vielleicht selbst vorgeschlagen ...«

»Hör auf«, sagte Samgin und versuchte wieder Iwan von diesem Thema abzubringen. »Warst du es, der ihn erschossen hat?«

Er fragte, ohne im geringsten an die Möglichkeit dessen zu glauben, wonach er fragte, und versuchte plötzlich instinktiv, seinen Arm wegzuziehen, den Dronow fest an sich gedrückt hielt; aber er konnte es nicht, da Dronow, als merkte er seine Bemühungen nicht, den Arm nicht losließ.

»Sehe ich denn wie ein Terrorist aus? So unbedeutend, wie ich bin?« fragte er mit häßlichem Kichern.

»Eine sonderbare Frage«, murmelte Samgin, der sich erinnerte, daß die ortsansässigen Sozialrevolutionäre sich zu der Ermordung des Gendarmen nicht geäußert hatten und irgendeiner aus dem Priesterseminar und zwei Arbeiter, die in dieser Sache verhaftet worden waren, bald wieder entlassen wurden.

»Nein«, sagte Dronow. »Ich bin kein Balmaschew, kein Sasonow und nicht einmal als Kotschura brauchbar. Ich bin einfach Dronow, ein nicht historischer ... heimatloser Mensch. An nichts gebunden. Verstehst du? Ein Nichtsnutz, wie man so sagt.«

»Ein Anarchist«, sagte Samgin wieder, der fühlte, wie Iwans Worte immer unangenehmer klangen.

»Und wenn ich dir sagen würde, ich hätte ihn erschossen, so glaubst du es nicht?«

»Ich glaube es nicht«, wiederholte Samgin und warf einen Seitenblick auf sein Gesicht.

Dronow ließ seinen Arm los, schüttelte sich in einem Lachanfall und sagte, als er ausgelacht hatte: »Bei meinen Bekannten hat der Sohn, ein wohlgesitteter kleiner Junge, ein halbes Jahr lang kleine Geldbeträge gestohlen, sie aber verdächtigten die Dienstboten . . .«

Das klingt wie ein indirektes Geständnis, überlegte Samgin und fragte: »Unter welchen Umständen wurde er ermordet?«

Dronow machte schroff zur Stadt kehrt und erzählte, nicht sofort, nüchtern und sogar widerstrebend: »Man sagt, er sei aus dem Haus einer Dame gekommen – er hatte hier einen Roman –, und von irgendwo sprang ein bescheidener Held heraus, knallte ihn nieder und schoß dann dem Pferd, das auf ihn wartete, ins Bein oder ins Maul, das ist alles! Man sagt, er sei ein Schürzenjäger gewesen, habe in Moskau eine Geliebte in der Partei gehabt.«

»Wer kann das wissen?« murmelte Samgin, der sich jetzt überzeugte, daß es das Gefühl eines Stiches ins Herz tatsächlich gibt . . .

»Die Polizei. Die Polizisten können die Gendarmen nicht leiden«, sagte Dronow immer noch ebenso widerstrebend und spuckte zur Seite. »Ich aber bin mit den Polizisten befreundet. Besonders mit einem, so einer Erzbestie!«

Er begann wieder davon zu reden, wie schwer es ihm in der Stadt sei. Über dem Feld verdichtete sich schon bläuliches Dämmerlicht, feuerrote Wolken bedeckten die Stadt, die Glocken läuteten zur Nachtmesse. Samgin nahm die Brille ab, putzte sie, obwohl das nicht notwendig war, und sah vor sich eine einfache, unterwürfige und zärtliche Frau. Wie unrussisch du bist, sagte sie traurig und schmiegte sich an ihn. Du hast keine Träume, keine Lyrik, du beurteilst nur.

Möglich, daß sie auch die Geliebte von Oberst Wassiljew gewesen ist, dachte er und fragte: »Du verstehst natürlich, wie wichtig es wäre, zu erfahren, wer diese Frau ist?«

»Welche?« wunderte sich Dronow. »Ach, die! Ich verstehe. Aber das liegt ja schon weit zurück.«

Samgin war es schon ganz gleichgültig, ob Dronow den Oberst ermordet hatte oder nicht, das war irgendwo in ferner Vergangenheit geschehen.

»Vergiß mich nicht«, sagte Dronow, als er sich an der Ecke einer verdächtig stillen Gasse von ihm verabschiedete. »Beeile dich nicht, mich zu verachten«, sagte er lächelnd. »Ich habe dir gegenüber, mein Lieber, so ein Gefühl . . . enger Freundschaft, innerer Verwandtschaft etwa . . .«

Ein gefährlicher Halunke, dachte Samgin mit aller Bosheit, deren er fähig war. Gefühl innerer Verwandtschaft . . . diese Null!

»Aber das ist noch schlimmer, wenn er eine Null ist, noch schlimmer«, hatte der kranke Offizier mit dem dunklen Gesicht gerufen.

Nein, wie sehr anarchisiert doch dieses Leben die Menschen! Es ist tatsächlich eine schreckerregende Kraft notwendig, die alle Menschen in die Knie zwingt, wie sie auf dem Schloßplatz vor diesem nichtigen Zaren knieten. Seine Ohnmacht richtet das Land zugrunde, verdirbt die Menschen, indem sie feige Popen als Führer aufstellt.

Noch nie hatte Samgin sich so erbost gefühlt und den schmutzigen Schrecken der Wirklichkeit so tief verstanden. Zu Hause sagte ihm die Spiwak sehr einfach: »Kornew ist gestorben. Könnten Sie ein Flugblatt schreiben?«

Er beherrschte sich nur mit Mühe, nicht zu sagen: »Mit Vergnügen.«

Als er ihr aber das Flugblatt brachte und sie es gelesen hatte, seufzte sie: »Nein, das geht nicht. Der kritische Teil mag noch geglückt sein, aber alles übrige ist nicht das, was wir brauchen. Ich werde es selbst versuchen.«

Als er ging, sagte sie: »Korwin soll auch gestorben sein.«

Das stimmte: Am Morgen las Samgin in den »Gouvernements-Nachrichten« einen hochtrabenden Nekrolog auf den »an den vielen Wunden Gestorbenen, die ihm von Wahnsinnigen zugefügt wurden an dem Tag, als dieser gottesfürchtige und zarentreue Mann an der Spitze von Tausenden Gott und den Zaren lobpries...«

Tausende ist eine Lüge.

Aber auch Inokows Erzählung, daß der Dirigent auf ihn geschossen habe, war offensichtlich eine Fieberphantasie. Er hätte Inokow gern ausführlich ausgefragt, wie es gewesen war. Er ging ins Speisezimmer, dort flogen und summten im Halbdunkel schwere Herbstfliegen herum; eine dicke Krankenschwester saß da und wickelte Binden.

»Leise«, zischte sie. Inokow in der Ecke auf dem Diwan rührte sich nicht. Der Doktor hatte entschieden verboten, mit Inokow zu sprechen. »Bei ihm beginnt irgend etwas mit dem Gehirn...«

Als aber Samgin ihm von den Beziehungen Inokows und Korwins zu erzählen begann, winkte er mit der Hand ab und brummte: »Ich weiß. Das geht mich nichts an. Aber die Bundesleute werden wahrscheinlich morgen im Zusammenhang mit der Beerdigung des Dirigenten wieder einen kleinen Pogrom veranstalten... Ich werde zu Lisa gehen und sie überreden, sie solle sich noch heute mit Arkadij irgendwohin außer Haus begeben.«

Die Möglichkeit einer neuen Manifestation der Bundesleute stimmte Samgin düster.

Nachdem er eine Weile darüber nachgedacht hatte, begab er sich zu der Trussowa, setzte den Preis des Hauses herunter und dachte, als er aus ihren schwammigen Händen ein Päckchen zerknitterter Scheine als Anzahlung bekam, nicht ohne Trauer: So endete die »Eroberung von Plassans« durch Timofej Warawka.

Als er heimkehrte, erblickte er am Tor einen Polizisten, am Hauseingang einen zweiten; es stellte sich heraus, daß die Polizei Inokow verhaften wollte, der Doktor aber sich dem widersetzt hatte; gleich würden Polizeiarzt und Untersuchungsrichter eintreffen, um die Angaben des Doktors zu überprüfen und Inokow zu verhören, falls dieser imstande sein sollte, zu der Beschuldigung »schwere Verletzungen mit tödlichem Ausgang zugefügt zu haben«, Aussagen zu machen.

»Diese Hundsfötter lügen«, rebellierte Doktor Ljubomudrow, der vor dem Spiegel stand und die Krawatte mit solcher Energie band, als wollte er sich die Kehle zerreißen.

»Ich muß leider heute noch nach Moskau fahren«, sagte Samgin.

»Na, fahren Sie«, erlaubte der Doktor. »Lisa ist zum Gouverneur gefahren. Sie ist hartnäckig wie ... eine Ziege. Wie ein Kamel ... ja!«

Klim ging seine Sachen packen.

Und nun war er zu Hause. Seine Frau pickte ihn mit ihrer heißen Nase an die Wange und überschüttete ihn mit einem Schwall gekränkter Worte.

»Warum hast du nicht telegrafiert? So machen es nur eifersüchtige Männer in Vaudevilles. Du hast dich in diesen Monaten verhalten, als wären wir geschieden, hast auf Briefe nicht geantwortet – wie ist das zu verstehen? Eine so wahnsinnige Zeit, und ich bin allein ...«

Ihr unerträglich bunter Morgenrock und das lose über den Rücken herabhängende Haar strömten den Geruch irgendeines neuen, sehr starken Parfüms aus.

Sie altert und hofft schon nicht mehr auf sich selbst, dachte Samgin, sie aber betrachtete ihn und rief leise und mit anscheinend aufrichtiger Betrübnis aus: »Wie deine Schläfen ergraut sind!«

»Auch du bist nicht jünger geworden.«

»Ich bin nicht angezogen«, erklärte sie.

Dann tranken sie Kaffee. In Samgins Kopf dröhnten noch der eiserne Lärm des Zuges, das kalte Rattern der Droschken und der mannigfaltige Lärm der Riesenstadt, vor seinen Augen flimmerten

Quecksilbertropfen des Regens. Er betrachtete das gelbliche Gesicht der fremden Frau, ihre trübgrünen Augen und dachte:

Sie hat wahrscheinlich eine stürmische Nacht hinter sich.

Er dachte das, fühlte Erbitterung in sich entstehen und sagte: »Ja, ein Aufstand ist unvermeidlich. Die Menschen müssen vor der Feindschaft erschrecken, die in ihnen herangereift ist, damit sie restlos zutage trete und ihnen Entsetzen einjage.«

Er sprach ununterbrochen etwa zehn Minuten lang und fühlte sich, als er verstummte, körperlich erschöpft wie nach langem Erbrechen.

»Mein Gott, was hast du für Nerven!« sagte Warwara leise. »Aber wie ausgezeichnet du sprichst...«

Ich habe gesprochen wie mit der Nikonowa, dachte er.

»Ganz erstaunlich! Ich bin überzeugt, daß du beim Gericht Karriere machst. Du würdest ein berühmter Staatsanwalt werden.« Sie fügte lächelnd hinzu: »Du hast so... rachsüchtig gesprochen, als wäre ich daran schuld, daß eine Revolution kommen wird. Weiß Gott, was hier vorgeht«, fuhr sie seufzend fort. »Alle fragen einander: Wann und womit wird das alles enden? Es gibt eine Unmenge von Anekdoten und unglaublichen Gerüchten. Die Somowa ist angekommen, sie ist wie im Fieber, wie übrigens viele. Stell dir vor, sie sammelt mit der Gogina Geld für die Bewaffnung der Arbeiter! Sie sagen wörtlich: für die Bewaffnung. Obwohl sich alle Revolver kaufen. Mitrofanow ist erschienen, er ist wieder stellungslos, ist so unglücklich, schuldbewußt. Er spricht nicht mehr, er ächzt nur immerzu.«

Am Nachmittag kamen Samgin unbekannte Zuträger erschütternder Neuigkeiten auf einen Sprung zu Warwara. Sie kamen hereingelaufen und setzten sich nicht auf die Stühle, sondern warfen sich, ließen sich auf sie fallen, wobei sie weder sich noch die Möbel schonten.

»Haben Sie schon gehört? Wissen Sie schon?« Und sie berichteten von Streiks, von der Zerstörung von Gutshöfen und Zusammenstößen mit der Polizei. Warwara erzählte Samgin, daß ein Damenzirkel eine Hilfsorganisation für die Kinder der Streikenden, die Witwen und die Waisen der Getöteten schaffe.

»Weißt du, hier hat es Tote gegeben«, sagte sie sehr lebhaft. Im grünlichen Wollkleid, mit über die Ohren gekämmtem Haar und gepuderter Nase war sie nicht anziehender geworden, aber durch die Lebhaftigkeit gewann sie doch. Samgin sah, daß sie das begriff und daß es ihr gefiel, im Mittelpunkt zu stehen. Aber er spürte deutlich hinter der Freude seiner Frau und ihrer Gäste die Angst.

Dann erschien ein langer und langhaariger junger Mann mit einer Beule an der Stirn, mit üppigem rotem Seidentuch um den dünnen Hals; das Tuch verdeckte das Kinn und verkürzte dieses sonderbar gelbe Gesicht, in das die breite Nase nicht hineinpaßte, während die geraden dunklen Haarsträhnen es häßlich verschmälerten. Er hatte kleine rundliche Vogelaugen, und beim Sprechen blinzelte er wonnig und lächelte herablassend.

»Bragin«, stellte er sich Klim vor und berührte mit sehr kalten Fingern seine Hand, dann setzte er sich vorsichtig, fest auf einen Stuhl und riet prophetisch: »Sagen Sie: Gott sei Dank, wir sind beim Anfang vom Ende angelangt!«

Er warf den Kopf zurück und erklärte, als läse er es von der Decke ab, unanfechtbar mit Baßstimme: »Die Arbeiter leitet ein gewisser Marat, sein wirklicher Name ist Lew Nikiforow, er ist ein entflohener Verbannter, eine Persönlichkeit mit unglaublicher Energie, eine Diktatorennatur; auf der Wange und am Hals hat er ein großes Muttermal. Gestern habe ich ihn in einer konspirativen Versammlung gehört – er spricht großartig.«

»Ist es wahr, daß sie alle von den Japanern bestochen sind?« fragte nicht besonders entschlossen eine dicke Dame mit goldener Brille.

»Die Gerüchte von der Bestechung durch die Japaner sind eine Erfindung der Monarchisten«, antwortete Bragin streng. »Übrigens: Ich weiß genau, wenn diese Streiks nicht gewesen wären und Witte nicht den Posten des Präsidenten der Republik angestrebt hätte, so hätte Kuropatkin die Japaner aufs Haupt geschlagen. Aufs Haupt«, wiederholte er eindringlich und erzählte dann noch eine ganze Reihe nicht weniger interessanter Neuigkeiten.

»Er ist erstaunlich gut unterrichtet«, raunte Warwara Samgin zu.

Samgin sah, daß Bragin aufgeblasen dumm war, ja daß überhaupt alles im Hause, mit Warwara angefangen, dumm war.

Wie wahrscheinlich in Hunderten von Häusern, dachte er.

Abends ging es noch dümmer zu – ins Besuchszimmer stürzte ein tabakfarbener Mann, groß, mit rotem Gesicht, strahlend.

»Maxim R-rjachin«, stellte er sich vor.

Er hatte breite Schultern, einen kleinen Kopf, einen kurzen Oberkörper auf langen dünnen Beinen und einen Bauch wie ein Samowar. Sein rundes, straffes Gesicht zierten ein heller, sorgfältig gestutzter Schnurrbart, tiefliegende bläuliche und lustige Äugelchen, eine dicke Nase und große lila Lippen. Nichts an ihm stimmte überein, alles lag im Widerstreit miteinander, und besonders aufdringlich stach sein kleiner, schmalstirniger Schädel ins Auge, der spärlich mit hellem Haar bedeckt und nach hinten gestreckt war. Seine Füße in rotbraunen leinenen Knöpfschuhen erinnerten Samgin an die stabilen Riesenfüße Wittes, der schon den Spitznamen »Graf von Sachalin« erhalten hatte. Rjachin sagte unter Dehnung des O: »Ich bin Optimist. In Rußland ist es am besten, Optimist zu sein, das lehrt uns die ganze Geschichte. Man darf nicht nervös werden wie die Juden. Na, mögen sie etwas Radau und Unfug machen. Nachher wird man sie verprügeln. Entsinnen Sie sich, wie Obolenskij in Charkow und Poltawa prügelte?«

Er trank in drei Zügen ein Glas Tee aus und erzählte, indem er mit seinen Händen an den im Vergleich zum Oberkörper zu kurzen Armen die Knie streichelte: »Im Gouvernement Poltawa kommen die Bauern in ein Gut, um es zu demolieren. Fünfhundert Mann etwa. Keine zum Gut gehörigen, fremde; die eigenen leben wie an Christi Brust. Na also, sie kamen und machten natürlich Lärm. Da tritt ein Alter zu ihnen heraus und sagte: ›Leise, Sergej Michailowitsch schläft!‹ Nun, die Bauern verstummten, stapften eine Weile herum und gingen wieder! Tatsache«, schloß er mit einem quakenden Laut seine beruhigende Erzählung.

So ein Esel, dachte Samgin, der an seinem Bärtchen drehte und den Erzähler beobachtete. Als er sah, daß seine Frau vor Lächeln zerfloß und anscheinend mehr über den Erzähler als über die Anekdote entzückt war, empfand er plötzlich das Verlangen, Rjachin mit der Faust gegen die Stirn zu schlagen, und fragte barsch: »Also, Sie glauben wohl nicht an die Mitteilungen der Presse über die Pogrome der Bauern?«

»Politik!« antwortete Rjachin und zwinkerte mit seinen lustigen Äugelchen. »Den Reaktionären muß Schreck eingejagt werden. Wenn die Regierung will, daß man ihr helfe, muß man uns umfassendere Rechte geben. Und sie wird geben«, antwortete Rjachin, der aufmerksam eine Birne schälte, und begann eine neue beruhigende Anekdote zu erzählen.

Samgin begriff, daß dieser Mann sich das Ziel gesetzt hatte, »Beruhigung in die Gesellschaft zu tragen«, und ging in sein Zimmer, doch bevor er noch beschlossen hatte, was er mit sich anfangen solle, erschien seine Frau.

»Hat er dir nicht gefallen?« fragte sie freundlich und streichelte Klims Schulter. »Ich schätze sehr seine Lebensfreude. Er ist sehr reich, Vorstandsmitglied einer Papierfabrik, und ich brauche ihn. Ich muß gleich mit ihm zu einer Versammlung fahren.«

Sie küßte Klim und fügte hinzu: »Er ist nicht klug, aber bemerkenswert. Er zieht Ananasmelonen.«

Die Melonen brachten sie zum Lachen, und sie verschwand mit Kichern.

Samgin fühlte sich wie ein Mensch, der zufällig hinter die Kulissen eines Theaters, mitten unter drittklassige Schauspieler geraten ist, die in dem Drama auf der Bühne nicht mitspielen und seine Bedeutung nicht verstehen. Als er auf sein Bild im Spiegel, seine dürre Gestalt, das graue bedrückte Gesicht sah, fiel ihm eine Formulierung aus einem französischen Roman ein: »Auserlesene Lebensqual.«

Er zündete sich eine Zigarette an und blies Rauchstrahlen gegen den Spiegel, der leicht gräuliche Rauch verwischte für Sekunden das Gesicht, indem er sich gekräuselt auf dem Glas ausbreitete, dann zeigte er wieder die toten Brillenkreislein, die knorplige Nase, die schmalen Lippen und das spitze Pinselchen des dunklen Bartes.

»Nun, was ist?« fragte Samgin, fuhr zusammen und sah sich um; es war unangenehm, daß er ziemlich laut und mit Erbitterung gefragt hatte.

Das sieht bereits nach Neurasthenie aus, dachte er ängstlich, trat vom Spiegel weg und erinnerte sich, daß solche Ausbrüche böser Unzufriedenheit mit sich selbst ihn immer öfter erschreckten.

Er zog sich an und ging spazieren, als flöhe er vor sich. Die Stadt zeigte sich festlich erleuchtet, es war zuviel Licht in den Fenstern und viel Volk auf den Straßen. Aber einzelne Passanten waren fast keine zu sehen, die Menschen gingen in Gruppen, das Gespräch klang kräftiger als sonst, die Gesten waren schwungvoller; man hatte den Eindruck, die Leute kämen irgendwoher, wo sie sich ein ungemein erregendes Schauspiel angesehen hatten.

Beim Überholen von Passanten fing Samgin Sätze auf, die ziemlich vernünftig klangen.

»Was ist denn dabei? Die Lebensmittelzufuhr wird aufhören . . .«

»Die Geschäftsleute werden profitieren.«

»Sind Sie gegen einen Streik?«

»Ich bin für Einmütigkeit! Ein Streik könnte Unzufriedenheit in der Gesellschaft erwecken . . .«

In den Lichtstreifen vor den Läden schienen die Worte leiser, im Schatten klarer, mutiger zu klingen.

»Im Gouvernement Kaluga sind siebzehn Gutshöfe niedergebrannt worden . . .«

Die Glocken zahlloser Kirchen riefen irgendwie ungewöhnlich erregt zur Abendmesse; die Droschkenkutscher peitschten die Pferde eifriger als sonst.

Die Kutscher sind das ruhigste Volk, entsann sich Samgin. Ein Mann mit weitoffenem Pelz und zottiger Mütze versperrte ihm den

Weg, er führte zwei Frauen am Arm und erzählte saftig: »Die Sozialdemokraten sind politische Halbwüchsige. Ich kenne all diese Marats und Baumanns – sie sind Maulhelden! Der Bauernbund, der wird Geschichte machen . . .«

Samgin beschloß, Gogins zu besuchen, dort mußte man alles wissen. Dort war es eng wie auf einem Bahnhof vor Abgang des Zuges, nur mit Mühe drängte er sich durch die Gruppe von Fräuleins und Studenten aus dem Vorzimmer in den Saal, und sofort schlug ihm eine wuchtige, wie durch ein Sprachrohr schreiende Stimme ans Ohr: »Daraus, daß die Liberalen sich gegen die Bulyginsche Duma geäußert haben, schaffen Sie bereits so eine Theorie von der Notwendigkeit politischer Kuppelei.«

Mit gleicher Wut wurde wirr durcheinandergerufen:

»Lüge!«

»Zur Geschäftsordnung!«

»Schämt euch!«

»Genossen – zur Geschäftsordnung!«

Vor Samgin stand Redosubow, der seinem Nebenmann halblaut einflüsterte: »Siehst du, Jefim, man macht die Rechnung ohne den Wirt. Außer dir ist kein einziger Bauer da!«

Der Lärm verwandelte sich in ein dumpfes Murren, und das wurde von einer heiseren Stimme übertönt: »Bourgeoisie ist Bourgeoisie, und sie kann nichts anderes sein . . .«

»Ist das Marat?«

»Es scheint so.

»Wir sind verpflichtet, den Streik zu einem Generalstreik zu erweitern . . .«

Redosubow störte beim Zuhören, indem er murmelte: »Was haben sie denn für Arbeiter? Sie haben keine Arbeiter!«

Im Saal ging wieder das Geschrei los:

»Prahlerei!«

»Euch fehlen die Kräfte, um der Bewegung Herr zu werden!«

»Der 9. Januar hat bewiesen . . .«

»Er hat eure Ohnmacht bewiesen!«

»Und in Odessa, zur Zeit des ›Potjomkin‹?«

Es war sonderbar, daß trotz des ungeduldigen, feindseligen Lärms die heisere Stimme durchdrang, wie das ausdrucksvolle Geräusch einer Säge durch das Schnarren der Hobel und die Schläge der Hämmer dringt.

»Es wird euch nicht gelingen, euer Leben von Arbeiterhänden warm machen zu lassen . . .«

Jemand rief durchdringend laut: »Wir, die Intelligenz, sind das

Ferment, das die Arbeiter und Bauern zu einer Macht verbinden muß, aber nicht ... aber nicht unsere Kräfte in Meinungsverschiedenheiten vergeuden darf ...«

In einer Ecke des Saals erhob sich, als kröche er rücklings an der Wand hoch, ein glattgeschorener, rundköpfiger Mann in einem Rock mit goldenen Knöpfen und rief: »Ich bin überzeugt, daß der Verband der Verbände sich zugunsten des Generalstreiks äußern wird ...«

Irgend etwas knarrte und krachte scharf, und der Redner verschwand mit hochgeworfenen Armen; sein Sturz wurde durch Beifallsrufe und Gelächter übertönt, und Samgin begann sich zur Tür durchzudrängen.

In alldem, was bei Gogins gesprochen wurde, hatte er nichts für ihn Neues vernommen, es war die übliche Uneinigkeit unter Leuten, deren jeder sich scheut, von seiner Linie abzuweichen, sein »System von Sätzen« zu ändern. Er war zu denken gewohnt, daß diese Menschen ihre Meinungen zwar auf Tatsachen aufbauten, aber zu dem Zweck, um mit den Tatsachen nicht zu rechnen. Letzten Endes wird das Leben nicht von Rebellen gemacht, sondern von jenen, die in den Epochen der Unruhen für das friedliche Leben Kräfte sparen. Als er heimkam, schrieb er seine Gedanken auf und legte sich schlafen, und als ihm die Anfimjewna morgens in rostbraunem Kleid Kaffee brachte, sagte sie: »Frische Semmeln gibt es nicht, die Bäcker sind in den Streik getreten.«

Er hüllte sich in Schweigen.

»Und die Straßenbahner auch«, setzte die Alte beharrlich hinzu.

»Ja?«

»Zeitungen gibt es anscheinend auch keine.«

»Sieh mal an ...«

Da stemmte die Anfimjewna die Arme in die Hüften und fragte mit tiefer und ungehaltener Stimme: »Wie ist das nun, Klim Iwanowitsch, wird der Zar noch lange feilschen?«

»Ich weiß nicht«, sagte Samgin mit gezwungenem Lächeln.

»Es wäre Zeit, daß er zurücktritt. Außer unserem Koch ist ja das ganze Volk gegen ihn.«

»Was ist denn mit dem Koch?« erkundigte sich Klim im Scherz, aber die Alte ging ans Büfett und brummte zornig: »Sogar die Polizisten sind im Zweifel. Gestern hat man, wie ich höre, in Grusiny das Volk auseinandergetrieben, hat wieder gerauft und die Schutzleute geschlagen. Beim Nishegoroder Bahnhof auch! Ach ja ...«

Samgin sah ihren breiten gebeugten Rücken an, die großen, abgearbeiteten, schon zitternden Hände und dachte: Sie wird bald sterben, dann fragte er: »Wem könnte denn der Zar Platz machen?«

»Nun, wir haben doch wohl noch kluge Leute, man hat sie ja nicht alle nach Sibirien verbannt! Das sehen wir beispielsweise schon an dir. Und es gibt nicht wenig andere ...«

Sie ging wankend weg – ein häßliches, gußeisernes Monument.

Ohne zu warten, bis seine Frau aufstände, ging Samgin zum Zahnarzt. Es war ein schöner Tag, am Himmel blühte wie eine Chrysantheme die silberne Sonne; in der Luft spielte das Glockengeläut, aus den Kirchen kam vom Spätgottesdienst das wohlbeleibte Volk Moskaus.

Aber bald merkte Samgin, daß sich dieses festliche Volk zwischen weißbestäubten Bäckern, Setzern mit grauen Gesichtern, Straßenbahnern und Bahnarbeitern verlor. Sie tauchten zu Dutzenden aus allen Gassen auf und gingen, ohne zu lärmen, wobei sie sich alles ansahen, die Gebäude, die Kaufhäuser betrachteten – wie Fremde, so als besuchten sie die Stadt zum erstenmal, um sie kennenzulernen. Je näher zur Twerskaja, desto dichter schlossen sich diese Menschen zusammen und erweckten bei Samgin den Eindruck fröhlicher, aber zurückhaltender Kraft. Die Menge ging, gutmütig lächelnd, scherzend, beobachtend, und sog andersartige Menschen ohne weiteres in sich auf, zog sie mit. Samgin sah, wie die Leute in kostbaren Pelzen, Gymnasiasten, würdige und saubere Kleinbürger, redselige Intellektuelle, lärmende Studentengruppen, elegant und bescheiden gekleidete Frauen und Mädchen verschlang. Er sah, daß diese Buntheit leicht, und ohne die einmütige Stimmung zu stören, in der Menschenmenge aufging. Er selbst hatte nicht das Gefühl, mitgerissen zu werden, die Menge bewegte sich auf die Twerskaja zu, aber er mußte dorthin, zum Strastnaja-Platz.

Aus einer Gasse kamen sechs berittene Polizisten heraus, sie gerieten in die Mitte der Menge und trieben mit, schaukelten auf den Pferden und schwangen unentschlossen die Nagaikas. Zwei bis drei Minuten ritten sie friedlich, dann ertönte auf einmal ein ohrenbetäubendes Pfeifen, ein Heulen; ein kleiner Mann vor Samgin packte seine Nebenmänner an den Schultern, sprang und brüllte: »Jagt sie fort, die sechsbeinigen Schurken!«

Die Pferde drängten sich zu einem Haufen zusammen, bäumten sich leicht mit gleichmäßig hochgeworfenen Köpfen, die Reiter schwangen auch gleichmäßig die Nagaikas, indem sie vor und zurück wippten, ihre Bewegungen waren schwerfällig und mechanisch wie bei aufgezogenem Spielzeug; eine schrille Stimme fragte ganz außer sich: »Weshalb? Weshalb?«

Es ertönten ein paar Klapse, die so klangen, als schlüge man mit Stöcken auf Wasser, und sofort heulten wütend und laut Hunderte von Stimmen auf; dieses Heulen war Samgin noch unbekannt, es war naturgewaltig, es schien, als käme es aus den offenen Kirchentüren, aus den Höfen, von den Häusermauern und aus der Erde. Samgin sah Dutzende erhobener Hände, sie zerrten die Pferde an den Zügeln, die Polizisten an den Armen und Mänteln, den einen zog man zu beiden Seiten des Gauls an den Beinen, wodurch er im Sattel gehalten wurde, er schrie mit unheimlich aufgerissenen Augen und nach rechts geneigtem Kopf; ein anderer hatte sich vorgebeugt, in der Mähne seines Pferdes verkrallt, und das führte man irgendwohin, und vier Polizisten waren überhaupt nicht mehr zu sehen.

Ein hochgewachsener weißhaariger Mann schüttelte den Kopf, von dem ihm Blut auf die Schultern spritzte, und fragte immerzu: »Weshalb?«

Das alles war noch nicht schlimm, doch als das Schreien und Pfeifen verstummte, wurde es schlimmer. Irgendwer begann mit singender Stimme zu sprechen, als läse er den Psalter über einem Toten, und diese Stimme bändigte den Lärm und führte eine Stille herbei, durch die es beängstigend wurde. Dutzende von Augen betrachteten den Polizisten auf dem Pferd wie ein ungewöhnliches, noch nie gesehenes Wesen. Ein schwarzhaariger junger Bursche ohne Mütze riß dem Polizisten den Säbel herunter, zog die Klinge aus der Scheide, zerbrach sie sachkundig über dem Knie und warf sie dem Gaul vor die Füße.

»Den werden sie wohl erschlagen«, sagte jemand hinter Samgin, eine andere Stimme riet gleichgültig: »Sie hätten ihn mit dem Säbel erstechen sollen.«

Nachdem man den Polizisten wie einen Sack vom Pferd geworfen hatte, führte man ihn durch die Menge, er sackte immer wieder zusammen, schrie unhörbar, indem er den bärtigen Mund bewegte, sein Gesicht war blau wie Eis und taute: er weinte. Neben Klim stand ein Mann in einer farbenbeschmierten Jacke, er war um einen Kopf größer, sein harter Bart kitzelte Samgin kalt am Ohr.

»Die haben jetzt die dumme Angewohnheit, mit den Nagaikas zu schlagen«, sagte er gesetzt; er hatte ein trockenes, susdalisches Gesicht, wie es viele gibt, und seine Jacke war ein Mantel, dessen Schöße abgeschnitten waren.

Man führte den Polizisten auf den Gehsteig, stellte ihn wie ein Brett an die Hauswand, eine dunkle Hand setzte ihm seine Mütze auf den Kopf, aber der Polizist nahm sie wieder ab, wischte sich mit ihr das Gesicht ab und schob sie unter die Achsel.

Man hat ihn nicht erschlagen, dachte Samgin mit erleichtertem Aufatmen. Wahrscheinlich, weil es eng ist. Und es sind viel fremde Menschen da.

Er verstand, daß er unklug dachte. Aber er hatte einen Augenblick in zuschärfst angespannter Erwartung eines Mordes erlebt, und jetzt flammte in ihm plötzlich ein Gefühl auf, das Dankbarkeit, Achtung vor den Leuten glich, die hätten töten können, jedoch nicht getötet hatten; dieses Gefühl verwirrte ihn durch seine Neuheit, und da Samgin irgendeinen Irrtum befürchtete, wollte er es dämpfen. Er betrachtete aufmerksam die Gesichter der Menschen, es waren die gleichen Gesichter wie bei jenen, die vor drei Jahren gemächlich in den Kreml zum Denkmal Alexanders II. gegangen waren, ja, es waren dieselben Gesichter, aber andere Menschen. Sie glichen auch nicht den Arbeitern, die hinter Gapon her zu Nikolaus II. gegangen waren. Es war nicht zu begreifen, hinter wem her und weshalb diese hier gingen. Auch sie gingen gemächlich, irgendwie bäurisch, in schlenderndem Gang, ohne rote Fahnen, ohne Versuche, revolutionäre Lieder zu singen. Auch gab es keinen einzigen Kornew, obwohl es nicht wenige Intellektuelle waren. Sie als »erklärende Herren« hätten an der Spitze der Arbeiter gehen sollen, waren aber überall in der Masse verstreut wie Mohnkörner auf einer Semmelrinde.

Einer von ihnen, von vorn Samgin und von hinten Gussarow ähnelnd, predigte laut: »Wenn die Arbeiterklasse die entscheidende Bedeutung ihrer Arbeit begriffen haben wird...«

Doch neben ihm rief ein junger Bursche mit krausem Schnurrbart und verbundenem Kopf dem Mann mit dem farbenbeschmierten Rock zu: »So hör doch auf! Was denn, bettelst du um Almosen?«

»Ärgere dich nicht, Jaschuk...«

Vielleicht ist das der »Anfang vom Ende«? fragte sich Klim Samgin.

Die vorderen Reihen waren anscheinend auf irgend etwas gestoßen, und durch die Menge lief eine Stoßwelle, die Leute verlangsamten ihren Schritt und wichen zurück.

»Was ist dort los? Läßt man nicht durch? Polizei etwa?«

»Vorwärts, Kinder, vorwärts!« ertönten sehr muntere und sogar strenge Rufe. »Genossen, vorwärts!«

»Kosakenvolk.«

»Schlagen sie?«

»Man kann es nicht sehen.«

Es erklangen ein paar kräftige Schimpfworte, die Menge stürzte einmütig nach vorn, und Samgin erblickte einen ziemlich dichten

Staketenzaun aus Kosakenköpfen; die Köpfe waren klein, fast jeden zierte ein Haarschopf, der verwegen um den roten Mützenrand gelegt war; diese Schöpfe verliehen den rötlichen Fratzen der Kosaken eine unernste Einförmigkeit; die Pferde waren auch klein, zottig, und zusammen mit den Kosaken erneuerten sie in Samgin den Eindruck des Spielzeughaften. Ein Kosakenoffizier mit Hakennase hatte sein Pferd seitlich zur Front gestellt und hörte vorgebeugt einem großen dicken Polizeioffizier zu; der Polizeioffizier hob ihm die Hände in weißen Handschuhen entgegen, dann wandte er sich mit dem Gesicht zur Menge und rief sowohl zornig als auch beschwörend: »W-wohin? Auseinandergehen ...«

Samgin sah, wie sich die Pferde der Kosaken ungeordnet, die Köpfe hochwerfend, auf die Menge zu bewegten, die Kosaken erhoben die Nagaikas, aber im selben Augenblick wurde er vom Boden hochgehoben und in ein Pfeifen, Heulen und Brüllen hineingewirbelt, nach vorn geworfen, er stieß mit dem Gesicht einem Pferd in die Seite, eine Mütze fiel ihm auf den Kopf, dicht an seinem Ohr ächzte jemand, er wurde wieder herumgewirbelt, umhergestoßen und befand sich schließlich ganz benommen, beim Denkmal Skobelews; neben ihm stand ein greiser Mann, der wie ein Schrank aussah, sein mit Iltis gefütterter Mantel war genau wie Schranktüren geöffnet und zeigte einen vorgewölbten, gestreiften Bauch; der Mann hatte die Mütze in den Nacken geschoben und brüllte mit Baßstimme: »Gewalttäter, Mörder ...«

»Nieder mit der Selbstherrschaft!« wurde überall in der Menge gerufen, sie füllte dicht den ganzen Platz, wie schwarzer Brei brodelte es auf ihm, in dem Gedränge sprangen unnatürlich die Pferde, als wäre der steinerne und gefrorene Boden unter ihnen flüssig geworden, söge sie ein und als versänken sie in ihm bis zu den Knien, wobei sie die auf den Sätteln zusammengekrümmten Kosaken schaukelten; die Kosaken schlugen, als bekreuzten sie mit den Nagaikas die Luft, nach rechts und nach links, die Leute wichen den Schlägen aus, pfiffen und schrien: »Nie-der! Zieht sie von den Gäulen herunter!«

Samgin, der sich mit den Menschen weiterbewegte, sah, daß die Kosaken in kleine Gruppen, in einzelne zerschlagen waren und nicht angriffen, sondern sich verteidigten; einige Reiter saßen schon ruhig in den Sätteln und hielten die Zügel mit beiden Händen, während einer, ohne Mütze, sich mit verzerrtem Gesicht schüttelte, als lachte er. Samgin bewegte sich fort und rief: »Untersteht euch, ihr Wilden!«

Aber der Lärm war so groß, daß er sogar seine eigene Stimme

kaum hörte, und hinter dem Denkmal, bei der Feuerwache, hatte sich ein Sprechchor gebildet und rief rhythmisch, als höbe er etwas Schweres: »Der Zar muß fort, der Zar muß weg ...«

Dann erschienen unberittene Polizisten, aber die Menge sog sie rasch auf und verstreute sie über den Platz; in den trüben Fenstern des Generalgouverneurshauses huschten, bewegten sich Schatten, in einem Fenster flammte Licht auf, doch in dem anderen, nebenan, barst plötzlich die Scheibe und spie Scherben nach unten.

Im Grunde ist das ein Sieg, sie haben gesiegt, entschied Samgin, als der Andrang der Menge ihn in die Leontjewskij-Gasse stieß. Verblüfft über die Furchtlosigkeit der Menschen, sah er in ihre Gesichter, die vor Erregung rot, von Schlägen angeschwollen und mit Blut besudelt waren, das im Frost schnell gerann. Er erwartete prahlerische Rufe, erwartete Äußerungen des Stolzes über den Sieg, aber ein schnurrbärtiger hochgewachsener Mann in einem alten, schmutzigen, kurzen Schafpelz lehnte sich an die Wand und sagte geringschätzig: »Der Hundertschaftsführer ist ein Esel, er wird dafür was abkriegen!«

Eine junge Frau mit Zwicker verband ihm mit dem Taschentuch die linke Hand, mit der rechten rieb er sich eine Beule an der Stirn; er war von sechs ebenso ramponierten, mit Straßenschnee beschmutzten Menschen umgeben.

»Darf man denn die Infanterie bis dicht an die Kavallerie heranlassen? Er ist verpflichtet, von weitem zu operieren, muß sie auf Distanz heranlassen und – im Trab marsch! So kann die Infanterie nicht standhalten, die Gäule rennen sie um. Dann hau zu, säble nieder! Er aber hat sie bis an seine Brust herangelassen, der Idiot.«

»Das stimmt«, unterstützte ihn einer aus der Umgebung. »Auch mit Wasser hätten sie sie überschütten können, die Brandwache ist ja gleich nebenan.«

»Wenn sie Maulaffen feilhalten, werden wir ihnen Zunder geben.«

»Danke ergebenst, Madame«, sagte der an der Hand Verwundete und spuckte Blut aus. »Merci, geschickt haben Sie das gemacht ... Gehen wir, Jungens!«

Er ging zurück zum Platz, wo der Lärm nicht nachgelassen hatte. Samgin folgte ihm und hörte den Gesprächen der Weggefährten zu.

»Den Revolver habe ich ihm entrissen.«

»Der Hund! Und was tat er?«

»Er warf sich zu Boden, er dachte offensichtlich, ich würde auch auf ihn schießen ...«

»Die Studenten sind tüchtig vorgegangen!«

»Sie raufen gern.«

»Da war eine junge Dame, eine dicke, na – die war mutig! Man hätte meinen können, gleich haut sie dem Polizeioffizier eins in die Fresse. Dabei war sie wie eine Maus gegen einen Hund ...«

»Einer schlug mit dem Spazierstock zu ...«

»Wenn ein Intellektueller den Mut hat, mit uns zu gehen, Genossen, dann ...«

Es war sonderbar zu hören, daß diese Leute trotz des ungewöhnlichen Gesprächsthemas irgendwie gewöhnlich einfach, sogar fast gutmütig sprachen; erbitterte Stimmen und Worte hörte Samgin nicht. Plötzlich begannen alle Leute vor ihm einmütig zu laufen, während vom Platz her, ihnen entgegen, wie ein Wirbel ein betäubendes Geschrei ausbrach, und es war klar, daß das kein Schreckens- oder Schmerzensschrei war. Samgin wurde gestoßen, jemand überholte ihn, packte ihn am Arm und zog ihn mit, wobei er schnaufte: »Nicht zurückbleiben, Kinder ...«

Als sie den Platz erreicht hatten, schrien die Leute verschiedenartig laut auf, wichen zurück, und für ein paar Sekunden verstummten alle rings um Samgin, ängstlich oder verwundert. Samgin wurde an einer Ecke auf die Stufen eines Hauseingangs geschoben und er sah wieder die Menge, sie bewegte sich wie ein riesengroßer Rammbock rückwärts und wieder vorwärts – der Ausgang zur Twerskaja wurde ihr von einer Grenadierkompanie mit gesenkten Bajonetten versperrt.

Hinter den Soldaten sprangen auf dem Dachrand eines Hauses kleine Menschengestalten herum, schwangen, wie von den Flammen eines unsichtbaren Brandes versengt, die Arme hoch, sprangen und warfen auf die Köpfe der Polizei und der Kosaken Bretter, Ziegel und irgendwelche staubenden Gegenstände herunter. Man hörte den freudigen Schrei: »Hurra, die Filippow-Bäcker! Hur-ra-a ...«

Und ebenso freudig erzählte ein mit Mehl bestäubter, hemdsärmeliger Mann, der die Schultern mit einem Sack bedeckt hatte und Schlappschuhe an den bloßen Füßen trug: »Wir traten also aus Freundschaft zu den Arbeitern auch in den Streik, gingen auf die Straße, standen friedlich da, na, und da hat das Kosakenvolk auf uns eingeschlagen ...«

»Geschla-agen?« heulte jemand auf.

»Na, wir liefen davon – womit verteidigen? Und die anderen sind auf die Dachböden ...«

Samgin sah zum Dach hinauf und versuchte die Mutigen zu zählen, die klein wie Schuljungen waren. Aber sie ließen sich nicht zählen, denn sie huschten vor den Augen mit erstaunlicher Geschwindigkeit umher, sie liefen bis dicht an den Dachrand und warfen, auf die Gefahr hin abzustürzen, Holzscheite, Ziegel, Bretter und Dachblechstücke hinunter, die die Kosakenpferde besonders erschreckten. Samgin nahm die Brille ab und setzte sie wieder auf, beobachtete diesen sonderbaren Kampf, der sehr einem Spiel außer Rand und Band geratener Kinder ähnelte, er sah, wie die erschreckten Gäule wild umherrasten, wie die Reiter sie mit den Nagaikas schlugen, während vom Gehsteig eine kleine Soldatengruppe mit den Gewehren zum Himmel drohte und auf das Dach zielte. Aber Schüsse waren in dem ununterbrochenen, ganz tiefen Gebrüll und Geheul nicht zu hören, die kleinen Bäcker fielen nicht vom Dach, und bei dem allen war nichts Furchtbares, doch es war dabei etwas anderes, das er nicht begreifen konnte.

Rings um ihn wurde ununterbrochen hastig und nervös gesprochen.

»Sie nehmen den Rauchfang auseinander.«

»Man findet immer etwas, womit man sich verteidigen kann – man muß nur wollen!« schrie jemand begeistert, und man machte sich sofort über ihn lustig: »Muß nur wollen! Geh doch hin, hau die Soldaten mit der Faust um! Wenn wir etwas zum Verteidigen hätten, würden wir nicht hier herumstehen...«

»Ach, Jungens! Wenn man ihnen doch Ziegel hinaufreichen könnte...«

Die Samgin schon bekannte Stimme des Mannes mit der verbundenen Hand erklärte eindringlich: »Vom Dach kann man keinen herunterschießen, weil man keine Visierlinie hat...«

Die meisten Menschen standen schweigend, konzentriert, wie erwachsene Kämpfer bei Faustkämpfen eine heftige Schlägerei Halbwüchsiger beobachten.

»Sie haben noch mehr Soldaten hergeschickt«, sagte jemand mürrisch, und gleich danach hörte Samgin das wohlerinnerliche trockene Knattern einer Gewehrsalve.

»Aha!«

»Platzpatronen...«

»Diese Platzpatronen kennen wir!«

»Dennoch, wir müssen gehen, Kinder!«

Und die Leute, die rings um Samgin standen, gingen ohne Eile wieder in die Leontjewskij-Gasse und sahen sich um, als erwarteten sie, man werde sie zurückrufen; Samgin ging und fühlte sich ebenso warm und außer Gefahr wie auf der Wyborger Seite in Petersburg. Im allgemeinen empfand er die Befriedigung eines Menschen, der eine Theaterprobe gesehen hat und nun überzeugt ist, daß das Stück keine Stellen enthält, die auf die Nerven gehen, und seine Aufführung durchaus nicht übel ausfallen wird.

Fast eine Woche verbrachte er in gehobener Stimmung und belustigte sich schadenfroh über die Ängste seiner Frau.

»Was soll denn das werden, Klim, wie denkst du?« fragte sie aufdringlich jeden Morgen, nachdem sie die Zeitungstelegramme über das Wachsen der Streiks, über die Bauernbewegung, über die Einschränkung der Lebensmittelzufuhr nach Moskau gelesen hatte.

»Sie kämpfen gegen die Regierung, und uns wollen sie aushungern«, entrüstete sie sich und zog die Schultern bis zu den Ohren hoch. »Was haben wir damit zu tun?«

Nicht Warwara allein entrüstete sich, ihre Freunde waren auch empört. Das Orakel dieser Tage war der »erstaunlich gutunterrichtete« Bragin. Er hatte sich die Haar schneiden lassen und das rote Halstuch gegen ein blaugestreiftes vertauscht; jetzt verdeckte es sein Kinn nicht mehr, und es stellte sich heraus, daß das Kinn häßlich spitz, aufwärts gerichtet war wie bei einem zahnlosen Greis, Bragins wächserne Nase war dadurch länger, und das ganze Gesicht hatte sich gekränkt in die Länge gezogen. Schnaubend und hustend sagte er: »Wissen Sie, das ist trotzdem lächerlich! Man ist auf die Straße gegangen, hat vor den Fenstern des Generalgouverneurs eine Schlägerei veranstaltet und ist wieder weggegangen, ohne irgendwelche Forderungen zu stellen. Elf Personen sind getötet, zweiunddreißig verwundet. Was soll das? Wo sind unsere Parteien? Wo bleibt die politische Leitung der Massen, wie?«

Samgin schwieg. Ja, die politische Leitung fehlte, Führer gab es nicht. Jetzt, nach den anklagenden Worten Bragins, begriff er: Das Gefühl der Befriedigung, welches er nach der Demonstration empfunden hatte, war gerade dadurch hervorgerufen worden, daß es keine Führer gab, daß die Parteien der Sozialisten keine Rolle in der Arbeiterbewegung spielten. Die Intellektuellen, die an der Demonstration teilgenommen hatten, waren gutherzige Menschen, denen die Literatur von Kind auf »Liebe zum Volk« eingeimpft hatte. Das waren sie, nichts weiter.

Bragin war entrüstet über den Mangel an Aktivität bei den Arbeitern und fand die Aktivität der Bauern nicht nur übermäßig, sondern ganz überflüssig.

»Das ist der Anfang des Pugatschowtums«, sagte er und bedeckte dabei die Augen mit den Wimpern nicht von oben wie die Menschen, sondern von unten wie die Vögel.

Rjachin ließ auch den Kopf hängen und murmelte, indem er mit den Händen komplizierte Schlingen in der Luft beschrieb, schuldbewußt: »Ja, sie übertreiben. Sie sind außer Rand und Band geraten. Ach, Regierung, Regierung!« seufzte er.

Redosubow freute sich ironisch. Samgin begegnete ihm in einer Versammlung.

»Das Bäuerlein – was sagen Sie dazu?« fragte Redosubow, indem er ihm auf die Schulter klopfte, und sprach: »Es wird euch noch allerhand Überraschungen bereiten.«

Samgin antwortete ihm nicht, sah ihn nicht einmal an; der ehemalige Tolstojaner erweckte in ihm irgendwelche unbestimmten Befürchtungen. Es gab schon ziemlich viele Leute, bei denen sich die gestrige »Liebe zum Volk« merklich in Angst vor dem Volk verwandelt hatte, aber Redosubow unterschied sich von diesen Leuten durch die sichtliche Schadenfreude, mit der er über die Zerstörung von Gutshöfen durch die Bauern sprach. In seinem Anarchismus spürte Samgin etwas Aufreizendes, Provokatorisches, weit schlimmer aber war, daß Redosubows Stimmung etwas mit Klims eigener Stimmung Verwandtes hatte, mit ihr übereinstimmte.

Samgin verhielt sich zu den Menschen zurückhaltender und schweigsamer als sonst. Nachdem er am Morgen die schreierischen Zeitungen gelesen hatte, ging er ab Mittag auf die Straßen, besuchte Versammlungen, hörte zu, beobachtete, traf Bekannte, fragte sie aus, äußerte sich aber nicht, aß in Restaurants zu Mittag und ließ seine Frau in dem Glauben, daß er mit konspirativen Angelegenheiten beschäftigt sei. Er fühlte sich gespannt, scharf geladen und fürchtete in manchen Augenblicken, in ihm könnte gegen seinen Willen etwas explodieren und er werde dann etwas Ungewöhnliches und etwas gegen sich selbst sagen oder tun. Letzten Endes war er vollkommen überzeugt, daß alles, was im Lande geschah, ihm den Weg zu sich selbst säubere. Sein ganzes Leben lang hatte diese verdammte phantastische Wirklichkeit ihn gehindert, sich selbst zu finden, indem sie in ihn hineinsickerte und ihn zwang, über sie nachzudenken, ihm jedoch nicht erlaubte, als ein von ihren Gewalttaten freier Mensch über ihr zu stehen.

Er fühlte sich erschüttert, als er las, daß in Petersburg ein Sowjet der Arbeiterdeputierten gebildet worden war.

»Was ist denn das nun wieder?« fragte Warwara launisch und zornig mit verschlafener Stimme, indem sie die Zeitung wie eine Serviette schüttelte, auf die irgendwelche Krümel geraten waren.

»Eine Arbeiterorganisation, wie du siehst«, antwortete er nachdenklich, während seine Frau ihn, immer gereizter, ausfragte: »Wer ist das: Chrustaljow-Nossar, Trotzki, Feit? Sind das auch solche wie Kutusow? Und wo ist Kutusow?«

»Ich weiß nicht.«

»Wohl im Gefängnis?«

»Möglich.«

»Das wird damit enden, daß ihr alle ins Gefängnis kommt.«

»Auch das kann man annehmen.«

»Oder man wird euch erschlagen.«

»Wir werden sehen.«

»So ein Wahnsinn«, sagte Warwara, schmiß die Zeitung auf den Boden und ging hinaus, mit nackten Fersen protestierend aufstampfend. Samgin hob die Zeitung auf und las in ihr von einem Kongreß der Semstwoleute, die auch beschlossen hatten, sich in einer Partei zu organisieren.

»Graf Heyden, Miljukow, Petrunkewitsch, Roditschew«, las er; langsam tauchte der Familienname seines ehemaligen Patrons auf.

Die kommen zu spät, entschied er, obwohl er in der Tatsache, daß gleichzeitig mit dem Arbeitersowjet eine von bedeutenden Liberalen organisierte Partei entstand, etwas Tröstliches spürte.

Das sind erfahrene Politiker, talentierte Menschen, brachte er sich in Erinnerung. Aber das tröstete ihn nur für einen Augenblick.

Ein Arbeitersowjet, das bewegt sich bereits einer sozialen Revolution entgegen, dachte er, als er sich der Demonstration auf der Twerskaja, der Furchtlosigkeit der Arbeiter im Kampf mit den Kosaken, der Bäcker auf dem Dach und daran erinnerte, wie aufmerksam die Menge die Stadt betrachtet hatte.

Eine soziale Revolution ohne Sozialisten, versuchte er sich nochmals zu beruhigen und begann einen sinn- und wortlosen, aber um so aufregenderen Streit mit sich selbst. Er zog sich an und ging in die Stadt, wo er aufmerksam alle Menschen musterte, die dem Äußeren nach Intellektuelle waren, und er war überzeugt, daß sie sich ebenso gespalten und verwirrt fühlten wie er selbst. Die Straßen waren sehr belebt, auch viele Arbeiter waren da, die Menschen bewegten sich gemächlich und erweckten den zwiefachen Eindruck von Festlichkeit und Erwartung irgendwelcher Ereignisse.

Gier nach Zerstreuungen, sie sind an Ereignisse gewöhnt, stellte Samgin fest. Sie sprachen gedämpft, und nichts blieb in Samgins Erinnerung zurück; man sprach meist davon, daß das Fleisch und die Butter teurer würden und daß die Holzzufuhr eingestellt worden sei. Die ganze Stadt schien in Erwartung verstummt zu sein. Ein nicht besonders starker, aber unangenehm feuchter Wind umwehte die Menschen, am Himmel zeigten sich blaue Stellen, die an Augen erinnerten, welche von dichten Wimpern halb verdeckt sind. Es war im allgemeinen irgendwie unklar und langweilig.

Dann brach der fröhliche Tag der »Verfassung« an, der ebenfalls windig war. Der zinnfarbene Himmel hatte sich tief auf die Stadt herabgesenkt und war über ihr erstarrt, der Wind fegte geschäftig über die Dächer, machte den Schnee stäuben und warf sich den Menschen vor die Füße. Aber Moskau war in Freude geraten und gleichsam frühlingsmäßig erwärmt, die Menschen sprachen laut, und das Glockenläuten klang betäubend unter dem niedrigen Himmelsgewölbe. Durch die Straßen rasten gutgenährte Pferde mit prächtigem Geschirr, sie fuhren gesetzte Moskauer mit Biberfellmützen, in Pelze gehüllte Frauen und bleigraue Generale herum; die Stadt war erstaunlich reich an Menschen geworden, wie man sie in letzter Zeit auf den Straßen nicht gesehen hatte. Diese gesetzten Menschen hatten den Festtag abgewartet, hatten die Wärme der steinernen Häuser verlassen und fuhren nun immerzu umher, betrachteten wohlwollend die dichten Züge von Fußgängern, nickten bisweilen auch herablassend oder führten die Hand an die Mütze.

In einer Luxusdroschke fuhr mit rotrandiger Adelsmütze Stratonow vorüber, dann fuhr Warwara mit Rjachin vorbei, der sie um die Taille gefaßt hatte und mit rundgeöffnetem Mund lachte. Bekannte Gesichter von Professoren, Anwälten und Journalisten huschten vorbei; der alte Gogin schritt mit dem Stock in der Hand und bewegte seinen Schnurrbart; er traf Redosubow in schwerem Pelzmantel mit Waschbärkragen, der Kragen sträubte sich zornig, während Redosubows straff aufgeblähtes Gesicht Samgin gekränkt vorkam. In einem kleinen Schlitten, auf dessen Sitz er knapp Platz hatte, jagte Samgins ehemaliger Patron mit zottiger Mardermütze vorbei; der schwarze Hengst warf die Vorderbeine zu seinem grimmigen Maul hoch und schlug mit den Hufen aufs Pflaster, als wollte er es zerschmettern.

Samgin ging gedankenlos und wahrte sorgsam das Gefühl der Befriedigung, mit dem er angefüllt war wie ein Glas mit Wein. Schon herrschte bläuliches Halbdunkel, Lichter flammten auf, die Menschenansammlungen wurden dichter und lauter. Neben dem Theaterplatz kam aus einer Gasse eine Gruppe von rund zweihundert Personen heraus, voran bärtige Männer, die alle gleichartige Kamisole trugen; sie betraten den Fahrdamm und begannen mürrisch, aber harmonisch zu singen: »Gott schütze den Zaren...«

Das Publikum auf den Gehsteigen blieb stehen, irgendwessen Stimme fragte verwundert und komisch: »Wozu das?«

Und sogleich ertönten brummige, zornige Stimmen, als hätte man die Menschen an etwas Unangenehmes erinnert: »Die haben sich eine unpassende Zeit für ihr Gedudel ausgesucht!«

»Eine tote Sache!«

»He, ihr . . .«

Zwei Studenten riefen einstimmig: »Nieder mit der Selbstherrschaft!«

Aber sie wurden unverzüglich an die Wand gedrückt, und ein scharfäugiger Mann mit langem Schnurrbart sagte lustig, aber überzeugend: »Sie dürfen sich nicht ärgern, meine Herrschaften! Die volkstümliche Redensart ›Nieder mit der Selbstherrschaft‹ ist heute zu den Akten gelegt, während ›Gott schütze den Zaren‹ kraft der Freiheit des Wortes die gleiche Daseinsberechtigung erworben hat wie zum Beispiel das Lied ›In den grünen Auen‹. . . .«

Die Fahnenträger waren schon vorbei, das Publikum lachte, während der Langschnurrbärtige, seine schiefen Zähne entblößend, immer lustiger und lauter weitersprach. Unter dem Eindruck dieser Episode betrat Samgin den Saal des »Moskauer Hofs«.

In grellem Licht frohlockten laut angeheiterte Gäste. Die berauschende und fast heiße, mit schmackhaften Gerüchen gefüllte Luft erwärmte Klim in Kürze und steigerte seinen Appetit. Aber es gab keinen freien Tisch, Frauen- und Männergestalten füllten den Saal wie die Schrift ein zerknittertes Zeitungsblatt. Samgin wollte schon gehen, da kam wie auf Schlittschuhen ein weißgekleideter Kellner auf ihn zugelaufen und forderte ihn freundlich auf: »Kommen Sie bitte, Sie werden verlangt!«

Nicht weit von der Tür, rechts an der Wand saß Wladimir Ljutow mit Alina, Ljutow sprang vom Stuhl auf und rief mit ausgestrecktem Arm: »Sechzehn Jahre haben wir uns nicht gesehen, setz dich! Na, wie steht's mein Lieber? Den Zaren hat man weichgedrückt, wie?«

»Schrei nicht so, Wolodja«, riet Alina, die majestätisch die Hand mit einer Menge funkelnder Ringe an den Fingern ausstreckte, und seufzte: »Ach, wir sind alt geworden, Klimuscha!«

Dürr, beweglich, mit kahlem Schädel, fleckigem Gesicht und diabolischem Bärtchen, glich Ljutow wenig einem Kaufherrn, während Alina im perlmuttfarbenen Seidenkleid, mit Smaragden an den Ohren und einer Brosche, die wie ein Orden aussah, wie eine typische Moskauer Kaufmannsfrau aussah: rosig und mit üppiger Brust, war sie immer noch ebenso blendendschön und beneidenswert jugendlich.

»Was ißt und trinkst du? Bestelle!« rief Ljutow. Alina unterbrach ihn mit gebieterischer Geste.

»Sei still, du konfuser Mensch, ich weiß schon, was man wem vorzusetzen hat!«

»Sie weiß es!« zwinkerte Ljutow, breitete die Arme weit aus und sprudelte: »Soviel Freude, wie? Das reicht dreimal für Europa! Und sieh doch, wer sich freut!«

Er zählte die Namen einiger Großindustrieller auf, nannte drei Fürsten, ein Dutzend namhafter Anwälte, Professoren und schloß, indem er nicht lachte, sondern einfach »hihi« sagte.

»Er hat jetzt die widerliche Angewohnheit, dieses Hihi zu sagen«, beklagte sich Alina mit samtener Stimme.

»Ich werde es nicht mehr tun, Lina, ärgere dich nicht! Nein, Samgin, stell dir das vor: Das werden unsere Herren sein, wie? Sie werden kommandieren: An die Plätze! Und alles wird wie geölt gehen. Das Öl, hi ... Ach, mein Lieber, ich habe dich schon so lange nicht mehr gesehen! Bekommst du graue Haare? Jetzt werden wir beide den gleichen Weg gehen.«

»Welchen?« fragte Samgin.

Ljutow versuchte die Augen zur Nasenwurzel zusammenzurükken, aber wie immer gelang ihm das nicht. Darauf kippte er ein Gläschen gelben Schnapses hinunter, leckte, ohne etwas nachzuessen, mit der spitzen Zunge die Lippen ab und sprudelte wieder Worte: »Hier kommen sich viele als Simeone vor: ›Herr, nun lässest du deinen Diener in Frieden fahren‹, von den großen Dingen zu den kleinen, eigenen ...«

Eine kluge Bestie, dachte Samgin, der ihn argwöhnisch von der Seite ansah, und machte sich an eine Speise, die auf der Pfanne zischte.

»Zuerst nimm das hier ein«, sagte Alina und schob ihm ein Gläschen mit teerfarbener Flüssigkeit hin.

»Gin mit Picon«, erklärte Ljutow. »Na stoßen wir an! Sei fröhlich und freue dich. Uff ... Sie kennt sich in diesen Dingen aus, mein Lieber, wie ein Pope in den Gebeten.«

Samgin verbrannte sich den Mund und sah Alina mißbilligend an, aber sie mischte bereits andere Schnäpse. Ljutow bemühte sich immerzu, witzig zu sein, und störte Klim sowohl beim Essen als auch beim Zuhören. Es war aber auch schwer zu verstehen, was die von Wein und Freude berauschten Menschen schrien; aus dem chaotischen Gemenge von Stimmen, Gelächter, Geschirr-, Messer- und Gabelgeklirr hoben sich nur Ausrufe, Bruchstücke von Sätzen und der eigensinnige Versuch eines Tenors ab, Béranger zu deklamieren.

»Gepriesen die heilige Arbeit ...«, rief er schon zum zweitenmal mit hoher Stimme.

Samgin aß etwas erstaunlich Schmackhaftes und kam sich wie ein Erwachsener auf einem Kinderfest vor. Alina hatte aus ihrem Täschchen einen blauen Brief herausgenommen und war mit hochgezogenen Brauen ins Lesen vertieft. Ljutow überschüttete einen rotwangigen dicken Mann am Nebentisch mit Worten, der Dicke lachte trällernd, und sein Nacken lief purpurrot an. Samgin sah ringsum bärtige und rasierte, aufgedunsene und knochige Männergesichter, die von Lebenslust erregt waren, er sah die geröteten kleinen Frauenfratzen, die mit Edelsteinen geschmückt waren wie Ikonen, das alles war in bläulichen Dunst gehüllt, und in diesem schwebten wie Engel die weißen Kellner herum, neigten sich ihre adrett frisierten oder kahlen Köpfe und erstrahlten in ehrerbietigem Lächeln ihre schweißbedeckten Gesichter.

»Sie füttert jetzt Dichter«, erzählte Ljutow, der nach den Flaschen griff und auf jeder von ihnen den Fingern Alinas begegnete, die ihn am Trinken hinderte, indem sie riet: »Sei nicht so hastig.«

»Einer ist erstaunlich! Ein Riesenkerl, wie ein Lastfuhrmann. Gedichte macht er, weiß der Teufel, was für welche, aber wie er ißt! Wie er trinkt!«

»Meine Herrschaften!

Armut und Arbeit
Leben ehrlich...«

»Welch lästiger Schreihals!« sagte Alina, die ihr linkes Auge im Spiegelchen betrachtete. »Außerdem verfälscht er! Es heißt nicht ›leben ehrlich‹, sondern ›leben beisammen‹.«.

Sie schenkte Samgin fürsorglich Schnäpse ein, die sie mischte, und diese Mischungen verbrannten ihm sanft den Mund und verursachten bereits einen angenehmen Schwindel.

»Mit Freundschaft und Liebe in Eintracht«, schrie der Tenor, den Lärm übertönend.

»Schwachkopf«, seufzte Alina, die mit einem Zahnstocher den Schnaps im Gläschen verrührte. »Wolodka hingegen wird, je betrunkener er ist, um so klüger. Er ist erbarmungslos klug, das Flegelchen! Der Verstand wird auch sein Verderb sein.«

Die Stirn runzelnd und sich mit zugekniffenen Augen im Saal umsehend, seufzte sie: »Das sieht wie eine Konfektschachtel aus.«

»Sie füttert die Dichter, doch Gedichte mag sie nicht«, murmelte Ljutow, um Alina zu necken. »Insbesondere meine Gedichtchen mag sie nicht...«

»Wir bitten! Wir bit-ten!« brüllten plötzlich mehrere Leute, die sich von den Stühlen erhoben hatten und in eine ferne Saalecke blickten.

Samgin fühlte sich immer erwachsener und nüchterner mitten unter den berauschten, frohlockenden Menschen, gegenüber Ljutow, der gleichsam zu Worten, Grimassen und krampfhaften Körperverrenkungen zerkrümelte und in Klim den Wunsch erweckte, er möchte als ein Häufchen kleiner Bruchstücke von seinem malträtierten Stuhl gleiten und zu Staub und Schutt zerfallen.

Der Lärm im Saal wuchs, als strebte er einer Grenze zu; Dutzende von Stimmen schrien, brüllten: »Wir bitten! Liebster ... Wir bitten ... Das ›Knüppelchen-Lied‹!«

Ljutow schaukelte mit dem Stuhl und trug durchdringend wie ein Küster vor:

»Es war einmal eine Dame, die hatte zwei Männer,
Für den Leib den einen, für die Seele den andern.
Und nun begann das Drama: Welcher ist schlimmer?
Sie konnte sich nicht entscheiden, sie gefielen ihr beide.«

»Das hat er über sich und Makarow verfaßt«, erläuterte Alina mit wunderschönem Lächeln und fächelte sich mit dem Taschentuch das erhitzte Gesicht; ihre Augen glänzten, doch nicht lustig. Sie tat Klim leid, weil sie so wunderschön war und mit einem Scheusal, einem Flegel zusammenlebte.

»Das ist nicht wahr!« schrie schamlos das Scheusal. »Kostja Makarow und ich sind beide für die Seele wie Teufel und Engel! Es gibt aber noch einen dritten ...«

»Du lügst, Wolodka!«

»Ich weiß! Im Traum aber gibt es ihn!«

»Wir bit-ten doch! Das ›Knüppelchen-Lied‹!«

»Meine Herrschaften! Ruhe!«

»Genug, Wolodka, du hörst doch: Man bittet Schaljapin, das ›Knüppelchen-Lied‹ zu singen«, sagte Alina streng.

»Mag er singen, ich konkurriere nicht mit ihm.«

Nur mit Mühe ließ sich Stille herbeiführen, die Leute bewegten die Stühle, Gläser klangen, Messer schlugen gegen Flaschen, und jemand brüllte wütend: »Im Jahre neunundachtzig hat die französische Aristokratie sich geweigert ...«

»Der Teufel hole die Aristokratie!«

Ein bärtiger Mann mit goldener Brille, der mitten im Saal stand, schwang eine Serviette über dem Kopf und sagte wie ein Brandmeister bei einem Feuer: »Meine Herrschaften! Man bittet Sie zu schweigen.«

»Wo bleibt da die Redefreiheit?« rief ein Witzbold.

Doch trotzdem wurde es stiller, nur am Büfett ertönten boshaft im Kostromaer Dialekt die Worte: »Worauf willst du denn zugunsten des Volkes verzichten, Mitja, wenn du außer den Hypotheken auf deinem Gut und ein paar Ideechen nicht das geringste besitzt?«

»Psch . . . Ruhe!«

Jetzt hörte Samgin, daß der Lärm sich zerstreute, in die Ecken verebbte und einer mächtigen und drohenden Stimme Platz machte. Diese Stimme, welche die Stille vertiefte, als hätte sie die Leute aus dem Saal geworfen, ihn menschenleer gemacht, sprach mit erstaunlicher Deutlichkeit die bekannten Worte aus, wobei sie sie bedrohlich nach dem bekannten Motiv verteilte. Die Stimme klang immer gewaltiger, sie verursachte Samgin einen ernüchternden Schauer im Rücken, und plötzlich stürzte der ganze Saal gleichsam zusammen, barsten die Wände, hob sich der Boden, und es brach ein einmütiger, verheerender Schrei aus: »He, Dubinuschka, he!«

»Hol's der Teufel«, sagte Ljutow, sprang vom Stuhl auf und kreischte auch: »He . . .«

Samgin hatte es hochgeworfen, auf die Beine gestellt. Alle standen und sahen in eine Ecke, dort erhob sich ein großer Mensch und sang, das ungeordnete Gebrüll Hunderter von Menschen übertönend. Ljutow legte den Arm um Samgins Taille, lehnte sich an ihn, warf den Kopf zurück, schloß die Augen und ließ seinem vorgewölbten Kehlkopf ein ganz dünnes Winseln entspringen; Klim hörte deutlich die tiefe Stimme Alinas und noch irgendwessen bebende Greisenstimme.

Dann wurde es wieder still; der Sänger begann mit dem nächsten Lied; seine Stimme schien noch stärker und vernichtender geworden zu sein, es schüttelte Samgin, ihm zitterten die Beine, seine Kehle zog sich krampfhaft zusammen; er sah deutlich rings um sich gespannt-erwartungsvolle Gesichter, und keins von ihnen schien ihm betrunken, doch aus der Ecke, von dem großen Menschen her, schwebten über ihre Köpfe die dröhnenden Worte:

»Gegen den Zaren, gegen die Herren
Wird er Dubinuschka schwingen!«

»He«, brüllten die Herren, »Dubinuschka, he!«

Die Brille festhaltend, sah Samgin zu und erstarrte in einer noch nie erlebten Kälte. Diesen Künstler hatte er in den Zarengewändern des tragischen Zaren Boris auf der Bühne gesehen, er hatte ihn als wahnsinnigen und furchtbaren Holofernes, als grauenerregenden Zaren Iwan den Schrecklichen bei seinem Eintritt in Pskow gesehen – ein kleines gespenstisches Figürchen mit der Knute in der Hand, krumm auf dem Pferd sitzend, über Menschen, die vor seinem Roß niedergefallen waren; er hatte ihn als geschmeidigen Mephisto, als flammenden Sarkasmus über die Menschen und das Leben gesehen; großartig, erstaunlich stellte dieser Mensch das Schreckliche unbegrenzter Macht dar. Samgin hatte ihn in Konzerten, im Frack gesehen – der Frack schien immer eine fremde Kleidung zu sein, die diese gewaltige Gestalt mit dem Gesicht eines klugen Bauern irgendwie erniedrigte.

Jetzt sah er Fjodor Schaljapin auf einem Tisch stehen, über den Menschen, wie ein Monument. Er trug einen einfachen steingrauen Rock, und äußerlich war der Künstler ein ebenso gewöhnlicher Alltagsmensch wie alle rings um ihn. Aber seine prächtige, beredte, teuflisch kluge Stimme klang mit erschütternder Kraft – so hatte Samgin diese unerschöpfliche Stimme noch nie gehört. Es lag etwas Unheimliches darin, daß dieser Mensch gewöhnlich war wie alle hier im Schein der Lichter, im Rauch; das Unheimliche war, daß er ebenso einfach war wie alle Menschen und – ihnen doch nicht glich. Sein Gesicht erregte mehr Furcht als alle Gesichter, die er auf der Bühne gezeigt hatte. Er sang und – wuchs. Jetzt hatte er sich bis zum tiefsten Wesen seiner Seele demaskiert, und dieses Wesen war Rache am Zaren, an den Herren, brüllende, erbarmungslose Rache eines gigantischen Geschöpfes.

Ja, er hat sich bis zur vollen Enthüllung seines Geheimnisses, seines anarchischen Wesens demaskiert. Und hieraus, aus diesem Haß gegen die Macht, entspringt der Schrecken, von dem umgeben er die Zaren darstellt.

Als Samgin, der immer mehr in unheimlicher Kälte erstarrte, dies dachte, ließ die Erinnerung sogleich eine Kette vergessener Gestalten wiedererstehen: den Ofensetzer im Dorf, den Schauermann im Sibirischen Hafen, den Kosaken, der wie an einem Tisch am Meer saß, und die ungeheuerliche Gestalt des Heizers an der Troizkij-Brücke in Petersburg. Samgin setzte sich, griff sich an den Kopf und bedeckte die Ohren. Er sah, daß Alina ihm mit blinkender Hand die Schulter streichelte, fühlte aber ihre Berührung nicht. Dennoch drangen Lärm und Geschrei in seine Ohren. Ljutow stampfte mit den Füßen und schrie durchdringend: »Bravo-o!«

Er ergriff Samgin am Arm, zog ihn vom Stuhl hoch und schrie ihm mit schluchzenden Lauten ins Gesicht: »Verstehst du? Selbstmörder! Wir lesen uns selbst die Totenmesse – hörst du? Wer kann das? Rußland kann das!«

Sein zügelloses Gesicht verzerrte sich gespenstisch, die Augen hüpften wild vor Angst oder Freude.

»Keinen Skandal, Wladimir!« sagte Alina mit tiefer Stimme und in befehlendem Ton und zog ihn am Ärmel. »Man schaut zu dir her... Setz dich! Trink! Trinken wir auf sein Wohl, Klimuscha! Oh, wie er singt!« sagte sie leise mit geschlossenen Augen und wiegte den Kopf. »So singen, ein einziges Mal...« Sie zuckte zusammen und leerte in einem Zug ihr Gläschen.

Samgin trank auch aus und hielt ihr sofort das leere Glas hin, indem er zu Ljutow sagte: »Du hast recht! Du hast... sehr recht!«

Er war erregt von Mitleid mit diesen Menschen, die nicht wußten oder vergessen hatten, daß es tausendköpfige Menschenmengen gibt, daß sie durch die Straßen Moskaus gehen und alles darin mit den Augen Fremder ansehen. Er nahm das Glas aus Alinas Hand entgegen und sagte zu ihr: »Das ist ein Fest auf einem Vulkan. Du begreifst das, du trinkst den Wodka wie Gift – das sehe ich...«

»Du hast ihn betrunken gemacht, Lina«, sagte Ljutow.

»Das ist nicht wahr! Ich bin vollständig nüchtern. Ich bin vielleicht der nüchternste Mensch in Rußland...«

»Sei still, Klimuscha!«

Sie streichelte ihm die Hand. Ihr herrliches Gesicht, ihre traurigen und zärtlichen Augen taten ihm zum Weinen leid.

> »Der Verstand sieht mit tausend Augen,
> Die Liebe – stets nur mit einem...«,

sagte er ihr.

Ljutow lachte; im Saal brodelte wieder betäubender Lärm, die Leute stöhnten, brüllten: »Wiederholen! Da capo! Noch mal!«

Und wieder erstickte die unerschöpfliche Stimme allen Lärm:

> »So geh denn vorwärts, mein großes Volk...«

»Nun, ich kann nicht mehr«, sagte Alina und drängte Ljutow zur Tür hin. »Ein... schrecklicher Folterknecht!«

Ihr Gesicht war blaß geworden, ihr Täschchen schwingend, an den Stühlen hängenbleibend, ging sie mitten durch die vor Begeisterung tollen Menschen und kommandierte, indem sie Klim mitzog: »Nach Hause, Wolodka! Und – lade Dunjascha zum Zechen ein...«

»Ich mag nicht«, sagte Samgin, aber sie zog ihn kräftig am Arm und kommandierte: »Mach keinen Unsinn. Wenn man dich ruft – geh!«

Hinter ihnen her rief die prächtige Stimme rachsüchtig und vernichtend:

> »Gegen den Zaren, gegen die Herren
> Wird er Dubinuschka schwingen...«

Auf der Straße fühlte sich Samgin betrunken. Die Häuser sprangen wie Klaviertasten; die allzu scharf funkelnden Lichter schienen voreinander davonzulaufen und zu versuchen, die schwärzlichen Menschengestalten zu überholen, die nach allen Seiten gingen. Im Schlitten neben ihm saß, warm wie eine Katze, Alina. Ljutow war irgendwohin verschwunden. Alina hatte das Gesicht mit dem Muff verdeckt und schwieg.

Klim war etwas nüchterner geworden, als sie in einer unbekannten Gasse ankamen, sie gingen durch einen dunklen Hof zu einem zweistöckigen Seitengebäude tief im Hintergrund, und Klim befand sich auf einmal in einem kleinen warmen Zimmer, das mit mattrosa Licht gefüllt war. Das Zimmer war mollig, wohlriechend und wankte ein wenig wie eine Kinderwiege. Alina sagte, sie werde gleich etwas »Ernüchterndes« bringen lassen, und ging sich umziehen; es erschien ein hochgewachsenes Stubenmädchen mit gestärktem Häubchen und Schürze und brachte Samgin ein großes Weinglas mit irgendeinem schäumenden Getränk, er trank es aus und fühlte sich wieder ganz wohl, als Alina in weißem Kleid mit einer himmelblauen, bis auf den Boden herabhängenden Schärpe zurückkam.

»Hast du Turobojew gesehen?« fragte sie und setzte sich neben Klim auf den Diwan.

»Nein. Ist er denn hier?«

»Ja. Er wohnt bei Wolodka. Stell dir vor, er schreibt für Zeitungen!«

Sie lächelte beim Sprechen. Samgin wurde wieder von dem trunkenen Mitleid für sie befallen, das er im Restaurant empfunden hatte, aber jetzt mischte sich dem Mitleid eine stille Trauer um etwas bei. Er erzählte kurz, wie Turobojew sich am 9. Januar verhalten hatte.

»Sieh mal an!« rief sie verwundert oder erschrocken, ging in die Ecke zu einem ovalen Spiegel und sagte von dort, während sie ihre Frisur ordnete, anscheinend vergnügt: »Er fürchtete nicht, daß der Soldat ihn niedersäbeln würde, sondern daß er ihn für einen Juden halten könnte. So ist er! Ach ... diese Aristokratenseele!«

»Wie steht's – alte Liebe rostet nicht?« fragte Samgin.

»Unsinn«, antwortete sie, im Zimmer umhergehend und mit den Enden der Schärpe spielend. »Sag mir etwas anderes, worüber ich Wladimir schon befragt habe, aber er hat ja sieben Teufel im Leibe, und jeder spricht auf seine Art. Sag du mir: Wird eine Revolution kommen?«

»Du hast wohl den Lärm satt?« fragte Samgin lächelnd.

»Antworte mir.«

Sie stand prunkvoll und gebieterisch im kostbaren Kleid mit leicht geneigtem Kopf vor ihm, und ihre schönen Augen blickten streng, forschend. Bevor noch Klim antworten konnte, ertönte im Vorzimmer Ljutows Stimme. Alina wandte sich um, Ljutow trat ein, er führte eine kleine Frau mit glattem, rotbraunem Haar am Arm.

»Das ist Dunjascha«, sagte er und führte sie zu Samgin, »Jewdokija Wassiljewna.«

Samgin küßte ihr die Hand und sah Ljutow an – er hatte noch nie gehört und konnte sich auch gar nicht vorstellen, daß Ljutow so freundlich und ernst sprechen könne.

»Und das ist auch ein Advokat«, fügte Ljutow hinzu und ging ins Nebenzimmer, wo Teelöffel klirrten und Alina kommandierte.

»Warum hat er ›auch‹ gesagt?« fragte Samgin.

»Ich habe einen Freund von derselben Sorte«, antwortete die Frau in bäuerlich singendem Ton mit ungewöhnlicher Stimme. »Sind Sie Krimineller?«

»Verbrecher? Politischer.«

»Sieh mal an, wie . . . lustig Sie sind!« sagte die Frau beifällig, und von ihren geschminkten Lippen lief in schnellen Fältchen ein Lächeln zu den Augen. »Ich weiß, daß alle Advokaten politische Verbrecher sind, ich frage nach den Sachen: Was für Sachen bearbeiten Sie? Meiner hat Kriminalsachen.«

Ihr Gesicht war geschminkt, durch die Schminke traten Sommersprossen vor. Die ovalen, zu großen Augen hatten eine unbestimmte Farbe und funkelten lustig, die Nase war keck aufgestülpt; die Frau war schmal, doch ihre Brust war hoch und gleichsam fremd. Sie trug ein bescheidenes glattes Kleid bläulicher Farbe. Klim fand an ihr etwas füchsisch Listiges. Sie sprach auch von der Revolution.

»Eine schöne Zeit, alle sind ein bißchen verrückt, niemandem tut etwas leid, man beeilt sich, zu trinken, zu essen, sich zu amüsieren . . .«

Dann kam Alina mit einem kleinen Tablett in der Hand herein, auf dem drei Gläschen standen.

»Wenn du dich betrinkst, Dunjascha, und Radau machst, ziehe ich dir die Ohren lang! Trinken wir, erfrischen wir uns, Klimuscha.«

»Liebste!« schrie Dunjascha entsetzt auf. »So etwas in Gegenwart eines Fremden!«

Sie trank das Gläschen aus und lief rasch ins Vorzimmer, während die Telepnjowa Samgin am Arm nahm und nicht besonders leise zu ihm sagte: »Ein hervorragend begabtes, aber tolles kleines Weibsbild . . .«

Das derbe Wort klang aus ihrem Munde erstaunlich einfach, wie eine Berufsbezeichnung – Modistin, Wäscherin.

Sie gingen ins Nebenzimmer, dort brodelte auf einem großen, schön gedeckten Tisch ein silberner Samowar, in einer Ecke stand Dunjascha am Klavier und blätterte in Noten, an ihrem Rücken hingen die Enden einer Pelzboa herab, und Samgin dachte wieder an ihre Ähnlichkeit mit einem Fuchs.

»Sing den ›Garten‹, solange die Schweine noch nicht gekommen sind«, bat Alina.

Dunjascha sagte, ohne sich umzusehen: »Ich weiß, womit man dich bestechen kann.«

Sie füllte das Zimmer mit dem sanften Klang der Saiten und sang mit tiefer und weicher Stimme:

> »O du Garten, du mein Garten,
> Hei, du Garten, der so grün,
> Sag, warum, du mein Garten,
> Entblätterst du dich?«

Musik begeisterte Klim überhaupt nicht sehr, dieses Lied aber war banal, Dunjaschas Stimme unnatürlich, nicht fraulich, sie war die Stimme eines Tierchens, das reichlich gefressen hat und in Erinnerung an den Geschmack der Nahrung schnurrt.

> »Ach, du meine Jugend,
> Ihr goldenen Tagelein ...«

Es war sonderbar und sogar komisch, daß Alina nach dem bedrohlichen Lied des berühmten Sängers diesem jämmerlichen Liedchen so nachdenklich, mit so leuchtendem und traurigem Gesicht zuhören konnte. Leise, auf Fußspitzen, erschien Ljutow, setzte sich neben Samgin und raunte ihm ins Ohr: »Eine einfache Choristin – was sagst du dazu? So ein Stimmchen! Sie singt für alle! Alina und ich haben ihr die Mittel zur Verfügung gestellt, sich zu einer großen Sängerin ausbilden zu lassen. Der Professor ist verblüfft.«

Samgin war schon nahe daran zu gestehen, daß Dunjascha kunstvoll singe, von ihrer Stimme wurde es einem in der Seele auf besondere Art traurig, und er hätte gern das gesagt, worüber er zu schweigen gewohnt war. Aber Dunjascha brach plötzlich das Lied ab, schlug auf die Tasten und sang, wie eine Zigeunerin aufkreischend, laut, mit veränderter Stimme:

> »Hei, Paschenka,
> Paraskowjuschka,
> Glücklich Paranja,
> Talentierte!«

»Bewirte mich mit Tee, Hausfrau«, bat sie, an den Tisch tretend.
»Verhauen sollte man dich, Dunka«, sagte Alina mit einem Seufzer.

Dann kam Makarow, im schwarzen, strengen Anzug, schlank, grauhaarig, mit gerunzelten Brauen.

»Pah, Samgin! Wie geht es dir?« rief er gelangweilt aus.

Nach ihm erschien ein dicker, furchteinflößender Dichter mit zerzaustem und lange nicht gewaschenem Haar; dann ein schmalhüftiges junges Mädchen in einem Schottenrock und tief ausgeschnittenem, rotem Jäckchen; dann ein blauwangiger, schwarzäugiger liberaler Anwalt, berüchtigt durch sein ausschweifendes Leben, kraushaarig wie ein Hammel und langnasig wie ein Armenier; im Laufe einer halben Stunde fanden sich noch etwa fünf Personen ein. Das Zimmer bekam Ähnlichkeit mit einem Aquarium, in bläulichem Dunst plätscherten laut unförmige Leute, glitzerte und klirrte Glas, und aus dem Spiegel schauten sonderbare Gesichter heraus. Ljutow verwandelte sich unverzüglich in einen Hanswurst, sprang, kreischte und sprach mit allen zugleich; dann versammelte er die Gäste am Klavier und sang, indem er sich mit den Fingern am Adamsapfel zupfte und Schaljapins Intonation nachahmte, mit abscheulicher Stimme nach dem Motiv des »Knüppelchen-Liedes«:

»Mein Freund, mein müder, leidender Bruder,
Laß den Mut nicht sinken, wer du auch seist.
Glaub mir: auferstehen wird Baal
Und verschlingen das Ideal...«

Er kreischte auf, lachte und rief allgemeines Gelächter hervor; zwei lachten nicht: Alina und Makarow, der ihr mit mürrischer Miene etwas zuraunte, worauf sie beistimmend nickte.

So eine doppelzüngige Kanaille, dachte Samgin, der Ljutow beobachtete.

Der Anwalt schenkte sich ein Glas Wein ein und schlug vor, auf die Verfassung zu trinken. Ljutow schrie: »Unter einer Bedingung: Nicht nachsehen, was sich im Innern des Spielzeugs befindet.«

Alina lehnte es ab zu trinken und verließ das Zimmer, indem sie Dunjascha einen Wink gab, ihr zu folgen; sie ging wie schon als Mädchen – achtsam und stolz trug sie ihre Schönheit. Klim sah hinter ihr her und seufzte.

Man hatte vermutlich schon vorher gezecht, und alle wurden rasch betrunken. Samgin bemühte sich, weniger zu trinken, fühlte aber, daß er auch einen Rausch hatte. Das Mädchen mit dem karierten Rock hämmerte auf dem Klavier geschickt ein flottes kleines

Motiv und sang französisch; der Anwalt sang eindringlich mit, wobei er seine Mähne schüttelte, jemand klatschte in die Hände, das Glas auf dem Tisch klirrte, und alle Gegenstände im Zimmer antworteten jedes mit seiner Stimme auf die krampfhafte Fröhlichkeit der Menschen.

Sie amüsieren sich, weil sie Angst haben, dachte Samgin, doch neben ihm saß mit einem Glas Champagner in der Hand Dunjascha.

»Für solche zurückhaltenden Menschen wie Sie schwärme ich sehr«, sagte sie.

Der Dichter schüttelte seine verklebten Haarsträhnen, wölbte die Brust vor, riß die Augen weit auf und fragte laut:

> »Schwarzes Hemd,
> Lederner Gürtel –
> Wer ist das?«

Er blickte alle an und schrie laut:

> »Der Ar-rbeiter!«

»Nein, das müssen Sie schon auf gestern verlegen«, protestierte der Anwalt. »Ihre Arbeiter haben in Petersburg so etwas wie ein Parlament gebildet und wollen hier das gleiche tun. Wenn uns die Verfassung am Herzen liegt...«

»Dreiundvierzig Kopeken für die Verfassung – wer bietet mehr?« rief Ljutow und warf auf der Hand ein paar Geldstücke hoch; Alina ging zu ihm und sagte etwas; Ljutow trat einen Schritt zurück, breitete die Arme aus und verneigte sich vor ihr.

»Dein Belieben. Deins...«

Er trat noch einen Schritt zurück und verneigte sich wieder.

»Ich bitte, mich zu entschuldigen«, sagte Alina laut, »ich muß für eine Stunde wegfahren, eine Freundin von mir ist gefährlich erkrankt.«

»Und ich fordere auf, zu mir zu kommen – wer ist einverstanden?« kreischte Ljutow.

Samgin beschloß, nach Hause zu gehen, stand auf und wankte, Dunjascha stützte ihn und rief: »Schon? Das ist schlimm!«

Er erinnerte sich nicht klar, wie er in Ljutows Haus geriet, wo Kaffee getrunken, verrückt getanzt und gesungen wurde, dann ging er schlafen, doch bevor er sich hatte ausziehen können, erschien Dunjascha mit Kognak und Selterswasser, dann zog er sie aus und verbrannte sich die Finger an ihrem glühendheißen, schmelzenden Körper. Er erinnerte sich hieran, als er beim Erwachen auf einem Kaufmannsfederbett lag, in das ihn die widerliche Schwere seines

Körpers hineingedrückt hatte. Im Zimmer war es dunkel wie in einem Keller, im Haus die unerschütterliche Stille einer tiefen Nacht. Das war sonderbar, denn man war bei Tagesanbruch auseinandergegangen. Das Federbett strömte einen widerlich modrigen Geruch aus, am Rücken stach ihn etwas Hartes: es erwies sich als eine Kette mit einem viereckigen Metallgegenstand; Samgin verzog angewidert das Gesicht, spie zähen, bitteren Speichel aus und dachte, daß er den Tag des Umbruchs der russischen Geschichte vollkommen russisch gefeiert habe.

Da er fühlte, daß er nicht mehr einschlafen werde, tastete er nach den Streichhölzern auf dem Tisch, zündete eine Kerze an und sah auf seine Uhr, aber sie war stehengeblieben, und die Zeiger standen auf zehn Uhr zweiunddreißig. An der zerrissenen Kette hing ein emailliertes, kupfernes Muttergottesbildchen.

Schreckliche Menschen, dachte er, als er sich der bedrückenden Vergnügungen des gestrigen Tages erinnerte. Und ich bin auch . . . gut!

Weit öffnete sich die Tür, mit tanzender Kerze in der Hand kam Ljutow herein, der sich in dem offenen chinesischen Schlafrock verheddertse; er stellte die Kerze auf die Kommode, setzte sich auf die Armlehne eines Sessels, wankte aber und schimpfte unflätig, als er auf den Sitz herunterrutschte.

»Willst du Sodawasser? Grischa – Sodawasser . . .!«

Er drückte das Kinn so fest mit der Faust, daß seine rote Hand weiß wurde, und begann heiser zu sprechen, wobei er mit den Augen die zweifarbige Flammenzunge der Kerze einzufangen suchte: »Es stimmt etwas nicht, mein Lieber, man hat irgendeinen Sozialdemokraten umgebracht, ein großes Tier, Marat wohl . . . Übrigens – Marat ist verhaftet. Auf der Straße wird gebrüllt, geschossen.«

»Ist jetzt Abend?« fragte Samgin.

»Was ist denn dabei? Es geht auf acht . . . Der Kutscher sagt, auf dem Strastnaja-Platz hat man die Telegrafenmasten abgesägt, überall ist Draht, man kann nicht fahren.« Er schüttelte den Kopf. »Ich habe Erbsen im Schädel!« Er räusperte sich und fuhr mit klarer Stimme fort: »Übrigens – hihi. Dieses Hihi hat mir Dunjascha beigebracht; hat es beigebracht, sagt es aber selbst nicht mehr.« Er nahm die Kette mit dem Heiligenbildchen vom Tisch, wog sie in der Hand und sagte, ohne sich zu wundern: »Und ich hatte gedacht, sie habe mit dem Philologen geschlafen. Na, zieh dich an! Es gibt Kaffee.«

An der Tür blieb er stehen, sah die Kerze an, schnippte mit den Fingern und sagte: »Turobojew hat ausgezeichnet von diesem Pfäfflein, dem Gaposchka, erzählt. Der Pope ist gestrauchelt, dieser Esel, er hat zu hoch hinausgewollt. Hat nicht die richtigen Leute auf die Beine gebracht . . .«

Er pustete in die Kerzenflamme, und beim Hinausgehen durch die Tür zerriß er sich wohl den Schlafrock – das Platzen des Seidenfutters klang wie Zähneknirschen.

Samgin wusch sich und zog sich an, er trat ins Vorzimmer, mit der Absicht, unauffällig nach Hause zu gehen, aber er wurde von einem Jungen überholt, der die Haustür öffnete und Alina hereinließ.

»Wohin? Legen Sie ab!« rief sie. »Auf den Straßen sind Betrunkene, Droschken gibt es keine, ich bin kaum heimgekommen; die Leute belästigen einen, treiben Unfug.«

Es war sonderbar zu hören, daß sie nicht zornig, nicht erschreckt, sondern anscheinend sogar freudig sprach. Samgin legte gehorsam ab und ging ins Speisezimmer, wo Ljutow im Rock herumlief, den er über das Nachthemd gezogen hatte; am Tisch waltete Dunjascha und saß ein glattfrisierter, naßköpfiger junger Mann mit gelbem Gesicht und ungestümen Bewegungen; Ljutow wurde von Alina gerufen und verschwand strahlend. Der junge Mann sagte irgendwas von Stendhal und Ovid, er hatte eine helle Stimme, die aber gekränkt klang, sein flaches Gesicht war von einem spärlichen Schnurrbart und ebensolchen Brauen geziert, doch sie hatten dieselbe Farbe wie die Haut, waren fast unsichtbar, und das verlieh dem jungen Mann Ähnlichkeit mit einem Kastraten.

»Und immer nicht das Richtige«, sagte Dunjascha, als sie Samgin Kaffee einschenkte, und lächelte ihn an. »Ein Leidenschaftlicher entflammt und erlischt sogleich. Ein wahrer Liebhaber jedoch muß so sein, daß man mit ihm herumtoben kann, um ihn in Glut zu bringen. Auch die Lyrischen mag ich nicht – was hat man schon von ihnen? Sie schäumen wie Seife, das ist auch alles . . .«

Dann führte Ljutow Alina am Arm herein, sie trug so etwas Ähnliches wie einen Gehrock und wirkte größer und schmaler, während er neben ihr wie ein Halbwüchsiger aussah.

»Sie haben Kisten und Bretter herbeigeschleppt«, erzählte sie lebhaft. Ljutow rief: »Die Verfassung ist also eine Frühgeburt?«

Samgin, der sich über alle und über sich selbst ärgerte, überwand seinen qualvollen Kater und fragte: »Ich würde gern wissen: Woran glaubst du eigentlich?«

»Dieses Geheimnis ist groß!« entgegnete Ljutow, stieß mit Alina mit Kognak an, kippte das Gläschen hinunter und sagte zwinkernd: »Ich nehme jedoch an, daß du und ich Glaubensgenossen sind: Wir glauben beide an das Nirwana körperlichen und seelischen Wohlergehens. Und wegen unseres Glaubens hassen wir uns selbst; denn wir wissen: Wohlergehen ist Banalität, Europa mit Luther, Calvin, der Bibel und allem, was nicht zu unserer Krankheit paßt.«

»Das lügst du alles«, sagte Samgin mit einem Seufzer.

»Du willst wohl für deinen Fünfer die Wahrheit haben? Da hast du sie!«

Er steckte rasch den Daumen zwischen Mittel- und Zeigefinger und hielt ihn Samgin hin, dann füllte er wieder die Gläser. Alina saß mit Dunjascha und dem Philologen in der Diwanecke, der Philologe erzählte zappelnd etwas, Alina lachte, sie war ungewöhnlich lustig gestimmt und lauschte immerzu, als erwartete sie jemanden. Und als auf der Straße ein scharfer Knall ertönte, rief sie: »Hört ihr? Es wird geschossen!«

»Die Haustür«, sagte der Philologe.

Makarow trat ein und erzählte, indem er sich die frierenden Hände rieb, ungewöhnlich ruhig, daß ganz Moskau über die Ermordung eines Agitators empört sei.

»Sein Name ist Baumann. Er ist im Technikum aufgebahrt, und heute hat die Schwarzhundertschaft versucht, den Sarg hinauszuwerfen. Man sagt, es hätten sich an die dreitausend Menschen angesammelt, aber dort war die Ochrana, irgendwelche Grusinier. Sie haben geschossen. Es hat Tote gegeben.«

»Grusinier? Doktor, du lügst!« schrie Ljutow auf.

Makarow zuckte gleichgültig die Achseln und wandte sich, während er sich Kaffee eingoß, an Alina: »Turobojew habe ich nicht gefunden, aber er ist hier, das sagte mir ein Journalist. Er wird Turobojew den Brief übergeben.«

Ljutow lief im Zimmer herum, strich sein zerzaustes Haar glatt und murmelte mit verzerrtem Gesicht: »Krieg der Moskauer mit den Grusiniern wegen eines Juden? Hihi.«

»Ich mache darauf aufmerksam, in den Straßen ist es sehr unruhig«, sagte Makarow und trank Kaffee, er sprach, als läse er einen uninteressanten Zeitungsartikel vor.

»Wir werden eben nirgends hingehen – hier ist es warm und gibt es genug zu essen!« rief Dunjascha. »Singen wir was, Linotschka, solange wir noch nicht gestorben sind.«

Diesmal veranlaßte Dunjascha Samgin zu denken: Dieses kleine Weibsbild kann tatsächlich ... singen.

Alina sang nicht, sondern untermalte nur mit ihrer tiefen Stimme die Worte von Dunjaschas Lied, naive, schwerfällige Worte. Samgin hatte es früher nicht für notwendig gehalten und auch nicht verstanden, auf die Worte dieser zweifelhaft »volkstümlichen« Lieder zu hören, aber Dunjascha sprach sie mit aufreizender Klarheit aus:

»Der goldne Mond lächelt aus den Wolken,
Oh, mich lächelt mein Leid an . . .«

Es war ärgerlich, sich überzeugen zu müssen, daß eine im Grunde so reizlose kleine Frau, die grob wie eine billige Puppe angemalt war, einen zwingen konnte, ihrem spöttisch traurigen Lied zuzuhören, das unnötig war wie ein am hellichten Tag angezündetes Licht.

Die Tatsache, daß es auf den Straßen unruhig war, brachte Samgin von seiner Absicht ab, nach Hause zu gehen, erregte ihn aber auch etwas, und als er dem Lied zuhörte, dachte er:

Die Zeit bis zur Bildung der Reichsduma wird natürlich tumultvoll sein, aber das ist schon Organisationstumult.

Als man zu singen aufgehört hatte, sagte er das laut, aber niemand beachtete seine Worte gebührend; Makarow sah ihn schweigend und melancholisch an, Ljutow, der mit seinem krummen Rücken die Gestalt Dunjaschas verdeckte, küßte ihr die Hände und murmelte etwas, Alina strich ihr über das rote Haar und seufzte: »Ach, Dunka, Dunka, wieviel Talent du hast! Es wäre zuwenig, dich umzubringen, wenn du es verschleudertest.«

»Die Menschen müssen doch ermüden«, sagte Samgin ärgerlich und bereits etwas herausfordernd zu Makarow, aber dieser farblos gewordene, schleierhafte Mensch antwortete wieder nicht, sondern sang leise das Motiv des verklungenen Liedes vor sich hin, und Ljutow zischte: »Psch!«

Dunjascha und Alina hatten sich umarmt und begannen wieder gedämpft zu singen, als unterhielten sie sich miteinander, und als sie geendet hatten, verkündete das Stubenmädchen, das Essen sei fertig. Man aß still zu Abend, trank wenig, alle waren nachdenklich, sogar Ljutow schwieg, und nach dem Abendessen gingen alle sofort in ihre Zimmer.

Als Samgin im Bett lag, beobachtete er, wie der Rauch seiner Zigarette das Halbdunkel des Zimmers verdichtete, wie die Flamme der Kerze blühte, und dachte daran, daß Moskau, Rußland in diesen Jahren sozialen Terrors, an dessen Spitze ein Zar von »Zwergmenschen« stand, in den zehn Jahren der Studentenunruhen, Arbeiterdemonstrationen und Bauernaufstände natürlich ermüdet sei.

Ermüdet war auch er, Klim Samgin, von allem, was er gesehen, gehört und was er gelesen hatte, wobei er sich gezwungen hatte, keine Wortfäden abreißen zu lassen, die ihn mit Menschen eines bestimmten »Systems von Sätzen« verbanden und zu ihnen hinzogen. Ja, er war auch ermüdet, und jetzt schien ihm, er sei in einer irgendwie erhabenen, symbolischen Art und Weise ermüdet; er trage in sich nicht nur seine eigene langjährige Müdigkeit, sondern die jahrhundertealte Müdigkeit aller Opfer der russischen Geschichte, aller, die gewaltsam an ihren »Zuchthauskarren« geschmiedet sind. Und nun begann der Vorabend der Ruhe, der wirkliche »Anfang vom Ende«.

Aber es gab Augenblicke, in denen seine Überzeugung vom Ende der unruhigen Ereignisse verschwand wie der Mond in den Wolken, er erinnerte sich der »Herren«, die mit Begeisterung den Dubinuschka-Knüppel über ihren Köpfen schwangen; ihm kam der Gedanke, wen die Bäcker, die vom Dach Ziegel auf die Kosaken herabgeworfen hatten, dieses Arbeitervolk, das auf die Straßen Moskaus herausgeströmt und von niemandem geführt worden war, wen die Bauern, welche die Gutshöfe zerstört hatten, in die Reichsduma entsenden konnten. Der Sowjet der Arbeiterdeputierten konnte nichts Ernstes sein, es war unvorstellbar, welche Rolle diese nirgends, von niemandem und niemals erprobte Organisation spielen konnte ...

An dieser Stelle schlief er ein, am frühen Morgen weckte ihn Dunjascha, er spielte gern und herablassend mit ihrem bequemen und angenehmen Körper, zog sich eine Stunde später an und ging heim.

Der Tag der Beerdigung Baumanns erlaubte Samgin, sich endgültig und fest davon zu überzeugen, daß Moskau tatsächlich ermüdet war. Das fühlte er sofort, als er Arm in Arm mit seiner Frau, in Begleitung Bragins und Kumows, die Straße betrat. Er betrat sie in der Stimmung eines Menschen, der an einer Sache teilzunehmen verpflichtet ist, deren Sinn ihm nicht klar ist. Auf dem Weg zum Leichenzug sah er, daß fast jedes Haus aus den Toren, den Türen seine Einwohner ebenso gestimmt entließ, wie er es war – düster, sogar anscheinend gekränkt. Man konnte meinen, daß die Leute unzufrieden waren und stumm dagegen protestierten, daß man nun wieder irgendwohin gehen müsse. Aus diesen verschiedenartigen, einzelnen entstand ungewöhnlich rasch eine sehr dichte Masse, und Samgin, der nicht zum erstenmal an tragischen Paraden teilnahm, fühlte sich zum erstenmal vollkommen in Einklang, innerlich verschmolzen mit der Menschenmasse dieses Tages.

Als in der Ferne der rote Kopf des unerhört und unnatürlich festen Prozessionskörpers aus dem Rachen einer Straße auf den Theaterplatz herauskroch, fühlte Samgin, wie ihm ein kalter Schauer über den Rücken lief; er verstand nicht, ob dieser Schauer durch Schreck oder Entzücken hervorgerufen war. Über dem Kopf der Menge schwankten viele rote Fahnen – das glich einem vom Wind zerbrochenen und zerrissenen Riesenschirm. Je weiter aber der schwarze

Leviathan auf den Platz herauskroch, desto mehr wurde es an Fahnen, und jetzt erinnerten sie schon an rote Schuppen am Rücken eines Ungeheuers. Diese Masse hatte etwas für eine Menschenmenge Ungewöhnliches; alle rings um Samgin begriffen das und verstummten bedrückt. Da, in der Stille, hörte er, daß das Ungeheuer schweigend kroch; es füllte die Luft mit unnatürlichem Rascheln und war stumm, nur in der Ferne, aus der Tiefe seines Wesens, wurde schwach das bekannte, feierlich düstere Motiv des Trauermarsches hörbar: »Unsterbliche Opfer . . .«

Samgin fühlte, daß der Arm seiner Frau zitterte, dieses Zittern übertrug sich auf ihn, es störte sein Herz beim Schlagen und erschwerte ihm das Atmen, indem es sich als Krampf zur Kehle hin ausbreitete.

Opfer, ja! dachte er zerrissen, mit abgenommenem Hut. Isaaks, dachte er, sich der naiven Belehrung des Vaters erinnernd . . . Das letzte Opfer!

Blinzelnd, um die warmen Tränen, die ihn am Sehen hinderten, aus den Augen zu vertreiben, drehte er den Kopf hin und her und sah sich um. Noch nie hatte er so verschiedenartige und so gleichmäßig feierlich gestimmte Gesichter gesehen.

Wie auf der Wyborger Seite verglich Klim Samgin und versuchte rasch, seine eigene Stimmung und die der Masse zu bestimmen. Dort hat die Feierlichkeit natürlich einen anderen Ton gehabt, dort wurde ja auch nicht beerdigt, sondern man wollte sozusagen den Zaren auferstehen lassen . . .

Kleine leise Dummheiten der Gefährten störten ihn beim Denken.

»Und so wird ein Jude beerdigt!« sagte Warwara verblüfft, mit halblauter Stimme.

»Christus«, sagte Kumow, während Bragin ihn sofort unterrichtete: »Es besteht die Ansicht, Christus sei kein Jude gewesen.«

In der Stille war dieses verständnislose Flüstern sehr deutlich zu hören, obwohl das sonderbare schleifende Geräusch näher kam und immer stärker wurde. Samgin hielt gespannt Ausschau. Nicht selten huschten düster und sogar bedrohlich verzogene Gesichter vorbei, und fast gar nicht anzutreffen waren Physiognomien professioneller Zuschauer, der Leute, die sich ebenso gleichgültig Hochzeiten, Beerdigungen, Truppenparaden und auf dem Weg nach Sibirien befindliche Sträflinge ansehen. Zu guter Letzt hatte Samgin den Eindruck, daß eine fast andächtige und dankbare Stimmung der Konzentration auf ein einziges tiefes Gefühl vorherrsche. Man hätte sich nicht vorstellen können, daß Zehntausende von Menschen so feierlich schweigen konnten, aber sie schweigen, und ihre Seufzer, ihr Flüstern wurden verwischt durch das schleifende Geräusch der Schritte auf den Pflastersteinen.

So ist es: Hier dankt man schweigend und feierlich einem Menschen dafür, daß er gestorben ist ...

Die humoristische Form dieser Vermutung verwirrte ihn, er warf sogar einen Seitenblick auf Warwara, als befürchtete er, sie könnte hören, was er dachte.

Man dankt dem Kämpfer dafür, daß er gelebt hat, für seine große Tat, für das Opfer.

Nachdem Samgin seinen Gedanken in eine schicklichere Form gekleidet hatte, fühlte er wieder einen Andrang feierlicher Stimmung, er wurde von einer Stille gefüllt, die ihn weitete und erhob.

Im Rhythmus zu der schwerfälligen und geschlossenen Bewegung der unzählbaren Menge klang majestätisch der Trauermarsch, ihn sangen Hunderte von Menschen, sangen ihn unharmonisch und als wiederholten sich immer wieder dieselben Worte:

»Unsterbliche Opfer, ihr sanket dahin.«

Aber Klim Samgin spürte eine innere Harmonie und Übereinstimmung in diesem ungeheuerlich großen Chor, eine Übereinstimmung, die das Fehlen der Geistlichkeit, des Glockenläutens und alles dessen nicht merken ließ, was gewöhnlich eine Beerdigung verschönt.

Hier wäre das alles überflüssig, sogar unecht, entschied er. Keine andere Menge hätte unter irgendwelchen anderen Umständen dieses Schweigen und zugleich diesen Ton zustande gebracht, der alles ausstreicht, verwischt und alle Unebenheiten glättet.

Hier war alles anders, alles phantastisch, verändert, selbst die engen Straßen waren nicht wiederzuerkennen, und es war unverständlich, wie sie diesen gewaltigen Körper der endlosen, dichten Menge zu fassen vermochten. Trotz der Kälte des Oktobertages und der bösen Sprünge des Windes von den Dächern der Häuser, die niedriger, kleiner geworden schienen, waren hie und da Lüftklappen und sogar Fenster geöffnet, und aus ihnen flatterten über der Menge Stücke roten Tuchs.

Üppig mit Blumen, Grün und Bändern geschmückt, durch eine rote Fahne leuchtend, wurde der Sarg auf Schultern getragen, und es schien, als trügen ihn Menschen unnatürlich hohen Wuchses. Hinter dem Sarg wurde eine schwarzhaarige Frau am Arm geführt, auch sie war über Kreuz mit roten Bändern umwunden; von ihrer schwarzen Kleidung hoben sich die Bänder scharf ab, warfen Licht auf das blasse Gesicht und die zusammengezogenen dichten Brauen.

»Die Medwedewa, seine Lebensgefährtin«, erklärte Bragin und räusperte sich.

Hinter ihr ging mit geneigtem Kopf, gebeugt, Pojarkow, neben ihm sang und dirigierte, den Hut schwenkend, Alexej Gogin; Arm in Arm mit irgendeinem nachdenklichen blonden Mann kam Pjotr Ussow vorbei, beide in halblangen Schafpelzen; neben dem bärtigen Gesicht Kutusows huschte das rote, stets fröhliche Gesicht des Sozialdemokraten Roshkow vorüber; diese sangen nicht, sondern stritten anscheinend, danach zu urteilen, wie Roshkow mit den Händen fuchtelte; hinter Kutusow ging Ljubascha Somowa mit der Gogina; es gingen noch ein paar Männer und Frauen mit, die Samgin zwar nicht beim Namen, aber doch vom Sehen kannte.

Hundertfünfzig bis zweihundert Personen, nicht mehr, zählte Samgin befriedigt.

Gerade diese Menschen sangen, und unter dem Geräusch der vielen tausend Füße klang der Gesang schwach.

Diese Gruppe mit dem Sarg an ihrer Spitze war von einer Kette aus Studenten und Arbeitern umringt, die sich an den Händen hielten, viele hatten einen Revolver in der Hand. Ein kräftiges Glied in der Kette war Dunajew, ein anderes der Arbeiter Pjotr Salomow, dem Samgin schon begegnet war und von dem man sagte, daß er die Verteidigung der von der Polizei belagerten Universität organisiert habe.

Zu Tausenden gingen Arbeiter, Handwerker, Männer und Frauen, stattliche Menschen in kostbaren Pelzen, elegante Rechtsanwälte, Intellektuelle in leichten Mänteln, Studenten, Hochschüler, Gymnasiasten, es kam eine dichtgedrängte Gruppe von Post- und Telegrafenbeamten vorbei und sogar ein nicht großes Häufchen von Offizieren. Samgin fühlte, daß jeder einzelne von ihnen den gleichen Gedanken, ein und dasselbe Wort in sich trug, ein treffendes Wörtchen, das stets, in jeder Menschenmenge die Stimmung genau bezeichnet. Er wartete beharrlich auf dieses Wort, und es wurde ausgesprochen.

Es war die Antwort auf die Frage einer dicken, rotwangigen Frau, die sich aus der Tür eines Ladens herauslehnte; sie hatte die runden blauen Äugelchen erstaunt aufgerissen und fragte laut: »Ach, du meine Güte, wer wird denn da beerdigt?«

»Die Revolution, Tantchen«, wurde ihr ruhig und laut geantwortet.

»Au!« rief Warwara, dem Lachen nahe, als hätte man sie gekitzelt, während Bragin sachkundig murmelte: »Man hätte sagen müssen: die Anarchie, die Pogrome.«

Klim Samgin verlangsamte seine Schritte, er sah sich um, da er das Gesicht des Menschen sehen wollte, der hinter ihm das notwendige Wort ausgesprochen hatte; dicht hinter ihm gingen zwei: ein stämmiger, schlechtgekleideter alter Mann mit Vollbart und einem mürrischen Blick entzündeter Augen und ein etwa dreißigjähriger unrasierter Mann mit schwarzem Schnurrbart, großer Nase und lustigen Augen, auch ärmlich gekleidet, in einem schmierigen schwarzen Schafpelz und einer sibirischen Pelzmütze.

Der war es! vermutete Klim Samgin.

Für ihn war dieses Wort entscheidend, es erklärte restlos die Feierlichkeit, mit der Moskau aus seinen Häusern Menschen aller Stände gesandt hatte, den ermordeten Revolutionär zu beerdigen.

Wie tief, erschöpfend gesagt: Man beerdigt die Revolution! dachte er voll Dankbarkeit für den unbekannten Schlaukopf. Ja, man trägt das Vergangene, das Überholte zu Grabe. Diese erstaunliche Prozession ist eine Apotheose der gesellschaftlichen Bewegung. Und dieses schleifende Geräusch ist nicht das mechanische Werk von Füßen, sondern das äußerst vernünftige Werk der Geschichte.

Er beschloß, einen Artikel zu schreiben, der die symbolische Bedeutung dieser Beerdigung aufdecken sollte. Man müsse erzählen, daß Moskau, Rußland in Gestalt dieses ermordeten unbedeutenden Menschen erneut alle jene beerdige, die im Kampf um die Freiheit ihr Leben in Zuchthäusern und Gefängnissen, in Verbannung und Emigration geopfert haben. Ja, man beerdigte Herzen, Bakunin, Petraschewskij, die Leute des 1. März und die Tausende von Menschen, die am 9. Januar getötet worden waren.

Das muß natürlich in pathetischem Ton geschrieben werden. Es ist schade, das heißt etwas peinlich, daß der Getötete ein Jude ist, seufzte Samgin. Obwohl einige behaupten, er sei Russe ...

Der Zug stockte. Rund um den Sarg brauste eine nicht schnelle, aber wirbelförmige Bewegung auf, und der Sarg – eine formlose Masse aus roten Schleifen, Kränzen und Blumen – schien sich zu heben; man konnte sich einbilden, er ruhe nicht auf Schultern, sondern auf hocherhobenen Armen. Aus dem Hof des Konservatoriums kam ein Orchester heraus, und in die graue Luft unter niedrigem, grauem Himmel ergoß sich wuchtig die majestätische Melodie des Marsches »Auf den Tod eines Helden«.

»Mein Gott, wie herrlich«, seufzte Warwara, sich an Samgin schmiegend, und ihm kam es vor, als hätten zugleich mit ihr Tausende geseufzt. Neben ihm stand schweißbedeckt der strahlende Rjachin.

»Welch ein Tag, wie?« sagte er; seine dicken lila Lippen bebten, er sah Klim mit fassungslos flackernden Augen ins Gesicht und äußerte mit sich überschlagender Stimme: »Welch ... Edelmut! Nein, ermessen Sie, welche Hochherzigkeit! Bedenken Sie, Moskau, ganz Moskau ...«

»Tja, wir benehmen uns wunderlich«, sagte Stratonow, der Warwara ins Gesicht sah wie auf das Zifferblatt einer Uhr. »Stell mich vor, Maxim«, befahl er, hob die Bibermütze etwas über den Kopf und erklärte Warwara eigentümlich albern, als drohte er: »Ich bin mit Ihrem Mann bekannt.«

»Er ist hier«, sagte Warwara, aber Samgin hatte sich schon hinter irgendwessen breitem Rücken versteckt; er wollte nicht mit diesen Leuten, ja überhaupt mit niemandem sprechen, in ihm entfalteten sich immer üppiger eigene, ungewöhnlich feierliche, klangvolle Worte.

»Ruhe, meine Herrschaften!« schrie jemand Rjachin und Stratonow streng an.

Bragin drängte sich nach vorn, Kumow war schon längst verschwunden, die Menge bewegte sich immerzu, und nach kurzer Zeit befand sich Samgin weit von seiner Frau entfernt. Vor ihm schritten zwei Leute, stämmig, schwerfällig der eine, dürr, beweglich der andere, er stolperte immer wieder und redete mit schnellem, erregtem Tenor auf jemanden ein: »Schreib das, Walentin, schreib das, mein Lieber: etwas Schwärzlich-Rötliches, oho-ho! Verstehst du? Rötlich-Schwärzliches!«

Samgin verlangsamte seine Schritte immer mehr, da er damit rechnete, daß der dichte Menschenstrom an ihm vorbeiziehen und ihn hinter sich lassen werde, aber die Menschen gingen immerzu, gingen endlos und stießen ihn vorwärts. Ihn hielt nichts mehr in der Menge, ihn interessierte nichts; zuweilen huschten noch bekannte Gesichter vorbei, ohne irgendwelche Eindrücke oder Gedanken zu erwecken. Jetzt kamen Alina und Makarow Arm in Arm, Dunjascha mit Ljutow und der blauwangige Anwalt vorbei. Dann tauchte noch ein bekanntes Gesicht auf, anscheinend Turobojew, und mit ihm einer der modernen Schriftsteller, ein schöner, brünetter Mann.

»Klim Iwanowitsch!« rief freudig und ängstlich Mitrofanow und ergriff ihn am Ärmel. »Guten Tag! So trifft man sich! Herr, du mein Gott ...«

»Ah, Sie sind auch da?« sagte Samgin, der sich über diese Begegnung ärgerte und seine Gleichgültigkeit verbarg. »Sind Sie schon lange hier?«

»Seit zwei Monaten etwa. Uff, wie ich mich freue ...«

»Warum haben Sie mich denn nicht besucht?«

Mitrofanow schnalzte laut und mit Bedauern und fuhr, ohne zu antworten, fort: »Wie ist das nun, Klim Iwanowitsch? Ist also die rechtliche Gleichstellung aller Stände zugelassen? Dann gestatten Sie mir, Sie sozusagen zur Krönung Ihrer Bemühungen zu beglückwünschen...«

Er hatte sich schon lange nicht mehr rasiert, seine borstigen Backenknochen spielten, als kaute er etwas, der Schnurrbart bewegte sich, er machte den Eindruck, als hätte er einen starken Rausch, sein Atem war heiß, aber er roch nicht nach Alkohol. Seine Freude war Samgin peinlich, sie war sogar lächerlich, aber die Aufrichtigkeit dieser Freude war ihm trotz allem angenehm.

»Sieh mal an – man hat uns auseinandergesprengt und verstreut, den einen hierhin, den andern dorthin, und nun heißt es: Vereinigt euch! Ausgezeichnet! Na, wissen Sie, wir haben uns ja dicht vereinigt!« sagte Mitrofanow, indem er ihn mit der Schulter und den Hüften stieß.

Beim Nikitsker Tor blieb der Zug auch stehen, die Menschen drängten sich noch dichter zusammen, und aus der Ferne lief von vorn eine unruhiges Raunen durch die Menge...

»He, Genossen, vorwärts!«

Das kommandierte ein schmuddliger, goldblonder Mann, der die Leute rücksichtslos beiseite stieß; hinter ihm her gingen rasch, die Menge wie ein Keil spaltend, Studenten und Arbeiter und schienen durch ihre Stöße die Bewegung wiederherzustellen – die Menge bewegte sich wieder weiter, das Singen wurde geordneter und bedrohlicher. Die Leute um Samgin rückten voneinander ab, es wurde freier, das Geräusch der Prozession, welches die Menschenstimmen so leicht ausgelöscht hatte, wurde lockerer.

»Wahrscheinlich hat mir jemand einen Streich gespielt«, sagte Mitrofanow schuldbewußt. »Oder ist vielleicht krank geworden. – Nein«, antwortete er leise auf Samgins vorsichtige Frage, »mit der früheren Sache befasse ich mich nicht mehr. Wissen Sie, angesichts der Freiheit wäre es irgendwie schon unwürdig, kleine Diebe zu fangen. Wir haben einen Festtag, und da möchte man alles Überflüssige vergessen, wie am Sonntag vor den großen Fasten. Zudem bin ich in den Verdacht der Unzuverlässigkeit geraten, da hat man mich natürlich für ungeeignet erkannt...«

Der Gesang entfernte sich, die Fahnenflecke wurden dunkler, der Wind drückte scharfe Kälte auf die Menschen; in der Menge entstanden Seitenbewegungen nach rechts und nach links; die Menschen konnten offenbar nicht mehr vollständig in den schmalen Schlund der Straße hineinkriechen, von hinten jedoch drückte auf sie immer noch die unerschöpfliche Masse, sie wurde im Halbdunkel einfarbig schwarz, noch dichter, verlor aber ihre Realität, und man konnte meinen, der kalte Wind ginge von ihr aus. Samgin wurde unmerklich nach links zum Arbat gedrängt; aber das war gerade das, was er gewollt hatte. Hier wurde Mitrofanows sehr leise Stimme hörbarer.

»Jeder begreift, daß es besser ist, Kutscher zu sein statt Pferd«, sprudelte er hastig hervor und drückte sich an Samgin. »Wozu aber Geld für Waffen sammeln? Mir ist das unverständlich! Gegen wen soll man kämpfen, wenn die rechtliche Gleichstellung aller Stände gestattet ist?«

»Nun, das ist nicht ernst zu nehmen«, sagte Samgin ärgerlich, denn er hatte Iwan Petrowitsch schon reichlich satt.

»Nein? Wozu dann?«

»Für den Fall eines Angriffs der Schwarzhunderter . . .«

»Ach ja! Tja . . . natürlich! Sieh mal an . . . Wer sammelt das denn? Die Sozialrevolutionäre oder die Demokraten?«

»Das weiß ich nicht. Ich muß Sie jetzt verlassen, Iwan Petrowitsch . . .«

Mitrofanow ergriff mit beiden Händen seine Rechte, drückte sie fest, schüttelte sie ein paarmal und sagte mit fremder Stimme: »Die Sache, das ist Vergangenheit, Klim Iwanowitsch, aber es war und ist vielleicht noch ein doppelzüngiger Mensch neben Ihnen, der mir meine Karriere verdorben hat . . .«

»Sie irren sich«, antwortete Samgin streng.

»Leben Sie wohl«, sagte Mitrofanow und entfernte sich eilig, wandte sich aber nach drei bis vier Schritten um und rief: »Es war!«

Als Antwort auf diesen weinerlichen Schrei zuckte Samgin die Achseln und sah der wie alle Menschen zu dieser Stunde dunkler gewordenen Gestalt des ehemaligen Polizeiagenten nach. Die unangenehme kleine Episode mit Mitrofanow glitt an seiner Stimmung ab, erschütterte ihn nicht. Das kalte Halbdunkel trieb die Menschen rasch auseinander, sie gingen nach allen Seiten, füllten die Luft mit dem Lärm ihrer Stimmen, und an den fröhlichen Stimmen wurde deutlich: die Leute waren zufrieden, ihre Pflicht erfüllt zu haben.

Samgin schritt langsam und überprüfte in seinem Gedächtnis die möglichen Einwände aller »Systeme von Sätzen« gegen seinen künftigen Artikel. Die Einwände verflüchtigten sich rasch, wie erste Regentropfen im Straßenstaub, der von glühender Sonne erhitzt ist. Das Gedächtnis sagte ihm dienstbeflissen treffende Worte ein, die den hochinteressanten Gedanken leicht und schön Gestalt verliehen.

Er fühlte sich vollständig frei von allen Ängsten und Beunruhigungen.

Ja – ist denn ein Junge dagewesen? lächelte er innerlich.

Durch die bereits gelichtete Menge überschritt er wieder den Platz am Nikitsker Tor, ging auf dem Boulevard in gleicher Richtung mit vielen Menschen und überholte Ljutow, ohne ihn zu bemerken. Er erkannte ihn, als dieser unruhige Mensch auf ihn zusprang und ihm ins Ohr schrie: »Hihi! Ich gehe mit Dunjascha und sage zu ihr . . .«

Samgin prallte zurück, denn er fühlte, er wußte, daß Ljutow gleich seine widerlichen Doppeldeutigkeiten verbreiten werde. Ja, ja – er schickte sich bereits an, etwas Abscheuliches zu sagen, das sah man an dem wollüstigen Zucken seines ungezügelten Gesichts. Und um Ljutow zuvorzukommen, begann er selbst rasch, gereizt und ironisch zu sprechen.

»Nun, jetzt wirst du es hoffentlich aufgeben, die Rolle eines mißratenen Teufels zu spielen. Eine schlechte Rolle. Und – verzeih! – eine banale. Für einen so eingefleischten Spießer wie dich ist der Nihilismus keine Maske . . .«

Er fühlte sich imstande, viele Grobheiten zu sagen, aber Ljutow hob die Rechte wie zum Schlag und schob seine Mütze zurecht, mit der linken Faust stieß er Samgin leicht in die Seite und trat zurück, wobei er wieder, diesmal in fragendem Ton, sagte: »Hihi?«

Ohne sich umzusehen, ging Samgin rasch weiter, da er fürchtete, es zum drittenmal zu hören, dieses widerliche Hihi.

ANHANG

ANMERKUNGEN

8 *die Zeit des verzweifelten Kampfes* ... – Gemeint ist der Kampf der Volkstümler (Narodniki) – Anhänger einer gegen Ende der sechziger Jahre des 19. Jahrhunderts in Rußland entstandenen bürgerlich-demokratischen Bewegung – gegen die Macht der Gutsbesitzer und die Selbstherrschaft. Die Volkstümler verkannten die Rolle des Proletariats und sahen in der Bauernschaft die entscheidende revolutionäre Kraft des Landes.

der feinnervigste Dichter – Gemeint ist Nikolai Alexejewitsch Nekrassow (1821–1877), der wie kein anderer Dichter des 19. Jahrhunderts den Schmerz des unterdrückten Volkes poetisch gestaltete.

9 *der verzweifelte Schuß Solowjows* – Alexander Konstantinowitsch Solowjow gehörte der 1876 in Petersburg entstandenen Volkstümlerorganisation »Semlja i wolja« (Land und Freiheit) an. Die Mitglieder dieser Organisation glaubten, ihre politischen Forderungen im Kampf gegen die Selbstherrschaft durch individuellen Terror durchsetzen zu können. Am 2. 4. 1879 schoß A. K. Solowjow auf den Zaren, ohne ihn jedoch zu treffen.

einige Dutzend entschlossener Leute ... – Gemeint sind die Narodowolzen, Angehörige der Volkstümlergruppe »Narodnaja wolja« (Volkswille), die im Herbst 1879 aus der Volkstümlerorganisation »Semlja i wolja« hervorging. Die Narodowolzen behielten den individuellen Terror als wichtigste Kampfform bei und töteten nach mehreren mißglückten Versuchen schließlich am 1. März 1881 Alexander II. durch einen Sprengstoffanschlag.

10 *Ein äußerst genialer Künstler* – Gemeint ist Fjodor Michailowitsch Dostojewskij (1821–1881), der bei der Einweihung des Puschkin-Denkmals in Moskau am 8. 6. 1880 in einer Gedenkrede forderte: »Demütige dich, stolzer Mensch, und vor allem zerbrich deinen Stolz!«

ein anderes Genie – Gemeint ist Lew Nikolajewitsch Tolstoi (1828 bis 1910) mit seiner Forderung: »Widersetze dich dem Bösen nicht mit Gewalt!«

23 *der erlauchte Graf* – Gemeint ist Lew Nikolajewitsch Tolstoi.

51 *es noch weiter bringen als Lomonossow* – Michail Wassiljewitsch Lomonossow (1711–1765) war Sohn einer armen Fischerfamilie und wurde ein hervorragender Gelehrter, der Begründer der Moskauer Universität und Präsident der Akademie der Wissenschaften.

56 *Dekabristen* – Teilnehmer am Aufstand eines Teils der Adelsrevolutionäre in der Petersburger Garnison im Dezember (russ. = dekabr) 1825. Von den Ideen der Französischen Revolution getragen, wollten die

Dekabristen Rußland von Leibeigenschaft und Selbstherrschaft befreien und versuchten dies durch einen Militärstreich zu erreichen, der jedoch niedergeschlagen wurde.

93 *Absolvent des Priesterseminars* – Die Priesterseminare waren von der Kirche zur Heranbildung der niederen Geistlichkeit (Dorfpfarrer u. ä.) geschaffen worden und vermittelten der Kirche genehmes Wissen.

103 *Wolfsbillett* – Schriftliche Bestätigung über den Ausschluß aus dem Gymnasium, der ein späteres Studium unmöglich machte.

106 *»Was tun?«* – Gemeint ist der von Tschernyschewskij (1828–1889) geschriebene Roman, in dem er versucht, die Revolutionäre, die »neuen Menschen« zu gestalten. Das Werk hatte großen Einfluß auf die revolutionär gesinnten Kreise der Intelligenz, besonders bei den Volkstümlern.

»Vom anderen Ufer« – Gemeint ist Alexander Herzens publizistisches Werk, in dem er die Frage nach der Aussicht einer Revolution in Rußland stellt und dabei alles Gestrige, Reaktionäre, besonders in der westeuropäischen Gesellschaft, scharf verurteilt.

116 *Awwakum* – Russischer Geistlicher (Protopope) im 17. Jahrhundert. Er war Anführer einer religiös-sozialen Bewegung, die sich gegen die offizielle Kirche und Staatsgewalt richtete. Nach zweimaliger Verbannung wurde er vor ein kirchliches Gericht gestellt und 1682 verbrannt.

122 *Omulewskij, Nefjodow, Bashin, Stanjukowitsch, Sassodimskij ... Lewitow ... Slepzow* – Volkstümler, die sich auch als Schriftsteller betätigten.

123 *Semstwo* – Als Zugeständnis der zaristischen Regierung an die revolutionären Bewegungen und Unruhen 1864 entstanden, war das Semstwo ein örtliches Verwaltungsorgan in einigen Gouvernements und Kreisen, das »5. Rad am Wagen der russischen Staatsverwaltung« (Lenin). Es war für örtliche wirtschaftliche und administrative Fragen zuständig, stand dabei jedoch ständig unter Kontrolle des Staatsapparates. Ihm gehörten vorwiegend gewählte Vertreter des Adels, liberale Gutsbesitzer, Vertreter der Bourgeoisie und der Intelligenz an. Es führte seinen Kampf um Verbesserungen im gesellschaftlichen Leben in Form von Bittschriften an den Zaren; Revolutionären gegenüber verhielt es sich im allgemeinen wohlwollend neutral. In einigen Gouvernements vermochte das Semstwo das Schulwesen (Semstwoschule) oder die medizinische Betreuung zu verbessern. Die Regierung schränkte die dem Semstwo gegebenen Rechte systematisch immer wieder ein, am krassesten durch die Semstwoverordnung von 1890 unter Alexander III.

125 *die Stephensons und Arkwrights* – Beides führende Industrielle ihrer Zeit. George Stephenson (1781–1848) konstruierte die erste Lokomotive, gründete die erste Lokomotivfabrik der Welt und gilt als Begründer des Eisenbahnwesens. Sir Richard Arkwright (1732–1792) erfand die Flügelspinnmaschine, danach weitere Maschinen der Textilindustrie und wurde zum mächtigsten Textilfabrikanten seiner Zeit.

143 *die Petraschewzen* – Mitglieder des 1845 von Butaschewitsch-Petra-

schewskij in Petersburg geleiteten revolutionären illegalen Zirkels. Neben einigen Adligen gehörten ihm vor allem fortschrittliche Intellektuelle an. Trotz unterschiedlicher politischer Ansichten traten sie in ihrer Mehrheit gegen die zaristische Selbstherrschaft und die Leibeigenschaft auf. Sie entwarfen Projekte zur Bauernbefreiung und diskutierten über die Ablösung der Selbstherrschaft durch eine Republik, über die Einführung öffentlicher Gerichtsverfahren, über Pressefreiheit u. ä. Im April 1849 wurden sie verhaftet und verbannt.

191 *Nikolai Michailowskij* – Nikolai Konstantinowitsch Michailowskij (1842–1904) war ein führender Theoretiker der liberalen Volkstümlerbewegung, der sich von den »Leuten der Revolution« distanzierte und seit 1892 als einer der führenden Redakteure der liberalen Volkstümlerzeitschrift »Russkoje bogatstwo« Versöhnung mit der Zarenregierung und Verzicht auf jeglichen revolutionären Kampf propagierte.

197 *Tschaadajewsche Gesinnung* – Pjotr Jakowlewitsch Tschaadajew (1794–1856) stand als Philosoph und politischer Denker den Dekabristen nahe. Seine Darlegung der russischen Geschichte enthielt scharfe Kritik an der Leibeigenschaft. Für eine große Aufgabe Rußlands hielt er die Vereinigung mit europäischen Nationalkulturen und der Menschheit überhaupt.

200 *Leontjew* – Konstantin Nikolajewitsch Leontjew (1831–1891) war ein russischer Soziologe, Idealist und Mystiker. Er verteidigte leidenschaftlich die Leibeigenschaft und die Selbstherrschaft; sein Ideal war die unbegrenzte Macht der Selbstherrschaft in Verbindung mit kämpfender orthodoxer Kirche.

212 *»Was der Arbeiter wissen ... muß«* – Eine Ende der neunziger Jahre illegal vom »Kampfbund zur Befreiung der Arbeiterklasse« herausgegebene Broschüre.

»Von den Strafen« – Gemeint ist wahrscheinlich die 1895 von Lenin geschriebene und auch illegal vom »Kampfbund zur Befreiung der Arbeiterklasse« herausgegebene Broschüre.

213 *Gendarmen? ... Nein, die Polizei!* – Im zaristischen Rußland waren die Gendarmen im Unterschied zur Polizei die zur politischen Arbeit und Überwachung eingesetzten Beamten.

234 *Slawophilen* – Konservative Richtung Mitte des 19. Jahrhunderts in Rußland, der vornehmlich Vertreter aus adligen Gutsbesitzerkreisen angehörten. Sie betonten die historisch eigenständige Entwicklung Rußlands, wiesen das seit Peter I. (1672–1725) begonnene Bestreben, westeuropäisches Kulturgut zu übernehmen, als nichtslawisch entschieden zurück und lehnten das nach westeuropäischer Art gebaute Petersburg als unrussisch ebenso ab wie den Zaren Peter I. selbst oder sein Standbild des »Ehernen Reiters«.

Peter-Pauls-Festung – Seit dem 18. Jahrhundert diente die Peter-Pauls-Festung als politisches Gefängnis, in dem viele fortschrittliche Vertreter des russischen Lebens inhaftiert waren, u. a. die Dekabristen, später Tschernyschewskij, die Anarchisten Bakunin, Netschajew, Fürst Kropotkin und 1905 auch Gorki.

235 *speit Feinde der Kultur aus wie Bolotnikow, Rasin, Pugatschow* – Iwan Issajewitsch Bolotnikow war der Führer des großen antifeudalen Bauern- und Kosakenaufstands zu Beginn des 17. Jahrhunderts, welcher weitere große Bauernaufstände im 17. Jahrhundert nach sich zog, deren Führer u. a. in den sechziger Jahren Stepan Rasin und in den siebziger Jahren Jemeljan Pugatschow waren.

239 *Seiner Erlaucht von Jasnaja Poljana* – Gemeint ist Lew Tolstoi. Jasnaja Poljana hieß das Gut, auf dem er geboren wurde und den größten Teil seines Lebens verbrachte.

254 *Altgläubiger* – Anhänger einer religiös-sozialen Bewegung im 17. Jahrhundert. Sie traten gegen Kirchenreformen und Staatsgewalt auf und wurden von der zaristischen Regierung verfolgt.

290 *Der Programmentwurf des »Bundes der Sozialrevolutionäre«* – Im Jahr 1898 erschien der Entwurf eines Programms des »Bundes der Sozialrevolutionäre«, einer Organisation in Saratow, aus der 1901 die russische kleinbürgerliche Partei der Sozialrevolutionäre hervorging. Die Sozialrevolutionäre vertraten vor allem Interessen bäuerlicher Schichten. Dabei wandten sie sich gegen die führende Rolle des Proletariats und seiner Partei und wählten als Hauptmethode des Kampfes den individuellen Terror.

die Dorfgemeinde – Bei Aufhebung der Leibeigenschaft 1861 wurde der Dorfgemeinde (russ. = obschtschina) jener Anteil an Gutsbesitzerboden zugeschrieben, der vorher den Bauern nur zur Nutzung überlassen worden war (das Anteilland). Charakteristisch für die Dorfgemeinde war eben dieser gemeinschaftliche Bodenbesitz, ferner ihre Gesamtbürgschaft, d. h. die gemeinsame Verantwortlichkeit aller Bauern für die rechtzeitige und vollständige Zahlungsleistung und Begleichung jeglicher Schulden bei Gutsbesitzern und Staat sowie die Vereinbarung, daß sich niemand vom Boden trennen, mit ihm handeln oder ihn verkaufen durfte.

300 *Wenn ... Fürsten und Grafen ... Anarchismus predigen* – Gemeint sind Fürst Kropotkin (1842–1921) und Graf Lew Tolstoi (1828 bis 1910)

304 *wie Swedenborg oder Jakob Böhme* – Emanuel Swedenborg (1688 bis 1772) und Jakob Böhme (1571–1624) waren religiös-mystische Denker.

305 *Der Bauer steigt zum Präsidenten der Akademie ... empor, die Aristokraten sinken hinab zu Bauern* – Gemeint sind M. W. Lomonossow und Lew Tolstoi, der als Graf die Rückkehr zu einfachem bäuerlichem Leben propagierte und teils praktizierte.

Skopzen – Angehörige einer in den siebziger Jahren des 18. Jahrhunderts entstandenen Sekte. Sie behaupteten, die einzige Möglichkeit die Seele zu retten, sei der »Kampf mit dem Fleisch«, die Kastration.

Geißler – Auch Chlysten genannt; Angehörige einer in der Mitte des

17. Jahrhunderts entstandenen Sekte in Rußland. Sie brachten ursprünglich gemeinsam mit den Altgläubigen den Protest von Bauern, Handwerkern und Kleinbürgern zum Ausdruck, zogen sich aus den Städten zurück und bildeten ihre Dorfgemeinden in den Wäldern. Die Dorfgemeinde war für sie ihr »Schiff«, an deren Spitze die »Steuerfrau« stand. Ihre Hauptthese besagte, daß sich Christus während bestimmter zeremonieller Kulthandlungen (das »Im-Kreis-Gehen«, die Erfreuung u. ä.) im Menschen verkörpere.
Roter Tod – Fanatischste Sekte der Altgläubigen. Nach der Niederschlagung des Bauernaufstandes unter Stepan Rasin propagierten sie den Fortgang vom weltlichen Leben (Organisierung von Einsiedeleien u. ä.) und derart passiv-verzweifelte Protesthandlungen wie die Selbstverbrennung.
Konstantin Pobedonoszew – Konstantin Petrowitsch Pobedonoszew (1827–1907) war Professor der Moskauer Universität, Senator und Mitglied des Reichsrats. Seit 1881 ein aktiver reaktionärer Politiker, verteidigte er fanatisch die Orthodoxie und trat gegen jegliche Art von Volksbildung auf. Sein Name war Symbol der Reaktion, besonders in den achtziger Jahren.

320 *zu nehmen verstehen . . . wie Sergej Witte* – Sergej Juljewitsch Witte (1849–1915) förderte als Minister für Verkehrswege (1892), als Finanzminister (1892–1903) und als Vorsitzender des Ministerkomitees (1905/06) die Entwicklung des Kapitalismus in Rußland, zog viel ausländisches Kapital ins Land und führte eine Reihe bürgerlicher Reformen durch. Hier wird vermutlich auf sein Branntweinmonopol angespielt, eine Getränkesteuerreform, nach der alle Einkünfte aus Branntweinherstellung und -handel dem Staat zuflossen.

323 *Volksrechtler* – Mitglieder der 1893 von ehemaligen Narodowolzen geschaffenen illegalen Organisation der russischen demokratischen Intelligenz. Ihr Ziel war die Vereinigung aller Oppositionskräfte für die Durchsetzung politischer Reformen. Der Partei wurde 1894 von der zaristischen Regierung zerschlagen, die Mehrzahl der Volksrechtler ging zu den Sozialrevolutionären über.

342 *Danilewskij* – Nikolai Jakowlewitsch Danilewskij (1822–1885) war Publizist und Naturforscher, ein führender Ideologe der späteren Slawophilenbewegung.
Lawrow – Pjotr Lawrowitsch Lawrow (1823–1900) war als Soziologe und Publizist ein bedeutender Ideologe der Volkstümlerbewegung und Schöpfer der reaktionären Volkstümlertheorie, nach der der menschliche Fortschritt nur das Ergebnis des Wirkens »kritisch denkender Persönlichkeiten« ist.

378 *Das sind alles Lejkins* – Nikolai Alexandrowitsch Lejkin (1841–1906) war Schriftsteller und Humorist, ohne größere Bedeutung.

384 *Astyrewsache* – Der Volkstümler und Schriftsteller Nikolai Michailowitsch Astyrew (1857–1894) wurde wegen seiner Artikelserie über das Leben der Bauern bespitzelt, wegen seiner späteren Verbindung zu den

Narodowolzen am 30. März 1892 verhaftet und nach einem Prozeß lebenslänglich verbannt.

415 *Moskau schickte sich an, den jungen Zaren zu begrüßen* – Im Mai 1896 fand in Moskau die offizielle Krönungsfeierlichkeit für Nikolai II. statt. Sie ging in die russische Geschichte als eines der ersten Blutereignisse während der Herrschaft von Nikolai II. ein, da beim Volksfest auf dem Chodynkafeld auf Grund verantwortungsloser Vorbereitung und verbrecherischer Durchführung 1389 Menschen den Tod fanden, 2690 schwer verletzt wurden, der Zar jedoch seine Feier fortsetzte. (Chodynka-Katastrophe)

422 *Kosma Minin* – Kosma Minin, ein russischer Kaufmann, schuf zusammen mit dem Heerführer Posharskij das russische Volksaufgebot, das Rußland 1611/12 vor polnischen und schwedischen Interventen rettete.

Michail Romanow – Michail Fjodorowitsch Romanow war der erste russische Zar aus der Dynastie der Romanows (1613–1917).

die Leute des 1. März – Bezeichnung für die Narodowolzen, die am Attentat auf Alexander II. am 1. März 1881 beteiligt waren und in dem »Prozeß der Sechs« 1882 zum Tode verurteilt wurden.

450 *Streik der Weber in Petersburg* – Im Mai und Juni 1896 streikten mehr als 30000 Textilarbeiter in Petersburg, da sich die Fabrikbesitzer weigerten, den vollen Lohn für die anläßlich der Krönungsfeierlichkeiten arbeitsfreien Tage auszuzahlen. Erstmalig verlief der Streik organisiert unter der Führung des »Kampfbundes zur Befreiung der Arbeiterklasse«.

Haben Sie schon etwas vom »Kampfbund« gehört? – Der »Kampfbund zur Befreiung der Arbeiterklasse« war im Herbst 1895 von Lenin organisiert worden. Er vereinigte etwa 20 marxistische Arbeiterzirkel in Petersburg, an der Spitze stand die Zentrale Gruppe unter Lenin. Der »Kampfbund« verband zum erstenmal in Rußland den wissenschaftlichen Sozialismus mit der Arbeiterbewegung. Seine Wirkung ging weit über die Grenzen Petersburgs hinaus. Im Dezember 1895 wurde die Führung mit Lenin verhaftet.

451 *Sofija Perowskaja und Wera Figner* – Führende Mitglieder der Narodowolzenbewegung. Sie gelten in der russischen Geschichte als heldenhafte Kämpferinnen gegen die russische Selbstherrschaft.

465 *die taktlose Einmischung Wittes in den Weberstreik* – Zunächst gab Witte anläßlich der Streiks 1895 in einem vertraulichen Rundschreiben an die Fabrikinspektoren Ratschläge, wie die Arbeiter, die er als »schlimmste Feinde der öffentlichen Ordnung« beschimpfte, einzuschüchtern seien. Die sich weiter ausdehnenden Streiks 1896 zwangen die Regierung jedoch zu einer öffentlichen Stellungnahme, die Witte verfaßte und auf die Lenin aus dem Gefängnis mit dem Flugblatt »An die Zarenregierung« antwortete (s. Lenin, Werke, Bd. 2, S. 115–120).

466 *Boborykin* – Pjotr Dmitrijewitsch Boborykin (1836–1921), russischer Schriftsteller, schilderte in seinem Roman »Wassilij Tjorkin« den ge-

bildeten kapitalistischen Unternehmer europäischer Art als positive Gestalt.
469 *Tjutschew* – Fjodor Iwanowitsch Tjutschew (1803–1875) war ein russischer Dichter, der mit tiefem psychologischem Einfühlungsvermögen und großem Können Gedichte auf dem Gebiet der Gedanken-, Natur- und Liebeslyrik schuf.
485 *Messe in Nishnij Nowgorod* – Die XVI. Ausstellungs- und Verkaufsmesse fand 1896 in Nishnij Nowgorod statt.
490 *Sawwa Mamontow* – Sawwa Mamontow (1852–1919) unterstützte als Kaufherr und Millionär so namhafte Künstler wie die Maler Wasnezow, Serow, Repin, Wrubel oder auch den Sänger Schaljapin.
505 *Adaschew* – Der Staatsmann und Diplomat Alexej Fjodorowitsch Adaschew (gest. 1561) war Günstling und Vertrauter Iwans IV., des Schrecklichen (1530–1584), fiel Mitte der fünfziger Jahre in Ungnade, verließ den Hof, wurde jedoch wieder gefaßt und danach arretiert.
507 *Li Hung Tschang* – Li Hung Tschang (1823–1902) war ein chinesischer Staatsmann, seit 1872 Kanzler. Er kam zur Krönung von Nikolai II. im Mai 1896 nach Rußland, verhandelte mit Witte und erarbeitete einige Verträge mit Rußland.
520 *Gawriil Dershawin* – Gawrila Romanowitsch Dershawin (1743 bis 1816) war der bedeutendste Dichter des russischen Klassizismus.
530 *die Rylejews und Pestels ... die Petraschewskijs und Sheljabows* – Kondratij Fjodorowitsch Rylejew (1795–1826) und Pawel Iwanowitsch Pestel (1792–1826) waren Dekabristenführer, die 1826 hingerichtet wurden. – Michail Wassiljewitsch Petraschewskij (1818 bis 1867) war der Leiter des Petraschewzenkreises. – Andrej Iwanowitsch Sheljabow (1851–1881) war ein Führer der Narodowolzen.
535 *Die Strelzows, die Jamschtschikows, die Puschkarjows, die Satinschtschikows, die Tiunows, die Inosemzews* – Die russischen Familiennamen ergeben sich vorwiegend aus Berufen, ähnlich wie im Deutschen Müller, Schneider, Richter, und bedeuten übersetzt: die Strelitzen (frühere Leibwächter des Zaren), die Postkutscher, die Kanoniere, die Feuerwerker, die Richter, die Ausländer.
537 *Karamsin* – Nikolai Michailowitsch Karamsin (1766–1826) brach als führender Schriftsteller des russischen Sentimentalismus mit den starren Formen des Klassizismus und führte die menschliche Psyche in die russische Literatur ein. Er ging als erster in der Literatur von der bisher kirchenslawischen Literatursprache zur Umgangssprache der gebildeten russischen Gesellschaft über.
Sabelin – Iwan Jegorowitsch Sabelin (1820–1908) war ein bedeutender russischer Historiker und Archäologe.
539 *Schtschapow oder der Kosakennachfahre Danila Mordowzew* – Beides waren namhafte russische Historiker des 19. Jahrhunderts.
542 *ein wilder Tscheremisse* – Die Tscheremissen waren eine im zaristischen Rußland unterdrückte Völkerschaft, die sich an den großen Bauernaufständen unter Bolotnikow, Rasin und Pugatschow beteiligte.

das Beispiel seines Urgroßvaters – Gemeint ist die Niederschlagung des Dekabristenaufstands 1825 durch Nikolai I.

544 *Gogol, der seine... Irrtümer reumütig... bekannte* – Nikolai Wassiljewitsch Gogol (1809–1852) gewann Ansehen und Bedeutung als klassischer russischer kritisch-realistischer Schriftsteller. Im letzten Jahrzehnt seines Lebens unter dem Einfluß religiös-mystischen Denkens stehend, glaubte er, sich von seinen sozialkritischen Werken lossagen zu müssen, und veröffentlichte 1847 die »Ausgewählten Stellen aus dem Briefwechsel mit Freunden«.

Marfa Borezkaja – Marfa Borezkaja stand im 15. Jahrhundert an der Spitze der Nowgoroder Bojarenopposition gegen den Moskauer Zaren. Sie wurde ins Kloster verbannt.

548 *Sie gingen in die Optinsche Einsiedelei zu den Starzen* – Laut Überlieferung gründeten Mönche, die Starzen (übersetzt: die weisen Greise), im 14. Jahrhundert unter dem Räuberhauptmann Opta ihre Einsiedelei. Sie wurden in schwierigen Situationen häufig um Rat gefragt.

603 *Eugen Richter* – Eugen Richter (1838–1906) vertrat als ein Führer der Deutschfreisinnigen Partei die Ansichten der liberalen Bourgeoisie. Seine antisozialistischen Schriften, so auch die »Sozialdemokratischen Zukunftsbilder« mit der Legende von der Spar-Agnes (1893), durch die die Gleichheit von Bourgeoisie und Werktätigen bewiesen werden sollte, gewannen großen Einfluß.

604 *das Werk des Fürsten Schtscherbatow »Über die Sittenverderbnis in Rußland«, Danilewskijs »Rußland und Europa«* – Michail Michailowitsch Schtscherbatow (1733–1790) verteidigte als Publizist, Historiker und Ökonom – ebenso wie Nikolai Jakowlewitsch Danilewskij (1822–1885) als Ideologe der Slawophilen – leidenschaftlich Selbstherrschaft und Leibeigenschaft.

Le Bon – Gustave Le Bon (1814–1931) war ein französischer Psychologe und Philosoph. Er vertrat als Idealist die Auffassung, daß der Charakter, die Ideen und die Zivilisation eines Volkes nur in dessen hochentwickelten Persönlichkeiten zum Ausdruck kämen.

608 *die Stundisten* – Angehörige einer etwa 1850 entstandenen rationalistischen Sekte, die Ikonenehrung, Sakramente und Heiligenkult ablehnte.

die Baptisten – Angehörige einer im 17. Jahrhundert in England entstandenen christlichen Freikirche, die eine bewußte Glaubensentscheidung forderte, also erst Erwachsene taufte.

614 *wird irgendein Neoslawophilentum erfunden* – Zu Beginn des 20. Jahrhunderts wurde von Vertretern reaktionärer Parteien die Theorie von der angeblich eigenständigen, nur-slawischen Entwicklung Rußlands neu belebt, um sie gegen die marxistische Theorie vom internationalen Klassenkampf und der Klassensolidarität der Völker zu gebrauchen.

620 *Duchoboren* – Eine seit dem 18. Jahrhundert existierende Sekte, die Kirche und Sakramente wenig schätzte und kirchliche Dogmen verwarf. Gegen 1900 siedelten viele Duchoboren u. a. nach Sibirien um.

627 *Lew Tichomirow ... ist auf Abwege geraten* – Lew Alexandrowitsch Tichomirow (1825–1923) war ein angesehener Vertreter der Narodowolzen, der nach der Verhaftung jedoch emigrierte und sich später in Veröffentlichungen und einem Brief an den Zaren von seinen früheren Ansichten lossagte.

651 *das Statut vom Jahre 1864* – Gemeint ist das Universitätsstatut von 1863. Die Entwicklung des Kapitalismus in Rußland nach 1861 erforderte auch Reformen im Schul- und Universitätswesen. 1863 trat ein Universitätsstatut in Kraft, das, wenn auch inkonsequent, den Lehrkräften der Universitäten, einem Universitätsrat u. ä., viele bisher von den Staatsorganen ausgeübte Rechte übertrug. Nach der Zerschlagung der Narodowolzenbewegung bestätigte das Bildungsministerium 1884 jedoch wieder ein neues Statut, das die früher gegebenen Rechte weitgehend rückgängig machte, so daß in den achtziger und neunziger Jahren eine wesentliche Losung der Studenten die Forderung nach Wiederherstellung des Universitätsstatus von 1863 war.

654 *Lombroso hat ... recht ... während Dril* – Cesare Lombroso (1836 bis 1909) war ein italienischer, Dmitrij Andrejewitsch Dril (1846 bis 1910) ein russischer Strafrechtslehrer; beide vertraten gegensätzliche Ansichten über die Ursache menschlicher Verbrechen: Lombroso sah sie in der biologischen Natur des Menschen, sogar in seiner Rassenzugehörigkeit, Dril dagegen versuchte sie aus dem Milieu, aus den gesellschaftlichen Bedingungen zu erklären.

680 *das »Manifest der Russischen Sozialdemokratischen Partei«* – 1897 entstand in Petersburg die sozialdemokratische Gruppe »Arbeiterbanner«, die von 1898–1901 eine Zeitschrift gleichen Namens herausgab. Diese Gruppe trat gegen die Ökonomisten und mit politischer Propaganda unter den Arbeitern auf, hielt jedoch eine national gesonderte russische Partei für erforderlich und trennte sich deshalb vom »Kampfbund zur Befreiung der Arbeiterklasse«. Sie nannte sich ab 1898 »Russische Sozialdemokratische Partei«, entwarf ein eigenes Manifest und hatte eigene, nicht zur SDAPR gehörende Organisationen in Petersburg und einigen anderen Städten. 1901 wurde diese Partei von der zaristischen Polizei zerschlagen.

694 *Bauernbank und Umsiedlerverwaltung* – Bei der Aufhebung der Leibeigenschaft 1861 blieb der Boden weiter in den Händen der ehemaligen Besitzer. Der Bauer konnte den ihm zur Bearbeitung überlassenen Bodenanteil nur durch Abzahlung oder Abarbeit erwerben. Diese Abarbeit umfaßte das gesamte Leben im Dorf und glich dem Frondienst vor 1861. Deshalb entschlossen sich viele Bauern zur Umsiedlung auf entlegenes und noch unbebautes Land. Eine solche Umsiedlung erforderte die Genehmigung und Förderung durch die Umsiedlerverwaltung sowie eine finanzielle Unterstützung durch die Bauernbank.

778 *der Nobel* – Nobel war der Name des Löwen in der Tierfabel.

799 *die beschwichtigende Tätigkeit Subatows* – Sergej Wassiljewitsch Subatow (1864–1917), ein berüchtigter zaristischer Gendarmerie-

oberst, begann seine Karriere Mitte der achtziger Jahre als Agent des zaristischen Spionagewesens in illegalen Studentenzirkeln. Er wurde in den neunziger Jahren Chef der Moskauer Ochrana und entwickelte sie zum Zentrum politischer Bespitzelung und organisierter Provokationen (z. B. die Demonstration zum »Tag der Bauernbefreiung« 1902 oder der Blutsonntag 1905). Zu seinen Agenten gehörten u. a. der Pope Gapon, Asef oder auch Bogrow. Unter »beschwichtigender Tätigkeit« sind hier die 1901–1903 von Subatow organisierten Arbeiterzirkel gemeint, die von Gendarmen in Zivil geleitet und in denen besonders Bücher von Bernstein propagiert wurden. Dieses Verfahren, auch »Polizeisozialismus« genannt, sollte die Arbeiter von einem geschlossenen, organisierten politischen Kampf ablenken und aktive Revolutionäre schnell erkennen und überführen lassen.

824 *Einberufung der Studenten zur Armee* – Der Volksbildungsminister Bogolepow schuf 1899 provisorische Bestimmungen, auf Grund derer er an Unruhen oder Demonstrationen beteiligte Studenten zwangsrekrutieren konnte. Erstmalig wandte er diese Bestimmungen 1901 gegen Studenten der Kiewer und danach der Petersburger Universität an.

825 *das Schtschedrinsche Schwein* – Dieser Ausdruck wurde, einer Satire von Saltykow-Schtschedrin entsprechend, als Bezeichnung für die politische Reaktion gebraucht.

826 *Demonstration vor der Kasaner Kathedrale* – Die Studentendemonstration vor der Kasaner Kathedrale in Petersburg im März 1901 war Ausdruck der Empörung gegen die Abrechnung der Regierung mit den Studenten (Zwangsrekrutierung u. ä.).

Struve – Pjotr Bernhardowitsch Struve (1870–1944) war als russischer Ökonom und Publizist »Großmeister des Renegatentums« (Lenin). In den neunziger Jahren bedeutender Vertreter des »legalen Marxismus«, trat er mit Kritik und Ergänzungen der Lehren von Marx auf, solidarisierte sich mit der bürgerlichen Ökonomie und propagierte Neomalthusianertum. 1904/05 wurde er Theoretiker und Organisator des liberal-monarchistischen »Bundes der Befreiung«, nach Bildung der bürgerlichen Kadettenpartei im Jahre 1905 Mitglied ihres ZK und später einer der aggressiven Ideologen des russischen Imperialismus.

Tugan-Baranowskij – Michail Iwanowitsch Tugan-Baranowskij (1865 bis 1919) war ein russischer bürgerlicher Ökonom, in den neunziger Jahren Vertreter des »legalen Marxismus« und während der ersten russischen Revolution Mitglied der Kadettenpartei.

Michailowskij – Nikolai Konstantinowitsch Michailowskij (1842 bis 1904) propagierte als führender Theoretiker der liberalen Volkstümlerbewegung Versöhnung mit der Zarenregierung und Verzicht auf jeglichen revolutionären Kampf.

832 *ein Malmonit* – Vom Kutscher wird die Sekte der Mennoniten, die grundsätzlich jede Gewalt ablehnte, falsch genannt.

839 *dieser verteufelte 1. März* – Ende der siebziger Jahre entschied sich Alexander II. in seinem Kampf gegen die Terroristen dafür, seine

Selbstherrschaft mit Hilfe von Konstitutsillusionen zu stärken. Er unterstützte deshalb das Projekt einer Regierungsberatungskommission, die aus Vertretern des Semstwo und der Bürokratie bestehen sollte. Am 1. März 1881 hatte er die Einberufung einer solchen Kommission unterschrieben, am gleichen Tag wurde er jedoch durch ein Attentat getötet. Der neue Zar, Alexander III., verwarf dieses Projekt und schuf dagegen das reaktionäre zaristische »Manifest zur Stärkung und zum Schutz der Selbstherrschaft«.

855 *Sussanin* – Iwan Ossipowitsch Sussanin war ein legendärer Held der Befreiungsbewegung des russischen Volkes gegen die polnischen Interventen Anfang des 17. Jahrhunderts.

Komissarow – Dmitrij Wladimirowitsch Komissarow wurde 1866 zum Retter des Zaren Alexander II., da er den Schuß eines Terroristen auf den Zaren durch unbeabsichtigten Stoß gegen den Schützen am Ziel vorbeigehen ließ.

Chalturin – Stepan Nikolajewitsch Chalturin war ein bedeutender Revolutionär, der 1878/79 den »Nordbund russischer Arbeiter« organisierte und leitete, dessen Kampfziel der Sturz der Selbstherrschaft war. Nach der Zerschlagung des »Nordbundes« wurde er Narodowolze und ging zu individuellem Terror über.

859 *der Zar hat Angst vor seinem Onkel* – Der Onkel des Zaren Nikolai II., Großfürst Sergej Alexandrowitsch Romanow, bestimmte als Generalleutnant der Garde, Mitglied des Reichsrats, Oberbefehlshaber des Moskauer Wehrkreises und Generalgouverneur von Moskau weitgehend am Hof. Da er auf Grund seiner Funktionen hauptverantwortlich für die Katastrophe auf dem Chodynka-Feld war, wurde er im Volk auch der »Chodynka-Fürst« genannt.

868 *der Papierrubel sei eine »christlich sittliche Geldform«* – Finanzminister Witte führte 1897 die Goldwährung in Rußland ein. Sie nützte den Industriellen beim Kauf im Ausland und dem Staat bei der Abzahlung seiner ausländischen Kredite. Den Gutsbesitzern jedoch brachte sie wesentlich geringere Einnahmen, und deshalb nahm die Masse der adligen Gutsbesitzer in den verschiedensten Formen gegen die Goldwährung, für den Papierrubel Stellung.

Scharapow – Sergej Fjodorowitsch Scharapow (1885–1911) verteidigte als Neoslawophile und Publizist die Interessen der Großgrundbesitzer in ihrem Kampf gegen Wittes Finanzpolitik, trat gegen die Goldwährung, für den Papierrubel ein.

877 *gibt Sawwa Morosow Geld zur Herausgabe der »Iskra«?* – Sawwa Morosow (1862–1905) war einer der führenden russischen Textilfabrikanten, fand sich jedoch zur Hilfeleistung für die Sozialdemokratische Partei bereit. Er unterstützte die Flucht von Verbannten, nahm von der Polizei verfolgte Revolutionäre bei sich auf, spendete Geld für einzelne Parteiorganisationen und leistete einen wesentlichen Finanzbeitrag zur Herausgabe der »Iskra«.

878 *Sawwa Morosow hatte einen gelehrten Konservativen ... ange-*

schnauzt – Auf einer Sitzung einer Sektion des Allrussischen Kongresses für Industrie soll Sawwa Morosow ungehörig scharf gegen Mendelejew aufgetreten sein.

882 *die Bauernaufstände im Süden* – Gemeint sind die Bauernaufstände in den Gouvernements Charkow und Poltawa im März und April 1902, bei denen die Getreidespeicher und Lager der Gutsbesitzer aufgebrochen wurden, das Saatgut unter den hungernden Bauern verteilt und mit Nachdruck eine Neuaufteilung des Bodens gefordert wurde. Die Regierung schickte Truppen aus, die diese spontanen, politisch nicht gelenkten Aufstände niederschlugen und dabei unmenschlich mit den Bauern und ihren Familien umgingen. Danach verurteilte ein zaristisches Gericht alle beteiligten Bauern zu Auspeitschung, Verbannung oder auch Todesstrafe sowie gemeinsam zu einer Schadenersatzleistung an die Gutsbesitzer in Höhe von 800000 Rubeln.

944 *alle diese »Skorpione«, »Waagen«...* – »Skorpion« hieß der Verlag der russischen Symbolisten (1899–1916), der auch die literarische und literaturkritische Zeitschrift »Waagen« herausgab.

950 *Kriegserklärung an Japan* – Gemeint ist der imperialistische Krieg um die Vorherrschaft im Fernen Osten in den Jahren 1904/05.

976 *»Bund des Russischen Volkes«* – Der »Bund des Russischen Volkes« entstand 1905 als äußerst reaktionäre, monarchistische und nationalistische Organisation der Schwarzhunderter. Ihm gehörten vorwiegend Vertreter der Kleinstadtbourgeoisie an, viele Handwerker, Polizeibeamte, Vertreter der Geistlichkeit u. ä. Seine Hauptmethoden im Kampf gegen die Revolution waren Mord und Pogrome vor allem unter revolutionären Arbeitern, fortschrittlichen Intellektuellen und in unterdrückten nationalen Minderheiten.

985 *Virchow... ein schlechter Politiker* – Der Mediziner Rudolf Virchow (1821–1902) war Mitbegründer und Leiter der Liberalen Fortschrittspartei im Preußischen Abgeordnetenhaus und erbitterter Gegner Bismarcks, wurde im Alter jedoch ein heftiger Sozialistenfeind.

991 *Hier organisiert ein Pfäffchen die Arbeiter* – Gemeint ist der Pope Gapon, der sich später als Agent der Ochrana erwies.

1004 *der Besuch Industrieller bei Witte* – Kurz vor dem 9. Januar 1905 fuhr Sawwa Morosow mit einer Delegation Industrieller zu Minister Witte, um diesen von der Notwendigkeit bestimmter Reformen zu überzeugen. Das Bürgertum wollte einer Revolution vorbeugen.

1006 *Was haben die Minister der Abordnung von der Presse gesagt?* – Als am 8. Januar 1905 bekannt wurde, daß die Regierung nicht bereit war, die Arbeiter mit ihren Bittschriften zum Zaren vorzulassen, sondern daß Militär in und um Petersburg zusammengezogen wurde, besuchte noch am Abend des gleichen Tages eine Abordnung der Presse, zu der auch Gorki gehörte, den Innenminister Rydsewskij und den Vorsitzenden des Ministerkomitees Witte. Sie forderte Maßnahmen, um einen Zusammenstoß zwischen Arbeitern und Militär zu vermeiden. Witte betonte, daß sich die Meinung der herrschenden Kreise grundsätzlich von der der Pressevertreter unterscheide.

1007 *die Freie Ökonomische Gesellschaft* – Die Freie Ökonomische Gesellschaft wurde als erste landwirtschaftliche ökonomische Vereinigung 1765 in Petersburg gegründet. Ende des 19. Jahrhunderts sammelte sich in ihr neben den Gutsbesitzern und Industriellen auch liberale Intelligenz. In der Gesellschaft wurden häufig Fragen sozialökonomischen Charakters unter den Vertretern der verschiedensten Richtungen – legale Marxisten, Volkstümler, Kadetten u. a. – diskutiert. 1905 wurde das leerstehende Gebäude der Gesellschaft zeitweilig von revolutionären Organisationen benutzt.

1039 *die Kommission zur Arbeiterfrage beim Senator Schidlowskij* – Gemeint ist eine Kommission, die auf Erlaß des Zaren am 29. Januar 1905 gebildet werden sollte, um »die Gründe für die Unzufriedenheit der Arbeiter in St. Petersburg und seinen Vororten unverzüglich zu klären . . .«. Auch Arbeiter sollten in diese Kommission gewählt werden. Diese machten jedoch – auf Vorschlag der Bolschewiki – ihre Mitwirkung von politischen Forderungen wie Redefreiheit, Pressefreiheit, Versammlungsfreiheit u. ä. abhängig. Als Schidlowskij erklärte, daß diese Forderungen nicht erfüllt würden, wählte die Mehrheit keine Vertreter, so daß sich die Kommission auflöste, noch bevor sie mit ihrer Arbeit hatte beginnen können.

1043 *der Bauernbund* – Der Bauernbund war eine 1905 entstandene revolutionär-demokratische Massenorganisation, die in ihrer Grundtendenz revolutionär und zum Kampf fähig war, allerdings unter dem Einfluß von Sozialrevolutionären und Liberalen in ihren Forderungen inkonsequent wurde, kleinbürgerlich unentschlossen und mit Illusionen behaftet war. Vom ersten Tag an unter scharfer Polizeikontrolle stehend, verlor der Gesamtrussische Bauernbund 1906 seine Bedeutung und löste sich 1907 auf.

1044 *der Verband der Verbände* – Der Verband der Verbände war eine 1905 entstandene politische Organisation der bürgerlichen liberalen Intelligenz, die nach Berufsgruppen zusammengeschlossene Verbände der Lehrer, der Ärzte, der Schriftsteller, der Rechtsanwälte, der Agronomen, der Buchhalter u. a. m. in sich vereinte. Er zerfiel auf Grund wesentlicher Meinungsverschiedenheiten schon Ende 1906.

1071 *Skobelew, Suworow* – Michail Dmitrijewitsch Skobelew (1843 bis 1882) und Alexander Wassiljewitsch Suworow (1729–1800) waren namhafte russische Feldherren.

1076 *Balmaschew, Sasonow . . . Kotschura* – Die drei Sozialrevolutionäre Stepan Walerianowitsch Balmaschew (1882–1902), Foma Kornejitsch Kotschura (geb. 1877) und Jegor Sergejewitsch Sasonow (1879 bis 1910) waren als Terroristen durch ihre Attentate auf Minister bekannt geworden.

1081 *ein gewisser Marat* – Marat war der Deckname für den Berufsrevolutionär und Bolschewiken Wirgilij Leonowitsch Schanzer (1867 bis 1911), einen der Führer des Moskauer sozialdemokratischen Proletariats 1904/05.

Kuropatkin – Alexej Kuropatkin war im Russisch-Japanischen Krieg Oberbefehlshaber der russischen Streitkräfte in Ostasien.

1084 *die Bulyginsche Duma* – Das vom Innenminister Bulygin im August 1905 veröffentlichte Verfassungsgesetz sah ein indirektes, nach Ständen gegliedertes Wahlverfahren zur Reichsduma vor, das das Wahlrecht der Mehrheit der Bevölkerung – der Arbeiter, Bauern, Landarbeiter, der demokratischen Intelligenz u. a. – stark einschränkte, es ihnen teils sogar absprach. Die Bolschewiki riefen zum Boykott der Bulyginschen Duma auf und nutzten das Geschehen zur Aktivierung aller revolutionären Kräfte. Die ansteigende Welle der Revolution zwang die zaristische Regierung dann zum Erlaß des Oktobermanifestes, wodurch die Bulyginsche Duma hinfällig wurde.

1091 *die Fillipow-Bäcker* – Fillipow war Inhaber einer großen Bäckerei in Moskau. Seine Arbeiter waren meist revolutionär gesinnt, leisteten als eine der ersten Gruppen Widerstand gegen die Moskauer Polizei und beteiligten sich aktiv an den allgemeinen Streiks und revolutionären Kämpfen in Moskau.

1095 *Semstwoleute, die auch beschlossen hatten, sich in einer Partei zu organisieren* – Gemeint ist die im Oktober 1905 gebildete Partei der Konstitutionellen Demokraten (Kadetten), die führende Partei der liberal-monarchistischen Bourgeoisie. Sie erwuchs aus der Arbeit der Semstwo-Kongresse und solcher Organisationen wie dem »Verband der Verbände«. Ziel der Kadetten war die Niederschlagung der revolutionären Bewegung und die Teilung der Herrschaft zwischen Zaren und Gutsbesitzern in der Form einer konstitutionellen Monarchie. Von den genannten Personen gehörte Graf Heyden nicht zur Kadettenpartei.

1096 *der fröhliche Tag der »Verfassung«* – Gemeint ist der Tag des Oktobermanifestes 1905, das der Zar auf Grund des gesamtrussischen Oktoberstreiks erlassen mußte. Das Manifest versprach im Unterschied zur Bulyginschen Duma eine gesetzgebende Reichsduma, Gewährung von Rede-, Presse-, Versammlungsfreiheit u. a. Das Wahlsystem jedoch sicherte die Überzahl von Kapitalisten und Gutsbesitzern in der Duma. Die Bolschewiki warnten davor, an das Manifest zu glauben.

1111 *die Schwarzhundertschaft* – Schwarzhundertschaft nannte sich eine von der zaristischen Regierung 1905–1907 im Kampf gegen die revolutionäre Bewegung geschaffene bewaffnete Organisation, ein Teil des »Bundes des Russischen Volkes«. Vgl. Anm. zu S. 976.

INHALT

Zweites Buch 511
Anmerkungen zu Buch 1 und 2.......................... 1125

Mit freundlicher Genehmigung des Eulenspiegel Verlages Berlin, DDR, wurde als Abbildung auf der Kassette das Plakat »Es lebe die Rote Armee« von Wladimir Fidman aus dem Band »Rußland wird rot« von Georg Piltz (1977) verwendet.